समकालीन भारतीय दर्शन

समकालीन भारतीय दर्शन

बसन्त कुमार लाल

भूतपूर्व प्रोफेसर एवं अध्यक्ष
मगध विश्वविद्यालय
बोधगया

MOTILAL BANARSIDASS PUBLISHING HOUSE
SINCE 1903

मोतीलाल बनारसीदास
पब्लिशिंग हाउस • दिल्ली

Email: naraina@mlbd.in • Website: www.mlbd.in
@mlbdofficial
+91 89 2999 9000

ग्यारहवां पुनर्मुद्रण : दिल्ली, ***2023***
प्रथम संस्करण : 1992

ISBN: 978-93-90713-89-9 (सजिल्द)
ISBN: 978-93-90713-88-2 (अजिल्द)

मुद्रक एवं प्रकाशक
राजेन्द्र प्रकाश जैन *के द्वारा*
मोतीलाल बनारसीदास पब्लिशिंग हाउस
ए-44, नारायणा इंडस्ट्रियल एरिया, फेज़-1,
नई दिल्ली-110 028 (**भारत**)
Email: naraina@mlbd.in
Website: www.mlbd.in

शोरूम:
4637/20, एफ-2, हरि सदन, पहली मंजिल, अंसारी रोड, दरियागंज
दिल्ली-110 002 (फायर स्टेशन के सामने) दूरभाष: (+91-11)4559 7999

विषय-सूची

भूमिका

कोई दो दशक पहले मेरी अंग्रेजी की पुस्तक (Contemporary Indian Philosophy) प्रकाशित हुयी थी। उस पुस्तक का बड़ा स्वागत हुआ, अब तक उसके कई संस्करण प्रकाशित हो चुके हैं। प्रायः उसी समय से मित्रों तथा छात्रों का आग्रह रहा है कि उस पुस्तक का हिन्दी संस्करण भी प्रकाशित हो जाय। इधर मेरे प्रकाशक, मोतीलाल बनारसीदास के मैनेजर, श्री कमला शंकर सिंह का आग्रह विशेष हो गया। उन्होंने यह भी कहा कि हमारे कुछ पुराने छात्र, जो अब शिक्षक हैं, चाहते हैं कि यदि उन्हें मेरी अनुमति मिल जाय तो वे उसका हिन्दी अनुवाद करने के लिये तत्पर हैं। मैंने सोचा कि बढ़ती उम्र तथा जानलेवा रोग के रहते हुए भी मेरी इस प्रकार के कार्य करने की क्षमता तो अभी समाप्त नहीं हुयी। तो अपना कार्य मैं स्वयं ही सम्पादित करूं। फलतः उसी अंग्रेजी पुस्तक का हिन्दी संस्करण प्रस्तुत है।

मैं 'संस्करण' कह रहा हूं, 'अनुवाद' नहीं। पुस्तक वही है, विषयवस्तु वही है, उसकी व्यवस्था वही है, क्रम वही है, फिर भी यह 'अनुवाद' नहीं है। दोनों पुस्तकों के वाक्यों के क्रम में समरूपता भी नहीं है। उन्हीं 'बातों' को हिन्दी में लिखने का प्रयत्न हुआ है। बल्कि इस पुस्तक में व्याख्यायें अधिक स्पष्ट हैं, क्योंकि जिन स्थलों पर प्रतीत होता रहा कि व्याख्याओं को और स्पष्ट होना चाहिये, वहां वैसा कर दिया गया है।

समकालीन भारतीय दर्शन पर पुस्तक लिखने का एक उद्देश्य उस प्रचलित धारणा का खण्डन है कि आज के भारत में दार्शनिक चिन्तन नहीं हो रहा। वस्तुतः समकालीन भारतीय विचारों को दर्शनशास्त्रीय ढांचे में ढाल कर प्रस्तुत करने का निष्ठापूर्ण प्रयत्न हुआ ही नहीं है। यह ठीक है कि भारतीय विचारकों की अपनी परम्परा के प्रति अटूट निष्ठा है। प्राचीन भारतीय विचार के प्रति उनके मन में अपार श्रद्धा है। इसी कारण उनके विचार पुनरावृत्ति तथा अन्धविश्वास से ग्रसित प्रतीत होते हैं। यह ठीक है कि 'परम्परा से जुड़े रहना' कभी-कभी अबौद्धिकता का कारण बन जाता है, किन्तु यह भी ठीक है कि कोई विचार अपनी परम्परा से टूट भी नहीं सकता। यदि वैसा हुआ तो विचार 'बेघर' का हो जायगा, और अन्ततः मुरझा जायगा। अतः आवश्यकता इस बात की है कि इन विचारों पर पुनः विचार किया जाय, और उनमें पारम्परिक विचारों के अवशेष, तथा उनके नवीन मौलिक विचारों के अंश—दोनों को उभारने का—प्रकाश में लाने का प्रयत्न किया जाय। प्रस्तुत पुस्तक में उसी प्रकार का प्रयत्न हुआ है।

पुस्तक मूलतः विवरणात्मक है, जिन स्थानों पर समीक्षायें अथवा बौद्धिक विवेचनायें हुयी हैं, वे भी इसी उद्देश्य से हुयी हैं कि कुछ अस्पष्ट 'भावों' को स्पष्ट कर दिया जाय। वैसे किसी विचार के प्रमाणिक प्रस्तुतीकरण के लिये उसके एक 'अवबोध' की आवश्यकता होती है। 'अवबोध' की एक अनिवार्य मांग है कि प्रारम्भ में 'आलोचनात्मक' दृष्टिकोण

नहीं अपना कर, विचार को समझने—अपनाने की चेष्टा की जाय। इसी मनोवृत्ति के फलस्वरूप विचारों के प्रस्तुतीकरण का ढंग सहानुभूतिपूर्ण है। जहां आपत्तियां उठायी गयी हैं या आलोचनाएं की गयी हैं, वहां भी उन आलोचनाओं के माध्यम से विचारक के 'तात्पर्य' को समझने का प्रयास ही हुआ है।

आज के भारत में दार्शनिक चिन्तन की दो धारायें प्रायः साथ-साथ प्रवाहित हो रही हैं। एक उस प्रकार का चिन्तन है जिसमें बुद्धिजीवी वर्ग के साथ-साथ सामान्य लोग भी रुचि ले सकते हैं, तथा दूसरी धारा दर्शन-शास्त्रीय धारा है जिसे दर्शनशास्त्र के विद्वानों ने गति दी है। प्रस्तुत पुस्तक में दूसरे प्रकार के दार्शनिक चिन्तन को पूर्णरूपेण समाविष्ट नहीं किया गया है। वैसे कृष्ण चन्द्र भट्टाचार्य, राधाकृष्णन आदि उस वर्ग के प्रतिनिधि भी हैं। वैसे यह सम्भव है कि दर्शनशास्त्र के विद्वानों ने विभिन्न विश्वविद्यालयों तथा अन्य संस्थाओं में जो कार्य किया है उन्हें समाविष्ट कर एक तकनीकी दार्शनिक चिन्तन का एक चित्र प्रस्तुत किया जाय। प्रस्तुत पुस्तक का वह दावा नहीं है।

इन विचारों को प्रस्तुत करने में एक प्रारम्भिक कठिनाई का सामना करना पड़ा है। इन विचारकों ने अनेक विषयों पर विचार किया है—समस्या थी 'विषयों के चयन' की। इस चयन का दयित्व पूर्णतया लेखक पर है, और लेखक के लिये इस चयन का आधार मात्र यही रहा है कि उन विषयों के आधार पर विचारक के दर्शन का एक व्यापक चित्र प्रस्तुत किया जा सके।

वैसे पुस्तक का यह दावा भी नहीं है कि यह समकालीन भारतीय विचार को उसकी सम्पूर्णता में प्रस्तुत कर रहा है। कुछ चिन्तकों के विचारों को पुस्तक में समाविष्ट नहीं किया जा सका है। यह पुस्तक की सीमा है।

मैं अपने प्रकाशक मोतीलाल बनारसीदास के प्रति अपना आभार प्रकट करता हूं। मेरा विशेष आभार श्री जैनेन्द्र जैन जी के प्रति तथा पटना शाखा के मैनेजर श्री कमला शंकर सिंह के प्रति है क्योंकि इन लोगों ने इस योजना में वैयक्तिक अभिरुचि ली है।

बोधगया बसन्त कुमार लाल

विषय-प्रवेश

(समकालीन भारतीय दर्शन की विशिष्टतायें)

आज का भारतीय दर्शन एक दोराहे पर खड़ा है। एक ओर तो वह उस परम्परा को सुरक्षित रखने का इच्छुक है जिसमें वह पला-बढ़ा है, तथा दूसरी ओर वह आधुनिक युग के वैज्ञानिक तथ्यों तथा आनुभविक मनोवृत्ति की उपेक्षा भी नहीं कर सकता। इसी आन्तरिक उलझन की मनःस्थिति में भारतीय चिन्तक अपने चिन्तन में रत हैं। उसकी इस मनःस्थिति से ऊपर उठने का एक सामान्य ढंग यह है कि एक ओर तो अपनी परम्परा को नये ढंग से प्रतिष्ठित करते हैं, तथा दूसरी ओर वे यह भी निर्देश देते हैं कि उनका इस प्रकार का चिन्तन आधुनिकता से, वैज्ञानिकता से पूर्णतया संगत है। फलतः प्रायः इन सभी विचारों में एक प्रकार का पाश्चात्य-पूर्व-समन्वय स्पष्ट होता है।

परम्परा पर अत्यधिक बल देने के कारण कुछ टीकाकार समकालीन भारतीय दर्शन के सम्बन्ध में यह टिप्पणी देते हैं कि यह मात्र अर्थनिरूपणात्मक है, किन्तु सर्जनात्मक नहीं। किन्तु इस टिप्पणी से एक मूल प्रश्न उठ जाता है —कि कोई विचार कब तक मात्र अर्थ-निरूपणात्मक रहता है और कब वह सर्जनात्मक हो जाता है? क्या सर्जनात्मक दर्शन अर्थनिरूपण नहीं करता, और क्या अर्थनिरूपणता के प्रयत्न में सर्जनात्मकता नहीं रहती? इतना तो स्पष्टतः स्वीकारा ही जा सकता है कि इन दोनों में कोई मौलिक विरोध या पारस्परिक असंगति नहीं है। उदाहरणतः शंकराचार्य भी एक दृष्टि से 'वेदान्त सूत्र' का अर्थनिरूपण ही करते हैं, फिर भी सर्जनात्मकता तथा मौलिक चिन्तन की दृष्टि से भी वे विश्व में अद्वितीय हैं। मूर ने स्वयं कहा था कि उन्हें अपने विचार की सामग्री अन्य चिन्तकों के लेखों—विचारों से प्राप्त होती रही थी, फिर भी मूर का दर्शन सर्जनात्मक एवं मौलिक चिन्तन का एक उत्कृष्ट उदाहरण है। समकालीन भारतीय चिन्तक कुछ प्राचीन विचारों का—जो मूलतः उपनिषदों पर आधृत हैं—(इकबाल ने कुरान शरीफ पर)— अर्थनिरूपण करते हैं, फिर भी उनके विचारों में नवीन संरचनाओं के सतत् प्रयत्न होते रहे हैं। अतः कहा जा सकता है कि कुछ सीमाओं के अन्तर्गत वे अर्थनिरूपण भी करते हैं तथा सर्जनात्मक चिन्तन भी।

कहा जाता है कि हर दर्शन पर उस परम्परा की छाप होती है जिसमें वह जन्म लेता है। यही कारण है कि ब्रिटिश दर्शन सामान्यतः आनुभविक है, तथा अमेरिका का दर्शन वास्तववादी तथा उपयोगितावादी है। फ्रांस का दर्शन सामान्यतः बुद्धिवादी है, तथा जर्मनी का दर्शन परिकल्पनात्मक है। उस दृष्टिकोण से भारतीय दर्शन को 'ध्यान चिन्तन-केन्द्रित' (Meditative) कहा जा सकता है। यह 'आत्म' तथा 'प्रकृति' में निहित शक्तियों पर ध्यान-केन्द्रित कर चिन्तन करता है। साधारणतः भारतीय दर्शन को 'आध्यात्मिक' कहा जाता है। ऐसा कहने का तात्पर्य यही कि इसमें वैसे मूल्यों पर बल दिया जाता है जो

परात्ममूलक तथा पारलौकिक हैं । किन्तु भारतीय दर्शन का यह विवरण उपयुक्त नहीं क्योंकि यह अयथेष्ट है । इस विवरण से धारणा बनती है कि भारतीय दर्शन में इहलौकिकता तथा सांसारिक मूल्यों की सर्वथा उपेक्षा हुयी है । कम से कम समकालीन भारतीय दर्शन के सम्बन्ध में तो ऐसा कहना उपयुक्त नहीं है । यहां भी आध्यात्मिक मूल्यों को चरम स्थान दिया गया है, किन्तु इसका यह अर्थ नहीं कि इसमें आनुभविक जगत तथा साधारण जीवन से सम्बन्धित मूल्यों की पूर्ण उपेक्षा हुयी है । समकालीन भारतीय दर्शन एकांगी नहीं है, बल्कि यहां तो दोनों प्रकार के मूल्यों के समन्वय का सतत् प्रयास होता रहा है । यहां स्पष्ट रूप में कहा गया है कि आध्यात्मिक जागृति 'शून्य' में रूप नहीं ले सकती——उसी भौतिकता के जीवन में रूप ले सकती है जिसे ऊंचा उठाना और पूर्ण बनाना इस जागृति का लक्ष्य है ।

इसी दृष्टिकोण से कहा जा रहा है कि भारतीय दर्शन का स्वरूप ध्यान चिन्तन-केन्द्रित है । इस संदर्भ में 'ध्यान-चिन्तन' शब्द 'आध्यात्मिक' शब्द से अधिक व्यापक है क्योंकि 'आध्यात्मिक' भी इसमें समाविष्ट है । इस शब्द से सूचित होता है कि प्रथमतः चिन्तक को आत्म एवं प्रकृति में निहित कुछ शक्तियों की अवगति होती है । वह उन पर ध्यान केन्द्रित करता है, तथा उनके विषय में और जानने का प्रयत्न करता है । वह उन पर ध्यान केन्द्रित करता है, तथा उनके सम्बन्ध में परिकल्पनात्मक चिन्तन करता है । इसी प्रकार 'दर्शन' रूप लेता है । भारतीय दार्शनिक मात्र एक संवेदनशील व्यक्ति नहीं है जो आत्म तथा प्रकृति की विशिष्टताओं से प्रभावित हो आनन्दित होता रहे, वह इन अनुभवों पर ध्यान केन्द्रित कर और चिन्तन करता है । वेदों के द्रष्टाओं के साथ भी यही बात थी, उपनिषद के चिन्तकों ने भी यही किया था, तथा समकालीन भारतीय चिन्तक भी यही कर रहे हैं । अतः कहा जा सकता है कि भारतीय दर्शन के इतिहास में दार्शनिक चिन्तन की विधि 'ध्यान' तथा 'परिकल्पनात्मकता' का एक अद्भुत मिश्रण रहा है ।

यह विधि एक विशेष ढंग से तथा एक विशेष प्रक्रिया में अग्रसर होती है । ध्यान केन्द्रित कर चिन्तक कुछ विशेष 'भावों' को पकड़ लेता है । अब उस भाव पर वह अपना विश्वास टिकाता है तथा परिकल्पनात्मक चिन्तन के द्वारा उस भाव की बौद्धिकता तथा उसका प्रमाण्य स्थापित करता है । इस विधि में बौद्धिक युक्तियां, तार्किकता, बौद्धिक विवेचन आदि द्वितीय स्तरीय हो जाते हैं क्योंकि 'सत्य' तो ध्यान-केन्द्रित अन्तर्दृष्टि से प्राप्त हो चुका है । यही आधार है भारतीय विचारकों के द्वारा इस बात पर बल देने का कि 'सत्य' अन्तर्दृष्टि से प्राप्त होता है, बौद्धिक विवेचन से नहीं । समकालीन भारतीय चिन्तकों ने भी इसी विधि को अपनाया है । इस दृष्टि से वे अपनी परम्परा से पूर्णतया जुड़े हुए हैं ।

अब हम समकालीन भारतीय दर्शन की विशिष्टताओं का उल्लेख करें, तथा इस संदर्भ में यह भी निर्देश देते चलें कि किन बातों में उनके विचार पारम्परिक विचार के अनुरूप हैं, तथा किन विचारों में उनकी मौलिकता एवं नवीनता स्पष्ट होती है ।

कहा जा सकता है कि प्राचीन भारतीय दर्शन जीवन-सम्बन्धी एक निराशापूर्ण दृष्टि पर आधृत रहीं है । इसका विश्वास रहा है कि जीवन का अर्थ दुख है, तथा धर्म एवं दर्शन का लक्ष्य इस दुख से मुक्ति पाना है । समकालीन भारतीय चिन्तक भी दुख की वास्तविकता को

स्वीकारते है, तथा दुख से मुक्ति की बात भी करते हैं, फिर भी उनके विचार का ढंग प्राचीन विचारकों से कुछ भिन्न है। इन लोगों ने 'जीवन' में एक 'अर्थ' देखा है—एक 'प्रयोजन' देखा है, तथा लौकिक जीवन को भी आध्यात्मिक विकास की एक कड़ी के रूप में समझने का प्रयास किया है। कुछ समकालीन विचारक तो यहां तक कहते हैं कि दुख तथा कष्ट के द्वारा आत्म के जीवन को एक सार्थकता एवं गरिमा मिलती है।

समकालीन भारतीय चिन्तकों के अनुसार दार्शनिक चिन्तन की जड़ें अस्तित्वमूलक आधारों में हैं। विशेषतः टैगोर तथा राधाकृष्णन मानव के 'अस्तित्व' का विश्लेषण करते हैं, तथा अस्तित्व के साथ जुड़ी हुयी चिन्ता, क्लेश, ऊब आदि अनुभूतियों की बात करते हैं, और यह भी कहते हैं कि मानवीयता का अर्थ इन अनुभूतियों के साथ—इन्हें स्वीकारते हुए जीना है। यह ठीक है कि वे भी प्राचीन भारतीय दार्शनिकों के समान एक अन्तिम' अवस्था—मुक्ति की अवस्था की बात करते हैं—किन्तु वे दार्शनिक चिन्तक के 'सम्बन्ध तथा उसके 'आदर्श' में भेद करते हैं। दर्शन का 'सम्बन्ध' अस्तित्वान मनुष्य से है—ऐसे मनुष्य से है जो अपनी जीवन-परिस्थितियों से घिरा हुआ 'जी' रहा है, किन्तु इसका 'आदर्श' व्यक्ति और मानव-मात्र—दोनों का त्राण है।

फलतः समकालीन भारतीय चिन्तक 'जगत' तथा 'शारीरिक जीवन' दोनों की वास्तविकता स्वीकार कर अग्रसर होता है। प्राचीन भारतीय चिन्तन में शरीर, मन, इन्द्रियों आदि पर पूर्ण नियंत्रण आध्यात्मिक विकास के लिये अनिवार्य माना गया है, जबकि समकालीन चिन्तन में इस 'नियंत्रण' का अर्थ 'रोक' या 'उन्मूलन' नहीं, बल्कि उन प्रवृत्तियों का परिमार्जन है, उन्हें ऊंचा उठाना है। ये लोग 'जगत' को 'कार्यस्थल' मानते हैं, तथा शरीर को 'ईश्वरीय मन्दिर' कहते हैं। इस प्रकार ये लोग इन तत्त्वों की वास्तविकता पर बल देने के कारण, तथा शारीरिक प्रवृत्तियों के लिये भी आध्यात्मिक विकास की प्रक्रिया में एक स्थान बना सकने के कारण अपने को आनुभविकता तथा आधुनिकता की दृष्टि के अनुरूप बना पाते हैं।

भारत में 'दर्शन' को 'दृष्टि' कहा गया है। माना जाता है कि दर्शन सत्-दृष्टि देता है। सत्-दृष्टि वास्तविक–अवास्तविक की समझ है। इसी आधार पर प्राचीन भारतीय विचारक मानता है कि दुख का मूल कारण हमारा 'अज्ञान' है वास्तविक–अवास्तविक के अन्तर को नहीं समझ पाना है। इस अज्ञान के कारण हम अवास्तविक के लिये मोह उत्पन्न कर लेते हैं, ऐसे तत्त्वों से चिपक जाते हैं, और फलतः दुख झेलते हैं। समकालीन भारतीय चिन्तक इस समस्या को सर्वथा इस रूप में नहीं देखता। वह मानता है कि दर्शन 'देखने' का ढंग है—दृष्टिकोण है। दार्शनिक ज्ञान से हम ऐसी मनोवृत्ति उत्पन्न कर पाते हैं, जिसके 'देखने' का ढंग हमारे साधारण 'देखने' के ढंग से भिन्न हो जाता है। जीवन की परिस्थितियां परिवर्तित नहीं होतीं, वे उसी रूप में रहती हैं, किन्तु उनके प्रति दृष्टिकोण बदल जाता है। अब इस परिवर्तित दृष्टिकोण के फलस्वरूप व्यक्ति जीवन की परिस्थितियों से उस प्रकार प्रभावित नहीं होता जिस प्रकार वह सामान्यतः होता रहता है। यह कुछ उसी ढंग की बात होती है जैसा कि टैगोर के इस उदाहरण से स्पष्ट होता

है। एक बच्चे को एक 'बैंक-नोट' मिल जाता है। साधारणतः वह इसे एक चित्रित कागज समझता है, किन्तु जब वह इसे 'जान' लेता है तो अब उस कागज के प्रति उसकी दृष्टि परिवर्तित हो जाती है। उसी प्रकार कहा जा सकता है कि आदि मनुष्य के लिये एक 'सोने का खनिज पत्थर' किसी अन्य पत्थर जैसा पत्थर ही है, किन्तु जब मनुष्य 'सोने' को जान लेता है, तब ऐसे पत्थरों के प्रति उसकी दृष्टि बदल जाती है। उसी प्रकार, जब तक हम अपने को एक पृथक, वैयक्तिक आत्म के रूप में समझते हैं---तब तक हम जगत एवं हर परिस्थिति को अपने से सम्बन्धित कर के ही देखते, समझते हैं। किन्तु दार्शनिक ज्ञान के बाद जब इस 'पृथकता-बोध' से ऊपर उठ जाते हैं---हमारी दृष्टि परिवर्तित हो जाती है, तथा अब हम सब कुछ अपने लिये एकत्रित करने के ढंग से नहीं सोचते। अतः कहा जा सकता है कि समकालीन भारतीय चिन्तक प्राचीन विचारों को नये ढंग से, नये परिवेश में प्रस्तुत करते हैं।

इससे स्पष्ट होता है कि समकालीन चिन्तक भी प्रायः उन्हीं समस्याओं में उलझे हैं, जिनसे प्राचीन भारतीय विचारक जूझते रहे थे। कर्म, पुनर्जन्म, अमरता, मोक्ष आदि के विचार अभी भी चिन्तकों का ध्यान आकर्षित कर लेते हैं। शायद इन चिन्तकों को 'लगता' है कि 'समस्यायें' नहीं बदलती, केवल उन्हें हर युग तथा काल में नये-नये परिवेश में उभारा जाता है। किन्तु, यह तो स्पष्ट रूप में कहा जा सकता है कि इन समस्याओं से समकालीन चिन्तकों के जूझने का ढंग प्राचीन विचारकों के ढंग से भिन्न है। प्राचीन भारतीय विचारकों के अनुसार इन सभी भावों का यथारूप चित्रण बौद्धिक क्षमताओं के द्वारा सम्भव नहीं, फलतः उनके विचारों में कुछ अमूर्तता आ जाती है---वे साधारण वैचारिक ढंगों से 'हटे हुए' प्रतीत होते हैं। इसके विपरीत समकालीन भारतीय चिन्तक सदा ही इन भावों-विचारों को वास्तविक जीवन तथा मानवीय अनुभवों से सम्बन्धित करने का प्रयास करते रहते हैं। उदाहरणतः 'मोक्ष', 'सर्वमुक्ति', 'दिव्य जीवन' जैसे नाम परम लक्ष्य के लिये विभिन्न विचारकों के द्वारा उपयोग में आये हैं, किन्तु इन विचारों के प्रतिपादकों ने इन्हें सामान्य जीवन से सम्बन्धित कर इन पर विचार किया है। उदाहरणतः इन लोगों ने कहा है कि अमरत्व की झांकी इस जीवन की अनुभूतियों में भी सम्भव है। संगीत, सौन्दर्य बोध, नैतिक एवं धार्मिक कर्मों के शुद्ध अनुशीलन आदि के सम्बन्ध में दिखाया गया है कि कैसे इन अनुभूतियों में 'मुक्ति' की अनुभूति मिलती है। वेदान्त के लिये इस अवस्था को समझने के लिये सबसे उपयुक्त उदाहरण 'सुषुप्ति' का है। किन्तु 'सुषुप्ति' के उदाहरण में इस अवस्था की समझ परोक्ष रूप में होती है क्योंकि यह अवस्था 'अनुभवास्था' स्पष्ट रूप में है नहीं। वह तो जब हम परोक्ष रूप में विचार करते हैं कि यह कैसे कहा जाता है कि हम गहरी नींद सोये---तब हम समझ पाते हैं कि उस अवस्था में भी अनुभवशून्यता नहीं है। इसके विपरीत समकालीन भारतीय चिन्तक 'मुक्ति' की झांकी भावात्मक रूप में, साक्षात रूप में, वास्तविक अनुभूतियों के उदाहरण के द्वारा प्रस्तुत करता है। इन अनुभूतियों में उस क्षण के लिये अनुभवकर्त्ता जीवन की कटुताओं से ऊपर उठ जाता है, तथा शुद्ध आनन्द के जगत में प्रवेश कर जाता है। इन अनुभूतियों

का साक्ष्य यह सोचने का आधार बन जाता है कि ऐसे आनन्द के शाश्वत अनुभव की सम्भावना भी प्रकट हो सके।

ऊपर कही गयी बातों से यह स्पष्ट हो रहा है कि समकालीन भारतीय चिन्तक कुछ विचारों तथा विश्वास के आधारों में प्रायः एकमत प्रतीत होते हैं। ऐसे कुछ मुद्दे हैं जिनके सम्बन्ध में सामान्य सहमति है। किन्तु, ऐसी स्थापना के मार्ग में 'इकबाल' रुकावट हैं, क्योंकि वे एक अलग परम्परा के चिन्तक हैं। फिर भी कुछ बातों में उनके विचारों में तथा अन्य विचारों में भी कुछ सादृश्यता है।

कुछ बातें जिनके सम्बन्ध में इन सबों में सामान्य सहमति है वे हैं—'एकवाद', 'जगत की वास्तविकता', 'मानव का संगठित स्वरूप', 'मनुष्यत्व की गरिमा', 'मानव स्वतंत्रता की वास्तविकता', 'अन्तर्दृष्टि का महत्त्व' आदि। इन सभी विचारकों की तात्त्विक दृष्टि एकवादी है। वैसे एकवाद भिन्न-भिन्न विचारकों में भिन्न-भिन्न रूप में प्रकट होता है। कुछ के अनुसार एकवाद तथा एकेश्वरवाद का भेद अप्रासंगिक है, कुछ निरपेक्ष सत् की एकरूपता पर बल देते हुए भी ईश्वर को उसका अनिवार्य पक्ष बना देते हैं, तो कुछ के अनुसार सत् का एकवादी रूप उसे अनिर्वचनीय बना देता है।

उसी प्रकार इन सबों में जगत की वास्तविकता को स्वीकारा गया है तथा मनुष्यत्व की गरिमा पर बल दिया गया है। वे सभी स्वीकारते हैं कि जीवन के आदर्श की प्राप्ति इस सीमित जीवन के परे जाने में है, फिर भी वे प्राचीन विचारकों के समान यह नहीं स्वीकारते कि मनुष्य होना दुर्भाग्य है।

पुनः वे सभी इस विचार में भी सहमत हैं कि सत् का यथार्थ ज्ञान किसी अन्तर्दृष्टि से ही सम्भव है। भिन्न-भिन्न विचारकों ने इसे अलग-अलग नाम दिया है, किन्तु वे सभी एकमत हो यह स्वीकारते हैं कि इन्द्रिय-अनुभव तथा बौद्धिक अवगति से सत् का ज्ञान सम्भव नहीं है, बल्कि यह सम्भव है आन्तरिक सूझ से, अन्तर्दृष्टि से। इन्द्रिय अनुभव एवं बौद्धिकता को समुचित स्थान भी दिया गया है, उनके द्वारा सम्पादित कार्यों को महत्त्व भी दिया गया है, किन्तु उन्हें सत् के ज्ञान के माध्यम के रूप में नहीं स्वीकारा गया है।

वैसे अन्तर्दृष्टि को कोई विचित्र, असाधारण मार्ग के रूप में नहीं प्रस्तुत किया गया है। यह कोई अमूर्त ढंग भी नहीं है। सभी विचारक मानते हैं कि जिस प्रकार की क्रियायें मानसिकता में सम्पादित होती हैं, उन्हीं की परिणति अन्तर्दृष्टि में होती है। इसी कारण इस बात पर बल दिया गया है कि हर व्यक्ति में अन्तर्दृष्टि की क्षमता है। वे सभी कहते हैं कि सतत् अभ्यास तथा कठोर अनुशासन के द्वारा आत्म में, मन में निहित शक्तियों को सघन बनाया जा सकता है, और तब सत् की अन्तर्दृष्टि सम्भव हो सकती है। अतः इन सभी विचारकों के मत में अन्तर्दृष्टि कोई रहस्यात्मक शक्ति नहीं है, यह मानव के लिये पूर्णतया स्वाभाविक है, इसकी क्षमता हर मनुष्य में निहित है।

मानव-स्वतंत्रता के सम्बन्ध में भी इन विचारकों का मत प्रायः एक जैसा ही है। वैसे इन विचारकों में स्वतंत्रता एक नैतिक या सामाजिक अवधारणा के रूप में विकसित नहीं हुयी है, यह अवधारणा मूलतः तात्विक एवं अस्तित्वमूलक है। विश्वास किया गया

है कि मानव तात्विक दृष्टि से तथा अस्तित्व की दृष्टि से भी स्वतंत्र है। इससे एक बड़ा ही रोचक निष्कर्ष निकल आता है—जिसे इन सबों ने स्वीकारा है, कि स्वतंत्रता मानव का स्वरूप भी है, तथा उसका चरम आदर्श भी। मनुष्य स्वतंत्र तो है ही, किन्तु उसके अज्ञान के फलस्वरूप वह स्वयं अपनी स्वतंत्रता को घेरे में डाल देता है, उसके मार्ग में कुछ रुकावटें खड़ा कर लेता है। अब उसकी स्वतंत्रता सीमित प्रतीत होती है। वह इस सीमा को तोड़ने का प्रयत्न करता है, बाधाओं को हटाने का प्रयत्न करता है, क्योंकि उसके बाद ही उसकी स्वतंत्रता पूर्णतया मुखरित हो पायेगी। यही उसका आदर्श है। इन विचारकों ने तो वैयक्तिक स्वतंत्रता के भाव को इतना महत्त्व दिया है कि वे मानते हैं कि मुक्त होने के बाद भी इस स्वतंत्रता का हनन नहीं होता।

इस प्रकार हम देखते हैं कि समकालीन भारतीय चिन्तकों का विश्वास है कि दर्शन जीवन के साथ अनिवार्य रूप में बंधा हुआ है। वैसे प्राचीन भारतीय विचारक भी ऐसा मानते थे, किन्तु जिस जीवन के साथ वे दर्शन को जोड़ते थे वह सामान्य मानव का सामान्य जीवन नहीं था, बल्कि एक विशिष्ट दार्शनिक जीवन था। इस जीवन से तो उनका दर्शन 'हटा हुआ' प्रतीत होता था, जिसके चलते कुछ लोगों ने उन्हें 'पलायनवादी' भी कहा है। समकालीन भारतीय चिन्तक पलायनवादी तो नहीं ही है, वे जीवन से भागते नहीं, बल्कि इस जीवन के संदर्भ में दर्शन की सार्थकता की स्थापना करते हैं। शायद इसी विश्वास के चलते कुछ विचारकों ने कहा है कि मुक्त होने के बाद भी 'आत्म' का कार्य समाप्त नहीं हो जाता उसे उसके बाद भी कार्यरत रहना है, अन्य मनुष्यों के साथ रहते हुए उनके जीवन को उच्चतर बनाने में उनका सहायक बनना है। बड़े सुन्दर ढंग से एक विचारक ने कहा है कि जब तक मानव-मात्र की मुक्ति नहीं हो जाती तब तक किसी की मुक्ति नहीं होती।

दर्शन को जीवन के साथ जोड़ने के इस संकल्प के फलस्वरूप समकालीन विचारक एक उलझन में उलझ जाता है। वह अपने दार्शनिक चिन्तन की शास्त्रीयता को भी सुरक्षित रखना चाहता है, और उसे दर्शन को जीवन के साथ–साधारण, सामान्य जीवन के साथ जोड़े भी रखना है। उसे यह भी अवगति है कि 'शास्त्रीय दार्शनिक ज्ञान' तथा 'जीवन के अनुभवों पर आधृत बुद्धिमत्ता' में मौलिक अन्तर है। अब उसकी उलझन है कि यदि वह दार्शनिक ज्ञान का ढंग अपनाये, तो उसके विचार—उसका दर्शन कुछ दर्शनशास्त्र के विद्वानों की सीमा तक सिमट कर रह जायगा, और तब उस पर यह अरोप लगेगा कि वह दर्शन को जीवन से दूर ले जा रहा है। यदि वह दूसरे ढंग को अपनाये तो उसके विचार सर्वसाधारण जैसे हो जायेंगे तथा उसकी शास्त्रीय गरिमा समाप्त हो जायेगी।

समकालीन भारतीय विचारक को इस उलझन की तीव्र चेतना है, फलतः वह इस उलझन से निकलने, तथा इन दोनों विकल्पों में समन्वय स्थापित करने का प्रयास करता है। वह सोचता है कि इन दोनों प्रकार के अन्वेषणों में कोई आन्तरिक विरोध तो नहीं है। दर्शनशास्त्री जीवन के अनुभवों का धनी भी हो सकता है, तथा जिसे जीवन की समझ है वह भी तकनीकी ढंग से दर्शनशास्त्री हो सकता है। इन लोगों ने यह भी देखा कि भारतीय दार्शनिक परम्परा में ही इन दोनों प्रकार के ज्ञान को एकसाथ रूप देने वाले

विचारक भी हुए हैं। आचार्य शंकर का ही उदाहरण लें। शंकर की विशिष्टता है कि वे 'ज्ञान' तथा 'जीवन की समझ' दोंनो को सहजरूप में समेटे हुए है। उन्होंने तत्त्व-दर्शन एवं ज्ञानमीमांसा के कठिन, एवं तकनीकी सिद्धान्तों को बड़े स्पष्ट रूप में प्रतिपादित किया है, तथा वे 'जीवन के सामान्य समस्याओं' के सम्बन्ध में भी सफल निर्देश देते हैं। वे दर्शन-शास्त्री भी हैं तथा जीवन के संदर्भ में परम ज्ञानी भी।

समकालीन भारतीय चिन्तकों ने शंकर जैसे उदाहरणों के आधार पर अपना मार्ग ढूंढ़ लिया है, अतः वे जीवन से सम्बन्धित विचार प्रस्तुत करते हैं, और साथ-साथ अपनी दर्शनशास्त्रीय पकड़ को भी शिथिल नहीं होने देते। यह बात राधाकृष्णन तथा कृष्ण चन्द्र भट्टाचार्य जैसे दर्शनशास्त्र के प्रोफेसरों पर तो लागू होती ही है, साथ-साथ यह बात गांधी एवं टैगोर जैसे जनमानस से सटे विचारकों पर भी लागू होती है। तब यह है कि प्रथम कोटि के विचारकों के साथ उनका शास्त्रीय पक्ष स्पष्ट प्रकाश में रहता है, जबकि गांधी, टैगोर आदि में यह पृष्ठभूमि में है। किन्तु सभी विचारक अपने मत के समर्थन में प्रसिद्ध विचारकों के मतों का उल्लेख करते रहते हैं तथा दार्शनिक चिन्तन के इतिहास से पूर्ण परिचय का प्रमाण देते रहते हैं।

शायद यही कारण है कि इन विचारों से सामान्य मनुष्य बौद्धिक तथा भावनात्मक—दोनों प्रकार की सन्तुष्टि पा लेता है। श्री अरविंद का ही उदाहरण लें, उन्होंने सामान्य जनमानस और शास्त्रीय विद्वानों—दोनों को समानरूप से प्रभावित किया है। विद्वानों को उनके लेखों में चिन्तन की प्रचुर सामग्री मिलती है, तथा अनगिनत व्यक्तियों ने उनके विचारों से नये जीवन का ढंग सीखा है। शायद समकालीन भारतीय विचार की इसी विशिष्टता के कारण दर्शनशास्त्र के कुछ विद्वान इन विचारों को अपनी शास्त्रीय कोटियों में नहीं बैठा पाते। उनकी यह चेष्टा रहती है कि हर विचार को दर्शनशास्त्रीय ढंगों तथा कोटियों में प्रस्तुत किया जाय। ऐसा वे पाश्चात्य दर्शन के प्रभाव में करते हैं। पाश्चात्य दर्शन विशेषतः आधुनिक पाश्चात्य दर्शन दिनों-दिन दर्शन के प्रोफेसरों के संसार तक सिमटता जा रहा है। उन लोगों का विश्वास है कि दर्शन न तो तात्विक विश्व-दृष्टि दे सकता है, और न जीवन के ढंगों के सम्बन्ध में कुछ निर्देश। उनकी सामान्य धारणा है है कि 'दर्शन' एक विधि है, सोचने का ढंग है विश्लेषण की एक तकनीक है जिनके सहारे अस्पष्टता, अनेकार्थकता, व्यामिश्र, वैचारिक गुत्थी तथा उलझनों को स्पष्ट करने का प्रयत्न होता है। उनका विश्वास है कि इस प्रकार के विश्लेषणात्मक विचार से समस्या पर नया प्रकाश पड़ता है, तथा नये-नये प्रश्न उभर आते हैं। अतः उनके अनुसार दर्शन शुद्ध बौद्धिक प्रक्रिया है, जिसका लक्ष्य बौद्धिक प्रकाश तथा विचारों की स्पष्टता है।

समकालीन भारतीय चिन्तक इन पाश्चात्य विचारकों के भावात्मक दावे को तो महत्त्व देते हैं, किन्तु उनकी निषेधात्मक मान्यताओं को नहीं स्वीकारते। वे यह मानते हैं कि दार्शनिक चिन्तन का एक कार्य भावों-विचारों का स्पष्टीकरण है। किन्तु उनका कहना है कि यह कार्य ही एक जगत-दृष्टि के उत्पन्न होने का आधार बन जा सकता है। हर स्पष्टीकरण का प्रयत्न कुछ मापदण्डों पर—कुछ विशिष्ट दृष्टिकोण पर ही आधृत

होता है। उसी दृष्टि तथा वैसे मापदण्ड (जिनके प्रति हम प्रतिबद्ध हो जाते हैं) के विकसित रूप से ही तो विश्व-दृष्टि सर्जित होती है। अतः इन विचारकों का विश्वास है (और उस विश्वास के अनुरूप ही वे अपना दार्शनिक चिन्तन करते भी हैं) कि दर्शन उच्च वैचारिक बौद्धिक विश्लेषण भी करता है, तथा जीवन के सम्बन्ध में समुचित 'दृष्टि' भी दे सकता है। इसी कारण इन विचारकों में हमें दोनों प्रकार के दार्शनिक चिन्तन के उदाहरण मिलते हैं।

एक और अन्य बात के सम्बन्ध में सभी समकालीन भारतीय चिन्तक प्रायः एकमत प्रतीत होते हैं। वे किसी न किसी रूप में 'मानववादी' तो हैं ही। उनमें से कुछ विचारों में 'मानववाद' (Humanism) तथा 'मानवतावाद' (Humanitarianism) का मेल है। उदाहरणतः स्वामी विवेकानन्द अपने विचारों को एक सबल मानववादी परिवेश में प्रस्तुत करते हैं, साथ-साथ वे उसी प्रकार के सबल रूप में मानव-कल्याण के कार्य, सेवा आदि की अनुशंसा करते हैं। फिर भी इन विचारकों का वैचारिक मानववाद—मानववाद के आज के प्रचलित रूप से कुछ भिन्न है। बात है कि दार्शनिक मानववाद भिन्न-भिन्न रूपों में प्रस्तुत होता रहा है, इन विचारकों का मानववाद (Humanism) भी अपने ढंग का है। वैसे मानववाद का एक न्यूनतम रूप है जिसकी उपेक्षा हो ही नहीं सकती, तथा जिस अर्थ में यह हर विचार के साथ जुड़ा है। अपने न्यूनतम अर्थ में मानववाद का कहना है कि कोई विचार मानव से असम्बद्ध रह ही नही सकता। यह एक स्पष्ट सत्य है। इसके सम्बन्ध में कोई विवाद या मतभेद भी नहीं है। किन्तु वर्तमान काल में मानववाद का एक विशिष्ट अर्थ उभरा है—इसे 'वैज्ञानिक मानववाद' (Scientific Humanism) कहते हैं। इस मानववाद का एक मूल विश्वास है कि मनुष्य अपने भविष्य को स्वयं रूप दे सकता है। विज्ञान तथा टेकनालाजी की उपलब्धियां, तथा प्राकृतिक शक्तियों के अपनी सुविधानुसार उपयोग के मार्ग में वैज्ञानिक सफलतायें आदि मनुष्य में अपनी क्षमता के प्रति एक आत्म-विश्वास उत्पन्न करा देती हैं। इसका एक परिणाम होता है कि उसे अब दैवी या अप्राकृतिक या आध्यात्मिक शक्तियों के सहारे पर झुकने की आवश्यकता प्रतीत नहीं होती। अब वह पूर्णतया मानव-केन्द्रित हो जाता है। फलतः इस प्रकार का मानववाद भाववादी तथा इहलौकिकवादी हो जाता है। वर्त्तमान काल में 'मानववाद' शब्द से इसी प्रकार के मानववाद का बोध होने लगा है।

स्पष्टतः इस प्रकार का विचार समकालीन भारतीय चिन्तकों के दृष्टिकोण के अनुरूप नहीं है। इन विचारकों की आध्यात्मिक मूल्यों के प्रति अटूट आस्था है। सम्भवतः इसी कारण आज का आधुनिक मानववादी विचारक इन विचारकों को मानववाद की परिधि में रखने के लिये तत्पर नहीं होगा।

किन्तु, इन आधुनिक विचारकों को यह नहीं दिखाई देता कि जिस प्रकार के मानववाद का पोषण समकालीन भारतीय चिन्तक कर रहे हैं वह इनके आधुनिक वैज्ञानिक मानववाद से कहीं अधिक व्यापक है। समकालीन भारतीय विचारकों का मानववाद एक दृष्टि से वैज्ञानिक मानववाद को भी समेट लेता है, तथा उसमें कुछ और बातें जोड़ देता है।

वस्तुतः इन लोगों ने 'मानववाद' तथा 'आध्यात्मवाद' के अन्तर को ही समाप्त कर दिया है। विशेषतः टैगोर तथा राधाकृष्णन ने इस विचार को स्पष्ट रूप देने का प्रयत्न किया है।

'मानववाद' का चाहे जो भी अर्थ निकाला जाय, इतना तो सबको स्वीकारना ही है कि मानववाद हर बात को मानव से सम्बन्धित कर देखने, सोचने का ढंग है। यह मानव-केन्द्रित है तथा इस बात पर बल देता है कि मानव की क्षमताओं तथा शक्तियों का पूर्ण विकास होना ही चाहिये। इसी मूल विचार को ध्यान में रखते हुए टैगोर तथा राधाकृष्णन कहते हैं कि 'धर्म' का वास्तविक अर्थ ही है, वस्तुओं के सारगुण—उनमें निहित शक्तियों को पूर्णतया व्यक्त होने का अवसर तथा ढंग प्राप्त हो। इसी अर्थ में इन लोगों ने कहा है कि अग्नि का 'धर्म' है ताप, तथा जल का 'धर्म' है जलत्त्व। उसी दृष्टि से कहा गया है कि मनुष्य का धर्म है अपनी विशिष्टता—अपने सार गुण—की अभिव्यक्ति। मानव की 'मानवीयता' की अभिव्यक्ति मानव का धर्म है। स्पष्ट है कि इस बिन्दु पर 'मानववाद' तथा 'धर्म' एकरूप हो जाते हैं।

इस विचार को थोड़ा और आगे बढ़ायें। मानव की मानवीयता, उसका सार गुण क्या है? मानव के वास्तविक स्वरूप की पूर्ण अभिव्यक्ति होनी चाहिये, किन्तु वह 'स्वरूप' क्या है? वैज्ञानिक मानववाद मानव-स्वरूप को उसकी इच्छाओं, आकांक्षाओं, प्रेरणाओं के आधार पर समझता है, अतः उसकी अनुशंसा है कि मानव की इन शक्तियों को पूर्णतया विकसित होना चाहिये। अब इन 'आकांक्षाओं' के स्वरूप पर विचार करें। वैज्ञानिक मानववाद के अनुसार इन आकांक्षाओं का स्वरूप है कि ये कुछ इच्छाओं की पूर्ति के लिये कुछ संकल्प लेने का—कुछ करने का—रूप है। किन्तु ध्यान से देखा जाय तो ये आकांक्षायें इतनी ही नहीं हैं, इनके स्वरूप में 'कुछ और' है जिनकी ओर वैज्ञानिक मानववाद का ध्यान नहीं गया है। इन 'आकांक्षाओं' के विश्लेषण से स्पष्टरूप में यह बात प्रकाश में आती है कि आकांक्षायें 'सतत् प्रवाह' के रूप में आती हैं। कोई आकांक्षा 'अकेली' नहीं होती, इसी कारण आकांक्षाओं की अन्तिम समाप्ति नहीं होती, कोई सन्तुष्टि 'अन्तिम' नहीं होती। जब भी ऐसा प्रतीत होता है कि एक आकांक्षा पूर्ण हो रही है, उसी क्षण अनेकों आकांक्षायें उसके साथ जुड़ जाती हैं। अतः 'आकांक्षा' का स्वरूप मूलतः यह है कि 'जो है' उससे तृप्ति न हो, सदा 'जो नहीं है' उसे प्राप्त करने की इच्छा हो। आकांक्षा के इसी मूल रूप को समकालीन भारतीय चिन्तकों ने 'सतत ऊपर उठने की चेतना' 'परे की चेतना' (Consciousness of the beyond) कहा है। इस 'परे' शब्द के व्यवहार से वैज्ञानिक मानववादी विचारकों को घबड़ाहट हो सकती है। किन्तु अभी हम इस 'परे' शब्द के तात्विक साहचर्य पर ध्यान न दें, अभी हम इसे 'जीवन' के संदर्भ में ही देखें। 'परे' सदा आगे बढ़ना है। इसी अर्थ में टैगोर ने इस मानवीय क्षमता को 'मानव-आधिक्य' (Surplus in man) कहा है।

समकालीन भारतीय चिन्तकों ने बस इस 'मानव-आधिक्य' के पूर्ण विकसित रूप की सम्भावना पर विचार किया है। उनकी भी यही अनुशंसा है कि इस 'मानव-आधिक्य' को पूर्णरूपेण विकसित करना मानव का धर्म है। वे इच्छाओं के हनन की बात नहीं करते,

क्योंकि इच्छायें इसी 'आधिक्य' के प्रकट रूप हैं। वैज्ञानिक मानववाद इस सीमा पर रुका रह जाता है, समकालीन भारतीय चिन्तक इस 'आधिक्य' के पूर्ण विकसित रूप पर भी विचार करता है। इनका 'आध्यात्मवाद' इस 'आधिक्य' का प्रस्फुटन है। अतः इनका यही कहना है कि मूल मानववाद का विकसित रूप आध्यात्मवाद है। इन दोनों में विरोध का प्रश्न ही नहीं होता—क्योंकि दोनों एक ही प्रक्रिया हैं। नाम का अन्तर साहचर्य के कारण है, वैचारिक असंगति या भेद के कारण नहीं।

स्वामी विवेकानन्द

जीवन

विवेकानन्द का जन्म कलकत्ता के एक सम्पन्न परिवार में १२ जनवरी, १८६३ में हुआ था। उनके शैशव काल में कोई ऐसी महत्त्वपूर्ण घटना तो नहीं घटी थी जिसका प्रभाव उनके पूर्ण जीवन पर अमिट बना रहता। किन्तु, उनकी प्रारम्भिक शिक्षा के विषय में यह कहा जा सकता है कि एक दृष्टि से वह सर्वाङ्गी-शिक्षा थी। उनका ध्यान जिस ढंग से मानसिक एवं वैचारिक प्रगति की ओर रहा, उसी रूप में उनका ध्यान शारीरिक विकास के प्रति भी रहा। उन्होंने संगीत, साहित्य आदि के क्षेत्र में तो दक्षता प्राप्त की ही, साथ ही साथ तैराकी, घुड़सवारी, कुश्ती आदि में भी प्रवीणता प्राप्त की।

जैसे-जैसे उनका मानसिक विकास परिपक्व होने लगा उन्होंने भारतीय शास्त्रों का अध्ययन किया तथा पाश्चात्य विचारों से भी अपना परिचय बढ़ाया। उनकी प्रारम्भिक मानसिकता एक बौद्धिक विचारक तथा संशयवादी—दोनों के अंशों के साथ सजित हुई।

किन्तु १८८१ में स्वामी रामकृष्ण परमहंस से उनकी भेंट हुई, और इस भेंट के फलस्वरूप उनके जीवन में क्रान्तिकारी परिवर्तन आया। वैसे प्रारम्भ में अपनी संशयवादी दृष्टि के अनुरूप उन्होंने परमहंस की बातों को भी संशय की ही दृष्टि से देखा, किन्तु प्रारम्भिकसंशय, उलझन एवं प्रतिवाद के बाद उन्होंने स्वामी रामकृष्ण के प्रति पूर्ण समर्पणकिया, तथा उन्हें ही अपना पूर्ण गुरु एवं मार्ग-प्रदर्शक के रूप में स्वीकार लिया।

१८८६ में स्वामी रामकृष्ण के निधन के बाद उन्होंने अपने जीवन एवं कार्यों को नया मोड़ दिया। पहले तो उन्होंने सम्पूर्ण देश की विस्तृत यात्रा की, तथा इस प्रकार देश की वर्तमान सामाजिक एवं आर्थिक परिस्थितियों की जानकारी प्राप्त की। उन्होंने देखा कि देश की समृद्ध संस्कृति तथा आध्यात्मिक परम्परा की जकड़ तो भारतीय जनमानस पर प्रबल एवं सुदृढ़ थी, किन्तु उन्होंने यह भी देखा कि देश में गरीबी, निर्धनता, दारिद्रय तथा इनके कारण उत्पन्न सामाजिक बुराइयां एवं निर्बलता भी व्यापक रूप में विद्यमान थीं। उन्होंने समझा कि आध्यात्मिक प्रगति तब तक सम्भव नहीं होती जब तक भौतिक स्तर की कमजोरियां दूर न हों। अतः उन्होंने एक व्यापक आध्यात्मिक क्रान्ति की आवश्यकता समझी, और यह भी समझा कि उसके लिये सबल आध्यात्मिक नेतृत्व की भी आवश्यकता है। फलतः उन्होंने इसी दिशा में अपने योगदान का निश्चय किया।

जिस काल में उनके मन में इस प्रकार की योजना बन रही थी, उसी समय एक ऐसी महत्त्वपूर्ण घटना घटी कि उस आध्यात्मिक नेतृत्व की बागडोर सहज रूप में उनके हाथ में आ गयी। उन्हें सूचना मिली कि शिकागो में विश्व-धर्म-सम्मेलन 'पार्लियामेन्ट ऑफ रिलीजन्स' के रूप में आयोजित होने को है। उन्होंने वहां जाने का निश्चय किया और तय किया कि वहां वे भारतीय आध्यात्मिकता की शक्ति को विश्व के सामने प्रस्तुत करेंगे।

वहां जो कुछ भी घटा वह तो आज घर-घर को विदित है, किन्तु उसका एक परिणाम यह हुआ कि स्वामी विवेकानन्द को भारतीय आध्यात्मिकता का नेतृत्व सहज रूप में प्राप्त हो गया।

विदेशों मे भी उन्होंने वृहत् यात्रायें कीं, तथा वहां की अच्छी बातों को जानने सीखने का प्रयास किया। वहां से वापस आने पर स्वामी विवेकानन्द एक प्रमुख विचारक तथा भारतीय आध्यात्मिकता के प्रमुख चिन्तक के रूप में प्रतिष्ठित हुये। अब उन्होंने कलकत्ता के निकट बेलूर में स्वामी रामकृष्ण आश्रम की स्थापना की, तथा उस आश्रम के माध्यम से जनकल्याण, सेवा तथा सामाजिक सुधार का कार्य बड़े मनोयोग एवं लगन से प्रारम्भ किया। १८९९ में उन्होंने पुनः पश्चिम की यात्रा की तथा भारतीय आध्यात्मिकता का सन्देश विदेशों में भी फैलाया। ४ जुलाई, १९०२ को उनका निधन हुआ, किन्तु उन्होंने स्वामी रामकृष्ण आश्रम, तथा उस आश्रम में सेवा-व्रत लेने वाले अनेक सन्यासियों की परम्परा इस रूप में स्थापित कर दी, कि सेवा, सामाजिक सुधार तथा आध्यात्मिक चिन्तन की सरिता तब से सतत प्रवाहित है।

उनके दार्शनिक विचारों पर प्रभाव

जैसा कि ऊपर कहा गया है, स्वामी विवेकानन्द ने भारत के जन-समुदाय की सामाजिक, धार्मिक एवं आर्थिक परिस्थितियों को निकट से देखा तथा समझा था। इस जानकारी की पृष्ठभूमि में ही उनका दार्शनिक चिन्तन का उद्भव है। उन्होंने यह भी स्पष्ट रूप में देखा था कि समाज की कुछ कुरीतियां समाज में फैले अन्धविश्वास एवं अबौद्धिक रुढ़िवाद के कारण ही उत्पन्न हैं। उन्हें प्रतीत हुआ कि इसका मूल कारण यही था कि लोगों में आध्यात्मिक मूल्यों की समझ ढीली पड़ गयी थी। अतः उन्होंने समझा कि समय की मांग के अनुरूप इस प्रकार का आध्यात्मिक जागरण अनिवार्य है जहां आध्यात्मिकता की सही समझ उत्पन्न हो, तथा आध्यात्मिक मूल्यों के प्रति पूर्ण आस्था जाग सके। इसके लिये उन्होंने विभिन्न धर्मों में निहित आध्यात्मिकता के अंशों को समझने-परखने का प्रयास किया, तथा ऐसी विचारधाराओं को मान्यता दी जिनमें आध्यात्मिक मूल्यों को प्राथमिकता दी गयी थी।

वैसे यह कहना अतिशयोक्ति नहीं है कि उनके विचारों पर सबसे गहरा प्रभाव प्राचीन भारतीय दर्शन--विशेषतः वेदान्त-दर्शन का है। ऐसा कहा जा सकता है कि स्वामी विवेकानन्द अपने ढंग के वेदान्ती हैं। उनके अपने दार्शनिक विचारों का मूल प्राचीन भारतीय शास्त्रों, मूलतः उपनिषदों तथा वेदान्त-दर्शन पर आधृत है। उदाहरणतः उनके विचारों का केन्द्रीय अंश--जहां वे सत्य के पूर्णतया सर्ववादी रूप को स्वीकारते हैं, वेदान्त पर ही आधृत प्रतीत होता है। उनके दर्शन में 'माया' पर वृहत् विचार हुआ है, तथा यह भी वेदान्त पर आधृत तो है ही। वे भी विश्व में परिलक्षित कुछ विरोधाभासों एवं व्याघातों की व्याख्या करने में पारमार्थिक 'दृष्टि' तथा 'व्यवहारिक दृष्टि' में अन्तर करते हैं, तथा यह भेद भी वेदान्त पर ही आधृत है। वैसे विवेकानन्द अनेक स्थलों पर बार-बार कहते हैं कि वेदान्त

के विचारों का समय की मांगों के अनुरूप अर्थनिरूपण अनिवार्य है, उनका अपना विचार इसी दिशा मे एक प्रयास भी है। फिर भी यह तो स्वीकारना है कि उनके विचारों पर प्रमुख प्रभाव प्राचीन भारतीय दर्शन का है, तथा उसमें भी सर्वप्रमुख प्रभाव वेदान्त-दर्शन का है।

वेदान्त के अतिरिक्त, विवेकानन्द के विचारों पर किसी-किसी बिन्दु पर बौद्ध-दर्शन का प्रभाव भी स्पष्ट दिखाई देता है। कहा जा सकता है कि विवेकानन्द के विचारों में कम से कम तीन बिन्दु तो ऐसे हैं जिनके सम्बन्ध में बौद्ध दर्शन का प्रभाव प्रायः स्पष्ट है। इस संदर्भ में सर्वप्रथम तथा सर्वाधिक महत्वपूर्ण विचार विवेकानन्द का 'सर्वमुक्ति' विचार है। इस विचार में महायान बौद्ध विचार––विशेषतः बौद्धिसत्व-विचार से सादृश्यता स्पष्ट रूप में झलकती है। पुनः कहा जा सकता है कि विवेकानन्द बौद्ध-दर्शन के उस प्रकार के विचार से स्पष्टतः प्रभावित प्रतीत होते हैं, जहां कहा गया है कि जिस नाव की सहायता से आंधी में कोई नदी पार कर लेता है, उसे उस नाव को इस प्रकार छोड़ना चाहिये कि अन्य भी उसका उपयोग कर सकें। कहा गया है कि गौतम बुद्ध स्वयं निर्वाण पाने के बाद भ्रमण करते रहे, तथा दूसरों को दुख-निरोध-मार्ग में अग्रसर करने के लिये सहायता करते रहे। स्वामी विवेकानन्द इस प्रकार परार्थमूलक, मानवीय कार्यों के मूल्यों का बड़ा महत्व देते हैं, तथा इसी प्रकार के प्रभाव में अपनी आध्यात्मिक कार्य-प्रणाली में सेवा-कार्य को प्रमुख बना देते हैं। पुनः यह भी कहा जा सकता है कि प्राचीन बौद्ध विचार में अनुशंसित 'सम्यक् कर्मान्त' तथा 'सम्यक् आजीव' जैसे कार्य से भी विवेकानन्द स्पष्टतः प्रभावित प्रतीत होते हैं।

इन भारतीय विचारधाराओं के अतिरिक्त उनके विचार पर एक प्रमुख प्रभाव ईसाई धर्म का है। विवेकानन्द ने सदा चारित्रिक-बल को बड़ा महत्व दिया है, इसी के अनुरूप सलीब पर टंगे ईसा की आत्म-शक्ति तथा चरित्र-बल से विवेकानन्द बड़े प्रभावित प्रतीत होते हैं। ईसा का वह रूप उन्हें प्रबल आध्यात्मिक शक्ति का सूचक प्रतीत होता है, जहां वे भयानक शारीरिक यातना सहते हुए भी ईश्वर से उन लोगों के लिये क्षमा की प्रार्थना करते हैं, जिन लोगों ने उन्हें वह यातना दी थी। अतः विवेकानन्द ईसाई-शिक्षा से सेवा तथा प्रेम की सीख लेते हैं। रामकृष्ण आश्रम के कार्यों के पीछे जो सेवा-भाव है, वह विवेकानन्द के चिन्तन पर ईसाई धर्म के इसी प्रभाव के फलस्वरूप है। उसी प्रकार जब विवेकानन्द कहते हैं कि मनुष्य में ईश्वरीय चिन्गारी छिपी है, तथा जिस आशावादी ढंग से वे मनुष्य के 'त्राण' की बात करते हैं, उन सभी विचारों में ईसाई धर्म के 'ईश्वरीय राज्य' की अवधारणा से कुछ सादृश्यता स्पष्ट दिखाई देती है।

उनके विचारों पर कुछ अन्य प्रभाव भी हैं। एक अवधि में वे ब्रह्मो-समाज के प्रभाव में थे, कहा जा सकता है कि अन्धविश्वास तथा रुढ़िवादी कुरीतियों के विरुद्ध जो उनका प्रतिवाद है, वह उसी ब्रह्मो-समाज के प्रभाव में है। ऐसा प्रतीत होता है कि वे दयानन्द सरस्वती के व्यक्तित्व से भी प्रभावित थे। सिद्धान्त के स्तर पर दयानन्द के द्वारा सत् के

अनिर्वचनीय रूप की व्याख्या, तथा व्यवहार के स्तर पर दयानन्द के द्वारा 'निर्भयता' के गुण को महत्व देना––विवेकानन्द के लिये महत्वपूर्ण निर्देश था ।

विवेकानन्द 'गीता' की बातों का भी उल्लेख बार-बार करते हैं । मूलतः गीता का 'निष्काम कर्म विचार' विवेकानन्द के लिये बड़ा ही महत्वपूर्ण विचार है ।

किन्तु, उनके जीवन, मन तथा विचारों पर सर्वप्रमुख प्रभाव उनके पूज्यपाद परम प्रभु गुरु––स्वामी रामकृष्ण परमहंस का था, क्योंकि इसी प्रभाव के आलोक में उन्होंने अन्य सभी प्रभावों को तथा अपने जीवन एवं विचारों को संवारा । कहा जा सकता है, कि यदि विवेकानन्द स्वामी रामकृष्ण के सम्पर्क में नहीं आते तो उनके जीवन की दिशा ही सर्वथा भिन्न होती । दोनों के विशिष्ट सम्बन्धों पर विचार करते हुए प्रायः सभी विद्वान् एकमत होकर कहते हैं कि स्वामी रामकृष्ण ने विवेकानन्द के जीवन, व्यक्तित्व तथा उनकी मानसिकता में एक मौलिक आध्यात्मिक परिवर्तन उत्पन्न किया । इसका विवरण करते हुए स्वामी निखिलानन्द कहते हैं, 'ये उनके गुरु श्रेष्ठ ही थे जिन्होंने उन्हें आत्म के ईश्वरीय रूप, ईश्वर के अद्वैत-रूप, सत्ता का एकत्व-स्वरूप, तथा इनके अतिरिक्त एक अन्य प्रमुख तत्त्व––सभी धर्मों में निहित सामञ्जस्य एवं सार्वभौमता––की शिक्षा दी थी',* अतः यह तो सत्य है ही कि स्वामी रामकृष्ण ने ही उन्हें आध्यात्मिक अनुशासन तथा चिन्तन की दीक्षा दी ।

उनका मूल तात्विक दृष्टिकोण

एक धार्मिक उपदेशक तथा समाज-सुधारक की शिक्षाओं को तकनीकी दर्शनशास्त्र की कोटियों में ढालना सरल कार्य नहीं है । और इसका कारण स्पष्ट है । एक उपदेशक अथवा धर्म-शिक्षक का कार्य मात्र मनुष्य की बौद्धिक जिज्ञासाओं को शान्त करना नहीं है, बल्कि उनका लक्ष्य जनमानस की भावनाओं तथा परिकल्पनात्मक शक्तियों को जाग्रत करना रहता है, अतः उनके लिये तार्किकता का पालन नियमबद्ध रूप में करना सम्भव नहीं होता । इसके अतिरिक्त जो जीवन के वास्तविक एवं व्यवहारिक समस्याओं से जूझता रहता है, उसके लिये सैद्धान्तिक विषमतायें उतना महत्व नहीं रखतीं, कम-से-कम वह उसे प्रधानता नहीं देता तथा व्यवहारिक समाधानों में उनसे ऊपर उठ जाता है । कहा जा सकता है व्यवहारात्मकता एवं भावनात्मकता की इन उपदेशकों के लिये ऐसी व्यापकता होती है कि उस प्रवाह में वह शुद्ध सैद्धान्तिक विषमताओं से ऊपर उठ जाता है । यह कठिनाई स्वामी विवेकानन्द के विचारों को दर्शनशास्त्रीय अवधारणाओं में ढालने की चेष्टा में भी उत्पन्न होती हैं ।

---

*'It was his Master who had taught him the divinity of the Soul, the non-duality of Godhead, the unity of existence and one more great thing—that is the universality or harmony of all different religions'.

—Swami Nikhilananda, *Vivekanand, a Biography*, p. 53.

फिर भी विवेकानन्द के विचारों को दर्शनशास्त्रीय कोटियों में बिठा कर समझने का प्रयास किया जा सकता है। इस दृष्टि से कहा जा सकता है कि विवेकानन्द का दर्शन कई अर्थों में आध्यात्मवाद (Idealism) का दर्शन कहा जा सकता है। अंग्रेजी के शब्द '*Idealism*' को ध्यान में रख कर तत्त्वमीमांसकों ने इस शब्द के तीन अर्थों को स्पष्ट किया है---वह या तो '*Ideal-isni*' हो सकता है, या '*Idea-ism*' हो सकता है, या '*Idealism*' हो सकता है। पहले को आदर्शवाद कह सकते हैं, दूसरे को प्रत्ययवाद कह सकते हैं, तथा तीसरे को आध्यात्मवाद कह सकते हैं। इस अन्तर को पहले एक भेद 'तत्त्वमीमांसीय Idealism' तथा 'ज्ञानमीमांसीय Idealism' के बीच भी किया जाता है। विवेकानन्द का दार्शनिक विचार तत्त्वमीमांसीय (Idealism) का उदाहरण है, क्योंकि जड़वाद के विपरीत यहां यह स्पष्ट रूप से माना जाता है कि सत् का स्वरूप अभौतिक है। अब यहां पर दो प्रश्न उठते हैं, वह अभौतिक सत् क्या प्रत्ययरूप है या उसका स्वरूप आध्यात्मिक है। दर्शनशास्त्र में दोनों प्रकार के उत्तर दिये गये हैं। कुछ विचारक कहते हैं कि सत् प्रत्यय-रूप है---वह प्रत्यय किसी साधारण मन का हो या ईश्वरीय मन का हो। इस प्रकार का उत्तर प्रत्ययवाद (Idea-ism) का उत्तर है, बर्कले ने इसी प्रकार का समाधान किया तथा ईश्वरीय मन की कल्पना की। प्रत्ययवाद का एक रूप वह भी है जहां 'प्रत्ययों' को ही वस्तुनिष्ठ---मन से स्वतंत्र---सत् मान लिया जाता है। प्लेटो ने ऐसा ही समाधान प्रस्तुत किया है। विवेकानन्द इस अर्थ में प्रत्ययवादी 'Idealist' नहीं कहे जा सकते, उनका विचार न तो बर्कले जैसा है और न प्लेटो जैसा। उनके विचार का आध्यात्मवाद (Idealism) का उदाहरण कहा जा सकता है क्योंकि उनकी मान्यता है कि सत् मूलतः आध्यात्मिक (Spiritual) है। आदर्शवाद (Ideal-ism) के अर्थ में भी उन्हें आदर्शवादी कहा जा सकता है क्योंकि वे कुछ आदर्शों एवं चरम मूल्यों को जीवन के लक्ष्य के रूप में स्वीकार कर चलते हैं, तथा यह अनुशंसा करते हैं कि जीवन की सार्थकता उन आदर्शों एवं मूल्यों की प्राप्ति के सतत प्रयत्न में है। वैसे आदर्शवाद कभी-कभी अव्यवहारिक एवं काल्पनिक भी बन जाता है, किन्तु विवेकानन्द का आदर्शवाद वैसा नहीं है, क्योंकि वे जिन आदर्शों एवं मूल्यों की बात करते हैं, वे पूर्णतया वास्तविक है जिनमें अस्तित्वमूलक प्रवृत्तियों को प्रेरित करने की शक्ति है।

विवेकानन्द का आध्यात्मवाद एकवादी है। सामान्यतः आध्यात्मवाद जब पूर्णरूपेण एकवादी हो जाता तब वह इस अर्थ में अमूर्त हो जाता है कि उसे तर्कतः यह स्वीकारना पड़ता है कि सत् वस्तुतः अनिर्वचनीय है। पूर्ण-अद्वैत किसी प्रकार का भेद या अन्तर स्वीकार नहीं सकता, यहां तक कि उसे यह भी स्वीकारना पड़ता है कि सत् में स्वगत-भेद (Internal differentiation) भी नहीं है। विवेकानन्द ने जो सत् की व्याख्या प्रस्तुत की है वह अनेक स्थलों पर इस ढंग की प्रतीत होती है, लगता है कि वे भी शायद अमूर्त्त एकवाद (Abstract Monism) के समर्थक हैं। किन्तु अनेक स्थलों पर वे सत् का ईश्वरवादी (Monotheistic) विवरण भी देते हैं, तथा इन स्थलों पर वे ईश्वरीय गुणों का स्पष्ट विवरण प्रस्तुत करते हैं। इसी कारण दर्शन के विद्वानों के सामने

यह कठिनाई उपस्थित होती है, कि वे विवेकानन्द के मूल तात्विक दृष्टिकोण को पूर्णतया, अमूर्त रूप में एकवादी कहें या ईश्वरवादी कहें। किन्तु, यह प्रायः स्पष्ट है कि इस प्रकार की सैद्धान्तिक कठिनाई से विवेकानन्द किसी भी प्रकार चिन्तित नहीं हैं। बल्कि उनके विचार में इन दोनों सिद्धान्तों में कोई मौलिक विरोध या व्याघात नहीं है। उनका कहना है कि इस प्रकार की सैद्धान्तिक अवधारणायें 'सत्' के लक्षण नहीं हैं, वे सत् को विभूषित नहीं करतीं, बल्कि वे तो सत् को समझने के मानवीय ढंग हैं। अतः जब हम सत् पर इन अवधारणाओं को जगाते हैं---तो यह हमारी अभिवृत्ति या मनोवृत्ति पर निर्भर करता है कि हम किस अवधारणा को सत् पर चिपकायें। एक विशिष्ट मनोवृत्ति का व्यक्ति सत् को ईश्वर-रूप कहता है, दूसरी मनोवृत्ति का व्यक्ति उसे ब्रह्म कहता है। इन विवरणों से 'सत्' प्रभावित नहीं होता। अतः विवेकानन्द के अनुसार ब्रह्मवाद, अमूर्त एकवाद, ईश्वरवाद---ये सभी सत् को समझने के हमारे भिन्न-भिन्न ढंग हैं, ये सत् के लक्षण नहीं हैं। इस विचार के अनुरूप विवेकानन्द सत् की व्याख्या में एकवादी तथा ईश्वरवादी दोनों व्याख्याओं के बीच सहज भाव से विचरण करते हैं।

सत् एवं ईश्वर

दर्शनशास्त्रीय दृष्टि से यह कुछ विचित्र प्रतीत होता है कि सत् तथा ईश्वर की विवेचना एक ही शीर्षक के अन्तर्गत तथा एक ही कोटि में की जाय। किन्तु, विवेकानन्द के विचारों में ये दोनों सर्वथा पृथक् अवधारणायें नहीं हैं। दर्शन की परम्परा में 'सत्' को एक तत्त्वमीमांसीय अवधारणा के रूप में स्वीकारा जाता है, तथा 'ईश्वर' को धर्मदर्शन की अवधारणा के रूप में समझा जाता है। किन्तु विवेकानन्द के अनुसार वस्तुतः इस प्रकार के भेद उनके तात्विक स्वरूप के लिये उतने महत्वपूर्ण नहीं हैं क्योंकि सत् एवं ईश्वर दो सर्वथा भिन्न सत्तायें नहीं हैं।

कहा जा सकता है कि विवेकानन्द के विचारों में 'अमूर्त एकवाद' तथा 'ईश्वरवाद' का मिश्रण है। वे एक दृष्टि से सर्वेश्वरवादी (Pantheist) ही हैं, किन्तु उन्होंने ईश्वर को व्यक्तित्वपूर्ण भी कहा है। फलतः विवेकानन्द के दर्शन में दो वैचारिक धारायें प्रायः साथ-साथ प्रवाहित हैं, एक धारा 'अद्वैत वेदान्त' के समान है, तथा दूसरी धारा 'भक्ति-दर्शन' के ईश्वरवाद का स्मरण करा देता है। वैसे विवेकानन्द का यह विश्वास है कि ये दो धारायें वस्तुतः दो धारायें नहीं हैं, बल्कि वे एक ही सत् को दो ढंगों से देखने की दृष्टियां हैं। किन्तु, उनके विचारों को समझने के लिये उसमें निहित इन दो पक्षों की विशिष्टताओं को स्पष्ट करना अनिवार्य है।

प्रायः अद्वैत विचारकों के समान ही विवेकानन्द कहते हैं कि सत् एक निरपेक्ष ब्रह्म है। उन्होंने सत् के इस एकत्व-स्वरूप पर इतना जोर दिया है कि वे यह भी कहते हैं कि सत् 'एक' अवश्य है, किन्तु उसे 'सम्पूर्णता' (Whole) कहना उपयुक्त नहीं है। सम्पूर्णता की अवधारणा में ही यह निहित है कि उसके अवयव हैं, अंश हैं। सम्पूर्णता उन अवयवों का संगठित रूप है। किन्तु, तब तो यदि सत् को 'सम्पूर्णता' कहा जाय तो सत् भी अवयवी

बन जाता है, उसके भी 'अंश' हो जाते हैं। विवेकानन्द कहते हैं कि असीम अविभाज्य है, असीम के अवयव या अंश नहीं होते। निरपेक्ष सत् का विभाजन नहीं हो सकता।* निरपेक्ष सत्पूर्ण इकाई है, अतः सत् में 'सम्पूर्णता' एवं 'अवयवों' का प्रश्न ही नहीं उठता। वस्तुतः निरपेक्ष सत् की अवधारणा अमूर्त विचार की प्रक्रिया की अन्तिम सीमा है, यही कारण है कि निरपेक्ष सत् अनिवार्यतः तथा अद्वैतरूप में एक है।

विवेकानन्द के अनुसार यह ब्रह्म, स्थान, काल, कारणता आदि से परे हैं, अतः उसमें परिवर्तन की अवधारणा का आरोपण भी नहीं हो सकता, इस अर्थ में वह अपरिवर्तनशील है। उसे 'अपरिवर्तनशील' कहने का यह अर्थ नहीं कि वह काल के सभी क्षणों में एक जैसा ही रहता है। इसका अर्थ वह है कि सत् के सम्बन्ध में काल का प्रश्न उठाना अप्रासंगिक ही नहीं, सर्वथा अर्थहीन है। विवेकानन्द का कहना है कि इस प्रकार की सूक्ष्म वैचारिक विवेचना की आवश्यकता ब्रह्म तथा ईश्वर को समझने के हमारे सीमित ढंगों के कारण उत्पन्न होती है। वस्तुतः ईश्वर, आत्म, जगत आदि को हम भिन्न-भिन्न रूप में अलग-अलग देखते भी नहीं। ऐसा नहीं है कि हमें इनकी अलग-अलग अनुभूति होती हो, और तब हम इन्हें एक दूसरे के साथ सम्बन्धित करने का प्रयास करते हैं। वस्तुतः हमारी अनुभूति में इनकी भिन्नता की अनुभूति नहीं होती, सब एक ही प्रकार की अनुभूति है। वह तो हमारे भाषीय अभिव्यक्ति के ढंग, विशेषतः आलंकारिक एवं उपभाजन्य भाषीय प्रयोगों के ढंग हैं जिनसे इनकी विभिन्नताओं की भ्रान्ति उत्पन्न होती है।**

इसी कारण विवेकानन्द निरपेक्ष सत् को 'अनिर्वचनीय' कहते हैं। उनका कहना है कि निरपेक्ष सत् में गुणों या लक्षणों का आरोपण उपयुक्त नहीं है। निरपेक्ष सत् में गुणों का आरोपण करने का अर्थ है कि हम यह दावा कर रहे हैं कि हम निरपेक्ष सत् को जान सकते हैं, और यह कहना कि 'निरपेक्ष सत् को जाना जा सकता है' एक प्रकार से आत्म-व्याघातक है। निरपेक्ष सत् पूर्णतया अज्ञेय है, इसमे 'स्वरात भेदों' के लिये भी स्थान नहीं है।

फिर भी विवेकानन्द का कहना है कि ऐसे निरपेक्ष सत् के विवरण का प्रयास होता रहा है, कोई विवरण उसका पूर्ण विवरण, या पूर्णतया यथार्थ विवरण नहीं होता, फिर भी ऐसे निकट के विवरण देने का प्रयास किया जा सकता है। विवेकानन्द के अनुसार निरपेक्ष सत् को 'सत्-चित्-आनन्द' कह कर समझाने का प्रयास किया जा सकता है। 'सत्' (existence) तथा 'चित्' (consciousness) की अवधारणायें यहां भी प्रायः अद्वैत वेदान्त की उनकी अवधारणाओं के समान ही है, किन्तु 'आनन्द' की (bliss)

---

*वे कहते हैं, 'The Infinite is indivisible, there cannot be parts of the Infinite. The Absolute cannot be divided."

—*Complete Works*, Vol. III, p. 7.

**वे कहते हैं, 'God is neither outside nature nor inside nature, but God and Nature and soul and universe are all convertible terms. You never see two things. It is your metaphorical words that delude you.'

—*Complete Works*, Vol. III, p. 421.

अवधारणा को विवेकानन्द ने बड़ा समृद्ध बना दिया है। कुछ बौद्ध विचार के प्रभाव में तथा कुछ ईसाई धर्म के प्रभाव में विवेकानन्द ने 'आनन्द' के मूल में प्रेम (Love) रखा है, तथा इसे बार-बार कहते हैं कि प्रेम में ही आनन्द है।

सच्चिदानन्द के आनन्द-रूप में 'प्रेम' का निरूपण ही विवेकानन्द के ईश्वर-विचार के दूसरे पक्ष को प्रकाश में लाता है। वह पक्ष है उनके ईश्वर विचार का एकेश्वरवादी (Monotheistic) पक्ष। विवेकानन्द का कहना है कि निरपेक्ष, अवैयक्तिक सत् को समझने की एक वैचारिक दृष्टि यह भी है कि उसे जगत का स्रष्टा, शासक तथा जगत के पूर्ण कारक के रूप में देखा जाता है। ऐसे जगत-स्रष्टा को परम शुभ तथा प्रेमरूप भी माना जाता है, तथा समझा जाता है कि प्रेमपूर्ण स्रष्टा होने के कारण वह जगत पर सदा ध्यान रखता है। इस प्रकार हम देखते हैं कि सत् के अनिवर्चनीय, निर्गुण-रूप के साथ, उसी में निहित एक वैयक्तिक ईश्वर के लिये भी स्थान बन जाता है।

दर्शन-शास्त्र के विद्वानों के लिये इस प्रकार का विचार दोषपूर्ण प्रतीत हो सकता है क्योंकि ऊपर से देखने पर इसमें स्पष्ट अतार्किकता, बल्कि आत्मविरोध दिखाई देता है। यदि सत् अनिवर्चनीय है, तो वह सगुण कैसे होगा।

विवेकानन्द ने इस तार्किक कठिनाई का समाधान अपने ढंग से किया है। इसके लिये वे शंकर के मत की भी समीक्षा करते हैं। उनका कहना है कि शंकर ने भी यह तो समझा ही था कि शुद्ध अनिवर्चनीय ब्रह्म की अवधारणा पारमार्थिक दृष्टि से भले ही उपयुक्त हो, व्यवहार में वह साधारण मन की धार्मिक प्रवृत्तियों एवं आकांक्षाओं को सन्तुष्ट नहीं कर पाती। इसी कारण शंकर ने अपने दर्शन में 'ईश्वर' के लिये भी स्थान बनाया तथा व्यवहारिक दृष्टि से इसकी यथार्थता एवं उपयोगिता पर बल दिया। किन्तु, उन्होंने ब्रह्म के अद्वैत रूप की तार्किकता को खण्डित नहीं होने दिया, तथा इसके लिये 'ईश्वर' को 'पारमार्थिक सत्ता' नहीं दी। 'ईश्वर' भी अविद्या तथा माया के स्तर तक ही यथार्थ रहा, पारमार्थिक स्तर पर 'ब्रह्म' का स्वरूप 'ईश्वर' से खण्डित नहीं होता। किन्तु विवेकानन्द इस स्तर पर शंकर से कुछ भिन्न अर्थ-निरूपण करते हैं। वे यह नहीं स्वीकारते कि 'ईश्वर' माया तथा अविद्या के साथ जुड़ा है। वे यह नहीं स्वीकारते कि 'ब्रह्म' तथा 'ईश्वर' दो हैं। उनका कहना है कि सत् जो है, वह है, उसके स्वरूप का स्पष्ट अवबोध तो अभी नहीं है, अतः उस पर विचार भिन्न-भिन्न दृष्टियों से किया जाता है। उसी सत् को जब एक दृष्टि से देखते हैं, तो वह 'ब्रह्म' है, तथा यदि देखने का ढंग परिवर्तित हो जाय और मन् को देखने की दृष्टि भिन्न हो जाय तो वही सत् 'ईश्वर' प्रतीत होता है। अतः विवेकानन्द के अनुसार यह भेद सत् का भेद है ही नहीं, यह दृष्टि-भेद है। इस प्रकार उनके अनुसार 'ईश्वर' को अन्ततः अयथार्थ कहने की आवश्यकता ही नहीं, वही सत् तात्विक दृष्टि से ब्रह्म है, और उस सत् को जब हम धार्मिक दृष्टि से देखते हैं, तो वह ईश्वर है। अतः विवेकानन्द का कहना है कि जो परम सत् है, वही हमारी भावना, आराधना, भक्ति का विषय भी है।

इसी कारण विवेकानन्द ने ईश्वर के पूर्णव्यापकता पर बल दिया है। ईश्वर सब कुछ है, तथा कण-कण में व्याप्त है। वे कहते हैं, 'उसी की शक्ति' से आकाश में विस्तार है, उसी की

शक्ति से वायु का श्वांस है, उसी की शक्ति से सूर्य चमकता है, तथा उसी की शक्ति से सभी जीवित हैं। वही जगत का सत् है, वही आत्म की आत्मा है।'* इसी बात को अन्य रूप में अधिक स्पष्ट करते हुए वे कहते हैं, 'निरपेक्ष सत् महासागर है, जब कि आप और हम, सूर्य एवं तारे, तथा अन्य सभी कुछ उसी सागर की विभिन्न तरंगे हैं। इन तरंगों की एक दूसरे से भिन्नता क्या है? वह भिन्नता केवल आकार का है, जो आकार काल, स्थान, और कारणता है, जो सब उन तरंगों पर ही पूर्णतया आधृत है।''**

ईश्वर-अस्तित्व के पक्ष में युक्तियाँ

विवेकानन्द की ईश्वर में गहरी आस्था है, तथा उनकी इस आस्था की अभिव्यक्ति उनके इस विश्वास में होती है कि वस्तुतः ईश्वर में बिना आस्था रखे जीना असम्भव है। ईश्वर-भाव की अनिवार्यता पर बल देने की उपयुक्तता उनके लिये प्रायः स्पष्ट है। ईश्वर-भाव की अनिवार्यता उन्हें स्पष्ट इस सरल कारण के चलते प्रतीत होती है कि उन्हें लगता है कि ईश्वर-भाव का निषेध असम्भव है, क्योंकि इस प्रकार के निषेध में एक स्पष्ट वैचारिक विरोध उत्पन्न हो जाता है। उनका कहना है कि यह सम्भव नहीं है कि हम जगत तथा आत्म की सत्ता को तो स्वीकार लें तथा ईश्वर की सत्ता को नकार दें। वस्तुतः यदि जगत एवं आत्म की सत्ता को स्वीकारते हैं, तो उनके अनिवार्य आधार के रूप में ईश्वर की सत्ता को स्वीकारना भी आवश्यक हो जाता है। इस प्रकार कहा जा सकता है कि इस विवेचन में ही ईश्वर-अस्तित्व के लिये एक तर्क निकल जाता है। जगत तथा आत्म को सामान्यतः स्वीकार कर ही हमारा विचार अग्रसर होता है, किन्तु इन दोनों की यथार्थता के लिये उनके आधार-रूप ईश्वर को स्वीकारना पड़ता है।

किन्तु इस स्थल पर एक बड़ा ही उपयुक्त प्रश्न उठ जाता है। यहां तो एक प्रकार से ईश्वर की सत्ता की अनिवार्यता को स्वीकार लिया गया है। यदि 'ईश्वर' में इस प्रकार की अनिवार्यता है, तो ऐसा क्यों है कि सभी धर्मों तथा धार्मिक सम्प्रदायों द्वारा ईश्वर-अस्तित्व को सिद्ध करने के लिये युक्तियां दी जाती हैं। यदि ईश्वर-अस्तित्व अनिवार्य है तो उसकी स्थापना के बौद्धिक निर्देश की आवश्यकता क्यों है?

अनेक स्थलों पर प्रतीत होता है कि विवेकानन्द को ईश्वर-अस्तित्व की स्थापना के लिये बौद्धिक निर्देश प्रस्तुत करने की तबीयत नहीं है, क्योंकि उन्हें यह विश्वास है—

---

*"Through his control the sky expands, through his control the air breathes, through his control the sun shines, and through his control all live. He is the Reality in nature, He is the soul of your soul."

—Swami Vivekananda, *Complete Works*, Vol. II, p. 236.

**"...the Absolute is that Ocean, while you and I, and sun and stars, and everything else are various waves of that ocean. And what makes the waves different? Only the form, and that form is Time, Space and Causation all entirely dependent on the wave."

—Ibid., p. 135.

(और यह विश्वास स्वामी रामकृष्ण की देन है) कि 'ईश्वर' की साक्षात अनुभूति सम्भव है। उन्हें यह भी विश्वास है कि स्वामी रामकृष्ण को ईश्वर से साक्षात्कार की स्पष्ट अनुभूति थी। अतः अपने मन में वे समझते हैं कि ईश्वर-अस्तित्व की स्थापना के लिये तर्क, युक्तियां, बौद्धिक निर्देश आदि की वस्तुतः आवश्यकता नहीं है, क्योंकि ईश्वर की साक्षात अनुभूति सम्भव है।

किन्तु, इसका यह अर्थ नहीं कि विवेकानन्द के अनुसार ईश्वर-अस्तित्व के समर्थन में दी गयी बौद्धिक युक्तियों का कोई मूल्य या उपयोगिता नहीं है। यह सोचना युक्तिसंगत नहीं है कि युक्तियों अथवा बौद्धिक प्रमाणों की आवश्यकता केवल वहीं होती है जहां साक्षात अनुभूति सम्भव नहीं है। विवेकानन्द के अनुसार 'ईश्वर' के सम्बन्ध में यह बात और अधिक प्रासंगिक है। ईश्वरीय अनुभूति की सम्भावना के रहते हुए भी ईश्वर-अस्तित्व के पक्ष में प्रमाणों एवं युक्तियों की उपयोगिता कम से कम दो कारणों से तो है ही। ऐसा तो नहीं ही है कि जो चाहे, जिस दिन चाहे, ईश्वर की अनुभूति प्राप्त कर ले। उसके लिये तो वर्षों की कठिन साधना तथा आत्म-अनुशासन एवं चिन्तन की आवश्यकता होती है। बहुत ही कम ऐसे दृष्टा हुये हैं जो इस प्रकार की अनुभूति का दावा कर सकते हैं। तो, अधिकांश व्यक्तियों के लिये तो एक प्रारम्भिक अभिरुचि एवं आस्था का आधार होना आवश्यक है, और वह प्रारम्भ में उसी प्रकार के विश्वास पर अपनी आस्था एवं अभिरुचि को केन्द्रित कर सकता है, जिसकी प्रमाणिकता प्रस्तुत की जा सके, जिसका आधार बौद्धिक है। इसी स्थल पर ईश्वर-अस्तित्व-समर्थक प्रमाणों की उपयोगिता है। दूसरी बात यह है कि जिन दृष्टाओं को ईश्वरीय अनुभूति हुई है, वे अपने अनुभव को अन्य तक कैसे पहुंचा सकते हैं। वह तो विशिष्ट प्रकार की अनुभूति है, साधारण दृष्टि से रहस्यात्मक है, उन्हें साधारण भाषा में व्यक्त करना सरल नहीं है। तो साधारण मनुष्यों के अवबोध के लिये इन अनुभूतियों की यथार्थता एवं प्रमाणिकता को बौद्धिक परिवेश में प्रस्तुत करना पड़ता है। इसी स्थल पर ईश्वर-अस्तित्व-समर्थक प्रमाणों एवं युक्तियों की उपयोगिता है, क्योंकि वे इन अनुभूतियों का ऐसा अर्थ-निरूपण करने में सक्षम हैं, जो साधारण मनुष्यों की समझ के अनुरूप है। अतः ईश्वर-भाव की प्रारम्भिक समझ के लिये भी ये प्रमाण एवं युक्तियां उपयोगी हैं।

अब प्रश्न यह है कि ईश्वर-अस्तित्व का बौद्धिक निर्देश कैसे किया जाय? विवेकानन्द इस प्रकार के निर्देश की सम्भावना को स्वीकार करते हैं, तथा कुछ उसी प्रकार के बौद्धिक प्रमाणों का विवरण देते हैं, जिस प्रकार के प्रमाणों का उल्लेख सामान्यतः धर्म-दर्शनों में उपलब्ध है। तब यह कठिनाई है कि विवेकानन्द के लेखों तथा अन्य रचनाओं में इस प्रकार के प्रमाणों का निर्देश इतना बिखरा हुआ है, कि उन्हें व्यवस्थित करना बहुत सहज नहीं है। बात यह तो है ही वे कोई धर्म-दर्शन के प्रोफेसर या पेशेवर शास्त्री तो हैं नहीं कि उन्हें अपनी बातों को तकनीकी दर्शनशास्त्र के ढंगों में प्रस्तुत करने की आवश्यकता प्रतीत हो। फिर भी यह कहा जा सकता है कि दर्शनशास्त्रीय विवेचनों में जिन दो प्रकार के बौद्धिक प्रमाणों का विवरण मिलता है, उन दोनों प्रकार के प्रमाणों का उदाहरण विवेकानन्द

के लेखों में भी उपलब्ध है। सामान्यतः ईश्वर-अस्तित्व की स्थापना के लिये या तो प्रागनुभविक (a priori) प्रमाण दिये जाते है या, अनुभव-आश्रित (a posteriori) प्रमाण दिये जाते हैं। कुछ ऐसे प्रमाण हैं जो ईश्वर-अस्तित्व की स्थापना के लिये जगत में ईश्वर-अस्तित्व के साक्ष्यों या उसके कार्यफलों को एकत्रित करते हैं, तथा उसके आधार पर ईश्वर-अस्तित्व की स्थापना करते हैं, ऐसे प्रमाणों को अनुभव-आश्रित (a posteriori) प्रमाण कहते हैं। इसके विपरीत कुछ ऐसे प्रमाण भी दिये जाते हैं जो ईश्वर-अस्तित्व की स्थापना के लिये किसी प्रकार के आनुभविक साक्ष्यों का सहारा नहीं लेते बल्कि, ईश्वर-भाव के विश्लेषण के आधार पर ही ईश्वर-अस्तित्व तक पहुंच जाते हैं, उन्हें प्रागनुभविक (a priori) प्रमाण कहा जाता है। रोचक बात यह है कि विवेकानन्द ने अनेक स्थलों पर ऐसे प्रमाणों का विवरण दिया है, जो इन दोनों प्रकार के प्रमाणों जैसे ही हैं। हम उनके लेखों से ऐसे कुछ प्रमाणों को एकत्रित करने का प्रयास कर रहे हैं।

(क) कुछ स्थलों पर विवेकानन्द ने कुछ ऐसी युक्तियां दी हैं जो स्पष्टतः पारम्परिक प्रयोजनात्मक प्रमाण (Teleological Proof for God's existence) के समान ही प्रतीत होती हैं। उनका कहना है कि बाह्य जगत की सम्पूर्णता एवं व्यवस्था पर जब हम ध्यान देते हैं, तो उस आधार पर सहजरूप में हम स्वीकार कर सकते हैं कि उस सम्पूर्णता, व्यवस्था, सामञ्जस्य, विशालता आदि का कारण अवश्य ही एक व्यक्तित्वपूर्ण ज्ञानी ईश्वर है। किन्तु वे यह भी कहते हैं कि इस प्रकार के ईश्वर का विचार वस्तुतः विश्व के एक परम निर्माणकर्त्ता (Architect) का ही विचार है, क्योंकि इस प्रकार का निर्माणकर्ता वस्तुतः व्यवस्थापक ही होता है। विवेकानन्द इस स्थल पर प्रयोजनात्मक सिद्धान्त (Design Theory) का स्पष्ट नाम भी ले लेते हैं।* वैसे उनके विवरण से यह स्पष्ट है कि इस प्रकार का निर्माता-रूप ईश्वर ईश्वर का उपयुक्त स्वरूप नहीं है, किन्तु वे मानते हैं कि कुछ लोगों के लिये इस प्रकार का प्रमाण ईश्वर का स्वरूप प्रस्तुत करने में सफल सिद्ध होता है।

(ख) कभी-कभी विवेकानन्द के लेखों में ऐसे विवरण भी मिलते हैं जो हमें ईश्वर-अस्तित्व के पक्ष में दिये गये कारणता-प्रमाण का स्मरण करा देते हैं। विवेकानन्द कहते हैं कि ईश्वर-अस्तित्व-समर्थक साक्ष्य तो जगत में भरे पड़े हैं। उनका कहना है कि 'जगत' की व्याख्या बिना एक सर्वशक्तिमान 'कारण' को माने सम्भव नहीं है। हम जगत मे अनेकों ऐसे पदार्थ तथा तत्व पाते हैं जिनकी उत्पत्ति, गति तथा विकास की व्याख्या हम सामान्य प्राकृतिक ढंगों पर नहीं कर पाते। हमने उनकी रचना नहीं की है, हम उनके निर्माण की कोई प्राकृतिक व्याख्य। नहीं कर पाते, अतः हम एक प्रकार से उनके लिये एक ईश्वरीय

---

*वे कहते हैं, "The whole of nature at best could teach them only of a personal Being who is the ruler of the universe, it could teach nothing further. In short, out of the external world, we can only get the idea of an architect, that which is called Design Theory."

—Swami Vivekanand, *Complete Works*, Vol. I, p. 353.

निर्माता को मानने के लिये बाध्य हो जाते हैं। विवेकानन्द के लेखों मे बिखरे अंशों को जोड़ कर स्पष्टरूपेण ईश्वर-अस्तित्व के लिये एक कारणता-आधृत युक्ति की रूपरेखा खींच सकते हैं। वे कुछ इस प्रकार अपने विचारों को प्रस्तुत करते हैं। एक पत्थल गिरता है, हम पूछते हैं, 'यह क्यों गिर पड़ा?' यह प्रश्न एक पूर्वमान्यता पर आधृत है कि कुछ अकारण घटित नहीं होता। अतः जो घटित होता है वह किसी कारण से घटित होता है, तथा जो घटित होता है उसका भी कुछ कार्यफल होता है। इसका अर्थ यह है कि जगत की हर वस्तु एक दृष्टि से कारण है तो दूसरी दृष्टि से कार्य। जो इसके बाद घटित होता है, उसका वह कारण है, तथा वह अपने, जो उसके पहले घटित हो चुका है उसका कार्य है। विवेकानन्द कहते हैं कि यही कारणता नियम है, तथा यह हमारे वैचारिक ढंग का एक अनिवार्य उपकरण है।* अब वे कहते हैं कि यदि इस कार्य तथा कारण की शृंखला पर विचार करें, तो अन्ततः हमेंएक अन्तिम एवं परम कारण पर रुकना ही पड़ता है। वह परम कारण ऐसा कारण होगा जो अन्य सब कुछ का कारण तो है, किन्तु उसका कोई कारण नहीं है। विवेकानन्द के अनुसार वही ईश्वर है। जो अपने अस्तित्व के लिये आत्म-निर्भर है, उसका कोई कारण नहीं है। जो पूर्णतया स्वतंत्र है, उसका कोई कारण नहीं होता, अन्यथा वह स्वतंत्र ही नहीं होता, कारण से बंधा होता।** इस प्रकार हम देखते हैं कि 'जगत की वस्तुओं' से आरम्भ कर हम एक स्वतंत्र, स्वयंभू कारण तक पहुंच जाते हैं, यह स्पष्टतः ईश्वर-अस्तित्व समर्थक कारणता-युक्ति ही है।

(ग) विवेकानन्द ईश्वर-अस्तित्व को स्थापित करने का एक आधार 'सभी वस्तुओं में निहित एकत्व' को भी बना देते हैं। उनका कहना है कि जगत में सभी वस्तुओं में निहित एकत्व व्यक्त है। हम यदि थोड़ा ध्यान से सोचें तो हमें स्पष्ट दिखाई देगा, कि जगत की विभिन्न वस्तुएं जो एक दूसरे से सर्वथा भिन्न प्रतीत होती हैं, वस्तुतः तथा मूलतः एक रूप हैं। वे स्पष्ट कहते हैं कि यदि हम धरातली दृष्टि से कुछ हट कर गहराई से देखें, सोचें तो हमें हर मनुष्य, हर वर्ण में, यहां तक कि जीवों तथा मानव में, ईश्वर तथा मनुष्य में एक एकत्व दिखाई देगा। इस दृष्टि से ऊंच, नीच, अमीर गरीब, जैसे मानवीय भेद मिट जाते हैं। यदि ऐसी दृष्टि और सघन तथा गहरी हो तो शायद यह भी स्पष्ट हो जाय कि सब कुछ

---

*वे कहते हैं, 'A stone falls and we ask, why?' This question is possible only on the supposition that nothing happens without a cause. It means that everything in the universe is by turn a cause and an effect. it is the cause of certain things which come after it, and is itself the effect of something else which has preceded it. This is the Law of Causation and is a necessary condition of all our thinking."

—Swami Vivekananda, *Jñāna Yoga*, pp. 119-20.

**That which exists by itself alone cannot have a cause, that which is free cannot have a cause, else it would not be free, but bound."

Ibid., p 121.

वस्तुतः किसी एक ही तत्व का स्पन्दन है।* इस प्रकार जगत में निहित एकत्व ही 'एक' की स्थापना का तात्विक आधार बन जाता है। इस एकत्व की अन्य कोई व्याख्या सम्भव नहीं, इसके लिये हमें एक सत् को स्वीकारना ही पड़ता है।

(घ) इसी प्रकार का एक तर्क 'प्रेम' के स्वरूप की विवेचना पर आधारित है। 'प्रेम' का स्वरूप क्या है? हम वस्तुतः किससे प्रेम करते हैं? विवेकानन्द बेहिचक कहते हैं कि सच पूछा जाय तो कोई किसी 'अन्य' से प्रेम नहीं करता, बल्कि वह 'स्वयं' से प्रेम करता है। प्रेम का उद्‌भव अपने को अपने से बाहर किसी अन्य में देखने पर होता है। साहित्यक भाषा में विवेकानन्द कहते हैं, "प्रिय, कोई अपने पति से पति के रूप में प्रेम नहीं करती, बल्कि अपने उस आत्म के लिये प्रेम करती है जिसे वह अपने पति में देखती है, (वह पति से प्रेम इसलिये करती है कि वह पति उसका है), कोई, प्रिय, अपनी पत्नि के पत्नि होने के कारण प्रेम नहीं करता, बल्कि वह उससे इसी कारण प्रेम** करता है क्योंकि वह अपने आपको अपनी पत्नि में देखता है। यदि 'प्रेम' का यही स्वरूप है, तो इसका अर्थ है कि प्रेम का आधार अपने को अपने से बाहर देखने में है। तो 'प्रेम' में 'स्व' तथा 'अन्य' का भेद समाप्त हो जाता है, क्योंकि 'अन्य' में भी हम अपने आपको देखते हैं। अब यदि इसी प्रेम के विस्तार को और विस्तृत करते चलें, तथा प्रेम के चरमरूप के विषय में सोचें, तो उस चरमरूप में सभी भेद समाप्त हो जायेंगे। वस्तुतः कोई 'अन्य' नहीं रहेगा, क्योंकि सभी में एक ही आत्म दिखाई देगा। विवेकानन्द का कहना है कि प्रेम की इस व्यापक सम्भावना यह तो सिद्ध करती है प्रेम का चरमरूप शुद्ध एकत्व की अनुभूति है।

(ङ) विवेकानन्द शब्द प्रमाण का भी सहारा लेते हैं, तथा शास्त्रों का हवाला देते हुए ईश्वर-अस्तित्व का समर्थन करते हैं। अपने निरपेक्ष-सत्-विचार के प्रमाणीकरण के लिये वे सदा शास्त्रों का विशेषतः वेदों तथा उपनिषदों का उल्लेख करते रहते हैं। वैसे इस प्रकार के उल्लेख या विवरण में दर्शनशास्त्रियों को एक तार्किक दोष दिखाई दे सकता है, क्योंकि वे कह सकते हैं कि इस प्रकार के विवरण में एक प्रकार का चक्रक दोष है। इन धर्मशास्त्रों की व्याख्या के लिये 'ईश्वर' का उल्लेख होता ही है, और अब ईश्वर-अस्तित्व की स्थापना के लिये इन शास्त्रों का सहारा लिया जा रहा है। यह तो चक्रक तर्क ही है। विवेकानन्द को इस प्रकार के संशय के उत्पन्न होने की सम्भावना की अवगति है, किन्तु उन्हें इस स्थल पर कोई तार्किक कठिनाई दिखाई नहीं देती। उनका समाधान बड़ा सरल है। जब तक हमें 'ईश्वर' का ज्ञान, या ईश्वरीय अनुभूति प्राप्त नहीं होती,

---

*"If you go below the surface, you find that unity between man and man, between races and races, high and low, rich and poor, gods and men, and men and animals. If You go deep enough, all will be seen as only vibrations of the one, and who has attained to this conception of oneness has no more delusion"—Swami Vivekananda, *Jñāna Yoga*, p. 123.

**Swami Vivekananda, *Complete Works*, Vol. III, p. 92.

तब तक तो हमें इन शास्त्रों का सहारा लेना ही है, किन्तु इसका यह अर्थ नहीं कि हम इन शास्त्रों के ईश्वरीय आधार का निषेध कर रहे हैं। इस प्रकार इस चक्रकदोष की सम्भावना का बड़ा ही सहज एवं सरल समाधान निकल आता है। अस्तित्व की दृष्टि से तो 'ईश्वर' प्राथमिक है ही, किन्तु हमारे सीमित ज्ञान की दृष्टि से कहा जा सकता है कि हमें पहले शास्त्रों में चर्चित विचारों की जानकारी मिलती है, तथा ईश्वरीय ज्ञान तो हमारे ज्ञान का चरम एवं अन्तिम लक्ष्य है। इसी कारण विवेकानन्द कहते हैं कि हम अपने सामान्य जीवन में प्रारम्भिक ज्ञान एवं विश्वास के लिये इन शास्त्रों में चर्चित ईश्वर-विचार को अपना आधार बना सकते हैं।

(च) कभी-कभी विवेकानन्द ईश्वर-अस्तित्व की स्थापना के लिये कुछ ऐसे तर्क देते हैं जिन्हें 'सादृश्यतामूलक' कहा जा सकता है। वे अनेक स्थलों पर 'ईश्वर-भाव' तक पहुंचने के लिये विभिन्न प्रकार की उपमाओं का सहारा लेते रहते हैं। एक सुन्दर चित्र की उपमा का उदाहरण देते हुए विवेकानन्द कुछ इस प्रकार का तर्क प्रस्तुत करते हैं। वे पूछते हैं कि सचमुच 'सुन्दर चित्र' के सौन्दर्य का आनन्द कौन उठाता है—चित्र को बेचने वाला या चित्र का 'दृष्टा', उसे समझने वाला? स्पष्ट है कि बेचने वाले का सारा ध्यान चित्र की 'कीमत' पर लगा रहता है, वह बस इसी विचार में व्यस्त रहता है कि उसे उस चित्र से कितना लाभ होगा, कितना मुनाफा होगा। वस्तुतः उस चित्र के सौन्दर्य का आनन्द वही उठाता है, जो उसे क्रय-विक्रय की दृष्टि से नहीं देखता, वह उसमें निहित सौन्दर्य को पकड़ता है, तथा उससे अभिभूत होता है। इसी उपमा के आधार पर विवकानन्द स्पष्ट करते हैं कि यह विश्व भी एक प्रकार से एक 'चित्र' है। जो इस विश्व में क्रय-विक्रय, लाभ-हानि के हिसाब-किताब में उलझे रहते हैं, वे इस चित्र के सौन्दर्य का आनन्द नहीं उठा पाते। जब इस प्रकार की इच्छाओं से ऊपर उठ हम विश्व के सौन्दर्य की ओर देखते हैं, तभी हमें 'विश्व के' सौन्दर्य का आनन्द मिलता है।* विश्व के इस सौन्दर्य की अनुभूति में उस चित्र को चित्रित करने वाले की उसके असीम चित्रण-शक्ति की भी अनुभूति होती है। विवेकानन्द ईश्वर-अस्तित्व की कल्पना में एक कलाकार, एक कवि, एक चित्र-शिल्पी आदि की उपमाओं का भी सहारा लेते हैं।** उनका कहना है कि जिस प्रकार कविता के सौन्दर्य की समझ में उसके रचयिता 'कवि' की समझ निहित है, उसी प्रकार विश्व के सौन्दर्य की अनुभूति में उसके रचयिता ईश्वर की अनुभूति निहित है।

*'So this whole universe is a picture, and when these desires have vanished men will enjoy the World'.

—Swami Vivekananda, *Jñāna Yoga*, p. 148.

****वे कहते हैं**, 'I never read of any more beautiful conception of God than the following: He is the Great Poet, the ancient Poet; the whole universe is His poem, coming in verses and rhymes and rhythms, written in infinite bliss'. —Ibid.

(छ) विवेकानन्द ईश्वर-अस्तित्व को सिद्ध करने का एक आधार ईश्वर-भाव की अनिवार्यता को भी बना देते हैं। उनका कहना है कि ईश्वर-भाव की अनिवार्यता तो इसी से स्पष्ट है कि इसका निषेध असम्भव है। वैसे इस भाव की अनिवार्यता के अनेको आधार प्रायः स्पष्ट ही हैं। विवेकानन्द कहते हैं कि ईश्वर-भाव 'सत्य भाव' है, और 'सत्यता' में अनिवार्यता तो रहती ही है। ईश्वर-भाव परम स्वतंत्रता का भाव है। 'मानवीय-स्वतंत्रता' के भाव में एक प्रकार से मात्रा-भेद तो होता ही है, कुछ कार्यों में हम अधिक स्वतंत्र प्रतीत होते हैं, तो कुछ में कम। इसका अर्थ है कि तर्कतः एक पूर्ण-स्वतंत्रता का भाव भी सम्भव है। उसी भाव को ईश्वरीय भाव कहा जाता है। तथा इस भाव की यही तार्किकता इस भाव की अनिवार्यता सिद्ध करती है। पुनः कहीं-कहीं विवेकानन्द यह भी कहते हैं कि यह भाव अनिवार्य है क्योंकि यह अनिवार्यतः मानव में विद्यमान है। उन्होंने स्पष्ट कहा है कि मानव के अन्तर में स्थित 'ईश्वर' की विद्यमानता ही उसे सदा 'ईश्वर' को खोजने तथा ईश्वर को पाने के लिये प्रेरित करती रहती है। मनुष्य उसकी खोज में भटकता रहता है, वह उसे मन्दिरों तथा गिरजाघरों में ढूंढता है, धरती पर ढूढ़ता है, आकाश में ढूंढता है, तथा पुनः पुनः उसी बिन्दु पर वापस आ जाता है जहां से प्रारम्भ करता है—अर्थात् हर ओर ईश्वर को ढूंढते-ढूंढते पुनः हम अपनी 'आत्मा' पर अपने अन्तर में ही वापस आते हैं। इसका अर्थ है कि ईश्वर 'आत्म' के निकट है, यह आत्म, जीवन, प्राण में निहित सत्ता है।* अतः विवेकानन्द कहते हैं कि ईश्वर-भाव अनिवार्य है क्योंकि 'होने' में ही—'अस्तित्व' में ही 'ईश्वर-भाव' निहित है।

(ज) किन्तु जिस प्रमाण को विवेकानन्द सर्वाधिक महत्व देते हैं, उसे 'अन्तःप्रज्ञामूलक प्रमाण' (Intuitional Proof) कहा जा सकता है। वस्तुतः विवेकानन्द ईश्वर-अस्तित्व को स्थापित या सिद्ध करने के प्रयत्न को अनिवार्य नहीं मानते, क्योंकि उनका विश्वास है कि 'साक्षात प्रमाण' से अधिक प्रमाणिक कोई अन्य प्रमाण हो ही नहीं सकता। अन्तःप्रज्ञामूलक प्रमाण इसी प्रकार का ठोस साक्षात प्रमाण है। विवेकानन्द की मान्यता है कि ऐसे द्रष्टा हुए हैं जिन्हें ईश्वर की साक्षात अनुभूति प्राप्त थी। उनका यह भी कहना है कि हर व्यक्ति यदि प्रयत्न करे तथा कठोर-साधना एवं ध्यान के मार्ग पर चले तो उसे भी ईश्वर की साक्षातानुभूति प्राप्त हो सकती है। उस अनुभूति के बाद उसके लिये बौद्धिक

*विवेकानन्द कहते हैं, "It is the God within your ownself that is propelling you to seek for Him, to realise Him. After long researches here and there, in temples and in churches, earths and in heavens, at last you come back, completing the circle from where you started, to your own soul and find that He for whom you have been seeking all over the world, for whom you have been weeping and praying in churches and temples, on whom you are looking as the mysteries of all mysteries shrounded in cloud, in neareast of the near, is your ownself, the reality of your life, body and Soul."—*Complete Works*, Vol.II,p. 81.

प्रमाणों की कोई आवश्यकता नहीं रह जाती। अतः विवेकानन्द के अनुसार इन बौद्धिक प्रमाणों की आवश्यकता या उपयोगिता साक्षात अनुभूति के अभाव में है—तब तक है जब तक वैसी शक्ति पनप नहीं जाय।

ईश्वर की कुछ अन्य विशिष्टतायें

अब इतना तो स्पष्ट हो जाता है कि विवेकानन्द की ईश्वर-अवधारणा अद्वैत-वेदान्त जैसी तो है ही, किन्तु कुछ भिन्नता भी है। भिन्नता यही है कि वे यह नहीं मानते कि सत् का ईश्वरवादी विवरण एक निम्न स्तर से किया हुआ विवरण है, मात्र व्यवहारिकता की दृष्टि से दिया गया विवरण है। बल्कि उनकी तो मान्यता है कि 'ब्रह्म' तथा 'ईश्वर' का भेद, जो अद्वैत वेदान्त में किया गया है, वह अनावश्यक है। उनके अनुसार 'ईश्वर' सभी तत्वों में निहित एकत्व है, अतः पूर्णव्यापकता उसकी एक विशिष्टता है। सत् का मात्र एक प्रकार का विवरण देना उपयुक्त नहीं है, क्योंकि भिन्न-भिन्न दृष्टियों के अनुरूप 'सत्' का विवरण भी भिन्न-भिन्न हो ही सकता है।

ईश्वर को एक शाश्वत तत्व भी कहा गया है। इसका यह अर्थ नहीं कि यह परिवर्तनों के मध्य परिवर्तनों से अछूता रहने वाला तत्त्व है। यदि इस प्रकार से ईश्वर के विषय में सोचा जाय तो ईश्वर भी 'काल में', 'कालिक' हो जाता है, जो हर काल में एक जैसा रहता है। स्पष्टतः ईश्वर का ऐसा विवरण उपयुक्त नहीं। अतः विवेकानन्द के अनुसार ईश्वर 'शाश्वत' है क्योंकि 'स्थान', 'काल' आदि उसके लिये प्रासंगिक हैं ही नहीं।

ईश्वर को परमशुभ भी कहा गया है। विवेकानन्द की दृष्टि में जब ईश्वर को 'परम शुभ' कहा जाता है, तो इसका यह अर्थ नहीं है कि ईश्वर 'नैतिकता' का चरम रूप है। 'परम शुभ' का यहां पर 'परम नैतिक शुभ' नहीं है, क्योंकि ईश्वर के लिये 'नैतिकता' का प्रश्न ही अप्रासंगिक है। ईश्वर में 'शुभ' 'अशुभ' का अन्तर देखना या भेद करना उपयुक्त नहीं है, क्योंकि 'ईश्वर' इन सभी भेदों से परे है। अतः विवेकानन्द के अर्थ में ईश्वर के 'परम शुभ स्वरूप' से उसकी दो विशिष्टतायें प्रकाश में आती हैं, प्रथमतः तो ईश्वर को 'परमशुभ' कहने का तात्पर्य है कि ईश्वर 'आनन्द-रूप' है, 'दुख-रूप' नहीं। अतः इसका दूसरा तात्पर्य यह हो जाता है कि यदि कोई व्यक्ति ईश्वर के इस परमशुभ-स्वरूप पर आस्था रखता है, तथा उसे ही परम आदर्श मानता है, तो उसका जीवन में आचरण भी 'शुभ' हो जायगा।

इस प्रकार के चिन्तन के फलस्वरूप विवेकानन्द ईश्वर की ऐसी विशिष्टता का उल्लेख करते हैं, जो उनके ईश्वर-विवरण को ही एक विलक्षण विशिष्टता प्रदान करता है। उन्होंने ईश्वर को 'मानवीय ईश्वर' कहा है। यह उनकी अतिमानववाद की दृष्टि नहीं है, इस विवरण से वे ईश्वर-विचार में निहित एक महत्वपूर्ण सत्य को प्रकाश में ले आते हैं। उनके इस विवरण का यह अर्थ नहीं है कि ईश्वर की कल्पना मानव के अपने मानवीय ढांचे में की गयी है। बल्कि, इसके विपरीत उनका तात्पर्य यह है कि मानव में 'ईश्वरीय चिन्गारी' विद्यमान है। विवेकानन्द को यह चेतना है कि ईश्वर की अवधारणा की सर्व-

प्रमुख उपयोगिता, तथा उसकी सार्थकता इसी बात से प्रमाणित है कि वह मानवीय आकांक्षाओं एवं आवश्यकताओं को सन्तुष्ट करने में सफल है, तथा जीवन को बल प्रदान करने तथा जीवन्त बनाने में समर्थ है। अतः आपसे आप यह अनिवार्य हो जाता है कि 'मानव' एवं 'ईश्वर' के बीच सहज सम्बन्ध की सम्भावना स्पष्ट रहे, और इसके लिये ईश्वर में भी उन गुणों का होना आवश्यक हो जाता है जिनसे ऐसा सम्बन्ध सम्भव हो सके। इसी अर्थ में ईश्वर को 'मानवीय ईश्वर' कहा गया है। इसी कारण विवेकानन्द कहते हैं कि एक उक्ति में ईश्वर को 'मानवीय ईश्वर' तो कहा ही जा सकता है, स्मरण इतना ही रखना है कि यह मानव से असीम रूप में श्रेष्ठतर है।*

इस विवरण से यह तो स्पष्ट हो ही जाता है कि ईश्वर की कल्पना जीवन एवं अस्तित्व के चरम आदर्श के रूप में की गयी है। विवेकानन्द का कहना है कि ईश्वर ईश्वर इसी कारण है कि उसी से सब कुछ प्रगट हो पाया है, अतः स्रष्टा एवं सृष्टि के बीच एक मौलिक एवं आक्य-बन्धन है, एक एकत्त्व है, जो हर क्षण अपने को व्यक्त करने को आतुर भी है। फलतः जीवन का लक्ष्य उस आक्य एकरूपता को पुनः प्राप्त करना है। ऐसा नहीं है कि जीवन में वह बन्धन, वह एकरूपता पूर्णतया समाप्त है। यदि वैसा होता तो उसे पुनः प्राप्त करने का प्रश्न ही नहीं उठता। जीवन तथा अस्तित्व का अर्थ है कि, चाहे जिस कारण हो, ऐसा प्रतीत होता है कि वह आक्य एकरूपता खण्डित हो गयी है, या शीथिल पड़ गयी है। इस प्रतीति के ऊपर उठना ही जीवन का लक्ष्य है। इसी कारण ईश्वर को 'परम आदर्श' कहा गया है।

विवेकानन्द कहते हैं कि इस आदर्श की प्राप्ति 'प्रेम' के द्वारा सम्भव है। इसी कारण विवेकानन्द ने 'प्रेम' को ईश्वर का तात्विक लक्षण कहा है। उनका कहना है कि जीवन में जो टूटन या अलगाव की प्रतीति है उसका मूल कारण यही है कि हम हर वस्तु को हर अन्य वस्तु से जो तात्विक लगाव है उसे अनुभूत नहीं कर पाते। यह अनुभूति 'प्रेम' के द्वारा सम्भव है, इसी करण विवेकानन्द ने ईश्वर को प्रेम-रूप कहा है, तथा इसके समर्थन में शास्त्रों से उदाहरण भी प्रस्तुत किया है।

वैसे विवेकानन्द इस विवाद में उलझना नहीं चाहते कि ईश्वर व्यक्तित्वपूर्ण है या अवैयक्तिक है। वस्तुतः उन्होंने ईश्वर का दोनों प्रकार का विवरण दिया है। उन्हें यह विश्वास है कि इन दोनों प्रकार के विवरणों से ईश्वर के स्वरूप के सम्बन्ध कोई भेद या अन्तर नहीं आता। ईश्वर 'ईश्वर' है, और ये विवरण उसके स्वरूप को समझने के हमारे प्रयत्न हैं। हम अपने विवरणों में सुगमता तथा अपनी सुविधा के अनुसार सोचते हैं।

---

*उनके अपने शब्द इस प्रकार हैं, "He has human attributes. He is merciful, He is just, He is powerful, He is almighty, He can be approached, He can be prayed to, He can be loved, He loves in return and so forth. In one word, He is a human God only infinitely greater than man."—*Complete Works*, Vol. II, p. 40.

हमारे विवरणों से ईश्वर का स्वरूप प्रभावित नहीं होता, भेद या विवाद विवरणों में है, ईश्वर-स्वरूप में नहीं। फिर भी कहा जा सकता है कि अधिकांश विद्वानों के अनुसार विवेकानन्द ईश्वर के 'व्यक्तित्वपूर्ण स्वरूप' की ओर कुछ अधिक झुके प्रतीत होते हैं। इसका कारण भी स्पष्ट ही है। विवेकानन्द का उद्देश्य धर्म तथा धार्मिकता को सामान्य मनुष्य के निकट लाना है तथा उन्हें प्रतीत होता है कि साधारण मानसिकता के लिये व्यक्तित्वपूर्ण ईश्वर का विचार अधिक सहज एवं बोधगम्य है।

किन्तु, ऐसा कहने का यह तात्पर्य नहीं कि विवेकानन्द के मूल वेदान्त-आश्रित विचार का यहां निषेध किया जा रहा है। अपने में उन्हें यह पूर्ण विश्वास है कि 'ईश्वर' का पूर्णतया यथार्थ विवरण तो सम्भव ही नहीं है। हमारी भाषा में यह शक्ति नहीं कि वह ईश्वर का पूर्ण चित्र उतार ले। वे स्वीकारते हैं कि इस प्रकार के सभी विवरण 'अज्ञात' को जानने की दिशा में हमारे अनिवार्यतः सीमित प्रयत्न हैं। इसे स्पष्ट करते हुए विवेकानन्द कहते हैं, "आप किसी भाषा में उसका विवरण नहीं दे सकते। सभी भाषीय प्रयत्न जिनमें उसे पिता, भाई, या प्रियतम, मित्र आदि कहा जाता है, वे सभी-ईश्वर को विषयनिष्ठ बनाने के प्रयत्न हो जाते हैं, और ऐसा किया नहीं जा सकता है। वह हर तत्व का शाश्वत विषय है।"*

जगत का स्वरूप : ब्रह्माण्ड

जगत के स्वरूप के विवरण में प्रथम प्रश्न स्पष्टतः जगत की उत्पति से सम्बन्धित प्रश्न होता है। क्या जगत सृष्टि है, और यदि यह सृष्टि है, तो सृष्टि कैसे हुयी है? विवेकानन्द के दर्शन में यह प्रश्न बड़ा ही महत्वपूर्ण प्रश्न है, क्योंकि उनका जगत-विचार शंकर के जगत-विचार से सादृश्यता रखता है। शंकर के मत में वस्तुतः सृष्टि कभी हुयी ही नहीं, उनके अनुसार पारमार्थिक दृष्टि से जगत मिथ्या है। यह ठीक है कि शंकर ने भी जगत-प्रक्रिया का--सृष्टि कैसे होती है इसका विवरण दिया है, किन्तु वे इस बात को सदा स्पष्ट करते रहे हैं कि इस प्रक्रिया की सार्थकता एक निम्नतर दृष्टि से--व्यवहारिक दृष्टि से है।

विवेकानन्द के समक्ष एक समस्या है। वे अद्वैत वेदान्त के एकवादी दृष्टि को पूर्ण मान्यता देते हैं, किन्तु वे जगत को भी 'मिथ्यात्व' की स्थिति से उपर उठा 'सत्' में स्थित करना चाहते हैं। उनके समक्ष समस्या है कि इन दोनों में समन्वय कैसे स्थापित हो। उन्होंने अपने ढंग से इसका समाधान प्रस्तुत किया है।

ईश्वर एक मात्र सत् है। उसके लिये 'सृष्टि' या 'जगत' कोई पृथक सत् नहीं। किन्तु जगत 'ईश्वर' की ही सृष्टि है, अतः ईश्वरीय ही है, और इस दृष्टि से वह भी सत् है। यह

---

*"You cannot describe Him by any language. All attempts of language, calling Him father, or brother or our dearest friend, are attempts to objectify God, which cannot be done. He is the eternal subject of everything." —*Complete Works*. p. 134.

ठीक है कि यदि किसी को परमानुभूति हो जाय, तो उसके लिये जगत एवं ईश्वर का भेद समाप्त हो जाता है, किन्तु तब तो 'आत्म' एवं 'ईश्वर' का भी भेद समाप्त हो जाता है। उस स्थिति के विषय में तो विचारा ही नहीं जा सकता। अभी तो यही कहा जा सकता है कि यदि 'ईश्वर' की अवधारणा को सत् स्वीकारा जाता है, तो उस स्तर पर 'आत्म' तथा 'जगत' को भी सत् स्वीकारना पड़ता है। अतः दार्शनिक विवेचन के स्तर पर जगत को भी 'सत्' मानना है क्योंकि यह ईश्वरीय है। हम देखेंगे कि यह समस्या जो अद्वैत तथा अन्य वेदान्ती विचारकों के मध्य बड़े विवाद का प्रश्न रहा है, वह विवेकानन्द को परेशान नहीं करता। क्रमशः यह स्पष्ट हो जायगा कि कैसे विवेकानन्द इस पारम्परिक विवाद में बिना उलझे 'जगत' का बड़ा ही उपयुक्त विवरण प्रस्तुत करते हैं।

उन्होंने जगत का विवरण यह कह कर दिया है कि यह 'सृष्टिकर्ता' की सीमित रूपों में अभिव्यक्ति है। किन्तु प्रश्न उठता है कि जो असीम है वह ससीम कैसे बन जाता है? विवेकानन्द इस प्रश्न का अपने ढंग से उत्तर देते हैं। उनके उत्तर को समझने के लिये 'ज्ञान-योग' में उनके द्वारा चित्रित एक रेखांकण की सहायता उपयोगी सिद्ध हो सकती है। हम उस रेखांकित चित्र को देखें।*

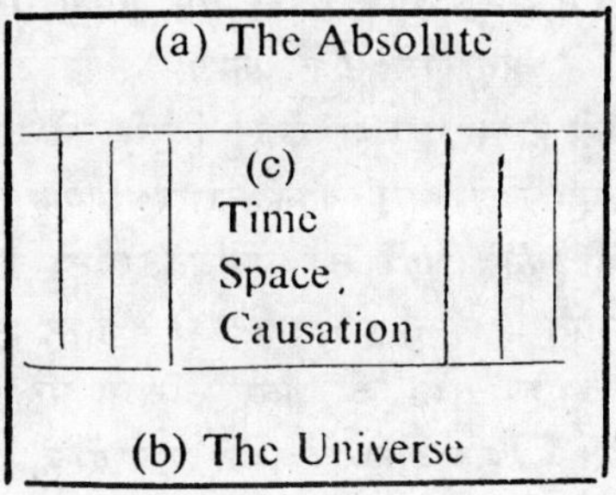

'ऊपर (a) से सूचित निरपेक्ष सत् है, नीचे (b) से सूचित जगत है। निरपेक्ष सत् जगत में व्यक्त होता है। यहां जगत के अन्तर्गत केवल भौतिक जगत ही नहीं, बल्कि मानसिक जगत, आध्यात्मिक जगत, धरती, आकाश, वस्तुतः सभी अस्तित्ववान तत्व चले आते हैं। एक परिवर्तन को मन कहा जाता है, तो दूसरे परिवर्तन को शरीर। इन्हीं सभी परिवर्तनों से जगत संरचित है। निरपेक्ष सत् (a) जगत (b) में परिवर्तित होता है, तथा यह परिवर्तन स्थान, काल एवं कारणता (c) के माध्यम से होता है।'

इस विवरण में यह तो स्पष्ट ही है कि निरपेक्ष सत् में स्थान, काल, कारणता आदि नहीं हैं। वहां 'स्थान' के लिये कोई स्थान नहीं है क्योंकि निरपेक्ष सत् में कोई स्थान-परिवर्तन नहीं होता। निरपेक्ष सत् में 'काल' के होने का भी प्रश्न नहीं उठता क्योंकि काल वहीं होता है जहां काल की गणना की जा सके, तथा उस गणना के लिये 'विचार'

*Jñāna Yoga, pp. 119-20.

की आवश्यकता होती है। ऐसी सम्भावनायें निरपेक्ष सत् के लिये अनर्गल है। उसी प्रकार निरपेक्ष सत् तो 'एक' है, अतः उसके साथ कारणता का प्रश्न उठाना भी प्रासंगिक नहीं है। तो इसका यह अर्थ होता है कि स्थान, काल, तथा कारणता की सार्थकता निरपेक्ष सत् के लिये नहीं है, बल्कि सृष्टि प्रक्रिया के लिये है।

अब यहां पर एक दूसरा प्रश्न उठ जाता है। यदि एक निरपेक्ष सत् ही परम सत् है तो स्थान, काल, कारणता आदि कैसे उत्पन्न हो जाते हैं? यदि वे निरपेक्ष सत् में नहीं हैं, तथा यदि सृष्टि इन्हीं के माध्यम से होती है, तो सृष्टि निरपेक्ष सत् से स्वतंत्र हो जाती है। किन्तु उस अवस्था में परम सत् का एकवादी रूप खण्डित हो जाता है। विवेकानन्द इस प्रकार की कठिनाई की सम्भावना की अवगत हैं, अतः वे प्रश्न का निराकरण अपने ढंग से कर लेते हैं। इस प्रश्न के निराकरण में विवेकानन्द यह दिखाते हैं कि स्थान, काल, कारणता तात्विक सत् नहीं हैं, कुछ आकार या रूप मात्र हैं, जो किसी संदर्भ मे तात्विक सत् की अभिव्यक्ति के माध्यम हो सकते हैं। हम इस विचार का कुछ स्पष्टीकरण करें।

स्थान, काल तथा कारणता तात्विक सत्तायें नहीं हैं, क्योंकि वे स्वतंत्र रूप में अस्तित्ववान नहीं हैं, वे अपने 'होने' या 'निर्देश' के लिये दूसरे तत्वों पर निर्भर हैं। उदाहरणतः 'काल' को लें। 'काल' अपने में अस्तित्ववान नहीं होता, अन्य पर निर्भर हो कर ही अस्तित्ववान होता है। दो घटनाओं के अन्तराल से ही काल का निर्देश होता है। इस बात का सबसे स्पष्ट प्रमाण तो यही है कि एक ही काल किसी को लम्बा प्रतीत होता है, तो किसी को छोटा। कहीं-कहीं तो 'काल' की अवधारणा एक प्रकार से समाप्त ही हो जाती है। स्वप्न में कभी कोई वर्षों तक जीवित रहता है, तो कभी क्षण भर में अनेकों वर्ष समाप्त हो जाते हैं। अतः यह स्पष्ट ही है काल एक प्रकार से मनास्थिति पर निर्भर है। यही बात 'स्थान' तथा 'कारणता' के साथ भी है। स्थान-भेद भी हमारे देखने के ढंगों पर निर्भर होते हैं। एक वस्तु एक दृष्टि से 'दांये' है, तो दूसरी दृष्टि से 'बांये'। उसी प्रकार जो एक दृष्टि से 'कारण' है, वही दूसरी दृष्टि से 'कार्य' है। वे सब 'मन' पर निर्भर है। इन तीनों को तात्विक सत्ता इस कारण भी नहीं माना जा सकता क्योंकि वे अन्य सभी वस्तुओं से पृथक--अपने से, स्वतंत्र रूप में अस्तित्ववान नहीं होता। हम यह संकेत कर दिखा नहीं सकते कि देखो, 'यह काल है--या कारणता है'। स्थान, काल या कारणता को वस्तुओं से सर्वथा अलग, पूर्णतया अमूर्तभाव भी नहीं बना सकते। इन्हीं कारणों से विवेकानन्द इन्हें तात्विक सत्ता की कोटि में नहीं रखते।

अतः विवेकानन्द का कहना है कि ये ऐसे रूप हैं--आकारिक माध्यम हैं जिनके माध्यम से सृष्टि व्यक्त होती है। रूप या आकारिक माध्यम तात्विक सत्ता नहीं है, किन्तु उसे असत् नहीं कहा जा सकता। वे स्वतंत्र सत्ता नहीं हैं, किन्तु असत् भी नहीं हैं, वे स्वतंत्र सत्ता की अभिव्यक्ति के माध्यम हैं। विवेकानन्द इस विचार को 'सागर तथा सागर की लहरों' की उपमा के द्वारा समझाने का प्रयत्न करते हैं। 'लहरें' सागर में ही हैं, किन्तु सागर से भिन्न भी हैं। जब 'लहरें' शान्त रहती हैं, तो मात्र सागर रहता है। किन्तु इससे यह सिद्ध नहीं होता कि लहरें असत् हैं या भ्रामक हैं। सागर की अभिव्यक्ति का एक

ढंग--एक रूप लहरों का भी है, इसी कारण जब तक लहरें उठती रहती हैं, वे सागर का वास्तविक चित्र ही प्रस्तुत करती हैं।

यह उपमा विवेकानन्द के विचारों को स्पष्ट करती है, तथा साथ-साथ यह भी स्पष्ट कर देती है कि किस आधार पर विवेकानन्द सृष्टि या जगत को भी यथार्थ अथवा वास्तविक मानते हैं ; स्थान, काल, कारणता से संरचित जगत मिथ्या अथवा अवास्तविक नहीं। आत्म-ज्ञान की अवस्था में जगत-बोध उस प्रकार समाप्त हो जाता है जिस प्रकार सागर की शान्तावस्था में लहरें लुप्त रहती हैं। जब तक लहरें उठान पर हैं, तब तक लहरें हैं, वे सागर की वास्तविक व्यक्त रूप हैं। उसी प्रकार जब तक सृष्टि है--जगत की अनुभूति है, तब तक वह यथार्थ है।

इस प्रकार हम देखते हैं कि विवेकानन्द शंकर के विचारों मे निहित कठिनाई के निराकरण का मार्ग अपने ढंग से निकालते हैं। शंकर अद्वैत ब्रह्म की अखण्डता को बचाये रखने के लिये जगत को मिथ्या कहते हैं। विवेकानन्द का कहना है कि वेदान्त के विचार में भी जगत को मिथ्या कहने का एक विशिष्ट अर्थ है। विवेकानन्द का यह भी कहना है कि इस 'मिथ्या' शब्द के विशेष अर्थ को लोग प्रायः नहीं समझते। ब्रह्म के स्थायित्व तथा उसकी शाश्वतता के परिप्रेक्ष्य में जगत को मिथ्या कहा गया है---जगत अस्थायी तथा सतत् परिवर्तनशील है, जगत में ऐसी अवस्था आती ही नहीं कि कि उसमें स्थायित्व हो--- अतः जगत का निश्चित, शाश्वत तथा पूर्णतया निरपेक्ष स्वरूप निश्चित किया ही नहीं जा सकता। इस अर्थ में जगत 'मिथ्या' है, और इस अर्थ में 'मिथ्यात्व' सत् या सत्य का पूर्ण निषेध या व्याघात नहीं। इस प्रकार विवेकानन्द कहते हैं कि वेदान्त दर्शन में भी जगत के 'असत्' होने की बात नहीं की गयी है, उसके 'मिथ्यात्व' की बात की गयी है। इसका मात्र यही अर्थ है कि 'जगत' का कोई निरपेक्ष रूप में शाश्वत एवं स्थायी स्वरूप नहीं है। किन्तु जिस रूप में जगत है, जिस रूप में 'जगत' की अनुभूति होती है, वह उसकी वास्तविक अनुभूति है।

इसका अर्थ है कि 'जगत' अन्तिम रूप में पूर्णतया निर्मित नहीं है, सृष्टि कोई ऐसा निर्मित पदार्थ नहीं है जिसे अन्तिम रूप दे दिया गया हो। विवेकानन्द तो सृष्टि की नहीं, बल्कि सतत् चलती रहने वाली सृष्टि---प्रक्रिया की बात करते हैं। सृष्टि तो सदा होती रहती है। उस अर्थ में सृष्टि भी 'काल' के परे है। सृष्टि का वस्तुतः न कोई निश्चित आदि है और न कोई निश्चित अन्त। यह प्रक्रिया तो सदा चलती रहती है। सृष्टि ईश्वर की अभिव्यक्ति है, अतः सृष्टि को 'काल' में स्थित करने का प्रयत्न अनुपयुक्त है। बड़े सुन्दर ढंग से इस विचार को स्पष्ट करते हुए विवेकानन्द कहते हैं कि ऐसा नहीं कहा जा सकता कि अमुक दिन या अमुक काल में सृष्टिकर्ता ने सृष्टि की है, तथा उसके बाद उस समय से वह पूर्णतया अकर्मण्य हो सोया हुआ है। ऐसा विचार ईश्वर के स्वरूप को नहीं समझने जैसा है। ईश्वर की सर्जनात्मक शक्ति सदा कार्यरत रहती है, वह सदा निर्माण करता रहता है।*

---

*"It is not that the world was created the other day, not that a God

इस प्रकार के विवरण से यह भी स्पष्ट हो रहा है कि विवेकानन्द ने अपने विवरण में 'सृष्टिवाद' तथा 'विकासवाद'—दोनों के लिये स्थान बनाया है। विकासवादी सिद्धान्तों के समक्ष एक समस्या सदा रही है, जिसकी समुचित व्याख्या वे नहीं कर पाते। उनके लिये यह समस्या है कि विकास की प्रक्रिया का प्रारम्भ कैसे होता है। डारविन के समक्ष भी यह समस्या तो रह ही गयी थी कि पहला 'जीव' कैसे उत्पन्न हुआ। विवेकानन्द 'ब्रह्माण्ड' की उत्पति इसके प्रारम्भ की व्याख्या 'सृष्टिवाद' के आधार पर करते हैं, तथा सृष्टि के हो जाने पर उसके विकास की व्याख्या विकासवादी ढंग पर करते हैं। उनके अनुसार विकास का अर्थ है "सूक्ष्म से स्थूल में परिणत होना"। अतः सृष्टि के विकसित होने का अर्थ है कि उसका प्रारम्भिकरूप 'सूक्ष्म' होता है, शनैः शनैः, क्रमशः वह स्थूल रूपों में व्यक्त होता जाता है।

माया-सिद्धान्त

विवेकानन्द के जगत-विचार में 'माया-सिद्धान्त' का उल्लेख तो अनिवार्य ही है, क्योंकि एक प्रकार से विवेकानन्द तो नव-वेदान्तवादी ही हैं, अतः वेदान्ती परम्परा के अनुरूप उनके जगत-विचार में 'माया' का स्थान बन ही आता है। किन्तु इसी स्थल पर इतना कह देना आवश्यक है कि विवेकानन्द का माया-विचार अद्वैत-वेदान्त का ऋणी तो है ही, फिर भी वह सर्वथा शंकर के माया-विचार जैसा नहीं है। शंकर के समान वे यह स्वीकारते हैं कि जगत के आविर्भाव एवं परिवर्तन का आधार तो 'माया' है ही। किन्तु शंकर के विचार में माया वह शक्ति है जो भ्रान्ति उत्पन्न करती है, तथा जगत को सत् समझने की भ्रान्ति का जनक है। विवेकानन्द माया के इस विचार को उस रूप में नहीं स्वीकारते। उनके अनुसार माया अनिवार्यतः भ्रान्तिजगत नहीं है। बल्कि, विवेकानन्द का तो कहना है कि 'माया' से जगत का एक विशेष तथ्य सूचित होता है। उस दृष्टि से जगत जिस रूप मे 'है'—उस रूप की एक अनिवार्य विशिष्टता को व्यक्त करने के लिये 'माया' की अवधारणा का उपयोग हुआ है।

माया के इस स्वरूप को स्पष्ट करते हुए विवेकानन्द बड़े सरल एवं स्पष्ट शब्दों में कहते हैं कि वस्तुतः 'माया' जगत की व्याख्या का कोई सिद्धान्त नहीं है, बल्कि जगत का एक तथ्यात्मक विवरण है—तथ्य जिस रूप में है उन्हें सूचित करने का एक ढंग है। इस बात को अधिक स्पष्ट करते हुए वे कहते हैं कि जगत में हमारे अस्तित्व का आधार विरोधों तथा व्याघातों में है। जगत में विरोध अथवा व्याघात भरे पड़े हैं। जहां शुभ है, वहां अशुभ भी है तथा जहां अशुभ है वहां कुछ शुभ भी है। जीवन है, तो जीवन का अन्त—मृत्यु अनिवार्य है। जो हंसते हैं, उन्हें रोना भी पड़ता है, जो रोते हैं, उन्हें हंसने का भी अवसर

---

came and created the world and since that time has been sleeping. for that cannot be. The creative energy is still going on. God is eternally creating. He is never at rest." —*Complete Works*, Vol. III, p. 122.

मिलता है ।* इस प्रकार विवेकानन्द दिखाते हैं कि जीवन में, अस्तित्व में, जगत में इस प्रकार के विरोधी तत्व भरे पड़े हैं । उनका कहना है कि 'माया' नाम से जगत में स्थित इन्हीं विरोधों अथवा व्याघातों का बोध होता है । हम अपने जीवन को ही देखें, यह भी स्पष्टतः 'सत्-असत्', 'है, नहीं है', 'होने, नहीं होने' के मध्य झूलता रहता है । कभी-कभी हमें ऐसा प्रतीत होता है कि हम सब कुछ जान ले सकते हैं, और उसी क्षण कुछ ऐसा अवरोध उत्पन्न हो जाता है कि हमारी सारी ज्ञान-प्रक्रिया कुण्ठित हो जाती है । एक प्रकार से हमारे सारे कार्य—सभी क्रियायें एक चक्र में घूमती रह जाती है, और उस चक्र से हम निकल भी नहीं पाते । यही तो जीवन की वास्तविकता है, और यही माया है । हम किसी वस्तु को जड़तत्व कहते हैं, किसी को मन कहते हैं, तो किसी को 'आत्म' कहते हैं । हम अपनी ओर से जो नाम दे लें, वह वस्तु जो है, वह है, हम निश्चित रूप में नहीं कह सकते कि वे हैं, या नहीं हैं । जगत में व्यक्त यही 'विरोध' तो माया है ।**

'माया' के इस विवरण से एक स्पष्ट लाभ तो है ही । यह अद्वैत वेदान्त के 'माया विवरण' से भिन्न होते हुए भी अद्वैत वेदान्त के विचार को खण्डित नहीं करता । वेदान्त में कहा गया है कि माया ईश्वर की वह शक्ति है जिससे जगत निरूपित है । विवेकानन्द का कहना है कि इस बात को स्वीकारने से ही एक अन्य विचार स्पष्ट हो जाता है । माया ईश्वरीय शक्ति है, तो वह अनिवार्यतः न शुभ है, न अशुभ, बल्कि शुभ-अशुभ के भेद से तटस्थ है । यह तटस्थता माया की विशिष्टता है । माया की यह विशिष्टता—उसकी तटस्थता तभी स्पष्ट हो सकती है जब 'माया' को जगत का तटस्थ तथ्यात्मक विवरण माना जाय । इसी कारण कहते हैं कि जगत का तथ्यात्मक विवरण यही है कि जगत में 'विरोध' भरे पड़े हैं, 'माया' जगत में स्थित इन विरोधों के तथ्य का नाम है ।

वैसे कुछ स्थलों पर विवेकानन्द स्वीकारते हैं कि 'माया' की वास्तविकता ब्रह्म की वास्तविकता जैसी नहीं, माया तथा जगत की वास्तविकता एक विशेष परिप्रेक्ष्य में, एक विशेष दृष्टि से ही है । वे स्वीकारते हैं कि किसी विशेष व्यक्ति के उदाहरण में यह सम्भव हो सकता है कि वह 'ज्ञान' की अवस्था प्राप्त कर ले, और तब उसके लिये जगत में निहित इन विरोधों की अनुभूति समाप्त हो जायगी । इस प्रकार विवेकानन्द स्वीकारते हैं कि 'माया' से ऊपर उठने की सम्भावना अवश्य है । किन्तु विवेकानन्द यह भी कहते हैं कि

**Jñāna Yoga*, p. 64.

**"What you call matter or spirit, or mind, or anything else you may like to call them, the fact remains the same? We cannot say that they are. We cannot say that they are not. We cannot say that they are one, we cannot say that they are many. This eternal play of light and darkness—indiscriminately, indistinguishable, inseparable—is always there. A fact, yet at the same time not a fact, awake at the same time asleep—this is a statement of fact, and this is what is called Maya."

—*Complete Works*, Vol. II, p. 112.

'ऊपर उठने' का यह अर्थ नहीं होता कि जिससे 'ऊपर उठा गया' वह पूर्णतया निषेधित नहीं हो जाता। भ्रम के निवारण हो जाने के बाद भी यह निषेधित नहीं होता कि हमने एक क्षण के लिये रस्सी नहीं, सांप ही देखा था। जिस समय 'सर्प' देखा गया, भ्रम-निवारण के पश्चात् 'सर्प' दिखाई नहीं देता। विवेकानन्द इस बात को भी 'सागर और सागर की लहरों' की उपमा के द्वारा स्पष्ट करते हैं। 'लहरें' वस्तुतः सागर का 'जल' ही है, फिर भी उनका अपना 'नाम' एवं 'रूप' है। जब लहरें शान्त हो, तो मात्र 'सागर' ही रहता है। किन्तु जब तक लहरों का जीवन है, जब तक वे उठती गिरती रहती हैं, उनकी अपनी वास्तविकता है। वे 'सागर' से पृथक् भी नहीं हैं, किन्तु मात्र 'सागर' भी नहीं हैं। उनके शान्त हो जाने के बाद मात्र सागर ही रहता है, किन्तु उसका यह अर्थ नहीं कि जिस समय सागर में लहरें उठी थीं, उस समय 'लहरों' की अपनी कोई वास्तविकता नहीं थी। उसी प्रकार माया भी सागर में लहरों के समान है। यदि माया से परे भी जाया जा सके, तो वहां भी यही बात स्पष्ट होती है कि अभी तक 'माया' रूपी 'लहर' ब्रह्मरूपी सागर में ही थी, अब वह लहर शान्त हो गयी है। अतः 'माया' से ऊपर उठने की सम्भावना के रहते हुए 'माया' पूर्णतया अवास्तविक सिद्ध नहीं होती, उसका निषेध ऊपर बताये ढंग में नहीं होता।

विवेकानन्द का कहना है कि माया की इसी विशिष्टता के कारण उसे भी अनिवर्चनीय कहा गया है। न उसे सत् कहा जा सकता है, न उसे असत् कहा जा सकता है, और न उसे सत्-असत् कहा जा सकता है। उसी प्रकार न उसे अस्तित्ववान कहा जा सकता है, न अस्तित्वरहित कहा जा सकता है। इस प्रकार हम देखते हैं कि विवेकानन्द का माया-विचार वेदान्त के माया-विचार से कुछ भिन्न होते हुए माया के वेदान्ती विवरणों के लिये स्थान भी बना लेता है।

मानव का स्वरूप

मानव के स्वरूप के विषय में की गयी हर विवेचना को एक प्रारम्भिक प्रश्न से उलझना ही पड़ता है :—मनुष्य क्या है—जिस रूप में वह दिखाई देता है, वह शरीरधारी रूप ही मानव है, या 'मानव' से वह तत्व सूचित होता है जो शरीर से भिन्न है जिसे 'आत्मा' कहा जाता है। मानव के समक्ष ऐसे साक्ष्य सदा उपस्थित होते रहे हैं, जो उसे मानव की वास्तविकता के रूप में 'आत्मा' को स्वीकारने के लिये विवश करते रहे हैं।

कुछ मानवशास्त्री इस प्रकार के विचार का प्रारम्भ प्रारम्भिक जीववादी विचारों में बताते हैं। प्रारम्भिक मनुष्य के लिये स्वप्न, बेहोशी, मृत्यु आदि की स्पष्ट अनुभूति तो थी, किन्तु वह उनकी व्याख्या नहीं कर पाता था। वह समझ नहीं पाता था कि शरीर के सर्वथा निष्क्रिय तथा नष्ट हो जाने का अर्थ क्या है। निष्क्रियता की अवस्था में क्या होता है, मृत्यु क्या है? उसे विवश हो कल्पना करना पड़ता है कि शरीरधारी मनुष्य वास्तविक मानव नहीं है, वास्तविक मानव कोई जैविक शक्ति है जो मृत्यु के समय सदा के लिये शरीर को त्याग देती है। प्रारम्भ में इस 'शक्ति' का विचार कुछ स्थूल एवं अस्पष्ट था, किन्तु जैसे-जैसे विचार की शक्ति बढ़ती गयी शरीर से भिन्न उस 'शक्ति' की रूपरेखा

स्पष्टतर होती गयी, और इस प्रकार 'आत्मा' की अवधारणा स्थापित हुयी। इस 'आत्मा' के स्वरूप पर विचार चिन्तकों का वैचारिक केन्द्र बन गया। विवेकानन्द कहते हैं कि औपनसदिक विचारकों के लिये भी यह विचार का केन्द्र रहा। 'कथोपनिषद' का उल्लेख करते हुए विवेकानन्द उसके विचार को स्पष्ट करते हैं कि कोई व्यक्ति मरता है तो एक विवाद-उठ खड़ा होता है कोई कहता है कि सब कुछ समाप्त हो गया, अन्य कहते हैं कि वह मरा नहीं है, अभी भी जीवित है। कथोपनिषद प्रश्न उठाता है, 'कौन सा विकल्प सही है?'*

इस प्रश्न को उठा कर विवेकानन्द इसका उत्तर कुछ इस प्रकार देते हैं। वे कहते हैं कि यहां दो विकल्प सम्भव हैं, एक विकल्प तो यह है कि शून्यवादी के समान यह स्वीकार लिया जाय कि हम कुछ जान नहीं सकते, भविष्य तो दूर की बात है, वस्तुतः भूत तथा वर्त्तमान के सम्बन्ध में भी हमें वास्तविक ज्ञान प्राप्त नहीं हो सकता। किन्तु एक दूसरी सम्भावना यह भी है कि व्याख्या की चेष्टा कर सकते हैं, सत् की खोज कर सकते हैं, हम यह स्पष्ट विचार कर सकते हैं कि भौतिक अणुतत्वों से निर्मित इस शरीर में क्या कुछ ऐसा है, जो इससे भिन्न है, इसके नष्ट होने पर भी नष्ट नहीं होता, तथा उस अर्थ में क्या शरीर में शरीर से भिन्न कोई सत् है।**

स्पष्ट है, विवेकानन्द दूसरे विकल्प को अपनाते हैं, तथा शरीर में स्थित उस सत् की व्याख्या अपने ढंग से करते हैं। उनका कहना है कि मानव की वास्तविकता वस्तुतः एक प्रकार की केन्द्रित आध्यात्मिक शक्ति है जिसे जीवात्मा (Spirit) कहा जा सकता है। विवेकानन्द के अर्थ में इस शब्द का एक भावात्मक तथा एक निबंधात्मक—दोनों अर्थ हैं। सामान्यतः इसके निबंधात्मक अर्थ पर अधिक बल दिया जाता है, वहां इस शब्द से सूचित होता है कि यह साधारण, आनुभविक तत्त्व जैसा तत्त्व नहीं है। विवेकानन्द के लिये इसका अभिप्राय यह है कि मानव का ऊपर से दिखाई देने वाला रूप उसका वास्तविक स्वरूप नहीं है। किन्तु यह मानव का निबंधात्मक विवरण है। भावात्मक रूप में भी 'जीवात्मा' (Spirit) शब्द से कुछ ऐसी भावात्मक आकांक्षाओं एवं प्रेरणाओं का बोध होता है जिनके लिये ही मात्र मानव ही सक्षम है।

इसका अर्थ यह हो जाता है कि विवेकानन्द के मानव-विचार के दो पक्ष हैं। एक तो उसका वह भौतिक एवं शारीरिक पक्ष है जो मानव के मानवीय रूप का एक प्रकार से भौतिक जगत में आधार ही है, तथा दूसरा उसका वह पक्ष है जो भौतिक एवं शारीरिक स्वरूप से भिन्न है, जो उसके जीवात्मा-स्वरूप को स्पष्ट करता है तथा जिसके आलोक में भौतिक तथा शारीरिक पक्ष का भी परिवेश बदल जाता है। हम इन दोनों पक्षों की अलग-अलग विवेचना करेंगे।

---

*Jñāna Yoga, p. 21.

**Ibid., pp. 23-24.

मानव का भौतिक स्वरूप

इस प्रकार हम देखते हैं कि विवेकानन्द के मानव-विचार में मनुष्य के भौतिक एवं आध्यात्मिक दोनों पक्षों का समन्वयित एवं व्यवस्थित रूप प्रस्तुत हुआ है। विवेकानन्द मानव के भौतिक एवं शारीरिक पक्ष की उपेक्षा नहीं करते और न उसका महत्व कम करते हैं। उन्होंने स्पष्ट कहा है कि मानव-स्वरूप का एक भौतिक पक्ष है जो अपने में महत्वपूर्ण भी है। इसका सबसे स्पष्ट प्रमाण यही है कि मनुष्य को बार-बार कहा जाता है कि अपनी आध्यात्मिक-शक्ति को––अपने आत्म रूप को जाग्रत करो। किन्तु ऐसा कहने का अर्थ है कि ऐसा कहने वाले को भी यह अवगत है कि मानव में एक पक्ष ऐसा भी है जो आत्म-रूप नहीं है, तथा उसी स्वरूप के मानव को अपने में आत्म-रूप जाग्रत करने को कहा जा रहा है। अतः विवेकानन्द स्पष्ट कहते हैं कि मानव-स्वरूप का एक पक्ष उसका भौतिक रूप है।

इस पक्ष के अन्तर्गत मनुष्य के शारीरिक, जैविक तथा मनोवैज्ञानिक पक्ष आते हैं। एक प्रकार से कहा जा सकता है कि मानव का भौतिक रूप उसके शरीर में ही व्यक्त होता है। वैसे किसी-किसी स्थल पर विवेकानन्द ने 'सूक्ष्म-शरीर' का भी उल्लेख किया है, तथा वैसे शरीर-स्थित केन्द्रों का भी उल्लेख किया है जिनका नाम तंत्र-विद्या में आता है। किन्तु, यहां यह कहने में कोई अयुक्तता नहीं है कि 'शरीर' तथा सामान्य, साधारण शारीरिक क्रियाओं की संरचना, उनके विभिन्न कार्यों तथा उनके महत्व को समझ लेने का अर्थ है मानव भौतिक स्वरूप को समझ लेना।

विवेकानन्द यह मानते हैं कि अपनी शारीरिक क्षमता में भी मनुष्य अन्य जीवों की शारीरिक क्षमता से श्रेष्ठतर है। इसका यह अर्थ नहीं कि विवेकानन्द के अनुसार मनुष्य शारीरिक शक्ति में अन्य जीवों से अधिक बलवान है। यह तो कहा ही नहीं जा सकता, अनेकों जीव शारीरिक बल में मनुष्य से बहुत अधिक शक्तिशाली हैं। बहुत से जीवों की इन्द्रियां तथा संवेदन-शक्ति मनुष्य की अपेक्षा बहुत ही अधिक पैनी होती है। फिर भी, विवेकानन्द शारीरिक क्षमता में मनुष्य को ही श्रेष्ठतर कहते हैं क्योंकि मनुष्य की शारीरिक शक्तियां भी अधिक व्यवस्थित तथा अधिक संगठित हैं। उदाहरणतः वातावरण से आते उद्दीपनों के प्रति उसकी प्रतिक्रिया यन्त्रवत नहीं होती, मूल-प्रवृति के अनुरूप भी नहीं हो तो मनुष्य को 'प्रतिक्रियाओं का समूह' नहीं कहा जा सकता, क्योंकि हर क्रिया के प्रति वह सजग रहता है, तथा उसकी प्रतिक्रियायें समान्यतः योजनाबद्ध, व्यवस्थित तथा लक्ष्य के अनुरूप होती हैं। अपनी शारीरिक क्रियाओं में भी वह यन्त्रवत कार्य नहीं करता। उसकी शारीरिक क्रियाओं में भी प्रयोजन, चुनाव, योजना आदि स्पष्टतः परिलक्षित रहते हैं। विवेकानन्द का कहना है कि मानवीय शरीर में एक ऐसा अवयव है जो शारीरिक दृष्टि से भी मनुष्य को विशिष्ट तथा अन्य जीवों से उच्चतर बना देता है। वह अवयव है––'मानव-मष्तिष्क'। कुछ अन्य जीवों में भी मष्तिष्क है, किन्तु मानव-मष्तिष्क उन अन्य जीवों की तुलना बहुत अधिक विकसित, तथा अधिक सक्षम है। इस प्रकार मनुष्य अपने भौतिक रूप में भी एक विशिष्ट जीव है।

मानव का आध्यात्मिक स्वरूप

विवेकानन्द के अनुसार मनुष्य की शारीरिक एवं भौतिक विशिष्टता का भी मूल कारण यही है कि मनुष्य केवल भौतिक मनुष्य नहीं है—केवल 'शरीर' नहीं है, बल्कि उसमें आध्यात्मिकता के अंश विद्यमान हैं। इस अंश का प्रभाव ही उसकी शारीरिक क्षमता को बढ़ा देता है।

यहां यह कह देने में भी कोई अनुपयुक्तता नहीं है कि विवेकानन्द मनुष्य के शारीरिक भौतिक पक्ष को महत्व तो देते हैं, किन्तु यह भी स्वीकारते हैं कि यह उसका निम्नतर पक्ष है क्योंकि उसकी वास्तविक विशिष्टता—उसका उच्चतर पक्ष उसके आध्यात्मिक स्वरूप, उसके आत्म-रूप में है।

विवेकानन्द स्पष्टतः कहते हैं कि मनुष्य का स्वरूप, जो उसका वास्तविक स्वरूप है, वस्तुतः उसके अपने भौतिक स्वरूप से ऊपर उठने में प्रस्फुटित होता है। विवेकानन्द मनुष्य के इस वास्तविक स्वरूप का विवरण 'आत्म-शक्ति' (Soul-force) या आत्मन् कह कर करते हैं। इसके विवरण में विवेकानन्द की भाषा कभी-कभी आलंकारिक अतिरंजित तथा कभी-कभी तो अतिशयोक्तिपूर्ण भी हो जाती है। किन्तु, सामान्यतः वे इस स्वरूप के विवरण में शास्त्रों का सहारा लेते हैं, तथा उस आधार पर अपने विचार को स्पष्ट करते हैं। जैसे, गीता पर आधृत हो वे मानव की इस विशिष्टिता का—इस आत्मशक्ति का इस प्रकार का विवरण देते हैं, 'यह आत्मा है जो सभी विचारों के परे है, जिसका न जन्म होता है न जिसकी मृत्यु होती है, जिसे तलवार काट नहीं सकती, आग जला नहीं सकती, जिसे वायु सुखा नहीं सकती, जल पिघला नहीं सकता, जो अनादि और अनन्त है, जिसे हिलाया नहीं जा सकता जिसे स्पर्श नहीं कर सकते, जो सर्वज्ञ तथा सर्वशक्तिमान सत्ता है, वह न तो शरीर है, न तो मन बल्कि सबके परे है।'

'It is the self, beyond all thought, one without birth or death, whom the sword cannot pierce or fire burn, whom air cannot dry or water melt, the beginningless and the endless, the unmovable, the intangible, the omniscient, the omnipotent being, that it is neither the body nor the mind, but beyond them all.'*

इस विवरण से आत्मन् के दो विशिष्ट लक्षण प्रकाश में आते हैं। प्रथमतः यह तो प्रायः स्पष्ट ही है कि जिस ढंग से 'आत्मन्' का विवरण यहां प्रस्तुत हुआ है उससे आत्मन् का स्वरूप ईश्वरीय रूप के समान ही प्रतीत होता है। दूसरी बात, जो प्रायः स्पष्ट ही है, वह यह है कि शायद आत्मन् के वास्तविक स्वरूप का विवरण प्रस्तुत करने में हमारी भाषा पूर्णतया सक्षम नहीं है। कम से कम यह तो स्पष्ट ही है कि जिस प्रकार की साधारण भाषा का हम सामान्यतः प्रयोग करते हैं, तथा जिनके आधार पर हमे अवबोध होता है, उस प्रकार की भाषा में तो शायद 'आत्मन्' के स्वरूप का समुचित विवरण नहीं ही किया जा सकता। इन दोनों बातों का थोड़ा अधिक विस्तार से स्पष्टीकरण वांछनीय है।

हमने पहले ही कहा है कि विवेकानन्द को नव-वेदान्ती कहा जा सकता है। उसी

**Complete Works*, Vol. I, p. 141.

मान्यता के अनुरूप विवेकानन्द 'आत्मन्' तथा 'ब्रह्म' को एकरूप करने में कभी नहीं हिचकते। दोनों में इस प्रकार के तादात्म स्थापित करने के आधार भी प्रायः वैसे ही हैं जैसे वेदान्त में बताये गये हैं। मूल बात तो यही है कि इन सबों का सत-विचार पूर्णतया एकवादी है। अतः यदि 'ब्रह्म' तथा 'आत्मन्' को एक रूप नहीं कर दिया जाय, तो सत् का एकवादी रूप खण्डित हो जाता है। ऐसा भी नहीं कहा जा सकता कि आत्मन् ब्रह्म का एक 'अंश' है, क्योंकि तब तो ब्रह्म भी अवयवी हो जाता है, या उसमें स्वगत-भेद के लिये स्थान बन जाता है। यह भी नहीं कह सकते कि आत्मन् ब्रह्म का व्यक्त-रूप है, अथवा ब्रह्म की अभिव्यक्ति है, क्योंकि उस अवस्था मे भी 'आत्मन्' तथा 'ब्रह्म' का द्वैत तो उभर ही आता है। अतः इन दोनों के बीच के सम्बन्ध के लिये एक ही विकल्प रह जाता है--कि ये दोनों मूलतः एक ही हैं, तथा इनमें जो भिन्नता दिखाई देती है, वह भिन्नता मात्र प्रतीति है, वास्तविक नहीं। इस प्रकार विवेकानन्द मानव के वास्तविक स्वरूप--उसके आत्म-रूप--को मूलतः ब्रह्म-रूप ही मानते हैं।

वैसे विवेकानन्द बार-बार यह भी कहते हैं कि मानव का 'जो व्यक्त रूप है', जिसकी हमें प्रतीति होती है, तथा 'उसका जो वास्तविक स्वरूप है' इन दोनों में स्पष्ट भेद है। 'आत्म' विभिन्न रूपों में व्यक्त होता है, उसकी प्रतीति विभिन्न ढंगों से होती है, किन्तु इन विभिन्नताओं मे उसका मूल स्वरूप विच्छिन्न नहीं होता। मूलतः आत्मन् एक व्यापक अस्तित्व है, जो विभिन्न रूपों में दिखाई अवश्य देता है। इस विचार को विवेकानन्द ने विभिन्न उपमाओं के द्वारा समझाने का प्रयत्न किया। उदाहरणतः सागर तथा सागर की लहरों की उपमा को देखें। हर 'लहर' हर दूसरी 'लहर' से भिन्न प्रतीत होती है, किन्तु वस्तुतः वे सब 'एक' ही हैं उसी सागर का अंश हैं। उसी प्रकार वेदान्त में चर्चित 'प्रतिबिम्ब' की उपमा को देखें। विवेकानन्द उस उपमा को स्पष्ट करते हुए कहते हैं कि सूर्य या चन्द्रमा का प्रतिबिम्ब विभिन्न बर्तनों में रखे जल में दिखाई देता है। सभी प्रतिबिम्ब एक दूसरे से भिन्न हैं, यहां तक कि गंदले जल में प्रतिबिम्ब भी धूमिल है, तथा स्वच्छ जल मे स्वच्छ। किन्तु वस्तुतः इन सबों में झलकने वाला सूर्य या चन्द्रमा एक ही है। इसी आधार पर विवेकानन्द कहते हैं कि वस्तुतः आत्मन् एक ही है, वह परिवर्तित नहीं होता जो परिवर्तन दिखाई देता है वह आत्मन् की प्रतीति है, आत्मन् का परिवर्तन नहीं है। उनके शब्द इस प्रकार हैं, "There is, therefore, but one Atman, one self, eternally pure, eternally perfect, unchangeable, unchanged: it has never changed, and all these various changes in the universe are but appearances in that oneself."*

इस प्रकार यह स्पष्ट हो जाता है कि विवेकानन्द के अनुसार आत्मन् तथा ब्रह्म में अभेद है, तादात्म है। वे स्वीकारते हैं कि सामान्यतः हमें इस तादात्म का आभास भी नहीं रहता, किन्तु उनका कहना है कि कुछ ऐसे अनुभव तथा अनुभूतियां हैं जो इस अभेद तथा

**Jñāna Yoga*, p. 350.

तादात्म की ओर संकेत करती हैं। उनका कहना है कि इस प्रकार की अनुभूति का सबसे स्पष्ट एवं सुलभ उदाहरण तो उस अनुभूति में उपलब्ध है जो विकट समस्या तथा सर्वथा प्रतिकूल परिस्थिति के उपस्थित होने पर हमें होती है। वैसी परिस्थिति से जूझने में हमारी छिपी शक्ति व्यक्त होती है, हम ऐसे-ऐसे कार्य कर लेते हैं जिन्हें हम साधारण परिस्थिति में करने में पूर्णतया अक्षम रहते हैं। उसी प्रकार वैसे अनुभव का उदाहरण लें जहां हमें प्रतीत होता है कि प्रकृति एक प्रकार से हमें चुनौती दे रही है, तथा हममें यह शक्ति है कि हम प्रकृति के रहस्यों की जानकारी प्राप्त कर लें। इस प्रकार की अनुभूतियों में हमारे अन्तर की शक्ति प्रकाश में आती है—यही तो हमारी ईश्वरीय रूप जैसी विशिष्टता है।

इसे स्पष्ट करते हुए विवेकानन्द कहते हैं कि आत्मन् में निहित ईश्वरीय रूप का सबसे स्पष्ट साक्ष्य यह है कि हममें सदा 'परे' जाने की शक्ति निहित है। हम यदि व्यक्ति के वैयक्तिक या सामूहिक कार्यक्षमता का विश्लेषण करें, तो हम देखेंगे कि उसकी कोई सीमा नहीं है, ऐसा कोई अन्तिम ठहराव या पड़ाव नहीं है जिसके परे वह नहीं जा सके। उसके सत्यान्वेषण की उत्सुकता सदा असीम है, उसकी प्रेरणाओं एवं आकांक्षाओं की कोई सीमा नहीं है। वह हर दिन नयी-नयी उपलब्धियां अर्जित करता रहता है, उसके ज्ञानोपार्जन का क्षेत्र हर दिन वृहत् होता जाता है, फिर भी उसकी प्यास अतृप्त ही रहती है। वह श्रेष्ठ तथा आत्मोत्थानकारक कार्य करते हुए अपने व्यक्तित्व को समृद्ध बनाता है, किन्तु इसकी भी कोई सीमा नहीं है। विवेकानन्द का कहना है कि मानव में जो यह अपने से सतत परे जाने की शक्ति (Self-transcendence) निहित है, वही तो उसके ईश्वरीय स्वरूप का द्योतक है।

इस प्रकार विवेकानन्द 'आत्म' तथा 'परमात्मा' के तादात्म तथा एकरूपता को स्वीकार करते हैं, किन्तु यह भी स्वीकारते हैं कि हमारी सीमित शक्ति के लिये सामान्यतः इस तादात्म का स्पष्ट अवबोध सम्भव नहीं होता। वैसे अवबोध के लिये अपनी चेतन-शक्ति को विस्तृत करना आवश्यक है—वह भी उस अवस्था तक कि उसमें सम्पूर्ण ब्रह्माण्ड समा सके। ऐसा सामान्यतः इस सीमित जीवन में सम्भव भी नहीं हो पाता। विवेकानन्द स्वीकारते हैं कि हमारी मानसिक शक्तियां, मन-शरीर-इन्द्रियों से बंधी हमारी 'चेतना' की शक्ति, हमारी शारीरिक अस्तित्व की विधाये अपने में इतने अयथेष्ठ एवं सीमित हैं कि इनके द्वारा 'आत्म' एवं 'परमात्मा' की एकरूपता को समझ लेना प्रायः असम्भव जैसा ही है। यही कारण है कि हमें इस 'एकरूपता' की यदा कदा झांकी मात्र ही मिलती है। हमें अपनी ईश्वरीय शक्तियों का कभी-कभी आभास मात्र ही मिल पाता है। ऐसा हमारी आध्यात्मिक अनुभूतियों में होता है। इसी कारण विवेकानन्द कहते हैं कि इन्हीं आध्यात्मिक अनुभूतियों में उपलब्ध झांकियों के आधार पर हम 'आत्म' तथा 'ईश्वर' के तादात्म को समझने का प्रयास कर सकते हैं।

इस स्तर पर एक शास्त्रीय प्रश्न उठाया जा सकता है। यदि 'आत्म' तथा 'ब्रह्म' मूलतः एक ही हैं, तो 'आत्म की अनेकता' की जो हमें अनुभूति होती है, उसकी व्याख्या हम कैसे कर सकेंगे। यह तो है ही कि हमें एक साथ अनेक 'आत्म' की अनुभूति होती है। जो विचार

ब्रह्म एवं आत्म को एकरूप कर देता है, वह पूर्णतया एकवादी होता है। तो एकवादी विचार में 'अनेक आत्म' का होना तो आत्म-व्याघातक होगा। इस प्रश्न में उलझ कर दर्शन-शास्त्र अनेक सम्बन्धित प्रश्नों में उलझ जाता है, आत्म की अनेकता से सम्बन्धित प्रश्न, आत्म के पारस्परिक सम्बन्धों के विषय में प्रश्न, शरीर और आत्म के सम्बन्ध का प्रश्न आदि-आदि।

विवेकानन्द को इन प्रश्नों की अवगति है, तथा वे इनका समाधान भी अपने ढंग से करते हैं। अपने इस समाधान के प्रयत्न में वे 'वेदान्त' का सहारा तो लेते ही हैं, किन्तु उन बातों में अपने ढंग का कुछ परिमार्जन भी करते हैं। वेदान्त पर आधृत रहते हुए किसी-किसी स्थल पर वे वेदान्त से परे चले जाते हैं, तथा कुछ बिन्दुओं पर इस ढंग से बल देते हैं जिस ढंग से वेदान्त में बल नहीं दिया जाता।

वैसे विवेकानन्द बेहिचक इस बात पर बल देते हैं कि 'आत्म की अनेकता' की जो हमें प्रतीति होती है, वह वस्तुतः प्रतीति मात्र है। हम व्यक्तियों को जन्म लेते तथा मृत्यु प्राप्त करते देखते हैं, किन्तु वस्तुतः यह भी एक प्रकार से आभास मात्र ही है। वेदान्ती के समान विवेकानन्द भी कहते हैं जो वास्तविक एक आत्म है उसके जन्म-मरण का कोई प्रश्न ही नहीं उठता, न वह कभी जन्मा है, न कभी नष्ट हुआ है। वास्तविक आत्म-ज्ञान का अर्थ है इन बातों को समझ लेना। वस्तुतः वास्तविक आत्मन् के भ्रान्त होने का भी प्रश्न नहीं उठता। 'आत्म की अनेकता' की प्रतीति वास्तविक आत्मन् को नहीं, भ्रान्त आत्म को होती है। इस प्रकार विवेकानन्द का मूल समाधान तो पूर्णतया अद्वैत वेदान्ती के समान ही है।

फिर भी, इस समाधान को पूर्णतया स्वीकारते हुए भी विवेकानन्द कहते हैं कि इस समाधान में ही कुछ ऐसी बातें हैं जिन्हें वेदान्त पूर्ण प्रकाश में नहीं लाता, तथा जिन पर बल देना उनका वैचारिक लक्ष्य है। उनका कहना है कि 'परमार्थ' तथा 'व्यवहार' का वेदान्त में किया गया भेद मात्र सैद्धान्तिक भेद नहीं है, उसकी तो वास्तविक आस्था, विचार, आचार व्यवहार आदि को निरूपित करने में योगदान है। 'आत्म' का मूल स्वरूप 'एक आत्मन्' है जो 'ब्रह्म' से एकरूप है। यह सैद्धान्तिक तथा तात्विक सत् है। किन्तु, यह सत् किसके समक्ष प्रस्तुत किया जा रहा है? यह ऐसे भ्रान्त मनुष्यों के समक्ष रखा जा रहा है, जो चाहे जिस कारण से हो, भ्रान्त तो हैं ही, तथा इस भ्रान्तावस्था में इस तात्विक रहस्य को समझ पाने में भी सक्षम नहीं है। इस प्रकार की मानसिकता में पड़े व्यक्ति के लिये तो ऐसी बातें हवाई तथा पूर्णतया काल्पनिक बातें होंगी। इस अवस्था में उसके लिये तो वास्तविकता यही है कि अनेक आत्म हैं, तथा हर आत्म वस्तुतः शरीरधारी मनुष्य है। इस अवस्था में इन वास्तविक स्थितियों का निषेध ही अवास्तविक एवं काल्पनिक प्रतीत होगा।

अतः कहना है कि 'जगत' में रहते हुए, जीवन में कम-से-कम विचार की प्रारम्भिक अवस्था में, जगत, शरीर, आत्म की अनेकता आदि की वास्तविकता को स्वीकारना उपयुक्त है। पूर्ण आत्म-ज्ञान तो दार्शनिक विचार का 'लक्ष्य' है, इसका सम्बन्ध तो शरीरधारी

मानवों से है, जिन्हें भ्रान्त कहा जा रहा है उन्हीं भ्रान्त मानवों से है । जिन अनुभूतियों को हम भ्रान्ति कह रहे हैं, वह उसकी वास्तविक अनुभूतियां है । आत्म-ज्ञान के लक्ष्य की ओर अग्रसर होने में भी वह इन अनुभूतियों का निषेध नहीं कर पाता, उन्हें शनैः शनैः परिष्कृत एवं परिभाजित करता हुआ ऊपर उठता है । विवेकानन्द कहते हैं कि वह सन्यासी जो अपनी भौतिक आवश्यकताओं का उन्मूलन कर लेता है, 'महान' हो सकता है, किन्तु जो अपनी शारीरिक शक्तियों को पूर्णता की ओर उठा पाता है, वह भी महान है ।

इस प्रकार विवेकानन्द का कहना है कि इन प्रश्नों का वेदान्त में दिया गया समाधान उपयुक्त तो है, किन्तु उन्हें जिस ढंग से प्रस्तुत किया जाता है, उस रूप में उन पर 'व्यवहार' की दृष्टि से प्रश्नचिह्न लग ही जाते हैं । अतः उस विचार में निहित उन पक्षों को विवेकानन्द प्रकाश में लाते हैं, जिन पर बल देने से 'वेदान्त' का व्यवहार-पक्ष भी उतना ही सबल हो जाता है जितना उसका तात्विक पक्ष ।

कर्म एवं स्वतंत्रता

हमने ऊपर देखा है कि 'आत्म' के स्वरूप का विवरण देते हुए विवेकानन्द आत्म को 'स्वतंत्रता' कहते हैं । स्वतंत्रता को आत्म का लक्षण या गुण नहीं कहा जा रहा है, यह आत्म की विशिष्ट वास्तविकता है । विवेकानन्द यह नहीं कहते कि आत्म 'स्वतंत्र' है या 'मुक्त' है, वे कहते हैं कि आत्म 'स्वतंत्रता' ही है । स्वतंत्रता आत्म की 'थाती नहीं' है, वैसा मानने से आत्म तथा स्वतंत्रता का द्वैत उभरता है, इसी कारण विवेकानन्द आत्म को स्वतंत्रता से अभिन्न मानते हैं ।

तब यह है कि विवेकानन्द 'कर्म-नियम' को भी मान्यता देते हैं । वे स्वीकारते हैं कि हमारे कार्यों से प्रवृत्तियां उत्पन्न होती हैं, संस्कार बनते हैं जिनके अनुरूप हमारा भविष्य निर्धारित होता है । प्राचीन भारतीय विचारकों के समान उनका भी विचार है कि मनुष्य के अधिकांश कर्म अज्ञान में किये जाते हैं । उसे सदा वास्तविक अवास्तविक, सत्-असत् आदि के भेद का ज्ञान नहीं रहता, इस अज्ञान के फलस्वरूप मनुष्य के अधिकांश कार्य गलत विचारों पर आधृत रहते हैं । फलतः इन कार्यो से ऐसे संस्कार उत्पन्न होते हैं जिन्हें व्यक्ति को भुगतना पड़ता है । इन प्रवृत्तियों के अनुरूप उसका बाद का जीवन निरूपित-निर्धारित होता है । यही तो कर्म-नियम है जो एक ओर तो मानता है कि हमारे कर्मों के अनुरूप हमारा भविष्य निर्मित होता है, तथा, साथ-साथ, 'जैसा करोगे वैसा भुगतना ही होगा' के विचार को भी समर्थन देता है ।

अब विवेकानन्द के समक्ष एक मूल प्रश्न उठ जाता है कि यदि कर्मों से ही भविष्य निर्मित होता है, तो आत्म को स्वतंत्रता कहने का तो कोई अर्थ नहीं रह जाता? दूसरे शब्दों में इस समस्या को इस प्रकार भी निरूपित किया जा सकता है कि 'आत्म की स्वतंत्रता' तथा 'कर्म-नियम' दोनों में एक साथ कैसे विश्वास किया जा सकता है—क्या ये दोनों विश्वास एक दूसरे से असंगत नहीं हैं?

विवेकानन्द को इस प्रकार की समस्या के उठने की अवगति है, अतः इसका समाधान

वे अपने ढंग से करते हैं। प्रथमतः उनका कहना है कि 'स्वतंत्रता' का यह अर्थ 'सभी प्रकार के प्रभाव या निर्णायक उपादानों का अभाव' नहीं है। यदि स्वतंत्रता ऐसी हो, तो वह उच्छृंखल स्वतंत्रता होगी, अन्धी एवं दिशाहीन स्वतंत्रता होगी, और उस प्रकार स्वतंत्रता ही नहीं होगी। 'स्वतंत्रता' का अर्थ 'किसी प्रकार के निर्धारण तथा प्रभाव' का नहीं होना नहीं है, उसका अर्थ मात्र यही है कि जो हमारे कार्य तथा जीवन को निर्धारित करते हैं—वे बाह्य तत्व नहीं है, हमारे अन्तर के तत्व हैं। निर्धारण भी यहां है ही—लेकिन वह आत्म-निर्धारण है। स्वतंत्रता अपने ही आत्म-उपादानों से निर्मित-निर्धारित होती है। यदि स्वतंत्रता के इस अर्थ को समझ लिया जाय तो ऊपर चर्चित असंगति की समस्या समस्या नहीं रह जाती। अब कहा जा सकता है कि मनुष्य के कर्म उसके जीवन एवं भविष्य को निर्धारित करते हैं, किन्तु वे उसके अपने कर्म हैं। यह उसका आत्म-निर्धारण है, वह अपने ही किये का कर्म भोगता है। यह उसकी स्वतंत्रता का निषेध नहीं, बल्कि उसकी सम्पुष्टि है, क्योंकि यह स्पष्टरूप में स्वीकारता है कि हमारा भविष्य हमारे अपने कर्मों पर निर्भर है। इसमें यह सम्भावना भी निहित है कि यदि इस तथ्य को समझ कर शुभ एवं उचित कर्म करें, तो हम स्वयं, अपने ही कर्मों से, भविष्य को सही दिशा में प्रवाहित कर सकते हैं, तथा अज्ञान एवं दुख से स्वयं मुक्त होने का प्रयास कर सकते हैं।

वैसे, विवेकानन्द ऊपर चर्चित सम्भावित असंगति के समाधान में अनेक स्थलों पर वेदान्त से भी सहारा लिया है। वेदान्त के समान वे भी कहते हैं कि 'स्वतंत्रता' तथा कर्म-निर्धारण' के बीच जो असंगति दिखाई देती है, वह वास्तविक नहीं है, सीमित वैचारिक ढंगों के कारण उस असंगति की प्रतीति मात्र है। वे भी मानते हैं कि आत्म वस्तुतः किसी भ्रान्ति या असंगति में कभी नहीं उलझता, यह तो हमारे सीमित विचार, हमारे अज्ञान के कारण हमें ऐसा प्रतीत होता है। जिस किसी को भी वास्तविक ज्ञान प्राप्त हो चुका है उसे यह स्पष्ट अनुभूति होती है कि वह वस्तुतः कभी भी किसी भ्रान्ति या विसंगति में उलझा नहीं था।

आत्म का चरम भाग्य: अमरत्व की अनुभूति

अभी तक की विवेचना से इतना तो स्पष्ट हो ही गया है कि विवेकानन्द के अनुसार 'स्वतंत्रता' आत्म की मूल विशिष्टता है। अतः इसका यह तात्पर्य होता है कि आत्म वस्तुतः कभी 'बन्ध' हुआ ही नहीं, वह कभी भी बन्धनग्रस्त नहीं होता। उसका बन्धनग्रस्त होना भी एक प्रतीति है, एक भ्रान्ति है।

किन्तु, विवेकानन्द को यह अवगति है कि आत्म का यह विवरण तात्विक दृष्टि से चाहे जितना भी सारगर्भित प्रतीत हो, अपने साधारण जीवन में, व्यवहार में, मनुष्य को कष्ट अथवा दुख की स्पष्ट अनुभूति है। उसे हर क्षण अपनी सीमितता का आभास मिलता रहता है, तथा जीवन भर वह कष्ट झेलता ही है। विवेकानन्द को यह भी चेतना है कि इसी दुख तथा कष्ट की अनुभूति हमें विचार करने के तथा इससे अन्तिम त्राण पाने का मार्ग ढूंढने के लिये बाध्य करती है।

विवेकानन्द का विश्वास है कि इन दोनों प्रकार की दृष्टि अपने-अपने स्थान पर उपयुक्त है। उनकी यह भी मान्यता है कि इन दोनों दृष्टियों में वस्तुतः कोई मौलिक विरोध भी नहीं है। 'जीवन में दुख की स्पष्ट अनुभूति' तथा 'यह तात्विक सत्य कि आत्म कभी बन्धनग्रस्त नहीं होता' एक दूसरे के विरोधी या एक दूसरे से असंगत उक्तियां नहीं हैं। अपने इस विचार का स्पष्ट विवेचन उन्होंने 'आत्म के अमरत्व'—विचार के अन्तर्गत किया है। उनके विचार में मनुष्य का चरम भाग्य 'अमरता की अनुभूति' ही है। इसके स्पष्टीकरण में यह भी स्पष्ट हो जाता है कि कैसे ऊपर दी गयी दो उक्तियां परस्पर-विरोधी नहीं हैं।

वैसे, विवेकानन्द स्वीकारते हैं कि 'अमरता' की पूर्णतया वैज्ञानिक एवं सर्वथा निश्चित परिभाषा नहीं दी जा सकती, इसके सभी विवरण भी प्रायः अयथेष्ठ ही प्रतीत होते हैं। फिर भी, इस सीमा के अन्तर्गत रहते हुए भी इसके स्वरूप के विषय में विचार किया जा सकता है, क्योंकि यह विचार मानव इतिहास में, वस्तुतः हर संस्कृति तथा हर धर्म में, एक बड़ा ही प्रभावी तथा महत्वपूर्ण विचार रहा है। इसका महत्व केवल तात्विक विवेचनों तक ही सीमित नहीं रहा है, बल्कि वास्तविक नैतिक जीवन के संचालन में भी इस विचार का महत्वपूर्ण योगदान रहा है। इसी कारण हर धर्म एवं दर्शन में इसके स्थापन एवं बौद्धिक समर्थन के प्रयत्न भी होते रहे हैं। इसका यह ऐतिहासिक महत्व हमें बाध्य करता है कि हम इस पर विचारें, इसका सही मूल्यांकन करें। इसे भ्रान्त कह कर टाल नहीं सकते, क्योंकि कोई ऐसी भ्रान्ति नहीं हो सकती जो हर युग, हर काल, तथा हर धर्म को भ्रान्त रखे। इस विचार की सार्वभौमता इसकी अनिवार्यता के पक्ष में एक तर्क है। इस विचार में जो अनिवार्यता एवं बाध्यता है, उसका विवरण करते हुए विवेकानन्द कहते हैं कि जीवन के समर्थ क्षणों में तथा अस्तित्व के सामान्य संघर्षों एवं व्यस्तताओं में हम इस विचार की ओर ध्यान भी नहीं देते। यह ठीक है। किन्तु मान लें कोई अपना अत्यन्त ही निकट तथा प्रिय व्यक्ति का निधन हो जाता है, तथा हमें सब कुछ छिन जाने की प्रबल भावनात्मक अनुभूति होती है। उन क्षणों में वह प्रश्न, जिसे हम साधारणतः भूले हुए रहते हैं, बड़े सशक्त रूप में उभर आता है, और हम बाध्य हो जाते हैं ऐसा सोचने पर कि यह सब क्या है, कि क्या हो गया—वह हमारा प्रिय कहां चला गया। इन विशिष्ट क्षणों मे इस विचार का महत्व एकाएक स्पष्ट हो जाता है।*

'अमरता' के विचार को समझ पाने के लिये इसके विभिन्न पक्षों को देखना उपयुक्त है। वैसे कहा जा सकता है कि इसका जो शाब्दिक अर्थ है, वह इसका न्यूनतम अर्थबोध भी है, तथा साथ-साथ इसका सबसे व्यायक अर्थ भी 'अमरता' का शाब्दिक अर्थ है—'अ-मर'—'अ-मृत्यु'। अतः जब हम आत्मा को अमर कहते हैं तो कम से इतना तो अवश्य समझते हैं (न्यूनतम अर्थबोध) की मृत्यु आत्मा का अन्त नहीं है, हम इतना मान लेते हैं कि 'मृत्यु' घटित होने पर भी आत्मा उससे अछूती है—वह 'है'। अमरता का यह

Jñāna Yoga, pp. 273-74.

अभावात्मक अर्थ विवादास्पद नहीं है, क्योंकि यह इसका न्यूनतम अर्थबोध है। 'अमरता' की बात करने वाले सभी इतना स्वीकारे बिना अमरता-विचार में अग्रसर हो ही नहीं सकते। मतभेद तथा विवाद तो तब उत्पन्न होते हैं जब हम 'अमरता' के भाव में इस न्यूनतम अर्थ से कुछ अधिक जोड़ना प्रारम्भ कर देते हैं।

स्पष्ट है कि विवेकानन्द को भी 'अमरता' के इस न्यूनतम अर्थ को स्वीकारना ही है। किन्तु वे इसके इस अभावात्मक अर्थ के साथ इसका कुछ भावात्मक अर्थ-निरूपण भी करते हैं। इस भावात्मक अर्थनिरूपण में वे वेदान्त पर आधृत तो हैं ही, कुछ अपनी अनुभूतियों का भी सहारा लेते हैं। पारम्परिक भारतीय विचारधारा के अनुरूप उनका भी कहना है कि 'अमरता' के भावात्मक अर्थ को दो स्तरों में समझा जा सकता है। इसका अभावात्मक अर्थ तो यही है कि मृत्यु 'आत्मा की मृत्यु' नहीं है। अब भावात्मक प्रश्न उठता है कि मृत्यु के उपरान्त आत्मा किस रूप में है? प्राचीन भारतीय परम्परा के अनुरूप विवेकानन्द कहते हैं, 'मृत्यु के बाद आत्मा के होने' को दो स्तरों में निरूपित किया जा सकता है, एक 'पुनर्जन्म', तथा दूसरा 'अमरत्व की अनुभूति'। अमरता का एक भावात्मक पक्ष 'पुनर्जन्म' को कहा गया है, किन्तु इसका अन्तिम एवं चरम रूप वह है जहां 'पुनर्जन्म' से भी मुक्ति मिल जाती है, तथा उसे ही 'अमरत्व की अनुभूति' कहा गया है। इन दोनों को थोड़ा और स्पष्ट करना अनिवार्य है।

'पुनर्जन्म' के विवरण में प्राचीन भारतीय सिद्धान्तों का सहारा लेते हैं। वे 'अज्ञान' तथा 'कर्म' के विचारों के आधार पर ही पुनर्जन्म का विवरण देते हैं। उनका भी कहना है कि मानव के अधिकांश कर्म 'अज्ञान' में होते हैं। इस प्रकार के कर्मों से जो प्रवृत्तियां जागती हैं तथा जो संस्कार उत्पन्न होते हैं, उन्हीं के अनुरूप आत्म का अगला जन्म निर्धारित होता है। यह एक प्रकार का जन्म तथा मृत्यु, पुनःजन्म का क्रम है जो कर्म-संस्कार के कारण चलते रहते हैं, तथा तब तक चलते हैं जब तक हमारे कर्म अज्ञानवश होते रहते हैं। यह अज्ञान 'वास्तविकता' को नहीं समझना है, सत्-असत् के भेद का अज्ञान है। इस प्रकार हिन्दू विचार-परम्परा के समान विवेकानन्द ने भी पुनर्जन्म की व्याख्या 'अज्ञान' तथा 'कर्म-संस्कार' के साथ जोड़ी है।

किन्तु विवेकानन्द कहते हैं कि अमरता का अन्तिम रूप यह नहीं है। 'पुनर्जन्म का चक्कर' अमरता का अन्तिम अर्थ नहीं है। वह पुनर्जन्म के विवरण से ही स्पष्ट है, उस विवरण में ही यह संकेत है कि इससे भी मुक्ति सम्भव है। पुनर्जन्म तो आत्मा का बन्धन है, वह तो उसके शरीर में बंध जाने की अवस्था अज्ञानवश किये गये कर्मों का परिणाम है। तो, यह सम्भावना तो है ही कि 'अज्ञान' की कभी समाप्ति भी हो जाय, पुनर्जन्म उत्पन्न करने वाले कर्म-संस्कार रुक जाये। वही स्थिति आत्मा का चरम-भाग्य है, उसके पुनर्जन्म में बंधे जीवन की अन्तिम परिणति है, तथा उसी स्थिति को 'अमरत्व की अनुभूति' कहा है। वही 'अमरता' का वास्तविक तथा अन्तिम भावात्मक अर्थ है। उसी अनुभूति में आत्मा बन्धन से पूर्णतया मुक्त होती है, वही पूर्ण स्वतंत्रता की अनुभूति होगी।

किन्तु, इस विवरण का निष्कर्ष तो यह होता है कि 'अमरता' तो आत्मा का 'लक्ष्य'

है--एक प्रकार की अन्तिम उपलब्धि है जिसे उसे प्राप्त करना है--जीतना है। इस प्रकार के निष्कर्ष से तार्किकता का एक प्रश्न उभर जाता है। विवेकानन्द बार-बार कहते हैं कि 'आत्मा' का मूल स्वरूप 'स्वतंत्रता' है। अब यहां यह निष्कर्ष दिया जा रहा है कि 'स्वतंत्रता की अनुभूति' आत्मा का 'चरम लक्ष्य' है जिसे प्राप्त करने के लिये उसे कठोर साधना एवं प्रयास करना पड़ता है। प्रश्न है कि इन दो विचारों का समन्वय कैसे हो? यदि 'स्वतंत्रता' आत्मा का स्वरूप है ही तो 'स्वतंत्रता की अनुभूति' उसके जीवन का लक्ष्य कैसे हो सकता है?

विवेकानन्द के अनुसार ये दो विचार एक दूसरे से असंगत नहीं हैं, दोनों को साथ-साथ स्वीकारने में कोई विसंगति उत्पन्न नहीं होती। इसे विवेकानन्द ने अनेकों ढंग से स्पष्ट करने का प्रयत्न किया है। प्रथमतः विवेकानन्द कहते हैं कि बिना यह स्वीकारे कि 'आत्मा अमर है' यह नहीं स्वीकारा जा सकता कि आत्मा को 'अमरता की अनुभूति' हो सकती है। बिना यह माने कि आत्मा स्वतंत्रता है, 'स्वतंत्रता' की प्राप्ति को जीवन का लक्ष्य भी नहीं कहा जा सकता। इस बात के पक्ष में विवेकानन्द एक बड़ा ही सरल तर्क प्रस्तुत करते हैं। अमरता की प्राप्ति के लिये आत्मा का आत्म-विकास करना पड़ता है, आत्मोत्थान करना पड़ता है। प्रश्न है कि क्या विकसित होता है। जो आत्मा में 'नहीं' है उसके विकास का तो प्रश्न ही नहीं उठ सकता। यह तो अनुभव-सिद्ध तथ्य है, तथा इसे वैज्ञानिक मान्यता भी प्राप्त है। एक 'बीज' वृक्ष में विकसित होता है मात्र इसी कारण कि बीज में वृक्ष अव्यक्त रूप में विद्यमान है। एक शिशु वयस्क के आकार में विकसित हो जाता है कि एक प्रकार से शिशु में वयस्क का छिपा हुआ रूप है। अतः ऐसा कहने मे कोई अतार्किकता नहीं है कि आत्म अमरत्व प्राप्त कर सकता है क्योंकि वह वस्तुतः अमर है। 'अमरत्व' उसमें निहित है, किसी न किसी कारण वह अज्ञानवश हो गया है, तथा भूल गया है कि 'अमरत्व' उसमें छिपा है। उसी बीज रूप का विकास होना है, उसका ही पूर्ण व्यक्त-रूप--पूर्ण वृक्ष-रूप--अमरत्व की--स्वतंत्रता की स्पष्ट अनुभूति है। विवेकानन्द उपनिषद् की उपमाओं का सहारा लेते हुए कहते हैं कि यह एक प्रकार से उस स्वर्णहार की घबड़ाहटपूर्ण खोज जैसी बात है जो अन्त में गले में ही पड़ा हुआ पाया जाय।

इस बात के समर्थन में विवेकानन्द एक दूसरा तर्क प्रस्तुत करते हैं जो विकास-प्रक्रिया के स्वरूप से बल पाता है। विवेकानन्द 'जीव के विकास' का उदाहरण लेते हैं और कहते हैं कि प्रथम जीवतत्त्व या प्रोटोप्लाज्म से लेकर मनुष्य तक का विकास 'जीव' का ही विकास है, अर्थात् जीव है अपने निम्नतम व्यक्त-रूप से पूर्णतया व्यक्तरूप को विकसित होता है, यदि प्रथम 'तत्त्व' में जीव न होता तो जीव के विकास का प्रश्न ही नहीं उठता। उसी प्रकार यदि अमरत्व अथवा स्वतंत्रता आत्म में नहीं है, तो आत्म के विकास का, अमरत्व की प्राप्ति का प्रश्न ही नहीं उठता। इस प्रकार विकास-प्रक्रिया भी इस बात का समर्थन करती है कि ऐसा कहना कि 'आत्म स्वतंत्रता है' तथा 'स्वतंत्रता' उसका लक्ष्य है, उपयुक्त है।*

---

*विवेकानन्द के शब्दों में, "The whole of the manifestation of this

इसके पक्ष में कुछ साक्ष्य

विवेकानन्द मानते हैं कि अमरता आत्म की विशिष्टता है, फिर भी इसके पक्ष में वे कुछ साक्ष्य भी प्रस्तुत करते हैं, कुछ उसी प्रकार से जिस प्रकार से विभिन्न दर्शनों एवं धर्मों में अमरता के समर्थन में तर्क-साक्ष्य आदि प्रस्तुत किये जाते हैं। वैसे उनकी मान्यता यह है ही कि अमरता को सिद्ध करने का प्रश्न नहीं उठता उसे तो व्यक्त करना है, पाना है। फिर भी मानव-बुद्धि सामान्यतः इन बातों पर संशय करती है, उसी प्रारम्भिक संशय के निराकरण के लिये, बुद्धि को संतुष्ट करने के लिये साक्ष्य दिये जाते हैं। वे वस्तुतः प्रमाण नहीं है, किन्तु प्रारम्भिक संशय निवारण कर, 'इन बातों में कुछ सार है'—ऐसा समझने के लिये बाध्य करते हैं। इन साक्ष्यों अथवा अमरता के पक्ष में दिये गये तथाकथित प्रमाणों के विषय में दूसरी बात यह भी स्मरण रखनी है कि इन साक्ष्यों अथवा तर्कों से अमरता के भावात्मक स्वरूप के सम्बन्ध में कोई अनुशंसा नहीं होती, इनका उद्देश्य अत्यन्त ही सीमित है—इनका उद्देश्य मात्र यह दिखाना है कि 'मृत्यु' में आत्मा का अन्त नहीं होता। मृत्यु के बाद क्या स्थिति होती है, किस अवस्था में आत्मा रहती है—इन बातों से इन तर्कों का कोई सम्बन्ध नहीं है, ये बस इतना ही स्थापित करते हैं कि मृत्यु आत्म-अस्तित्व का अन्त नहीं है।

अमरता के पक्ष में सर्व प्रचलित तर्क आत्मा के 'सरल-स्वरूप' पर आधृत तर्क है। अमरता में विश्वास करने वाले प्रायः सभी विचारक तथा सभी धर्म इस तर्क का व्यवहार, उपयोग यदा कदा करते रहे हैं। प्राचीन भारतीय दार्शनिकों ने तथा प्लेटो ने भी इसका सहारा लिया है। उन लोगों के अनुसार इस तर्क का सरलतम निरूपण इस रूप में हुआ है कि 'आत्मा अमर है क्योंकि वह सरल है।' विवेकानन्द भी इसका उल्लेख करते हैं। वे कहते हैं कि यह आनुभविक तथ्य है कि जो कुछ नष्ट होता है, वह 'जटिल' होता है। 'जटिल' का तात्पर्य है कि उसके अवयव होते हैं, अंश होते हैं, भाग होते हैं। नष्ट होने का अर्थ है उन अवयवों का अथवा उन भागों का बिखर जाना—टूट जाना-अलग हो जाना। किन्तु आत्मा तो 'अवयवी' नहीं है, सरल है, उसके अंश या भाग नहीं हैं। अतः उसके अंशों के विभिक्त होने या टूटने का प्रश्न नहीं उठता, अतः 'आत्मा' के नष्ट होने का प्रश्न नहीं उठता। अतः आत्मा अमर है।

विवेकानन्द 'अमरता' के पक्ष में एक बड़ा ही स्पष्ट एवं सबल तर्क प्रस्तुत करते हैं जो मनुष्य में निहित शक्तियों के विश्लेषण पर आधारित है। उनका कहना है कि मनुष्य में निहित शक्तियां एक प्रकार से असीम हैं। आपत्-स्थितियों में हर व्यक्ति एक प्रकार से

---

one series, from the protoplasm up to the most perfect man, must be the very same thing as cosmic life. First, it got involved and became finer, and out of that fine something which was the cause, it has gone on evolving, manifesting itself and becoming grosser.........there is nothing new, there will be nothing new". —*Jñāna Yoga*, p. 278.

असम्भव कार्य भी कर लेता है। वह कोई मंजिल पाकर सन्तुष्ट नहीं होता, वह सतत् उसके 'परे' जाने के लिये चेष्टावान रहता है। मनुष्य का जीवन एक प्रकार से तृप्ति की चिर अतृप्त अभिलाषा है, इसी प्रकार वह सतत् प्रयत्नशील रहता है, विकसित होता रहता है, उसकी यात्रा पर रुकती नहीं है। इस स्पष्ट तथ्य के आधार पर विवेकानन्द कहते हैं कि यदि मानव-जीवन का यह स्वरूप है, यदि मानव-शक्तियों का स्वरूप है कि वे सदा व्यक्त-विकसित होती रहीं, तो यह मानना तर्कसंगत नहीं लगता कि एकाएक मृत्यु में ये सारी शक्तियां लुप्त हो गयीं तथा यह यात्रा एकाएक समाप्त हो गयी। मानव-निहित शक्तियों की गत्यात्मकता, मानव जीवन का स्वरूप ऐसा है कि 'मृत्यु' को 'सब कुछ का अन्त' कहना सर्वथा अयुक्त होगा। इस विचार की तार्किकता हमें बाध्य करती है यह स्वीकारने को कि इस प्रकार की गति मृत्यु के बाद भी होती रहेगी।

विवेकानन्द कहते हैं कि हमारा 'मुमुक्षत्व'—'मुक्त होने की हमारी प्रबल उत्कंठा'—भी अमरता के पक्ष में एक साक्ष्य है। यह तो मानना ही पड़ता है कि हर 'इच्छा' का कोई 'विषय' होता है, 'लक्ष्य' होता है। 'इच्छा' किसी वस्तु के लिये होती है। यह ठीक है कि हमारी अनेक इच्छायें अतृप्त रह जाती हैं, किन्तु इसका यह अर्थ नहीं कि 'इच्छा' है, किन्तु वह किसी विषय के लिये न हो। जिन वस्तुओं के लिये हमारी इच्छायें जागती हैं, वे वस्तुयें वास्तविक वस्तुयें होती हैं। 'कल्पना' में काल्पनिक वस्तुओं तथा काल्पनिक उद्देश्यों की बात होती है, किन्तु 'कल्पना' 'इच्छा' नहीं है। इच्छित वस्तु तो वास्तविक होती है, काल्पनिक नहीं। अब विवेकानन्द कहते हैं कि 'मुमुक्षत्व' भी हमारी वास्तविक इच्छा है, हम सचमुच दुखों से पूर्णतया मुक्त होना चाहते ही हैं। तो इस इच्छा की इच्छित वस्तु को भी वास्तविक मानना पड़ता है। मुमुक्षत्व मृत्यु की इच्छा नहीं है, दुखरहित जीवन की इच्छा है। अतः इस इच्छा की विषयवस्तु के रूप में मृत्यु से परे की किसी स्थिति को स्वीकारना पड़ता है। मुमुक्षत्व अमरता की इच्छा है, अतः इस इच्छा के अनुरूप इसके इच्छित वस्तु—अमरता को स्वीकारना पड़ता है।

विवेकानन्द का कहना है कि यदि विचार कर देखें तो 'आत्मा की मृत्यु' का विचार ही आत्म-विरोधी प्रतीत होता है। आत्मा एक सशक्त जीवन का द्योतक है, वह जीवन्त है, सदा सक्रिय है, प्रबल रूप में सजीव है। इस प्रकार की आत्मा एकाएक निर्जीव कैसे हो जा सकती है। कोई भी भाव अपने विरोधी भाव के साथ संगत नहीं होता, तो आत्मा जो सजीवता का भाव है, निर्जीवता के साथ संगत नहीं है। विवेकानन्द कहते हैं कि इसी भाव-विरोध के फलस्वरूप कोई व्यक्ति अपनी मृत्यु की कल्पना भी नहीं कर पाता। यदि हम प्रयास कर कल्पना करें अपनी मृत्यु की—तो यह विचार ही अजीब तथा बेतुका प्रतीत होता है। साथ ही अपनी मृत्यु की कल्पना करने में भी हमें अपने को उससे पृथक कर अपनी मृत्यु के साक्षी के रूप में सोचना पड़ेगा, क्योंकि आखिर मृत्यु की कल्पना तो हमीं कर रहे हैं। विवेकानन्द कहते हैं, 'never to imagine my own annihilation, I shall have to stand by and look on as a witness.' अतः मृत्यु के विचार में ही एक विरोध है। विवेकानन्द का कहना है कि मृत्यु के विचार में

निहित यह विरोध, मृत्यु की कल्पना करने में हमारी यह अक्षमता—ही इस बात का साक्ष्य है कि आत्मा अमर है।

मुक्त आत्म का स्वरूप

पारम्परिक भारतीय विचारधारा के अनुरूप विवेकानन्द भी कहते हैं कि अमरत्व-प्राप्ति का अर्थ है 'जन्म-पुनर्जन्म के चक्र से मुक्त हो जाना'। वस्तुतः इस परम्परा में 'जन्म' का अर्थ है 'शरीर धारण करना'। अतः आत्मा जब तक शरीर के बन्धन में रहती है, उसका अस्तित्व कायिक अथवा शरीरी ही बना रहता है। एक शरीर में रह वह ऐसे कार्य करती है जिसके अनुरूप उसके 'कर्म' निर्धारित होते हैं तथा जो उसका अगला जन्म निर्धारित करते हैं। तो, विवेकानन्द का कहना है कि ऐसे कर्म हो सकते हैं जो आत्मा को शरीर के बंधन में डालने वाली प्रवृत्तियों को उत्पन्न ही न होने दें। एक प्रकार के कर्म से आत्मा पुनः पुनः शरीर के बन्धन में घिर जाती है, एक अन्य प्रकार के कर्म से इस प्रक्रिया को रोका भी जा सकता है।

अब, इस स्थल पर दो प्रश्न उठते हैं—(१) वे किस प्रकार के कर्म हैं जिनसे शरीर उत्पन्न करने वाली प्रवृत्ति नहीं जागे? यह महत्वपूर्ण प्रश्न है क्योंकि इन्हीं कर्मों से अमरत्व की प्राप्ति सम्भव है। (२) दूसरा प्रश्न है कि अमरत्त्व की प्राप्ति में क्या होता है, इस अनुभूति में आत्मा किस प्रकार की अवस्था में आती है, उसका क्या स्वरूप होता है?

पहले हम दूसरे प्रश्न पर ही विचार कर रहे हैं। जन्म-पुनर्जन्म आत्मा का शरीर में बंध जाना है, जिसके कारण उसे कष्ट, दुख होते हैं। वस्तुतः इस बन्धन का कारण भी अज्ञान को बताया गया है, तथा अज्ञान का अर्थ है सत्-असत् के भेद के सम्बन्ध में अज्ञान, आत्मा के वास्तविक स्वरूप का अज्ञान। अतः अमरता की स्थिति इन सबों से ऊपर उठ जाना है। विवेकानन्द कहते हैं कि यह 'ऊपर उठना' एक ऐसी अनुभूति में सम्भव है जहां आत्मा अपने को शरीर के बन्धन से मुक्त समझे। यही 'मुक्तता' आत्मा की मूल स्वतंत्रता की अनुभूति है। इस अनुभूति में यह भी स्पष्ट चेतना आ जायगी कि 'दुख' भी आत्मा का परि-वेश नहीं है, वह तो 'शरीर' के कष्टों को अज्ञानवश अपना दुख समझ बैठता था। यही तो अज्ञान का अन्त तथा 'आत्म-ज्ञान' है। इसी कारण विवेकानन्द कहते हैं कि अमरता की स्थिति में अपने स्वरूप का आत्म को वास्तविक ज्ञान हो जायेगा, तथा उसके फलस्वरूप उसके कायिक अस्तित्व से सभी विकार शान्त हो जायेंगे। इसी अर्थ में विवेकानन्द कहते हैं कि यह अवस्था शुद्ध आनन्द की अवस्था है। 'अमरता' का वे मात्र अभावात्मक विवरण नहीं देते, केवल इतना ही नहीं कहते कि वह किन-किन अनुभूतियों से मुक्त हो जाने की अनुभूति है, बल्कि उसका भावात्मक विवरण भी देते हैं तथा कहते हैं कि यह अनुभूति शुद्ध अनन्त की अनुभूति है।

ऊपर दिये विवरण के आधार पर कहा जा सकता है कि अमरता के विवरण में विवेकानन्द ने प्राचीन भारतीय दर्शन में चर्चित प्रायः सभी विवरणों को समाविष्ट कर

लिया है, किन्तु जब वे इसे भावात्मक आनन्द की स्थिति कहते हैं, तब प्रतीत होता है कि वे वेदान्त के अधिक निकट हैं।

इसी परम्परा के अनुरूप विवेकानन्द यह भी स्वीकारते हैं कि 'शरीर' में रहते हुए भी आत्मा को अमरत्त्व की अनुभूति हो सकती है। वे भी 'जीवन-मुक्ति' तथा 'विदेह-मुक्ति' के भेद को स्वीकारते हैं। उनका 'जीवन मुक्त' का विवरण भी प्रायः वेदान्ती ही है। 'जीवन-मुक्त' शरीर में अभी भी स्थित है, किन्तु अब उसे यह ज्ञान है कि वह 'कायिक' नहीं है। फलतः अब उसके कार्य 'शरीर' तथा 'इन्द्रियों' से संचालित नहीं, अब उसे 'शरीर' एवं इन्द्रियों को मांगों को सन्तुष्ट करने की आवश्यकता ही प्रतीत नहीं होती, अब उसके कार्य उस अर्थ में भावना-शून्य कार्य होते हैं। अब वह कुछ अपने लिये प्राप्त करने के लिये, या अपनी किसी आकांक्षा को पूर्ण करने के लिये कार्य नहीं करता। वह कर्म करता है, किन्तु अब वह उनसे प्रभावित नहीं होता। इसी रूप में वह तब तक 'शरीर' में स्थित रहता है, जब तक शरीर को जीवित रखने वाली कर्म-प्रवृत्तियां समाप्त नहीं हो जातीं। 'शरीर' से अन्तिम रूप में मुक्त होने पर उसकी विदेह-मुक्ति होती है।

इस स्थल पर एक विशेष वाद्-विषय की चर्चा वांछनीय है, वह विषय प्राचीन भारतीय विचारकों के लिये उतना महत्वपूर्ण नहीं था, किन्तु समकालीन भारतीय विचारकों ने, जैसे श्री अरविंद, राधाकृष्णन आदि ने इसे महत्वपूर्ण बना दिया है। श्री अरविंद एक 'दिव्य जीवन' का उल्लेख करते हैं, राधाकृष्णन 'सर्वमुक्ति' का विचार प्रतिपादित करते हैं। इन लोगों ने मानव के चरम भाग्य के रूप में एक ऐसी स्थिति की कल्पना की है जहां 'सभी' मुक्त रहेंगे। मानव का चरम भाग्य 'व्यक्ति' की मुक्ति नहीं, 'मानव' की मुक्ति है। इन लोगों ने तो यहां तक कहा है कि यदि कोई वैयक्तिक आत्म मुक्त हो जाती है, तो उस पर भी उसके अस्तित्व की यात्रा समाप्त नहीं हो जाती, क्योंकि अभी भी उन्हें अन्य की मुक्ति में सहयोग देने का कार्य करना है। इन विचारकों ने कहा है कि जब तक मानव-मात्र मुक्त नहीं हो जाता तब तक कोई व्यक्ति भी मुक्त नहीं है। समकालीन भारतीय चिन्तन में इस विचार की इसी प्रमुखता के कारण यह प्रश्न उठता है कि विवेकानन्द का इस विषय पर क्या विचार है?

इस बिन्दु पर विवेकानन्द को पूर्णतया निश्चित उत्तर स्पष्ट नहीं होता। किसी-किसी स्थल पर वे परहित के कार्यों की प्रबल अनुशंसा करते हैं, तो कहीं-कहीं ऐसा प्रतीत होता है कि ऐसी अनुशंसा की मूल प्रेरणा इसी विश्वास में है कि ऐसे कार्यों से आत्मा की मुक्ति सम्भव है। फिर भी कुछ स्थलों पर उन्होंने स्पष्ट रूप में 'सर्वमुक्ति' जैसे विचार का उल्लेख किया है, तथा इसी संदर्भ मे 'बोधिसत्व' के आदर्श की प्रशंसा की है, क्योंकि 'बोधिसत्व' अन्य के निर्वाण-मार्ग में सहायता प्रदान करते हैं।

इन विभिन्न अनुशंसाओं को ध्यान में रखते हुए हम अपने ढंग से विवेकानन्द के इस वाद्-विषय सम्बन्धी विचारों को व्यवस्थित कर सकते हैं। हम कह सकते हैं कि विवेकानन्द 'सर्वमुक्ति' की सम्भावना को जीवित अवश्य रखते हैं, किन्तु उसकी कल्पना 'मानव के चरम भाग्य के' रूप मे नहीं करते। उनका प्रायः यह निश्चित मत है कि 'आत्म-मुक्ति' तथा

'सर्वमुक्ति' एक प्रक्रिया के दो सोपान नहीं हैं। वे ऐसा नहीं कहते कि 'आत्म-मुक्ति' के बाद की अवस्था––मुक्ति की अन्तिम अवस्था 'सर्वमुक्ति' है। वे स्पष्ट करते हैं कि हर व्यक्ति को अपना अमरत्व स्वयं प्राप्त करना है, किन्तु यह अनिवार्य नहीं है कि इसके बाद उसे अन्य की अमरत्व-प्राप्ति में सहायक होना ही है। मैं अपनी साधना एवं लगन तथा प्रयत्न से अमरत्व की अनुभूति कर सकता हूं, मैं अन्य को कुछ मार्ग-दर्शन भी कर सकता हूं, किन्तु हर व्यक्ति को अपनी अमरता के लिये स्वयं प्रयत्न करना है। ऐसा नहीं कह सकते कि जब तक सबों की मुक्ति नहीं होती, तब तक किसी की मुक्ति नहीं होती। इस रूप में विवेकानन्द 'सर्वमुक्ति' को नहीं स्वीकारते, क्योंकि उनके लिये 'आत्म' का चरम भाग्य उसकी 'अमरता की अनुभूति' है।

इस अनुभूति के मार्ग

अब प्रश्न उठता है कि आत्म अमरता की अनुभूति कैसे कर पाता है? अमरत्त्व-प्राप्ति की प्रक्रिया क्या है? विवेकानन्द के अनुसार इस प्रश्न का उत्तर एक शब्द में दिया जा सकता है––'योग'। 'योग' क्या है?

सामान्यतः 'योग' शब्द के साथ दो अर्थ जुड़े रहते हैं। इसका एक अर्थ है 'मिलन', तथा दूसरे अर्थ में यह एक 'विशेष प्रकार की साधना' सूचित करता है। विवेकानन्द ने इस शब्द को बड़ा ही व्यापक अर्थ दिया है, अतः उनके अर्थ में ऊपर बताये दोनों अर्थ समाविष्ट हैं। अतः कहा जा सकता है कि 'योग', जिसके द्वारा अमरत्त्व की अनुभूति सम्भव है, एक ऐसा मार्ग है जो 'साधना' का मार्ग है तथा जो 'मिलन' का मार्ग है। इसके अन्तर्गत ऐसे अनुशासन आते हैं, जिनके द्वारा 'मिलन' की अनुभूति सम्भव होती है।

तो, अब कहा जा सकता है कि विवेकानन्द के अनुसार 'योग' के अन्तर्गत कुछ विशेष प्रकार के अनुशासन आते हैं। इन अनुशासनों का सम्बन्ध ज्ञान-संज्ञान से हो सकता है, या भावना से भी हो सकता है, या मानवीय क्रियाओं या कर्मों से भी हो सकता है, या फिर एक ऐसे अनुशासन से हो सकता है जिसमें इन तीनों अनुशासनों का समन्वयित-संगठित रूप उभरे।

विवेकानन्द इस अन्तिम विकल्प को अधिक महत्व देते हैं, किन्तु यह समन्वय-संगठन व्यापक तो है ही, एक विशेष प्रकार का समन्वय-संगठन है। वे यह नहीं कहते कि कोई ऐसा एक प्रकार का योग है जिसमें ज्ञान, भावना तथा कर्म से सम्बन्धित अनुशासन समाविष्ट है; बल्कि वे तो कहते हैं कि इन तीनों प्रकार के अनुशासनों को भी पृथक-पृथक रूप में कहा जा सकता है, क्योंकि इन तीनों में मुक्ति प्राप्त करने की क्षमता निहित है। वे एक दूसरे से असंगत भी नहीं है, बल्कि एक दूसरे के पूरक हैं, एक दूसरे के प्रतिद्वन्द्वी नहीं। विवेकानन्द तो 'योग' शब्द को इतना व्यापक बना देते हैं कि इससे सूचित होने वाले सभी अर्थों के लिये स्थान बना लेते हैं। वे तो यहां तक स्वीकार लेते हैं कि योग शब्द का एक प्रचलित उपयोग––जो विभिन्न शारीरिक आसनों तथा मुद्राओं का योग है––वह भी मोक्ष-साधन का एक समुचित विकल्प हो सकता है। अतः 'योग' के संगठित-समन्वयित

रूप को समझने के पहले इन विभिन्न प्रकार के योग-साधनों, इन विभिन्न प्रकार के अनुशासनों की पृथक-पृथक जानकारी अनिवार्य है ।

ज्ञान-योग

'ज्ञान-योग' इस अनुभूति पर आधृत है कि बन्धन का मूल कारण अज्ञान है । विवेकानन्द के अनुसार 'अज्ञान' का अर्थ सत् के स्वरूप का अज्ञान है, सत्-असत् के भेद को समझ पाने की असमर्थता—अक्षमता है । तो, यदि सत्-असत् में भेद नहीं कर पाना अज्ञान है, तो इस भेद को समझ लेना 'ज्ञान' है । सत्-असत् के भेद का ज्ञान ही विभिन्न नामों से निरूपित होता रहा है, यही आत्म-ज्ञान है, यही पूर्ण एकत्व का ज्ञान है, यही ब्रह्म-ज्ञान है ।

विवेकानन्द का कहना है कि इस प्रकार का ज्ञान केवल गुरु की बातें सुन कर या मात्र पुस्तकों के पढ़ने से प्राप्त नहीं हो सकता । इस ज्ञान का अपना महत्व है, इसकी अपनी उपयोगिता हैं, किन्तु यदि इन्हें उसी स्वर तक सीमित रखा जाय तो वे 'ज्ञान' नहीं 'जानकारी' मात्र ही रह जायेंगे । 'ज्ञान' के लिये अध्ययन तथा गुरु से सीखी बातों में निहित वास्तविकता को अनुभूत करना अनिवार्य है । इसके लिये सीखे हुए सत्यों पर 'मनन' एवं 'ध्यान' अनिवार्य है । इसी कारण 'मनन', 'निविध्यासन', 'ध्यान' आदि को ज्ञानोपार्जन का वास्तविक ज्ञान के ढंग का अनिवार्य अंग माना जाता है ।

'ध्यान केन्द्रित करने' का कार्य कोई सरल कार्य नहीं है । इसके लिये आत्म के लिये अपनी पूर्ण शक्ति ध्यान के विषय पर केन्द्रित करने की आवश्यकता होती है । आत्म की शक्तियां शारीरिक क्रियाओं में, ज्ञानेन्द्रियों तथा कामेन्द्रियों के द्वारा बर्बाद होती रहती हैं । अतः ध्यानस्थ होने का एक चरण यह भी है कि इन इन्द्रियों से अपनी शक्तियों को वापस करें, उनका प्रत्याहरण करें । इसका अर्थ है कि ज्ञान-योग के लिये शरीर, मन एवं इन्द्रियों पर पूर्ण नियंत्रण अनिवार्य है । हमारे सामान्य कार्य इन्द्रिय-तुष्टि के कार्य होते हैं, इसका नियंत्रण अनिवार्य है । इन्द्रियों की मांगों का एक प्रकार से उन्मूलन करना पड़ता है, शारीरिक आवश्यकताओं को महत्वहीन बना देना पड़ता है ।

इसे 'त्याग' तथा 'सन्यास' कहा जाता है । विवेकानन्द के अनुसार इस प्रकार का सन्यास ज्ञान-योग की एक आवश्यक कड़ी है । यह निवृत्ति का मार्ग है, इसका अर्थ है स्वार्थमूलक एवं शरीर-आधृत सभी इच्छाओं का त्याग, एवं मन, शरीर तथा इन्द्रियों पर पूर्ण नियंत्रण । इसी कारण इसे 'वैराग्य' भी कहा जाता है । इस प्रकार के वैराग्य का, विवेकानन्द के अनुसार, एक भावात्मक पक्ष यह है कि इसकी प्रेरणा का आधार ब्रह्म-ज्ञान की प्रबल आकांक्षा है । यदि इस 'ज्ञान की आकांक्षा' में त्याग का आधार नहीं है, तो वह वस्तुतः सन्यास नहीं है । 'ज्ञान की आकांक्षा' साधारण इच्छा जैसा कुछ नहीं है, क्योंकि इसका लक्ष्य सांसारिक या भौतिक नहीं है, बल्कि तात्विक है ।

मन जब इस प्रकार के 'वैराग्य' की स्थिति में आ जाय तब ध्यान साधना की जा सकती है । इसमें सभी शक्तियों को एकत्रित कर ज्ञान की दिशा में कार्यरत करना पड़ता है । अब प्रश्न यह उठता है कि ध्यान किस 'विषय' पर लगाया जाय? विवेकानन्द कहते हैं कि ध्यान

के प्रारम्भिक अभ्यास में किसी 'रूप' या 'विषय' का चयन हो सकता है, जैसे हम विभिन्न ईश्वरीय गुणों को जानने का प्रयत्न कर सकते हैं। शनैः शनैः सतत् अभ्यास तथा उस दिशा में प्रगति से ध्यान की 'प्रक्रिया' सघन होती जायगी, तथा व्यक्ति पूर्ण ध्यान अथवा समाधि की अवस्था तक पहुंच सकता है। ज्ञान-योग की यह परिणति है, इस अवस्था में विकर्षण की सारी प्रवृत्तियां नष्ट हो जाती हैं, सभी भेद समाप्त हो जाते हैं, यहां तक कि असीम समाधि की अवस्था में 'आत्म' तथा 'ब्रह्म' का भेद भी मिट जायगा। यही ज्ञान-योग का अन्तिम लक्ष्य है, पूर्ण ज्ञान है। इसी अवस्था में उसे पूर्ण 'एकत्त्व का' ज्ञान हो जाता है, जिस ज्ञान के बाद 'अज्ञान' अन्तिम रूप में समाप्त हो जाता है। यही आत्म का मोक्ष है। अतः ज्ञान-योग 'ज्ञान-मार्ग' है, जो 'ज्ञान' को मोक्ष-साधन मानता है, ज्ञान-प्रक्रिया से मोक्ष-प्राप्ति की अनुशंसा करता है।

भक्ति मार्ग

भक्ति-मार्ग भावनाओं को सघन बना 'ईश्वर' को पा लेने का मार्ग है। विवेकानन्द का कहना है कि भावनाओं में ऐसी शक्ति होती है कि वे मनुष्य में निहित शक्तियों को जागरूक कर सक्रिय कर देती हैं। अतः तर्कतः यह सम्भावना तो स्पष्ट हो जाती है कि इन्हें प्रबलरूप में सक्रिय बनाने से ईश्वर की प्राप्ति भी सम्भव है। साधारण भावनाओं को प्रबल संवेगात्मक अनुभूतियों मे परिणत किया जा सकता है, अतः साधारण प्रेम के भाव को परम भक्ति में परिणत किया जा सकता है, ईश्वरीय प्रेम में परिणत किया जा सकता है। यही भक्ति-मार्ग का वैचारिक आधार है।

विवेकानन्द का कहना है कि प्रेम या भक्ति मानव-स्वभाव के सहज अंश हैं। अन्तर यही है कि प्रेम का सामान्य उदाहरणों में प्रेम का विषय सीमित वस्तुयें होती हैं, जिनमें स्थायित्व नहीं है, जो अन्ततः सत् भी नहीं है। उनका कहना है कि इस प्रकार का 'प्रेम' वस्तुतः शुद्ध प्रेम नहीं है, बल्कि 'आकर्षण' है, आसक्ति है। भक्ति-मार्ग शुद्ध प्रेम का मार्ग है, जिसमें जिससे प्रेम है वह कोई सीमित वस्तु नहीं, बल्कि स्वयं परमेश्वर है। इस प्रकार के प्रेम में सर्वप्रेम निहित है, हर वस्तु तथा हर तत्त्व के लिये प्रेम निहित है, क्योंकि यह सब कुछ के एक मात्र आधार 'ईश्वर' के प्रति प्रेम है। विवेकानन्द का कहना है कि भक्ति-मार्ग मात्र भक्ति से ईश्वर-प्राप्ति का मार्ग है, क्योंकि यहां अनुशंसा यही है कि यदि प्रेम को हमें इतना व्यापक तथा सघन बना सकें कि सब कुछ उसमें समाविष्ट हो जाय—सब कुछ के लिये शुद्ध प्रेम जाग जाये—तो यही ईश्वर-भक्ति है।

अतः ईश्वर-भक्ति के लक्ष्य तक पहुंचने की कड़ियों को भी स्पष्ट किया जा सकता है, विवेकानन्द ऐसा करते हैं। ये कड़ियां 'ईश्वरीय प्रेम' के लक्ष्य तक पहुंचने के क्रमिक सोपान हैं।

प्रथम स्तर सामान्य 'पूजा', 'प्रार्थना', 'आराधना', आदि का स्तर है। यह भक्ति-मार्ग का सरलतम स्तर है, क्योंकि यह सभी व्यक्तियों के लिये सुलभ है। साधारण मनुष्य के लिये ईश्वर के सूक्ष्म रूपों की समझ कठिन है, अतः वह स्थूल रूप में प्रारम्भ कर सकता

है। इस स्तर पर मूर्तिपूजा, ईश्वरीय प्रतीक के रूप में प्रतिमाओं का महत्त्व है। इस स्तर के लिये ऋषी-मुनियों, देवपुरुषों, पैगम्बरों, आदि का महत्व है। इस प्रकार की बाह्य भक्ति का सबसे प्रचलित एवं स्पष्ट रूप 'मूर्तिपूजा' है। इसी कारण, विवेकानन्द के सम्प्रदाय में मूर्तिपूजा का समुचित स्थान है।

इसके बाद के स्तर में 'पूजा' का रूप सघन तथा अधिक व्यापक हो जाता है। इस स्तर में ईश्वर-प्रार्थना, ईश्वर का नाम लेना, ईश्वरीय गुणों का कीर्तन, ईश्वर-सम्बन्धी श्लोकों का भावनापूर्ण उच्चारण आदि जीवन के अंश बन जाते हैं। इन बातों का अन्तर में महत्व एवं अर्थ स्पष्ट होने लगता है, और यह चेतना जागती है कि जीवन की अर्थपूर्णता तो इन्हीं कार्यों में है।

तीसरे स्तर में इस प्रकार की प्रार्थना के स्थान पर शान्त-आन्तरिक प्रार्थना का आविर्भाव हो जाता है। विवेकानन्द का कहना है कि भक्त जब इस स्तर पर पहुंच जाता है, तब उसके लिये 'ईश्वर' के अतिरिक्त और कुछ रह नहीं जाता। उसकी सारी भावनात्मक शक्ति ईश्वरीय अनुभूति से परिपूर्ण हो जाती है।

तब, अन्तिम स्तर में 'भक्त' तथा 'भगवान' का अन्तर भी समाप्त हो जाता है। भक्त ईश्वर में लीन हो जाता है। यह एक विशिष्ट आन्तरिक अनुभूति है, ईश्वर-दर्शन है, जहां भक्त सांसारिकता से सर्वथा ऊपर उठ जाता है, तथा ईश्वर में लीन हो आत्म की परिणति पा लेता है। भक्ति-मार्ग का चरम लक्ष्य यही है। यह ईश्वर-प्राप्ति इस अर्थ में भी है क्योंकि यह अनिवार्य एकत्त्व की भावनात्मक अनुभूति है।

विवेकानन्द का कहना है कि भक्ति-मार्ग सर्वसुलभ तथा सर्व-प्रचलित मार्ग है। यह मानव-स्वभाव के सहज रूप में अनुरूप है। इसकी सरलता एवं सहजता का एक स्पष्ट कारण यह भी है कि इसके लिये किसी विशेष प्रकार की क्षमता या शक्ति की आवश्यकता नहीं होती, और न इसके लिये किसी उपकरण की अनिवार्यता पर जोर दिया गया है। मानव के जीवन में भावना तथा संवेग का बड़ा प्रमुख स्थान है, उसके इसी स्वाभाविक कृति पर आधृत यह मार्ग स्पष्टतः सरलतम प्रतीत होता है।

कर्म-मार्ग

कर्म-मार्ग की मूल विशिष्टताओं को स्पष्ट करते हुए विवेकानन्द कहते हैं, "Karma-Yoga...is a system of ethics and religion intended to attain freedom through unselfisheness and by good works. The Karma-Yogi need not believe in any doctrine whatsoever. He may not ask what his soul is, nor think of any metaphysical speculation. He has got his own special aim of realising selflessness and he has to work it out himself."*

जैसा कि इस विवरण से स्पष्ट है, विवेकानन्द के अनुसार कर्म-योग नीतिविषयक तथा धर्मशास्त्रीय एक निश्चित व्यवस्था है। इस व्यवस्था में मूलतः दो प्रकार की अनुशंसा

Karma-Yoga, pp. 131-32.

है, एक तो कुछ विशेष प्रकार के 'कर्म' की अनुशंसा है, जिन कर्मों को शुभ समझा जाता है, तथा दूसरी अनुशंसा है 'स्वार्थ से ऊपर उठने की'। इस मार्ग की विशेषता यह है कि यह किसी तात्त्विक सिद्धान्त पर बल नहीं देता, यह 'आत्म क्या है'——जैसे प्रश्नों में, अथवा किसी प्रकार का तात्विक परिकल्पना में उलझने के लिये भी नहीं कहता। बस स्वार्थ से ऊपर उठ कुछ शास्त्र-सम्मत एवं कुछ नैतिक दृष्टि से शुभ कर्मों को करना ही कर्म-मार्ग है।

यह 'कर्म' पर बल देता है, इसका अर्थ है कि यह पलायनवादी नहीं है, तथा किसी प्रकार के 'सन्यास' की अनुशंसा नहीं करता। कर्ममार्गी को जगत में रहना है, शुभ-अशुभ, दुख-क्लेश के मध्य रहना है, क्योंकि कर्म तो 'जीवन' में ही इस जगत में ही किये जा सकते हैं। तो उसे इनके मध्य रहकर सतत् अपने कर्मों को करते रहना है।

पुनः कहा गया है कि उसे स्वार्थ से ऊपर उठकर कार्य करना है, इसका अर्थ है कि उसके कर्म एक प्रकार से निष्काम ही होंगे। इसे स्पष्ट करते हुए विवेकानन्द कहते हैं कि कर्मों में लिप्तता नहीं होनी चाहिये। ऐसा नहीं होना चाहिये कि अब 'कर्म' ही बन्धन हो जाय, कर्म करने वाले पर लदकर बोझिल हो जाय। विवेकानन्द कहते हैं कि कर्ममार्गी को कर्मों का दास नहीं बनना है, उसे कर्म करना है। उसे कर्मों को संचालित तथा नियंत्रित करना है। वस्तुतः हम कर्मों के दास इसी कारण बन जाते हैं कि हम अपने स्वार्थ-मूलक इच्छाओं की पूर्ति के लिये कर्म करते हैं, हम इच्छाओं के दास बन कर कर्मों के दास बन जाते हैं। इसी कारण कर्ममार्गी के लिये इच्छाओं से ऊपर उठने की अनुशंसा की गयी है। विवेकानन्द गीता में अनुशंसित 'निष्काम कर्म' से बड़े प्रभावित हैं। उसी प्रभाव के अनुरूप वे कहते हैं कि कर्मों की वास्तविक सार्थकता इस बात में है कि हम कर्मों के प्रतिदान के रूप में कुछ पाने की आशा न रखें। कर्मयोगी को सदा 'दाता' के रूप में कर्म करना है, वह अपने कर्मों का स्वतः उन्मुक्त रूप में अन्य के लिये, तथा जगत के लिये दान करता है। यहां विचार यह है कि कर्ममार्गी का कर्म 'स्वार्थ' से संचालित नहीं, वह किसी इच्छित-वस्तु की प्राप्ति के लिये कर्म नहीं करता बलिक उसके कर्मों की मूल प्रेरणा अन्तिम लक्ष्य——मोक्ष——है, अतः वह सामान्य वस्तुओं के भोग के लिये कर्म नहीं करता यही साधारण कर्म, तथा कर्ममार्गी के कर्म में अन्तर है।

इसे स्पष्ट करने के प्रयत्न में विवेकानन्द गौतमबुद्ध के जीवन का उदाहरण लेते हैं, जो निर्वाण-प्राप्ति के बाद भी लम्बी अवधि तक 'कर्म' करते रहे। उनके वे कर्म अपने लिये नहीं थे, फिर भी स्वतः सम्पादित कर्म थे। कर्ममार्गी के लिये कर्म का प्रतिमान कुछ उसी प्रकार का कर्म है। उनके कर्म निष्काम कर्म के आदर्श के अनुरूप हैं। सब कुछ त्याग कर निकल आने के बाद भी उनका बाद का जीवन पलायनवादी नहीं रहा; वे मनुष्यों के मध्य ही घूमते रहे, उनके हित का कर्म करते रहे, तथा प्रतिदानरूप में अपने लिये कुछ पाने का प्रश्न ही वहां नहीं था। यही 'कर्म' का सर्वोच्च आदर्श है।* इस आदर्श से विश्व का स्वरूप बदला।

---

*वे कहते हैं, "He Works best who works without any

अब एक प्रश्न उठता है: इस प्रकार के कर्म से अमरता की प्राप्ति कैसे होती है? विवेकानन्द इस प्रश्न का उत्तर बड़े सरल ढंग से देते हैं। 'अमरता की प्राप्ति' का अर्थ है 'सभी प्रकार के बन्धनों से मुक्त हो जाना'। इस बन्धन का मूलाधार मनुष्य की इच्छायें हैं, उसके सांसारिक प्रयोजन हैं, उसके शरीर-रूप स्व की मांगों का पूरा करना है। इसी कारण वह 'स्व' तथा 'शरीर' में सीमित रहता है—और यही बन्धन है। यदि वह सतत् स्वार्थ-रहित कर्म करता रहे, यदि अभ्यास से 'निष्काम' उसका सहज भाव बन जाय, तो इसका अर्थ है कि वह 'स्व' के बन्धन से ऊपर उठ गया है। इसी ऊपर उठने की चरम व्यापकता में उसे सब कुछ के एक रूप होने की अनुभूति होती रहेगी, वह 'स्व' और 'अन्य' के भेद से ऊपर उठ जायगा—और यही तो अमरता की प्राप्ति है।

राज-योग

विवेकानन्द ने मोक्ष-मार्ग के रूप में एक और अन्य मार्ग का उल्लेख किया है जिसे सामान्यतः 'राजयोग' कहा जाता है। इस मार्ग में अमरता की प्राप्ति के लिये 'मन' तथा 'शरीर' के पूर्ण नियंत्रण एवं अनुशासन की बात की जाती है। वैसे, इस प्रकार की बात अन्य मार्गों में भी है, विशेषतः ज्ञान-मार्ग में तो है ही। किन्तु, यहां एक विशेष प्रकार के नियंत्रण की बात होती है, इसमें शरीर और मन को नियंत्रित करने के लिये कुछ स्पष्ट विधियां अनुशंसित हैं, विभिन्न आसन तथा प्रत्याहार के ढंग अनुशंसित हैं, तथा मान्यता है कि इनके नियमतः कठोर पालन से ही चरम लक्ष्य की प्राप्ति हो सकती है।

इस प्रकार के मार्ग की नींव पतञ्जलि के 'योगसूत्र' में है। उसे ही विभिन्न रूपों में विकसित कर विभिन्न योगिक क्रियाओं का विवरण होता रहता है। इसके समर्थकों की विशिष्टता यही है कि वे इस मार्ग को मोक्ष-प्राप्ति का सबसे निश्चित तथा सबसे तेजी से फलदायक मानते हैं। इसी कारण इसे वे योगों का 'राजा' मानते हैं, राजयोग कहते हैं। इसकी परिभाषा में ही कह दिया जाता है कि यह ईश्वर में लीन होने का मार्ग है। इसके पालन में एक प्रकार से बड़े ही कठोर अनुशासन की व्यवस्था है, जिसमें किसी प्रकार की छूट के लिये स्थान नहीं है। कारण यह है कि इसे शीघ्र फलदायी माना जाता है, अतः मार्ग के व्यवधानों को तथा रुकावटों को हटाने के लिये निर्ममता अनिवार्य समझा जाता है।

यह मानसिक एवं शारीरिक अनुशासन का योग है। यह इस विश्वास पर आधृत है कि बन्धन का मूल कारण यही है कि मन तथा शरीर में निहित सामान्य प्रवृत्तियां हमें विचलित करती रहती हैं। इससे शक्ति का अपव्यय हो जाता है जिसके फलस्वरूप आत्मा भी शिथिल हो जाती है। शक्ति के इस अपव्यय को रोकना अनिवार्य है, क्योंकि शक्ति

---

motive, neither for money nor for fame, nor for anything else, and when a man can do that he will be a Buddha, and out of him will come the power to work in such a manner as will transform the world. This man represents the highest ideal of Karma-Yoga." —Ibid., pp. 142-43.

के संचित रहने पर ही उसे ईश्वर की ओर प्रेरित किया जा सकता है। इसी कारण इस योग में मन तथा शरीर का नियंत्रण अनिवार्य हो जाता है।

किन्तु, इन लोगों की मान्यता है कि मन तथा शरीर इतने चञ्चल हैं कि उन्हें नियंत्रण में करने के लिये बड़े ही सशक्त अनुशासन की आवश्यकता है। इसी कारण राजयोग में बड़े ही कठोर अनुशासनों की व्यवस्था है। इसके अन्तर्गत मन तथा शरीर से सम्बन्धित कुछ योगिक क्रियायें भी आ जाती हैं। उन्हीं मांगों के कारण इस मार्ग के पालन करने वाले कुछ लोगों में इसका विकृत रूप भी उभर पड़ता है। इस क्रिया की विकृति की सम्भावना तो है ही, किन्तु जो इसका विधिवत तथा समुचित रूप है, उसमें अन्तिम अवस्था 'ध्यान' की ही है। यहां 'ध्यान' अर्थ है कि 'मन' तथा 'शरीर' की क्रियाओं में शक्ति के अपव्यय को रोक उस सम्पूर्ण शक्ति को चरम-लक्ष्य प्राप्ति की और केन्द्रित कर दिया जाय।

विवेकानन्द का कहना है कि यह 'योग' शरीर तथा मन से दुर्बल व्यक्तियों के लिये नहीं है, क्योंकि इसमें शारीरिक एवं मानसिक बल तथा सशक्तता की आवश्यकता पड़ती है। इस प्रकार के कठोर अनुशासन एवं अभ्यास से योगी में कुछ विलक्षण शक्तियां उत्पन्न होती हैं तथा वह ध्यान केन्द्रित करने की समर्थता प्राप्त कर लेता है। इसी विधि से उसे ईश्वर में लीन होने के लक्ष्य की प्राप्ति होती है।

इन चारों योग-मार्गों पर अन्तिम टिप्पणी

विवेकानन्द ने इन चार योग मार्गों का पृथक-पृथक विवरण दिया है, किन्तु वे यह भी कहते हैं कि इन सबों का लक्ष्य एक ही है—अमरता की प्राप्ति है। ये लक्ष्य तक पहुंचने के विभिन्न मार्ग हैं। इन्हें चार पृथक मार्गों के रूप में प्रस्तुत करने का कारण यह है कि विवेकानन्द को यह अवगत है कि मनुष्यों में अभिरुचि मनःस्थिति, मनोवृत्ति तथा क्षमता आदि की भिन्नता रहती ही है। यह सम्भव है कि किसी एक व्यक्ति के लिये ज्ञान-मार्ग असम्भव प्रतीत हो, तथा भक्तिमार्ग अपनी मनःस्थिति एवं क्षमता के अनुकूल प्रतीत हो। इसी कारण कहते हैं कि हर व्यक्ति इन मार्गों में उसी मार्ग को अपना सकता है, जो उसकी अभिरुचि एवं क्षमता के अनुरूप हो। किन्तु वे यह स्पष्ट कहते हैं कि कोई किसी मार्ग को अपनाये, यदि वह उसका अनुशीलन लगन एवं निष्ठा से करता है, तो वही मार्ग उसे उसके लक्ष्य तक ले जायेगा।

पुनः विवेकानन्द का यह भी कहना है कि इन मार्गों के पृथक-पृथक विवरण से यह धारणा नहीं बननी चाहिये की ये मार्ग ही एक दूसरे से सर्वथा पृथक है। ऐसा नहीं है। विवेकानन्द का कहना है कि ऐसा नहीं है कि 'भक्तिमार्गी' को 'ज्ञान' से कोई सम्बन्ध ही नहीं, तथा उसे कोई 'कर्म' करने की आवश्यकता ही नहीं। वस्तुतः उसे भी निष्काम कर्म तो करना है। अतः इन मार्गों को एक दूसरे से सर्वथा पृथक मार्ग नहीं समझना चाहिये। कुछ विशेष प्रकार के ढंगों की प्रधानता एवं प्रमुखता के आधार पर इन्हें अलग-अलग नाम दिया जाता है। उसका भी कारण मात्र यही है कि मनुष्यों में ज्ञानात्मक, भावनात्मक तथा क्रियात्मक प्रवृतियां एक समान नहीं रहती, किसी मनुष्य में भावनात्मकता की

प्रधानता रहती है, तो किसी में क्रियात्मकता की। इसी प्रधानता के अनुरूप उसे अपने मार्ग का चयन करना है, तब यह अनिवार्यता तो है ही कि वह मार्ग चाहे जो चुने, उस मार्ग में अग्रसर होने के लिये पूर्ण निष्ठा से, सम्पूर्ण शक्ति लगा देनी है। यह 'निष्ठा' योग का अनिवार्य उपादान है।

धर्म, इसका स्वरूप

(१) जीवन में धर्म की अनिवार्यता

विवेकानन्द की मान्यता है कि मानव जाति के भाग्य को दिशा-निर्देश देने वाली शक्तियों में शायद सबसे सबल प्रभाव धर्म का ही रहता है।* वे इस बात को बार-बार दुहराते हैं कि धर्म जीवन का एक अनिवार्य पक्ष है। सामान्यतः जीवन के लिये उन्हीं वस्तुओं को अनिवार्य समझा जाता है, जो हमारी दैनिक आवश्यकताओं को पूर्ण करती हैं। भोजन, वस्त्र, आवास आदि को इसी दृष्टि से जीवन के लिये अनिवार्य माना जाता है। इनसे हमारी शारीरिक एवं भौतिक मांगों की पूर्ति होती है। किन्तु, विवेकानन्द का कहना है कि हमारे जीवन की आवश्यकताएं इन्हीं भौतिक आवश्यकताओं तक सीमित नहीं है। इस बात का सबसे स्पष्ट प्रमाण यह है कि जिन्हें सुख, सुविधा के सारे ढंग उपलब्ध हैं, वे मात्र उससे सन्तुष्ट नहीं हो जाते, हर प्रकार की भौतिक सम्पन्नता के उपलब्ध रहने पर भी उनसे ऊब उत्पन्न होने लगता है, तथा वह व्यक्ति इससे कुछ उच्चतर आकांक्षाओं की पूर्ति का इच्छुक हो जाता है। इसी उच्चतर आकांक्षाओं की ओर सतत् प्रेरित होते रहना 'धार्मिक आवश्यकता' है, तथा, जैसा कि विवेकानन्द कहते हैं, यह भी जीवन की एक अनिवार्य आवश्यकता है।

जीवन के लिये धर्म की अनिवार्यता का निर्देश विवेकानन्द अनेक ढंगों से करते हैं। ऐसे विद्वान तथा चिन्तक हैं जो धर्म की 'अनिवार्यता' को नहीं स्वीकारते, तथा दिखाते हैं कि बिना 'धर्म' की ओर उन्मुख हुए भी जीवन सबल ढंग से चल सकता है। बिवेकानन्द का कहना है कि यदि ऐसे विचारकों की बातों पर ध्यान दिया जाय तो स्पष्ट हो जायगा कि धर्म के जिस प्रकार के उदाहरणों का वे उल्लेख करते हैं तथा यह दिखाते हैं कि उनके बिना जीवन सबल ढंग से चल सकता है। वे सभी उदाहरण वस्तुतः धर्म की वास्तविकता के उदाहरण नहीं, बल्कि धर्म के बाह्य अभिव्यक्तियों या धर्म के कुछ आकस्मिक साहचर्यों के उदाहरण हैं। धर्म की वास्तविकता उच्चतर आकांक्षाओं में है, ऐसी आकांक्षाओं में है जो भौतिक आवश्यकताओं से उच्चतर हैं। विवेकानन्द जब धर्म को जीवन के लिये

---

*उनके शब्दों में, "Of all the forces that have worked and are still working to mould the destiny of the human race, none certainly is more potent than that, the manifestation of which we call Religion".

—*Jñāna Yoga*, p. 1.

अनिवार्य कहते हैं, तो उनका तात्पर्य इन उच्चतर आकांक्षाओं से है जो स्पष्टतः हर जीवन में अनिवार्यतः वर्तमान हैं।

विवेकानन्द धर्म की अनिवार्यता का निर्देश करते हैं कि इसमें एक ऐसी विवशता है कि धर्म का पूर्ण परित्याग असम्भव है। जहां-जहां 'धर्म के परित्याग' पर सशक्त रूप में बल दिया गया है, वहां-वहां 'धर्म का परित्याग' ही 'धर्म' ही बन गया है।

उसी प्रकार, विवेकानन्द धर्म की अनिवार्यता के पक्ष में प्रमाण प्रस्तुत करते हुए कहते हैं कि यह ऐतिहासिक तथ्य कि धर्म हर काल तथा हर संस्कृति में जीवित रहा है, इसकी अनिवार्यता के समर्थन में एक प्रमाण है। धर्म को कभी नकारा नहीं जा सकता है। सामाजिक तथा राजनैतिक संस्थाएं कभी-कभी प्रबलरूप में शक्तिशाली बन जाती हैं, किन्तु उनका प्रभाव शिथिल हो जाता है, तथा इतिहासक्रम में इनमें से अनेकों संस्थायें लुप्त भी होती रही हैं। किन्तु, किसी काल या किसी देश में कभी भी धर्म का पूर्ण निर्बंध नहीं हो पाया। इसके उन्मूलन के सशक्त प्रयत्न भी होते रहे, किन्तु सदा धर्म जीवित अवश्य रहा भले ही उसका स्वरूप परिवर्तित होता रहा है। जब कभी भी ऐसा प्रतीत हुआ है कि धर्म का विनाश हो रहा है, किसी न किसी रूप में धर्म पुनर्स्थापित हो गया है। इस ऐतिहासिक तथ्य से धर्म की अनिवार्यतः स्पष्ट रूप में सिद्ध हो जाती है।

(२) धर्म का उद्भव

विवेकानन्द के लिये यह समस्या बड़ी महत्वपूर्ण है कि धर्म का 'उद्भव' कैसे हुआ है। आरम्भिक मानव के समक्ष कौन-सी ऐसी समस्यायें उत्पन्न हो गयीं—क्या उपादान प्रकट हो गये कि उनके निराकरण के लिये धर्म का उद्भव हुआ। यह समस्या महत्वपूर्ण एक तो इस अर्थ में है ही कि इससे यह जानकारी तो मिलती है कि किन परिस्थितियों में धार्मिकता उपजती है, साथ ही साथ इस जानकारी से धर्म के स्वरूप पर बड़ा ही महत्त्वपूर्ण प्रकाश भी पड़ता है।

विवेकानन्द कहते हैं कि सामान्यतः इस सम्बन्ध में दो सिद्धान्तों को विद्वानों के द्वारा मान्यता मिली है। एक तो जीवात्मवाद का सिद्धान्त है, तथा दूसरा सिद्धान्त यह मानता है कि धर्म की उत्पत्ति परात्मकता की ओर उन्मुख होने में होती है। जीवात्मवाद के समर्थकों ने यह विचार दिया है कि किसी न किसी प्रकार के जीवात्म-पूजा में धर्म का प्रारम्भ हुआ है, वह पूजा मृत आत्म का हो, पूर्वजों का हो, या किसी अन्य प्रकार की जीव-शक्ति का। दूसरे सिद्धान्त में यह कहा गया है कि कुछ प्राकृतिक शक्तियों की प्रबलता से ऐसा भय उत्पन्न हुआ, ऐसी स्तब्धता आयी कि लोगों ने प्रकृति के उन रूपों में कुछ 'पराशक्ति' जैसी शक्ति को मान लिया, तथा उसकी पूजा करना प्रारम्भ कर दिया। इनके अनुसार धर्म का यही प्रारम्भिक रूप था। अतः पहले सिद्धान्त के अनुसार धर्म का उद्भव 'जीवात्म-पूजा' में है, तथा दूसरे सिद्धान्त के अनुसार धर्म का उद्भव 'प्रकृति की पूजा' में है।

विवेकानन्द कहते हैं कि यदि हम इन दोनों सिद्धान्तों का तुलनात्मक विवेचन करें

तो देखेंगे कि उनमें कुछ समान विचार हैं। वे दोनों में निहित एक जैसा विचार इन दोनों सिद्धान्तों के मूल में ही है, तथा उसी मूल विचार की अभिव्यक्ति इन दोनों सिद्धान्तों में है। इस समान विचार का विवरण विवेकानन्द अपने ढंग से करते हैं, वे इसे 'इन्द्रियों की सीमाओं से परे उठने का संघर्ष' कहते हैं। उनका कहना है कि यदि विचार कर देखें तो स्पष्ट हो जायगा कि 'जीवात्म-पूजा' तथा 'प्रकृति-पूजा'––दोनों के पीछे यही इन्द्रियों की सीमा से ऊपर उठने की वृत्ति विद्यमान है। इसे थोड़ा और स्पष्ट करें।

प्राचीनतम मनुष्य के लिये 'मृत्यु' एक विस्मयकारी घटना थी। एक सबल तथा सक्रिय व्यक्ति एकाएक निर्जीव हो जाता है। प्रारम्भिक मानव के पास इन्द्रिय-आश्रित जो जानकारी उपलब्ध थी, उनसे इस तथ्य की व्याख्या सम्भव नहीं थी। इद्रियां 'जीवन' को देखती थीं, 'निर्जीवता' को कैसे देख पातीं? किन्तु, इन्द्रियों के परे की यह समस्या उसकी वास्तविक समस्या थी, तो इन्द्रियों के परे के जगत से सम्पर्क स्थापित करने के प्रयास का एक रूप 'जीवात्म-पूजा' के रूप में उभरा। उसी प्रकार भीषण वर्षा, तूफान, बिजली की चमक, बादल की गरज, बाढ़, आग जैसी समस्याओं के लिये प्रारम्भिक मानव के पास कोई व्याख्या नहीं थी। उसकी इन्द्रियां इन प्राकृतिक घटनाओं को देखती तो थीं, किन्तु इन्हें पकड़ नहीं पातीं। अतः मनुष्य ने इनमें कुछ विशिष्ट प्रकार की शक्तियों को मान लिया जो इन्द्रियों को दिखाई नहीं देतीं, उन्हीं शक्तियों की पूजा 'प्रकृति-पूजा' के रूप में उभरी। अतः इन दोनों उदाहरणों में इन्द्रियों की सीमा से ऊपर उठने का स्पष्ट प्रयत्न है। विवेकानन्द के अनुसार इसी प्रयत्न में धर्म की उत्पत्ति है।

वे स्वीकारते हैं कि शायद इसकी एक प्रारम्भिक झलक स्वप्न के माध्यम से उपलब्ध हुई हो। सम्भवतः आदि मानव के मन में कुछ इस प्रकार का विचार आया हो। स्वप्नावस्था के विषय में वे सोचते हैं कि यह अवस्था भी शारीरिक दृष्टि से, थोड़े काल के लिये ही हो, किन्तु है तो मृत्यु जैसी अवस्था। किन्तु, इस अवस्था में मानव-मन सक्रिय रहता है, कुछ बातें देखता है, करता है। तो इस सादृश्यता के आधार पर सम्भवतः सोचा जाता हो कि 'मृत्यु' के बाद भी मन या आत्मा उसी रूप में सक्रिय रह सकती है, जिस रूप में वह स्वप्न में रहती है। विवेकानन्द का विचार है कि सम्भवतः कुछ इसी प्रकार के विचार में 'आत्म' एवं 'अमरता' के विचार का उद्भव हुआ हो। किन्तु, वे यह भी कहते हैं कि यहां भी इन्द्रियों से परे जाने की प्रवृत्ति ही कार्य कर रही है।

अतः प्रायः निष्कर्षरूप में विवेकानन्द कहते हैं कि चिन्तन के इतिहास में धर्म के उद्भव के जो भी सिद्धान्त दिये गये हैं, जैसे प्रकृति-पूजावाद (Naturism), जीवात्मवाद (Animism), जड़देववाद (Fetishism) आदि, उन सबों के पीछे एक सामान्य प्रवृत्ति स्पष्ट है। वे सब एक प्रकार से इस मान्यता पर टिके हुए प्रतीत होते हैं कि धर्म के उद्भव का मूलाधार इन्द्रियों की सीमा से ऊपर उठने की प्रवृत्ति में है। आदिमानव के समक्ष तब ऐसी स्थितियां उपस्थित हो जाती होगीं; जिनसे जूझने में उसकी अपनी सामान्य शक्तियां असमर्थ प्रतीत होती होगीं, तो वह अधीर एवं चिन्तित हो जाता होगा। इसी अधैर्य, इसी व्याकुलता की अभिव्यक्ति उसके जिन कर्मों में होती रही है––उन्हीं कर्मों को बाद में

हमने धार्मिक कर्म कहना प्रारम्भ किया। आदिमानव भी तो सामान्य जीवन में अन्य जीवों के समान ही रहता था, उसका भी जीवन इन्द्रियों की मांगों, उसकी मूल सहज प्रवृत्तियों से ही संचालित था। किन्तु, ऐसी परिस्थितियां उत्पन्न होती रहीं जो उसके मूल सहज-प्रवृत्तियों के अनुकूल नहीं थीं। अन्य जीवों के लिये उससे कोई अन्तर नहीं पड़ता, क्योंकि उनकी संरचना में ऐसी नवीन परिस्थितियों से जूझने के कोई भिन्न उपकरण नहीं हैं। मानव में ऐसा है। इसी कारण वह इन परिस्थितियों के समक्ष अपनी ऐन्द्रिक एवं सहज क्रियाओं से ऊपर उठने की चेष्टा करता, इसी चेष्टा में धर्म का उद्भव है। विवेकानन्द को धर्म के उद्भव की यह व्याख्या सबसे उपयुक्त व्याख्या प्रतीत होती है।

(३) धर्म का स्वरूप

विवेकानन्द स्वीकारते हैं कि धर्म की परिभाषा नहीं दी जा सकती, धर्म के स्वरूप का पूर्णतया निश्चित विवरण नहीं दिया जा सकता। धर्म की असंख्य परिभाषायें दी गयी हैं, वे सभी गलत नहीं है, किन्तु उनमें से कोई धर्म के सभी पक्षों को पूर्णतया समाविष्ट नहीं कर पाती। अतः विवेकानन्द का कहना है कि धर्म के स्वरूप को समझने का सर्वश्रेष्ठ ढंग यही हो सकता है कि हम यह देखें कि किन बातों के नहीं रहने पर किसी क्रिया को धार्मिक क्रिया नहीं कहा जा सकता, कम से कम उन्हें धार्मिक क्रिया कहना सर्वथा उपयुक्त प्रतीत नहीं होता।

इसके लिये प्रारम्भ में ही धर्म के दो पक्षों में भेद कर लेना उचित है। धर्म का एक आन्तरिक पक्ष होता है, तथा एक बाह्य पक्ष होता है। बाह्य पक्ष अनावश्यक या अप्रासंगिक नहीं है। इस पक्ष की सार्थकता एवं मूल्य एक विशेष रूप में ही स्पष्ट होता है, किन्तु इतना तो है ही कि इस बाह्य पक्ष की धार्मिकता भी निर्धारित होती है उसी अवस्था में जब वह धर्म के आन्तरिक पक्ष के अनुकूल-अनुरूप हो। अतः उनका कहना है कि धर्म की विशिष्टता को समझने के लिये इसके बाह्य पक्ष के स्थान पर इसके आन्तरिक पक्ष पर ही ध्यान केन्द्रित करना आवश्यक है।

विवेकानन्द का कहना है कि धर्म के स्वरूप को समझने के लिये 'धार्मिकता' को समझना आवश्यक है। और, धार्मिकता धर्मबोध है, धार्मिक चेतना है। यह वह विशेष प्रकार की आन्तरिक अनुभूति है जिसकी हर प्रकार की अभिव्यक्ति 'धर्म' का स्वरूप स्पष्ट करती है। अतः धर्म के स्वरूप को समझने का अर्थ इस अनुभूति का विश्लेषण है।

विवेकानन्द के इस विश्लेषण में उनकी मनोवैज्ञानिक दृष्टि की झलक मिलती है। इस अनुभूति का विवरण पूर्णतया मनोवैज्ञानिक प्रतीत होता है। उनकी मान्यता के सम्बन्ध में एक बात तो स्पष्ट हो ही चुकी है। धर्म की अनिवार्यता को स्वीकारने के अनुरूप वे यह कहते हैं कि धार्मिकता की अनुभूति, धार्मिक चेतना सार्वभौम है, हर व्यक्ति में है। उनका तो कहना है कि जो अपने को नास्तिक कहते हैं, उनमें भी धार्मिकता की अनुभूति विद्यमान है।

विवेकानन्द धार्मिकता का विश्लेषण करते हुए कहते हैं कि इसमें भी मानसिकता के तीनों अंश विद्यमान हैं—ये तीनों अंश हैं ज्ञानात्मक, भावनात्मक तथा क्रियात्मक। यह

ठीक है कि ये तीनों हर धार्मिक मानसिकता में समान मात्रा में विद्यमान नहीं रहते । जिस धर्म में जिस अंश की प्रधानता होती है उस धर्म को उसी के अनुरूप चित्रित किया जाता है । उदाहरणतः जिस धर्म में भावनात्मकता की मात्रा अधिक होती है उसे भावना-प्रधान धर्म या भक्तिमार्गी धर्म कहा जाता है, तथा जहां ज्ञान, चिन्तन, मनन पर अधिक बल दिया जाता है उस धर्म को भक्तिमूलक नहीं कह कर ज्ञानमार्गी धर्म कहा जाता है । इसी के कारण भावना-प्रधान धर्म भावनात्मक रूप में रहस्यवादी हो जाते हैं, जहां 'ज्ञान' पर बल दिया जाता है वह बौद्धिक तथा अमूर्त हो जाता है, तथा जिन धर्मों में कर्म एवं क्रियात्मकता पर बल दिया जाता है, उसमें धार्मिक कर्म तथा रीतिरिवाजों का बाहुल्य हो जाता है । किन्तु, विवेकानन्द कहते हैं कि धार्मिकता की विशिष्टता को समझने के लिये यह समझ लेना अनिवार्य है कि हर धर्म में ये तीनों अंश समन्वयित रूप में विद्यमान रहते ही हैं । ऐसा नहीं है कि ज्ञान-प्रधान धर्म में भावना तथा कर्म का स्थान नहीं है तथा कर्म-प्रधान धर्म में ज्ञान एवं भक्ति के लिये कोई स्थान नहीं है ।

विवेकानन्द कहते हैं कि इसके अतिरिक्त धार्मिकता की एक अनिवार्य विशिष्टता यह भी है कि उसमें अनिवार्यतः दैविक तथा अतिप्राकृतिक अंश रहते ही हैं । यह इसकी ऐसी विशिष्टता है कि इसके आधार पर इसे हर प्रकार की अन्य बौद्धिक चेतनाओं से अलग किया जा सकता है । प्रश्न है कि यह 'दैविक अंश' क्या है, इस अतिप्राकृतिक अंश का स्वरूप क्या है ? विवेकानन्द इस विषय पर संकुचित विचार नहीं रखते, उनका कहना है कि यह अंश किन्हीं रूपों में हो सकता है, वह एक व्यक्तिपूर्ण ईश्वर हो सकता है, निरपेक्ष सत् हो सकता है, कोई 'नियति' या 'चरम भाग्य' जैसा अतिप्राकृतिक नियम हो सकता है, या इसी प्रकार का अन्य कुछ । किन्तु, इतना वे अवश्य स्पष्टतः कहते हैं कि धर्म की विशिष्टता इस बात में है कि वह इसी प्रकार के किसी 'विषय' की ओर चेतना को उन्मुख करता है ।

वैसे, धर्म के स्वरूप की विशद विवेचना में विवेकानन्द यह भी कहते हैं कि धर्म केवल 'इन्द्रियों' की सीमा से ऊपर उठने का प्रयत्न नहीं करता, बल्कि वस्तुतः इसका लक्ष्य शुद्ध बौद्धिक विवेचनाओं से भी ऊपर उठने का है । उनका विश्वास है कि धार्मिक चेतना अन्ततः ऐसे तथ्यों को उजागर करती है जिसके विषय में इन्द्रिय-आश्रित संवेदनाओं, तथा शुद्ध बौद्धिकता का कोई आभास नहीं मिल पाता । इसी कारण कभी-कभी धर्म को 'इन्द्रियातीत', 'अनुभवातीत' के साथ-साथ 'अतिबौद्धिक' भी कहा जाता है ।

इस बात पर धर्म के विषयवस्तु के सम्बन्ध में एक बड़ा ही महत्त्वपूर्ण तथा रोचक तथ्य प्रकाश में आता है । धार्मिक 'तथ्य' उस प्रकार के 'तथ्य' नहीं हैं जिनका अनावरण विज्ञान में, विज्ञान के द्वारा होता है । धार्मिक तथ्यों का स्वरूप वैज्ञानिक तथ्यों के सर्वथा समान नहीं है, क्योंकि एक प्रकार से धार्मिक तथ्य 'अमूर्त' होते हैं, 'भावमूलक' होते हैं । इस बात की चर्चा करते हुए विवेकानन्द कहते हैं, "In all the highly organised religions they take the purest form of Unit abstractions, either in the form of an Abstracted Presence, or an Omniscient Being, as an abstract Personality called God, as a moral Law, or the form of an Abstract essence underlying every existence".* जैसा कि ऊपर के वाक्य से स्पष्ट है, विवेकानन्द का कहना है कि 'कोई अमूर्त सत्', 'कोई सर्वव्यापी सत्ता', 'कोई ईश्वर', 'कोई दैविक नैतिक नियम' या 'कोई ऐसा भाव जो सभी अस्तित्ववान तत्त्वों के पीछे है'——इन सबों में कोई धार्मिक चेतना का विषय हो सकता है, और ये सब अमूर्तभाव ही हैं। ऐसे धर्मों में भी जहां अनुभावातीत क्षेत्रों में बिना प्रवेश किये धार्मिक निष्ठा एवं चेतना की बात होती है, वहां भी 'किसी नैतिक नियम' या 'कोई आदर्श संगठन' या 'मानवता का आदर्श' जैसा ही कुछ धार्मिक चेतना का विषय रहता है। इस प्रकार के भाव भी अमूर्त ही हैं क्योंकि 'मानवता का आदर्श', 'आदर्श संगठन' आदि के किसी मूर्तरूप का निर्देश नहीं हो सकता। फिर भी इन 'भावों' में यदि निष्ठा न हो तो क्रियाशीलता का आधार ही समाप्त हो जाता है। अतः विवेकानन्द का निष्कर्ष है कि धार्मिक चेतना का विषय-वस्तु, जिस ओर हमारी धार्मिक चेतना उन्मुख होती है वह,—— कोई स्थूल तत्त्व नहीं होता, अमूर्तभाव ही होता है।

अनेक स्थलों पर धर्म का विवरण देते हुए विवेकानन्द कहते हैं कि 'धर्म का अर्थ आध्यामित्कता को जागृत करना है', या 'धर्म में अपने अन्तर में ईश्वरत्त्व' को जगाना है। 'आध्यात्मिकता', 'ईश्वरत्त्व' आदि उक्तियों का विवेकानन्द ने बड़े व्यापक अर्थों में व्यवहार किया है। 'आध्यात्मिकता' के अन्तर्गत वैसी सभी चेष्टाओं को रखा जाता है जो ऐन्द्रिक तथा बौद्धिक चेष्टाओं से ऊपर उठने का प्रयत्न करती हैं। अतः धर्म को 'आध्यात्मिक' कहने का सरलतम अर्थ तो यही है कि यहां 'इन्द्रियों' तथा 'बुद्धि' की सीमा से 'परे' जाने की चेष्टा है। ऐसी स्थितियां उपस्थित होती रहती हैं, तथा प्राकृतिक शक्तियों की प्रबलता कभी-कभी इस रूप में प्रस्तुत होती हैं कि उनके समक्ष मानव को अपनी अपूर्णता तथा अपनी 'सीमितता' की स्पष्ट अनुभूति होती है। ऐसी अनुभूतियां जिसे 'विह्वल', व्याकुल बना देती हैं, तथा इसका निराकरण उसका लक्ष्य हो जाता है। इसी प्रयत्न में वह इन्द्रियों तथा बुद्धि की सीमा से ऊपर उठ कुछ अप्राकृतिक तथा दैविक आधारों को ढूंढ लेता है। विवेकानन्द के अनुसार यही धर्म है——यही उसकी धार्मिकता की अनुभूति है।

धर्म की एक अन्य विशेषता विवेकानन्द को महत्वपूर्ण प्रतीत होती है। यह ठीक है कि व्यक्ति के लिये धर्म का विशेष अर्थ तथा मूल्य तो होता ही है, किन्तु विवेकानन्द का कहना है कि इसके अतिरिक्त धर्म में सामाजिकता का अंश भी रहता है। सामान्यतः 'नैतिकता' तथा 'धार्मिकता' में भेद यह कह कर किया जाता है कि 'नैतिकता' का संदर्भ समाज है—— सामाजिक जीवन है, जब कि धार्मिकता सामाजिकता से भी ऊपर उठ जाती है। विवेकानन्द का कहना है कि इस प्रकार के भेद करने से इन दोनों के सम्बन्ध में कुछ भ्रान्तिपूर्ण धारणाओं के उत्पन्न होने की सम्भावना जागती है। उनके अनुसार तो धर्म नैतिकता के लिये भी एक सशक्त आधार प्रस्तुत कर सकता है। वस्तुतः नैतिकता में 'मापदण्ड' की समस्या बड़ी कठिन समस्या बन जाती है। किसी निर्देश को शुभ कहने के आधार पर ही प्रश्नचिह्न उठते रहते हैं। फलतः नैतिक आदेश बहुधा अनिश्चित, अविवेकी तथा अन्धानिर्देश प्रतीत होने

*Jñāna Yoga, p. 8.

लगते हैं। इसी स्थल पर नैतिकता के लिये धर्म की उपयोगिता एवं मूल्य है, धर्म नैतिकता को एक स्पष्ट एवं सुनिश्चित आधार एवं मापदण्ड प्रस्तुत कर देता है। उदाहरणतः 'दूसरों का हित करो' सामान्यतः एक स्पष्ट नैतिक निर्देश के रूप में प्रस्तुत होता है। किन्तु यह प्रश्न तो उठता ही रहता है कि हम क्यों दूसरे का हित करें। अब यदि हम इसका कोई 'लक्ष्य' निर्धारित करते हैं तो वह लक्ष्य सीमित उद्देश्य की ही पूर्ति करता है। जैसे हम कहते हैं कि 'इससे समाज में संगठन-शान्ति आदि बढ़ेगी'। किन्तु यह लक्ष्य इस समाज के सदस्यों तक सीमित हो जाता है, किसी अन्य समाज के सदस्य के लिये यह आधार यथेष्ठ नहीं है। इसका अर्थ होता है कि नैतिकता सार्थक तभी हो सकती है जब उसका लक्ष्य तथा उसका आधार सीमित न हो, सार्वभौम हो। विवेकानन्द का कहना है कि नैतिकता को ऐसा ही 'सार्वभौम आधार' धर्म के द्वारा प्राप्त होता है। यदि जनहित का भी अथवा सभी नैतिक आदेशों के पीछे 'सत् की अनिवार्य एकरूपता' में विश्वास उत्पन्न हो सके, तो नैतिकता का यह परम सार्वभौम आदर्श होगा——तथा इसी आस्था को जगाने का आदर्श धर्म है। इस दृष्टि से धर्म ही नैतिकता को अन्तिम आधार प्रस्तुत कर सकता है।

विवेकानन्द समझते हैं कि धर्म का एक अन्य प्रकार से भी महत्व एवं मूल्य है। यह मन उच्चतम तथा सर्वथा स्वस्थ अनुशासन है। इन्द्रियों तथा बुद्धि की सीमा से ऊपर उठने का प्रयत्न, असीम एकत्व की अनुभूति का प्रयत्न——यह सब ऐसे अनुशासन हैं जिससे श्रेष्ठतर अनुशासन की कल्पना भी मानव मन के द्वारा सम्भव नहीं है। इस अनुशासन के विचार में ही अजीब प्रसन्नता एवं सन्तुष्टि है। इसके द्वारा मनुष्य सामान्य सांसारिक झंझटों, क्लेशों तथा अशुभ रूपों से ऊपर उठता जाता है, तथा आन्तरिक शान्ति एवं आनन्द की ओर उन्मुख होता है। यही कारण है कि इतिहास के हर काल में धर्म एक सशक्त प्रेरक के रूप में जीवित रहा है। विवेकानन्द का स्पष्ट विचार है कि जिस प्रकार का प्रभाव धार्मिक आदर्शों का मानव मन पर पड़ता है, वैसा प्रभाव किसी अन्य आदर्श का नहीं पड़ता।

किन्तु, विवेकानन्द हर स्थल पर एक सावधानी रखने की चेतावनी देते हैं। उनका कहना है कि हमारे लिये सदा 'वास्तविक धर्म' तथा 'साम्प्रदायिक धर्म' के अन्तर को स्पष्ट रूप में ध्यान में रखना अनिवार्य है। यदि ध्यान से देखा जाय तो स्पष्ट हो जायगा कि धर्म के विरुद्ध जो भी आपत्तियां उठायी गयीं हैं, वे वस्तुतः धार्मिक सम्प्रदायों से संचालित धर्म के विरुद्ध उठायी गयी हैं, वास्तविक धर्म के विरुद्ध नहीं। संस्था तथा सम्प्रदाय धर्म को अनावश्यक ढंग से सीमित कर देते हैं, तथा उसे 'शाखाओं' में विभाजित कर उनकी पृथकता पर बल देते हैं। इसी प्रवृत्ति में धार्मिक द्वेष तथा आपसी संघर्ष का बीज विद्यमान है। विवेकानन्द का कहना है कि वास्तविक धर्म संस्था एवं सम्प्रदायों का धर्म नहीं है, वह तो वास्तविक अर्थ में 'सार्वभौम धर्म' है। धर्म की सार्वभौमता धर्म का सार है। विवेकानन्द स्पष्ट रूप में कहते हैं, "When we come to the real, spiritual, universal concept, then, and then alone, religion will become real and living, it will come into our very nature, live in our every moment, penetrate every pore of our society, and be infinitely more a power of good than it has ever been before."* जैसा कि इस पंक्ति से स्पष्ट है, वास्तविक धम संस्थाओं में बंधा हुआ नहीं होता। धर्म तो वास्तविक तभी होता है जब वह वास्तविक अर्थ में सार्वभौम हो जाये। इस अर्थ में सार्वभौम होने का अर्थ है कि धर्म का हर अनिवार्य अंग, हर अनिवार्य विषय-वस्तु सार्वभौम रहे। इसे स्पष्ट करने के लिये हम धर्म के अनिवार्य अंगों का विश्लेषण करते हुए यह देखें कि उन सबों के वास्तविक अर्थ में सार्वभौम होने का तात्पर्य क्या है।

विवेकानन्द का कहना है हर धर्म के तीन अनिवार्य अंग होते हैं--उसका दर्शन पक्ष, उसका मिथिक पक्ष, तथा उसका धार्मिक रीति-रिवाज एवं कर्म का पक्ष (Philosophy, Mythology and Ritual)। ये तीनों हर धर्म में विद्यमान रहते ही हैं। उसके दर्शन पक्ष के अन्तर्गत उस धर्म के सभी सिद्धान्त, उसके चरम लक्ष्य एवं आदर्श तथा आदर्श-प्राप्ति के मार्ग आदि का विवरण रहता है। दार्शनिक विचारों की जटिलतायें एवं सूक्ष्मतायें उनका अवबोध कठिन बना देती हैं, अतः धर्म उन्हें मूर्तरूप में प्रस्तुत करने का प्रयत्न करता है, तथा इसी प्रयत्न में वह अतिमानवीय शक्तियों को देव रूप दे कर उनके सम्बन्ध में गाथाओं, मिथकों का अविष्कार करता है, तथा उन कहानियों के माध्यम से दार्शनिक विचारों को मूर्तरूप में प्रस्तुत करता है। यह धर्म का मिथक पक्ष है। इनके अतिरिक्त धर्म का एक रीतिरिवाज सम्बन्धी धार्मिक पक्ष भी होता है जिसमें धार्मिक कर्मों की अनुशंसा होती है। इस कर्मपक्ष का महत्त्व तथा मूल्य इस बात में है कि एक ओर तो वह इन कर्मों के माध्यम से धार्मिक विश्वास में आस्था एवं अभिरुचि बनाये रखने का साधन प्रस्तुत करता है, तथा दूसरी ओर यह धार्मिक संगठन एवं व्यवस्था का आधार बन जाता है।

विवेकानन्द स्वीकारते हैं कि हर धर्म का अपना विशिष्ट दर्शन, अपने ढंग की मिथक-गाथायें तथा अपने ढंग के धार्मिक रीतिरिवाज होते हैं। वे यह भी स्वीकारते हैं कि इसी भिन्नता के कारण विभिन्न धर्मों में आपसी वैमनस्य, प्रतिद्वन्द्विता तथा संघर्ष आदि उत्पन्न होते रहते हैं। किन्तु विवेकानन्द का कहना है कि धर्म यदि वास्तविक अर्थ में सार्वभौम है तो उसे इन संघर्षों से ऊपर उठना है, उसके दर्शन, उसकी मिथक-गाथायें, उसके धार्मिक रीति-रिवाज आदि सभी को वास्तविक अर्थ में सार्वभौम होना है। किन्तु प्रश्न यह है, और यही कठिनाई भी है कि क्या सचमुच धर्म का कोई सार्वभौम दर्शन, या सार्वभौम मिथक, या सार्वभौम धार्मिक कर्मपक्ष सम्भव है? क्या कोई ऐसा दर्शन, मिथक या कर्म हो सकता है जो सभी को समानरूप में ग्राह्य एवं मान्य हो? विवेकानन्द को ऐसी सम्भावना में संशय अवश्य है, फिर भी वे वास्तविक अर्थ में सार्वभौम धर्म की सम्भावना को स्वीकार करते हैं। अतः उनके इस कठिन विचार का कुछ विशद विवरण अनिवार्य प्रतीत होता है।

(४) सार्वभौम धर्म का स्वरूप एवं आदर्श

यह तो एक ऐतिहासिक तथ्य है कि विश्व में विभिन्न धर्मों का आविर्भाव हुआ है जिनमें अपनी विशिष्टता के अनुरूप भिन्न-भिन्न धार्मिक विश्वास के आयामों तथा भिन्न-भिन्न

Jñāna Yoga, p. 19.

धार्मिक कर्म-सम्बन्धी आचरण एवं नियमों की स्थापना हुयी है । यह भी इतिहास-सिद्ध है कि प्रायः सभी काल में इन धर्मों में आपसी संघर्ष होते रहे हैं । यह भी सही है कि हर धर्म किसी न किसी रूप में धार्मिक संस्थाओं एवं सम्प्रदायों में बंधता गया है । फलतः हर धर्म अपने सिद्धान्तों तथा अपने सम्प्रदायों को श्रेष्ठतम समझता रहा है । किन्तु इन विवादों तथा स्पष्ट संघर्षों के बीच यह विलक्षण तथ्य भी स्पष्ट है, तथा यह भी इतिहास-सिद्ध है, कि हर प्रधान धार्मिक सम्प्रदाय इन संघर्षों के साथ भी जीवित रहा है । विभिन्न धर्मों के आपसी संघर्ष किसी धर्म को मिटा नहीं पाये । बल्कि इन बाह्य तथा आन्तरिक संघर्षों के फलस्वरूप उनकी शक्ति तथा जीवित रहने की उनकी क्षमता बढ़ती ही रही है । जितना ही इस प्रकार के संघर्ष हुए हैं, उतना ही इन धर्मों का विस्तार हुआ है, तथा उतना ही वे सबल होते गये हैं ।

विवेकानन्द को यह तथ्य बड़ा महत्वपूर्ण प्रतीत होता है । उन्हें प्रतीत होता है कि यह तथ्य इस महत्वपूर्ण बात का एक प्रकार से संकेत देता है कि धर्मों का यह संघर्ष वस्तुतः ऊपरी संघर्ष है, वे धर्मों के अन्तर को, उसके मूल को प्रभावित नहीं करते; क्योंकि यदि धर्मों का अन्तर प्रभावित हुआ होता तो उनमें शिथिलता आती, सबलता नहीं आती । विवेकानन्द कहते हैं कि एक दृष्टि से संघर्ष, वैचारिक मतभेद एवं विवाद आदि तो प्रकृति के अनिवार्य सोपान हैं । यदि मतभेद हो ही नहीं, हर व्यक्ति एक ही विचार सोचे, तो शीघ्र ही विचार बंध कर रुक जायगा । उनके अपने शब्दों में इसका विवरण इस प्रकार है, "It is the clash of thought, the differentiation of thought that awakes thought....Whirls and eddies occur only in a rushing, living stream. There are no whirlpools in stagnant dead water."* भंवर गतिशील नदी के धारा में ही होते है, बंधे, रुके, स्थिर जलाशय में नहीं। यदि हर कोई एक ही विचार सोचे, तो वस्तुतः सोचने को कुछ रह नहीं जाता। अतः विवेकानन्द का कहना है कि धर्मों की विभिन्नता तथा उनका आपसी मतभेद एवं विवाद धर्मों के जीवन के लिये अनिवार्य है ।

किन्तु इससे कठिनाई का हल नहीं होता । यदि मतभेद एवं विवाद का होना धर्मों के लिए भी अनिवार्य है तो धर्म सार्वभौम कैसे हो पायेगा । इन विवादों में दावा तो यही किया जाता है कि 'हमारा धार्मिक विचार ही सत्य है' तो सभी धार्मिक विचार किस प्रकार एक साथ सत्य हो सकते हैं ?

हम देखेंगे कि विवेकानन्द के अनुसार इसी प्रश्न के समाधान में सार्वभौम धर्म का स्वरूप उभरता है । सार्वभौम धर्म की सार्वभौमता मूलतः दो अनिवार्य लक्षणों पर आधृत होती है । एक बात तो यह है कि धर्म सार्वभौम तभी हो सकता है जब इसका द्वार सबों के लिये खुला रहे । धर्म को यह बात देखनी है कि नवजात शिशु अबोध तथा निर्दोष है, वह किसी धर्म के साथ पैदा नहीं होता । यह तो बाद में उसकी अभिरुचि एवं मनोवृत्ति पर निर्भर करता है कि वह किस धर्म को स्वीकार ले । यह ठीक है कि जीवन में सामान्यतः

**Jñāna Yoga*, p. 379.

हिन्दू मां-बाप का बच्चा हिन्दू धर्म को ही स्वीकारता है, तथा मुस्लिम मां-बाप का बच्चा इस्लाम को ही स्वीकारता है। ऐसा इसलिये होता है कि बचपन से ही उसकी शिक्षा-दीक्षा, उसका सामाजिक जीवन, उसका परिवेश उसे एक विशेष धर्म की ओर उन्मुख कर देता है, किन्तु धर्म में यह नहीं कहा जाता कि बच्चा किसी धर्म को लेकर पैदा ही होता है। धर्म का चयन तो व्यक्ति के अपने उन्मुक्त निर्णय पर आधृत है। अतः धर्मों की सार्वभौमता की एक पहचान यह है कि उसके द्वार हर व्यक्ति के लिये खुले रहें। हर व्यक्ति के लिये खुल जाने से यह सार्वभौम हो जाता है।

धर्मों के सार्वभौम होने की दूसरी शर्त यह है कि ऐसे सार्वभौम धर्म में यह शक्ति होनी चाहिये कि वह विभिन्न संस्थाओं को सन्तुष्ट एवं तृप्त कर सके। संस्थायें तो विभिन्न रहेंगी ही, हमने यह भी देखा है कि उनमें आपसी मतभेद तथा विवाद भी रहेगा ही। सार्वभौम धर्म को इन मतभेदों एवं विवादों से ऊपर उठना है, इसके लिये उसे सभी धार्मिक संस्थाओं को साथ लेकर चलना है, वह किसी की उपेक्षा नहीं कर सकता। अतः धर्म सार्वभौम तभी हो सकता है जब उसमें सभी विभिन्न धर्म संस्थाओं को भी 'सार' या 'सार्थकता' दिखाई दे।

प्रश्न है कि क्या इन दो कठिन शर्तों का पालन सम्भव है ? क्या ऐसा सार्वभौम धर्म सम्भव हो सकता है जो हर व्यक्ति के लिये अपना द्वार खुला रखे, तथा हर धार्मिक संस्था को बौद्धिक तथा भावनात्मक रूप में सन्तुष्ट करे।

इस प्रश्न का विवेकानन्द के द्वारा दिया गया उत्तर विलक्षण है। वे स्पष्ट कहते हैं कि ऐसे सार्वभौम धर्म की सम्भावना पर संशय करना, या उसकी सम्भावना पर प्रश्न उठाना अकारण है क्योंकि "ऐसा सार्वभौम धर्म वस्तुतः 'है'"। उनका कहना है कि हम धर्म की बाह्यता में इतने उलझे हुए हैं, धर्म-सम्बन्धी विवादों तथा अपने धर्म की श्रेष्ठता को सिद्ध करने के प्रयत्नों मे इतने खोये हुए हैं कि सार्वभौम धर्म की उपस्थिति से भी अनभिज्ञ बने हुए हैं। उनका कहना है कि इस सार्वभौम धर्म की उपस्थिति की चेतना जगाने के लिये हमें अपनी मानसिकता बदलनी है। तथा उसके लिये पहला कदम तो यही है कि धर्म-सम्बन्धी जिन विवादों में हम उलझे हैं, उनसे ऊपर उठें। उनसे ऊपर उठने के लिये उनके विवाद-बिन्दुओं के स्थान पर हम उन बिन्दुओं पर ध्यान दें जो हमें इस विवाद से ऊपर उठाते हैं।

विवेकानन्द का कहना है कि इसके लिये तो प्रथमतः हमें यह समझना चाहिये कि यदि हम थोड़ा विचारपूर्वक ध्यान दें तो देखेंगे कि विश्व के विभिन्न धर्मों में कोई मौलिक विरोध नहीं है, कोई किसी दूसरे का खण्डन नहीं करता, बल्कि हर धर्म में हर दूसरे धर्म के विचारों की पुष्टि ही होती है। धर्म का केन्द्र जो 'सत्य' है वह इतना व्यापक है कि एक साथ उसके सभी पक्षों पर विचार भी नहीं किया जा सकता। हर धर्म उसी 'सत्य' के किसी पक्ष या पहलु पर ध्यान देता है तथा भावातिरेक में समझ बैठता है कि 'सत्य' में बस वही एक 'पक्ष' है। धार्मिक विवाद का मूल कारण यही है। वस्तुतः हर धर्म में उस 'सत्य' के किसी पक्ष पर प्रकाश दें उस विचार को विकसित करने का कार्य होता है। इस दृष्टि से हर धर्म एक दूसरे का पूरक है, सहयोगी है, विरोधी नहीं। विरोध तो तब होता है जब हम अपनी आंशिक

दृष्टि को पूर्ण दृष्टि समझ लेते हैं। विवादों में निहित दृष्टियों के इस आंशिक स्वरूप को समझने से ही विवादों से ऊपर उठने का प्रयास सम्भव हो सकता है।

इस बात पर बल देते हुए विवेकानन्द कहते हैं कि 'सत्य' को देखने के ढंगों में जो भेद या अन्तर होता है उसे हम सत्य में भेद करने का आधार नहीं बना सकते। एक ही 'तत्व' को दो ढंगों से देखने पर भिन्न-भिन्न चित्र उभरते हैं जो परस्पर विरोधी हो सकते हैं, किन्तु इससे 'सत्य' का कोई भेद नहीं उभरता। एक ही वस्तु के भिन्न-भिन्न कोणों से लिए गये चित्र भिन्न ही नहीं परस्पर विरोधी भी प्रतीत हो सकते हैं, किन्तु वे सभी चित्र उसी वस्तु के हैं, जिसमें उस प्रकार से चित्रित विरोध नहीं है। इसी प्रकार हम एक ही 'सत्य' को अपने ढंग से देखते हैं, उस पर अपना रंग चढ़ाते हैं। इसी दृष्टिभेद से उस सत्य के भिन्न-भिन्न चित्र उभरते हैं, किन्तु वस्तुतः हर धर्म में निरूपित सत्य एक ही है।

अतः विवेकानन्द का निष्कर्ष है कि सार्वभौम धर्म की सम्भावना पर सोचने की आवश्यकता ही नहीं, 'सार्वभौम धर्म' तो है ही। वे कहते हैं कि जिस प्रकार 'विश्व-बन्धुत्व' के सम्बन्ध में कहा जा सकता है कि विश्व-बन्धुत्व वास्तविकता है, उसी प्रकार सार्वभौम धर्म के सम्बन्ध में कहा जा सकता है कि वह भी वास्तविकता है। विश्व-बन्धुत्व एक तात्विक तथ्य है, मानवमात्र में एक मौलिक एकत्व है, यह और बात है कि अधिकांश व्यक्तियों को उसकी चेतना नहीं है। उसी प्रकार 'सार्वभौम धर्म' भी एक वास्तविकता है, भले ही बहुत व्यक्तियों को उसकी अवगति नहीं है।

अब प्रश्न उठता है कि इसका स्वरूप क्या है ? क्या यह कोई ऐसा धर्म है जिसमें सभी धर्मों के सामान्य एवं अनिवार्य लक्षण विद्यमान हैं ? क्या विवेकानन्द ने सभी धर्मों के सार एवं सामान्य गुणों को ढूंढ लिया है ? विवेकानन्द को यह चेतना है कि इस प्रकार सभी धर्मों की तुलना कर उन सबों में समानरूप से विद्यमान लक्षणों को ढूंढ लेना कठिन ही नहीं प्रायः असम्भव है। विभिन्न धर्मों में धर्मों के विभिन्न पक्षों तथा पहलुओं पर बल दिया जाता है। उदाहरणतः इस्लाम में विश्व-बन्धुत्व पर बल दिया गया है, हिन्दू धर्म में आध्यात्म पर सर्वाधिक बल दिया गया है, ईसाई धर्म में प्रेम तथा सेवा के द्वारा आत्मशुद्धि पर बल दिया गया है। इन सबों की तुलना कर सादृश्यता के बिन्दुओं को पा लेना सरल नहीं है। अतः जब विवेकानन्द 'सार्वभौम धर्म' की वास्तविकता पर बल देते हैं, तो उनका तात्पर्य ऐसे किसी धर्म से नहीं है जिसमें सभी धर्मों के समान लक्षण समाविष्ट हैं। 'सार्वभौम धर्म' से वे किसी ऐसे धर्म को सूचित नहीं कर रहे जिसका दर्शन, मिथक, तथा धार्मिक कर्म· सभी सार्वभौम हैं। उन्हें अवगति है कि कोई सार्वभौम दर्शन, या सार्वभौम मिथक या सार्वभौम धार्मिक रीति सम्भव ही नहीं है। ये सब संस्थानुसार भिन्न-भिन्न हो ही जाते हैं, बल्कि दर्शन तथा कर्म तो व्यक्ति-व्यक्ति में पृथक-पृथक हो जाते हैं।

फिर भी उनका कहना है कि 'सार्वभौम धर्म' तो है ही। यह कोई अलग कोटि का—कोई सर्वथा अनूठा धर्म नहीं है। विवेकानन्द कहते हैं कि वस्तुतः हर धर्म 'सार्वभौम धर्म' है। हम अपनी सुविधा तथा बाह्य उद्देश्यों की पूर्ति के लिये उस धर्म की सार्वभौमता की उपेक्षा कर उसे साम्प्रदायिक बना देते हैं। विवेकानन्द स्पष्ट रूप में कहते हैं कि सार्वभौम धर्म को

मानने का अर्थ अलग से किसी धर्म को मानने की आवश्यकता नहीं है, हम चाहे जिस धर्म को अङ्गीकार करें, उसी में डूबें, उसी की विशिष्टता के अनुरूप चलें, हम 'सार्वभौम धर्म' को मानने लगेंगे।

उसके लिये केवल कुछ बातों पर ध्यान देना आवश्यक है। प्रथमतः तो यह आवश्यक है कि जिस धर्म में भी हम हों, उसके अनावश्यक, बाह्य रूपों पर ध्यान केन्द्रित कर हम बैठे नहीं रहें, बल्कि उसकी आन्तरिकता को समझें। बाह्यता पर आवश्यकता से अधिक बल देने के कारण ही धर्मों में साम्प्रदायिकता का प्रवेश होता है। दूसरी बात, जिसे विवेकानन्द परमावश्यक मानते हैं, यह है कि हम अपने धर्म का पालन खुले हृदय से करें, अर्थात् यह समझते हुए करें कि मेरे लिये तो यही मार्ग है, किन्तु अन्य मार्ग भी सम्भव है। हमें यह समझ होनी चाहिये कि 'सत्य' को प्राप्त करने के अनेकों मार्ग सम्भव हैं। अतः 'सार्वभौम धर्म' की प्रवृत्ति का मूल इस विचार में है कि हमारे मार्ग के अतिरिक्त अन्य मार्गों की सम्भावना है। अपने मार्ग के महत्व का यह अर्थ नहीं कि अन्य सभी द्वार तथा मार्ग का निषेध हो गया। हर धर्म 'सार्वभौम धर्म' हो सकता है यदि वह अपने मार्ग की वास्तविकता के साथ अन्य मार्गों को भी वास्तविक समझे। विवेकानन्द का कहना है कि सार्वभौम धर्म का मूल मंत्र है—'स्वीकृति'। इस स्थल पर स्वीकृति तथा 'सहिष्णुता' में भेद करना आवश्यक है। 'सहिष्णुता' (Tolerance) एक अभावात्मक अवधारणा है, यह बर्दाश्त करने, सहन करने की बात करता है। विवेकानन्द कहते हैं कि यदि एक धर्म दूसरे को केवल 'सहन' करता रहे तो उसमें 'सार्वभौमता' की दृष्टि नहीं जाग सकती। उसके लिये अन्य धर्मों के प्रति भावात्मक दृष्टि अनिवार्य है। इसे तो विवेकानन्द स्वीकृति (Acceptance) कहते हैं। इसे स्पष्ट करते हुए विवेकानन्द कहते हैं कि वे किसी भी रूप में, किसी संस्था में पूजा-प्रार्थना कर सकते हैं। वे किसी मन्दिर में, किसी गिरजाघर में या किसी मस्जिद में—कहीं भी प्रार्थना कर सकते हैं। उन्हें किसी भी धर्म ग्रन्थ से शिक्षा लेने में कोई हिचक नहीं। अतः अपने धर्म में स्थित रहते हुए भी हम संकीर्णता से ऊपर उठ सकें, तो हमारा धर्म ही सार्वभौम धर्म बन जाता है। सार्वभौम धर्म कोई आकाश से टपका नवीन धर्म नहीं, हर धर्म सार्वभौम धर्म है, केवल उस धर्म में बैठ हम अपने को किसी घेरे में नहीं बांध लें, हम संकीर्णता से ऊपर उठें, तथा अन्य धर्मों के प्रति स्वीकृति का भाव इस अर्थ में रखें कि उसे भी सत्य-प्राप्ति का वास्तविक मार्ग समझें, तथा उससे भी कोई उपयोगी सीख मिले, तो उसे महत्वपूर्ण मानने के लिये तत्पर रहें।

वैसे, विवेकानन्द कहते हैं कि यदि इस प्रकार की सार्वभौम मानसिकता से हम धर्म-स्थित हों, तो हम शायद सभी धर्मों की एक समानता को भी देख पायेंगे। वह सभी धर्मों में विद्यमान—समान बिन्दु है 'ईश्वर'। उनका कहना है कि जहां विभिन्नतायें रहती हैं, वहां एकता भी रहती है। सभी स्त्री-पुरुष एक दूसरे से भिन्न हैं, किन्तु वे सभी 'मानव' तो हैं ही, सभी पेड़-पौधे, प्राणी एक दूसरे से सर्वथा भिन्न हैं, किन्तु वे सभी 'जीव' तो हैं ही। उसी प्रकार सभी धर्म एक दूसरे से भिन्न हैं, किन्तु वे धर्म तो हैं ही। इस समानता का आधार है कि सभी धर्मों का केन्द्र-बिन्दु है 'ईश्वर'। इस स्थल पर विवेकानन्द 'ईश्वर', शब्द का

प्रयोग बड़े व्यापक अर्थ में कर रहे हैं, 'ईश्वर'—व्यक्तित्त्वपूर्ण, सर्वशक्तिमान, परम शुभ ईश्वर हो सकता है, यह विश्व के अन्तिम एकरूपता को सूचित कर सकता है, अथवा एक परमसत् या ब्रह्म को सूचित कर सकता है। यदि 'ईश्वर' शब्द के इस व्यापक अर्थ को ध्यान में रखें, तो यह स्पष्ट हो जायगा कि सभी धर्मों का चरम लक्ष्य 'ईश्वर-प्राप्ति' है। अतः 'ईश्वर' को सार्वभौम धर्म के आदर्श के रूप में स्वीकारा जा सकता है।

विवेकानन्द कहते हैं कि सार्वभौम धर्म में यह भी विशिष्टता होनी चाहिये कि वह हर मन को सहजरूप में स्वीकार्य हो। मनुष्यों में अभिरुचि, मनोवृत्ति, शिक्षा आदि की भिन्नता होती ही है, फलतः एक ही बात हर व्यक्ति को रोचक नहीं भी लग सकती। अतः सार्वभौमता का दावा है, वहां यह बात तो होनी ही है कि उसमें सभी प्रकार की अभिरुचि के लिये स्थान हो। इसी कारण विवेकानन्द कहते हैं कि सार्वभौम धर्म में दर्शन, भावना, कर्म, रहस्यवादिता—सभी के लिये स्थान होना चाहिये। इसी बात पर बल देते हुए भारतीय विचारकों ने योगिक एकत्त्व की बात की है। कर्ममार्गी के लिये यह मानवमात्र का एकत्त्व है, रहस्यात्मक वृत्ति वालों के लिये यह निम्नतर आत्म तथा उच्चतर आत्म का एकत्त्व है, भक्ति मार्गी के लिये यह भक्त तथा भगवान का एकत्त्व है, तथा ज्ञान-दर्शन वालों के लिये यह एक सत् की अनुभूति है। विवेकानन्द के शब्दों में इसकी विवेचना कुछ निम्नलिखित ढंग से हुयी है—

"And this religion [Universal Religion] is attained by what we, in India, call Yoga—Union. To the worker it is the union between men and the whole of Humanity, to the mystic it is the union between his lower and Higherself, to the lover union between himself and the God of love, and to the philosopher, it is union of all existence."*

"Religion is realisation, not talk, nor doctrine, nor theories.... it is being and becoming, not hearing or acknowledging, it is the whole soul becoming changed into what it believes."**

Complete Works, Vol. III, p. 419.

**Ibid., p. 432.

रबीन्द्रनाथ टैगोर

विषय-प्रवेश

टैगोर के विचारों की दर्शनशास्त्रीय विवेचना करने में एक प्रारम्भिक कठिनाई तो है ही, क्योंकि उनकी अभिव्यक्ति का माध्यम दर्शनशास्त्री न होकर कवित्तमय है। दर्शनशास्त्र की प्रचलित विधि साक्ष्यों, प्रमाणों, बौद्धिक युक्तियों की विधि होती है। कवि-दार्शनिक तर्कशास्त्रीय विवेचनों को उतना महत्त्व नहीं देता, किन्तु वह तो मूलतः एक द्रष्टा होता है। उसे जिन सत्यों की अनुभूति होती है, उन्हें वह कविभाषा में साहित्यिक प्रतिमाओं तथा उपमाओं के माध्यम से व्यक्त करता है। किन्तु यह कठिनाई तो स्वाभाविक है। दर्शनशास्त्रीय अध्ययन का अर्थ है कि कवि के अभिव्यक्त्य-माध्यम के पीछे जो विचार को समझें तथा साक्ष्यों को पकड़ें। इस प्रकार के अध्ययन-अनुशीलन में भ्रान्त होने का भय रहता है, गलती का खतरा रहता है, किन्तु जैसा कि टैगोर कहते हैं कि यदि हम भ्रान्ति की सम्भावना का मार्ग बन्द करें, तो सत्य का मार्ग बन्द हो जायगा।* अतः आवश्यकता इस बात की है कि सावधानीपूर्वक कविहृदय में, उनकी अनुभूतियों एवं भावनाओं में प्रवेश कर उन्हें समझने की एक उपयुक्त दृष्टि उत्पन्न हो। इसी प्रकार से कवि के विचारों को समझने का एक प्रयास यहां है।

रबीन्द्रनाथ के जीवन की सामान्य घटनायें, कुछ सामान्य ढंग की ही थीं। 'नोबल पुरस्कार' तथा 'शान्ति निकेतन की स्थापना' के अतिरिक्त उनके जीवन की अन्य घटनायें बाह्य रूप में कुछ उसी प्रकार से सामान्य थीं, जैसा किसी समृद्ध परिवार के किसी सदस्य के जीवन में घटती हैं। किन्तु उनके जीवन का यह बाह्य आवरण स्पष्ट संकेत देता है एक ऐसे सशक्त एवं पूर्णतया गतिशील जीवन का जो वे अपने अन्तर में जीते रहे। अपने 'स्मारक-ग्रन्थ' (Reminiscences) में टैगोर जीवन की बाह्य घटनाओं का विवरण उस रूप में नहीं करते, जिस रूप में वे अपनी आन्तरिक अनुभूतियों का तथा अपनी भावनाओं एवं आकांक्षाओं का विवरण करते हैं। अतः कहा जा सकता है कि टैगोर के विचारों एवं विश्वासों के विवरण करने में वस्तुतः हम उनके जीवन की कहानी कह रहे हैं।

सामान्य दार्शनिक दृष्टिकोण

भारत में दार्शनिक चिन्तन् को 'दर्शन' कहा गया है, जिसका अर्थ है 'दृष्टि', 'सत्-दर्शन', 'सत् को देख पाना'। टैगोर ने इसके इस मूलार्थ को बड़ा महत्त्व दिया है। यही कारण है कि उनके सम्पूर्ण विचार-क्रम में वैयक्तिक अनुभूति तथा अन्तर्सूझ पर बड़ा बल दिया गया

---

*"If you shut your doors to all errors, Truth will be shut out."
—*Stray Birds*, 130.

है । अपनी एक प्रमुख दार्शनिक रचना (Religion of Man) में वे स्पष्ट कहते हैं, "I have already made the confession that my religion is a poet's religion. See that I feel about it is from vision and not from knowledge. Frankly, I acknowledge that I cannot satisfactorily answer any question about evil or about what happens after death. Nevertheless, I am sure that there have come moments in my own experience when my soul has touched the Infinite and has become infinitely conscious of it through the illumination of joy."* जैसा कि इन पंक्तियों से स्पष्ट है वे दार्शनिक वादविवाद में उलझना नहीं चाहते, और ये स्वीकारोक्ति देते हैं कि दार्शनिक उलझनों के निराकरण के ढंगों का उन्हें कोई ज्ञान नहीं है । उनका कहना है कि वे जो कुछ भी कह रहे हैं, वे अपनी अनुभूति के बल पर, ऐसी अनुभूतियों के बल पर जहां उन्हें असीम आनन्द का अनुभव हुआ है, तथा ऐसा प्रतीत हुआ है कि उनकी अनुभूतियां असीम को छू कर जगी हैं ।

टैगोर के विचारों के दार्शनिक प्रस्तुतिकरण में इस प्रकार की बात भी कठिनाई उत्पन्न करती है । दर्शनशास्त्री हर विचारों को कुछ परिचित वैचारिक कोटियों में रख कर व्यवस्थित करने की चेष्टा करते हैं । कठिनाई यह है कि क्या टैगोर के विचारों को भी इस प्रकार दर्शनशास्त्रीय माडलों में बांधा जा सकता है, क्या कवि की वैयक्तिक अनुभूतियों को दर्शनशास्त्रीय ढांचे में ढाला जा सकता है? कठिनाई यह भी है कि यदि उनके विचारों का इस प्रकार का तार्किक विवेचन हो भी तो क्या वह विवेचन उनके विचारों का यथार्थ अर्थनिरूपण करने में सफल हो पायेगा? टैगोर स्वयं कहते हैं कि जीवन्त विचारों को, ऐसे विचारों को जिन्हें द्रष्टाओं ने अनुभूत किया है, किसी भी शास्त्रीय अथवा तार्किक व्यवस्था में बांधा नहीं जा सकता ।** किन्तु इन कठिनाइयों के रहते हुए भी टैगोर के विचारों को दर्शनशास्त्रीय कोटियों में रखकर उनकी तर्कसंगत विवेचना का प्रयास किया जा सकता है । यदि ऐसा प्रयास सर्वथा असम्भव होता तो द्रष्टाओं के विचार दर्शनशास्त्र की सीमा से सदा बाहर रहते ।

दार्शनिक विवेचनों में प्रथमतः उन 'प्रभावों' को देखा जाता है जिनका स्पष्ट प्रभाव विचारक के चिन्तन पर रहा हो । टैगोर के सम्बन्ध में कहा जा सकता है कि उनके चिन्तन पर सबसे स्पष्ट एवं सबल प्रभाव उपनिषद तथा वेदान्त का है । उनकी प्रारम्भिक शिक्षा तथा उनके लालन-पालन का ढंग ही कुछ ऐसा था कि उनके बाल्यकाल में ही प्राचीन भारतीय आदर्शों के प्रति उनकी श्रद्धा एवं मान्यता पनपी । किन्तु, इस प्रकार के प्रभाव उनके मन पर अमूर्तरूप में नहीं पड़े, निर्गुण-विचार में भी वैयक्तिक अनुभूति के स्थान एवं महत्त्व को उन्होंने समझा । अतः वे आप से आप वैष्णव विचारकों तथा भक्तिमार्ग के उपदेशकों के प्रभाव में भी आये । दादू, रविदास, नानक, कबीर जैसे सन्तों की लयपूर्ण

---

*_The Religion of Man_, p. 107.
**_Śādhanā_, p. VIII.

वाणी उनके अन्तर को छू जाती। इन दोनों प्रकार के प्रभावों का समन्वय उन्हें 'गीता' में प्राप्त हुआ जहां उन्होंने देखा कि प्रायः अन्तिम रूप में गीता में निगुर्ण, अवैयक्तिक अमूर्त-ब्रह्म तथा भक्तों के सगुण, व्यक्तित्त्वपूर्ण भगवान का एक बड़ा ही सुन्दर समन्वयित रूप उभरा है। इस समन्वयित रूप को, इस सगुण-निर्गुण के समन्वय को टैगोर ने बड़ा महत्त्व दिया। तर्कतः इस समन्वय में तार्किक कठिनाइयां उत्पन्न होने लगती हैं, किन्तु इस स्थल पर टैगोर ने देखा की अनुभूति के स्तर पर इन कठिनाइयों से ऊपर उठा जा सकता है। ये कठिनाइयां विचार के द्वारा उत्पन्न की हुयी कठिनाइयां हैं, अनुभूति में ये लुप्त हो जाती हैं।

इन बातों के आलोक में टैंगोर के विचारों को दर्शन-शास्त्रीय परिवेश में बिठाते हुए कहा जा सकता है कि उनका दर्शन अमूर्त एकवाद तथा एक विशेष प्रकार के ईश्वरवाद का एक अनूठा एवं धार्मिक समन्वय है। उनकी भी मान्यता है कि सत् एक ही है। इस एक को वे 'ईश्वर' भी कहते हैं। 'एक सत्' तथा व्यक्तित्वपूर्ण ईश्वर के एकीकरण के बड़े रोचक परिणाम प्रकाश में आते हैं। अब उनके विचारों पर विभिन्न प्रकार के दर्शनशास्त्रीय नाम चिपकाये जा सकते हैं। टैंगोर को हम 'आदर्शवादी' तथा 'आध्यात्मवादी' कह सकते हैं, उनके विचार को 'एकवादी' भी कह सकते हैं, तथा 'ईश्वरवादी' भी। यही कारण है कि टैंगोर के विचारों पर सामान्य टिप्पणी करते हुए कुछ विद्वानों ने कहा है कि टैंगोर का विचार 'शंकर के वेदान्त' तथा 'वैष्णव विचार' के मध्य घूमता रहता है, और यह टिप्पणी अर्थपूर्ण तो है ही।

वैसे भिन्न-भिन्न विद्वानों ने टैंगोर के दर्शन का विवरण भिन्न-भिन्न ढंगों से दिया है। हिरेन्द्रनाथ दत्त टैंगोर के दर्शन को 'मूर्त एकवाद' (Concrete Monism) का नाम देते हैं।* यह एकवाद है क्योंकि टैंगोर के अनुसार परमसत् एक है। यह 'मूर्त' है क्योंकि यह एक सत् विभिन्नताओं तथा अनेकताओं का निषेध करता हुआ अमूर्त रूप में एक नहीं है, बल्कि सभी अनेकताओं को अपने में समेटे—मूर्तरूप में—एक है। राधाकृष्णन टैंगोर के दर्शन पर टिप्पणी करते हुए कहते हैं यह पता नहीं चलता कि टैंगोर के विचारों में टैंगोर के हृदय का स्पन्दन है, या भारत के हृदय का।** राधाकृष्णन यह भी कहते हैं कि टैंगोर के दर्शन में प्राचीन भारतीय ज्ञान को वर्त्तमान काल की आवश्यकताओं के अनुरूप पुनः सजाया गया है।*** अतः इन विवरणों से इतना तो स्पष्ट हो ही जाता है कि टैंगोर के

---

*Hirendranath Datta, *Robindranath as a Vedantist*, Visva Bharati Quarterly, May/October, 1941.

**"We do not know whether it is Rabindranath's own heart or the heart of India that is beating here."

—Radhakrishnan, *The Philosophy of Rabindranath*, p. VII.

***"His philosophy is the ancient wisdom of India restated to meet the needs of modern times." —Ibid., p. 3.

दर्शन में पारम्परिक भारतीय आदर्शों एवं मूल्यों की स्थापना की गयी है, किन्तु वह आधुनिक काल की मांगों एवं आवश्यकताओं के अनुरूप किया गया है। भारतीय दार्शनिक विचार कालक्रम में अमूर्त भावों-विचारों की गहराई में पड़ जीवन से हटे हुए प्रतीत होते रहे हैं, टैगोर ने उन्हें मूर्तरूप दे कर पुनः प्रतिष्ठित करने का प्रयास किया है। इसी कारण राधाकृष्णन कहते हैं कि टैगोर ने प्राचीन भारतीय विचार के मूर्तरूप में प्रस्तुति के प्रयास में जगत के भ्रान्तिरूप की अवधारणा की अवहेलना की, ईश्वर को मानवीय रूप देकर प्रतिष्ठित किया, तथा आत्म की परिपूर्णता की सम्भावना को प्रकाश में लाने का प्रयास किया।* हम देखेंगे कि इन विचारों पर बल देने के फलस्वरूप प्राचीन आदर्शों को नवीन मान्यता भी मिलती है तथा यह आधुनिक मानसिकता के अनुरूप भी प्रतीत होता है।

कभी-कभी टैगोर के विचारों का विवरण 'रहस्यवाद' के एक उदाहरण के रूप में भी दिया जाता है। शायद यह इस कारण होता है कि टैगोर अपने विचारों को तार्किक आधारों पर नहीं बिठाते, बल्कि अनुभूति के आधार पर बिठाते हैं। ऐसी अनुभूतियां द्रष्टा की अनुभूतियों जैसी हैं। इसी कारण यहां रहस्यवादी अंश भी दिखाई देते हैं।

वैसे, निष्कर्षतः कहा जा सकता है कि टैगोर के विचारों का विभिन्न ढंगों से नामकरण तथा विवरण किया जा सकता है। इन विवरणों की विशेषता यह है कि इनमें से कोई गलत विवरण नहीं है, क्योंकि इन सभी विवरणों से टैगोर के विचार का कोई पक्ष उजागर—स्पष्ट अवश्य होता है।

सत् एवं ईश्वर

प्रारम्भ में ही यह कह देना उपयुक्त होगा कि टैगोर के लिये ये दो शब्द 'सत्' तथा 'ईश्वर' दो तत्त्वों को सूचित नहीं करते। बात यह है कि दार्शनिक चिन्तन की परम्परा में इन दोनों में भेद किया जाता रहा है। तात्विक चिन्तन तथा धर्म सम्बन्धी चिन्तन में तो इस प्रकार के चिन्तन को महत्व दिया जाता है। इसी कारण यहां इन दोनों 'नामों' का एक साथ विवेचन हो रहा है, किन्तु यह स्मरण रखना है कि टैगोर के मत में इस प्रकार का भेद करना अनावश्यक है। कभी-कभी किन्हीं स्थलों पर ऐसी धारणा बनती है कि टैगोर भी इन दोनों शब्दों का भिन्न-भिन्न अर्थों में प्रयोग कर रहे हैं, किन्तु ध्यान से देखने पर स्पष्ट हो जाता है कि वहां भी अन्तर आलंकारिक अभिव्यक्ति के कारण है, वैचारिक भेद नहीं है।

टैगोर की रचनाओं में कुछ विवरण इस ढंग से प्रस्तुत हुए हैं कि उनसे यह धारणा बनती है कि टैगोर की भी एक सत् की कल्पना कुछ शंकर की कल्पना के समान ही है। वे अनेक स्थानों पर कहते हैं कि सब कुछ निरपेक्ष सत् की ही अभिव्यक्ति है। वे गीताञ्जली में कहते हैं कि 'तुम्हीं आकाश हो तथा तुम्हीं घोंसला भी हो'। किन्तु इसका विपरीत उदाहरण भी मिलता है। टैगोर की रचनाओं** में कुछ ऐसे प्रसंग भी आते हैं जहां

*Radhakrishnan, *The Philosophy of Rabindranath*, p. 4.

***Gitanjali*, p. 67.

स्पष्ट प्रतीत होता है कि टैगोर की कल्पना शंकर से सर्वथा भिन्न है। अपने *'Universal Man'* वाले भाषण में टैगोर ने शंकर के विचारों की समीक्षा की है, तथा अपने तथा शंकर के विचारों की भिन्नता स्पष्ट की है।

शायद यही कारण है कि टैगोर के लेखों में 'निरपेक्ष सत्' (Absolute) शब्द का व्यवहार प्रायः नहीं ही होता है। जिन उक्तियों का प्रयोग टैगोर के लेखों में बार-बार होता है, उनमें से कुछ प्रचलित उक्तियां हैं—*'The Universal Man'*, *'The Supreme Person'*, *'The Supreme Spirit'*, *'The Infinite Personality'*—'जीवनदेवता' 'असीम आत्म-पुरुष', 'परम पुरुष' आदि। इन शब्दों से स्पष्टतः निरपेक्ष सत् सूचित नहीं होता, बल्कि ये 'ईश्वर-भाव' के अधिक निकट प्रतीत होते हैं। फिर भी ईश्वरीय लक्षणों का विवरण प्रायः दूसरे ढंग का हो जाता है। उसे अनिर्वचनीय, निर्गुण कहा गया है। उसे सत्यम्, आनन्दम्, शिवम्, सुन्दरम् कहा गया है। उसे 'एक' माना है, तथा उसकी कल्पना एक ऐसे सत् के रूप में की गयी है जो सब कुछ का आधार है। इस प्रकार के विवरण तो वेदान्त में ब्रह्म के लिये दिये जाते हैं। इस प्रकार के विपरीतार्थक विवरणों से टैगोर के इस विचार की दर्शनशास्त्रीय व्यवस्था कठिन अवश्य हो जाती है। इसी कारण यहां 'सत्' तथा ईश्वर की विवेचना साथ-साथ हो रही है, तथा इस बात को स्मरण रखा गया है कि टैगोर का विचार अमूर्त एकवाद तथा ईश्वरवाद का समन्वय है।

वैसे टैगोर का विचार जिस रूप में प्रवाहित होता है, उसके आधार पर यह कहा जा सकता है कि इसकी मुख्य धारा ईश्वरवादी है। इसकी पुष्टि इस तथ्य से होती है कि किसी-किसी स्थल पर प्रसंगानुसार टैगोर ने 'अमूर्त विचार' तथा 'निर्गुण ब्रह्म की अवधारणा' पर कुछ स्पष्ट टिप्पणियां भी की हैं। कुछ आलोचकों ने इसी कारण टैगोर पर यह आक्षेप भी किया है कि वे वेदान्त के प्रभाव की उपेक्षा करते हैं तथा ईसाई विचार के प्रभाव में आ जाते हैं। किन्तु इस प्रकार की आलोचना निराधार है क्योंकि टैगोर का यह अखण्ड विश्वास है कि उनका विचार वेदान्त के विपरीत नहीं है। उनका यह भी विश्वास है कि उनके विचारों में निहित ईश्वरवादी पक्ष ईसाई विचार के प्रभाव से उत्पन्न नहीं है, बल्कि अन्य भारतीय प्रभावों के कारण है। ईसाई प्रभाव का कुछ अंश उनके मन पर रहा हो, किन्तु इस ईश्वरवादी विचार के लिये वे रामानुज जैसे ईश्वरवादी दार्शनिक तथा दादू, कबीर जैसे सन्तों के प्रबल रूप में ऋणी हैं। इन सभी प्रभावों के फलस्वरूप, तथा अपनी अनुभूतियों के अनुरूप उनकी यह मान्यता पनपी कि इस विश्व का संचालक तथा रक्षक कोई परम पुरुष है। इसी कारण, उन्होंने 'ईश्वर' को व्यक्तित्वपूर्ण माना है। उनके अनुसार 'ईश्वर' केवल तत्त्व-दार्शनिकों के चिन्तन का एक क्षेत्र नहीं है, बल्कि मानव के जीवन एवं अस्तित्व तथा उसकी वास्तविक आकांक्षाओं का आधार एवं आदर्श है।

कहा जा सकता है कि 'मानवीय ईश्वर' में विश्वास करने के लिये टैगोर के पास एक बड़ा ही ठोस आधार है। मानव की अभिरुचि किसी ऐसे तत्त्व पर टिकी नहीं रह सकती जिसके साथ वास्तविक मानवीय सम्बन्ध की सम्भावना न हो, भावनात्मक आदान-प्रदान की सम्भावना न हो। शायद इसी कारण टैगोर समझते हैं कि अनिवर्चनीय ब्रह्म,

जो अमूर्तता की परिणति है, जो एक अवैयक्तिक नियति-नियम है, उसके साथ मानवीय सम्बन्ध सम्भव नहीं है।* इसी कारण टैगोर ईश्वर को मानव के निकट लाना चाहते हैं। केवल 'तत् त्वम् असि' कह देना पर्याप्त नहीं है, 'सत्' को आत्मसात करना है, उसकी उपस्थिति को अन्तर में अनुभूत करना अनिवार्य है। जैसा कि कहा जाता है, मनुष्य निरपेक्ष सत् में अभिरुचि तभी ले सकता है जब उसका मानवीयकरण हो जाय।** बंगाल के बाउल गायकों के समान, जो 'सत्' की बात नहीं करते बल्कि ईश्वरीय गरिमा के गीत गाते हैं, टैगोर भी अपने ईश्वर को अपना 'हृदय पुरुष' (The Man of his heart) तथा जीवन-देवता कहते हैं।

अपनी इस बात के समर्थन में टैगोर जो एक बड़ा सबल तर्क प्रस्तुत करते हैं वह यही है कि ईश्वर की प्राप्ति एक सशक्त अनुभूति में ही सम्भव है, तभी सम्भव है जब अस्तित्व की सारी शक्ति भावात्मक तथा सघनरूप में उस ओर केन्द्रित हो, जब कि 'ब्रह्मसत्' के ज्ञान की विधि मूलतः निषेधात्मक है। निषेधों के माध्यम से ही 'सत्' तक पहुंचने की बात होती है, जबकि ईश्वर के साथ भावात्मक सम्बन्ध सम्भव है। इसी संदर्भ में टैगोर पैगम्बर जराथूस्त्रा को महत्त्व देते हुए कहते हैं कि उसने ईश्वर के साथ इस सम्बन्ध की वास्तविकता को स्पष्ट रूप में प्रदर्शित किया, तथा आदि गिरोहों के चुने हुए ईश्वरों से धर्म को मुक्त करने की चेष्टा की, तथा धर्म को सार्वभौम मानवीय ईश्वर के साथ जोड़ने का प्रयास किया।*** टैगोर कहते हैं कि ईश्वर के साथ भावात्मक सम्बन्ध सम्भव है, यह सम्बन्ध प्रबल एवं पूर्ण प्रेम का सम्बन्ध होगा, एक व्यापक ऐक्य का सम्बन्ध होगा। इस प्रकार का सम्बन्ध—इस प्रकार का प्रेम दो व्यक्तियों—दो मानवीय सत्ताओं के बीच ही सम्भव है। अतः टैगोर का कहना है कि हमारा ईश्वर एक साथ ईश्वर तथा पुरुष दोनों हैं। टैगोर स्पष्ट कहते हैं कि इस प्रकार के विचार पर मानव-केन्द्रित होने का आरोप उचित नहीं, क्योंकि आरोप लगाने का अर्थ है कि इसमें हम पक्षपात कर रहे हैं, और तब तो मानव को मानव कहना भी पक्षपात करना हो जायगा।†

इसी कारण टैगोर ईश्वर को व्यक्तित्वपूर्ण कहने में कभी नहीं हिचकते। ब्रह्म के उपनिषदों में दिये गये विवरणों की उपेक्षा नहीं की गयी है, किन्तु टैगोर का कहना है कि 'व्यक्तित्व' के साथ वे विवरण असंगत नहीं हैं। ईश्वर 'परम व्यक्तित्व' है, सब कुछ उसी व्यक्तित्व की उसी प्रकार की अभिव्यक्ति है जिस प्रकार की वैयक्तिक अनुभूतियों की

---

*टैगोर कहते हैं, "Just as the physiology of our beloved is not our beloved, so this impersonal law is not our God."—*The Religion of Man*, p. 114.

**P.T. Raju टैगोर के विचारों का विवरण करते हुए कहते हैं, 'Man can take interest in the Absolute only when it is humanised'—*Idealism of Rabindranath Tagore*, Visva Bharati Quarterly, Nov 29/Jan' '40, p. 205.

***'*The Religion of Man*', p. 80.

†Ibid., p. 130.

अभिव्यक्ति हम कलाकृति या कविता में पाते हैं ।* टैगोर कहते हैं कि यही कारण है कि भयानक दुख एवं अत्यन्त कष्ट में, जब अस्तित्व ही अर्थहीन तथा बेतुका प्रतीत होने लगता है, तब उस समय में परम पुरुष---ईश्वर---की ओर उन्मुख होते हैं, तथा उसी उन्मुखता से धीरज एवं बल प्राप्त करते हैं । ऐसे क्षणों में ऐसा ईश्वर ही हमारा अन्तिम आधार बन जाता है, आशा का स्रोत बन जाता है । इस प्रकार की ईश्वरीय आस्था से हमारा जीवन र्सजित होता है, उसे बल मिलता है । टैगोर के अनुसार यह तथ्य एक प्रकार से इस बात का प्रमाण बन जाता है कि हमारे 'ईश्वर' को ऐसा होना है जिसके साथ प्रेम एवं आशा का सम्बन्ध स्थापित हो सके, तथा जिस सम्बन्ध से जीवन को बल मिल सके । टैगोर कहते हैं कि मनुष्य के सम्बन्ध में यह विचार, कि वह जगत में एक मुसाफिर है, जो जगत-रूपी सराय में कुछ दिनों के लिये ठहरा हुआ है, मनुष्य की वास्तविकता के साथ उसके जीवन के साथ न्याय नहीं । वस्तुतः मनुष्य जगत में पूर्ण चेतना के साथ जीता है, जगत को तथा इसके साथ सम्बन्धों को 'अपना' समझता है, उन्हें मुसाफिर के समान नहीं देखता । अतः उसका ईश्वर भी ऐसा ही हो सकता है जिसके साथ उसका भावात्मक एवं भावनात्मक सम्बन्ध सम्भव हो सके । इसी कारण टैगोर कहते हैं, 'My world is given to a personal one by a *personal* "Being".**

इस परम पुरुष 'ईश्वर' को टैगोर ने 'जीवन देवता' भी कहा है । इस विशेष शब्द के व्यवहार से ही दर्शनशास्त्रीय कठिनाइयों का समाधान निकल आता है, क्योंकि इसमें 'तात्विक' आवश्यकताओं तथा भावनात्मक मांगों का समन्वय हो जाता है, यह जीवन-देवता वेदान्त के निरपेक्ष ब्रह्म तथा वैयक्तिक ईश्वर का मिलन-बिन्दु है । 'जीवन देवता' को प्रेम का सर्वोच्च तथा मूर्तरूप समझा गया है, अतः यहां सभी प्रकार के भेद समाप्त हो जाते हैं । इस विचार को बड़े ही सुन्दर एवं स्पष्ट ढंग से चित्रित करते हुए टैगोर कहते हैं, "In love, at one of its pole you find the personal, at the other, the unipersonal. At one you have the positive assertion, 'here I am', at the other, the equally strong denial, 'I am not', without this ego what is love? And again only with this ego how can it be possible."*** टैगोर का अर्थ स्पष्ट है, प्रेम के दो पक्ष हैं, प्रेम का इच्छुक अपने को स्वीकारता भी है, तथा अपने को नकारता है । यदि अपने को स्वीकारे नहीं तो प्रेम का आधार ही समाप्त हो जाय । किन्तु प्रेम के लिये अपने से बाहर जाना है, अपने को नकारना भी आवश्यक है, अन्यथा वह अपने में बंधा रह जायगा । यही दोहरी शक्ति तो हमारा जीवन-देवता है । वह जीवन भी है, जीवन की स्वीकृति है, वह देवता भी है, अर्थात् जीवन का उस परम पुरुष के प्रति समर्पण है ।

Personality, p. 66.

**Ibid., p. 19.

****Sādhanā*, pp. 114-15.

वस्तुतः टैगोर का जीवन-देवता-विचार तभी पूर्णतया स्पष्ट होगा जब हम टैगोर के मानव-दर्शन से परिचित हो जायें। किन्तु यहां इतना तो कहा ही जा सकता है कि मनुष्य को भी ईश्वरीय कहा है तथा ईश्वरको मनुष्य का चरम आदर्श कहा गया है। अतः इस जगत में दोनों एक दूसरे से सम्बद्ध हैं—बंधे हुए हैं। जगत रूपी इस नाटक के एक पात्र के रूप में ईश्वर भी मानव-जगत से जुड़ा हुआ है।

किन्तु इसका यह अर्थ नहीं है कि व्यक्तित्व का आरोपण ईश्वर को सीमित कर रहा है। दर्शनशास्त्रीय चिन्तन में ईश्वर को व्यक्तित्वपूर्ण मानने में इसी कठिनाई का हवाला दिया जाता है कि उससे तो ईश्वर सीमित हो जायगा। टैगोर ऐसा नहीं मानते। उनका कहना है कि व्यक्तित्व का आरोपण सीमित तभी करेगा, जब 'व्यक्तित्व' ही सीमित हो, ऐसा व्यक्तित्व हो जिसमें कमी हो, दोष हो। टैगोर कहते हैं कि ईश्वरीय व्यक्तित्व सीमित नहीं, असीमित है, वह दोषरहित है। हमारे सीमित लक्षणों को ईश्वर में निरूपित करना उचित नहीं, क्योंकि ईश्वर की मानवीयता ही असीम है।

असीम व्यक्तित्व की टैगोर की कल्पना कुछ इस प्रकार की है कि यह सभी सीमित व्यक्तित्वों में व्यापक है, फिर भी किसी प्रकार की कमी या सीमितता से अप्रभावित है। इसका विवरण देते हुए रबीन्द्रनाथ कहते हैं, "there is a point where in the mystery of existence contradictions meet, where movement is not all movement and stillness is not stillness, where the idea and the form, the within and without, are united, where infinite becomes finite without 'losing its infinity' ".*

यहां स्पष्ट कहा जा रहा है कि असीम तथा ससीम के मिलन में सभी व्याघात, सभी विरोध समाप्त हो जाते हैं, जहां असीम ससीम के साथ हो कर भी उससे मिल कर भी अपनी असीमता को खोता नहीं। इस प्रकार का विवरण तार्किक बौद्धिकता को तार्किक दृष्टि से असंगत प्रतीत हो सकता है, किन्तु टैगोर के लिये यह असीम व्यक्तित्व, जो सभी सीमित व्यक्तित्व में व्याप्त होते हुए भी असीम है, किसी तार्किक बौद्धिक निर्देश का आधार नहीं ढूंढता। टैगोर के लिये असीमता का यह रूप अनुभूति विषयक है, तथा उनका कहना है कि किसी अनुभूति—असीम व्यक्तित्व की ऐसी अनुभूति सम्भव है जहां सभी प्रकार के भेद-विरोध मिट जाएं। यह एक प्रकार से अतितार्किक अनुभूति है, शुद्ध तार्किक बौद्धिकता इस असीम व्यक्तित्व के चित्र को पकड़ नहीं पाती।

तार्किकता एवं बौद्धिकता की यह अक्षमता, परोक्ष रूप में, एक प्रकार से इस बात को भी स्थापित करती है कि असीम व्यक्तित्व के सम्बन्ध में सीमा या कमी का प्रश्न ही नहीं उठता। इस विवरण से यह तो स्पष्ट हो ही जाता है कि सीमित व्यक्तित्व अपने तार्किक उपकरणों से 'असीम' को समझ नहीं सकता। असीम व्यक्तित्त्व परम पुरुष (Universal Man) है, इस कारण सीमित केन्द्रों में उसे पूर्णतया उतारा नहीं जा

*_Personality_, p. 44.

सकता । इस से बुद्धि उसके सीमित होने के सम्बन्ध मे प्रश्न उठा ही नहीं सकती । इसी कारण टैगोर कहते हैं कि जगत या ब्रह्माण्ड हमारी सीमित बुद्धि में समाविष्ट नहीं है, वह तो परम पुरुष में समाविष्ट है । इस अन्तर को हमारी बुद्धि को भी समझना चाहिये, यही नहीं समझने के कारण तार्किक असंगति का प्रश्न उठाया जाता है । इसी से टैगोर कहते हैं, "The world for me is both individual and universal. My world is mine, but it is also yours. It is not in my own individual personality that reality is contained, but in an Infinite Personality."*

ईश्वर-अस्तित्व के पक्ष में प्रमाण

वैसे टैगोर इस परम पुरुष 'ईश्वर' के अस्तित्व को प्रमाणित करने के लिये प्रमाण देना आवश्यक नहीं समझते । उनके अनुसार 'ईश्वर' कोई ऐसी वस्तु नहीं है जिसे बौद्धिक तथा तार्किक विवेचना का विषय बना दिया जाय । ईश्वर तो अस्तित्व का आधार है, अतः उसके लिये प्रमाणों की आवश्यकता नहीं है । उसके अस्तित्व को तो आत्मसात किया जा सकता है, अपने अन्तर में अनुभूत किया जा सकता है । बौद्धिक प्रमाणों के द्वारा ईश्वर की अनुभूति उत्पन्न नहीं हो सकती । अतः इस दृष्टि से ईश्वर के लिये प्रमाणों की अनिवार्यता––आवश्यकता नहीं है ।

किन्तु टैगोर को यह भी अवगति है कि हमारे सामान्य दिन-प्रतिदिन के जीवन में, बौद्धिक विवेचना, वाद-विवाद आदि का महत्त्वपूर्ण स्थान है। हमारा जीवन––सामान्य साधारण जीवन––एक दृष्टि से इन बौद्धिक विवेचनाओं से तथा विचार के आदान-प्रदान से सर्जित-संरचित होता है । बात यह है कि जिस प्रकार की अनुभूति की बात टैगोर कर रहे हैं, वैसी अनुभूति तो हर व्यक्ति को उपलब्ध नहीं है । अतः सामान्य जीवन में बौद्धिक निर्देशों का महत्त्वपूर्ण स्थान है, यदि ऐसी विवेचनाओं से किसी विचार को आधार मिलता है या मान्यता प्राप्त होती है, तो हम उसे स्वीकार लेते हैं, उस पर विश्वास करने लगते हैं । इसी अवगति के आधार पर टैगोर कभी-कभी ईश्वर-अस्तित्व के समर्थन में कुछ प्रमाण भी देते हैं । उनमें से कुछ तो ईश्वर-अस्तित्व के पक्ष में दिये गये पारम्परिक प्रमाणों से मिलते जुलते हैं, तथा कुछ टैगोर की अपनी सूझ पर आधृत हैं ।

एक प्रमाण जो टैगोर को प्रिय प्रतीत होता है, तथा जिसका उल्लेख अनेक स्थलों पर आता है, वह ईश्वर के पक्ष में दिये गये उस युक्ति से मिलता जुलता है जिसे दर्शन की परम्परा में प्रयोजनात्मक युक्ति (Teleological Proof) या अभिकल्प युक्ति (Argument from Design) कहा गया है । कवि रबीन्द्र तो सौन्दर्य तथा व्यवस्था के प्रेमी हैं, अतः ऐसी युक्ति जो विश्व में उपलब्ध व्यवस्था, संगठन, प्रयोजन पर आधृत है, उन्हें भी प्रभावित करती है । इस युक्ति का एक सुन्दर उल्लेख उनकी साहित्यिक रचना *King of the Dark Chamber* में हुआ है । उनका एक पात्र जनार्दन कहता है,

---

**Personality*, p. 58.

देखो, इस स्थान में चारों ओर फैली हुयी व्यवस्था एवं नियतता को—इसकी व्याख्या बिना किसी 'राजा' को माने सम्भव नहीं है।* उनकी दार्शनिक कृति '*Creative Unity*' में इस युक्ति का एक अन्य उल्लेख मिलता है। वे लिखते हैं, "We feel that this world is a creation, that in its centre there is a living idea, which reveals itself in eternal symphony played on innumerable instruments, all keeping perfect times."** द्रष्टव्य है कि इस विवरण में 'सहसंगीत' की उपमा का सहारा लिया गया है, जिस उपमा का उपयोग अभिकल्प युक्ति के पारम्परिक समर्थकों के द्वारा भी किया गया है। उन्हीं के समान टैगोर भी कहते हैं कि विश्व एक सहसंगीत जैसा है, जिसमें हर वादक अपने-अपने ढंग से, भिन्न-भिन्न यंत्रों पर, अपना-अपना धुन बजा रहा है, किन्तु जो सम्मिलित स्वर निकल रहा है वह एक सुसंगठित, व्यवस्थित संगीत है। यह सम्भव इसी कारण होता है कि कोई संगीतज्ञ है—कोई व्यवस्थापक है जिसने इन विभिन्न सुरों में व्यवस्था रख दी है। टैगोर भी इस मानवीय कृति की उपमा का सहारा लेते हैं, तथा इसी आधार पर कहते हैं कि विश्व में विलक्षण संगठन तथा व्यवस्था एवं प्रयोजन का साक्ष्य उपलब्ध है। हर तत्त्व अपने ढंग से अस्तित्ववान है, सूर्य धरती, तारे, सब अपने ढंग से, अपने 'सुर' में चल रहे हैं, फिर भी विश्व में पूर्ण व्यवस्था है। इसकी व्याख्या कैसे सम्भव है। सहसंगीत की उपमा के आधार पर कहा जा सकता है कि इनके पीछे कोई बड़ा 'संगीतज्ञ' (Music-Maker) है, जिसने ऐसी व्यवस्था स्थापित की है। स्पष्ट है कि यह विवरण पूर्णतया परिकल्पिक युक्ति का ही तर्क प्रस्तुत कर रहा है।

इस युक्ति का प्रयोग अन्य स्थलों पर कुछ दूसरे ढंगों से भी हुआ है। टैगोर का कहना है कि जगत में विरोधी बातें दिखाई अवश्य देती हैं, किन्तु इनके पीछे मूल रूप में एक मूल संगठन तथा एक व्यवस्थित रूप ही प्रकट होता है। यदि हम जिन विरोधों को देखते हैं, उनका विश्लेषण करें तो स्पष्ट हो जायगा कि उनके पीछे भी उनमें भी, एक मूल एकता है। यह तथ्य टैगोर के लिये बड़ा महत्वपूर्ण है। इसे उन्होंने अपनी कुछ कवि-दृष्टि वाली सूझों के आधार पर स्पष्ट करने की चेष्टा की है। नदी के दोनों किनारों के सम्बन्ध में कहा जा सकता है कि वे नदी की सीमा हैं, क्योंकि वे उसे अधिक फैलने, अधिक चौड़ी होने नहीं देतीं। किन्तु यदि ध्यान से देखा जाय तो स्पष्ट हो जायगा कि ये किनारे नदी की सीमा नहीं हैं, वे नदी के प्राण हैं, उन्हीं के कारण नदी 'नदी' है। किनारों से ही नदी के प्रवाह को, उसकी धारा को आगे प्रवाहित होने का आधार मिलता है, अन्यथा वे फैल कर रह जातीं, नदी नहीं बन पाती।*** पुनः दूसरे, उदाहरण को देखें, हम अपनी आंख की पुतलियों को हर क्षण बन्द करते रहते हैं, किन्तु आंखें जो चित्र प्रस्तुत करती हैं, वह हर क्षण टूटता हुआ

**The King of the Dark Chamber*, p. 9.

***Creative Unity*, p. 35.

****Sādhanā*, p. 47.

चित्र नहीं होता, बल्कि एक स्थायी चित्र होता है।* इस प्रकार के तथ्य विश्व में भरे पड़े हैं। इस प्रकार के तथ्यों से यह सत्य प्रमाणित होता है कि विश्व में जो विरोध दिखाई देता है, उसके पीछे भी एकता तथा संगठन है। इस प्रकार के विलक्षण संगठन या व्यवस्था की व्याख्या के लिये हमें स्वीकारना पड़ता है कि इस व्यवस्था का कोई व्यवस्थापक है, कोई ईश्वर है।

टैगोर कहते हैं कि हमारी अपनी गलत दृष्टि के कारण हमें विश्व के विकृत चित्र की प्रतीति होती है। इसी गलत दृष्टि के कारण हम यह समझ नहीं पाते कि विश्व के पीछे कोई ईश्वरीय व्यवस्थापक है। स्पीनोजा के समान टैगोर भी कहते हैं कि सीमित दृष्टि से सत्य दिखाई नहीं दे सकता, बल्कि सत्य की अनुभूति 'सम्पूर्णता' की दृष्टि में होती है। वाद्य-यन्त्र वायलिन का उदाहरण देते हुए वे कहते हैं कि वायलिन के तारों से अनर्गल स्वरों के निकलने की सम्भावना बहुत ही अधिक है। एक बालक भी यदि तारों को छू दे तो कुछ स्वर निकल आयगा, जब कि उससे सुव्यवस्थित संगीत उत्पन्न करना कुछ विशेषज्ञों का ही कार्य है। किन्तु क्या इस आधार पर कहा जा सकता है कि वायलिन के अविष्कारक ने इसका आविष्कार अनर्गल स्वरों को उत्पन्न करने के लिये किया है। नहीं, यह तो 'अनर्गल स्वरों' की सीमित दृष्टि होगी। यदि 'सम्पूर्णता' की दृष्टि से देखें, तो वायलीन सुमधुर संगीत उत्पन्न करने की एक निश्चित व्यवस्था है। इस उपमा के आधार पर कह सकते हैं कि विश्व में अनर्गल तथ्यों तथा विरोधी तथ्यों को देख हम उन्हीं की दृष्टि से समझ लेते हैं कि विश्व में विरोधी तथ्य ही भरे पड़े हैं। किन्तु यदि हम उनसे ऊपर उठ कर 'सम्पूर्णता' की दृष्टि से देखें तो विश्व एक संगठित इकाई के रूप में दिखाई देगा। टैगोर का कहना है कि ऐसे द्रष्टा हुए हैं जिन्होंने विश्व को 'सम्पूर्णता' की दृष्टि से देखने की क्षमता उत्पन्न की है। वे स्पष्टतः इस व्यवस्था के पीछे की शक्ति—व्यवस्थापक—का भी ज्ञान प्राप्त कर पाते हैं।

रबीन्द्रनाथ ने ईश्वर-अस्तित्व के पक्ष में एक दूसरे प्रकार के साक्ष्य का भी उल्लेख किया है। उनका कहना है कि ईश्वर के पक्ष में स्पष्ट साक्ष्य तो यही है कि विश्व के कण-कण में आनन्द उत्पन्न करने की शक्ति निहित है। सृष्टि के हर रूप से हम आनन्द प्राप्त कर सकते हैं। यह कैसे सम्भव होता है ? इस तथ्य की क्या व्याख्या हो सकती है ? टैगोर कहते हैं कि इसकी व्याख्या के लिये स्वीकारना पड़ता है कि इस आनन्दमय सृष्टि का सृष्टिकर्त्ता स्वयं आनन्दरूप है। सृष्टि के कण-कण में जो आनन्द उत्पन्न करने की शक्ति है वह क्षणिक वैयक्तिक सुख से भिन्न है। सृष्टि से उत्पन्न आनन्द में यह अनुभूति है कि वह तो आनन्द का भण्डार है, जो चाहे रसपान कर सकता है। सृष्टि की आनन्दशक्ति अक्षय है। इसे साधारण इन्द्रिय-तृप्ति के सुख के समान नहीं समझा जा सकता। इस आनन्द में एक सार्वभौमता है, व्यापकता है। अतः इसकी व्याख्या साधारण सुख के उत्पन्न होने की व्याख्या जैसी नहीं हो सकती। टैगोर कहते हैं कि इसकी व्याख्या एकमात्र यही हो सकती है कि यह

*Ibid., p. 50.

आनन्द ही ईश्वरीय है ।* इस ईश्वरीय आनन्द की प्रमाणिकता की सम्पुष्टि द्रष्टाओं तथा सन्तों ने की भी है ।**

ईश्वर के पक्ष में एक परोक्ष ढंग का तर्क टैगोर ने यह कह कर दिया है कि ईश्वर प्रेम, आशा तथा हमारी आकांक्षाओं की पूर्व मान्यता है । टैगोर का कहना है कि हमारी कुछ मूल आकांक्षायें ऐसी हैं जिन्हें केवल सन्तुष्टि की ही नहीं, व्याख्या की भी अपेक्षा है । उदाहरणतः उन्हीं क्षणों का उदाहरण लें जो हर व्यक्ति के जीवन में कभी न कभी आते ही हैं, जब उनके लिये सभी सांसारिक आधार टूटे हुए प्रतीत होते हैं, जब उसे कोई मार्ग दिखाई नहीं देता तथा विह्वल होकर वह किसी दैविक सहारे को ढूंढने में उन्मत्त हो जाता है । सच पूछा जाय तो इसी प्रकार की मानवीय मांगों को पूरा करने के उद्देश्य से 'धर्म' का उद्भव हुआ है । किसी निकटतम की मृत्यु की घड़ी में इस तथ्य की स्पष्ट अनुभूति होती है । यह इस बात का प्रमाण है कि हमारे अन्तर में किसी अज्ञात, दैविक, अतिप्राकृतिक शक्ति के लिये कभी-कभी प्रबल आकांक्षा जागती है । टैगोर पूछते हैं कि इस प्रकार की आकांक्षा की उन्मुखता किस ओर है ? यदि इसके लक्ष्य या विषय के रूप में किसी साधारण, सीमित वस्तु को बताया जाय, तो व्याख्या उपयुक्त नहीं होगी क्योंकि इस आकांक्षा में तो सभी सीमित वस्तुओं का आधार समाप्त प्रतीत होता है, तथा किसी दैविक आधार की ओर उन्मुखता आती है । अतः इस विशिष्ट प्रकार की आकांक्षा की व्याख्या के लक्ष्य या विषय के रूप में किसी 'ईश्वर' को स्वीकारना पड़ता है, अन्यथा यह व्याख्या ही नहीं होगी कि ऐसी आकांक्षायें क्यों जागती हैं? *** इस प्रश्न में ही इसका उत्तर भी छिपा है । स्वीकारना पड़ता है कि कुछ ऐसा है, जो अज्ञात तो अवश्य है, किन्तु उसी अज्ञात की ओर हमारी इस प्रकार की आकांक्षायें प्रेरित हैं ।

ऊपर दिये प्रमाण बौद्धिक प्रमाण के समान ही प्रस्तुत किये गये हैं, किन्तु टैगोर को

---

*बड़े सुन्दर शब्दों में टैगोर कहते हैं, 'I will meet one day the life within me, the joy that hides in my life, though the days perplex my path with their idle dust. I have known it in glimpses.... I will meet one day the joy without me that dwells behind the screen of light...... and will stand in the overflowing solitude where all things are seen as by their creator."—*Fruit Gathering*, XXI.

**इस सम्पुष्टि का उदाहरण देते हुए टैगोर कहते हैं, "Dadu, Ravidas, Kabir and Nanak......had glimpses of the world of unity......they babble like babes of their joy of the vision of Him, of the ecstasy into which His music has thrown them." —*Religion of Man*, p. 228.

***टैगोर इस प्रश्न को बड़े सुन्दर ढंग से निरूपित करते हैं, 'Why must this foolish heart recklessly launch its hope on the sea whose end it does not know."—*Lover's Gift and Crossing*, p. 30.

यह विश्वास है कि वस्तुतः ईश्वर को सिद्ध करने के लिये प्रमाणों की आवश्यकता नहीं है। उनके अनुसार ईश्वर को तो अनुभूत किया जा सकता है। किसी भी प्रकार की आध्यात्मिक अनुभूति, चाहे वो सौन्दर्यबोध हो या नैतिक सूझ हो या धार्मिक चेतना हो, ईश्वरीय अनुभूति की झलक प्रस्तुत कर सकती है। उनका कवि हृदय पुनः-पुनः सौन्दर्यानुभूति का उदाहरण देता है, कलाबोध, संगीत का उदाहरण देता है, तथा इस बात पर बल देता है कि कैसे इन अनुभूतियों में कुछ क्षणों के लिये ईश्वरीय आनन्द की अनुभूति हो जाती है। यही कारण है कि उनके ईश्वर-विवरण में कलात्मक प्रतिमाओं के द्वारा ईश्वर को सूचित करने के ढंग भरे पड़े हैं। ईश्वर को वे इस प्रकार की प्रतिमाओं से सूचित करते हैं––'सर्वोच्च-कलाकार', 'व्यापक प्रेमी', 'गायक विश्व जिसका संगीत है', 'संगीत-रचयिता' आदि आदि।

सृष्टि

टैगोर सृष्टि की वास्तविकता पर विश्वास करते हैं, अतः उन्होंने सृष्टि के विशद विवरण की चेष्टा की है। उनका यह विवरण प्रायः ईश्वरवादी विवरण जैसा ही है, किन्तु उसकी विशिष्टता यह है कि उसमें स्पष्ट मानववादी अंश विद्यमान है।

उनके अनुसार ईश्वर ही 'परमसत्' है, अतः ईश्वर ही सम्पूर्ण ब्रह्माण्ड का आधार है। किन्तु जब 'सृष्टि' का प्रश्न उठता है, तो मूल प्रश्न यह बन जाता है कि उस आधार से सृष्टि के व्यक्त होने का ढंग क्या है? टैगोर स्वीकारते हैं कि सृष्टि उसी ईश्वर-रूप परमसत् की अभिव्यक्ति है। इस स्थल पर टैगोर ईश्वर स्वरूप की एक विशिष्टता का वैचारिक विश्लेषण करते हैं। 'सृष्टि की क्षमता' ईश्वर का एक लक्षण है। इसका अर्थ है कि ईश्वर स्वभावतः सृष्टि करता ही है। ईश्वर बैठा रहे और सृष्टि न करे––ऐसा सम्भव नहीं है। ईश्वर का आत्म-प्रकाश सृष्टि से ही मुखरित होता है। यह ईश्वर की सीमा नहीं, ईश्वर का स्वभाव है, ईश्वर-रूप का अर्थ है।

इस बात को समझना आवश्यक है। ईश्वर सृष्टि के बिना नहीं रहता, किन्तु यह कोई मजबूरी, कोई बोझ अथवा कोई बन्धन नहीं है। वह तो आनन्द-रूप है, तथा सृष्टि ईश्वरीय आनन्द की ही अभिव्यक्ति है। सृष्टि सृष्टिकर्त्ता की लीला है। 'लीला' आनन्द की अभिव्यक्ति है, आनन्दमय 'खेल' है। यही कारण है कि सृष्टि से कोई 'द्वैत' उत्पन्न नहीं होता। आनन्द की अभिव्यक्ति में कर्त्ता अपने को ही पाता रहता है, आनन्दमय खेल में अपने से बाहर आना अपने को पाना ही है। 'साधारण खेल' के उदाहरण से भी इस बात को समझने में कुछ सहायता मिल सकती है। यदि हम खेल के आनन्द से पृथक हो खेल को देखें, तो ऐसा लग सकता है कि उसमें अनावश्यक कष्ट उठाया जा रहा है, किन्तु यदि खेल के आनन्दमय रूप को देखें, तो स्पष्ट हो जायगा कि जिसे हम अलग से बैठ 'कष्ट' समझ रहे हैं, वह वस्तुतः खेलने वाले के लिये उसके आनन्द का ही अंश है। उस खेल में, उस खेल से वह अपने को ही पा रहा है तथा तृप्त हो रहा है। इस साधारण 'खेल' का स्वरूप जब ऐसा है, तो जो आनन्द की पूर्णता है, उसके पूर्ण आनन्दमय खेल में––लीला में बस 'आनन्द' है। सृष्टि इस खेल में सृष्टिकर्त्ता से भिन्न नहीं हो जाती, यह भिन्न केवल इस अर्थ में है कि यह

भिन्नता भी उस आनन्द का एक अवयव है, मूलतः कोई तात्विक द्वैत उत्पन्न नहीं होता। 'संगीत' तथा 'प्रेम' के उदाहरण के द्वारा टैगोर इसे स्पष्ट करने की चेष्टा करते हैं। जब संगीतकार अपने संगीत में पूर्णतया डूब जाता है, तो उस संगीत की सृष्टि में एक अर्थ में वह अपने से बाहर अवश्य आता है। किन्तु, अपने से अलग उस संगीत का निर्माण कर वह पूर्णतया उसी में 'खो' जाता है, उससे एकरूप हो जाता है, इसी में उसकी परिपूर्णता है। उसी प्रकार 'प्रेमी' का प्रेम तभी यथार्थ होता है जब वह अपने 'प्रिय' में पूर्णतया खो जाय।* अतः टैगोर कहते हैं कि आनन्द की अभिव्यक्ति का अर्थ ही है कि स्वतः पृथकत्त्व उत्पन्न कर पुनः उसे आत्मसात् कर परिपूर्णता प्राप्त करें। इन उदाहरणों के विश्लेषण के आधार पर टैगोर सृष्टि के आनन्दमय रूप का एक चित्र प्रस्तुत करने का प्रयास करते हैं।

इस प्रकार के विश्लेषण को ध्यान में रखते हुए यह कहा जा सकता है कि एक अर्थ में सृष्टि को अनिवार्य माना जा सकता है। सृष्टिकर्त्ता पर कोई बन्धन नहीं है, वह स्वतः सृष्टिकर्त्ता है, फिर भी एक प्रश्न में सृष्टि को 'अनिवार्य' कहा जा सकता है। सृष्टि-विचार की दर्शनशास्त्रीय व्याख्या के लिये इस प्रकार का विचार स्पष्टतः असंगत प्रतीत होता है। यह विचार विरोधों से मुक्त नहीं प्रतीत होता कि यदि सृष्टि सृष्टिकर्त्ता की स्वतंत्र क्रियात्मकता का परिणाम है, तो यह अनिवार्य कैसे है? टैगोर को इस कठिनाई की अवगति है, तथा इसका निराकरण वे कई ढंगों से करने का प्रयास करते हैं। एक ढंग तो सीधा ढंग है। वे कहते हैं कि सृष्टि 'अनिवार्य' है क्योंकि यह ईश्वर के अनिवार्य आनन्द-रूप लक्षण की अभिव्यक्ति है। उसका स्वरूप ही 'सृष्टि' करने का स्वरूप है।** ईश्वर के द्वारा सृष्टि की गयी है, अतः यह ईश्वर की स्वतंत्रता के अनुरूप है, किन्तु यह ईश्वर के 'स्वभाव' की अभिव्यक्ति है, इसलिये अनिवार्य है। असीम ईश्वर 'ससीम' से सर्वथा पृथक हो कर असीम भी नहीं रह सकता। इस दृष्टि से ससीम का होना उसके लिये अनिवार्य है। पुनः एक दूसरे ढंग से भी टैगोर इस कठिनाई का निराकरण करते हैं। कहा जाता है कि सृष्टि के पीछे विचार यही है ईश्वर जो 'एक' है वह 'अनेकता' में भी अपनी 'एकता' को देखना चाहता था, तथा इसी का परिणाम सृष्टि है। इससे एक ओर तो ईश्वर की स्वतंत्र सर्जनात्मकता भी खण्डित नहीं होती, तथा दूसरी ओर इससे यह भी स्पष्ट हो जाता है कि सृष्टि ईश्वर से सर्वथा भिन्न नहीं है, बल्कि ईश्वरीय ही है। जैसा कि टैगोर कहते हैं, असीम तथा ससीम

---

*उनके अपने शब्दों में यह इस प्रकार कहा गया है, "This joy whose other name is love, must, by its very nature, have duality for its realisation. When the singer has his inspiration, he makes himself into two, he has within him his other self as the hearer and the outside audience is merely an extension of this other self of his. The lover seeks his own other self in his beloved. It is the joy, that creates this separation, in order to realise through obstacles, the Union."—*Sādhanā*, p. 104.

**"Our Master himself has joyfully taken upon him the bonds of creation, he is bound with us for ever". —*Gitanjali*, p. 11.

उसी प्रकार एक हैं जिस प्रकार गायक और उसका गायन ।* यह भी सिद्ध करता है कि सृष्टि अनिवार्य हैं क्योंकि वह ईश्वरीय ही है ।

इस प्रकार की विवेचना से एक अन्य मूल प्रश्न भी उठ जाता है । सृष्टि वास्तविक है या केवल प्रतीति मात्र है ? टैगोर के लेखों में कुछ ऐसे विवरण हैं, जिन्हें देखने से लगेगा कि टैगोर भी शंकर के समान सृष्टि को 'भ्रामक' मानते हैं । किन्तु, सर्वांगीं दृष्टि से टैगोर के विचारों को समझने से यह प्रायः स्पष्ट हो जायगा कि टैगोर सृष्टि को 'मिथ्या' नहीं कहते । टैगोर की रचनाओं में जगत की भ्रामकता जैसी बातों का उल्लेख प्रायः उन्हीं स्थलों पर हुआ है जहां टैगोर चेतना को विस्तृत करने की अनुशंसा करते हैं, तथा इस बात पर बल देते हैं कि चेतना की व्यापकता के लिये सीमित वस्तुओं से चेतना को ऊपर उठाना अनिवार्य है । वहां संदर्भ दृष्टि परिवर्तन का है । तात्विक विवरणों में टैगोर प्रायः निश्चित ढंग से कहते हैं कि जगत सत् की अभिव्यक्ति है, किन्तु यह मिथ्या या भ्रामक नहीं है । सत् का व्यक्त रूप असत् या मिथ्या नहीं हो सकता है, वह भी वास्तविक ही है ।

इस स्थल पर टैगोर के द्वारा किया गया एक अन्य स्पष्टीकरण को समझ लेना उपयोगी सिद्ध हो सकता है । वस्तुतः टैगोर के द्वारा किया गया विवरण कुछ मानव-केन्द्रित विवरण हो जाता है, क्योंकि वे जगत के दृश्यरूप को 'दृष्टि' पर आधारित कर देते हैं । जैसे वे कहते हैं कि जिसे हम जगत या प्रकृति कहते हैं, वह वस्तुतः न तो कोई अमूर्तभाव है, न कोई पूर्णतया वस्तुनिष्ठ रूप, बल्कि जगत का दृश्यरूप है ।** अपनी पुस्तक '*Personality*' में वे कहते हैं कि यह तो एक स्थापित सत्य है कि जगत वही है जिस रूप में वह दिखाई देता है । हम एक प्रकार से यह मान कर चलते हैं कि हमारा मन एक प्रकार का दर्पण है, जिसमें बाहर जो घट रहा है, वह यथार्थ रूप में प्रतिबिम्बित हो रहा है।*** इस बात को वे अनेकों उदाहरणों के द्वारा स्पष्ट करते हैं । वे कहते हैं कि यदि हम अपने मन की वृत्ति को परिवर्तित कर सकें तो दृश्य जगत का दृश्य रूप भी परिवर्तित हो जायगा। यह भी हो सकता है कि तब हम जगत को 'दौड़ता हुआ' देखें, तथा जल-प्रपात को 'स्थिर' देखें । टैगोर कहते हैं कि विज्ञान सामान्यतः इस सम्भावना को महत्व नहीं देता, क्योंकि उसके लिये वस्तुनिष्ठता प्रधान होती है । विज्ञान 'आत्म' की केन्द्रीयता की प्रायः उपेक्षा ही करता है, वह इस बात को एक प्रकार से विस्मरण ही कर लेता है कि जगत की वास्तविकता आत्म से सम्बन्धित होने पर ही स्पष्ट होती है । अतः टैगोर का कहना है कि जगत उसी रूप में यथार्थ होता है । जिस रूप में वह दिखाई देता है । इस दृष्टि से जगत 'प्रतीति' है, किन्तु इसका प्रतीति होना इसे मिथ्या या भ्रामक नहीं बना देता । जैसा कि टैगोर कहते हैं, यदि सत् की उसकी प्रतीति से सर्वथा पृथक कर दिया जाय तो सत् का एक अंश भंग हो जाता है ।†

---

*'The Infinite and finite are one as Song and singing are one'. —*Personality*, pp. 56-57.

***The Religion of Man*, pp. 114-15.

****Personality*, p. 47.

†"When you deprive truth of its appearance, it loses the best part of reality." —*Personality*, p. 51.

माया-विचार

टैगोर अपने 'ईश्वर तथा जगत-विचार', में 'माया' विचार को भी महत्त्वपूर्ण स्थान देते हैं। 'माया' की अवधारणा वेदान्त से ली गयी अवधारणा तो है ही, किन्तु टैगोर ने इसे अपने विशिष्ट सृष्टि-विचार के अनुरूप ही कल्पित किया है। वेदान्त के समान टैगोर भी कहते हैं कि सृष्टि की प्रतीति माया-आधृत ही है। माया को वे सबसे व्यापक अज्ञान का आधार कहते हैं, यह 'विश्व-भ्रान्ति का कारक' (Principle of Cosmic Error) है। उनके अनुसार सत्य एकरूपता में है, माया भ्रमकारक है।

टैगोर के माया-विचार को उन्हीं के द्वारा दी गयी एक उपमा के आधार पर स्पष्ट करने की चेष्टा करें।* एक अबोध जंगलवासी कहीं से कुछ बैंक-नोट पा लेता है। वह उनका मूल्य नहीं जानता, अतः वे उसके लिये एक रद्दी कागज के अतिरिक्त कुछ नहीं है। किन्तु जो जानता है, जो उन 'नोटों' को बैंक के संदर्भ में देखता है, वह उन्हें मात्र रद्दी कागज नहीं समझता। अतः यदि उन्हें उनके पृथकत्त्व में देखा जाय—उसके सम्बन्ध से अलग कर देखा जाय, तो उनका कोई मूल्य स्पष्ट नहीं होता, किन्तु, जब हम उसे बैंक के संदर्भ में, उससे सम्बन्धित कर देखते हैं, तो उनका मूल्य स्पष्ट होता है। उसी प्रकार यदि सृष्टि को सृष्टि-कर्त्ता से पृथक कर सोचें—यदि सृष्टि में व्यक्त विभिन्न रूपों को उनके निर्माती से सर्वथा पृथक कर सोचें, तो जगत का मूल्य स्पष्ट नहीं होगा, तब 'जगत' भी जंगलवासी के नोटों की समझ के समान निरर्थक, अनर्गल प्रतीत होगा, किन्तु यदि हम जगत को सृष्टिकर्त्ता के साथ सम्बन्ध रख कर सोचें, तो इसका वास्तविक अर्थ स्पष्ट होगा। अतः टैगोर कहते हैं कि हममें जगत को गलत दृष्टि से देखने की प्रवृत्ति भी है, और यही माया है।

वस्तुतः 'माया' भी कोई 'सत्' या 'तत्त्व' नहीं है। अपने में इसका कोई अस्तित्व भी नहीं है। यह ईश्वरीय रूप को सीमित भी नहीं करता। माया के इस स्वरूप को टैगोर शतरंज के खिलाड़ी की उपमा से स्पष्ट करने की चेष्टा करते हैं।** शतरंज का खिलाड़ी अपने खेल के लिये मोहरों की चाल के सम्बन्ध में अपने ऊपर कुछ नियम लाद लेता है। ऐसा नहीं है कि उसके लिये घोड़े को ढाई घर पर बिठाने की, तथा हाथी को तिरछे चलाने की कोई विवशता है। नहीं, वह किसी मोहरे को किसी घर पर रख तो सकता ही है, किन्तु यदि वैसा किया जाय तो शतरंज का खेल सम्भव ही न हो सकेगा। उसी प्रकार ईश्वरीय शक्ति तो है कि वह हर कार्य-सम्पादन चाहे जिस प्रकार कर सकता है, किन्तु यदि वह अपनी सर्वशक्ति मानता को इस अनियमित ढंग से व्यक्त करे तो 'लीला' का—इस सृष्टि के खेल का आनन्द ही समाप्त हो जायगा। अतः इस आनन्द की अभिव्यक्ति के लिये, वह आनन्द से ही अपनी असीम शक्ति पर कुछ बन्धन लाद लेता है, उसी प्रकार का बन्धन जैसा 'खेल'

**Sādhanā*, p. 80.

***Ibid.*, p. 56.

के लिये शतरंज में मोहरों की चाल पर लादा जाता है। "ईश्वरी शक्ति का स्वतः अपने पर लादा हुआ यही बन्धन माया है।" माया भी इस आनन्द के सृष्टिरूपी खेल की इस लीला का एक उपकरण है। बड़े सुन्दर ढंग से इस बात को समझाते हुए टैगोर कहते हैं कि यह कुछ उसी प्रकार की बात है कि एक पिता अपने पुत्र को थोड़ी सी छूट भी दे दें, जिस सीमा के अन्तर्गत वह कार्य करने को उन्मुक्त हैं।*

इससे यह स्पष्ट हो जाता है कि माया का सिद्धान्त कोई भ्रममूलक भाव नहीं है। टैगोर ने माया की भी अपने ढंग की वास्तविकता स्वीकारी है। एक दृष्टि से इसे 'ईश्वर की शक्ति' कहा जा सकता है। यह ईश्वर की 'लीला' का उपकरण है, ईश्वर की सीमित रूपों में व्यक्त होने का उपकरण है, अतः यह ईश्वर की शक्ति है। केवल स्मरण यह रखना है कि इसकी वास्तविकता सृष्टि-सम्बन्धित है, इस 'खेल' से बंधी है। इस दृष्टि से इसकी वास्तविकता 'भ्रम' की वास्तविकता जैसी है। जिस क्षण भ्रम होता है, भ्रम भ्रम नहीं प्रतीत होता है, यथार्थ प्रतीत होता है। वह भ्रम इस कारण है कि बाद में उसे नकारा जा सकता है, उससे ऊपर उठा जा सकता है। टैगोर भ्रम के इस रूप को स्पष्ट करते हुए कहते हैं, "Error by its very nature cannot be stationary, it cannot remain with truth, like a tramp it must quit its lodging as soon as it fails to pay its score to the full."**

पी. टी. राजू इस बात की व्याख्या करते हैं, तथा उसी संदर्भ में टैगोर के माया-विचार को स्पष्ट करते हैं। उनके अनुसार टैगोर की माया-अवधारणा सर्वथा शंकर की माया-अवधारणा जैसी नहीं है। शंकर के अनुसार 'माया 'न' है', न 'नहीं है', किन्तु टैगोर के अनुसार माया 'है' भी और 'नहीं है' भी। माया है, वास्तविक है, क्योंकि इसके माध्यम से सीमितता के जो रूप प्रकट होते हैं उनकी वास्तविक अनुभूति होती है, यह वास्तविक नहीं है--सत् नहीं है क्योंकि असीमता की अनुभूति में इससे उत्पन्न अनुभूतियां समाप्त हो जाती हैं, लुप्त हो जाती हैं। 'माया' ससीमता की अनुभूति कराता है, किन्तु वह ज्ञान नहीं है, ज्ञान तो असीमता की अनुभूति है जिसके लिये माया से परे जाना पड़ता है। कवित्तमय भाषा में इसी बात को व्यक्त करते हुए टैगोर कहते हैं, "The mystery is like the darkness of night, it is great, delusions of knowledge is like the fog of the morning."*** सुबह का कुहासा चाहे जितना भी सघन हो, उससे उत्पन्न अंधकार उतना गहरा नहीं हो सकता जितना रात का अंधकार होता है। माया कुहासे से सम्बद्ध है, वह अंधेरे को चीर देने वाला सूर्य नहीं है, अतः वह जीवन के कुहासे में कुछ सीमित अनुभव दे देती है, किन्तु वह 'सत्' के गहन अंधकार का भेद नहीं कर सकती, उसके लिये ज्ञान 'की' तीव्र किरण की आवश्यकता है, ज्ञान के सूर्य की आवश्यकता है।

---

*Sādhanā, p. 56.

**Ibid. p. 48.

****Stray Birds*, XIV.

सत् में मात्रा-भेद

सृष्टि के रहस्यों के उल्लेख करने से एक दर्शनशास्त्रीय समस्या प्रकाश में आती है, जिसे 'सत् में मात्रा-भेद' की समस्या कहा जाता है। विद्वानों का यह प्रायः र्वसम्मत मत है कि टैगोर किसी न किसी रूप में इस विचार को मान्यता देते हैं। 'परम सत्' की कल्पना ही अनेकता में एकता की कल्पना है। इसे स्पष्ट करने के लिये जिस उपमा का प्रयोग बारम्बार हुआ है, वह 'संगीत' की उपमा है। संगीत में विभिन्न सुर तथा स्वर होते हैं, हर सुर या हर स्वर अपने में संगीत नहीं है, संगीत तो उन सभी सुरों का सुव्यवस्थित, संगठित रूप है। उसी प्रकार ईश्वर में सब कुछ समाविष्ट है, हर तत्त्व अपनी पृथकता में ईश्वर नहीं है, उसकी यथार्थता ईश्वर से सम्बद्ध ह.ने में है, इस दृष्टि से सब कुछ ईश्वर से जुड़ा है। तब यह है कि ईश्वरीय सितार के 'कुछ तार लोहे के हैं, कुछ कांसे के तो कुछ सोने के'।*

इस प्रकार की विवेचना स्पष्ट संकेत देती है कि टैगोर एक प्रकार के 'स्तरीय भेद' में विश्वास करते हैं। यह स्पष्ट प्रतीत होता है कि ब्रह्माण्ड के कुछ पक्ष श्रेष्ठतर तथा कुछ अपेक्षाकृत निम्नतर हैं। उदाहरणतः अनेक स्थलों पर टैगोर स्पष्ट रूप में मानव को अन्य जीवों या सृष्टि के अन्य तत्त्वों से श्रेष्ठतर कहते हैं। कहीं-कहीं मानव को ईश्वरीय सितार का 'सोने का तार' कहा गया है। अपनी इसी श्रेष्ठता के कारण वह भी अपने ढंग का सृष्टि-कर्त्ता जैसा है, सर्जनात्मक निर्माण भी करता है, तथा अपने ढंगों को चेतन रूप में सुनियोजित एवं व्यवस्थित कर सकता है।

किन्तु इस बिन्दु पर एक स्पष्टीकरण अनिवार्य है। यह 'स्तरीय भेद' या यह सत् के मात्रा-भेद का प्रश्न—परम सत् के लिये प्रासंगिक नहीं है, यह प्रासंगिक है उसके व्यक्त रूप के लिये—सृष्टि के लिये। परम सत् एक है, तथा अपने में वह सभी भेदों से ऊपर है। किन्तु उसकी सृष्टि के स्तर पर इस प्रकार के भेद सार्थक रूप में किये जा सकते हैं। सृष्टि में जिसका स्वरूप अधिक ईश्वरीय है, वह श्रेष्ठतर है। इसी दृष्टि से टैगोर मानव को सृष्टि के श्रेष्ठतम रूपों में एक कहते हैं।

तो अब हम टैगोर के मानव-विचार की ही विवेचना करें।

मानव का स्वरूप

टैगोर का मानव-विचार विलक्षण है, क्योंकि वे ईश्वर के परम रूप को पूर्णतया स्वीकारते हुए भी मानव को एक विशिष्टता एवं गरिमा प्रदान करते हैं, तथा उसे जगत में एक विशिष्ट स्थान देकर प्रतिष्ठित करते हैं। कुछ विद्वानों ने टैगोर को बहुधा मानवता का दार्शनिक कहा है। शायद इसका कारण भी यही है कि उनके दर्शन में मानव को एक केन्द्रीय स्थान प्राप्त है। तात्त्विक दृष्टि से वह अनेक रूपों में 'ईश्वरीय' है, फिर भी वह स्पष्टतः इसी जगत का एक प्राणी है। इन दोनों रूपों का अद्भु त संगम है मानव।

---

*God has many strings in his Sitar, some are made of iron, some others of copper and yet others are made of Gold."

टैगोर ने जीव-विकास के इतिहास का चित्र उभारा है, तथा वहां वे यह दिखाने का प्रयास करते हैं कि इस विकास-क्रम में मानव के उद्भव के साथ विकास के स्वरूप में ही परिवर्तन आ जाता है। मानव के विकास के पहले के विकास का ढंग कुछ यन्त्रवत रूप में अग्रसर होता रहा था। भौतिक शक्तियां तथा कुछ यान्त्रिक निर्णायक नियम एवं तत्त्व, जैसे एकत्रीकरण (aggregation), समायोजन (adjustment), सहयोग (co-odination), वंशानुक्रम (Heredity) आदि के द्वारा विकास का क्रम पूर्णतया निर्धारित एवं नियंत्रित था। यन्त्रवत् ढंग से जीव-जातियां उत्पन्न होतीं तथा वातावरण के अनुकूल समायोजित होने या नहीं होने के फलस्वरूप या जो जीवित रहती या नष्ट हो जातीं। इस प्रकार का जीव-जातियों का विकास एवं निरसन भी यन्त्रवत् चलता रहा।

किन्तु, मानव के उद्भव के साथ विकास-प्रक्रिया में ही एक अर्थपूर्ण परिवर्तन आ गया। इसके पहले की जीव-जातियों की सभी क्रियायें, प्रतिक्रियायें भौतिक शक्तियों तथा वातावरण से आते उद्दीपनों से पूर्णतया निर्धारित थीं, वह भी कुछ इस प्रकार कि पहले से ही कुछ अनुमान लगाया जा सकता था कि किस परिस्थिति में किस जीव-जाति की प्रतिक्रिया किस प्रकार की होगी। किन्तु, मानव भौतिक शक्तियों से पूर्णतया निर्धारित इस प्रकार का जीव नहीं आया। यहां पर ही आकार क्रिया-व्यवहार के ढंगों में आमूल परिवर्तन उत्पन्न हो-गया। मानव में कुछ ऐसी शक्ति भी थी कि वह अपनी क्रिया-प्रतिक्रिया को अपने अनुसार रूप दे सकता था, उसकी प्रतिक्रियायें उद्दीपनों से नियंत्रित नहीं रहीं, यह यन्त्रवत्, मशीन ढंग से कार्य नहीं करता, उसके व्यवहार के विषय में निश्चित अनुमान पहले से नहीं लगाया जा सकता। इस प्रकार मानव स्वयं विकास-प्रक्रिया में अपनी ओर से योगदान करने लगा। यही मानव की विशिष्टता हो गयी।

इसका यह अर्थ नहीं कि वातावरण या प्राकृतिक शक्तियों के प्रभाव से मानव सर्वथा अछूता रहता है। टैगोर ऐसा नहीं कहते। वे स्वीकारते हैं कि मानवीय अवयवों का, जैसे आंख, कान आदि का विकास विकास-प्रक्रिया की मांगों के अनुरूप ही हुआ है। अन्तर यही है कि मानव में वे अवयव उस प्रकार कार्य नहीं कर पाते, जिस प्रकार से वे मानव के उद्भव के पहले करते रहे थे। इसके पहले, अन्य जीवों में इन अवयवों का कार्य भी पूर्णतया यन्त्रवत् चलता रहा है। मानव में भी उद्दीपनों के उपस्थित होने पर इन अवयवों में प्रतिक्रिया होती है, किन्तु जैसा टैगोर कहते हैं, मानव में इन उद्दीपनों का प्रभाव वह उसी प्रकार का है, जिस प्रकार का प्रभाव 'घोड़ा दाबने' का 'गोली छूटने' पर है, यह एक 'क्रिस्टल' का इन्द्रधनुषी रंग दिखाने में है। स्फटिक (crystal) इन्द्रधनुषी रंगों को उत्पन्न नहीं करता, उनका कारक नहीं है, उनके दिखाई देने का माध्यम मात्र है। उसी प्रकार आंख, कान आदि उद्दीपनों पर प्रतिक्रिया करते हैं जैसे स्फटिक किरणों के पड़ने पर, किन्तु वे मानव की क्रियाओं का निर्धारण नहीं करते। मानव-क्रिया उनसे यन्त्रवत् संचालित नहीं है, मानव तो इन इन्द्रियों की क्रियाओं को भी परिवर्तित करने की शक्ति रखता है। अतः यह कहना सर्वथा उपयुक्त है कि मानव के उद्भव के साथ विकास-प्रक्रिया के यन्त्रवादी ढंग में मौलिक परिवर्तन आया।

इस 'परिवर्तन' का स्वरूप क्या है ? टैगोर इस पर विचार करते हैं तथा इस निष्कर्ष पर पहुंचते हैं कि इस परिवर्तन का स्वरूप एक ओर तो 'बाह्यता' से 'आन्तरिकता' की ओर है, तथा दूसरे 'नियतत्त्वता' से 'स्वतंत्रता' की ओर है। उनका कहना है कि इस बिन्दु पर पहुंच कर विकास-प्रक्रिया का स्वरूप परिवर्तित हो जाता है, तथा यह प्रक्रिया अब यन्त्रवादी भौतिक स्तर से एक प्रकार से अभौतिक स्तर पर प्रवेश करती है। टैगोर कहते हैं कि इस दृष्टि से मानव के उद्भव में विकास-प्रक्रिया का आध्यात्मिक स्वरूप प्रकाश में आता है। इस विशिष्टता को टैगोर ने अपने ढंग से समझने का प्रयास किया है।

उनका कहना है कि अभी तक विकास क्रम में विकसित जीव-जातियों में उतनी ही क्षमतायें विद्यमान रहीं जो उन्हें विकास-प्रक्रिया से मिलीं। विकास-प्रक्रिया के आध्यात्मिकता के स्तर पर पहुंचने का अर्थ है कि अब जो जीव विकसित हुए जैसे मानव उनमें विकास-प्रक्रिया से प्राप्त क्षमताओं के अतिरिक्त कुछ और उससे परे की क्षमताओं को प्राप्त करने की क्षमता भी आ गयी। इसे वो अतिरिक्त क्षमता अथवा आधिक्य (Surplus) कहते हैं। यह आधिक्य सदा परे उठने की शक्ति है। इसी आधिक्य के बल पर वह उन सीमाओं से ऊपर उठ जाता है जिसमें अन्य जीव बंधे रह जाते हैं। इस बात को टैगोर ने ऐसे स्पष्ट किया है :—"the most important fact that has come into prominence along with the change of direction in our evolution is the possession of a spirit which has its enormous capital with a surplus far in excess of the requirements of the biological animal in man".* टैगोर स्वीकारते हैं कि अभी भी जीव होने के नाते वह प्रकृति पर निर्भर अवश्य है, किन्तु 'मानव' होने के कारण वह अपनी दुनिया रचकर उसे अपने अनुसार चला भी सकता है।**

मानव के उद्भव के इस विवरण से दो ऐसे तथ्य प्रकाश में आते हैं जो मानव के स्वरूप के सम्बन्ध में महत्वपूर्ण हैं। प्रथमतः यह तो स्पष्ट ही है कि मानव के स्वरूप का एक अंश उसका भौतिक एवं जैविक अंश है जो उसे विकास-प्रक्रिया से प्राप्त होता है। इसके अतिरिक्त यह भी स्पष्ट होता है कि उसमें एक ऐसा अंश भी है जो उसका अभौतिक एवं आध्यात्मिक अंश है, तथा जो उसे विशिष्टता प्रदान करता है और जिसके कारण उसमें 'स्वतंत्रता' का भी अंश विद्यमान है। पहले को, अर्थात् उसके जैविक-भौतिक अंश को—उसका सीमितता का अंश कहा जा सकता है, तथा उसके स्वरूप में निहित आधिक्य (Surplus) को, जो उसका आध्यात्मिक अंश है, असीमितता का अंश कहा जा सकता है। इसी कारण टैगोर कहते हैं कि मानव ससीम-असीम है।

**The Religion of Man*, p. 43.

**Ibid., p. 44.

(i) मानव का ससीम-असीम स्वरूप

ऊपर किये गये विवेचन से इतना तो अब स्पष्ट ही हो गया है कि टैगोर के अनुसार मानव के स्वरूप के दो पक्ष हैं—एक श्रेष्ठतर पक्ष है, तथा दूसरा उसका भौतिक-जैविक पक्ष है जो पहले की तुलना में निम्नतर है। इसी बात का विवरण मानव को ससीम-असीम कह कर किया गया है। टैगोर कहते हैं कि 'मानव धरती का बालक तो अवश्य है, किन्तु है स्वर्ग का उत्तराधिकारी'। इसकी स्पष्ट विवेचना करते हुए टैगोर कहते हैं, "At one pole of my being I am one with the stocks and stones. There I have to acknowledge the rule of universal law. That is where the foundation of my existence lies .... But at the other pole of my being I am separate from all. There I have breken through the cordon of equality and stand alone as an individual."*

इस प्रकार हम बेहिचक कह सकते हैं कि मानव-आत्म के दो पक्ष हैं, एक भौतिक तथा दूसरा आध्यात्मिक। भौतिक पक्ष उसके शारीरिक, जैविक, तथा भौतिक मनःस्थितियों में प्रकट होता है, तथा उसके आध्यात्मिक पक्ष के सूचक उसकी उस प्रकार की आकांक्षायें तथा प्रवृत्तियां हैं, जो इन भौतिक आधारों से 'परे' प्रतीत होती हैं। भाववादी विचारक, वैज्ञानिक तथा ऐसे लोग जिनकी मानसिकता पूर्णतया अनुभव-आश्रित है, मानव के पहले पक्ष को ही वास्तविक मानव मानते हैं, तथा उस मान्यता के आधार पर इस बात पर बल देते हैं कि मानव में कोई रहस्य छिपा नहीं है। मानव के स्वरूप का पूर्ण निर्धारण व्यवहारिक ढंग से सम्भव है। सामान्य व्यवहारवादी इसी कोटि में आते हैं। उनका ऐसा मानने का आधार यही है कि वे इस 'भौतिक स्तर' को भलीभांति देख सकते हैं, पकड़ सकते हैं, जबकि मानव का आध्यात्मिक पक्ष उनके इन्द्रिय आश्रित अनुभवों तथा विज्ञान के उपकरणों की पकड़ में नहीं आता। इसके विपरीत कुछ ऐसे पलायनवादी विचारक, कुछ ऐसे सन्यासी वृत्ति के लोग तथा निवृत्ति मार्ग के पोषक हैं जो दूसरी सीमा पर चले जाते हैं तथा मानते हैं कि यह 'भौतिक' पक्ष मानव का वास्तविक पक्ष है ही नहीं, यह तो एक प्रकार से मानव पर बोझ है, उसका बन्धन है, जिसके फलस्वरूप वह अपनी वास्तविकता, अपनी आध्यात्मिकता को पहचान नहीं पाता।

टैगोर मानते हैं कि ये दोनों दृष्टियां एकांगी हैं, अपूर्ण हैं, तथा इसी कारण दोषपूर्ण हैं। अतिवैज्ञानिकता में पले वैसे भाववादी विचारक जो आध्यात्मिकता को काल्पनिक अथवा हवाई उड़ान मानते हैं, वस्तुतः 'सत्य' को देख ही नहीं पाते। वे इस छोटी सी बात को भी भूल जाते हैं कि ऐसी अनेकों वास्तविकतायें हैं जिन्हें वैज्ञानिक दृष्टि से पकड़ा ही नहीं जा सकता। कुछ ऐसी बातें भी होती हैं जिन्हें विज्ञान 'देखता' तो है, किन्तु 'अनदेखा' कर देता है, क्योंकि वह अपने ढंगों से उसकी व्याख्या नहीं कर सकता। उदाहरणतः सौन्दर्यबोध की वैज्ञानिक व्याख्या नहीं हो पाती, विज्ञान यह नहीं बता सकता कि मधुर संगीत तथा सुन्दर

**Sādhanā*, p. 69.

कलाकृति का जो भावनात्मक प्रभाव होता है, वह क्या है या क्यों है ? शुद्ध प्रेममूलक तथा करुणा के कार्यों की वैज्ञानिक व्याख्या नहीं होती । उसी प्रकार हमारे जीवन की कुछ ऐसी उच्च आकांक्षायें भी होती हैं, जिनकी व्याख्या में हमारे वैज्ञानिक व्याख्या के ढंग विफल हैं । विज्ञान तथा अतिवैज्ञानिकता की दृष्टि अपनी इन असमर्थताओं को छिपाने के प्रयास में इस प्रकार की उच्चतर आकांक्षाओं, तथा मानव के आध्यात्मिक जीवन की सम्भावना का ही निषेध कर देता है । स्पष्टतः ऐसी दृष्टि उपयुक्त नहीं, बल्कि गलत है ।

उसी प्रकार टैगोर वैसे विचारकों से भी असहमति प्रकट करते हैं जो मानव के ससीम, भौतिक पक्ष का निषेध करते हैं । उनका कहना है कि यही ससीम आत्म––यही शरीरधारी जीव तो संसार में, जीवन में गतिशील है, इसका निषेध कैसे किया जा सकता है । एक बड़ा ही सुन्दर तार्किक युक्ति देते हुए टैगोर कहते हैं कि मानव के 'भौतिक पक्ष' की वास्तविकता को अस्वीकार करने वाले यह समझ नहीं पाते कि इससे तो मानव के आध्यात्मिक पक्ष का भी आपसे आप निषेध हो जाता है । भौतिक जीवन जीने की प्रक्रिया में ही आध्यात्मिकता की भी अनुभूति होती है । 'शरीरी अस्तित्व' तो आधार है, जिसे यदि हटा दिया जाय तो आध्यात्मिक अस्तित्व भी आधारहीन हो जायगा । अतः टैगोर का कहना है कि मानव के भौतिक पक्ष का निषेध तो आत्म-व्याघातक है, क्योंकि इसे अस्वीकारने से मानव के आध्यात्मिक पक्ष को स्वीकारने का कोई आधार बचता ही नहीं है ।

अतः दोनों एकतरफी सम्भावनायें अयुक्त हैं । इसी कारण टैगोर मानव को ससीम-असीम कहते हैं । इस विवरण में टैगोर इसी में निहित एक अन्य विचार को भी प्रकाश में लाते हैं । मानव को 'ससीम-असीम' कहने से उसकी वैयक्तिकता तथा उसकी सार्वभौमता दोनों विशिष्टताओं पर प्रकाश पड़ता है । हर मानव उसके अपने कुछ विशिष्ट, वैयक्तिक लक्षण होते हैं, यह उसकी वैयक्तिकता है । इसी विशिष्ट वैयक्तिता के कारण हर मानव हर दूसरे मानव से भिन्न है । किन्तु उसके स्वरूप का एक पक्ष ऐसा भी है जिसके चलते वह मानव है, हर दूसरे मानव जैसा है । यह उसकी सार्वभौमता है, तथा इसी के कारण मानव की हर मानव के साथ एक तात्विक एकरूपता है । टैगोर का कहना है कि सामान्य रूप में ऐसा भी कहा जा सकता है कि मानव की 'वैयक्तिकता' उसके 'ससीम पक्ष' के कारण है, तथा उसकी सार्वभौमता उसके 'असीम पक्ष' के कारण है । अतः पुनः मानव का विवरण ससीम-असीम ही हो जाता है । मानव के इस स्वरूप को समझने के लिये इन दोनों पक्षों का पृथक-पृथक विवेचन अनिवार्य प्रतीत होता है ।

(ii) मानव-स्वरूप का ससीम पक्ष

जैसा कि ऊपर कहा गया है, मानव स्वरूप का ससीम पक्ष उसका शारीरिक, जैविक तथा भौतिक पक्ष है । मानव की ससीमपक्षीय क्रियाओं की व्याख्या भौतिक तथा वातावरण-आधृत उद्दीपनों के द्वारा की जाती है । एक प्रकार से कहा जा सकता है कि मानव का ससीम पक्ष वह पक्ष है जिसे भौतिक-मनोवैज्ञानिक मनुष्य कहा जा सकता है ।

मानव के इस पक्ष के चित्र को उभारने के प्रयत्न में टैगोर उसके सीमित स्वरूप के तीन

पहलुओं पर बल देते हैं। प्रथमतः टैगोर कहते हैं कि अपने अस्तित्व की इस सीमितता के पहलु में मनुष्य भी कुछ वैसे ही गुणों एवं लक्षणों के सहारे जीवित रहता है जिस प्रकार के गुण या लक्षण अन्य जीवों में दिखाई देते हैं। उसके इस जीवन में उसकी क्रियायें भी कुछ सीमा तक वातावरण तथा अन्य उद्दीपनों से नियंत्रित-निर्धारित रहती हैं। वह भी मूल-प्रवृत्तियों के अनुरूप कुछ क्रियायें यन्त्रवत् करता है। उस दृष्टि से, अन्य जीवों के समान, उसकी भी क्रियायें आत्मसुरक्षा तथा जाति-सुरक्षा की प्रवृत्तियों से प्रेरित रहती हैं। अन्य जीवों के समान वह भी इन्द्रिय-तृप्ति तथा शारीरिक सुख के लिये कार्य करता है, तथा इसके लिये अन्य मनुष्यों से, यदि आवश्यकता हुयी, तो लड़ाई भी कर सकता है। टैगोर कहते हैं कि इस प्रकार की क्रियायें उसके स्वरूप की सीमितता वाले पक्ष की अभिव्यक्तियां हैं।

इस संदर्भ में एक दूसरी बात भी महत्वपूर्ण प्रतीत होती है, जो टैगोर के अनुसार, मनुष्य के सीमितता के पक्ष से सम्बन्धित तो है ही, किन्तु उन स्तरों में भी मनुष्य को एक दृष्टि से अन्य जीवों से भिन्न बना देता है। इस स्तर में उसकी एक विशिष्टता तो यह है कि 'इन्द्रियों' की मांगों के अनुरूप कार्य तो वह करता है, किन्तु इस स्तर में भी उसका इन्द्रियों पर एक केन्द्रीय नियंत्रण रहता है। वह इन्द्रियों का पूर्ण दास नहीं बन जाता, उन्हें एक दिशा से हटा सकता है तथा उन्हें दूसरी ओर प्रवृत्त कर सकता है, उनकी मांगों को सर्वथा अनसुना कर सकता है। मनुष्य में मस्तिष्क का होना भी उसकी इस स्तर की विशिष्टता है। उसकी इस मष्तिष्क-शक्ति के चलते वातावरण के प्रति उसकी प्रतिक्रिया अन्य सभी जीवों से भिन्न हो जाती है। उदाहरणतः अन्य सभी जीव प्राकृतिक शक्तियों के समक्ष निरीह तथा विवश रहते हैं, बाढ़, भयानक तूफान, भीषण आग आदि से इधर-उधर दौड़कर अपनी जान बचाने का प्रयास कर सकते हैं, किन्तु इन शक्तियों का सामना नहीं कर सकते। इसके विपरीत मनुष्य भौतिक स्तर पर भी, अपने मष्तिष्क के बल से, इन शक्तियों का सामना करता है, कहीं-कहीं उन पर अपना नियंत्रण भी कर लेता है। अतः टैगोर का कहना है कि इस सीमित भौतिक स्तर में भी मानव अन्य जीवों से श्रेष्ठ है। इसका एक प्रमाण तो यह भी है कि वह विशाल जीवों को भी पालतू बना सकता है। टैगोर कहते हैं कि मानव की भुजायें सभी शक्तिशाली जीवों की भुजाओं से श्रेष्ठतर हैं। "The elephant's trunk, the tiger's paws, the claws of the mole have combined their best expression in the human arm."

इस सम्बन्ध में टैगोर ने जो तीसरी बात पर बल दिया है वह है कि मनुष्य का यह ससीम स्वरूप भी उसमें छिपी आध्यात्मिकता का संकेत देता है। उदाहरणतः हम मनुष्य की 'इच्छाओं' के सम्बन्ध में सोचें। ऐसा नहीं है कि मनुष्य की सभी इच्छायें सदा स्वार्थमूलक ही होती हैं। मनुष्य परार्थ, जनहित की भी कामना करता है। वह समाज में 'शान्ति' व्यवस्था आदि की भी इच्छा करता है। पुनः कुछ उसकी ऐसी इच्छायें भी हैं जो स्पष्ट संकेत देती हैं कि वह अपनी इच्छाओं के स्तर पर भी 'भौतिक' से परे उठ जाता है। सौन्दर्य-बोध की कामना, मधुर संगीत की इच्छा आदि इसी कोटि की इच्छायें हैं। इनके अतिरिक्त,

इस सम्बन्ध में यह भी विचारणीय है कि मनुष्य, यदि चाहे भी, तो वह सर्वथा अकेला--सबों से पृथक--जी ही नहीं सकता। कोई ऐसी उसमें इच्छा-शक्ति है जो उसे सदा अन्य की ओर प्रेरित करती है। अपने भौतिक स्तर में भी, अपने शारीरिक जीवन में भी उसे ऐसा लगता है कि उसका तथा अन्य का कोई मौलिक सम्बन्ध है, कि दोनों में कोई एकता का बन्धन है। टैगोर के अनुसार यह सब आध्यात्मिकता की ओर संकेत है।

मनुष्य के 'सीमितता' के इस विवरण के आधार पर अब हम 'सीमित मनुष्य' के कुछ प्रधान लक्षणों का उल्लेख कर सकते हैं। इन लक्षणों में उन तथ्यों का विवरण होगा जो मनुष्य के सीमितता के जीवन में उसकी क्रियाओं तथा कार्यकलापों के आधार हैं।

प्रथमतः अब तो यह स्पष्ट रूप में कहा जा सकता है कि जिन प्रेरकों से मनुष्य के जीवन का सीमितता-पक्ष संचालित होता है वे सभी मनुष्य के शारीरिक अस्तित्व से निर्धारित हैं। उसके इस स्तर के अधिकतर कार्य उसकी शारीरिक मांगों एवं आवश्यकताओं को पूर्ण करने के लिये ही किये जाते हैं। इस स्तर में उसके उद्देश्य या प्रयोजन प्रायः भोजन, आवास, आराम, सुख-सुविधा आदि जैसे उद्देश्य ही होते हैं। इस स्तर में शारीरिक सुख उसका प्रधान प्रेरक बन जाता है।

इसी कारण टैगोर कहते हैं कि अपने इस सीमितता के जीवन में मनुष्य की एक प्रधान प्रवृत्ति अर्जन की प्रवृत्ति है। सामान्य मनुष्य कुछ 'अर्जित' कर--सम्पत्ति या और कुछ का उपार्जन कर बड़ा ही सन्तुष्ट होता है। देखा जाय तो जीवन के इस स्तर पर उसके सारे प्रयत्न, संघर्ष, संकल्प सभी 'अर्जन' की दिशा में प्रवृत्त रहते हैं। शायद इसी कारण वह कितना भी अर्थ, धन, सम्पत्ति जमा करले, वह तृप्त नहीं हो पाता। जब उसे कुछ इच्छित वस्तु प्राप्त हो जाती है, जब उसके निजी-खजाने में कुछ और उपलब्ध हो जाता है, तब-तब उसकी प्यास और बढ़ जाती है, वह कुछ और तथा कुछ नवीन के उपार्जन के लिये प्रयत्नशील हो जाता है। एक दृष्टि से यह प्रवृत्ति मनुष्य पर बड़ा सबल बन्धन जैसा हो जाता है क्योंकि इसे भौतिकता तथा सुख के प्रति उसकी आसक्ति और बढ़ती जाती है। किन्तु टैगोर कहते हैं कि एक दूसरी दृष्टि से यह भी उसकी आध्यात्मिक शक्ति का सूचक है, क्योंकि यह उसकी अपने को प्रशस्त कर सकने की शक्ति--अपने को और 'अधिक' की ओर ले चलने की शक्ति का प्रतीक है।

टैगोर के अनुसार मानव के सीमित-पक्ष का एक अन्य प्रमुख लक्षण उसका अहं-भाव है। वह अनेक रूपों में प्रकट हो सकता है, यह अभिमान का रूप ले सकता है, अहंकार या घमण्ड का रूप ले सकता है, हर बात पर अपने को हावी करने का रूप ले सकता है आदि, आदि, किन्तु उन सभी कार्यों में मूल प्रवृत्ति अपने 'अहं' को सन्तुष्ट करना ही रहता है। ऐसा सम्भव है कि इस 'अहं' की सन्तुष्टि की चाह में व्यक्ति अविवेकी भी हो जाय। यदि उसके 'अहं' को चोट लगती है, तो वह क्रुद्ध हो जा सकता है या बदला या प्रतिघात के लिये उन्मत्त हो जा सकता है। टैगोर स्वीकारते हैं कि यह कहना अतिशयोक्ति नहीं है कि शरीरी मनुष्य के अधिकतर कार्य इसी 'अहं' इसी 'स्व' को सन्तुष्ट करने के लिये ही किये जाते हैं।

यही कारण है कि अपने इस जीवन में भी मनुष्य अपनी विशिष्टता को, अपनी वैयक्तिकता को बचाये रखने का हर प्रयत्न करता है। इस विचार में व्यक्ति को एक विचित्र अहं-तृप्ति मिलती है कि वह दूसरों से श्रेष्ठ है या अनूठा है। यह आम बात है कि हर व्यक्ति अपने को सबसे अधिक बुद्धिमान समझता है, तथा अन्य के सभी कार्यों पर अपने निर्णय को ही यथार्थ समझता है। चाहे वह कार्य वैज्ञानिक खोज का कार्य हो, या राजनैतिक सूझ का या कोई भी कार्य हो——व्यक्ति अपने को उसका अन्तिम निर्णायक ही समझता है, तथा ऐसे कार्यों को गलत-सही तय करता जाता है। वस्तुतः इस प्रकार के विचार से उसका अहं सन्तुष्ट होता है, क्योंकि वह एक प्रकार से सर्वश्रेष्ठ बन जाता है। अपने इस अनूठेपन को बचाये रखने के लिये व्यक्ति कुछ भी कर सकता है, कष्ट भी झेल सकता है।

इन बातों के आधार पर कहा जा सकता है कि अपने इस जीवन में मनुष्य वस्तुतः 'इच्छाओं' का दास बना रहता है। टैगोर ने इस स्तर की प्रमुख इच्छाओं का क्रमानुसार विवरण दिया है। वे कहते हैं कि इस स्तर की सबसे स्पष्ट एवं सबसे सामान्य इच्छा तो शारीरिक आवश्यकताओं को पूरी करने की इच्छायें हैं, भोजन, आवास, काम, सुख, आराम आदि की इच्छायें इसी के अन्तर्गत आती हैं। इसके बाद शरीर की सम्पूर्णता से सम्बन्धित 'इच्छा' है। सामान्यतः हम इस इच्छा के विषय में चेतन नहीं रहते क्योंकि यह कोई एक विशेष शारीरिक मांग को पूर्ण करने की इच्छा नहीं है। यह एक शरीर की सुरक्षा, उसके स्वास्थ्य, तथा उसके विकास से सम्बन्धित सामान्य इच्छा है। हम सदा इस बात की ओर चेतन नहीं रहते, किन्तु सामान्य रूप में यह इच्छा हमारे साधारण जीवन का अंग है। हम यह चाहते ही हैं कि हमारे शरीर को चोट न लगे, हम स्वस्थ रहें, हमारे शरीर में कोई विकार न रहे। हम सदा चेतनरूप में ऐसा सोचते नहीं हैं, किन्तु यह इच्छा सदा रहती ही है। यही कारण है कि किसी भी विपरीत परिस्थिति या दुर्घटना में यह इच्छा स्पष्टरूप में व्यक्त हो धरातल पर आ जाती है। इसके अतिरिक्त मनुष्य में कुछ ऐसी इच्छायें भी होती हैं, जिन्हें सामाजिक कहा जा सकता है। हर व्यक्ति की यह इच्छा होती है कि समाज में उसका एक स्थान हो, लोग उसका आदर करें तथा उसके प्रति प्रेम तथा श्रद्धा रखें। ऐसी भी इच्छा हो सकती है कि वह समाज में इतना शक्तिशाली हो जाय कि समाज पर उसका नियंत्रण एवं धाक रहे। ये सब भी सामाजिक इच्छाओं के अन्तर्गत ही आते हैं। तो, टैगोर के अनुसार मानव के भौतिक अस्तित्व को संचालित करने वाली इच्छाओं में ऊपर बतायी इच्छायें प्रमुख हैं।

मनुष्य के सीमितता के पक्ष के इस विवरण से अब यह स्पष्ट हो जाता है कि 'सीमित आत्म' से टैगोर का तात्पर्य साधारण शरीरधारी मनुष्य है। टैगोर इस बात पर बल देते हैं कि यह आत्म के स्वरूप की एक वास्तविकता है। यह पक्ष दूसरे पक्ष की अपेक्षा निम्नतर प्रतीत होता है, किन्तु इसका यह अर्थ नहीं कि यह अयथार्थ या भ्रामक है। वस्तुतः, जैसा कि ऊपर बताया जा चुका है, एक दृष्टि से इसी 'सीमित आत्म' में 'असीम आत्म' की जड़ें विद्यमान हैं, यही सीमित आत्म विकसित होकर श्रेष्ठतर होता हुआ 'असीम आत्म' की उपलब्धि कर पाता है। अतः दोनों में एक मूल तात्विक सम्बन्ध है।

(ii) मानव-स्वरूप का असीम पक्ष

टैगोर को यह अवगति है कि मानव-स्वरूप के इस पक्ष का पूर्णतया निश्चित विवरण देना शायद सम्भव नहीं है, किन्तु उन्हें कुछ ऐसी विशिष्ट अनुभूतियों की भी जानकारी है जो मानव में इस पक्ष के रूपों के साक्षी हैं। अतः उनके समक्ष समस्या है कि यह मानव का विशिष्ट तथा सत् पक्ष तो है ही, किन्तु इसका स्पष्ट विवरण करना कठिन है। इसी विवरण के प्रयास में ये इसे सूचित करने के लिये विभिन्न भावों तथा शब्दों का प्रयोग करते हैं। कभी इसे 'मनुष्य की सार्वभौमता का पक्ष' कहा जाता है, कभी-कभी इसे 'मनुष्य में आधिक्यता का अंश' कहा जाता है, तो कभी-कभी इसे 'मानव स्थित ईश्वरत्व' कहा जाता है।

टैगोर का कहना है कि हमें अपनी इस वास्तविकता की झलक अनेक अवसरों पर उपलब्ध होती है। जब भी हमें कुछ सम या श्रेष्ठ करने की आन्तरिक प्रेरणा होती है, या जब हम दूसरों के लिये कष्ट झेलने या आत्म-बलिदान के लिये तत्पर होते हैं, तो इन कार्यों में आत्म-स्थित 'ईश्वरत्व' की झांकी उपलब्ध है। टैगोर बड़े स्पष्ट शब्दों में कहते हैं, "We have seen men conquering pain by undaunted prowess, plunging into fiery ordeals only to march forward with triumph. What striving is this? This power that lies behind is neither physical nor mental, it belongs to the inward self where man is united with God."*

इस सामान्य विवरण के आधार पर हम मानव के इस असीमता के पक्ष की विशिष्टताओं का अपने ढंग से स्पष्टीकरण करें। अभी तक के विवरण से यह प्रायः स्पष्ट है कि मानव के इस स्वरूप की विशिष्टता है कि यह व्यक्ति को सदा और ऊपर उठने के लिये प्रेरित करता रहता है। ऐसा प्रतीत होता है कि मानव में निहित शक्तियों के लिये कोई ठहराव अन्तिम नहीं है। ऐसा कोई लक्ष्य नहीं है जिसकी प्राप्ति के साथ मनुष्य एक बारगी शान्त हो जाय। एक लक्ष्य की प्राप्ति उसे पुनः उसके परे जाने के लिये उद्धृत करती है। यह भी प्रतीत होता है कि मानव-स्थित इस शक्ति के लिये शायद कुछ असम्भव नहीं है। वह प्रयास करता है, तथा प्रयासों में विफल भी होता है। किन्तु उसकी विफलतायें यह सिद्ध नहीं करतीं कि उस लक्ष्य की प्राप्ति सर्वथा असम्भव है। विफलताओं को वह अपनी अक्षमता से सम्बन्धित करता है, तथा अवसरानुसार पुनः प्रयास करता है। इसीलिये टैगोर मानव-स्थित इस प्रवृत्ति को 'मानव का आधिक्य' (Surplus) कहते हैं। इसी 'आधिक्य' के कारण उसे प्रतीत होता है कि वह जो है, वही उसकी समाप्ति नहीं है, वही उसका अन्तिम रूप नहीं है, उसमें शक्ति है अभी और ऊपर उठने की।

टैगोर कहते हैं कि मानव के इस स्वरूप के फलस्वरूप ही उसमें 'मुक्ति' की आकांक्षा जागती है, 'अमरता' की चाह उत्पन्न होती है। यह विचित्र बात है कि 'मृत्यु' की अनिवार्यता जीवन में स्वतः सिद्ध है, फिर भी मनुष्य में इस 'मृत्यु' से मुक्त होने की, अमरता की आकांक्षा रहती है। उसे किसी न किसी प्रकार ऐसा लगता रहता है कि 'मृत्यु' से आत्म का

---

* *Personality*, p. 38.

अन्त नहीं हो सकता। यह प्रतीति इतनी सबल है कि इस विश्वास पर मनुष्य के अनेकों कार्य निर्भर रहते हैं। यह कैसे सम्भव होता है? टैगोर का उत्तर है कि यह सम्भव इसी कारण होता है कि मनुष्य की वास्तविकता उसके 'असीम' स्वरूप में है, उस मूल 'आत्म' में है जिसे अनुभूत करना मनुष्य के अस्तित्व का परम लक्ष्य है। बड़ी सबल भाषा में इस मूल विचार को टैगोर इस प्रकार व्यक्त करते हैं,

"What is it in man that asserts its immortality in spite of the obvious fact of death? It is not his physical body or mental organization. It is that deeper unity that ultimate mystery in him, which, from the centre of the world, radiates towards the circumference, which is in his mind, yet grows beyond his mind, which, through the things belonging to him expresses something that is not in them, which, while, occupying his present, overflows its banks of the past and the future. It is the *personality* of man conscious of its inexhaustible abundance, it has the paradox in it that it is more than itself, it is more than as it is seen, as it is known, as it is used. And this consciousness of the Infinite ever strives to make its expressions, immortal and to make the whole world its own."*

टैगोर कहते हैं कि इसी 'असीम' स्वरूप के चलते ही मनुष्य प्रकृति की ओर आकर्षित होता है। मनुष्य अपने भौतिक स्तर में प्रकृति के प्रति वह अभिन्नता का भाव नहीं उत्पन्न कर पाता जैसा वह आध्यात्मिकता के स्तर पर कर पाता है। मनुष्य प्राकृतिक सौन्दर्य के प्रभाव में विह्वल हो सकता है, प्राकृतिक शक्तियों की प्रचण्डता से आतंकित हो सकता है। किन्तु, इन सभी भावनाओं में, आत्म तथा प्रकृति के द्वैत में जीते हुए भी उसे यह प्रतीत होता है कि प्रकृति तथा उसमें कोई विरोध नहीं है, बल्कि आपस में इनका विचित्र लगाव है। इस प्रकार मनुष्य में एक साथ दो प्रकार की प्रकृतियां कार्यरत हैं, एक ओर तो वह प्राकृतिक शक्तियों का समना करता है, तथा उन्हें अपने अनुकूल बनाने का इच्छुक है, तथा दूसरी ओर वह प्रकृति से एक 'ऐक्य' की अनुभूति भी रखता है। टैगोर कहते हैं कि इस प्रकार की प्रवृत्तियों का एक साथ उपस्थित रहना इस बात का प्रमाण है कि मनुष्य केवल वह नहीं है जो वह ऊपर से दिखाई देता है, बल्कि उसकी वास्तविकता इस ऊपर से दिखाई देने वाले उसके ससीम रूप से कहीं ऊपर है—परे है।

टैगोर के अनुसार मानव का 'असीमता' का पक्ष अनिवार्यतः सर्जनात्मक एवं रचनात्मक है। 'सर्जनात्मक' से टैगोर का तात्पर्य मात्र यही नहीं है कि उसके द्वारा कुछ नवीन का निर्माण सम्भव है। सर्जनात्मकता के अन्तर्गत 'नये विचारों का उत्पन्न होना' भी है, 'अभिव्यक्ति के नित्य नवीन ढंगों को पाना' भी है, तथा मौलिक दृष्टि एवं सूझ की शक्ति भी है। टैगोर के अन्तर का कलाविद् कहता है कि हर मनुष्य में 'एक कलाकार' छिपा है। उसकी कलात्मकता उसकी सर्जनात्मक कार्यों में व्यक्त होती है। हर मनुष्य

Personality, p. 38.

अनुकूल अवसर अपने में निहित इस प्रकार की सर्जनात्मकता को रूप दे सकता है। इसी कारण टैगोर कहते हैं कि अपने इस पक्ष में मनुष्य एक प्रकार से कलाकार ही है।

पुनः टैगोर कहते हैं कि अपने में निहित असीमता के कारण ही मनुष्य में सतत् विकसित होने, उच्चतर स्तरों को प्राप्त करने की शक्ति है। 'विकास' एक यन्त्रवादी प्रक्रिया नहीं है, विकास पुनरावृत्ति का दूसरा नाम भी नहीं है। यह बीते हुए क्षणों को साथ लेता हुआ, उनमें सदा कुछ नवीन सर्जनों को जोड़ता हुआ 'प्रतीति' की प्रक्रिया है। टैगोर का कहना है कि मनुष्य की यह विशेषता उसके असीम स्वरूप की पहचान है। यदि मनुष्य मात्र एक शरीरधारी जीव होता तो उसे विकास का अर्थ होता शरीर का बढ़ जाना, शारीरिक शक्तियों का अधिक प्रबल हो जाना। किन्तु मानव-व्यक्तित्व का विकास केवल उस रूप में नहीं होता, शरीर का विकास तो उसका बड़ा गौण पक्ष है। वास्तविक विकास तो अन्तर का विकास है, उसकी सर्जनात्मक शक्तियों का विकास है। विकास का यह रूप इस बात का प्रमाण है कि मनुष्य में निहित उसकी असीमता का पक्ष सक्रिय रूप में कार्य-रत है।

टैगोर के अनुसार मानव के इस असीम स्वरूप की एक पहचान मानव स्वतंत्रता भी है। वैसे अपने भौतिक स्तर पर भी मानव अपने कार्यों में कुछ सीमा तक स्वतंत्र है, किन्तु टैगोर के अनुसार वह उसकी वास्तविक स्वतंत्रता नहीं है। टैगोर तो उस स्वतंत्रता को 'पिंजड़े' के भीतर की स्वतंत्रता कहते हैं। वहां उसकी भौतिक स्वतंत्रता भी उसके भौतिक शरीर पर आश्रित है, तथा उससे सीमित है। अतः टैगोर का कहना है कि वह स्वतंत्रता जो मानव के असीम स्वरूप की पहचान है, उसकी आध्यात्मिक स्वतंत्रता है। इस स्वतंत्रता की एक स्पष्ट अभिव्यक्ति तो यही है कि वह मनुष्य को शरीर के बन्धनों से पूर्णतया मुक्त करने की मार्ग में प्रयत्नशील है। वैसे टैगोर का कहना है कि पूर्ण स्वतंत्रता तो तभी उपलब्ध हो सकती है जब मनुष्य अपनी चेतना को पूर्णतया सार्वभौम रूप में विस्तृत कर 'एकत्व' को अनुभूत कर सके।

मानव के असीम स्वरूप की इन सभी विशिष्टताओं के पीछे इस रूप की एक मुख्य विशिष्टता है, जिसे टैगोर ने पूर्णतया उभारा है तथा पूर्ण महत्त्व दिया है। उनका कहना है कि यदि ध्यान से देखा जाय तो स्पष्ट हो जायगा कि मानवस्वरूप के इस स्तर से जुड़ी सभी क्रियायें एक प्रकार से आनन्द-रूप हैं, आनन्द की अभिव्यक्ति हैं। आत्म का स्वरूप ही आनन्द-रूप है। यहां 'आनन्द' से टैगोर का तात्पर्य 'सुख' नहीं है। 'सुख' तो भौतिक-स्तरीय लक्ष्य है इन्द्रिय तृप्ति है, शरीरिक सन्तुष्टि है। 'आनन्द' आध्यात्मिक स्वर की अभिव्यक्ति है। उदाहरणतः सत्य, शुभ एवं सुन्दर की ओर प्रेरित होना मूलतः आनन्द की अभिव्यक्ति है। इस 'आनन्द' की वास्तविकता का एक स्पष्ट प्रमाण तो यही है कि जब भी मनुष्य अपने भौतिक जीवन से उपर उठता है, तो वह उन क्षणों में कुछ देर के लिये अपनी सारी चिन्ता, अपने सभी कष्ट भूल जाता है। आनन्द के इस स्वरूप का विवरण करते हुए टैगोर कहते हैं कि यह आनन्द ही है जो उसकी ओर प्रकृति की एकरूपता की अनुभूति उत्पन्न करा पाता है यह मानव में निहित आनन्द ही है जो उसे नैतिक, धार्मिक

तथा श्रेष्ठतर बनने के लिये प्रेरित करता है । आनन्द उसके आध्यात्मिक विकास का आधार है, तथा उसके अस्तित्व का चरम लक्ष्य भी आनन्द ही है । जब तक तथा जिस सीमा तक वह 'शरीर' को आनन्द का माध्यम बना देता है, तब तक वह शरीर के बन्धन में, उसी का दास बना रहता है, तथा आनन्द के वास्तविक स्वरूप को अनुभूत नहीं कर पाता । आनन्द की वास्तविकता उच्चतर लक्ष्यों की ओर प्रेरित होने में उजागर होती है । इसी कारण टैगोर कहते हैं कि मानव के उच्चतर स्वरूप आनन्द रूप है ।

इसी कारण टैगोर मानव में निहित इस 'ईश्वरीय रूप' को 'जीवन-देवता' कहते हैं । यह जीवन का देव है क्योंकि अस्तित्व को ही आनन्दमय बनाता है तथा जीवन की सभी उच्च आदर्शों की परिपूर्ति है । 'जीवन-देवता' मनुष्य में 'ईश्वर' के वास का नाम है, उसमें वर्त्तमान यही विशिष्टता मनुष्य के ईश्वरीय स्वरूप का द्योतक है ।

(iv) आत्म और शरीर

मानव के इस प्रकार के विवरण को और स्पष्ट कर लेने के लिये यह भी स्पष्ट कर लेना आवश्यक है कि टैगोर के अनुसार 'आत्म' और 'शरीर' के सम्बन्ध का स्वरूप क्या है । ऊपर के विवरण को ध्यान में रखते हुए स्थूल रूप में कहा जा सकता है कि मानव-स्वरूप की सीमितता का पक्ष उसके शरीर में व्यक्त है, तथा उसकी असीमितता का पक्ष उसके 'आत्म' में निहित है । टैगोर दोनों पक्षों की वास्तविकता को स्वीकारते हैं, अतः कहा जा सकता है कि उसी रूप में वे आत्म के साथ-साथ शरीर की भी वास्तविकता को स्वीकारते हैं ।

टैगोर यह कभी नहीं कहते कि 'शरीर' मानव अस्तित्व का सर्वथा असत् या भ्रामक पक्ष है । अपनी सुन्दर आलंकारिक भाषा में वे शरीर को 'ईश्वरीयता का मन्दिर' (Temple of the Divine) कहते हैं । किन्तु इसी उपमा में यह बात भी आपदित है कि 'ईश्वरीयता' तथा 'मन्दिर' में भेद भी हैं । हमें 'मन्दिर' को ही 'ईश्वर' समझ लेने की भूल नहीं करनी चाहिये । मन्दिर की अपनी वास्तविकता है, किन्तु ईश्वरत्व के लक्ष्य की प्राप्ति के लिये एकग्रता 'मन्दिर' पर नहीं, 'ईश्वरत्व' पर होनी चाहिये । इसी आधार पर कहा जा सकता है कि टैगोर के अनुसार 'शरीर' की अपनी वास्तविकता है किन्तु जीवन के चरम लक्ष्य की प्राप्ति के लिये ध्यान का केन्द्र 'शरीर' को नहीं बनाया जा सकता है, उसके लिये शरीर के घेरे से ऊपर उठ 'ईश्वरत्व' पर ध्यान केन्द्रित करना आवश्यक है ।

अतः अब कहा जा सकता है कि 'शरीर' पर विचार दो दृष्टियों से किया जा सकता है । एक दृष्टि तो यह है कि हम शरीर को ही केन्द्रीय बना दें, किन्तु 'शरीर' पर इस प्रकार बल देने से हम 'आत्म' को शरीर में बन्दी बना देते हैं । टैगोर ने इस दृष्टि से 'शरीर' को 'रत्नजड़ित जंजीर' (Jewelled chain) कहा है । यह रत्नजड़ित है, अतः यह सुन्दर प्रतीत होता है, अपनी चमक-दमक से चकाचौंध कर सकता है, किन्तु यह है तो 'जंजीर' ही ।

किन्तु यदि इसके विपरीत हम 'शरीर' के सम्बन्ध में अपना दृष्टिकोण बदल लें तथा

उसे एक ऐसा आधार तथा उपकरण मानें जिसके माध्यम से आध्यात्मिक विकास का कार्य सम्भव होता है, तो इस दृष्टि से 'शरीर' भी आनन्द के खेल का एक अंग बन जाता है। टैगोर कहते हैं कि शरीर में स्वर्ग की परिपूर्णता सम्भव है।* टैगोर ने इस पूर्ण विचार को एक उपमा के द्वारा स्पष्ट करने का प्रयत्न किया है। यदि हम पानी से भरे एक घड़े को उठाते हैं, तो यह भारी प्रतीत होता है, किन्तु यदि उसी पानी से भरे घड़े को नदी या सरोवर के जल पर रखकर खींचते हैं, तो यह पूर्णतया भारहीन प्रतीत होता है। इस अन्तर की क्या व्याख्या है? टैगोर इसकी व्याख्या इस प्रकार करते हैं। हम जब पानी से भरे 'घड़े' को उठाते हैं, तो हमारी शक्ति का केन्द्र 'घड़ा' है, उसमें भरा जल नहीं किन्तु जब हम उसे नदी के जल पर रखते हैं, तब हम बल 'घड़े' पर नहीं दे रहे, बल्कि 'जल' पर दे रहे हैं। अब घड़ा 'नगण्य' है, उसमें भरा जल भी चारों ओर फैले जल से एकरूप हो जाता है, अतः घड़े का महत्त्व रह नहीं जाता, इसी कारण घड़ा वहां होते हुए भी भारहीन है।** उसी प्रकार यदि हम 'शरीर' पर ही ध्यान केन्द्रित करें तो ध्यान का केन्द्र 'आत्म' नहीं है, और तब शरीर में बंधा आत्म 'शरीर' के भार से दबा रहता है, तथा शरीर भी 'भार' हो जाता है। बन्धन बन जाता है। किन्तु यदि हम ध्यान का केन्द्र 'असीम' को बनाये, तो आत्म असीम के साथ अपनी एकरूपता को देखने लग जाता है, और तब वह शरीर के भार से मुक्त होने लगता है, तथा शरीर भी उसके आध्यात्मिक विकास का अंग बन जाता है।

धर्म का स्वरूप

रबीन्द्रनाथ के दर्शन को समझने के लिये उनके धर्म के स्वरूप-सम्बन्धी विचारों को समझना अनिवार्य है। टैगोर ने इस विषय पर बहुत सोचा है, तथा इसके सम्बन्ध में लिखा भी बहुत है। वस्तुतः धर्म उनकी दर्शन-व्यवस्था का एक प्रकार से केन्द्र ही है, क्योंकि मानव के अस्तित्व का विकास ही, उनके अनुसार, धर्म के स्वरूप का संकेत दे देता है। जिस लक्ष्य की प्राप्ति की ओर मानव-अस्तित्व की उन्मुखता है, उसकी प्राप्ति का मार्ग है—'अपनी वास्तविक विशिष्टता को विकसित करना' और हम देखेंगे कि टैगोर के अनुसार यही तो मानव धर्म है।

रबीन्द्रनाथ प्रारम्भ में ब्रह्मसमाजी थे। बाद में उन्होंने धर्म के जिस स्वरूप को उभारने का प्रयास किया, उसमें कुछ अंश तो ब्रह्मसमाज से लिये हुए हैं तथा अधिकांश पारम्परिक हिन्दू विचारधारा से लिये हुए हैं। किन्तु अन्ततः उन्होंने धर्म के जिस रूप को अन्तिम रूप में प्रतिपादित किया वह उनका मानव-धर्म है।

---

*टैगोर कहते हैं, "Heaven is fulfilled in your sweet body, my child, in your pulpitating heart" —'Lover's Gift and Crossing', '*Crossing*', 49.

***Sādhanā*, p. 157.

वैसे टैगोर के इस विचार पर अनेक विचारधाराओं तथा प्रचलित धर्मों का प्रभाव तो है ही, किन्तु एक बात निर्विवाद रूप में स्पष्ट है कि वे उस बात पर स्पष्ट रूप से विश्वास करते हैं कि धर्म किसी गिरोह या संस्था या सम्प्रदाय या किसी विशेष भूखण्डता या किसी देश की थाती या धरोधर नहीं है। मनुष्य अपनी आवश्यकता एवं अभिरुचि के अनुसार धर्म के किसी विशेष रूप को प्रतिष्ठित अवश्य करता है, किन्तु यह बात निर्विवाद रूप में सत्य है कि 'धर्म' वस्तुतः इन सभी विशेष रूपों से परे है।

टैगोर के अनुसार विभिन्न प्रचलित धर्मों के प्रचलित रूप मनुष्य के दिशाहीन ढंगों में उत्पन्न विभिन्न ठहराव के बिन्दु हैं। उन सबों को हम धर्म कहते हैं क्योंकि वे धर्म की वास्तविकता को अपने-अपने आंशिक ढंगों से पकड़, उसे ही महत्त्व दे, उसी पर अपना जीवन ढालने का प्रयास करते हैं। किन्तु यदि हम ध्यान से ठहराव के इन बिन्दुओं को समझने की चेष्टा करें, तो हमें इनके प्रचलित, बाह्य रूपों का भेद उस प्रकृति को समझना होगा, जो ठहराव के इन बिन्दुओं को पकड़ने का आधार है। टैगोर कहते हैं कि वही आधार सच्चे धर्म की वास्तविकता है। उनके अनुसार सच्चा धर्म वस्तुतः अपने 'स्व' के बन्धन से ऊपर उठ सब कुछ के साथ एकरूपता को अनुभूत करने का प्रयास है। टैगोर कहते हैं कि धर्म एक प्रकार से घर से अलग हुए व्यक्ति की 'घर' के लिये आतुरता (Home sickness) है। उनका कहना है कि जिस प्रकार गृहातुर पहाड़ी पक्षी समय आने पर रात दिन उड़ता हुआ पहाड़ पर अपने घोंसले तक पहुंचने के लिये आतुर रहता है, उसी प्रकार जगत में मनुष्य भी अपने वास्तविक 'घर' से बिछड़ा हुआ पक्षी है, तथा उसका धर्म उसकी गृह आतुरता है, उसे अपने बिछड़े घर की ओर ले चलने की उत्सुकता है। गीतांजली में टैगोर धार्मिक उद्वेग के साथ कहते हैं, "No more sailing from harbour to harbour with this my weather-beaten boat......now I am eager to die into the deathless."* यहां 'मौसम की मार से छिन्न-भिन्न नौका' 'शरीर' है, 'हारबर' पुनर्जन्म का सूचक है। आतम इनसे मुक्ति चाहती है, तथा अपने 'घर' वापस जाना चाहती है जहां मृत्यु नहीं है। यही 'घर' पहुंचने की आकांक्षा धर्म है।

धर्म के स्वरूप के इस भावनायुक्त विवरण से ही स्पष्ट हो जाता है कि टैगोर 'सन्यासवाद' की अनुशंसा नहीं कर सकते। शरीर और जन्म के बन्धन से मुक्त हो अपने वास्तविक 'घर' पहुंचने की बात में सन्यासवाद की झलक दिखाई दे सकती है। किन्तु टैगोर के लिये धर्म भावनात्मकता का उन्मूलन है, बल्कि 'गृह आतुरता' भी श्रेष्ठतम भावना है। अतः यह सन्यास या निवृत्ति की पोषक नहीं है। टैगोर तो कहते हैं कि इस गृह आतुरता की अभिव्यक्ति 'प्रेम' में है प्रेम को विस्तृत करने में है। प्रेम का सार्वभौम रूप ही घर पहुंच जाना है। अतः यह सन्यासवाद नहीं है। टैगोर ने अपनी रचनाओं में, कविताओं में सन्यासवाद के विपरीत अपने इन विचारों को विभिन्न रूपकों तथा

**Gitānjali*, p. 100.

भावनात्मक भाषीय अभिव्यक्तियों के माध्यम से चित्रित किया है, जिसके कुछ उदाहरण 'फुटनोट' में दिये हुए हैं।*

अतः कहा जा सकता है कि धर्म जीवन से भागना नहीं है, पलायन नहीं है, यह तो जीवन है, अस्तित्व है। सभी प्रचलित धर्मों में भी जीवन में रहने के नियम तथा अनुशासन ही बताये गये हैं।

'प्रचलित' धर्मों का उल्लेख 'प्रचलित धर्म' तथा टैगोर के द्वारा चर्चित 'सच्चा धर्म' के भेद को स्पष्ट कर देना आवश्यक बना देता है। टैगोर का कहना है कि धर्मों के प्रचलित रूप उन्हें संस्थाओं तथा सम्प्रदायों से बांधे रहते हैं। इस प्रकार के संस्थागत एवं साम्प्रदायिक धर्मों से 'सच्चे धर्म' को अलग रखना आवश्यक है। एक विशेष व्यक्ति का जन्म किसी एक धार्मिक सम्प्रदाय के अनुयायी के घर में होता है, किन्तु यह तो आकस्मिकता है। जन्म की आकस्मिकता उसे एक विशेष धर्म में जकड़ देती है, तथा अब वह उसी सम्प्रदाय के ढंगों को धर्म समझ लेता है। टैगोर का कहना है कि धर्म की इस प्रकार की जकड़ तो एक प्रकार से अन्धविश्वास है। 'धर्म' 'धार्मिक संस्था' अथवा 'धार्मिक सम्प्रदाय' का पर्यायवाची नहीं है। जब धर्म इस प्रकार के साम्प्रदायिक संस्थाओं में बंध जाता है, तब उसका स्वाभाविक प्रवाह अवरुद्ध हो जाता है, और वह उस सरिता के समान हो जाता है, जिसमें कल-कल प्रवाह सर्वथा सूख-सूख जाय और सरिता मरुभूमि के रेत जैसा हो जाय टैगोर कहते हैं, "It should be remembered that religions or churches or religious organizations are not the same. They are to one another as fire is to the ashes. When the religions have to make way for religious organization it is like the river being dominated by sand beds, the current stagnates and the aspect becomes desert-like."**

टैगोर का निर्दोष विश्वास है कि धार्मिक संस्थाओं एवं सम्प्रदायों ने 'धर्म' को विकृत कर दिया है। वे धर्म के उसकी प्राण-शक्ति को अलग कर देते हैं, तथा केवल उसके बाह्यता-पक्ष पर बल देते हैं। जबकि सच्चे धर्म में स्वतः उन्मुक्तता है, स्वतंत्रता है, साम्प्रदायिक धर्म 'धर्म' को संस्था का दास बना देते हैं। हिन्दू सम्प्रदाय के ऐसे ही एक विकार का

---

*गीतांजलि में टैगोर स्पष्ट कहते हैं, "Deliverance is not for me in renunciation. I feel the embrace of freedom in a thousand bonds of delight...... No, I shall never shut the doors of my senses. The delight of sight and hearing and touch will bear thy delight." —*Gitānjali*, p. 77. 'Gardner' में तो वे अधिक स्पष्ट रूप में कहते हैं, 'No my friends, I shall never be an ascetic, whatever you may say......no friends, I shall never leave my hearth and home and retire into the forest solitude,...... if its silence is not deepened by soft whispers. I shall never be an ascetic."

—*The Gardener*, 43.

***'A letter'*, A Modern Review, Sept. 1917, p. 335.

उपहास करते हुए टैगोर कहते हैं कि जिस अन्धविश्वास से प्रेरित हो वे किसी विशेष सरिता में स्नान करने के लिये दौड़ते हैं, यही अन्धविश्वास उन्हें अपने मानव-बन्धुओं के कष्टों के प्रति सर्वथा उदासीन बनाये रखता है। यह तो एक प्रकार से ईश्वर से वरदान के रूप में प्राप्त शक्तियों का सर्वथा दुरुपयोग है। ईश्वर इससे प्रसन्न नहीं हो सकता।*

अतः टैगोर के अनुसार साम्प्रदायिक धर्म अन्धविश्वास में जकड़े हुए हैं, सच्चे धर्म नहीं हैं। अब प्रश्न है कि सच्चा धर्म उनसे भिन्न किस प्रकार है? टैगोर कहते हैं कि सच्चे धर्म में स्पष्टतः एक सहजता, स्वाभाविकता एवं उन्मुक्तता प्रकट होती है। इसमें किसी प्रकार की बाध्यता नहीं, इस पर कोई बन्धन नहीं, इसकी अभिव्यक्ति के क्षेत्र संस्थाओं के घेरे से सीमित नहीं रहते। हर व्यक्ति में यह सहज रूप में व्यक्त हो सकता है। साम्प्रदायिक धर्मों में नियम निर्धारित होते हैं जिनमें हर प्रकार के प्रश्न एवं संशय के समाधान का दावा होता है। सच्चे धर्म में न कोई ऐसा दावा है, न ऐसा कोई सार्वभौम समाधान, फिर भी इस धर्म में अनन्त सम्भावनायें स्पष्ट होती हैं, हर व्यक्ति सहज रूप में अपना ढंग पा लेता है। टैगोर कहते हैं, 'In dogmatic religion all questions are definitely answered, all doubts are finally laid to rest. But the poet's religion is fluid, like the atmosphere around the earth where light and shadow play hide and seek.......it never undertakes to lead anybody anywhere to any solid conclusion, yet it reveals endless spheres of light, because it has no walls around it self."**

इस विवरण के आधार पर टैगोर 'सच्चे धर्म' के स्वरूप को समझने की चेष्टा करते हैं। उनका कहना है कि एक अर्थ में हर वस्तु हर चीज का अपना धर्म होता है। जो उस वस्तु की अनिवार्य वास्तविकता को व्यक्त करे वही उसका धर्म है, वस्तु की आन्तरिकता है। "Dharma is the innermost nature, the essence, the implicit truth of all things, [as for example] only when the tree begins to take shape that you come to see its Dharma."*** इसे और स्पष्ट करते हुए टैगोर कहते हैं, "In my language the word religion has a profound meaning. The wateriness of water is essentially its religion, in the spark of the flame lies the religion of fire. Likewise, man's religion is his innermost truth."§ वस्तु के आन्तरिक स्वरूप की अभिव्यक्ति उस वस्तु का धर्म है, जलत्व जल का धर्म है, तथा जलाना अग्नि का धर्म है। उसी प्रकार मनुष्य के आन्तरिक स्वरूप की अभिव्यक्ति मानव धर्म है।

*'*A letter*', The Modern Review Sept. 1917, p. 335.

***Creative Unity*, p. 16.

****Sādhanā*, p. 74.

§*An Article* in Indu Datta Tr. Tagore Testament, p. 37.

अब प्रश्न है कि मनुष्य का आन्तरिक स्वरूप क्या है? कहा जा रहा है कि मानव का धर्म उसके अनिवार्य आन्तरिक स्वरूप की अभिव्यक्ति है? इस प्रकार का मानव का अनिवार्य रूप क्या है? टैगोर कहते हैं कि यह है मनुष्य की एक विशिष्ट निधि—जिसमें उसका मनुष्यत्त्व नहीं है, जो भौतिक चेतना से, भौतिक सीमाओं से सतत् ऊपर उठते रहने की प्रवृत्ति है। यह उसकी शाश्वत, आन्तरिक सर्जनात्मक शक्ति है। इसी की अभिव्यक्ति उसका धर्म है।*

अतः अब कहा जा सकता है कि अपने से परे उठने की प्रवृत्ति में धर्म की अभिव्यक्ति होती है। मनुष्य को आत्म-चेतना है, इस चेतना में उसे यह भी चेतना रहती है कि वह अपने 'स्व' से ऊपर उठ सकता है, कि वह उच्चतर आदर्शों की ओर अग्रसर होते रह सकता है। यह मानव की विशेष विशिष्टता है, अतः इसी शक्ति का प्रस्फुटीकरण मानव का धर्म बन जाता है। इसके सतत् प्रस्फुटीकरण में यह उच्चतर रूपों को पाता जायगा, तथा अन्ततः यह ऐसी व्यापक श्रेष्ठतम चेतना के लक्ष्य को प्राप्त कर सकेगा जहां वह सभी भेदों, सभी प्रकार के द्वैत से ऊपर उठ व्यापक 'प्रेम की अनुभूति' में सबों की अनिवार्य एकता को अनुभूत कर सके। यह धर्म का चरम आदर्श होगा क्योंकि 'स्व' से ऊपर उठने की प्रवृत्ति की चरम परिणति, उसकी परिपूर्णता इसी प्रकार की सार्वभौम चेतना में होगी इसी कारण टैगोर कहते हैं—'If there is any philosophy of religion in my writings, it amounts to this : to realise the relationship of perfect love between the Supreme Soul and the souls of all created beings is indeed true religious sense—this love that holds duality on one side and non-duality on the other, union as well as separation and bondage along with freedom."**

अतः अब स्पष्ट हो जाता है कि टैगोर के अनुसार धर्म का लक्ष्य वैयक्तिक आत्म तथा परम-आत्म के ऐक्य की अनुभूति है। उनकी यह अनुभूति सार्वभौम प्रेम एवं आनन्द की अनुभूति है। इस अर्थ में मानव आत्म का धर्म 'परमात्म' है। इससे यह भी स्पष्ट होता है कि 'परमात्म' कोई अमूर्त भाव या नियम नहीं है, क्योंकि उससे एकरूपता 'प्रेम' एवं 'आनन्द' की एक रूपता है। इसी कारण टैगोर परमात्म को 'परम पुरुष' कहते हैं। तो धर्म का अर्थ मानव मे निहित 'ईश्वरत्व' की अभिव्यक्ति है, तथा धर्म का लक्ष्य उसी 'ईश्वरत्व' की स्पष्ट अनुभूति है।

इसी दृष्टि से टैगोर ने धार्मिक जीवन का विवरण यह कर दिया है कि यह 'आत्मत्याग के माध्यम से आत्म-चेतना की उपलब्धि है (Self-denial for Self-realisation)। इसे

---

*Man possesses an extra awareness that is greater than his material sense—this is his manhood. It is this deep abiding creative force which is his religion'—*An Article*, Indu Datta Tr., Tagore Testament, p. 37.

**Ibid., p. 67.

स्पष्ट करने के लिये टैगोर ने अनेकों बार 'दीपक और तेल' की उपमा का उपयोग किया हैं। दीपक अपने तेल को जला देता है, एक प्रकार से स्वतः उसका उत्सर्ग कर रहा है। इसी में दीपक का 'दीपकत्व' है उसकी वास्तविकता है। यदि वह अपने 'तेल' को बचाये रखे, तो वह 'दीपक' है ही नहीं। उसी प्रकार मानव धर्म, जो मानव की वास्तविकता की अभिव्यक्ति है, का अर्थ है कि मनुष्य अपनी संकीर्ण 'स्व'––'अहंभाव' का त्याग कर अपने वृहत् स्वरूप, अपनी वास्तविकता को पा लेने का उपक्रम करे। यदि वह अपने 'स्व' की ही रक्षा में संलग्न रहे, तो वह अपने धर्म से विमुख है। इसी कारण टैगोर कहते हैं, "Religion consists in the endeavour of man to cultivate and express these qualities which are inherent in the nature of man, the eternal, and to have faith in them."* इसी प्रकार के धर्म में मानव-अस्तित्व की परिपूर्णता है। टैगोर का कहना है कि आज के मानव की दिशाहीन ढंगों का मूल कारण यही है कि वह अपनी शक्ति विशिष्टता को भुला बैठा है। इस विस्मरण का परिणाम होता है कि व्यक्ति अपने में निहित श्रेष्ठतम शक्तियों को पहचान नहीं पाता, जिसके फलस्वरूप उसके कार्य प्रयोजनहीन तथा दिशाहीन बन जाते हैं। मूल उद्देश्यों से हटे रहने के कारण वह एक प्रकार से 'बेघर' के व्यक्ति जैसा हो जाता है, तथा नित्य नवीन दिशाओं में उन्मत्त व्यक्ति के समान 'परिपूर्णता' ढूंढ़ने का विफल प्रयास करता रहता है। इसे स्पष्ट करते हुए टैगोर कहते हैं, "Upon the loss of this sense of universal personality, which is his religion, the reign of machine and of method has been firmly established and man, humanly speaking, has been made a homeless tramp."**

धर्म के स्वरूप के इस विवरण से ऐसा प्रतीत होता है कि टैगोर के मत में 'धर्म' तथा 'दर्शन' के स्वरूपों की भिन्नता दिखाना कठिन है। दोनों का लक्ष्य एक ही प्रतीत होता है। दर्शन 'सत् की दृष्टि' है, तथा धर्म का लक्ष्य 'आत्म तथा परमात्म' के ऐक्य को अनुभूत करना है। दोनों का अर्थ तो एक ही है। अतः कहा जा सकता है कि टैगोर के अनुसार 'धर्म' तथा 'दर्शन' लक्ष्य की दृष्टि से एक ही हैं। उनमें अवधारणात्मक अन्तर इसलिये किया जाता है कि उस लक्ष्य की प्राप्ति के मार्ग के लिये दोनों में दो प्रकार की मानसिकता पर बल दिया जाता है, किन्तु लक्ष्य के समीप दोनों मानसिकतायें भी प्रायः एक हो जाती हैं। इसी कारण शायद टैगोर ने 'धर्म' का दार्शनिक नाम संस्कार करते हुए उसे मानव धर्म (Religion of Man) कहा है। इसेदा र्शनिक समझ के अनुरूप 'सार्वभौम धर्म' भी कहा जा सकता है, क्योंकि टैगोर के अनुसार सच्चे धर्म का द्वार हर व्यक्ति के लिये खुला रहता है।

इस विवरण में निहित एक सम्भावित कठिनाई का उल्लेख करना भी वांछनीय है। टैगोर ने धर्म-स्वरूप-निर्धारण के क्रम में बार-बार कुछ विशेष भाषीय कथनों का उपयोग

The Religion of Man, p. 144.

***Creative Unity*, p. 125.

किया है, जैसे 'अपने वास्तविक स्वरूप की अनुभूति', 'ऐक्य की प्राप्ति' 'ईश्वरत्व की प्राप्ति' आदि । आज के संदर्भ में सम्भावना है कि इनके चलते धर्म कुछ आवश्यकता से अधिक अमूर्त तथा अव्यवहारिक हो जाय । टैगोर को इस कठिनाई की सम्भावना का ज्ञान है, शायद इसी कारण, धर्म को मूर्तरूप देने के प्रयास में उन्होंने धर्म में 'प्रेम' के स्थान को केन्द्रीय बना दिया है। असीम की अनुभूति एकाएक नहीं होती, उसके लिये धर्म मार्ग में सतत् अग्रसर होना आवश्यक है । इस अग्रसर होने का अर्थ है 'प्रेम' की परिधि को विस्तृत करते जाना । धर्म का प्रारम्भ प्रेम में है, उसकी परिणति भी प्रेम में है । 'प्रेम' में 'अन्य' के साथ ऐक्य का बोध है, अतः यह 'स्व' से ऊपर उठने की प्रक्रिया है, इसी कारण यह धर्म है । यह प्रेम 'प्रकृति', 'जगत', 'अन्य' को अपने में समेटता हुआ ही अपनी पूर्ण व्यापकता को प्राप्त कर सकता है, जो धर्म का लक्ष्य है ।

अतः निष्कर्ष के रूप में कहा जा सकता है कि धार्मिक जीवन का अर्थ है, प्रेम, बलिदान, लगन, निष्ठा तथा निर्दोष आस्था का जीवन । टैगोर के अनुसार निर्दोष प्रेम की शक्ति अपार है । साम्प्रदायिक धर्मों में इसी पर कुठाराघात हो जाता है । इस 'निर्दोष प्रेम' के ईश्वरीय रूप को कवि की भाषा में व्यक्त करते हुए टैगोर कहते हैं, "From the solemn gloom of the temple, children run out to sit in the dust, God watches them play and forgets the priest."*

मानव का चरम भाग्य

जिस प्रकार से टैगोर ने मानव धर्म का विवरण दिया है उसी से कुछ संकेत मिल जाता है कि उनके अनुसार मानव के चरम भाग्य का स्वरूप क्या हो सकता है । यह प्रायः स्पष्ट रूप में कहा जा सकता है कि धर्म की जो परिणति है वही मानव का चरम भाग्य है। धर्म की परिणति आत्म में निहित ईश्वरत्व की पूर्ण अभिव्यक्ति है जिसमें आत्म तथा सब कुछ के ऐक्य की स्पष्ट अनुभूति हो जाती है । तो मानव का चरम भाग्य इसी सार्वभौमता--इसी ईश्वरत्व की प्राप्ति है ।

अब प्रश्न है कि इस अनुभूति का स्वरूप क्या है? क्या इस अनुभूति के पश्चात् 'आत्म' अपने पूर्वरूप से सर्वथा भिन्न हो जाता है? क्या आत्म की वैयक्तिक्ता ईश्वर में लीन हो समाप्त हो जाती है? क्या यह स्थिति दुख एवं कष्ट के सर्वथा निषेध की स्थिति है? क्या इस अनुभूति में भौतिक जगत तथा अस्तित्व के निम्नतर रूपों की भ्रामकता की चेतना उत्पन्न होती है? इसी प्रकार के प्रश्नों की विवेचना 'मानव के चरम भाग्य' सम्बन्धी समस्या की दार्शनिक चर्चा में उठाये जाते हैं । इन सभी प्रश्नों का बड़ा महत्व है । भारतीय दर्शन की परम्परा इन सभी प्रश्नों पर विशद विचार करती रही है । वस्तुतः यदि इन प्रश्नों में कोई भी अनुत्तरित रह जाता है, तो मानव के चरम भाग्य सम्बन्धी विवेचना अधूरी रह जायगी । अतः मूल प्रश्न--मानव के चरम भाग्य का स्वरूप क्या है?---की विवेचना में ऊपर दिये सभी प्रश्नों की चर्चा प्रायः अनिवार्य ही प्रतीत होती है ।

**Fire-flies*, p. 23.

मानव के चरम भाग्य के प्रश्न पर विचार करने में 'मृत्यु' के सम्बन्ध में विचार तो अनिवार्य ही हो जाता है क्योंकि जीवन की परिणति तो 'मृत्यु' में है। 'मृत्यु' में जीवन का अन्त तो हो ही जाता है, मृत्यु के बाद क्या होता है इसका कोई ज्ञान हमें नहीं है। फिर भी, न जाने कैसे हम 'मृत्यु' को मानव का चरम भाग्य नहीं मानते। कुछ जड़वादी, भाववादी एवं इहलौकिकवादी विचारक ऐसा मानते हैं, क्योंकि वे समझते हैं कि जब मृत्यु के बाद की स्थिति का कोई ज्ञान ही नहीं है, तो उसके विषय में सोचना निरर्थक है, अनर्गल है, किन्तु इन विचारों को अत्यधिक मान्यता नहीं मिलती, क्योंकि वे एक पूर्वमान्यता पर आधृत हैं कि जिस बात का इन्द्रिय-आश्रित, आनुभविक आधार न हो, उस पर विचार निरर्थक है। किन्तु, यह पूर्वमान्यता ही आत्म-विरोधी है, क्योंकि अपने भौतिक जीवन में भी हम ऐसी बातों पर विचार करते हैं, जो इन्द्रिय-अनुभव से प्राप्त नहीं हैं। अतः विचारणीय यह है कि मृत्यु में सब कुछ समाप्त होते देख कर भी हम कैसे, क्यों 'मानव के चरम भाग्य' की कल्पना करते हैं?

टैगोर ने अपने ढंग से इस समस्या पर सोचा है। उनके विचार से मृत्यु अस्तित्व का अन्त नहीं है, यह जीवन का निषेध नहीं है। टैगोर ने इस समस्या के समाधान के प्रयत्न में 'मृत्यु' के स्वरूप पर ही विशद विचार किया है। उनका कहना है कि 'मृत्यु' को सामान्यतः हम निषेधात्मक रूप में समझते हैं, किन्तु वस्तुतः मृत्यु जीवन का एक भावात्मक पक्ष है, जो जीवन को अर्थ एवं मूल्य प्रदान करता है। सामान्य मनुष्य मृत्यु से भयभीत रहता है क्योंकि वह मृत्यु के स्वरूप तथा उसके वास्तविक अर्थ को नहीं समझता। वह अज्ञानवश मृत्यु को जीवन से पृथक जीवन का शत्रु तथा जीवनघाती समझ लेता है। किन्तु टैगोर का कहना है कि यदि हम मृत्यु की वास्तविकता को समझ लें तो स्पष्ट समझ आयेगी कि मृत्यु जीवन के अग्रसर होने, उसे नवीन दिशा में बढ़ाने का माध्यम है। मृत्यु जीवन की प्रवृत्तियों की समाप्ति नहीं है, एक नयी दिशा में प्रवाहित होने का माध्यम है। पुनः टैगोर यह भी कहते हैं कि मृत्यु तो आध्यात्मिक अनुशासन का अनुपम उदाहरण है क्योंकि यह आत्म-उत्सर्गता की सीख देता है। हमने देखा है कि धर्म का अर्थ है 'स्व' का निषेध करते हुए प्रेम की व्यापकता की ओर अग्रसर होना। मृत्यु तो इस निषेध, इस आत्म त्याग एवं बलिदान का सर्वोच्च उदाहरण है, क्योंकि यह एकबारगी उन सभी वस्तुओं का सर्वथा त्याग है जिन्हें हम 'अपना' समझ बैठे थे। यह 'जीवन' का ही त्याग है। इस प्रकार मृत्यु तो धार्मिक आध्यात्मिक अनुशासन का एक प्रकार से मूर्त उदाहरण है।

अतः टैगोर कहते हैं कि मृत्यु में इस जीवन का अन्त तो हो ही जाता है, किन्तु, यह अस्तित्व की समाप्ति नहीं है। यह अस्तित्व का एक पक्ष है, एक स्तर है। वस्तुतः प्राचीन भारतीय परम्परा आत्म के पुनर्जन्म का उल्लेख करती है। वह भी मानती रही है कि मृत्यु आत्म की समाप्ति नहीं है, साथ-साथ वह इस दिशा में और विचार करते हुए यह भी मानती है कि जीवन के कर्म एवं संस्कारों के अनुरूप आत्म का पुनर्जन्म दूसरे जीवन में होता है। टैगोर पुनर्जन्म की विवेचना में नहीं उलझते, क्योंकि वे समझते हैं कि मृत्यु के बाद आत्म किस रूप में अस्तित्ववान रहती है, इसे तय करने या जानने का कोई साधन हमारे पास

उपलब्ध नहीं है। किन्तु इस बात के साक्ष्य एवं प्रमाण हैं जो स्पष्ट संकेत देते हैं कि आत्म मृत्यु के बाद अस्तित्ववान अवश्य है। तो बिना पुनर्जन्म की समस्या में उलझे यह तो माना ही जा सकता है कि मृत्यु के बाद भी आत्म अपने चरम भाग्य की ओर अग्रसर है।

इसका अर्थ है कि टैगोर के मत में पुनर्जन्म को भी मानव का चरम भाग्य नहीं कहा जा सकता। टैगोर कहते हैं कि मानव का चरम भाग्य 'अमरत्व' की चेतन अनुभूति है, आत्म में निहित स्वतंत्रता की पूर्ण अनुभूति है। उनके अनुसार आध्यात्मिक विकास का अर्थ ही है 'बन्धन से बन्धन मुक्तता, पूर्ण स्वतंत्रता की ओर अग्रसर होना'। इस दृष्टि से 'शरीर' के साथ चिपकना ही बन्धन है, शरीरधारी व्यक्ति को 'अहं' समझ उसी में डूबे रहना है। इसी से ऊपर उठना स्वतंत्रता एवं अमरता की ओर बढ़ना है।

इस सम्भावना, अर्थात् स्वतंत्रता की अनुभूति की स्थिति—के स्वरूप का निर्धारण किस आधार पर किया जा सकता है? टैगोर कहते हैं कि हम तो हर विचार उसी आधार पर तथा उन्हीं साधनों से कर सकते हैं जो हमें उपलब्ध है। तो हम अपने सामान्य जीवन, सामान्य अस्तित्व के आधार पर ही उस स्थिति का चित्र खींचने का प्रयत्न कर सकते हैं। इतना तो कह ही सकते हैं उस स्थिति में हमारे साधारण जीवन के दौड़-धूप, चिन्ता, क्लेश आदि तो नहीं ही रहेंगे। हमारे सामान्य जीवन में निहित विसंगतियां, विरोध तो उस स्थिति में अवश्य ही शान्त हो जायेंगे। अर्थात्, टैगोर के सोचने का ढंग यह है कि जब वह स्थिति वर्त्तमान बन्धन की स्थिति से मुक्ति है, तो कम से कम यह तो सोचा ही जा सकता है कि यहां जो कष्टदायी तथा विसंगति उत्पन्न करने वाली बातें हैं, वे उस स्थिति में नहीं रहेंगी। यहां ज्ञान, प्रेम क्रिया में भी आपस में तनाव है, विचार, कथनी, करनी में अन्तर आ जाता है। तो सोचा जा सकता है कि अपनी पूर्ण स्वतंत्रता को प्राप्त के अस्तित्व में ज्ञान, प्रेम तथा कर्म का एक संगठित सामञ्जस्य उत्पन्न होगा। इस जीवन में हम 'मैं', 'तू' तथा अन्य में भेद रखते हैं, जिसके फलस्वरूप 'स्व' के दृष्टिकोण के अनुरूप 'सुख' 'दुख' तथा 'शुभ-अशुभ' में भी भेद करते हैं। अपनी स्वतंत्रता की अनुभूति में हमें पूर्ण एकत्त्व की अनुभूति होती है, अतः हम यह भी मान सकते हैं कि उस अवस्था में 'मैं' तथा अन्य का सभी भेद मिट जायगा, तथा आत्म, सुख-दुख एवं शुभ-अशुभ के अन्तर के ऊपर उठ जायगा। टैगोर इसी प्रकार के विवरणों के द्वारा मानव के चरम भाग्य—ईश्वरत्व की अनुभूति की अवस्था—का एक चित्र प्रस्तुत करने का प्रयास करते हैं।

हम इस विवरण को ध्यान में रखते हुए, प्रारम्भ में उठाये गये प्रश्नों के आलोक में इस चर्चा को आगे बढ़ायें।

अब यह कहा जा सकता है कि ऐसा नहीं है कि एकाएक किसी दिन कोई व्यक्ति जागे, इस अनुभूति को पाने और देखे कि वह एक सर्वथा भिन्न जगत में आ गया है। यह विचार ऊपर की चर्चा के अनुरूप नहीं है। वस्तुतः यह अनुभूति की स्थिति है, अतः इसमें जो परिवर्तन उत्पन्न होंगे, वे भी आन्तरिक ही होंगे। न व्यक्ति बदलेगा—न जगत। अन्तर 'दृष्टिकोण' का हो जायगा, जगत तथा विश्व को देखने, समझने के ढंग का होगा। मुक्त व्यक्ति की दृष्टि में आमूल परिवर्तन हो जायगा, अब 'स्व'-आधृत सुख उसका प्रेरक नहीं

रह जायगा। क्योंकि स्व 'सार्वभौम प्रेम' से सर्वथा तिरोहित हो जायगा। वह 'आनन्द' में लीन हो जायगा, तथा सब कुछ को उसी असीम आनन्द की दृष्टि से देखेगा। कवि की शक्तिशाली भाषा में टैगोर इसको कुछ इस प्रकार चित्रित करते हैं, वे कहते हैं,

"Where is the further shore? Is it something else than what we have? Is it somewhere else than where we are? Is it to take rest from all our works, to be relieved, of all the responsibilities of life? No, in the very heart of our activities we are seeking for our end. We are crying for the across, even where we stand."*

तो क्या इसका यह अर्थ है कि मुक्त हो कर भी व्यक्ति की वैयक्तिकता बनी रहती है। दार्शनिक भाषा में टैगोर से पूछा जा सकता है कि वे 'वैयक्तिक अमरता' में विश्वास करते हैं या 'अवैयक्तिक अमरता' में? क्या उनके अनुसार अन्त तक व्यक्ति की वैयक्तिकता बनी रहती है? यह प्रश्न महत्वपूर्ण इस कारण भी बन जाता है कि भारतीय दर्शन की कुछ शाखाओं में यह स्वीकारा हुआ है कि अमरत्व की प्राप्ति का अर्थ आत्म की वैयक्तिकता को परमसत् में लीन हो जाना है। अतः इन विचारों के अनुसार अमरत्व की अनुभूति वैयक्तिकता की समाप्ति है। टैगोर भी कुछ स्थलों पर कहते हैं कि अमरत्व की अनुभूति में आत्म अपने निरपेक्ष सत् रूप को अनुभूत कर लेता है, अर्थात्, यहां कहा जा सकता है कि उनके अनुसार भी 'एकत्त्व' की अनुभूति ही अमरत्व की अनुभूति है। अब उनसे यह सीधा प्रश्न पूछा जा सकता है कि क्या उनका तात्पर्य भी यही है कि आत्म की विशिष्टता एवं वैयक्तिकता अमरता में समाप्त हो जाती है।

इस प्रश्न के उत्तर में टैगोर के विभिन्न कथनों को उद्धृत कर इसी मत के समर्थन का प्रयास किया जा सकता है, तथा इसके विपरीत ऐसे अनेकों उदाहरण दिये जा सकते हैं, जहां इसका विपरीत मत समर्थन पाता है। अतः इस प्रश्न के लिये हमें टैगोर के विचारों के सामान्य झुकाव को पकड़ना होगा। कवि की अभिव्यक्ति कभी-कभी तार्किक निश्चयता के प्रति उदासीन हो जाती है---किन्तु उसके विचार की सामान्य दिशा का निर्देश किया जा सकता है।

उस दृष्टि से यही प्रतीत होता है कि टैगोर का उद्देश्य आत्म की विशिष्टता को बचाये रखने का है। निवृत्ति के लक्ष्य तथा आत्म का परमसत् में विलय हो शुद्ध एकरूपता की प्राप्ति के लक्ष्य का विवरण देते हुए टैगोर अपना उद्देश्य भी स्पष्ट कर देते हैं, अतः हम उनकी पंक्तियों को दुहरायें, "In India there are those whose endeavour is to merge completely their personal self in an impersonal entity which is without any quality or definition; to reach a condition where mind becomes perfectly blank, losing all activities. Those who claim the right to speak about it say that this is the purest state of consciousness, it is all joy and without

*_Sādhanā_, p. 162.

any object or content. This is considered to be the ultimate end of yoga, the cult of union, thus completely to identify one's being with the infinite Being who is beyond all thoughts and words......Without disputing its truth I maintain that it may be valuable as a great psychological experience but all the same it is not religion.... and man is more perfect as a man than where he vanishes in an original indefiniteness."*

इस लम्बे उदाहरण में पहले तो उस मत को स्पष्ट किया गया है जहां यह माना जाता है कि अमरत्व की अनुभूति में वैयक्तिकता समाप्त हो जाती है, मात्र एक सत् की अनुभूति रह जाती है। टैगोर उसके बाद स्पष्ट कहते हैं, कि वे इस मत का खण्डन नहीं कर रहे, बल्कि यह अवश्य कह रहे हैं कि यह एक श्रेष्ठतम अनुभूति के रूप में किसी व्यक्ति विशेष के लिये मूल्यवान भले ही हो, किन्तु यह धर्म नहीं है। धर्ममार्ग का पथिक यदि अन्ततः एक अनिश्चियता में लुप्त हो जाने का लक्ष्य लेकर चले, तो वह उस मार्ग पर अग्रसर ही नहीं हो सकता, क्योंकि तब तो अग्रसर होने वाला ही नहीं रहेगा। अतः ऐसा प्रतीत होता है कि उस मत को मान्यता देते हुए भी धर्म के संदर्भ में टैगोर का मत यही प्रतीत होता है कि अमरता में 'व्यक्ति' की विशिष्टता समाप्त नहीं हो जाती।

इस बात की पुष्टि एक दूसरे ढंग से भी की जा सकती है। सामान्यतः भारतीय दर्शन कहता है कि अमरता जन्म, पुनर्जन्म के चक्कर से मुक्ति है। टैगोर अमरता का इस प्रकार का विवरण नहीं देते। वे अमरता को पुनर्जन्म से मुक्ति कह कर चित्रित करने के प्रयास को अनावश्यक मानते हैं, क्योंकि इस विवरण से तो 'अमरता' का अर्थ हो जाता है कि व्यक्ति अपने इतिहास से पृथक होकर टूट जाय, तब यह भी कैसे कहा जा सकता है कि यह किस व्यक्ति की अमरता है।

अतः टैगोर अपना निष्कर्ष कुछ इस ढंग से देते हैं कि उनके द्वारा दिया गया समाधान इस समस्या से सम्बन्धित विवादों से ऊपर उठ जाता है। वे कहते हैं कि अमरत्व की स्थिति में आत्म तथा परमात्म आनन्द के खेल के सहभागी बन जाते हैं। अब वे इस आनन्द के खेल को जिस रूप में चाहें खेल सकते हैं। यदि आनन्द के इस खेल में आत्म को पुनः शरीर धारण करना पड़े, तो सम्भवतः वे वैसा भी कर लें। हम पहले से यह कैसे निर्धारित कर सकते हैं कि आनन्द के खेल का निश्चित ढंग वही है जो हम निर्धारित कर रहे हैं। अमरत्व पूर्ण स्वतंत्रता की प्राप्ति है। तो पूर्णतया स्वतंत्र आत्म के ढंगों को बाहर से निर्धारित कैसे किया जा सकता है? अतः इन प्रश्नों के निश्चित उत्तर की अपेक्षा ही निरर्थक है, हम मात्र इतना ही कह सकते हैं कि अमरत्व का अर्थ पूर्णता एवं आनन्द की अभिव्यक्ति है। हम उस आनन्दमय अभिव्यक्ति के ढंगों का पूर्वनिर्धारण नहीं कर सकते।

**The Religion of Man*, p. 117.

अशुभ की समस्या

हर ईश्वरवादी विचार में 'अशुभ' का होना एक समस्या का रूप ले लेता है। टैगोर के लिये भी यह समस्या है उनके लिये तो दायित्व और बढ़ जाता है, क्योंकि वे तो अस्तित्व का लक्ष्य एक ऐसी स्थिति को मानते हैं जो सर्वथा दुखरहित है तथा आनन्दमय है, तो उन्हें तो यह व्याख्या देनी है कि जिस अस्तित्व का लक्ष्य ऐसा है उसमें दुख, कष्ट अशुभ कैसे है।

अशुभ की समस्या पर विचार करने के लिये कुछ इस प्रकार के प्रश्नों पर विचार करना पड़ता है—क्या अशुभ जीवन के तथ्य हैं? क्या अशुभ मनुष्य को कष्ट तथा दुख देने के लिये सर्जित हैं? क्या जीवन के लक्ष्य की प्राप्ति का अर्थ अशुभ से मुक्ति है? क्या जगत के निर्माता स्रष्टा ईश्वर के द्वारा रचित जगत में अशुभ का रहना असंगति सूचक नहीं है? इन्हीं प्रश्नों की विवेचना के द्वारा अशुभ की समस्या पर विचार होता है।

टैगोर यह तो स्पष्ट रूप में मानते हैं कि अशुभ (evil) हमारे जीवन के वास्तविक तथ्य हैं। हमारे जीवन के सामान्य अनुभव इस बात के साक्षी हैं कि हमें जीवन में 'अशुभ' का सामना करना पड़ता है, जो दुख, कष्ट, संकट, विपत्ति आदि के रूप में प्रकट होते ही रहते हैं। टैगोर का कहना है कि सृष्टि में अशुभ का होना तो एक प्रकार से स्वाभाविक ही है। 'अशुभ' अपूर्णता है, तथा सृष्टि में अपूर्णता तो रहेगी ही। सृष्टि ईश्वर तो नहीं है, ईश्वर का सीमितता में व्यक्त रूप है। यही कारण है कि सृष्टि के सभी प्राणी सीमित एवं अपूर्ण हैं, सृष्टि का तो अर्थ ही यही है। तो जहां सीमितता है, अपूर्णता है, वहां अशुभ तो रहेगा ही। अतः जगत में अशुभ के होने को नकारा नहीं जा सकता।

अब प्रश्न उठता है कि इसमें समस्या क्या है? ईश्वरवादी विचारकों के लिये अशुभ का होना एक वैचारिक समस्या उत्पन्न करता है। समस्या यह है कि यदि ईश्वर सर्व-शक्तिमान, सर्वज्ञानी, परमशुभ है तो उसकी बनायी हुयी सृष्टि में 'अशुभ' कैसे उत्पन्न हो गया? क्या अशुभ का होना उसकी शक्ति एवं परमशुभ रूप से असंगत नहीं हो जाता? किन्तु टैगोर के समक्ष अशुभ की समस्या उस रूप में उपस्थित नहीं होती, क्योंकि इस समस्या के पीछे जो पूर्वमान्यता है टैगोर उसे ही स्वीकार नहीं करते। इस समस्या के पीछे पूर्वमान्यता यह है कि सर्वशक्तिमान, परमशुभ ईश्वर की सृष्टि में सीमितता तथा अशुभ का होना असंगत है। टैगोर के अनुसार यह मान्यता ही ठीक नहीं है, क्योंकि सृष्टि तो 'सृष्टि' है, ईश्वर नहीं है, अतः उसमें अपूर्णता तो रहेगी ही। सृष्टि की अपूर्णतायें 'ईश्वर' को अपूर्ण नहीं बना देतीं। अतः टैगोर के लिये इस प्रकार की वैचारिक समस्या, जो सामान्य ईश्वरवादी विचारक को उलझन में डाल देती है, कोई समस्या ही नहीं।

अशुभ की समस्या का दूसरा रूप जो विचार के इतिहास में उभरा है, वह कुछ इस प्रकार का है। 'अशुभ' यदि सृष्टि में रहता ही है, यदि यह अस्तित्व का अनिवार्य पक्ष है, तब तो समस्या अस्तित्वमूलक है। तब तो एक प्रकार से अस्तित्व ही अशुभ है क्योंकि अस्तित्व का अर्थ अशुभ के साथ जीना है। यह बात अपने में ही निराशाजनक तथा चिन्ता उत्पन्न करने वाली है। टैगोर कहते हैं कि इस प्रकार से अशुभ की उपस्थिति को समस्या

बनाना दूसरे छोर पर जाना है––दूसरी सीमा तक पहुंचना है, विचार का अतिक्रमण है। टैगोर का कहना है कि जगत सृष्टि में अपूर्णता है, किन्तु यह बात इतनी त्रासदायी नहीं है कि वह भयानक समस्या बन जाय, तथा लोग 'अस्तित्व को ही' अशुभ समझने लगें। टैगोर कहते हैं कि यह अजीब विडम्बना होगी कि हम जीवन में रहें, अस्तित्व के हर रस का पान करते रहें और अस्तित्व को 'अशुभ' भी कहते रहें। 'अस्तित्व' तो अपनी ही इस बात को सिद्ध करता है कि वह 'अशुभ' नहीं है। टैगोर कहते हैं,

"If existence was an evil, it would wait for no philosopher to prove it. It is like convincing a man of suicide while all the time it stands before you in flesh. Existence itself is here to prove that it cannot be an evil."*

अतः अशुभ है, जीवन का तथ्य है, किन्तु इससे यह सिद्ध नहीं होता कि अस्तित्व ही अशुभ है। तो अशुभ की समस्या के जो दो प्रचलित रूप हैं, उन रूपों में 'अशुभ' तो टैगोर के लिये समस्या उत्पन्न ही नहीं करती, तो टैगोर के अनुसार अशुभ की समस्या क्या है?

टैगोर का कहना है कि अशुभ का होना अपने में कोई समस्या नहीं है, इसके विषय में हमारे सोचने का ढंग इसे समस्या बना देता है। यह 'समस्या' तभी उत्पन्न करता है जब हम सोचने लग जाते हैं कि 'अशुभ' से त्राण नहीं है, जब हम अशुभ को जीवन का शाश्वत एवं अनिवार्य पक्ष मान लेते हैं और यह सोच कर त्रस्त रहते हैं कि इस अनिवार्यता से मुक्ति नहीं मिल सकती। टैगोर कहते हैं कि हमारा इस प्रकार से सोचने का ढंग ही गलत है। हमें इस सम्भावना की ओर तो जागरुकता होनी चाहिये कि सृष्टि की अपूर्णताओं से, अशुभ से ऊपर उठा जा सकता है उनके परे जाया जा सकता है। इससे 'अशुभ' की यथार्थता का निषेध भी नहीं होता, ठीक उसी प्रकार एक मील वाले खम्भे के पार जाने का अर्थ उस खम्भे की समाप्ति नहीं है। तो टैगोर का कहना है कि अशुभ की समस्या तो हमारे सोचने के ढंग पर आधृत है। यह कोई गम्भीर समस्या नहीं क्योंकि 'अशुभ' तथ्यात्मक अवश्य है––किन्तु 'परम तथ्य' नहीं है, उनके परे जाया जा सकता है।

इस संदर्भ में टैगोर ने एक महत्वपूर्ण अवधारणात्मक स्पष्टीकरण किया है। 'अशुभ की समस्या' मूलतः 'अशुभ' की प्रचलित अवधारणा के कारण उत्पन्न होती है। हम 'अशुभ' को 'शुभ' का सर्वथा विपरीतार्थक समझ लेते हैं। टैगोर कहते हैं कि 'अशुभ' 'शुभ' का पूर्णतया विपरीत भाव नहीं है, ठीक वैसे ही जिस प्रकार 'पूर्णता' एवं 'अपूर्णता' पूर्णतया विरोधी भाव नहीं है। इनमें क्रम तथा मात्रा का भेद है। कुछ तत्व अधिक अपूर्ण हो सकते हैं, कुछ कम, जो 'पूर्णता' की ओर निकट प्रतीत होता है वह अपेक्षाकृत कम अपूर्ण है। उसी प्रकार अशुभ को अधिक अशुभ तथा कम अशुभ रूप में सोचा जा सकता है। इस दृष्टि से 'अशुभ' तथा 'शुभ' पूर्णतया विरोधी नहीं है। किन्तु, हम सामान्यतः इसे नहीं देख पाते तथा 'अशुभ' को एक सर्वथा पृथक 'तथ्य' मान लेते हैं जो शुभ का पूर्ण निषेध है।

**Sādhanā*, p. 53.

टैगोर कहते हैं कि 'अशुभ' को इसी प्रकार सभी संदर्भों से पृथक कर एक पृथक तत्व के रूप में देखने पर 'अशुभ' में अनिवार्यता एवं परम तथ्यता दिखाई देती है । किन्तु टैगोर का कहना है कि 'सत्' का अवबोध इस प्रकार के पृथकत्त्व की दृष्टि से, आंशिक दृष्टि से सम्भव ही नहीं है । वास्तविकता की समझ तभी हो सकती है जब इन तत्त्वों को भी उनकी सम्पूर्णता में समझने का प्रयास करें । उस दृष्टि से अपूर्णतायें अथवा अशुभ, शुभ या पूर्णता के विरोधी नहीं प्रतीत होंगे । बल्कि उस दृष्टि से तो यह भी प्रतीत हो सकता है कि वे पूर्णता की ओर अग्रसर होने के सोपान हैं । टैगोर स्पष्ट कहते हैं,

"In fact imperfection is not a negation of perfection, finitude is not contradictory to infinity, they are but completeness manifested in parts, infinity revealed within bounds."*

इस बात की व्याख्या टैगोर ने विभिन्न उपमाओं के माध्यम से करने का प्रयास किया है । उनकी एक उपमा इस प्रकार है । हम देख रहे हैं एक बच्चे को जो चलने की चेष्टा कर रहा है । इस चेष्टा में वह बार-बार गिर पड़ता है, और उसे चोट भी लगती है । अब यदि हम यह कहें कि उसके मां-बाप कठोर हृदय के हैं, क्योंकि उन्होंने बच्चे को चोट लगने दिया, तो हमारे सोचने का ढंग उचित नहीं । किन्तु यदि हम यह सोचते हुए बच्चे को देखें कि उसका गिरना तो उसके चलना सीखने की प्रक्रिया का अनिवार्य अंग है, तो यह पूरा दृश्य आनन्द का स्रोत है । मां-बाप के लिये तो वात्सल्ययुक्त असीम आनन्द का स्रोत है । उसी प्रकार हम 'मृत्यु' की वास्तविकता पर विचार करें । मृत्यु को अशुभ समझा जाता है क्योंकि यह एक विशेष व्यक्ति के जीवन का अन्त है । किन्तु यह विचार उसी कारण उत्पन्न होता है कि हम 'मृत्यु' को एक विशेष व्यक्ति के संदर्भ में जोड़ते हैं, उसे विश्व की सम्पूर्णता से अलग कर 'एक' की दृष्टि के अनुरूप सोचते हैं । किन्तु यदि हम मृत्यु पर 'विश्व की सम्पूर्णता' की दृष्टि से विचार करें तो स्पष्ट प्रतीत होगा कि यह तो एक व्यवस्थित योजना का अंश है । हम यह कल्पना करें कि 'मृत्यु' की व्यवस्था ही जगत में नहीं रहती तो क्या होता । विचार करें, उस अवस्था में जितने जीव, मनुष्य, प्राणी कीड़े-मकोड़े जो कभी भी उत्पन्न हुए थे सब सदा जीवित रहते । उस अवस्था में क्या अस्तित्व नर्क नहीं बन जाता । भोजन, आवास––सब कुछ कम पड़ जाता और शायद 'धरती' पर किसी व्यक्ति के लिये हाथ फैलाने का स्थान भी नहीं रह जाता । इस दृष्टि से देखने पर मृत्यु अशुभ प्रतीत नहीं होती, बल्कि विश्व-योजना का एक उपयोगी अंग प्रतीत होता है । अतः अशुभ की समस्या हमारे गलत ढंग से विचार करने के कारण उत्पन्न होती है ।

वैसे, टैगोर कहते हैं कि जिसे हम 'अशुभ' समझते हैं, वे हमारे सीमितता के जीवन के अस्थायी अंग हैं । उनका होना, भ्रान्ति उत्पन्न होने के समान है । वे उत्पन्न होती हैं, किन्तु उनमें स्थायित्व नहीं होता । टैगोर ने इस बात के समर्थन में एक बड़ा सबल उदाहरण

**Sādhanā*, p. 48.

प्रस्तुत किया है। हम ज्ञान—या वैज्ञानिक ज्ञान के विकास के क्रम को देखें। हम पायेंगे इसका विकास, इसकी प्रगति 'भूलों' 'भ्रान्तियों' के माध्यम से ही होती रही है। हर नवीन खोज के बाद उसमें कोई दोष कोई कमी कोई भूल निकल आती है, तथा पुनः उस भूल को दूर करनेवाले ज्ञान का आविर्भाव हो जाता है। अतः ज्ञानात्मक भूलों की अपनी उपयोगिता तो है ही, उनमें स्थायित्व भी नहीं है। टैगोर के अनुसार वही बात अशुभ के साथ है। जिन्हें हम अशुभ कहते हैं वे विश्व व्यवस्था के उपयोगी अंग हैं, तथा इनमे स्थायित्व भी नहीं है।

इस सादृश्यता से एक और महत्वपूर्ण बिन्दु पर प्रकाश मिलता है। ज्ञान के विकास क्रम में भूल एवं भ्रान्ति सत्य-प्राप्ति से बहुत ही अधिक मात्रा में उत्पन्न होते रहते हैं। ज्ञान की खोज भूलें तो असंख्य करती हैं, सत्य तो कभी-कभी स्थापित होता है। किन्तु इतिहास उन असंख्य भूलों को स्मरण नहीं रखता, मात्र सत्य को प्रतिष्ठित करता है। उसी प्रकार अशुभ असंख्य हो सकते हैं, किन्तु उनकी यथार्थता-उपयोगिता अन्ततः पूरी प्रक्रिया को 'शुभ' की ओर प्रेरित करने में है। जिसे स्मरण रखना है वह 'अशुभ' नहीं, 'शुभ' है। 'अशुभ' इस दृष्टि से जीवन के विकास का अवरोधक नहीं है। विकास की दिशा 'अशुभ' से 'शुभ' की ओर ही है। 'अशुभ' स्थायी भी नहीं, यह तो आत्म-अनुशासन का अवसर प्रदान करता है।

अतः अब टैगोर के लिये 'अशुभ' से सम्बन्धित समस्यायें सिमट कर एक बिन्दु पर आ जाती हैं। अब समस्या मात्र यही है कि 'अपूर्णता' एवं 'अशुभ' से 'पूर्णता' एवं शुभ की ओर अग्रसर होने के मार्ग में तेजी कैसे आये? इस समस्या के समाधान का अर्थ है कि प्रथमतः तो इस मार्ग को स्पष्ट करना अनिवार्य है, यह जानना आवश्यक है कि 'अपूर्णता' से 'पूर्णता' की ओर अग्रसर कैसे हुआ जा सकता है?

वैसे ऊपर के विवेचन में ही इस मार्ग का सामान्य निर्देश मिल चुका है। हम किसी भी वस्तु को अशुभ केवल इस आधार पर समझते हैं कि उसके विषय में हमारा दृष्टिकोण सीमित है, आंशिक है स्व-आधृत है। तो आवश्यकता है उस दृष्टिकोण में परिवर्त्तन लाने की। इस परिवर्त्तन के ढंग का भी संकेत ऊपर दिया जा चुका है। एक स्वार्थी व्यक्ति भी अपने स्वार्थसिद्धि के लिये बड़ा कठिन परिश्रम करता है, विभिन्न प्रकार के कष्ट भी उठाता है। सामान्यतः कष्ट, अनावश्यक परिश्रम कष्टदायी है, अशुभ है। किन्तु इस कार्य में कष्ट में भी उसे सुख मिलता है, क्योंकि उसकी दृष्टि बदल गयी है। जो उसके शरीर के लिये कष्टदायी है, उसी को जब वह अपनी स्वार्थसिद्धि की योजना में बिठाकर देखता है—योजना की सम्पूर्णता की दृष्टि से देखता है—तो वही कष्ट सुखप्रद प्रतीत होता है। अतः आवश्यकता है दृष्टिकोण में परिवर्त्तन का, तथा यह परिवर्त्तन 'स्व' पर आधृत दृष्टि के स्थान पर 'सम्पूर्णता' की दृष्टि अपनाने का। टैगोर कहते हैं कि इस परिवर्त्तन के मार्ग का सामान्य विवरण यही है कि यहां आवश्यकता है स्व-चेतना (Self-consciousness) के स्थान पर आत्म-चेतना (Soul-consciousness) को विकसित करने का। उनके अनुसार स्व-चेतना से आत्म-चेतना की ओर अग्रसर होने का मार्ग ही मानव के

चरम भाग्य तक पहुंचने का मार्ग है। तो, अब हम उस मार्ग की कुछ विशद विवेचना करें।

आत्मानुभूति के मार्ग
(*Ways of Realisation*)

(i) स्वचेतना एवं आत्म चेतना (*Self-Consciousness and Soul-Consciousness*)

मानव के चरम-भाग्य के स्वरूप की विवेचना में कहा गया था कि अपने में 'सार्वभौम' की अनुभूति कर लेने की स्थिति ही मानव का चरम भाग्य है। व्यक्ति को अपनी वैयक्तिकता से ऊपर उठ सार्वभौम की अनुभूति प्राप्त करना है। इस बात की विशिष्ट व्याख्या में टैगोर दो विशेष उक्तियों का उपयोग करते हैं 'स्व-चेतना', तथा 'आत्म-चेतना'। शरीरधारी मनुष्य का साधारण सामान्य जीवन शारीरिक मांगों के अनुरूप चलता है। टैगोर के अनुसार यह 'स्व' (Self) का जीवन है। इस 'स्व' का परम लक्ष्य 'आत्म' (Soul) का जीवन पाना है। 'स्व' व्यक्ति का सीमित-अस्तित्व है, 'आत्म' अस्तित्व की सार्वभौमता की अनुभूति का जीवन है। इसी अर्थ को ध्यान में रखते हुए टैगोर कहते हैं कि परम लक्ष्य की प्राप्ति का मार्ग है 'स्व-चेतना' से 'आत्म-चेतना' की ओर अग्रसर होना।

इस भाव को टैगोर ने विभिन्न उपमाओं के माध्यम से स्पष्ट किया है। इनमें एक उपयोगी उपमा 'अण्डे' की है। एक दृष्टि से 'अण्डा' एक पिंजड़ा है, जिसमें बच्चे का जीवन बन्द है। वह पिंजड़ारूपी छिलका जब टूटता है, तभी बच्चा खुले जगत में प्रवेश कर पाता है। जब तक बच्चा उस पिंजड़े का बन्दी बना है, उसमें बन्द है, उसका जीवन उसी के भीतर सीमित है, किन्तु जब बन्धन को भेद कर अपने को मुक्त करता है, तो वह विस्तृत जीवन पाता है। उसी प्रकार जब तक व्यक्ति अपने को 'स्व' के बन्धन के भीतर सीमित रखता है, उसका जगत सिकुड़ कर सीमित बना होता है। वह उस अवस्था में अस्तित्व के वृहत् रूप को देख नहीं सकता। उसके लिये उसे अपने 'स्व' के घेरे को भेद उससे बाहर आना आवश्यक है। तभी वह अस्तित्व की असीम सम्भावनाओं को देख पायगा। यही उसकी आत्म-चेतना होगी।

(ii) मार्ग क्या है ?

अब प्रश्न यही है कि इस स्व के बन्धन से आत्म-चेतना की ओर अग्रसर होने का मार्ग क्या है? सिद्धान्तः तो यह बात स्पष्ट है, किन्तु सामान्य मनुष्य जो 'स्व' के साथ ही जीता है उसके लिये यह निदेश तो अनिवार्य है कि 'स्व' से ऊपर उठने का, अपनी चेतना को विस्तृत करने का मार्ग क्या है ?

टैगोर को यह अवगति है कि यह मार्ग 'तार्किकता' का मार्ग नहीं हो सकता। हम जीवन में जिसे सामान्यतः 'ज्ञान' कहते हैं, वह भी चेतना को विस्तृत करने का मार्ग नहीं हो सकता। तार्किकता अथवा सांसारिक ज्ञान कभी-कभी उपयोगी प्रतीत हो सकते हैं,

किन्तु आत्म-चेतना जाग्रत करने के वे साधन नहीं बन सकते। इस प्रकार के ज्ञान बौद्धिकता एवं विवेकशक्ति के अंग हैं। जीवन में इस प्रकार की शक्ति हमें प्रतिष्ठा भी दिला सकती है, किन्तु इस शक्ति में सत् के स्वरूप की सूझ की क्षमता नहीं है। इससे 'सत्' का जो रूप प्रस्तुत किया जाता है, वह सत् का विकृत, टूटा हुआ रूप होता है। उदाहरणतः टैगोर कहते हैं कि बुद्धि 'गुलाब' की पंखुड़ियों का हिसाब दे सकती है, उसके सुगन्धों की कोटि निर्धारित कर सकती है, उसके विभिन्न प्रकार के रंगों का विवरण दे सकती है, किन्तु, यह सब तो उसके गुलाब होने के बाह्य लक्षण हैं, उसका 'गुलाब होना' नहीं है उसका 'गुलाब-रूप' नहीं है, ठीक उसी प्रकार जिस प्रकार व्याकरण साहित्य नहीं है। व्याकरण जानकर हम कविता या साहित्य नहीं समझ लेते, संगीत के सिद्धान्तों का ज्ञान 'संगीत नहीं' होता। उसी प्रकार इन बौद्धिक विवेचनाओं से हम सत् के आन्तरिक स्वरूप को नहीं पकड़ सकते।

ऐसा नहीं है कि टैगोर बौद्धिक विवेचनाओं को सर्वथा अनर्गल मानते हैं। उनका इतना ही कहना है कि इस ढंग से सत् को आत्मसात नहीं किया जा सकता। ये उपयोगी है, किन्तु उनकी अपनी सीमा है। वैसे, इन विवेचनाओं में भी एक ऐसी प्रवृत्ति निहित है, जिसका पूर्ण प्रस्फुटीकरण सहायक सिद्ध हो सकता है। वह प्रवृत्ति है कि बौद्धिक व्याख्या भी यथासम्भव 'अनेक' को कम से कम 'अंशों' के द्वारा व्याख्या करने की चेष्टा करती है। बौद्धिक व्याख्या का अर्थ है जटिल को सरल में, तथा अनेक का कम से कम में––यथा-सम्भव एक में––बिठाने की चेष्टा। टैगोर ने इस बात को 'सत्य' तथा 'तथ्य' के उदाहरण से स्पष्ट करने का प्रयत्न किया है।* हम अपने अनुभव में अनेक तथ्यों को देखते हैं। सेब पेड़ से गिर पड़ता है वर्षा की बूंदें आकाश से धरती पर आती हैं, चुम्बक लोहे को खींच लेता है, इस प्रकार के असंख्य तथ्यों की हम गणना कर सकते हैं, एकत्रित करते रह सकते हैं। किन्तु यदि हम एक बार गुरुत्वाकर्षण के नियम को समझ लें, उस 'सत्य' को जान लें, तो ये सभी असंख्य तथ्य अनावश्यक एवं अप्रासंगिक हो जाते हैं। अब हमारे मन को इन असंख्य तथ्यों से बोझिल होने की आवश्यकता ही नहीं रह जाती, मन एक 'सत्य' को पा 'तथ्यों' के बोझ से मुक्त हो जाता है। टैगोर कहते हैं कि इस प्रकार बौद्धिक विवेचना में भी पृथक-पृथक, भिन्न-भिन्न तथ्यों को सहेजने, संगठित करने का प्रयत्न होता है, तथा इसी प्रकार हम बौद्धिक सत्यों को प्राप्त करते हैं। यहां भी प्रवृत्ति व्यवस्था, संगठन तथा एकीकरण की प्रवृत्ति है। तब यह है कि इस क्षेत्र में रत एकीकरण की प्रवृत्ति आंशिक है, क्योंकि यह सदा किसी विशेष क्षेत्र तक ही सीमित रहती है। बुद्धि जगत को विभिन्न क्षेत्रों में रख कर समझने का प्रयास करता है, अतः इसकी एकीकरण की प्रवृत्ति भी विशेष विभागों तथा खण्डों से सीमित रहती है।

टैगोर का कहना है जिस एकीकरण की प्रवृत्ति से जीवन के परम लक्ष्य की प्राप्ति हो सकती है, वह सीमित नहीं सार्वभौम एकीकरण की प्रवृत्ति है। इस प्रकार का सार्वभौम एकीकरण बौद्धिकता से सम्भव नहीं है, बल्कि उसके लिये एक सूझ-एक दृष्टि (Vision)

**Sādhanā*, p. 26.

आवश्यक है। इस दृष्टि को परिभाषित करते हुए टैगोर कहते हैं कि यह एक प्रकार से अन्तर में एकाएक आध्यात्मिकता का प्रवाह फूट पड़ना है (A sudden spiritual outburst from within)* यह एकाएक उत्पन्न होता है, अतः इसमें तात्कालिकता रहती है। स्पष्टतः इसका कार्य विश्लेषण नहीं हो सकता, यह अपने विषय को उसकी सम्पूर्णता में देखता है। सत् के इस प्रकार के दर्शन में उसके विशद लक्षणों पर ध्यान जाता भी नहीं, हम 'विषय' उसके लक्षणों से विभूषित करने का सोचते भी नहीं, वहां तो 'एक सम्पूर्णता' का भान होता है। इसी प्रकार की दृष्टि 'सत्', की वास्तविकता को जान सकती है, इसी प्रकार की 'दृष्टि' में आत्म-ज्ञान कहा जा सकता है।

किन्तु इस स्थल पर टैगोर से यह तो कहा ही जा सकता है कि यह तो कोई व्याख्या नहीं हुयी। हम आत्म-चेतना का मार्ग जानना चाहते हैं, और यहां 'आत्म-चेतना' के स्थान पर एक अन्य शब्द 'दृष्टि' का उपयोग कर दिया गया है। प्रश्न तो रह ही जाता है कि इस प्रकार की दृष्टि पा सकने का मार्ग क्या है?

टैगोर इस प्रश्न का उत्तर एक शब्द से देते हैं, प्रेम मात्र 'प्रेम' के द्वारा चेतना को विस्तृत किया जा सकता है। टैगोर ने अनेक स्थलों पर आत्म का विवरण एक ऐसे प्रेमी के रूप में किया है जो अपने 'प्रिय' की खोज में है। यह मिलन तभी सम्भव है जब आत्म अपने प्रेम को सघन बनाता जाय। किन्तु यह शब्द 'प्रेम' उतना सरल नहीं है जितना यह ऊपर से दिखाई देता है। 'प्रेम' को टैगोर 'अवबोध' (Comprehension) कहते हैं, जिसका अर्थ 'सूझ' भी है तथा 'व्याप्तार्थ' भी। अर्थात् 'प्रेम' अपने 'विषय' में व्याप्त हो कर उसका अवबोध करता है, उसे 'पा' लेता है। इसी कारण 'प्रेम' मिलन है, संगठन है, 'ऐक्य' है। अतः प्रेम से ही आत्म अपने 'प्रिय' का अपने परम लक्ष्य का अवबोध कर सकता है, उससे एक होकर उसे पा सकता है। आलंकारिक भाषा में टैगोर कहते हैं, When love prepares your seat it prepares it for all. Where the earthly king appears guards keep out his crowd, but when you come, my king, the whole world comes in your wake."**

इस प्रकार 'प्रेम' में सभी भेद मिट जाते हैं। टैगोर के अनुसार इसका तात्पर्य है कि जब हम प्रेम की व्याप्तता में 'अन्य' को समेटते हैं, तो वस्तुतः हम 'अन्य' में अपने को देखते हैं, आत्म को देखते हैं, तथा इस प्रकार आत्म को अधिक व्यापक बनाते हैं। टैगोर प्रेम के अर्थ को स्पष्ट करते हुए कहते हैं, The meaning of this is that whomsoever we love, in him we find our own soul in the highest sense...because in them we have grown larger, in them we have touched the great truth which comprehends the whole universe."***

---

*_The Religion of man_, p. 8.

**Lover's Gift and Crossing, Crossing, p. 59.

***_Sādhanā_, p. 29.

इसका यह भी अर्थ निकल आता है कि प्रेम में आत्म 'अन्य' के साथ अपने को एकरूप करता है, तथा अपने को अन्य, में 'देखना' आनन्दकारक है। इसी कारण टैगोर 'प्रेम' को 'आनन्द' भी कहते हैं। प्रेम का आदर्श पूर्ण आनन्द है। यह तभी सम्भव होता है जब आत्म अपने को 'स्व' से ऊपर उठा सबों में व्याप्त करता है। प्रेम की व्यापकता में 'सभी' को समेट लेता है। जब तक वह 'मैं' 'तू' 'वह' के भेद में उलझा रहता है, वह प्रेम के लिये समर्थ ही नहीं हो सकता। इसी विचार को अपने नाटक (King of the Dark Chamber) में टैगोर प्रतीकों के माध्यम से दिखाते हैं कि रानी राजा को तभी देख पाती है जब वह अपना स्व-आश्रित अहंकार त्याग देती है।

टैगोर 'प्रेम' (Love) तथा आसक्ति (attachment) में भेद करते हैं। आसक्ति 'स्व' से बंधा होता है, अतः यह 'स्व' के किसी विशेष उद्देश्य या प्रयोजन से जुड़ा रहता है। आसक्ति के पीछे 'भोग' 'भौतिक सुख' जैसी प्रवृत्ति होती है। 'प्रेम' इन बन्धनों से ऊपर उठता है क्योंकि वह 'स्व' से उपर उठने का ढंग है। इसी कारण 'प्रेम' के उद्देश्य या प्रयोजन का प्रश्न नहीं उठता, कोई क्यों, किस उद्देश्य से प्रेम करता है? ऐसा प्रश्न निरर्थक है। प्रेम स्वयं ही अपना आधार है, स्वयं ही अपना लक्ष्य है, "For love the question 'how', 'why' 'what for' etc. do not exist. Love is its own 'reason', its own goal, its own responsibility."*

प्रेम का एक अद्भुत पक्ष और है। प्रेम एक प्रकार का बलिदान है, आत्मोत्सर्ग है। वस्तुतः जहां प्रेम है वहां आत्मोत्सर्गता है, तथा जहां इस प्रकार के आत्म-बलिदान की भावना है, वहीं प्रेम है। 'प्रेम' की यही अनिवार्यता प्रेम को आध्यात्मिक मार्ग बना देती है, क्योंकि 'प्रेम' में व्यक्ति अपने 'स्व' से सम्बन्धित मांगों का 'स्व' का ही बलिदान करता हुआ अग्रसर होता है। यही तो आध्यात्मिकता की प्राथमिक मांग है।

इस स्थल पर एक संशय का बिन्दु उभर सकता है, जिस प्रकार से यहां प्रेम का विवरण दिया जा रहा है, वह तो 'आदर्श प्रेम' का विवरण है। प्रेम का प्रारम्भ कैसे होगा? प्रारम्भ में ही तो आत्म का आत्म-रूप इतना प्रभावशाली नहीं हो जाता कि वह आत्मोत्सर्ग के लिये तत्पर हो जाय। प्रारम्भ में तो मानव 'स्व' है ही, अतः प्रेम के प्रारम्भिक रूप में 'स्व' के साथ जो निर्ममता होगी, उसमें कष्ट तथा दुख होंगे ही। ऐसा होता ही है। अतः 'प्रारम्भिक चरण' में ही 'प्रेम' का मार्ग अपनाना इतना कठिन हो जा सकता है कि वह आगे बढ़ ही न सके। टैगोर को इसकी अवगति है। किन्तु उनका कहना है कि इसी स्थल पर पर तो अनुशासन एवं आत्म-नियंत्रण की आवश्यकता है। 'स्व' की मांगों की उपेक्षा 'स्व' से ऊपर उठना कष्टप्रद तो है ही, किन्तु यह कष्ट भी 'स्व' का है। अतः इस स्थल पर इस प्रकार का अपना कष्ट तथा दुख तो 'प्रेम' का अनिवार्य अंग है। प्रेम के लिये तत्पर आत्म को इस प्रकार के कष्ट के साथ चलना है। टैगोर कहते हैं, "Trust love even if it

---

* *Prem — Santiniketan*, 1st Series.

brings sorrow...let sorrowful love wake in your eyes".* टैगोर को विश्वास है कि प्रेम से आच्छादित इस कष्ट मे आत्म की सोयी हुयी शक्तियां जागती हैं, आत्म का सक्रिय रूप जागता है।

इस स्थल पर एक और प्रश्न उठता है। जिस रूप में प्रेम का विवरण किया जा रहा है, वह तो इसका सिद्धान्त पक्ष है। प्रश्न है कि इसे व्यवहारिक रूप किस प्रकार दिया जा सकता है। टैगोर 'प्रेम' के व्यवहारिक पक्ष का भी विवरण देते हैं। वे मानते हैं कि प्रेम कोई आन्तरिक भावना या संवेदनशीलता मात्र नहीं है। 'प्रेम' का केवल यह अर्थ नहीं कि वह 'प्रिय' के प्रति एक विशेष प्रकार की मानसिकता है। टैगोर का कहना है कि 'प्रेम' क्रियात्मक होता है। 'प्रेम' की भावना रिक्त निष्क्रिय भावना नहीं होती। प्रेम प्रस्फुटित होता है, रूप लेता है। प्रेम के इसी सक्रिय रूप को एक निश्चित दिशा देना आध्यात्मिक अनुशासन है, तथा यही परम लक्ष्य की प्राप्ति का मार्ग है।

टैगोर का कहना है कि इसके लिये प्रारम्भ में अन्य के प्रति 'प्रेम' जाग्रत करने का अर्थ है, कम-से-कम उनके प्रति सहानुभूति तथा सहयोग की मनोवृत्ति बनाना। यहां भी 'प्रेम' की सक्रियता का प्रारम्भ 'अपनों' से—अपने लोगों से प्रेम में हो सकता है। यह आम बात है कि हम अपने बच्चों, अपने निकटतम लोगों, तथा सगे-सम्बन्धियों के प्रति अपनत्व की भावना रखते हैं। समाज में हम पर यह आक्षेप भी लग सकता है कि निकट के लोगों से सटे रहने के कारण ही हम 'अन्य' से जुड़ नहीं पाते। किन्तु टैगोर का कहना है कि 'निकटतम' के प्रेम में भी आध्यात्मिक विकास ही है, भले ही वह उसका प्रारम्भिक चरण हो, क्योंकि यहां भी 'स्व' से परे तो उठा गया ही है। अपनों से प्रेम में भी हम 'स्व' से बाहर 'अन्य' पर तो जाते ही हैं, यह भी, सीमित ही सही किन्तु एक दृष्टि से 'स्वार्थी' प्रवृत्तियों पर रोक तो है ही। अतः यहां 'स्व' के बन्धन से मुक्त होने की प्रक्रिया का प्रारम्भ तो हो ही जाता है।

अब हम इस प्रवृत्ति को और विस्तृत कर सकते हैं, तथा इसके अन्तर्गत 'अन्य' को भी समेट सकते हैं। प्रेम के 'सघन' होने का अर्थ है इसकी व्यापकता का विस्तार। प्रेम की अनुभूति, प्रेम की शक्ति प्रखर होती जाती है जैसे-जैसे प्रेम की व्यापकता बढ़ती है। इसका कारण यही है कि प्रेम का पूर्ण रूप तभी प्रकट हो सकता है, जब प्रेम की व्यापकता एकत्व की अनुभूति में प्रकट हो, जब सभी प्रकार के भेद, अन्तर समाप्त हो जायें।

इसी कारण टैगोर कहते हैं कि 'प्रेम' के मार्ग में प्रारम्भ में 'स्व' पर रोक लगने के कारण क्लेश एवं कष्ट तो होता है, उस समय अपनी किसी वस्तु के त्याग या बलिदान में 'दर्द' होता है, किन्तु धीरे-धीरे यह त्याग आदत बन जाती है, तथा अपनी वस्तुओं के त्याग में कष्ट के स्थान पर सहजता आने लगती है, और फिर दो किसी 'अन्य' के लिये अपना कुछ त्यागने में आनन्द मिलने लगता है। उपमा की भाषा में टैगोर कहते हैं कि प्रारम्भिक स्तर में त्याग कच्चे फल तोड़ने जैसा है, जहां शक्ति लगा कर फल को खींचना

**The Gardener*, 27.

पड़ता है, डढरी को भी विकृत करना पड़ता है, किन्तु धीरे-धीरे वही त्याग पके फल का आप से आप सहज रूप में हाथ में आ जाने जैसा हो जाता है। अब उसमें बल-प्रयोग की आवश्यकता नहीं वह सहज रूप में हो जाता है, तथा उसमें आनन्द प्राप्त होता है।*

प्रेम के इस विस्तृतीकरण की प्रक्रिया को, प्रेम कर्मों के उन रूपों को जहां आत्म उत्सर्ग सहज होता जाय, कई विधाओं में समझा जा सकता है। टैगोर ने इस पर बड़ा विचार किया है।

इसकी एक 'विधा' तो कर्मों एवं क्रियाओं के क्षेत्र में ही स्पष्ट हो जाती है। टैगोर की अनुशंसा है कि आत्म-बलिदान एवं त्याग के 'कर्म' 'अन्य' के शुभ के लिये किये जाते हैं। किन्तु इस प्रकार की 'क्रिया' उपयोगितावाद में अनुशंसित परहित क्रिया जैसी नहीं है। वहां तो 'क्रिया' का लक्ष्य 'सुख' ही है, तथा परहित में स्वहित भी समाविष्ट है। आत्मोत्सर्ग तथा त्याग की क्रिया ऐसी नहीं है। यहां 'स्व' का त्याग है अतः 'स्व' से सम्बन्धित 'सुखों' से ऐसी क्रिया सम्बन्धित नहीं हो सकती। टैगोर के अनुसार इस प्रकार की क्रिया का आधार 'भौतिक' नहीं, तात्विक है। इस प्रकार की क्रिया के पीछे 'तात्विक एकरूपता' की मान्यता है, यह मान्यता है कि तत्वतः कोई भेद, कोई अन्तर नहीं है, सब कुछ 'एक' ही है। आत्म-बलिदान एवं त्याग इस मान्यता पर आधृत है। इस दृष्टि से इन क्रियाओं में 'आत्म' अपनी मूलभूत स्वतंत्रता एवं एकरूपता को पाने लगता है। 'स्व' पर आधृत कर्म 'स्व' के बन्धन में हैं, 'स्व' के त्याग वाले कर्म में उन्मुक्तता है, उस बन्धन से स्वतंत्र होना है। इसी कारण इन कर्मों से भी आत्म-अनुभूति उत्पन्न होती है। इन कर्मों में भी अपनी मूल-स्वतंत्रता की ज्ञान चेतना जागती है। इसी कारण टैगोर इसे कर्मों में आत्म ज्ञान (Realisation in Action) कहते हैं।

इस प्रकार टैगोर 'प्रेम में आत्म-चेतना' (Realisation in Love) के साथ-साथ कर्मों में आत्म-ज्ञान (Relisation in Action) का भी उल्लेख करते हैं। वस्तुतः ये आत्म-ज्ञान के दो भिन्न-भिन्न ढंग नहीं हैं। बात यह है कि आत्म-ज्ञान का ढंग तो एक ही है, ऐसी कोई प्रक्रिया जो 'स्व' से ऊपर उठ 'आत्म' की ओर अग्रसर हो, अर्थात् ऐसी कोई प्रक्रिया जो 'प्रेम' को 'स्व' से ऊपर उठा विस्तृत कर सके 'आत्म-ज्ञान' का मार्ग हो सकता है। 'प्रेम' से, प्रेम में जब ऐसा हो, तो वह 'प्रेम में आत्मज्ञान है, तथा क्रियाओं में जब ऐसा होता है, तो वह 'कर्म में आत्म-ज्ञान' है। उसी प्रकार टैगोर कहते हैं कि सौन्दर्य बोध में भी ऐसा सम्भव है, सुन्दर संगीत में ऐसा सम्भव है। टैगोर इन कलात्मक माध्यमों को 'सौन्दर्य में आत्म-ज्ञान' (Realisation in Beauty) के अन्तर्गत रख देते हैं। कहा जा सकता है कि ये सभी एक ही प्रक्रिया के अंग हैं, क्योंकि वस्तुतः इन सबों से एक ही लक्ष्य की प्राप्ति होती है, वह है 'असीम का ज्ञान' (Realisation of the Infinite)। ध्यान देने की बात है कि क्रिया, प्रेम सौन्दर्य आदि के सम्बन्ध में टैगोर 'in' (में) शब्द का प्रयोग करते हैं—जैसे 'realisation *in* action'** किन्तु 'असीम' के साथ वे 'of' शब्द का

***Sādhanā*, p. 77.

**टैगोर ने सौन्दर्य के संदर्भ में "of" शब्द का व्यवहार किया है, किन्तु वहां "of" का अर्थ है माध्यम।

प्रयोग करते हैं (Realisation of the Infinite) शायद उनका तात्पर्य यही है कि प्रेम क्रियाओं तथा सौन्दर्य में जो आत्म-ज्ञान होता है, वह सभी वस्तुतः असीम का ही ज्ञान है।

अतः हम पुनः इन सभी आत्म-ज्ञान की विधाओं का विवरण करते हुए यह देखें कि किस प्रकार टैगोर उनमें 'असीम के ज्ञान' का संकेत देते हैं। अर्थात् हम, कर्मों में आत्म-ज्ञान, प्रेम में आत्म-ज्ञान तथा सौन्दर्य में आत्म-ज्ञान की चर्चा करते हुए देखें कि टैगोर के अनुसार कैसे इनमें असीम का ज्ञान निहित है।

'प्रेम' तथा 'क्रिया' की चर्चा तो एक साथ कर ही सकते हैं, क्योंकि दोनों में निहित प्रक्रिया एक ही है 'स्व' का सतत त्याग। टैगोर के अनुसार 'प्रेम' आनन्द है, तथा त्याग एवं बलिदान की क्रिया में भी आनन्द है। हम स्वतः स्वार्थ का त्याग करते हैं, 'स्व' का बलिदान करते हैं—क्योंकि यह आनन्द देता है। पूर्णतया स्वार्थी मनुष्य भी कभी-कभी जब अपने 'स्व' के घेरे में बंधा-बंधा ऊब जाता है तो दान देता है। इस 'दान देने' में उसे आनन्द प्राप्त होता है। यह 'आनन्द' सुख जैसा नहीं है। सुख तो ससीम आवश्यकताओं की पूर्ति से प्राप्त होता है। आनन्द इससे सर्वथा भिन्न है। यह 'आनन्द' असीमता की अभिव्यक्ति है, अतः ऐसे आनन्द की प्राप्ति 'असीम के ज्ञान' का रूप है। प्रेम में तथा आत्मोत्सर्ग जैसी क्रिया में असीम के आनन्दरूप की अनुभूति होती है।

इन दोनो ढंगों—प्रेम तथा क्रिया—की एक सामान्य विशेषता यह है कि यह व्यक्ति को अन्य के साथ बाह्य रूप में सम्बन्धित करता है। प्रेम तथा त्याग की क्रिया का स्पष्ट सम्बन्ध 'दूसरों' से है, अतः यह 'व्यक्ति' तथा 'अन्य' का सम्बन्ध है। किन्तु, टैगोर के अनुसार 'असीम' के ज्ञान' की ऐसी विधा भी है जो अन्तर में ही असीम को अनुभूत करे उसके लिये 'अन्य' से सम्बन्धित होना अनिवार्य नहीं। वस्तुतः यह भी 'प्रेम' ही है—यह प्रेम की आन्तरिक्तता का प्रस्फुटीकरण है। इसी संदर्भ में टैगोर सौन्दर्यबोध के माध्यम से आत्म-ज्ञान (Realisation of Beauty) की बात करते हैं।

इसकी व्याख्या टैगोर ने एक विशिष्ट ढंग से की है। वे कहते हैं कि यह तो सामान्य अनुभव की बात है कि जब किसी वस्तु से कोई आनन्द नहीं मिलता तो वह 'भार' बन जाती है। इसका कारण यह है कि साधारणतः हम वस्तुओं को उनकी उपयोगिता के अनुसार ही आंकते हैं जब तक वह उपयोगी है, हमारी अभिरुचि उसमें बनी रहती है, जब उसकी उपयोगिता समाप्त हो जाती है, तो अभिरुचि भी समाप्त हो जाती है। इसका कारण मात्र यही है कि हम उस वस्तु को अपने 'अहं' अपने 'स्व' से सम्बन्धित कर ही देखते हैं, और इस प्रकार उसे स्वार्थ पर तथा उपयोगिता की दृष्टि से ही परखते हैं। किन्तु यदि हम 'वस्तुओं' को 'स्व' से सम्बन्धित न देखें, यदि हम किसी प्रकार वस्तुओं में निहित ऐसे रूपों को देख सकें जो 'उपयोगिता' से परे हैं, तो उन रूपों की अनुभूति कभी भी भाररूप नहीं होगी, सदा आनन्ददायक ही होगी। टैगोर के अनुसार 'सौन्दर्य' वैसा ही एक रूप है। इसकी अनुभूति उपयोगिता-आधृत नहीं होती। सौन्दर्यानुभूति में हम वस्तुओं के स्थूल बाह्यरूप तक सीमित भी नहीं रहते, बल्कि कुछ ऐसा रूप देखते हैं जो शुद्ध, निर्मल आनन्द का कारक है। टैगोर का कहना है कि इस प्रकार की अनुभूति की शक्ति

हममें निहित है, हमारे स्वभाव के सर्वथा अनुकूल है, तथा यह भी आनन्दरूप होने के कारण असीमता की अनुभूति का एक ढंग है।

टैगोर का कहना है कि विश्व में सौन्दर्य तो चारों ओर फैला हुआ है। हर संगठन, हर व्यवस्था, हर सामञ्जस्य में सौन्दर्य प्रदर्शित है। जिसे हम कुरूपता कहते हैं वह वस्तुतः सौन्दर्य का विकृत रूप में प्रस्तुतीकरण है या सत्य की आंशिक अनुभूति पर आधृत अभिव्यक्ति है।* टैगोर के अनुसार कुरूपता का आधार हमारे देखने के ढंग में है, जहां कहीं हम 'सत्य' की झांकी देख लेते हैं, वहां हमें सौन्दर्यानुभूति होती है। इस प्रकार सौन्दर्यानुभूति 'सत्य' की झांकी है, सत्य-दर्शन है। यही कारण है कि वे 'सौन्दर्य' के माध्यम से असीम के ज्ञान की बात करते हैं। टैगोर की अनुशंसा है कि असीम की अनुभूति का इच्छुक व्यक्ति को प्रकृति के सौन्दर्य में लीन हो जाना चाहिये। अपने जीवन में उसे प्रकृति से एकरूप होकर जीना चाहिये। 'पौधों' को संवारते हुए पशु-पक्षियों को पालते हुए, तथा मिट्टी, पानी, हवा के रहस्यों को समझने का प्रयास करते हुए जीना चाहिये।** उसी प्रकार वे सौन्दर्यानुभूति एवं कलात्मकता की शक्तियों को विकसित करने की भी अनुशंसा करते हैं। विचारक का कवि-हृदय यह मानता है कि इनके माध्यम से असीम आनन्द की अनुभूति सम्भव है।

विभिन्न कलाओं में संगीत को वे कला का सबसे शुद्ध रूप मानते हैं। उनके अनुसार संगीत में सौन्दर्य की साक्षात अनुभूति होती है। टैगोर ने तो अनेक स्थलों पर यह भी कहा है कि सृष्टि के असंख्य रूप भी सृष्टि रूपी संगीत के शान्त, किन्तु प्रत्यक्ष रूप हैं।*** उनके अनुसार विश्व एक गीत है जो अपने गायक निर्माता से पृथक नहीं हो सकता। विश्व के हर पक्ष इसी समवेत संगीत के विभिन्न स्वर हैं। यह उपमा यह भी दिखाती है कि कैसे इन विभिन्न 'स्वरों' से असीम की अनुभूति सम्भव हैं; वे सभी 'स्वर' एक ही असीम संगीत के स्वर हैं। इस प्रकार टैगोर की विशिष्टता यही है कि उन्होंने 'सौन्दर्यबोध' को भी 'असीम' की प्राप्ति का साधन माना है।

टैगोर आध्यात्मक योग की भी बात करते हैं। किन्तु योग के अन्तर्गत वे उन बातों की चर्चा नहीं करते जिनकी चर्चा सामान्यतः योग के विवरण में की जाती हैं। उदाहरणतः वे आसन, अथवा विभिन्न शारीरिक यौगिक मुद्राओं की बात नहीं करते। योग का विवरण वे एक 'अनुशासन' के रूप में करते हैं जिसमें त्याग एवं बलिदान का भाव रहे। त्याग का अर्थ अपनी 'निजी' थातियों का त्याग है, 'स्व' का बलिदान है। इसका यह भी अर्थ नहीं कि सभी शारीरिक मांगों को निर्ममता से कुचलने की बात कही जा रही है। इसका अर्थ यह है कि स्वाभाविक प्रवृत्तियों को नियंत्रण में रखना है, सहेज कर एक उच्चतर दिशा में प्रवाहित करना है। इसी कारण यह 'स्व' का उन्मूलन नहीं है, बल्कि 'स्व' को अनुशासित करना है। इस दृष्टि से टैगोर का मत कुछ 'पूर्णतावाद' के सिद्धान्त से मिलता-जुलता है,

---

**Sādhanā*, pp. 140-41.

***The Creative Unity*, p. 201.

****Sādhanā*, p. 142.

क्योंकि यहां भी पूर्णतावाद के समान उच्चतर प्रवृत्तियों, तथा शारीरिक प्रवृत्तियों के बीच संतुलित समन्वय की अनुशंसा है, जिस समन्वय के अर्थ है उच्चतर प्रवृत्तियों के नियंत्रण में सामान्य प्रवृत्तियों के प्रवाह की दिशा का निवेश इसी कारण टैगोर कहते हैं, "The renunciation is not in the negation of the self, but in the dedication of it."*

अतः टैगोर के विचार में 'योग' के स्वरूप को अपने ढंग से उभारा गया है, यह भी अपनी चेतना को विस्तृत करने के साधन का नाम है, इसमें भी 'ऐक्य' की अनुभूति के अवरोधक 'भेदों' से क्रमशः ऊपर उठने का प्रयास है, और टैगोर के अनुसार, यह प्रयास प्रेम, भक्ति, सेवा तथा उच्चतर कर्मों के द्वारा सम्पन्न किया जा सकता है। वे कहते हैं, "[Yoga] is the daily process of surrendering ourselves, removing all obstacles to Union and extending our consciousness of him in devotion and service, in goodness and in love."**

इस प्रकार टैगोर का विचार है कि योग केवल ध्यान तथा एकाग्रता की विधि नहीं है, योग तो हमारे पूर्ण जीवन को आच्छादित करता है। योग का लक्ष्य 'ऐक्य' की प्राप्ति है, अतः योग की विधि विचार और कर्मों को असीम की चेतना की ओर अनुशासित करने की विधि है। 'योग' का अर्थ है कि यह प्रक्रिया हर दिन सहज तथा सरल होती जाय। इसकी पहचान प्रतिदिन बढ़ते हुए आनन्द की अनुभूति से सम्भव है। योग आनन्द का मार्ग है, आनन्दमय प्रक्रिया है। टैगोर कहते हैं, "Let the realisation of this truth become easier everyday of our life, that none could live or move if the energy of the all-pervading joy did not fill the sky. In all our actions let us feel the impetus of that infinite energy and be glad."*** इसी अनुभूति को टैगोर 'असीम को आत्मसात करना' (Realisation of the Infinite) कहते हैं।

टैगोर का मानववाद

टैगोर के दर्शन या विचार का विवरण बिना उनके मानववादी विश्वासों के उल्लेख के अपूर्ण रह जायगा। एक दृष्टि से तो यह भी कहा जा सकता है कि उनकी मानववादी मनोवृत्ति की छाप तो उनके विचार के हर पक्ष पर है, फिर भी वे अपने मानववादी विश्वास को कभी भी संकीर्ण तथा पक्षपातपूर्ण 'मानवतारोपणवाद' (Anthropomorphism) में परिवर्तित नहीं होने देते।

एक अर्थ में तो यह भी कहा जा सकता है कि टैगोर केवल भौतिक जगत का ही नहीं, बल्कि 'ईश्वर' का भी मानवीकरण कर देते हैं। अपनी पुस्तक (*Religion of Man*) में

***The Religion of Man*, p. 182.

***Sādhanā*, p. 149.

***Ibid.

पुस्तक के उद्देश्य को स्पष्ट करते हुए कहते हैं, The idea of the humanity of God or the divinity of man.... is the main purpose of the book."* उनके अनुसार 'ईश्वर की मानवीयता तथा मनुष्य का ईश्वरत्व' का विचार इतना केन्द्रीय है कि वे अनेकों प्रकार से इसे विकसित कर रूप देने का प्रयास करते रहे हैं। कभी-कभी मनुष्य को ही ऊंचा उठा कर ईश्वरत्व से विभूषित किया गया है, तो कभी-कभी ईश्वर को मानव हृदय में बिठा उसके मानवीय रूपों को उभारने का प्रयत्न हुआ है। ऐसा प्रतीत होता है कि टैगोर का ईश्वर एक ही साथ ईश्वरत्व तथा मानवरूप दोनों का समन्वयित संगठन है। टैगोर का यह विश्वास इतना ठोस है कि वे कहते हैं कि यदि इस विश्वास पर मानवतारोपण (Anthropomorphism) का दोष लगाया जाता है तो इसका यही अर्थ होगा कि मानव को मानव कहने में भी दोष है।**

इस प्रकार का आक्षेप भी बहुधा इसी कारण किया जा सकता है कि लोग टैगोर के मानववादी दृष्टि की विशिष्टता पर ध्यान नहीं देते। टैगोर के मानववाद का निचोड़ यही है कि मानवीयता की अनुभूति आनन्द का स्रोत है, अतः किसी भी वस्तु या तत्व में मानवीयता देखना—उसके मानवीय रूपों को पा लेना—आनन्द उत्पन्न करने का आधार है। हमारा मन, हमारी दृष्टि कुछ अर्थों को व्यक्त करती हैं, ये अर्थ हमारे देखने के ढंग पर निर्भर हैं। टैगोर कहते हैं कि 'यह तो प्रायः एक स्वतः सिद्ध सत्य जैसा है कि हमारे लिये जगत वही है जिस रूप में वह हमें दिखाई देता है। हमारा मन एक प्रकार से एक दर्पण जैसा है जिसमें, बाहर जो घटित हो रहा है, वह प्रायः उसी रूप में इस दर्पण में प्रतिबिम्बित हो रहा है।'*** अतः हम यदि अपनी दृष्टि के ढंग बदल दें, तो सम्भव है कि जंगलों के पेड़ हमें भागते दिखाई पड़ें, जो दर्दकारक प्रतीत होता था वह सुखदायी प्रतीत हो। अतः इस अर्थ में टैगोर मानवीय दृष्टि को एक प्रकार की प्राथमिकता देते हैं। यही प्राथमिकता टैगोर के मानववादी विश्वास का आधार है। इसी प्राथमिक दृष्टि के अनुरूप वे यह भी मानते हैं कि जब जगत की प्रतीति में इस दृष्टि के अनुरूप संरचनायें प्रकट होती हैं, तो इस दृष्टि की विशिष्टता जगत को एक विशेष अर्थ अवश्य दे सकती है। टैगोर के अनुसार वह विशेष अर्थ यही जगत का मानवीय अर्थ है, यह अर्थ है कि मानव जिस वस्तु से वास्तविक अर्थ में—सच्चे रूप में—सम्बन्धित हो जाता है वह उस वस्तु को मानवीय रूप दे देता है। उदाहरणतः टैगोर स्वयं सूर्योदय के सौन्दर्य का उदाहरण लेते हुए कहते हैं कि इस सौन्दर्य के प्रति हम सदा एक आन्तरिक रुझान अनुभव करते हैं। इस रुझान का कारण सूर्योदय में वस्तुनिष्ठ रूप में नहीं मिल सकता, इसका आधार यही है कि हम सूर्योदय को अपनी अभिरुचि से सम्बन्धित करके देखते हैं, अपने सौन्दर्यबोध की शक्ति के अनुरूप देखते हैं। इस अर्थ में सूर्योदय का एक प्रकार से मानवीय अर्थ स्पष्ट होता है। इस प्रकार के मानवीय अर्थ के अवबोध आनन्द की सरिता

*_The Religion of Man_, p. 17.
**Ibid., p. 114.,
***_Personality_, p. 17.

छिपी है । टैगोर के मानववाद की विशिष्टता इसी प्रकार के मानवीय अर्थों को पाने के आधार पर आनन्द की उपलब्धि है ।

यही कारण है कि टैगोर के लेखों, रचनाओं, प्रतिमाओं में हम सदा एक मानवीय रूप का स्पर्श पाते ही हैं । यदि किसी सरिता के प्रवाह का विवरण है, तो वहां एक गीत के साथ एक नौका ऊपर हो ही जाती है; यदि एक सुन्दर दृश्य का चित्रण प्रस्तुत होता है, तो उसमें मानवीय रूप अवश्य ही उभर आते हैं; यदि एक पुष्प के सौन्दर्य का चित्र खींचा जा रहा है, तो वह पुष्प आत्म के लिये ईश्वरीय सन्देश के रूप में प्रकट होता है, यदि वर्षा का विवरण प्रस्तुत होता है, तो वर्षा की बूंदें, गांव की झोंपड़ियों के अंधकार की पृष्ठभूमि में उठते हुए मन्दिर के शीर्ष पर पड़ती हुयी चित्रित होती हैं, तथा यदि किसी एकान्त की शान्ति का चित्रण होता है, तो उस शान्ति की गहनता एक मधुर गीत के धीमे स्वरों से संवरती हुयी उभरती है । ये सभी उदाहरण टैगोर की रचनाओं के हैं, तथा इसी से यह भी स्पष्ट हो जाता है कि क्यों टैगोर बाह्य जगत को 'मानव के आत्म-रूप का पालना' (Cradle of human spirit) कहते हैं । यही कारण है कि टैगोर के विवरणों में, 'जीवन', 'लय', सौन्दर्य, सामञ्जस्य, व्यवस्था, संगठन, प्रेम, आनन्द, संगीत आदि के भाव बड़े महत्त्वपूर्ण बन जाते हैं । ये सब मानवीय भाव हैं, तथा जगत को मानवीय रूप देने के कारण इतने महत्त्वपूर्ण बन जाते हैं ।

यदि हम टैगोर के द्वारा चित्रित किये उपमाओं, सादृश्यताओं तथा प्रतिमाओं पर ध्यान दें, तो हम पायेंगे कि प्रायः वे सभी मानवीय भावनाओं तथा आकांक्षाओं पर ही आधृत हैं । उदाहरणतः 'Lover's Gift and Crossing' में वे कहते हैं, 'O, listen to the secrets of the world, I known that lily is pale for moon's love. The lotus draws its veil aside before the morning sun and the reason is simple.'*

The world to you is like an old woman's chant पुनः at her spinning wheel—unmeaning rhymes crowded with random urages".** लिली फूल और चन्द्रमा, सूर्य और कमल के बीच मानवीय सम्बन्ध देखा जा रहा है, विश्व की समझ का आधार बूढ़ी महिला के चर्खा पर गाये हुए अर्थहीन शब्दों के गीत को बनाया जा रहा है। इस प्रकार की प्रतिमायें उनकी रचनाओं में भरी पड़ी हैं। उन सबों से यही स्पष्ट होता है कि टैगोर का ढंग मानवीय भावनाओं के द्वारा अर्थनिरूपण का ढंग है, तथा यही उनके मानववादी विश्वास की नींव है ।

इसी कारण वे बार-बार कहते हैं कि विश्व को समझने का शुद्ध बौद्धिक प्रयास सफल नहीं हो सकता, क्योंकि यह ठण्डा, दूरस्थ, तटस्थ ढंग से विश्व को देखना है, विश्व को 'अपना' कर उसे समझने की चेष्टा नहीं है । मानववाद भावनाओं के साथ विश्व को 'अपनाता' है, तथा निकट से देखता है । बौद्धिक दर्शन इस प्रकार की दृष्टि की उपेक्षा

**Lovers Gift and Crossing*, Lover's Gift, p. 17.

**Ibid., p. 24.

करता है, किन्तु टैगोर का कवि हृदय विश्व के साथ मानवीय-सम्बन्ध स्थापित करता है। टैगोर इसे स्वीकारते हुए कहते हैं,

"I have great faith in humanity. Like the sun it can be clouded, but never extinguished. ... We are waiting for the time when the spirit of the age will be incarnated in a complete human truth and the meeting of men will be translated into the unity of men."*

*Anthony Soares, Ed., *Lectures and Addresses of Rabindranath Tagore*, p. 146.

महात्मा गांधी

जीवन

महात्मा गांधी का जन्म २ अक्टूबर, १८६९ को पोरबन्दर में हुआ था। परिवार तो वैश्य के पेशे का था, किन्तु उनके पितामह, पिता तथा चाचा नौकरी में थे। उनके पिता तो राजकोट के दरबार में कुछ दिनों के लिये प्रधान मंत्री के पद पर भी रहे थे। वैसे तो उनका परिवार रूढ़िवादी विचारों का परिवार था, किन्तु इनके मातापिता अपने बच्चों की शिक्षा-दीक्षा की व्यवस्था में कट्टरपंथी नहीं थे, अतः मोहनदास करमचन्द गांधी को आधुनिक शिक्षा भी उपलब्ध हुयी। इस प्रकार उनका प्रारम्भिक जीवन एक मिश्रित वातावरण में विकसित हुआ। वे धार्मिक एवं नैतिक परम्परा से भी पूर्णतः अवगत हो गये, तथा आधुनिकता तथा आधुनिक समय की मांगों की ओर भी जागरूक रहे।

उनके जीवन के हर वृत्तान्त में एक घटना का उल्लेख आता है, अपने बाल्यकाल में मित्रों के बहकावे में आकर उन्होंने मांसपान तथा धूम्रपान किया था। इस घटना का उनके जीवन के लिये बड़ा महत्त्व है, क्योंकि इस घटना से उनकी नैतिकता की भावना पूर्णरूपेण जाग गयी।

१८८८ में उन्हें विधि के अध्ययन के लिये इंग्लैण्ड भेजा गया। तब तक उनके पिता की मृत्यु हो चुकी थी, किन्तु उन्हें इंग्लैण्ड जाकर अध्ययन करने की अनुमति तब मिली जब उन्होंने अपनी मां के समक्ष निष्ठापूर्वक शपथ ली कि वे विदेश में धूम्रपान आदि न करेंगे तथा बुरी संगत में न रहेंगे। वस्तुतः यह 'शपथ' उनके जीवन में संकल्प-शक्ति के प्रतीक के रूप में प्रतिष्ठित हुयी। इससे उन्हें यह भान होता कि संकल्प तथा निष्ठावान निश्चय से किसी कार्य को भी सम्पन्न किया जा सकता है।

इंग्लैण्ड में अपने विधि-अध्ययन के साथ-साथ पाश्चात्य संस्कृति की अच्छाइयों को भी समझने, जानने का प्रयास किया। १८९१ में वे विधि के 'बैरिस्टर' बन कर भारत वापस आये। कुछ दिनों के बाद किसी व्यापारी के मुकदमे के सिलसिले में वे दक्षिण अफ्रीका गये। अफ्रीका-वास उनके जीवन को महत्त्वपूर्ण मोड़ देने का उपकरण बन गया। वहां उन्होंने जाति एवं रंग भेद का नंगा नाच देखा; सफेद वर्णवालों के रंगभेद पर आधृत अत्याचारों को अपनी आंखों से देखा तथा भुगता भी। इस अनुभव ने उनके जीवन तथा कार्य ढंगों को एक नयी दिशा में प्रवाहित कर दिया। वहीं, दक्षिण अफ्रीका में ही उन्होंने प्रेम से 'अशुभ' पर विजय पाने वाले अपने ढंगों का प्रयोग प्रारम्भ कर दिया। उन्होंने वहीं अनैतिक एवं रंगभेद पर आधृत नियमों के विरुद्ध अपने 'शान्तिपूर्ण प्रतिवाद' का प्रारम्भ कर दिया। उन्हीं प्रारम्भिक प्रयोगों में उनके धार्मिक एवं नैतिक विचारों का उद्भव हुआ।

दक्षिण अफ्रीका के अपने नीतिपूर्ण नैतिक अनुभवों के साथ वे भारत वापस आये। दक्षिण अफ्रीका के अपने संघर्ष में ही उन्हें यह भान हो गया था कि रंगभेद से पीड़ित व्यक्तियों

को मुक्त करने के लिये एक प्राथमिक अनिवार्यता राजनैतिक स्वतंत्रता की है। अतः वे भारत इस संकल्प के साथ वापस आये कि अब उन्हें जीवन की समस्त शक्ति को भारत की स्वतंत्रता के लिये लगा देनी है। भारत के उत्थान के लिये उन्हें दो बातों की तात्कालिक अनिवार्यता प्रतीत हुयी—एक तो राजनैतिक स्वतंत्रता पाने की अनिवार्यता, तथा दूसरी बात जो उन्हें उतनी ही अनिवार्य प्रतीत हुयी, वह थी दलित एवं अछूत वर्गों की स्थिति में सुधार। अतः वे भारत के सामाजिक सुधार में अछूतोद्धार तथा अन्य प्रकार के वर्ण भेदों को हटाने के कार्य में भी कार्यरत हुए। इसी प्रयत्न में उन्होंने यह भी समझ लिया कि उनकी अहिंसक सत्याग्रह की विधि, जिससे वे छोटी-छोटी समस्याओं का समाधान कराते रहे हैं, पूर्णतया सशक्त विधि है जिसे राजनैतिक गुलामी जैसी बड़ी समस्या से जूझने के लिये भी उपयोग में लाया जा सकता है। भारत में १९२० से १९४८ तक के उनके जीवन की घटनाओं से घर-घर परिचित हैं, अतः यहां हम उन्हें नहीं दुहरा रहे, कुछ इस कारण भी कि यहां हमारा उद्देश्य गांधी के विचारों को स्पष्ट रूप में प्रस्तुत करना है।

उनके विचारों पर प्रभाव

यह कहना सर्वथा उचित है कि महात्मा गांधी के विचारों में एक मौलिकता है, नवीनता तथा ताजगी है, फिर भी, यह भी सच है कि उनके विचारों ने कुछ प्रभावों के अन्तर्गत ही अपना रूप लिया है। एक प्रमुख प्रभाव, जिसकी छाप उनकी मानसिकता पर उनके प्रारम्भिक जीवन में ही पड़ी, वह हिन्दू परम्परा की छाप है। उनका बाल्यकाल एक ऐसे वातावरण में व्यतीत हुआ था जिसमें हिन्दू धर्म एवं परम्परा के प्रति प्रबल श्रद्धा थी। बहुत ही छोटी उम्र में गांधी ने गीता तथा रामायण का अध्ययन कर लिया था, और इसके साथ वैष्णव तथा जैन साहित्य में भी प्रवेश पा लिया था। इन अध्ययनों से उनकी धार्मिकता तथा नैतिक भावना को पनपने का आधार मिल गया।

इंगलैण्ड में उनका परिचय वहां के कुछ बुद्धिजीवियों से हुआ तथा साथ-साथ वे ईसाई धर्म को भी जान पाये। कहा जाता है कि रोम के सेंट पीटर्स में जब उन्होंने ईसा मसीह की प्रतिमा देखी, तो उनकी आंखों में आंसू निकल पड़े। महात्मा गांधी के मन में ईसा के जीवन तथा व्यक्तित्व के प्रति अपार श्रद्धा थी। इसी प्रभाव में अपने विचारों में भी उन्होंने ईसा की कुछ शिक्षाओं को महत्त्वपूर्ण स्थान दिया है। इस प्रभाव के लिये, कुछ सीमा तक वे टालस्टाय के ऋणी हैं। टालस्टाय ने अपने *'The Kingdom of God is Within you'* में ईसाई शिक्षा को एक नये रूप में प्रतिष्ठित किया था। उनके द्वारा ईसाई धर्म के अर्थ-निरूपण में गांधी ने सारगर्भित विचार पाया। विशेषतः टालस्टाय ने जिस ढंग से कष्ट झेलने की शक्ति तथा उसमें निहित गरिमा का चित्र खींचा उससे गांधी बड़े प्रभावित हुए, उनके लिये यह एक प्रकार से अपने सत्याग्रह-विचार को बढ़ाने का प्रेरणा-स्रोत बन गया। उसी प्रकार अमेरिकन विचारक थोरू के विचारों का प्रभाव भी गांधी के मन पर पड़ा। थोरू का 'सामाजिक अवज्ञा' के विचार में गांधी ने एक नवीन सम्भावना देखी, उन्हें लगा

कि इस विचार के विकसित रूप अहिंसक सत्याग्रह का रूप हो सकता है, जिसका उपयोग बड़ी-बड़ी सामाजिक एवं राजनैतिक समस्याओं पर भी किया जा सकता है।

इनके अतिरिक्त गांधी ने अपना परिचय 'इस्लाम' तथा 'जोरास्ट्रीयन' धर्मों से भी बढ़ाया था। रसकीन तथा उस समय के कुछ प्रसिद्ध 'थियोसोफिस्ट' विचारकों की भी जानकारी प्राप्त करने का उन्हें अवसर प्राप्त हुआ। इन सभी प्रभावों को अपनी मानसिकता में सहेज कर गांधी ने अपने ढंग से 'अपना प्रयोग' प्रारम्भ किया। उन्होंने इस प्रयोग का क्षेत्र वृहत रखा, यह प्रयोग नैतिक, धार्मिक, सामाजिक, राजनैतिक तथा सामान्य अस्तित्व-मूलक समस्यायें—इन सभी क्षेत्रों पर होता रहा। उन्होंने यह प्रयोग अपने आन्तरिक अनुशासन के लिये भी किया, तथा बाह्य जीवन की समस्यायों पर भी किया। अतः कहा जा सकता है कि उनके विचार वस्तुतः इन्हीं प्रयोगों के निचोड़ हैं। गांधी ने अपने जीवन की कहानी को 'सत्य पर हमारे प्रयोग' (My Experiments with Truth) कहा है।

ईश्वर एवं सत्य
(*God and Truth*)

गांधी ने मानव जीवन से सम्बन्धित हर सम्भव पक्ष पर विचार किया है, उनके इस विशद विचार की विशिष्टता यह है कि उनके विचार का केन्द्रीय पक्ष, जो किसी न किसी रूप से हर विचार में मूल रूप में व्यक्त है, उनका 'ईश्वर-विचार' है जो उनका 'सत्य' के मूल रूप का विचार भी है।

वैसे 'ईश्वर' तथा 'सत्य' का एकीकरण उनके विचारों की दार्शनिक व्यवस्था में कठिनाई उत्पन्न कर देता है। वस्तुतः गांधी के अध्ययन में दर्शनशास्त्रियों को यह कठिनाई होती है कि वे गांधी के ईश्वर-विचार अपने किसी शास्त्रीय ढांचे में रख नहीं पाते। गांधी ने तो दर्शनशास्त्र का शास्त्रीय अध्ययन तो नहीं किया था, अतः उनके लिये 'सर्वेश्वरवाद' केवल निमित्तेश्वरवाद आदि जैसे ढांचे प्रासंगिक ही नहीं हैं। फिर भी, अपनी सुविधा के अनुसार, तथा मोटे-तौर से हम इतना तो ही कह सकते हैं कि गांधी का ईश्वर-विचार 'वैष्णव' मत के 'ईश्वरवादी' विचार जैसा ही है। शैशव काल में ही उनके मन पर वैष्णव मत की छाप पड़ी थी। उनका लालन-पालन जिस ढंग से हुआ था, उससे भी वैष्णव आस्था उनके मन में जड़ पकड़ती रही। अतः वे अपने ईश्वर-विचार में ईश्वर का उस रूप में तो चित्रण करते ही हैं जिस रूप में शास्त्रीय ईश्वरवाद में विवरण होता है, किन्तु उस विवरण में भी वैष्णव मत की छाप स्पष्ट है।

वैष्णव विचारक पूर्णतया ईश्वरवादी हैं। वे वेदों तथा उपनिषदों को महत्त्व देते हैं, तथा उनसे प्रेरणा भी लेते हैं। किन्तु वैष्णव मत का भारत में प्रादुर्भाव एक विशेष पृष्ठभूमि में हुआ है। भारत में उपनिषदों पर आधृत वेदान्त की 'अद्वैत' धारा बड़े प्रबल रूप में प्रवाहित हुयी थी। शंकर ने इस धारा को सबल रूप में प्रतिष्ठित कर दिया। अद्वैत वेदान्त की मूल मान्यता है कि परम सत् पूर्णतया निर्गुण-अनिर्वचनीय सत् है। इस ब्रह्म के अतिरिक्त और कुछ सत् नहीं है, तो जगत जो वास्तविक दिखाई देता है, वह भी सत् नहीं है, उसकी

वास्तविकता भ्रामक है। प्रश्न है कि इस प्रकार का भ्रम उत्पन्न कैसे होता है ? तो इसके उत्तर में शंकर जैसे अद्वैत विचारक कहते हैं कि यह अज्ञान के कारण दृष्टिभ्रम है। इस अज्ञान, जगत, उसका भ्रामक रूप आदि की व्याख्या के लिये अद्वैत दर्शन में 'ईश्वर' तथा 'माया' का विचार उत्पन्न होता है। यह ईश्वर जगत का स्रष्टा है, किन्तु जब जगत की प्रतीति ही भ्रामक है, तो इस भ्रम के तात्त्विक भ्रम-निवारण में जगत के साथ ईश्वर की भी आवश्यकता नहीं रहेगी, केवल एक सत्-ब्रह्म रह जायगा। तो, अद्वैत दर्शन में तात्त्विक दृष्टि से 'ईश्वर' भी अवास्तविक ही हो जाता है।

वैष्णव विचारक यह स्वीकार नहीं कर सकते, अतः अद्वैत दर्शन की पृष्ठभूमि में, एक प्रकार से उसके प्रतिवाद में, विभिन्न वैष्णव विचारकों में 'जगत' तथा 'ईश्वर' दोनों के सत्-रूप को स्थापित करने की चेष्टा की। इनकी मान्यता है कि ईश्वर ही सत् है, सृष्टि का रचयिता है, तथा संरक्षक है। इस विचार के अनुरूप वैष्णव दर्शन में एक प्रधान विचार का भी उद्भव हो जाता है। अद्वैत वेदान्त जब एक सर्वथा अनिर्वचनीय ब्रह्म को परम सत् मानता है, तो ब्रह्मानुभूति का ढंग निवृत्ति ज्ञान ही हो सकता है। ध्यान, एकाग्रता और समाधि का ही ढंग हो सकता है, क्योंकि अमूर्त, निर्गुण सत् के साथ वैयक्तिक, अथवा मानवीय, अथवा भावनात्मक सम्बन्ध सम्भव नहीं है। इस स्थल पर भी वैष्णव विचारक अद्वैत विचारकों के विपरीत मानते हैं कि ईश्वर सगुण है, उससे भावनात्मक भक्ति का सम्बन्ध सम्भव है। फलतः जहां अद्वैत दर्शन में ज्ञान-मार्ग को प्रधानता मिली, वैष्णव दर्शन में भक्तिमार्ग ही सर्वोपरि बना। इन विचारकों का कहना है शुद्ध ज्ञानात्मक ढंग तो ईश्वर को पा ही नहीं सकता, क्योंकि वह, अपने ढंग में निहित ज्ञाता एवं ज्ञेय के द्वैत से ऊपर नहीं उठ सकता। इनके अनुसार ईश्वर प्राप्ति का अर्थ है 'ईश्वर' को आत्मसात करना, अपने अन्तर में अनुभूत करना। यह तभी सम्भव हो सकता है जब हर प्रकार का द्वैत समाप्त हो जाय, और यह भावनात्मक भक्ति के द्वारा ही सम्भव है। वैष्णव मत के कारण यह विचार सामान्य जनमानस के अनुरूप सिद्ध हुआ तथा सामान्य लोगों में सहजता से इसे अपना लिया। अपने सहजता एवं सरलता के कारण यह किसी न किसी रूप में घर-घर में प्रवेश कर गया।

इस प्रकार के वैष्णव ईश्वरवाद की छाप गांधी के मानस पर थी। फलतः उनका ईश्वर-विचार भी पूर्णतया ईश्वरवादी है। यह भी ठीक है किसी-किसी स्थल पर गांधी के ईश्वर-विवरण में अद्वैत मत के 'निर्गुण' रूप के विवरण जैसी कुछ बात कही जाती है। किन्तु वैसा इस कारण होता है कि गांधी को यह विश्वास है कि 'सगुण' तथा 'निर्गुण' का जो शास्त्रीय अन्तर है, वह सामान्य आस्थावान तथा धार्मिक व्यक्ति के लिये एक प्रकार से अप्रासंगिक है। उनकी यह मान्यता है कि ईश्वर-विचार के द्वारा हम मात्र अपनी बौद्धिक जिज्ञासाओं को ही शान्त नहीं करते, बल्कि इस विचार से जीवन को बल, सन्तोष तथा भावनात्मक ढांढस भी प्राप्त होता है। गांधी का कहना है कि ईश्वर में आस्था तभी सच्ची आस्था हो सकती है जब वह आस्थावान व्यक्ति को जीवन के साथ संयोजन में सहायक सिद्ध हो। आस्था में यह बल निहित होता है। वे स्पष्ट कहते हैं, "...He is no God who merely satisfies the intellect, if He ever does. God to be God, must rule the heart and transform it."*

किन्तु, ऐसा तो तभी सम्भव हो सकता है जब हमारा ईश्वर के साथ मानवीय, तथा पारस्परिक सम्बन्ध स्थापित हो सके, और इसके लिये यह मानना पड़ता है कि ईश्वर का स्वरूप भी पुरुषरूप है, कि ईश्वर भी मानवीय सम्बन्धों का प्रतिदान कर सकता है। गांधी ऐसा स्वीकारते हैं। वे भक्ति-परम्परा के संतों के जीवन तथा वाणी से बड़े प्रभावित थे, अतः उनके लिये 'ईश्वर' का इस प्रकार का व्यक्तित्वपूर्ण रूप उभारना सरल हो गया। इसमें उन्हें पवित्र बाइबल, तथा कुरानशरीफ के अध्ययन से भी कुछ आधार मिला।

किन्तु गांधी के ईश्वर-विचार की इस ईश्वरवादी धारा को एक वैचारिक कठिनाई का भी सामना करना पड़ता है। गांधी ने 'ईश्वर' तथा 'सत्य' का एकीकरण किया है। कठिनाई यह है कि 'सत्य' जो एक अवैयक्तिक भाव है, उसको व्यक्तित्वपूर्ण ईश्वर के साथ एकरूप कैसे किया जा सकता है। गांधी ईश्वर-विचार को समझने में इस प्रारम्भिक कठिनाई से उपजी समस्या को समझना आवश्यक है। गांधी ने इसे अपने ढंग से सुलझाया है।

सत्य ईश्वर है

इस समस्या के समाधान के लिये गांधी की इस संदर्भ में दी गयी मूलोक्ति—'सत्य ईश्वर है' का विश्लेषण अनिवार्य है, तथा इसके लिये एक प्रकार से गांधी की विचार-व्यवस्था में प्रवेश करना पड़ता है। ऐसा लगता है कि गांधी को इस कठिनाई की अवगति थी, क्योंकि वे अपनी बात को पुनः-पुनः स्पष्ट करने का प्रयास करते हैं। वे विचार के उस क्रम को स्पष्ट करना चाहते हैं जो उन्हें ईश्वर को 'सत्य' कहने के लिये बाध्य करता है। उनके शब्दों में, "In my early youth I was taught to repeat what is Hindu scriptures are known as one thousand names of God. But these one thousand names of God were by no means exhaustive. We believe—and I think it is the truth—that God has as many names as there are creatures, and therefore we also say that God is nameless, and since God has many forms we also consider him formless, and since He speaks to us in so many tongues, we consider Him to be speechless and so on.... if it is possible for the human tongue to give the fullest description, I have come to the conclusion that for myself God is Truth."**

यहां स्पष्ट रूप में कहा जा रहा है कि जिस प्रकार ईश्वर का विवरण दिया जाता रहा है, वे सब किसी न किसी रूप में किसी विशेष परिप्रेक्ष्य पर आधृत होते हैं, ईश्वर को अनेकों नाम दिये जा सकते हैं, अतः उन्हें 'अनाम' कहा जाता है, उनके असंख्य रूप हो सकते हैं, अतः ईश्वर को 'सत्य' कहा जाता है आदि-आदि। तो, गांधी को यह आवश्यक प्रतीत

Young India, 11-10-28, 310.

**Ibid., 31-12-31, p. 427.

हुआ कि इन सभी परिप्रेक्ष्य-आधृत विवरणों से ऊपर उठ, इन सबों को समाविष्ट करते हुए ईश्वर का एक पूर्ण विवरण का प्रयास हो। उन्हें लगा कि उनके लिये तो वह विवरण 'ईश्वर' को 'सत्य' कहने में मिल जाता है।

इसका कुछ और विश्लेषण करें। प्रथमतः यह तो स्पष्ट ही है कि ईश्वर को 'सत्य' कहा जाना एक विचारपूर्ण खोज का परिणाम है—एक 'नाम' या 'कोटि' की खोज का परिणाम है जिससे ईश्वर को संगतरूप में विभूषित किया जा सके। पुनः, यह भी स्पष्ट हो रहा है कि 'सत्य' ही एक ऐसी कोटि हो सकती है जिसका ईश्वर के साथ एकीकरण हो सकता है। एक मात्र 'सत्य' ही ऐसी कोटि है जिसे पूर्णतया वास्तविक कहा जा सकता है। निषेधात्मक नामों के द्वारा ईश्वर का भावात्मक स्वरूप प्रकाश में नहीं आता, और भावात्मक नामों में 'सत्य' ही ऐसा कर पाता है। 'सत्य' की उत्पत्ति 'सत्' से ही है, और 'सत्' का अर्थ है "है", 'जिसका निषेध न हो सके'। अतः ईश्वर को 'सत्य' के साथ, एकरूप करने में दोनों बातें कही जा रही हैं कि 'ईश्वर है' तथा यह भी कि 'ईश्वर का निषेध' नहीं हो सकता।

किन्तु बाद में गांधी ने अपने कथन में थोड़ा परिवर्तन किया। वे 'ईश्वर को सत्य' न कह कर 'सत्य ही ईश्वर है' कहने लगे। वैसे इस प्रकार का परिवर्तन तर्कतः उपयुक्त नहीं होता। हम 'सभी मरणशील हैं' वाक्य के स्थान पर यह नहीं कह सकते कि सभी 'मरणशील जीव मनुष्य हैं'। किन्तु तर्कशास्त्र में भी इस अयुक्तता का अपवाद है। यदि किसी वाक्य के उद्देश्य तथा विधेय दोनों एकरूप हों—दोनों में पूर्ण तादात्म्य हो, तो इस प्रकार का परिवर्तन भी तर्कतः उपयुक्त होगा। अतः इस परिवर्तन के समर्थन में एक बात तो यही कही जा सकती है कि जब गांधी के अनुसार 'ईश्वर' तथा 'सत्य' पूर्णतया एकरूप हैं तो 'ईश्वर सत्य है' के स्थान पर 'सत्य ईश्वर है' कहने में कोई दोष नहीं है।

किन्तु, गांधी ने जिस कारण से यह परिवर्तन किया वह इतना सरल नहीं है। उनके मन में इस परिवर्तन का विचार कैसे उपजा इसका विवरण देते हुए वे कहते हैं, "But deep down in me I used to say that though God may be God, God is Truth above all....But two years ago I went to a step further and said Truth is God, you will see the fine distinction between the two statements, viz. that God is Truth and Truth is God. And I came to the conclusion after a continuous and relentless search after Truth...."*

स्पष्ट है कि गांधी के विचार में यह परिवर्तन आकस्मिक नहीं, महत्त्वपूर्ण है। वे सतत प्रयास के बाद ही इस निष्कर्ष पर पहुंचते हैं, तथा उनका यह भी कहना है कि इन दोनों कथनों में अन्तर है, तथा यह भी कि 'सत्य को ईश्वर' कहने में वे 'ईश्वर को सत्य' कहने से आगे बढ़ जाते हैं।

यह दिखाता है कि इस परिवर्तन के आधाररूप में गांधी के लिये कुछ महत्त्वपूर्ण कारण हैं। एक कारण तो यही है कि 'सत्य' शब्द से वैसी विभिन्नतायें सूचित नहीं होतीं जितनी

---

*_Young India_, 31-12-31, p. 427.

'ईश्वर' शब्द से सूचित होती हैं। ईश्वर एक हो सकता है, अनेक हो सकता है, वह ईश्वरवादी हो सकता है, सर्वेश्वरवादी हो सकता है, केवल निमित्तेश्वरवादी हो सकता है या किसी अन्य रूप का। किन्तु 'सत्य' 'सत्य' है, उससे ऐसी विभिन्नतायें सूचित नहीं होतीं। पुनः इस परिवर्तन का इससे भी अधिक प्राथमिक एक आधार और है। गांधी का कहना है कि 'ईश्वर' पर तो बौद्धिक रूप में संशय किया जा सकता है, इसका खण्डन अथवा निषेध भी किया जा सकता है। किन्तु 'सत्य' का निषेध आत्म-व्याघातक है। इतिहास क्रम में ऐसे संशयवादी तथा निरीश्वरवादी हुए हैं जिन्होंने सबल तर्कों के द्वारा ईश्वर-अस्तित्व का खण्डन किया है, किन्तु वे भी 'सत्य' के खण्डन की कल्पना भी नहीं करते। कोई बौद्धिक तर्क 'सत्य' को नहीं नकार सकता। सच पूछा जाय तो ईश्वर समर्थक तथा ईश्वरविरोधी विचारकों के बीच यदि कोई सहमतियुक्त मान्य बात है, जिसके सम्बन्ध में उनमें भी मतभेद नहीं हो सकता, तो वह 'सत्य' ही है। सत्य पूर्णतया व्यापक एवं सार्वभौम भाव है। गांधी बड़े सुन्दर ढंग से कहते हैं कि यदि किसी निरीश्वरवादी को यह कहा जाय कि तुम भी 'ईश्वर' से डरते हो तो वह कड़े शब्दों में प्रतिवाद करेगा, किन्तु यदि उसे यह कहा जाय कि तुम 'सत्यभीरु' हो, तो वह इसे प्रसन्नतापूर्वक स्वीकार कर लेगा। सत्य की इसी विशिष्टता के कारण गांधी इसे प्राथमिक बना देते हैं। गांधी का कहना है कि ईश्वर-सम्बन्धी अन्धविश्वासों के कारण मानव को बहुत हानि हो चुकी है, अतः यह आवश्यक हो जाता है कि 'ईश्वर' के स्थान पर उस 'भाव' पर बल दिया जाय जो उससे अधिक प्राथमिक है। अतः गांधी कहते हैं कि सत्य के अतिरिक्त ईश्वर कुछ और है, तो वैसे ईश्वर की उन्हें आवश्यकता नहीं।

'सत्य' क्या है? तार्किक संदर्भ में तो इसे निर्णयों के एक गुण के रूप में कल्पित किया गया है, किन्तु तत्त्वमीमांसीय विवेचन में इसका विवरण कुछ भिन्न प्रकार से दिया गया है, वहां 'सत्य' को 'सही ज्ञान' के रूप में समझा गया है, तथा 'सही ज्ञान' उसे ही माना गया है जो 'सत्' के अनुरूप हो। भारतीय तत्त्व दर्शन में 'सत्य' का एक विशेष विचार उपलब्ध है जहां 'सत्य' को 'स्वतः प्रकाश' माना गया है, कहा गया है कि सत्य स्वतः अपने को व्यक्त करता रहता है। गांधी सत्य के इन सभी विवरणों के कुछ अंशों पर बल देते हैं, तथा 'सत्य' की अपनी अवधारणा में किसी न किसी रूप में, इन सबों का सम्मिलित भाव बनाते हैं, और इस रूप में 'सत्य' को ईश्वर कहते हैं। वस्तुतः इस जटिल अवधारणा को रूप देने में वे मुख्यतः सत्य के सरलतम—सर्वप्रचलित भाव पर ही अपने को आधृत कर लेते हैं। सामान्य प्रचलित प्रयोग में 'सत्य' एवं 'सत्' के भेद की प्रायः उपेक्षा ही होती है। गांधी तो दोनों के भेद को एक प्रकार से समाप्त ही कर देते हैं क्योंकि 'सत्य' शब्द को वे 'सत्' शब्द से ही निकला हुआ समझते हैं। अतः गांधी के अनुसार 'सत्य' मात्र वैचारिक कोटि नहीं है, मात्र यह निर्णयों पर लगने वाला भाव नहीं है, यह वास्तविकता है, 'सत्' है।

इस स्थल पर दार्शनिक दृष्टि से एक विचारास्पद प्रश्न उठाया जा सकता है। यदि 'सत्य' सत् का 'सही ज्ञान है' तो यह एक प्रकार से 'सत्' का चित्रण है। 'मूल सत्' तथा 'चित्र सत्य' में अनुरूपता हो सकती है, किन्तु दोनों को 'एक' कैसे माना जा सकता है। 'जो चित्रित होता है' तथा 'चित्र'—ये दोनों पूर्णतया एक तो नहीं हैं। गांधी के विचार में इस

प्रश्न का उनके अपने ढंग का अद्भुत समाधान है। गांधी का कहना है कि 'किसी विषय का ज्ञान' तथा 'उस ज्ञान का विषय' में जो सामान्यतः भेद किया जाता है वह ज्ञान के द्वैतवादी सिद्धान्त के आधार पर किया जाता है। किन्तु ऐसे अनेकों सिद्धान्त हैं, तथा ऐसे अनेकों विचारक एवं द्रष्टा हुए हैं जिन्होंने ज्ञान के द्वैतवादी सिद्धान्त को मान्यता नहीं दी है। गांधी का विचार है कि उपनिषदों में, ईसाई धर्म में, टालस्टाय जैसे विचारकों के विचार में 'ज्ञान', 'ज्ञाता' तथा 'ज्ञेय' के भेद को रखता हुआ ज्ञान नहीं हो सकता है। इनके अनुसार ज्ञान में यह अन्तर मिट जाता है, ज्ञान विषय का आत्मसात करना है, 'जानना' 'होना' है। गांधी के मन पर इन विचारों का प्रबल प्रभाव है। अतः गांधी का कहना है कि ऊपर बतायी कठिनाई ज्ञान के स्वरूप को पूर्णतया नहीं समझने के कारण उठायी जाती है। 'सत्य' 'सत्' का 'सही ज्ञान' है, इसका अर्थ ही है कि 'सत् को आत्मसात करना' ही 'सत्य' है। हम 'सत्य' का पूर्ण दर्शन तो करते नहीं, कहीं-कहीं हमें 'सत्य' की क्षणिक झांकी मिलती रहती है। इसी कारण हम 'सत्य' की पूर्ण शक्ति से अपरिचित रह जाते हैं, तथा 'सत्य' को 'सत्' से एकरूप करने में हिचकते हैं। किन्तु अपनी पूर्णता में 'सत्य' 'सत्' को पूर्णतया प्रकाशित कर देता है। इसे स्पष्ट करते हुए कहते हैं, "My uniform experience has convinced me that there is no other God than Truth....the little fleeting glimpses therefore, that I have been able to have of Truth can hardly convey an idea of the indescribable lustre of truth, a million time more intense than that of the sun we daily see with our eyes. In fact what I have caught is only the faintest glimmer cf that mighty effulgence."*

गांधी के 'सत्य' को 'ईश्वर' कहने के कुछ बड़े रोचक परिणाम निकल आते हैं। इन बातों की व्यवहारिक उपयोगिता भी है तथा धार्मिक मूल्य भी। इसका एक आपदित अर्थ तो यह निकल आता है कि वस्तुतः हमारी पूजा-आस्था का विषय 'सत्य' ही है। यह एक बड़ा ही महत्त्वपूर्ण तथा मूल्यवान विचार है। 'ईश्वर' को धार्मिक आस्था का चरम विषय मानने पर मतभेदों के लिये स्थान बना रह जाता है, किन्तु 'सत्य' को धार्मिक आस्था मानने पर सभी मतभेद समाप्त हो जाते हैं, क्योंकि हर जाति, देश, वर्ण के लोग 'सत्य की पूजा', 'सत्य में आस्था' आदि को परमदृष्टि से मूल्यवान मानते ही हैं। उस दृष्टि से देखा जाय तो गांधी का यह विचार एक वास्तविक 'सार्वभौम धर्म' (Universal religion) का आधार बन सकता है।

वस्तुतः, जैसा कि हमने देखा है, गांधी के प्रारम्भिक विचार में प्राथमिक अवधारणा 'ईश्वर' की ही अवधारणा थी, 'सत्य' को प्राथमिकता उन्होंने बाद में दी। इसका कारण था कि उन्होंने देखा कि अनेकों विचारक पूर्ण विश्वास से 'ईश्वर-भाव' का खण्डन करते रहे हैं। उन विचारकों में उन्होंने अपने इस निषेधात्मक विचार के प्रति निष्ठा देखी, विश्वास देखा। इससे गांधी कुछ विचलित हुए। उन्हें लगा कि प्राथमिक 'भाव' तो कुछ

**My Experiments with Truth*, p. 615.

ऐसा होना चाहिये, जिसके विरुद्ध आपत्ति, जिसके खण्डन का प्रश्न ही न उठे, जिसकी वास्तविकता स्वतः स्पष्ट हो। उन्हें 'सत्य' ऐसा ही भाव प्रतीत हुआ, क्योंकि उन्होंने देखा कि बौद्धिकता की शक्ति हर भाव का खण्डन-निषेध कर लेती है, किन्तु वह 'सत्य' का निषेध नहीं कर सकती, बल्कि उसके निषेधात्मक प्रयत्नों में भी 'सत्य' को पाने का ही उपक्रम रहता है। अब गांधी को प्रतीत हुआ कि 'सत्य' ही एकमात्र ऐसा भाव है जिसके अन्तर्गत सभी धर्मों को भी, यहां तक कि निरीश्वरवादी विचारकों को भी, एकत्रित किया जा सकता है, यही एक ऐसा 'भाव' है जो सभी भेद, सभी प्रकार के विवादों के परे है। इसी कारण से 'सत्य' को 'ईश्वर' कहा गया है। इसी कारण गांधी कहते हैं,

"If it is at all possible for the human tongue to give the fullest description of God...then we must say that God is Truth.... But I went a step further and said Truth is God....I never found a double meaning in connection with Truth....Hence the definition 'Truth is God' gives me greatest satisfaction."*

गांधी के उदार विचारों का मूल आधार उनका यही केन्द्रीय विचार है। इसी आधार पर वे बार-बार कहते हैं कि सत्य के प्रति निष्ठापूर्ण आस्था में यह शक्ति है कि वह सभी धर्मों के लोगों को, यहां तक कि मार्क्सवादी तथा निरीश्वरवादी विचार वालों को भी एक सूत्र में बांध सकता है। इसी आधार पर गांधी बेहिचक कहा करते थे कि सच पूछा जाय तो कोई भी सही अर्थ में निरीश्वरवादी है ही नहीं, निरीश्वरवादी हो ही नहीं सकता।

ईश्वर-अस्तित्व के पक्ष में प्रमाण

गांधी के आलोचक गांधी पर यह भी आक्षेप लगाते हैं कि गांधी अपने 'ईश्वर-विचार' में बौद्धिकता की पूर्ण उपेक्षा करते हैं। इस आपत्ति का आधार सामान्यतः यही है कि गांधी 'ईश्वर' की स्थापना के लिये बार-बार 'अन्तर की आवाज', 'अन्तरात्मा की पुकार' आदि की बात करते हैं। यह ठीक है कि गांधी की मान्यताओं तथा उनके विश्वासों का आधार उनके अन्तर की आवाज है। कभी-कभी तो गांधी स्पष्टरूप में बुद्धि के बौद्धिक ताना-बाना बुनने की कला पर उपहासयुक्त आक्षेप भी करते हैं। एक स्थल पर वे कहते हैं,

"Rationalists are admirable beings, but Rationalism can be a hideous monster when it claims omnipotence for itself. Attribution of omnipotence to reason is as bad a piece of idolatory as the worship of stick and stone believing it to be God. I plead not for the suppression of reason but for a due recognition of that in us which sanctifies reason."**

---

* *Young India*, December 31, 1931.

**Ibid., December 1926.

स्पष्ट है कि गांधी बुद्धि की अतिशयता से क्षुब्ध हैं। इन दिनों बौद्धिकता के प्रवाह में बुद्धि को सर्वोपरि मान लिया जाता है, किन्तु गांधी का कहना है कि बुद्धि को यह स्थान देना निम्न कोटि के अन्धविश्वास पर आधृत मूर्तिपूजा से भी निम्न कोटि का विश्वास है।

किन्तु, इन्हीं पंक्तियों से यह भी स्पष्ट है कि गांधी बौद्धिकता को पूर्णतया नकारते नहीं हैं। यह ठीक है कि ईश्वर-अस्तित्व को स्थापित करने के लिये वे बौद्धिक प्रमाणों को पर्याप्त नहीं मानते। उनका विश्वास है कि 'ईश्वर' की चेतना आन्तरिक अनुभूति है, जो किसी व्यक्ति को किसी विशेष क्षण में एक आध्यात्मिक अनुभूति के रूप में उपलब्ध हो सकती है। किन्तु, वे स्वीकारते हैं कि ईश्वर-अस्तित्व की स्थापना के लिये जो बौद्धिक प्रयत्न हुए हैं, उनका अपना स्थान है, महत्व है। वे स्वयं भी कभी-कभी ऐसे प्रमाणों का उल्लेख करते हैं। इन उल्लेखों में दर्शनशास्त्री के विद्यार्थी को उनके अपने परिचित बौद्धिक ईश्वर-प्रमाणों का प्रतिबिम्ब दिखाई दे सकता है।

गांधी के लेखों में ईश्वर-अस्तित्व समर्थन की कारणता युक्ति स्पष्टरूप में दिखाई देती है, जो डेकार्ट की इस युक्ति से मिलती जुलती है। गांधी का तर्क कुछ इस प्रकार का है: हम अस्तित्ववान हैं, हमारे माता-पिता भी अस्तित्ववान थे तथा उनके मां-बाप भी अस्तित्ववान थे। इस प्रश्न को और पीछे ले जाया जा सकता है, तथा इस प्रकार एक अन्तिम प्रश्न भी उठ ही जाता है कि इस सम्पूर्ण विश्व का अन्तिम आधार क्या है? इस विश्व का रचयिता कौन है? इसी प्रश्न के उत्तर में 'ईश्वर' विचार की उत्पत्ति है। गांधी का कहना है कि ईश्वर की स्थापना का एक प्रयत्न इस प्रकार से हो सकता है। ईश्वर को विश्व का परम आधार के रूप में स्वीकारा जा सकता है। स्पष्ट है कि यह युक्ति दर्शनशास्त्रीय कारणता युक्ति के समान ही है जिसमें विश्व के कारण-रूप में ईश्वर को स्वीकारा जाता है।

अनेक स्थलों पर गांधी ने ईश्वर-अस्तित्व के पक्ष में दिये गये प्रयोजनात्मक युक्ति जैसा भी तर्क प्रस्तुत किया है। अनेक स्थलों पर गांधी विश्व में फैली व्यवस्था तथा सामञ्जस्य की बात करते हैं। वे यह भी कहते हैं कि इस व्यवस्था, संगठन आदि के पीछे नियम-बद्धता है, अराजकता नहीं, क्योंकि इनमें एक स्पष्ट ढंग, एक निश्चित व्यवस्था उभर कर प्रकाशित है। अब उनका तर्क है कि इस प्रकार की व्यवस्था तथा नियमनिष्ठता की व्याख्या के लिये यह मानना पड़ता है कि इसके पीछे कोई नियमदाता है, कोई व्यवस्थापक है। वे स्पष्टतः कहते हैं, "I subscribe to the belief or the philosophy that all life in its essence is one. ...This belief requires a living faith in a living God who is the ultimate arbiter of our fate."*

ईश्वर-समर्थन में दी गयी इन विभिन्न युक्तियों में गांधी के लिये सबसे प्रिय युक्ति है जिसे 'नैतिक प्रमाण' कहा जाता है। गांधी ने इस प्रमाण को अत्यधिक महत्त्व दिया है, तथा उसका उल्लेख अनेक स्थलों पर किया है। उनकी मूल मान्यता यही है कि 'अन्तरात्मा की आवाज' में ईश्वर के होने का साक्ष्य विद्यमान है। उनके अनुसार 'अन्तरात्मा' मनुष्य

---

*N.K. Bose, Ed., *Selections from Gandhi*, p. 26.

में ईश्वर का वास है। 'अन्तरात्मा' को सहज रूप में, स्वतः शुभ-अशुभ का ज्ञान होता है। यह 'शुभ' की अनुशंसा करता है, उसे प्रोत्साहित करता है, तथा 'अशुभ' पर रोक लगाता है, उस ओर बढ़ती प्रवृत्ति को रोकता है। जब 'शुभ' सम्पन्न होता है, तो यह एक प्रकार से चेतावनी देता है। इस आवाज की एक विशिष्टता यह भी है कि इसमें एक प्रकार का आप्त-प्रभाव होता है, अधिकार होता है। इस आवाज का उल्लंघन हम कर लेते हैं, किन्तु हर ऐसे उल्लंघन में हमारा मन हमें 'काटता' है। ऐसी विवशता जैसी बात होती है कि हमें प्रतीत होता है कि इस आवाज के अनुकूल चलना हमारा कर्त्तव्य है। इस आवाज की इस विशिष्टता की क्या व्याख्या हो सकती है? इस आवाज में यह 'अधिकार' कहां से आ गया। गांधी का कहना है कि इस तथ्य की एकमात्र व्याख्या यही हो सकती है कि अवश्य ही यह आवाज उसी का प्रतिनिधि है जो स्वयं परम शुभ रूप है। इस आवाज के अधिकार की व्याख्या यही हो सकती है कि यह आवाज 'ईश्वरीय' है। गांधी स्पष्ट कहते हैं,

"I have no special revelation of God's Will. My firm belief is that He reveals himself daily to every human being but we shut our eyes to the 'still small Voice'."*

गांधी कभी-कभी ईश्वर-समर्थन में एक ऐसे प्रमाण का उल्लेख भी करते हैं जिसे हम 'उपयोगितावादी' प्रमाण कहते हैं। गांधी मानते हैं कि ईश्वर-अस्तित्त्व में विश्वास अनिवार्य है क्योंकि यह हमारे जीवन के महत्त्वपूर्ण तथा अनिवार्य पक्ष को सन्तुष्ट करता है। उनका कहना है कि यदि हम जीवन की आवश्यकताओं के विषय में सोचें तो हमें स्पष्ट प्रतीत हो जायगा कि हमारी आवश्यकतायें केवल भौतिक तथा शारीरिक आवश्यकताओं तक ही सीमित नहीं हैं, हमारी कुछ ऐसी आवश्यकतायें भी हैं जो भौतिक स्तर पर तृप्त नहीं होती, तथा जिसकी तृप्ति के लिये हमें इस स्तर से ऊपर उठना पड़ता है, जो एक प्रकार से आध्यात्मिक तृप्ति मांगती है। गांधी का कहना है कि इसकी स्पष्ट अनुभूति तो संकट के उन क्षणों में सबों को हो ही जाती है, जब सांसारिक उपकरण सर्वथा विफल सिद्ध होते हैं, तथा व्यक्ति पूर्णतया आश्रयहीन हो जाता है। उस समय हम किसी आध्यात्मिक सहारे के लिये विह्वल हो जाते हैं, जिस पर आस्था हमें उस संकट को सहने की शक्ति तथा धैर्य प्रदान कर सके। इस प्रकार की अनुभूतियों की वास्तविकता को कोई नकार नहीं सकता। गांधी का कहना है कि हमारी इन आध्यात्मिक आवश्यकताओं का आधार कोई ऐसी ही शक्ति हो सकती है जो 'शक्ति' तथा 'प्रेम' का असीम रूप होने के कारण आस्था का अन्तिम सम्बल एवं आधार हो सके, और यही आधार तो 'ईश्वर' के रूप में माना गया है। गांधी का कहना है कि इस प्रकार के साक्ष्य को तार्किक प्रमाण के रूप में प्रस्तुत नहीं किया जा सकता, क्योंकि यहां तार्किक साक्ष्य प्रस्तुत नहीं हो रहा, किन्तु यह तो व्यवहारिक प्रमाण है। यदि किसी 'आस्था' की जीवन के लिये व्यवहारिक अनिवार्यता प्रतीत हो, तो उसे स्थान, देना युक्ति संगत कहा जायगा। इस प्रमाण में

---

*N.K. Bose, Ed., *Selective from Gandhi*, p. 10.

'ईश्वर-आस्था' की अनिवार्य व्यवहारिकता सिद्ध होती है। इस दृष्टि से यह उपयोगी है। इसी कारण गांधी कहते हैं, "He who would in his own person test the fact of God's presence can do so by a living faith. And since faith itself cannot be proved by extraneous evidence, the *safest course* is to believe in the moral government of the world and therefore in the supremacy of the moral law, the law of truth and love."*

गांधी के लेखों में ऊपर दिये विभिन्न प्रकार के प्रमाणों का उल्लेख तो मिलता है, किन्तु यह बात तो है ही कि गांधी की मूल मान्यता यही है कि ऐसे बौद्धिक प्रमाणों से ईश्वर-अस्तित्त्व के प्रति आस्था उत्पन्न नहीं की जा सकती। उनके अनुसार तो ईश्वर-अस्तित्त्व की आन्तरिक अनुभूति से ही यह सम्भव हो सकता है। किसी स्थल पर वे इस प्रकार की अनुभूति का कुछ विवरण भी देते हैं, किन्तु वे जानते हैं कि इसका स्पष्ट निरूपण सम्भव नहीं है। कभी-कभी वे नैतिक सूझ अथवा अन्तर्दृष्टि की बात करते हैं, किन्तु ऐसा भी वे इस उद्देश्य से नहीं करते कि वे इस विशिष्ट अनुभूति का चित्र बना लें, बल्कि इसलिये करते हैं कि व्यक्ति को अपनी आस्था को जांचने का एक आधार मिल सके। इस दृष्टि से गांधी के अनुसार 'ईश्वर' बौद्धिक प्रमाणों के परे है।

ईश्वर के कुछ अन्य गुण

गांधी ईश्वर के हर विवरण में ईश्वरीय गुणों का विवरण करते हैं। जिस प्रकार के गुणों एवं लक्षणों का वे उल्लेख करते हैं, वे सभी सामान्यतः 'ईश्वरवाद' में चर्चित ईश्वरीय लक्षणों के समरूप ही हैं, अन्तर इतना ही है, कि उन सबों पर गांधी के मूल विश्वास 'सत्य ईश्वर है' की छाप है।

गांधी ईश्वर को 'सर्वव्यापी' कहते हैं। ईश्वर ही वह सत् है जिसमें, जिसके द्वारा सब कुछ अस्तित्ववान है या गतिशील है। इस विवरण में भी गांधी ईश्वरवादी ईश्वररूप तथा तात्विक सत् का एकीकरण कर देते हैं। अतः ईश्वर के सर्वव्यापी होने का अर्थ एक ओर तो यह है कि वह कण-कण में व्याप्त है, तथा दूसरी ओर यह भी है कि हर तत्व में जो सत् है, वह ईश्वर ही है। इसी बात को स्पष्ट करते हुए गांधी कहते हैं,

"There is an undefinable mysterious power that pervades everything. I feel it, though I do not see it. It is this unseen power that makes itself felt and yet defies proof, because it is so unlike all that I perceive through my senses."**

गांधी ईश्वर को कभी-कभी 'विधान' या 'नियम' (Law) भी कहते हैं। वैसे इस विवरण से यह धारणा बन सकती है कि ईश्वर एक अमूर्त नियम है। किन्तु जैसा हमने पहले भी देखा है, गांधी अपने ईश्वर-विचार में 'मूर्त', 'अमूर्त' आदि के भेदों से ऊपर उठ

---

* *Young India*, October 11, 1928.

**Ibid.

जाते हैं। उनका कहना है कि 'ईश्वर' तथा 'ईश्वरीय विधान' दो अवधारणायें नहीं हैं। ईश्वर का अर्थ ही है ईश्वरीय विधान। इसका अर्थ है कि उसकी सृष्टि में उसका विधान ही सब कुछ तय करता है। हम प्रचलित भाषा में जो 'नियति', 'भाग्य', 'होनी' आदि शब्दों का प्रयोग करते हैं, उन सबों में 'ईश्वरीय विधान' ही परिलक्षित है।

गांधी ईश्वर को सदा 'प्रेमरूप' कहते हैं। वैसे गांधी का यह विचार बहुत ही मार्मिक एवं केन्द्रीय है, जिसकी अभिव्यक्ति उनके अन्य सभी विचारों में, सामाजिक एवं राजनैतिक विचारों में ही होती है। अतः इस विचार का पूर्ण अवबोध तो गांधी के 'प्रेम' एवं 'अहिंसा' विचार के विवरण के बाद ही होगा किन्तु इतना तो स्पष्ट रूप में कहा जा सकता है कि ईश्वर को प्रेमरूप कहने का अर्थ है कि 'प्रेम' के अतिरिक्त अन्य कोई मार्ग ऐसा नहीं है जिससे ईश्वरत्व की अनुभूति हो सके। गांधी के अनुसार हर व्यक्ति में ईश्वरत्व का अंश है, तथा इसी कारण हर व्यक्ति में प्रेम की शक्ति है। साथ-साथ इससे यह भी स्पष्ट होता है कि अपने अन्तर की प्रेम शक्ति को विकसित कर हम अन्य की प्रेमशक्ति को छू सकते हैं। इस प्रकार हम स्वयं अन्य से 'प्रेम' कर सकते हैं, तथा उसके अन्तर में स्थित ईश्वरीय प्रेम को जागरूक कर उसके मन में भी 'प्रेम' का उद्भव करा सकते हैं। हम देखेंगे कि गांधी का यह विचार उनके अहिंसा अथवा सत्याग्रह विचार का मूलाधार है।

तब यह है कि इस शक्ति को विकसित करने के लिये अपने निम्नतर––स्वआश्रित–– प्रवृत्तियों से ऊपर उठना आवश्यक है। गांधी कहते हैं, "I have but shadowed forth my intense longing to lose myself in the external and to become merely a lump of clay in the potter's divine hands so that my service may become more certain because uninterrupted by the baser self in me."*

जगत का स्वरूप

गांधी के विचारों को दर्शनशास्त्रीय कोटियों में बिठाने के प्रयत्न में 'जगत के स्वरूप' की विवेचना करना आवश्यक है, किन्तु गांधी के संदर्भ में यह कार्य कुछ कठिन है क्योंकि गांधी ने 'जगत के स्वरूप' पर कोई अलग से विवेचना नहीं की है। इस सम्बन्ध में उनका मत अन्य संदर्भों में प्रकट होता रहा है, और इसके कारण बहुत ही छितराया हुआ है। फिर भी, यहां उनके मतों को एकत्रित कर उनके जगत-विचार का एक व्यवस्थित रूप प्रस्तुत करने का प्रयत्न हो रहा है।

गांधी के अनुसार जगत ईश्वर की अभिव्यक्ति है, सर्वव्यापी सत् का ही एक व्यक्त रूप है। उनका कहना है कि ईश्वर की आत्म-अभिव्यक्ति के रूप असंख्य हो सकते हैं, तथा हर ऐसा रूप हमारी श्रद्धापूर्ण भावना का अधिकारी है। "God manifests himself in innumerable forms in this universe and every such manifestation commands my reverence."**

**Young India*, 17-11-1921.

**Ibid., 26-9-1929.

जगत के इस प्रकार के विवरण दो अर्थ स्पष्टरूप में निकल आते हैं—एक तात्विक तथा दूसरा व्यवहारिक; वैसे गांधी 'सृष्टि क्यों हुयी' जैसे प्रश्नों में उलझना नहीं चाहते, किन्तु इतना तो स्पष्टतः मानते हैं कि सृष्टि ईश्वर की अभिव्यक्ति है। अतः तात्विक दृष्टि से यह वास्तविक भी है, तथा सीमित भी। यह वास्तविक है क्योंकि यह ईश्वरीय अभिव्यक्ति है, यह सीमित है क्योंकि यह सृष्टि है, ईश्वर नहीं। जगत के विकास के क्रम पर यदि सामान्य ढंग से भी विचार करें तो जगत के ये दोनों लक्षण स्पष्ट हो जाते हैं, यह वास्तविक भी प्रतीत होता है तथा सीमित भी।

अब हम इन दोनों लक्षणों को अधिक स्पष्ट रूप से समझने का प्रयास करें। पहले हम जगत की वास्तविकता की विवेचना करें। गांधी विभिन्न विज्ञानों की खोजों का अध्ययन करते हैं, तथा उस आधार पर इस निष्कर्ष पर आते हैं कि विश्व के हर भाग में उसकी गति एवं विकास का संचालन कुछ नियमों के आधार पर होता है। इनकी गति एवं विकास-क्रम में ऐसी व्यवस्था एवं नियमनिष्ठता है कि उनके पीछे कुछ स्पष्ट नियमों का हाथ मानना ही पड़ता है। ऐसा विश्व के हर तत्व—सूर्य, चन्द्रमा आदि सभी के लिये सत्य है। ऐसा प्रतीत होता है कि इन नियमों के बिना विश्व की गति रुक जायगी।* गांधी इन अटूट नियमों में इन प्राकृतिक नियमों में एक ऐसे संकल्प तथा ऐसी शक्ति का रूप देखते हैं जो विश्व में व्यवस्था तथा संगठन बनाये रखने के लिये रत हैं, तथा विश्व को नष्ट होने से बचाये हुए है। गांधी के अनुसार यह शक्ति ईश्वरीय शक्ति है, और प्रकृति को संचालित करने वाले प्राकृतिक नियम भी उसी ईश्वरीय शक्ति के कार्य करने के ढंग हैं।** इस प्रकार ईश्वरीय शक्ति से संचालित जगत अवास्तविक तो हो ही नहीं सकता।

इस वास्तविकता का प्रमाण इस तथ्य में भी है कि अस्तित्व तथा जीवन के विभिन्न रूपों में एक क्रम एक निरन्तरता है। इस बात की पुष्टि विज्ञान भी करता है। विज्ञान स्पष्ट दिखाता है कि जगत में एक निश्चित विकास का क्रम दिखाई देता है। अब प्रश्न यह उठता है कि इस क्रम की दिशा क्या है, तथा लक्ष्य क्या है। वह कौनसा परम लक्ष्य या आदर्श है जिस ओर जगत-प्रक्रिया उन्मुख है? गांधी का कहना है कि यह लक्ष्य भी और कुछ नहीं, बल्कि 'पूर्णता' का लक्ष्य ही हो सकता है जो आदर्श का परमरूप है। वह 'ईश्वर' ही है। अतः ईश्वर जगत का आदि भी है तथा अन्त भी। इस प्रकार का जगत तो वास्तविक होगा ही।

गांधी के अनुसार जगत को वास्तविक मानने में व्यवहारिकता भी है। यदि जगत को हम वास्तविक मानते हैं, तो यह भी मानना पड़ता है कि इसी जगत में हमें जीना है, कार्य करना है। तब न तो जगत के किसी तत्व को अवास्तविक कहने की आवश्यकता रह जाती है, और न जीने के संकल्प के शिथिल होने की आवश्यकता रह जाती है। अब गांधी की यह अनुशंसा अर्थपूर्ण हो जाती है कि जीवन का अर्थ है, जगत में, प्राकृतिक शक्तियों के मध्य

**Young India*, 23-1-1930.

**D.M. Datta, *The Philosophy of Mahatma Gandhi*, p. 60.

जीना। अब प्रकृति मात्र सौन्दर्य का भण्डार नहीं है, प्राकृतिक शक्तियां केवल काल्पनिक आकर्षण के स्रोत नहीं है, बल्कि जगत अथवा प्रकृति हमारे लिये कर्म-स्थल है। जगत को कर्म स्थल कहने में गांधी का यह तात्पर्य है कि जगत एक वास्तविक क्रिया-क्षेत्र प्रस्तुत करता है, जहां मनुष्य को आत्म-अनुशासन का अवसर मिलता है, ऐसी परिस्थितियां मिलती हैं जिनसे जूझने का अर्थ नैतिक एवं धार्मिक प्रगति है। इसी कारण गांधी प्रकृति के उपासक बन जाते हैं। वे पहाड़ियों और जंगलों की शांति का उल्लेख करते हैं, हिमालय की बर्फ से घिरी चोटियों का चित्र खींचते हैं, और प्रकृति के साथ जीने की सशक्तता की अनुशंसा करते हैं। प्रकृति के साथ उनके इस अपनेपन की ही अभिव्यक्ति है उनकी प्राकृतिक-उपचार-प्रक्रिया के प्रति उनका आकर्षण। वे प्रकृति को जीवनदायिनी कहते हैं, तथा शुद्ध जल ग्रहण तथा नंगे पैर चलने के लाभ का भी विवरण करते हैं। इस प्रकार जगत की वास्तविकता को स्वीकारने का अद्भुत परिणाम जीवन के ढंगों पर भी दिखाई देता है।

किन्तु, वास्तविक होते हुए भी जगत 'सीमित है'। यह सीमित है क्योंकि यह असीम नहीं हो सकता। यह असीम इस कारण नहीं हो सकता कि दो असीम तो हो ही नहीं सकते। ईश्वर असीम है, उसकी सृष्टि ससीम ही हो सकती है।

सृष्टि की सीमितता का निर्देश एक अन्य ढंग से भी किया जा सकता है। जगत में अव्यवस्था तथा विनाश के अंश भी दिखाई देते हैं। गांधी को यह अवगति है कि जगत में यदा-कदा ऐसी प्रवृत्तियां प्रकट हो जाती हैं। जो इसके विकासक्रम तथा इसकी व्यवस्था के प्रतिकूल है। उनका कहना है कि इन तथ्यों से जगत की अवास्तविकता सिद्ध नहीं होती, बल्कि उसकी सीमितता स्पष्ट होती है। न जगत और न मानव अपूर्णता से मुक्त हैं। अपनी अपूर्णता से सतत ऊपर उठने का जो मानव के द्वारा प्रयत्न होता है, वही तो इस बात का प्रमाण है कि सृष्टि सीमित एवं अपूर्ण है ही।

मानव का स्वरूप

चिन्तन के इतिहास में ऐसे अनेकों विचारक हुए हैं जिन्होंने अपने विचार का केन्द्र 'मनुष्य' को बनाया है, तथा मानव-स्वरूप की विशद विवेचना की है। इनमें से कुछ विचार तो तात्विक सूझ पर आधृत हैं, तथा कुछ अन्य विचार स्पष्टतः मनोवैज्ञानिक स्थापनाओं से प्रभावित हैं। उदाहरणतः फ्रायड तथा उस परम्परा के विचारक अचेतन की इच्छाओं एवं आकांक्षाओं के आधार पर मनुष्य के हर कार्य तथा उसकी हर प्रवृत्ति को निर्धारित करने का प्रयास करते हैं। इस परम्परा के ढंग को अपनाकर कुछ अन्य मनोवैज्ञानिकों ने कुछ मूल प्रवृत्तियों तथा आक्य भावनाओं का उल्लेख किया है, तथा मानव के क्रियाकलापों को उन्हीं के अनुरूप समझने का प्रयास किया है। इनके अतिरिक्त कुछ अन्य प्रकार के विचारक, होल्स जैसे विचारक हैं, जिन्होंने मानव की व्याख्या एक स्व-आधृत सामाजिक प्रवृत्ति के आधार पर करने की चेष्टा की है। इनके अनुसार मनुष्य स्वभावतः तो स्वार्थी है ही, किन्तु वह समझ लेता है कि स्वार्थ सुख के लिये उसे अन्य के साथ कुछ समायोजन—समझौता करना आवश्यक है, और वह एक प्रकार का सामाजिक अनुबन्ध कर लेता है।

इसी मूल सिद्धान्त के अनुरूप वे मानव के स्व-सम्बन्धी तथा परार्थमूलक दोनों कार्यों को सम्पन्न कर लेता है। इन सबों से विपरीत कुछ ऐसे समाज शास्त्री भी हैं जो सामाजिक उपकरणों के आधार पर ही मानव की व्याख्या करते हैं। उनके अनुसार मनुष्य मूलतः तथा अनिवार्यतः एक सामाजिक प्राणी ही है। समाज से अलग हो वह जी नहीं सकता। अतः मनुष्य की सभी गतिविधियां अन्ततः उसकी इसी मूल सामाजिक प्रवृत्ति से संचालित है। इन सबों से भिन्न कुछ ऐसे तत्त्व-दार्शनिक भी हैं जो मनुष्य की व्याख्या के लिये मानव के सार्वभौम एवं अनिवार्य गुणों की खोज करते हैं। उदाहरणतः अरस्तू ने मनुष्य को 'विवेकशील जीव' कहा है, उनका तात्पर्य है कि विवेकशीलता तथा जीवत्व ऐसे सार्वभौम एवं अनिवार्य गुण हैं जो हर मनुष्य में विद्यमान हैं ही, तथा उन्हीं के कारण मनुष्य मनुष्य है। इस विशेष विचार के विपरीत कुछ मानववादी तथा अस्तित्ववादी विचारक हैं जो मानते हैं कि मानव के सार्वभौम तथा अनिवार्य गुणों की खोज सर्वथा निरर्थक है क्योंकि मनुष्य एक ऐसा विचित्र जीव है कि उसमें प्रधानता उसके जातीय गुणों की नहीं है, बल्कि उसके वैयक्तिक गुणों की है। इन विचारकों के अनुसार हर मनुष्य अपने में विशिष्ट है, अतः उसमें कुछ ऐसे विशिष्ट लक्षण हैं जो केवल उसी में है। अस्तित्ववादी विचारक तो यहां तक कहते हैं कि यदि मानव का कोई विवरण मानव की इस विशिष्टता पर ध्यान नहीं देता तो वह मानव का यथार्थ विवरण हो ही नहीं सकता। आधुनिक काल में मानव की समाजशास्त्रीय व्याख्या के अन्तर्गत मार्क्सवादी व्याख्या को भी बहुत ही मान्यता मिली है, किन्तु वहां प्रधानता इस बात की है कि मानव की व्याख्या का अर्थ मानव स्वरूप की तात्विक व्याख्या देनी नहीं है, बल्कि मानव-स्थिति की व्याख्या है, उस व्यवहारिक परिस्थिति की व्याख्या है, जिसमें मानव को वातावरण एवं सामाजिक व्यवस्था के प्रति क्रिया-प्रतिक्रिया करनी पड़ती है। इनके समक्ष आधुनिक युग की परिस्थिति है, इसी कारण मानव की मार्क्सवादी व्याख्या वर्त्तमान युग में सीमित हो जाती है, तथा 'पूंजी' या आर्थिक उपकरणों को व्याख्या का प्रधान उपकरण बना देती है। तो, कहा जा सकता है कि गांधी के चिन्तन काल में मानवस्वरूप की इतने प्रकार की व्याख्यायें उपलब्ध थीं।

किन्तु गांधी के अनुसार इन सभी व्याख्याओं में एक मूल कमी समान रूप से उपस्थित है। ये सभी मानव के ऊपरी गतिविधियों को ही ध्यान में रखते हैं, ये सभी एक प्रकार से सतही हैं क्योंकि इनमें मानव-सम्बन्धी मूल सत्य पर ध्यान ही नहीं दिया गया है। गांधी कह सकते हैं कि जिस प्रकार के चित्र ऊपर चित्रित हुए हैं, वे सभी वस्तुतः मानव की वास्तविकता के चित्र नहीं हैं, बल्कि मानव की प्रतीति है, जिस रूप में ऊपर से मानव दिखाई देता है, उसी के चित्र हैं। मानव असंख्य रूपों में अपने को व्यक्त कर सकता है इन विचारकों ने मानव के इन्हीं व्यक्त रूपों पर अपने विचार को आधृत किया है। इसका यह अर्थ नहीं कि गांधी के अनुसार ये सभी चित्र सर्वथा गलत चित्र हैं। नहीं, गांधी के इन अनुसार इन सभी विचारों का महत्त्व है, ये सभी चित्र मानव के यथार्थ ही चित्र हैं क्योंकि मानव के बाह्य अभिव्यक्तियों के चित्र हैं। किन्तु, उनका कहना है कि मानव का वह पक्ष जो उसका मूल पक्ष है, उसका केन्द्रीय पक्ष है, तथा जिस पक्ष से ये सभी बाह्य व्यक्त रूप

भी सिंचित हैं, एक प्रकार से उस पर आधृत है, उसी पक्ष की इन चित्रों में उपेक्षा हो गयी है। मनोवैज्ञानिक, मनोविश्लेषक, समाजशास्त्री—सभी न जाने कैसे उस मूल पक्ष पर ध्यान ही नहीं दे पाये हैं। अतः गांधी के मानव-विचार में इस मूल पक्ष की केन्द्रीयता को सुरक्षित रखते हुए मानव-स्वरूप की व्याख्या हुयी है।

गांधी का कहना है कि मनुष्य एक जटिल प्राणी तो है ही। शरीरी मनुष्य मनुष्य का बाह्य पक्ष है जो दिखाई देता है। यह उसका स्वाभाविक एवं प्राकृतिक पक्ष है क्योंकि इस पक्ष में वह प्रकृति के अन्य जीवों के समान ही है। मनुष्य का शरीर भी अन्य जीवों के शरीर के समान विकसित होता है, तथा नष्ट भी होता है। यह मनुष्य का भौतिक पक्ष है। किन्तु मनुष्य अपने भौतिक पक्ष तक सीमित नहीं, उसमें ऐसी विशेषतायें हैं जो उसके भौतिक स्वरूप से सर्वथा भिन्न हैं। उदाहरणतः उसमें मानवीय चेतना है, विवेकशक्ति है, अन्तरात्मा है, संकल्पशक्ति है, भावनायें हैं, आकांक्षायें हैं, तथा इसी प्रकार की अन्य विशेषतायें हैं जिन्हें भौतिक नहीं कहा जा सकता। उसमें सौन्दर्यबोध है, भावनात्मक अनुभूतियां हैं, शुभ-अशुभ की एक आवय पहचान है। गांधी का कहना है कि मानव की इन विशेषताओं को मानव के भौतिक पक्ष से सर्वथा भिन्न मानना ही पड़ता है। उनके अनुसार ये सभी विशेषतायें मानव के मूलस्वरूप उसकी मूल वास्तविकता की अभिव्यक्ति है, और उनके अनुसार वह मूलस्वरूप मानव का आध्यात्मिक पक्ष है, मानव आत्म है।

वस्तुतः गांधी की मानव अवधारणा उनकी तात्विक मान्यताओं पर आधृत है। तत्वमीमांसीय दृष्टि से तो गांधी एकवादी हैं ही, अतः वे यह भी मानते हैं कि जिन वास्तविकताओं की हमें अनुभूति होती है—जैसे जगत या मानव—वे भी किसी न किसी रूप में ईश्वरीय ही हैं। मानव भी ईश्वर की ही अभिव्यक्ति है, अतः मानव के सभी पक्ष शारीरिक, भौतिक, आध्यात्मिक—सभी ईश्वरीय अभिव्यक्ति है। किन्तु, गांधी कहते हैं कि मानव का मूलस्वरूप वही हो सकता है जो ईश्वरत्त्व के अधिक निकट हो, तथा जिसके कारण अन्य पक्षों में ईश्वरत्त्व का अंश आ जाता है। इस दृष्टि से 'आत्म' ही मानव का मूल पक्ष है, क्योंकि उसके भौतिक पक्ष के ईश्वरीय लक्षण भी तभी स्पष्ट होते हैं, जब वे आत्म के द्वारा संचालित होते हैं। इसी दृष्टि से 'आत्म' को, मानव के आध्यात्मिकता पक्ष को उसके भौतिक पक्ष से श्रेष्ठतर माना गया है, तथा उसका मूलरूप माना गया है।

तो, मानव की विशिष्टता यही है कि उसमें एक आत्म है, एक आध्यात्मिक शक्ति है। वह भौतिकता एवं आध्यात्मिकता का मिश्रण अवश्य है। विकास-क्रम के प्रारम्भिक अवस्थाओं में मानव में भी 'भौतिकता' की ही प्रधानता थी, किन्तु जैसे-जैसे विकास अग्रसर होता गया, उसकी आध्यात्मिकता प्रकाश में आती गयी। विकास की प्रगति भौतिक से आध्यात्मिक की ओर है, अतः इसका लक्ष्य ऐसी स्थिति को पा लेना है जो आध्यात्मिकता की परिणति हो। वही तो 'ईश्वरत्त्व है। इससे भी यह सिद्ध होता है कि मानव के भौतिक पक्ष का अपना महत्त्व अवश्य है, किन्तु मानव की विशिष्टता, उसका मूलस्वरूप उसकी आध्यात्मिकता ही है, उसका आत्म-रूप है।

इस प्रकार गांधी की मूल मान्यता है कि हर मनुष्य में ईश्वरत्त्व का अंश विद्यमान है।

यह अंश अपने को अनेकों प्रकार से व्यक्त करता है। विवेकशक्ति, अन्तरात्मा की आवाज, इच्छा स्वातंत्र्य—ये सब इसी के रूप हैं। गांधी का विश्वास है कि यदि इस ईश्वरीय अंश का सदुपयोग उचित ढंग से होता रहे तो मनुष्य धरती पर स्वर्ग उतार ले सकता है।

मनुष्य में विद्यमान इस ईश्वरीय अंश का सबसे विचारोत्पादक विवरण जो गांधी ने दिया है, वह यही है कि यह मनुष्य में निहित 'अनिवार्य शुभत्व है'। गांधी का कहना है, कि हर मनुष्य अपने अन्तर में अनिवार्यतः 'अच्छा मनुष्य' है। ऊपर से अपने सांसारिक व्यवहारों में वह क्रूर, स्वार्थी हो सकता है, अपने अन्तर में हर ऐसा व्यक्ति भी अच्छा मनुष्य है। यदि उसकी अच्छाई को उसके शुभरूप को जगाया जा सके तो यह वही क्रूर एवं स्वार्थी मनुष्य शुभत्व का जीता जागता रूप बन जाता है। इस बात पर बल देते हुए गांधी कहते हैं, "I refuse to suspect human nature. It will, is bound to, respond to any noble and friendly action."*

"In the application of the method of non-violence, one must believe in the possibility of every person, however depraved, being reformed under humane and skilled treatment."**

इस प्रकार का प्रभाव इसी कारण सम्भव होता है क्योंकि हर व्यक्ति में एक अच्छाई का अंश विद्यमान है जो आध्यात्मिक उद्दीपन से जाग उठता है। यही अन्तर में स्थित अच्छाई का अंश मानव की आध्यात्मिकता है।

गांधी का यह विश्वास कि हर व्यक्ति अपने अन्तर में 'शुभरूप' है ही, उन्हें यह भी विश्वास दिला देता है कि हर व्यक्ति में एक आंतरिक समरूपता है—ऐक्य है। ईश्वर एक है, हर व्यक्ति में ईश्वरत्व का वास है, अतः हर व्यक्ति समरूप है। इसे स्पष्ट करते हुए गांधी कहते हैं, "I believe in absolute oneness of God, and therefore also of humanity.... Though we have many bodies, we have but one soul. The rays of the sun are many through refraction, but they have the same source."*** अतः गांधी का विश्वास है कि इस मूल एकता की अभिव्यक्ति वैयक्तिक तथा सामाजिक दोनों जीवन में होती है, यह आध्यात्मिकता नियम जीवन के हर पक्ष में कारगर है, चाहे वह राजनैतिक पक्ष हो, या आर्थिक पक्ष हो या कुछ अन्य। अतः मानव स्वरूप की जो विशिष्टता है, वह उसे पूरे विश्व से एक रूप कर देता है।†

कर्म एवं पुनर्जन्म

गांधी पुनर्जन्म में विश्वास करते हैं। यह विश्वास स्वाभाविक है कि क्योंकि हिन्दू परम्परा में पलने से उस परम्परा के विश्वासों के प्रति उन्हें श्रद्धा एवं आदर होना स्वाभाविक

---

* *Young India*, 4-8-20.

** *Harijan*, 22-2-42.

*** *Young India*, 25-9-24.

§Ibid., 4-12-24.

था। किन्तु एक अर्थ में गांधी का पुनर्जन्म में विश्वास भी कुछ अपने ढंग का है। हिन्दू विचार में पुनर्जन्म एक प्रकार से एक ऐसा तात्विक सिद्धान्त है जिसे जन्म के पहले, तथा मृत्यु के बाद की अवस्थाओं की व्याख्या के लिये स्वीकारा जाता है। गांधी इन बातों को नकारने की बात नहीं करते, किन्तु उन चर्चाओं में वे उलझना भी नहीं चाहते। वे पुनर्जन्म में विश्वास की तात्विकता पर बल देने के स्थान पर, उसके नैतिक मूल्य पर बल देते हैं, तथा इस विश्वास की व्यवहारिकता पर प्रकाश देते हैं। उनका विश्वास है कि पुनर्जन्म में विश्वास जीवन के साथ समायोजन तथा समझौता कराने में सहायक एवं उपयोगी है। यह विश्वास संघर्ष कटुता, ईर्ष्या, द्वेष आदि जैसे विघटनकारी भावनाओं के उदय होने पर भी व्यक्ति को अपने व्यवहार एवं क्रियाओं में मृदुता लाने का आधार बन जाता है। जीवन तो फूल शैय्या नहीं ही है, इसमें झगड़े, फसाद, प्रतिद्वन्द्विता, ईर्ष्या, आदि तो होंगे ही। इन सबों के कारण कष्ट एवं 'दुख' भी होना स्वाभाविक ही है। गांधी को यह अवगति है कि ऐसे अनुभवों से व्यक्ति एक प्रकार से 'टूट' जाता है, असहाय हो जाता है और उसे प्रतीत होता है कि सब कुछ समाप्त हो गया। गांधी कहते हैं कि ऐसे क्षणों में पुनर्जन्म में विश्वास की सशक्त उपयोगिता स्पष्ट होती है। उस व्यक्ति के समक्ष भी पुनर्जन्म में विश्वास नयी दिशायें खोल देता है तथा नयी सम्भावनायें स्पष्ट करता है। अब उसे प्रतीत होता है कि यही जीवन तो 'समाप्ति' नहीं है, इस जीवन में उसे दुख तथा कष्ट अवश्य मिल रहा है, किन्तु वह अपने भविष्य को तो अनुकूल बना सकता है। अभी के किये कार्यों का प्रभाव तो भविष्य पर भी पड़ता है, अतः यदि वह ढंग से जीये तो भविष्य के जीवन में उसे आनन्द मिल सकता है। इस आशा से वह कष्टों में रहता हुआ भी नैतिक तथा उच्चतर आदर्शों का पालन कर पुनर्जन्म को अनुकूल बना सकता है। इस प्रकार ऐसे क्षणों में भी पुनर्जन्म में विश्वास नैतिक, धार्मिक एवं आध्यात्मिक जीवन का उपकरण बन जाता है।

पुनर्जन्म में विश्वास के साथ साथ 'कर्मों' में विश्वास भी अनिवार्य हो जाता है। हिन्दू विचार की परम्परा में कर्म-सिद्धान्त को अत्यधिक मान्यता मिली है। कर्म-नियम तात्विक नियम भी है तथा नैतिक नियम भी है। हमारा वर्तमान जीवन तथा शरीर विगत जीवन के कर्मों के अनुसार प्राप्त है, तथा इस नियम की यह भी मान्यता है कि इस जीवन में किये गये कार्यों से जो प्रवृत्तियां तथा संस्कार-उपलब्ध होंगे उन्हीं के अनुरूप हमारा पुनर्जन्म होगा, भविष्य की योनि तथा बाद का जीवन निर्धारित होगा। यह तो इस नियम का तात्विक पक्ष है। इस नियम में एक नैतिक नियम निष्ठता भी है। एक प्रकार से यह प्रचलित कहावत 'जैसा करोगे वैसा भरोगे' का एक वृहत् रूप है। भारतीय विचारकों ने कहा है कि मानव का बन्धन तथा दुख उसके भूत के गलत कार्यों के कारण उत्पन्न हैं, अतः इस जीवन में शुभ एवं उचित कर्मों के पालन से भविष्य में उसका शुभ फल प्राप्त हो सकता है।

गांधी तात्विक विवेचना में तो उलझना नहीं चाहते, किन्तु मनुष्य की वर्तमान अवस्था की व्याख्या के लिये भूतकालीन कर्मों का उल्लेख करते हैं। वे मानव-स्वरूप की हर प्रवृत्ति की व्याख्या कर्मों एवं संस्कारों के आधार पर करते हैं। गांधी की इस व्याख्या को डी. एम. दत्ता ने बड़े स्पष्ट शब्दों में व्यक्त किया है। वे कहते हैं, "Every individual is unique because of his peculiar physical and mental inheritence and equipment. What an individual now is, is the effect of his actions—his habits of thinking, feeling, speaking and acting in the past. Man makes himself through all these diverse activities, internal and external. They appear *to be* so insignificant separately, but taken together they create the tremendous forces that shape his health, character and entire destiny."* उनका स्पष्ट कहना है कि आज जो 'मनुष्य' है उसकी उस अवस्था को रूप देने में उसके भूतकालीन कर्मों, क्रियाओं, विचारों, भावनाओं, प्रकृत्तियों—सब कुछ का हाथ है। इन्हीं के द्वारा यह निर्धारित होता है मनुष्य के आगे की गति, अवस्था, स्वरूप आदि किस प्रकार के होंगे।

किन्तु यह तो है ही कि 'कर्म-नियम' का नैतिक पक्ष गांधी के लिये अधिक महत्त्वपूर्ण है। इसका कारण मात्र यही है कि यह विश्वास एक ओर तो उनकी अपनी नैतिक मान्यताओं के अनुरूप है, तथा दूसरी बात जो गांधी को अधिक महत्त्वपूर्ण प्रतीत होती है, वह है कि कर्म तथा पुनर्जन्म में विश्वास इस जीवन में नैतिक आचरण करने का बड़ा सबल आधार बन जाता है। साथ-साथ यह समझ कि हम अपने कर्मों से ही अपने भविष्य को बना सकते हैं, मनुष्य में आत्म-विश्वास उत्पन्न करता है, और यह ज्ञान देता है कि शुभ कर्मों के पालन से वह 'ईश्वरत्त्व' तक पा सकता है। अतः कर्म एवं पुनर्जन्म का विचार व्यक्ति पर ही इस दायित्व को ला देता है कि वह शुभ कार्य करे या 'स्व' में ही लिप्त रहे। गांधी का कहना है कि इस प्रकार यह विश्वास मनुष्य में एक दायित्व-भाव उत्पन्न करता है, तथा उसे शुभ आदर्शों की ओर अग्रसर होने के लिये प्रेरित करता है।

अहिंसा

सच पूछा जाय तो गांधी की समस्त विचारधारा दो केन्द्रीय 'भाव-स्रोतों' से ही पनपी है। एक भाव है 'सत्य' तथा दूसरा है 'अहिंसा'। दोनों भाव को वे एक विशेष अर्थ में 'अभिन्न' भी कहते हैं क्योंकि एक का विचार अनिवार्यतः दूसरे तक ले ही जाता है। उनकी स्वीकारोक्ति है कि सत्य की तलाश में उन्हें 'अहिंसा' का विचार भी प्राप्त हो गया। सत्य पर किये गये अपने प्रयोगों से वे आप से आप 'अहिंसा' पर आ गये। वे कहते हैं, 'I have nothing new to teach the world. Truth and Non-violence are as old as the hills. All I have done is to try experiments in both on as vast a scale as I could. In doing so I have sometimes erred and learnt by my errors. Life and its problems have thus become to me so many experiments in the practice of truth and non-violence. ...In fact it was in the course of my pursuit of truth that I discovered Non-violence."**

---

*D.M. Datta, *The Philosophy of Mahatma Gandhi*, p. 77.

**N.K. Bose, *Selections from Gandhi*, Ed., p. 13.

सत्य से अहिंसा तक पहुंचने की प्रक्रिया को और स्पष्ट करते हुए गांधी कहते हैं, "Ahimsa and Truth are so intertwined that it is practically impossible to disentangle and separate them. They are like the two sides of a coin, or rather a smooth unstamped metallic disc. Who can say which is the obverse and which reverse? *Ahimsa* is the means, *Truth* is the end. Means to be means must always be within our reach, and so ahimsa is our supreme duty. If we take care of the means, we are bound to reach the end sooner or later."*

इन पंक्तियों में गांधी सत्य एवं अहिंसा के आपसी सम्बन्ध को स्पष्ट करते हैं। उन्हें एक ही सिक्के के दो पक्ष कहते हैं। उनके अनुसार इससे भी अधिक उपयुक्त उपमा एक ऐसे दोनों और से चिकने तथा एक जैसे दिखाई देने वाले धातु-डिस्क की देते हैं, जिसमें यह कहना कठिन हो कि किस ओर सीधा है किस ओर उल्टा। पुनः वे अहिंसा को साधन कहते हैं, तथा सत्य को साध्य। साध्य उद्देश्य होता है, लक्ष्य होता है, अतः दूर होता है, किन्तु साधन साधन इसलिये हैं कि वह हाथ में है, अपने पास है। अतः यदि उचित ढंग से साधन का उपयोग हो तो लक्ष्य तो प्राप्त होगा ही।

इन बातों को ध्यान में रखते हुए हम गांधी के अहिंसा-विचार की विवेचना करें। प्रथमतः हम यह समझने का प्रयास करें कि गांधी की दृष्टि में इस शब्द—'अहिंसा' का अर्थ क्या है। ऐसा नहीं है कि गांधी ने इस शब्द का प्रयोग सर्वथा विशिष्ट अर्थ में किया हो जो इसके प्रचलित साहचर्यों से सर्वथा भिन्न है। वैसी बात नहीं है, किन्तु यह है कि इसके अर्थ-निरूपण में गांधी ने कुछ ऐसी बातों पर बल दिया है, जिन पर सामान्यतः उतना बल नहीं दिया जाता। इसी कारण गांधी का 'अहिंसा' शब्द का प्रयोग अपने ढंग से विशिष्ट बन जाता है, जो इसके प्रचलित अर्थों के समान होते हुए भी 'गांधी' के अर्थ में अहिंसा कहा जाने लगा है।

गांधी के प्रयोग में 'अहिंसा' शब्द का भावात्मक तथा निषेधात्मक दोनों प्रकार का अर्थ प्रकाश में आता है। गांधी के अनुसार इसका भावात्मक अर्थ अधिक मौलिक है, क्योंकि यह अहिंसा के मूल स्वरूप को व्यक्त करता है, तथा एक दृष्टि से निषेधात्मक अर्थ को भी अपने में समाविष्ट रखता है।

अहिंसा का सरलतम अर्थ है 'हत्या नहीं करना'। कभी-कभी इस शब्द 'अहिंसा' की व्यापकता को स्पष्ट करने के प्रयत्न में यह भी कहा जाता है कि 'हत्या नहीं करना' अहिंसा का एक उदाहरण मात्र है। इसी दृष्टि से अहिंसा का अर्थ कभी-कभी इस रूप में भी व्यक्त होता है कि यह किसी को किसी प्रकार की पीड़ा नहीं पहुंचाना है, किसी को किसी प्रकार की क्षति नहीं देनी है।

तो अहिंसा के अर्थ की प्रारम्भिक समझ तो यही है कि वह 'हिंसा' नहीं है, हिंसा का

---

*N.K. Bose, *Selections from Gandhi*, Ed., pp. 13-14.

विपरीत है। गांधी 'हिंसा' का अर्थ बड़े विश्लेषण, के साथ स्पष्ट करते हैं। हिंसा के अन्तर्गत 'हत्या', 'किसी को किसी प्रकार की पीड़ा देना', 'किसी को क्षति या हानि पहुंचाना'—ये सब आ अवश्य जाते हैं, किन्तु ये अपने में हिंसा नहीं हैं, हिंसा के हिंसा होने के लिये इसके पीछे की मानसिकता ही प्रधान है। यदि 'प्राण लेना' या 'पीड़ा पहुंचाना' या 'क्रोध' से किसी स्वार्थ से, ईर्ष्या से, या जानबूझकर किया गया हो, तो वह हिंसा है। इन सबों का मन, वचन, कर्म से पूर्ण त्याग अहिंसा है।

कभी-कभी ऐसा होता है कि अपने अहिंसा-विचार में गांधी जैन विचार से अत्यधिक प्रभावित हैं। जैन धर्म में अहिंसा की अनुशंसा बड़े ही कठोर ढंग से की गयी है। यहां तो किसी के प्रति मन में बुरे विचार का आना भी हिंसा है। जैन धर्म में अहिंसा के पालन में कहा गया है कि इसका पालन मन में, वचन में तथा कर्म में—तीनों स्तरों पर होना चाहिये। इतना ही नहीं, जैन धर्म में कहा गया है कि इन तीनों स्तरों पर स्वयं तो हिंसा का त्याग करना ही है, इन तीनों स्तरों में अन्य से हिंसा करना, तथा हिंसा होने देना—ये सब भी हिंसा ही हैं। किसी को गाली देना हिंसा है, हिंसा देख आंखें मूंद लेना भी हिंसा है। गांधी को यह अवगति है कि सामान्य जीवन में सामान्य मनुष्यों के लिये अहिंसा का इसे कठोर रूप में पालन न व्यावहारिक है—न सम्भव, अतः वे अहिंसा के निषेधात्मक शर्तों को उतना कठोर नहीं बना देते जितना कठोर जैन धर्म में बनाया गया है। वे समझते हैं कि कुछ-कुछ परिस्थितियों में हिंसा का पूर्ण त्याग तो सम्भव नहीं है—जैसे श्वांस लेने में, खाने में, पीने में आदि। इन क्रियाओं में कुछ जीवों का हनन हो ही जाता है, तथा उससे बचना प्रायः असम्भव है। इनके अतिरिक्त गांधी यह भी मानते हैं कि कुछ विशेष परिस्थितियों में 'हिंसा' भी अनुशंसित हो सकती है। मान लें एक पागल बन्दूक लेकर लोगों की हत्या करता चल रहा है, यदि उसे अन्य ढंगों से पकड़ा नहीं जा रहा है, और वह हत्या करता ही जा रहा है, तो उसकी हत्या अनुशंसित हो सकती है। इन सभी बातों को स्पष्ट करते हुए गांधी कहते हैं,

"Taking life may be a duty. We do destroy as much life as we think necessary for sustaining our body. Thus for food we take life, vegetable and other, and for health we destroy mosquitoes and the like by the use of disinfectants etc., and we do not think that we are guilty of irreligion in doing so...for the benefit of the species we kill carnivorous beasts... even man-slaughter may be necessary in certain cases. Suppose a man runs amuck and goes furiously about sword in hand, and killing anyone that comes in his way and no one dares to capture him live. Anyone who despatches the lunatic, will earn the gratitude of the community and be regarded as a benevolent man."* इस विचार को गांधी ने बड़े ही स्पष्ट रूप में स्वीकारा भी है, तथा उसकी अनुशंसा भी की है। यह उनका

**Young India*, 4-11-26.

बड़ा ही महत्वपूर्ण विचार है, अतः हम उसे पहले उन्हीं के शब्दों में ही रख रहे हैं। "I see that there is an instinctive horror of killing living beings under any circumstances whatsoever. For instance, an alternative has been suggested in the shape of confining even rabid dogs in a certain place and allow them to die a slow death. Now my idea of compassion makes this thing impossible to me. I cannot for a moment bear to see a dog, or for that matter any other living being, helplessly suffering the torture of a slow death. I do not kill a human being thus circumstanced, because I have more hopeful remedies. I should kill a dog similarly situated, because in its case, I am without a remedy. Should my child be attacked with rabbies and there was no helpful remedy to relieve his agony, I should consider it my duty to take his life. Fatalism has its limits. We leave things to Fate after exhausting all the remedies. One of the remedies and the final one to relieve the agony of a tortured child is to take his life."*

यहां हम देखते हैं कि इस विषय पर गांधी का विचार बड़ा ही स्पष्ट है। वे स्पष्ट कहते हैं कि यदि मेरे बच्चे को "रैबी" हो जाय, तथा उपचार के सभी विकल्प समाप्त हो जायं, तो उस बच्चे को उसके भयानक कष्ट से मुक्त होने के लिये भाग्य के सहारे छोड़ देना ठीक नहीं है, बल्कि उस समय हमारा कर्त्तव्य हो जाता है कि हम उसका प्राणान्त कर दें। उनका कहना है कि भाग्यवादिता की—भाग्य पर आश्रित होने की एक सीमा होती है। यदि हम उसे कष्ट से मुक्ति दिला सकते हैं तो उसे कष्ट भोगने के लिये भाग्य के सहारे छोड़ना उचित नहीं है। जब उसका कष्ट-निवारण का कोई साधन ही बचा नहीं है, तो उसे भयानक कष्ट में छोड़ देना अनुचित है।

इस प्रकार हम देखते हैं कि गांधी के अनुसार कुछ विशेष परिस्थितियों में प्राण-लेना अनुशंसित भी है। ऊपर दिये गये जैसे उदाहरणों में प्राण नहीं लेना ही क्रूरता है, क्योंकि वहां उसे जीवित रख कर हम उसे भयानक कष्ट दे रहे हैं। तब यह है कि इस उदाहरण में प्राण-लेना, क्रोध, ईर्ष्या, द्वेष, या किसी प्रकार के मन के मैल से प्रेरित नहीं है, बल्कि एक प्रकार की करुणा अथवा दया का ही भाव है।

अतः हम कह सकते हैं कि 'हत्या' अथवा 'किसी को पीड़ा पहुंचाना' को 'हिंसा' तभी कहा जा सकता है जब इसे 'हिंसा' बनानेवाले कुछ शर्त उपस्थित हों। ये शर्त हैं, क्रोध, अहंकार, घृणा, ईर्ष्या, द्वेष, स्वार्थ, बुरे अभिप्राय तथा ऐसी ही अन्य मानसिक वृत्तियां। इन्हीं वृत्तियों के अन्तर्गत की गयी 'हत्या' या 'पीड़ा' 'हिंसा' के उदाहरण कहे जा सकते हैं। इसका अर्थ है कि 'अहिंसा' ऐसी मानसिक वृत्तियों से सर्वथा ऊपर है—मुक्त है।

किन्तु यह तो अहिंसा का निषेधात्मक आयाम है, अहिंसा में क्या नहीं रहता—इसका

**Young India*, 18-11-36.

संकेत देता है। गांधी के लिये अहिंसा का भावात्मक पक्ष अधिक मौलिक तथा महत्त्वपूर्ण है। उनके लिये अहिंसा का अर्थ मात्र हिंसा का त्याग नहीं है, इसके अन्तर्गत कुछ भावात्मक लक्षण तथा मनोवृत्तियां आती हैं, अन्य जीवों के प्रति एक विशेष प्रकार के भाव की बात होती है।

अहिंसा के भावात्मक पक्ष को स्पष्ट करने के लिये गांधी एक मान्यता—एक विश्वास के साथ अग्रसर होते हैं। उनकी यह मान्यता है—उनका विश्वास है कि 'मानव' के, 'मानवीयता' के एक मूल एवं अनिवार्य लक्षणों में अहिंसा है। इसका यह अर्थ नहीं कि उनके अनुसार 'हिंसा' का जीवन में कोई स्थान ही नहीं। 'हिंसा' तो जीवन में होती ही है, अपने अस्तित्व को बचाये रखने के प्रयत्न में भी कुछ हिंसा हो जाती है, इसे स्वीकारते हुए भी गांधी कहते हैं कि 'अहिंसा' मानव-जाति के जीवन का एक मूल नियम है। इसकी एक पहचान तो यह है, कि 'हिंसा' के द्वारा जो उपलब्धियां होती हैं, वे टिकाऊ नहीं होतीं, उनमें स्थायित्व नहीं होता। हिंसा पर किसी सर्जनात्मकता को शाश्वतरूप में स्थापित नहीं किया जा सकता। गांधी का कहना है कि इतिहास इस बात का साक्षी है कि यदि शुभ उद्देश्य तथा कल्याण के अभिप्राय से भी हिंसा के प्रयोग से अत्याचारी या बेईमानों को हटाया गया है, तो उस हिंसा के प्रयोग के कारण, वे भी स्वयं उन्हीं कुरीतियों तथा अशुभ रूपों के शिकार हो जाते हैं जिन्हें दूर करने के लिये उन्होंने हिंसा का सहारा लिया था।

गांधी अपने इस विश्वास को व्यक्त करते हुए बार-बार कहते हैं कि अहिंसा मानव के लिये स्वाभाविक है। इसका वे अनेकों उदाहरण भी देते हैं। उनका कहना है कि यदि हम विकास-क्रम के स्वरूप पर विचार करें तो स्पष्ट हो जायगा कि यद्यपि विकास की प्रारम्भिक अवस्था में भौतिक बल-प्रयोग का स्थान था—विकास की दिशा अहिंसा की ओर ही है। हर प्राणी या जीव में यह देखा जा सकता है कि कोई जीव अपने बच्चों, या अपनी जाति के अन्य जीवों का भोजन नहीं करता। कम से कम स्वभावतः तो ऐसा नहीं करता। मनुष्यों में कुछ आदमखोर हुए हैं, किन्तु आदमखोरी मनुष्य का स्वभाव नहीं है—कहीं-कहीं मजबूरी भले ही बन गयी हो। मनुष्य में तो उसका अहिंसा मूलक स्वरूप और अधिक स्पष्ट है, क्योंकि मनुष्य शरीर तथा आत्मा दोनों है। शरीर भौतिक बल अथवा शक्ति का सूचक हो सकता है, इसके चलते मनुष्य कभी कभी हिंसात्मक क्रिया भी कर सकता है। किन्तु उसका मूल स्वरूप तो आत्म-रूप है, और अपने इस आध्यात्मिक रूप में मनुष्य स्वभावतः अहिंसक है। इस बात का एक प्रमाण तो यही है कि शरीर तथा शारीरिक अवयवों को आघात पहुंचाया जा सकता है, आत्मा पर आघात सम्भव नहीं है। इसी कारण गांधी का कहना है कि हिंसा मानव के मूल रूप का अंश नहीं, वह उसकी अस्मिता का लक्षण है। जैसे ही उसकी आध्यात्मिकता जागती है, उसका अहिंसक रूप प्रकाश में आ जाता है।

गांधी का कहना है कि अहिंसा का भावात्मक स्वरूप वस्तुतः 'प्रेम' है। प्रेम एक आन्तरिक एकता की भावना है। प्रेम में अपने प्रिय से एक ऐक्य-एक तादात्म्य स्थापित होता है। यह तभी सम्भव हो सकता है जब हम विचलित करने वाली मानसिक वृत्तियों से अपने को पृथक कर सकें। अतः प्रेम का अर्थ ही है क्रोध, बदले की भावना, मनोमालिन्य,

द्वेष आदि से मन को मुक्त रखना। गांधी के अनुसार प्रेम वह शक्ति है जो मन को पूर्णतया स्वच्छ कर देती है, तथा व्यक्ति को श्रेष्ठतर बनाती है। इसी कारण वे 'प्रेम' के अन्तर्गत—दया, क्षमा, करुणा, सहानुभूति, परकल्याण, बर्दास्त करने की शक्ति आदि जैसे उच्चतर भावनाओं को समाविष्ट करते हैं।

गांधी स्वीकारते हैं कि प्रेम कोई सरल अभिवृत्ति नहीं है। घृणा, ईर्ष्या सरल है, प्रेम के लिये आन्तरिक सशक्तता की आवश्यकता है। और 'प्रेम' तो तब और कठिन हो जाता है जब हमें कहा जाता है कि जो तुम्हारा विरोधी है उससे भी प्रेम करो। यही कारण है कि प्रेम के लिये अत्यधिक शक्ति की—आन्तरिक बल की आवश्यकता होती है, और यही कारण है कि गांधी कहते हैं कि 'प्रेम' निर्बलों के लिये नहीं है, सशक्तों के लिये है, संकल्प-शक्तिवालों के लिये है। इसका वे निर्देश भी बड़े सरल एवं स्पष्ट ढंग से कर देते हैं। गांधी का तो यहां तक कहना है कि हिंसा निर्बलता का सूचक है। जो निर्बल है, वह अपने अन्तर में अशक्त तथा असहाय रहता है, और इस कारण भयभीत रहता है। इसी भय में वह अपने सम्भावित शत्रुओं के विरुद्ध तैयारी करता रहता है। उसमें आन्तरिक शक्ति तो है नहीं, और इस कारण वह भौतिक बल, कृत्रिम उपकरणों आदि के प्रयोग को ही 'शक्ति' समझ लेता है। यही तो हिंसा के उत्पन्न होने का मूल कारण है। ऊपर से हिंसा में शक्ति दिखाई देती है, किन्तु वस्तुतः यह निर्बलता की अभिव्यक्ति है। किसी की हत्या करना शक्ति का सूचक नहीं है, बल्कि परकल्याण के लिये अपना प्राण लगा देना—अपना उत्सर्ग कर देना शक्ति है। हिंसा तो हर व्यक्ति कर सकता है, किन्तु अहिंसा का पालन वही कर सकता है जिसने भय को जीत लिया है। भय पर विजय पाना असीम शक्ति से ही सम्भव है। गांधी कहते हैं कि एक असहाय चूहा जो बिल्ली से बचने के लिये भागता है, अहिंसक नहीं है। वह तो निर्बल है, यदि उसमें शक्ति होती तो वही बिल्ली को खा जाता।*

इस व्याख्या से अहिंसा के स्वरूप पर एक और नवीन प्रकाश मिलता है। निर्बल तथा कमजोर व्यक्ति अहिंसा का उपयोग नहीं कर सकते। बल्कि, ऐसा व्यक्ति जिसमें यह बल भी है कि वह हिंसा का उत्तर हिंसा से दे सके—वह यदि हिंसा का त्याग करता है, तो वही अहिंसा का उपयोग कर सकता। बल का उत्तर बल में देने की शक्ति के रहने पर भी बल के स्थान पर प्रेम करना अहिंसा है। गाँधी इन दोनों बातों को स्पष्ट करते हैं, "Non-violence presupposes the capacity to strike".** और इस बात को स्पष्ट करते हुए कि, अहिंसा इस हिंसक शक्ति को नियंत्रित रखने की संकल्प-शक्ति है, गांधी पुनः कहते हैं, "[Ahimsa] is a conscious and deliberate restraint put upon one's desire for vengeance."*** अतः गांधी का कहना है कि जो सचमुच सबल एवं सशक्त है, वे भौतिक बल प्रहार से विजय नहीं पाते, बल्कि निर्भयता तथा प्रेम से विजय पाते हैं। अहिंसा का अर्थ अत्याचारी या गलत काम

**Harijan*, July 20, 1935.

***Young India*, 12-8-26.

***Ibid.

करने वालों के प्रति मूक समर्पण नहीं है। इसका अर्थ है कि अत्याचारी की इच्छा तथा कार्यों के विरुद्ध अपनी पूर्ण आत्म-शक्ति लगा देना। इस प्रकार एक व्यक्ति भी इतना सशक्त हो जा सकता है कि बड़े-बड़े साम्राज्य को हिला दे। वे कहते हैं, "Non-Violence does not mean meak submission to the will of the evil-doer. It means putting of one's soul against the will of the tyrant. Working under this law of our being, it is possible for a single individual to defy the whole might of an unjust empire."*

इस प्रकार गांधी के अनुसार अहिंसा कर्म की प्रेरणा है। यह उदासीनता या निष्क्रियता की मनोवृत्ति नहीं है। यह ठीक है कि अहिंसा की जड़ें अन्तर में रहती हैं, किन्तु वे बाह्य कर्मों को प्रेरित करने के स्रोत हैं। अहिंसा कुछ क्षणों में सम्पादित हो गया कर्म नहीं है, यह तो एक सतत प्रवाह है। अहिंसा का पालक वस्तुतः हर क्षण अहिंसा का पालन करता रहता है, क्योंकि इसका पालन सतत संकल्प, चिन्तन तथा कर्मों के द्वारा होता है। यह ठीक है कि इसके पालन में असीम धैर्य की आवश्यकता होती है, किन्तु धैर्य निष्क्रियता नहीं है। धैर्य तो आन्तरिक संकल्प तथा सतत प्रयत्न का सूचक है। धैर्य आततायी को अवसर प्रदान करता है कि वह वास्तविकता को समझे तथा शुभ को पहचान सके, और अपनी भूल सुधार सके।

इसी कारण गांधी कहते हैं कि अहिंसा में बलिदान तथा कष्ट, दुख तो निहित ही है। प्रेम के साथ बलिदान-भावना अनिवार्य रूप से जुड़ी होती है। 'प्रेम' अपने से परे जाना है, 'स्व' से ऊपर उठना है। अतः वही प्रेम कर सकता है जो निःस्वार्थ बन सका हो, जो अब 'पाना' नहीं चाहता, बल्कि 'देने' के लिये इच्छुक है। इसी से गांधी कहते हैं,"Love never claims, it ever gives. Love ever suffers, never resents, never revenges itself".** "The test of love is *tapasyā*, and *tapasyā* is self-suffering."*** गांधी का विश्वास है कि इस प्रकार का आत्म-बलिदान, इस प्रकार से अपने पर कष्ठ उठाने की शक्ति जीवन के संघर्षों में सही ढंग से सफल होने का निश्चित साधन है। यदि हम धैर्य-पूर्वक आततायी के विरुद्ध अपना प्रतिवाद व्यक्त करते हुए कष्ट झेलते रहें, तो हमें उसके क्रोध या द्वेष को भी ठण्डा होने का अवसर दे रहे हैं। उसके बाद ही वह अपनी भूल समझ पायेगा।

किन्तु इसके लिये एक अनिवार्य बात और है। इस बलिदान तथा कष्ट के क्षणों में भी आततायी, अथवा विरोधी के प्रति भी निर्दोष प्रेम रहना चाहिये तथा यह विश्वास भी रहना चाहिये कि वह भी 'मानव' है, अतः उसके अन्तर में अनिवार्य शुभत्त्व का वास है। बिना इन अनिवार्य भावना तथा विश्वास के सारा कष्ट विफल हो जायगा। यही कारण है

***Young India*, 11-8-1920.

**Ibid., 9-7-25.

***Ibid., 12-6-22.

कि प्रेम का अनिवार्य साथी 'कष्ट' को कहा गया है, तथा प्रेम को असीम शक्ति कहा गया है, क्योंकि इसमें कष्ट देने वाले आततायी के प्रति भी प्रेम की बात है।

गांधी का कहना है कि इस प्रकार की अहिंसा तथा प्रेम से मानव की गरिमा, प्रतिष्ठा तथा आदर और उच्चतर ही हो जाता है। गांधी का कहना है कि अहिंसा का पालन करने वाला झुकता नहीं है, विरोधी को ही झुकना पड़ता है। वह तो क्षमाशीलता की पराकाष्ठा है, तथा उसके असीम प्रेम एवं क्षमाशीलता के कारण अन्ततः आततायी को अपने किये पर शर्म आती है।

गांधी के अनुसार इस प्रकार की अहिंसा के पालन का एक महत्त्वपूर्ण तथा प्रमुख शर्त और है। अहिंसा का पालन तब तक सम्भव नहीं है, जब तक ईश्वर में अटूट आस्था न हो। अहिंसा के पालन के लिये जिस असीम शक्ति की आवश्यकता होती है, वह तभी उत्पन्न हो सकती है जब ईश्वर में पूर्णरूप से सक्रिय, सजीव तथा अटूट आस्था है। इसी आस्था के आधार पर ही हर व्यक्ति अन्य को 'अपना' समझ सकेगा—मानव-मात्र के ऐक्य में विश्वास कर सकेगा। इस प्रकार 'ईश्वर में आस्था' 'मानवता के प्रति प्रेम' में परिणत हो जायगा। ऐसे ही प्रेम के उत्पन्न होने पर ही अहिंसा का उपयुक्त पालन सम्भव है। मानव-मात्र की एकता की अनुभूति में मानव-मात्र के लिये एक स्वाभाविक प्रेम उत्पन्न होगा, तथा इस प्रेम के उत्पन्न होने का आधार 'ईश्वर में अटूट आस्था' ही हो सकती है।

अहिंसा-पालन का ढंग—सत्याग्रह

गांधी को यह अवगति है कि सत्य तथा अहिंसा का सैद्धान्तिक विवेचन व्यर्थ है, यदि व्यवहार में इनके पालन के ढंग का निर्धारण न हो। इसी अवगति के अनुरूप उन्होंने 'सत्य' पर किये अपने विभिन्न प्रयोगों के आधार एवं माध्यम से अहिंसा के पालन के ढंग को विकसित किया, तथा उसे उन्होंने 'सत्याग्रह' कहा।

सत्याग्रह का शाब्दिक अनुवाद है 'सत्य का आग्रह', 'सत्य की शक्ति'। इसे गांधी ने कभी-कभी आत्म-शक्ति (Soul-force) तथा प्रेम-शक्ति (Love-force) भी कहा है। अपने जीवन भर गांधी अहिंसा-पालन के ढंग पर नये नये प्रयोग करते रहे, जिसके फलस्वरूप उनके विचारों में 'सत्याग्रह' का एक स्पष्ट ढंग विकसित हो गया। गांधी के सत्याग्रह-विचार को समझने के लिये गांधी के लेखों से लिया हुआ एक ऐसे लम्बे उद्धरण से हम प्रारम्भ कर रहे हैं, जिसमें गांधी के सत्याग्रह-विचार की विशिष्टताओं का एक स्थान पर स्पष्ट संकेत उपलब्ध हैं। इस विस्तृत विवरण में गांधी कहते हैं, "Its equivalent in the vernacular rendered into English meant Truth-force. I think Tolstoy called it also Soul-force or Love-force, and so it is. Carried out to its utmost limit, this force is independent of pecuniary or other material assistance, even in its elementary form of physical force or violence. Indeed violence is the negation of this great spiritual force which can only be wielded or cultivated by those who will entirely eschew violence. It is a force that may be used by individuals as well as by communities. It may be used as well in political as in domestic affairs. Its universal applicability is a demonstration of its permanence and invincibility. It can be used alike by men, women and children. It is totally untrue to say that it is a force to be used only by the weak, so long as they are not capable of meeting violence by violence. This superstition arises from the incompleteness of the English expression [Passive Resistance]. It is impossible for those who consider themselves weak to apply this force. Only those who realise that there is something in man which is superior to the brute nature in him, and that the latter always yields to it, can effectively be passive resisters. This force is to violence, and therefore to all tyranny, all injustice what light is to darkness."*

वस्तुतः इस विवरण में गांधी के सत्याग्रह-विचार के प्रायः सभी प्रमुख अंश विद्यमान हैं। अतः यदि हम इसी में व्यक्त विचारों को व्यवस्थित रूप में स्पष्ट करते चले, तो गांधी का सत्याग्रह-विचार पूर्णतया स्पष्ट हो जायगा।

पहली बात तो 'सत्याग्रह' शब्द से ही आपदित है, वह है कि यह 'सत्य का आग्रह' है। गांधी के अनुसार सत्य तो ईश्वर है। अतः सत्याग्रह 'ईश्वरीय आग्रह' है। व्यवहारिक दृष्टि से इसका अर्थ हो जाता है 'सत्य के प्रति पूर्ण निष्ठा', 'सत्य का दामन हर स्थिति में पकड़े रहना'। अतः सत्याग्रह के लिये 'सत्य के प्रति निष्ठा' में किसी प्रकार की असमर्थता के लिये स्थान नहीं। यह इस विश्वास पर आधृत है कि सत्य ईश्वर है। अतः इस पथ पर चलने के लिये अन्य कोई कारण, प्रयोजन के लिये स्थान नहीं, इस पर कठोरवादी ढंग से मात्र इसलिये अग्रसर होना है कि यह सत्य का मार्ग है—ईश्वरीय मार्ग है। इस दृष्टि से सत्याग्रह कठोरतावादी (rigoristic) सिद्धान्त है।

अतः सत्याग्रह एक प्रकार से धार्मिक आचरण है। यह इस विश्वास पर आधृत है कि ईश्वर एक है, तथा वही हर मनुष्य, हर जीव, हर सत्ता में है। हम जिसका विरोध करते हैं उसमें भी उसी ईश्वर का वास है जो हममें है। इसी कारण सत्याग्रह सर्वव्यापी प्रेम का दूसरा नाम है। यदि यह प्रेम न हो, तो सत्याग्रह का कोई अर्थ ही नहीं रह जाता।

गांधी के अनुसार सत्याग्रह की एक दूसरी धार्मिक मान्यता और है। वस्तुतः हर कठोरतावादी नैतिक सिद्धान्त की यह मान्यता होती ही है। कठोरतावादी सिद्धान्त की कठोर मांगों की कठोरस्वरूप की व्याख्या तभी हो पाती है जब उसके पीछे ईश्वर के साथ-साथ, बाद का जीवन या अमरता आदि में विश्वास हो। यदि जीवन भर कठोरतापूर्वक सत्याग्रह जैसे आदेश का पूर्णतया स्वार्थरहित होकर पालन करते रहना है, तो यह पालन सम्भव तभी

*N.K. Bose, *Selections from Gandhi*, Ed., pp. 218-19.

हो सकता है जब यह विश्वास भी रहे कि इस प्रकार के कर्मों का भविष्य में फल मिलेगा। मानव मानव है, अतः स्वार्थरहित कर्म के लिये, आत्म-बलिदान के लिये उसे किसी विश्वास का आधार अवश्य मिलना चाहिये। इसी कारण गांधी कहते हैं कि एक प्रकार से अहिंसा-पालन का, सत्याग्रह का एक आधार 'पुनर्जन्म' में विश्वास भी है। अपनी परम्परा के अनुरूप वे 'पुनर्जन्म' में विश्वास की बात करते हैं, किन्तु इस स्थान पर उनका विचार बड़ा व्यापक है। उनका कहना है कि सत्याग्रह के अनुशीलन के आधार-रूप में कुछ इस प्रकार का विश्वास अनिवार्य है कि अपने सत्याग्रह का फल होगा ही, भले ही हम स्वयं उस फल को फलित होता न देखें। किसी न किसी रूप में सत्याग्रह के लिये यह विश्वास आवश्यक है कि आत्मा अमर है, कि मृत्यु आत्मा की समाप्ति नहीं है। गांधी स्पष्टरूप में इस बात पर बल देते हैं, "...with the knowledge that the soul survives the body, he [Satyagrahi] is not impatient to see the triumph of truth in the present body."*

ऊपर दिये गये विवरण में गांधी सत्याग्रह का विवरण देते हुए कहते हैं कि यह हिंसा, अत्याचार तथा अन्याय के विरुद्ध शक्ति-रूप है। वस्तुतः हर प्रकार के अत्याचार, अन्याय तथा हिंसा भी इसी कारण होते हैं कि सत्य की उपेक्षा हो जाती है। सत्य का त्याग ही इनके उत्पन्न होने का कारण है। अतः यदि हम हिंसा, अन्याय आदि का सामना हिंसा-अन्याय से ही करते हैं, तो हम भी असत्य का ही साथ दे रहे हैं, सत्य की उपेक्षा कर रहे हैं, तथा असत्य की अग्नि में अपनी ओर से भी घृत डाल रहे हैं। इनके सामना करने का समर्थ एवं उपयुक्त ढंग तो वही हो सकता है जो इनके समाप्त हो जाने का उपकरण बन जाय। हिंसा हिंसा से बढ़ती है, अन्याय अन्याय से बढ़ता है। यदि इन्हें समाप्त करना है तो इनका ढंग नहीं, 'सत्य' का ढंग अपनाना आवश्यक है। यही सत्याग्रह की सार्थकता है।

सत्याग्रह के द्वारा यह सम्भव इस कारण होता है कि सत्याग्रह विपक्षी के समक्ष ऐसी परिस्थिति उत्पन्न कर देता है कि उसका क्रोध शान्त हो जाय। यह एक ऐसा अवसर प्रदान करता है, और वह भी इस रूप में कि आततायी भी अपनी भूल समझ लेता है। गांधी की यह मान्यता उनके इस मूल विश्वास पर आधृत है कि हर व्यक्ति में एक अनिवार्य शुभत्व 'है' ही। वह अशुभ कार्य इस कारण कर देता है कि या तो अपने इस 'शुभत्व' रूप को वह स्वैच्छा से गौण बना कर जीता है, या उसकी आवाज को अनसुनी कर देता है, या फिर घृणा, क्रोध, आवेश, ईर्ष्या आदि के प्रवाह में वह आवाज दबी रहती है। अतः गांधी के सत्याग्रह का लक्ष्य है कि उस दबी आवाज को जगा दें। यदि शुभत्व की आवाज—अपने अन्तर में स्थित शुभत्व की आवाज वह सुन पायेगा, तो वह अपनी भूल समझ लेगा, तथा अपनी गलती सुधार लेगा।

इस प्रभाव को उत्पन्न करने के लिये सत्याग्रही 'सत्य' के लिये अपना उत्सर्ग करता है, स्वेच्छा से अपने को कष्ट में डालता है। वह कष्ट झेल कर विपक्षी को प्रभावित करता है,

---

**Speeches and Writings*, Madras, 1934, p. 504.

तथा उसकी दृष्टि को परिवर्तित करने में सफल होता है। इसी कारण गांधी कहते हैं कि 'निर्माण' की प्रवृत्ति 'प्रभाव' उत्पन्न करने से जागती है, और 'प्रभाव' अन्य को दुख पहुंचा कर उत्पन्न नहीं होता, बल्कि 'सलीब पर लटक जाने' से उत्पन्न होता है। वे कहते हैं, "Nations, like individuals, are built through the agony of the cross and in no other way. Joy comes not out of infliction of pain on others, but out of pain voluntarily borne by oneself."*

इसी कारण सत्याग्रह को 'विवश करने' (Co-ercion) की विधि नहीं, 'हृदय परिवर्तन' (Conversion) की विधि कहा गया है। विवश करने के ढंग में हिंसात्मक प्रवृत्ति छिपी रहती है। इसमें शारीरिक रूप में, ऊपर से हिंसात्मक कार्य भले नहीं हों, किन्तु मानसिक स्तर पर तो इसमें आवेश तथा बल-प्रयोग है ही। ये हिंसात्मक प्रवृत्तियां हैं। सत्याग्रह का लक्ष्य विपक्षी को असहाय तथा मजबूर बना देना नहीं है। यदि उसे भयाक्रान्त करना नहीं चाहता, यह 'चेतावनी' आदि देने का कार्य नही करता। वह तो उसके 'हृदय' को प्रभावित करने का प्रयत्न करता है, उसमें निहित अच्छाई को जागृत करना चाहता है। इसका लक्ष्य 'हृदय-परिवर्तन' है। वस्तुतः सत्याग्रह इस मान्यता पर आधृत है कि सच पूछा जाय तो कोई 'विरोधी' या 'शत्रु' नहीं होता। वे वस्तुतः गलत कार्य कर रहे हैं, वे किसी प्रभाव में शुभ के मार्ग से हट गये हैं। अब यदि उस पर हम कोई बल प्रयोग करें तो उसकी प्रतिक्रिया भी प्रतिहिंसात्मक ही होगी। किन्तु यदि हम किसी प्रकार उसकी आंख खोल सकें, उसे इस रूप में प्रभावित करें कि वह अपनी भूल स्वयं समझ ले, तो उसे अपनी भूल, अपने अशुभ व्यवहार के लिये पश्चाताप होगा, और वह अपने को बदल सकेगा।

इसका अर्थ है कि सत्याग्रह का आधार 'प्रेम' है। जिसे हम विरोधी समझते हैं, उसके प्रति भी हमारे मन में प्रेम का होना आवश्यक है, तभी हम उसके विरुद्ध सफल सत्याग्रह कर सकेंगे। अविश्वास तथा घृणा सत्याग्रह के सहयोगी नहीं हो सकते। वहां विपक्षी के शुभत्त्व में भी विश्वास अनिवार्य है, वहां यह अनुभूति आवश्यक है कि वह भी हममें ही से एक है। बल्कि गांधी तो यहां तक कहते हैं कि हम जिसके विरुद्ध सत्याग्रह कर रहे हैं, उसके प्रति हमारे मन में आदर-भाव का होना आवश्यक है। सत्याग्रह का लक्ष्य है कि अशुभ करने वाला अपनी गलती समझ ले, हम इस लक्ष्य-प्राप्ति में तभी सफल हो सकते हैं, जब हमारा उसके प्रति व्यवहार प्रेमपूर्ण तथा आदरपूर्ण हो।

गांधी का कहना है कि सत्याग्रह में असीम धैर्य की भी आवश्यकता होती है। व्यक्ति अपनी भूल तो एकाएक नहीं समझ सकता है, उसके लिये उसे समय चाहिये। वह क्रोध, आवेश तथा द्वेष के वशीभूत 'अशुभ' करता है, तो उसे इनके शान्त होने का भी पूर्ण अवसर मिलना चाहिये। यदि सत्याग्रह में हम अधीर हो जायं तो उसका भी आवेश पुनः प्रज्वलित हो जायगा। अतः हमें पूर्ण धैर्य से प्रतीक्षा करनी पड़ती है कि उसका आवेश शान्त हो, और वह अपनी भूल समझे।

---

* *Young India*, 31-12-1931.

गांधी को बाद में ऐसा लगा कि 'सत्याग्रह' से कुछ लोग 'निष्क्रिय प्रतिरोध' (Passive resitance) का अर्थ लगा लेते हैं। इसको उन्होंने स्पष्ट करने का प्रयास किया है। (१) प्रथमतः गांधी तो स्पष्ट रूप में कहते हैं कि सत्याग्रह| किसी प्रकार की निष्क्रियता तो नहीं ही है। उनके अनुसार सत्याग्रह में सक्रियता हिंसात्मक क्रियाओं से कहीं अधिक ही रहती है। (२) पुनः उनका कहना है कि निष्क्रिय प्रतिरोध में बल-प्रयोग का अंश उपस्थित है, वह हिंसात्मक प्रवृत्ति का सर्वथा त्याग नहीं। उसमें तो इसकी सम्भावना भी रहती है कि कहीं किसी अवसर पर शस्त्र का प्रयोग भी हो जाय। किन्तु गांधी का कहना है कि सत्याग्रह में हिंसा के लिये, हिंसात्मक व्यवहार के लिये कोई स्थान नहीं। पूर्णतया विपरीत एवं आतंकपूर्ण परिस्थिति के आने पर भी हिंसात्मक ढंगों का अपनाना सर्वथा वर्जित है। (३) दोनों के भेद को स्पष्ट करते हुए गांधी एक महत्वपूर्ण बात पर प्रकाश डालते हैं। उनका कहना है कि निष्क्रिय प्रतिरोध में विरोधी को परेशान करने का भाव भी रहना है, यह अभिप्राय हो जाय कि वह तंग हो जाय, बल्कि कभी-कभी तो इस अभिप्राय से स्वयं भी कष्ट उठाने के लिये लोग तत्पर हो जाते हैं। किन्तु, सत्याग्रह का लक्ष्य किसी प्रकार से विरोधी को पीड़ा पहुंचाना या परेशान करना नहीं है। गांधी स्पष्ट कहते हैं, "In passive resistance there is always present an idea of harassing the other party and there is simultaneous readiness to undergo any hardships entailed upon us by such activity, while in stayagrah there is not the remotest idea of injuring the opponent."* (४) गांधी के अनुसार इन दोनों में एक स्पष्ट भेद कुछ इस प्रकार का है। निष्क्रिय प्रतिरोध में राजकीय नियमों को तोड़ा जाता है, उनका खुला उल्लंघन होता है। इससे यह धारणा बनती है कि निष्क्रिय प्रतिरोध करने वालों में 'कानून' के लिये कोई आदर नहीं है। सत्याग्रह में 'कानून' के लिये आदर तो है ही, बल्कि वहां तो सारी आस्था एक ऐसे कानून या नियम पर आधृत है जो सर्वोच्च नियम है, तथा जिसके अनुरूप होने के फलस्वरूप कानून को मान्यता मिलती है, आदर मिलता है। यह सर्वोच्च नियम है 'सत्य तथा ईश्वर' का नियम। सत्याग्रह इसी नियम पर आधृत है, उसी से प्रेरित है। (५) गांधी का यह भी कहना है कि निष्क्रिय प्रतिरोध में 'प्रेम' का स्थान स्पष्ट नहीं होता, किन्तु इसके विपरीत सत्याग्रह का आधार प्रेम है। सत्याग्रह में घृणा या द्वेष के लिये तो स्थान ही नहीं है। 'घृणा' के साथ सत्याग्रह हो ही नहीं सकता। निष्क्रिय प्रतिरोध में 'घृणा' नहीं तो कम से कम नापसन्दगी, अरुचि तो स्पष्ट है ही। विरोधी के विरुद्ध यह तो है ही कि वह 'विरुद्ध' है। (६) पुनः गांधी यह भी कहते हैं कि निष्क्रिय प्रतिरोध का लक्ष्य जो विरोधी समझा जा रहा है उसे विवश करने का होता है, उसे मजबूर कर देने का होता है। इसके विपरीत सत्याग्रह उसमें निहित उसके शुभत्व के रूप को प्रभावित करता है, उसका लक्ष्य 'विरोधी' का हृदय-परिवर्तन' होता है।

---

*N.K. Bose, *Selections from Gandhi*, Ed., p. 221.

इसका लक्ष्य 'विरोध' समाप्त करना है, विरोधी को समाप्त करना नहीं, और वह सम्भव तभी हो सकता है जब उसके हृदय में विरोध की भावना समाप्त हो जाय। सत्याग्रह के द्वारा 'हृदय परिवर्तन' का यही अर्थ है।

अतः गांधी का कहना है कि सत्याग्रह इस विश्वास पर आधृत है कि 'प्रेम', 'अहिंसा' तथा आत्मबलिदान की क्रियाओं के द्वारा अशुभ प्रवृत्तियों को पूर्णतया निष्क्रिय कर दिया जा सकता है, क्योंकि इसी प्रकार के कार्य ईश्वरीय-आस्था से, सत्य से प्रेरित हैं। गांधी का यह भी विश्वास है कि सत्याग्रह के प्रयोग का क्षेत्र बड़ा व्यापक तथा पूर्णतया सार्वभौम है। इसका उपयोग बच्चे, बूढ़े, स्त्री, पुरुष, व्यक्ति, जगत, समाज एवं राष्ट्र—सभी कर सकते हैं। उसी प्रकार इसका क्षेत्र घरेलू जीवन, सामाजिक सम्बन्ध, राजनैतिक परिस्थिति—कुछ भी हो सकता है। गांधी का विश्वास है कि सत्याग्रह ईश्वरीय ढंग है, इसी कारण इसमें सार्वभौमता है।

सत्याग्रही बनने के लिये क्या आवश्यक है ?

किन्तु गांधी का कहना है कि इसकी सार्वभौमता का यह अर्थ नहीं कि इसका प्रयोग 'जैसे-तैसे' कर लिया जा सकता है। नहीं, इसके उपयोग की मांगें कड़ी हैं, बिना उचित संकल्प के, या बिना निष्ठा के सत्याग्रह का पालन नहीं हो सकता। इसके पालन के लिये कठोर नैतिक एवं धार्मिक अनुशासन एवं आत्म-नियंत्रण की आवश्यकता है। अतः गांधी विभिन्न स्थलों पर 'सत्याग्रह' के उपयुक्त ढंगों, उसके लक्षणों का, तथा सत्याग्रही के—वास्तविक सत्याग्रही के चारित्रिक लक्षणों, गुणों एवं आवश्यकताओं का उल्लेख करते रहे हैं। हम उन्हीं में से कुछ मूल विशिष्टताओं का विवरण प्रस्तुत कर रहे हैं।

(१) सत्याग्रही के लिये आवश्यक है कि वह पूर्णतया ईमानदार एवं निष्ठावान हो। अपने लक्ष्यों तथा उद्देश्यों के प्रति वह ईमानदारी से समर्पित हो, तथा अपने संकल्प के प्रति उसे पूर्ण निष्ठा हो। बिना इस अनिवार्यता के सत्याग्रह केवल नाम का ही सत्याग्रह रह जायेगा।

(२) गांधी का कहना है कि सत्याग्रही के लिये खुले मन का होना भी अनिवार्य है। यदि अपने में कुछ छिपा कर वह इस मार्ग पर अग्रसर होता है, तो उसका सत्याग्रह निर्दोष सत्याग्रह नहीं हो पायेगा। उनका विश्वास है कि सत्याग्रह के द्वारा अन्य का हृदय परिवर्तन तभी कराया जा सकता है जब अन्य को पूर्णतया खुले हृदय से प्रभावित किया जाय, कुछ मन में 'रख' कर नहीं।

(३) गांधी के अनुसार सत्याग्रही एक पूर्णतया अनुशासित सैनिक है। उसका स्वामी मात्र 'सत्य' है, उसका पथ-प्रदर्शक उसकी अन्तरात्मा है। उसका व्यवहार बस इन्हीं से प्रेरित है, अतः उसे प्रेमपूर्ण, किन्तु अडिग होना है।

(४) इसका अर्थ है कि सत्याग्रही को पूर्णतया निर्भय होना आवश्यक है। किसी सांसारिक शक्ति से उसे भयभीत नहीं होना चाहिये, उसे मृत्यु से भी नहीं डरना है। भय पर विजय पाना ही सत्याग्रही की एक अनिवार्यता है।

(५) 'निर्भयता' के गुण के फलस्वरूप आत्म-बलिदान की भावना, आत्मोत्सर्ग की शक्ति का सहज रूप में उद्भव हो जाता है। सत्याग्रही बड़े से बड़े बलिदान के लिये सदा तत्पर रहता है। वह ऐसा निःस्वार्थपूर्ण हो जाता है, कि किसी प्रकार का बलिदान उसके लिये कठिन नहीं रह जाता। उसे सत्य के लिये, तथा अन्य के शुभ के लिये हर प्रकार के कष्ट झेलने के लिये दृढ़ संकल्प रहना है।

(६) गांधी का कहना है कि सही सत्याग्रह में जो कष्ट झेलने या बलिदान का कार्य होता है, वह सर्वथा सहज एवं विनीत रूप में होता है। यदि सत्याग्रही के मन में अहंकार जाग जाय, और वह यह समझने लगे कि वह बड़ा महान कार्य कर रहा है तो, उसका सत्याग्रह निष्फल है—सच्चा सत्याग्रही ही नही। विनीत मनोवृत्ति तो सत्याग्रही की स्वाभाविक मनःस्थिति है—सत्याग्रह की एक अनिवार्यता है।

(७) गांधी कहते हैं कि सत्याग्रही को सत्य तथा अहिंसा का पालन केवल अपने कर्मों में ही नहीं, बल्कि अपने मन तथा वचन में भी करना अनिवार्य है। वे समझते हैं कि ऐसा आचरण कठिन है, एकाएक तो धारण हो ही नहीं सकता, किन्तु उन्हें यह भी विश्वास है कि सतत अनुशासन तथा निष्ठापूर्ण प्रयत्न से यह सम्भव हो जाता है।

(८) गांधी का यह भी कहना है कि सत्याग्रही को अपने विश्वास तथा आचरण के प्रति अडिग रूप में सर्मपित रहना अनिवार्य है। उसे न तो किसी प्रकार के बहकावे या लालच के वशीभूत होना चाहिये और न किसी प्रलोभन में आना चाहिये। उसके लिये यह शक्ति आवश्यक है कि वह हर प्रकार के दबाव, डराव, उत्पीड़न आदि में भी अडिग रहे। उसमें सबल चारित्रिक शक्ति का होना आवश्यक है, उसमें अटूट संकल्प-शक्ति का होना अनिवार्य है।

(९) सत्याग्रही के लिये यह भी अनिवार्य है कि उसके विचार तथा कर्मों में समरूपता हो। गांधी को यह अवगति है कि इसके नहीं रहने पर अनेकों प्रकार के अशुभ एवं गलत प्रवृत्तियों के उत्पन्न होने की सम्भावना बढ़ती है। इसका नहीं होना इस बात का भी सूचक है कि व्यक्ति की आन्तरिकता में ही टूटन है, उसका व्यक्तित्व ही संगठित नहीं है। सत्याग्रह का लक्ष्य जो विरोध कर रहा है उसका विश्वास तथा प्रेम जीतना है। यदि सत्याग्रही को अपने व्यक्तित्व में बिखराव तथा टूटन हो—विचार तथा कर्म की अनुकूलता न हो—तो ऐसे सत्याग्रही के सत्याग्रह से उस लक्ष्य की प्राप्ति नहीं हो सकती, कोई प्रभाव उत्पन्न नहीं हो सकता।

(१०) गांधी ने सत्याग्रही के लिये अपने स्वार्थमूलक प्रवृत्तियों पर रोक लगाने की भी अनुशंसा की है। इसके लिये वे कुछ व्यवहारिक सुझाव भी देते हैं। इसी संदर्भ में उन्होंने 'उपवास-विधि' का प्रयोग किया था।

(११) गांधी की यह भी अनुशंसा है कि सत्याग्रही को अपने व्यक्तित्व में अनिवार्य सद्‌गुणों को आत्मसात करना है। इन सद्‌गुणों की विशद चर्चा तो पुनः होगी, किन्तु सामान्य रूप में वे सद्‌गुण वे ही हैं जिनकी अनुशंसा भारतीय परम्परा में हुयी है—जैसे सत्य, अहिंसा, अस्तेय, अपरिग्रह, ब्रह्मचर्य आदि।

(१२) गांधी का कहना है कि सत्याग्रही होने के लिये सत्याग्रही में सहिष्णुता का गुण होना आवश्यक है। उसे तो सदा उन्हीं के साथ व्यवहार-आचरण करना पड़ता है, जो उसके विरुद्ध हैं। अब यदि उसमें बर्दाश्त करने की शक्ति न हो, तो वह हर क्षण आवेश में आता रहेगा, क्रोधित होता रहेगा, और तब तो उसका सत्याग्रह ही दूषित हो जायगा। वैसे गांधी इस शब्द 'सहिष्णुता' (Tolerance) से बहुत उपयुक्त शब्द नहीं मानते, किन्तु इसी के द्वारा अपनी बात समझाने की चेष्टा करते हैं। उनका कहना है कि यदि सत्याग्रही सहिष्णु नहीं रहे तो, उसमें आत्म-नियंत्रण की कमी रहेगी, और तब जो उसके प्रति दुर्व्यवहार कर रहा है, उससे वह प्रेमपूर्ण व्यवहार नहीं कर पायेगा।

(१३) गांधी का कहना है कि सत्याग्रही के लिये यह भी आवश्यक है कि वह जीवन की सामान्य पाबन्दियों को अपने जीवन में पालन करता रहे। जैसे समय की पाबन्दी, व्यवस्था की पाबन्दी आदि। गांधी का कहना है कि इन छोटी-छोटी बातों का जीवन को अनुशासित करने में बड़ा योगदान है। इनसे आत्म-नियंत्रण की शक्ति बढ़ती है तथा जीवन व्यवस्थित होता है।

(१४) गांधी के अनुसार सत्याग्रही के लिये एक मूल अनिवार्यता और है। उसे सदा ईश्वर में अटूट आस्था रखनी है। वस्तुतः सम्पूर्ण सत्याग्रह विचार इस विश्वास पर ही आधृत है कि एक ईश्वर है, जिसका ईश्वरीय रूप हर व्यक्ति में विद्यमान है। यदि ईश्वर-आस्था न रहे, तो ऐसा व्यक्ति सच्चे अर्थ में सत्याग्रही हो ही नहीं सकता। सत्य के ईश्वरत्व में आस्था रहने पर ही सत्य का आग्रह सफल एवं समर्थ हो सकता है।

गांधी को यह विश्वास है कि एक सच्चा सत्याग्रही जो ऊपर बतायी शर्तों के अनुसार सत्याग्रह में रत होता है, आश्चर्यजनक कार्य कर सकता है। इसका अर्थ सत्याग्रही अकेला ही एक विशाल सैन्य-दल का सामना कर सकता है, राष्ट्र का सामना कर सकता है। एक सत्याग्रही के सत्य-बल के समक्ष बड़ी से बड़ी शक्तियों को झुकना पड़ सकता है। एक पूरी सेना के समक्ष सत्याग्रह कैसे सार्थक एवं सफल हो सकता है—इसका उदाहरणों के साथ गांधी विशद एवं स्पष्ट विवरण देते हैं।

"At the risk of being considered a visionary or a fool I must answer the question in the only manner I know. It would be cowardly of a neutral country to allow an army to devastate a neighbouring country. But there are two ways common between soldiers of war and soldiers of non-violence, and if I had been a citizen of Switzerland and a president of a fedral state what I would have done would be to refuse passage to the invading army by refusing all supplies. Secondly, by re-enacting a thermopylae in Switzerland, you would have presented a living wall of men and women and children inviting the invaders to walk over your corpses.... Imagine these men and women staying in front of an army requiring a safe passage to another country. The army would be brutal enough to walk over them, you might say. I would then say that you will still have done your duty by allowing yourself to be annihilated. An army that dares to pass over the corpses of innocent men and women, would not be able to repeat that experiment. You may, if you wish, refuse to believe in such courage on the part of the masses of men and women, but then you would have to admit that non-violence is made of sterner stuff. It was never conceived as a weaken of the weak, but of the stoutest hearts."*

इस प्रकार हम देखते हैं कि गांधी यहां तक कहते हैं कि आक्रमणकारी आततायी की सेना के आगे यदि पुरुष, स्त्री, बच्चों की दीवाल खड़ी हो जाय--जो शान्त एवं निर्भय होकर उनका सामना करें तो सेना उन्हें रौंदने में हिचकेगी। यदि एक बार वह रौंद भी देती है, तो सत्याग्रही अपने कर्त्तव्य में मर कर भी सफल हो जाता है, और उस सेना के लोगों में भी ऐसी आत्मग्लानी आयेगी कि वे पुनः वैसा नहीं कर पायेंगे। वैसे हम सोच सकते हैं कि ऐसी रौंदती हुयी सेना के समक्ष बहादुरी से खड़ा रहना भी तो सम्भव नहीं, किन्तु गांधी का विश्वास है कि सच्चे सत्याग्रही के लिये यह असम्भव नहीं, क्योंकि सत्याग्रही में असीम आत्मबल होता है, वह कच्चे हृदय का नहीं होता।

सत्याग्रह के प्रकार

गांधी यह तो मानते ही हैं कि सत्याग्रह एक सरल क्रियाशैली है, कार्य विधि है जिनका प्रयोग संदर्भानुसार भिन्न-भिन्न रूपों में होता है, तथा इसी परिस्थिति-अन्तर के फलस्वरूप इसे भिन्न-भिन्न नाम भी दिया जाता है। नामों में अन्तर के आधार पर यह धारणा बनती है कि शायद सत्याग्रह भी भिन्न-भिन्न प्रकार का होता है।

यह समझ लेना चाहिये कि सभी 'सत्याग्रह' ही है, अतः उनमें मौलिक रूप में प्रकार-भेद नहीं। किन्तु परिस्थिति की मांगों के अनुरूप इसके विभिन्न रूप अवश्य स्पष्ट होते हैं। इनमें से कुछ 'रूप' तो गांधी के प्रयोगों में ही स्पष्ट होते हैं, तथा कुछ अन्य लोगों के द्वारा प्रयोग में लाये गये हैं। प्रतिवाद के कुछ स्पष्ट ढंग तो कम्युनिष्ट लोगों ने भी अपनाये हैं, तथा वे भी सत्याग्रह के समान ही दिखाई देते हैं। अतः इन बातों की स्पष्ट समझ के लिये

**Young India*, 31-12-31.

श्रेयष्कर है कि हम पहले उन 'रूपों' का नाम गिना लें, जिनका प्रयोग हुआ है, तथा जो अब मान्यता पा चुके हैं। उनमें कुछ निम्नलिखित हैं—

(१) बात-चीत (Negotiation)
(२) मध्यस्थता मांग (Arbitration)
(३) आन्दोलन तथा प्रदर्शन (Agitation and Demonstration)
(४) आर्थिक बहिष्कार (Economic Boycott)
(५) असहयोग (Non-Co-operation)
(६) नागरिक अवज्ञा (Civil disobedience)
(७) सीधी प्रतिवाद-क्रिया (Direct action)
(८) कानून की सामूहिक अवज्ञा (Open disobedience of Law)
(९) उपवास (Fasting)

इस सूची में कुछ अन्य रूप भी जोड़े जा सकते हैं जिनका उपयोग भी धीरे-धीरे प्रचलित हो गया है, जैसे

(१०) निष्क्रिय प्रतिरोध (Passive resistance)
(११) हड़ताल (Strike)
(१२) प्रवेश में अवरोध (Picketing)
(१३) धरना (Dharna)
(१४) कर आदि नहीं देना (Non-payment of Taxes)

गांधी इन सबों को समान मान्यता नहीं देते, बल्कि कुछ को तो वे सत्याग्रह के अन्तर्गत रख भी नहीं सकते। उन्हें यह अवगति है कि 'सत्याग्रह' के नाम पर 'दुराग्रह' भी हो सकता है, आन्दोलन को ऐसा रूप दिया जा सकता है जो सही अर्थ में सत्याग्रह ही नहीं। जैसे, वे समझते हैं कि 'हड़ताल', 'कानून भंग', आन्दोलन आदि के नाम पर कुछ अवांछनीय प्रदर्शन एवं कार्य भी हो सकते हैं। वे कहते हैं, "Indiscriminate resistance to authority must lead to lawlessness unbridled licence and consequent self-destructions."* इसमें महत्त्वपूर्ण शब्द 'Indiscriminate' है, यदि हमारा आन्दोलन अविवेकी है—उचित-अनुचित के भेद की उपेक्षा कर किया जा रहा है, तो यह सत्याग्रह नहीं बल्कि अपनी बर्बादी का ढंग है। उनका कहना है कि वस्तुतः ये सभी कार्य-विधियां पूर्णतया असफल रहेंगी यदि इनके पीछे हृदय की शुद्धता तथा शुद्ध प्रेमभाव न रहे।

अतः गांधी की अनुशंसा है कि सत्याग्रह प्रारम्भ करने के पहले यह निश्चित रूप में तय कर लेना अनिवार्य है कि अब और कोई मार्ग बचा हुआ नहीं है। प्रारम्भ में नियमों के अनुरूप स्थापित उपयुक्त अधिकारी-वर्ग से सम्पर्क करना चाहिये, जनमत का समर्थन प्राप्त करना चाहिये। अपने पक्ष की बातों को स्पष्ट रूप में सबों के समक्ष उनकी सहमति प्राप्त करनी चाहिये। तथा जन-बल के साथ अधिकारी या स्थापित तन्त्र से सम्पर्क स्थापित

**Young India*, 2-4-31.

करना चाहिये। यदि ये सभी ढंग विफल हो जाय, तभी सत्याग्रह के विषय में सोचना चाहिये। यह सत्याग्रह की प्रारम्भिक शर्त है। ऐसा नहीं होना चाहिये कि शीघ्र से शीघ्र फल पा लेने के लिये हम 'सत्याग्रह' ही आरम्भ कर दें। गांधी इसके विरुद्ध हैं, क्योंकि यह सत्याग्रह के अनुरूप ही नहीं सम्भव है कि प्रारम्भिक सम्पर्क में ही अधिकारी हमारी मांगों के औचित्य को समझ लें। सत्याग्रह का लक्ष्य ही है कि विपक्षी को समुचित अवसर प्रदान करना कि वह यथार्थता को समझ सकें।

'कर नहीं देने' की विधि के उदाहरण के आधार पर गांधी अपनी बात की स्पष्ट व्याख्या प्रस्तुत करते हैं। वे कहते हैं कि सम्भवतः इस विधि से बड़ा शीघ्र कुछ उपयोगी परिणाम निकल आये। किन्तु, मात्र शीघ्र फल पाने के लिये इस ढंग का उपयोग उचित नहीं है। गांधी के अनुसार इस प्रकार की शीघ्रता के प्रति आकर्षण आत्मघातक है, क्योंकि यह आत्म-बल के स्थान पर 'उपयोगिता' को प्रधानता दे देता है। इसके फलस्वरूप 'स्वार्थ' सर्वोपरि बन जाता है। जिसके चलते इस प्रकार की क्रिया प्रायः 'अहिंसा' पर आधृत भी नहीं रह जाती, इसमें हिंसात्मक प्रवृत्ति के सक्रिय होने की सम्भावना बढ़ जाती है। अतः अविवेकी ढंग से कर नहीं देने का निश्चय सत्याग्रह नहीं है।

उसी प्रकार इन दिनों के प्रचलित ढंग 'धरना' का उदाहरण लेते हुए वे कहते हैं कि यह भी उचित नहीं है।

"Some students have revived the ancient form of barbarity in the form of '*sitting dharna*'. I call at barbarity because it is a crude way of using co-ercion. It is also cowardly because one who sits on dharna knows that he is not going to be trampled over. It is difficult to call this practice violence but it is certainly worse. If we fight our opponent we at least enable him to return the blow. But when we challenge him to walk over us, we, *knowing* that he will not, places him in a most awakward and humiliating position."*

इस प्रकार गांधी कहते हैं कि धरना तो दबाब डाल कर विवश करने की क्रूरता है। वे धरना को कायरता का कार्य भी कहते हैं क्योंकि धरना पर बैठने वाले यह जानते हैं कि विपक्षी उनके शरीर को रौंदेगा नहीं। गांधी कहते हैं कि धरना तो हिंसा से भी खराब है, हिंसा में तो हमें यह अवसर रहता है कि विपक्षी भी आघात के बदले आघात कर सके। यहां तो हम जान बूझ कर उसे एक विषम परिस्थिति में डाल उसका अनादर तथा अपमान कर रहे हैं, उसे 'ओछा' बना रहे हैं।

'असहयोग' के सम्बन्ध में भी गांधी का स्पष्ट मत है कि वहां भी बड़ी सतर्कता तथा विवेकपूर्ण आचरण की आवश्यकता है।

---

* *Young India*, 2-2-21.

"Non-co-operation, when its limitations are not recognised, becomes a licence instead of becoming a duty and therefoιe becomes a crime".*

यदि असहयोग की सीमाओं को बिना ध्यान में रखे हम इस विधि को अपनाते हैं, तो यह सत्याग्रह नहीं, दुराग्रह हो जायगा। वास्तविकता यही है कि गांधी के अनुसार सत्याग्रह की नैतिक तथा धार्मिक मांगे उतनी कड़ी हैं, कि यदि उनकी तनिक भी उपेक्षा हो तो सारी प्रक्रिया विकृत हो जायगी। इसमें अपने लक्ष्य के प्रति पूर्ण निष्ठा तथा विपक्षी के लिये पूर्ण प्रेम दोनों अनिवार्य हैं।

वैसे गांधी स्वीकारते हैं कि सत्याग्रह के प्रयोग में हर व्यक्ति सर्वथा समान ढंग नहीं अपना सकता, हर व्यक्ति के ढंग में अपनी कुछ विशिष्टता तो रहेगी ही। उसी प्रकार गांधी यह स्वीकारते हुए भी कि यह एक सार्वभौम विधि है, यह भी मानते हैं कि इसके प्रयोग की सीमायें तो है हीं। व्यवहार में हर प्रयोग में कुछ भिन्नता तो आना स्वाभाविक है। किन्तु इसकी सार्वभौमता इस बात पर है कि भिन्नताओं के रहते हुए भी सत्याग्रह के हर प्रयोग को इस मूल विश्वास पर आधृत रहना है कि हर व्यक्ति में—विपक्षी में भी—एक आत्म है—एक शुभत्त्व पक्ष विद्यमान है। यह विश्वास मात्र एक बौद्धिक अवगति के रूप में इसे स्वीकार लेना नहीं है, बलिक एक सजीव आस्था के रूप में मन में जम जाना है—जिससे कि इस आस्था पर व्यवहार तथा आचरण को आधृत किया जा सके।

सत्याग्रह के जिन रूपों की गांधी स्पष्ट अनुशंसा करते रहे हैं, तथा जिनका सक्रिय उपयोग भी करते रहे हैं, उनमें प्रमुख हैं—अवज्ञा, असहयोग, सीधी प्रतिवाद-क्रिया, तथा उपवास। अवज्ञा अन्यायपूर्ण कानूनों के विरुद्ध प्रतिवाद है। इस विचार के लिये गांधी थोरू के विचारों से प्रभावित हैं, तथा उसी आलोक में मानते हैं कि कानून-पालन से अधिक प्राथमिक तथा उचित—सत्यनिष्ठ होना है, उचित मार्ग पर चलना है। इसी विश्वास के कारण दक्षिण अफ्रिका में वे रंग-भेद के अन्यायपूर्ण नियमों के विरुद्ध अवज्ञा-आन्दोलन करते रहे।

गांधी के अनुसार असहयोग अनिवार्यतः आत्म-शुद्धता की प्रतिक्रिया है। यह विपक्षी से अधिक सत्याग्रही पर ही अपना प्रभाव उत्पन्न करता है। यह सत्याग्रही को शक्ति देता है कि वह अशुभ का सामना कर सके तथा उसके कष्ट झेलने का बल भी उत्पन्न करे। गांधी के अनुसार 'असहयोग' (Non-co-operation) का अर्थ है कि जो पीड़ित है वह अपने उस उत्पीड़न की अवस्था में रहना स्वीकार ही न करे। गांधी का कहना है कि आततायी की उत्पीड़न की व्यवस्था कारगर इसी कारण होती रहती है कि जो पीड़ित है वह अपने को विवश एवं लाचार समझ अपनी उस अवस्था को स्वीकारे रहता है। तो 'असहयोग' इसी प्रकार की अवस्था में पड़े रहने को नकारना है, अपनी वर्तमान पीड़ित अवस्था को नकारना है, तथा उस स्थिति में रखने वाली शक्तियों के साथ असहयोग है। गांधी के अनुसार असहयोग-आन्दोलन का एक स्पष्ट उदाहरण स्वदेशी है।

**Young India*, 20-12-21.

गांधी के अनुसार सीधी कार्रवाई (Direct Action) एक खुला विरोध है, एक सार्वजनिक क्रान्ति है। वैसे 'विरोध' 'प्रतिरोध' जैसे शब्दों के प्रयोग में 'हिंसात्मक प्रवृत्ति' के होने का आभास मिलता है, किन्तु गांधी के अनुसार यह क्रिया अनिवार्यतः अहिंसात्मक है। इसे 'खुला' इस अर्थ में कहा गया है कि इसमें कुछ 'रहस्य' नहीं है, और न इसमें कुछ छिपा कर कार्य किया जाता है। यह ऐलान कर, पूर्ण रूप से खुला प्रतिरोध है। इस प्रकार के सत्याग्रह का सबसे स्पष्ट उदाहरण १६४२ में गांधी के द्वारा प्रारम्भ किया 'भारत छोड़ो' आन्दोलन था।

किन्तु गांधी के अनुसार सत्याग्रह का सबसे अधिक प्रभावकारी तथा अन्तिम ढंग 'उपवास' (Fasting) का है। उपवास दो प्रकार से कार्य करता है। एक ओर तो यह 'आत्म-शुद्धता' का ढंग है, तथा दूसरी ओर यह विपक्षी के लिये भी बड़ा प्रभावोत्पादक है, क्योंकि इसमें हम विपक्षी की निर्ममता तथा क्रूरता पर विजय पाने के लिये अपने प्राणों की बलि देने को तत्पर हो जाते हैं। गांधी का कहना है कि यह सत्याग्रही का अन्तिम अस्त्र है, अतः इसका उपयोग भी तभी होना चाहिये, जब अन्य सभी ढंग विफल हो जायं, जब विपक्षी के हृदय-परिवर्तन के अन्य ढंगों के उपयोग से भी विपक्षी अप्रभावित ही रहे। 'उपवास' की शक्ति यह है कि वह आत्म की पूर्ण शक्ति को एकत्रित कर, एकाग्रता से विपक्षी के हृदय को प्रभावित करने का यत्न करता है। यह 'आत्म-शक्ति' तथा 'निर्ममता' का अन्तिम टकराव है। उपवास में शारीरिक आवश्यकताओं की कमी होती जाती है तथा उस ओर लगी शक्ति भी आत्म में केंद्रित हो जाती है। उनका कहना है, "It is my firm belief that the strength of the soul grows in proportion as you subdue the flesh."* गांधी का यह भी कहना है कि उपवास में इस आत्म-शक्ति को और अधिक विकसित करने के लिये ईश्वर को स्मरण तथा प्रार्थना करते रहना चाहिये। "My religion teaches me that whenever there is distress which cannot remove, one must fast and pray."**

साध्य-साधन दर्शन

ऐसे सभी वैचारिक चिन्तन में जहां नैतिकता, धर्म, जीवन के आदर्शों एवं मूल्यों की बात होती है, अथवा 'लक्ष्यों' एवं 'उद्देश्यों' की प्राप्ति के ढंग पर विवेचना होती है, उन विचारों में साध्य-साधन-समस्या एक सार्थक समस्या का रूप ले ही लेती है। दार्शनिक विचार की परम्परा सामान्यतः 'साधन' तथा 'साध्य' के विचारों को 'उचित' तथा 'शुभ' के भावों से सम्बन्धित करती रही है। 'शुभ' शब्द का अर्थ 'लक्ष्य' से सम्बन्धित रहता है, तथा 'उचित' शब्द का अर्थ है 'नियम के अनुरूप होना'। नियमों के अनुरूप होने का अनिवार्य साहचर्य उन ढंगों से होता है, जिन ढंगों के उपयोग से कुछ कार्य सिद्धि होती है, अतः 'नियमों

**Young India*, 23-10-24.

**Ibid., 25-9-24.

के अनुरूप होने' का सम्बन्ध 'साधन' से है। इन्हीं, अर्थों को ध्यान में रखते हुए कभी-कभी कहा जाता है कि 'उचित' तथा 'शुभ' के बीच एक अनिवार्य सम्बन्ध है। कुछ विचारक तो इस सम्बन्ध को साधन तथा साध्य के सम्बन्ध के साथ जोड़ कर यहां तक कह देते हैं कि यदि साधन 'उचित' हो तो उसका 'साध्य' उस साधन के माध्यम से उपलब्ध लक्ष्य भी 'शुभ' होता है।

गांधी भी 'साधन' तथा 'साध्य' के भावों पर कुछ इसी प्रकार का विचार करते हैं, अन्तर यही है कि गांधी की दृष्टि में यह विचार अत्यन्त ही मौलिक है, जिसका प्रभाव हर प्रकार के आचरण, तथा व्यवहार के निर्धारण एवं मूल्यांकन पर पड़ता ही है। उनके चिन्तन का साधन-साध्य-विचार एक प्रकार से केन्द्रीय है; इसका मूल कारण यही है कि इन अवधारणाओं से सम्बन्धित विचार की प्रासंगिकता उनके सत्य एवं अहिंसा विचार के लिये भी स्पष्ट होती है।

वैसे प्रारम्भ में तो यह कहा ही जा सकता है कि गांधी का यह कहना कि 'साधन' तथा 'साध्य' एक दूसरे से अनिवार्यतः सम्बन्धित हैं, बहुत ही सामान्य बात है। किन्तु उनके विचार की विशिष्टता तब स्पष्ट होती है जब गांधी यह कहते हैं कि उनकी दृष्टि में, विशेषतः जीवन-दर्शन के सम्बन्ध में इन दोनों का सम्बन्ध सर्वथा अटूट है, एक दूसरे के बिना किसी की कल्पना नहीं की जा सकती। 'साध्य' से 'लक्ष्य' का बोध होता है, तथा 'साधन' उस लक्ष्य की प्राप्ति का ढंग है। जिस प्रकार 'लक्ष्य प्राप्ति के ढंग' तथा 'लक्ष्य' को एक दूसरे से अलग नहीं किया जा सकता, उसी प्रकार 'साधन' तथा 'साध्य' भी एक दूसरे से पृथक नहीं। इन दोनों के इस सम्बन्ध को स्पष्ट करते हुए गांधी कहते हैं कि 'साधन' की उपमा 'बीज' से कर सकते हैं, और तब उस संदर्भ में 'साध्य', को 'वृक्ष', कह सकते हैं। जिस प्रकार का सम्बन्ध 'बीज' तथा 'वृक्ष' में है, वैसा ही सम्बन्ध 'साधन' तथा 'साध्य' में है।* इस उपमा के आधार पर कहा जा सकता है कि 'साधन' में 'साध्य' की सम्भावना अव्यक्त रूप में छिपी रहती है, ठीक उसी प्रकार जिस प्रकार बीज में वृक्ष की सम्भावना अव्यक्त रूप में निहित है।

किन्तु यदि दोनों में इस प्रकार का सम्बन्ध है तो क्या यह कहा जा सकता है कि साधन और साध्य एक दूसरे की सार्थकता के आधार हैं, एक दूसरे का औचित्य-समर्थन कर सकते हैं ? क्या 'साध्य' के 'शुभ' रहने से साधन का औचित्य आप से आप स्थापित हो जाता है ? क्या हम शुभ लक्ष्यों की प्राप्ति के लिये किसी भी प्रकार के साधन—उचित या अनुचित साधन—का उपयोग कर सकते हैं? या क्या शुभ लक्ष्यों की प्राप्ति के लिये साधन की शुद्धता भी अनिवार्य है ? क्या साधन की शुद्धता शुभ उद्देश्यों की प्राप्ति के लिये अनिवार्य शर्त है ? वस्तुतः इन्हीं प्रकार के प्रश्नों की विवेचना गांधी के साधन-साध्य-विचार के अन्तर्गत होती रही है।

इन प्रश्नों की विवेचना गांधी अपने उस मूल तात्त्विक विश्वासों के अनुरूप ही करते हैं,

---

**Hind Swaraj*, p. 39.

जो उनके समस्त चिन्तन का आधार है। उनका यह मूल विश्वास है कि सब कुछ में एक तात्विक एवं आध्यात्मिक एकता है, समरूपता है। अतः आध्यात्मिक ऐक्य की अनुभूति जीवन का, हर क्रिया का चरम लक्ष्य है। इस प्रकार गांधी के अनुसार जीवन का 'लक्ष्य' आध्यात्मिक है। अब उनका कहना है कि आध्यात्मिक लक्ष्य की प्राप्ति ऐसे साधन से सम्भव नहीं हो सकता जो आध्यात्मिकता के अनुरूप न हो। इसका अर्थ होता है कि केवल लक्ष्य के शुद्ध होने से हर प्रकार का साधन अपने आप शुद्ध नहीं बन जाता। साध्य साधन के औचित्य का प्रमाण या आधार नहीं बन सकता। इसके विपरीत, यदि शुभ लक्ष्य की प्राप्ति होनी है, तो यह भी आवश्यक हो जाता है कि उसके लिये जिन साधनों का उपयोग हो, वे भी शुद्ध हों।

यही कारण है कि गांधी 'साधन' को बड़ा महत्त्व देते हैं। साधन के इस महत्त्व की व्याख्या करते हुए गांधी कहते हैं, "They say 'means are after all means'. I would say 'means are after all everything'. As the means so the end. There is no wall of separation between means and end. Indeed the Creator has given us control (and that too very limited) over means, but none over the end. Realisation of the goal is in exact proportion to that of the means. This is a proportion that admits of no exception."*

इस प्रकार गांधी कहते हैं कि जीवन में, व्यवहार में, वस्तुतः साधन ही महत्त्वपूर्ण है। ईश्वर ने यदि हमें कुछ नियंत्रण की शक्ति दी है, तो वह भी मात्र साधन पर ही लग सकती है, साध्य पर नहीं। साध्य या लक्ष्य हमारे नियंत्रण से सर्वथा बाहर है, हम तो उसकी प्राप्ति के विभिन्न साधन अपना सकते हैं, उसका उपयोग कर सकते हैं, तथा उन्हीं 'साधनों' के आधार पर ही यह तय होगा कि किस प्रकार के लक्ष्य की प्राप्ति हो सकती है।

गांधी इस बात को बड़े सुन्दर ढंग से स्पष्ट करते हैं, वे दिखाते हैं कि एक ही प्रकार के लक्ष्य की प्राप्ति में यदि भिन्न-भिन्न प्रकार के साधन का उपयोग हो तो साधन की इस भिन्नता से कार्य का स्वरूप ही परिवर्तित होता जाता है। उदाहरण देते हुए गांधी कहते हैं कि मान लें कि आपके पास जो घड़ी है उसे मैं पाना चाहता हूं। इसके लिए मैं एक साधन तो यह अपना सकता हूं कि मैं उसे आपसे बलपूर्वक छीन लूं, दूसरा ढंग हो सकता है कि मैं उसे चुपचाप चुरा लूं, एक तीसरा ढंग हो सकता है कि मैं उसे आपसे खरीद लूं, या एक चौथा ढंग हो सकता है कि मैं उसे आपसे दान या उपहार के रूप में प्राप्त कर लूं। तो यहां लक्ष्य एक ही है—आपकी घड़ी को पाना, किन्तु चार प्रकार के साधन सम्भव हैं, इन साधनों के फलस्वरूप इनसे निर्धारित क्रिया का स्वरूप ही चार प्रकार का हो जायगा—'घड़ी को पा लेने' की क्रिया का चार प्रकार का विवरण होगा—पहले ढंग से यह 'डकैती' हो जायगी, दूसरे ढंग से 'चोरी', तीसरे ढंग से 'सौदा' तथा चौथे ढंग से 'दान या उपहार'।**

**Young India*, 17-7-24.

***Hind Swaraj*, p. 40. Also in B.S. Sharma, *Gandhi as a Political Thinker*, p. 41.

इन्हीं उदाहरणों से यह स्पष्ट हो रहा है कि साधन के विकृत या अशुद्ध होने से कार्य दूषित हो जाता है, लक्ष्य प्राप्ति का 'शुभत्त्व' समाप्त हो जाता है। इसका अर्थ है कि साध्य साधन का औचित्य तय नहीं करता। गांधी का विश्वास है कि शुभ लक्ष्य की प्राप्ति तभी हो सकती है जब साधन पूर्णतया शुद्ध हो। यदि साधन दूषित या अशुद्ध हो जाय, तो कार्य भी दूषित हो जाता है, तथा इस प्रकार के कार्य से शुभ लक्ष्य की प्राप्ति नहीं हो सकती।

गांधी के इस विश्वास के पीछे एक तार्किकता है। यदि हम किसी कार्य-योजना का विश्लेषण करें, तो स्पष्ट हो जाता है कि उस कार्य या योजना का लक्ष्य सदा हमारे नियंत्रण से परे है। हम कार्य करते हैं, किन्तु यह निश्चित रूप में तय नहीं कर सकते कि हमारा यही लक्ष्य सिद्ध होगा। लक्ष्य तो वह आदर्श होता है जिसकी प्राप्ति की ओर हम अपने कार्यों को प्रेरित करते हैं, किन्तु किस रूप में वह प्राप्त होगा—यह हम तय नहीं कर सकते। जो हमारे नियंत्रण में है, जिसे हम अपनी इच्छानुसार परिवर्तित कर सकते हैं, वह तो 'साधन' ही है। अतः हमारा दायित्व भी लक्ष्य या साध्य से निर्धारित नहीं हो सकता, बल्कि उस साधन से ही निर्धारित हो सकता है जिसमें हम अपनी इच्छानुसार 'हेर-फेर' कर सकते हैं। इस दृष्टि से विचार करने पर स्पष्ट हो जाता है कि किसी क्रिया के शुभत्त्व या अशुभत्त्व के निर्णय के लिये हमें उस 'साधन' को देखना अनिवार्य है जिसका उपयोग हम स्वेच्छा से करते हैं। अतः क्रिया के 'शुभ' होने के लिये साधन की शुद्धता आवश्यक हो जाती है। इसी कारण गांधी अपने कार्यों में सदा साधन की शुद्धता पर बल देते रहे। लक्ष्य या साध्य का शुभ होना यह सिद्ध नहीं करता कि उसे किसी प्रकार प्राप्त कर लेना उचित है। यदि उसकी प्राप्ति के लिये गलत साधन का उपयोग हो गया, तो वह कार्य अनुचित हो जाता है। गांधी इस विचार को स्पष्ट करते हुए कहते हैं, "Though you have emphasised the necessity of a clear statement of the goal, but having once determined it I have never attached importance to its repetition. The clearest possible definition of the goal and its appreciation would fail to take us there, if we do not know and utilise the means of achieving it. I have, therefore, concerned myself principally with the conservation of the means and their progressive use. I know if we can take care of them attainment of the goal is assured. I feel too that our progress towards the goal will be in exact proportion to the purity of our means."*

गांधी के इस साधन-साध्य विचार की अद्भुत प्रासंगिकता उनके 'सत्य एवं अहिंसा-विचार' के लिये है। 'सत्य' जीवन का चरम आदर्श है, यह ऐसा 'लक्ष्य' है जिससे हमारे जीवन के हर कार्य का संचालन होना चाहिये। 'सत्य' की प्राप्ति जीवन का चरम लक्ष्य है। इस लक्ष्य की प्राप्ति का साधन 'अहिंसा' है। इस दृष्टि से गांधी के अनुसार 'सत्य' साध्य है,

1. N.K. Bose, *Selections from Gandhi*, Ed., p. 36.

और 'अहिंसा' साधन। गांधी का विश्वास है कि इस 'सत्य' रूपी साध्य की प्राप्ति का एकमात्र साधन अहिंसा ही है, किसी अन्य साधन से इस लक्ष्य की प्राप्ति नहीं हो सकती।

कुछ इसी प्रकार के विश्वास के कारण गांधी 'स्वराज्य' को साध्य मानकर भी सदा इस बात पर बल देते रहे कि इस लक्ष्य की प्राप्ति अहिंसक सत्याग्रह के द्वारा ही सम्भव है। वे स्पष्ट कहते हैं कि इस बात पर कोई संशय नहीं है कि अहिंसा के द्वारा प्राप्त किया स्वराज हिंसात्मक विरोध के द्वारा प्राप्त स्वराज से सर्वथा भिन्न होगा।* "हिंसात्मक ढंग से प्राप्त 'स्वराज' भी हिंसात्मक स्वराज हो जायगा, उस प्रकार का स्वराज विश्व तथा भारत दोनों के लिये हानिकारक सिद्ध होगा।"** अतः गांधी की स्पष्ट तथा निर्विकार अनुशंसा है कि यदि अन्ततः सत्य की प्राप्ति करनी है, तो उसकी प्राप्ति का साधन पूर्णतया शुद्ध होना चाहिये, और वह शुद्ध साधन 'अहिंसा' ही है। इस प्रकार गांधी साधन तथा साध्य के स्वरूप पर विचार करते हुए सत्य एवं अहिंसा के सम्बन्ध में एक महत्त्वपूर्ण तथा उपयोगी निष्कर्ष की स्थापना करते हैं।

धर्म एवं नैतिकता

किसी धार्मिक विवेचना के अन्तर्गत 'धर्म' तथा 'नैतिकता' की चर्चा एक शीर्षक के अन्तर्गत उपयुक्त प्रतीत नहीं होता क्योंकि दार्शनिक दृष्टि से इन दोनों भावों में अवधारणात्मक भेद हैं। 'नैतिकता' इहलौकिक कोटि है, वे सामान्य सामाजिक जीवन के साथ जुड़ी है। किन्तु धार्मिक मूल्यों में 'परात्मकता' का बोध है। इन दोनों में विरोध नहीं है, एक ही विचार में दोनों एक साथ पूर्णतया समन्वयित हो सकते हैं, किन्तु दोनों की अवधारणा एक दूसरे से भिन्न है।

फिर भी गांधी-विचार में ये दोनों अवधारणायें एक साथ जुड़ी हुयी हैं, गांधी का विचार है कि धर्म तथा नैतिकता एक दूसरे से असम्बद्ध हो रह ही नहीं सकते। यदि कोई धार्मिक निर्देश अनैतिक प्रतीत हो, तो वैसे धर्म को गांधी धर्म ही नहीं कहेंगे, यहां तक कि कुछ धार्मिक अनुशंसायें अबौद्धिक प्रतीत हों, किन्तु नैतिकता के अनुरूप हों, तो गांधी को उन्हें स्वीकारने में कोई हिचक नहीं होगी। गांधी स्पष्ट कहते हैं कि यह सम्भव ही नहीं कि कोई क्रूर, असत्यवादी तथा हिंसक प्रवृत्ति का हो और यह सोचता रहे कि ईश्वर का हस्त उसके सिर पर है। "As soon as we lose the moral basis, we cease to be religious. There is no such thing as religion over-riding morality. Man for instance cannot be untruthful, cruel and incontinent and claim to have God on his side."**

फिर भी हम अपने दार्शनिक विवेचन में गांधी के धर्म एवं नैतिकता सम्बन्धी विचारों

***Young India*, 2-3-22.

**Ibid., 17-7-21.

***Ibid., 24-11-21.

की चर्चा पृथक-पृथक खण्डों में करने का प्रयास कर रहे हैं, यह यहां भी स्पष्ट होता जायगा कि किस आधार पर गांधी दोनों भावों से अनिवार्य सम्बन्ध मानते हैं।

(क) **Religion**

(१) धर्म क्या है ?

हमने देखा है कि गांधी के अनुसार ईश्वर ही एक मात्र सत् है, जो 'सत्य' के अतिरिक्त और कुछ नहीं है। गांधी के धर्म-सम्बन्धी विचार भी उनके इस मूल विश्वास के अनुरूप ही हैं। यदि 'सत्य' ईश्वर है, तो सत्य का निष्ठापूर्ण अनुशीलन धर्म है।

सामान्य प्रचलित ढंग से धर्म का अर्थ किसी परात्मरूप शक्ति के प्रति भक्तिपूर्ण आस्था है। गांधी इस प्रचलित धारणा के विरुद्ध नहीं, वे मात्र इतना उसमें जोड़ देते हैं कि वह परात्म-रूप शक्ति 'सत्य' है, अतः उसी विवरण के अनुरूप कहा जा सकता है कि सत्य (जो ईश्वर है) के प्रति पूर्ण निष्ठा ही धर्म है।

अपने इस विशिष्ट विचार को स्पष्ट करने के लिये गांधी प्रथमतः यह बताते हैं कि 'धर्म' से वे क्या समझते हैं। हम इसे उनकी पंक्तियों को दुहरा कर स्पष्ट करें। वे कहते हैं, "Let me explain what I mean by religion. It is not the Hindu religion... but the religion, which transcends Hinduism, which changes one's very nature, which bind's one indissolubly with the truth within and whichever purifies. It is the permanent nature in human nature which counts no cost too great in order to fiind full expression and which leaves the soul utterly restless it has found itself, known its maker and appreciated the true correspondence between the Maker and itself."*

गीता को महत्त्व देने के कारण लोग कभी-कभी गांधी को हिन्दू धर्म का ही प्रवर्त्तक कह देते हैं, अतः गांधी स्पष्ट करते हैं कि 'धर्म' से वे हिन्दू धर्म या किसी विशेष धर्म को सूचित नहीं करते। धर्म किसी विशेष धर्म से परे है, ऊपर है। गांधी के अनुसार धर्म वह शक्ति है जो मनुष्य के स्वभाव को पूर्णतया परिवर्तित कर देता है, जो मानव का सत्य के साथ जोड़कर आत्म-शुद्धि का साधन बन जाता है। यह मानव-स्वरूप का वह शाश्वत पक्ष है जो तब तक अशान्त रहता है, जब तक वह अपनी-आत्म की वास्तविकता न समझ ले तथा सत्य रूप ईश्वर की उपलब्धि के रूप में अपनी पूर्ण अभिव्यक्ति न कर ले।

हम महात्मा गांधी के ऊपर उद्धृत विवरण के आधार पर गांधी के धर्म-विचार की विशिष्टताओं को स्पष्ट करें। प्रथमतः तो कहा जा सकता है कि गांधी के अनुसार धर्म-मानव के शाश्वत स्वरूप की अभिव्यक्ति है। मानव की पाशविक प्रवृत्तियों या उसका जैविक पक्ष उसका शाश्वत स्वरूप नहीं है। उसका शाश्वत स्वरूप उसका ईश्वरीय पक्ष है, जिसे, जैसा

**Young India*, 12-5-20.

कि हमने देखा है, गांधी मानव का अनिवार्य 'शुभत्त्व-रूप' कहते हैं। धर्म इसी पक्ष की अभिव्यक्ति है। पुनः धर्म आत्म-शुद्धता एवं आत्मोत्थान का साधन है। यह 'शुभत्व' की अभिव्यक्ति है, अतः इसमें यह शक्ति निहित है कि वह 'मानव-स्वभाव' को परिवर्तित कर सके, उसके विचार, कर्म आदि को जैविक प्रवृत्तियों के स्थान पर शुभत्त्व-रूप के अनुरूप बना सके। अपनी शाश्वत वास्तविकता के अनुरूप होना ही आत्म-शुद्धता है। पुनः गांधी का कहना है कि धर्म में यह शक्ति भी निहित है कि वह मानव के अन्तर में एक प्रकार की अशान्ति उत्पन्न करे। यह अशान्ति दैनिक जीवन की सामान्य अशान्ति जैसी नहीं, बल्कि यह एक प्रकार की आध्यात्मिक प्यास है——जो मानव को शुभ एवं उचित को आत्मसात् करने के लिये प्रेरित करती है, और तब तक तृप्त नहीं होती जब तक उसमें पूर्ण नैतिकता का भाव नहीं जागे। पुनः, गांधी यह भी कहते हैं कि धर्म में 'परात्मकता' की ओर अग्रसर होने की एक चेतन प्रेरणा भी है। धर्म इस अवगति पर आधृत है कि यह वस्तुतः ईश्वरत्त्व-प्राप्ति के लक्ष्य से ही प्रेरित है। पुनः गांधी के अनुसार यह सब 'सत्य' के प्रति निष्ठा, तथा सत्य के अनुशीलन से ही सम्भव हो सकता है। इसके बिना धर्म, के सभी अन्य स्वरूप निष्प्राण प्रतीत होंगे। इसीलिये सत्य के प्रति पूर्ण समर्पण के साथ विचार-आचार की अभिव्यक्ति ही धर्म है।

(२) धर्म-मार्ग

गांधी के अनुसार धर्म मात्र एक सैद्धान्तिक अवधारणा नहीं है जो हमारी बौद्धिक जिज्ञासा को शान्त करता है, यह तो जीवन की एक अनिवार्य व्यवहारिकता है, जीने का सबल एवं आवश्यक ढंग है। गांधी का तो कहना है कि यदि कोई धर्म व्यवहारिक आवश्यकताओं की पूर्ण उपेक्षा करता है, तो वह धर्म ही नहीं है। उनके अनुसार वास्तविक धर्म को अनिवार्यतः व्यवहारिक होना ही है। यही कारण है कि उनकी अनुशंसा है कि धर्म को तो धर्म के हर पक्ष में व्याप्त होना चाहिये। राजनैतिक जीवन में भी व्याप्त होना चाहिये। धर्म इस विश्वास पर आधृत होता है कि जगत के संचालन में अराजकता नहीं है, बल्कि एक व्यवस्थित, संगठित नैतिक व्यवस्था है। अतः इस विश्वास को जीवन के हर पक्ष पर आच्छादित होना चाहिये, हर व्यवहारिक पक्ष को इससे नियंत्रित होना चाहिये।

तो, इस प्रकार के धार्मिक-आदर्श प्राप्ति का व्यवहारिक मार्ग क्या है? हमने देखा कि गांधी के अनुसार धर्म सत्य के प्रति पूर्ण समर्पण तथा सत्य का निष्ठापूर्ण अनुशीलन है। तो इसका अर्थ है कि धर्म सत्य का आग्रह ही है——सत्याग्रह है। यदि कोई निष्ठापूर्वक सत्य एवं अहिंसा का मार्ग, अपनाता है, तो वह धर्ममार्ग पर है। किन्तु सत्याग्रह के उपयुक्त अनुशीलन के लिये आत्म-नियंत्रण तथा आत्म-शुद्धता अनिवार्य है। इसी कारण धर्म के अन्तर्गत प्रार्थना, ईश्वर के प्रति पूर्ण भक्ति एवं समर्पण, आत्म-बलिदान की सहजता, प्रेम, सहिष्णुता आदि धार्मिक वृत्तियों के रूप में अनुशंसित है।

गांधी के लिये 'प्रार्थना' का बड़ा ही प्रबल महत्त्व एवं मूल्य है। उनके जीवन में ऐसे अनेकों आपत्ति के क्षण आये, जिनमें गांधी एकान्त में सिमट कर प्रार्थना एवं ध्यान में

रत हो जाते । इससे हर बार उन्हें अपार आत्मिक शक्ति तथा आस्था प्राप्त होती थी । गांधी के अनुसार 'प्रार्थना' का अर्थ ईश्वर से कुछ मांगना नहीं है, यह तो आत्मा का परमात्मा के प्रति आह्वान है । यह आत्म की विकलता की अभिव्यक्ति है, और इसके द्वारा आन्तरिक जीवन संगठित होता है, उसे शान्ति मिलती है । इसी कारण गांधी कहते हैं कि प्रार्थना तो धर्म का प्राण है, यह मानव के जीवन का सार है । मानव-जीवन के लिये धर्म अनिवार्य है, तथा धर्म के लिये प्रार्थना ।*

इस स्थल पर गांधी एक प्रश्न की सम्भावना का उल्लेख करते हैं । वे कहते हैं कि कोई पूछ सकता है कि हम प्रार्थना क्यों करें । यदि ईश्वर है, तो वह तो सर्वज्ञानी है, उसे क्या हो रहा है, इसकी पूरी जानकारी है । वह सर्वशक्तिमान है, उसकी इच्छा के बिना एक पत्ता भी नहीं सरकता । तो उसे हमारी आवश्यकताओं का भी ज्ञान है, यह आवश्यक नहीं कि हम उनके कार्यों का स्मरण करायें। तो प्रार्थना की क्या आवश्यकता है? गांधी का उत्तर है कि प्रार्थना को इस रूप में समझना ही निरर्थक है । प्रार्थना ईश्वर को कुछ कहना, ईश्वर को कुछ स्मरण कराना नहीं है । प्रार्थना तो आत्म शक्ति जाग्रत करने का ढंग है, यह अपने लिये की जाती है, अपने में आस्था एवं निष्ठा बनाये रखने के लिये की जाती है । यह अपने को स्मरण कराना है कि उसकी इच्छा के बिना कुछ सम्भव नहीं, अतः उसके प्रति पूर्ण आस्था के साथ कार्य करने का बल उत्पन्न करना अनिवार्य है । इसी कारण गांधी, इस प्रकार का संशयात्मक प्रश्न उठाते हुए कहते हैं, "But why pray at all? Does not God, if there be one, know what has happened? Does He stand in need of prayer to enable Him to do His duty? No, God needs no reminder. He is within everyone. Nothing happens without His permission Our prayer is a heart-search. It is a reminder to ourselves that we are helpless without His support. No effort is complete without prayer, without a recognition that the best human endeavour is of no effect if it has not God's blessing behind. Prayer is a call to humility. It is a call to self-purification, to inward search."**

इस प्रकार प्रार्थना आत्म-शुद्धता का ढंग है, जिससे व्यक्ति ईश्वर के निकट आ जाता है । अतः प्रार्थना ही हममें ऐसा आत्म-बल उत्पन्न करने का माध्यम है जिससे हम अन्य के दुखों को भी समझ उसके भी भागीदार बन पाते हैं । गांधी के अनुसार प्रार्थना आत्मा की शक्ति है ।

गांधी का कहना है कि धर्म की मांग है कि मनुष्य के अन्तर में धार्मिकता का जागरण हो । इसके लिये जैविक तथा इन्द्रिय-आश्रित प्रवृत्तियों पर नियंत्रण रखना अनिवार्य है ।

---

*_Young India_, 23-1-30.

** _Harijan_, 8-6-35.

इसका अर्थ है कि इन्द्रिय-सुख तथा आत्म-तुष्टि के प्रयत्नों से एक प्रकार से विमुख हो जाना आवश्यक है। यह प्रकार का आत्मोत्सर्ग, सन्यास ही है। किन्तु यह 'सन्यास' पलायनवाद नहीं। गांधी के इस प्रकार के सन्यास का अर्थ अपनी आत्म-तुष्टि से विमुख होना है, जीवन तथा जगत से भागना नहीं है। जीवन तथा समाज में रहते हुए व्यक्ति को 'सन्यासी' बन जाने की अनुशंसा है। इसका अर्थ मात्र इतना ही है कि जो शक्ति आत्म-तृप्ति एवं सुखभोग में लग जाती है, उसे उस ओर से खींचकर जन-कल्याण, जीवनोत्थान एवं अच्छाई की ओर लगाना है। गांधी के अनुसार धार्मिक जीवन की यह अनिवार्यता है।

इसका तात्पर्य है कि गांधी का कहना है कि धर्म-मार्ग में लगे व्यक्ति के लिये यह आवश्यक हो जाता है कि वह अपनी स्वार्थ-पूर्ति, वैयक्तिक उपलब्धियों आदि से सर्वथा उदासीन हो जाय। अपने साधन-साध्य दर्शन के अनुरूप, तथा गीता के निष्काम कर्म की अपनी समझ के अनुरूप गांधी का कहना है कि इस प्रकार के 'सन्यास-रूप' जीवन का अर्थ मात्र इतना ही है कि जीवन में हम अपने कर्त्तव्यों को करें। 'स्व' से ऊपर उठ जनहित के कार्यों को करते चलें, तथा इस चिन्ता से सर्वथा मुक्त रहें कि इन कार्यों का परिणाम क्या होगा इसका हमारे जीवन पर प्रभाव क्या पड़ेगा। गांधी 'गीता' को अपना 'गुरु' कहते हैं। अतः गीता के आदेशों का अनुशीलन उनके अपने जीवन के ढंगों का आदर्श है। गीता में अनुशंसित कर्म मार्ग उनके लिये भी अनुकरणीय है। अतः निष्कर्षतः कहा जा सकता है कि गांधी के अनुसार 'जीवन में रहते हुए सन्यास' का अर्थ है 'अन्य के शुभ के लिये स्वार्थ-रहित कर्म करना'। इसमें निहित धार्मिक भावना यही है कि कर्मों के प्रभाव अथवा परिणाम हमारा प्रश्न ही नहीं है। वह ईश्वर की इच्छा है। अतः हमें उसके लिये चिन्तित होना निरर्थक है।

(iii) विभिन्न जीवित धर्मों के प्रति गांधी की अभिवृत्ति

गांधी के अनुसार धर्म एक दृष्टि से जीने का ढंग होता है, अतः व्यक्ति को अपने जीने के ढंग के चयन की स्वतंत्रता होनी चाहिये। किन्तु धार्मिक चुनाव की इस स्वतंत्रता में एक अन्य विचार अनिवार्यतः निहित है। गांधी का कहना है कि यदि व्यक्ति को अपने जीने के ढंग को चुनने की स्वतंत्रता है, तो उसके लिये यह भी अनिवार्य होता जाता है कि अन्य व्यक्तियों ने जो अपने-अपने लिये ढंग चुने है, उन विभिन्न ढंगों के प्रति भी उसे सहिष्णुता हो, तथा उनके प्रति भी वह आदर की भावना रखे।

अतः गांधी की अनुशंसा है कि अन्य धर्मों के प्रति अभिवृत्ति सहिष्णुता तथा आदर की ही होनी चाहिये। उनकी अपनी मनोवृत्ति तो इन्हीं तक सीमित नहीं है। वैसे, कभी-कभी कुछ लोगों के मन में यह धारणा बनती है कि गांधी के मन में 'हिन्दू धर्म' का विशिष्ट एवं सर्वोपरि स्थान है, किन्तु यह सही है कि अन्य धर्मों को भी वे 'पूज्य' ही मानते हैं। हिन्दू परिवार में उनका जन्म हुआ, शैशव काल से ही जिस वातावरण में उनका लालन-पालन हुआ, वह वातावरण भी हिन्दू धर्म का ही था। अतः उस परम्परा में बढ़ने के कारण वह स्वतः 'गीता' तथा 'रामायण' जैसे धर्म ग्रन्थों को अपना गुरु मानने लगे। किन्तु उनका यह

विश्वास रहा कि हिन्दू धर्म के प्रति इस अभिवृत्ति की शुद्धता में अन्य धर्मों के प्रति भी उसी प्रकार का आदर भाव जागता है। इसी कारण गांधी सदा ही अन्य धर्मों, तथा विभिन्न सन्त, सूफी आदि के विचारों से कुछ न कुछ सीखते रहे, लेते रहे।

उन्होंने विभिन्न धर्मों के धर्म-ग्रन्थों का अध्ययन किया, कुरानशरीफ तथा बाइबल का तो विशेष अध्ययन किया। उसी प्रकार वे अनेक सन्तों तथा सूफी-विचारकों के विचारों के सम्पर्क में आये। इन सभी जानकारियों का उनके लिये निचोड़ यही था कि इन सभी धर्मों तथा धार्मिक विचारों का लक्ष्य एक ही सत्य की प्राप्ति है।

गांधी का विश्वास है कि सभी धर्मों में बड़े ही मार्मिक उपदेश हैं तथा श्रेष्ठ एवं शुभ उपदेश हैं। वैसे वे स्वीकारते हैं कि इन धर्मों पर की गयी कुछ टिप्पणियां तथा उनका कुछ विशेष अर्थ-निरूपण इन धर्मों का विकृत चित्र प्रस्तुत करता है। इन्हीं भ्रान्त अर्थों के फलस्वरूप प्रायः सभी धर्मों में अन्धविश्वास तथा अनुचित आवरण प्रकट होते रहे हैं। इसके फलस्वरूप विभिन्न धर्मों में आपसी प्रतिस्पर्धा, पारस्परिक बैर एवं संघर्ष होते रहे हैं।

अतः गांधी का कहना है कि जिस रूप में जगत में विभिन्न धर्म पनपते रहे हैं, उस रूप में वे शुभ तो सिद्ध हुए हैं, कभी-कभी अशुभ परिणामों के उत्पन्न होने के उपकरण भी बन जाते हैं। जहां तक उनके धार्मिक आदर्शों की बात है तथा सात्विक अनुशंसाओं की बात है, वे सभी श्रेष्ठ हैं। किन्तु जिस रूप में उनका पालन होता रहा है, उसके परिणामस्वरूप वे ईर्ष्या, द्वेष, घृणा, संघर्ष आदि के उत्पन्न होने के उपकरण भी बनते रहे हैं। यही कारण है कि धार्मिक लड़ाइयां आदि सदा ही होती रही हैं। भारत में हिन्दू मुसलमानों के बीच जो धार्मिक फसाद तथा जातीय बलवा होता रहा, उसने गांधी की इस धारणा को और दृढ़ कर दिया।

अतः उनकी अनुशंसा है कि विभिन्न धर्मों के लिये यह आवश्यक हो जाता है कि व्यवहार में वे धार्मिक छूट न दें, बल्कि व्यवहारिक आचरण में उन्हें 'विवेकपूर्ण औचित्य' (Sober reason) की सीमा का उल्लंघन न करने दिया जाय। उन्हें यह विश्वास है कि विभिन्न धर्मों में स्वतः तय किया हुआ यह विवेकपूर्ण नियंत्रण, धार्मिक व्यवहारों की अंधी अतिशयता पर रोक रख पायेगा, और तब विभिन्न धर्मों के आपसी सहिष्णुता, सहयोग तथा आदर के लिये स्थान उभर आयेगा। गांधी का कहना है कि 'विभिन्न धर्मों का इस प्रकार का सहअस्तित्व' ही 'ईश्वरीय राज्य' (Kingdom of God) की स्थापना में सफल हो पायेगा।

उनकी इस वैचारिक पृष्ठभूमि के आलोक में हम गांधी की अन्य धर्मों के प्रति अभिवृत्ति का विवरण सारांशतः दे सकते हैं। गांधी ने १६२१ में ही अपनी इस अभिवृत्ति की रूपरेखा खींची थी। हम उनकी पंक्तियों को दुहराते हुए उनके विचारों को स्पष्ट करें। वे कहते हैं, "After long study and experience I have come to the conclusion that (1) all religions are true, (2) all religions have some error in them, (3) all religions are almost as dear to me as my own Hinduism, in as much as all human beings should be as dear to one as one's close relatives. My own veneration for other faiths is the same as that for my own faith, therefore no thought of conversion is possible. The aim of fellowship should be to help a Hindu to become a better Hindu, a Mussalman to become a better Mussalman, and a Christian a better Christian.... Our prayer for others must be *Not* 'God give him the light thou hast given me', *But* 'Give him all the light and truth that he needs for his development. Pray merely that your friends may become better men, whatever their forms of religion."*

इस प्रकार हम देखते हैं कि गांधी स्वीकारते हैं कि सभी धर्म यथार्थ हैं, सत्य हैं। वे स्पष्ट कहते हैं कि सभी धर्म उन्हें उतना ही प्रिय हैं जितना हिन्दू धर्म। किन्तु धर्मों से जो विवाद तथा फसाद उत्पन्न होता रहता है, उसके लिये गांधी की अनुशंसा है कि यहां किसी धर्म को यह नहीं सोचना है कि उसी का धर्म ठीक है, अतः अन्य को भी उसी के धर्म को स्वीकारना चाहिये। गांधी का कहना है कि धर्मों के प्रति ऐसी उदार अभिवृत्ति होनी चाहिये कि हम यह समझें कि हर धर्म अपने धर्मावलम्बी को एक श्रेष्ठतर मानव बनाने की क्षमता रखता है। अतः गांधी की अनुशंसा है कि हमारी प्रार्थना यह होनी चाहिये कि ईश्वर अन्य को ऐसी शक्ति और प्रकाश दे कि वह आत्मोत्थान कर सके, एक हिन्दू श्रेष्ठतर हिन्दू बन सके, मुसलमान श्रेष्ठतर मुसलमान तथा क्रिश्चियन श्रेष्ठतर क्रिश्चियन बन सके। गांधी के अनुसार धर्मों का वास्तविक लक्ष्य मनुष्य को श्रेष्ठ मानव बनाना है।

अतः कहा जा सकता है कि गांधी धार्मिक सम्प्रदायों को तो उतना महत्व नहीं देते, किन्तु सभी धर्मों के प्रति उन्हें असीम श्रद्धा है। उनका विश्वास है कि धार्मिक संस्था तथा सम्प्रदायों में धर्म की विशिष्टता के स्थान पर कुछ ऐसी बातों पर बल दे दिया जाता है कि उस धर्म में निहित युक्तिसंगत मान्य बातें भी अन्धविश्वास बन जाती हैं। ईसाई धार्मिक सम्प्रदायों का उदाहरण देते हुए गांधी कहते हैं कि इन सम्प्रदायों ने 'ईसा' को इस रूप में उजागर किया है कि वे 'ऐतिहासिक ईसा' बनकर रह जाते हैं। किन्तु गांधी के अनुसार 'ईसा' के जीवन की धार्मिक विशिष्टता यह है कि 'सलीब पर टंग जाने वाले ईसा' की हम स्पष्ट अनुभूति करें, हम उसे अपने जीवन में उतारें। ईसाई धर्म की विशिष्टता इस तथ्य में है कि हर व्यक्ति अपने अन्तर में अभी भी 'ईसा' को अनुभूत करता रहे। वे कहते हैं, "God did not bear the cross only 1900 years ago, but He bears it today, and he dies and is resurrected from day to day. It would be poor comfort to the world if it had to depend upon a historical God who died 2000 years ago. Do not then preach the God of History, but show Him as He lives today *through you*".**

---

*Taken from, D.N. Datta, *The Philosophy of Mahatma Gandhi*, p. 49.

***Young India*, 11-8-1927, Italicmine.

(iv) हिन्दू धर्म के प्रति उनकी अभिवृत्ति

विश्व के सभी धर्मों के प्रति गांधी की अभिवृत्ति क्या है—इसकी जानकारी के साथ यह जानना भी आवश्यक कि विशेषतः हिन्दू धर्म के प्रति उनकी क्या अभिवृत्ति है। यह ठीक है कि गांधी सदा 'गीता' को अपना सम्बल मानते रहे, हिन्दू धर्म से जुड़े महत्वपूर्ण विचारों का उल्लेख हर अवसर पर करते रहे। इसी कारण कभी-कभी उन पर हिन्दू धर्म के प्रति विशेष पक्षपात का आरोप भी लगता रहा है। अतः यह आवश्यक हो जाता है कि हिन्दू धर्म के प्रति उनकी अभिवृत्ति का वास्तविक मूल्यांकन हो।

वे स्वीकारते हैं कि हिन्दू धर्म के प्रति उनके मन के भाव किस प्रकार के हैं—यह बताना उनके लिये कठिन है। वे कहते हैं कि यह उतना ही कठिन है जितना उनके लिये पत्नि के प्रति अपने मनोभावों का बताना कठिन है। वे स्वीकारते हैं कि उनकी पत्नि से उनके मन में जो संवेदनायें उठती हैं, वे किसी अन्य स्त्री से नहीं उठ सकती। वे यह भी स्वीकारते हैं कि अपनी पत्नि की कमी या दोषों की भी उन्हें जानकारी है, फिर भी उनके प्रति एक अटूट बन्धन की भावना है। उसी प्रकार गांधी के मन में हिन्दू धर्म की सीमाओं तथा दोषों के बाद भी उसके प्रति एक बन्धन तथा सामिप्य की भावना है। उनका कहना है कि गीता तथा तुलसी रामायण की उन्हें जानकारी है, और उन्हें लगता है कि इन दोनों से वे जितना प्रभावित तथा आह्लादित होते हैं, उतना अन्य किसी पुस्तक से नहीं।* इसी प्रकार की भावना के कारण गांधी पर कभी-कभी हिन्दू धर्म के लिये पक्षपात का आरोप भी लगता है। किन्तु उनका कहना है कि उनका यह विशिष्ट प्रेम है, किन्तु यह उन्हें हिन्दू धर्म का पक्षपाती नहीं बनाता।

उनका कहना है कि हर व्यक्ति का जन्म तथा लालन-पालन एक विशेष संस्कृति के अन्तर्गत होता है, अतः उसके जीवन के लिये वह संस्कृति महत्वपूर्ण तो हो ही जाती है। जन्म तो आकस्मिकता है, किन्तु इस आकस्मिकता के साथ जो परम्परायें तथा संस्कार जीवन के साथ जुड़ जाती हैं, उनकी जीवन के लिये सार्थकता है ही। इन बातों को नकारना अनावश्यक तथा निरर्थक है। तब यह है कि व्यक्ति को इस परम्परा को अन्धविश्वास के साथ पकड़े रहना नहीं है, बल्कि इसका समुचित विकास करना आवश्यक है। गांधी का कहना है कि उनका जन्म तथा लालन-पालन जिस वातावरण में हुआ तथा उनकी प्रारम्भिक शिक्षा उन्हें जिस परम्परा में मिली, उन सबों के फलस्वरूप हिन्दू धर्म की बातें उनके मनोनुकूल बन गयीं। वैसे उनकी स्पष्ट अनुशंसा है कि हर व्यक्ति को अपनी अभिरुचि के अनुरूप धर्म के चयन की स्वतंत्रता है। गांधी ने स्वयं उसी रूप में हिन्दू धर्म का ही चयन किया।

हिन्दू धार्मिक विचारों के सम्बन्ध में गांधी का मत बहुत दूर तक प्रायः निश्चित ही है। वे उस सिद्धान्त की कुछ बातों की स्पष्ट आलोचना भी करते हैं, कुछ बातों को वे सामान्य रूप में मान्यता देते हैं, तथा हिन्दू धर्म की कुछ ऐसी भी बातें हैं जो उनके अपने विचारों

*_Young India_, 6-10-1921.

को पूर्णतया प्रभावित एवं निर्धारित करती हैं। उदाहरणतः हिन्दू धर्म में प्रचलित 'अछूत' के विचार की तीक्ष्ण आलोचना करते हुए गांधी कहते हैं कि हिन्दू धर्म में जब इस विचार को मान्यता मिलती है, तब यह मानवता के विरुद्ध एक पापकर्म ही है। वे यहां तक कहते हैं कि इस 'अछूत' सिद्धान्त के अनुसरण में हिन्दू धार्मिक न रह कर स्वयं चाण्डाल (Pariah) बन जाता है। उसी प्रकार 'पशु-बलि' के विरुद्ध बोलते हुए गांधी कहते हैं कि इसकी अनुशंसा वेदों में होते हुए भी यह कहा जा सकता है कि यह सृष्टि के प्रति अपराध है। हिन्दू धर्म के ऐसे सभी विचार जो 'सत्य' तथा 'अहिंसा' के परम आदर्शों से तनिक भी असंगत हैं, गांधी के द्वारा मान्यता नहीं पा सकते।

गांधी ने हिन्दू धर्म की कुछ बातों के विरुद्ध इस प्रकार की आलोचनात्मक दृष्टि अपनायी अवश्य है, फिर भी सामान्यतः यह कहा जा सकता है कि उनके अपने धर्म-सम्बन्धी विचार हिन्दू विचारों से स्पष्टतः प्रभावित हैं। यहां तक कि सभी धर्मों के प्रति जो 'सहिष्णुता' की बात वे करते हैं, वह भी हिन्दू विचार पर ही आधृत है। विशेषतः 'गीता' पर जिसमें एक साथ विभिन्न प्रकार के मार्गों की सम्भावना को स्वीकारा गया है।

कहा जा सकता है कि गांधी का ईश्वर-विचार एक प्रकार से वैष्णव ईश्वरवाद पर ही आधृत है। हिन्दू विचार में निहित 'अवतारवाद', 'मूर्तिपूजा', 'वंशानुक्रमण तथा परम्परा का धार्मिक महत्व' आदि जैसे विचार का गांधी के लेखों में उल्लेख होता रहा है, अन्तर यह अवश्य है कि इन सभी विचारों को गांधी अपने मूल 'सत्य एवं अहिंसा-विचार' के अनुरूप रंग देते हैं।

एक विशिष्ट विचार जिसका उल्लेख गांधी के लेखों में अनेक स्थलों पर होता है, और जिसे एक प्रकार से गांधी के द्वारा मान्यता भी मिलती है वह है 'वर्णाश्रम धर्म तथा वर्ण से सम्बन्धित विचार'। गांधी के अनुसार 'वर्णाश्रम', जो जन्म से ही निर्धारित होता है, अपने में एक स्वस्थ विचार अवश्य है। वर्तमान काल में जो 'जातिवाद' दिखाई देता है वह वर्णाश्रम नहीं है, बल्कि इसका बड़ा ही विकृत रूप है। गांधी के अनुसार वर्ण-विचार में यह भाव निहित है कि कोई वर्ण किसी अन्य से अनिवार्यतः श्रेष्ठ नहीं है। यह वर्गीकरण तो मूलतः व्यक्तियों के सामाजिक दायित्व तथा कर्त्तव्य पर आधृत है। इसका अर्थ यही है कि समाज में हर व्यक्ति वह कार्य कर्त्तव्यरूप में करता है जो उसके वंश तथा परम्परा से उसने पाया तथा सीखा है। गांधी का कहना है कि वर्णाश्रम-विचार का उद्भव इस विश्वास तथा धारणा पर आधृत था कि हर व्यक्ति में उसके वंश तथा परम्परा के अनुरूप समाज के कुछ विशिष्ट कार्यों को सम्पन्न करने की क्षमता उत्पन्न हो जाती है, अतः उसका यह कर्त्तव्य हो जाता है कि अपनी उस क्षमता का लाभ वह समाज को दे। उसका कर्त्तव्य है कि वह अपने समाज तथा राज्य के संरक्षण तथा विकास में अपनी क्षमता का पूरा योगदान दे।

गांधी का कहना है कि वस्तुतः जीवन का लक्ष्य धन एकत्रित करना नहीं है, क्योंकि इसकी तो कोई सीमा ही नहीं है। और यदि इसी लक्ष्य की पूर्ति पर सारा ध्यान केन्द्रित हो जाय, तो जीवन का जो वास्तविक लक्ष्य है, उससे व्यक्ति दूर हट जाता है। गांधी स्वीकारते हैं कि जीवन का वास्तविक लक्ष्य अपने अन्तर में निहित ईश्वरत्व—शुभत्व

अथवा आध्यात्मिक शक्ति——को जागृत करना। गांधी का कहना है कि वर्णाश्रम का आदि-विचार इसी मूल लक्ष्य की ओर प्रेरित था। जब इस मूल लक्ष्य की उपेक्षा कर जीवन को धनोपार्जन की लोलुपता में लगा देने का प्रयत्न प्रारम्भ हो गया, तभी वर्ण-विचार दूषित होने लगा।

गांधी के अनुसार आदि वर्ण-विचार तो अनेक रूपों में हितकारी है। यह आर्थिक दृष्टि से लाभदायक है क्योंकि यह मूलतः श्रम-विभाजन के सिद्धान्त पर ही आश्रित है। यह पारम्परिक क्षमता को महत्व देता है, अतः अवांछनीय प्रतिस्पर्द्धा की सम्भावना कम कर देता है। इसमें एक ओर असीम निर्धनता की सम्भावना को कम करने की शक्ति भी है, तो दूसरी ओर 'ट्रेड यूनियन' जैसी संस्थाओं से जो लाभ होता है, उन लाभों के लिये भी स्थान बन जाता है। सामाजिक दृष्टि से भी यदि इसे दूषित न कर दिया जाय तथा इसका पालन सही ढंग से हो, तो उसमें भी यह समाज में व्यवस्था तथा संगठन बनाये रखने में सहायक है। गांधी का कहना है कि धार्मिक तथा राजनैतिक क्षेत्र में भी वर्ण-व्यवस्था सफल रूप में चलता रहा है, क्योंकि इसमें वर्ण को अपने कार्य सम्हालने की पूर्ण छूट रही है।

किन्तु, गांधी मानते हैं कि किसी न किसी प्रकार यह व्यवस्था विकृत तथा दूषित होती गयी। धीरे-धीरे इसके स्वाभाविक विभाजन के स्थान पर इसका कृत्रिम विभाजन होने लगा तथा इन नये-नये विभाजन के ढंगों का आधार भी 'समाज' के स्थान पर 'स्वार्थ' बनता गया। फलतः वर्णों के स्थान पर हिन्दू समाज अनेक जातियों में बंटता चला गया। गांधी का कहना है कि यह बात 'वर्णाश्रम' के स्वरूप से सर्वथा विपरीत है। अपने आक्य-प्रारम्भिक रूप में वर्णाश्रम-व्यवस्था एक स्वस्थ व्यवस्था थी, अतः उस रूप में उसे स्वीकारने में गांधी को हिचक नहीं है।

(ख) नैतिकता

(i) धर्म तथा नैतिकता

पहले एक प्रसंग में कहा गया है कि नैतिकता धर्म का अनिवार्य पक्ष है। गांधी के अनुसार भी वास्तविक धर्म तथा शुद्ध नैतिकता एक दूसरे के साथ अटूट रूप में बंधे रहते हैं। उपमा की भाषा में गांधी कहते हैं कि धर्म का नैतिकता के साथ वही सम्बन्ध है जो जल का मिट्टी में गड़े बीज के साथ है। जिस प्रकार जल से सिंचित हो बीज अंकुराता है और पौधे के रूप में बढ़ता है, उसी प्रकार धर्म से सिंचित हो नैतिकता भी फलती-फूलती है, पनपती है।

गांधी के पास इस बात की समर्थक एवं बड़ी प्रबल युक्ति है। गांधी के अनुसार धर्म का लक्ष्य 'सत्य की उपलब्धि' है, जिसे दूसरे शब्दों में 'ईश्वर की प्राप्ति' भी कहा जा सकता है क्योंकि उनके अनुसार सत्य ही ईश्वर है। इस सत्य या 'ईश्वर' की प्राप्ति का अर्थ है सब कुछ में अनिवार्य एकरूपता को आत्मसात करना। यदि इस प्रकार की अनुभूति ही

लक्ष्य है तो इसका अर्थ है कि व्यक्ति को 'स्व' से मात्र अपने स्वार्थ से ऊपर उठना अनिवार्य है, तथा अन्य को अपने प्रेम बन्धन में समेटते अग्रसर होना है। अब गांधी कहते हैं कि अपने से ऊपर उठना ही तो नैतिकता है। ईश्वर की प्राप्ति ईश्वर को उसकी सृष्टि में ही ढूंढकर करना है, और यह तभी सम्भव है जब व्यक्ति सब के प्रति प्रेम उत्पन्न करे। अपने से ऊपर उठकर अन्य से प्रेम करना ही तो नैतिकता है। इस दृष्टि से नैतिकता धर्म के सार-रूप में स्पष्ट होती है।

(ii) नैतिकता क्या है ?

नीतिशास्त्री नैतिकता की अवधारणा का विभिन्न रूपों में विश्लेषण करते हैं। इन विश्लेषणों में यह प्रायः समान रूप से स्पष्ट होता है कि नैतिकता का प्रश्न वहीं उठता है—उन्हीं कर्मों या क्रियाओं से सम्बन्धित होता है जिन्हें शुभ या अशुभ कहा जा सकता है। सहज क्रियायें, या मूल प्रवृत्तियों से प्रेरित क्रियायें (Instinctive Actions) जो स्वतः यंत्रवत् हो जाती हैं उन्हें शुभ-अशुभ नहीं कहा जाता, अतः उन्हें नैतिक क्रियाओं के अन्तर्गत रखा ही नहीं जाता। इसी कारण कहा जाता है कि मात्र ऐच्छिक क्रियायें ही नैतिक क्रियायें कही जा सकती हैं। ऐच्छिक क्रियायें 'ऐच्छिक' हैं, अतः वे कर्त्ता के स्वतंत्र संकल्प से निर्धारित क्रियायें हैं, वे कर्त्ता के स्वतंत्र निर्णय पर निर्भर करती है, कर्त्ता वैसा नहीं भी कर सकता था, फिर भी उसने वैसा ही करने का निश्चय किया। इसी कारण उन्हें शुभ या अशुभ कहा जा सकता है।

नैतिक क्रियाओं का ऊपर दिया विवरण इसका शास्त्रीय विवेचन है, किन्तु रोचक बात यह है कि गांधी के द्वारा दिया गया विवरण कुछ इसी प्रकार का है। वे स्पष्ट कहते हैं कि जो कार्य ऐच्छिक नहीं है, उन्हें नैतिकता के अन्तर्गत नहीं लाया जा सकता। जब तक हम मशीनी रूप में यन्त्रवत् क्रिया करते हैं, तब तक नैतिकता का प्रश्न नहीं उठता। यदि हम किसी क्रिया को नैतिक क्रिया कहते हैं, तो इसमें यह अर्थ निहित है कि इस क्रिया के करने वाले ने उसे स्वेच्छा से किया है। यदि कोई क्रिया भय से या किसी प्रकार के बल प्रयोग के कारण की गयी हो तो उस पर शुभ-अशुभ की छाप नहीं लग सकती।

फिर भी गांधी की नैतिकता की अवधारणा, नैतिकता की शास्त्रीय अवधारणा से एक दृष्टि से भिन्न है। नीतिशास्त्रीय विवेचना में 'नैतिक क्रिया' तथा 'ऐच्छिक क्रिया' प्रायः पर्यायवाची उक्तियां हैं। जिन क्रियाओं को अशुभ कहा जाता है, वे भी नैतिक क्रिया के अन्तर्गत रखे जाते हैं, क्योंकि वहां नैतिक क्रिया का अर्थ है वैसी सभी क्रियायें जिन्हें शुभ या अशुभ कहा जा सकता है। किन्तु गांधी अशुभ क्रियाओं को नैतिक नहीं कहते। बात यह है कि नीतिशास्त्रीय विवेचनों में 'नैतिक' का विपरीतार्थ शब्द 'नीतिशून्य' है, जब कि गांधी के विचार में 'नैतिक' का विपरीतार्थ शब्द 'अनैतिक' है। गांधी का कहना है कि जो शुभ है, सद्गुण है वह नैतिक है, तथा हर प्रकार का दुर्गुण अनैतिक है।

अतः कहा जा सकता है कि गांधी के अनुसार शुभ-अशुभ विवेक की दृष्टि नैतिक दृष्टि है, तथा इस दृष्टि के अनुरूप शुभ क्रियाओं का पालन नैतिकता है।

शुभ क्रियाओं के अन्तर्गत वैसी ही क्रियायें आती हैं जिनमें परहित के कार्य होते हैं, जहां अपने स्वार्थ से ऊपर उठ हम दूसरों का शुभ करते हैं। इसका अर्थ है कि 'प्रेम' या 'अपने से ऊपर उठना' नैतिकता का सार है। गांधी के अनुसार 'प्रेम' तो ईश्वरीय क्रिया है प्रेम के उद्भव में शुभ कार्य कर्त्तव्य बन जाता है। किन्तु गांधी को यह भी अवगति है कि प्रेम कभी-कभी अन्धा हो जाता है। इस प्रकार का प्रेम अविवेकी है, अतः ऐसे प्रेम के फल-स्वरूप अंधविश्वास, अबौद्धिक कट्टरवादिता, धार्मिक अन्धापन आदि उत्पन्न हो जाते हैं। अतः गांधी स्पष्ट कहते हैं कि नैतिकता का अर्थ 'अन्धा' होकर प्रेम करना नहीं है। अज्ञान तथा अविवेक से प्रेम संकीर्ण तथा इन्द्रिय आश्रित बन जाता है, ज्ञान इस प्रकार की बाधाओं तथा इन बन्धनों को तोड़ देता है। अतः शुभ कार्य करने के लिये यह भी अनिवार्य हो जाता है कि शुभत्व के आधार, प्रयोजन आदि का ज्ञान हो। इस दृष्टि से 'ज्ञान' भी नैतिकता का एक अनिवार्य पक्ष बन जाता है।

इस प्रकार कहा जा सकता है कि गांधी के अनुसार नैतिकता अन्तरात्मा की आवाज के अनुरूप चलना है, तथा इसमें यह अवगति या ज्ञान भी आवश्यक है कि वे कौन से आधार हैं जिनके कारण इस आवाज में इसके पालन की बाध्यता उभर आती है।

अन्ततः यह कहा जा सकता है कि गांधी के अनुसार नैतिकता के अन्तर्गत वे ही बातें आती हैं जो एक सच्चे सत्याग्रही के लिये आवश्यक हैं। एक सत्याग्रही पूर्णतया नैतिक होता है।

(iii) मूल सद्गुण (Cardinal Virtues)

ऊपर दिये गये विवरण के अनुरूप यह तो कहा ही जा सकता है कि गांधी के अनुसार 'मूलभूत सद्गुण' वे ही हैं जो सत्याग्रही के सत्याग्रही होने की मूल आवश्यकतायें हैं। अतः कहा जा सकता है कि वास्तविक अर्थ में 'नैतिक' वही हो सकता है जो स्वेच्छा से सत्याग्रह का मार्ग अपनाता है। 'सत्याग्रह' ही नैतिकता का सर्वोच्च रूप है।

फिर भी, गांधी कुछ विशेष सद्गुणों का विशेष उल्लेख करते हैं। उन्हें वे शुद्ध जीवन का अनिवार्य अंग मानते हैं। वैसे इन सद्गुणों के नामकरण या मौलिक स्वरूप में कोई नवीनता नहीं है, उनका उल्लेख भारतीय परम्परा में सदा से होता रहा है, किन्तु गांधी ने इन पर अपने ढंग से एक नया बल दिया है, तथा इनमें निहित नैतिकता के पक्ष को उभारा है।

पारम्परिक भारतीय दर्शनों में इन सद्गुणों का उल्लेख बार-बार होता रहा है। एक प्रकार से चार्वाक के अतिरिक्त सभी भारतीय दर्शन यह स्वीकारते हैं कि जगत के संचालन के पीछे एक नैतिक नियम कार्यरत है, इसी कारण जगत तथा जीवन का स्वरूप ही नैतिक है। उनका कहना है कि हर प्रकार के शुभ-अशुभ कर्मों से कुछ प्रवृत्तियां उत्पन्न होती हैं, कुछ संस्कार बनते हैं जिन्हें उन कर्मों के करने वाले को भुगतना पड़ता है। इसे 'कर्म नियम' कहा गया है। नैतिक संदर्भ में यह नियम 'जैसा करोगे, वैसा भरोगे' के रूप में उभरता है। इसी के आलोक में अनुशंसा की गयी है कि वैसा ही कर्म करो जिससे शुभ प्रवृत्तियां उत्पन्न

हों। इसी स्थल पर सद्‌गुणों को उत्पन्न करने की बात की गयी है, क्योंकि सद्‌गुण ही व्यक्ति के शुभमार्ग के अनुशीलन में सहायक हो सकते हैं।

भारतीय नीतिशास्त्र में इस प्रकार के पांच सद्‌गुणों की चर्चा हुयी है—अहिंसा, सत्य, अस्तेय, अपरिग्रह तथा ब्रह्मचर्य। गांधी अपने विचार में इन पांचों को तो समाविष्ट करते हैं, कुछ और जोड़ भी देते हैं। अन्तर यही है कि गांधी-विचार में इन सद्‌गुणों का अर्थ-निरूपण अपने ढंग से, अपने अनुभव तथा प्रयोगों के अनुरूप हुआ है। वैसे उनका विश्वास है कि इन सद्‌गुणों का अर्थ-निरूपण वर्तमान काल की मांगों के अनुरूप करना वांछनीय भी है।

इन सद्‌गुणों के पृथक-पृथक विवरण के पहले इनके अनुशीलन के सम्बन्ध में एक बात का उल्लेख अनिवार्य है। गांधी कहते हैं कि इन सद्‌गुणों के अनुशीलन का अर्थ इनका बाह्य-रूप में पालन नहीं, बल्कि इनका पालन मन, वचन तथा कर्म—के तीनों स्तरों पर होना आवश्यक है। नैतिक कर्मों का लक्ष्य शुद्धता की प्राप्ति है, तथा पूर्ण शुद्धता वही है जो मन, वचन तथा कर्म—तीनों स्तरों की शुद्धता हो।

(क) अहिंसा—गांधी के अनुसार 'अहिंसा' सर्वप्रमुख सद्‌गुण है। गांधी के अहिंसा-विचार का विवरण तो पहले दिया जा चुका है। यहां यही कहा जा सकता है, कि अहिंसा के नैतिकता-पक्ष में 'प्रेम' तथा 'सहिष्णुता' प्रधान है। अहिंसा के सद्‌गुण के रूप में अनुशीलन की यह मान्यता भी है कि सभी व्यक्ति मूलतः समान हैं, अतः ईश्वरीय प्रेम के लिये यह आवश्यक है कि हम अपने सामान्य आचरण में सबसे प्रेम करें। गांधी भी अहिंसा को परम-धर्म कहते हैं, सर्वोच्च सद्‌गुण का स्तर देते हैं। गांधी के अहिंसा पर इस प्रकार के बल देने का स्पष्ट आधार है—सद्‌गुण का सम्बन्ध जीवन के आचरण से है, तथा आचरण अन्य व्यक्तियों के सम्पर्क में ले आता है। अतः सद्‌गुण का पालन तभी हो सकता है जब सभी व्यक्ति एक दूसरे के साथ रह सकें, इसी कारण सद्‌गुण के रूप में अहिंसा का पालन प्राथमिक कर्त्तव्य बन जाता है। पुनः अहिंसा प्राथमिक, इस कारण भी है कि एक प्रकार से सभी अन्य सद्‌गुण 'प्रेम' के आधार पर ही टिकता है, तथा अपने भावात्मक पक्ष में अहिंसा प्रेम ही है। सभी सद्‌गुणों के अनुशीलन की मांग कुछ स्वार्थ से ऊपर उठना है, कुछ न कुछ आत्म-बलिदान की भावना है, और यह भावना प्रेम से ही जागती है।

(ख) सत्य—गांधी ने 'सत्य' को ईश्वर कहा है। अतः 'सत्य' के प्रति निष्ठा सद्‌गुण है। यहां पर एक मूल प्रश्न उठ जाता है, बिना हम सत्य को जाने सत्य के प्रति निष्ठा कैसे जगा सकते हैं, और तब तो यह प्रश्न उठ जाता है कि हम 'सत्य' को जानें कैसे? गांधी को इस कठिनाई की अवगति है, तथा इसका समाधान वे प्राचीन भारतीय दार्शनिक समाधान के अनुरूप ही करते हैं। वे कहते हैं कि सत्य तो स्वतः प्रकाश है, अपने को स्वतः व्यक्त करता है। हम सत्य को देख नहीं पाते क्योंकि हम अज्ञान में पड़े हैं। 'अज्ञान' हमारी आत्म का अनिवार्य लक्षण नहीं, किन्तु किसी न किसी प्रकार हम अपनी दृष्टि को सीमित कर लेते हैं, स्व से बांध लेते हैं, और इसी सीमितता के कारण हम सत्य को देख नहीं पाते। गांधी का कहना है कि इस प्रकार की सीमितता, इस प्रकार का अज्ञान का मूल कारण हमारी नैतिक

गिरावट है। हम अपने 'स्व' से ऐसा चिपक जाते हैं कि हमारे मन में नैतिक कलुष उत्पन्न हो जाता है। गांधी स्पष्ट रूप में छः ऐसे घातक शत्रुरूप कलुषों का उल्लेख करते हैं जो हमारे मन में घृणा, दुर्भावना, ईर्ष्या, अन्य का अहित जैसी भावनाओं को उत्पन्न कर देती हैं। ये छः शत्रु हैं—काम, क्रोध, लालच, वासना या हवस, अहंकार तथा असत्य। अतः गांधी के अनुसार 'सत्य' के सद्‌गुण के रूप में अनुशीलन का अर्थ है, इन छः शत्रुओं से सतत् आंतरिक संघर्ष। हमें अपने को इनके चंगुल से मुक्त करने का सतत प्रयत्न करना चाहिये, यही सत्य के प्रति निष्ठा का आचरण है। हमें इनके वशीभूत होकर अपनी दृष्टि को विकृत या सीमित नहीं करना है, और तब हमें 'सत्य' के स्वतः प्रकाशित रूप की अवगति होगी।

गांधी कहते हैं कि जगत में—विशेषतः वर्तमान काल में कुछ ऐसी धारणा सामान्यतः बनती है कि असत्य अधिक लाभदायक तथा फलदायी है। लोग अक्सर असत्य का सहारा लेकर अपना काम निकाल लेते हैं। गांधी को इसकी जानकारी है, किन्तु बड़े तार्किक ढंग से वे 'सत्य' की असत्य से श्रेष्ठता स्थापित कर देते हैं। वे कहते हैं जो 'असत्य' सफल होता दिखाई देता है, यदि उसे ध्यान से देखें तो स्पष्ट हो जायगा कि वह अपने ऊपर 'सत्य' का मुखौटा लगाये हुए है। केवल वही 'असत्य' सफल होता है, जिसे कुछ देर के लिये 'सत्य' समझा जा रहा है। जिस व्यक्ति के माध्यम से सफलता मिल रही है, वह उस 'असत्य' को 'सत्य' ही समझ रहा है। वह अवश्य ठगा जा रहा है, किन्तु यदि वह 'असत्य' के असत्य रूप को जान ले तो सफलता नहीं मिलेगी। अतः गांधी कहते हैं कि असत्य तभी सफल होता है जब असत्य को हम सत्य के रूप में प्रस्तुत करते हैं। इसका अर्थ है कि शुभत्व सत्य में ही है, असत्य में नहीं।

गांधी भी भारतीय परम्परा के अनुरूप सत्य-भाषण में एक आवश्यकता और जोड़ देते हैं, तथा कहते हैं कि सत्य भाषण कटुरूप में नहीं 'प्रिय-रूप' में करना चाहिये। अनावश्यक कटुता जीवन में विष घोलता है, अतः सत्य को भी मृदुरूप में प्रस्तुत करना चाहिये, इसकी व्यवहारिक उपयोगिता है। यदि सत्य को तीखे, कड़े तथा अप्रिय ढंग से प्रस्तुत किया जाय, तो उस ढंग के कारण वह आक्रोश तथा दुर्भावना उत्पन्न कर सकता है। अतः सत्य-भाषण में स्पष्टता के साथ-साथ मृदुता भी आवश्यक है। इस कारण भी गांधी कहते हैं कि 'सत्य' का सद्‌गुण रूप में अनुशीलन कोई सरल कार्य नहीं है, इसके लिये कठोर आत्म-अनुशासन तथा सतत प्रयास अनिवार्य है।

(ग) अस्तेय—'अस्तेय' शब्द का दो अर्थों में प्रयोग होता है। इसका सामान्य प्रचलित अर्थ है 'चौर्यावृत्ति का निरसन', अर्थात् अन्य की सम्पत्ति का उसको बिना जानकारी तथा सम्मति के अपहरण करना चौर्यावृत्ति है, ऐसा नहीं करना अस्तेय है। किन्तु, इस शब्द का एक अन्य विशिष्ट अर्थ भी है, जिस अर्थ में अस्तेय का अनुशीलन अधिक कठोर बन जाता है। इस अर्थ में 'अस्तेय' का अर्थ हो जाता है कि ऐसी हर वस्तु का त्याग जिसकी हमें अनिवार्य आवश्यकता नहीं है। गांधी ने 'अस्तेय' का प्रयोग इन दोनों अर्थों में किया है। कहा जाता है कि इस सद्‌गुण की विवेचना में गांधी जैन विचार से प्रभावित हैं जहां 'चोरी' को भी 'हिंसा' समझा जाता है। गांधी भी कहते हैं कि व्यक्ति की निजी सम्पत्ति उसका

बाहरी जीवन है, अतः सम्पत्ति का अपहरण जीवन को कष्ट पहुंचाना है, जिस पर उसका शारीरिक जीवन आधृत है, उसे चुरा लेना उसके बाह्य जीवन को आघात पहुंचाना है। गांधी अस्तेय को सद्‌गुण इस कारण भी कहते हैं क्योंकि 'चोरी' सर्वोच्च सद्‌गुण 'प्रेम' से सर्वथा असंगत है। अतः अस्तेय का पालन का अर्थ है अन्य की सम्पत्ति के प्रति किसी प्रकार के लालच का त्याग, तथा अपने लिये भी केवल वैसी ही वस्तुओं को रखना जो अत्यन्त आवश्यक हों।

(घ) अपरिग्रह--'अस्तेय' तथा 'अपरिग्रह' एक दृष्टि से एक दूसरे के पूरक हैं। 'अस्तेय' अपने भावार्थ में निषेधात्मक है, जबकि 'अपरिग्रह' अपने भावार्थ में भावात्मक है। वस्तुतः गांधी के अनुसार 'अपरिग्रह' का अर्थ 'सन्तोष' है। इसका अर्थ है कि व्यक्ति अपनी मूल आवश्यकताओं की पूर्ति से सन्तुष्ट रहे तथा अधिक अर्जित करने के लिये लालायित न रहे। 'अपरिग्रह' का अर्थ है 'उपार्जन करने की वृत्ति पर रोक'। गांधी समझते हैं कि वस्तुओं को 'पा' लेने की लालसा--हस्तगत करने की वृत्ति 'अशुभ' कारक है। सामाजिक झगड़ों की जड़ यह 'स्वत्व' की प्रवृत्ति है। अतः गांधी की अनुशंसा है कि हमारे पास जो है, उसी से सन्तुष्ट रहने का अनुशासन ही सद्‌गुण है। वैसे गांधी समझते हैं कि सामान्यतः इस प्रकार के अपरिग्रह का पूर्णरूप से पालन असम्भव है, क्योंकि 'जीवन' का अर्थ ही है कुछ आधार पर जीना। पूर्ण अपरिग्रह असम्भव है। क्योंकि शरीर की मूल आवश्यकताओं की पूर्ति तो होनी ही है। हमें जीवन को बचाये रखने के लिये कुछ वस्तुओं की आवश्यकता है, उनके त्याग का अर्थ है जीवन-समाप्ति। अतः इस दृष्टि से पूर्ण अपरिग्रह तो सम्भव नहीं, फिर भी अपरिग्रह का अनुशीलन इसलिये अनिवार्य है, क्योंकि इस अनुशासन के नहीं रहने पर हमारा लोभ--पाने की इच्छा का कोई अन्त नहीं रह जाता, और यही इच्छा तो सभी सामाजिक बुराइयों की जड़ में है। अतः यथासम्भव कम से कम में सन्तुष्ट रहने का प्रयत्न ही अपरिग्रह का सद्‌गुण है।

(च) ब्रह्मचर्य--अपने शाब्दिक अर्थ में 'ब्रह्मचर्य' शब्द का अर्थ में 'ब्रह्म है चरना', 'ब्रह्म में जीना'। सामान्य प्रचलित अर्थ में इसका प्रयोग 'यौन-क्रिया तथा यौन-प्रवृत्ति' का पूर्ण विरोध है। प्राचीन भारतीय जीवन का ढंग 'आश्रमों' में बंधा था, जहां ब्रह्मचर्य जीवन का प्रथम आश्रम था जिसमें व्यक्ति को अपनी पूरी शक्ति अध्ययन तथा ज्ञानोपार्जन में लगाना था। उसे पूरी शक्ति को इन्द्रियों की चंचलता से विमुख कर इस ओर लगाना था जिससे उससे सत्-असत्, ईश्वर-जगत आदि की समझ उत्पन्न हो। इसी कारण उसे 'ब्रह्मचारी' कहा जाता था, इसी कारण ब्रह्मचारी के लिये यौन-सम्बन्ध वर्जित था, क्योंकि उसमें शक्ति का मूल प्रयोजन से विमुख इन्द्रिय-सुख-प्राप्ति में लग जाती। शायद इसी कारण ब्रह्मचारी शब्द का प्रचलित प्रयोग 'यौन-वृत्ति से विमुखता' के अर्थ में है।

गांधी ने इस शब्द का प्रयोग इसके प्रचलित तथा इसके पारम्परिक--दोनों अर्थों में किया है। वे यौन-नियंत्रण के महत्व पर बल देते हैं, किन्तु उनके अनुसार ब्रह्मचर्य मात्र इतना ही नहीं है। उनके अनुसार 'ब्रह्मचर्य' का अर्थ, मन तथा इन्द्रियों का पूर्ण नियंत्रण है। इन्द्रियां अक्सर हमें भ्रान्त करती हैं, अनैतिकता का जन्म ही इन्द्रिय-तुष्टि की अतिशयता

के कारण होता है। अतः यह आवश्यक हो जाता है कि हम अपने को इस रूप में अनुशासित करें कि हम इन्द्रियों के दास न हो जायं, बल्कि इन्द्रियां हमारे पूर्ण नियंत्रण में रहें। यौन-नियंत्रण भी मूलतः इन्द्रिय-नियंत्रण ही है।

हम इन बातों को गांधी के एक उदाहरण के द्वारा समझने का प्रयत्न करें। इन्द्रियों को अनुशासित रखने के ढंगों का उदाहरण देते हुए गांधी एक उदाहरण देते हैं कि हमें अपने भोजन के ढंगों को नियंत्रित करना अनिवार्य है। सामान्यतः हमारे भोजन के ढंग 'स्वाद' पर आधृत होते हैं। गांधी कहते हैं कि स्वादिष्ट भोजन का लोभ हमें गरिष्ठ तामसी भोजन के लिये प्रेरित करता है, तथा इस प्रकार के भोजन के सेवन से हमारी लोलुपता, यौन-वृत्ति आदि प्रबल होती है। इसी कारण गांधी विभिन्न प्रकार के खाद्य-पदार्थों पर प्रयोग करते रहे, जिससे वे ऐसे संतुलित आहार की अनुशंसा कर सकें जो स्वास्थ्यवर्द्धक भी हो तथा इन्द्रियों को उत्तेजित भी न करे। यह तो ब्रह्मचर्य जीवन की भोजन सम्बन्धी अनुशंसा है, किन्तु इसी से स्पष्ट हो जाता है कि ब्रह्मचर्य एक सर्वाङ्गी अनुशासन है जिसमें हर कार्य इन्द्रियों को उत्तेजित होने से रोकता है।

ऊपर चर्चित पाँच सद्‌गुणों का उल्लेख तो गांधी-विचार में है ही, भारतीय परम्परा में भी है। इनके अतिरिक्त गांधी कुछ और सद्‌गुणों का उल्लेख करते हैं।

(छ) अभय––हमने अहिंसा के विवरण के अन्तर्गत भी देखा है कि गांधी के अनुसार अहिंसा के पालन की एक अनिवार्य आवश्यकता निर्भयता है। गांधी इसे एक मानवीय जीवन का सद्‌गुण मानते हैं जिसको विकसित करना हमारा नैतिक कर्त्तव्य है। गांधी स्वीकारते हैं कि इसे विकसित करने का अनुशासन बड़ा कठिन है क्योंकि इसका अर्थ सामान्य भय पर विजय प्राप्त करना नहीं है, बल्कि इसके साथ-साथ अभय के अन्तर्गत कुछ विशिष्ट भयोत्पादक स्थितियों से भी ऊपर उठना आ जाता है। गांधी कहते हैं कि अभय के अन्तर्गत भूख, प्यास, शारीरिक आघात, आक्रोशात्मक व्यवहार, दुर्वचन, यहां तक कि मृत्यु के भय से ऊपर उठना आ जाता है। गांधी इसे नैतिक सद्‌गुण कहते हैं, क्योंकि उनकी अनुशंसा है कि मृत्यु के भय में भी हमें अनैतिक कार्यों को करा देने की बाध्यता न हो, हम मृत्यु के भय में भी अडिग रहें––यह अभय का आदर्श है। अतः विपरीत परिस्थिति, आतंक, हिंसा, मृत्यु आदि के समक्ष भी अपने नैतिक ढंगों पर जमे रहना अभय है।

(ज) ईश्वर के प्रति आस्था––गांधी का विश्वास है कि इनमें किसी भी सद्‌गुण का अनुशीलन तब तक उचित ढंग से नहीं हो सकता जब तक इन सबों के पीछे ईश्वर के प्रति अटूट आस्था न हो। ईश्वर के प्रति ऐसी आस्था का अर्थ यह विश्वास है कि ईश्वर परमशुभ है, अतः उसकी सृष्टि का स्वरूप भी नैतिक है। हम नैतिक आचरण पूर्ण हृदय से तभी कर सकते हैं जब हमारे मन में ऐसा विश्वास हो। अतः गांधी के अनुसार 'ईश्वर-आस्था' प्रेम की पूर्वमान्यता है, यह मात्र धार्मिक-विश्वास नहीं, नैतिकता तथा सद्‌गुणी जीवन का विश्वासात्मक आधार है।

सामाजिक एवं राजनैतिक विचार

गांधी अपने को एक 'व्यवहारिक आदर्शवादी' (Practical Idealist) कहते थे। वे अपने सिद्धान्तों के कारण आदर्शवादी हैं, क्योंकि उनके सिद्धान्त एक निश्चित आदर्श के अनुरूप सर्जित हुए हैं, तथा वह आदर्श भी आध्यात्मिक आदर्श है। फिर भी वे पूर्णतया व्यवहारिक चिन्तक हैं, क्योंकि वे सदा अपने सिद्धान्तों को व्यवहार में उतारते रहे हैं। उनके विचार के इसी व्यवहारिकता के फलस्वरूप उनके विचार में समाज, राज्य जैसी संस्थाओं पर निश्चित मत उभरे हैं। वे स्पष्ट रूप में यह निर्देश देने में समर्थ हैं कि उनके धार्मिक एवं नैतिक विचार किसी दार्शनिक की परिकल्पनात्मकता की उड़ान मात्र नहीं है, बल्कि उन सभी विचारों की व्यवहारिक उपयोगिता है। वे स्पष्टरूप में यह सिद्ध करते हैं कि अभी भी समाज तथा राज्य की स्थापना एवं उनका संचालन उनके आध्यात्मिक, धार्मिक तथा नैतिक विचारों के अनुरूप हो तो सकता ही है—वैसा करना श्रेयष्कर भी है।

किन्तु, इसके पहले कि गांधी के सामाजिक एवं राजनैतिक विचारों की रूपरेखा खींची जाय, एक बात का ध्यान रखना आवश्यक है। गांधी के सामाजिक एवं राजनैतिक विचार का लक्ष्य किसी 'सिद्धान्त' की स्थापना या उसका समर्थन नहीं है, वे शास्त्रीय ढंग के समाज-शास्त्री नहीं हैं। अतः उनके लिये समाजशास्त्र या राजनीति शास्त्र के कुछ महत्व-पूर्ण प्रश्न महत्व नहीं रखते। उदाहरणतः उनके लिये यह विवेचना अभी महत्वपूर्ण नहीं है कि समाज की स्थापना कैसे हुयी थी, या राज्य कैसे बने थे। वे राज्य का कोई नवीन सिद्धान्त विकसित करने का दावा नहीं कर रहे। उनका लक्ष्य व्यवहारिक है, अतः वे समाज, राज्य की वर्तमान स्थिति को महत्व देते हैं। उनका लक्ष्य है कि किस प्रकार समाज तथा राज्य को सुधार कर, परिष्कृत कर एक स्वस्थ एवं सुदृढ़ ढांचा दिया जा सके। यही कारण है कि उनके सामाजिक एवं राजनैतिक विचार तथ्यात्मक विचार होते हुए भी, मूल्यात्मक (Normative) हैं। वे सदा ही एक आदर्श की कल्पना पर आधृत है—उनमें सदा 'चाहिये' की ओर अनुशंसा रहती है। वैसे उनका आदर्श तो बस 'सत्य' तथा 'अहिंसा' का ही आदर्श है, तथा इन्हीं मूल आदर्शों के अनुरूप उनका सामाजिक एवं राजनैतिक विचार सर्जित होता है।

(i) समाज

हर पारम्परिक समाज-दर्शन की विवेचना 'समाज' के उद्भव के प्रश्न से आरम्भ होती है। गांधी इस प्रश्न में उलझना नहीं चाहते, वे कहते हैं कि समाज की स्थापना या उत्पत्ति के सम्बन्ध में जो भी विचार प्रस्तुत हुए हैं उनके सम्बन्ध में गांधी कोई आपत्ति नहीं उठाते। यहां तक कि गांधी होब्स के उस विचार पर भी कोई आलोचनात्मक टिप्पणी नहीं करते जहां समाज के उद्भव का आधार एक प्रकार का आपसी समझौता के अनुरूप अपने हित के नियंत्रण के प्रयास में देखते हैं। होब्स के इस विचार में समाज का उद्भव वैयक्तिक स्वार्थ ही है केवल यही कहा गया है कि व्यक्ति जब यह समझ लेता है कि सहयोग में ही उसका भी हित है, तभी वह समाज में बंधता है। गांधी इन प्रश्नों में नहीं उलझते।

किन्तु समाज के उद्‌भव सम्बन्धी इस सिद्धान्त तथा अन्य सिद्धान्तों में भी गांधी को एक महत्वपूर्ण बात दिखाई देती है। इन सिद्धान्तों में ही निहित ढंग से स्पष्ट संकेत है कि समाज के निर्माण का आधार नैतिक ही है। होब्स के विचार में भी यह स्पष्ट है कि 'पूर्ण स्वार्थ' का जीवन सम्भव ही नहीं है, स्वार्थमूलक प्रवृत्तियों पर जीने के लिये भी नियंत्रण आवश्यक है। इस समझ के साथ ही समाज का निर्माण होता है।

इसका अर्थ है कि समाज के निर्माण के हर सिद्धान्त में इतनी बात तो स्पष्ट ही है कि जब व्यक्ति अपने स्वार्थमूलक प्रवृत्तियों से ऊपर उठता है तभी समाज का आविर्भाव होता है। इसका सम्भावित अर्थ यह भी है कि यदि व्यक्ति स्वार्थमूलक प्रवृत्तियों से ही कार्य करे, तो संघर्ष तथा हिंसा अवश्यम्भावी है, और इसी हिंसा से बचने का एक मार्ग समाज-निर्माण है। गांधी कहते हैं कि इससे यह भी सिद्ध होता है कि समाज का निर्माण हिंसा से बचने के लिये हुआ।

इन दो बातों के आधार पर गांधी को समाज निर्माण के नैतिक आधार मिल जाते हैं, वे आधार हैं 'आत्म-बलिदान की भावना' तथा 'अहिंसा'। अपने स्वार्थ से ऊपर उठना तथा हिंसा का त्याग---इन्हीं दो बातों पर हर सामाजिक निर्माण निर्भर करता है। गांधी कहते हैं कि आज भी जब हम किसी सहयोग की बात सोचते हैं, या किसी संस्था का निर्माण करते हैं तो प्रथमतः हमें इन दोनों बातों के लिये तत्पर होना ही पड़ता है। हमें अपने स्वार्थमूलक प्रवृत्तियों का कुछ सीमा तक त्याग करने के लिये तत्पर होना पड़ता है, तथा यह भी निश्चय करना पड़ता है कि हम झगड़े-फसाद, हिंसा को यथासम्भव नहीं प्रवेश करने देंगे।

इस विवेचना के आधार पर गांधी यह भी देखते हैं कि इससे, तो यह भी स्पष्ट हो रहा है कि वस्तुतः 'वैयक्तिक शुभ' तथा 'सामाजिक शुभ' में कोई मौलिक विरोध नहीं है। यदि समाज की स्थापना ही स्वार्थ से ऊपर उठने की प्रवृत्ति में है, तो इसका अर्थ है कि 'स्वार्थ से ऊपर उठना' भी अपने हित में ही है, अतः अपने हित तथा समाज के हित में कोई मौलिक विरोध नहीं रहा। इसकी एक अन्य ढंग से भी व्याख्या की गयी है। कहा जा सकता है कि जब मानव भी पशुवत् जीवन जी रहा था, तो उसके ढंगों तथा अन्य जीवों के ढंगों में कोई विशेष अन्तर नहीं था। किन्तु जब वह गिरोहों में सिमटने लगा, तो उसके जीने के ढंग पशुवत् नहीं रहे। इस परिवर्तन से उसका मुख्य पेशा जो भोजन की खोज तथा भोजन के लिये आखेट था परिवर्तित हो गया, तथा अब वह खेती एवं पशुपालन जैसे व्यवसाय में लग गया। गिरोहों में भी उसे आवास तथा भोजन के कार्यों के लिये पारस्परिक सहयोग का ही मार्ग अपनाया। गांधी इस आधार पर कहते हैं कि अब उसका जीवन पशुवत् जीवन से भिन्न मात्र इस कारण हो गया कि उसके जीवन में श्रम (Work) तथा सहयोग (Co-operation) का प्रवेश हो गया। गिरोह का जीवन इन्हीं दो आधारों पर टिका रहा। 'श्रम' एक बड़ा व्यापक अवधारणा है, गांधी का कहना है कि श्रम-कार्य व्यक्ति को एक दूसरे से सम्बन्धित कर देता है, तथा सहयोग की भावना को प्रश्रय देता है। गिरोह या समाज का यह आधार बन जाता है।

अतः कहा जा सकता है कि गांधी के विचार सामाजिक संस्था का आधार श्रमकार्य है। आधुनिक समाज-शास्त्री भी, मार्क्सवाद भी श्रम (Labour) की इस केन्द्रीयता को महत्व देते हैं, उनका शब्द 'Labour' है, गांधी का शब्द 'Work' है। अन्तर यह भी है कि वे इस 'श्रम' के विचार को इस रूप में विकसित करते हैं कि उसमें संघर्ष, हिंसा आदि के लिये स्थान बन जाता है जबकि गांधी समाज-विचार में श्रम (Work) प्रारम्भिक बिन्दु तो है, साथ-साथ वह इस रूप में विकसित होता है कि उसमें हिंसात्मक प्रवृत्ति के लिये भी कोई स्थान नहीं है। गांधी अपने इस श्रम-विचार को 'प्रेम' तथा 'सहयोग' के विचार के अनुरूप विकसित करते हैं।

(ii) वर्ण-व्यवस्था

अतः गांधी का कहना है कि एक स्वस्थ सामाजिक जीवन सहयोग के प्रति निष्ठा तथा श्रम-विभाजन अथवा कार्य-विभाजन पर ही टिक सकता है। गांधी का कहना है कि समाज में ऐसी स्वतः व्यवस्था होनी चाहिये कि हर व्यक्ति समाज के हित में अपने शक्ति के अनुरूप योगदान करता रहे। उनका कहना है कि प्राचीन हिन्दू विचार में 'वर्ण-व्यवस्था' की योजना कुछ इसी आधार पर विकसित हुयी थी। वर्ण-व्यवस्था की चर्चा करते हुए गांधी कहते हैं कि उस समय लोगों ने समझा था कि हर व्यक्ति की कुछ अपनी सीमायें होती हैं, कुछ अपनी शक्ति होती है, अतः हर व्यक्ति हर कार्य नहीं कर पाता, वह वही कर सकता है जो उसकी शक्ति के अनुरूप है। अतः समाज में उसे अपनी क्षमता के अनुरूप कार्य करने का प्रोत्साहन मिलना चाहिये। इसी आधार पर प्राचीन वर्ग-व्यवस्था में कुछ कार्यों को कुछ विशेष व्यक्तियों के लिये नियत किया गया था। वहां यह स्पष्ट विचार था कि समाज का कोई कार्य न श्रेष्ठ है न निम्न। यह तो सामाजिक प्रतिस्पर्द्धा तथा संघर्ष के निरसन तथा सामाजिक व्यवस्था की स्थापना का आधार था। अतः गांधी इस वर्ण-व्यवस्था के प्रारम्भिक रूप को महत्व देते हैं। वे स्वीकारते हैं कि यह व्यवस्था काल-क्रम में विकृत तथा दूषित हो गयी किन्तु जो इसका प्रारम्भिक आधार था वह अभी भी सामाजिक व्यवस्था का आधार बन सकता है। उनके अपने शब्द ऐसे हैं,

"I believe that everyman is born in the world with certain definite limitations which he cannot overcome. From a careful observation of those limitations the law of Varna was deduced. It established certain spheres of action for certain people with certain tendencies. This avoided all unworthy competition. While recognising limitations the law of Varna admitted of no distinctions of high and low, on the other hand it granted to each the fruits of his labour, and on the other it prevented him from pressing upon his neighbour. This great law has degraded and fallen into disrepute. But *my conviction is* that an ideal social order will only be evolved when the implications of this law are fully understood and given effect to."*

इस उद्धरण से यह भी स्पष्ट हो जाता है कि गांधी वर्त्तमान हिन्दू समाज में प्रचलित जाति-भेद से क्षुब्ध हैं, उनके अनुसार तो यह वर्ण-व्यवस्था का सर्वथा विकृत तथा दूषित रूप है क्योंकि इसमें 'वर्ण' के पीछे जो मूल विचार है, वही नष्ट हो गया है। वर्ण जन्म के आधार पर जाति को नहीं स्वीकारता, वह यह नहीं मानता कि कोई एक वर्ण में जन्म ले कर श्रेष्ठ हो जाता है, तथा कोई दूसरे वर्ण में जन्म लेने से ही छोटा हो जाता है। गांधी स्पष्ट कहते हैं कि प्रारम्भिक वर्ण-विचार में 'छोटे', 'बड़े' का आधार ही नहीं था, बल्कि वहां तो आधार था—व्यक्ति की अपनी कार्य-क्षमता तथा समाज में कार्य-विभाजन की अनिवार्यता। इसके अनुसार ब्राह्मण-ब्राह्मण इसलिये नहीं था कि वह ब्राह्मण मां-बाप के घर 'पैदा' हुआ, बल्कि इसलिये ब्राह्मण था कि वह समाज में अपना योगदान वैसे ही कर्मों के द्वारा कर रहा था, जिसे ब्राह्मण के कर्म के अन्तर्गत रखा गया था। उसी प्रकार क्षत्रिय वैश्य तथा शूद्र भी अपने-अपने कार्यों के अनुरूप जाने जाते थे। यह भी प्रारम्भ में स्पष्ट सम्भावना थी कि कोई शूद्र यदि सही ढंग से ब्राह्मणोचित कार्य करने लगे, तो उसे ब्राह्मण वर्ण में ही समझा जाता। गांधी यह भी कहते हैं कि ऊपर से देखने पर कुछ कार्य—जैसे ब्राह्मण के कार्य—शूद्रों के सेवा-कार्य से श्रेष्ठतर प्रतीत होते हैं। किन्तु उसका यह अर्थ नहीं कि ब्राह्मण उच्च हो गया और शूद्र नीचा। गांधी कहते हैं कि समाज में सेवा-कार्य, सफाई-कार्य भी उतना ही अनिवार्य है जितना अध्ययन। यह तो बाद में लोगों ने एक को उच्च तथा एक को छोटा बना दिया। प्रारम्भ में समदृष्टि थी, स्पष्ट समझ थी कि कोई अपने कार्य के कारण ऊंचा-नीचा नहीं होता, क्योंकि समाज के लिये सभी कार्य एक जैसे हैं, समान रूप में उपयोगी हैं।

गांधी कहते हैं कि वर्ण-व्यवस्था कर्त्तव्य तथा दायित्व के अनुरूप व्यवस्था है, यह किसी को भी कोई विशेष अधिकार या कोई विशेष सुविधा देने की व्यवस्था नहीं है। अपने वंशानुक्रम के अनुरूप पेशे में लगना व्यक्ति का न जन्म-सिद्ध अधिकार है, और न कोई अनिवार्य मजबूरी। इसका मात्र अर्थ यही है कि समाज के निर्धारित कर्मों में एक कर्म को सीखने का अवसर उसे स्वतः उपलब्ध है—यह सामाजिक सुविधा है। इसकी एक उपयोगिता यह अवश्य है कि हर दिन पुनः-पुनः कार्यों के बंटवारे का झंझट नहीं रहता। सामान्यतः यह सुविधा है कि जो व्यक्ति एक कार्य सीख चुका है, वह शायद उसे आसानी से करता रहे। वर्ण उसे उसके लिये बाध्य नहीं करता, यदि उसकी रुचि अपने वर्ण के निर्धारित कर्म में नहीं है, तो वह उस वर्ण का नहीं रह जाता। गांधी स्पष्ट कहते हैं कि यदि किसी ब्राह्मण कुल के व्यक्ति में ब्राह्मणोचित प्रवृत्तियां नहीं हैं, तो वह जन्म से ब्राह्मण होने पर भी, ब्राह्मण नहीं रह जाता।

इसी कारण गांधी वर्ण-सिद्धान्त के साथ सदा वर्णाश्रम धर्म की चर्चा करते हैं। वे इस

*Taken from B.S. Sharma, *Gandhi as a Political Thinker*, p. 121.

धर्म के विचार पर बड़ा बल देते हैं। भारतीय परम्परा में धर्म-कर्त्तव्य सूचित करता है, अतः गांधी कहते हैं कि वर्ण व्यवस्था में हर 'वर्ण' के साथ निश्चित कर्त्तव्य या धर्म जुड़े हैं। चार वर्णों (ब्राह्मण, क्षत्रिय, वैश्य, शूद्र) के साथ चार 'आश्रम' भी जुड़े हुए हैं (ब्रह्मचर्य, गृहस्थ, वाणप्रस्थ, सन्यास)। इससे भी स्पष्ट होता है कि भारतीय परम्परा में वर्ण-विचार को कर्त्तव्य या धर्म से अलग कर सोचा ही नहीं जा सकता। कालक्रम में हिन्दू समाज ने ऐसा ही किया, इसी से वर्ण-व्यवस्था पूर्णतया दूषित हो गयी। गांधी का विश्वास है कि यदि वर्ण व्यवस्था को सही रूप में उसके निहितार्थ के साथ समझा जाय, तो इस आधार पर अभी भी एक स्वस्थ तथा सशक्त समाज की स्थापना की जा सकती है।

(iii) अन्यदायी श्रम (Bread Labour)

अब तो यह स्पष्ट है कि गांधी की मूल अनुशंसा है कि हर व्यक्ति को पूर्णतया समान समझा जाय। अतः वे पुनः-पुनः ऐसे ढंगों पर विचार करते रहे जिससे सामाजिक असमानता मिटे या कम हो। उनका 'अन्नदायी श्रम-सिद्धान्त' भी ऐसा ही एक विचार है। यह विचार उनके मन में कई सूत्रों से आया। टालस्टाय तथा रस्कीन के लेखों से तथा बाइबिल एवं गांधी के कुछ प्रसंगों के आधार पर गांधी ने इस विचार को बढ़ाया। बाइबिल में कहा गया है 'पसीने की रोटी खाओ' (Earn thy bread by the Sweat of thy brow)। गीता में कहा गया है जो ऐसी रोटी खाता है जिसके लिये उसने श्रम नहीं किया, वह चोरी की रोटी खा रहा है। गांधी ने इन विचारों के निहितार्थ को समझा तथा देखा कि इस विचार में समाज में समानता लाने का एक ढंग निहित है।

'अन्नदायी श्रम' से गांधी का तात्पर्य है कि जीवित रहने के लिये हर व्यक्ति को श्रम करना आवश्यक है। यह आवश्यक है कि हर व्यक्ति शारीरिक श्रम की गरिमा को समझे तथा सोचे कि कम-से-कम अपनी 'रोटी' के लिये उसे भी कुछ शारीरिक कर्म करना आवश्यक है। यह ठीक है कि हर व्यक्ति हर प्रकार का शारीरिक कर्म नहीं कर सकता। साथ-साथ यदि हर व्यक्ति हर प्रकार का कर्म करने लगे, तो वर्ण-व्यवस्था ही टूट जायगी। गांधी इन बातों को जानते हैं, अतः वे यह नहीं कहते कि हर व्यक्ति को खेत में जाकर कार्य करना चाहिये। उनका कहना है कि हर व्यक्ति यह स्वयं निर्धारित कर ले कि वह किस प्रकार का शारीरिक श्रम कर सकता है। वह धागा बुन सकता है, लकड़ी का काम कर सकता है, तथा अपनी शक्ति एवं रुचि के अनुरूप किसी भी कार्य का चयन कर सकता है। गांधी कहते हैं कि एक ऐसा शारीरिक श्रम है जो हर व्यक्ति कर सकता है, वह अपने लिये झाड़ू-बुहार-सफाई का कार्य तो कर ही सकता है, अपना अपमार्जक, अपना भंगी, अपना मेहतर तो बन ही सकता है। गांधी कहते हैं कि ऐसे शारीरिक श्रम का एक वैयक्तिक लाभ भी है, इससे शरीर स्वस्थ रहता है।

गांधी से पूछा जा सकता है कि क्या मानसिक कार्यों में रत रहना 'श्रम' नहीं है? क्यों गांधी मानसिक कार्यों में लगे रहने वालों को भी शारीरिक श्रम करने की बात कहते हैं। गांधी का ऐसा कहने का एक बड़ा सबल कारण है, इस प्रकार का विभाजन समाज में

असमानता उत्पन्न करने का एक कारण बन जाता है। सामान्य धारणा यही है कि मानसिक कर्म करने वाले कुछ उच्चतर कर्म करते हैं, तथा शारीरिक कर्म करने वाले कुछ निम्न स्तर के कर्म करते हैं। किन्तु यदि मानसिक कर्म करने वाले भी कम-से-कम अपने लिये झाड़ू-बुहार करें, अपना भंगी स्वयं बन जायें, तथा साथ-साथ धागा कातने जैसा कुछ और शारीरिक श्रम करते रहें, तो यह प्रचलित धारणा समाप्त हो जायगी कि शारीरिक कर्म निम्न-स्तरीय कर्म है। तब तो सफाई-कर्म भी निम्नस्तरीय नहीं समझा जायगा, तथा श्रम की गरिमा बढ़ेगी।

इस 'अन्नदायी श्रम' के पालन की एक शर्त भी है। वस्तुतः यह शर्त गांधी की हर अनुशंसा के साथ जुड़ी है यह उनकी सामान्य शर्त है, तथा नैतिक जीवन की तो प्राथमिक शर्त है। उनका कहना है कि इस प्रकार के अन्नदायी श्रम के लिये किसी को बाध्य करना उचित नहीं है। हर व्यक्ति को स्वेच्छा से ऐसा श्रम करना चाहिये। किसी प्रकार की बाध्यता इस श्रम की अनुशंसा के विपरीत है, क्योंकि बाध्य करने की प्रक्रिया की प्रतिक्रिया होती है, उसके विरुद्ध प्रतिवाद तथा विरोध उत्पन्न होता है। यह असन्तुष्टि तथा सामाजिक व्यवस्था के असंतुलन का उपादान बन जाता है। सामाजिक जीवन का आधार 'प्रेम' तथा 'स्वेच्छापूर्ण सहयोग' है, अतः यह अन्नदायी श्रम का सिद्धान्त समाज के लिये उपयोगी तभी हो सकता है, जब इसका उपयोग समाज में स्वेच्छा से हो।

(iv) सम-मजदूरी (Equality of Wages)

सामाजिक असमानता को दूर करने के लिये गांधी की एक और अनुशंसा है, जिसे वे 'सम-मजदूरी', मजदूरी की समानता, कह कर व्यक्त करते हैं। उनके अनुसार यह विचार एक स्वस्थ समाज की आर्थिक संरचना का आधार बन सकता है। गांधी का विश्वास है कि सामाजिक असमानता के मूल में आर्थिक विषमता है, तथा आर्थिक विषमता का एक कारण मजदूरी की असमानता है। जिन्हें अपने कार्य के लिये अधिक मजदूरी मिलती है वे अपने को श्रेष्ठतर समझते हैं, जिन पेशों में वेतन अधिक होता है उन्हें उच्चतर पेशा समझा जाता है। किन्तु गांधी का कहना है कि समाज का हर कार्य समान रूप में अनिवार्य है, अतः समान रूप में पवित्र है। समाज में 'पेशे' के वितरण का आधार 'वेतन' या 'मजदूरी' का होना वांछनीय नहीं है, बल्कि वह आधार तो व्यक्तियों की अभिरुचि तथा क्षमता होनी चाहिये।

अतः गांधी की स्पष्ट अनुशंसा है कि समाज के हर प्रकार के कार्य करने वाले व्यक्ति का वेतन तथा उसकी मजदूरी समान होनी चाहिये। एक वकील या डाक्टर या शिक्षक को भी वही मजदूरी मिलनी चाहिये जो कि एक भंगी या मेहतर को मिले। यदि वेतन की समानता हो तो व्यक्ति अपना पेशा वेतन के आधार पर नहीं चुनेगा, बल्कि उसका चुनाव उसकी अपनी अभिरुचि तथा क्षमता के आधार पर ही होगा। इससे सामाजिक कार्यों की कुशलता एवं निपुणता बढ़ेगी। इस प्रकार गांधी का विश्वास है कि वेतन की समानता का आदर्श सामाजिक व्यवस्था के लिये हितकारी है। वैसे वे स्वीकारते हैं कि इस आदर्श

की प्राप्ति सरल नहीं है, बल्कि अत्यन्त कठिन है, फिर भी उनकी अनुशंसा है कि इस दिशा में उठाया गया हर पग प्रगति का सही पग होगा।

(v) श्रम, पूंजी तथा अमानत का सिद्धान्त (न्यासता सिद्धान्त) (Labour, Capital and the Doctrine of Trusteeship)

श्रम तथा मजदूरी की समानता की चर्चा में श्रम तथा पूंजी के सम्बन्ध का प्रश्न भी उठ खड़ा होता है। गांधी के विचार में श्रम पूंजी से श्रेष्ठतर है, यह श्रम करने वाले व्यक्ति को एक प्रकार की गरिमा प्रदान करता है। पूंजी स्वार्थ का प्रतीक है, श्रम कर्म का प्रतीक है। इस दृष्टि से गांधी मार्क्सवादी मत के निकट हो जाते हैं, किन्तु मार्क्सवाद के समान वे 'पूंजीपति' के पूर्ण निरसन तथा उसके लिये शक्ति तथा हिंसा के प्रयोग का समर्थन नहीं करते। वे श्रमिक तथा पूंजीपति के बीच संघर्ष का समर्थन नहीं करते। मार्क्सवाद के समान वे वर्ग-संघर्ष को सामाजिक विकास का मूलाधार नहीं मानते। उनका तो विश्वास है कि सामाजिक व्यवस्था का आधार घृणा, संघर्ष तथा हिंसा नहीं है, बल्कि प्रेम तथा विश्वास है। उनका अहिंसात्मक ढंगों में अडिग तथा अटूट विश्वास उन्हें 'पूंजीपति' के विरुद्ध भी हिंसात्मक व्यवहार को स्पष्टतः नकारता है। उनका कहना है कि चाहे जो भी होता रहा हो, समाज की स्थापना का आधार अनिवार्यतः नैतिक ही हो सकता है। वर्ग संघर्ष से अविश्वास तथा घृणा उत्पन्न होंगे, और यदि इस प्रकार की प्रवृत्तियां जाग गयीं तो उन पर नियंत्रण असम्भव हो जायगा। यह बात समाज की व्यवस्था, शान्ति तथा समाज के अस्तित्व के लिये घातक सिद्ध हो सकती है।

इसी के लिये गांधी अपने न्यासता का सिद्धान्त स्थापित करते हैं। वे अपने इस सिद्धान्त में यह दिखाने का प्रयास करते हैं कि सामाजिक व्यवस्था को यदि प्रेम तथा विश्वास के आधार पर बढ़ाया जाय तो यह सम्भव है कि पूंजीपति तथा अमीरों को यह समझ आ जाय कि उनकी अत्यधिक सम्पत्ति, उनका धन-बाहुल्य वस्तुतः उनके पास समाज का धरोहर है—उसकी अमानत है जिसे उन्होंने इसलिये संजोया है कि वह जनहित एवं कल्याण कार्यों में लग सके।

गांधी का कहना है कि पूंजीपति तथा अमीर व्यक्ति भी मानव ही हैं, अतः हर मानव के समान उनके अन्तर में भी अनिवार्य रूप में शुभत्त्व विद्यमान है। अब यदि प्रेम-व्यवहार तथा विश्वासपूर्ण आचरण से उनके शुभत्त्व-रूप को जाग्रत किया जा सके, उनके मन को जीता जा सके, तो उन्हें विश्वास दिलाया जा सकता है कि उनके पास जो धन या सम्पत्ति है, उसे गरीबों तथा अभावग्रस्त व्यक्तियों के कल्याण में लगाना है। उन्हें यह विश्वास दिलाना है कि उनके पास जो पूंजी है वह श्रमिकों के श्रम के आधार पर एकत्रित हो उनके पास 'जमा' है। उनके मन में यह अनुभूति उत्पन्न करनी है कि उनके पास का धन उनके वैयक्तिक अपव्यय का उपादान नहीं है, बल्कि उसकी उपयोगिता जनहित में है। यदि सामाजिक व्यवस्था इस रूप में पनपने में सफल हो जाय तो पूंजीपति तथा धनी, वस्तुतः न्यासधारी बन जाते हैं—सार्वजनिक अमानत के रक्षक बन जाते हैं। तब वे अपने धन के अतिशेष भाग

को न्यास या ट्रस्ट में रख देते हैं। गांधी कहते हैं कि यदि सामाजिक व्यवस्था इस रूप में निखरे तो उस समाज का आर्थिक ढांचा भी सुदृढ़ होता है, तथा आर्थिक विषमता भी समाप्त हो जाती है।

अतः स्पष्ट हो जाता है कि गांधी का यह अमानत का सिद्धान्त प्रेम, विश्वास तथा नैतिकता पर आधृत है। सच पूछा जाय तो गांधी के अपरिग्रह विचार का यह एक विकसित रूप है। समाज में अपरिग्रह के सद्गुण का अनुशीलन धनी, गरीब, सभी व्यक्तियों को करना है। यदि अमीर भी इस सद्गुण मूल्य को समझ लेते हैं, तो वे स्वेच्छा से आते हुए धन के आधिक्य को अमानत तथा धरोहर समझ लेगा।

गांधी के आलोचक कहते हैं कि यह सिद्धान्त धनी-वर्ग में भी नैतिकता तथा ईमानदारी की मान्यता पर आधृत है, जैसा कि पूंजीपतियों के साथ सामान्यतः नहीं देखा जाता। किन्तु, वस्तुतः यह आपत्ति गांधी के न्यासता-सिद्धान्त के विरुद्ध आपत्ति है ही नहीं, क्योंकि गांधी-विचार का हर अंश मूलतः इस विश्वास पर ही संरचित है कि हर व्यक्ति—भले ही वह धनी हो गया हो—अपने अन्तर में एक अच्छा मानव है—शुभरूप है। धनी-वर्ग को मानव स्वभाव से पृथक तो नहीं किया जा सकता। यह ठीक है कि हम अपने सामान्य ढंगों में ऐसा नहीं समझते, किन्तु वह इसलिये होता है कि हमारे जीवन के सामान्य ढंग प्रतिस्पर्द्धा, स्वार्थ-सिद्धि आदि पर चलते हैं, प्रेम तथा विश्वास पर नहीं। प्रेम और विश्वास से जीवन में आततायी का भी हृदय-परिवर्तन किया जा सकता है। यही तो सामाजिक व्यवस्था की मांग है, और उसी का प्रयास गांधी करते हैं। अतः उनका कहना है कि प्रेम तथा विश्वास की सुदृढ़ नींव पर खड़ी सामाजिक व्यवस्था में धनी भी अपनी वास्तविकता को समझेंगे, और तब इस अमानती-सिद्धान्त की उपयोगिता स्पष्ट हो जायगी।

(vi) समाज का आर्थिक आधार

गांधी के समाज-सम्बन्धी विचार के विभिन्न अंशों की जानकारी के बाद अब हम उनके अनुसार समाज के आर्थिक आधार की एक रूपरेखा खींच सकते हैं। गांधी यह समझते हैं कि पूर्ण आर्थिक समानता का आदर्श प्रायः अप्राप्य आदर्श है। वैयक्तिक भेदों को नकारा नहीं जा सकता, व्यक्ति तथा व्यक्ति में शक्ति एवं क्षमता का अन्तर होता है। फलतः यदि सभी व्यक्तियों को समान अवसर दिया जाय, तथा समान कार्य के लिये समान मजदूरी की सुविधा दी जाय, तब भी कुछ व्यक्तियों की उपार्जनता अधिक हो जायगी तथा कुछ की कम ही रहेगी। यदि कठोरता से आर्थिक समानता को लागू करने का प्रयत्न हो, तो एक तो यह व्यवहारिक होगा भी नहीं, और यदि यह सफल भी हो तो वह समानता पूर्णतया कृत्रिम होगी। तब उस व्यवस्था में वैयक्तिक क्षमता का भी हनन हो जायगा, तथा व्यवस्था मानवीय न रह कर मशीनी बन जायगी, और यही इस व्यवस्था के नहीं चलने का संकेत हो जायगा।

इसी कारण कहते हैं कि समाज की आर्थिक संरचना का आधार भी नैतिक ही होना अनिवार्य है। समाज की आर्थिकता संशय या अविश्वास नहीं हो सकता—प्रेम तथा

विश्वास ही हो सकता है। प्रेम तथा विश्वास में यह शक्ति है कि वह आर्थिक शोषण न होने दे। जिस व्यक्ति के अन्तर का शुभत्त्व जाग्रत हो जाता है, उसकी दृष्टि नैतिक हो जाती है, और तब उसे अपने धन के वितरण में, उसे दूसरे के हित में लगाने में भी एक आनन्द तथा सन्तोष मिलता है। अतः आर्थिक सुधार के लिये भी गांधी की अनुशंसा वही है—सबल नैतिकता तथा अन्य के प्रति प्रेम।

(vii) उद्योगीकरण की अतिशयता के विरुद्ध

गांधी का विश्वास है कि उद्योगीकरण पर आवश्यकता से अधिक बल देना समाज के नैतिक विकास के मार्ग में रुकावट उत्पन्न करना है। गांधी ने यह समझा है कि इस प्रकार के प्रयत्नों के फलस्वरूप समाज में अनेक प्रकार के सामाजिक तथा राजनैतिक अशुभ उत्पन्न होते रहे हैं। यह उद्योगीकरण का ही परिणाम है कि अन्तर्राष्ट्रीय संघर्ष होते रहे हैं, उपनिवेशवाद स्थापित हुआ है तो पिछड़े एवं विकासशील देशों का शोषण होता रहा है। छोटे-छोटे देशों पर कच्चे माल के लिये ज्यादती होती है, और बड़े-बड़े देशों में युद्ध हो जाता है। ऐसे युद्धों में भी सामान्यतः एक ही लक्ष्य रहता है—अपने उद्योगीकरण की श्रेष्ठता सिद्ध करना। राज्य के स्तर पर भी उद्योगीकरण की अतिशयता अशान्ति तथा अव्यवस्था का कारक सिद्ध होता है। यह उद्योगीकरण ही है जिसके फलस्वरूप सर्वहारा श्रमिक तथा पूंजीवाद के बीच शाश्वत अविश्वास तथा संघर्ष स्थापित हो गया है। साथ-साथ, यह भी देखा गया है कि उद्योगीकरण मानव-श्रम के स्थान पर मशीन को स्थापित कर बेरोजगारी की समस्या को वृहत बनाने का एक कारण सिद्ध होता है।

किन्तु गांधी का उद्योगीकरण की अतिशयता के विरुद्ध होने का सर्वप्रमुख कारण यही है कि उनके अनुसार यह मानव की मानवीयता में विष घोलता है, उसे विकृत कर देता है। यह मानव की मानवीयता का एक प्रकार से अपहरण कर लेता है, क्योंकि यह भी मानव-जीवन को यन्त्रवत् बनाते बनाते मानव को ही मशीनी बना देता है। यह अमानवीकरण की प्रक्रिया चला देता है, जिसके फलस्वरूप मानव जीने का उत्साह खो देता है। इस 'ऊब' से बचने के लिये वह दुर्व्यसनों में उलझ जाता है, शराब पीने लगता है, जुआ खेलने लगता है। इन सबों के चलते वह अपनी नैतिकता भी खो देता है, उसका जीवन दूषित हो जाता है, उसकी आत्मा मृतप्राय हो जाती है। गांधी ने इन आतंककारी तथा विघटनकारी सम्भावनाओं पर बहुत विचारा है, और इसी कारण उनकी अनुशंसा है कि हमें समाज को इस रूप में विकसित करना है कि मानव-अस्तित्व सार्थक प्रतीत हो, और मनुष्य को जीने में आनन्द मिले। गांधी उद्योगीकरण की अतिशयता के विरुद्ध हैं क्योंकि वह इस मूल आवश्यकता के विपरीत प्रतीत होता है।

(viii) समाज में पुरुष और नारी

अब यह स्पष्ट हो गया है कि गांधी का लक्ष्य एक ऐसे समाज की स्थापना है जहां शान्ति तथा आनन्द का वास है। उनका कहना है कि यह तभी सम्भव हो सकता है जब

समाज का हर पुरुष तथा हर स्त्री समाज में अपने दायित्व तथा कर्त्तव्य को समझे। गांधी कहते हैं कि ऐतिहासिक कारणों के फलस्वरूप आज की नारी जीवन के हर पक्ष में पुरुष की प्रतिस्पर्धा में खड़ी हो गयी है। किन्तु उनका कहना है कि वह इस प्रतिस्पर्धा की भावना में पुरुषों की नकल करने लगी है। पुनः गांधी यह भी समझते हैं कि आज भी पुरुष अपने को श्रेष्ठतर समझता है, नारी पर अपना अधिकार मानता है, उसे अपनी सम्पत्ति समझता है।

गांधी का कहना है कि यह स्थिति दुर्भाग्यपूर्ण है। उनके अनुसार एक आदर्श एवं स्वस्थ समाज में कार्यों तथा कर्त्तव्यों का विभाजन केवल वर्ण के अनुसार नहीं होता, बल्कि स्त्री-पुरुष की अपनी-अपनी क्षमता के अनुसार भी होता है। उनका कहना है कि पुरुष तथा नारी में आत्मा तो एक ही है, अतः दोनों में समानता है, कोई किसी से श्रेष्ठ नहीं। अतः किसी के द्वारा सम्पादित कार्य किसी अन्य के द्वारा किये गये कार्य से न श्रेष्ठतर है न निम्नतर। पुरुष अपनी शारीरिक संरचना से ही अधिक शक्तिशाली है, अतः उसे शारीरिक श्रम, कड़ा परिश्रम तथा परिवार के भरण-पोषण का कार्य मिला है। नारी स्वभाव से ही प्रेमरूप है, इसी कारण प्रकृति ने ही नारी को 'मां' बना दिया है, तथा उसी क्षमता के कारण वह गृहलक्ष्मी कही गयी है, घर की देवी बन गयी है। ये दोनों कर्त्तव्य समानरूप से आवश्यक भी हैं, तथा महत्वपूर्ण भी। हम इसे ही भूल जाते हैं और अपनी-अपनी श्रेष्ठता सिद्ध करने लग जाते हैं। किन्तु यदि हम 'प्रेम' से सोचें तो सारे झगड़े समाप्त हो जाते हैं, क्योंकि तब तो पुरुष और नारी के निर्धारित कर्त्तव्य समान रूप से आवश्यक और महत्वपूर्ण प्रतीत होता है। वैमनस्य तथा प्रतिस्पर्धा का कारण 'कार्य-विभाजन' नहीं 'प्रेम' की कमी है।

अतः गांधी का कहना है कि विवाह का लक्ष्य भी वही है, जो जीवन का ही लक्ष्य है। जीवन का लक्ष्य आध्यात्मिक है, एक ऐसे मानव-समाज की स्थापना है जिसका आधार 'प्रेम' तथा 'नैतिकता' हो। विवाह का भी लक्ष्य यही है। विवाह तो शारीरिक सम्पर्क के माध्यम से ईश्वरीय प्रेम की उपलब्धि है जिससे जीवन में प्रेम तथा सहयोग से आनन्द की प्राप्ति हो। गांधी स्पष्ट कहते हैं, "The ideal that marriage aims at is that of spiritual union through the physical. The human love that it incarnates is intended to serve as a stepping stone to divine or universal love."* यही कारण है कि गांधी यह भी कहते हैं कि यौन-सम्बन्ध का भी एकमात्र लक्ष्य है मानव-जाति को जीवित रखना। इसी कारण परिवार में बच्चे का स्थान केन्द्रीय हो जाता है। अतः गांधी की अनुशंसा है कि विवाहित दम्पत्ति का यह सामाजिक तथा आध्यात्मिक कर्त्तव्य है कि वह पारस्परिक सखा-भाव से जीये तथा प्रेम एवं सहयोग का आदर्श प्रस्तुत करे।

---

*N.K. Bose, Ed., *Selection from Gandhi*, p. 273.

(ix) गांधी के राजनैतिक विचार का स्वरूप

गांधी के राजनैतिक विचार सामान्य राजनीतिक विचारों से मूलतः भिन्न हैं क्योंकि वे 'राजनीति' को भी धर्म एवं नैतिकता का अनुगामी बना देते हैं। सामान्य धारणा है कि राजनीति चतुर व्यक्तियों का खेल है। यदि राजनीति में दक्षता से झूठ बोल कर, धोखाधड़ी या बेईमानी से सफलता प्राप्त की जाती है तो उसे भी यह कह कर मान्यता दी जाती है कि राजनीति में सब कुछ चलता है। गांधी को यह मान्य नहीं। वे राजनैतिकता को भी नैतिक आधार देने का प्रयत्न करते हैं, क्योंकि उनकी मान्यता है कि राजनैतिक कार्य प्रणाली को भी जगत तथा जीवन के आध्यात्मिक स्वरूप के अनुरूप ही होना चाहिये। यही कारण है कि उनके राजनैतिक विचार भी उनके धार्मिक तथा नैतिकता-विचार के पूर्णतया अनुरूप हैं।

उनके अनुसार सभी मनुष्य समान हैं तथा हर मनुष्य के अन्तर में शुभत्व का वास है। अतः राजनैतिक जीवन की शुद्धता भी इसी बात पर आधृत है कि राजनैतिक जीवन में घृणा, अविश्वास, अनैतिकता तथा हिंसा का स्थान न रहे। गांधी के लिये 'सत्याग्रह' उनका राजनैतिक ढंग भी है। अपने राजनैतिक जीवन में भी वे प्रयोग करते रहे तथा इस बात का स्पष्ट निर्देश देते रहे कि घृणा तथा हिंसा को भी प्रेम, त्याग तथा आत्म-बलिदान से जीता जा सकता है।

(x) राजनैतिक स्वतंत्रता : स्वराज

गांधी स्वीकारते हैं कि एक आदर्श राज्य की स्थापना की अनिवार्य शर्त है 'राजनैतिक स्वतंत्रता'। इसी कारण उन्होंने भारत की राजनैतिक स्वतंत्रता के लिये एक, अहिंसक आन्दोलन का मार्ग अपनाया था। 'राजनैतिक स्वतंत्रता' के लिये जिस शब्द का उपयोग वे पसन्द करते हैं, वह है 'स्वराज'। अपने शब्दार्थ में 'स्वराज' का अर्थ है 'अपना राज्य' 'अपना शासन'। किन्तु गांधी ने इस शब्द का प्रयोग अधिक गूढ़, अर्थ में किया है। उनके अर्थ में स्वराज का अर्थ 'अपना शासन' तो है ही, साथ-साथ उस शब्द के प्रयोग में कुछ और बातें गांधी जोड़ देते हैं। 'स्वराज' के प्रचलित अर्थ को भी वे स्वीकारते हैं, तो उसे स्पष्ट करते हुए कहते हैं कि हमें अपने शासन का अधिकार है। "As every country is free to eat, to drink and to breathe, even so is every nation free to manage its own affairs, no matter how badly."* इसके साथ वे 'स्वराज' शब्द के अर्थ को और विकसित करते हुए वे कहते हैं कि 'स्वराज' एक अनुभूति है—एक भावना है, तथा 'स्वराज' वास्तविक रूप में तभी रूप लेता है जब यह भावना हर मानस में घर कर ले। उनके अनुसार 'मात्र स्वतंत्रता' तथा 'स्वराज' में अन्तर है। यदि किसी देश में अपना शासन हो और कुछ व्यक्ति पूरी सत्ता अपनी हाथ में ले जनसाधारण की उपेक्षा करते रहें, तो यह स्वतंत्रता गांधी की कल्पना का स्वराज नहीं है।

**Young India*, 15-10-31.

इसे स्पष्ट करने के लिये गांधी इस बात पर पुनः-पुनः बल देते हैं। उनका कहना है कि वास्तविक स्वराज वही है जिसमें धनी तथा निर्धन दोनों की जीवन की आवश्यकतायें सहज रूप में पूरी होती रहें।

"The Swaraj of my dream is the poor man's Swaraj. The necessities of life should be enjoyed by you in common with those enjoyed by princes and moneyed men."* "The Swaraj of my dream recognises no race or religious distinction....Swaraj is to be for all...."** "I hope to demonstrate that the real Swaraj will come not by the acquisition of authority by a few, but by the acquisition of the capacity by all to resist authority, when abused. In other words *Swaraj is to be attained by educating the masses to a sense of their capacity to regulate and control authority.*"***

जैसा कि इन पंक्तियों से स्पष्ट है, गांधी के अनुसार स्वराज का अर्थ है, जन मानस इस प्रकार से शिक्षित हो कि उनमें सत्ता के दुरुपयोग को रोकने तथा उसे सही दिशा में प्रवाहित कराने की शक्ति तथा क्षमता जाग सके। 'स्वराज' का अर्थ है कि हर व्यक्ति के मन में स्वतंत्रता का भाव सजग रहे। सच्ची स्वतंत्रता भेदभाव से ऊपर उठ जाती है, हर व्यक्ति की स्वतंत्रता के मूल्य को समझती है, तथा सत्ता के दुरुपयोग की ओर भी सजग रहती है।

इस दृष्टि से गांधी का स्वराज भी गांधी के अनुसार कल्पित जीवन तथा अस्तित्व के परम लक्ष्य की दिशा में एक पग आगे बढ़ना है। जीवन का लक्ष्य है आध्यात्मिक स्वतंत्रता की प्राप्ति, जिसमें मानव भेदभाव से ऊपर उठ प्रेम तथा आनन्द के जीवन को पाता है। उस दिशा में वैयक्तिक तथा राजनैतिक स्वतंत्रता की अनुभूति—स्वराज की अनुभूति एक निश्चित कदम है।

(xi) राज्य तथा व्यक्ति

राजनैतिक स्वतंत्रता के विचार में राज्य तथा व्यक्ति के सम्बन्ध का प्रश्न उठ ही खड़ा होता है। यह समस्या कुछ काल से अत्यधिक विवादास्पद हो गयी है, क्योंकि 'वैयक्तिक स्वतंत्रता' तथा 'जन-समुदाय की प्राथमिकता' को लेकर ही विवाद चल पड़ा है। समाज-शास्त्रीय सिद्धान्तों में कुछ प्रमुख तथा प्रबल सिद्धान्तों ने 'समुदाय' की प्राथमिकता पर बल दिया है, तथा यह कहा है कि 'समुदाय' से पृथक व्यक्ति का कोई महत्व नहीं है, व्यक्ति का महत्व तथा कल्याण दोनों इसी तथ्य पर हैं कि वह समुदाय का अंग है।

गांधी इस प्रकार के मत से पूर्णतया सहमत नहीं हैं। वे समुदाय, समाज तथा राज्य के महत्व को स्वीकारते हैं, किन्तु उनकी समझ में इन पर बल देने का अर्थ 'व्यक्ति' के मूल्य तथा महत्व को कम करना नहीं है वे 'व्यक्ति' को भी पूर्ण महत्व देते हैं क्योंकि उनका

**Young India*, 26-3-31.

**Ibid., 3-9-25.

***Ibid., 29-1-25.

विचार है कि एक अर्थ में तो व्यक्ति समाज तथा समुदाय से अधिक प्राथमिक है। व्यक्ति पहले है, समुदाय तो व्यक्ति के द्वारा ही निर्मित है। समुदाय या राज्य के निर्माण के पहले से व्यक्ति है, तथा व्यक्ति के ही द्वारा उसकी ही परिधि में समाज, समुदाय तथा राज्य का निर्माण होता है।

अतः प्रचलित तथा प्रबल समाजशास्त्रीय मतों की पृष्ठभूमि में गांधी राज्य, समुदाय तथा व्यक्ति के सम्बन्धों पर अपना मत विकसित करते हैं, तथा इस पृष्ठभूमि के कारण व्यक्ति के महत्व को स्थापित करने का स्पष्ट प्रयत्न करते हैं। उनका कहना है कि किसी प्रकार की प्रगति प्रगति ही नहीं है जहां व्यक्ति को विकसित होने का अवसर उपलब्ध नहीं है। राज्य भी अपनी शक्ति व्यक्तियों से ही पाता है, अतः राज्य का प्रधान कार्य है कि वह व्यक्ति की सुरक्षा एवं शान्ति तथा उसके सर्वाङ्गी विकास का समुचित अवसर प्रदान करता रहे। राजनैतिक रूप में स्वतंत्र राज्यों में भी यह सम्भव है कि कुशासन के फलस्वरूप व्यक्ति का विकास अवरोधित हो जाय। गांधी के अनुसार यह स्थिति वास्तविक स्वतंत्रता की स्थिति नहीं है, स्वराज की स्थिति नहीं है। अतः गांधी का कहना है कि व्यक्ति की विशिष्टता को पहचानना और स्वीकारना समुदाय तथा राज्य का प्रमुख कार्य है।

बात यह है कि राज्य तथा व्यक्ति के सम्बन्धों पर भी गांधी अपने मूल आध्यात्मिकता की दृष्टि के अनुरूप ही विचार करते हैं। गांधी के अनुसार जीवन का सर्वोच्च लक्ष्य नैतिक ही है, अतः राज्य का भी यह कर्त्तव्य हो जाता है कि वह व्यक्ति को इस रूप में शिक्षित करे कि उसकी नैतिक भावना, उसकी अन्तरात्मा जाग्रत रहे। गांधी कहते हैं कि सही अर्थ में किसी राज्य का तब तक विकास नहीं हो सकता जब तक उस राज्य के व्यक्ति नैतिक दृष्टि से शुद्ध न हों। इसलिये यह भी अनिवार्य है कि राज्य का आचरण तथा उसके निर्णय भी अनैतिक न हो। राज्य के निर्णय भी ऐसे नहीं हों कि सामान्य व्यक्ति का हित कुछ सत्तारूढ़ व्यक्तियों के सनकी निर्णयों पर बलिदान होता रहे।

इसे रोकने के लिये गांधी की अनुशंसा है कि व्यक्ति का भी यह परम कर्त्तव्य हो जाता है कि जब वह राज्य को इस प्रकार का निरंकुश तथा अनैतिक कार्य करता देखे, तो राज्य पर नैतिक दबाव डाले, अहिंसक असहयोग की विधि से, सत्याग्रह की विधि से सत्तारूढ़ व्यक्तियों की दृष्टि खोले। गांधी का यह विश्वास है कि एक व्यक्ति की नैतिक शक्ति भी इतनी सशक्त हो सकती है कि उसके समक्ष सबल राज्य को भी झुकना पड़े।

ऊपर दिये विवरण से ऐसी धारणा बन सकती है कि राज्य, समुदाय तथा व्यक्ति के सम्बन्ध में गांधी का विचार सभी समाजवादी विचार--कम्यूनिस्ट विचार आदि के सर्वथा विपरीत है। ऐसी बात नहीं है गांधी हर विचार में निहित उचित पक्ष का आदर करते हैं। उनका विचार सामान्य समाजवादी विचार का विरोधी विचार नहीं है, उससे भिन्न अवश्य है। यह भिन्नता इस बात में है कि गांधी व्यक्ति तथा राज्य दोनों को महत्व देते हैं, तथा दोनों का आधार नैतिकता तथा आन्तरिक शुद्धता को बना देते हैं। व्यक्ति तथा राज्य के चलाने वाले सत्तारूढ़ लोग--इन दोनों को इस नैतिक शुद्धता के आदर्श पर चलना आवश्यक है। इनमें कोई यदि स्वार्थ, द्वेष, शत्रुता आदि के अनुरूप कार्य करता है तो सारी

व्यवस्था दूषित हो जाती है। नैतिक शुद्धता में आत्म-बलिदान की भावना होती है, दूसरों के हित का विचार होता है। ऐसा व्यक्ति स्वार्थी नहीं हो सकता। ऐसा व्यक्ति अपने को समझता है, वह यह भी समझता है कि राज्य पारस्परिक सहयोग तथा प्रेम के आधार पर ही चल सकता है। अतः ऐसे व्यक्ति की राज्य के प्रति भी निष्ठा सहज रूप में विकसित होगी। यह निष्ठा भी पूर्णतया नैतिक भावना पर ही आधृत है—अन्तर की शुद्धता पर आधृत है। अतः गांधी कहते हैं कि ऐसे नैतिक आधार पर स्थित राज्य में लोग सदा अपने कर्त्तव्यों की ओर सजग रहेंगे क्योंकि अधिकार का प्रश्न तो तभी उठता है जब राज्य के निर्णय अनैतिक होने लगें।

निष्कर्षतः कहा जा सकता है कि गांधी के अनुसार राज्य तथा व्यक्ति का सम्बन्ध सहयोग-असहयोग का सम्बन्ध है। जब तक राज्य राज्य के नैतिक नियमों के अनुरूप कार्य करता रहे तब तक पूर्ण सहयोग, तथा जब राज्य के निर्णय अनैतिक होने लगें, तब असहयोग।

(xii) विकेन्द्रीकरण (Decentralisation)

राज्य तथा व्यक्ति के सम्बन्धों की चर्चा में गांधी इस बात पर बल देते हैं कि राज्य का प्रमुख कर्त्तव्य है कि वह व्यक्ति के हित तथा उसकी स्वतः प्रेरणा को प्रोत्साहन दे, तो इससे यह भी आपदित है कि गांधी के विचार में शक्ति केवल एक स्थान पर केन्द्रित नहीं रहनी चाहिये। गांधी का कहना है कि शक्ति केन्द्रीकरण शोषण का आधार बन जाता है। जब किसी एक स्थान पर शक्ति केन्द्रित हो जाती है, तो उसे बचाये रखने के लिये शक्ति-प्रयोग होता है, हिंसा होती है। यह भी शक्ति के केन्द्रीकरण का एक अभिशाप है। पुनः इस प्रकार के केन्द्रीकरण से कुछ लोगों के हाथ में शक्ति और उसके फलस्वरूप पूंजी एकत्रित हो जाती है। और उस अवस्था में उनके दुरुपयोग की सम्भावना बन ही आती है। इनके साथ-साथ शक्ति तथा पूंजी के केन्द्रीकरण के फलस्वरूप वैयक्तिक स्वतंत्रता तथा व्यक्ति की स्वतः प्रेरणात्मक रचनात्मक प्रवृत्तियां भी कुण्ठित हो जाती है। इन्हीं सब कारणों से गांधी की स्पष्ट अनुशंसा है कि राज्य में विकेन्द्रीकरण की नीति को अपनाना आवश्यक है।

गांधी यह भी कहते हैं कि विकेन्द्रीकरण की प्रक्रिया का पूर्णरूप से चलाना भी आवश्यक है। गांधी का कहना है कि ऐसी विकेन्द्रित राजनैतिक व्यवस्था की इकाई 'ग्रामीय गणतंत्र' (Village Republic) ही बन सकता है। राज्य का लक्ष्य है कि वैयक्तिक स्वतंत्रता को पूर्ण प्रोत्साहन मिले। इस लक्ष्य की प्राप्ति तभी हो सकती है जब राजकीय व्यवस्था सहज रूप में हर व्यक्ति तक पहुंची रहे, हर व्यक्ति को उस व्यवस्था का अंग बना सके। गांधी के अनुसार यह ग्रामीय गणतंत्र की स्थापना से ही सम्भव है। इसे स्पष्ट करते हुए गांधी कहते हैं कि राजकीय व्यवस्था की इकाई पूर्णतया आत्म-निर्भर ग्रामों को ही बनाने का प्रयत्न होना चाहिये। ऐसे ग्रामों में मूल कार्य खेती तथा कुटीर-उद्योग ही रहेगा—जिसकी व्यवस्था ग्राम स्वयं कर लेगा। वे लोग स्वेच्छा से पारस्परिक सहयोग के आधार पर

ग्राम-पञ्चायत की स्थापना करेंगे जो ग्राम की सामाजिक एवं राजनैतिक व्यवस्था की देखरेख करेगी। इसे एक उपमा से स्पष्ट करते हुए गांधी कहते हैं कि यह व्यवस्था 'पिरामिड' जैसी व्यवस्था नहीं रहेगी, जिसमें आधार जैसे-जैसे ऊपर बढ़े संकीर्ण होता जाय, तथा ऊपर केवल एक शिखर रहे। इसके विपरीत उनकी उपमा है कि यह व्यवस्था समुद्र में उठती चक्करदार लहरों के घेरे जैसी है, जिसमें कोई लहर दूसरे से सर्वथा अलग भी नहीं है, सबसे छोटे केन्द्र-बिन्दु की चारों ओर सभी लहरें उठती रहती हैं, तथा सबों का लय-विलय साथ-साथ होता है। उसी प्रकार व्यक्ति ग्रामीय पञ्चायत की इकाई है, सभी ग्राम विभिन्न लहरों के समान व्यक्ति को घेरे हैं, जिसमें व्यक्ति उन ग्रामीय घेरों से भिन्न नहीं है, दोनों का जीवन एक दूसरे पर आश्रित है, तथा अपनी सम्पूर्णता यह व्यक्तियों को समेटे हुए एक इकाई है। इसमें कोई लहर किसी दूसरे का निषेध नहीं करता, सब एक दूसरे से अपनी जीवन शक्ति बनाते हैं। वे कहते हैं,

"In this structure composed of innumerable villages... life will not be a pyramid with the apex sustained by the bottom. But it will be an oceanic circle whose centre will be the individual always ready to perish for the village, the latter ready to perish for the circle of villages, till at last the whole becomes one life composed of individuals...the outermost circumference will not wield power to crush the inner circle, but will give strength to all within and derive its own strength from it."*

(xiii) आदर्श राज्य तथा सर्वोदय

राज्य में एक आदर्श सरकार कैसे स्थापित हो—इस पर गांधी ने बहुत विचारा है तथा इसके स्वरूप की रूपरेखा खींचने का प्रयत्न किया है। वे समझते हैं कि आदर्श राज्य के स्वरूप पर सदा बहस होती रही है, यदि उन सैद्धान्तिक बहसों के मूल बिन्दुओं पर विचार करें तो स्पष्ट हो जायेगा कि इसके बाह्य रूप या ढंगों पर चाहे जितना भी मतभेद हो, यह सभी स्वीकारते हैं कि आदर्श राज्य वही है जहां सभी व्यक्तियों को समान अवसर तथा सुविधा मिलती रहे तथा जहां शुभत्त्व, शान्ति तथा आनन्द का वास हो। अतः गांधी कहते हैं कि आदर्श राज्य की विवेचना विभिन्न सिद्धान्तों के मतभेदों में उलझना आवश्यक नहीं, आवश्यकता है उस सर्वमान्य मूल लक्ष्य के अनुरूप आदर्श राज्य के स्वरूप-निर्धारण का प्रयत्न हो।

हमने ऊपर देखा है कि गांधी का आदर्श राज्य ग्रामीय गणतंत्रों का राज्य है। उनके अनुसार आत्म-निर्भर ग्रामों से संरचित राज्य ही उपयुक्त राज्य है। उनके विचार में राज्यों के प्रचलित रूप में जो प्रतिनिधियों के द्वारा सरकार का गठन होता है, उस व्यवस्था में

**Speeches*, p. 276. (also in B.S. Sharma, *Gandhi as a Political Thinker*, p. 92).

व्यक्तियों तथा छोटे-छोटे गावों की ओर से ध्यान हटा रहता है। एक देश का 'क्षेत्र' बड़ा विस्तृत होता है, और यह सम्भव नहीं होता कि एक केन्द्रीय सरकार दूर स्थित छोटे ग्रामों पर समुचित ध्यान दे पाये। उसके लिये यह भी सम्भव नहीं कि वैसे क्षेत्रों में सदा अभिरुचि ले सके। अतः गांधी की अनुशंसा है कि इस संदर्भ में सबसे उपयुक्त यही प्रतीत होता है कि अपने दिन प्रतिदिन के कार्यों के लिये इन ग्रामों को स्वायत्त्व दे दिया जाय, तथा उन कार्यों के लिये स्वायत्तशासी (Self-governed) बना दिया जाय।

इसी कारण गांधी कहते हैं कि हर ग्राम में दैनिक आवश्यकताओं के लिये आत्म-निर्भरता विकसित होना अनिवार्य है। भोजन, आवास, बुनियादी शिक्षा, स्वास्थ्य, सफाई आदि के लिये गांवों को अन्य पर निर्भर होने की आवश्यकता नहीं रहनी चाहिये। गांधी कहते हैं कि इन सभी कार्यों के सुचारू संचालन के लिये हर ग्राम में ग्राम-पञ्चायत होनी चाहिये। गांधी पञ्चायतों की सीमा निर्धारित करते हुए कहते हैं कि इनका मुख्य कार्य नियम-कानून बनाना नहीं है। अत्यधिक आवश्यकता पर ही पञ्चायत को उस प्रकार के कार्यों में उलझना चाहिये। सामान्यतः पञ्चायत का कार्य है ग्राम में नैतिक भावना को जाग्रत करना। ग्रामीय गणतंत्र का आधार नैतिकता तथा सहयोग की भावना है, अतः पञ्चायत का मूल लक्ष्य इस प्रकार के आपसी विश्वास और सहयोग को जगाये रखना है। हर अवस्था में पञ्चायत इस प्रकार की सहयोग की भावना को बढ़ाने का प्रयत्न करे, उस पर जो आघात की चेष्टा हो, उसका निराकरण करें।

गांधी का विचार है कि यही व्यवस्था वास्तविक 'जनतंत्र' की व्यवस्था है क्योंकि यहां प्रत्येक व्यक्ति की स्वतंत्रता तथा स्वतः प्रेरणा को प्रोत्साहित करते रहने की योजना है, तथा सहयोग के मूल्य को प्रतिष्ठित करने का प्रयत्न है। पञ्चायत के किसी व्यक्ति को आवश्यकता से अधिक धन या शक्ति बढ़ाने की बात ही नहीं उठनी चाहिये, क्योंकि यह नैतिकता तथा सहयोग दोनों के विरुद्ध हैं। इस सीमा के कारण प्रतिद्विन्द्विता स्पर्धा आदि की सम्भावना भी कम होती है। यहां शनैः-शनैः जीवन का ढंग कुछ इस प्रकार विकसित हो पायेगा कि लालच, लोभ आदि के लिये स्थान नहीं रह पायेगा और तब ग्रामीय जीवन में शोषण भी समाप्त हो जायगा तथा शान्ति बढ़ेगी।

इस प्रकार के आदर्श राज्य की कल्पना के पीछे गांधी का सर्वोदय विचार है। 'सर्वोदय' का शाब्दिक अर्थ है 'सबों का उदय', 'सबों का शुभ'। गांधी कहते हैं कि वस्तुतः 'सर्वोदय' यही है भी। सामान्यतः गांधी के सर्वोदय-विचार की तुलना नैतिकता के उपयोगितावाद (Utilitarianism) के साथ की जाती है। किन्तु यह तुलना पूर्णतया उपयुक्त नहीं। उपयोगितावाद अधिकांश व्यक्तियों के अधिकतम सुख का आदर्श स्थापित करता है। गांधी का सर्वोदय विचार इससे कहीं अधिक व्यापक तथा इससे अधिक परार्थ मूलक है। इस सिद्धांत में एक कमी तो यही है कि इसका लक्ष्य सुख (Pleasure) है, जो मूलतः इन्द्रियतृप्ति का परिणाम है। 'सुख' को आधार बना कर 'परार्थ' के आदर्श की प्राप्ति का प्रयत्न एक प्रकार से आत्म-व्याघातक है, क्योंकि 'सुख' का लक्ष्य तो स्वार्थ-मूलक है ही। अतः यहां वैचारिक आधार यही है कि अधिकतम व्यक्तियों के सुख का ध्यान रखो, अन्यथा

अपने को सुख नहीं प्राप्त होगा। यह तो परोक्ष रूप में स्वार्थ ही है। इसके विपरीत 'सर्वोदय' का आधार 'सुख' नहीं, 'प्रेम' है। इस अन्तर से बहुत बड़ा अन्तर हो जाता है, क्योंकि इसमें यह विचार भी निहित है कि व्यक्ति परहित के लिये आत्म-बलिदान भी कर सकता है।

अतः सर्वोदय-विचार में कहा गया है कि कि हर कर्म, सामाजिक तथा राजनैतिक योजनाओं तथा क्रियाओं का एकमात्र लक्ष्य हैं 'सबों का शुभत्त्व'। गांधी का कहना है किसी व्यक्ति की उपेक्षा उस सीमा तक सर्वोदय के आदर्श से हट जाता है। हर व्यक्ति के शुभत्त्व पर ध्यान देने के लिये तो गांधी की अनुशंसा है कि राज्य-तन्त्र को भी व्यक्ति के इतना निकट ला दिया जाय कि उसकी उपेक्षा का प्रश्न ही न उठे, और यह पञ्चायती व्यवस्था में ही सम्भव है। छोटे-छोटे ग्राम-पञ्चायत अपने-अपने ग्राम के सभी व्यक्तियों पर समुचित ध्यान दे सकते हैं।

सच पूछा जाय तो उपयोगितावाद का सिद्धान्त तो अपने स्वरूप में ही सीमित है। उपयोगितावाद दर्शन सार्वभौम हो ही नहीं सकता क्योंकि 'उपयोगिता' की बात एक सीमा के संदर्भ में ही सार्थक है, सार्वभौम रूप में 'उपयोगी' का विचार ही सम्भव नहीं। अतः उपयोगितावाद के विचार में यह सम्भावना निहित है कि जो किसी एक विशेष समुदाय के लिये उपयोगी है, वह किसी दूसरे समुदाय के लिये उपयोगी न भी हो। इसके विपरीत सर्वोदय-विचार इस मान्यता पर आधृत है सबों में एक मूल समरूपता है, एक ऐक्य है। जब हम 'स्व' पर केन्द्रित रहते हैं, तब 'मैं' और 'अन्य' का भेद उभर आता है, किन्तु जब इस मान्यता पर आधृत हो कि सबों में एकरूपता है, तो इस प्रकार का भेद मिट जाता है, और यही तो नैतिक आचरण का आधार है। गांधी का कहना है कि सर्वोदय-विचार तथा ग्रामीय-गणतंत्र विचार तो इसी मान्यता पर आधारित है।

गांधी के विरुद्ध यह कहा जा सकता है कि इस प्रकार की सार्वभौम समरूपता की अनुभूति तो इस जीवन में सम्भव नहीं है। किन्तु गांधी का कहना है कि वह तो आदर्श है, उसकी अनुभूति सम्भव भले न हो, वह प्रेरणा का आधार तो बन ही सकता है। गांधी कहते हैं कि नैतिक-आध्यात्मिक जीवन का महत्त्व आदर्श को पा लेने में नहीं, बल्कि उसे पाने के लिये सतत प्रयत्न में है। ग्रामीय-गणतंत्र का जीवन इस प्रकार के प्रयत्न का एक स्पष्ट उदाहरण बन सकता है, क्योंकि पञ्चायत को हर व्यक्ति में अपने ग्राम के अन्य व्यक्तियों के लिये भावना तथा प्रेम रहेगा। ग्राम की धरती भी किसी व्यक्ति की नहीं बल्कि ग्राम की धरती समझी जायगी। इसी संदर्भ में गांधी कहते हैं कि यही सन्देश तो भारतीय पारम्परिक विचार में हमें मिलता है, जब कहा जाता है, कि 'धरती न मेरी है, न तेरी, बल्कि गोपाल की है'। यह तो 'वसुधेव कुटुम्बुकम', का आदर्श है। भेद, बंटवारा तो हमने खड़ा किया है अतः हम इससे ऊपर भी उठ सकते हैं। गांधी इसे इस प्रकार स्पष्ट करते हैं,

"Real Socialism has been handed down to us by our ancestors who taught, 'All land belongs to Gopal, where then is the boundary line?' Man is the maker of that line and he can therefore unmake it.

'Gopal' literally means shepherd, it also means God. In modern language it means the state, i.e. the people".*

गांधी का कहना है कि ऐसी व्यवस्था में पुलिस, सेना, न्यायालय आदि का रूप इसके सामान्य प्रचलित रूपों से भिन्न होगा। वैसे तो गांधी का विश्वास है कि यदि समाज पूर्णतया अहिंसावादी बन सके, तो वैसे समाज में वर्तमान ढंग की पुलिस-व्यवस्था, सेना, न्याय-व्यवस्था की आवश्यकता ही नहीं रह जायेगी। किन्तु वे यह स्वीकारते हैं कि पूर्णतया अहिंसात्मक समाज की स्थापना सरल नहीं है, अतः जब तक अपूर्णतायें तथा अनैतिक व्यवहार जीवित है, तब तक पुलिस, न्यायालय आदि की आवश्यकता रहेगी। किन्तु गांधी कहते हैं कि सर्वोदयी व्यवस्था में इनका स्वरूप तथा ढंग भिन्न होगा। वहां उन्हें यह नहीं समझना है कि वे अपराधी को, दोषी को 'सजा' देने वाले हैं, वे व्यवस्था के अधिकारी हैं, बल्कि उन्हें यह समझना है कि वे भी समाज के अंग हैं जिसका कार्य है जन की सेवा तथा दोषी-अपराधी आदि का सुधार।

वैसे गांधी कहते हैं कि सर्वोदयी समाज में यह समस्या कम हो जायगी क्योंकि अपराध ही कम हो जायेंगे। किन्तु यदि अपराध हो तो अपराधी के साथ भी 'प्रेम' के साथ ही व्यवहार करना चाहिये। अपराधी को दण्ड दे देने से ही अपराध नहीं मिटता, अपराधी के हृदय में सोये हुए शुभत्त्व को जगाना अनिवार्य है। पुलिस तथा न्याय-व्यवस्था को इस दिशा में कार्य करना है। गांधी का विश्वास है कि ऐसे कार्यों में उन्हें सभी व्यक्तियों का पूर्ण सहयोग भी प्राप्त हो जायगा।

उसी प्रकार गांधी की अनुशंसा है कि सर्वोदयी राज्य में सेना का भी कार्य अहिंसा के ढंगों को प्रोत्साहन देना है। सामान्यतः शस्त्र का प्रयोग तो नहीं ही करना है, क्योंकि, जैसा हमने गांधी के सत्याग्रह विवरण में देखा है, गांधी के अनुसार सत्याग्रही की सेना सशस्त्र सेना का सामना कर सकती है। किन्तु वे इतना स्वीकार लेते हैं कि यह सब तभी सम्भव हो सकेगा जब सर्वोदय का रूप समाज में प्रस्फुटित हो जायगा। जब तक वह नहीं होता, तब तक तो वर्तमान पुलिस-व्यवस्था, सैनिक व्यवस्था चलती रहेगी। जब तक समाज में डाकू, लुटेरे रहेंगे, जब तक अनैतिकता रहेगी, तब तक पुलिस सेना सब कुछ रह जायगा। दुखपूर्वक गांधी कहते हैं,

"Alas! in my Swaraj of today, there is room for soldiers." "I agree too that a sudden withdrawal of the military and the police will be a disaster if we have not acquired the ability to protect ourselves from robbers and thieves."**

(xiv) शिक्षा

गांधी का समाज तथा राजनीति दर्शन भी इस विश्वास पर आधृत है कि हर व्यक्ति में

**Young India*, 2-1-1937.

**Taken from B.S. Sharma, *Gandhi as a Political Thinker*, p. 113

एक अनिवार्य शुभत्त्व का वास है। अतः गांधी का कहना है कि उसे शुभत्त्व को जागृत रखने के लिये उपयुक्त शिक्षा की आवश्यकता है। राज्य का यह कर्त्तव्य है कि वह आदर्श-व्यवस्था के अनुरूप व्यक्तियों को तैयार करे, अतः राज्य का यह भी कर्त्तव्य है कि वह व्यक्तियों को इस रूप में शिक्षा प्रदान करे कि इस आदर्श की प्राप्ति सहज तथा सुलभ हो जाय। अतः गांधी के अनुसार शिक्षा का मूल लक्ष्य नैतिक शिक्षा है, चरित्र-निर्माण है, इस विश्वास को उत्पन्न करना है कि आदर्श की प्राप्ति के लिये स्वार्थ तथा वैयक्तिक सुख से ऊपर उठना अनिवार्य है।

गांधी के शिक्षा विचार को समझने के लिये गांधी की शिक्षा की परिभाषा, तथा उसका स्वरूप-विवरण का उल्लेख पहले उनके शब्दों में ही कर लें।

"By education I mean an all-round drawing out of the best in child and man—body, mind and spirit."*

गांधी कहते हैं कि उनके अनुसार शिक्षा का अर्थ है व्यक्ति के शरीर, मन आत्म में जो शुभत्त्व है उसे प्रकट करने का प्रयत्न—उसे विकसित करने का प्रयत्न। इस मूल परिभाषा के आधार पर शिक्षा के ढंगों का विवरण देते हुए गांधी शिक्षा के हर पक्ष को स्पष्ट करते हैं।

ऊपर की परिभाषा से स्पष्ट है कि शरीर, मन तथा आत्म का सर्वाङ्गी विकास ही शिक्षा का वास्तविक लक्ष्य है। इसे स्पष्ट करते हुए गांधी कहते हैं,

"I hold that true education of the intellect can only come through a proper exercise and training of the bodily organs, e.g., hands, feet, eyes, ears, nose etc. In other words an intelligent use of the bodily organs in a child provides the best and quickest way of developing his intellect. But unless the development of the mind and body goes hand in hand with a corresponding awakening of the soul, the former alone would prove to be a poor lopsided affair. By spiritual training I mean education of the heart. Proper and all-round development of the mind, therefore, can take place only when it proceeds *pari passu* with education of physical and spiritual faculties of the child. They constitute an indivisible whole. According to this theory, therefore, it would be a gross fallacy to suppose that they can be developed piecemeal or independently of one another."**

जैसा कि इस वृहत उदाहरण से स्पष्ट है, गांधी शिक्षा को एक सर्वाङ्गी विकास मानते हैं जिसमें एक प्रकार से शरीर के सभी अंगों की कार्यक्षमता का विकास होता है, इसी प्रकार के विकास से बच्चे की भी वैचारिक तथा बौद्धिक शक्ति विकसित होती है। किन्तु शिक्षा मात्र

Harijan, 31-7-1937.

**Ibid., 8-5-1937.

इतना ही नहीं—शिक्षा का अर्थ है शरीर तथा मन के विकास के साथ 'आत्म' का विकास भी हो। इसी कारण शिक्षा का एक अनिवार्य पक्ष आध्यात्मिक शिक्षा है। अतः गांधी का कहना है कि हम इस सर्वाङ्गी विकास की सामान्यतः उपेक्षा करते हैं, तथा इसी कारण सामान्य शिक्षा के ढंग अपूर्ण तथा अधूरे प्रतीत होते हैं।

यही कारण है कि गांधी भारत में प्रचलित शिक्षा के ढंगों से सन्तुष्ट नहीं रहे। उनका कहना है कि जिस प्रकार की शिक्षा भारत में प्रचलित है उससे तो कुछ सूचनायें प्राप्त होती हैं, कुछ जानकारी मिलती है, तथा पढ़ने लिखने का ढंग सीखा जाता है। किन्तु गांधी का कहना है कि पढ़ना लिखना आ जाना शिक्षित होना नहीं है। उनके अनुसार तो हर व्यक्ति कुछ मूल प्रकृतियों तथा शक्तियों के साथ पैदा होता है, तथा शिक्षा का लक्ष्य हर व्यक्ति में इन शक्तियों को उभारना है—उसे विकसित करना है।

गांधी का कहना है कि ऐसी शिक्षा सम्भव तभी हो सकती है जब सैद्धान्तिक जानकारी के साथ-साथ व्यवहारिक क्षमता बढ़ाने की भी सीख दी जाय। डूवी के समान गांधी भी 'कर के सीखो' (Learning by Doing) के महत्व पर बल देते हैं। अतः उनकी अनुशंसा है कि शिक्षा का एक अनिवार्य अंग है—कुछ कार्य-कुशलता सीखना। हर व्यक्ति की शिक्षा में उसे कुछ हस्त-शिल्प जैसी क्षमता प्राप्त करनी चाहिये—वह लकड़ी का कार्य सीखे, बुनाई का कार्य सीखे, मिट्टी के बर्त्तन बनाना सीखे, या ऐसा ही कुछ और। यदि शिक्षा के क्रम में व्यक्ति शारीरिक श्रम करने के महत्व को समझ ले, तथा उस श्रम को उपयोगी दिशा में प्रवाहित कर सके, तो व्यक्ति का अन्तर हर प्रकार से विकसित हो पायेगा।

इसी कारण गांधी बुनियादी शिक्षा (Basic Education) की बात करते हैं। इस प्रकार की शिक्षा में बच्चे को यह सीख दी जाती है कि वह स्वयं 'करके' कार्य-कुशलता प्राप्त कर सके। वह यदि स्वयं कर कर के सीखता है, तो वह स्पष्टतः समझ लेता है कि क्यों कोई कार्य एक प्रकार से तो सम्पन्न होता है, किन्तु अन्य प्रकार से सम्पन्न नहीं होता। इस प्रकार से सीखने का एक स्पष्ट लाभ है—जो लाभ भारत में प्रचलित शिक्षा-पद्धति में नहीं है। अभी बच्चे जो स्कूल या कालेज में सीखते हैं, उसके सम्बन्ध में सदा एक प्रश्न-चिह्न बना रहता है कि उसकी वास्तविक जीवन में क्या उपयोगिता है। किन्तु बुनियादी शिक्षा में सीखने के क्रम में ही व्यक्ति उस सीख की व्यवहारिक उपयोगिता को भी समझ लेता है।

शायद इसी कारण गांधी आज की उच्च शिक्षा से तो स्पष्टतः असन्तुष्ट थे। अपनी विश्वविद्यालय की शिक्षा समाप्त कर जब व्यक्ति जीवन में प्रवेश करता है, तो वह स्पष्ट देखता है कि जो ज्ञान उसने विश्वविद्यालय में अर्जित किया उसकी कोई उपादेयता नहीं है—जो उसने सीखा है, और जो उसे करना है, उसमें वस्तुतः कोई सम्बन्ध दिखाई नहीं देता। अतः गांधी कहते हैं कि इस प्रकार की शिक्षा तो बन्द कर देनी चाहिये। शिक्षा का लक्ष्य व्यक्ति को वास्तविक कार्यों के पूर्णतया योग्य बनाना। अतः जिस प्रकार के कार्य में, पेशे में—व्यक्ति जाना चाहता है, उसी कार्य को केन्द्र बना उसी के अनुरूप उसके शरीर, मन तथा आत्म का विकास होना चाहिये, जिससे उसमें आध्यात्मिक शक्ति भी बढ़े तथा कार्य करने की क्षमता भी प्राप्त हो। गांधी स्पष्ट कहते हैं,

"We have upto now concentrated on stuffing children's mind with all kinds of information, without ever thinking of stimulating or developing them. Let us now cry a halt and concentrate on educating the child properly through manual work, not as side activity, but as the prime means of intellectual training. You *have* to train the boys in one occupation or another, round this special occupation you will train up his mind, his body, his handwriting, his artistic sense, and so on. He will be the master of craft he learns."

गांधी के अनुसार इस प्रकार की शिक्षा का एक अन्य लाभ और है—यह एक शान्त सामाजिक क्रान्ति का आधार बन जाता है। यह ग्रामीय-जीवन तथा शहरी जीवन को निकट ले आता है, अतः वर्ग-भेद के एक मूल आधार की तीव्रता कम कर देता है। फलस्वरूप ग्रामों की संस्कृति भी नष्ट हो जाने से बच जाती है, क्योंकि शहरी-जीवन का आकर्षण कम हो जाता है। इस प्रकार शहर तथा गांवों के नागरिकों का अन्तर मिटने लगता है। इसका एक और लाभ यह भी है कि इस प्रकार से शिक्षित-व्यक्ति अपने शिल्प का पूर्णरूप से जानकार होता है, अतः उसके शोषण की सम्भावना भी कम हो जाती है। इस प्रकार गांधी का विश्वास है कि इस प्रकार की बुनियादी शिक्षा के बड़े ही उपयोगी परिणाम प्रकाश में आयेंगे।

(xv) स्वदेशी, राष्ट्रीयता, अन्तर्राष्ट्रीयता

गांधी के राजनैतिक विचारों में स्वदेशी का विचार बड़ा ही महत्वपूर्ण है। 'स्वदेशी' शब्द का शाब्दिक अर्थ है 'अपने देश का'। गांधी भी 'स्वदेशी'—शब्द का यही मूलार्थ तो लेते ही हैं, किन्तु वे इस पर इतना अधिक बल देते हैं, तथा इसे इतना व्यापक बना देते हैं कि यह शब्द उनके प्रयोग में एक विशेष ढंग से अर्थवान होता है। वे इस स्वदेशी-विचार का उपयोग जीवन के हर पक्ष में करते हैं—केवल सामाजिक तथा राजनैतिक पक्ष में ही नहीं, बल्कि आर्थिक पक्ष में भी करते हैं।

सामान्यतः कुछ लोग गांधी के स्वदेशी-विचार के राजनैतिक पक्ष को ही उभारते हैं, और इसे राष्ट्रीयता का आधार बना देते हैं। किन्तु गांधी के अनुसार इस शब्द का एक भावात्मक अर्थ भी है, तथा निषेधात्मक अर्थ भी है। भावात्मक दृष्टि से यह एक राजनैतिक तथा आर्थिक सिद्धान्त ही प्रस्तुत करता है जो राष्ट्रीयता का आधार बन जाता है, किन्तु निषेधात्मक रूप में यह अन्तर्राष्ट्रीयता का एक अर्थपूर्ण आधार प्रस्तुत करता है।

'स्वदेशी' शब्द का विस्तृत अर्थ है 'अपने देश में बने सामानों का व्यवहार तथा विदेशी सामानों का बहिष्कार'। किन्तु यह 'स्वदेशी' की अति-विस्तृत परिभाषा ही हो सकती है। वस्तुतः विदेशी वस्तुओं के बहिष्कार तथा अपने देश में बनी वस्तुओं के उपयोग की अनुशंसा कुछ विशेष परिस्थितियों के अन्तर्गत ही की गयी हैं। यह अनुशंसा उसी अवस्था में वांछनीय कही जाती है जब अपने स्वदेश के गृह उद्योग की सुरक्षा के लिये यह अनिवार्य प्रतीत हो।

यदि विदेशी सामानों के उपयोग से अपने देश के उद्योग को हानि न पहुंचे तथा वह विदेशी सामान लाभप्रद ही प्रतीत हो तो स्वदेशी पर बल देने की आवश्यकता नहीं। गांधी को अवगति है कि यदि स्वदेशी पर भी आवश्यकता से अधिक बल दिया तथा अन्धविश्वासी ढंग से इस पर अमल किया जाय, तो जैसा कि हर अच्छी वस्तु के साथ सम्भव है, इसके परिणाम भी अहितकारी ही होंगे। गांधी इस खतरे के प्रति सावधान रहने की भी अनुशंसा करते हैं। उनका कहना है कि यदि हम विदेशों की नकल कर ऐसे उद्योग की स्थापना करते रहें, तथा ऐसे सामान बनाने के कारखाने लगाने लगें, जिनके लिये हमारा देश किसी भी प्रकार तैयार नहीं, तो यह नासमझी होगी। गांधी के अनुसार यह स्वदेशी के भाव के प्रतिकूल है क्योंकि इससे स्वदेश का अहित ही होता है।

अतः गांधी के अनुसार स्वदेशी-विचार कोई संकीर्ण तथा सीमित विचार नहीं है। यह मानव तथा देश की सीमा को समझता है, तथा इस विचार पर आधृत है कि मानव तथा देशों की कार्यक्षमता असीम नहीं है। हर देश का प्रथम कर्त्तव्य सबों के लिये रोजगार, काम तथा भोजन आदि की व्यवस्था करना है, सबसे पहली व्यवस्था यही है कि सबों को कम से कम इतना तो अवश्य ही उपलब्ध हो जाय।

इन बातों को ध्यान में रखने से इतना तो स्पष्ट हो ही जाता है कि स्वदेशी-सिद्धान्त, स्वदेशी-उद्योग तथा गृह-उद्योग की सुरक्षा की बात तो अवश्य करता है, किन्तु, इससे यह गलत धारणा नहीं बननी चाहिये कि 'स्वदेशी' का विचार विदेशी सामग्री के पूर्ण बहिष्कार की बात करता है। वह 'स्वदेश' तथा विदेश के विरोध पर आधृत नहीं, बल्कि वह तो दोनों में विरोध मानता भी नहीं, वह तो दोनों के सहअस्तित्व को स्वीकारता है। इसी कारण जब विदेशी वस्तुओं का उपयोग स्वदेश के अस्तित्व के लिये संकट बन जाता है, तब उसके बहिष्कार की बात करता है।

यदि विदेश के प्रति 'विरोध' की बात हुयी, तो यह तो विदेशी सामानों के प्रति 'घृणा' तथा द्वेष उत्पन्न करेगा, और गांधी के अहिंसा-आधृत विचारों में घृणा, द्वेष, कलुष आदि के लिये कोई स्थान नहीं। स्वदेशी-विचार भी अहिंसा का ही एक रूप है, अतः इस विचार में किसी के प्रति बुरी भावना के लिये स्थान नहीं है। गांधी का स्पष्ट विचार है कि यदि देश की प्रगति तथा विकास के लिये, किसी भी विदेशी सामग्री की आवश्यकता अनिवार्य हो जाय, तो अवश्य उसका क्रय होना चाहिये। हां, यदि विदेशी सामग्री के उपयोग से अपने देश की आर्थिक स्थिति पर विपरीत प्रभाव पड़ता हो, तो वहां 'स्वदेशी' पर बल देना उतना ही अनिवार्य है। उदाहरणतः गांधी स्पष्ट कहते हैं कि यदि किसी विदेशी सामान के द्वारा देश की आवश्यकताओं की पूर्ति हो रही है, तथा उस सामान तथा उसके संचालन-व्यवस्था पर अपना पूर्ण नियंत्रण हो, तो वह सामान, 'स्वदेशी' ही है। गांधी कहते हैं कि यदि बाहर की पूंजी से 'खादी' को प्रोत्साहन मिलता है, तो यह स्वदेशी-विचार के सर्वथा अनुकूल है। दवा, उपयोगी औजार, विशिष्ट उपकरण आदि के आयात के विरुद्ध गांधी कभी नहीं रहे। अतः स्वदेशी-विचार देश की आर्थिक-स्थिति को ध्यान में रख कर ही विकसित हुआ है, किन्तु यह विदेशी सामग्री के सर्वथा त्याग की बात नहीं करता। स्वदेशी का अर्थ है कि

व्यवस्था ऐसी हो कि देश की आर्थिक स्थिति सुदृढ़ रहे, तथा राजनैतिक व्यवस्था भी सुचारु रूप में बनी रहे। इनके लिये यदि 'विदेशी' की अनिवार्यता प्रतीत हो, तो उस पर प्रतिबन्ध नहीं है। इसी कारण स्वदेशी-विचार में राष्ट्रीयता तथा अन्तर्राष्ट्रीयता दोनों का विचार जुड़ा हुआ है।

गांधी के द्वारा 'स्वदेशी' पर इतना बल देने के कारण कुछ लोगों के मन में यह संशय जागता है कि क्या गांधी अपने स्वदेशी-विचार से अपने मूल विचार को खण्डित नहीं कर रहे। एक ओर तो गांधी कहते हैं कि सबों में एक मूल एकत्त्व है, और दूसरी ओर वे अपने स्वदेश के प्रति प्रेम तथा एकाग्रता की बात करते हैं। कोई देश तो पूर्ण विश्व नहीं है, जगत का एक छोटा खण्ड है। तो इस खण्ड के प्रति अनुराग की बात तो सम्पूर्णता के एकत्त्व के अनुरूप नहीं प्रतीत होती। गांधी को इस प्रकार के संशय की सम्भावना की अवगति है, अतः उन्होंने इसका अपने ढंग से उत्तर दिया है। उनका स्पष्ट विचार है कि राष्ट्रीयता तथा अन्तर्राष्ट्रीयता परस्पर विरोधी नहीं हैं, बल्कि एक दूसरे के पूरक हैं।

गांधी एकत्त्व की अनुभूति में सर्वाङ्गी प्रेम की बात करते हैं। प्रश्न है कि प्रेम-व्यवहार, का पालन कैसे हो? जैसा कि ऊपर बताया गया है, 'प्रेम' की पहली आवश्यकता है 'अपने से—अपने 'स्व' से ऊपर उठना'। इस प्रक्रिया को क्रमशः अधिक से अधिक विस्तृत एवं व्यापक बनाने की आवश्यकता है। हम 'स्व' से ऊपर उठ अपने 'परिवार' तक पहुंचते हैं, पुनः परिवार से समाज तक, समाज से राष्ट्र तक, तथा पुनः राष्ट्र से मानव-मात्र तक। प्रेम के विकास का यही क्रम है। गांधी का कहना है कि 'प्रेम' हवा में स्थित नहीं है, उसे जीवन में उतारना है, वास्तविक स्थितियों में बिठाना है। यही कारण है कि 'सार्वभौम प्रेम', 'सबों से प्रेम' आदि की बात प्रारम्भ में रिक्त प्रतीत होती है। 'प्रेम' का एक 'विषय' तो होना चाहिये। ठीक जैसे मित्रता के लिये दो व्यक्तियों की आवश्यकता है, उसी प्रकार 'प्रेम' का व्यवहार तभी अर्थवान् होता है जब वह किसी के प्रति हो। अतः यदि हमें अपने राष्ट्र के प्रति प्रेम है, तो यह संकीर्णता नहीं, प्रेम का रूप है। यहां भी शुद्ध 'स्व' में आश्रित नहीं, बल्कि परिवार, समाज आदि से तो यह प्रेम अधिक विस्तृत है। इस दृष्टि से राष्ट्रीयता सद्‌गुण है।

फिर भी, न तो यह अन्तर्राष्ट्रीयता के विरुद्ध है, और न यह 'मानव-प्रेम' के मार्ग में रुकावट है। गांधी का कहना है कि व्यक्ति पड़ोसी की सेवा तथा मानवता की सेवा साथ-साथ करता है। एक शर्त अवश्य है—कि उसका यह सेवा भाव न किसी स्वार्थ से प्रेरित हो और किसी प्रकार के शोषण का उपकरण न बन जाय। अपनी वैयक्तिक राष्ट्रीयता के स्वरूप का विवरण देते हुए वे कहते हैं कि उनकी राष्ट्रीयता की भावना अन्तर्मुखी भी है, और बहिर्मुखी भी। यह अन्तर्मुखी है क्योंकि यह 'अन्य' की ओर से अपने को समेट कर अपना ध्यान अपनी जन्म-भूमि पर केन्द्रित रखती है। फिर भी यह बहिर्मुखी है क्योंकि उनकी इस भावना में किसी देश के प्रति विरोध का भाव नहीं है। उनका कहना है कि यदि मैं अपने देश के प्रति 'प्रेम' रखता हूं, तो इसमें किसी प्रकार की बुराई नहीं है—कोई खोट नहीं है। खोट तो तब उत्पन्न होता है जब मैं अपने देश-प्रेम के आवेश में दूसरे देशों के प्रति दुर्भावना पालता हूँ। इस दृष्टि से गांधी की राष्ट्रीय भावना अन्तर्राष्ट्रीयता का विरोधी नहीं है।

राष्ट्रीयता अपने में न तो अशुभ है, न संकीर्णता है, और न राष्ट्रीयता का विरोधी । जब हम अपनी राष्ट्रीयता को आवेश में 'संकीर्ण' तथा स्वार्थपूर्ण बना देते हैं, तब राष्ट्रीयता में खोट आती है ।

गांधी का तो कहना है कि वस्तुतः राष्ट्रीयता तो अन्तर्राष्ट्रीयता का अनिवार्य उपकरण है । ध्यान से विचारने पर स्पष्ट हो जाता है कि अन्तर्राष्ट्रीयता का प्रश्न तभी उठ सकता है, जब विभिन्न राष्ट्रों की वास्तविकता को स्वीकार लिया जाय । जब विभिन्न राष्ट्रों की स्थापना हुयी रहती है, तथा जब इन सभी राष्ट्रों के लोग पारस्परिक सहयोग का जीवन जीने का निश्चय करते हैं, तभी अन्तर्राष्ट्रीयता का प्रश्न उठता है । अन्तर्राष्ट्रीयता का अर्थ है—विभिन्न देशों तथा विभिन्न राष्ट्रों के मध्य प्रेम तथा सहयोग का सम्बन्ध, और यह तभी सम्भव है जब विभिन्न राष्ट्र रहें । सच्ची अन्तर्राष्ट्रीयता यही है जो विभिन्न राष्ट्रों के अस्तित्व को सहज रूप से स्वीकारे तथा यह भी समझे कि सभी राष्ट्र हर प्रकार से समान हैं, बराबर के अधिकारी हैं । जैसे ही हम भेद करना आरम्भ कर देते हैं, बड़े तथा छोटे राष्ट्रों में भेद करना प्रारम्भ करते हैं, वैसे ही अन्तर्राष्ट्रीयता की भावना विकृत होने लगती है ।

गांधी के अनुसार 'समानता' के साथ-साथ अन्तर्राष्ट्रीयता की एक अन्य अनिवार्य आवश्यकता यह भी है कि सभी राष्ट्र अहिंसा तथा शांति के मूल्य को समझें । युद्ध के लिये प्रेरित होना अन्तर्राष्ट्रीयता का विरोधी लक्षण है, बल्कि अन्तर्राष्ट्रीय भावना तो यह अपेक्षा रखती है कि हर राष्ट्र स्वैच्छा से निरस्त्रीकरण में पहल करे ।

अतः स्पष्ट होता है कि 'प्रेम-नियम' जिसका उपयोग गांधी मानव-सम्बन्धों पर करते हैं, उसी का उपयोग राष्ट्रों के सम्बन्धों पर भी होना चाहिये । जिस प्रकार मानव के लिये अनुशंसा की जाती है कि वह अन्य के प्रति प्रेम दयालुता तथा उदारता का व्यवहार करे, उसी प्रकार गांधी राष्ट्रों के लिये भी यही अनुशंसा करते हैं कि हर राष्ट्र को अन्य राष्ट्रों के प्रति प्रेम तथा मित्रवत व्यवहार करना चाहिये । इस प्रकार स्पष्ट हो जाता है कि 'अपने' से ऊपर उठने की प्रक्रिया की एक कड़ी राष्ट्रीयता है, तथा राष्ट्रीयता के विस्तार की एक कड़ी अन्तर्राष्ट्रीयता है । गांधी स्पष्ट कहते हैं,

"The individual being free sacrifices himself for the family, the latter for the village, the village for the district, the district for the province the province for the nation, the nation for all."*

*D.M. Datta, *The Philosophy of Mahatma Gandhi*, p. 160.

श्री अरविंद
(१८७२—१९५०)

जीवन

अरविंद घोष का जन्म पश्चिम बंगाल के कोनानगर में १५ अगस्त १८७२ में हुआ था। उनकी प्रारम्भिक शिक्षा दार्जिलिंग के लोरेटो कान्वेन्ट में हुयी। आठ वर्ष की उम्र में ही उन्हें इङ्गलैण्ड ले जाया गया। अपने विलायतवास के प्रारम्भिक चरण में उन्हें ड्रीवेट नाम के एक योग्य शिक्षक के संरक्षण में रखा गया। १८८५ में उन्हें लन्दन के सेंट पाल स्कूल में भेज दिया गया। स्कूल में उनकी अभिरुचि ग्रीक, लैटिन जैसी कुछ शास्त्रीय भाषाओं के प्रति तथा कुछ अन्य यूरोपीय भाषाओं के प्रति जागी। उन्होंने उन सभी भाषाओं को सीखा, ग्रीक तथा लैटिन में तो उन्होंने कुछ कवितायें भी रचीं।

अपना अध्ययन समाप्त करने के पश्चात् उन्होंने आई.सी.एस. की परीक्षा दी। वे लिखित परीक्षा में उत्तीर्ण भी हो गये, किन्तु घुड़सवारी में असफल रह गये। १८९३ में वे भारत वापस आ गये। यहां वे बड़ौदा राज्य सेवा में नियुक्त हो गये। वहां उन्हें प्राचीन भारतीय दर्शन के विस्तृत अध्ययन का समुचित समय तथा अवसर मिला।

किन्तु, वे बड़ौदा के अपने जीवन से पूर्णतया सन्तुष्ट नहीं हुए। वे राजनैतिक कार्यों से जुट गये। बड़ौदा में श्री अरविंद कोई दस वर्षों तक रहे, किन्तु उसके बाद वे पूर्ण रूप से राजनैतिक जीवन में प्रवेश कर गये। यह उनके जीवन का एक बड़ा ही संक्षिप्त काल रहा, क्योंकि १९०८ में उन्हें राजनैतिक कारणों से बन्दी बना लिया गया। कहा जाता है कि कारावास के काल में उन्हें ऐसा प्रतीत होने लगा कि उनकी नियति सर्वथा भिन्न कार्य करने की थी। यही अनुभूति एक सक्रिय राजनैतिक जीवन वाले व्यक्ति को एक 'योगी' में परिवर्तित कर देने का उपकरण बन गया। १९१० के अप्रैल माह में उन्हें पाण्डिचेरी में अपना निवास बनाना पड़ा। तब तक उनके मन में कुछ विशिष्ट आध्यात्मिक तथा योग-रूप के विचार पनप रहे थे। अतः वहीं उन्होंने अपने इन विचारों को स्पष्ट रूप देने के प्रयत्न में एक 'आश्रम' की स्थापना की। कुछ ही वर्षों में उनकी एक विलक्षण शिष्या—मीरा रिचर्ड—ने आश्रम का पूर्ण कार्यभार अपने ऊपर ले लिया। कालक्रम में वे उस आश्रम की एक प्रकार से प्रतीक बन गयीं तथा वास्तविक एवं आलंकारिक—दोनों अर्थों में वे 'आश्रम की मां' (The Mother) कही जाने लगीं।

श्री अरविन्द के वैयक्तिक प्रभाव तथा आकर्षण तथा उनके वृहत विचारोत्पादक रचनाओं तथा लेखों के फलस्वरूप उनके आश्रम की ओर अनगिनत शिष्य अनुगामी होकर चले आये, तथा वे लोग निष्ठापूर्वक श्री अरन्विद के विचारों का प्रसार करते रहे। १९५० के ५ दिसम्बर को उन्होंने अपनी जीवन लीला समाप्त की, किन्तु उसके बाद भी सतत इस आश्रम का

प्रभाव बना रहा है, और अभी भी वह शिक्षा तथा आध्यात्मिक अनुशासन का एक विशिष्ट केन्द्र बना हुआ है।

दार्शनिक पृष्ठभूमि

श्री अरविंद के विचारों पर उनके विस्तृत अध्ययन तथा विभिन्न संस्कृति की जानकारी का प्रभाव तो है ही। उन्होंने कम ही उम्र में पाश्चात्य दर्शन तथा साहित्य का अध्ययन किया था। वे प्लेटो तथा अरस्तू जैसे महान ग्रीक विचारकों के विचार से भलीभांति परिचित थे। वे आधुनिक पाश्चात्य दर्शन के कुछ आदर्शवादी तथा प्रत्ययवादी विचारों से भी पूर्णतया परिचित थे। उनके वैचारिक लेखों में स्पष्ट संकेत मिलता है कि उन्हें हेरोल, व्हाइटहेड तथा बर्गसां आदि के तत्वमीमांसीय विचारों की पूर्ण जानकारी थी। साथ ही साथ उन्होंने भारतीय दर्शनों का गहन अध्ययन किया था। विशेषतः 'अद्वैत वेदान्त' तथा 'योग' दर्शनों का तो उनके विचारों पर स्पष्ट प्रभाव है। किन्तु उनकी रचनाओं को पढ़ कर ऐसा लगता है कि उन्होंने अपने चिन्तन में इन सभी विचारों को सर्वथा अपने ढंग से सजाते हुए एक सर्वथा व्यापक तथा नवीन सत्-दृष्टि स्थापित करने की चेष्टा की है।

उनकी इस मूल दृष्टि का पूर्णतया निश्चित विवरण देना सरल नहीं है, कम से कम प्रचलित दर्शनशास्त्रीय 'लेबलों' में हम किसी को भी उनके विचार पर चिपका नहीं सकते। बड़े ही विस्तृत अर्थ में उनके दर्शन को 'आध्यात्मवाद' (Idealism) का एक उदाहरण कहा जा सकता है। इसे आध्यात्मवादी इस आधार पर कहा जा सकता है कि एक ओर तो यह 'सत्' के स्वरूप को आध्यात्मिक मानता है, तथा साथ यह एक 'चरम आदर्श' की भी कल्पना करता है जिसकी ओर पूर्ण मानव-शक्ति के प्रवृत्त होने की अनुशंसा की गयी है। किन्तु उनका यह आदर्शवाद या आध्यात्मवाद न तो 'अमूर्त एकवाद' (Abstract Monism) के समान है और न 'एकेश्वरवाद' (Theism) के समान है।

वस्तुतः हरिदास चौधरी ने श्री अरविंद के दर्शन के लिये एक नाम का चयन किया है जो इस कारण उपयुक्त प्रतीत होता है कि उस नाम से श्री अरविंद का मूल अभिप्राय अवश्य व्यक्त होता है। वस्तुतः उन्होंने तीन शब्दों का प्रयोग किया है, जो तीनों समानार्थक हैं। वे कहते हैं, The Philosophy of Sri Aurobindo may aptly be described as *Integral Non-dualism* (पूर्ण अद्वैत), or *internal Idialism* (पूर्ण विज्ञान) or just *integralism* (पूर्णवाद)।* अंग्रेजी के 'Integral' शब्द का अर्थ है, 'जिसमें सभी विभिन्नतायें अपनी विभिन्नताओं को खोकर एकरूप हो जायं'। इस दृष्टि से श्री अरविंद का अद्वैत-विचार बौद्धिक एकवाद से भिन्न है। सामान्यतः दार्शनिक परम्परा के एकवादी विचार बौद्धिक रूप से, एक वैचारिक एकरूपता की स्थापना करते हैं। इस दृष्टि से वहां यह दावा निहित हो जाता है कि बौद्धिकता की दृष्टि सत् की एकरूपता

---

*Haridas Choudhary, Ed., *The Integral Philosophy of Sri Aurobindo*, p. 19.

को पकड़ पाती है, सत् के विषय में कुछ निश्चित रूप में कह पाती है। श्री अरविंद के विचारों में बौद्धिकता का यह दावा उपयुक्त नहीं है। बौद्धिकता की दृष्टि से सत् को अनिवर्चनीय होना ही है, वस्तुतः उसे 'एक' भी कहने की कोई बौद्धिक प्रणाली नहीं है। यह विचार केवल संकेत मात्र दे सकता है कि सत् की अनुभूति किसी अतिबौद्धिक तथा आध्यात्मिक दृष्टि में ही सम्भव है। अतः 'integral' शब्द अथवा 'पूर्णवाद' से यहां तात्पर्य यह है कि इस विचार में 'सत्' का चित्रण कुछ इस रूप में है कि सत् में 'द्रव्य' तथा 'आत्म'—अथवा 'निम्नतर रूप' तथा 'उच्चतर रूप' आदि के भेद पूर्णतया समन्वयित रहते हैं—समाप्त रहते हैं। हम देखेंगे कि अतिचेतन सर्जनात्मक शक्ति—जिसे श्री अरविंद के विचारों में 'मां' (The Mother) कहा गया है कि उसकी शक्तिरूपता सत् में निम्नतर जगत तथा उच्चतर जगत का विरोध लुप्त हो जाता है। इसी कारण सत् को पूर्ण कहा जा रहा है—'पूर्ण अद्वैत' कहा जा रहा है।

निषेधों के दो रूप
(The Two Negations)

'Integralism' (पूर्ण अद्वैत) के निहितार्थों को समझने के लिये श्री अरविंद के द्वारा जो 'दो निषेधों' की बात की गयी है, उसे समझना अनिवार्य है। एक को वे 'जड़वादी निषेध' (Materialistic Denial) तथा दूसरे को 'वैराग्यमूलक अस्वीकृति' (The refusal of the ascetic) कहते हैं। श्री अरविंद यह समझते हैं कि जिन वैचारिक सिद्धान्तों से जगत की व्याख्या का प्रयत्न होता रहा है, उनमें दो ही प्रमुख रहे हैं—जड़वाद (Materialism) तथा आध्यात्मवाद (Spiritualism) उनकी अपनी चेष्टा है कि वे इन दोनों को पूर्णतया समन्वयित कर दें। वे स्पष्ट कहते हैं कि मात्र 'आत्म' पर बल देना यथेष्ठ नहीं है, उसके साथ-साथ 'जड़त्व', 'द्रव्य' आदि के महत्व को भी समझना उतना ही आवश्यक है।*

उनका कहना है कि जड़वादी मार्ग अपेक्षाकृत अधिक सरल है, उसके लिये यह बड़ा सरल है कि वह आध्यात्मिकता को न स्वीकारे, उसे नकार दे, तथा जड़त्व या भौतिक शक्ति के रूप में किसी एक तत्त्व को परम मान लें। किन्तु वे कहते हैं कि इस प्रकार का

---

*वे कहते हैं, "The affirmation of a Divine life on earth and an immortal sense in mortal existence can have no base unless we recognise not only eternal spirit as the inhabitant of this bodily mansion, the wearer of this mutable role, but accept matter of which it is made, as a fit and noble material out of which He weaves constantly His garbs, builds recurrently the unending series of His mansions."

—*The Life Divine*, p. 8.

जड़वादी एकवाद अधिक दिनों तक मान्य नहीं बना रह सकता। जड़वादी स्थापनायें इन्द्रियों के साक्ष्यों पर आधृत होती हैं। किन्तु इन्द्रियां तो अनिवार्यतः अपनी उपयोग तथा कार्यक्षमता में सीमित होती हैं। जिन्हें इन्द्रियां पकड़ सकती हैं, उनसे बहुत ही अधिक ऐसी वस्तुयें हैं जो इन्द्रियों की पकड़ से बाहर हैं। आधुनिक जड़वादी विचारक यह भी दावा करता है कि विज्ञान उसके पक्ष में है। कहा जाता है कि जड़वादी दृष्टि वैज्ञानिक दृष्टि है, यह भी दावा किया जाता है कि जड़वाद जिन तत्त्वों की बात करता है, वे वैज्ञानिक अविष्कारों पर आधृत हैं।

किन्तु, श्री अरविंद का कहना है कि वैज्ञानिक समर्थन का आधार बना लेने पर भी 'जड़वादी निषेधों' को मान्यता नहीं दी जा सकती। जड़तत्त्वों के अनुरूप जगत-सम्बन्धी समस्याओं की व्याख्या की कोई चेष्टा अन्ततः सन्तोषप्रद सिद्ध नहीं होती। इस प्रकार के अधिकतर सिद्धान्त कुछ अणुतत्त्वों की कल्पना कर लेते हैं, जो 'सैद्धान्तिक संरचना' मात्र बन कर रह जाते हैं, क्योंकि उनकी जानकारी का कोई माध्यम उपलब्ध नहीं होता। श्री अरविंद कहते हैं कि जड़वादी विज्ञान पर बल तो अत्यधिक देते हैं, किन्तु विज्ञान के सम्बन्ध में एक मूल बात को सर्वथा भूल जाते हैं—वह मूल बात है—'वैज्ञानिक दृष्टि'—'वैज्ञानिक वृत्ति'। यह दृष्टि क्या है? यह एक ऐसे प्रयत्न का सूचक है जो सतत-निरन्तर क्रियाशील रहता है, जो किसी एक लक्ष्य को अपना अन्तिम पड़ाव नहीं मानता। शायद इस वैज्ञानिक वृत्ति को बुद्धि की सीमितता की अवगति है, अतः वह इस समझ के साथ ही अग्रसर होता है कि हर वैज्ञानिक समाधान वस्तुतः पग-पग की प्रगति पर है—यह मात्र एक ऐसी परिस्थिति प्रस्तुत करता है जिसमें पुनः-पुनः नयी-नयी समस्यायें तथा नये-नये प्रश्न उभरे। अतः श्री अरविंद की मान्यता है कि विज्ञान भी सदा 'परे' की ओर उन्मुख है। वैज्ञानिक निष्कर्षों में कभी भी अन्तिम निश्चयता नहीं होती, वे सदा सामयिक, तात्कालिक तथा अनंतिम होती हैं। अतः जड़वादी निषेध भी—अभौतिक तत्त्वों का उनके द्वारा नकारना भी अन्ततः अन्तिम तथा निश्चित बात हो ही नहीं सकती। इस दृष्टि से इस प्रकार का निषेध करने वाले विज्ञान की दुहाई तो देते हैं, किन्तु वैज्ञानिक वृत्ति का खण्डन ही करते हैं।

उसी प्रकार वैराग्यमूलक अस्वीकृति भी एकांगी एवं आंशिक है। श्री अरविंद कहते हैं कि आध्यात्मवादी भौतिक तत्त्वों का निषेध उसी तीव्रता से करते हैं जिस प्रकार जड़वादी आध्यात्मिकता का निषेध करते हैं। एक पक्ष अपने समर्थन में एक प्रकार का तर्क देता है तो दूसरा पक्ष भी अपनी ओर से उसी प्रकार का तर्क देता है। श्री अरविंद आध्यात्म-वादी प्रमाण्य का विश्लेषण करते हुए स्पष्ट कहते हैं कि जिस ढंग से भौतिकवादी अपनी बात स्थापित करते हैं, उसी ढंग से आध्यात्मवादी के निष्कर्ष भी स्थापित हो सकते हैं। श्री अरविंद कहते हैं,

"If the materialist is justified from his point of view in insisting on Matter as reality to the relative world as the sole thing of which we can in some sort be sure and the Beyond as wholly unknowable, if not indeed non-existent, a dream of the mind, an abstraction of thought divorcing itself from reality... so also is the Sanyasin, enamoured by that Beyond, justified from his point of view in insisting on pure spirit as the reality, the one thing free from change, birth, death and the relative as the creation of the mind and the senses, a dream, an abstraction in the contrary sense of Mentality withdrawing from the pure and eternal knowledge."*

इन सन्यासी वर्ग के लोगों का दावा है कि अतेन्द्रिय सत् का साक्षात ज्ञान सम्भव है। उनका कहना है कि हमारी उच्चतर चेतना स्वरूपतः विकर्षणों से तथा सामान्य चेतन-क्रिया के अवरोधों से मुक्त है, अतः इसके द्वारा प्राप्त ज्ञान इन्द्रिय-ज्ञान से अधिक विश्वसनीय तथा निश्चित है। इसी आधार पर ये लोग भौतिक जगत को 'सत्' नहीं मानते क्योंकि भौतिक जगत का ज्ञान पूर्णतया इन्द्रियों पर आश्रित है। इसी प्रकार इस प्रकार के भारतीय विचारकों ने 'जगत रूपी भ्रम' तथा 'ईश्वर' की अवधारणाओं की स्थापना की है।

किन्तु श्री अरविंद कहते हैं कि इस प्रकार के वैराग्य-विचार के समर्थक, अपनी एकांगी दृष्टि में एक सरल तथ्य की सर्वथा उपेक्षा कर रहे हैं। वे यह स्मरण नहीं रखते कि यदि 'सत्' का स्वरूप आध्यात्मिक है, जो जड़तत्त्व का भी तो मूल स्वरूप आध्यात्मिक ही रहेगा, अतः जड़तत्त्व में आध्यात्मिकता को पकड़ने का प्रयत्न होना चाहिये, जड़तत्त्व का बहिष्कार इसका समाधान नहीं है। श्री अरविंद के अनुसार एक ही सत् के 'जड़' तथा 'आत्म' भिन्न-भिन्न पक्ष हैं। अतः यदि जड़तत्त्व को आत्म-रूप में विकसित होना है, तो उसके लिये आत्म का जड़तत्त्व में स्थित होना भी आवश्यक है। अतः श्री अरविंद का कहना है कि वैराग्य-विचार वालों के द्वारा जड़तत्त्व की अस्वीकृति भी उपयुक्त नहीं, क्योंकि यदि इस तत्त्व के आध्यात्मिक रूप को उजागर करना है, तो पहले उसे भी सत्ता तथा एक स्तर देना आवश्यक है। प्राचीन भारतीय परम्परा, विशेषतः वेदान्त ने तो यही भूल की है, कि वे जड़-तत्त्व अथवा भौतिक जगत को नकार देते हैं।

इस प्रकार हम देखते हैं कि श्री अरविंद ने दोनों प्रकार के निषेधों को एकांगी तथा अनुपयुक्त कहा है। अतः इतना तो स्पष्ट हो जाता है कि श्री अरविंद के दर्शन में 'सत्' का एक ऐसा व्यापक तथा पूर्णतया समन्वयित विचार उभरना है जिसमें 'भौतिक' तथा 'आध्यात्मिक' दोनों को समुचित स्थान प्राप्त रहे।

सत्—सच्चिदानन्द

यही समन्वय की वृत्ति श्री अरविंद के तत्त्व दर्शन की मूल प्रेरणा है। उनके अनुसार सत् पूर्णतया आध्यात्मिक है, फिर भी 'सत्' में 'भौतिक' के लिये स्थान है। यह उनकी स्वीकारोक्ति है कि उनके दर्शन में इन दोनों का ऐसा समन्वय प्रस्तुत करने का प्रयत्न है जिसमें

---

*Sri Aurobindo, *The Life Divine*, p. 18.

दोनों का अस्तित्व में स्थान स्पष्ट हो, तथा जिसके लिये उपयुक्त वैचारिक आधार भी प्राप्त हो।*

श्री अरविंद इस प्रकार के इस समन्वय का आधार वेदान्त के 'ब्रह्म-विचार' में पाते हैं। तब यह अवश्य है कि उनके अनुसार ब्रह्म-विचार में निहित कुछ ऐसी बातें हैं, जिन्हें वेदान्त ने पूर्णरूपेण उभारा नहीं है, तथा जिन्हें श्री अरविंद प्रकाश में लाते हैं। उन्होंने दिखाया है कि ब्रह्म का स्वरूप पूर्णतया आध्यात्मिक होते हुए भी 'भौतिकता' के लिये स्थान रखता है।

इस विचार को समझने के लिये यह समझना अनिवार्य है कि श्री अरविंद अपने 'ब्रह्म' की अवधारणा तक किस प्रकार पहुंचते हैं। उनका कहना है कि यदि 'विश्व-चेतना' का विश्लेषण करें तो एक ऐसा बिन्दु स्पष्ट होता है जहां 'आत्म' के लिए जड़तत्त्व भी वास्तविक हो जाता है, तथा जड़तत्त्व के लिये 'आत्म' भी वास्तविक है। इस चेतना में इतना प्रयत्न तो अवश्य रहता है कि इसमें वह जड़तत्त्व तथा आत्म के द्वैत से ऊपर उठ जाय। यह विश्व की चेतना है, जो इस बिन्दु पर 'आत्म' तथा 'जड़' के द्वैत से ऊपर उठने के लिये प्रयत्नशील है। किन्तु यह चेतना स्वयं एक परात्ममूलक चेतना (Transcendental Consciousness) की ओर उन्मुख है, जो अपने प्रारम्भिक चरण में ऐसी चेतना है जो अज्ञात तथा अज्ञेय की चेतना है। यह चेतना हमें किसी न किसी प्रकार कहती है कि चेतना का विषय तो ज्ञात नहीं है फिर भी यह चेतना ही आश्चर्यजनक रूप में विलक्षण तथा अमिट प्रतीत होती है, विलक्षण इस रूप में कि हर क्षण हम इस चेतना का स्वरूप निर्धारण करते हैं, तथा हर क्षण निर्धारण अयथेष्ठ भी प्रतीत होता है। इस चेतना का निर्धारण भी होता रहता है, किन्तु चेतना-विषय हर निर्धारण की पकड़ से बाहर ही रह जाता है। श्री अरविंद 'अज्ञेय' (unknowable) की चेतना का विवरण इसी रूप में करते हैं।

इस विवरण से इतना तो स्पष्ट हो ही जाता है कि चेतना में अपने को विस्तृत करने की शक्ति है, और इस सीमा तक विस्तृत हो सकती है कि 'अज्ञेय' से भी एक प्रकार का सम्पर्क स्थापित कर ले। वेदान्त इस बात को स्पष्ट नहीं कर पाया है, फलतः वेदान्त के ब्रह्म की 'अवधारणा' की समझ एक जादूगर की करिश्मा के समान प्रतीत होती है जो हमारे लिये भ्रम का ताना-बाना बुने है। श्री अरविंद कहते हैं कि 'अज्ञेय' के विषय में जो अस्पष्टता छोड़ी हुयी है, उसी के कारण इस प्रकार की धारणा बनती है। अतः उनके अनुसार यहां यह समझना आवश्यक है कि 'अज्ञेय' 'अज्ञेय' है—किन्तु चेतना में एक ऐसी अनुभूति होती है कि 'कुछ है'। यह 'कुछ है' का विचार कांट के 'अपने में वस्तु' की अवधारणा के समान होते हुए भी पूर्णतया वैसा ही नहीं है। इस स्थल पर उनके विचारों पर कांट का प्रभाव अवश्य झलकता है। अन्तर यही है कि कांट ने 'ज्ञानात्मक चेतना' तथा 'वैचारिक उड़ान' में अन्तर किया है। 'अपने में वस्तु' ज्ञानात्मक चेतना के सर्वथा परे है, तथा विचार से इसका

---

*Sri Aurobindo, *The Life Divine*, "Since then we admit........... justification in thought", p. 26.

जो चित्र प्रस्तुत होता है, वह भी अनिवार्यतः दोषग्रस्त है। श्री अरविंद ऐसा भेद नहीं करते, क्योंकि उनका लक्ष्य 'ज्ञात' तथा 'अज्ञात' को दो पृथक-पृथक कोटि में रखना नहीं है, बल्कि उनके मध्य की दूरी को कम करना है।

वैसे वे भी स्पष्ट कहते हैं कि 'ब्रह्म' का हमें 'ज्ञान' नहीं है। विश्व-चेतना में एक बिन्दु ऐसा है जहां चेतना एक विलक्षण रूप ले लेती है, जब उसे स्पष्ट प्रतीत होता है कि 'कुछ है', वह इसका निर्धारण भी करती है, फिर भी वह 'कुछ' इस निर्धारण के परे ही रहता है।

अतः श्री अरविंद स्वीकारते हैं कि प्रारम्भ में तो इस 'कुछ'—इस 'व्यापक सत्' में एक प्रारम्भिक आस्था रखनी ही है। उनका कहना है कि हमारी चेतना तथा हमारे ज्ञान के सामान्य ढंग से है कि प्रारम्भ में तो हमें 'आस्था' रखनी ही है। इस 'आस्था' के साथ इस पथ पर अग्रसर होने पर ही 'ज्ञान' तो 'पूर्ण अनुभूति' सम्भव है। वे कहते हैं,

"This creed is given indeed to humanity to support it on its journey, until it arrives at a stage of development when faith will be turned into knowledge and perfect experience...."*

श्री अरविंद ने सत्-विचार को पूरी तरह समझने के लिये उनके द्वारा चर्चित सत्ता के विभिन्न स्तरों या गाठों (Levels or Cords of Being) का विवरण आवश्यक है।

प्रथमतः तो यह ध्यान में रखना आवश्यक है कि श्री अरविंद सत्ता के विभिन्न स्तरों की बात करते हैं, किन्तु उससे उनका यह तात्पर्य नहीं है कि सत्ता का स्वरूप अनेकात्मक है। उनके अनुसार भी सत्त् अनिवार्यतः एक ही है। किन्तु वे यह भी समझते हैं कि सृष्टि अथवा जगत के विकास-क्रम में 'एकत्त्व' तथा 'अनेकत्त्व'—दोनों प्रक्रियों का रहना आवश्यक है। जगत में अनिवार्य एकत्त्व की ही अभिव्यक्ति है, किन्तु यह अभिव्यक्ति अनेकत्त्व की विधा में है। अतः जब श्री अरविंद 'सत्ता के स्तरों या गांठों' की बात करते हैं, तो यह समझना चाहिये कि सत्ता के अभिव्यक्त रूप से सम्बन्धित बात है, सत्ता के मूल अव्यक्त रूप से सम्बन्धित नहीं।

श्री अरविंद इस प्रकार के सात स्तरों की बात करते हैं। वे हैं, शुद्ध सत्त (Pure Existence), चित् शक्ति (Consciousness-force), आनन्द (Bliss), अतिमानस (Supermind), मानस (Mind), मन (Psyche), प्राण (Life) तथा जड़तत्त्व (Matter)। यदि सत् को एक पूर्ण इकाई की उपमा में समझने की चेष्टा हो, तो इन आठों स्तरों में प्रथम चार उच्चतर गोलार्द्ध के अन्तर्गत आयेंगे, और अन्तिम चार निम्नतर गोलार्द्ध के अन्तर्गत आयेंगे। श्री अरविंद यह भी कहते हैं कि निम्नतर तथा उच्चतर के अन्तर का आधार भी सरल है। निम्नतर स्तर में वे ही चार स्तर आते हैं जो विकास-प्रक्रिया के क्रम में व्यक्त हो चुके हैं—स्पष्ट हो चुके हैं। उच्चतर गोलार्द्ध में उन्हीं स्तरों का उल्लेख है जिनमें विकास-प्रक्रिया को अभी प्रवेश करना बाकी है।

---

*Sri Aurobindo, *The Life Divine*, p. 33.

इसी कारण श्री अरविंद स्पष्ट कहते हैं कि ये दोनों गोलार्द्ध एक दूसरे के विपरीत भी नहीं। वस्तुतः निम्नतर गोलार्द्ध के हर स्तर के अनुरूप उच्चतर गोलार्द्ध का एक स्तर है। और इस अनुरूपता की विशिष्टता है कि निम्नतर गोलार्द्ध का जो अन्तिम विकसित रूप है—उसके अनुरूप उच्चतर गोलार्द्ध का पहला स्तर नहीं, बल्कि चौथा स्तर है। अर्थात यह अनुरूपता विपरीत-क्रम में है, मानस अतिमानस की ही निम्नतर शक्ति है। उसी प्रकार मन या सूक्ष्म शरीर (Psyche) आनन्द का ही रूप है। प्राण-शक्ति में सत् का शक्ति-रूप, उसकी चित्-शक्ति ही निम्नतर स्तर में व्यक्त है, तथा 'जड़-तत्त्व' भी अस्तित्व का सृष्टि में व्यक्त रूप है।

वस्तुतः श्री अरविंद बड़े सुन्दर ढंग से 'सत्' तथा उसके जगत में व्यक्त-रूप के सम्बन्धों का विवरण किया है, जिसमें वे यही दिखाना चाहते हैं कि सच्चिदानन्द ही अपने शुद्ध सत् रूप से चित्-शक्ति तथा आनन्द के खेलों में, तथा अतिमानस की क्रियात्मकता के माध्यम से ब्रह्माण्ड में उतर आता है (Descent), जब कि हम सतत् जड़तत्त्व, प्राण, मन आदि के माध्यम से उस उच्चतर रूप को प्राप्त करने में प्रवृत्त हैं। (Ascent) "The Divine *descends* from Pure Existence through the play of Consciousness-force and Bliss and the creative medium of Supermind into cosmic Being, we *ascend* from matter through a developing life, soul and mind and the illumination medium of Supermind towards the Divine Being."*

इन दोनों गोलार्द्धों के बीच की गांठ का बिन्दु वही है जहां मानस तथा अतिमानस के बीच रेखा खींची हुयी है। श्री अरविंद कहते हैं कि इस बिन्दु पर अभी एक पर्दा पड़ा हुआ है, उसी के कारण मानस को उस उच्चतर सत् की झांकी नहीं मिल पाती।

इस विवरण से एक बात तो स्पष्ट हो ही जाती है परमसत्, जिसे निम्नतर गोलार्द्ध भी अपने ढंग से प्रतिबिम्बित करने की चेष्टा करता है वस्तुतः एक 'त्रयात्मक' सत् है,—सच्चिदानन्द है, जिसके सत्, चित्-शक्ति तथा आनन्द तीन रूपों का विचार होता है। हम देखेंगे कि अतिमानस इन तीनों से सर्वथा पृथक स्तर नहीं है, क्योंकि उसे तो सत्-चेतना (Truth-Consciousness) कहा गया है, वह सच्चिदानन्द की सतत् चेतना है। इसी कारण श्री अरविंद सत् का विवरण 'सच्चिदानन्द' ही कह कर करते हैं। यह इसी त्रयात्मक भाव का एक नाम है। वे स्पष्ट कहते हैं, "We start, then, with the conception of an omnipresent reality of which neither the non-being at the one end nor the universe at the other are negations that annul, they are rather different status of the Reality, obverse and reverse affirmations. The highest experience of this Reality in the Universe shows it to be not

*Sri Aurobindo, *The Life Divine*, p. 242.

only a conscious Existence but a Supreme Intelligence and Force and a self-existent Bliss."*

तो, इस मूल विवरण 'सच्चिदानन्द' को समझने के लिये यह आवश्यक हो जाता है कि इसके तीनों भावों शुद्ध सत्त्, चित्त्-शक्ति, आनन्द––की पृथक-पृथक व्याख्या हो।

(i) **शुद्ध सत्त्** (The Pure Existent)

वेदान्त में 'सत्त्' की कल्पना एक सार्वभौम एवं अमिट सत्ता के रूप में हुयी है। वहां इसके समर्थन में प्रस्तुत साक्ष्य जीवन की तीनों अवस्थाओं (जाग्रतावस्था, स्वप्नावस्था तथा सुषुप्ति) के विश्लेषण के आधार पर दिया जाता है। इस विश्लेषण में यह स्पष्ट हो जाता है कि सत् का निषेध सम्भव नहीं है, सुषुप्ति में 'सत्' है। श्री अरविंद भी अपने 'शुद्ध-सत्त् विचार' को कुछ उसी रूप में प्रतिष्ठित करते हैं, किन्तु उनके विश्लेषण तथा शुद्ध-सत्त् के विवरण का ढंग उससे कुछ भिन्न है। वे 'दार्शनिक दृष्टि की प्रथम अनुभूति' का तथा 'वैचारिक बौद्धिकता के ढंगों' का विश्लेषण करते हैं, तथा उसी विश्लेषण के द्वारा दिखाते हैं कि इससे भी यही निष्कर्ष स्थापित होता है कि सत् एक शुद्ध, सार्वभौम तथा असीम शक्ति है। हम उनके विचारों के साथ चलने का प्रयत्न करें।

वे कहते हैं कि जब भी हम अपने को वैयक्तिक तथा स्वार्थमूलक विचारों से मुक्त कर एक शुद्ध जिज्ञासु के रूप में निष्पक्ष ढंग से जगत को देखते हैं तथा उस पर विचार करते हैं। (यही प्रारम्भिक दार्शनिक दृष्टि है), तो कम से कम प्रारम्भ में हमें यही प्रतीत होता है कि जगत एक असीम शक्ति का परिचायक है जो सीमाहीन स्थान तथा शाश्वत काल में सतत्-गतिशील तथा क्रियाशील है। उस क्षण जगत हमें हमसे बहुत ऊपर––हमारी वैयक्तिकता से सर्वथा परे, एक असीम सत्ता के रूप में प्रतीत होता है। हमें ऐसा ही प्रतीत होता है कि हम एक 'अनन्त-विस्तार' के समक्ष हैं, जो हमसे परे है, बड़ा वृहत् है, असीम प्रतीत होता है। इसी प्रकार इस प्रारम्भिक समझ में 'हम' और 'जगत' का द्वैत उपस्थित हो जाता है, और इस प्रारम्भिक समझ के अनुरूप इस द्वैत को प्रतिष्ठित कर लेते हैं, तथा जगत की असीमता के समक्ष अपने को मान देते हुए अपना महत्व बढ़ा लेते हैं। यह भी 'मैं' से अधिक चिपकने का एक उपकरण बन जाता है। स्पष्ट है, यह ज्ञान नहीं, अज्ञान ही है।

किन्तु इसके पश्चात् हमारी विचार-शक्ति सक्रिय हो जाती है, और इस प्राथमिक अनुभूति को पंख लगने लगते हैं। अब हम विचार कर देखते हैं तो लगता है कि यह अनन्त 'अस्तित्व' जिसे हम अपने से सर्वथा पृथक समझ रहे थे, वह तो अपने को एक भिन्न रूप में व्यक्त कर रहा है। श्री अरविंद स्वीकारते हैं कि इस वैचारिक सक्रियता में विज्ञान की प्रगति का भी योगदान रहता है। इस वैचारिक विश्लेषण से यह स्पष्ट हो जाता है कि यह असीम शक्ति तथा क्रियात्मकता सूक्ष्मतर पदार्थों में भी स्थित है, तथा वृहत् रूपों में भी। यह भी प्रतीत होता है कि यह सक्रियता इतनी गहन तथा सार्वभौम रूप में व्यापक है कि इसे स्थान

---

*Sri Aurobindo, *The Life Divine*, p. 32.

या काल के रूपों में मापा नहीं जा सकता। स्थान तथा काल में मापने के ढंगों की अपनी सीमा होती है, तथा कुछ सत् को किसी सीमा के अन्तर्गत बांधा नहीं जा सकता। इस प्रकार बौद्धिक विचार 'शुद्ध असीम' की अवधारणा को विकसित कर लेता है। यह 'असीम' है—इसका अर्थ यह 'नहीं' कि यह सीमाहीन स्थान तथा काल में फैला हुआ है, इसका अर्थ है कि यह 'स्थान' तथा 'काल' से परे है, इसे स्थान और काल में ढाला नहीं जा सकता।

इस प्रकार दार्शनिक विश्लेषण 'शुद्ध सत्त्' का स्वरूप प्रतिष्ठित करता है। इसे सीमाहीन तथा असीम इसी कारण कहा जाता है कि 'स्थान' तथा 'काल' के प्रश्न इसके लिये उठाये ही नहीं जा सकते। इस दार्शनिक विश्लेषण से जो चित्र प्रस्तुत होता है उसकी एक विशिष्टता यह भी है कि यह प्रारम्भिक दृष्टि में जो 'मैं' तथा 'जगत' का द्वैत उपस्थित होता है, उससे यह ऊपर उठ जाता है, क्योंकि इस विश्लेषण से यह भी प्रतीत होता है कि 'मैं' भी उस शुद्ध-सत्त—उस असीम शक्ति–से भिन्न नहीं, बल्कि उसका एक पक्ष ही है। जब सत् का यह शुद्ध रूप उपस्थित होता है, तो स्थान, काल भी लुप्त हो जाते हैं और साथ-साथ हर प्रकार का द्वैत समाप्त हो जाता है।

फिर भी श्री अरविंद स्वीकारते हैं कि यह विवरण 'शुद्ध सत्त' का पूर्ण विवरण नहीं है, क्योंकि वस्तुतः 'शुद्ध सत्' का (फलतः सच्चिदानन्द का भी) पूर्ण विवरण दिया ही नहीं जा सकता। हमारे विवरण के ढंग, वैचारिक कोटियां हैं, जो 'मानस' के रूप हैं, और 'मानस' निम्नतर गोलार्द्ध की अन्तिम विकसित अवस्था है जो उच्चतर गोलार्द्ध का पूर्ण विवरण देने में सर्वथा असमर्थ है। इसी कारण यह विवरण वैचारिक विवरण है—जो पूर्णतया यथेष्ट हो ही नहीं सकता। इसे स्पष्ट करते हुए श्री अरविंद कहते हैं,

"*If this* indefinable, infinite, timeless spaceless, existence is, it is necessarily a Pure Absolute. It cannot be summed up in any quantity or quantities, it cannot be composed of any quality or combination of qualities. It is not an aggregate of forms or a formal substratum of forms. If all forms, quantities were to disappear, this would remain."*

इस प्रकार हम देखते हैं कि अपने 'शुद्ध सत्त्' के विचार को प्रस्तुत करने में श्री अरविंद दो स्तरों में भेद करते हैं—(क) एक तो शुद्ध सत्त् का वह विवरण जो हमें अपनी प्राथमिक दार्शनिक दृष्टि में उपलब्ध होती है—जब हम अपने से ऊपर उठ 'जगत' को देखने की चेष्टा करते हैं, तथा (ख) दूसरा वह विवरण है जो बौद्धिक विचार प्रस्तुत करता है। प्रथम चित्र स्थान तथा काल के घेरे में स्थिति है, दूसरे चित्र में 'शुद्ध सत्त्' स्थान और काल के घेरे से ऊपर उठ जाता है। प्रथम चित्र में 'अस्तित्त्व'—जिस रूप में जगत में वह अस्तित्व-वान है—उस रूप में दिखाई देता है, दूसरे चित्र में 'अस्तित्त्व' का एक शुद्ध भाव—एक विचार उभरता है।

किन्तु अन्ततः श्री अरविंद इन दोनों चित्रों को भी एक प्रकार से समन्वयित कर देते हैं,

---

*Sri Aurobindo, *The Life Divine*, p. 72.

वे कहते हैं कि इन दोनों ढंगों में अस्तित्त्व को दो भिन्न-भिन्न रूपों में देखा जा रहा है, लेकिन अस्तित्त्व को ही देखा जा रहा है। अतः कोई विवरण पूर्णतया अयथार्थ भी नहीं। वैसे 'शुद्ध सत्त्' का कोई विवरण पूर्णतया यथार्थ हो भी नहीं सकता कि ऐसा हर विवरण 'मानस' की सीमा के अन्तर्गत दिया गया विवरण है। किन्तु 'शुद्ध सत्त्' को इस सीमा के अन्तर्गत समझने की जो भी प्रक्रिया है, उसके अनुरूप दोनों विवरण वास्तविक ही हैं। हमारी प्रारम्भिक वृष्टि 'स्थान' तथा 'काल' के रूपों में सत्त को देखता है, अतः उस दृष्टि से यह एक 'असीम शक्ति' तथा 'अनन्त गति' प्रतीत होता है। हमारा बौद्धिक विचार इसके परे जाता है, फलतः इसे स्थान-काल सबसे परे 'एक निरपेक्ष सत्त्' के रूप में प्रतिष्ठित करता है। ये दोनों विचार 'शुद्ध सत्त्' को समझने में सहायक हैं। दोनों को मिलाते हुए कहा जा सकता है कि शुद्ध सत्त् है तो पूर्णतया निरपेक्ष सत्त—हमारे बौद्धिक ढंगों की दृष्टि से अज्ञेय ही है—फिर भी अपने वैचारिक ढंगों से हम इसका एक चित्र खींच लेते हैं, जो 'ज्ञान' नहीं है। इसके विपरीत 'शुद्ध सत्त' अनन्त क्रियात्मकता भी है जो इसका सापेक्षता से सम्बन्धित पक्ष है। फिर भी यह तो स्पष्ट है कि यह सापेक्ष रूप भी उस शुद्ध से भिन्न नहीं है। "...we say that pure existence is *Our Absolute* and in itself unknowable by our thought although we can go back to it in a supreme identity that transcends the terms of knowledge. The *movement* on the contrary is the field of the relative and yet by the very definition of the relative and yet by the very definition of the relative all things in the movement contain, are contained in and are the Absolute."*

(ii) चित्त-शक्ति (Consciousness-force)

हमने देखा है कि निरपेक्ष सत् को न तो वस्तुतः एक कहा जा सकता है और न अनेक, न इसे स्थिर कहा जा सकता है न गयात्मक। इस प्रकार की सभी कोटियां निरपेक्ष सत् को समझने के हमारे मानसिक प्रयत्न हैं, वह अपने में इन सभी कोटियों से परे है। फिर भी, हमने यह भी देखा है कि जब हमारी वैचारिक दृष्टि सत् के स्वरूप को पकड़ने की चेष्टा करती है यह एक परम अस्तित्त्व तथा असीम शक्ति प्रतीत होता है।

अब प्रश्न यह उठता है कि इस सूझ में भी एक कठिनाई रह ही जाती है। यह सूझ हमें कौनसा चित्र प्रस्तुत करता है—वह सत्रूप है या शक्तिरूप? श्री अरविंद का कहना है कि इस प्रकार का संशय इसी कारण उत्पन्न होता है कि हम सामान्यतः इन दोनों रूपों को परस्पर विरोधी नहीं तो असंगत तो मानते ही हैं। किन्तु उनके अनुसार ऐसी बात नहीं है। 'निरपेक्ष सत्त्' 'शुद्ध-सत्त्' रूप में भी प्रतीत हो सकता है, तथा 'शक्ति-रूप' में भी। वे प्राचीन भारतीय विचार से इस बात पर सहमत हैं कि 'शक्ति' तो 'सत्त्' में निहित है ही। आलंकारिक भाषा में बोलते हुए श्री अरविंद कहते हैं कि हमें 'शिव' तथा 'काली' दोनों तथ्यों को स्वीकारना चाहिये।

---

*Sri Aurobindo, *The Life Divine*, p. 72.

अब दो प्रश्न उठते हैं—(क) 'शुद्ध सत्' तथा 'शक्ति' में सम्बन्ध क्या है? तथा (ख) इस 'शक्ति' का स्वरूप क्या है?

पहला प्रश्न इस कारण भी बड़ा अर्थपूर्ण है क्योंकि ऐसा नहीं कहा गया है कि 'शक्ति' 'शुद्ध सत्त्' का सार-रूप है। यह सम्भव है कि हम 'सत्' की कल्पना शक्ति से पृथक भी करें। यदि 'शक्ति' 'शुद्ध सत्' का सारतत्त्व होता तो दोनों के बीच सम्बन्ध का प्रश्न नहीं उठता। अतः मूल प्रश्न यह बन जाता है कि 'शक्ति' जो 'शुद्ध सत्त्' से पृथक है किस प्रकार शुद्ध-सत्त् से सम्बन्धित हो जाती है? यदि श्री अरविंद की वैचारिक व्यवस्था में 'शिव' तथा 'काली' दोनों के लिये स्थान बनाना है तो दोनों के सम्बन्ध का प्रश्न अर्थपूर्ण हो ही जाता है।

श्री अरविंद का कहना है कि 'शक्ति' 'सत्त्' में निहित इस अर्थ में है कि दोनों के मध्य इस प्रकार का सम्बन्ध है कि एक को दूसरे से सर्वथा अलग नहीं किया जा सकता। यह सम्भव है कि हम 'सत्त्' के सम्बन्ध में शक्ति से पृथक 'विचार' करें, विचार में इस प्रकार की पृथकता की जा सकती है, किन्तु वस्तुतः दोनों एक दूसरे से अलग रहते नहीं।

किन्तु, शक्ति के स्वरूप में तो दो सम्भावनायें निहित हैं, यह या तो 'स्थिर' रह सकती हैं, या 'गतिशील'। श्री अरविंद कहते हैं कि शक्ति की दो वैकल्पिक अवस्थायें सम्भव हैं—'स्थिरता' की तथा 'गतिशीलता' की, 'शक्ति के आत्म संकेन्द्रण की' (Self-concentration inforce) तथा 'शक्ति के विसरण की' (Self-diffusion in force)। किन्तु यदि शक्ति में ये सम्भावनायें हैं तो एक दूसरी समस्या उठ जाती है। श्री अरविंद उस समस्या को एक प्रश्न के रूप में उठाते हैं, "Why should this possibility of a play of movement of Force translate itself at all? Why should not Force of Existence remain eternally concentrated in itself, infinite, free from all variations and formations?"* प्रश्न यह है कि यदि परम सत् अपने में इस रूप में है कि शक्ति उसमें केन्द्रित है तथा स्थिर है, तो उस शक्ति के गतिशील हो जाने की क्या आवश्यकता हो गयी। वैसे ही सत् पूर्ण रहता, गतिशील होने से तो उसमें परिवर्तन की सम्भावना जाग जाती है। श्री अरविंद इस प्रश्न का बड़ा ही सरल निदान देते हैं। वे बस इतना ही कहते हैं कि ऐसा 'होना' तो शक्ति के स्वरूप में निहित है। यह 'स्थिर' रहती है और 'गतिशील' भी होती है। यह उसका स्वरूप है। उनका कहना है कि इस स्थल पर 'क्यों' का प्रश्न ही नहीं उठता क्योंकि यह तो शक्ति का अनिवार्य धर्म है—शक्ति का 'स्व-भाव' है कि वह कभी स्थिर रहे और कभी गतिशील हो जाय।

अब हम दूसरे प्रश्न पर विचार करें, इस शक्ति का स्वरूप क्या है? क्या यह शक्ति एक अचेतन शक्ति है, अबौद्धिक शक्ति है या यह एक चेतन शक्ति है? श्री अरविंद बेहिचक कहते हैं कि इस 'शक्ति' को तो चेतन होना ही है। इसे स्थापित करने के लिये श्री अरविंद एक ओर तो यह भी निर्देश देते हैं कि शक्ति वस्तुतः चित्त-रूप है, तथा दूसरी ओर यह भी दिखाते हैं कि चेतना शक्ति है।

---

*Sri Aurobindo, *The Life Divine*, p. 79.

श्री अरविंद अस्तित्व के हर पक्ष, हर स्तर की परीक्षा करते हैं तथा स्पष्ट रूप में दिखाते हैं कि हर स्तर में, गयात्मकता तथा गति का हर उदाहरण एक चेतन शक्ति को ही प्रतिरूपित करता है। 'चित्र' या 'चेतन' शब्द की श्री अरविंद मानवीय चेतन के अर्थ में नहीं समझते। इसके स्वरूप को स्पष्ट करते हुए श्री अरविंद कहते हैं,

"It [consciousness] is no longer synonymous with mentality but indicates a self-aware force of existence of which mentality is a middle term, below mentality it sinks into vital and material movements which are for us sub-conscient; above it rises into the supramental which is for us the superconscient. But in all it is one and the same thing organising itself differently".*

स्पष्ट है कि श्री अरविंद के 'चित्र' शब्द का तात्पर्य बड़ा व्यापक है—मूलतः यह एक ऐसी शक्ति है जो अस्तित्व की स्वचेतन चेतना है। किन्तु यह विभिन्न रूपों में कारगर रही है। अतः इसे मानसिक चेतना से एक रूप करना उपयुक्त नहीं। यह मानसिक चेतना के स्तर से नीचे उतर प्राणतत्त्व तथा भौतिक गति की चेतना भी हो सकती है, जो इसकी अवचेतन अवस्था है (Sub-conscient), वह मानसिक स्तर से ऊपर उठ सकती है तथा अतिमानस के स्तर तक भी पहुंच सकती है। वह उसकी अतिचेतन (Super-conscient) अवस्था है। इस प्रकार यह शक्ति विभिन्न रूपों में व्यक्त हो सकती है। अपने में यह एक मूल चित्त-शक्ति (consciousness-force) है जो अस्तित्व के विभिन्न स्तरों में कारगर है। श्री अरविंद का कहना है कि भारतीय वैचारिक परम्परा में 'चित्' शब्द को ऐसे ही व्यापक अर्थ में समझा गया है।

चित्त-शक्ति-विचार में श्री अरविंद एक बड़ा ही विचारोत्पादक विचार प्रस्तुत करते हैं, उनका कहना है कि यही शक्ति सृष्टि का मूलाधार है। इसी कारण सृष्टि के जनक होने के कारण इसे वे 'श्री मां' (The Mother) कहते हैं। उनका कहना है कि यही ईश्वरीय शक्ति विश्व प्रक्रिया के पीछे है। इसी शक्ति के द्वारा सृष्टि का उद्भव है तथा सृष्टि के खेल चलते हैं।

'चित्त-शक्ति' के इस विचार के फलस्वरूप श्री अरविंद कम से कम वैसी समस्याओं से स्पष्ट बच जाते हैं जिनसे सांख्य जैसा दर्शन घिर जाता है। दर्शन की परम्परा में इस अचेतन उद्देश्यवाद (Unconscious Teleology) की समस्या कहा गया है। विश्व में प्रयोजन, व्यवस्था, सामञ्जस्य आदि हैं, इनकी व्याख्या का क्या आधार है। सांख्य के समक्ष यह समस्या है क्योंकि प्रकृति अचेतन है। श्री अरविंद के समक्ष यह समस्या नहीं रहती क्योंकि वे सृष्टि का मूलाधार एक चित्त-शक्ति को मानते हैं।

---

*Sri Aurobindo, *The Life Divine*, p. 83.

(iii) अस्तित्व का आह्लाद : आनन्द (Delight of Existence : Bliss)

श्री अरविंद ने परम सत् को मात्र सत् तथा चित्त नहीं कहा है, वे इसे 'आनन्द-रूप' भी कहते हैं। वैसे श्री अरविंद को यह वैचारिक आशंका है कि निरपेक्ष सत् के सत्त एवं चित्त रूप को उसका पूर्णरूप समझा जा सकता है। सत्-चित्त होने से वह अपने में पूर्ण तो है ही, किन्तु तब उसे विभिन्न रूपों में व्यक्त होने की न कोई आवश्यकता रह जाती, और न कोई उपकरण रह जाता। श्री अरविंद इस सम्भावना को प्रश्न-रूप में उठाते हुए पूछते हैं कि यदि ब्रह्म अपने में पूर्ण तथा निरपेक्ष है, जिसमें कोई कमी नहीं, जिसे किसी बात की आवश्यकता नहीं तो उसे अपने को विभिन्न रूपों में—सृष्टि में व्यक्त करने की आवश्यकता ही क्या है? यह कहा जा सकता है कि निरपेक्ष सत् में अपने को व्यक्त करने की प्रवृत्ति निहित है। किन्तु इससे भी कठिनाई समाप्त नहीं होती। यह प्रश्न रह ही जाता है कि वह क्या उपादान या उपकरण या कारण है जिसके उपस्थित होने पर यह निहित शक्ति कार्यरत हो जाती है? निरपेक्ष सत्त तो किसी प्रकार से सीमित नहीं है, उसमें कुछ कमी नहीं है। तो ऐसी क्या विवशता आ जाती है कि उसमें निहित शक्तियों को व्यक्त होना पड़ता है?

श्री अरविंद का कहना है कि इन सभी प्रश्नों का एकमात्र समाधान है—'आह्लाद'। इन प्रश्नों का एक ही उत्तर सम्भव है, कि ये सभी अभिव्यक्तियां—निहित शक्तियों का व्यक्त होना—अस्तित्त्व के आह्लाद के रूप हैं, आनन्द के रूप हैं। सृष्टि का उद्भव आह्लाद में है, सृष्टि के खेल आनन्द-रूप हैं। तथा उसी आनन्द की परमावस्था सृष्टि का लक्ष्य है। "It is ananda out of which this world is born. It is ananda that sustains it, and it is ananda that is its goal and consumation."*

यह सृष्टि की वेदान्ती व्याख्या है, तथा श्री अरविंद भी इसे मान्यता देते हैं। व आलंकारिक भाषा में सृष्टि का विवरण देते हुए कहते हैं कि यह 'शिव का आह्लादपूर्ण नृत्य हैं' (ecstatic dance of Shiva), अतः सृष्टि का उद्देश्य मात्र 'आह्लाद' है। श्री अरविंद का कहना है कि यह 'आनन्द' भी उसी रूप में पूर्ण तथा अमिट है जैसे सत् या चित्त। जिस प्रकार सत्त या चित्त के निषेध की कल्पना भी नहीं की जा सकती, उसी प्रकार 'आनन्द' के निषेध के विषय में, आनन्द-शून्य सृष्टि की कल्पना भी नहीं की जा सकती।

श्री अरविंद कहते हैं कि निरपेक्ष का सत् का यह आत्म-आह्लाद—यह आनन्द असीम है, इसकी कोई सीमा नहीं। इसकी अभिव्यक्ति के अनन्त रूप हो सकते हैं, यह अस्तित्त्व के हर पहलु तथा चेतन-क्रिया के हर पक्ष में व्यक्त हो सकती है। जो भी 'है', जो क्रियायें होती हैं, उन सबों में 'आनन्द' का रूप विद्यमान है। ऊपर से यह सदा दिखाई नहीं देता, किन्तु यदि 'अस्तित्व' का अर्थ है 'आनन्द को—आनन्द रूप में व्यक्त होना'।

श्री अरविंद को यह सहज अवगति है कि परम सत् को आनन्द-रूप मानने से 'अशुभ' की समस्या समस्या का रूप ले ही लेती है। यदि ब्रह्म सत्-चित्त-आनन्द रूप है, तथा यदि

*Sri Aurobindo, *The Life Divine*, p. 87.

उसी आनन्द की अभिव्यक्ति सृष्टि में हैं तो प्रश्न उठता ही है कि ऐसी सृष्टि में दुख, कष्ट, अशुभ कैसे आ गये? श्री अरविंद को इस प्रश्न की अवगति है, तथा वे स्पष्ट रूप में यह दिखाते हैं कि 'अशुभ' का होना किसी भी प्रकार सत् के आनन्द रूप को खण्डित करता और न उसमें किसी प्रकार की विसंगति उत्पन्न होती है।*

सृष्टि का स्वरूप : विश्व-प्रक्रिया

'परम सत्' की चर्चा में ही 'सृष्टि' का उल्लेख प्रशंसानुसार हो गया है। परमसत् की आह्लादपूर्ण अभिव्यक्ति 'सृष्टि' है। परमसत् पूर्णतया पूर्ण है, फिर भी अपने को 'व्यक्त' करती है। अतः इस पर कुछ विशद विचार करना आवश्यक हो जाता है कि ऐसा 'क्यों' और 'कैसे' होता है। इन्हीं प्रश्नों की विवेचना में श्री अरविंद का सृष्टि-सम्बन्धी विचार तथा विश्व-प्रक्रिया विचार स्पष्ट होता है।

श्री अरविंद सृष्टि का विचार द्विगुणात्मक-प्रक्रिया के रूप में प्रस्तुत करते हैं। एक ओर तो यह परात्म का जगत के रूपों में 'अवतरण' (Descent) है तथा दूसरी ओर यह जगत के रूपों का उच्चतर रूपों में 'आरोहण' है, 'उत्थान' है (Ascent)। इन दोनों प्रक्रियों के स्वरूप को समझने के लिये हम इनके पीछे जो श्री अरविंद का मूल विचार है, उसे समझने की चेष्टा करें।

श्री अरविंद का कहना है कि आध्यात्मिक उत्थान या उत्कर्ष के सम्बन्ध में जितनी भी बातें होती हैं, उनकी दो मूल मान्यता रहती ही है—(१) उससे यह स्वीकार कर ही चलना पड़ता है कि आदर्श की प्राप्ति सम्भव है। इसके साथ-साथ यह भी मान लेना आवश्यक है कि इस 'आदर्श' तथा हमारे 'स्वरूप' में कोई विसंगति नहीं है, क्योंकि यदि दोनों एक दूसरे से स्वरूपतः असंगत हों, तो हमारे लिये आदर्श की प्राप्ति सम्भव नहीं रहेगी। अतः इससे यह संकेत मिलता है कि यह आदर्श वस्तुतः हमारे स्वरूप जैसा ही है, हम अपने स्वरूप को ही भूल गये हैं, इसी कारण वह आदर्श हमसे दूर प्रतीत होता है। (२) पुनः विचार में यह भी आपदित है कि हमारा उत्थान इसी कारण सम्भव है कि उच्चतर रूपों का निम्नतररूपों में अवतरण होता है। हर उत्थान का दूसरा पक्ष—अवतरण है। उत्थान में हम ऊपर उठते हैं, यह तभी सम्भव होता है जब जिस ओर हम उठ रहे हैं, वह हमारी ओर आये। एक उदाहरण से स्पष्ट किया जा सकता है, 'ज्ञान' का उदाहरण लें। हम जब 'ज्ञान' प्राप्त करते हैं तो इसका अर्थ है कि हम ऊपर उठे हैं—जो ऊपर था उसकी ओर बढ़े हैं। किन्तु इसका यह भी अर्थ है कि 'ज्ञान' जो हमसे दूर था, उच्चतर था, अब हम तक उतर आया। अतः यहां हमारे उत्थान के अनुरूप ज्ञान का अवतरण हुआ। उसी प्रकार श्री अरविंद के अनुसार, हर आध्यात्मिक परिवर्तन में 'परात्म' का अवतरण होता

---

*इस स्थल पर श्री अरविंद के अशुभ-समस्या के समाधान से सम्बन्धित प्रश्न की विवेचना सम्भव नहीं है। इसकी उन्होंने विशद व्याख्या अपनी पुस्तक *The Life Divine* के 'The Problem of Evil' के उप-खण्ड में की है।

है, अन्यथा हमारा आध्यात्मिक उत्थान सम्भव ही नहीं होता। परात्म का यह अवतरण ही सृष्टि का उद्भव है—सृष्टि है।

अतः श्री अरविंद के अनुसार सृष्टि 'अवतरण' तथा 'उत्थान' की प्रक्रिया है। इस उत्थान प्रक्रिया को ही श्री अरविंद विकास प्रक्रिया कहते हैं, तथा अवतरण की प्रक्रिया को अन्तवर्लन-प्रक्रिया (Involution) कहते हैं। हम इन दोनों की व्याख्या अलग अलग करें—

(i) अवतरण या अन्तर्वलन (Descent or Involution)

श्री अरविंद के द्वारा दिया गया अवतरण-प्रक्रिया का विवेचन कुछ अर्थों में वेदान्त में चर्चित सृष्टि-विवरण के समान ही है, अन्तर यही है कि उनके विवरण में उनकी अपनी दृष्टि तथा उस दृष्टि के अनुरूप चर्चित अवधारणाओं का उपयोग हुआ है। वेदान्त में सामान्यतः सृष्टि का सम्बन्ध 'अविद्या' से दिखाया है, जिसके परिणामस्वरूप सृष्टि की वास्तविकता का बोध होता है। अज्ञान अथवा अविद्या के कारण ही हम जगत को वास्तविक समझ लेते हैं। इसका अर्थ है कि यह दृष्टि एक प्रकार के विस्मरण पर आधृत है—जहां सत् के वास्तविक स्वरूप का विस्मरण हो गया है। अद्वैत वेदान्त में तो यहां तक कहा गया है कि वस्तुतः 'सृष्टि' का प्रश्न ही नहीं उठता। उसके अनुसार तो वास्तविक दृष्टि से 'सृष्टि' की प्रतीति एक प्रकार से ब्रह्माण्डमूलक भ्रम है (Cosmic Delusion)। जब यह प्रश्न उठता है कि इस 'भ्रम' की उत्पत्ति क्यों होती है, तो समाधान प्रस्तुत किया जाता है कि यह एक आनन्द का खेल है—वेदान्त की भाषा में 'लीला' है।

कुछ उसी प्रकार श्री अरविंद भी सृष्टि का विवरण देते हुए इसे 'आत्म का अज्ञान में निमज्जन', 'आत्म का अज्ञान में प्रविष्ट हो जाना' (Plunge of the Spirit into Ignorance) कहते हैं। श्री अरविंद के अनुसार अज्ञान ईश्वरीय चेतना की अपने को आंशिक रूप में रोक रखने की शक्ति है। अज्ञान कोई पृथक विधा नहीं है, यह ईश्वरीय चेतना का ही अंश है। यह ईश्वरीय ज्ञान किसी भी रूप में निषेध नहीं, न उसके साथ इसकी किसी प्रकार की असंगति का प्रश्न ही उठता है। वस्तुतः एक छोर पर पूर्ण ईश्वरीय चेतना है, तो दूसरा छोर—दूसरी ओर की परिणति पूर्ण ज्ञान-शून्यता (Nescience) है। अज्ञान (Ignorance) इन दोनों के बीच है—इसी कारण इसका फैलाव भी अत्यधिक है। यह ज्ञान नहीं है क्योंकि ईश्वरीय चेतना जैसा नहीं है, किन्तु यह ज्ञान-शून्यता (Nescience) भी नहीं है। सृष्टि इसी क्षेत्र में आती है। अतः कहा जा सकता है कि 'सत्त' की अपने को आंशिक रूप में रोक रखने की शक्ति जब कार्यरत होती है, तो इसका अर्थ है कि सत्त अब 'अज्ञान' के क्षेत्र में उतर आया है—और यही सृष्टि है।

किन्तु, यह प्रश्न तो उठ ही जाता है—कि क्या निरपेक्ष सत्त अज्ञान के क्षेत्र में उतरने का निर्णय लेता है? क्या 'ज्ञान' के क्षेत्र में रह कर सृष्टि नहीं हो सकती? और यदि उसे सृष्टि के लिये अज्ञान के क्षेत्र में उतरना आवश्यक है, तो क्या यह उस पर एक बन्धन—एक सीमा नहीं है? श्री अरविंद को यह अवगति है कि ऐसे संशय के बिन्दु इस स्थल पर उभरते

हैं। वे इन प्रश्नों को इन संशयों का निराकरण अपने ढंग से करते हैं। उनका कहना कि ज्ञान में रह कर भी सृष्टि हो सकती है, किन्तु यह एक उच्चतर सृष्टि ही हो सकती है--जिसे केवल ज्ञानी तथा द्रष्टा ही देख सकते हैं। अभी हम उस जगत की विवेचना कर रहे हैं जिसमे हम सभी सामान्य जीव रह रहे हैं। यह निम्नतर जगत है, अज्ञान के क्षेत्र में उजागर सृष्टि है। यह हमारी सृष्टि अज्ञान के ही क्षेत्र में है।

सृष्टि का इस प्रकार के विचार की विशिष्टता यह हो जाती है कि इस दृष्टि से सृष्टि को भ्रामक नहीं कहा जाता। यह भी ईश्वरीय चेतना की ही सीमित अभिव्यक्ति है--उस चेतना, उस ज्ञान का निषेध नहीं। अतः वह भ्रामक नहीं हो सकता। इस स्थल पर अद्वैत वेदान्त तथा श्री अरविंद के विचारों का अन्तर स्पष्ट होता है। श्री अरविंद के अनुसार सृष्टि अनिवार्यतः भ्रमरूप नहीं है। इसकी अपनी सत्ता है---इसका अपना स्थान है, जो सत्त के साथ पूर्णतया संगत है।

फिर भी, अभी तक हमारे संशय का पूर्ण निराकरण नहीं हो पाया---इस निम्नतर सृष्टि में, अज्ञान के क्षेत्र में सत्त को उतरने की क्या आवश्यकता है? क्यों यह सृष्टि होती है? इस संशय के पूर्ण निराकरण के लिये श्री अरविंद का 'माया' तथा 'लीला' विचार को देखना आवश्यक है।

(ii) माया तथा लीला

वस्तुतः इन दो अवधारणाओं के उपयोग के द्वारा सृष्टि सम्बन्धी 'क्यों' तथा 'कैसे' प्रश्नों का उत्तर दिया गया है। 'क्यों सृष्टि हुयी'?---इस प्रश्न का उत्तर है लीला, तथा 'कैसे सृष्टि हुयी?---इस प्रश्न का उत्तर है---माया। वैसे ये दोनों उत्तर वेदान्त के उत्तर के समान ही हैं, किन्तु हम देखेंगे कि श्री अरविंद के द्वारा प्रस्तुत समाधान सर्वथा वेदान्त जैसा नहीं है।

वेदान्त के समान श्री अरविंद भी कहते हैं कि सृष्टि आनन्द की अभिव्यक्ति है। आह्लाद सृष्टि का रहस्य है, आह्लाद में सृष्टि का उद्भव है। अस्तित्त्व में रहने का कारण आह्लाद है, सृष्टि की समाप्ति का रूप भी आह्लाद है। श्री अरविंद कहते हैं कि उपनिषदों में बताया गया है कि आनन्द से ही हम अस्तित्त्वान होते हैं, तथा आनन्द में ही हमारी परिणति है। अतः यह कहा जा सकता है कि सृष्टि आनन्द का खेल है और यही 'लीला' का अर्थ है।

यह जगत रूपी सृष्टि---जिसके हम भी एक अंश हैं स्पष्टतः हर क्षण प्रवाहशील प्रतीत होता है। ऐसा प्रतीत होता है कि कोई शक्ति है जो इसमें सतत् कार्यरत है जिसके फलस्वरूप इसमें सतत नये-नये रूप व्यक्त होते रहते हैं। किन्तु यदि हम यह विचारें कि इस सर्जनात्मक क्रियात्मकता शक्ति के इस प्रवाह का कारण क्या है, प्रयोजन क्या है, तो मात्र एक ही उत्तर ऐसा सम्भव है जो हर प्रकार के संशय का निराकरण कर सके---और यह उत्तर है कि ये सभी क्रियायें आह्लादपूर्ण क्रियायें हैं---सृष्टि का हर ताल---हर लय---हर गति आनन्द की ही अभिव्यक्ति है। यदि हम इस मूल सत्य को समझ सकें---इसे अनुभूत कर ले तो हम भी उस आनन्द के अंश बन जाते हैं। इस अर्थ में जगत-प्रक्रिया सच्चिदानन्द

का ही अंश है—तथा इस प्रक्रिया में निहित यह व्यापक आनन्द ही 'लीला' है। यही लीला बच्चों के अबोध आह्लाद में कवि की आनन्दपूर्ण अभिव्यक्तियों में परिलक्षित होती है—क्योंकि वे इस आनन्द को इसके मूल स्रोत से सम्बन्धित रखने की एक विधा है। इसी कारण श्री अरविंद कहते हैं कि सृष्टि उसी का खेल है—वही खेल है, वही खिलाड़ी है, वही क्रीड़ास्थल है। ये सारी अभिव्यक्तियां उसके आनन्द-रूप की अभिव्यक्तियां हैं। "......if we look at the world existence rather in its relation to the self-delight of eternally existing being, we may regard, discribe and realise it as Lila, the play, the child's joy, the poet's joy, the actor's joy, the mechanician's joy of the soul of things eternally young, perpetually inexhaustible creating and re-creating Himself in Himself for the sheer bliss of that self-creation, of that self-sepresentation—Himself the play, Himself the player, Himself the playground."*

अब श्री अरविंद इस बात पर भी विचार करते हैं कि वह प्रक्रिया क्या है—वह ढंग क्या हो सकता है—जिससे सच्चिदानन्द अपने को जगत में व्यक्त कर देता है। वे यह भी समझते हैं कि सच्चिदानन्द की कल्पना वैसे जादूगर के रूप में भी नहीं की जा सकती जो अपनी जादुई छड़ी घुमा कर सारे खेल खेल दे। श्री अरविंद इस प्रक्रिया में एक 'नियम' देखते हैं—एक निश्चित ढंग देखते हैं। उसी नियम तथा उसी ढंग को वे 'माया' कह कर सूचित करते हैं।

भारतीय परम्परा में माया-विचार की अपनी विशिष्टता है। सामान्यतः 'माया' का विचार दो रूपों में होता रहा है। इन दोनों धारणाओं का विवरण श्री अरविंद निम्नलिखित ढंग से करते हैं, "Maya in its original sense meant a comprehending and containing consciousness capable of embracing, measuring and limiting, and therefore formative, it is that which outlines, measures out, moulds forms in the formless, psychologises and seems to make knowable the unknowable geometrises and seems to make measurable the limitless. Later the word came from its original sense of knowledge, skill, intelligence to acquire a pejorative sense of cunning, fraud, or illusion, and it is in the figure of an enchantment or illusion that it is used by the philosophical systems."** इस प्रकार हम देखते हैं कि श्री अरविंद के अनुसार 'माया' का प्रारम्भिक अर्थ—इसका मूल अर्थ एक प्रकार का था—तथा काल क्रम में यह अर्थ विकृत हो गया तथा एक दूसरे प्रकार का अर्थ स्पष्ट हो गया—जो अधिक प्रचलित हो गया। अपने मूलार्थ

---

*Sri Aurobindo, *The Life Divine*, p. 95.

**Ibid., p. 96.

में 'माया' 'सच्चिदानन्द' के अनुरूप ही है, यह एक क्रियात्मक सर्जनात्मक शक्ति के रूप में समझी गयी है, जो असीम को भी सीमित रूपों में व्यक्त कर सकने की शक्ति है—अज्ञात को इस रूप में प्रस्तुत करने की शक्ति है कि वह भी 'ज्ञेय' प्रतीत हो। किन्तु माया का यह मूलार्थ कालक्रम में उपेक्षित होता गया तथा अपने विकृत अर्थ में यह मात्र भ्रम उत्पन्न करने की शक्ति बन कर रह गया—भ्रामकता तथा छलावा का दूसरा नाम बन गया। यह दूसरा अर्थ इतना प्रचलित हो गया कि दार्शनिक विचारों में भी 'माया' का यही अर्थ व्यवहार में आ गया।

स्पष्ट है, श्री अरविंद 'माया' के इस दूसरे विकृत अर्थ को महत्त्व नहीं देते। ऐसा करने का एक कारण यह भी है कि उस अर्थ को स्वीकारने से तो जगत ही 'भ्रामक' हो जाता है। वे स्पष्ट कहते हैं कि जगत 'भ्रम' नहीं है, यदि यह स्वप्न जैसी अवस्था हो भी, फिर भी उस रूप में वास्तविक है जिस रूप में स्वप्न वास्तविक है। स्वप्न अपने में वास्तविक ही होता है, उसकी अवास्तविकता का प्रश्न तो स्वप्न टूटने के बाद उठता है। इसे अवास्तविक इस आधार पर भी नहीं कहा जा सकता कि यह 'सत्त्' के समान वास्तविक नहीं है क्योंकि उस दृष्टि से भी विभिन्न जगत बनते-मिटते रहे—'जगत' तो निरपेक्ष सत् के साथ जुड़ा ही है—कोई जगत तो सदा व्यक्त होता रहता है। हम ऐसे 'काल' की कल्पना भी नहीं कर सकते जहां केवल 'निरपेक्ष चेतना' रहे—और कोई जगत न हो। तो जगत अपने में वास्तविक है ही, तथा 'माया' का विचार तो जगत के इस वास्तविक रूप से सम्बन्धित है।

अतः श्री अरविंद 'माया' शब्द के पहले अर्थ को ही स्वीकारते हैं। 'माया' वह शक्ति है जो सृष्टि का रूप देती है। यह सच्चिदानन्द की ही शक्ति है—ऐसी शक्ति जो अनन्त सत् को सीमित रूपों में व्यक्त करने की शक्ति है। यह वह शक्ति है जो पूर्ण पूर्णता को—पृथक-पृथक तत्त्वों में व्यक्त कर देती है—सत् को सीमित सत् में, चेतना को सीमित चेतना में, अनन्त आनन्द को सीमित आनन्द में। इस अभिव्यक्ति से उसका पूर्णरूप खण्डित नहीं होता तथा आनन्द के खेल का एक नया आयाम स्पष्ट होता है। अपनी निहितार्थक भाषा में श्री अरविंद कहते हैं,

"[It is by Maya that] out of the *Supreme Being* in which *all is all* without barrier of separative consciousness, emerges the *phenomenal being* in which *all is in each* and *each is in all* for the play of existence with existence, consciousness with consciousness, force with force, delight with delight."*

किन्तु, कहा जा सकता है कि एक अर्थ में श्री अरविंद ने 'माया' शब्द के दूसरे अर्थ का भी उपयोग किया है। यदि 'माया' को 'पूर्ण सत्त' की ओर से देखा जाय तो यह ब्रह्माण्डमूलक भ्रम (Cosmic illusion) भी प्रतीत होता है। जगत को इस अर्थ में भी 'माया' कहा जा सकता है कि जगत 'परम सत्' नहीं है—'अन्तिम सत्' नहीं है। फिर भी

---

*Sri Aurobindo, *The Life Divine*, p. 108.

श्री अरविंद कहते हैं कि 'माया' के इस स्वरूप को पहले स्वीकारना—अनुभूत करना आवश्यक है, तभी इससे ऊपर उठा जा सकता है। भ्रम से ऊपर उठने के लिए भ्रम के भ्रम रूप का समझना आवश्यक है। इस दृष्टि से भी इस भ्रम-रूप में इस जगत में, एक प्रकार की वास्तविकता है। इसी कारण हम अपनी भाषा में, अपने मानसिक ढंगों से सीमित भाषा में जगत को ब्रह्माण्डसम्बन्धी भ्रम कह लेते हैं। वस्तुतः ऐसा कह कर हम मात्र अपनी सीमित वैचारिक कोटियों को असीम पर लगा रहे हैं, और इसके अतिरिक्त इस अवस्था में हम कुछ कर भी नहीं सकते। तो 'मानस' की अवस्था में स्थित हम, अपनी मानसिक कोटियों के अनुरूप जगत को ब्रह्माण्डमूलक भ्रम (Cosmic illusion) भी कह सकते हैं।

(iii) **उत्थान अथवा विकास** (Ascent or Evolution)

अब हम श्री अरविंद के अनुसार विकास-प्रक्रिया का विवरण कर सकते हैं। प्रारम्भ में ही यह स्पष्ट हो चुका है कि 'विकास' 'अवतरण' को मान कर अग्रसर होता है। 'विकास' का अर्थ है 'निम्नतर का उच्चतर में विकसित होना', और यह तभी सम्भव होता है जब उच्चतर का निम्नतर में अवतरण हो। सत्ता के 'आठों' स्तरों के क्रम में ये दोनों प्रक्रियायें चलती हैं। उच्चतर रूपों के जड़तत्त्व, प्राणतत्त्व, मन आदि में अवतरण से ही इन तत्त्वों का उच्चतर रूपों में विकास हो पाता है। इतना ही नहीं—जड़तत्त्व से प्राणतत्त्व का विकास इसी कारण सम्भव होता है कि प्राणतत्त्व जड़तत्त्व में उतर आता है। प्राणतत्त्व का विकास 'मन' में भी इसी कारण सम्भव है कि मन प्राणतत्त्व में उतर आता है। निम्नतर गोलार्द्ध के तत्त्व उच्चतर रूपों में विकसित इसी कारण हो सकते हैं कि उच्चतर रूपों का इनमें अवतरण हो जाता है। श्री अरविंद स्पष्टरूप में कहते हैं कि कोई तत्त्व उच्चतर रूपों में तब तक विकसित नहीं हो सकता जब तक वह उच्चतर रूप में उसमें न उतर आये। 'शून्य' से 'शून्य' ही प्राप्त हो सकता है। यदि ये उच्चतर रूप सूक्ष्म ढंग से उन तत्त्वों में विद्यमान न रहें, तो उनमें इन रूपों का विकास हो ही नहीं सकता। इसी कारण श्री अरविंद 'विकास' या 'उत्थान-प्रक्रिया' को अवतरण (Involution) की विपरीत-प्रक्रिया कहते हैं। यहां 'विपरीत' का अर्थ निषेधात्मक नहीं तात्पर्य है कि विकास तथा अवतरण एक ही मार्ग में दोनों ओर से अग्रसर होने वाली प्रक्रिया है। फलतः एक रोचक तथ्य प्रकाश में आता है, इस पूरी प्रक्रिया में जो अन्त में जो स्थापित होता है, वह इस प्रक्रिया के प्रारम्भिक बिन्दु पर ही अवतरित है। उच्चतर गोलार्द्ध का चरम बिन्दु 'परम सत्', और वह अवतरित है निम्नतर गोलार्द्ध के प्रथम बिन्दु 'जड़तत्त्व' में। श्री अरविंद स्पष्ट कहते हैं, "......Spirit is a final evolutionary emergence because it is the original involutionary element and factor. Evolution is an inverse action of the involution: What is an ultimate and last derivation in the involution is the first to appear in the evolution. What was original and primal in the involution is the last and supreme emergence."*

*Sri Aurobindo, *The Life Divine*, pp. 759-60.

कहा जा सकता है कि श्री अरविंद के विकास-सिद्धान्त की विशिष्टता यह है कि यह अपने ढंग से अपने अन्तर्गत अन्य सभी प्रकार के विकास-सिद्धान्तों को समाविष्ट कर लेता है। विकास की प्रक्रिया को एक दृष्टि से 'पुनरावृत्तिमूलक' (Repetitive) तथा 'उद्गमनात्मक' (Emergent) कहा जाता है, तो दूसरी दृष्टि से 'यन्त्रवादी' (Mechanical) तथा 'प्रयोजनवादी' (Teleological) कहा जाता है। पुनरावृत्तिमूलक विकास सिद्धान्त मानता है कि काल-प्रगति में विकास-प्रक्रिया प्रायः एक ही जैसे रूपों को प्रगट करती रहती है। इसके विपरीत उद्गमनात्मक विकास-सिद्धान्त (Theory of Emergent Evolution) मानता है कि विकास-प्रक्रिया में हर स्तर में नवीन रूपों का प्रादुर्भाव होता रहता है। यन्त्रवादी विकास-सिद्धान्तों में विकास की हर विधा की व्याख्या पूर्वगामी उपकरणों के अनुरूप की जाती है, जबकि प्रयोजनवादी विकास-सिद्धान्तों की व्याख्या का आधार वे लक्ष्य तथा उद्देश्य हैं जिन्हें प्राप्त करना विकास का लक्ष्य है। श्री अरविंद के 'विकास के पूर्ण अद्वैत सिद्धान्त' (Integral Theory of Evolution) की विशिष्टता यह है कि यह इन सभी सिद्धान्तों के प्रासंगिक अंशों को अपने में समाविष्ट करता है, जिसके फलस्वरूप इनका सिद्धान्त अधिक व्यापक तथा बौद्धिक दृष्टि से भी सन्तोषप्रद प्रतीत होता है।

श्री अरविंद का कहना है कि विकास-प्रक्रिया में तीन प्रक्रियायें समाविष्ट हैं: 'विस्तारण' (Widening), 'उच्चत्त्व की ओर उन्मुखता' (Heightening), तथा 'पूर्णीकरण' (Integration)। साधारण भाषा में इसका तात्पर्य यही बताया जा सकता है कि प्रथमतः विकास-प्रक्रिया विस्तारण की प्रक्रिया है, अर्थात् इसमें किसी स्तर के अस्तित्ववान रूपों को समेटना है, उसे अपने पूर्णतया विस्तृत रूप में व्यक्त होना है। उसके बाद विकास प्रक्रिया उच्चतर रूपों की ओर उन्मुख होती है, ऊपर उठती है। किन्तु इस उच्चत्त्व की ओर उठने में किसी रूप के निषेध का या निरसन का प्रश्न नहीं उठता। और तब अन्त में पूरी प्रक्रिया के पूर्णीकरण (Integration) की प्रक्रिया आती है। इस प्रकार 'विस्तारण' का अर्थ है कि हर नये विकसित रूप को पूर्णतया विस्तृत रूप में विकसित होने का अवसर मिलता रहे। 'उच्चतर की ओर उन्मुखता' का अर्थ है कि एक स्तर से उच्चतर स्तर की ओर विकास हो। किन्तु विकास प्रक्रिया की सबसे महत्वपूर्ण प्रक्रिया है—पूर्णीकरण की प्रक्रिया। इसका अर्थ है कि विकास का अर्थ निम्नतर रूपों का निषेध करते हुए अग्रसर होना नहीं है, बल्कि निम्नतर रूपों को भी ऊपर उठाना तथा उन्हें पूर्णतया संगठित करना है। श्री अरविंद के दर्शन में पूर्णीकरण की प्रक्रिया विकास की सबसे महत्त्वपूर्ण प्रक्रिया है। विकास का अर्थ निम्नतर का क्रमिक निषेध या निरसन नहीं है, इसके विपरीत विकास का अर्थ है कि निम्नतर रूपों को विकास-प्रक्रिया समेटती है, तथा उन्हें उच्चतर बनाती है। श्री अरविंद के अनुसार पूर्णीकरण (Integration) का अर्थ है—अवतरण के द्वारा उत्थान (Ascent through Descent)। उच्चतर रूप निम्नतर रूपों में अवतरित को उसके स्वरूप में ही परिवर्त्तन कर देता है, और इस प्रकार उसे भी ऊपर उठा लेता है।

इसे स्पष्ट करने के लिये इस प्रक्रिया को एक उदाहरण में स्पष्ट करें। हम 'जड़तत्त्व'

के स्वरूप पर विचार करें, उसके अपने प्राथमिक स्वरूप के विषय में सोचें तथा उस स्तर में जड़तत्त्व के विषय में सोचें जब मानस (Mind) का आविर्भाव हो चुका है, और मानसिक ढंगों से हम जड़तत्त्व पर विचार करते हैं। हम स्पष्ट देखते हैं कि जब 'मन' 'जड़तत्त्व' में प्रविष्ट कर जाता है, तो जड़तत्त्व के स्वरूप में स्पष्ट परिवर्तन हो जाता है। अब 'जड़तत्त्व' अपने में पृथक, सबों से भिन्न अलग जड़तत्त्व नहीं रह जाता, अब वह मानसिकता का अंश बन जाता है, मानसिक ढंगों में घिर नये रूप में प्रतिष्ठित होता है। इसकी पृथकता समाप्त हो जाती है—अब यह मानसिकता के सामान्य स्तर का अवयव बन जाता है। श्री एस.के. मोइत्रा ने इस बात को एक बड़े सुन्दर उपमा के द्वारा समझाने का प्रयत्न किया है।* वे कहते हैं कि सामान्य विकास-सिद्धान्त विकास की दिशा निम्नतर से उच्चतर की ओर मानते हैं। वे कहते हैं कि इस विवरण की तुलना सेना के उस प्रकार आगे बढ़ने से की जा सकती है, जहां उसका सम्पर्क प्रारम्भिक स्थल (base) से टूट जाता है, हर क्षण वह एक स्थल को 'छोड़' आगे निकल जाता है। किन्तु श्री अरविंद की विकास-प्रक्रिया की तुलना सेना के उस प्रकार की प्रगति से की जा सकती है, जो आगे बढ़ते हुए हर पीछे छूटते स्थलों से अपना सम्पर्क बनाये रखता है।

विकास-प्रक्रिया के इस प्रकार के 'पूर्णीकरण' के रूप में चित्रित करने का एक ओर तो यह लाभ है कि विकास-प्रक्रिया का पूर्ण सर्वाङ्गी चित्र उभर आता है, वह विकास-क्रम के किसी बिन्दु पर टूट कर पृथक नहीं होता। इस रूप में इसे चित्रित करने का एक आधार यह भी है कि इसी रूप में विचार करने पर सर्वमुक्ति तथा दिव्य जीवन की सम्भावना की बात की जा सकती है। एक व्यक्ति अपने प्रयत्नों से अपने उत्थान तथा अपनी मुक्ति का मार्ग प्रशस्त कर सकता है, किन्तु 'सर्वमुक्ति' की बात तो तभी हो सकती है जब विकास-प्रक्रिया एक ऐसी सर्वाङ्गी प्रक्रिया हो जिसमें सब कुछ समाविष्ट हो जिससे विकास का कोई अंश टूटा हुआ तथा पृथक न हो।

यह तो विकास-प्रक्रिया का सामान्य स्वरूप हुआ, अब हम इस प्रक्रिया में विकास-क्रम में—व्यक्त होने वाले कुछ प्रमुख बिन्दुओं का विवरण करें। हमने पहले ही देखा है कि सृष्टि सत् का अज्ञान में प्रविष्टि होना है: अतः विकास-प्रक्रिया, जो सृष्टि के क्रमिक विकास की प्रक्रिया है, उसका प्रारम्भिक बिन्दु 'पूर्णज्ञान-शून्यता' है, तथा उसकी परिणति 'पूर्ण ज्ञान' है। ये दोनों दो छोर हैं—विकास-प्रक्रिया की कल्पना में उन दोनों छोरों को मान लेने से यह स्पष्ट हो जाता है कि इस प्रक्रिया की गति इन दोनों छोरों के मध्य ही है। इन दोनों छोरों का मध्य ही अज्ञान (Ignorance) का क्षेत्र है। विकास-प्रक्रिया अज्ञान के क्षेत्र में ही कार्यरत है। प्रश्न है कि इसमें प्रकट होने वाले प्रमुख तत्त्व क्या हैं?

श्री अरविंद कहते हैं कि विकास-प्रक्रिया अब तक जड़तत्त्व (Matter), प्राणतत्त्व (Life), मन (Psyche) से होती हुयी मानस (Mind) के स्तर तक पहुंच चुकी है। प्राणतत्त्व जड़तत्त्व में विकसित होता है, अतः जड़ से टूटा हुआ नहीं है। मानस अपने पहले

---

*S.K. Moitra, *The Philosophy of Sri Aurobindo*, pp. 66-67.

के तीनों स्तरों को समेटे है क्योंकि वह उन्हीं में विकसित हुआ है। अब मानस के स्तर को प्रतीक्षा है और उच्चतर रूपों में अतिमानस के स्तर में उठने की। यह विकास अभी रूप नहीं ले पाया है ; श्री अरविंद कहते हैं कि एक प्रकार से वह उत्थान विकास-प्रक्रिया का अन्तिम पग होगा, क्योंकि (जैसा हम आगे देखेंगे) अतिमानस के स्तर पर पहुंचते ही निरपेक्ष सत् की चेतना स्पष्ट हो जायगी।

श्री अरविंद के विकास-प्रक्रिया-विवरण का यह बड़ा ही संक्षिप्त तथा अयथेष्ट विवरण है। किन्तु, यहां भी यह स्मरण रखना है कि श्री अरविंद के अनुसार विकास-प्रक्रिया का विवरण पूर्णतया तटस्थ रूप में—एक तटस्थ वैज्ञानिक के समान नहीं प्रस्तुत किया जा सकता क्योंकि प्रथमतः तो हम स्वयं भी इस प्रक्रिया के अंग है, तथा इस प्रक्रिया की आगे जो प्रगति होनी है, वह आध्यात्मिक क्षेत्र की प्रगति होने के कारण हमी से सम्बन्धित है। श्री अरविंद का कहना है कि हम अपने आध्यात्मिक प्रयत्नों से विकास-प्रक्रिया की आगे की गति को तीव्र कर सकते हैं। जीव अपने प्रयत्न से 'मानस' के स्तर तक पहुंच चुका है, अतः ऊपर उठने के लिये, 'अतिमानस' की ओर अग्रसर होने के लिये भी हम सतत प्रयत्न कर सकते हैं। इस प्रकार श्री अरविंद के विकास-सिद्धान्त में विकास-प्रक्रिया का विवरण दो स्तरों पर होता है—एक तो विकास-प्रक्रिया के सामान्य स्वरूप का स्तर है, तथा दूसरा विकास-प्रक्रिया का व्यक्ति-केन्द्रित स्तर है। उनके अनुसार विकास 'जगत' से सम्बन्धित है, तथा व्यक्ति से भी। श्री अरविंद 'व्यक्ति' के महत्त्व को प्रमुखता देते हैं क्योंकि वे जानते हैं कि आध्यात्मिक शक्तियां व्यक्ति के माध्यम से स्पष्टरूप में व्यक्त होती हैं। व्यक्ति का उत्थान, व्यक्ति का विकास जगत के विकास से भिन्न नहीं है, बल्कि उसमें एक विशेषता यह भी है कि वैयक्तिक विकास से जगत के सर्वाङ्गी विकास की गति तीव्र होती है। यह श्री अरविंद के पूर्णतावादी विकास-सिद्धान्त (Integral Theory of Evolution) की अपनी विशिष्टता है। श्री अरविंद ने विकास के इस पक्ष का विचारोत्पादक विवरण 'अतिमानसिक परिवर्तन' तथा 'योग-सिद्धान्तों' के अन्तर्गत किया है—जिसकी चर्चा आगे होगी।

अस्तित्व के चार सिद्धान्त

इस स्थल पर हम श्री अरविंद के विचार की मूल धारा से अलग हट उनके द्वारा प्रस्तुत अस्तित्व-सम्बन्धी चार सिद्धान्तों का उल्लेख करेंगे, क्योंकि इस चर्चा के आलोक में श्री अरविंद की अपनी तत्त्व-मीमांसा को समझने में अधिक सुगमता होगी।

श्री अरविंद कहते हैं कि तत्त्व-दर्शन मूल सत्ताओं के स्वरूप-निर्धारण का प्रयत्न है जिसके आधार पर दृश्य जगत, जो सत्ताओं की ही अभिव्यक्ति है, तथा सत्ता-जगत का भेद स्पष्ट हो सके। फिर भी श्री अरविंद तत्त्वमीमांसीय चिन्तन के लिये एक अनिवार्य शर्त निर्धारित करते हैं—उनका कहना है कि तत्त्वमीमांसा का लक्ष्य तथा उसकी विधि दोनों को जो हमें दिखाई देता है, उससे सर्वथा असंगत नहीं होना चाहिये। वस्तुतः तत्त्वमीमांसी सिद्धान्तों का लक्ष्य 'दृश्य जगत' की व्याख्या ही तो है। अतः यदि हमारे

सिद्धान्त अनुभव में प्राप्त तत्त्वों की पूर्ण उपेक्षा कर दें, उनसे सर्वथा असंगत हो जायें, तो वे सभी पूर्णतया रिक्त तथा अयथार्थ हो जायेंगे।

तत्त्वमीमांसा पर इस रूप में विचार करते हुए श्री अरविंद सत्ता-सम्बन्धी चार सिद्धान्तों का उल्लेख करते हैं। वे हैं—

(क) परात्म-मूलक सिद्धान्त (The Super-Cosmic Theory)
(ख) ब्रह्माण्डमूलक अथवा इहलौकिक सिद्धान्त (The Cosmic or the Terrestrial)
(ग) पारलौकिक सिद्धान्त (The Supraterrestrial or the other-worldly)
(घ) पूर्ण अद्वैतवादी अथवा सांश्लैषिक सिद्धान्त (The Integral or the Synthetic)

इनमें अन्तिम सिद्धान्त (घ) श्री अरविंद की अपनी तत्त्वमीमांसीय दृष्टि का द्योतक है। पहले हम प्रथम तीन सिद्धान्तों के गुण-दोषों को दिखाते हुए, उनके स्वरूप को स्पष्ट करेंगे।

(क) परात्म-मूलक सिद्धान्त

श्री अरविंद के अनुसार यह सिद्धान्त पूर्णतः 'परात्म' को ही महत्त्व देता है। यह एक निरपेक्ष सत्त की स्थापना करता है, वह भी इस प्रकार कि उसके समक्ष हर तत्त्व का मानव का भी स्थान नगण्य हो जाता है। इस सिद्धान्त के जो प्रबल रूप हैं, उनके अनुसार तो मानव-अस्तित्त्व का भी कोई अर्थ नहीं है। मानव-अस्तित्त्व भी एक प्रकार से एक भ्रामक स्थिति जैसी है, जो जीने की इच्छा के फलस्वरूप या अज्ञान के कारण सत् के स्वरूप पर पर्दा डाल देती है। श्री अरविंद अद्वैत वेदान्त को इसी कोटि में रखते हैं। हम स्पीनोजा तथा ब्रैडले के तत्त्वमीमांसा विचार को भी इसी के अन्तर्गत रख सकते हैं क्योंकि उनके अनुसार भी सत् पूर्णतया 'परात्म-मूलक' है।

श्री अरविंद इस सिद्धान्त की आलोचना करते हैं। उनकी आलोचना का मुख्य बिन्दु यही है कि यह सिद्धान्त इतना एकांगी हो जाता है कि यह जगत को एक भ्रम या छलावा के रूप में परिणत कर देता है। यह अस्तित्त्वमान मानव को भी 'सत्ता' नहीं देता। साथ-साथ यह किसी भी प्रकार के परिवर्त्तन, विकास, गति के लिये स्थान भी नहीं छोड़ता, क्योंकि जगत की वास्तविकता का ही निषेध करता है। इस प्रकार श्री अरविंद कहते हैं कि इस सिद्धान्त में तत्त्वमीमांसीय चिन्तन की मूल शर्त का ही उल्लंघन हो जाता है, जिस अनुभव की व्याख्या के लिये यह सिद्धान्त दिया गया है, उसकी व्याख्या के स्थान पर यह मात्र उसका निषेध कर देता है। किन्तु यह तो अनुभव के साथ असंगत होना है। इस प्रकार यह सिद्धान्त एकपक्षीय आंशिक तथा एकांगी सिद्ध होता है।

(ख) ब्रह्माण्ड-मूलक अथवा इहलौकिक सिद्धान्त

यह परात्ममूलक सिद्धान्त का सर्वथा विपरीत सिद्धान्त है। यह ब्रह्माण्ड के सत् को वास्तविक मानता है। अपितु यह सिद्धान्त तो इतना ही नहीं मानता, इससे एक पग और आगे जाता है और मात्र इस जगत को—इस ब्रह्माण्ड को ही सत् मानता है। साधारणतः

इसके विचार भौतिक तत्त्वों के क्षेत्र तक ही सीमित रहते हैं। यदि 'ईश्वर' की बात भी होती है, तो ईश्वर भी एक परिवर्त्तनशील तत्त्व के रूप में ही कल्पित होता है। सामान्यतः ईश्वर की बात नहीं होती, तथा जगत एवं प्रकृति को शाश्वत रूप में गतिशील, परिवर्तन-मूलक तथा वास्तविक मान जाता है, तथा जीवन को एक मात्र कार्यस्थल के रूप में समझा जाता है। मानव को परिवर्त्तन-प्रक्रिया की सर्वश्रेष्ठ देन के रूप में चित्रांकित किया जाता है। इस बात पर कहा जाता है कि ब्रह्माण्ड की वास्तविकता गयात्मकता तथा परिवर्तन है। श्री अरविंद कहते हैं कि इस प्रकार का मत सामान्यतः पाश्चात्य परम्परा में ही प्रतिपादित हुआ है। सभी प्रकार के प्रकृतिवादी दर्शन, जैसे जड़वाद, भाववाद आदि इस प्रकार के इहलौकिक सिद्धान्त के उदाहरण के रूप में प्रस्तुत किये जा सकते हैं। भारतीय दर्शन में चार्वाक को इसी सिद्धान्त के अन्तर्गत रखा जा सकता है।

श्री अरविंद इस सिद्धान्त में निहित दोषों को स्पष्ट करते हुए कहते हैं कि यह भी अपने ढंग से एकांगी सिद्धान्त है। यदि परात्ममूलक सिद्धान्त एक छोर पर रहने के कारण एकांगी है, तो यह सिद्धान्त दूसरी सीमा पर रहने के फलस्वरूप एकांगी है। इसका मूल दोष इस तथ्य में है कि यह 'परे' की सम्भावना को देख ही नहीं पाता। यह देख ही नहीं पाता कि भौतिकता का क्षेत्र अत्यन्त ही सीमित एवं अयथेष्ट है। फलतः इस प्रकार के सिद्धान्त अन्ततः न बौद्धिक जिज्ञासाओं को शान्त कर पाते हैं, और न भावनात्मक सन्तुष्टि प्रदान कर पाते हैं। यह सिद्धान्त तो इस तथ्य से भी आंख मूंदे हैं कि हर व्यक्ति कभी न कभी भौतिकता के स्तर से ऊपर उठ जाता है। यही इसके अबौद्धिकता तथा एकपक्षीयता की पहचान है।

(ग) पारलौकिक सिद्धान्त

परात्म-मूलक सिद्धान्त में केवल परात्म तत्त्वों की ही यथार्थता स्वीकारी जाती है। किन्तु पारलौकिक सिद्धान्त में इस प्रकार की एकपक्षीयता नहीं है, क्योंकि 'पारलौकिक' कहने से ही 'लौकिक' का भी बोध होता है, तथा लौकिक से 'परे' का भी। अतः कहा जा सकता है कि यह सिद्धान्त 'जगत' तथा 'जगत से परे के उच्चतर रूपों'—दोनों की वास्तविकता स्वीकार करता है। एक प्रकार से यह सिद्धान्त पहले दोनों सिद्धान्तों का एक प्रकार का समन्वय बन जाता है, क्योंकि यह 'भौतिक जगत' तथा 'अनुभवातीत जगत'—दोनों की सत्ता को स्वीकारता है। यह मानता है कि 'आत्म' एक पारलौकिक सत्ता है, जिसका कुछ सामयिक निवास इस धरती पर भी होता है। 'शरीर में स्थित आत्म'—अर्थात् 'अस्तित्ववान मानव' की वास्तविकता को स्वीकारता हुआ यह सिद्धान्त यह भी स्वीकारता है कि शरीर के नष्ट होने के बाद भी आत्म की अमरता खण्डित नहीं होती। श्री अरविंद कहते हैं कि सामान्यरूप में ईश्वरवादी दर्शन तथा ईश्वरवादी धर्म इसके अन्तर्गत आ जाते हैं, क्योंकि वे सभी इस जगत को कर्मस्थल मानते हुए यह भी मानते हैं कि आत्म का अमरत्त्व सम्भव है।

इस सिद्धान्त की विशेषता है कि यह तीनों तत्त्वमीमांसीय सत्ताओं—जगत, व्यक्ति

तथा अनुभवातीत जगत---के लिये स्थान बनाता है, तथा विरोधी सिद्धान्तों का एक प्रकार का समन्वय प्रस्तुत करता है। किन्तु श्री अरविंद का कहना है कि इस सिद्धान्त में भी कुछ उसी प्रकार का दोष निहित है जो परात्म-मूलक सिद्धान्त में दिखाई देता है। यह स्वीकारता है कि अनुभवातीत क्षेत्र है---स्वर्ग अथवा ईश्वरीय स्थान जैसा कुछ है---जिसमें प्रवेश पाना ही मानव की मुक्ति है। किन्तु यह सिद्धान्त मानव की वर्त्तमान स्थिति को एक पतन की स्थिति समझता है, एक प्रकार का बन्धन मानता है, तथा कहता है कि जीवन की सार्थकता इस स्थिति के निषेध के द्वारा ऊपर उठने में है। इस प्रकार यह सिद्धान्त भी जगत तथा मानवीय स्थिति के निषेध की बात करता है, उसे वास्तविक नहीं मानता। श्री अरविंद के अनुसार इस सिद्धान्त का एक अन्य दोष यह भी है कि यह इस जीवन या इस जगत में उच्चतर चेतनाओं के जाग्रत होने की सम्भावना को ही नकार देता है, क्योंकि यह मानता है कि वह सम्भावना अनुभवातीत क्षेत्रों में ही कार्यरत हो सकती है। श्री अरविंद का अपना विश्वास है कि इस जगत में ही 'दिव्य जीवन' सम्भव है।

(घ) पूर्ण अद्वैतवादी अथवा सांश्लैषिक सिद्धान्त

इस प्रकार तीनों सिद्धान्तों में निहित दोषों को देख श्री अरविंद अपने तत्त्वमीमांसीय सिद्धान्त का प्रतिपादन करते हैं, जो, उनके मत में, पूर्णतया अद्वैतवादी (Integral) तथा सांश्लिक सिद्धान्त है। वे भी स्वीकारते हैं कि पूर्णतावादी तथा संश्लेषात्मक सिद्धान्त के लिये यह तो आवश्यक है ही कि वह 'ब्रह्माण्ड' तथा 'परात्म' दोनों की वास्तविकता को समुचित महत्त्व दे। जड़तत्त्वों को भी 'ईश्वरीय' समझना अनिवार्य है, और यह अनुभूति भी आवश्यक है कि जड़, प्राण तथा मानस के आमूल परिवर्त्तन तथा ऊपर उठने में ही उच्चतर रूपों की प्राप्ति सम्भव है।

श्री अरविंद इसी प्रकार की तत्त्वमीमांसा का प्रतिपादन करते हैं। उनका कहना है कि धरती पर का जीवन ईश्वरीय जीवन का विपरीत जीवन नहीं। ऐसा नहीं है कि किसी शक्ति ने मानव को शरीर के बन्धन में डाल कष्ट भोगने का दण्ड दिया है, तथा जीवन उस दण्ड से अधिक कुछ नहीं है। नहीं, श्री अरविंद का कहना है कि जीवन और जगत तो वह स्थल है जहां ईश्वरीय शक्तियां व्यक्त हो मुखरित हो सकती हैं, तथा सर्वोच्च आध्यात्मिक शक्ति, प्रकाश, एकत्त्व तथा आनन्द की ओर अग्रसर हुआ जा सकता है। यह जीवन 'आत्म' की सभी विधाओं को समेटे है, इसे बांध कर सीमित कर देना उपयुक्त नहीं है।* यह सभी प्रकार की विधाओं को समेटे है, इसी कारण पूर्णतावादी भी है तथा सांश्लैषिक भी।

मानव का स्वरूप

हमने श्री अरविंद के विकास-प्रक्रिया की सामान्य दिशा का निर्देश किया है, तथा यह भी बताया है कि उनके अनुसार वह प्रक्रिया अब तक मानस के स्तर तक पहुंची है, तथा अब वह आध्यात्मिक क्षेत्र में छलांग लगाने के लिये परिपक्क है। इस प्रक्रिया में विकास का मार्ग ज्ञान शून्यता से प्रारम्भ कर जड़तत्त्व, प्राणतत्त्व तथा मंत्रतत्त्व की उपलब्धियों

*Sri Aurobindo, *The Life Divine*, p. 606.

को प्राप्त करता हुआ मानस (Mental) तक पहुंच चुका है। मानव में मानस के स्तर का सबसे स्पष्ट तथा प्रमुख रूप प्रस्फुटित हुआ है। इससे यह सिद्ध होता है कि मनुष्य में ही आगे की स्तर की सम्भावना निहित है, मानव ही अतिमानस के स्तर की ओर अग्रसर हो सकता है। यही कारण है कि श्री अरविंद मानव के स्वरूप का भी विशद विवरण प्रस्तुत करते हैं।

वैसे श्री अरविंद स्पष्ट रूप में कहते हैं कि मनुष्य का वह रूप जिससे हम सामान्यतः परिचित हैं, वह रूप जो हमें अपने इन्द्रिय आश्रित प्रत्यक्ष में दिखाई देता है, वह मानव का वास्तविक रूप नहीं है। वे स्वीकारते हैं कि यह मानना ही पड़ता है कि हममें अभी मानव के वास्तविक स्वरूप को—मानव के वास्तविक परिप्रेक्ष्य को—समझने की क्षमता उत्पन्न नहीं हुयी है! हममें विभिन्न शक्तियां हैं, इन सभी शक्तियों का हमारी चेतना को सर्जित करने में योगदान है, किन्तु इस प्रकार से सर्जित चेतना से जो प्राप्त होता है, वह ऊपरी ही है, धरातली ही है। "We are composed of many parts, each of which contributes something to the total movement of our consciousness, our thought, feeling and action,...but we are aware only of their confused and pell-mell results on the surface."*

वस्तुतः मनुष्य के ज्ञान की इस अयथेष्ठता एवं अपूर्णता का मूल कारण यही है कि मानव के दो पक्ष हैं—एक बाह्य तथा दूसरा आन्तरिक। बाह्य पक्ष हमें दिखाई देता है, यह पक्ष हमारे अस्तित्त्व का वह पक्ष है जो हमारे जाग्रत चेतनावस्था में दिखाई देता है। इसके अतिरिक्त एक उपचेतन की अवस्था भी होती है, जो, श्री अरविंद के अनुसार, हमारे भूत के साहचर्यों, संस्कारों, प्रवृत्तियों, कर्मों आदि से बना हुआ पक्ष है। इसका विवरण देते हुए श्री अरविंद स्पष्ट कहते हैं, "[This subconscient aspect of our life is nothing but] an obscure mind full of obstinate Sanskara, impressions and associations, fixed notions, habitual reactions formed by our past".** किन्तु इस प्रकार के मानवीय पक्ष से मानव का आन्तरिक पत्र सूचित नहीं होता। इस पक्ष तथा आन्तरिक पक्ष तथा 'चैत्य पुरुष' (Subliminal) पक्ष में भेद कर लेना आवश्यक है। श्री अरविंद के अनुसार इस चैत्य पुरुष (Subliminally) पत्र के अन्तर्गत भौतिकता की आन्तरिकता, प्राणतत्त्व की आन्तरिकता तथा मानसिकता की आन्तरिकता सभी आते हैं। बाह्य चेतना जो धरातली है, इस 'चैत्य पुरुष' को पकड़ नहीं पाता, क्योंकि वह इससे छिपा है, इसकी पकड़ के परे है। मानव की इस आन्तरिक सत्ता में, इस 'चैत्य पुरुष' में मानव की केन्द्रीय सत्ता प्रस्फुटित होती है, जिसे वेदान्त में 'आत्मन' कहा गया है इस प्रकार श्री अरविंद मानव सत्ता के तीन स्तरों की बात करते हैं। प्रथमतः तो बाह्य स्तर है—उसकी सत्ता का वह पक्ष है जो बाह्य-चेतना

---

*Sri Aurobindo, *The Life Divine*, p. 606.

**Sri Aurobindo, *Lights on Yoga*, p. 15.

से उजागर होता है। उसकी सत्ता का दूसरा पक्ष है—चैत्य-पुरुष जो अन्तर से उसके भौतिक, प्राणरूप तथा मानसिक को आधार देती है। किन्तु मानव की केन्द्रीय सत्ता इन सबों से परे है, जो इन सबों का आधार है, जिसे 'जीवात्मा' कहा गया है और जो ईश्वरीय है।*

वैसे यह भी कहा जा सकता है कि श्री अरविंद के अनुसार मानव की केन्द्रीय सत्ता के दो स्तर हैं—एक उच्चतर तथा दूसरा निम्नतर। उच्चतर स्तर 'जीवात्मा' का है, तथा निम्नतर स्तर 'चैत्य पुरुष' (Psychic being) का है। उच्चतर पक्ष वह पक्ष है जो मानव विकास के पहले की अवस्था है, जो विकास-प्रक्रिया के परे है। किन्तु, जो निम्नतर स्तर है वह विकास-प्रक्रिया में विकसित होते हुए मानव का चित्र है। जब इस पक्ष पर विचार करते हैं, अर्थात् विकास-प्रक्रिया के मानव के स्वरूप पर विचार करते हैं, तो उसमें उसके एक बाह्य पक्ष तथा एक आन्तरिक पक्ष का भेद करना पड़ता है, तथा इस स्तर का आन्तरिक पक्ष 'चैत्य पुरुष' (Subliminal Self) है।

श्री अरविंद के अनुसार मानव के इस रूप तथा 'जीवात्मा' के अन्तर को समझना अनिवार्य है। जीवात्मा को वे 'ईश्वरीय अंश' 'परमात्मा का मानवीय रूप' ईश्वरीय लवकण (Spark of the Divine) आदि उक्तियों के द्वारा चित्रित करने का प्रयत्न हुआ है जिसका अर्थ है कि 'जीवात्मा' एक दृष्टि से मानव की हर वैयक्तिक अभिव्यक्तियों से ऊपर है। इसके विपरीत 'चैत्य पुरुष' एक प्रकार से जीवात्मा का प्रतिनिधि है जो वैयक्तिक मानव, में, वैयक्तिक जीवन में व्यक्त होता है। यही कारण है कि श्री अरविंद कहते हैं कि 'चैत्य-पुरुष' विकास-क्रम के अन्तर्गत स्थित है जबकि जीवात्मा विकास-क्रम से परे है।

श्री अरविंद इन दोनों में एक दूसरे प्रकार से भी भेद करते हैं। 'जीवात्मा' तथा 'चैत्य पुरुष', दोनों ईश्वरीय अंश ही हैं, किन्तु 'परम सत्' तथा 'चैत्य पुरुष' में 'भेदान्वित अभेद' (Identity-in-difference) का सम्बन्ध ही बताया जा सकता है, जबकि 'परम सत्' तथा 'जीवात्मा' में पूर्ण अभेद दिखाया जा सकता है। इस भेद के आधार पर वेदान्त के 'तत् त्वम् असि' का एक बड़ा मार्मिक अर्थनिरूपण प्रकाश में आता है। 'तत्' तथा 'त्वम्' में भेद तथा अभेद दोनों हैं यदि 'त्वम्' से 'चैत्य पुरुष' का बोध हो रहा है। किन्तु, यदि 'त्वम्' से 'जीवात्मा' का बोध हो रहा है, तो 'त्वम्' तथा 'तत्' का अन्तर मिट जाता है, दोनों में 'अभेद' स्थापित होता है।

इस प्रकार निष्कर्षतः कहा जा सकता है कि श्री अरविंद के अनुसार मानव-स्वरूप के तीन पक्ष स्पष्ट होते हैं—एक तो उसका बाह्य पक्ष है, दूसरा उसका आन्तरिक पक्ष या

---

*"The being of man is composed of these elements—the psychic behind supporting all the inner mental, vital and physical and the outer—quite external nature of mind, life and body which is their instrument of expression. But *above all is the central being* (*Jivātmā*), which uses them all for its manifestation, it is a portion of the Divine Self"—Sri Aurobindo, *Lights on Yoga*, p. 25.

चैत्य पुरुष है, तथा तीसरा जीवात्मा है । प्रथम पक्ष में हमारा भौतिक स्वरूप स्पष्ट होता है, दूसरे तथा तीसरे पक्ष में आध्यात्मिकता का स्तर स्पष्ट होता है । दूसरा पक्ष मानव का वह आध्यात्मिक पक्ष है जो विकास-क्रम में स्पष्ट होता है, यह वह पक्ष है जो मानव के उच्चतर उठने का, उसकी परात्मकता का आधार है । तीसरा पक्ष मानव का सत्-पक्ष है, उसकी वास्तविकता है जिसकी पूर्ण अभिव्यक्ति ही मानव-अस्तित्त्व की परिणति है ।

श्री अरविंद का कहना है कि मानव के सम्बन्ध में जो जन्म ह्रास, मृत्यु आदि का प्रश्न उठता है—वे सभी प्रश्न मानव के बाह्य तथा भौतिक पक्ष से सम्बन्धित है। चैत्य पुरुष सूक्ष्म आत्म है, अतः वह जन्म तथा मरण के परे है । यह नष्ट नहीं होता । मृत्यु में जब बाह्य-पुरुष का अन्त हो जाता है, तो उसका यह सूक्ष्म-आत्म दूसरे शरीर को स्वीकार करने के लिये अग्रसर हो जाता है । इस प्रकार यह सूक्ष्म-आत्म ही मानव की आध्यात्मिक प्रगति का आधार है, जो जन्म, पुनर्जन्म, से होता हुआ मानव को पूर्ण 'आध्यात्म'—ईश्वरत्त्व—की प्राप्ति की ओर अग्रसर करता है । श्री अरविंद के इस विचार के पूर्ण अवबोध के लिये उनके पुनर्जन्म विचार का उल्लेख आवश्यक है ।

पुनर्जन्म-दर्शन तथा कर्म-नियम

भारतीय परम्परा में पुनर्जन्म तथा कर्म पर बड़ा विचार हुआ है, किन्तु श्री अरविंद का इन विषयों पर विचार पारम्परिक विचारों की पुनरावृत्ति मात्र नहीं है । उनके विचारों में सर्वथा नवीन तथा मौलिक दृष्टि स्पष्ट होती है, जो उनके अपने मौलिक विचार के अनुरूप है । इसी कारण कहा जाता है कि श्री अरविंद के पुनर्जन्म तथा कर्म-विचार प्राचीन पारम्परिक विचार के समान होते हुए भी विशिष्ट अर्थ में तथा कुछ बिन्दुओं में उनसे भिन्न तथा सर्वथा मौलिक हैं ।

श्री अरविंद अपने विकास-प्रक्रिया के क्रम में 'पुनर्जन्म' के लिये एक स्थान बनाते हैं । वे यह स्वीकारते हैं कि सामान्य उत्थान प्रक्रिया अथवा विकास-क्रिया के सामान्य क्रम का एक अनिवार्य अंग 'पुनर्जन्म' है । श्री अरविंद कहते हैं, (जैसा कि हमने देखा है) कि विकास-प्रक्रिया 'मानस' के स्तर तक पहुंच चुकी है, तथा अतिमानस के स्तर में प्रवेश करने के लिये आतुर है । विकास-प्रक्रिया अब तक जिस स्तर तक पहुंची है, उसका प्रतिमान मानव है । विकास-प्रक्रिया जड़तत्त्व, प्राणतत्त्व से होती हुयी मानव तक पहुंच चुकी है । मानव भौतिक आध्यात्मिक दोनों का मेल है, तथा मानव के इसी स्तर से उत्थान की ओर अग्रसर होना है । अतः इस प्रक्रिया को सक्रिय रखने का एक उपकरण पुनर्जन्म भी है । श्री अरविंद स्पष्ट कहते हैं कि ईश्वरत्त्व की उपलब्धि का ढंग जन्म तथा पुनर्जन्मों के मार्गों से होता हुआ क्रमिक उपलब्धि ही है । सम्भवतः ईश्वरीय 'लीला' का यह एक उपकरण है । वे कहते हैं, "It is conceivable that the Eternal may have actually chosen to manifest or rather to conceal himself in the body, he may have willed to become or to appear as an individual passing from birth to death and from death to new life in a cycle of persistent and recurrent human and animal existence."*

किन्तु, इस स्थल पर एक संशय उत्पन्न होता है। जन्म तो व्यक्ति का होता है, यह ब्रह्माण्ड-प्रक्रिया का सामान्य उपकरण कैसे हो सकता है? एक व्यक्ति के शरीर धारण तथा शरीर-त्याग की प्रक्रिया उत्थान की सामान्य प्रक्रिया का उपकरण कैसे बन जाता है? दूसरे शब्दों में पूछा जा सकता है कि इस प्रकार की वैयक्तिक प्रक्रिया विकास की सार्वभौम प्रक्रिया में किस प्रकार योगदान देती है? श्री अरविंद इस प्रश्न के महत्त्व को समझते हैं, अतः इस सम्बन्ध में उनका मत बड़ा ही स्पष्ट है। उनका कहना है कि विकास दोनों स्तरों पर अग्रसर होता है—वैयक्तिक स्तर पर भी तथा सम्पूर्ण ब्रह्माण्ड के स्तर पर भी। आत्म पूर्ण मानवता के रूप में विकसित होकर भी अपने विकास-क्रम से मुक्त नहीं हो जाती, मानवता को भी उसकी उच्चतर सम्भावनाओं में विकसित होना है, तथा उस दिशा में भी हर आत्म का योगदान सम्भव है। अभी तक विकास-प्रक्रिया एक विशिष्ट स्तर तक पहुंची है—यह स्तर वैयक्तिक तथा सम्पूर्ण ब्रह्माण्ड—दोनों क्षेत्रों में स्पष्ट है। दोनों स्तरों में विकास-प्रक्रिया मानवता के मानस के स्तर तक पहुंची हुयी है। व्यक्ति की अभी तक की चरम स्थिति भी मानसिक है, तथा ब्रह्माण्ड के समझने का स्तर भी मानस-आधृत है। अतः श्री अरविंद का कहना है कि यदि विकास का अर्थ इस स्तर से ऊपर उठना है, तो यह ऊपर उठना वैयक्तिक तथा सम्पूर्णता दोनों स्तरों में अनिवार्य है। दोनों एक दूसरे से पृथक भी नहीं हैं, एक का दूसरे के साथ अनिवार्य सम्बन्ध है।

किन्तु अभी भी मूल प्रश्न अनुत्तरित ही है, व्यक्ति के जन्म तथा पुनर्जन्म से सम्पूर्णता के विकास-क्रम में क्या और कैसे योगदान मिलता है? क्या यह सम्पूर्ण विकास-प्रक्रिया बिना जन्म, पुनर्जन्म को स्वीकारे अग्रसर नहीं हो सकती? श्री अरविंद कहते हैं कि तर्कतः ऐसा होना असम्भव नहीं है। शायद परमसत् बिना पुनर्जन्म के सिद्धान्त का सहारा लिये भी विकास के लक्ष्य की ओर विकास-प्रक्रिया को ले जा सकता था? वस्तुतः व्यक्ति का जन्म, उसकी मृत्यु, उसका पुनर्जन्म आदि ब्रह्माण्ड-प्रक्रिया के सर्वथा अनिवार्य अंग नहीं माने जा सकते क्योंकि व्यक्ति जिसका जन्म होता है, वह ब्रह्माण्ड-प्रक्रिया के पहले नहीं आता उसके बाद ही आता है—बल्कि वह तो इस ब्रह्माण्ड-प्रक्रिया का ही अंश है। श्री अरविंद इसे स्वीकारते हैं।

किन्तु, श्री अरविंद के विचार की मार्मिकता इस बात में उजागर होती है कि जब ब्रह्माण्ड-प्रक्रिया में 'सृष्टि' की बात आती है, तब ऊपर के सभी प्रश्न सार्थक हो जाते हैं। यदि हम 'सृष्टि' को स्वीकारते हैं, तो हम यह स्वीकारते हैं कि सृष्टि सत् का अज्ञान में प्रविष्ट होना है। यह परम आत्म का अवतरंग (Descent) है, और जब निम्नतर स्तरों में परम आत्म का अवतरण होगा, तो इस अवतरण के अनुरूप इस अवतरण-प्रक्रिया में नये-नये 'नाम' तथा 'रूप' भी जुड़ जायेंगे। इसी कारण वैयक्तिक आत्म का उद्भव होता है,

1. Sri Aurobindo, *The Life Divine*, p. 672.

और जब वैयक्तिक आत्म के लिये स्थान निकल आता है, तो यह स्वीकारने में भी कोई अतार्किकता नहीं है कि वैयक्तिक आत्म का क्रम भी सम्भव है, जब वैयक्तिक आत्म नये-नये नाम रूप स्वीकारता है। यही तो पुनर्जन्म है। वैयक्तिक आत्म सागर के विभिन्न लहरों के समान है—एक लहर के बाद उसी क्रम में दूसरी लहर उठती रहती है। सभी लहरों के मूल में सागर एक ही है, किन्तु विभिन्न लहरों की विशिष्टता—वैयक्तिकता भी सार्थक हो जाती है।

इस प्रकार श्री अरविंद कहते हैं कि व्यक्ति वह माध्यम है जिसके द्वारा सृष्टि अपने को व्यक्त करती है अतः व्यक्ति को समुचित विकास एवं उत्थान का समय तो मिलना ही है, अन्यथा सृष्टि की अभिव्यक्ति का कार्य पूर्ण नहीं हो पायेगा। व्यक्ति के समुचित विकास के क्रम में एक उपकरण उसका किसी 'काया' से किसी 'शरीर' से जुटना है। इसी 'काया-स्थित' जीवन में, इसी शरीर-रूप में व्यक्ति विकास के अगले क्रम की ओर विकास-प्रक्रिया को ले चलने का उपक्रम कर सकता है। इसी कारण व्यक्ति को तब तक शरीर धारण करना है—जन्म, पुनर्जन्म लेना है—जब तक वह सृष्टि की अभिव्यक्ति के आध्यात्मिक स्तर को प्राप्त न कर लें। सृष्टि के लक्ष्य की प्राप्ति तक व्यक्ति का जन्म-पुनर्जन्म एक अनिवार्य उपकरण बन जाता है।* श्री अरविंद के अनुसार जन्म-पुनर्जन्म की अनिवार्यता इस तथ्य में है कि यह सृष्टि के आध्यात्मिक लक्ष्य की प्राप्ति का अनिवार्य उपकरण है, क्योंकि इसी के माध्यम से प्राप्त शरीर में रह कर ही यह विकास तथा उत्थान का कार्य सम्पन्न कर पाता है। 'सृष्टि' का जो खेल चलता है, उसकी एक अनिवार्य कड़ी पुनर्जन्म भी बन जाता है।

श्री अरविंद इस बात को समझते हैं कि विकास-प्रक्रिया की पूर्ण व्याख्या के लिये मात्र 'जन्म' की बात यथेष्ट नहीं है, पुनर्जन्म के क्रम की बात आवश्यक है। जिस आधार पर 'जन्म' को स्वीकारना आवश्यक प्रतीत होता है, उसी आधार पर पुनर्जन्म को स्वीकारना

---

*इस बात को स्पष्ट करते हुए श्री अरविंद कहते हैं, "In a phenomenal universe so created, the separative form becomes the foundation and the starting point of all its life-actions; therefore, the individual Puruṣa in working out its cosmic relations with the One has in his physical world to base himself upon the form, to assume a body, it is the body that he must make his own foundation and the starting point for the development of his life and mind and spirit in the physical existence. The assumption of body we call birth and in it only can take place here the development of self and the play of relations between the individual and the Universal and all other individuals; in it only can there be the growth by a progressive development of our conscious being towards a supreme recovery of unity with God and with all in God."—Sri Aurobindo, *The Life Divine*, p. 674.

पड़ता है। उदाहरणतः इस जन्म में व्यक्ति 'मानस' के स्तर तक पहुंच पाया है। अब कुछ अन्य उपस्तरों को पार करने के उपरान्त ही वह अतिमानस को छूने के लिये तत्पर हो सकता है। हमारा अनुभव स्पष्ट कहता है कि इसी जन्म में उन उपस्तरों को पार कर लेना शायद सम्भव नहीं ही हो। अतः इस जन्म के बाद भी अवसर मिलना आवश्यक हो जाता है—और यही पुनर्जन्म को स्वीकारने का आधार है। इसी कारण श्री अरविंद स्पष्टरूप में कहते हैं कि मानव-विकास-क्रम का एक अनिवार्य उपादान पुनर्जन्म है ही क्योंकि विकास कोई एकाएक उपलब्ध होने वाली प्रक्रिया नहीं है, यह एक क्रमिक-प्रक्रिया है, इसमें समय लगना अनिवार्य है, एक जन्म उसके लिये यथेष्ट नहीं।*

पुनर्जन्म से सम्बन्धित एक अन्य प्रश्न पर विचार करना भी आवश्यक प्रतीत होता है। पुनर्जन्म का 'ढंग' क्या है? क्या आत्म जैसे ही एक शरीर का त्याग करती है वैसे ही दूसरे शरीर में प्रवेश कर जाती है या किसी अन्य शरीर में प्रवेश करने के पहले वह किसी रूप में कहीं तब तक ठहरी रहती है जब तक उसे दूसरा शरीर प्राप्त न हो जाय? विभिन्न धर्मों के ऐतिहासिक विवरण में दोनों प्रकार के उत्तर उपलब्ध हैं। एक ओर अस्पष्ट रूप में ही यह सामान्य धारणा बनी है कि आत्म एक शरीर को छोड़ते ही दूसरे शरीर में प्रवेश कर जाती है। दूसरी ओर एक अन्य प्रकार का धार्मिक विश्वास है कि शरीर-त्याग अथवा मृत्यु के उपरान्त आत्म किसी रूप में रहती है तथा अन्ततः उसे स्वर्ग या नर्क में स्थान मिलता है—जो स्थान उसके अपने किये कर्मों के अनुरूप ही निर्धारित होता है। कहीं-कहीं ऐसा भी कहा गया है कि जब आत्म किसी विशेष जीवन में किये अपने कर्मों से उत्पन्न हर प्रभाव को भोग लेता है, तभी वह किसी दूसरे शरीर में पुनः प्रविष्ट होता है।

श्री अरविंद इन सभी विकल्पों पर ध्यान देते हैं, विचार करते हैं, तथा इस निष्कर्ष पर पहुंचते हैं कि इस प्रकार के प्रश्नों का सर्वथा निश्चित तथा अन्तिम उत्तर देने की चेष्टा ही निरर्थक है। उनका कहना है कि कोई आत्म शरीर-त्याग के साथ ही दूसरा शरीर धारण कर लेता है, या उसे किसी रूप में शरीर प्राप्त करने के पहले रुकना पड़ता है, यह उसके अपने किये कर्मों के प्रभाव तथा प्रवृत्तियों से निर्धारित होगा। हम पूर्णतया निश्चितरूप में कुछ नहीं कह सकते, किन्तु सामान्य ढंग से ऐसा मान सकते हैं कि व्यक्ति का जीवन के प्रति आसक्ति यदि अत्यधिक प्रबल रही है तो सम्भवतः वह शीघ्र ही किसी दूसरे शरीर में प्रविष्ट हो जा सकता है। कहीं-कहीं हम यह भी मान ले सकते हैं कि इन उदाहरणों में जीवन-काल इतना संक्षिप्त रहा है तथा ऐसा अयथेष्ट रहा है कि उस प्रक्रिया को कार्यरत रखने के लिये व्यक्ति को पुनः जीवन प्रारम्भ करने की शीघ्रता हो। उसी प्रकार कुछ उदाहरणों में यह भी

*"If there is an evolution of consciousness in an evolutionary body and a soul inhabiting the body, a real and conscious individual, then it is evident that it is the progressive experience of that soul in Nature which takes the form of this evolution of consciousness, rebirth is self-evidently a necessary part, the sole possible machinery of such an evolution......" —Sri Aurobindo, *The Life Divine*, p. 651.

माना जा सकता है कि व्यक्ति का पुनर्जन्म एक नये शरीर को धारण कर नहीं हुआ है, बल्कि एक नये 'व्यक्तित्व' को धारण कर हुआ है, जो उसे एक भिन्न अभौतिक, अशारीरिक स्तर पर खड़ा कर देता है जिसमें वह बिना शरीर धारण किये भी जीवन में है। ऐसा माना जा सकता है कि इस प्रकार की आत्माओं में ऐसी शक्ति का विकास हो गया है कि उन्हें जीवन में रहने के लिये शरीर-धारण अनिवार्य प्रतीत न हो। श्री अरविंद ने इस अभौतिक सम्भावना पर भी बहुत विचारा है।

इस प्रकार हम देखते हैं कि इस सन्दर्भ में श्री अरविंद का विचार बड़ा ही बौद्धिक तथा तर्क सम्मत है, क्योंकि वे सभी विकल्पों को सम्भावना के क्षेत्र में ही रखते हैं। वे पुनर्जन्म के ढंग या उपकरण को पूर्णतया निश्चितरूप में तय करने की चेष्टा नहीं करते। आत्म शरीर-त्याग के साथ ही अन्य शरीर में प्रवेश करता है कि कहीं कुछ काल तक ठहरता है—ये सभी बातें आत्म की अपनी शक्ति तथा प्रभाव पर निर्भर है, तथा हर व्यक्ति के उदाहरण में उसकी शक्ति के अनुरूप ही निर्धारित हो सकता है। यह कहना अनर्गल है कि पुनर्जन्म की एक निश्चित विधा है, जिससे होकर ही हर व्यक्ति का जीवन अग्रसर हो सकता है। श्री अरविंद ऐसे सभी विकल्पों की बात करते हुए इस निष्कर्ष पर आते हैं कि पुनर्जन्म के ढंग का निश्चित निर्धारण का प्रयत्न निरर्थक है।

पुनर्जन्म-विचार का विवरण तब तक अपूर्ण है जब तक उसके साथ 'कर्म-विचार' की बात न हो। भारतीय परम्परा में तो पुनर्जन्म की व्याख्या ही कर्म-नियम के अनुरूप हुयी है। अतः श्री अरविंद भी 'कर्म-सिद्धांत' पर विशद विचार करते हैं।

भारतीय परम्परा में 'कर्म-नियम' पर 'दो' रूपों में विचार हुआ है—इसे 'तात्त्विक नियम, भी कहा गया है तथा 'नैतिक नियम' भी। तात्त्विक दृष्टि से यह हर व्यक्ति के हर जन्म के स्तर तथा उसमें निहित प्रवृत्तियों की व्याख्या करता है। व्यक्ति के भूतकालीन कर्म तथा इस जीवन के किये कर्मों से उसका भविष्य का जीवन निर्धारित होता है। नैतिक नियम के रूप में यह उस सिद्धान्त का पोषण करता है जो कहता है कि 'जैसा करोगे वैसा भरोगे'।

सामान्य रूप में श्री अरविंद भी स्वीकारते हैं कि कर्म-नियम का महत्त्व तात्त्विक तथा नैतिक—दोनों दृष्टियों से है। इस नियम के इस द्विपक्षी महत्त्व को स्पष्ट करते हुए वे कहते हैं, "Man's being, nature, circumstances of life are the results of his own inner and outer activities, not something fortuitous and inexplicable, he is what he has made himself, the past man was the father of the man that now is, the present man is the father of the man that will be. Each man reaps what he sows, from what he does he profits, for what he does he suffers. This is the law and chain of karma, of action, of the work of Nature-energy, and it gives a meaning to the total force of our existence, nature, character, action, which is absent from other theories of life."*

*Sri Aurobindo, *The Life Divine*, p. 718.

इस प्रकार श्री अरविंद के अनुसार 'कर्म-नियम' का हमारे अतित्त्व, स्वभाव, स्वरूप, क्रिया-व्यवहार आदि सभी के लिये महत्त्व है, क्योंकि वे सभी इसी नियम से निर्धारित हैं। इस नियम का तात्त्विक महत्व इस तथ्य में है कि यह जीवन तथा अस्तित्त्व की तात्त्विक व्याख्या प्रस्तुत करता है। हम जो भी हैं, हममें जो प्रवृत्तियां भी रूप ले पायी हैं, वे सभी हमारे पहले के किये कर्मों के परिणाम हैं, हमारा भविष्य का जीवन हमारे अभी के कर्मों के अनुरूप ही सर्जित होंगे। यह जीवन-अस्तित्व को कर्म-नियम के द्वारा प्रस्तुत तात्त्विक व्याख्या है। इसका नैतिक पक्ष इस तथ्य में स्पष्ट होता है कि हमें अपने किये सभी कर्मों का फल भुगतना है। यदि हम कुछ गलत करते हैं, तो उसका परिणाम हमें भुगतना है ही। शुभ कर्म के लाभ भी हमें ही मिलेंगे। "जैसा हम बोते हैं, वैसा ही हम काटते हैं"।

श्री अरविंद इस कर्म-सिद्धांत की बौद्धिकता को भी स्वीकारते हैं। वे कहते हैं कि एक दृष्टि से यह नियम बड़ा ही युक्ति-संगत नियम है क्योंकि वह इस बौद्धिक धारणा के अनुरूप है कि कार्यरत शक्ति का जैसा स्वरूप होगा---उसका परिणाम तथा प्रभाव भी वैसा ही होगा। शुभ-क्रिया का प्रभाव भी शुभ होगा, अशुभ प्रवृत्तियों का परिणाम भी अशुभ होगा। उनका कहना है कि ऐसा मत उस सामान्य विश्वास के भी अनुरूप हैं जिसमें यह माना जाता है कि विश्व के पीछे एक न्याय संगत दृष्टि है जो सब कुछ को अपनी चेतना में रखता है तथा जो प्राकृतिक न्याय का आधार है।

श्री अरविंद यह सब स्वीकारते हैं, 'फिर भी' वे कर्म-नियम को उस प्रकार का महत्त्व तथा केन्द्रीयता 'नहीं' देते जो इसे भारतीय परम्परा में प्राप्त रहा है। उनकी मौलिकता इस विचार में है कि उन्होंने इस नियम की सम्भावित सीमाओं को भी समझा है। उनकी दृष्टि में यह नियम जगत की तात्त्विक तथा नैतिक व्याख्या के एकमात्र आधार के रूप में स्वीकारा नहीं जा सकता। इस प्रकार की व्याख्यायें---एक नियम से सब कुछ व्याख्यित करने का प्रयत्न---तभी सार्थक समझे जाते हैं जब व्याख्या पूर्णतया यन्त्रवादी हो। किन्तु हमारे अस्तित्व का मूल 'सत्' आध्यात्मिक है, यन्त्रवादी नहीं। आत्म की आध्यात्म-शक्ति ही मूल है और तब उस शक्ति की व्याख्या यन्त्रवत् ढंग से नहीं हो सकती। यह आत्म-शक्ति ही जीवन तथा विकास का आधार है, अतः अधिक से अधिक यही कहा जा सकता है कि 'कर्म-नियम भी एक ऐसा उपकरण है जिसे हमारी आत्म-शक्ति अपनी आवश्यकतानुसार उपयोग में लाती है। आत्म अपने कर्मों से श्रेष्ठतर तो है ही।' इसे स्पष्ट करते हुए श्री अरविंद बेहिचक कहते हैं,

"All is not law and process, there is also Being and consciousness there is not only a machinery but a spirit in things, not only Nature and law of cosmos but a cosmic spirit, not only a process of mind and life and body, but a Soul ... if it were not so there could be no rebirth of a soul no field for a law of Karma."*

---

*Sri Aurobindo, *The Life Divine*, p. 720.

श्री अरविंद का कहना है कि जिस रूप में हम कर्म-नियम को समझते रहे हैं, उसमें एक दोष है। वस्तुतः पूरी प्रक्रिया के अतिसरलीकरण के प्रयास में यह एक सीमित सिद्धान्त को एक प्रकार से अकारण पूरी व्याख्या का आधार बना देता है। आत्म की चित्-शक्ति की शक्ति-अभिव्यक्ति के अनेकों ढंग हैं—मन, जीव, इन्द्रियां, शरीर—इन सभी क्रियाओं में यह शक्ति व्यक्त होती है, उसी प्रकार इच्छा, प्रेरणा, भावना आदि भी इसी शक्ति के रूप हैं। पुनः सत्य, शिव, सुन्दर, ज्ञान, शक्ति आदि के अनुशीलन की प्रवृत्ति भी मूल चित्-शक्ति का ही व्यक्त-रूप है। पुनः ऐसी क्रियायें भी होती हैं जिससे आनन्द, समृद्धि, प्रेम, तथा सामाजिक स्तर तथा शक्ति की उपलब्धि होती है। इस प्रकार आत्म का जीवन एक बड़ा ही जटिल तथा उलझी हुयी सम्पूर्णता है। ऐसी जटिलता की व्याख्या किसी एक सिद्धान्त के द्वारा कैसे सम्भव है? कर्म-नियम तो एक प्रकार से अन्धा नियम है, वह ऐसी विषमताओं, विभिन्नताओं, जटिलताओं आदि का एकमात्र आधार कैसे बन जा सकता है? अतः श्री अरविंद का कहना है कि इस नियम को जो प्रमुखता दी गयी है, जो सर्वोपरि स्थान दिया गया है, वह कुछ आवश्यकता से अधिक है। आत्म किसी अन्धे नियम का दास बन कर सर्वथा उसके अनुरूप संचालित नहीं हो सकता। आत्म-शक्ति इस नियम को भी दिशा दे सकती है। सृष्टि का सार—इसका रहस्य यन्त्रवादी नहीं, आध्यात्ममूलक है—आत्म-मूलक है। अतः 'कर्म' भी 'आत्म' पर आधृत है, आत्म पूर्णतया कर्म से संचालित नहीं होता। 'कर्म' आत्म का उपकरण है किन्तु उसकी चित्त-शक्ति, जो प्राण, शरीर, मन के माध्यम में भी कार्यरत हैं, मूल है, जो कर्म को संचालित कर सकता है।

"It is not conceivable that the spirit within is an automation in the hands of Karma, a slave in this life of its past actions, the truth must be less rigid and more plastic. If a certain amount of results of past Karma is formulated in the present life, it must be with the consent of the psychic being which presides over the new formation of its earth's experience and assents not merely to an outward compulsory process, but to a secret will and guidance. That secret will is not much anical but spiritual, the guidance comes from an intelligence which may use mechanical processes but is not their subject.........There must therefore be two elements, *Karma as an instrument*, but also *the secret consciousness and will within*, working through the mind, life and body as the user."*

अज्ञान, इसकी उत्पत्ति तथा इसका स्वरूप

अभी तक श्री अरविंद के द्वारा दी गयी मानव, सृष्टि, विकास आदि की व्याख्या-विवेचना हुयी है उसी से यह स्पष्ट झलकता है कि उनके तत्त्वमीमांसीय विवेचन में 'अज्ञान'

*Sri Aurobindo, *The Life Divine*, pp. 720-21.

का एक विशिष्ट स्थान है। सृष्टि का विवरण हो है कि यह सत् का अज्ञान के क्षेत्र में अवतरण है। पूरे ब्रह्माण्ड के सम्बन्ध में कहा गया है कि यह अभी 'अज्ञान' के ही क्षेत्र में सीमित है, तथा विकास का विवरण देते हुए कहा गया है कि विकास की प्रगति अज्ञान से ज्ञान की ओर है। फलतः यह आवश्यक हो जाता है कि हम 'अज्ञान' की उत्पत्ति तथा उसके स्वरूप पर विचार करें।

भारतीय विचारकों ने 'अज्ञान' के सम्बन्ध में बहुत विचारा है तथा कई सिद्धान्त प्रतिपादित किये हैं। कुछ लोगों ने इसे 'अज्ञान' कहा है, कुछ लोग इसे 'अविद्या' कहते हैं, तथा कुछ लोगों ने इसका आधार 'माया' में ढूंढा है, तथा माया को सत् के आवरण एवं विक्षेप की शक्ति माना है। किन्तु, किसी न किसी रूप में सभी यह मानते हुए प्रतीत होते हैं कि 'अज्ञान' ज्ञान का विपरीतार्थक है, तथा यह बन्धन तथा दुख का कारक है। इसी कारण प्रायः इन सभी विचारकों की अनुशंसा रही है कि आध्यात्मिक जीवन का लक्ष्य आत्म को अज्ञान से मुक्ति दिला ज्ञान के क्षेत्र में बिठा देना है। श्री अरविंद इस प्रकार के विचार को पूरी तरह नहीं स्वीकारते। वे इसे आंशिक रूप में अवश्य स्वीकारते हैं क्योंकि उनका भी कहना है कि विकास का अर्थ एवं लक्ष्य अज्ञान से ज्ञान की ओर अग्रसर होने में है। किन्तु इन विचारकों की जो मूल मान्यता है, उसे श्री अरविंद नहीं स्वीकारते। वे यह स्वीकारने को तैयार नहीं कि 'अज्ञान' 'ज्ञान' का विपरीतार्थक है–विरोधी है। अपने विचारों की मौलिकता में वे इस स्थल पर भी मौलिक है। वे मानते हैं कि 'ज्ञान' तथा 'अज्ञान' का स्वरूप मूलतः एक कोटि का ही है। वे इनको विरोधी कहने वाले विचारकों की आलोचना भी करते हैं। उनका कहना है कि जब हम ज्ञान के सर्वाङ्गी, अद्वैत (Integral) स्वरूप को स्वीकार रहे हैं, तो 'ज्ञान' एवं 'अज्ञान' पृथक कोटि का या विरोधी मानने में तार्किक कठिनाई उत्पन्न होगी। वस्तुतः ऐसा मानने से ज्ञान का सर्वाङ्गी अद्वैत रूप खण्डित होता है, तथा यह प्रश्न भी उठ जाता है कि यदि अज्ञान का स्वरूप ज्ञान से भिन्न कोटि का है, तो अज्ञान का आधार क्या है, अज्ञान स्थित कहां होता है—रहता कहां है ? अतः श्री अरविंद का कहना है कि यह मानना आवश्यक है कि जिसे हम 'अज्ञान' कहते हैं, वह भी वस्तुतः ज्ञान ही है—भले ही वह आंशिक हो, अपूर्ण हो, अयथेष्ट हो।

श्री अरविंद इस विवाद के इतिहास का भी विवेचन करते हैं। कहते हैं कि ऋग वेद में भी ज्ञान तथा अज्ञान का भेद किया गया है, जहां ज्ञान को 'सत्य की चेतन अनुभूति' के रूप में कल्पित किया है (सत्यम्‌ऋतम्) तथा अज्ञान को सत्य की अचेतनता (अचित्ति) समझा गया है। इस विचार को वेदान्ती विचारकों ने पकड़ा, तथा इसी आधार पर इन दोनों के विरोध पर बल दे दिया, और 'विद्या' एवं 'अविद्या' की अवधारणाओं को बढ़ाया। किन्तु श्री अरविंद का कहना है कि वेदान्ती विचारक यह देख नहीं पाये कि इस भेद पर बल देने के फलस्वरूप जितनी समस्यायें सुलझती हैं, उससे कहीं अधिक समस्यायें उठ खड़ी होती हैं। उसका मूल कारण यही है कि इस भेद पर बल देने के कारण 'ज्ञान' 'अज्ञान' के मध्य ऐसी गहरी खाई बन जाती है कि वेदान्ती विचारक उस खाई को पाट नहीं पाते। इसी कारण श्री अरविंद 'अज्ञान' को भी ज्ञान की ही कोटि का मानते हैं। अज्ञान ज्ञान नहीं हैं, किन्तु

उसका ज्ञान नहीं होना इस कारण नहीं है कि उसका स्वरूप ही ज्ञान से भिन्न है, बल्कि इस कारण है कि दोनों में मात्र अपूर्णता का अत्यधिक अन्तर है। जिसे हम अज्ञान कहते हैं वह आंशिक तथा अपूर्ण ज्ञान है। उसकी आंशिकता अपूर्णता के कारण हम उस ज्ञान से भिन्न कोटि का समझ लेते हैं। श्री अरविंद स्पष्ट कहते हैं कि अज्ञान 'ज्ञान-शून्यता' (Nescience) नहीं है। एक छोर पर 'ज्ञान' है, दूसरे छोर पर, 'ज्ञान-शून्यता' है, इन दोनों के बीच स्थित फैलाव 'अज्ञान' का स्तर है, अज्ञान का वह रूप जो ज्ञान-शून्यता के निकट है, अधिक अपूर्ण ज्ञान है, तथा जैसे-जैसे वह ज्ञान की ओर अग्रसर होता है, वैसे-वैसे इसमें अपेक्षाकृत अधिक पूर्णता आती जाती है।

इस बात को श्री अरविंद अनेक ढंगों से स्थापित करते हैं। प्रथमतः उनका कहना है कि 'ज्ञान' की अवधारणा में ही 'मात्रा' का प्रश्न निहित है। कुछ ज्ञान अधिक पूर्ण होता है, कुछ कम। हम कह सकते हैं कि सर्वथा पूर्ण ज्ञान तो परम सत् का पूर्ण-ज्ञान ही हो सकता है। इस दृष्टि से विश्व-सम्बन्धी ज्ञान, या पूरे ब्रह्माण्ड का ज्ञान भी पूर्णतया पूर्ण नहीं माना जा सकता। तो पूर्ण ज्ञान को ही यदि 'ज्ञान' माना जाय तो उस दृष्टि से पूरे ब्रह्माण्ड का ज्ञान भी आंशिक ज्ञान है—तथा 'अज्ञान' की परिभाषा के अनुरूप उसे भी अज्ञान ही कहा जा सकता है। एक प्रकार से ज्ञान के हर श्रेष्ठतर स्तर से देखने पर निम्नतर स्तर का ज्ञान अज्ञान है, क्योंकि वह आंशिक है, अयथेष्ट है, 'अज्ञान की छाया' से मुक्त नहीं हो पाया है। इससे यह सिद्ध होता है कि 'ज्ञान' तथा 'अज्ञान' का स्वरूप परस्पर विरोधी नहीं है। जो एक दृष्टि से 'ज्ञान' है, वही दूसरी दृष्टि से 'अज्ञान' है—निम्नतर स्तर की दृष्टि से जो ज्ञान है, उच्चतर स्तर की दृष्टि से वह अज्ञान है।

वस्तुतः जिसे हम अज्ञान कहते हैं वह भी ईश्वरीय चित्-शक्ति का ही रूप है। यह ईश्वरीय चेतना की वह शक्ति है जो अपनी पूर्ण अभिव्यक्ति को रोक लेती है। अपने को व्यक्त करने की शक्ति यदि शक्ति है, तो अभिव्यक्ति को रोक रखने की शक्ति भी शक्ति ही है। इस दृष्टि से 'अज्ञान' निर्बलता का सूचक नहीं है, ज्ञान के समान यह भी शक्ति ही है। यह ईश्वरीय शक्ति ही है—भले ही वह ईश्वरीय शक्ति की अवरोधक शक्ति हो। ईश्वरीय शक्ति होने के कारण यह ईश्वरीय रूप को विपरीत अर्थ में प्रभावित या खण्डित नहीं करती। ईश्वरीय-स्वरूप के पूर्णतया व्यक्त होने में अवरोध उत्पन्न करने की शक्ति में भी ईश्वरीय ज्ञान आपवित है। उसमें यह बात निहित है कि इस सीमा तक, आंशिक रूप में ही सही, ईश्वरीय स्वरूप का कुछ ज्ञान उपलब्ध हुआ। यह भी आंशिक ईश्वरीय ज्ञान ही हुआ। इससे भी यह सिद्ध होता है कि 'ज्ञान' तथा 'अज्ञान' का स्वरूप एक जैसा है।

ज्ञान तथा अज्ञान के स्वरूप की समानता को स्थापित करने के पक्ष में श्री अरविंद का सबसे महत्त्वपूर्ण तर्क यह है जहां वे यह दिखाते हैं कि 'अज्ञान' तथा 'ज्ञान' एक ही विकास-प्रक्रिया के दो स्तर हैं। यह विकास-प्रक्रिया अब तक मानस के स्तर तक पहुंच पायी है। मानस का यह स्तर 'अज्ञान' का ही स्तर कहा गया है। अब यह स्तर इस उद्यम के लिये तत्पर हो रहा है कि वह ज्ञान के क्षेत्र में कूद लगा सके। इस प्रकार कहा जा सकता है कि अज्ञान के स्तर की चरम परिणति 'ज्ञान' में ही है। श्री अरविंद का कहना है कि आत्म अज्ञान

के स्तर में ही रह कर अन्तिम उत्थान—ज्ञान के स्तर में प्रवेश करने—की हर तैयारी करता है। उस स्तर में प्रवेश करने में जो रोक है—वह एक प्रकार का ईश्वरीय झीना आवरण है—एक पर्दा है, उस पर्दे के हटते ही आत्म अतिमानस के स्तर में प्रवेश कर जायगा। किन्तु अपनी ओर से उसकी सारी तैयारियां मानस अथवा अज्ञान के स्तर में ही होती हैं। अज्ञान के स्तर की तैयारी से ज्ञान के स्तर में प्रवेश सम्भव है—यही तो अज्ञान तथा ज्ञान के स्वरूप की समानता के पक्ष में सबल तर्क है। श्री अरविंद कहते हैं,

"In fact, what is happening is that ignorance is seeking and preparing to transform itself by a progressive illumination of its darkness into the *knowledge that is already conceived in ignorance*."*

इस कथन का अन्तिम वाक्यांश है 'ज्ञान तो अज्ञान में ही विचारा गया है'। यही वाक्यांश तो दिखा रहा है कि अज्ञान भी सम्भाव्य ज्ञान ही है। अज्ञान को अज्ञान इस कारण कहा जाता है कि इस स्तर में सत्ज्ञान नहीं है, अतिमानसिक दृष्टि उपलब्ध नहीं हुयी। वैसे यदि मानसिकता की दृष्टि से देखा जाय, तो इस स्तर में जो कुछ भी सीखते, जानते, प्राप्त करते हैं, उन्हें ज्ञान ही कहते हैं। वह तो उच्चतर स्तर से विचारने पर यह अज्ञान प्रतीत होता है। वैसे यह स्तर चरम ज्ञान की ओर अग्रसर होने का स्तर है, ज्ञान की सम्भावना का स्तर है, जो अतिमानसीय अवतरण की प्रतीक्षा कर रहा है।

अज्ञान के इस स्वरूप को समझने के बाद यह प्रश्न और भी महत्त्वपूर्ण हो जाता है कि अज्ञान उत्पन्न कैसे होता है? सच पूछा जाय तो भारतीय वैचारिक परम्परा के समक्ष यह प्रश्न सदा ही पेचीदा सिद्ध हुआ है, क्योंकि इस समस्या के समाधान में जरा सी असावधानी भी सत् के एकत्व को खण्डित कर देता है। श्री अरविंद वैसे तो इस समस्या का समाधान वेदान्ती समाधान के अनुरूप ही करते हैं, फिर भी उनके समाधान की कुछ अपनी विशिष्टता भी है।

वेदान्त के अनुसार 'मन' जो अज्ञान का आधार है 'माया' का ही खेल है। इसी कारण वे 'अज्ञान' को भी भ्रमरूप ही कहते हैं। कुछ वेदान्ती अज्ञान को ब्रह्माण्ड मूल का भ्रम (Cosmic Illusion) कहते हैं। कुछ अन्य विचारक जो परब्रह्म तथा वैयक्तिक आत्म में भेद करते हुए कहते हैं कि परब्रह्म अज्ञान से प्रभावित नहीं, जबकि विभिन्न आत्म अज्ञान से प्रभावित रहते हैं। श्री अरविंद अज्ञान की समस्या सम्बन्धी इन समाधानों को नहीं स्वीकारते, क्योंकि इनमें से किसी को स्वीकारने पर सत् को पूर्ण अद्वैत (Integral) रूप को सुरक्षित रखना कठिन हो जाता है, और श्री अरविंद के लिये सत् का स्वरूप हर ढंग से पूर्ण अद्वैत रूप है। अतः उनके लिये यह आवश्यक हो जाता है कि वे सत् के पूर्ण अद्वैत रूप को सुरक्षित रखते हुए 'अज्ञान' की समुचित व्याख्या प्रस्तुत करें। उन्हें यह दिखाना है कि 'अज्ञान' सत् के पूर्ण अद्वैत (Integral) स्वरूप का विरोधी नहीं, बल्कि उसके पूर्णतया अनुरूप है। इसकी व्याख्या करने के लिये हम श्री अरविंद के इसके सम्बन्ध में दिये

*Sir Aurobindo, *The Life Divine*, p. 446 (Italics mine).

गये विवरणों को यथावत रख लें, और तब उसकी व्याख्या करें। वे कहते हैं,

"If the Brahman is the sole existence, Maya can be nothing but a power of Brahman, a force of his consciousness or a result of being, and if the jivatman, one with the Brahman, is subject to its own Maya, the Brahman in it is subject to Maya. But this is not intrinsically or fundamentally possible".* [Therefore] "Ignorance must be a part of the movement of the one, a development of its consciousness knowingly adopted, to which it is not forcibly subjected but which it uses for its cosmic purpose."**

अज्ञान का आधार माया को कहा जा सकता है। किन्तु ब्रह्म तो एक मात्र सत् है, तो माया भी ब्रह्म की ही शक्ति हो सकती है। जीवात्मा भी ब्रह्म से एक रूप है, अतः यह भी नहीं कहा जा सकता कि जीवात्मा माया या अज्ञान से प्रभावित है, क्योंकि तब तो ब्रह्म ही माया से प्रभावित हो जायगा। अतः एक ही समाधान सम्भव है। माया ईश्वरीय शक्ति है, जिसका उपयोग ईश्वरीय रूप ही करता है—चेतन रूप में करता है। यह 'सृष्टि' का एक उपकरण है, जगत से सम्बन्धित कार्य में ही इसकी सार्थकता है, उसके परे नहीं। इसी कारण 'अज्ञान' जगत में ही उत्पन्न है, ब्रह्म या जीवात्म के मौलिक स्वरूप में नहीं।

श्री अरविंद इसे अपने ढंग से स्थापित करते हैं। वे स्पष्ट कहते हैं कि अज्ञान की उत्पत्ति का स्थान ब्रह्म में या सच्चिदानन्द में नहीं ढूंढा जा सकता। अज्ञान का आधार वहां नहीं है। वे पुनः यह भी दिखाते हैं कि जीवात्माओं की विभिन्नताओं में भी अज्ञान का उद्भव नहीं दिखाया जा सकता। इसका यह अर्थ हुआ कि श्री अरविंद के अनुसार कोई 'आद्य अज्ञान'—कोई मूल प्रारम्भिक अज्ञान होता ही नहीं। अज्ञान का उद्भव बाद के स्तर में होता है, सत् की मौलिकता में नहीं। अज्ञान तब उत्पन्न होता है जब मन अपने मूल आत्म-रूप से विलग हो जाता है, और अपने ही एक प्रकार की वृष्टि का आधार बन जाता है इस प्रकार अन्त में वे उस बाद की अवस्था का स्वरूप निर्धारित करने की चेष्टा करते हैं। जिसमें अज्ञान उत्पन्न होता है। उनके तर्कों के इस क्रम को हम कुछ अधिक स्पष्ट करने की चेष्टा करें।

अज्ञान ज्ञान की उत्पत्ति के मार्ग का एक स्तर है। अतः अज्ञान की उत्पत्ति की समस्या के निदान के लिये हमें ज्ञानात्मक चेतना के स्वरूप का विश्लेषण करना है। ज्ञानात्मक चेतना ज्ञानात्मक होते हुए भी अपने को इस प्रकार सीमित कर सकती है जिससे अज्ञान का स्तर निकल आता है। चित्-शक्ति (Consciousness-force) अनन्त शक्ति है—ईश्वरीय शक्ति है, किन्तु इसमें अपने को सीमित करने की भी शक्ति निहित है। इस चित्-शक्ति को श्री अरविंद कभी-कभी 'तप' (Tapas) भी कहते हैं। यदि इस 'तप' के स्वरूप पर हम विचार करें, तो इसके 'दो' पक्ष स्पष्ट होते हैं, इससे कार्यरत होने के 'दो' ढंग स्पष्ट होते हैं।

---

*Sri Aurobindo, *The Life Divine*, p. 506.

**Ibid.

यह तथ्य हमारी अपनी सामान्य चेतना के विश्लेषण से भी स्पष्ट होता है। हमारी चेतना का भी एक सक्रिय पक्ष है, तथा एक निष्क्रिय पक्ष है। चेतना का सक्रिय पक्ष हमारे बाह्य एवं आन्तरिक संकल्पों एवं क्रियाकलापों में व्यक्त होता है। हमारी चेतना के निष्क्रिय पक्ष से या तो कोई क्रिया सम्पादित नहीं होती या सहज क्रियायें जैसी यन्त्रवत् क्रियायें सम्पादित होती हैं।

अपनी सामान्य चेतना के इस विश्लेषण के आधार पर हम ईश्वरीय चेतना—या चित्त-शक्ति के स्वरूप पर भी विचार कर सकते हैं। ईश्वरीय चित्त-शक्ति या तपस के भी दो पक्ष हैं—एक सक्रिय तथा दूसरा निष्क्रिय। ईश्वरीय चित्त-शक्ति का सक्रिय पक्ष सृष्टि में व्यक्त होता है। किन्तु उस शक्ति का वह पक्ष जो सक्रिय नहीं होता, शक्ति का वह विशाल भण्डार है जो सृष्टि की सक्रियता से सर्वथा अप्रभावित है। ये दोनों पक्ष एक दूसरे से भिन्न नहीं हैं, क्योंकि दोनों चित्-शक्ति हैं। इसे श्री अरविंद भारतीय दर्शन में बहुचर्चित उपमा 'सागर तथा उसके तरंग' के आधार पर स्पष्ट करने की चेष्टा करते हैं। तरंग भी सागर ही है, सागर के ही अंश हैं। वे सागर के सक्रिय अंश हैं—सागर के वैसे अंश हैं जो गतिशील हैं—सक्रिय हैं। किन्तु इनके पीछे सागर का वह शान्त अगाध जलराशि है जो इन तरंगों की सक्रियता से प्रभावित नहीं है। सागर के ये दोनों पक्ष सागर ही हैं, अतः एक दूसरे से भिन्न कोटि के नहीं हैं। यह उपमा श्री अरविंद के विचारों को स्पष्ट करने के लिये बड़ी उपयोगी है। ऊपर से देखने पर धरातली दृष्टि से कोई कह सकता है कि तरंग ही सागर है। श्री अरविंद के अनुसार यह अज्ञान है, क्योंकि यह तरंगों के पीछे के अगाध सागर पर दृष्टि नहीं देना है, इस बात का अज्ञान है कि सागर का तरंगों से वृहत्तर पक्ष उस शांत जलराशि का है। उसी प्रकार जब हम ईश्वरीय-शक्ति के सक्रिय पक्ष की अभिव्यक्ति को जगत-रूप में देख उसी तक सीमित हो जाते हैं, तो यह अज्ञान है। 'ज्ञान' का अर्थ होगा इसके अतिरिक्त यह ज्ञान भी कि ईश्वरीय शक्ति का अगाध पक्ष है जो सृष्टि में सक्रिय नहीं है, उसके पीछे है। इसी कारण सृष्टि में तथा सृष्टि में व्यक्त रूपों में लिपटे रहने को अज्ञान कहा गया है। अतः श्री अरविंद के अनुसार अज्ञान की उत्पत्ति आत्म के इस प्रकार के 'सिमटने' में है। हर व्यक्ति में निहित ईश्वरीय शक्ति में यह सम्भावना निहित है कि वह अपने को सीमित कर—अपनी दृष्टि की ऐसी सीमा बना ले कि वह मात्र अपने में सक्रिय शक्ति को शक्ति समझ ले तथा सार्वभौम मूल शक्ति की उपेक्षा कर ले। यही अज्ञान है, जो व्यक्ति को जगत के सक्रिय रूपों तक सीमित कर देता है, यह अज्ञान इस कारण है कि यह सत् के मूल स्वरूप के प्रति अज्ञान है। ईश्वरीय 'तपस' विस्तृत तो है ही, सिमट भी जा सकती है, जब यह व्यक्ति में सिमट कर सीमित हो जाती है तो यही अज्ञान है। श्री अरविंद के अनुसार "[The origin of Ignoranace is to be discovered] in some selfabsolved concentration of Tapas, [which, for us], builds a wall of separation which shuts out the consciousness in each form from awareness of its own total self, of other embodied consciousness and of universal being."*

---

*Sri Aurobindo, *The Life Divine*, p. 517.

अज्ञान के सप्तरूप

श्री अरविंद की अवगति है कि ज्ञान के स्वरूप को समझने के लिये यह आवश्यक है कि अज्ञान के जितने भी रूप सम्भव हैं, उनकी एक रूपरेखा खींच ली जाय। यह दो कारणों से आवश्यक हो जाता है, एक तो इस कारण कि अज्ञान भी ज्ञान की ही कोटि का है—आंशिक ज्ञान ही है; तथा दूसरा इस कारण कि जीवन का लक्ष्य इस प्रकार के आंशिक ज्ञान अथवा ज्ञान से ऊपर उठ ज्ञान प्राप्त करना है।

हमने देखा है कि अज्ञान की उत्पत्ति चेतना के सिमट जाने में है, व्यक्ति में व्यक्त चेतना पूर्ण चेतना से अलग सोचने में है। इसका अर्थ है कि अज्ञान के विभिन्न रूपों को समझने के लिये हमें अपने सामान्य साधारण जीवन एवं अस्तित्व की ही जांच करनी है। श्री अरविंद कहते हैं कि हम यदि अपने साधारण अस्तित्त्व—अस्तित्त्व की सामान्य, भौतिक तथा कालिक विधा की जांच करें तो उसी से स्पष्ट हो जाता है कि अपने इस जैविक चेतना में हम स्वयं विभिन्न प्रकार के अज्ञानों से ग्रसित हो जाते हैं। यह हमारा आत्म-अज्ञान है, तथा उनका कहना है कि इस आत्म-अज्ञान के कम से कम 'सात रूपों' को तो हम स्पष्ट रूप में पकड़ पाते हैं। हम उनके द्वारा चर्चित अज्ञान के इन सप्त रूपों को अलग-अलग समझने की चेष्टा करें।

१. प्राथमिक अथवा आद्य अज्ञान (Original Ignorance):—अपने दैनिक जीवन में हमारे लिये यह स्वाभाविक ही प्रतीत होता है कि हम जिन वस्तुओं से घिरे हैं, जिनके बीच रहते हैं, उन सबों को वास्तविक मानें। हम इस विश्वास के आधार पर ही सामान्य जीवन जीते हैं कि भौतिक वस्तुएं, शरीरधारी जीव, वस्तुओं के बीच स्थान तथा काल के सम्बन्ध आदि सभी वास्तविक हैं। श्री अरविंद का कहना है कि इस प्रकार की सभी सामान्य धारणायें 'सत्' के सम्बन्ध में एक प्राथमिक अथवा आद्य अज्ञान पर आधृत हैं—वास्तविक-अवास्तविक के स्वरूप के अज्ञान पर आधृत हैं। हमें उस मूल निरपेक्ष सत् का अज्ञान है जो सभी वास्तविक समझी जाने वाली वस्तुओं के पीछे है। श्री अरविंद इसे प्राथमिक या आद्य (Original) अज्ञान इस कारण कहते हैं क्योंकि यह सभी प्रकार के अज्ञानों के मूल में है, हर अन्य अज्ञान किसी न किसी प्रकार इसी मूल अज्ञान से उत्पन्न है।

२. ब्रह्माण्डमूलक अज्ञान (Cosmic Ignorance):—प्राथमिक अज्ञान निरपेक्ष सत् के स्वरूप का अज्ञान है, ब्रह्माण्डमूलक अज्ञान ब्रह्माण्ड या जगत सम्बन्धी अज्ञान है। सामान्यतः हम यह मान कर चलते हैं कि स्थान तथा काल में स्थित जिस जगत में हम जीते हैं, वह जगत वास्तविक है, सत् है। इसी धारणा के फलस्वरूप जगत में जो परिवर्तन होते हैं, उन्हें भी सामान्यतः वास्तविक ही समझते हैं। श्री अरविंद का कहना है कि ऐसा सोचना जगत के वास्तविक स्वरूप के सम्बन्ध में अज्ञान है। इसी कारण इसे ब्रह्माण्डमूलक अज्ञान कहा गया है।

३. अहंकेन्द्रित अज्ञान (Egoistic Ignorance):—जैसा कि इस नाम से ही स्पष्ट है, अज्ञान का यह रूप आत्म के स्वरूप से ही सम्बन्धित है। किसी न किसी प्रकार हमारी ऐसी धारणा बन जाती है कि शरीरधारी व्यक्ति ही वास्तविक आत्म है। हमें अपने

'अहं' को 'मैं के भाव' को ही सब कुछ समझ लेते हैं, और यह जानने/समझने की चेष्टा भी नहीं करते कि हर प्रकार की सत्ता—तथा हर प्रकार की गति के पीछे एक एकात्म है। हमारा सामान्य सोचने का ढंग यह बन जाता है कि यह हमारी सीमित वैयक्तिक अस्तित्व है, वही वास्तविक है, सत् है, और इससे भिन्न जो कुछ भी है—वह आत्म-रूप नहीं है। वे कहते हैं, "...We take our limited egoistic mentality, vitality corporeality for our tone self and regard everything other than that as not self."* यही समझ अज्ञान है, जिसे श्री अरविंद 'अहंकेन्द्रित अज्ञान' कहते हैं।

४. सामयिक अज्ञान (The Temporal Ignorance) :—श्री अरविंद का कहना है कि हम अपने नित्य तथा शाश्वत स्वरूप के सम्बन्ध में भी अज्ञान में हैं। इसी अज्ञान के फलस्वरूप हम समझ लेते हैं कि हमारा यह जो जन्म से मृत्यु तक का जीवन है वही सब कुछ है—उसी तक हमारा अस्तित्त्व सिमटा हुआ है। इस विश्वास के चलते हम अपने जीवन को हर काल, हर क्षण तथा हर स्थिति को अपने आत्म-अस्तित्व का महत्त्वपूर्ण अंश समझ लेते हैं। हम यह देखने या समझने की चेष्टा भी नहीं करते कि हमारी वास्तविक सत्ता इन कालिक क्षणों तथा स्थान काल की इन स्थितियों तक सीमित नहीं है। यह अज्ञान कालिक अथवा 'सामयिक अज्ञान' कहा गया है क्योंकि यह काल की गलत धारणा में स्थित अज्ञान है।

५. मनोवैज्ञानिक अज्ञान (The Psychological Ignorance):—श्री अरविंद कहते हैं कि सामान्यतः हम अपने जीवन में जो सामान्य व्यवहार या आचरण करते हैं उनके सम्बन्ध में हम यही सोचते हैं कि वे हमारी वास्तविक जीवन, हमारे मूल आत्म-रूप के ही व्यवहार तथा आचरण हैं—कि इन व्यवहारों को समझने-जानने से हम 'आत्म' की वास्तविकता को समझ या जान सकते हैं। उदाहरणतः हम अपने सामान्य जीवन में 'इन्द्रिय-अनुभव' को अत्यधिक महत्व देते हैं। हम यह देख ही नहीं पाते कि इन्द्रिय-जीवन अत्यन्त ही आंशिक तथा सीमित जीवन है। हम यह समझने की चेष्टा ही नहीं करते कि हमारी सत्ता के कुछ ऐसे मूल तथा वास्तविक आयाम हैं जिन्हें 'इन्द्रियों' जैसी धरातली दृष्टि से जाना भी नहीं जा सकता। श्री अरविंद का कहना है कि हम अपने जीवन में इन ऊपरी धरातली क्रिया-व्यवहारों में इतने तल्लीन रहते हैं कि हम इनसे ऊपर की उपचेतनावस्था तथा परात्ममूलक चेतनावस्था आन्तरिकता आदि की सम्भावनाओं के विषय में सोचने का भी उपक्रम नहीं करते। यह हमारा अज्ञान है, तथा इस अज्ञान को श्री अरविंद मनोवैज्ञानिक अज्ञान कहते हैं।

६. राचनिक अज्ञान (Constitutional Ignorance) :—श्री अरविंद कहते हैं कि अज्ञान का ऐसा रूप भी है जो हमारे सामान्य जीवन का ढंग जिस रूप में संरचित है, उसी में वह प्रवेश किया हुआ है, वह भी इस प्रकार कि हम अपने जीवन की वास्तविक संरचना से अनभिज्ञ रह जाते हैं। उनके कहने का तात्पर्य है कि सामान्यतः हम अपने भौतिक-जीवन या प्राण-शक्तियों या मानसिकता, या फिर इन सबों के सम्मिश्रण को अपने जीवन

---

*Sri Aurobindo, *The Life Divine*, p. 583.

की वास्तविक संरचना समझ लेते हैं। यह प्रायः सर्वमान्य, प्रचलित धारणा है कि हमारी वास्तविक संरचना शरीर, प्राण तथा मन से है। इसका अर्थ है कि हम सामान्यतः इस तथ्य से अनभिज्ञ रहते हैं कि हमारी संरचना की गहराइयां मात्र इन तीनों तक सीमित नहीं। इसी कारण हम यह भी नहीं समझ पाते कि शरीर, प्राण, मन आदि की भी शक्ति हमारी उन्हीं वास्तविक गहराइयों में स्थित शक्ति से है। इसी सामान्य अज्ञान को वे 'राचनिक अज्ञान' कहते हैं।

(७) व्यवहारिक अज्ञान (The Practical Ignorance) :—श्री अरविंद का कहना है कि इन सभी अज्ञानों के फलस्वरूप हमारा व्यवहारिक जीवन पूर्णतया अव्यवस्थित हो जाता है। हमारा सामान्य व्यवहारिक जीवन कुछ अर्थों में अर्थहीन तथा लक्ष्यहीन प्रतीत होता है, क्योंकि जीवन के वास्तविक लक्ष्य की अनभिज्ञता हमारे जीवन को दिशा को ही भ्रमित कर देती है। फलतः हमारा व्यवहारिक जीवन भ्रम, मूल, अनर्गल कार्यों में ही उलझा रहता है। जिसका परिणाम होता है कि हमारा जीवन दुख कष्ट तथा अर्थहीन बन जाता है। यही व्यवहारिक अज्ञान है। उनके अपने शब्दों में "As a result of all these ignorances [the six mentioned above] we miss the true knowledge, government and enjoyment of our life in the world; we are ignorant in our thought, will, sensations, actions, return wrong or imperfect response at every point of the questioning of the world, wander in a maze of errors and desires, strivings, and failures pain and pleasure, sin and stumbling, follow a crooked road, grope blindly for a changing goal—that is the seventh, the Practical Ignorance."*

अतिमानस

(The Supermind)

हमने देखा है कि श्री अरविंद के दर्शन में सत् के क्षेत्र को दो गोलार्द्धों में बांटा गया है—उच्चतर तथा निम्नतर। सच्चिदानन्द रूपी विविध सत् उच्चतर गोलार्द्ध के हैं तथा जड़तत्त्व प्राणतत्त्व, मन तथा मानस निम्नतर गोलार्द्ध की सत्तायें हैं। हम लोगों ने यह भी देखा है कि श्री अरविंद के अनुसार विकास-प्रक्रिया मानस के स्तर तक पहुंच चुकी है, तथा उच्चतर गोलार्द्ध में प्रवेश के लिये तत्पर हो रही है। अब एक स्वाभाविक प्रश्न उठता है कि उच्चतर क्षेत्र में प्रवेश कैसे सम्भव होगा? उसकी क्या प्रक्रिया हो सकती है? इस प्रश्न में निहित विचारणीय बात यह है कि जो प्रक्रिया निम्नतर गोलार्द्ध की प्रक्रिया है वह एकाएक उच्चतर गोलार्द्ध में प्रवेश भी कैसे कर सकती है? इस प्रकार का परिवर्तन एकाएक कैसे सम्भव हो सकता है?

---

*Sri Aurobindo, *The Life Divine*, p. 584.

श्री अरविंद का कहना है कि इस प्रकार का परिवर्तन तभी सम्भव हो सकता है जब इन दोनों क्षेत्रों के मध्य में एक ऐसा माध्यम हो जो इन दोनों क्षेत्रों को सम्बन्धित कर पाये। इस माध्यम के लिये यह आवश्यक है कि एक ओर तो वह अपने स्वरूप में सच्चिदानन्द के समान ही हो, अन्यथा वह उच्चतर गोलार्द्ध से सम्पर्क रख ही नहीं सकता; दूसरी ओर यह भी आवश्यक है कि यह निम्नतर गोलार्द्ध के श्रेष्ठतम विकसित रूप—मानस के सर्वथा विपरीत या उसका विरोधी नहीं है।

श्री अरविंद के अनुसार इसी प्रकार का माध्यम अतिमानस (Supermind) है। अतिमानस भी श्रेष्ठतर गोलार्द्ध का ही सत् है, और उसके साथ यह वह चरमलक्ष्य भी है जिसे प्राप्त करने में ही मानस की परिणति है। यह उच्चतर गोलार्द्ध का सत् है, अतः इसे सच्चिदानन्द की पूर्ण चेतना है। यह सच्चिदानन्द नहीं है, किन्तु सच्चिदानन्द की पूर्ण चेतना है, और इस अर्थ में सच्चिदानन्द के ही स्वरूप का है। उसी प्रकार यह मानस (Mind) से भिन्न है किन्तु मानस के विकास का चरम लक्ष्य तो है ही।

इस विवरण से स्पष्ट हो जाता है कि अतिमानस के स्वरूप को स्पष्ट करने के लिये इन भावों को स्पष्ट करना आवश्यक है। वे दो भाव हैं (क) सत् की चेतना के रूप में अतिमानस—वह आध्यात्मिक तत्त्व जिसे सच्चिदानन्द की पूर्ण चेतना है, तथा (ख) मानस (Mind) के चरम लक्ष्य के रूप में अतिमानस। हम इन्हीं दो भावों की व्याख्या के आधार पर अतिमानस के स्वरूप को स्पष्ट करने का प्रयत्न करेंगे।

इनमें जो प्रथम भाव है उसकी व्याख्या करने के क्रम में श्री अरविंद कुछ विशिष्ट विचारों का उपयोग करते हैं, जिन्हें वे अपने अर्थ में कुछ भाषीय प्रयोगों के द्वारा व्यक्त करने का प्रयत्न करते हैं। इस भाव के विवरण में वे 'स्रष्टा' (Creator), 'सत्भाव' (Real Idea), 'चरम सत्य-चेतना' (Superme Truth Consciousness) आदि शब्दों का उपयोग करते हैं। इन सभी अर्थपूर्ण उक्तियों को समझने के लिये पहले उस पृष्ठभूमि को स्पष्ट करना आवश्यक है, जिसके आलोक में श्री अरविंद ने इन अवधारणाओं को विकसित किया है।

पहले हम इस स्थल पर एक सम्भावित संशय की सम्भावना के विचार से प्रारम्भ करें। श्री अरविंद सत् को 'सच्चिदानन्द' कहते हैं। इस विवरण से ही एक कठिनाई उत्पन्न होती है। 'सच्चिदानन्द' कहने में ही यह निहित है कि हम तीन तत्त्वों की कल्पना करते हैं, और तब तीनों को एक में संगठित करते हैं। "We say Existence, Consciousness, Bliss, and then we say 'they are one'."* अब संशय का बिन्दु इस प्रकार उत्पन्न होता है। हम पहले तीन भावों में भेद करते हैं और तब उन्हें संगठित कर उनका एकात्म स्थापित करते हैं। इस प्रकार का चिन्तन 'मानस' (Mind) के स्तर के लिये मान्य हो सकता है, किन्तु परमसत् जो पूर्ण अद्वैत है, उसमें यह विभाजन तथा पुनः संगठन आदि की प्रक्रिया कैसे चल सकती है? इसी के साथ एक दूसरी कठिनाई भी उत्पन्न होती है।

1. Sri Aurobindo, *The Life Divine*, p. 118.

हमें सृष्टि की भी व्याख्या करनी है, तथा वह व्याख्या 'सत्' के आधार पर ही करनी है। इसका अर्थ है कि हमें सत् में किसी न किसी प्रकार के 'विभेदन' की सम्भावना को मानना आवश्यक प्रतीत होता है, क्योंकि ऐसा माने बिना सत् से सृष्टि की व्याख्या सम्भव प्रतीत नहीं होती। यदि सत् को हम पूर्ण अद्वैत कहें तथा यह माने कि उसका अद्वैत रूप किसी अवस्था में खण्डित नहीं हो सकता, तब उससे सृष्टि के उद्भव की सम्भावना ही समाप्त हो जायगी, क्योंकि यदि सत् अविभाज्य है तो उसके विभाजन का प्रश्न ही नहीं उठता।*

संशय तथा प्रश्न है कि सत् को सच्चिदानन्द कहने में निहित इन कठिनाइयों का श्री अरविंद किस प्रकार निराकरण कर सकते हैं? श्री अरविंद के विचारों की मौलिकता इस बात में है कि वे इन कठिनाइयों का एक वैचारिक समाधान ढूंढ लेते हैं। उनका कहना है कि सत् के पूर्ण अद्वैत रूप को बिना खण्डित किये उससे सृष्टि की व्याख्या तभी सम्भव हो सकती है, जब इस व्याख्या के लिये एक ऐसे आधार-सिद्धान्त का विचार करें जो सत् में विभाजन तो उत्पन्न नहीं कर सकता, सत् के अद्वैत रूप को खण्डित नहीं करता, किन्तु विभेदन कर सकता है। सत् तथा सृष्टि के मध्य स्थित इस तत्त्व की विशिष्टता यह है कि इसे सत् के पूर्ण अद्वैत रूप की स्पष्ट चेतना है, फिर भी यह सत् को इस रूप में प्रस्तुत कर सकता है कि सृष्टि की ओर से देखने में यह त्रिगुणात्मक सत् प्रतीत हो। श्री अरविंद का कहना है कि हम इस प्रक्रिया को पूर्णतया समझ नहीं पाते क्योंकि अभी हमारे समझने-सोचने का आधार हमारा मानसिक ढंग है, जो इस प्रक्रिया का चित्र पूर्णतया उतार नहीं पाता। मानसिक विचार-प्रक्रिया का अपना ढंग है, वह पहले सत् को खण्डित कर लेती है, तब पुनः उन खण्डों को संगठित कर 'एकात्मता' को समझना चाहती है। किन्तु इस ढंग से सत् का एकात्मरूप पूर्णतया स्पष्ट नहीं हो पाता। श्री अरविंद कहते हैं कि ऐसा होते हुए भी मानसिकता के स्तर में ही उच्चतर सम्भावनाओं की ओर संकेत तो अवश्य मिल जाता है। यह स्पष्ट प्रतीत होता है कि मानसिक चेतना से उच्चतर आध्यात्मिक चेतना भी सम्भव है। उस उच्चतर आध्यात्मिक चेतना में सत् के पूर्ण एकात्म रूप की भी चेतना है, और यह भी चेतना है कि किस प्रकार यह पूर्ण अद्वैत सत् त्रिरूपों में दिखाई देता है।

श्री अरविंद कहते हैं कि रोचक बात यह है कि इन दो दृष्टियों में—मानसिक चेतना एवं उच्चतर चेतना में—कोई विरोध नहीं है, क्योंकि वस्तुतः सत् का पूर्ण अद्वैत रूप कभी खण्डित-विभाजित होता ही नहीं। यह तो सृष्टि के परिप्रेक्ष्य में—सृष्टि की ओर से देखने में सत् को त्रिगुणात्मक या त्रिरूप समझा जाता है। इसी अर्थ में श्री अरविंद कहते हैं कि सृष्टि तथा सत् के मध्य एक ऐसा तत्त्व मानना पड़ता है जो सत् के पूर्ण एकात्म को बनाये रखते हुए भी उसे त्रिगुणात्मक रूप में प्रस्तुत कर सके—और यही तत्त्व अतिमानस (Supermind) है। इसी कारण श्री अरविंद अतिमानस की व्याख्या निम्नलिखित ढंग से करते हैं, The Supermind...starts from unity, not division, it is primarily comprehensive, differentiation is only a secondary act."**

*Sri Aurobindo, *The Life Divine*, p. 118.

**Ibid.

अब हम यह समझ सकते हैं कि क्यों श्री अरविंद अतिमानस को 'चरम सत्य-चेतना' (Supreme Truth-Consciousness) कहते हैं। कहा जा सकता है कि ब्रह्माण्ड चित्-शक्ति की ही अभिव्यक्ति है, अतः ब्रह्माण्ड भी चेतना का ही रूप है, और यह चेतना अनेक रूपों में व्यक्त होते हुए भी मूलतः एकरूप ही है। इसी कारण सृष्टि में अनेकता का भेद स्पष्ट होता रहता है, किन्तु इससे वह मूल सत्य खण्डित नहीं होता कि सत् मूलतः एकरूप है। इसी रूप में सर्वाङ्गी चेतना होने के कारण—अनेकता तथा एकात्म दोनों की चेतना होने के कारण यह चेतना 'चरम सत्य-चेतना' है। इसे श्री अरविंद 'चरम सत्य-चेतना' इस कारण भी कहते हैं कि इस विवरण से इसका तथा मानसिक चेतना का भेद स्पष्ट हो जाता है। मानसिक चेतना में विभाजन-प्रक्रिया अन्तर्निहित है, इसी कारण मानसिक चेतना की प्रतीतियां 'सत्' से भिन्न प्रतीत होती हैं। अतिमानसिक चेतना विभाजन नहीं करती, अतः इस चेतना की प्रतीति 'असत्' या अयथार्थ नहीं हो सकती। इसे पूर्ण अद्वैत सत् की सतत्-चेतना है, और इसी कारण 'चरम सत्य-चेतना' कहा गया है।

अतिमानस को 'स्रष्टा' (Creator), या 'सर्जनात्मक भाव' (Creative Idia) तथा कभी-कभी सत्भाव (Real Idea) कहा गया है। श्री अरविंद समझते हैं कि सर्जनात्मक आधार चरम सत् से भिन्न नहीं हो सकता। यदि सृष्टि का आधार ढूंढना है, तो उसे सत् में ही ढूंढ़ना है, उससे पृथक नहीं। वेदान्त दर्शन में इस समस्या के समाधान के रूप में 'ईश्वर' तथा 'माया' के सिद्धान्तों का प्रतिपादन हुआ तथा सृष्टि की व्याख्या इन्हीं के आधार पर की गयी है। किन्तु वेदान्त के लिये 'ईश्वर', 'माया' आदि विचार का 'ब्रह्म' के साथ समन्वय की स्पष्ट कठिनाई तो उत्पन्न हो ही जाती है। फलतः वेदान्त के समक्ष इसके अतिरिक्त और कोई विकल्प नहीं रह जाता कि ईश्वर, माया, जगत सभी को अन्ततः अवास्तविक ही माना जाय। श्री अरविंद का कहना है कि इस प्रकार के समाधान में सत् का एकत्त्व रूप तो सुरक्षित रह जाता है, किन्तु सृष्टि के साथ पूर्ण न्याय नहीं हो पाता क्योंकि सृष्टि पूर्णतया भ्रामक ही सिद्ध होती है। उनका कहना है कि ऐसा मात्र इसी कारण होता है कि यहां सृष्टि के आधार 'ईश्वर' को एक प्रकार से ब्रह्म से भिन्न समझा गया है, जिसके चलते ब्रह्म तथा ईश्वर के समन्वय में ईश्वर का विलय अनिवार्य हो जाता है। श्री अरविंद का कहना है कि वेदान्त दर्शन की इस कठिनाई से बचने का मार्ग यही हो सकता है कि सृष्टि के आधार को परमसत् से भिन्न या पृथक नहीं कर दिया जाय, बल्कि इस रूप में समझा जाय कि 'सत्' तथा 'सृष्टि' दोनों के साथ न्याय हो सके।

इसी मांग के अनुरूप श्री अरविंद 'अतिमानस' की अवधारणा को स्थापित करते हैं। सच्चिदानन्द शुद्ध सत्, चित् एवं आनन्द रूप है, वह स्थान तथा काल के परे है। इसके विपरीत सृष्टि स्थान तथा काल में स्थित एक गति है। इन दोनों के मध्य—इन दोनों को सम्बन्धित करने वाली एक 'कड़ी' का होना आवश्यक है। उस कड़ी के लिये भी यह आवश्यक है कि एक ओर उसे सत् की एकरूपता की चेतना भी है, तथा दूसरी ओर सृष्टि की अपनी यथार्थता की भी समझ है। यह तभी सम्भव हो सकता है जब इस कड़ी को एक सर्जनात्मक भाव—एक 'सत्भाव' के रूप में समझा जाय। यह सत्भाव के रूप में सत् ही है, तथा

सर्जनात्मक होने के कारण इसमें अभिव्यक्ति की शक्ति निहित है। यह सच्चिदानन्द से भिन्न नहीं है क्योंकि यह सत्‌भाव है—सच्चिदानन्द की चेतना है। किन्तु इसमें अभिव्यक्ति की भी शक्ति ही। अभिव्यक्ति का अर्थ है 'मूलभाव का एक प्रकार का विभेदन' उसके अपने मूल रूप का अनेक रूपों में व्यक्त होना। यह व्यक्त रूप उस सत् का ही रूप है—लेकिन वह अभिव्यक्त है अतः उसकी प्रतीति सत् से भिन्न है। यही प्रतीति सृष्टि की प्रतीति है। इस व्याख्या को स्पष्ट करते हुए श्री अरविंद कहते हैं, 'Supermind is the vast self-extension of the Brahman that contains and develops.'*...'that by the Idea it develops the triune principle of existence, consciousness and bliss out of their indivisibible unity. It differentiates them, but does not divide.'** यह स्पष्ट हो जाता है कि सृष्टि-प्रक्रिया तब आरम्भ होती है जब सत् में निहित तीनों रूपों के एकात्म का अतिमानस विभेदन प्रस्तुत करता है। इसे स्पष्ट करते हुए श्री अरविंद करते हैं, "No doubt it [Supermind] is Sachchidananda itself ..., but Sachchidanand is not resting in its pure, infinite invariable consciousness, but proceeding out of this primal poise... into a movement which is its form of energy and instrument of cosmic creation."***

अब हम अतिमानस के स्वरूप से सम्बन्धित दूसरे विवरण का विवेचन करें। अतिमानस के स्वरूप के विवरण में कहा गया है कि यह मानस का चरम लक्ष्य है—उसकी अन्तिम परिणति है। इसे स्पष्ट करने के प्रयत्न में श्री अरविंद प्रथमतः तो मानस तथा अतिमानस का भेद स्पष्ट करते हैं, तथा उस सन्दर्भ में मानस में निहित कमियों तथा उसकी सीमाओं को स्पष्ट करते हैं। उसके पश्चात् वे यह भी दिखाते हैं कि एक अर्थ में मानस भी अतिमानस के सर्वथा विपरीत नहीं बल्कि उसमें निहित शक्तियां अतिमानस की शक्तियों के ही निम्नतर रूप हैं। इस प्रकार वे दिखाते हैं कि मानस निम्नतर गोलार्द्ध में स्थित तो है—किन्तु उसमें यह अतिमानस का ही निम्नतर रूप है तथा अपने इस चरम लक्ष्य की ओर उठने के लिये सतत् तत्पर है।

श्री अरविंद के अनुसार मानस तथा अतिमानस का भेद 'सत्' के ग्रहण करने के ढंगों का भेद है। अतिमानस अनिवार्यतः सत् को पूर्ण अद्वैत एवं एकात्मरूप में ग्रहण करता है, किन्तु मानस अपने स्वरूपतः पूर्णता को खण्डित कर देता है, उसे उसके अंशों में विभाजित कर देता है। मानस अनिवार्यतः ज्ञाता तथा ज्ञेय में भेद कर देता है, तथा 'ज्ञेय' को भी उसके अवयवों एवं अंशों के आधार पर ही पकड़ने की चेष्टा करता है।

मानस के इसी स्वरूप के कारण मानस सत् के चित्रण में सर्वथा असमर्थ है। सत् पूर्णतया एक है, अतः ज्ञान की ऐसी विधा जो ज्ञान-विषय को उसके विश्लेषण के द्वारा ही

*Sri Aurobindo, *The Life Divine*, p. 120.

**Ibid.

***Ibid., p. 134.

जान सकती है, उसे अवयवों में विभाजित कर ही जान सकती है, सत् का ज्ञान नहीं पा सकती, क्योंकि सत् अविभाज्य है, उसके अवयव नहीं होते। इस स्थल पर कहा जा सकता है कि हमारी मानसिक चेतना में भी तो 'इकाइयों की चेतना होती है। किन्तु श्री अरविंद कहते हैं कि मानस के द्वारा प्राप्त वैसी चेतना भी ज्ञान नहीं है। किन्तु उन उदाहरणों में भी मानसिक चेतना प्रथमतः अपने विषय को विभिन्न अंशों में विश्लेषित करती है, और तब पुनः उन्हें संगठित करती है। किन्तु इस प्रकार की इकाई मौलिक एकत्त्व का चित्रण नहीं हो सकता। इसी कारण श्री अरविंद कहते हैं कि मानसिक चेतना की उपलब्धियां ज्ञान के सही अर्थ में ज्ञान नहीं है।

किन्तु मानस तथा अतिमानस के इस भेद में ही इस बात का संकेत मिलता है कि मानस में ऊपर उठने की तत्परता है। इससे प्राप्त ज्ञान आंशिक एवं धरातली है, किन्तु उनमें भी 'एकत्त्व' को प्राप्त करने की उत्सुकता है, इकाईयां स्थापित करने की प्रवृत्ति है। इससे यह संकेत मिलता है कि मानस में भी अपूर्णरूप में अतिमानस की शक्ति ही कार्यरत है। श्री अरविंद तो कहते हैं कि एक अर्थ में उच्चतर आध्यात्मिक क्षेत्र से अतिमानस का निम्नतर क्षेत्र के मानस के अवतरण के फलस्वरूप ही मानस में विकसित होने की, उच्चतर उठने की सम्भावना जाग्रत होती है। मानस में ऊपर उठने की शक्ति अन्तर्निहित है। पुनः जब यह विश्लेषण भी करता है, तो विश्लेषण पर यह एकता नहीं, इसमें एक प्रकार की प्रवृत्ति है––एक विवशता है कि वह विश्लेषित अंशों का पुनः संगठन कर ले। यह एकात्म की ओर उन्मुखता आध्यात्मिकता की पहचान है, इस बात का संकेत है कि किसी न किसी रूप में मानस में भी अतिमानसिक शक्ति विद्यमान है––भले ही वह सर्वथा आंशिक या अपूर्णरूप में विद्यमान हो। श्री अरविंद कहते हैं कि मानस जो उच्चतर प्रेरणाओं की ओर उठ पाता है या आध्यात्मिक क्रियाओं की ओर अग्रसर हो पाता है––वह मात्र इसी कारण है कि अतिमानस इसमें अवतरित है। अतिमानस का यह अवतरण तो 'सृष्टि' के लिये अनिवार्य है क्योंकि यह आत्म का निम्नतर गोलार्द्ध में अवतरण हैं। इस अवतरण के बिना उत्थान या विकास (Evolution) की भी प्रक्रिया नहीं चल सकती। यदि अतिमानस किसी न किसी रूप में किसी आवरण में मानस में अवतरित न हो तो मानस में अतिमानस की ओर उठने की प्रवृत्ति ही नहीं जाग सकती।

उच्चतर मानस, प्रदीप्त मानस, अन्तर्दृष्टि व्यापक मानस
(Higher Mind, Illumined Mind, Intuition, Over mind)

वैसे श्री अरविंद बड़े ही स्पष्ट रूप में कहते हैं कि मानस से अतिमानस तक पहुंचने की प्रक्रिया एकाएक सम्पन्न नहीं हो जाती, उसमें एक क्रम है, कुछ सीढ़ियां है। मानस है तो आखिर निम्नतर गोलार्द्ध का ही तत्त्व, तो वह एकाएक उच्चतर गोलार्द्ध में कैसे प्रवेश कर सकता है। इसके लिये कुछ क्रम––बीच के कुछ स्तरों का होना आवश्यक है जिनसे होते हुए ही यह परिवर्तन सम्भव हो पायेगा।

श्री अरविंद ने इस क्रम के विषय में विशद विचार किया है––तथा मानस तथा अति-

मानस के मध्य निम्नलिखित क्रमिक स्तरों का उल्लेख किया है—(मानस), 'उच्चतर मानस' (Higher Mind), 'प्रदीप्त मानस' (Illumined Mind), 'अन्तर्दृष्टि' (Intuition), 'व्यापक मानस' (Over Mind) और उसके बाद ही अतिमानस की प्रतीक्षा की जा सकती है। बात यह है कि मानस के स्तर से अतिमानस तक पहुंचने की प्रक्रिया में हम प्राकृतिक से परात्म की ओर अग्रसर हो रहे हैं, यह एकाएक सम्भव नहीं, इसके लिये शनैः-शनैः एक क्रमानुसार अग्रसर होना अनिवार्य है। इसी कारण श्री अरविंद विचार करते हुए इन क्रमिक स्तरों की बात करते हैं। हम इन विभिन्न स्तरों के स्वरूप को समझने की चेष्टा करें।

'मानस' के सम्बन्ध में तो हमें यह ज्ञात है कि यह एक ऐसी चेतन-शक्ति है जो अपने प्रदत्त विषयों को मापती है, उनका उनके अंशों में विश्लेषण करती है, तथा उनकी सीमायें निर्धारित करती है। इसका मूल कार्य 'इकाइयों' का उनके अवयवों में विश्लेषण करते हुए उनके स्वरूप को समझने का प्रयत्न है। हमने यह भी देखा है कि इस विश्लेषणात्मक पद्धति से किसी 'पूर्ण एक' के स्वरूप का ज्ञान नहीं मिल पाता, अतः मानस पुनः विश्लेषित अंशों को संगठित भी करने का प्रयत्न करता है। यह मानस के स्वाभाविक विश्लेषणात्मक प्रवृत्ति से कुछ भिन्न कार्य है, क्योंकि 'एकात्म की ओर होना', अथवा 'संगठन की प्रवृत्ति' उच्चतर क्रिया है।

प्रश्न है कि इस प्रकार की प्रवृत्ति मानस में किस प्रकार जाग्रत होती है—क्या उपादान उपस्थित हो जाते हैं कि मानस अपने प्राकृतिक विश्लेषणात्मक क्रिया के स्थान पर संगठन एवं एकात्म की ओर अग्रसर होने लगता है। श्री अरविंद कहते हैं कि ऐसा सम्भव तभी हो सकता है जब मानस को अपनी क्षमता तथा अपनी क्रियाओं की स्पष्ट चेतना हो तथा वह उन्हें कुछ नियंत्रित भी कर सके। इस प्रकार की नियंत्रणात्मक प्रज्ञा का प्रकट होना, मानस का इस प्रकार ऊपर उठना कि उसमें अपनी शक्तियों को कुछ नियंत्रित करने की क्षमता आ जाय—वस्तुतः उच्चतर मानस के स्तर की प्रॉप्ति है। 'उच्चतर मानस' (Higher Mind) का विवरण करते हुए श्री अरविंद कहते हैं कि यह हमारी मानसिक अवधारणात्मक क्षमता का आध्यात्मिक आधार है। (Spiritual parent of our conceptive mental ideation)। उनका कहना है कि उच्चतर मानस में मानस का जो आम विश्लेषण का कार्य है—वह सम्पादित नहीं होता, वहां अब अवयवों या अंशों में तोड़ने जोड़ने की आवश्यकता नहीं रह जाती, यह आवश्यकता भी नहीं रह जाती कि अवयवों के आधार पर पूर्ण इकाई के स्वरूप के सम्बन्ध में अनुमान किया जाय। इस प्रकार की क्रिया में, जो श्री अरविंद के अनुसार बुद्धि की लंगड़ाती हुयी चलने की क्रियायें है, वस्तुतः अज्ञानमूलक क्रियायें हैं। उच्चतर मानस स्वचेतन क्रिया है—अतः इस क्रिया में 'एकात्मता' की ओर अग्रसर होने की प्रवृत्ति है। इसका सर्व-प्रमुख लक्षण 'व्यापक भाव-निरूपण' (Mass Ideation) है, 'भावों के पारस्परिक आन्तरिक सम्बन्धों को परखना एवं समझना' है। इस स्तर में प्राप्त सत्य 'तर्क' से स्थापित नहीं किये जाते—उन्हें उनकी सम्पूर्णता में पकड़ने का प्रयत्न होता है—यह जानने का प्रयत्न होता है कि मानसिक रूपों के उन पर

लगने के पहले—प्रागवैचारिक स्तर में उनका अखण्डित रूप क्या था। अतः कहा जा सकता है कि इस स्तर में पहली बार विश्लेषण, तर्क आदि के मानसिक बन्धन से मुक्त होने की प्रवृत्ति स्पष्ट होती है, तथा प्रदत्त भावों के अखण्डित रूप को समझने का प्रयत्न स्पष्ट होता है।

किन्तु, अब भी यह आंशिक अवबोध ही है, यह अब भी आनुभविक एवं बौद्धिक दबावों से पूर्णतया मुक्त नहीं है। इस स्तर में अब तक 'दृष्टि' प्रदीप्त नहीं हुयी है, इस स्तर में अब तक ज्ञान प्रकाशरूप नहीं हो पाया है। श्री अरविंद कहते हैं कि इसके लिये आवश्यकता 'उच्चतर विचारों के मानस' की आवश्यकता नहीं है, बल्कि ऐसे मानस की आवश्यकता है जो 'आध्यात्मिक प्रकाश' दे सके। वैचारिक प्रक्रिया अपने विषयों को अंशों के माध्यम से व्यक्त करती है किन्तु अब आवश्यकता है विषयों को 'प्रकाशित' करने की। इसी कारण वे कहते हैं कि उच्चतर मानस के बाद का स्तर 'प्रदीप्त मानस' (Illumined Mind) का है। श्री अरविंद कहते हैं कि 'प्रदीप्त मानस की क्रियायें विचारमूलक नहीं होती, दृष्टिमूलक होती हैं'। इस स्तर में विचार की उपयोगिता मात्र इतनी ही है कि वे पीछे-पीछे मात्र इसी लिये चलता है कि प्रकाशमय दृष्टि उपलब्ध हो सके। श्री अरविंद कहते हैं कि विचार के माध्यम से जो सत्य प्राप्त होता है, वह वस्तुतः सत्य नहीं सत्य की 'प्रतिनिधि-प्रतिमा' मात्र है। जो प्रकाशरूप दृष्टि से प्राप्त सत्य है, वह विचार के माध्यम से प्राप्त सत्यों से कहीं अधिक ज्ञानात्मक होता है, सत्य के अनुरूप होता है। श्री अरविंद स्पष्टरूप में कहते हैं, "A consciousness that proceeds by sight, the consciousness of the seer, is a greater power of knowledge than the consciousness of the thinker. The perpeptual power of the inner sight is greater and more direct than the perceptual power of thought."* इस प्रकार कहा जा सकता है कि उच्चतर मानस की चेतना मानस की चेतना से अधिक स्पष्ट है—क्योंकि इसमें आध्यात्मिक एकरूपता को समझने का प्रयत्न होता है। प्रदीप्त मानस की चेतना और अधिक स्पष्टतर है—क्योंकि यहां 'विषय' प्रदीप्त मानस की प्रकाशरूप दृष्टि से प्रकाशित हो जाता है। वे कहते हैं, "As the higher mind brings a greater consciousness into the being through the spiritual idea and its power of Truth, so the illumined Mind brings in a still greater consciousness through a Truth-sight and Truth-light and its seeing and seizing power."**

किन्तु श्री अरविंद के अनुसार इन दोनों स्तरों में व्यक्त क्षमताओं की परिणति तीसरे स्तर में है—जिसे वे 'अन्तर्वृष्टि' (Intuition) का स्तर कहते हैं। अन्तर्वृष्टि ऐसी चेतन शक्ति है जो उच्चतर मानस तथा प्रदीप्त मानस से कहीं अधिक ज्ञान के निकट है। जब आत्म की चेतन-शक्ति चेतना के प्रकाश के साथ ऐसा समझने लगे कि उसे अपने विषय

---

*Sri Aurobindo, *The Life Divine*, p. 839.

**Ibid.

का स्पष्ट ज्ञानात्मक बोध हो रहा है, तो इसी दृष्टि को अन्तर्दृष्टि कहते हैं। श्री अरविंद का कहना है कि वस्तुतः ज्ञान का प्रारम्भ अन्तर्दृष्टि के ही स्तर से होता है—क्योंकि इसी स्तर में उच्चतर क्षेत्र का संज्ञान स्पष्टरूप में प्रारम्भ होने लगता है। अन्तर्दृष्टि से यह शक्ति है कि वह 'सत्य' के प्रकाश को देख सके—यह सत्य के वास्तविक पक्षों की साक्षात झांकी जैसी है। श्री अरविंद कहते हैं कि अन्तर्दृष्टि में चार प्रकार की शक्तियां निहित हैं—सत्य को प्रकाश में लाने की शक्ति जिसे सत्य-दर्शन (Truth-seeing) की शक्ति कहा जा सकता है, (२) सत्य की ओर प्रेरित होने की शक्ति जिसे 'सत्य-श्रवण' (Truth-hearing) की शक्ति कहा जा सकता है, (३) सत्य के वास्तविक अर्थ को तत्कालिक पकड़ पाने की शक्ति, जिसे 'सत्य-स्पर्श' (Truth-touch) की शक्ति कहा जा सकता है, तथा (४) सत्यों के पारस्परिक सम्बन्धों तथा विभिन्न प्रकार की समन्वित व्यवस्थाओं को सहज रूप में पकड़ सकने की शक्ति। श्री अरविंद के अनुसार अन्तर्दृष्टि में इन चार प्रकार की शक्तियां रहती हैं।

इस विवरण से स्पष्ट होता है कि भारतीय परम्परा में सत्य-दृष्टाओं तथा मनीषियों के विषय में भिन्न शक्तियों की बात की जाती है, उन सबों को श्री अरविंद अन्तर्दृष्टि की शक्तियों के अन्तर्गत रखना चाहते हैं। इसे सत्य-दर्शन एवं सत्य-श्रवण की सहज, साक्षात एवं तात्कालिक शक्ति कहा जा सकता है। श्री अरविंद स्वीकारते हैं कि अन्तर्दृष्टि वैसी क्रियायें भी सम्पन्न कर सकता है जो विवेक-शक्ति एवं बुद्धि के द्वारा सम्पादित होती हैं, अन्तर यही है कि विवेक-शक्ति उन शक्तियों को परोक्षरूप में—किसी माध्यम के द्वारा सम्पादित करती है, जबकि अन्तर्दृष्टि इन्हें साक्षात एवं सहजरूप में सम्पादित कर देती है। अतः यह भी कहा जा सकता है कि अन्तर्दृष्टि के स्तर में सभी क्रियाओं को 'संगठित करने की प्रक्रिया' (Process of Integration) का भी प्रारम्भ हो जाता है।

किन्तु, ऐसा नहीं है कि सभी प्रकार की चेतनाओं का पूर्ण संगठन अन्तर्दृष्टि में हो जाता है। श्री अरविंद के अनुसार चेतना का श्रेष्ठतम रूप नहीं है। श्री अरविंद स्पष्टतः कुछ ऐसे उपादानों का उल्लेख करते हुए जिन्हें देखते हुए यह मानना पड़ता है कि अन्तर्दृष्टि के स्तर से ऊपर उठना अनिवार्य है।

प्रथमतः अर्न्तदृष्टि मानसिक क्रियाओं-सीमाओं से पूर्णतया युक्त नहीं हैं। विवेक-शक्ति तथा बौद्धिकता के विभिन्न रूपों का अर्न्तदृष्टि की क्रियाओं में ऐसा मेलमिलाप—ऐसा मिश्रण होता रहता है कि अन्तर्दृष्टि अपने को मानसिकता के बन्धन से मुक्त नहीं कर पाती। पुनः यह भी कहा जा सकता है कि अर्न्तदृष्टि की सूझ इतना शीघ्र, वेगवान तथा क्षणिक है कि उसमें जो झांकी मिलती है, उसका स्पष्ट अवबोध नहीं हो पाता। यह भी कहा जा सकता है कि अर्न्तदृष्टि में जो सत्य-दर्शन है, उसे व्यक्त करने में भी कठिनाइयां हैं, एक तो वह इतने कम काल में प्राप्त होता है, कि उसे व्यक्त करने के प्रयत्न में कुछ अन्य उस क्षण से सटी हुयी मानसिक विधायें उन सत्यों का स्थान ले लेती हैं।

श्री अरविंद का कहना है कि अर्न्तदृष्टि में इस प्रकार की जो कमी है, वह इसी कारण है

---

*Sri Aurobindo, *The Life Divine*, p. 483.

कि अन्तर्दृष्टि भी 'मानस' के ही ऊपर उठने की प्रक्रिया का ही परिणाम है, तथा श्री अरविंद के अनुसार इस विवशता को स्वीकारना ही पड़ता है कि मात्र अपने प्रयत्न से ज्ञान प्राप्त नहीं हो सकता। उसके लिये यह अनिवार्य है कि आध्यात्मिक प्रकाश ऊपर से अवतरित हो। अतः श्री अरविंद का कहना है कि अन्तर्दृष्टि से उच्चतर स्तर तक ऐसे स्तर का हो सकता है जिसमें मानस, उच्चतर मानस, प्रदीप्त मानस, अन्तर्दृष्टि आदि की शक्तियां भी विद्यमान हों, साथ-साथ वह उच्चतर प्रकाश को ग्रहण करने की शक्ति भी रखता हो।

इस शक्ति को, जिसमें अन्तर्दृष्टि विकसित हो सकती है, श्री अरविंद ने व्यापक मानस (Over-mind) कहा है। श्री अरविंद इसका विवरण देते हुए कहते हैं कि 'यह एक अतिचेतन विश्वव्यापी मानस है जो अतिमानसिक चेतना से साक्षात ढंग में सम्बन्धित है' (Super consient cosmic mind indirect contact with supramental consciousness)। इस प्रकार का विवरण इस व्यापक मानस के दो पक्षों पर बल दे रहा है। एक तो इसे 'विश्वव्यापी चेतना' कहा जा रहा है, तथा दूसरी ओर यह कहा जा रहा है कि 'यह अतिमानस' के सीधे सम्पर्क में है।

इसे विश्वव्यापी चेतना कहने का तात्पर्य है कि चेतना जो मानस से विकसित होती हुयी तीन स्तरों को पार करती हुयी इस स्तर तक पहुंचती है, वह इस स्तर में पूर्णतया विस्तृत हो जाती है। अभी तक मानस की उत्थान-प्रक्रिया सर्वथा खड़े—शीर्ष रूप में अग्रसर होती रही है, इस स्तर में आकर वह समस्तरीय ढंग से फैल कर विस्तृत हो जाती है। खड़े विकास (Vertical) के साथ चेतना का फैलाव (Horizontal growth) भी तो आवश्यक है, इस स्तर में यही होता है जिसके फलस्वरूप इस स्तर की चेतना विश्वव्यापी हो जाती है। इसके पहले के सभी स्तर—अन्तर्दृष्टि भी—विश्वव्यापी चेतना के रूप नहीं हैं, क्योंकि इन स्तरों में चेतना का कोई विशेष केन्द्र होता है। विश्वव्यापी चेतना में चेतना इन केन्द्रों की चेतना से ऊपर उठ जाती है। बल्कि, यह भी कहा जा सकता है कि इस स्तर में आकर उच्चतर मानस, प्रदीप्त मानस तथा अन्तर्दृष्टि की चेतना भी अपने केन्द्रों की सीमा के परे उठ जाती है। इस दृष्टि से इस विश्वव्यापी मानस (Over-mind) के विषय में यह भी कहा जा सकता है कि यह मानस के सक्रिय आध्यात्मिक उत्थान की गति की एक प्रकार की परिणति है।

"The overmind… is the final consumating movement of the dynamic spiritual transformation, it is the highest possible status-dynamics of the spiritual mind-plane. It takes up all that is in the three steps below it and raises their characteristic workings to their highest and largest power, adding to them a universal wideness of consciousness and force…"*

श्री अरविंद का कहना है कि यह बात सम्भव हो पाती है मूलतः इस 'व्यापक मानस' के दूसरे लक्षण के कारण। वह दूसरा लक्षण है कि यह अतिमानस के निकट है—इसमें अति-

*Sri Aurobindo, *The Life Divine*, p. 846.

मानस के प्रकाश को ग्रहण करने की शक्ति है। यह कहना उचित है कि मानस तथा अतिमानस के बीच की सर्वप्रमुख कड़ी 'व्यापक मानस' ही है। यह मानसिक क्रियाओं को आध्यात्मिक ढंग से सम्पादित कर सकती है, तथा इसकी विश्वव्यापी चेतना की सार्थकता इसी कारण है कि यह अतिमानस के निकट है। यदि यह चेतना वैयक्तिक केन्द्रों तक ही सीमित रहती, तो इसमें ऐसी विश्व को आच्छादित कर सकने वाली व्यापकता नहीं आ सकती। यही कमी तो अन्तर्दृष्टि (Intuition) में है, वह वैयक्तिक केन्द्रों तक ही सीमित है, फलतः उसमें यह व्यापकता नहीं आ पाती। व्यापक मानस सार्वभौमता में देख सकता है, इसी कारण इसकी चेतना विश्वव्यापी है।

किन्तु यह तो स्मरण रखना ही है कि व्यापक मानस (Overmind) अतिमानस (Supermind) नहीं है। यह विश्वव्यापी है, किन्तु इसमें 'एकात्म' की 'एकरूपता' की वह चेतना नहीं है जो अतिमानस में है। इसकी चेतना विश्वव्यापी है, अतः इसे विश्व की विषमताओं, आत्म-विरोधों आदि की भी चेतना है, किन्तु इसमें यह शक्ति नहीं कि उन सबों को भी वस्तुतः एकरूप तथा सत् के पूर्ण अखण्डित अद्वैत रूप की चेतना इसमें आ सके। व्यापक मानस सत् के हर पक्ष को देख सकता है—किन्तु सत् के पूर्ण एकत्त्व को नहीं पकड़ पाता। इस बात को स्पष्ट करने के लिये श्री अरविंद 'प्रकृति' तथा 'पुरुष' की अवधारणाओं का उल्लेख करते हैं। वे कहते हैं कि प्रकृति तथा पुरुष सत्‌भाव ही हैं—किन्तु इस प्रकार के द्वैत का भाव भी इस व्यापक मानस की ही कृति है। वस्तुतः श्री अरविंद का विचार है कि व्यापक मानस बहुधा अनेकता को द्वैत-भाव में परिणत कर लेता है। वैसा ही प्रकृति, पुरुष के विचार में हुआ है। किन्तु वह इस द्वैत को चरम सत् मान लेता है क्योंकि वह इनका समन्वय नहीं कर पाता। इस दृष्टि से 'व्यापक मानस' को भी 'अज्ञान' के क्षेत्र का कहा जा सकता है। अज्ञान की तो मात्रा होती है जो ज्ञान शून्यता के बाद से प्रारम्भ हो परिष्कृत होता जाता है, तथा 'व्यापक मानस' के स्तर में प्रायः पूर्णतया परिष्कृत हो जाती है—किन्तु अभी भी यह 'ज्ञान' नहीं है—क्योंकि ज्ञान तो सत् के पूर्ण-अद्वैत रूप का ज्ञान (Integral knowledge) है। इसी बात को विकास-प्रक्रिया की भाषा में कहते हुए कहा जा सकता है कि निम्नतर गोलार्द्ध की अन्तिम कड़ी—जिसके बाद की स्थिति उच्चतर गोलार्द्ध की ही स्थिति हो जायगी—विश्वव्यापी मानस की स्थिति है। इसी के बाद मानस का उछाल उच्चतर क्षेत्र में हो जायगा। अवतरण की भाषा में—अर्थात् इस पूरी प्रक्रिया को दूसरे छोर से देखने पर यह भी कहा जा सकता है कि व्यापक मानस के स्तर से ही अज्ञान का क्षेत्र निम्नतर रूपों की ओर घटता जाता है।

व्यापक मानस को अज्ञान के क्षेत्र में—निम्नतर गोलार्द्ध में स्थित करने का एकमात्र कारण यही है कि इस मानस की चेतना अपने को विषमता, अनेकता आदि की चेतना में स्थित रखती है। यह ठीक है कि यह सभी सम्भावनाओं की व्यापक एवं सार्वभौम चेतना है, किन्तु वह चेतना इन सबों से ऊपर उठ पूर्ण अद्वैत की चेतना (Integral consciousness) नहीं बन पाती। वह अतिमानस का क्षेत्र है।

"It [Overmind] is a power...the highest power of the lower hemisphere; although its basis is a cosmic unity, its action is an action of division and inter-action, an action taking its stand our multiplicity. Its play is, like that of all Mind, a play of possibilities; although it acts not in ignorance but with the knowledge of the truth of these possibilities, yet it works them out *through their own independent evolution of their power.*"*

सत् की पूर्ण अद्वैत चेतना तभी सम्भव है जब वह आवरण, वह पर्दा जो दोनों गोलार्द्धों को पृथक कर रहा है, हट जाय। उसके हटने पर ही अतिमानस के स्तर में प्रवेश सम्भव है। श्री अरविंद स्वीकारते हैं कि इस परिवर्तन का उपकरण व्यक्ति का परिवर्तन है। किन्तु, वे यह भी कहते हैं कि एक व्यक्ति का अतिमानस परिवर्तन यथेष्ट नहीं। उनके अनुसार अन्ततः ऐसा परिवर्तन विश्व-व्यापी स्तर पर हो सकता है। इस अन्तिम 'अतिमानसिक परिवर्तन' (Supramental transformation) का विवरण तो हम आगे करेंगे, किन्तु एक बात स्पष्ट कर लेना आवश्यक है। मानस के स्तर में स्थित हो अपने प्रयत्न से व्यक्ति व्यापक मानस के स्तर तक पहुंच सकता है, किन्तु यह 'मात्र' उसके अपने प्रयत्न पर निर्भर नहीं है कि वह अतिमानस में प्रवेश कर सके। यह उच्चतर रूपों के अवतरण (Discent) पर ही निर्भर करता है—केवल अपने प्रयत्न पर नहीं, क्योंकि अतिमानसिक चेतना व्यापक मानस की व्यापक चेतना से ऊपर उठना है।

अतः निष्कर्षतः कहा जा सकता है कि अतिमानस की चेतना सम्पूर्णता पर पूर्णतया आच्छादित दृष्टि है, क्योंकि यह सत् के पूर्ण अद्वैत रूप का ज्ञान है (Integral knowledge)। इसके स्वरूप का विवरण करने में श्री अरविंद की भाषा कवित्तमय हो जाती है, "In this comprehensive knowledge there is no independent centre of existence, no individual separated ego such as we see in ourselves, that whole of existence is to its self-awareness an equable extension, one in oneness, one in multiplicity, one in all conditions and everywhere."**

अतिमानस की त्रिविध पदस्थिति

(The Triple status of the Supermind)

विकास तथा अवतरण (Evolution and Involution) की प्रक्रियाओं के विवरण में यह कहा गया है कि विकास-प्रक्रिया जड़तत्त्व से मानस के स्तर तक पहुंची है, तथा अतिमानस के स्तर में प्रवेश करने के लिये तत्पर है, तथा यह भी बताया गया है कि यह विकास इसी कारण सम्भव है कि उच्चतर रूपों का अवतरण जड़तत्त्व, प्राणतत्त्व, मन तथा मानस

---

*Sri Aurobindo, *The Life Divine*, p. 846.

**Ibid., p. 55.

आदि में हो चुका है। इसका अर्थ है कि अतिमानस जिसे सत् की पूर्ण चेतना है, निम्नतर क्षेत्र में उतर आता है। किन्तु, जब विकास तथा अवतरण की प्रक्रिया इतनी विस्तृत है, तो यह स्वीकारना पड़ता है कि अतिमानस की पूरी प्रक्रिया एक ही सन्तुलित रूप में नहीं रहती। श्री अरविंद कहते हैं कि अपने निम्नतर जगत—विश्व—में अवतरित रूपों को तथा इसके आध्यात्मिक पदस्थिति दोनों को देखते हुए 'अतिमानस' के 'त्रिविध' रूपों को स्पष्ट किया जा सकता है।

अतिमानस के इन तीन पदस्थितियों को समझने के लिये हम श्री अरविंद के शब्दों में इस विवरण को देखें,

"The first founds the inalienable unity of things, the second modifies that unity so as to support the manifestation of many in one and one in many; the third further modifies it so as to support the evolution of a diversified individuality, which, by the action of ignorance, becomes in us at a lower level the illusion of a separate ego."*

अतिमानस के इन तीन स्थितियों के ऊपर दिये विवरण को समझने के लिये कुछ बातों को स्मरण रखना अनिवार्य है। यह हमें स्मरण रखना है कि ये तीन स्थितियां सत्भाव (Real Idea) के रूप में अतिमानस के हैं, अर्थात् ये तीन स्थितियां अतिमानस के 'स्रष्टा रूप' (Creator) की स्थितियां हैं। अतिमानस का मूल, उच्चतर क्षेत्र का रूप—पूर्ण अद्वैत की अखण्डित चेतना का रूप है—क्योंकि वह तो एक प्रकार से सच्चिदानन्द की ही अखण्ड चेतना है। यह तो जब यह चेतना अपने को सृष्टि में मुखरित करती है तब इसके रूपों तथा स्थितियों का प्रश्न उठता है। इसका अर्थ यह है कि अतिमानस की इन तीनों स्थितियों का स्पष्ट सम्बन्ध जगत-प्रक्रिया से है, इसी तथ्य के आलोक में हम इन तीनों स्थितियों के स्वरूप का स्पष्टीकरण करेंगे।

पहली स्थिति वह स्थिति है जब 'एकरूपता' वृश्रृंखल होने के लिये, अशान्त होने के लिये तत्पर हो जाय। एक प्रकार से इसे 'शुद्ध' 'प्रत्ययन' की स्थिति कही जा सकती है, क्योंकि यहां क्रियात्मकता प्रारम्भ नहीं हुयी, किन्तु उसके प्रारम्भ होने की पूर्ण तत्परता आ गयी है। यह क्रियात्मकता 'एकत्त्व' को 'अनेकत्त्व' में व्यक्त करने की तत्परता है—इसी क्रियात्मकता का रूप लेने से सृष्टि-प्रक्रिया प्रारम्भ होती है। श्री अरविंद इसे एक उपमा—एक सादृश्यता—के आधार पर स्पष्ट करने की चेष्टा करते हैं। हम इस प्रक्रिया को अपनी 'मानसिक अभिव्यक्ति' की तुलना में बिठाने का प्रयत्न करें। जब भी कोई वैचारिक अभिव्यक्ति करते हैं तो प्रारम्भिक स्थिति क्या होती है। हमारे विचार तो 'अपने में' पूर्णतया संगठित हैं, अब वे व्यक्त होने के लिये तत्पर होते हैं, अर्थात् नये रूप—अभिव्यक्ति का रूप लेने के लिये तत्पर होते हैं। ये विचार एवं मानसिक प्रतिमायें हमारी मानसिकता से पृथक नहीं, उसी के रूप हैं। उसी प्रकार जगत के विभिन्न रूप-जगत-व्यक्ति आदि—जो अतिमानस

*Sri Aurobindo, *The Life Divine*, p. 135.

में पूर्णतया संगठित है—जगत के ढंगों में व्यक्त होने को तत्पर हो जाते हैं, किन्तु वे अतिमानस से पृथक नहीं हैं, उसी के अंश हैं। अतः कहा जा सकता है कि इस अतिमानस की सृष्टि-सम्बन्धी इस प्रथम स्थिति (Poise) में अतिमानस को उन 'रूपों' की चेतना है जो जगत में प्रकट होने वाले हैं।

दूसरी स्थिति (Poise) में सृष्टि-प्रक्रिया प्रारम्भ हो जाती है। अतिमानस को जिन रूपों की चेतना है, वे जगत में व्यक्त होते हैं। अतिमानस 'एक' को अनेक रूपों में व्यक्त करता है, तथा उस अनेकता में एकता की भी चेतना रखता है। इस स्थिति में अतिमानस अपने पूर्ण अखण्डित एकत्त्व की चेतना से बाहर आ जाता है। श्री अरविंद कहते हैं कि अतिमानस के पूर्ण अखण्डित अद्वैत-चेतना परम सत् ही है, किन्तु इस स्थिति (Poise) में अतिमानसिक चेतना 'आत्म-रूपों' में केन्द्रित हो जाती है—और यह केन्द्र ईश्वरीय नहीं, 'जीवात्म-रूप' है। दोनों मूलतः एक ही हैं, किन्तु अन्तर यह है कि 'जीवात्मा' विभिन्न वैयक्तिक केन्द्रों में केन्द्रित चेतना है, जब कि परम अतिमानसिक चेतना सार्वभौम ईश्वरीय चेतना है। श्री अरविंद कहते हैं कि यही तो चित्-शक्ति की लीला है जब कि एक अपने को अनेक केन्द्रों में व्यक्त कर लेता है। और वह भी इस चेतना के साथ कि इस अनेकता के पीछे एकता है। 'इस प्रकार हम देखते हैं' कि अतिमानस की सृष्टि-सम्बन्धित 'प्रथम' स्थिति में पहले सब कुछ 'एकरूप' प्रतीत होता है, एकत्त्व की अनुभूति रहती है, 'दूसरी' स्थिति में अनेकता प्रगट हो जाती है, फिर भी इस अनेकता में एकता की चेतना भी रहती है।

इस प्रकार श्री अरविंद कहते हैं कि अपने में अतिमानस तो अखण्डित एकत्व की चेतना है, किन्तु सृष्टि की ओर से जब इसे देखते हैं तो इसकी तीन स्थितियां स्पष्ट होती हैं। प्रथम स्थिति में 'एकत्व' की अनुभूति तो रहती है, किन्तु उसमें अभिव्यक्ति की तत्परता आ जाती है। दूसरी स्थिति में अभिव्यक्ति हो जाती है, अब अनेकता व्यक्त है, किन्तु यहां भी यह अनुभूति है कि इस अनेकता के पीछे एकता है। अतः इस दूसरी स्थिति में अतिमानस अभिव्यक्ति में भी है, तथा इसके पीछे भी। किन्तु, 'तीसरी' स्थिति में अतिमानस को पीछे रहने की भी आवश्यकता नहीं रहती, वह जगत में 'अवतरित' हो जाता है, अनेकता की अभिव्यक्तियों में अवतरित हो जाता है।

इन तीनों स्थितियों को हम अपने ढंग से समझने का प्रयत्न करें। हम कह सकते हैं कि प्रथम स्थिति 'कारण-अवस्था' है—जब खेल आरम्भ होने की तत्परता आ गयी है, उपादान व्यक्त होने को आतुर हो गये हैं। दूसरी स्थिति इस प्रथम स्थिति का परिणाम है—जब अभिव्यक्ति हो गयी है। इसे 'कार्य-अवस्था' कह सकते हैं। तीसरी स्थिति में सृष्टि-प्रक्रिया पूर्णतया कार्यरत हो जाती है, अतिमानसिक चेतना जगत के हर रूपों में तथा हर केन्द्रों में व्यक्त हो जाती है। इसे 'पूर्ण-व्यक्त-अवस्था' कहा जा सकता है। किन्तु इन तीनों अवस्थाओं में एक समानता सदा रहती है—किसी अवस्था में 'एकत्व' की उपेक्षा नहीं हो सकती—अतः तीनों अवस्थाओं में किसी न किसी रूप में एकत्व की ओर प्रवृत्ति रहती ही है। ऐसा होना अनिवार्य भी है क्योंकि तीनों स्थितियां अतिमानस की स्थितियां हैं, तथा अतिमानस का मूल रूप यही है कि वह स्वरूपतः एकत्व की चेतना है।

त्रिविध रूपान्तरण
(The Triple Transformation)

इस स्थल पर श्री अरविंद के त्रिविध रूपान्तरण के विचार को स्पष्ट कर लेना आवश्यक है। इसके सम्बन्ध में पहले भी श्री अरविंद के मानव-विचार तथा विकास-प्रक्रिया विचार के संदर्भ में कुछ कहा गया है। हमने एक प्रकार से यह भी जान लिया है कि मानव तथा जगत का अन्तिम रूपान्तरण जो इन्हें सत् के क्षेत्र में रूपान्तरित कर देगा—वह अतिमानसिक रूपान्तरण (Superamental Transformation) है। किन्तु श्री अरविंद का कहना है कि यह अतिमानसिक रूपान्तरण तब तक सम्भव नहीं हो सकता जब तक कुछ अन्य ढंग के रूपान्तरण न हुआ रहे। अतः आवश्यक हो जाता है कि इन विभिन्न प्रकार के रूपान्तरणों की अलग से विवेचना की जाय।

श्री अरविंद कहते हैं कि उच्चतर क्षेत्र में प्रवेश पाने के लिये 'तीन' प्रकार के रूपान्तरणों का होना आवश्यक है। इन रूपान्तरणों में प्रथमतः तो इहलौकिक जीवन के ढंगों में आमूल परिवर्तन आवश्यक है, यह आवश्यक है कि हमारे भौतिक, जैविक तथा मानसिक जीवन के ढंग पूर्णतया परिवर्तित हो जायं। तत्पश्चात् आवश्यकता होगी कि अपने आध्यात्मिक प्रयत्नों के द्वारा तथा उच्चतर क्षेत्र के प्रकाश के सहारे हम अन्तिम रूपान्तरण कर सकें। इस पूरी प्रक्रिया को श्री अरविंद त्रिविध रूपान्तरणों के अन्तर्गत बांधते हैं। उनके अनुसार ये तीन रूपान्तरण हैं—(क) चैत्य रूपान्तरण (Psychic Transformation), (ख) आध्यात्मिक रूपान्तरण (Spiritual Transformation), तथा (ग) अतिमानसिक रूपान्ततरण (Supramental Transformation)।

(क) चैत्य-रूपान्तरण या आत्मिक रूपान्तरण (Psychic Transformation)—मानव-स्वरूप की विवेचना में यह कहा गया था कि विकास-प्रक्रिया में स्थित मानव का एक बाह्य पक्ष है तथा एक आन्तरिक पक्ष है। उस आन्तरिक पक्ष को 'चैत्य पुरुष' कहा गया है (जीवात्मा नहीं)। तो उच्चतर रूपों की प्राप्ति के मार्ग में प्रथमतः विकासशील मानव के इस आन्तरिक पक्ष—इस चैत्य पुरुष का रूपान्तरण आवश्यक है। इसका अर्थ है कि चैत्य-आत्म की सारी विधायें पूर्णरूप से खुल सकें। हमने देखा है कि यह चैत्य-आत्म बाह्य दृष्टि से परे है, किन्तु यह आत्म का वह पक्ष है जो नष्ट नहीं होता, जो अपरिवर्तनशील तथा अमर है। मानव के बाह्य जीवन में अनेक प्रकार की विषमतायें आती हैं, अपूर्णतायें, दोष, अशुद्धतायें आती रहती हैं। यह आन्तरिक चैत्य आत्म इनसे अछूता रहता है। बाह्य पक्ष इसी की अभिव्यक्ति है, किन्तु यह अपनी अभिव्यक्तियों से सीमित या प्रभावित नहीं होता। कभी-कभी यह सूक्ष्म आत्म हमारे मानसिक जीवन को प्रभावित भी करता है, किन्तु हमारी मानसिकता को सामान्यतः इसकी अवगति नहीं रहती, और वह उन प्रभावों को भी अपनी ही एक विधा समझ लेती है।

अतः श्री अरविंद का कहना है कि वह आवरण जिसमें यह चैत्य आत्म छिपा रहता है, उस आवरण को हटाना अनिवार्य है। यदि यही आन्तरिक चैत्य आत्म हमारी नित्य सत्ता है, तो उस आत्म को जागरूक तथा सक्रिय करने का प्रयत्न अनिवार्य है। सामान्यतः हमारी

सामान्य मानसिक चेतना, ऊपरी चेतना होने के कारण इस चैत्य आत्म तक नहीं पहुंच पाती। अतः 'चैत्य रूपान्तरण' का अर्थ है कि हम इस चैत्य-आत्म के प्रति सजग हो सकें तथा अपनी इसी आन्तरिकता के अनुरूप चेतना को विकसित कर सकें। इसके लिये हमारे भौतिक जैविक तथा मानसिक जीवन के ढंगों में परिवर्तन आवश्यक है। इन तीनों प्रकार की क्रियाओं में हमें सतत इस बात के लिये प्रयत्नशील होना है कि हम बाह्यता का जीवन नहीं जीयें उस आन्तरिकता को पकड़े, तथा उसी के आलोक में हमारी भौतिक, जैविक तथा मानसिक क्रियायें सम्पादित हों।

श्री अरविंद स्वीकारते हैं कि इस प्रकार के परिवर्तन की गति सामान्यतः धीमी ही होगी। आन्तरिकता को यदि ऊपर से पकड़ने की चेष्टा भी होती है, तो यह अत्यधिक अस्पष्ट एवं धूमिल अवगति ही होती है। अतः उत्थान के लिये आवश्यक हो जाता है कि हम अपने को इस प्रकार अनुशासित करें कि हमें हमारे मन, हृदय तथा जीवन में इसके आदेशों को स्पष्ट अवगति प्राप्त हो सके। श्री अरविंद अपने 'योग-दर्शन' में इस प्रकार के अनुशासन का स्पष्ट विवरण देते हैं। इस स्थल पर उस अनुशासन का विवरण तो सम्भव नहीं, किन्तु उस अनुशासन से चैत्य आत्म को इस रूप में जाग्रत किया जा सकता है कि हमारा भौतिक, जैविक तथा मानसिक जीवन उससे संचालित हो। इसी रूपान्तरण को 'चैत्य रूपान्तरण' कहा गया है।

(ख) आध्यात्मिक रूपान्तरण (Spiritual Transformation)—चैत्य रूपान्तरण से आत्म के ढंगों तथा क्रियाओं में परिवर्तन आ जाता है। किन्तु, उतना ही यथेष्ट नहीं है। चैत्य रूपान्तरण से भौतिक, जैविक तथा मानसिक तत्त्वों में एक प्रकार की शुद्धता आ जाती है, किन्तु अब आवश्यकता इस बात की है कि ये सब अपने को उच्चतर-आध्यात्मिक रूपों की ओर उन्मुख कर सकें। अब इस चैत्य आत्म को उच्चतर सत् की ओर प्रेरित होना आवश्यक है। यही उच्चतर, आध्यात्मिक रूपों की ओर स्पष्टरूप में उन्मुख हो पाना 'आध्यात्मिक रूपान्तरण' है। श्री अरविंद का कहना है कि अपनी क्रियाओं में शुद्धता पा लेने पर दूसरा कदम यही है कि उच्चतर उन्मुखता 'चेतन जीवन' का अंग बन जाय। श्री अरविंद का कहना है कि इस प्रकार का चेतन परात्म की ओर उन्मुख होने का ढंग हर प्रकार के श्रेष्ठ, शुद्ध आदर्शों के अनुशीलन में है। उदाहरणतः सत्य, शिव, सुन्दर का शुद्ध अनुशीलन इस प्रकार का आध्यात्मिक जीवन कहा जा सकता है।

श्री अरविंद का कहना है कि प्रारम्भ में इस प्रकार का हर अनुशीलन वैचारिक मानस के उपकरण के द्वारा ही सम्पन्न होता है। उदाहरणतः सत्य, शिव, सुन्दर आदि के अनुशीलन में इनके मानस द्वारा खींचे गये रूपों के आधार पर ही इनका अनुशीलन होता है। इस प्रकार प्रारम्भ में बुद्धि, अन्तर्सूक्ष्म, प्रज्ञा—सभी मानसिक भावों के आधार पर ही उच्चतर रूपों की ओर अग्रसर होते हैं। किन्तु उनका कहना है कि, जैसे-जैसे इस प्रकार का अनुशीलन अधिक गहन एवं उच्चतर होता जायगा वैसे-वैसे, आध्यात्मिकता के उपकरण प्रखर होते जायेंगे, तथा मानसिक भावों एवं रूपों का बन्धन शिथिल होता जायगा। उदाहरणतः मानसिक भावों के अनुरूप सत्य-विचार, असत्य की पृष्ठभूमि में उजागर होता है, शुभ-

अशुभ की पृष्ठभूमि में तथा आनन्द कष्ट की पृष्ठभूमि में। किन्तु आध्यात्मिक रूपान्तरण की परिणति इस बात में है कि हमारी चेतना इस प्रकार के भेदों से ऊपर उठ जाय। तभी वह सभी प्रकार के द्वैत से ऊपर उठ एकत्व की ओर एकाग्रता पा सकता है।

(ग) अतिमानसिक रूपान्तरण (Supramental Transformation)—इस प्रकार आध्यात्मिक रूपान्तरण से आत्म आध्यात्मिक-एकत्व-बोध की ओर उन्मुख हो जाता है। इसके परिणामों का उल्लेख करते हुए श्री अरविंद कहते हैं, "A spiritualised consciousness is achieved and the life falls quiet; the body ceases to need and to clamour, the soul itself merges into spiritual silence."*

इस रूपान्तरण से पूरी अवस्था में परिवर्तन हो जाता है, शारीरिक एवं मानसिक आवश्यकताओं से भी आत्म ऊपर उठ जाता है, तथा एक आध्यात्मिक उन्मुखता ही उसकी चेतना का अंग बन जाता है। किन्तु इस रूपान्तरण में पूर्ण अद्वैत का बोध नहीं हो जाता, यह आध्यात्मिकता के चरम लक्ष्य की प्राप्ति नहीं, यह अवश्य ही आत्म को एक उच्चतर स्तर पर बिठा देता है, किन्तु अभी तो पूर्ण अद्वैत एकत्व की चेतना बाकी है। श्री अरविंद के अनुसार वह मात्र अतिमानसिक रूपान्तरण से ही सम्भव हो सकता है।

श्री अरविंद कहते हैं कि चैत्य रूपान्तरण, तथा आध्यात्मिक रूपान्तरण से आत्म को एक उच्च अवस्था की प्राप्ति अवश्य हो जाती है, किन्तु यदि आत्म इसी अवस्था में रुक जाय तो 'एकत्व' की चेतना तो उसे हो जायगी, किन्तु वह एकत्व को अनुभूत—आत्मसात नहीं कर पायेगा। और यदि वह उसी स्तर पर रुका रहे तो, जैसा कि हर चेतन दृष्टि के साथ होता है, वह चेतना भी शनैः-शनैः धूमिल तथा मलिन होती जायगी, और बाद में इस चेतना की एक धूमिल स्मृति मात्र बच जायेगी। अर्न्तदृष्टि (Intuition) से प्राप्त अनुभूतियों में ऐसा ही होता है। अतः श्री अरविंद का कहना है कि इस चेतन-दृष्टि का रूपान्तरण एक ऐसी आत्मानुभूति में होना अनिवार्य है, जिसमें 'एकत्व' आत्म का पूर्णरूप बन आय।

श्री अरविंद के अनुसार इसके लिये अतिमानस का अवतरण (Descent) आवश्यक है। वे कहते हैं कि आत्म अतिमानसिक आधार तो उपस्थित रहता ही है, किन्तु यह मुक्त रूप में तभी उभर सकता है जब अतिमानस का आत्म में अवतरण हो। एक प्रकार से अतिमानस का आत्म में अवतरण ही 'अतिमानसिक रूपान्तरण' है। श्री अरविंद स्पष्ट रूप में कहते हैं कि मात्र अपने प्रयत्नों से यह रूपान्तरण नहीं हो जाता, किन्तु जब अपने प्रयत्नों से पूर्ण तैयारी हो जाती है, तब उच्चतर रूप—अतिमानस—का अवतरण होता है, और तभी अन्तिम रूपान्तरण हो जाता है।

इस रूपान्तरण के फलस्वरूप हमारा जैविक, सांसारिक जीवन पूर्णतया रूपान्तरित हो जायगा, क्योंकि अब समस्त अस्तित्व का आधार पूर्ण एकत्व की अनुभूति बन जाती है। अब भौतिक, जैविक तथा मानसिक जगत के प्रति दृष्टि ही बदल जायगी। अब आत्म अज्ञान के क्षेत्र में नहीं रह जाता, बल्कि ..की दृष्टि ही ज्ञानपूर्ण हो जाती है, क्योंकि 'ज्ञान'

*Sri Aurobindo, *The Life Divine*, p. 802.

अन्ततः पूर्ण अद्वैत एकत्व का ही ज्ञान है। इस अतिमानसिक रूपान्तरण के फलस्वरूप आत्म 'ज्ञान सत्' (Gnostic Being) में परिणत हो जाता है, तथा उसका जीवन 'दिव्य जीवन' (Divine Life) हो जाता है। अतः अतिमानसिक रूपान्तरण के फल के विवरण के लिये 'ज्ञान पुरुष' (Gnostic Being) तथा 'दिव्य जीवन' के सम्बन्ध में की गयी श्री अरविंद की विवेचना का विवरण आवश्यक है।

ज्ञानपुरुष तथा दिव्य जीवन
(Gnostic Being and Divine Life)

(i) ज्ञान पुरुष, इसका स्वरूप

जिस प्रकार के विचारों की विवेचना हम करने जा रहे हैं, वैसे विचार के सम्बन्ध में कुछ कहने में भी एक प्रारम्भिक कठिनाई निहित है। श्री अरविंद को इसकी अवगति है। हम 'अतिमानसिक रूपान्तरण' की बात कर रहे हैं, इस रूपान्तरण से रूपान्तरित 'ज्ञान-पुरुष' तथा 'दिव्य जीवन' की बात कर रहे हैं। तो अवश्य ही इन विचारों के स्वरूप के सम्बन्ध में हम कुछ स्पष्ट विवरण देने का प्रयत्न करेंगे। कठिनाई यह है कि क्या इन विचारों को साफ-सुथरा विवरण दिया जा सकता है? श्री अरविंद समझते हैं कि हमारे सोचने समझने का ढंग तो मानसिकता का ढंग है, और मानसिकता इन विचारों का पूर्ण चित्र बना सकने में तो स्पष्टतः असमर्थ ही रहेगी। अतिमानस मानस से 'परे' की अवस्था है, अतः मानस के लिये अतिमानसिक अवस्था का स्पष्ट चित्र खींच लेना सम्भव नहीं। किन्तु इस कठिनाई को स्वीकारते हुए श्री अरविंद का कहना है कि इस अवस्था के सम्बन्ध में कुछ अनुमान अवश्य कर सकते हैं, और जैसे मानस विकसित होता जायगा; उच्चतर मानस, प्रदीप्त मानस, अन्तर्दृष्टि आदि की क्षमता पाता जायगा, वैसे-वैसे यह अनुमान भी स्पष्टतर होता जायगा।

उदाहरणतः श्री अरविंद का कहना है कि इतना तो हम बड़ी सुगमता से कह ही सकते हैं कि विकास प्रक्रिया के ढंगों को देखते हैं, यह अनुमान तो प्रायः निश्चित रूप में किया ही जा सकता है अतिमानसिकता की स्थिति में आध्यात्मिक अनुभूतियों की परिणति होगी, जिसमें पूर्ण एकत्त्व की स्पष्ट चेतना रहेगी। उसके साथ यह अनुमान भी उत्थान-प्रक्रिया के स्वरूप पर ही आधृत है कि अतिमानसिक परिवर्तन का अर्थ है, हमारे सामान्य लौकिक जीवन के ढंगों तथा दृष्टि में आमूल परिवर्त्तन। उसी प्रकार यह अनुमान भी युक्ति-संगत तथा सर्वथा ठीक प्रतीत होता है कि इस आमूल परिवर्त्तन के फलस्वरूप आत्म मानसिक स्तर का मानव नहीं रह जायगा, बल्कि अतिमानसिक आत्म बन जायगा। वह उस स्थिति में 'अज्ञान' के क्षेत्र में नहीं जीता रहेगा, बल्कि 'ज्ञान-पुरुष' बन जायगा। इस प्रकार श्री अरविंद कहते हैं कि उस स्थिति के सम्बन्ध में इस प्रकार के अनुमान-आश्रित विवरण तो दिये ही जा सकते हैं।

इस प्रकार से परिवर्तित मानव को 'ज्ञान-पुरुष' (Gnostic Being) कहने का आधार यही है कि आत्म इस स्थिति में 'अज्ञान' के क्षेत्र से ऊपर उठ जाता है, और 'ज्ञान' जो पूर्ण

एकत्त्व की चेतना है, का ही जीवन जीता है । अब उसका अस्तित्व उसका सोचने, जीने का ढंग इस ज्ञान—इस चेतना पर आधृत है । इस विश्वास का मूल आधार यही है कि 'अतिमानस' का स्वरूप ही है कि वह परमसत् के पूर्ण अद्वैत रूप की स्पष्ट चेतना है । इसकी चेतना ही अखण्डित अद्वैत की चेतना है, अतः इस चेतना में सभी भेद—सभी द्वैत समाप्त हो जायेंगे । इसी आधार पर कहा जाता है ज्ञान-पुरुष सदा ही इसी एकत्त्व की चेतना के अनुरूप ही कार्य करेगा । उसे केवल अपने सम्बन्ध में इस प्रकार के एकत्त्व की चेतना नहीं रहेगी बल्कि यह अन्य मानसिक स्तर पर जीने वाले मनुष्यों को भी अपने एकत्त्व की चेतना में समेट लेता है ।

इस प्रकार ज्ञान-पुरुष एक पूर्ण व्यक्ति है, और यह पूर्णता अन्तर-बाह्य—सभी पक्षों के पूर्ण एकत्त्व की समझ के साथ उजागर होती है । इसी कारण श्री अरविंद कहते हैं कि ज्ञान-पुरुष की अभिव्यक्तियां उसके कार्य केवल उसके अपने एकत्त्व को ही व्यक्त नहीं करते, बल्कि जगत अथवा प्रकृति के साथ भी 'एकत्त्व' को व्यक्त करते हैं । अब जगत भी उससे भिन्न उसे नहीं प्रतीत होता, अतः उसके लिये जगत की विसंगतियां भी उसके नियंत्रण में रहती हैं । श्री अरविंद के शब्दों में "A complete self-knowledge in all things and at all moments is the gift of supramental gnosis...with a complete self-mastery, not merely in the sense of control of Nature, but in the sense of a power of perfect self-expression in Nature."*

श्री अरविंद कहते हैं कि ज्ञान पुरुष के कार्य पूर्णतया संगठित होते हैं; यह समन्वयित संगठन केवल वैयक्तिक आत्म तथा पूर्ण आत्म का संगठन नहीं बल्कि संकल्प क्रिया आदि सभी का पूर्णता के साथ पूर्ण समन्वय है । इसका अर्थ मात्र यही हो जाता है कि ज्ञान-पुरुष भी ईश्वरीय रूप पा जाता है । इसी कारण वह अज्ञान के क्षेत्र से पूर्णतया ऊपर उठ जाता है, और अब उसके कार्य ज्ञान-प्रेरित हो जाते हैं । जैसा कि हमने देखा है अज्ञान सत् की आंशिक दृष्टि है, इसमें मात्रा का अन्तर होता है जिसके कारण अधिक अज्ञानी की दृष्टि अधिक अज्ञानी होती है । किन्तु इतना तो है ही कि 'अज्ञान' के क्षेत्र की क्रियाओं में विचार, कर्म, संकल्प का सार्वभौम समन्वय हो ही नहीं सकता । ज्ञान-पुरुष 'ज्ञान' पा चुका है, अतः उसकी क्रियायें अव्यवस्थित नहीं हो सकतीं । उसकी विशिष्टता तो यह भी है कि वह ज्ञान-प्रेरित संगठित कार्य पूर्णतया सहज रूप में कर लेता है । हम अपने सामान्य जीवन में कार्यों को करने में अवरोध पाते हैं क्योंकि हमारे कार्यों में हमारा 'अहं-रूप' क्रियाशील रहता है, एकत्त्व की चेतना नहीं । ज्ञान-पुरुष हर प्रकार के घेरे इस अहंभाव के बन्धन से ऊपर उठ जाता है, तथा 'एकत्त्व' को अनुभूत करता है, फलतः उसके लिये क्रियाओं में अवरोध उत्पन्न करने वाले तत्त्व है ही नहीं ।

इसी कारण श्री अरविंद का कहना है कि अतिमानसिक रूपान्तरण केवल वैयक्तिक रूपान्तरण नहीं होता, बल्कि इस रूपान्तरण में 'विश्व-चेतना', 'विश्व-क्रियायें' आदि में

---

*Sri Aurobindo, *The Life Divine*, p. 864.

भी रूपान्तरण हो जाता है। अतिमानसिक रूपान्तरण का फैलाव सार्वभौम है, इस रूपान्तरण से व्यक्ति को सार्वभौमता की अनुभूति हो जाती है, अतः इसका प्रभाव जगत तथा अन्य व्यक्तियों पर भी पड़ता है। अब उसे मात्र यह अनुभूति नहीं रहती कि वह जगत में है, बल्कि उसे तो चेतना है कि विश्व उसके साथ है। अब उसकी ब्रह्माण्डमूलक चेतना भावना, आदि ऐसा रूप लेती है कि सभी प्रकार की वस्तुनिष्ठता उसके चेतन-जीवन का अंश हो जाती है, तथा वह हर वस्तुनिष्ठता में दिव्य-जीवन, ईश्वरीय रूप को देखता है।

ज्ञान-पुरुष के स्वरूप का विवरण करते हुए श्री अरविंद कहते हैं कि उसके सारे कार्य आनन्द-रूप होते हैं। उसके कार्यों में आत्म के आह्लाद की ही अभिव्यक्ति होती है। अब उसकी अपनी कोई वैयक्तिक इच्छा नहीं रही, उसे किसी कमी की अनुभूति नहीं है, कुछ प्राप्त करने की आवश्यकता नहीं रही। अब तो वह आनन्द के खेल का भागीदार है। 'आनन्द' भी उसका लक्ष्य नहीं, उसका स्वरूप है। अब 'ज्ञान' भी उसका लक्ष्य नहीं, उसके लिये अब कोई खोज बाकी नहीं रहती। अब तो 'ज्ञान' उसका स्वरूप है—जो उसकी हर क्रियाओं में व्यक्त होता है।

इस सम्बन्ध में श्री अरविंद के एक विशेष विचार को ध्यान में रखना आवश्यक है, ज्ञान 'पुरुष' अतिमानसिक रूपान्तरण के साथ अपना रूप लेता है, इस रूपान्तरण में जड़तत्त्व, प्राणतत्त्व, मन, मानस—सबों से ऊपर उठ जाया जाता है। किन्तु श्री अरविंद के अनुसार इसका यह अर्थ नहीं कि 'ज्ञान पुरुष' के अस्तित्व में जड़, प्राण, मानस आदि, सबों का 'लोप' हो जाता है। श्री अरविंद कहते हैं कि उनका भी अतिमानसिक रूपान्तरण हो जाता है—जो उन तत्त्वों की अन्तिम परिणति है। अब 'जड़', 'मानस' आदि अज्ञान के क्षेत्र में नहीं उनमें निहित आत्म अपने को पा लेता है। अतः वे भी 'ज्ञान' के अनुरूप प्रतिष्ठित होते हैं। उदाहरणतः ज्ञान पुरुष का अपने शरीर के साथ सम्बन्ध हमारा जो शरीर के साथ सम्बन्ध है उससे सर्वथा भिन्न होगा। 'ज्ञान-पुरुष' के कार्यों में शरीर भी उसके ज्ञान-प्रेरित कर्मों का अंश बन जाता है, इसी कारण इससे कोई अवरोध उत्पन्न नहीं होता, बल्कि वह ज्ञान-पुरुष के सहज कार्यों का उपकरण बन जाता है।

अतः कहा जा सकता है कि 'ज्ञान-पुरुष' पूर्णतया रूपान्तरित आत्म है, जिसकी 'दृष्टि' ही अब 'ज्ञान' अथवा 'पूर्ण एकत्त्व की चेतना' के अनुरूप संरचित है। इस विचार को हम एक सादृश्यता के आधार पर समझने की चेष्टा कर सकते हैं। यदि हम मानव के विकास की सामान्य कहानी पर विचार करें—उसके प्रारम्भिक पशुवत् जीवन से लेकर उसकी सभ्यता के क्रमिक विकास पर विचार करें तो स्पष्ट प्रतीत होता है कि यहां विकास का मूल अर्थ कुछ नयी-नयी उपलब्धियां या खोज नहीं है, बल्कि यह तथ्य है कि क्रमशः उसकी दृष्टि में उसके सोचने-विचारने के ढंगों में परिवर्त्तन होता रहा है। उदाहरणतः आदि मानव यदि एक स्वर्ण-पत्थर को देखता तो वह भी उसके लिये अन्य पत्थरों के समान एक पत्थर ही था। किन्तु, जब मनुष्य 'स्वर्ण' के मूल्य को समझने लगा तो स्वर्ण-पत्थर की ओर उसकी दृष्टि ही परिवर्तित हो गयी। इस नवीन ज्ञान से कोई नया स्वर्ण-पत्थर नहीं निकल आया, और न कोई भिन्न नया मानव प्रकट हो गया; सब कुछ वही है, किन्तु दृष्टि बदल गयी

देखने का, समझने का ढंग परिवर्तित हो गया। उसी प्रकार श्री अरविंद के अनुसार 'ज्ञान-पुरुष' का अर्थ यह नहीं है कि अतिमानसिक रूपान्तरण से एक सर्वथा नवीन मानव प्रकट हो जायगा, इसका अर्थ है कि व्यक्ति तो वही है, किन्तु अब उसकी दृष्टि सोचने-विचारने-कार्य करने के ढंग परिवर्तित हो गये, क्योंकि अब उसके देखने-विचारने का आधार अज्ञान नहीं, बल्कि ज्ञान है। अब वह भौतिक, जैविक, मानसिक सभी तत्त्वों के अपने इस 'ज्ञान' के अनुरूप देखता है, अतः अब इन्हें भी वह इनके पुराने रूप में नहीं देखता बल्कि उनके सत्-रूप में देखता है।

(ii) ज्ञान-पुरुष के प्रकार

ज्ञान-पुरुष के स्वरूप का जिस प्रकार से ऊपर विवरण दिया गया है, उससे यह धारणा बन सकती है कि अतिमानसिक रूपान्तरण के फलस्वरूप व्यक्तियों की एक अलग कोटि विकसित हो जायगी, जिसमें हर रूपान्तरित व्यक्ति एक ही निश्चित ढांचे में ढला रहेगा। श्री अरविंद ऐसा नहीं कहते। अतिमानसिकता का ढंग 'एकत्त्व' की चेतना का ढंग है किन्तु इसी विचार में यह निहित है कि यह 'अनेकत्त्व में एकत्त्व' की चेतना है। अतः श्री अरविंद का कहना है कि यद्यपि मूल चेतना 'एकत्त्व' की है, विभिन्न ज्ञान-पुरुषरूपी केन्द्रों में इस चेतना की अभिव्यक्ति अनेक ढंगों से हो सकती है। इसी कारण ज्ञान-पुरुष के प्रकार का प्रश्न महत्त्वपूर्ण हो जाता है।

यह प्रश्न महत्त्वपूर्ण दो संदर्भों में हो जाता है। एक संदर्भ तो 'अज्ञान' से ऊपर उठने की विभिन्न सीढ़ियों से सम्बन्धित है। बात यह है कि ज्ञान-पुरुष के संदर्भ में 'ज्ञान' शब्द का व्यवहार दो ढंगों से किया जाता है—एक इसके उदार अर्थ में तथा दूसरा इसके अनन्य या कठोर अर्थ में। इसी कारण दो संदर्भ बन जाते हैं। उदार अर्थ में 'अज्ञान' से ऊपर उठने की प्रक्रिया को भी 'ज्ञान' कह दिया जाता है। श्री अरविंद के सम्बन्ध में यह उदार अर्थ भी उपयोग में आ जाता है क्योंकि उनके अनुसार मानस के स्तर अज्ञान का स्तर है। अतः मानस के स्तर से ऊपर उठना 'ज्ञान' हो गया। किन्तु मानस के स्तर से ऊपर उठने का अर्थ अतिमानसिक स्थित को पा लेना है। हमने देखा है कि मानस तथा अतिमानस के मध्य उच्चतर मानस, प्रदीप्त मानस, अन्तर्दृष्टि, व्यापक मानस आते हैं। तो मानस के स्तर से ऊपर उठने में यह सम्भव है कि कोई व्यक्ति उच्चतर मानस के स्तर तक पहुंच कर रुक जाय, किसी की चेतना अन्तर्दृष्टिमूलक हो जाय, तथा कोई व्यापक मानस के स्तर तक पहुंच जाय। फलतः कोई उच्चतर मानस के स्तर तक पहुंचा हुआ ज्ञान-पुरुष कहा जायेगा, कोई अन्तर्दृष्टिमूलक ज्ञान-पुरुष कहा जायगा, तथा कोई व्यापक मानस के स्तर तक पहुंचा हुआ ज्ञान-पुरुष कहा जायगा। तो 'ज्ञान' शब्द के उदार अर्थ को ध्यान में रखने से इस प्रकार के विभिन्न ज्ञान-पुरुषों की बात की जा सकती है।

किन्तु, यह संदर्भ उतना प्रासंगिक नहीं जितना कि दूसरा संदर्भ है, क्योंकि 'ज्ञान' शब्द का वास्तविक अर्थ तो उसका अनन्य, कठोर अर्थ है, क्योंकि सत् पुरुष, वास्तविक ज्ञानपुरुष तो वही है जिसकी चेतना ही अतिमानसिक चेतना हो। अतः महत्त्वपूर्ण प्रश्न यह

है कि क्या 'अतिमानसिक ज्ञान-पुरुष', जो वास्तविक ज्ञान-पुरुष (Gnostic Being) है, उसका भी प्रकार होता है? श्री अरविंद का कहना है कि इस प्रश्न के उत्तर में भी यह कहना उपयुक्त प्रतीत नहीं होता कि सभी अतिमानसित चेतना प्राप्त ज्ञान-पुरुषों की चेतना सर्वथा एवं निश्चित रूप में एक है या एक समान है। हमने देखा है कि अतिमानस की भी सृष्टि-सम्बन्धी तीन स्थितियां हैं। अतिमानसिक रूपान्तरण के बाद भी यह प्रश्न तो रह ही जाता है कि रूपान्तरित व्यक्ति सृष्टि-सम्बन्धी इन तीन विधाओं में किस विधा में है। सभी विधायें ज्ञानात्मक विधायें हैं, किन्तु यह निश्चित रूप में नहीं कहा जा सकता कि कौन रूपान्तरित व्यक्ति अतिमानस के किस रूप में स्थित है। उनमें कुछ अन्तर अथवा भेद स्वीकारना पड़ता है। भले ही वह भेद गुणात्मक भेद न हो, किन्तु भेद तो है ही। यह ज्ञान-पुरुषों में गुणात्मक भेद भले न करे, किन्तु उनमें कुछ भेद को स्वीकारना ही पड़ता है। इस दृष्टि से इस अर्थ में भी ज्ञान-पुरुष के प्रकार सम्भव हैं। इन प्रकारों को निश्चित रूप में निरूपित नहीं किया जा सकता, किन्तु उन्हें स्वीकारना अनिवार्य हो जाता है।

(iii) ज्ञान-पुरुष का व्यक्तित्व

अब एक प्रश्न पर विचार करें: क्या ज्ञान-पुरुष एक व्यक्ति है, हमारे सामान्य अर्थ में एक पुरुष (Person) है? क्या उसका अपना विशिष्ट व्यक्तित्व (Personality) है? इस प्रश्न के उठाये जाने का एक स्पष्ट वैचारिक कारण भी है। श्री अरविंद बार-बार कहते हैं कि ज्ञान-पुरुष की क्रियायें 'ज्ञान' से संचालित होती हैं—अज्ञान से नहीं, अर्थात वे कहते हैं कि इस स्थित में जगत नहीं बदलता—जगत के प्रति दृष्टि बदलती है, व्यक्ति के देखने का ढंग बदलता है। किन्तु ऐसा कहने से यह धारणा तो बन ही जाती है कि इस स्थिति में भी 'व्यक्ति' की अपनी विशिष्टता बनी रहती है। तो यदि व्यक्ति वही है, केवल उसके देखने का ढंग बदला है, तो प्रश्न उठ ही जाता है कि इस देखने के ढंग में आमूल परिवर्तन के फलस्वरूप उसके व्यक्तित्व में क्या अन्तर आ जाता है? क्या अब उसका व्यक्तित्व उसके सामान्य व्यक्तित्व जैसा ही रह जाता है, या उससे भिन्न हो जाता है।

यदि हम व्यक्ति को मात्र अहंभाव (Ego) का रूप समझते, तब यह प्रश्न ही नहीं उठता, क्योंकि तब तो सुगमता से कहा जा सकता था कि इस स्थिति की उपलब्धि के साथ व्यक्ति की 'अहं चेतना' का लोप हो जाता है, वह 'सार्वभौम चेतना' में लुप्त हो जाता है। अर्थात् उस अवस्था में कहा जा सकता था कि सार्वभौम परात्मकता की प्राप्ति के साथ 'व्यक्तित्व' पूर्णतया समाप्त हो जाता है। किन्तु श्री अरविंद के साथ तो ऐसा नहीं कहा जा सकता क्योंकि श्री अरविंद 'आत्म' को 'अहंभाव' नहीं मानते, बल्कि वे तो अहंभाव में स्थित रूपों में भी परात्म की अभिव्यक्ति देखते हैं।

साथ-साथ श्री अरविंद यह भी मानते हैं कि अतिमानसिक रूपान्तरण के बाद भी आत्म इस जगत में रह जाता है। तो इस रूपान्तरण के बाद में आत्म का स्वरूप क्या होता है? क्या उस आत्म को बिना व्यक्तित्व का व्यक्ति—व्यक्तित्वहीन पुरुष कहा जाय? किन्तु यह भी कठिनाई उत्पन्न करता है—एक तो इस कारण कि व्यक्तित्वहीन पुरुष' की

अवधारणा ही ग्राह्य नहीं हो पाती, तथा दूसरे इस कारण, भी कि तब यह प्रश्न उठ जायगा कि 'व्यक्तित्त्व' का हुआ क्या? यह 'व्यक्तित्त्वहीन पुरुष' का उद्‌भव क्या शून्य से हो गया?

श्री अरविंद इन कठिनाइयों का समाधान बड़े मार्मिक ढंग से करते हैं। उनका कहना है कि ये सभी कठिनाइयां हमारे मानसिकता के ढंग से सोचने के कारण उत्पन्न होती हैं। जिन विकल्पों का उल्लेख ऊपर हुआ वे सभी हमारे सामान्य वैचारिक ढंगों से उत्पन्न विकल्प हैं, और इसी कारण उनमें वैचारिक कठिनाइयां उत्पन्न होती हैं। किन्तु यदि हम अतिमानसिक चेतना के आलोक में इस समस्या पर विचार करें तो कोई कठिनाई नहीं रहती। अतिमानसिक चेतना में वैयक्तिकता एवं अवैयक्तिकता पारस्परिक विरोधी भाव नहीं रह जाते, बल्कि वे एक ही सत्त के दो पक्षों के रूप में दिखाई देते हैं। अपने में सत् सार्वभौम, अवैयक्तिक सत् है, किन्तु जगत में उसकी अभिव्यक्ति वैयक्तिक रूपों में होती है, अतः अतिमानसिक ज्ञान-पुरुष पूर्णतया आध्यात्मिक आत्म तो है किन्तु उसे उस रूप में व्यक्तित्त्वपूर्ण नहीं कहा जा सकता जिस रूप में हम सामान्यतः 'व्यक्तित्व' को समझते हैं, उसमें वैयक्तिक लक्षणों तथा गुणों को ढूंढने का प्रयत्न निरर्थक है। वह पूर्णतया व्यक्तित्वरहित भी नहीं बन जाता क्योंकि अभी वह जगत में अतिमानसिक प्रकाश को बिखेरने का केन्द्र है। अतः कहा जा सकता है कि, ज्ञान-पुरुष मनुष्य की अनावृत 'अन्तरात्मा' (inner person unveiled) है, जिसके आध्यात्मिक स्वरूप से हर आवरण हट गये हैं। वह अब धरातली पुरुष नहीं है, जिसे व्यक्ति के रूप में किसी मुखौटे की आवश्यकता है। इसी अर्थ में वह वैयक्तिकता अवैयक्तिकता के अन्तर से ऊपर उठ जाता है।

(iv) क्या 'ज्ञान-पुरुष' को 'जीवनमुक्त' कहा जा सकता है?

श्री अरविंद के 'ज्ञान-पुरुष' का विवरण अधूरा ही रह जायगा यदि उसकी तुलना 'जीवनमुक्त' की अवधारणा से न की जाय। ऊपर से देखने पर दोनों भाव प्रायः एक जैसे ही दिखाई देते हैं। 'जीवनमुक्त' का विवरण प्रायः उन्हीं रूपों में किया जाता है जिन रूपों में श्री अरविंद ने 'ज्ञान-पुरुष' को समझने की चेष्टा की है। सामान्यतः 'जीवनमुक्त' से बोध होता है उस आत्म का जो शरीर में रहते हुए शरीर एवं दुख के बन्धन से मुक्त हो जाता है। वह एक प्रकार से दो संसारों का निवासी बन जाता है। अभी भी वह शरीरधारी है, अतः जगत का वासी है, किन्तु वह मुक्त हो जाता है, अतः वह परात्मकता के क्षेत्र का निवासी बन चुका है। ऊपर दिया हुआ प्रश्न इसलिये उठता है कि 'ज्ञान पुरुष' पर भी एक प्रकार से यह विवरण लागू हो सकता है। यह भी पूर्ण आध्यात्मिकता के स्तर को पा चुका है, किन्तु अभी भी वह भौतिक, जैविक, मानसिक जगत में ही है।

किन्तु श्री अरविंद के विचारों की समझ के आधार पर कहा जा सकता है कि ये दोनों विचार पूर्णतया एक नहीं है। एक प्रकार से श्री अरविंद के 'ज्ञान-पुरुष' की अवधारणा 'जीवनमुक्त' की अवधारणा से बहुत अधिक समृद्ध अवधारणा है। ऐसा कहने का एक आधार तो यह है कि 'जीवनमुक्त' के समान 'ज्ञान-पुरुष' का कार्य समाप्त नहीं हुआ है, अभी उसे उच्चतर प्रकाश को, अपनी अतिमानसिक चेतना के आधार पर, विकास-प्रक्रिया में अवतरित

कराने के लिये योगदान देना है। जीवनमुक्त तो शरीर में तभी तक स्थित है जब तक कर्म के प्रभाव में उसका शरीर 'चल' रहा है। जब कर्म का प्रभाव समाप्त हो जाता है, तो शरीर का बन्धन समाप्त हो जाता है, और तब आत्म पूर्णतया मुक्त--'विदेहमुक्त' हो जाता है। अब वह पूर्ण मोक्ष पा लेता है, तथा जन्म, पुनर्जन्म के चक्कर से अन्तिमरूप में मुक्त हो जाता है। किन्तु 'ज्ञान-पुरुष' अतिमानसिक रूपान्तरण के पश्चात् इस प्रकार सर्वथा अलग नहीं हो जाता। अतिमानस सृष्टि का आधार है, अतः ज्ञान-पुरुष भी अतिमानस की सर्जनात्मक शक्ति का अंग बन जाता है। अब वह अन्य के 'ज्ञान-पुरुष' बनने में, तथा ब्रह्माण्ड में 'दिव्य जीवन' (Divine Live) के अवतरण में अपना योगदान देता है।

इन दोनों अवधारणाओं में एक अन्तर यह भी है कि जीवनमुक्ति की अवस्था तो सामान्य अस्तित्व से पूर्णतया भिन्न अवस्था में है, जब कि ज्ञान-पुरुष की अवस्था के सम्बन्ध में वैसा नहीं कहा जा सकता है। हमने देखा है कि श्री अरविंद के अनुसार कि ज्ञान-पुरुष की चेतना में भौतिक, जैविक, मानसिक सभी तत्वों को देखने सोचने का ढंग ही परिवर्तित हो जाता है। तत्त्व सभी वही हैं, किन्तु अब उनकी चेतना बदल गयी अब उनका सत्‌रूप स्पष्ट हो गया। इस दृष्टि से 'ज्ञान-पुरुष' किसी भिन्न जीवन में प्रवेश नहीं करता, बल्कि इसी जीवन को पूर्णतया आध्यात्मिक तथा ईश्वरमय बना देता है।

इसी आधार पर हरिदास चौधरी जैसे अरविंद-दर्शन के विचारक कहते हैं कि हम अतिमानसिक ज्ञान-पुरुष को 'जीवनमुक्त' तो कह सकते हैं, किन्तु 'जीवनमुक्त' को 'ज्ञान-पुरुष' नहीं कह सकते।* इस अर्थ में ही ज्ञान-पुरुष की अवधारणा अधिक समृद्ध है—उसमें वे सभी रूप हैं जो जीवनमुक्त की अवधारणा में है, किन्तु उसके अतिरिक्त उसमें कुछ और है।

(v) दिव्य जीवन (Divine Live)

'ज्ञान-पुरुष' तथा 'जीवनमुक्त' के भेद के विवरण से ही स्पष्ट हो जाता है कि व्यक्ति का अतिमानसिक रूपान्तरण ही इस लीला का अन्त या मानव का चरम भाग्य नहीं है। ज्ञान-पुरुष को 'अन्य' के रूपान्तरण--जगत में 'दिव्य जीवन' के अवतरण के लिये भी योगदान देना है, अतः भाग्य की अन्तिम परिणति में एक पग और आगे बढ़ना है। वह परिणति तब होगी जब जगत 'ज्ञान-पुरुषों' का जगत बन जायगा, जब जगत के लोग अतिमानसिक रूपान्तरण के बाद के लोग होंगे। एक व्यक्ति का अतिमानसिक रूपान्तरण जगत की परिणति नहीं—पूर्ण जीवन तथा जगत-क्रियाओं के सम्पूर्ण रूपान्तरण का लक्ष्य है—'मानसिक मानव' के स्थान पर 'अतिमानसिक मानवों' के जगत का उभर आना। उस प्रकार का जीवन 'दिव्य जीवन' (Divine Life) होगा, क्योंकि वह जीवन ऐसा जीवन होगा जहां कार्य अज्ञानवश नहीं होंगे, बल्कि पूर्णज्ञान के अनुरूप होंगे।

---

*Haridas Choudhary, *Sri Aurobindo, the Prophet of Life Divine*, p. 160.

अतः कहा जा सकता है कि श्री अरविंद का स्थान मानव का चरम भाग्य मात्र व्यक्ति का अतिमानव बन जाना नहीं है। वह उस मार्ग का अनिवार्य अंग है, उसकी प्राप्ति के बिना अन्तिम चरण में प्रवेश असम्भव है, किन्तु वह धरती पर 'दिव्य जीवन' को प्रकट करने का सोपान है।

श्री अरविंद के अनुसार 'दिव्य जीवन' वह जीवन होगा जहां के सभी मानव ज्ञान-पुरुष होंगे। 'दिव्य जीवन' (Divine Life) का अर्थ है 'धरती पर पूर्णता का जीवन-ईश्वरत्वरूप का जीवन'। यह जीवन सीमित चेतना का जीवन नहीं होगा—इस जीवन में चेतना शरीर तथा मानस के घेरे से बंधी नहीं रहेगी, बल्कि यह पूर्ण ज्ञानात्मक चेतना रहेगी।

इस प्रकार 'दिव्य जीवन' का प्रथम विवरण तो यही है कि यह पूर्ण ज्ञानात्मक मानवों का जगत होगा। इसके पीछे विचार यही है कि जिस जगत में एक भी मानव अपूर्ण एवं सीमित चेतना का मानव रहे, वह जीवन पूर्णता का जीवन हो ही नहीं सकता। श्री अरविंद स्वीकारते हैं कि यह निश्चितरूप में निर्धारित करना सम्भव नहीं कि किस बिन्दु पर चेतना की सीमितता समाप्त होती है, और उसकी पूर्णता प्रकट हो जाती है। अतः सामान्यरूप में यही कहा जा सकता है कि दिव्य जीवन का विचार उस जीवन का विचार है जहां कोई व्यक्ति सीमित चेतना का जीवन नहीं जीता, जिस जीवन के हर पक्ष हर क्रिया का आधार ही पूर्ण ज्ञान हो।

'दिव्य जीवन' के स्वरूप का विवरण करते हुए श्री अरविंद एक प्रकार से एक सूत्र ही देते हैं, वे कहते हैं, "*To be and to be fully is Nature's aim in us*"* (हममें प्रकृति का लक्ष्य यही है कि हम 'पूर्णता' में अस्तित्वान रहें)। इस मूलोक्ति के निहितार्थों को स्पष्ट करने से 'दिव्य जीवन' के स्वरूप के सम्बन्ध में कुछ बातें स्पष्ट हो सकती हैं। (१) 'पूर्णता में होने' का प्रथम निहितार्थ तो यही है कि हम पूर्णतया आत्म-चेतन रहे, हमें अपने होने की स्पष्ट एवं पूर्ण चेतना हो। इसे इस रूप में स्पष्ट किया जा सकता है। वस्तुतः हमारा अभी का साधारण, सामान्य जीवन एक प्रकार से अचेतनता का जीवन है, हम जीवन के रूपों तथा ढंगों से एक प्रकार से अज्ञात ही रहते हैं। किन्तु 'दिव्य जीवन' में जीवन पूर्णतया चेतन जीवन होगा, जीवन के ढंग अज्ञात नहीं रहेंगे, हम अस्तित्व की पूर्ण चेतना के साथ अस्तित्वान रहेंगे। (२) 'पूर्णता में होने' का अर्थ स्पष्ट करते हुए श्री अरविंद कहते हैं कि 'यह अपनी सत्ता के आन्तरिक तथा पूर्ण संगठित एकत्व की चेतना है' (to have the intrinsic and integral force of one's being) इसका अर्थ है कि इस अवस्था में आत्म का अपनी शक्तियों, कार्यों एवं कार्यक्षमताओं पर पूर्ण नियंत्रण रहेगा क्योंकि उसे 'एकत्व' की चेतना है। फलतः उसके अस्तित्व में किसी प्रकार के टूटन—किसी प्रकार के अलगाव की सम्भावना ही नहीं रहेगी। 'आत्म-चेतन' अस्तित्त्व का अर्थ है 'पूर्ण-आत्म-नियंत्रण'। (३) इससे यह भी आपदित है कि यह जीवन आह्लाद एवं आनन्द

---

*Sri Aurobindo, *The Life Divine*, p. 907.

का जीवन होगा। आनन्द तो टूटन से खण्डित होता है, आत्म-बिखराव आनन्द के ह्रास का मूल कारण है। दुख, कष्ट आदि अपूर्णता के कारण उत्पन्न होते हैं, वे तभी उत्पन्न होते हैं जब आत्म का अपने ही ऊपर नियंत्रण नहीं रह जाता। किन्तु 'दिव्य जीवन' में आत्म का जीवन पूर्णतया संगठित एवं आत्म-नियंत्रित रहता है, तथा इस संगठित एकत्त्व की उसे चेतना है, ज्ञान है। अतः आनन्द उसके लिये सहज एवं स्वाभाविक हो जाता है। (४) श्री अरविंद के साथ 'पूर्णता के साथ होने' (to be fully) का अर्थ यह भी है कि ऐसा होना 'सार्वभौम' रूप में ही। इसे भी साधारण, सामान्य अस्तित्व की पृष्ठभूमि में समझने की चेष्टा करे। हमारा सामान्य साधारण अस्तित्व 'अहं' का अस्तित्व होता है, 'अहंभाव' के घेरे में सीमित होता है। यह 'सार्वभौमता' का अस्तित्व नहीं हो सकता क्योंकि यह 'व्यक्ति' में—'अहं' में घिरा है। 'सार्वभौम अस्तित्व' का अर्थ है कि हर केन्द्र में सम्पूर्णता की चेतना रहे। यहां 'आत्म-चेतना' 'सार्वभौम चेतना' है क्योंकि यह पूर्ण एकत्त्व की चेतना है। अतः इस चेतना में यह ज्ञान निहित है—कि कोई केन्द्र पृथक नहीं है—सब अद्वैत रूप में एक हैं। यहां पर केन्द्र आत्म के साथ एकरूप हो जाता है, आनन्द किसी केन्द्र का सीमित आनन्द नहीं, सार्वभौम आनन्द है। इसका विवरण श्री अरविंद ने बड़े सुन्दर शब्दों में किया है, "All being is one and to fully in all that. To be in the being of all and to include all in one's being, to be conscious of the consciousness of all, to be integrated in force with the universal force, to carry all action and experience in oneself and feel it as one's own action and experience, to feel all selves as one's own self, to feel all delight of being as one's own delight of being is a necessary condition of integral divine living."* (५) इसका एक निहितार्थ स्पष्ट करते हुए कहा जा सकता है कि यह पूर्ण 'परात्मकता' का जीवन है (To be fully transcendentally)। इसका अर्थ है कि 'दिव्य जीवन' में रहने वाले ज्ञान पुरुष एक प्रकार से जगत में रहते हुए भी—'स्व' तथा 'जगत' से परे रहते हैं। इसका साधारण अर्थ यही है कि इस जीवन में आत्म की दृष्टि परात्मकता की दृष्टि हो जाती है क्योंकि यह दृष्टि आत्म, जगत आदि की पृथकता की दृष्टि नहीं है। उसे सतत चेतना है कि सत् तो पूर्ण अद्वैत एकत्त्व है।

इसी कारण श्री अरविंद कहते हैं कि इस 'दिव्य जीवन' के विषय में विचार करने में यह स्मरण रखना आवश्यक है कि यह जीवन मूलतः आन्तरिकता का जीवन है। उसके जीवन की बाह्य अभिव्यक्तियां अपने में मूल नहीं हैं, क्योंकि उसका पूर्ण ज्ञानात्मक एवं आनन्दमूलक जीवन तो उसके अन्तर का जीवन है। सामान्यतः हम आन्तरिक तथा बाह्य जीवन को इस प्रकार पृथक नहीं कर पाते। किन्तु सामान्य जीवन से दिव्य जीवन की भिन्नता तो किसी बात में है कि दिव्य जीवन में ऐसा प्रमाणिक आन्तरिक जीवन सहज एवं स्वाभाविक हो जाता है।

---

*Sri Aurobindo, *The Life Divine*, p. 907.

किन्तु यह भी स्मरण रखना है कि यह आन्तरिक जीवन किसी प्रकार का बन्धन नहीं है। दिव्य जीनव में आत्म 'आन्तरिकता' का बन्दी नहीं हो जाता। वस्तुतः उसके लिये 'आन्तरिकता' तथा 'बाह्यता' का अन्तर ही समाप्त हो जाता है। अपनी हर चेष्टा में उसे 'सबों' की चेतना रहती है—तथा इस चेतना में उसे अन्य की क्रियायें भी अपनी ही क्रियायें प्रतीत होती हैं। साधारण जीवन में हम अन्य के प्रति प्रेम-व्यवहार करते हैं, किन्तु ऐसा व्यवहार सहानुभूति, करुणा एवं दया का व्यवहार होता है। यहां 'मैं' और 'अन्य' का अन्तर समाप्त नहीं होता। मैं इस चेतना से काम करता हूं कि 'मैं' 'अन्य' को सहायता कर रहा हूं। दिव्य जीवन के आत्म के साथ ऐसी बात नहीं, क्योंकि वहां करुणा, सहानुभूति का प्रश्न ही नहीं उठता। उसके कार्य तो 'सबों के तात्विक एकत्व' की चेतना से प्रेरित हैं, जब 'मैं' और 'अन्य' का अन्तर ही नहीं रहा, तो कौन किसी के प्रति सहानुभूति करेगा। आन्तरिकता उसका सहज स्वभाव बन जाता है, और उसके हर कार्य में यही पूर्ण ज्ञान अभिव्यक्त है।

इस प्रकार कहा जा सकता है कि 'दिव्य जीवन' धरती पर पूर्णता के जीवन का अवतरण है, जहां सभी प्रकार की पृथकता समाप्त हो जाती है, तथा पूर्ण सामन्जस्य एवं संगठित एकत्व का जीवन रूप लेता है। जगत 'परात्म जगत' में परिणत हो जाता है, जीवन पूर्ण ज्ञानात्मक चेतना एवं पूर्ण आनन्द का जीवन बन जाता है। इसी जीवन में आत्म की अन्तिम परिणति है। उनके शब्दों में, "A life of gnostic beings carrying the evolution to a higher supramental status might fully be characterised as a Divine Life, for it would be a life in the Divine, a life of the beginnings of a spiritual divine light and power and joy manifested in material Nature, that might be described, since it surpasses the mental human level, as a life of spiritual and supramental Supermanhood."*

'दिव्य जीवन' तथा हमारे साधारण मानसिक स्तर के अज्ञान मूलक जीवन की तुलना करते हुए श्री अरविंद कहते हैं कि एक प्रकार से दिव्य जीवन में सामान्य मानवीय चेतना एवं जीवन का नियम उलट जाता है। हम अपने सामान्य मानवीय जीवन में इस विश्वास एवं धारणा में जीते हैं कि प्रसन्नता, दुख, भावना, संकट, सफलता-विफलता, उत्साह-नैराग्य, अस्तित्व में निहित चिन्ता, क्लेश आदि सभी हमारे जीवन—हमारे अस्तित्व के अनिवार्य अंग हैं। जीवन का अर्थ ही है इन सबों के मध्य, इनके साथ जीना। यदि जीवन का चित्रण इनकी उपेक्षा करते हुए किया जाय, तो उस चित्रण को रिक्त तथा अवास्तविक कहा जायगा। किन्तु 'दिव्य जीवन' में इस प्रकार की धारणा पूर्णतया समाप्त हो जायगी। यहां चेतना एवं आनन्द असीम हो जायेंगे। जीवन का प्रचलित चित्र अयथार्थ हो जायगा—क्योंकि जीवन का वास्तविक सत् उजागर हो गया है। सफलता-विफलता, सुख-दुख—ऐसे सभी भेद अर्थहीन हो जायेंगे, क्योंकि अस्तित्व ही आनन्द-रूप हो जायगा। श्री अरविंद के अनुसार ऐसा ही दिव्य जीवन हमारा चरम भाग्य है। "...this fullness of life must be

*Sri Aurobindo, *The Life Divine*, p. 945.

the goal of development towards which we are tending and which will manifest at an early or later stage of our destiny."*

पूर्ण अद्वैत योग
(Integral Yoga)

अब यह स्पष्ट हो गया कि श्री अरविंद के अनुसार विकास-प्रक्रिया का चरम लक्ष्य 'दिव्य जीवन' की स्थापना है। किन्तु, प्रश्न है कि यह धरती पर अवतरित कैसे होगा ? श्री अरविंद का कहना है कि 'दिव्य जीवन' को स्थापित तो होना ही है—वह शीघ्र हो या देर से। किन्तु उनका कहना है कि इसके अवतरण की प्रक्रिया का आध्यात्मिक कर्मों के द्वारा तीव्र किया जा सकता है। किन्तु प्रश्न फिर भी उठ जाता है कि इसके अवतरण की प्रगति को तीव्र करने का ढंग क्या है? श्री अरविंद का स्पष्ट उत्तर है कि वह ढंग 'योग' है। वैसे प्रारम्भ में ही यह कह देना वांछनीय है कि श्री अरविंद के 'योग' के ढंगों का पूर्णतया निश्चित विवरण प्रस्तुत करना इस स्थल पर सम्भव नहीं है। इसके दो कारण हैं, एक तो यह कि यह विवरण इतना विस्तृत तथा सूक्ष्म दोनों हैं कि उसे निश्चित रूप से बांध लेने का हर प्रयत्न आंशिक ही रह जाता है। किन्तु दूसरा कारण मुख्य है। उनके योग-विचार में 'तन्त्र' भी समाविष्ट है, और इस पुस्तक में हमारा लक्ष्य शुद्ध बौद्धिक विवेचन है, अतः हम तन्त्र-चर्चा में प्रवेश करने का साहस नहीं कर सकते। इस सीमा के अन्तर्गत हम श्री अरविंद के 'योग' के स्वरूप को दार्शनिक ढंग से स्पष्ट करने की चेष्टा करेंगे।

(i) इसका लक्ष्य

'योग' शब्द का शाब्दिक अर्थ है 'मिलन' अथवा 'एकलन' (Union), अतः हर प्रकार के योग का लक्ष्य 'ईश्वर मिलन' है, 'एकत्व' प्राप्ति करना है। प्रायः सभी योग दर्शन यह मानते हैं कि सभी अशुभ रूपों के जड़ में 'जीव' का 'अनन्त' से अलगाव है, अतः उन सबों के अनुसार योग का लक्ष्य इस अलगाव से ऊपर उठना, ससीम तथा असीम के मौलिक एकत्त्व को पा लेना है। कहा जा सकता है कि श्री अरविंद भी योग के इस प्रकार के विचार को अपने ढंग से स्वीकारते हैं, किन्तु उनका स्पष्ट प्रयत्न है कि वे योग-विचार को भी अपनी मूल तात्विक मान्यताओं के अनुरूप सजायें। इस दृष्टि से उनके विचारों को समझने पर स्पष्ट हो जाता है कि उनके अनुसार योग के कुछ मूल एवं विशिष्ट लक्ष्य हैं। सामान्य ढंग से इन लक्ष्यों को निम्नलिखित रूपों में निर्धारित किया जा सकता है।

(१) हमने देखा कि श्री अरविंद के अनुसार विकास-प्रक्रिया वैयक्तिक तथा जगत—दोनों स्तरों पर एक विशेष अवस्था पर पहुंची है। हमने यह भी जाना है कि अब विकास-प्रक्रिया आध्यात्मिक क्षेत्र में छलांग लगाने के लिये उद्यत है—तत्पर है। श्री अरविंद के अनुसार 'योग' की आवश्यकता एवं उसका लक्ष्य है कि इस 'छलांग' को सहज बना दें—तथा इसकी सम्भावना को निकट ला दे।

---

*Sri Aurobindo, *The Life Divine*, p. 947.

(२) हमने यह भी देखा है कि श्री अरविंद के अनुसार विकास-प्रक्रिया का चरम लक्ष्य—उसकी परिणति एक ऐसे 'दिव्य जीवन' की स्थापना में है जिसमें हर व्यक्ति अज्ञान के क्षेत्र से बाहर आ ज्ञान-पुरुष में परिणत हुआ रहेगा। उनका यह भी विश्वास है कि इस दिव्य जीवन को आना ही है—शीघ्र आये या देर से। किन्तु वे समझते हैं कि इसके 'आने' की गति को तीव्र किया जा सकता है। इसी लक्ष्य की पूर्ति में योग साधक है।

(३) श्री अरविंद स्वीकारते हैं कि एक दृष्टि से जीवन-प्रक्रिया ही योग-प्रक्रिया है, क्योंकि वस्तुतः जीवन के हर कर्म—हर कार्य एक प्रकार से मूल एकत्व की ओर प्रेरित हैं। हर गतिविधि में असीम की अभिव्यक्ति है—जीवन-प्रक्रिया चल ही नहीं सकती यदि उसमें उच्चतर रूपों का अवतरण (Descent) न हुआ रहे। किन्तु, साधारण जीवन में हमें यह चेतना नहीं रहती कि हमारी गतिविधियां 'एकत्व' की ओर प्रेरित हैं। हम वह कार्य करते हैं, किन्तु पूर्णतया 'अचेतन' रूप में। 'योग' का लक्ष्य है कि इस 'एकत्व' की ओर की उन्मुखता चेतन-जीवन का अंग बन जाय। हमें अपनी क्रियाओं में यह चेतना रहे कि उनके माध्यम से असीम ही व्यक्त हो रहा है।

(४) साधारणतः विकास-प्रक्रिया धीमी गति से अग्रसर होती है, क्योंकि हमारा जीवन सामान्यतः बाह्यता का जीवन होता है। इसकी गति तीव्र करने के लिये आवश्यक है कि हमारी चेतना का केन्द्र बाह्यता न रहे, बल्कि आन्तरिकता हो जाय। 'योग' इसमें सहायक है। इसी आशय से श्री अरविंद कहते हैं,

"...Yoga implies not only the realisation of God, but an entire consecration of inner and outer life till it is fit to manifest a divine consciousness and become part of a divine work."*

इन्हीं बातों को ध्यान में रखते हुए श्री अरविंद योग के स्वरूप का विवरण विभिन्न ढंगों से करते हैं। कभी-कभी कहा गया है कि 'योग मानव की सम्पूर्णता में ईश्वरत्व का उत्प्रवाह है' (The outflowing of the Divine in collective Humanity)। कभी-कभी कहा गया है कि यह 'प्रकृति में तथा प्रकृति के मोक्षत्व का प्रयत्न है—मात्र प्रकृति से मोक्षत्व का नहीं' (Liberation in and of Nature and not simply from Nature)। कभी-कभी कहा गया है कि 'योग को आत्म-चेतना नहीं समझ कर उसे आध्यात्मिक आत्म-अभिव्यक्ति कहना चाहिये' (Spiritual Self-manifestation as distinguished from self-realization)।

इस प्रकार के विवरणों के आधार पर श्री अरविंद के अनुसार योग की एक विशिष्टता प्रकाश में आ जाती है। उनके अनुसार योग का लक्ष्य—इसी जीवन में, शरीर-रूप में ही ईश्वरत्व की पूर्ण चेतना है। योग अनिवार्यतः किसी अतिप्राकृतिक जीवन में प्रवेश नहीं है। इसका लक्ष्य है कि भौतिक, जैविक, मानसिक प्रक्रियाओं में परिवर्तन ला दें। अतः अपने सामान्य दार्शनिक विचार के अनुरूप श्री अरविंद कहते हैं कि योग का लक्ष्य उत्थान तथा अवतरण दोनों में है, यह विकास-प्रक्रिया में घिरे आत्म के उत्थान का प्रयत्न है, साथ-साथ उच्चतर रूपों के अवतरण का प्रयत्न है। यह उच्चतर शक्तियों को मानस पर ही नहीं,

---

*Sri Aurobindo, *The Riddle of the World*, p. 2.

जड़तत्त्व में भी उतारने का प्रयत्न है। इस प्रयत्न की परिणति अतिमानसिक रूपान्तरण में है। वे कहते हैं,

"Our Yoga is a double movement of ascent and descent, one rises to higher and higher levels of consciousness, but at the same time one brings down their power not only into mind and life, but in the end even into the body. And the highest of these levels, the one which it aims, is Supermind. Only when that can be brought down is a divine, transformation possible in the earth consciousness."*

अतः श्री अरविंद के पूर्ण अद्वैत योग (Integral Yoga) का चरम लक्ष्य है जीवन एवं जगत का ईश्वरत्व रूप में रूपान्तरण, 'दिव्य-जीवन' (Divine Life) का अवतरण जो एक प्रकार से वैयक्तिक मोक्ष न होकर सबों का मोक्ष है—सर्वमुक्ति है।

(ii) योग का स्वरूप

योग के स्वरूप की विवेचना का प्रारम्भ श्री अरविंद के अपने शब्दों में ही करें। इसका विवरण देते हुए कहा है, "Yoga means union with the Divine, a union either transcendental (above the universe) or cosmic (universal) or individual, or as in our yoga, *all three together*".** इन पंक्तियों में योग की प्रायः सभी विधाओं का उल्लेख है। योग का अर्थ ईश्वर-मिलन। किन्तु यह पारलौकिक स्तर पर हो सकता है, सार्वभौम स्तर में सर्वमुक्ति के रूप में हो सकता है, या वैयक्तिक स्तर में हो सकता है। योग के प्रतिपादन करने वाले विभिन्न विचारों में इन्हीं विधाओं में किसी एक का चयन किया है। श्री अरविंद का कहना है कि उनका योग ऐसा है कि 'ये तीनों विधायें एक साथ जुटी हुयी हैं'। यह भी एक कारण है जिसके चलते वे अपने योग को पूर्ण अद्वैत योग कहते हैं। उनके अनुसार योग वह प्रक्रिया है जो चेतना के विस्तृत करने, उच्चतर उठने तथा अन्ततः एकरूप होने की प्रक्रिया को रूप देता है (widening, hightening तथा integration)। योग से इन सारी प्रक्रियाओं को बल मिलता है। इसी कारण श्री अरविंद इसे 'पूर्ण अद्वैत योग' (Integral Yoga) कहते हैं—या 'पूर्ण योग' कहते हैं। अब इस पूर्ण योग के प्रधान लक्षणों को निर्धारित करने का प्रयत्न करें।

(१) प्रथमतः कहा जा सकता है कि योग की प्रायः सभी अन्य विधाओं कुछ ऐसे विशिष्ट शक्तियों को विकसित करने की बात होती है कि सर्वसाधारण के लिये वह सुगम तो नहीं ही हो पाता, अत्यन्त कठिन, एवं दुर्लभ हो जाता है। अतः श्री अरविंद 'आंतरिक योग' के ढंगों का विवरण करते हैं जिसका अनुशीलन सब के लिये सम्भव है। इसी कारण वे

*Sri Aurobindo, *The Riddle of the World*, pp. 2-3.

**Sri Aurobindo, *Lights on Yoga*, p. 16.

हठयोग के अनुशासनों पर बल नहीं देते, आसन, प्राणायाम पर बहुत बल नहीं देते । वे इस बात पर भी बल नहीं देते कि योग के लिये अद्भुत क्षमतायें, विशेष शक्तियों को बढ़ाने के लिये धार्मिक अनुष्ठान जैसा कुछ कर्म करना आवश्यक है । वे प्रार्थना एवं मन्त्र-जाप आदि को भी अनिवार्य नहीं कहते । उनका योग आन्तरिक योग है, जिसमें हर योग के समान कुछ आन्तरिक अनुशासनों की अनुशंसा तो अवश्य है, किन्तु वे अनुशासन ऐसे हैं जिसका पालन सबों के लिये सम्भव है ।

(२) अधिकतर योगविधियों की जगत के प्रति अभिवृत्ति निषेधात्मक है। पतञ्जलि के अनुसार योग का लक्ष्य विवेकज्ञान की प्राप्ति है, जिस ज्ञान में आत्म तथा अनात्म के भेद का स्पष्ट ज्ञान हो जाता है । किन्तु, श्री अरविंद का कहना है कि योग का लक्ष्य, 'आत्म' तथा 'अनात्म' के भेद का ज्ञान नहीं है, बल्कि 'अनात्म' में भी आत्म-रूप, आध्यात्मिकता की पहचान है ।

(३) उसी प्रकार योग के प्रायः सभी प्रतिपादक मानते हैं कि योग का लक्ष्य भौतिक एवं शारीरिक स्तर का निषेध है, उससे ऊपर उठना है । किन्तु, श्री अरविंद का कहना है कि योग का लक्ष्य भौतिक एवं शारीरिक का हनन अथवा निषेध नहीं, बल्कि उनको भी अति-मानसिक प्रकाश से रूपान्तरित कर देना है ।

(४) साधारणतः योगियों की मान्यता रही है कि योग के लक्ष्य की प्राप्ति--ईश्वरत्व से एकत्व की प्राप्ति--समाधि की अवस्था में अथवा पूर्ण आह्लादपूर्ण तन्मयता की अवस्था में ही हो सकती है । इस अवस्था में जाग्रतावस्था की चेतना पूर्णतया धूमिल हो जाती हैं, तथा सांसारिकता एवं साधारण परिवेश से सम्पर्क एक प्रकार से टूट जाता है । इसके विपरीत श्री अरविंद का कहना है कि पूर्ण एकत्व की प्राप्ति शरीर में रहते हुए, जाग्रतावस्था तथा जगत से सम्पर्क बिना तोड़े हुए, सम्भव है ।

(५) उसी प्रकार प्रायः सभी योगदर्शनों के अनुसार योग का लक्ष्य 'व्यक्ति' का मोक्ष है । श्री अरविंद का कहना है कि वह तो है, किन्तु 'मात्र' वही योग का लक्ष्य नहीं है । उनके अनुसार तो व्यक्ति का मोक्ष भी 'चरम लक्ष्य' का अंश है । योग का लक्ष्य 'सबों की मुक्ति' है तथा धरती पर 'दिव्य जीवन' को उतार लाना है ।

(६) उपरोक्त कारणों के आधार पर ही श्री अरविंद के द्वारा दी गयी योग विधि--प्रचलित सामान्य योग के ढंगों से भिन्न है । हमने विकास-प्रक्रिया के विवरण में देखा है कि 'मानस' की अवस्था (जिस अवस्था में हम आ चुके हैं) से 'अतिमानस' तक पहुंचने के लिये मध्य में कुछ ऐसे स्तर हैं जिनसे होकर ही मानस ऊपर उठ सकता है । योग-विधि वह विधि है जिसके सहारे 'मानस' उच्चतर मानस, प्रदीप्त मानस, अर्न्तदृष्टि, व्यापक मानस के सोपानों को पार करता हुआ अतिमानसिक प्रकाश को ग्रहण करने के लिये तत्पर हो जाता है। इसके लिये श्री अरविंद ने तीन स्तरों वाली विधि की अनुशंसा की है, जो पहले चर्चित 'त्रिविध रूपान्तरण' के अनुरूप है । इसके अन्तर्गत तीन प्रक्रियाएं आती हैं--(क) आत्मिकता की प्रक्रिया (Process of Psychisation), (ख) आध्यात्मिकता की प्रक्रिया (Spiritualisation) तथा (ग) अतिमानसिकता की प्रक्रिया (Supramentalisation)।

इन तीनों को पूर्ण योग अथवा अद्वैत योग के तीन सोपानों के रूप में प्रस्तुत किया गया है। इनमें सभी विधियां आन्तरिक उत्थान की विधियां हैं—क्योंकि इनका लक्ष्य मानस को उच्चतर रूपों में ले चलना है। इसी कारण श्री अरविंद के योग को 'आन्तरिक योग' भी कहते हैं।

अब हम इन तीनों की पृथक-पृथक विवेचना करें।

आत्मिकता (Psychisation) की प्रक्रिया का लक्ष्य चैत्य पुरुष की केन्द्रियता को स्पष्ट करना है, जिसमें चेतना उसके जीवात्मा-रूप पर केन्द्रित हो सके। सामान्यतः आत्म का यह पक्ष छिपा रह जाता है। श्री अरविंद का कहना है कि योग की पहली कड़ी इस पक्ष को जगाना है। इस कड़ी में मानस को चेतना का प्रत्याहरण कर, उसे बाह्यता से खींच कर अन्तर में केन्द्रित करना है। इसका अर्थ है कि बाह्यता हमें सत् के विकृत रूपों में उलझा देती है, अतः चेतना को अन्तर में इस प्रकार केन्द्रित करने का प्रयास हो कि हमारे अस्तित्व के निम्नतर रूपों में—भौतिक, जैविक एवं मानसिक ढंगों में—आमूल परिवर्तन हो सके। अन्तर में चित्-शक्ति इस रूप में प्रतिष्ठित हो सके कि हमें विश्व के हर पक्ष में—भौतिक, जैविक, मानसिक—सभी अवस्थाओं में मूल चित् शक्ति 'मां' (Mother) का रूप दिखाई दे सके। आन्तरिकता के इस प्रकार से गहन होने की प्रक्रिया को 'आत्मीयता' (Psychisation) की प्रक्रिया कहा गया है।

आध्यात्मिकता (Spiritualisation) योग की दूसरी कड़ी है। इसका अर्थ 'आत्म को अबाधित एवं विस्तारित करना' बताया गया है। आत्मीयता की प्रक्रिया से भौतिक, जैविक तथा मानसिक दृष्टि में आमूल परिवर्तन हो जाता है, फलतः आत्म में यह सक्षमता आ जाती है कि वह उच्चतर चेतना के लिये अपने का पूर्णतया 'खोल' सके। इस प्रक्रिया से आत्म की क्रियायें, आत्म के विचार आदि उच्चतर रूपों के अनुरूप होने लगते हैं, और यह उसको शान्ति, शक्ति, ज्ञान तथा आनन्द देते हैं। आत्मीयता के फलस्वरूप उत्पन्न परिवर्तन अधिक से अधिक चैत्य पुरुष के स्तर तक अपना प्रभाव उत्पन्न कर पाते हैं। उससे आत्म में वे सारी तैयारियां हो जाती हैं कि उसमें उच्चतर चेतना को ग्रहण करने की तत्परता एवं शक्ति आ जाय। आध्यात्मिकता की कड़ी से आत्म स्पष्टतः उन उच्चतर रूपों की ओर उन्मुख हो जाता है। पहले स्तर में आत्म की सभी क्रियायें अपने तक ही सीमित हैं, दूसरे स्तर में वे उच्चतर उन्मुख हो जाती हैं।

और तब योग की तीसरी कड़ी—अतिमानसिकता की कड़ी आती है। यह योग की अन्तिम कड़ी है जिसमें आत्म उच्चतर चेतना के अवतरण को ग्रहण कर लेता है। अब उसकी चेतना ही 'ईश्वरीय' हो जाती है—तथा सारा दृष्टिकोण ही परिवर्तित हो जाता है। अब सभी द्वैतभाव, सभी विभिन्नतायें—विषमतायें लुप्त हो जाती हैं, तथा पूर्ण अद्वैत एकत्व की चेतना स्पष्ट हो जाती है। अब मानसिकता के स्तर के सभी झंझावात उत्पन्न करने वाले अंश—क्षोभ, अशान्ति, विषमता उत्पन्न करने वाले तत्त्व पूर्णतया शान्त हो जाते हैं। इस प्रक्रिया का विवरण करते हुए श्री अरविंद चार स्तरों का उल्लेख करते हैं, जिसकी प्राप्ति इस योग से आत्म को हो जाती है। वे चार स्तर हैं—'अचञ्चलता' (Quiet), 'स्थिरता'

(Calm), 'शान्ति' (Peace), तथा 'नीरवता' (Silence)। इन चारों में गुणात्मक भेद नहीं है, ये उस क्रम का निर्देश करते हैं जिस क्रम में 'आत्म मानस' के द्वारा उत्पन्न विषमताओं' से शनैः-शनैः मुक्त हो जाता है।

वैसे श्री अरविंद का कहना है कि योग के अतिमानसिकता-स्तर से दो प्रकार के परिवर्तन होते हैं---'सार्वभौमता' (Universalisation) तथा 'परात्मकता' (Transcendentalisation)। सार्वभौमता चेतना का पूर्ण विस्तार है, परात्मकता पूर्ण एकत्व की स्पष्ट अनुभूति है।

(iii) यह योग पूर्ण अद्वैत (Integral) योग कैसे है ?

श्री अरविंद का कहना है कि उनका योग पूर्ण अद्वैत (Integral) योग है। ऐसा कहने का उनके दो मुख्य आधार हैं---एक तो यह कि उनके योग में योग के सभी रूपों का समन्वय है, और दूसरा आधार यह है कि उनकी योग-विधि में कुछ ऐसे अनुशासन भी समाविष्ट हैं जिनके ओर अन्य योग-दर्शनों ने ध्यान नहीं दिया है। उदाहरणतः हठयोग में कुछ शारीरिक अनुशासनों की अनुशंसा है, राजयोग मन पर ध्यान केन्द्रित करता है; ज्ञान-योग, भक्ति योग, कर्मयोग, में क्रमशः ज्ञान, भक्ति, कर्म पर बल देते हैं। विभिन्न धर्मों में इनमें किसी पर अधिक बल दिया गया है, किसी पर कम। श्री अरविंद का कहना है कि इन सबों में योग के कुछ पहलुओं पर बल दिया गया है, किन्तु अन्य पक्षों की उपेक्षा हुयी है। उदाहरणतः ज्ञान तथा भक्ति में कोई विरोध नहीं है, फिर भी ज्ञानमार्गी तथा भक्तिमार्गी अपनी-अपनी बातों को इस रूप में प्रस्तुत करते हैं कि ये दोनों मार्ग एक दूसरे से सर्वथा पृथक हो जाते हैं। श्री अरविंद का कहना है कि योग की मूल विशिष्टता यह है कि यह 'सर्वाङ्गी' विकास पर बल देता है, आंशिक विकास पर नहीं। यदि हम मात्र ज्ञान पर बल दें, या केवल शारीरिक शक्तियों तथा क्षमताओं को विकसित करने पर बल दें, अथवा गहन भावनात्मक भक्ति पर बल दें, तो यह सब आंशिक ही होगा, सर्वाङ्गी नहीं। आवश्यकता है कि आत्म के सभी पक्षों का---उसके भौतिक, जैविक, मानसिक आदि सभी अंशों का पूर्ण रूपान्तरण हो जाय। अतः 'पूर्ण योग' वही कहा जा सकता है जो इस प्रकार के पूर्ण रूपान्तरण पर बल दें। कोई ऐसी एक पूर्णतया समन्वयित प्रक्रिया ही पूर्ण योग का रूप ले सकती है जो इस प्रकार के पूर्ण रूपान्तरण का मार्ग दें। और यही श्री अरविंद का योग है, यह सर्वाङ्गी विकास है, इसके अन्तर्गत योग की सभी विधायें समाविष्ट हैं। और इसकी परिणति पूर्ण 'एकत्व' की सहज एवं सतत् चेतना में है। इसी कारण यह 'पूर्ण अद्वैत योग' है।

कृष्ण चन्द्र भट्टाचार्य
(१८७५-१९४९)

जीवन

कृष्ण चन्द्र भट्टाचार्य का जन्म १२ मई, १८७५ को सेरामपुर में हुआ था। उनका जन्म एक ऐसे ब्राह्मण परिवार में हुआ था जो संस्कृत के विद्वानों का परिवार था। अतः यह स्वाभाविक था कि बचपन से ही उनकी अभिरुचि प्राचीन भारतीय ज्ञान की ओर जाग्रत हो जाय। उनकी प्रारम्भिक शिक्षा स्थानीय स्कूल में ही हुयी। किन्तु १८९१ में मैट्रिक की परीक्षा पास कर लेने के बाद उन्हें प्रेसीडेन्सी कालेज में भेज दिया गया। वे बड़े ही मेधावी तथा तीक्ष्ण बुद्धि के छात्र थे, सभी परीक्षाओं में अच्छे ढंग से उतीर्ण होते हुए उन्होंने १९०१ में कलकत्ता विश्वविद्यालय की पी. आर. एस. की उपाधि भी अर्जित की।

वे बंगाल शिक्षा-सेवा में कार्यरत हुए, तथा बंगाल के विभिन्न महाविद्यालयों में व्याख्याता के रूप में कार्य करते रहे। १९३० में वे बंगाल शैक्षणिक सेवा से मुक्त हुए। उस समय वे हुगली कालेज के कार्यपालक प्राचार्य के रूप में कार्य कर रहे थे। उस समय उन्हें इण्डियन इन्स्टीटयूट ऑफ फिलासफी, अमलनेर से, उसके निदेशक के रूप में कार्य करने का आमंत्रण मिला। वहां वे १९३५ तक कार्य करते रहे, और तब उन्हें कलकत्ता विश्वविद्यालय के दर्शन के जार्ज V प्रोफेसर का प्रतिष्ठित पद प्रदान किया गया। वे १९३७ तक उस पद पर रहे।

उनकी दार्शनिक दृष्टि बड़ी सूक्ष्म थी, फलतः उनका लेखन-कार्य बड़ी सावधानी से सम्पन्न होता था। उनके लेख संक्षिप्त, निश्चित तथा बड़े ही सारगर्भित होते थे। अपने जीवन के अन्तिम चरण में जब भी उनके मन में कोई नवीन विचार उत्पन्न होता, तो वे छोटे-छोटे नोट बना लिया करते। ऐसे कागज उनके कमरे में छितरा जाते। उनकी पत्नी बड़े यत्न से उन कागजों को एकत्रित कर संजो कर रख देतीं। इन छोटे-छोटे सूक्तों में बहुधा बड़े ही सारगर्भित विचार निहित रहते थे। उनमें कुछ का अभी तक सम्पादन, संकलन, प्रकाशन नहीं हो पाया है। ११ दिसम्बर, १९४९ को कृष्ण चन्द्र भट्टाचार्य का निधन हो गया।

उनके दर्शन का सामान्य स्वरूप

कृष्ण चन्द्र भट्टाचार्य को प्राचीन भारतीय विद्या का गहन अध्ययन था विशेषतः उन्होंने अद्वैत वेदान्त, सांख्य, योग तथा जैन दर्शनों का विशेष अध्ययन किया था। पारम्परिक जर्मन दर्शन का विशेषतः कांट के दर्शन का उन्हें विशेष ज्ञान था। इस विशद अध्ययन की

पृष्ठभूमि में उनकी पैनी दार्शनिक दृष्टि संवरती रही। इस दृष्टि की मौलिकता एवं सर्जनात्मक शक्ति उन्हें सर्जनात्मक दार्शनिक रचनाओं की ओर प्रेरित करती रही।

वस्तुतः यदि हम कृष्ण चन्द्र के लेखन पर इस दृष्टि से ध्यान दें तो स्पष्ट हो जायगा कि उनकी रचनाओं को दो कोटियों के अन्तर्गत रखा जा सकता है--(क) एक तो वे जो टीका, व्याख्या, अर्थनिरूपण का कार्य करते हैं, तथा (ख) दूसरा वे जो रचनात्मक एवं सर्जनात्मक हैं तथा सर्वथा नवीन एवं मौलिक विचार प्रस्तुत करते हैं। पहले के अन्तर्गत उनके द्वारा की गयी वेदान्त, सांख्य, योग, जैन तथा अन्य दर्शनों के विभिन्न पक्षों की व्याख्यायें आती हैं। इन स्थलों पर यह स्पष्ट हो जाता है कि कृष्ण चन्द्र मात्र एक टीकाकार नहीं है, अथवा मात्र इतिहासकार नहीं है, इन व्याख्याओं में भी उनकी मौलिकता झलकती है क्योंकि हर विचार में वे कुछ नयी बातें कहते हैं। एक प्रकार से उन्हीं नवीन विचारों के आधार पर उनका अपना मौलिक दार्शनिक चिन्तन पनपा है। उनके लेखों के संकलन 'स्टडीज इन फिलासफी' के सम्पादक कहते हैं कि कृष्ण चन्द्र की दार्शनिक चिन्तन की विधि सर्जनात्मक व्याख्या की है, रचनात्मक अर्थ निर्धारण की विधि है (Constructive Interpretation)। किन्तु, यह तो अवश्य ही कहा जा सकता है कि उनकी अपनी दार्शनिक दृष्टि इतनी सूक्ष्म है, तथा उनकी व्याख्यायें इतनी मौलिक हैं, कि बिना उनके अपने विचारों से परिचित हुए उनकी टीकाओं तथा व्याख्याओं को भी समझना कठिन है।

वैसे उनके दर्शन पर किसी प्रचलित ढांचे के अनुरूप कोई लेबल चिपका देना सरल नहीं है। उनके दर्शन को किसी प्रचलित तात्त्विक सिद्धान्त के अन्तर्गत रख देना उपयुक्त प्रतीत नहीं होता। वैसे उनके दार्शनिक विचारों को किसी 'लेबल' के द्वारा समझने का प्रयास करने पर निकटतम विवरण यही प्रतीत होता है कि उसे 'परात्ममूलक आध्यात्मवाद' (Transcendental Idealism) कहा जा सकता है। यह आध्यात्मवाद है, प्रत्ययवाद नहीं क्योंकि सत् को प्रत्यय-रूप या भाव-रूप नहीं बताता। इसे एक अर्थ में आदर्शवाद (Idealism) कह सकते हैं क्योंकि सत् आत्मानुभूति की प्रक्रिया का चरम लक्ष्य है। उनके दर्शन को परात्ममूलक इस आधार पर कहा जा रहा है कि सत् के स्वरूप का विवरण किसी प्रचलित दार्शनिक अवधारणा के आधार पर नहीं किया जा सकता। कृष्णचन्द्र हर तत्त्व को अनुभूति से सम्बन्धित कर देते हैं—तथा सत् अनुभूति की चरम पूर्वमान्यता के रूप में सोचा गया है। इसे न विषयनिष्ठ कहा जा सकता है, और न आत्मनिष्ठ कहा जा सकता है। उनकी मान्यता है कि 'विषयी' एवं 'विषय' को सम्बन्धित करने का आधार न विषयरूप हो सकता है न विषयीरूप। इसी कारण उनके विचार में परमसत् विषयी-विषय अथवा विषयनिष्ठता-आत्मनिष्ठता आदि के द्वैत से ऊपर है। इसी कारण उनके दर्शन को परात्ममूलक (Transcendental) कहा जा रहा है। वैसे उनके दर्शन को एक दृष्टि से अमूर्त-आध्यात्मवाद (Abstract Idealism) का एक विशिष्ट रूप भी कहा जा सकता है, यद्यपि उनका यह अमूर्त आध्यात्मवाद स्पीनोजा एवं अद्वैत वेदान्त--दोनों से भिन्न प्रतीत होता है क्योंकि उनका सत् विचार न स्पीनोजा के

परमतत्त्व (Substance) विचार जैसा है, और न अद्वैत वेदान्त के ब्रह्म जैसा। फिर भी उनके अनुसार भी परमसत् का स्वरूप पूर्णतया अमूर्त ही है। यह इस अर्थ में अमूर्त है क्योंकि उनके अनुसार परमसत् के स्वरूप के अवबोध के लिये जो प्रक्रिया अनुशंसित है वह अमूर्तीकरण अथवा वैचारिक पृथकीकरण (Abstraction) की प्रक्रिया को उसकी चरम सीमा तक ले चलने की प्रक्रिया है।

दर्शन की अवधारणा
(Concept of Philosophy)

सामान्यतः यह माना जाता रहा है कि दर्शन एक विश्व-दृष्टि देता है। भारत में दर्शन की व्यवहारिक उपयोगिता बतायी गयी है––इसे एक प्रकार से धार्मिक एवं तात्विक लक्ष्य की प्राप्ति के साधन के रूप में प्रस्तुत किया गया है। इसका लक्ष्य है मानव को दुख के बन्धन से मुक्त करना। इस लक्ष्य की प्राप्ति का उपकरण यथार्थ ज्ञान है, और ज्ञान वही यथार्थ कहा गया है जिसके द्वारा सत्-असत् का भेद स्पष्ट हो। इसका अर्थ है कि भारतीय परम्परा में भी दर्शन एक विश्व दृष्टि देता है। दर्शन का अर्थ ही 'दृष्टि' बताया गया है। दर्शन का कार्य जगत के स्वरूप को समझना है जिसमें अन्ततः वह वास्तविक एवं अवास्तविक के अन्तर को स्पष्ट रूप में जान ले।

किन्तु कृष्ण चन्द्र दर्शन के स्वरूप-सम्बन्धी इस विचार से सहमत नहीं हैं। इस विषय पर उनके विचार कांट के विचारों से कुछ मिलते हैं, तथा एक अर्थ में तार्किक भाववादी विचार के समान है। इन विचारों के समान भट्टाचार्य का भी कहना है कि दर्शन का कार्य विश्व-दृष्टि की संरचना नहीं है। उनका कहना है कि दर्शन के निर्णय तथ्यात्मक होते ही नहीं। उनका सम्बन्ध 'तथ्यों' से है ही नहीं, वे आनुभविक निर्णय नहीं है, अतः उनका दावा भी नहीं रहता कि वे तथ्य-निर्देश कर रहे हैं। तब प्रश्न उठता है कि दर्शन के निर्णय किस प्रकार के हैं––उनसे क्या कार्य सम्पादित होता है? इस प्रकार के उत्तर में कृष्ण चन्द्र अपने 'सैद्धान्तिक चेतना' (Theoretic Consciousness) का विचार प्रतिपादित करते हैं।

(i) सैद्धान्तिक चेतना (Theoretic Consciousness)

कृष्ण चन्द्र स्वीकारते हैं कि विज्ञान के निर्णयों का सम्बन्ध तथ्यों से होता है। उनके अनुसार विज्ञान तथा दर्शन दोनों सैद्धान्तिक चेतना की अभिव्यक्तियां हैं। इन दोनों के निर्णयों के सम्बन्ध कम से कम इतना तो कहा ही जा सकता है––वे 'कथनीय' हैं अथवा व्यवस्थित एवं अर्थपूर्ण ढंग से 'सन्देश-वाहन' (Communicate) करते ही हैं। यह जो इन दोनों का न्यूनतम लक्षण है, वह इसी कारण है कि वे दोनों 'सैद्धान्तिक चेतना' के ही रूप हैं।

तो 'सैद्धान्तिक चेतना' क्या है? कृष्ण चन्द्र इसे 'सैद्धान्तिक' कहते हैं क्योंकि एक तो इसका विचार इसके सम्भव व्यक्तरूपों से अलग होकर किया जाता है, और दूसरे इस कारण

कि इसके निर्णयों के अन्तर्वस्तु में अर्थनिरूपण नहीं होता, उन्हें मान लिया जाता है, उन पर विश्वास कर लिया जाता है। इन निर्णयों में जो सन्देश मिलता है वह अर्थपूर्ण तो नहीं होता, किन्तु वे विश्वासयोग्य होते हैं। यह 'सैद्धान्तिक चेतना' का न्यूनतम लक्षण है, और इसी कारण इसका मूल लक्षण है। इस न्यूनतम लक्षण को परिभारिषत करते हुए कृष्णचन्द्र कहते हैं कि 'सैद्धान्तिक चेतना, कम से कम कथनीय का अवबोध है' (Theoretic consciousness, at its minimum, is the understanding of the speakable)। इस न्यूनतम स्तर पर जो कथनीय है वह कोई अर्थ-निर्देश नहीं करता, केवल उस पर विश्वास कर लेता है। विश्वास कर लेने का आधार है कि जो कहा जाता है, जो कथनीय है, वह तब तक 'कहा' नहीं जा सकता जब तक उसमें प्रारम्भिक विश्वास न हो। "What is spoken must be in the first instance believed."

इन गहन विचारों की व्याख्या एवं स्पष्टीकरण अनिवार्य है। हम इसे एक उदाहरण के द्वारा स्पष्ट करेंगे, इस उदाहरण का उपयोग कृष्ण चन्द्र ने स्वयं भी किया है। हम 'वर्गाकार वृत' का उदाहरण लें। मान लें हम उच्चारण करते हैं 'वर्गाकार वृत'। किन्तु सचमुच देखा जाय तो हमने उच्चारण अवश्य किया है, किन्तु कुछ 'कहा' नहीं है। इसमें यदि पूछा जाय कि क्या कहा गया तो कोई उत्तर नहीं बन पड़ेगा। ऐसा इस कारण होता है कि इन शब्दों के उच्चारण में वस्तुतः हम कुछ विश्वास नहीं कर रहे। यह उच्चारित होते हुए भी कथनीय (Speakable) नहीं है क्योंकि इसमें विश्वास योग्यता नहीं है। अतः यह हमारी सैद्धान्तिक चेतना का अंश नहीं है। केवल वही हमारी सैद्धान्तिक चेतना का अंश हो सकता है जो वास्तविक अर्थ में कथनीय हो, और जो कथनीय है––जो कहा जाता है उसके अन्तर्वस्तु में विश्वास रहता है––उसमें विश्वासयोग्यता होती है। यह सैद्धान्तिक चेतना का न्यूनतम लक्षण है। उदाहरणतः 'असत्य' भी सैद्धान्तिक चेतना का अंश हो सकता है। जब कुछ 'असत्य' कहा जाता है, तो उसमें भी कुछ ऐसा है जिस पर विश्वास किया जाता है। जब यह कहा जाता है तो उसमें एक प्रकार का यह संकेत निहित है कि 'हमें मान लो', 'हम पर विश्वास करो'। इस प्रकार जो कहा गया––जो 'कथ्य' हो गया उसी का अवबोध सैद्धान्तिक चेतना का अंश है।

यह चेतना 'ज्ञान' नहीं है, हालांकि इसमें एक ऐसे विश्वास की ओर संकेत रहता है कि एक ज्ञान की सम्भावना प्रकट हो रही है। 'ज्ञान' किसी वास्तविक या सम्भावित वस्तुस्थिति की स्पष्ट अवगति है। सैद्धान्कि चेतना में जो अवगति है वह स्पष्ट नहीं, इस पर विश्वास कर लिया जाता है, किन्तु इस विश्वास में ही यह संकेत है कि इस चेतना में कोई वस्तुस्थिति ज्ञात नहीं हुयी है। इसी कारण कृष्ण चन्द्र कहते हैं कि सैद्धान्तिक चेतना में अवगति है, अवबोध है, किन्तु 'स्पष्ट ज्ञान' नहीं है। इसी आधार पर कहा गया है कि सैद्धान्तिक चेतना का न्यूनतम और इसलिये मूल लक्षण यही है कि यह जो कहने योग्य है, जो कथनीय है उसका अवबोध है।

(ii) **सैद्धान्तिक चेतना के चार स्तर**

इस प्रकार सैद्धान्तिक चेतना का हर रूप बोधात्मक होने के कारण 'विचार' के अंग अवश्य है क्योंकि अवबोध भी विचार का ही रूप है। भट्टाचार्य कहते हैं कि विचार के चार रूप हो सकते हैं जिसमें एक तो तथ्यात्मक अथवा शाब्दिक विचार (Literal thought) है, तथा अन्य तीन प्रतीकात्मक विचार (Symbolic thought) है। उनके अनुसार तथ्यात्मक विचार वस्तुतः विचार नहीं ह, शुद्ध विचार नहीं है। किन्तु उसे साथ लेने पर विचार के चार रूप बन जाते हैं। सैद्धान्कि चेतना विचार तो है ही, अतः इसके चार रूप हैं। कृष्ण चन्द्र ने इनके चार रूपों में स्तरीय भेद किया है, अतः वे सैद्धान्तिक चेतना के चार स्तरों की बात करते हैं। वे हैं 'आनुभविक' स्तर (Empirical), 'विषयनिष्ठ स्तर' (Objective), 'विषयीपरक अथवा आत्मनिष्ठ स्तर' (Subjective or Spiritual), तथा 'परात्ममूलक स्तर' (Transcendental)।

(क) आनुभविक स्तर (Empirical)--आनुभविक चेतना का निर्देश सर्वदा 'विषय' की ओर होता है। यह निर्देश ऊपरी निर्देश या आकस्मिक निर्देश होता, बल्कि इसी निर्देश से वह चेतना अर्थवान होती है। यह विषय की अन्तर्वस्तु की ऐसी अवगति है जिसका या तो प्रत्यक्ष हुआ है या लगा है कि प्रत्यक्ष हुआ है, किन्तु विषय का यह निर्देश ही उस चेतना का अर्थ है। यहां विषय का अवबोध एक तथ्य के रूप में होता है। इस चेतना के विषय, जो विषय तथ्यरूप है, की अवगति या अवबोध के लिये, 'विचार करने' की आवश्यकता नहीं, इन्द्रिय-प्रदत्ता में ही इसकी अवगति है।

(ख) विषयनिष्ठ स्तर (Objective)---यहां भी चेतना विषयनिष्ठ है। इस चेतना तथा आनुभविक चेतना---दोनों के विषयनिष्ठ होने पर भी दोनों में कुछ अन्तर है। आनुभविक चेतना में तथ्य की अवगति इन्द्रिय-प्रदत्ता से होती है---विचार से नहीं। किन्तु शुद्ध विषयनिष्ठता के स्तर पर यह इन्द्रिय प्रदत्ता चेतना के विषय की अवगति का अंश नहीं है। इसके अतिरिक्त दोनों में एक अन्तर और है। आनुभविक चेतना में 'विषयी' या 'आत्म' के निर्देश की आवश्यकता नहीं होती। शुद्ध वस्तुनिष्ठ चेतना में विषय की चेतना में विषय आत्म से सम्बन्धित हो स्पष्ट होती है। इसी अन्तर का परिणाम है कि आनुभविक चेतना में 'विषय' का 'तथ्य' के रूप में अवबोध होता है, जबकि शुद्ध विषयनिष्ठ चेतना में 'विषय' तथ्य के रूप में ज्ञात नहीं होता---बल्कि 'आत्म-अवस्थित' (Self-subsistent) विषयनिष्ठता के रूप में जाना जाता है। 'आत्म-अवस्थित विषयनिष्ठता' तथ्य नहीं है--- यह कोई 'वस्तु' नहीं हैं। आनुभविक चेतना में 'तथ्यात्मक वस्तु' की अवगति होती है, किन्तु यहां मात्र यह अवगति है कि 'विषयी' से पृथक कुछ 'विषय' है। इसी कारण कृष्ण चन्द्र कहते हैं कि यह चेतना किसी विषयनिष्ठ तथ्य की चेतना नहीं, बल्कि मात्र विषयनिष्ठ अभिवृत्ति में चेतना है। (इन सबों का स्वरूप आगे और स्पष्ट होगा)।

(ग) विषयीपरक अथवा आत्मनिष्ठ चेतना (Spiritual stage)---कृष्ण चन्द्र के अनुसार इस चेतना में 'विषय' की ओर कोई निर्देश नहीं होता। इस चेतना में निहित कोई ऐसी विषयवस्तु नहीं जिसका अवबोध शुद्ध विषयनिष्ठ ढंग से होता हो। यहां चेतना के

विषयवस्तु की अवगति आत्मनिष्ठता की अभिवृत्ति में होती है। कृष्ण चन्द्र कहते हैं कि इस चेतना को उपयोगी चेतना (Enjoying consciousness) कहा जा सकता है क्योंकि यहां चेतना एक प्रकार से आत्म-रूप में ही केन्द्रित है, 'विषय' की ओर उन्मुख नहीं। पहले के दोनों स्तरों में चेतना की विषय-वस्तु अपेक्षित है—आत्म से 'पृथक' 'विषय' के देखने पर आधृत है। कृष्ण चन्द्र इसके लिये 'Contemplated' शब्द का व्यवहार करते हैं। इसी कारण विषय प्रथम स्तर में 'तथ्य' के रूप में जाना जाता है, तथा दूसरे स्तर में एक ऐसे 'विषय' के रूप में जो आत्म से सम्बन्धित है। किन्तु आध्यात्मिक या आत्मगत चेतना में आत्म 'विषय' को भोगता है, उसका आनन्द लेता है क्योंकि यहां चेतना आत्म-केन्द्रित है। कृष्ण चन्द्र ने, इसी कारण, इसे 'Enjoying' कहा है। प्रथम स्तर में चेतना की विषयवस्तु तथ्य है, दूसरे स्तर में चेतना की विषयवस्तु 'आत्म-अवस्थित विषय' (Self-subsistent) है, किन्तु तीसरे स्तर में चेतना का विषय 'आत्म' ही है जिसे कृष्ण चन्द्र सत् (reality) कहते हैं।

(घ) परात्ममूलक चेतना (Transcendental Consciousness)—सैद्धान्तिक चेतना का चतुर्थ स्तर 'परात्ममूलक चेतना' है। इस चेतना का निर्देश न 'विषय' की ओर है, और न 'आत्म' की ओर। यह चेतना इस भेद से ऊपर उठ जाती है, अतः इस चेतना की विषयवस्तु न 'आत्म' है, न विषय बल्कि, जैसा कि भट्टाचार्य कहते हैं इस चेतना की अन्तर्वस्तु है 'सत्य' (Truth)।

इन चारों स्तरों का और स्पष्टीकरण आवश्यक है, किन्तु, उसके पहले हम इन 'स्तरों' के सामान्य स्वरूप के सम्बन्ध में कुछ सामान्य बातें कर लें।

प्रथमतः इस मूल विचार को प्रारम्भ में ही स्पष्ट कर लेना आवश्यक है कि कृष्ण चन्द्र के अनुसार दार्शनिक चिन्तन का सम्बन्ध प्रथम-स्तर आनुभविक चेतना से नहीं है, दर्शन सैद्धान्तिक चेतना के अन्तिम तीनों स्तरों से सम्बन्धित हैं। कृष्ण चन्द्र आनुभविक चेतना को 'शाब्दिक विचार' या 'तथ्यात्मक विचार' कहते हैं। इस चेतना का सम्बन्ध 'तथ्यों' से होता है। इसी कारण इस चेतना का सम्बन्ध 'विज्ञान' से है। इसके विपरीत अन्य तीनों स्तर की चेतना विषयनिष्ठ, आत्मगत एवं परात्म चेतना का सम्बन्ध तथ्यों से नहीं होता बल्कि शुद्ध 'विचार' (Thought) से होता है। अतः कृष्ण चन्द्र के अनुसार इन तीनों स्तर की चेतनाओं का सम्बन्ध 'दर्शन' से है। इस बात से एक रोचक बात प्रकाश में आती है, यदि पहले स्तर की चेतना का अन्तर या भेद अन्य तीनों स्तरों की चेतना से करें, तो उस भेद में ही 'विज्ञान' तथा 'दर्शन' का भेद स्पष्ट हो जाता है।

तो, आनुभविक चेतना पर आश्रित विचार का तथ्यों से होता है, और इस कारण यह विज्ञान का विषयवस्तु है। इसका निर्देश, तथ्य रूपी विषयों से है, अतः इसी कारण इसे 'तथ्यात्मक विचार' या शाब्दिक विचार कहा गया है। इस विचार की विशिष्टता है कि तथ्यों के विषय में कुछ जानकारी, कुछ सूचना देती है। इसे इस रूप में भी कहा जा सकता है कि शुद्ध शाब्दिक निर्णयों (Literal judgments) (जैसे निर्णय विज्ञान में लिये जाते हैं) में उद्देश्य तथा विधेय का सम्बन्ध इस प्रकार व्यक्त होता है कि उससे कोई सूचना

मिले। इस प्रकार के निर्णय (जैसे 'X is') सम्बन्ध सूचक होते हैं, इसी कारण सूचना दे पाते हैं।

किन्तु यदि 'X is' जैसा निर्णय सम्बन्ध सूचक न हो, तो इससे कोई सूचना नहीं मिलेगी, तब उस अवस्था में यही कहा जा सकता है कि 'X is' निर्णय किसी का 'प्रतीक' है—यह निर्णय 'प्रतीकात्मक' है। अतः उस अवस्था में विचार तथ्यात्मक या शाब्दिक नहीं रह जाता, बल्कि प्रतीकात्मक बन जाता है। पहले प्रकार के निर्णयों में, अर्थात् सूचनात्मक अथवा तथ्यात्मक निर्णयों में कुछ अर्थ-निर्देश होता है, किन्तु यदि ऐसे निर्णय जो कुछ सूचना नहीं देते उसमें 'अर्थ' (Meaning) नहीं होता, बल्कि वे संकेत देते हैं किसी तात्पर्य (Significance) का। वे अपने में कोई अर्थ नहीं बताते बल्कि एक प्रकार से वे 'चिह्न' या 'प्रतीक' बन जाते हैं कुछ अन्य का जिस 'अन्य' की हमें कोई तथ्यात्मक जानकारी नहीं मिल पाती। इस प्रकार कृष्ण चन्द्र 'अर्थ' (Meaning) तथा 'तात्पर्य-संकेत' (Significance) में भी एक महत्त्वपूर्ण भेद कर लेते हैं। इसी आधार पर वे कहते हैं कि विज्ञान के निर्णयों में 'अर्थ-निर्देश' होता है, जबकि दर्शन के निर्णयों में 'तात्पर्य-संकेत' मिलता है। विज्ञान शाब्दिक अथवा तथ्यात्मक विचार है, जबकि दर्शन प्रतीकात्मक विचार है।

अब कृष्णचन्द्र 'X is' निर्णय के उस रूप का विश्लेषण करते हैं जहां वह सूचनात्मक नहीं है। उनका कहना है कि यदि 'X is' सम्बन्ध सूचक या तथ्यात्मक निर्णय नहीं है, तो इस निर्णय 'X is' में 'X' को तीन रूपों में मान लिया जा सकता है—इसे या तो 'आत्म-अवस्थित' (Self-subsistent) माना जा सकता है, या 'वास्तविक' (Real) माना जा सकता है, या 'सत्य' (True) माना जा सकता है। इसकी व्याख्या करते हुए कृष्ण चन्द्र कहते हैं कि इन तीनों का भेद इन्हें व्यक्त करने, इन्हें भाषा में कहने के ढंगों से व्यक्त होता है। जिसे हम 'आत्म-अवस्थित' (Self-subsistent) कहते हैं, उसे व्यक्त करने में ऐसा लगता है कि हम कुछ 'अर्थ' ही सूचित कर रहे हैं। जिसे हम 'वास्तविक' (Real) कहते हैं उसे व्यक्त करने में प्रतीत होता है कि ऐसा कुछ 'है' जिसे प्रतीकात्मक रूप में व्यक्त किया जा रहा है, किन्तु 'सत्य' (True) को व्यक्त करने का ढंग पूर्णतया प्रतीकात्मक ही रह जाता है।

इसे एक दूसरे प्रकार से और स्पष्ट किया जा सकता है। यदि हम प्रतीकात्मक विचारों को निर्णयों में व्यक्त करें, या ऐसा भी कह सकते हैं कि यदि हम दार्शनिक चिन्तन को निर्णयों में व्यक्त करें (क्योंकि सभी दार्शनिक चिन्तन प्रतीकात्मक विचार ही हैं), तो तीन सम्भावनायें स्पष्ट होती हैं। मानलें इस प्रकार का निर्णय 'X is' के रूप में व्यक्त होता है, इस निर्णय में, प्रतीकात्मक विचार के निर्णय होने के कारण, तीन सम्भावनायें हैं—(क) इस निर्णय में मात्र इसका 'आकार' 'Form' प्रतीकात्मक हो, इसकी अन्तर्वस्तु विषयपरक हो। (ख) या हो सकता है कि इस निर्णय 'X is' में मात्र '*is*' प्रतीकात्मक हो, तथा 'X' आत्मपरक (Subjective) हो। (ग) या यह भी हो सकता है कि इस निर्णय में केवल 'is' ही नहीं 'X' भी प्रतीकात्मक हो। इससे स्पष्ट होता है कि प्रथम निर्णय में 'विषय-निष्ठता' प्रतीकात्मक नहीं हुयी, दूसरे निर्णय में 'आत्मपरकता' प्रतीकात्मक नहीं हुयी है,

किन्तु तीसरा, निर्णय पूर्णतया प्रतीकात्मक है । यदि 'विषयनिष्ठता' प्रतीकात्मक नहीं है, तो इसका अर्थ है कि इस स्तर का विचार प्रतीकात्मक होते हुए भी 'विषय' से अपना सम्बन्ध नहीं हटा सका है । उसी प्रकार दूसरे स्तर का विचार प्रतीकात्मक होते हुए 'आत्म' को प्रतीकात्मक नहीं बना पाया है—आत्म की वास्तविकता को स्वीकारते है । किन्तु तीसरे स्तर में विचार 'विषय' 'आत्म' इन सबों से ऊपर से उठ पूर्णतया प्रतीकात्मक बन गया है । इसी अन्तर के आधार पर कृष्ण चन्द्र कहते हैं कि पहले स्तर में विचार विषय आधृत चिन्तन (Contemplative) है, दूसरे स्तर में विचार उपभोगी (Enjoying) है, तथा तीसरे स्तर में विचार 'परात्ममूलक' (Transendental) है ! इस प्रकार कृष्ण चन्द्र के अनुसार दर्शन के तीन स्तर उभर आते हैं—(क) 'विषय का दर्शन' (Philosophy of the object) जिसका मूल सम्बन्ध 'आत्म-अवस्थित' विषय (Self-subsistent) से है, (ख) 'आत्म का दर्शन' (Philosophy of the subject) जिसका सम्बन्ध आत्म या विषयी (Subject) से है, तथा (ग) 'सत्यता का दर्शन' (Philosophy of Truth) जिसका सम्बन्ध शुद्ध 'निरपेक्ष सत्' (Absolute) से है ।

अभी उनके इस विचार का और स्पष्टीकरण आवश्यक है, किन्तु उसके पहले दार्शनिक चिन्तन के स्वरूप के सम्बन्ध में एक महत्त्वपूर्ण विचार पर ध्यान देना आवश्यक है । हमने देखा कि यदि 'X is' एक आनुभविक निर्णय है तो यह उद्देश्य 'X' तथा विधेय 'is' के सम्बन्ध के विषय में एक तथ्यात्मक सूचना देता है । किन्तु यदि 'X is' एक दार्शनिक निर्णय है, तो उसमें इस प्रकार का उद्देश्य-विधेय का तथ्यात्मक सम्बन्ध सूचित नहीं होता । इसका अर्थ हुआ कि विधेय उद्देश्य का न अर्थ-निर्देश करता है, न उसके अर्थ को अधिक स्पष्ट करता है । अतः यहां यह आपदित है कि उद्देश्य में एक प्रकार से विश्वास कर लिया गया है, किन्तु उसके अर्थ-निरूपण का प्रयत्न नहीं है । कृष्ण चन्द्र कहते हैं कि इस प्रकार के निर्णय शब्दिक निर्णय ही है, अतः उन्हें समझने के लिये उनसे बाहर जाने की आवश्यकता नहीं—किसी अर्थनिर्देश की आवश्यकता नहीं । अतः ऐसे दार्शनिक निर्णय एक प्रकार से 'स्वतः स्पष्ट' (Self-evident) हैं । इस बात को कृष्ण चन्द्र बड़े सुन्दर ढंग से व्यक्त करते हैं, 'वे उच्चारित अवश्य होते हैं'—व्यक्त होते हैं, किन्तु उनके कहने से किसी अर्थ की सूचना नहीं मिलती (The self-evident is spoken, but not spoken of)* इस प्रकार इसकी स्वतः स्पष्टता व्यक्ति के विश्वास, तथा इस निर्णय के अर्थ से स्वतंत्र है । इस प्रकार दार्शनिक निर्णयों में जो स्वतः स्पष्टता है वह अर्थ या विश्वास पर निर्भर नहीं । इसी कारण दार्शनिक निर्णय अनुभवातीत (Transcendental) प्रतीत होते हैं । इस अर्थ में तथ्यात्मक निर्णय स्वतः स्पष्ट नहीं है, उन्हें स्पष्ट करने के लिये अर्थ-निर्देश करना पड़ता है । इसी कारण तथ्यात्मक निर्णय 'दर्शन' के अंश नहीं होते । कृष्ण चन्द्र का कहना है कि यदि कोई प्रयत्न करे तो स्वतः स्पष्ट विचारों की एक सीढ़ी बना सकता है, जिसके निम्नतम तल में वैसा तथ्यात्मक विचार रहेगा जिसमें स्वतः स्पष्टता नहीं है । यह एक छोर हुआ ।

---

*K.C. Bhattacharya, *Studies in Philosophy*, Vol. II, p. 103.

दूसरे छोर पर——शिखर पर वैसा विचार रहेगा जो पूर्णतया स्वतः स्पष्ट है। इसी सीमा में क्रमिक ढंग से दार्शनिक चिन्तन कार्यरत रहता है।

इस अन्तिम बात से दर्शन के स्तरों का एक और लक्षण प्रकाश में आता है। कहा जा सकता है कि दर्शन के तीनों स्तर एक दूसरे से सर्वथा भिन्न नहीं है। हर स्तर में निहित उसकी तार्किकता उसे दूसरे स्तर की ओर बढ़ा देती है। बड़े वैचारिक ढंग से भट्टाचार्य कहते हैं कि वस्तुतः हर स्तर में ज्ञान-विषय एक ही है, अन्तर यही कि हर स्तर में उसका अयथार्थ बोध हो जाता है, हर स्तर में किसी न किसी रूप में हम इसे गलत समझते जाते हैं। और यह क्रम तब तक चलता रहता है जब तक हम अन्तिम स्तर तक नहीं पहुंच जाते। इस क्रम में हर स्तर क्रमशः निषेधित होता जाता है, तथा हर ऐसा निषेध दूसरे स्तर के विश्वास को रूप देने का आधार बन जाता है। इस दृष्टि से बाद में आने वाला हर स्तर एक प्रकार से अपने पहले के स्तर से ही निकल आता है, उससे आपदित है। अन्तिम स्तर में कुछ निषेधित होने के लिये बचा नहीं रहता, इसी कारण वह अन्तिम स्तर है। इस प्रकार कृष्ण चन्द्र के विचार में दार्शनिक चिन्तन को एक क्रमिक चिन्तन-प्रक्रिया के रूप में सोचा जा सकता है, दार्शनिक निर्णयों का एक प्रकार से एक क्रम बनाया जा सकता है जिसमें एक स्तर के निर्णयों का निषेध दूसरे स्तर के निर्णयों तक ले जाता है, और यह क्रम तब तक चलता है जब तक अन्तिम स्तर न प्राप्त हो जाय। यह अन्तिम स्तर निषेधों से भी परे है। इस प्रकार कृष्ण चन्द्र का तात्विक चिन्तन 'दर्शन के इसी क्रम' को स्पष्ट करने का प्रयत्न है। इस मूल विचार को ध्यान में रखते हुए हम उनके द्वारा चर्चित दर्शन के तीनों स्तरों का स्वरूप कुछ और स्पष्ट करने का प्रयत्न करें।

(iii) विषय का दर्शन (Philosophy of the Object)

यदि विषय के दर्शन को इसके पहले के स्तर विज्ञान के स्तर की पृष्ठभूमि में देखें तो इसका स्वरूप और स्पष्ट हो जाता है, क्योंकि इस स्तर का आविर्भाव विज्ञान के स्तर के निषेध पर आश्रित है। हमने पहले देखा है कि विषय के दर्शन की विषय वस्तु 'आत्म-अवस्थित विषय' (Self-subsistent) है। इस विषय में विश्वास विज्ञान के निर्णयों की अयथेष्टता पर आधृत है। विज्ञान की विषयवस्तु 'तथ्यरूप विषय' है। इस स्तर का निषेध हमें विषय के विचार पर ले आता है। तथ्यात्मक सत्य हमें वैचारिक अथवा बौद्धिक नहीं प्रतीत होते क्योंकि उनमें तथ्य-आश्रित होना आवश्यक है। वे शुद्ध विचार नहीं हो सकते। यही अयथेष्टता हमें 'विषय' के वैचारिक रूप पर लेती है जिसे कृष्ण चन्द्र 'आत्म-अवस्थित विषय' (Self-subsistent) कहते हैं। इस विचार को मलकानी ने इस प्रकार स्पष्ट किया है, "It is the theoretical inadequacy of its approach to the object... it is the irrationality of our beliefs in the ultimate truths of matters of facts that leads to the more rational belief in the pure object, or the self-subsistent." ध्यातव्य है कि इस व्याख्या में आत्म-अवस्थित

विषय (Self-subsistent) को शुद्ध विषय कहा जा रहा है। यहां 'विषय' शुद्ध है क्योंकि विचार का विषय 'शुद्ध' तभी हो सकता है जब वह तथ्यों के आश्रय से मुक्त हो जाय।

इसी कारण कहा गया है जिस 'विषय' में दर्शन का सम्बन्ध है, वह तथ्यात्मक नहीं है, क्योंकि दर्शन विचार है, और इसका 'विषय' तथ्य नहीं हो सकता, बल्कि यहां इस विषय के सम्बन्ध में यही कहा जा सकता है कि यह विचार की विषयपरकता में स्पष्ट हुआ विषय है। यह कोई 'तथ्य' नहीं, कोई 'वस्तु' नहीं, यह केवल वस्तुनिष्ठता का एक रूप है। इसका सम्बन्ध बस उसी से है जो विचार को विचार में प्रदत्त हुआ है। दर्शन के इस स्तर में भी, दर्शन विज्ञान के समान वस्तुओं से सम्बन्धित नहीं है। यह वस्तुनिष्ठता का अवबोध है, विचार में विषय का आत्म से सम्बन्धित होने का अवबोध है।

इस प्रकार 'विषय' के दर्शन में भी 'विचार' की प्रधानता खण्डित नहीं होती। यहां विषय 'वस्तु' नहीं है, कोई 'अस्तित्त्ववान तथ्य' नहीं है। इस विषय के स्वरूप को समझने के लिये 'अस्तित्व' (Existence) तथा 'विषयनिष्ठता' (Objectivity) के भेद को स्मरण रखना आवश्यक है। 'अस्तित्त्व के लिये' व्यक्ति के विचार में पृथक 'वस्तु' का स्वतंत्र रूप में होना आवश्यक है। किन्तु विषय की विषयनिष्ठता के लिये वह आवश्यक नहीं। विषयनिष्ठता के लिये आत्म से पूर्णतया स्वतंत्र होना आवश्यक नहीं, आत्म इससे अपने वैचारिक विषय के रूप में जान लेता है। कृष्ण चन्द्र कहते हैं कि 'कांट' ने भी विषयनिष्ठता के इस रूप को समझने में भूल की थी जब उन्होंने 'अपने में वस्तु' को 'अज्ञात एवं अज्ञेय' कहा। उन्होंने 'अपने में वस्तु' को आत्म से स्वतंत्र कर दिया, और तब उसको ज्ञात होना असम्भव बन गया। वे 'अपने' में वस्तु' को मात्र विषयनिष्ठ (Objective) नहीं, अस्तित्त्ववान भी मान लिये। यदि यह समझ लिया जाय कि विषयनिष्ठता आत्म से सम्बन्धित होने में भी सुरक्षित है, तो इस प्रकार के विषयनिष्ठ 'विषय' अज्ञात एवं अज्ञेय नहीं रह जाते, क्योंकि आत्म को उनका अवबोध है।

अतः 'विषय के दर्शन' का सम्बन्ध उस विषय से है जिसकी अवगति का अनिवार्य अंग उसका आत्म से सम्बन्धित होना है—यह 'विषयनिष्ठता' की एक विशिष्ट परिभाषा है। इस 'विषय' तथा 'तथ्यों' में समानता 'विषयनिष्ठता' की है। किन्तु सामान्यतः हम तथ्यात्मकता एवं विषयनिष्ठता को एक ही समझ लेते हैं। कृष्ण चन्द्र के अनुसार यह भूल है। विषयनिष्ठता तथ्य नहीं, तथ्यात्मक भी नहीं, यह तो वह परिस्थिति है—वह वैचारिक स्थिति जिसमें कुछ वस्तुपरक ढंग से समझा जाता है—जाना जाता है। 'तथ्यों' को भी विषयनिष्ठ इसी आधार पर कहा जाता है। तब यह है कि तथ्यों की विषयनिष्ठता तथ्यात्मकता है, कुछ वस्तुतः 'होने' से सम्बन्धित है, किन्तु 'आत्म-अवस्थित विषय' (Self-subsistent) की विषयनिष्ठता तथ्यात्मक नहीं आकारिक है, वैचारिक है। इस प्रकार के आकारिक एवं वैचारिक आत्म-अवस्थित रूपों को निर्धारित करने वाली विद्या तर्कशास्त्र (Logic) है। तर्कशास्त्र में जिन 'रूपों' का निर्धारण-अध्ययन होता है, वे तथ्य-निर्देश नहीं करते, और इसी कारण तर्कशास्त्र विज्ञान नहीं है। यह 'विषय दर्शन' (Philosophy of the Object) का एक प्रकार है। किन्तु कृष्ण चन्द्र के विचार में इन तार्किक रूपों का निर्देश

तथ्यों की ओर न हो, कुछ 'शुद्ध विषयों' (Pure Objects) की ओर हो सकता है। ये 'शुद्ध विषय' तथ्य नहीं किन्तु पूर्णतया विषयनिष्ठ तो होंगे ही। सम्भवतः इन 'शुद्धविषयों' के विचार में कृष्ण चन्द्र के मन में प्लेटो के 'भाव' (Ideas) का विचार हो, क्योंकि प्लेटो के 'भाव' तथ्यात्मक नहीं, किन्तु पूर्णतया विषयनिष्ठ तो हैं ही। तो ये 'शुद्ध विषय' तात्विक विषय कहे जा सकते हैं। फलतः कृष्ण चन्द्र के अनुसार विषय दर्शन (Philosophy of the Object) की दो शाखायें उभर आती हैं—तर्कशास्त्र तथा तत्त्वदर्शन (Logic और Metaphysics).

(iv) आत्म का दर्शन (Philosophy of the Spirit)

वैसे यह कह देना आवश्यक है कि कृष्ण चन्द्र के द्वारा दिये गये 'आत्म के दर्शन' का स्वरूप पूर्णतया स्पष्ट तभी होगा जब हम उनके 'आत्मपरकता' (Subjectivity) की अवधारणा की विवेचना करेंगे, किन्तु सैद्धान्तिक चेतना तथा दर्शन की अवधारणा के संदर्भ में इसका कुछ प्रारम्भिक विवेचन आवश्यक है।

ऊपर की चर्चा से स्पष्ट है कि तत्त्वदर्शन (Metaphysics) आत्म से सम्बन्धित विषय के शुद्ध वैचारिक रूपों को स्पष्ट करता है। इससे यह तो स्पष्ट हो जाता है कि कोई तात्त्विक अवधारणा तब तक स्पष्ट नहीं हो सकती जब तक उसे आत्म के सम्बन्ध के परिप्रेक्ष्य में न देखा जाय। विषय दर्शन की एक शाखा—तर्कशास्त्र 'शुद्ध रूपों' की खोज करता है। ये शुद्ध रूप 'शुद्ध विषयों' के रूप हैं। 'शुद्ध-विषय' विषय दर्शन की दूसरी शाखा तत्त्वदर्शन के विषयवस्तु हैं। दूसरे शब्दों में कहा जा सकता है कि तर्कशास्त्रीय क्रियायें प्रतीकात्मक हैं, उनके रूप प्रतीक हैं जो सूचित करते हैं तात्त्विक विषयों को।

अब प्रश्न उठता है कि तात्त्विक विषय क्या सूचित कर रहे हैं? वे तथ्यों को तो सूचित करते नहीं। कृष्ण चन्द्र कहते हैं कि उनसे कुछ ऐसा ही सूचित हो सकता है जिसकी आन्तरिक अनुभूति उनमें विश्वास का आधार है। वह कुछ ऐसा ही हो सकता है जिसमें विश्वास करने का आधार मात्र यही है कि उसे भोगा (Enjoy) जा रहा है। इस उपयोगी अवबोध (Enjoying understanding) का क्या तात्पर्य है? इसका तात्पर्य है कि यह अवबोध 'विषय' को दूर रख कर नहीं होता, बल्कि उसे आत्मसात कर उसे अनुभूत कर होता है। यहां 'विषय' की पृथकता ही समाप्त हो जाती है, वह आत्म का अंग बन जाता है। इस प्रकार का ज्ञान जिसका अवबोध भोग कर अनुभूत कर या आत्मसात कर होता है, 'आत्म के दर्शन' की विषयवस्तु है।

इस पूरी विवेचना को और सरल रूप में समझा जा सकता है। इसके लिये 'आत्म-अवस्थित विषय' (Self-subsistent) तथा 'सत् या वास्तविक' (Reality) के भेद को स्पष्ट करना आवश्यक है। हमने देखा है कि आत्म-अवस्थित विषय विषय-दर्शन का अंग है, तथा आत्म के दर्शन का सम्बन्ध 'सत्' या वास्तविकता से है। आत्म-अवस्थित विषय की चेतना विषयनिष्ठ अवस्थिति की चेतना है, यहां विषयनिष्ठता से सम्बन्ध टूटा नहीं, विचार की प्रकृति विषयपरक ही रहती है। किन्तु सत् की चेतना इस प्रकार की विषयपरक

अभिवृत्ति से सम्भव नहीं। सत् को तो 'विषय' बना कर नहीं जाना जा सकता है, उसके अवबोध के लिये उसे 'भोगना' है, अनुभूत करना है, आत्मसात करना है। यह क्रिया आत्म की विषयपरकता की क्रिया नहीं, आत्म-केन्द्रित क्रिया है, जहां 'विषय' की दूसरी, विषय से सम्पर्क नहीं है। इसी कारण कृष्ण चन्द्र कहते हैं कि यह एक उपभोगी चेतना (Enjoying consciousness) है, और इसी में आत्म के दर्शन का मूल सम्बन्ध है।

कृष्ण चन्द्र का कहना है कि इस प्रकार की चेतना का केन्द्र "मैं" (I) है। और इसी कारण वे आत्म के उपभोगी चेतना को अर्न्तानिरीक्षण (Introspection) कहते हैं। उनकी मान्यता है कि सबसे स्पष्ट आत्म-केन्द्रित क्रिया 'अर्न्तानिरीक्षण' ही है। किन्तु अर्न्तानिरीक्षण का उनके दर्शन में एक विशेष प्रयोग है। अर्न्तानिरीक्षण का विषय शरीर या शारीरिक क्रिया नहीं है---क्योंकि इनका रूप तथ्यात्मक है। अर्न्तानिरीक्षण का विषय मानसिक या वैचारिक क्रियायें भी नहीं हैं, क्योंकि उनकी 'विषयपरकता' अभी समाप्त नहीं हुयी है। अर्न्तानिरीक्षण का केन्द्र मात्र 'मैं' (I) है। इस अर्न्तानिरीक्षण में 'विषय' से या 'विषयपरकता' से सम्बन्ध पूर्णतया टूट जाता है, यह ऐसा आत्मकेन्द्रन है जिसके अवबोध में विषय-मान सर्वथा नहीं है।

अतः कहा जा सकता है कि आत्म का दर्शन आत्मपरकता की अभिवृत्ति में, आत्म-केन्द्रीयता की स्थिति में अवबोध का दर्शन है। अतः ऐसी सभी अनुभूतियां जो इस प्रकार की शुद्ध आत्मपरक अवस्थिति की अनुभूतियां हैं आत्म के दर्शन की विषयवस्तु है। आत्म-दर्शन का केन्द्र इस अर्थ में अर्न्तानिरीक्षण (Introspection) है।

यदि हम इस अर्न्तानिरीक्षण-आधृत चेतना का विश्लेषण करें तो इसमें भी तीन स्तर स्पष्ट होते हैं। कृष्ण चन्द्र कहते हैं कि 'मैं' की चेतना में तीन रूप तो स्पष्ट होते ही हैं, जो क्रमिक भी हैं। (क) प्रथमतः 'मैं' की चेतना वह मैं है जो शरीरधारी है, (ख) पुनः उस चेतना में 'आत्म' की चेतना है, जिसमें अन्य आत्मों की चेतना भी उत्पन्न हो जाती है, (ग) इस आत्म-केन्द्रित अर्न्तानिरीक्षण में एक 'परम आत्म' की चेतना भी उत्पन्न हो जाती है। यही चेतना 'धार्मिक चेतना' का आधार बन जाती है।

फलतः आत्म के दर्शन में इन तीनों स्तरों में सम्बन्धित समस्याओं पर विचार होता है। अर्न्तानिरीक्षण शरीरधारी आत्म, अन्य आत्म, धार्मिक चेतना के आधार के रूप में 'परम आत्म' आदि की विधाओं को प्रकाश में ले आता है, और ये सभी आत्म-दर्शन के अंश बन जाते हैं।

वैसे यह पुनः कह देना आवश्यक है कि इस विचार की पूर्ण व्याख्या तभी होगी जब हम भट्टाचार्य की 'आत्मपरकता' (Subjectivity) की अवधारणा की विवेचना करेंगे।

(v) सत्यता का दर्शन (Philosophy of Truth)

हमने देखा है कि धार्मिक चेतना आत्म-केन्द्रित क्रिया या आध्यात्मिक क्रिया का उच्चतम रूप है। किन्तु कृष्ण चन्द्र का कहना है कि इस चेतना में 'मैं' सिद्धान्त रूप में निर्बाधित नहीं रहता, क्योंकि यहां आत्मरूपी 'मैं' तथा 'परमआत्म' का अन्तर रह ही जाता है।

अतः उनका कहना है कि इससे उच्चतर आध्यात्मिक चेतना सम्भव है, जहां यह 'मैं' की चेतना भी निषेधित हो जाय। कृष्ण चन्द्र इस सम्भावना को स्वीकारते हैं। यह चेतना 'आत्म' 'विषय' आदि के भेद से ऊपर उठ जाती है—यही 'चरम सत्य' की चेतना है जिसे निरपेक्ष सत् (Absolute) भी कहा जाता है। कृष्ण चन्द्र का कहना है कि यह 'सत्यता' अथवा 'निरपेक्ष सत्' (Absolute) धार्मिक चेतना का परात्म या ईश्वरीय आत्म नहीं है। धार्मिक चेतना में चेतना पूर्णतया आत्म-केन्द्रित हो जाती है, अतः आत्म इससे पूर्णरूपेण भोगता (Enjoy) है, अनुभूत करता है। इस चेतना में 'मैं' का निषेध नहीं होता। निरपेक्ष सत् इस प्रकार की आत्म-केन्द्रित अनुभूति का अंग नहीं हो सकता, क्योंकि इसकी चेतना 'आत्म' से पूर्णरूपेण ऊपर उठने ही में सम्भव है। इसी कारण कृष्ण चन्द्र कहते हैं कि इस चेतना में आत्म का निषेध हो जाता है। पूर्णनिरपेक्ष सत् को भोगा नहीं जा सकता, आत्म अपने में आत्मसात नहीं कर सकती। इसमें विश्वास एक ऐसे अवबोध पर आधृत है जो निषेधों से संरचित है, प्रतीकों से सूचित है। इसे कृष्ण चन्द्र 'सैद्धान्तिक चेतना' (Theoretic Consciousness) का उच्चतम रूप कहते हैं। यही कारण है कि इस चेतना को न आत्मपरक कहा जाता है न विषयपरक। इसे पूर्णतया परात्ममूलक (Transcendental) चेतना कहा जाता है। कृष्ण चन्द्र कहते हैं कि इसी अर्थ में इस चेतना का विषय अनिर्वचनीय है, पूर्णतया अनिर्धारित (Indefinite) है। यही अनिर्वचनीय परम सत् सत्यता के दर्शन का केन्द्र है। कृष्ण चन्द्र कहते हैं, "The Consciousness of truth as what is believed in but not understood either in the objective or in the subjective attitude, as not literally speakable at all but speakable only in the purely symbolistic way, is extra religious or transcendental consciousness."*

वैसे सत्यता-दर्शन का स्वरूप पूर्णतया स्पष्ट कृष्ण चन्द्र के निरपेक्ष सत् (Absolute) की अवधारणा की विवेचना के बाद ही होगा।

ज्ञानमीमांसा

ज्ञानमीमांसा का प्रथम प्रश्न है कि 'ज्ञान का स्वरूप क्या है?' कृष्ण चन्द्र ज्ञान का विवरण इस रूप में करते हैं, "It is in introspection into knowledge...that we realise that we believed before we knew—and that there was no awareness of the distinction of 'the object believed' from the belief. Knowledge as destinal from mere belief involves the awareness of this distinction."** इस पंक्तियों से स्पष्ट है कि कृष्ण चन्द्र 'ज्ञान' को 'विश्वास' की पृष्ठभूमि में समझने की चेष्टा कर रहे हैं। उनका कहना है कि यदि हम ज्ञान के स्वरूप पर झांकते हैं तो स्पष्ट

*K.C. Bhattacharya, *Studies in Philosophy*, Vol. II, p. 16.

**K.C. Bhattacharya, *The Subject as Freedom*, pp. 56-57.

होता है कि हमें जिसका ज्ञान होता है, उसके ज्ञान होने के पहले ही से हम उस पर विश्वास करते हैं। विश्वास के उस स्तर में 'विश्वास' तथा 'जिस पर विश्वास किया जा रहा है'—इसका भेद स्पष्ट नहीं रहता। उनके अनुसार जब इस 'विश्वास' से भिन्न ज्ञान हो जाता है, तब 'विश्वास' तथा 'विश्वास के विषय' का अन्तर स्पष्ट होता है। इसी 'अन्तर की अवगति को ज्ञान कहा जाता है'। इस प्रकार उनकी मान्यता है कि ऐसा कुछ ज्ञात नहीं हो सकता जिस पर पहले से विश्वास नहीं हो, किन्तु 'ज्ञान' का अर्थ है कि उस 'विश्वास' तथा 'जिस पर विश्वास किया गया'—इसके अन्तर की स्पष्ट अवगति हो जाय।

अतः यह तो स्थापित ही हो जाता है कि 'ज्ञान' एक प्रकार की अवगति (Awareness) है। अवगति दो रूपों में हो सकती है—विषयपरकता की अभिवृत्ति में, तथा आत्मपरकता की अभिवृत्ति में। विषयपरकता की अभिवृत्ति में जो अवगति होती है उसमें 'अवगति का विषय' तथा 'अवगति का विषयी' में भेद किया जा सकता है। किन्तु आत्मपरक अवगति में इस प्रकार का भेद करना कठिन है। कृष्ण चन्द्र-दर्शन के कुछ जानकारों (जैसे उनकी रचनाओं के संकलन 'स्टडीज इन फिलासफी' के सम्पादक गोपीनाथ भट्टाचार्य) का मत है कि साधारणतः कृष्ण चन्द्र 'ज्ञान' से 'विषय परकता की अभिवृत्ति में अवगति' समझते हैं, किन्तु वे लोग यह भी स्वीकारते हैं कि कभी-कभी आत्म-अवगति को आत्मपरकता की अभिवृत्ति में अवगति को भी 'ज्ञान' कहा गया है। कृष्ण चन्द्र के अनुसार 'ज्ञान' के स्वरूप के सम्बन्ध में मतों की इस प्रकार की अनिश्चयता का कारण यह है कि कृष्ण चन्द्र ज्ञान को केवल 'विश्वास' के आधार पर ही निरूपित करने का प्रयत्न नहीं किया है, बल्कि अन्य रूपों में भी। पहले हम उनके कुछ विवरणों का उनके शब्दों में ही उल्लेख करलें। इस विवरण में वे 'ज्ञान' को 'सत्य' के संदर्भ में समझने की चेष्टा करते हैं। वे कहते हैं, "Knowledge and truth have to be defined in terms of each other, the former as what alone is true, and the latter as what alon is known."* या फिर "Knowing is known only as implied in explicit awareness of truth, and truth is asserted only as a content that is known."** यहां 'ज्ञान' तथा 'सत्यता' एक दूसरे से अनिवार्यतः सम्बन्धित प्रतीत होते हैं। 'सत्यता की स्पष्ट अवगति' को ज्ञान कहा गया है, और यह भी कहा गया है कि उसी विषयवस्तु को सत्य कहा जा सकता है जिसका वस्तुतः ज्ञान हो गया है।

'ज्ञान' के इन विभिन्न विवरणों से कठिनाई तो उत्पन्न हो ही जाती है, क्योंकि उनके अनुसार 'ज्ञान' के स्वरूप को स्पष्ट करना कठिन एवं अनिश्चित हो जाता है। किन्तु ऐसे विवरणों से प्रतीत होता है कि कृष्ण चन्द्र 'ज्ञान' शब्द का उपयोग किसी एक निश्चित अर्थ में नहीं कर रहे। 'ज्ञान' शब्द के व्यवहार में अनेकार्थकता का आभास होता है। किन्तु विचारने पर स्पष्ट हो जाता है कि यह अनिश्चियता एवं अनेकार्थकता कृष्ण चन्द्र के विचार के कारण नहीं है, यह इस कारण है कि 'ज्ञान' शब्द है ही अनेकार्थक। साधारण

---

*K.C. Bhattacharya, *Studies in Philosophy*, Vol. II, p. 154.

**Ibid.

प्रयोग हो यह शास्त्रीय विवेचन दोनों में 'ज्ञान' शब्द को अनेक ढंगों से विभिन्न अर्थों में किया जाता है। कृष्ण चन्द्र को 'ज्ञान' शब्द की इस अनेकार्थकता की अवगति है, अतः इस अनेकार्थकता के पीछे जाकर 'ज्ञान' की विभिन्न विधाओं में जाकर तथा इसे अपने दर्शन की अवधारणा से सम्बन्धित करते हुए इस प्रकार का ज्ञानमीमांसीय सिद्धान्त प्रतिपादित करते हैं जो अनेकार्थकता एवं अनिश्चयता से मुक्त हो।

कृष्ण चन्द्र के अनुसार ज्ञान 'विषयी' की कोई निष्क्रिय स्थिति नहीं है, इसमें सक्रियता है, कुछ क्रिया सम्पादित होती है। वह क्रिया मूलतः आत्म का विषय की ओर उन्मुक्त निर्देश है। इसी दृष्टि से उनका कहना है कि विज्ञान में जो उपलब्धि होती है, वह 'ज्ञान' नहीं है, क्योंकि वहां 'तथ्य' एवं वस्तुनिष्ठता पर ऐसा एकांगी बल दिया जाता है कि आत्म या विषयी से उन्मुक्त सम्बन्ध का प्रश्न ही समाप्त हो जाता है। इस सम्बन्ध (Free reference of the subject to the object) के नहीं रहने के कारण सैद्धान्तिक चेतना का प्रथम स्तर—आनुभविक स्तर—ज्ञान नहीं देता। उनके अनुसार यह अवगति (Awareness) है, किन्तु अवगति संज्ञानात्मक (Cognitive) नहीं है, 'ज्ञान' नहीं दे पाता। इसे अपने ढंग से व्यक्त करते हुए भट्टाचार्य कहते हैं, "We should say that it [object as fact] is known simply as evident and that it is not known as related to knowing."*

तो ज्ञान की न्यूनतम पहचान है कि उसमें विषयी का विषय की ओर उन्मुक्त निर्देश है (Free reference of the subject to the object) यह निर्देश दो रूपों में हो सकता है—यह या तो विषयपरक अभिवृत्ति में हो सकता है या यह निर्देश आत्मपरक अभिवृत्ति में हो सकता है।

पहली स्थिति में विषयी 'विषय' की ओर निर्देश करता है, किन्तु यह विषयपरकता के ढंग से, जिसका अर्थ है कि विषय की ओर इस निर्देश में भी विषयी विषय से सम्बन्धित नहीं हो जाता। वहां विषय 'विषयरूप' ही रहता है, तथा 'विषयी' एवं 'विषय' का द्वैत समाप्त नहीं होता। कहा जा सकता है कि विषयी को यह अनुभूति तो हो जाती है कि उसकी चेतना किसी 'विषय' की ओर उन्मुख है, किन्तु उसे यह भी अवगति रहती है वह उस विषय से जुट नहीं गया है। कृष्ण चन्द्र का कहना है कि यह अवगति ज्ञान है, किन्तु यह ज्ञान विषय-दर्शन के क्षेत्र का ज्ञान है। इसमें आत्म की विषय-सम्बन्धी विचारों एवं अनुभूतियों की अवगति तो रहती है किन्तु वह उनसे अपने को एकरूप नहीं करता। इसे कृष्ण चन्द्र विषयपरकता की अवस्थिति का 'ज्ञान' कहते हैं। इसके अन्तर्गत जिसका ज्ञान होता है उसे कृष्ण चन्द्र इसे मानसिक तथ्य (Psychic fact) कहते हैं। यह पूर्णतया मानसिक घटना भी नहीं है, क्योंकि यहां जो लक्षण स्पष्ट होते हैं, वे 'विषय' के ही लक्षण है। इसे इस प्रकार स्पष्ट किया जा सकता है कि इस अवगति का जो विषय है उसका विषयी से सम्बन्धित होने की कुछ विधायें हैं, जैसे उन्हें जाना जा रहा है (Knownness), उन्हें अनुभूत

---

*K.C. Bhattacharya, *Studies in Philosophy*, Vol. II, p. 151.

किया जा रहा है (Feltness) इत्यादि। इन लक्षणों से युक्त 'विषय' 'मानसिक तथ्य' है। विषयी से सम्बन्धित होने के ढंग से विभूषित ज्ञान विषय मानसिक तथ्य है। इस ज्ञान को मनोवैज्ञानिक अन्तर्निरीक्षण से प्राप्त अवगति कहा जा सकता है, क्योंकि मनोवैज्ञानिक अन्तर्निरीक्षण विषयपरकता की अवस्थिति में अन्तर्निरीक्षण है।

किन्तु तब तो 'वास्तविक' अन्तर्निरीक्षण पर भी विचार करना आवश्यक है। वास्तविक अन्तर्निरीक्षण की अवगति शुद्ध आत्मपरकता की अभिवृत्ति की अवगति है। इसमें भी आत्म का किसी 'विषय' की ओर उन्मुक्त निर्देश है, किन्तु यहां आत्म उस विषय के साथ पूर्णतया सम्बन्धित हो जाता है, एक प्रकार से एकरूप हो जाता है। यहां अवगति उपभोगी चेतना (Enjoying consciousness) की अवगति है। यहां विषयपरकता की अवस्थिति का पृथक विषय से सम्बन्धित होने की हर विधा का निषेध हो जाता है। यह भी 'ज्ञान' है, किन्तु यह ज्ञान उपभोगी चेतना में प्राप्त ज्ञान है—यह मैं (I) का अवबोध है। कृष्ण चन्द्र इसे आत्म के क्षेत्र का ज्ञान कहते हैं। पहला उदाहरण विषयपरकता की स्थिति का ज्ञान का है, और यह आत्मपरकता की स्थिति के ज्ञान का उदाहरण है।

किन्तु कृष्ण चन्द्र कहते हैं कि यदि हम इस उपभोगी चेतना में प्राप्त ज्ञान का और सूक्ष्म विश्लेषण करें तो पायेंगे कि इसमें मात्र 'मैं' (I) का ही आनन्द नहीं लिया जा रहा है बल्कि कुछ अन्य अवगतियां भी स्पष्ट होती हैं। हमने पहले ही देखा है कि कृष्ण चन्द्र तीन ऐसी सम्भावनाओं का उल्लेख करते हैं—शरीरधारी आत्म, अन्य आत्म तथा ईश्वरीय आत्म।

यदि हम इन अवगतियों का विश्लेषण करें तो प्रतीत होगा कि इनमें सभी अवगतियां समानरूप में या पूर्णतया आत्मपरक अवगतियां नहीं है। 'शरीरधारी आत्म' तथा 'अन्य आत्म' का ज्ञान पूर्णतया आत्मपरक ज्ञान नहीं कहा जा सकता।

'मैं' की उपभोगी चेतना में जहां उपभोग का अंश शरीर भी है, वहां वस्तुतः 'वैयक्तिकता' (Individuality) की अवगति होती है। इस प्रकार की ही चेतना की अभिव्यक्ति हमारे इस प्रकार के कथनों में होती है कि 'मैं यह हूं'। किन्तु ऐसी चेतना एक प्रकार से व्यक्ति को शरीरधारी मैं को 'विषयरूप' बना देती है। अतः यह अवगति पूर्णरूपेण आत्मपरकता की अवगति नहीं है। उसी प्रकार 'अन्य आत्म' की अवगति में हमें 'मैं' की चेतना 'अन्य' से सम्बन्धित होने में होती है। यह भी पूर्ण आत्मपरकता की अवगति नहीं हो सकती। इन्हें 'ज्ञान' तो कहा जा रहा है, ये आत्मपरकता की अभिवृत्ति के ही ज्ञान है, किन्तु इस ज्ञान में क्रम है, मात्रा-भेद है। इन दोनों को 'पूर्णरूपेण' आत्मपरकता की अभिवृत्ति का ज्ञान नहीं कह सकते।

इन दोनों से उच्चतर-आत्मपरकता की चेतना एक अतिवैयक्तिक सत्ता की चेतना है, जिससे धार्मिक चेतना प्रेरित होती है। प्रथम दोनों स्तरों में 'आत्मपरकता' में आत्म से भिन्न तत्वों का प्रभाव आ जाता है—पहले में 'विषय' का तथा दूसरे में 'अन्य आत्म' का। यह ठीक है कि इन दोनों में 'विषय' या 'अन्य आत्म', 'मैं' की चेतना से सर्वथा पृथक नहीं क्योंकि वे 'मैं' की चेतना में स्पष्ट होते हैं, उस दृष्टि से 'विषय' तथा 'अन्य' की प्रतिच्छाया

ही हैं, किन्तु यह है कि प्रतिच्छाया आत्मपरकता से सटी रह जाती है, फलतः आत्मपरकता की शुद्धता उससे प्रभावित हो जाती है। किन्तु जब 'आत्मपरकता' एक अतिवैयक्तिक ईश्वरीय आत्म की ओर उन्मुख होती है, तो 'मैं' ही प्रतिच्छाया बन जाता है। इस स्थिति में आत्म-चेतना 'मैं' की सीमा को पार कर जाती है, उससे परे उठ जाती है। कृष्ण चन्द्र कहते हैं कि आत्मपरकता की अभिवृत्ति में यह उच्चतम चेतना है, तथा यह 'ज्ञान' मानव के सम्भव ज्ञान में सर्वोच्च ज्ञान है। यह ज्ञान 'मैं' का निषेध नहीं, 'मैं' का त्याग है। मलकानी इसे स्पष्ट करते हुए कहते हैं कि यह ज्ञान 'आत्म-निषेध' (Self-denial) द्वारा ज्ञान नहीं, बल्कि 'आत्मोत्सर्ग' या 'आत्म त्याग' (Self-abnegation) के द्वारा प्राप्त ज्ञान है।

वैसे कृष्ण चन्द्र स्वीकारते हैं कि 'आत्म-निषेध' (Self-denial) भी सम्भव है, किन्तु वह ज्ञान की सीमा के परे की बात है। जब मैं-रूपी आत्म का निषेध होगा तो शेष रहेगी 'शुद्ध आत्मपरकता'। 'शुद्ध आत्मपरकता' तो निरपेक्ष सत् (Absolute) है। कृष्ण चन्द्र के अनुसार 'निरपेक्ष सत्' ज्ञान का विषय हो ही नहीं सकता, उसे ज्ञान के विभिन्न ढंगों से जाना ही नहीं जा सकता, क्योंकि उसका जो भी अवबोध सम्भव है वह निषेधात्मक रूप से ही सम्भव है। इस निषेधात्मक रूप में प्राप्त अवगति की शाब्दिक अभिव्यक्ति सम्भव नहीं होती। किन्तु इससे कांट के समान यह निष्कर्ष निकलना संगत नहीं कि यह अज्ञात एवं अज्ञेय है। कांट ने यही भूल की, इसी कारण आलोचकों ने ठीक ही कहा कि अज्ञात तथा अज्ञेय कहना भी उसका एक ज्ञानात्मक विवरण देना है। कृष्ण चन्द्र के अनुसार 'सत्यता' अनिर्वचनीय है, वह ज्ञान का विषय नहीं होता। इसकी अवगति होती है, वह अवगति निषेधात्मक रूप में अवबोध होने की अवगति है। अतः 'अनिर्वचनीय' की अवगति तथा निश्चित तत्त्वों की अवगति से भेद करना आवश्यक है, तथा उस भेद को समझना आवश्यक है।

निषेध (Negation): उनके दर्शन के आधार के रूप में

हम इस प्रकार की टिप्पणी से प्रारम्भ कर सकते हैं कि जिस प्रकार द्वन्द्वात्मक सम्बन्ध (Dialectic) हेगेल के दर्शन का आधार है, उसी प्रकार 'निषेध' (Negation) कृष्ण चन्द्र भट्टाचार्य के दर्शन के मूल में है। वस्तुतः निषेध के माध्यम से वे निरपेक्ष सत् (Absolute) की अवगति तक पहुंच जाते हैं। उनका कहना है कि निषेध का क्षेत्र अनिश्चितता तथा अनिर्दिष्टता का क्षेत्र है। "The region of Negation is the region of the Indefinite."* कोई भी ज्ञात भाव या कोई ज्ञात अन्तर्वस्तु निरपेक्ष सत् को निरूपित करने में असमर्थ है, क्योंकि हर भावात्मक सम्बन्ध उसे कुछ हद तक निश्चित कर देगा। निरपेक्ष सत् किसी भी रूप में इस प्रकार की निश्चित अवगति नहीं दे सकती उसमें अनिश्चितता है क्योंकि उसमें अनिर्दिष्टता है वह निर्धारित नहीं हो सकता। यदि किसी प्रकार हम निषेध-प्रक्रिया

*K.C. Bhattacharya, *Some aspects of Negation, Studies in Philosophy*, Vol. II, p. 208.

को उसकी उच्चतम सीमा तक ले जा सकें तो उसी रूप में निरपेक्ष सत् की अवगति सम्भव है। यह निषेध प्रक्रिया का चरम महत्त्व है।

इसके महत्त्व का निर्देश यह दिखा कर भी किया जा सकता है कि विभिन्न प्रकार के निषेधों के अनुरूप विभिन्न प्रकार की दार्शनिक दृष्टियां संरचित होती हैं। कृष्ण चन्द्र ने इन विभिन्न प्रकार की दार्शनिक दृष्टियों का वर्गीकरण किया है, तथा उनका आधार विभिन्न प्रकार के निषेधों से ढूंढा है।

वैसे कभी-कभी ऐसा प्रतीत होता है कि कृष्ण चन्द्र 'निषेध' की समस्या में इस कारण उलझते हैं कि वे इस विश्वास का तार्किक आधार ढूंढने को आतुर है कि 'सत्यता' बहुपक्षी है, (जैसा कि जैन दर्शन की मान्यता है)। 'सत्य' तथा 'भ्रम' में सम्बन्ध है, क्योंकि भ्रम सत्य का निषेध है। इस प्रकार 'निषेध' का स्पष्टरूप भ्रम में प्रकाश में आता है। भ्रम वस्तुतः जो देखा गया उसके निषेध में स्पष्ट होता है। अतः निषेध-भाव को समझने के लिये 'भ्रम' की अवधारणा का विश्लेषण वांछनीय है।

कृष्ण चन्द्र ने 'निषेध' के भाव के अपने ढंग से समझने का प्रयत्न किया है। उनका कहना है कि 'निषेध' का अर्थ है 'किसी वस्तु की भ्रामकता के आधार पर निरसन'। अतः वे निषेध की व्याख्या के लिये साधारण 'भ्रम' के उदाहरणों को उपयुक्त समझते हैं। उनका कहना है कि जब हम रज्जु में सर्प की प्रतीति को खण्डित करते हैं, तो हम 'निषेध' का स्पष्ट उपयोग कर रहे हैं। इस उदाहरण में 'सर्प' 'भ्रामकता' के कारण निषेधित हो गया है।

अब एक प्रश्न उठता है, भ्रम में जिसे हम भ्रामक कहते हैं उसके किस प्रकार के अस्तित्त्व का निषेध हो रहा है? इस प्रश्न के सामान्यतः दो उत्तर हो सकते हैं, एक तो कहा जा सकता है कि 'भ्रामक' में वस्तुनिष्ठ अस्तित्त्व (Objective existence) नहीं है। इस उत्तर में 'भ्रम' में जिसकी अवगति हुयी है उसकी वस्तुनिष्ठता का निषेध हो रहा है। किन्तु, तब तो यह माना जा सकता है उसमें ऐसा कुछ अस्तित्त्व तो हो ही सकता है जिसमें वस्तुनिष्ठता नहीं है (Non-objective existence)। दूसरा उत्तर यह हो सकता है कि 'भ्रामक' में हर प्रकार के अस्तित्त्व का निषेध हो रहा है—कहा जा रहा है कि इसमें किसी प्रकार का अस्तित्त्व नहीं है। अर्थात् कहा जा रहा है कि इसमें न वस्तुनिष्ठ अस्तित्त्व है और न आत्मनिष्ठ अस्तित्त्व। कृष्ण चन्द्र ने शंकर के माया-सिद्धान्त की विवेचना में इन दो प्रकार के निषेधों का उल्लेख किया है। इनमें पहले प्रकार के निषेध के अन्तर्गत तीन मांगें उभरती हैं, अतः सबों को मिला कर एक प्रकार से चार प्रकार के निषेध स्पष्ट होते हैं।

रोचक बात यह है कि इन चार प्रकार के निषेधों में चार प्रकार की दार्शनिक मनोवृत्ति चार प्रकार की दार्शनिक दृष्टि प्रकाश में आती है। इन चारों को कृष्ण चन्द्र इस प्रकार स्पष्ट करते हैं, "Illusion may be [(i)] a being only to be denied, (ii) a being as positive as fact but different from it and positively related to it, (iii) identical with fact relation being that of identity, or

(iv) no being at all but negation transcending all being."* हमने देखा है कि 'निषेध' का अर्थ है 'जो निषेधित हुआ उसका भ्रामक रूप स्पष्ट होता है। 'भ्रम' के क्या देखते हैं जो अन्ततः भ्रामक सिद्ध होता है? कृष्ण चन्द्र ने चार सम्भावनाओं का उल्लेख किया है। (क) जो कुछ भी देखा गया है उसी का निषेध होता है। (ख) भ्रम में जो दिखाई देता वह है भावात्मक तो है किन्तु तथ्य से भिन्न है, और किसी प्रकार उस समय तथ्य से सम्बन्धित भी है। (ग) जो भ्रम में दिखाई देता है अर्थात् जो निषेधित होता है वह तथ्य ही है। (घ) जो निषेधित होता है वह कोई सत्ता नहीं यहां निषेध-प्रक्रिया सभी सत्ताओं से ऊपर उठ जाती है।

यदि इस वर्गीकरण को ध्यान के विभिन्न भावात्मक एवं अभावात्मक रूपों से मिला कर विचार करें तो इस पूरी विवेचना को भिन्न प्रकार से देखा जा सकता है। कहा जा सकता है कि निषेध के चार प्रकारों के अनुरूप ध्यान के भावात्मक एवं अभावात्मक रूपों को मिला कर ध्यान के चार स्तर स्पष्ट होते हैं। (१) पहले स्तर में ध्यान भावात्मक रूप में 'विषय-वस्तु' पर केन्द्रित होता है।(२) दूसरे स्तर में ध्यान बारी-बारी से विषयों एवं विषय---दोनों पर केन्द्रित होता रहता है। (३) तीसरे स्तर में ध्यान विषयी-विषय दोनों पर एक साथ केन्द्रित होता है, अर्थात् यहां ध्यान का केन्द्र विषयी-विषय का एक संगठित रूप हो जाता है। (४) यह चतुर्थ स्तर निषेधात्मक ध्यान का स्तर है जहां एक प्रकार से विषयी-विषय से ध्यान का प्रत्याहरण हो जाता है, ध्यान दोनों से परे हो जाता है।

इन वर्गीकरणों के आधार पर अब हम निषेध के विभिन्न ढंगों तथा उनके अनुरूप दार्शनिक दृष्टियों के निर्धारण का प्रयत्न कर सकते हैं।

(१) निषेध का प्रथम स्तर ध्यान के उस प्रथम स्तर के अनुरूप है जिसमें ध्यान छितराये हुए क्षेत्र में किसी 'विषय' पर केन्द्रित हो जाता है। वैसे दृष्टि के समक्ष एक पूरा क्षेत्र बिखरा होता है और दृष्टि सामान्य एवं प्रायः अस्पष्ट रूप में उस पूरे क्षेत्र की ओर लगी दृष्टि है। किन्तु ध्यान का प्रथम स्तर इस अस्पष्ट क्षेत्र से किसी एक विषय को पृथक कर उस पर केन्द्रित हो जाता है। यहां ध्यान किसी एक निश्चित विषय पर है, अतः उसके अतिरिक्त बाकी सब कुछ निषेधित हो जाता है। अतः यहां निषेध हो रहा है निषेध हो रहा है उसका जो 'विषय' के रूप में स्पष्ट नहीं होता जो उनकी भाषा में 'अ-विषय' (Non-object) है। यहां विषय---जो प्रदत्त है वह पूर्णतया 'विषयनिष्ठ' है। यहां एक प्रकार की विषय-निष्ठता की अभिवृत्ति उत्पन्न होती है, अतः इसके अनुरूप जो दार्शनिक दृष्टि संरचित होती है उसे 'सर्ववाह्यतावाद' अथवा 'सर्वविषयनिष्ठतावाद' (Panobjectivison) कहा जा सकता है।

(२) दूसरे स्तर में ध्यान मात्र विषय पर केन्द्रित नहीं होता, यह बारी-बारी से विषय तथा विषयी पर केन्द्रित होता रहता है। इसमें 'विषय' तथा 'विषयी' परस्पर विरोधी

*K.C. Bhattacharya, *Some aspects of Negation*, *Studies in Philosophy*, Vol. II, p. 235.

नहीं प्रतीत होते और न दोनों को भ्रामक ही कहा जा सकता है। अतः कहा जा सकता है कि जब क्रम में ध्यान 'विषय' पर केन्द्रित होता है, तो उस समय विषयी निषेधित हो जाता है, और जब ध्यान 'विषयी' पर केन्द्रित होता है, तो उस क्षण विषय निषेधित हो जाता है। इस प्रकार 'विषय' 'विषयी' बारी-बारी से निषेधित होते रहते हैं। इस प्रकार के निषेध के अनुरूप जो दार्शनिक सिद्धान्त उभरता है, उसे द्वैतवाद (Dualism) कहा जाता है।

(३) दूसरे स्तर में विषयी तथा विषय पर ध्यान बारी-बारी से केन्द्रित होता है, किन्तु इसके बाद एक ऐसी अवस्था हो सकती है जब ध्यान विषय-विषयी पर एक साथ केन्द्रित हो जाय। ध्यान की इस विधा में विषय-विषयी एक ही व्यवस्था के दो पक्ष के रूप में स्पष्ट होते हैं। इस अवस्था की एक विशिष्टता यह भी है कि इसमें पूर्ण अनिश्चितता भी नहीं रहती, साथ-साथ यह भी प्रतीत होता रहता है कि ध्यान की यह अवस्था अन्तिम अवस्था नहीं है। इसे अपने ढंग से समझाने के प्रयत्न में वे कहते हैं, "Each position is different from an infinity of other positions and is thus constituted by an infinity of differences, by infinite negation. Each negation too would thus be the negation of Infinite position, that is, a negation identical with infinite position."* अतः "The distinctness of a particular given position and the corresponding negation vanishes altogether."** इसका अर्थ है कि इस अवस्था में विषयी भी विषय के रूप में स्पष्ट हो सकता है, तथा विषय भी विषयी के रूप में स्पष्ट हो सकता है। इस प्रकार दोनों का भेद मिटता प्रतीत होता है, फिर भी साथ-साथ यह भी प्रतीत होता रहता है कि यह ध्यान की अन्तिम अवस्था नहीं है। इसमें एक संगठित व्यवस्था की प्रतीति होती है, किन्तु, साथ-साथ यह भी लगता रहता है कि ध्यान की विधायें समाप्त नहीं हुयीं। इसके अनुरूप जिस प्रकार की दार्शनिक दृष्टि संरचित है, वह हेगेल के दर्शन के अनुरूप है।

जैसा कि ऊपर कहा गया है कि ध्यान की ये तीनों अवस्थायें भावात्मक ध्यान की अवस्थायें हैं। ध्यान का चतुर्थ स्तर अभावात्मक ध्यान का रूप है।

(४) इस स्तर में ध्यान किसी भावात्मक बिन्दु पर केन्द्रित नहीं होता—न किसी आत्मनिष्ठ बिन्दु पर और न किसी विषयनिष्ठ बिन्दु पर। वैसे प्रारम्भ में ऐसा प्रतीत होता है कि इसकी प्रवृत्ति भी भावात्मक ही है। यहां प्राथमिक बिन्दु—जिससे इस अवस्था का प्रारम्भ है, वह एक प्रकार की 'व्याघातकता' (Contradiction) की स्थिति हो जाती है, जिसे भट्टाचार्य 'परात्ममूलक निषेध' (Transcendental Negation) कहते हैं। यहां हर प्रकार के 'अवधारक' (Determinants) निषेधित हो जाते हैं। यह 'सत्-भाव' ही निषेधित हो जाता है, तथा शुद्ध निषेध रह जाता है और वह भी एक उन्मुक्त क्रिया के रूप में प्रकाशित रहता है। कृष्ण चन्द्र का कहना है कि ध्यान की इस निषेधात्मक विधा में

*K.C. Bhattacharya, *Some aspects of Negation. Studies in Philosophy*, Vol. I, p. 209.

**Ibid., p. 215.

क्या प्रकाशित हुआ यह निर्धारित नहीं होता, किन्तु यह 'विधा' ही एक प्रकार की 'निश्चितता' के साथ स्पष्ट होती है। कृष्ण चन्द्र के अनुसार 'निरपेक्ष सत्' (Absolute) के अवबोध का यही आधार है। यह निषेध का तथा अभावात्मक ध्यान का पूर्ण विकसित रूप है जहां आत्म की चेतना में 'आत्म' का ही निषेध हुआ रहता है। इसी प्रकार की क्रिया से निरपेक्ष सत् (Absolute) का अवबोध सम्भव है। कृष्ण चन्द्र कहते हैं कि निषेध की इस अवस्था के अनुरूप जिस प्रकार का दर्शन प्रतिष्ठित होता है वह 'अद्वैत वेदान्त' के दर्शन जैसा दर्शन होता है।

कृष्ण चन्द्र के अपने दार्शनिक विचारों में निषेध के इस चतुर्थ रूप को एक विशिष्ट स्थान दिया गया है। उसका कारण मात्र यही है कि 'निरपेक्ष सत्' के अवबोध का यही एक माध्यम है। वस्तुतः 'निषेध' का महत्त्व इसी बात पर है कि आत्म को सत् की अनुभूति के लिये निषेध के विभिन्न स्तरों से होकर क्रमिक रूप में ऊपर उठना पड़ता है। मनुष्य का सामान्य जीवन आनुभविक स्तर का स्तर है। अतः प्रथम निषेध 'आनुभविक वस्तु' का होता है। यह निषेध एक 'शुद्ध विषय' पर ध्यान ले जाता है, यह 'शुद्ध विषय' (Pure object) विचार में पृथक, तथा विषयी से स्वतंत्र प्रतीत होता है। और तब इस 'शुद्ध विषय' का निषेध होता है। इस दूसरे निषेध में ध्यान विषयीपरक हो जाता है, 'आत्म' की ओर केन्द्रित हो जाता है। किन्तु इस आत्म का भी 'निषेध' सम्भव है, किसी तात्त्विक अनुभूति में 'मैं' भी तिरोहित—निषेधित हो जाता है। यह निषेध की चरम सीमा है, यह पूर्णरूपेण निषेध है, अतः इसमें कुछ भावात्मक स्वीकारना नहीं होता, और तब ऐसा कुछ रह ही नहीं जाता जिसका आगे निषेध है। यह निषेध—'मैं की चेतना' के परे चला जाता है, और इसी कारण यह पूर्णतया निषेधात्मक रूप 'परमसत्' के अवबोध का आधार बन जाता है।

इस प्रकार स्पष्ट होता है कि निषेधों के विभिन्न स्तरों के माध्यम से ही 'परमसत्' (Absolute) की ओर उठने की प्रक्रिया चलती है, इसी अर्थ में 'निषेध' उनके तात्त्विक विचारों का आधार है।

इस पूरी प्रक्रिया तथा इस पूरे विचार को पूर्ण समझ के लिये उनके द्वारा दिया गया पूर्ण 'स्वतंत्रता' की अनुभूति के क्रम को भी समझ लेना आवश्यक है, तथा उस क्रम को समझने के लिये हम उनके द्वारा किया गया 'आत्मपरकता' (Subjectivity) की 'अवधारणा के विश्लेषण' का विवरण पहले प्रस्तुत करेंगे।

आत्मपरकता का भाव
(Notion of Subjectivity)

(i) विषयी तथा विषय

कृष्ण चन्द्र कहते हैं कि 'विषयीपरकता' या 'आत्मपरकता' (Subjectivity) शब्द का प्रयोग इतने विभिन्न ढंगों से होता रहा है कि इस शब्द के अर्थ को निश्चित करना कठिन

हो जाता है। किन्तु, इस शब्द के निहितार्थ को समझने के लिये कृष्ण चन्द्र इसके सबसे व्यापक अर्थ से प्रारम्भ करते हैं। इसका सबसे प्रचलित साधारण मतभेद से परे का अर्थ है कि 'आत्म परकता' 'आत्मरूप जीवन' (Cult of the subject) है। इस, अर्थ से भी इतना तो स्पष्ट होता है कि 'आत्मपरकता' विषय एवं 'वस्तुनिष्ठता' से पृथक होना है। 'आत्मपरकता' को इस प्रकार से अभावात्मक रूप में समझने के दो लाभ हैं—प्रथमतः इतना तो होता है कि जब यह जानना कठिन प्रतीत हो कि 'वस्तु क्या है?', तो वह क्या नहीं है' से प्रारम्भ करना लाभप्रद प्रतीत होता है। वही बात यहां भी लागू है। किन्तु इस स्थल पर अभावात्मक विवरण से प्रारम्भ करने का मुख्य लाभ दूसरा है। 'आत्मपरकता' के संदर्भ में यह स्पष्ट हो जायगा कि आत्मपरकता का यह अभावात्मक विवरण, उसके भावात्मक स्वरूप को निर्धारित करता है, उसके भावात्मक स्वरूप का अंश है, जिसके कारण इस विवरण से 'आत्मपरकता' का भावात्मक स्वरूप स्पष्ट होता है।

अतः 'आत्मपरकता' के स्वरूप के विश्लेषण में सर्वप्रथम हम कह सकते हैं कि यह विषयनिष्ठता नहीं है। आत्मपरकता की विधायें विषयपरकता की विधाओं से मुक्त होने के ढंग हैं। "The modes of subjectivity are the ways of freeing oneself from the modes of Objectivity."* अतः आत्मपरकता की प्राथमिक विधा है आत्म की यह अवगति कि वह विषय नहीं है, विषयरूप नहीं है। "This cult of the subject, as it might be called, takes various forms, but they all involve a feeling of disassociation of the subject from the object, an awareness of the subject as what the object is not."**

इसका अब और विश्लेषण करें। 'विषय' में अनिवार्यतः अर्थ बोध है, अर्थ से जो सूचित होता है वह 'विषय' है। हमें जब विषय की अवगति होती है, तो वस्तुतः हमें एक अर्थबोध होता है, उस अवगति में अन्तर्वस्तु 'अर्थ' ही है। किन्तु 'आत्म' या 'आत्मपरकता' की अवगति में इस प्रकार के अर्थनिर्देश की आवश्यकता नहीं रहती। 'आत्म' या 'विषयी' अर्थहीन शब्द नहीं हैं, किन्तु इतना है कि इनकी जो अवगति है, उस अवगति का अंश या आधार कोई 'अर्थ' या अर्थबोध नहीं है। कृष्ण चन्द्र कहते हैं कि 'विषयी' में या 'आत्मपरकता' में अर्थ क्षमता नहीं है—(meanable नहीं है), किन्तु वह इस प्रकार से कथनीय है कि उसका तात्पर्य स्पष्ट हो जाय (Significant speakable है)। इन दो उक्तियों 'meanable' तथा 'significant speakable' के व्यवहार से ही 'आत्मपरकता' तथा 'विषयपरकता' का भेद स्पष्ट होता है, किन्तु उसकी और व्याख्या आवश्यक है।

'अर्थ' शब्द में एक व्यापकता है। यदि कोई व्यक्ति किसी शब्द के उपयोग से कुछ अर्थ-निर्देश करता है, तो उस अर्थ-निर्देश का आधार यही है कि हर सुनने वाला भी उस शब्द का उसी अर्थ में उपयोग कर सकता है। यदि 'मेज' शब्द का अर्थ यह मेज है, तो उस

*K.C. Bhattacharya, *The Subject as Freedom*, p. 29.

**Ibid., p. 40.

रूप में हम भी 'मेज' शब्द का उपयोग कर सकते हैं, तथा अन्य भी। इस दृष्टि से 'विषय', जिसका बोध अर्थ के द्वारा होता है, में एक प्रकार की समानता आ जाती है, व्यापकता आ जाती है। कृष्ण चन्द्र इस बात को एक बड़े मार्मिक तकनीकी ढंग से स्पष्ट करते हैं। वे मान लेते हैं कि 'यह' (this) शब्द विषय का सूचक है। अब वे कहते हैं कि एक व्यक्ति 'यह' (this) कह कर किसी विशेष वस्तु की ओर संकेत करता है, पर यह स्पष्टतया सम्भव है कि दूसरे व्यक्ति भी 'यह' (this) कह कर उसी विशेष वस्तु को सूचित करे। यहां 'यह' शब्द इस प्रकार प्रयुक्त हो रहा है कि कहने वाले तथा सुनने वाले दोनों इसका 'अर्थ' 'यह विशेष वस्तु' समझ रहे हैं।

किन्तु 'विषय' या 'आत्म' को इस प्रकार सूचित नहीं किया जा सकता, उसका इस प्रकार अर्थ निर्देश नहीं हो सकता। उदाहरणतः 'आत्म' के लिये 'मैं' (I) शब्द का उदाहरण लें। जब मैं 'मैं' (I) शब्द का उपयोग करता हूं तो मेरा निर्देश अपनी ओर है, और जब कोई अन्य 'मैं' (I) शब्द का उपयोग करता है तो वह मुझे नहीं अपने आप को सूचित करता है। अतः इसमें उस प्रकार की व्यापकता आ ही नहीं सकती जो विषय सूचित करने वाले शब्द 'यह' (this) में है। 'मैं' (I) शब्द पूर्णतया विशिष्ट है। इस शब्द की इसी विशिष्टता के कारण कृष्ण चन्द्र 'मैं' (I) शब्द को 'आत्म' या 'विषयी' का प्रतीक बना देते हैं। वे 'तुम' (You) या 'वह' (He) से मैं (I) को अधिक महत्त्व देते हैं, क्योंकि वह उन दोनों से अधिक विशिष्ट है। उन दोनो में कुछ व्यापकता आ जाने की सम्भावना है, कि 'मैं' (I) से सदैव कोई एक विशेष इस रूप में सूचित होगा कि कोई अन्य उसे 'मैं' (I) कह कर सूचित नहीं कर सकता। इन दो प्रतीकों—विषय के प्रतीक के रूप में 'यह' (this) तथा आत्म के प्रतीक के रूप में 'मैं' (I)—का भेद आत्मपरकता एवं विषयपरकता के भेद पर स्पष्ट प्रकाश देता है। 'यह' शब्द से 'विषय' सूचित होता है, इसका अर्थ है कि 'विषय' में कुछ व्यापकता रहेगी। इसके विपरीत 'मैं' (I) शब्द पूर्णतया विशिष्ट है, और इसमें जो व्यापकता है वह 'विषय' में नहीं। यह विशिष्ट है क्योंकि हर कोई इस शब्द से अपने आप को ही सूचित कर सकता है, इसकी व्यापकता इस ढंग की है कि हर कोई अपने लिये ऐसा व्यवहार कर सकता है। 'यह' शब्द की व्यापकता इससे भिन्न है क्योंकि इस शब्द से जो एक व्यक्ति के द्वारा सूचित किया जाता है उसी वस्तु को अन्य व्यक्ति भी 'यह' ही कह कर सूचित कर सकते हैं।

इन दोनों का भेद एक दूसरे प्रकार से भी स्पष्ट होता है। यदि हम 'विषय' या 'वस्तु' की चेतना का विश्लेषण करें तो वहां यह स्पष्ट हो जाता है कि वह कि वह चेतना सदैव किसी 'अर्थबोध' के द्वारा संरचित है। उदाहरणतः यदि कोई मनुष्य सागरतट पर प्रकाश-स्तम्भ से कहता है कि एक जहाज आ रहा है, तो यहां जो 'जहाज के आने' की चेतना होती है, वह उसके द्वारा कहे गये शब्दों के अर्थबोध के आधार पर होती है। इसके विपरीत जब 'मैं' की चेतना होती है, तो यह चेतना किसी अर्थबोध के द्वारा संचित नहीं है। ऐसा नहीं है कि हमें 'मैं' की चेतना 'मैं' शब्द के अर्थबोध के आधार पर होती है। यह बोध तो 'मैं' की 'आत्म-अभिव्यक्ति' की चेतना है।

इस संदर्भ में एक अन्य विचार भी प्रासंगिक प्रतीत होता है। यदि 'विषयी' तथा 'विषय' अथवा 'आत्म' एवं 'वस्तु' के प्रयोगों पर ध्यान दें तो स्पष्ट होगा कि 'आत्म' तथा 'विषयी' शब्दों को 'विषय' कहा जा सकता है, किन्तु 'विषय' को 'आत्म' या विषयी कभी नहीं कहा जा सकता। पुनः 'मैं' और 'यह' की भाषा में इस बात को रखते हुए कृष्ण चन्द्र इस विचार को इस प्रकार व्यक्त करते हैं: यह कथन कि 'यह मैं हूं' (This is I) असत्य है, जबकि कथन 'मैं यह हूं' (I am this) को असत्य नहीं कहा जा सकता। हम इस प्रकार की उक्ति अर्थपूर्ण ढंग से दे सकते हैं कि 'मैं पिता हूं', 'मैं वकील हूं' आदि, किन्तु हम किसी वस्तु की ओर संकेत करते हुए यह नहीं कह सकते 'यह मैं हूं' या 'यह आत्म है'।

इस स्थल पर कोई कह सकता है कि मैं अपने शरीर की ओर संकेत करते हुए कह सकता हूं कि 'यह मैं हूं', और यह तो असत्य नहीं। कृष्ण चन्द्र ने इस सम्भावना पर भी विचार किया है और कहा है कि यह भी असत्य ही है। जब मैं अपने शरीर को 'यह' कहते हुए कहता हूं कि 'यह मैं हूं' तो यह कथन असत्य ही है क्योंकि 'मैं' अथवा 'आत्म' की चेतना शरीर से भिन्न होने की चेतना भी है।

तो इस अन्तर के आधार पर कहा जा सकता है कि कभी-कभी भाषीय व्यवहार में 'आत्म' को विषयरूप बना दिया जाता है किन्तु इस प्रकार की 'विषयरूपता' आत्म का लक्षण नहीं है। जब हम 'आत्म' को 'यह' या 'वह' कहते भी हैं, तो आत्म विषय या वस्तु नहीं बन जाता। यहां भी 'आत्म' की अनुभूति में 'विषय' से भिन्न होने की अनुभूति निहित रहती है। इसी कारण कृष्ण चन्द्र कहते हैं कि आत्म-बोध का अनिवार्य उपादान 'विषय' का निषेध है। "We know the self not as object but in knowing the distinction of the object from it, or in knowing the object as distinct from it."*

तब यह अवश्य है कि आत्म अपनी आत्म-अनुभूति के मार्ग में प्रगति का प्रारम्भ अपने को विषय से सम्बन्धित कर ही करता है। किन्तु उस मार्ग में आगे बढ़ने के लिये उसे उस सम्बन्ध का निषेध करना पड़ता है। यह निषेध मात्र इस आधार पर होता है कि आत्म को विषय में अपनी भिन्नता की अनुभूति हो जाय। इस भिन्नता की यही अनुभूति आत्मानुभूति के मार्ग में अग्रसर होने का प्राथमिक आधार है।

इससे यह बात स्पष्ट होती है कि आत्मपरकता (Subjectivity) का प्रथम स्तर आत्म तथा विषय की भिन्नता की अनुभूति है। किन्तु, इस सम्भावना से यह भी स्पष्ट होता है कि इस स्तर में 'आत्म' तथा 'विषय' एक प्रकार से सम्बन्धित भी है। उस दृष्टि से 'आत्म' वह है जो विषय में अपनी पृथकता पर बल देता है, और विषय वह है जिससे आत्म अपने को पृथक करता है।

इस विवेचना से 'आत्म' तथा 'विषय' के सम्बन्ध पर एक महत्त्वपूर्ण विचार प्रकाश में आ जाता है। यह तो स्पष्ट ही हो गया कि एक प्रकार से इन दोनों में पारस्परिक सम्बन्ध

---

*K.C. Bhattacharya, *Studies in Philosophy,* Vol. I, p. 157.

है ही। किन्तु महत्त्वपूर्ण बात यह है कि आत्मपरकता के विकास के हर स्तर में जो 'निषेधित' होता है वह उस स्तर में 'विषय' ही बन जाता है क्योंकि विषय वही है जिससे आत्म अपने को मुक्त करता है। तथा इस 'विषय' की दृष्टि से जो इससे पृथक हो रहा है वह उस संदर्भ में विषयी अथवा आत्म (Subject) है। उदाहरणतः और ये सभी बातें थोड़ी देर ही में स्पष्ट की जायेंगी। 'वस्तुजगत' आत्म-शरीर की अवगति के संदर्भ में 'विषय' (Object) है, क्योंकि हम अपने शरीर की अवगति में ही अपनी वस्तुजगत से भिन्नता की अनुभूति कर पाते हैं। अतः इस वस्तुजगत के सम्बन्ध अपने शरीर की अवगति विषयी (Subject) है आत्मरूप है। [जिसे कृष्ण चन्द्र शरीरमूलक आत्मपरकता (Bodily subjectivity) कहते हैं]। अब यह 'शरीर' 'प्रतिमा एवं विचार' (Image and Thought) के सम्बन्ध में 'विषय' है क्योंकि 'शरीर' के निषेध के आधार पर ही आत्म प्रतिमाओं तथा विचारों के जगत को अपना पाता है। अब 'शरीर' की ओर से देखने पर प्रतिमा तथा विचार जगत, जिसे भट्टाचार्य मानसिक 'आत्मपरकता' (Psychic subjectivity) कहते हैं, विषयी या आत्मरूप बन जाता है।

इन बातों की स्पष्ट जानकारी के लिये आत्मपरकता (Subjectivity) का और विस्तृत विश्लेषण आवश्यक है।

(ii) आत्मपरकता का कुछ और विश्लेषण (Further analysis of Subjectivity)

वस्तुतः, कृष्ण चन्द्र के दार्शनिक विचारों का केन्द्र 'आत्मपरकता' है। इसका उन्होंने विस्तृत विश्लेषण किया है। अभी तक हमें इसकी प्राथमिक अवगति हुयी है, जिसमें हम इतना ही जान पायें हैं कि आत्मपरकता (Subjectivity) 'विषयपरकता' (Objectivity) नहीं है। अब हम इस विश्लेषण को कुछ और आगे बढ़ायें।

'आत्मपरकता' आत्म की विषय से भिन्नता की अवगति है। इस अवगति का आधार क्या है? भट्टाचार्य कहते हैं कि इस भेद की अवगति का आधार हमारे 'अपने शरीर की अवगति' है। इसे एक उदाहरण के द्वारा स्पष्ट करने का प्रयत्न करें। मैं अपने समक्ष चाय का एक प्याला देख रहा हूं। 'मैं' को इस वस्तु 'चाय के प्याले' से अपनी भिन्नता की अनुभूति किस आधार पर होती है? मैं इस प्याले के सम्पर्क में अपने 'शरीर' के द्वारा आता हूं, मेरी विभिन्न इन्द्रियां—चाक्षुण, स्पर्श, घ्राण आदि इस वस्तु से मेरा सम्पर्क स्थापित करती हैं। किन्तु यही सम्पर्क यह भी अवगति देता है कि ये इन्द्रियां तथा मेरा शरीर 'प्याले' से भिन्न हैं। अतः वस्तुजगत से अपनी भिन्नता की अवगति का आधार अपने शरीर की अवगति है। यह आत्मपरकता (Subjectivity) का रूप हुआ जिसमें आत्म की वस्तुजगत से भिन्नता इस बात पर आधारित है कि 'आत्म' शरीररूप हो गया है। इस स्तर की आत्मपरकता को कृष्ण चन्द्र 'शरीररूप आत्मपरकता' (Bodily subjectivity) कहते हैं।

कृष्ण चन्द्र स्वीकारते हैं कि वास्तविक आत्मपरकता का पहला स्तर यह 'शरीररूप आत्मपरकता' है, किन्तु यह आत्मपरकता की अनुभूति का प्राथमिक चरण है—उसका

प्रारम्भ है, यह पूर्ण आत्मपरकता की अनुभूति नहीं। वस्तुयें बाह्य एवं वस्तुनिष्ठ प्रतीत होती हैं, 'शरीर' के सम्पर्क में आने पर ही, और इसी कारण कृष्ण चन्द्र कहते हैं कि 'आत्म-शरीर' की अवगति में हम आत्मपरकता के क्षेत्र में प्रवेश कर जाते हैं। किन्तु, वे कहते हैं कि यदि 'आत्मपरकता' का विश्लेषण हो तो स्पष्ट हो जायगा कि यह तो एक स्तर मात्र है, क्योंकि 'आत्मपरकता' की अनुभूति का एक अंश 'शरीर से भिन्न होने' की भी अनुभूति है। अपने शरीर की अवगति इन्द्रिय-आश्रित है, आत्मपरकता की अनुभूति इन्द्रियों के माध्यम से नहीं होती। साथ-साथ यह भी प्रायः स्पष्ट है कि 'शरीर' तथा 'मैं' एकरूप नहीं हैं, दोनों का तादात्म नहीं स्वीकारा जा सकता क्योंकि 'मैं' की चेतना में 'मैं' तथा 'शरीर की भिन्नता की चेतना' भी निहित रहती है।

अतः आत्मपरकता की अनुभूति शरीररूपी आत्मपरकता के स्तर पर रुकी नहीं रहती। इस 'शरीर' का भी निषेध हो जाता है, आत्मपरकता को 'शरीर' में अपनी भिन्नता की अवगति हो जाती है। इस अवगति का जो रूप उभर आता है उसमें आत्मपरकता का जो स्तर प्रकाश में आता है, उसे कृष्ण चन्द्र मानसिक आत्मपरकता (Psychic subjectivity) कहते हैं। जब भी हम किसी वस्तु या विषय को देखते हैं जानते हैं, एहसास करते हैं, तो उस विषय के साथ हमें जानने, देखने, एहसास करने की भी अवगति होती है। इसमें जो अवगति होती है वह मानसिक तथ्य (Psychic fact) है। इसके अन्तर्गत प्रतिमायें (Images) तथा विचार (Thought) आते हैं। यह आत्मपरकता की अनुभूति का दूसरा स्तर है जहां आत्म अपने को मानसिकता से एकरूप कर लेता है।

किन्तु, कृष्ण चन्द्र का कहना है कि यह भी वास्तविक आत्मपरकता नहीं है। इसका एक कारण तो यह है कि मानसिक तथ्य किसी न किसी रूप में 'वस्तु' से सम्बन्धित रहते ही हैं—वे वस्तु की प्रतिमायें अथवा वस्तु के विचार प्रतीत होते हैं। दूसरा कारण यह भी है 'मैं' की अनुभूति, जो आत्मपरकता की निश्चित विधा है, उसमें यह भी अनुभूति रहती है कि वह मानसिक तथ्य नहीं है, प्रतिमा या विचार नहीं है। इसका अर्थ हुआ कि 'आत्म-परकता' मानसिक तथ्यों के स्तर पर भी नहीं रुकती, इसका निषेध करते हुए इससे और आगे अग्रसर होती है।

कृष्ण चन्द्र कहते हैं कि आत्मपरकता का इसके बाद का स्तर भावनात्मक अनुभूति (Feeling) का स्तर है। भावनात्मक अनुभूति—आत्मपरकता की शुद्धता का पहला स्तर है, क्योंकि इसमें 'अर्थ' (Meaning) का कोई 'महत्त्व' नहीं रह जाता। 'प्रतिमा' तथा 'विचार' के स्तर तक 'अर्थ' से सम्पर्क किसी न किसी प्रकार बना रहता है, किन्तु भावनात्मक अनुभूति का अर्थपूर्ण या अर्थहीन होने का प्रश्न ही नहीं उठता। किन्तु, कृष्णचन्द्र का कहना है कि आत्मपरकता को इस स्तर से भी ऊपर उठनाहै—क्योंकि यहां 'अर्थ' से एक प्रकार अभावात्मक सम्बन्ध बना रह जाता है, क्योंकि इसमें यह अवगति रहती है कि भावनात्मक अनुभूति के लिये 'अर्थ' का प्रश्न प्रासंगिक नहीं है। अतः यह अभावात्मक सम्बन्ध इसके शुद्ध आत्मपरक रूप को दूषित कर देता है। शुद्ध आत्मपरकता

की अनुभूति के लिये इस अभावात्मक सम्बन्ध से भी ऊपर उठना है—उससे भी मुक्त होना है।

यही ऊपर उठना अन्तर्निरीक्षण (Introspection) तक ले जाता है—जो कृष्ण चन्द्र के अनुसार आत्मपरकता का शुद्ध रूप है, क्योंकि इसमें 'मैं' की चेतना है। कृष्ण चन्द्र का यह अन्तर्निरीक्षण मनोवैज्ञानिक अन्तर्निरीक्षण नहीं, क्योंकि यहां निरीक्षणकर्त्ता तथा उसके विषय का अन्तर मिट जाता है। यहां अन्तर्निरीक्षण 'अहं-चेतना' ही है। इसी कारण कृष्ण चन्द्र कहते हैं कि आत्म को व्यक्त करने का सबसे उपयुक्त प्रतीक 'मैं' (I) ही है। 'तुम' (You) या 'वह' (He) आदि से भी आतम का निर्देश होता है, किन्तु उनमें से कोई वैसा विशिष्ट नहीं जैसा कि 'मैं' (I) है। क्योंकि 'वह' (He) का उपयोग एक ही व्यक्ति के लिये विभिन्न लोगों का द्वारा हो सकता है, जबकि 'मैं' (I) का प्रयोग हर व्यक्ति केवल अपने लिये कर सकता है। उसी प्रकार 'तुम' शब्द में भी 'मैं' जैसी विशिष्टता नहीं। जब मैं किसी को 'तुम' कहता हूं, तो मुझे उसकी अवगति उसके 'शरीर' के प्रत्यक्ष के द्वारा ही होती है। यदि मेरे समक्ष कोई 'शरीर' न हो तो मैं 'तुम' शब्द का प्रयोग ही नहीं कर सकता। 'मैं' शब्द के साथ ऐसी बात नहीं है। मुझे आत्म चेतना अपने शरीर की अवगति के माध्यम से नहीं होती। इसी कारण कृष्ण चन्द्र कहते हैं कि 'मैं' (I) आत्म को व्यक्त करने में सबसे विशिष्ट प्रतीक है तथा 'मैं' की अनुभूति आत्मपरकता की शुद्ध अनुभूति है।

स्मरण रखना है कि इस 'मैं' की चेतना का अर्थ 'मैं' शब्द का अर्थबोध नहीं है। यह इस अनुभूति को भोगते हुए जानना है, यह उपभोगी चेतना (Enjoying consciousness) है। वस्तुतः यह 'मैं' (I) में विश्वास करना भी नहीं है, यह 'मैं' से एकरूप है—'मैं' ही है।

किन्तु यदि सूक्ष्म रूप में विश्लेषण किया जाय तो स्पष्ट प्रतीत होगा कि एक प्रकार से यह भी आत्मपरकता की पूर्ण अभिव्यक्ति नहीं है। ऐसा कहने का बड़ा वैचारिक कारण है। आत्मपरकता को जब 'मैं' (I) में व्यक्त किया जाता है, तो इतना तो है ही कि वह इस रूप में व्यक्त हो रहा है कि अन्य को भी इसका अवबोध हो जा रहा है। यह तो शुद्ध आत्मपरकता नहीं हुयी। इसका अर्थ हुआ कि इस स्तर में आत्मपरकता का रूप निर्धारित किया जा रहा है, वह भी इस रूप में कि अन्य का भी उसका अवबोध हो जा रहा है। 'इस' प्रकार की व्यापकता तो आत्मपरकता के स्वरूप के प्रतिकूल है। आत्मपरकता को पूर्णतया विशिष्ट होना है—तभी वह शुद्ध आत्मपरकता होगी। साथ ही साथ जब 'आत्म' को 'मैं' के द्वारा व्यक्त किया जाता है, तो इसमें एक प्रकार से 'अन्य' की ओर भी संकेत है, जिनसे 'मैं' भिन्न है। अतः 'मैं' कह कर आत्मपरकता को व्यक्त करने में आत्मपरकता पूर्णतया आत्म-केन्द्रित नहीं है, और इस कारण शुद्ध आत्मपरकता नहीं है।

इसी कारण कृष्ण चन्द्र कहते हैं कि आत्मपरकता (Subjectivity) की परिणति 'मैं' से ऊपर उठने में है—'मैं' के निषेध में है (Denial of I)। शुद्ध आत्मपरकता 'मैं' नहीं है। यह शुद्ध अनिर्दिष्टता-अनिर्वचनीयता का क्षेत्र है—परमसत् (Absolute) का क्षेत्र है।

(iii) एक संक्षेपीकरण

आत्मपरकता का यह विश्लेषण कुछ ऐसा सूक्ष्म तथा जटिल दोनों हो गया है कि पूरी विवेचना का एक संक्षेपीकरण वांछनीय प्रतीत होता है। कहा जा सकता है कि कृष्ण चन्द्र आत्मपरकता के विश्लेषण का प्रारम्भ उसके सामान्य एवं साधारण अर्थ के अनुसार करते हैं। उनके अनुसार यह 'अर्थ' नहीं वस्तुतः एक समझ है, एक अवगति है 'आत्म' की 'वस्तु' एवं 'विषय' से भिन्नता की। आतमपरकता—आत्मरूप जीवन जीना है, विषयपरकता नहीं है। कहा जा सकता है कि यह आत्मपरकता का मूल अर्थ है जिसका इसके विश्लेषण के किसी स्तर में त्याग नहीं हुआ है।

अब 'आत्मपरकता' को व्यापक रूप में देखते हुए, कृष्णचन्द्र इसके 'तीन' स्तरों का उल्लेख करते हैं—(क) 'शारीरिक स्तर' (Bodily Subjectivity), 'मानसिक स्तर' (Psychic Subjectivity), तथा 'आध्यात्मिक स्तर' (Spiritual Subjectivity)। शारीरिक स्तर में आत्म अपने को 'शरीर' से एकरूप कर लेता है। इस स्तर के तीन उपस्तर हैं—'दृश्य शरीर' (Body as perceived), 'अनुभूति शरीर' (Body as felt) तथा 'अनुपस्थिति का ज्ञान या तो काल्पनिक प्रत्यक्ष के द्वारा या सचेतन अप्रत्यक्ष के द्वारा' (Knowledge of absence either through Imaginative perception or through conscious non-perception) इस स्तर में आत्म क्रमिकरूप में एक-एक स्तर से अपने को आत्मरूप करता हुआ आत्मपरकता की पूर्ण अनुभूति की ओर अग्रसर होता रहता है।

दूसरा स्तर मानसिक आत्मपरकता (Psychic subjectivity) का है। इसके अंतर्गत सामान्यतः दो प्रकार की मानसिकतायें आती हैं—'प्रतिमा' (Image) तथा 'विचार' (Thought)। इस स्तर में आत्मपरकता की अनुभूति मानसिक प्रतिमाओं तथा विचारों की अनुभूति हैं।

इस स्तर का निषेध आत्मपरकता के तीसरे पर—आध्यात्मिक स्तर पर ले जाता है। इस निषेध एवं परिवर्तन का आधार यह है कि 'आत्मपरकता' अपने को 'अर्थ-संदर्भ' (Context of meaning) से पूर्णतया मुक्त करने में ही अपनी परिणति समझता है—और प्रतिमा एवं विचार अर्थ-संदर्भ में पूर्णतया मुक्त प्रतीत नहीं होते। किन्तु, इस आध्यात्मिक आत्मपरकता के भी 'तीन' उपस्तर हैं—'भावनात्मक अनुभूति' (Feeling), 'अन्तर्दृष्टि' (Introspection) तथा 'अन्तर्दृष्टि के परे का स्तर' (Beyond Introspection)। भावनात्मक अनुभूति के पहले चरण में वास्तविक विचारों से आत्मपरकता ऊपर उठ जाती है, तथा दूसरे चरण में विचार की हर सम्भावना से ऊपर उठ जाती है। इस दूसरे चरण को कृष्ण चन्द्र 'भावना की भावनात्मक अनुभूति' (Feeling of feeling) कहते हैं। 'अन्तर्दृष्टि' आत्मपरकता की स्पष्टतम अनुभूति है। यह मनोवैज्ञानिक अन्तर्दृष्टि नहीं, आध्यात्मिक अन्तर्दृष्टि है यह भी स्पष्ट अनुभूति है। किन्तु इसी अनुभूति में शनैः-शनैः यह भी अवगति होने लगती है कि आत्मपकरता को 'व्यक्त'

नहीं किया जा सकता। यहां यह अनुभूति भी होती है कि इस 'मैं चेतना' का निषेध भी हो सकता है, किन्तु उस निषेध को व्यक्त करने का कोई ढंग निर्दिष्ट नहीं किया जा सकता। यही आत्मपरकता की अन्तर्दृष्टि से--आत्म-अनुभूति से परे की अवस्था है (Beyond Introspection)--और यह, कृष्णचन्द्र के अनुसार पूर्णतया अनिर्दिष्ट परमसत् का क्षेत्र है।

इस पूरे चित्र का कुछ विशद स्पष्टीकरण अगले उपखण्ड में हो जायगा जब हम आत्म के स्वतंत्रता की अनुभूति के क्रम की विवेचना करेंगे, क्योंकि 'स्वतंत्रता की अनुभूति वस्तुतः शुद्ध आत्मपरकता की ही अनुभूति है'।

आत्मा की स्वतंत्रता की क्रमिक अनुभूति
(Progressive Realisation of the Subject's Freedom)

यह तो अब स्पष्ट ही हो गया है कि कृष्ण चन्द्र के अनुसार आत्मपरकता की अनुभूति का अर्थ आत्म के अपने वास्तविक आत्म-रूप की अनुभूति अपनी 'उन्मुक्तता' (Freedom) की अनुभूति है। यह अनुभूति विभिन्न स्तरों से होती हुयी अग्रसर होती है।

इन स्तरों को क्रमिक (Progressive) कहा गया है क्योंकि एक स्तर के निषेध के आधार पर आत्मपरकता दूसरे स्तर तक पहुंचती है। यह क्रमिक प्रक्रिया तब तक चलती है, जब तक निषेध-योग्य कोई रूप बचा नहीं रह जाता।

सामान्य, साधारण मनुष्य एक विशिष्ट वातावरण में वस्तुओं से घिरा जीता है। यह उसके आत्मरूप पर एक प्रकार का 'घेरा' है--क्योंकि उसी सीमा के अन्तर्गत ही वह क्रियाशील हो पाता है। वैसे इस क्षेत्र में भी उसे अपनी उन्मुक्तता का भान रहता है, किन्तु यह उन्मुक्तता उस घेरे से सीमित रहती है। कीट के नैतिकता एवं स्वतंत्रता के विचार की विवेचना करते हुए कृष्ण चन्द्र ने दो प्रकार की स्वतंत्रता का उल्लेख किया है--संकल्पनात्मक स्वतंत्रता (Freedom of the elective will) तथा तात्त्विक स्वतंत्रता (Noumenal Freedom) तथा यह भी कहा है कि अनुभूति की प्रक्रिया पहले प्रकार की स्वतंत्रता के स्तर से दूसरे प्रकार की स्वतंत्रता तक के विकास की क्रमिक प्रक्रिया है।

अब इस क्रमिक विकास के स्तरों को स्पष्ट करें। प्रथम स्तर तो 'वस्तुनिष्ठता' के निषेध का ही स्तर है, क्योंकि यही आत्म के स्वतंत्र रूप पर 'घेरा' बन कर बैठा रहता है। 'वस्तुनिष्ठता' की अभिवृत्ति के कारण आत्म का ध्यान अपने आत्मरूप की ओर केन्द्रित नहीं हो पाता। तो स्वतंत्रता की अनुभूति के विकास का प्रथम पग 'वस्तु' तथा 'वस्तुनिठता' का निषेध है--उससे अपने को पृथक समझने की स्पष्ट अनुभूति है।

एक प्रकार से यह 'निषेध' 'शरीर' एवं 'शारीरिक वृत्ति' के स्वीकारने पर आधृत है। वस्तुओं की अपेक्षा शरीर आत्म के अधिक निकट है। इस निकटता के कारण यह भी आत्म-परकता का एक प्रकार से अंग बन जाता है। इसका आधार यह है कि 'वस्तुओं' को 'आत्म' से पृथक समझने का आधार यही है कि वे 'शरीर' से पृथक हैं। शरीर से पृथक होने के कारण ही उन्हें 'बाह्य' कहा जाता है। अतः अपनी आत्मरूपता की अनुभूति के इस स्तर में

आत्म अपने को 'शरीर रूप' समझ लेता है। इसी कारण इस स्तर को 'शारीरिक आत्मपरकता' का स्तर कहा गया है। इस विचार को व्यक्त करते हुए भट्टाचार्य कहते हैं, "The first hint of freedom is reached in the feeling of the body." (*Studies in Phil.*, Vol. II, p. 51).

कृष्ण चन्द्र 'दृश्य शरीर' (Perceived body) तथा 'अनुभूत शरीर' (Felt body) में एक भेद करते हैं, तथा कहते हैं कि शारीरिक आत्मपरकता के स्तर में पहले आत्म अपने को दृश्य शरीर से एकरूप कर लेता है, और तब उससे ऊपर उठ 'अनुभूत शरीर' से एकरूप कर लेता है। इन दोनों का अन्तर मूलतः यही है कि 'दृश्य शरीर' वह शरीर है जो बाहर से दिखाई देता है, केवल अपने को नहीं, बल्कि अन्य को भी। इसके विपरीत 'अनुभूत शरीर' आत्म अपने में केवल अपने ही में अनुभूत कर पाता है। किन्तु 'आत्म परकता' तो शरीर से भी आत्म की भिन्नता की अनुभूति है, अतः इस अनुभूति के क्रमिक विकास के अगले स्तर में आत्म को शरीर से--अनुभूत शरीर से भी--अपनी भिन्नता की अनुभूति होती है। कृष्ण चन्द्र कहते हैं कि यह आध्यात्मिक आत्मपरकता का प्रारम्भ है। "The realisation of this freedom from the felt body is the pre-condition of all distinctly spiritual activity."*

इस स्तर के विश्लेषण में कृष्णचन्द्र एक और सूक्ष्म भेद करते हैं। उन्होंने कहा है कि 'शरीर' को तीन ढंगों से देख सकता है। बाह्य ढंग और आन्तरिक ढंग, से देखने पर क्रमशः 'दृश्य शरीर' तथा 'अनुभूत शरीर' की अवगति होती है। इनका उल्लेख हो चुका है। अब वे कहते हैं कि 'शरीर' की अवगति में इससे और ऊपर की अवगति सम्भव है जिसे वे 'अनुपस्थित शरीर' (Body as absent) की अवगति कहते हैं। उनके इस विश्लेषण की सूक्ष्मता इस बात से स्पष्ट होती है कि इस अवगति को 'शरीर की अनुपस्थिति' की अवगति नहीं कहते, क्योंकि ऐसा कहने से तो इस अवगति में परोक्ष रूप में 'दृश्य शरीर' या 'अनुभूत शरीर' की अवगति भी रह ही गयी है जिसकी अनुपस्थिति की चेतना हो रही है। अतः कृष्ण चन्द्र कहते हैं कि इस स्तर की अवगति भिन्न प्रकार की है, यह एक प्रकार से वह अवगति है कि हमें 'अनुपस्थिति' के ज्ञान की क्षमता भी है--हम 'अनुपस्थिति' भी अनुभूत कर सकते हैं। इसे उदाहरणों के द्वारा स्पष्ट किया जा सकता है, लेकिन इसके लिये 'अनुपस्थिति के ज्ञान' के दो प्रकारों में भेद कर लेना आवश्यक है। कृष्णचन्द्र के अनुसार वे दो प्रकार हैं--- 'काल्पनिक प्रत्यक्ष के द्वारा अनुपस्थिति का ज्ञान' (Knowledge of absence through Imaginative perception) और 'सचेतन अप्रत्यक्ष के द्वारा अनुपस्थिति का ज्ञान' (Knowledge of absence through conscious non-perception)। अब हम इन्हें उदाहरणों के द्वारा स्पष्ट करें। मान लें हम किसी ऐसे स्थान पर पुनः जाते हैं जहां हम पहले आ चुके हैं। हमें उस स्थान को देख कर ज्ञान होता है कि यहां कुछ जो पहले था अभी नहीं है---अनुपस्थित है। वहां पहले एक वृक्ष था जो अब नहीं है। किन्तु हमें

*K.C. Bhattacharya, *The Subject as Freedom*, p. 105.

अवगति मात्र यह हो रही है कि 'कुछ' अनुपस्थित है--यह अवगति नहीं है कि वह क्या था। अब हम एक दूसरा उदाहरण लें। एक व्यक्ति अपने मेज पर एक पुस्तक ढूंढ रहा है, वह उसे पा नहीं रहा है। उस मेज में उसे किसी कमी--किसी रिक्तता का प्रत्यक्ष नहीं हो रहा। किन्तु उसे यह ज्ञान हो रहा है कि 'पुस्तक अनुपस्थित है'। पहला उदाहरण 'अनुपस्थिति के प्रत्यक्ष' का उदाहरण है, तथा दूसरा उदाहरण 'किसी वस्तु के अनुपस्थित होने का प्रत्यक्ष' है।

इन दोनों उदाहरणों में हमें बाद में 'अप्रत्यक्षता' (Non-perception) की चेतना भी हो जा सकती है। जैसे पहले उदाहरण में हमें यह चेतना हो जा सकती है कि वृक्ष जो पहले था, अब नहीं है--अनुपस्थित है। दूसरे उदाहरण में हम इस बात से चेतन हो जा सकते हैं कि मेज पर जिस स्थल पर पुस्तक रहना चाहिये था वहां पर कुछ भेद है--कुछ रिक्तता है। इन 'दोनों' उदाहरणों में जो प्राथमिक स्तर हैं--जो चेतना पहले हुयी उसे 'काल्पनिक प्रत्यक्ष के द्वारा अनुपस्थिति का ज्ञान' कहा जा सकता है, और दोनों उदाहरणों में जो दूसरे स्तर की चेतना है उसे 'सचेतन अप्रत्यक्ष के द्वारा अनुपस्थिति का ज्ञान' कहा जा सकता है।

ऐसा सूक्ष्म भेद करने के पीछे कृष्ण चन्द्र का एक बड़ा वैचारिक उद्देश्य है। इसके आधार पर वे यह स्पष्ट करते हैं कि कैसे आत्म 'शारीरिक' स्तर से अपने को मुक्त कर पाता है। यदि हम 'दृश्य शरीर' तथा 'अनुभूत' शरीर' में भेद करने का प्रयास करते हैं, तो यह तो स्पष्ट होता है दोनों का अन्तर पूर्ण नहीं, आंशिक ही है--'अर्द्ध अन्तर' (Half-distinguished) है। अनुभूत शरीर की अनुभूति यदि बाह्य शरीर की अनुभूति से पूर्णतया पृथक या मुक्त नहीं है। काल्पनिक प्रत्यक्ष के द्वारा जो अनुपस्थिति की अवगति होती है वह प्रायः अनुभूत शरीर की अवगति के स्तर की ही अवगति है--क्योंकि इसमें बाह्य शरीर से पूर्णतया पृथक तो नहीं हो पाया है, किन्तु उससे भिन्न अवश्य हो गया है। जैसे, पहले उदाहरण में 'कुछ के अनुपस्थित होने' की अवगति है। यह 'कुछ' वृक्ष नहीं है, क्योंकि वृक्ष की अवगति हो नहीं है, यह कुछ कल्पना में अनुभूत हो रहा है। वास्तविक प्रत्यक्ष के द्वारा उस 'कुछ' को नहीं देखा जा रहा। अतः यहां जो अनुभूत होने जा रहा है वह 'वृक्ष' से सर्वथा पृथक नहीं होते हुए भी उससे भिन्न है। इसी से यह 'अनुभूत' शरीर' के स्तर की अनुभूति जैसी ही है।

किन्तु, इससे बाद की अवस्था की अनुभूति उच्चतर स्तर की अनुभूति है क्योंकि उस अनुभूति में 'अनुभूत शरीर' के स्तर से ऊपर उठने की अवगति है। उसी उदाहरण को देखें। जब हमें बाद में यह ज्ञान हो जाता है कि पेड़ जो था अब अनुपस्थित है, तो वहां भी वस्तुतः हमें 'वृक्ष' की चेतना नहीं हो रही है--'वृक्ष' की चेतना तो शारीरिक तथा इन्द्रिय-आश्रित चेतना होती है। यहां हमें जो चेतना हो रही है वह 'प्रतिमा' अथवा 'शरीर' के स्तर की चेतना है। अर्थात् इस अनुभूति में हम शारीरिक स्तर से ऊपर उठ मानसिक स्तर पर--मानसिक तथ्यों (Psychic Facts) के क्षेत्र में प्रवेश कर जाते हैं। इसी कारण कृष्ण चन्द्र कहते हैं कि 'सचेतन अप्रत्यक्ष' हमें शारीरिक स्तर से ऊपर उठा मानसिक तथ्यों के जगत में पहुंचा देता है। "Conscious non-perception then is a transitional stage between body-feeling and imagination with which Psychic fact begins."*

मानसिक तथ्यों की विशिष्टता यही है कि वे वर्तमान में प्रदत्त तथ्य नहीं है, और सचेतन अप्रत्यक्ष में 'वर्तमान' से प्रदत्तता की भिन्नता की अवगति होती है। इसी कारण कृष्ण चन्द्र कहते हैं कि मानसिक तथ्यों के जगत में प्रवेश करने के पहले की स्थिति—एक प्रकार से उसकी एक शर्त—एक उपादान सचेतन अप्रत्यक्ष हो जाता है, इसी कारण 'सचेतन अप्रत्यक्ष' को शारीरिक स्तर से 'मानसिक स्तर' पर पहुंचने के बीच का अन्तर्बर्ती स्तर कहा गया है। वे कहते हैं "Psychic fact begins with the distinguishing of what the present is not. Conscious non-perception is the distinguishing of the present from the detached presentation...and may be taken as the immediate pre-condition of the felt detachment from the present...[thus] the first clear hint of the subjective would be realised in the knowledge of absence through conscious non-perception." **

इस प्रकार आत्म शरीरिक स्तर का निषेध करते हुए मानसिक आत्मपरकता के स्तर में प्रवेश करता है। जैसा कि कहा जा चुका है, मानसिक तथ्यों के अन्तर्गत प्रतिमा तथा विचार (Image and Thought) आते हैं। प्रतिमा एक प्रकार से प्रदत्त ही है, किन्तु यह विषय के साथ प्रदत्त नहीं होती, बल्कि इसे 'विषय' में जो विश्वास किया जाता है उससे वैचारिक ढंग से अलग किया जाता है। इसका स्थान तथा काल में निर्धारण सम्भव नहीं, फिर भी इसमें ऐसा भान होता है यह किसी न किसी रूप में 'विषय' से सम्बन्धित तो है ही। इसके विपरीत विचार 'सामान्यों' एवं 'अमूर्त भावों' के क्षेत्र में ही विचरण करता है। यही कारण है कि विचार वस्तु विषय—यहां तक कि प्रतिमा से भी पृथक प्रतीत होता है। तो 'शारीरिकता' से उन्मुक्तता की अनुभूति से आत्म अपने को 'मानसिकता' से एकरूप कर लेता है। वह मानसिक तथ्यों—मानसिक प्रतिमाओं तथा विचारों को अपनी आत्म गतिविधि समझ लेता है। यह मानसिक आत्मपरकता की स्थिति हो जाती है।

किन्तु आत्म को शनैः-शनैः यह अनुभूति भी हो जाती है कि मानसिकता उसका वास्तविक स्वरूप नहीं है। प्रतिमाओं में अनिवार्यतः विषय से सम्बन्धित होने की अवगति है, और विचार 'चेतना' तथा 'उसमें जो अन्तर्निष्ठ है'—इसके द्वैत से ऊपर उठ नहीं पाता। किन्तु आत्मपरकता की अनुभूति इस प्रकार के द्वैत से परे की अनूभूति है। आत्मपरकता की अनुभूति में आत्म ही चेतना है—तथा आत्म ही चेतना में ज्ञात है—अन्तर्निष्ठ है।

यही कारण है कि मानसिकता के स्तर का निषेध आत्मपरकता की वास्तविकता तक—आध्यात्मिक स्तर तर पहुंचने का सोपान है। इस आध्यात्मिक स्तर की पहली कड़ी 'भावनात्मक अनुभूति' (Feeling) है। अतः वैचारिकता के घेरे से जब आत्म अपने को

---

*K.C. Bhattacharya, *The Subject as Freedom*, p. 122.

**Ibid., p. 123.

मुक्त कर लेता है तब वह भावनात्मक अनुभूति के स्तर से अपने को एकरूप कर लेता है। भावनात्मक स्तर में 'अर्थ-संदर्भ' (Realm of meaning) से सम्पर्क पूर्णतया समाप्त हो जाता है क्योंकि इस अनुभूति में 'अर्थ' की कोई प्रासंगिकता नहीं है। विचार के स्तर में भी अर्थ से सम्पर्क पूर्णतया विच्छिन्न नहीं हो पाता, भावना में हो जाता है, और इसी कारण भावनात्मकता के स्तर में आत्म वास्तविक आत्मपरकता के रूप में प्रवेश कर जाता है। कृष्णचन्द्र भावनात्मक अनुभूति के दो उपस्तरों का उल्लेख करते हैं, प्रथम स्तर में वैचारिकता के घेरे से आत्म मुक्त हो भावनात्मकता के स्तर में आ जाता है। किन्तु यह भावनात्मकता का शुद्ध रूप नहीं है, भावनात्मकता की परिणति तब होती है जब भावनात्मकता की चेतना से आत्म ऊपर उठ जाय। भावनात्मकता के घेरे से इस प्रकार मुक्त होने की अवस्था को कृष्णचन्द्र 'भावना की भावनात्मक अनुभूति' (Feeling of feeling) कहते हैं, यहां 'भावना की चेतना' तथा 'भावना' का अन्तर, उसका द्वैत भी समाप्त हो जाता है। यह भावनात्मकता के स्तर की परिणति है।

इस स्तर का निषेध आत्म को आत्मपरकता की स्पष्टतम अनुभूति के स्तर में पहुंचा देता है—जिसे कृष्ण चन्द्र अन्तर्दृष्टि (Introspection) कहते हैं। पुनः यह स्मरण करा देना आवश्यक है कि यह अन्तर्दृष्टि मनोवैज्ञानिक अन्तर्निरीक्षण (Psychological Introspection) नहीं है। यह मात्र अपने में झांकना नहीं है जैसा कि अन्तर्निरीक्षण में होता है। यह एक आध्यात्मिक अन्तर्दृष्टि है जो संज्ञानात्मक है, जो अवगति देती है। कृष्ण चन्द्र कहते हैं कि यह अवगति 'मैं' (I) की अवगति है। इस अवगति की विशिष्टता यह भी है कि यहां 'मैं' (I) अवगति से पृथक कोई तत्त्व नहीं है। यह ऐसी अवगति है जो आत्म के आत्मरूप का अंग हैं, जिसे आत्म 'भोगता' है। इसी कारण इस अवगति को 'मैं की उपभोगी चेतना' (Enjoying consciousness of I) कहा गया है। इस प्रकार अन्तर्दृष्टि (Introspection) 'मैं' शब्द के अर्थ की अवगति नहीं है, यह "मैं" के होने में विश्वास जैसा भी नहीं है—यह अवगति "मैं" ही है—यह "मैं" से एकरूप होना है। यहां किसी प्रकार की बाह्यता, किसी प्रकार की विषयता, किसी प्रकार की अर्थबोध, इस चेतना का अंग नहीं है, फिर भी यह आत्म-ज्ञान है जिस ज्ञान में 'ज्ञाता' एवं 'ज्ञेय' का अन्तर पूर्णतया समाप्त हो जाता है, यह आत्म की वास्तविकता, उसके शुद्ध आत्म-रूप का ज्ञान है। इस अनुभूति में हर 'घेरे' से उन्मुक्तता की अनुभूति है। इस प्रकार यह स्पष्टतः "मैं" (I) का ज्ञान है। कृष्ण चन्द्र ने बड़ी सूझबूझ से यहां पर 'अहं' (Ego) शब्द के स्थान पर प्रतीकात्मक शब्द मैं (I) का उपयोग किया है, क्योंकि इस चेतना में वे 'अहं' को हर प्रकार के सम्भव साहचर्यों से मुक्त रखना चाहते हैं। अतः, उनके अनुसार अन्तर्दृष्टि इस रूप में 'मैं' (I) की चेतना है।

किन्तु कृष्ण चन्द्र का कहना है कि जब हम अपनी इस 'मैं–चेतना' (I–consciousness) पर पुनः विचार करें तो स्पष्ट होगा कि इसी चेतना में इससे ऊपर उठने की चेतना भी निहित है। ऐसी ही आत्म-केन्द्रित चेतना में 'अन्य आत्म' की चेतना होती है, और धार्मिक चेतना भी होती है जिसमें एक 'परात्म आत्म' की चेतना होती है। इस प्रकार की सम्भावनायें

स्पष्टरूप से दिखाते हैं कि इस चेतना से भी ऊपर उठा जा सकता है—इस मैं (I) का भी निषेध हो सकता है।

हमने देखा है कि आत्मपरकता इस क्रमिक विकास-क्रम में हर स्तर में निहित ऐसी प्रवृत्ति होती है जो उस स्तर से ऊपर उठने की दिशा में प्रेरित करती है। प्रश्न है कि यदि 'मैं' की चेतना से भी ऊपर उठने की सम्भावना है, तो इस स्तर में क्या है जो इसे ऊपर उठने के लिये प्रेरित कर रहा है? कृष्ण चन्द्र कहते हैं कि इस स्तर में 'आत्म' की स्पष्ट अनुभूति है, किन्तु इस रूप में तो 'आत्म' भी एक 'घेरा' ही हो जाता है। तो इससे ऊपर उठने के लिये इसे घेरे से ऊपर उठना है—इस 'आत्म' की अनुभूति से ऊपर उठना है। इसी आधार पर कहा गया है कि 'मैं' के निषेध (Denial of I) के आधार पर अन्तर्दृष्टि के स्तर से ऊपर उठा जा सकता है।

इस विचार को एक दूसरे रूप में भी समझा जा सकता है। कृष्ण चन्द्र ने उसे इस रूप में भी स्पष्ट किया है। कहा जा सकता है कि अन्तर्दृष्टि, जो आत्म की वास्तविकता की अवगति है, आत्म के शुद्ध आत्म-रूप का ज्ञान है। अर्थात् यह आत्म के उन्मुक्त होने का ज्ञान है। किन्तु, यहां यह अवगति तो रह जाती है कि "'मैं' उन्मुक्त हूं"। पूर्ण उन्मुक्तता तो इस अवगति से ऊपर उठने में है। इसी कारण कृष्ण चन्द्र इस अनुभूति के निषेध की बात करते हैं। इस अन्तर को कृष्ण चन्द्र ने 'आत्म के उन्मुक्त होने का' (Subject as force) और 'उन्मुक्तता-रूप आत्म' (Subject as Freedom) का अन्तर कहा है। "'आत्म' के उन्मुक्त होने" की अनुभूति आत्मपरकता का अन्तर्दृष्टि स्तर है। किन्तु जब इस 'उन्मुक्त होने की' अनुभूति भी तिरोहित हो जाय, उसका निषेध हो जाय—तभी पूर्ण स्वतंत्रता स्थापित होती है। कहा जा सकता है कि 'आत्म के उन्मुक्त होने' की चेतना 'आत्मपरकता' (Subjectivity) के विकास-क्रम की परिणति है, जब कि 'पूर्ण उन्मुक्तता' आत्म का चरम लक्ष्य है—चरम भाग्य है। आत्मपरकता का चरम लक्ष्य 'उन्मुक्तता-रूप आत्म' (Subject as Freedom) की स्थिति है।

किन्तु, इस चरम-स्थिति का कोई निर्धारित निश्चित रूप नहीं है, अतः न इसके सम्बन्ध में कुछ निर्दिष्ट किया जा सकता है—और न इसका निषेध का ही प्रश्न उठता है। इसी कारण कृष्ण चन्द्र इसे 'अनिश्चितता' (Indefinite) कहते हैं—जो 'सत्' का चरम रूप है, निरपेक्ष सत् (Absolute) है। इस प्रकार 'स्वतंत्रता-रूपी आत्म' (Subject as Freedom) 'निरपेक्ष सत्' (Absolute) ही है, जो आत्मपरकता के विकास का चरम लक्ष्य है। इसके अन्तर्गत—इसमें अन्तर्विष्ट कोई भावात्मक तत्त्व नहीं है, अतः इसके निषेध का प्रश्न नहीं उठता। इसी कारण तो यह सत् है क्योंकि सत् के निषेध का प्रश्न नहीं उठता। तब यह है कि इस स्तर का कोई निश्चित वैचारिक भाव या स्वरूप निर्धारण सम्भव नहीं। इसके प्रति हमारी कोई 'निश्चित' अभिवृत्ति या 'निश्चित' दृष्टि, भी नहीं बन सकती, इसे आत्म के समान 'भोगा' भी नहीं जा सकता। इसी कारण कृष्ण चन्द्र कहते हैं कि 'अनिश्चितता' (Indefinite) का स्तर ही 'निरपेक्ष सत्-विचार' है।

निरपेक्ष सत् विचार
(Concept of the Absolute)

अभी-अभी हमने निरपेक्ष सत् (Absolute) को 'पूर्णतया अनिश्चित' कहा है। पहले भी कहा गया है कि कृष्ण चन्द्र के अनुसार सत् न आत्मनिष्ठ और न विषयनिष्ठ है। वस्तुतः इस पर कोई 'लेबल' चिपकाने का प्रश्न ही नहीं उठता। सच पूछा जाय तो इसका वैचारिक चित्रण भी सम्भव नहीं है। इसी कारण कृष्ण चन्द्र की मान्यता है कि निरपेक्ष सत् के सम्बन्ध में हमारे जो भी विचार बनते हैं, वे कुछ 'प्रतीकों' के माध्यम से बनते हैं।

कृष्ण चन्द्र कहते हैं कि पाश्चात्य विचारकों ने निरपेक्ष सत् के लक्षणों के विवरण का प्रयास किया है—और यही उनकी भूल है। उनका कहना है कि प्रथम बार कांट ने इस प्रकार के प्रयास की निरर्थकता को समझा। किन्तु उसने भी एक भूल कर दी कि उसने भी निरपेक्ष सत् को अज्ञान एवं अज्ञेय कह कर उसका विवरण दे दिया। यह उन्हें नहीं सूझा कि यह कहना भी सत् का विवरण ही देना है।

इसी कारण कृष्ण चन्द्र का कहना है कि निरपेक्ष सत् को 'सत्' कहने का भी प्रयास वस्तुतः उपयुक्त नहीं। यह वस्तुनिष्ठता, विषयनिष्ठता आदि सभी विवरणों से 'परे' है, क्योंकि सभी विवरणों में कुछ भावात्मक बिन्दु उभरते हैं—और उस रूप में 'निरपेक्ष सत्' का हर मानसिक चित्रण अयथेष्ट ही रहेगा। ऐसा हर तत्त्वमीमांसिक दृष्टि के सम्बन्ध में कहा जा सकता है, वे सब 'सत्' के स्वरूप को पकड़ने, समझने के विभिन्न ढंग अवश्य हैं, किन्तु इनमें किसी ढंग से 'सत्' का वास्तविक स्वरूप पकड़ में नहीं आता। प्लेटो का सर्व-व्यापी भाव तथा शून्यता-भाव, कुछ बौद्ध विचारकों का 'शून्यता-भाव', बर्गसां की प्राण-शक्ति, हेगेल का निरपेक्ष सत्—ये सभी उस 'अनिश्चितता' को चित्रित करने के प्रयत्न अवश्य हैं, किन्तु सभी अपने-अपने ढंग से अयथेष्ठ हैं, क्योंकि वे सभी किसी न किसी रूप में किसी न किसी निश्चित विधा में डालने का प्रयास करते हैं। कृष्ण चन्द्र कहते हैं कि इस संदर्भ में समझ लेना आवश्यक है कि निरपेक्ष सत् के सम्बन्ध में 'विचार करना' भी 'विचार करने' के शाब्दिक अर्थ में विचार करना नहीं है। इन बातों की उपयुक्त समझ के लिये यह देखना आवश्यक हो जाता है कि कृष्ण चन्द्र आखिर किस ढंग से 'निरपेक्ष सत्' (Absolute) की बात करते हैं।

सामान्यतः दर्शन का कार्य—विशेषतः तत्त्वमीमांसीय दर्शन का कार्य यही समझा जाता है कि वह चिन्तन एवं विचार के द्वारा 'परम सत्' के स्वरूप का कोई वैचारिक चित्र स्पष्ट करें। 'चिन्तन' दर्शन के प्रमुख उपकरण के रूप में स्वीकारा जाता है। किन्तु हर चिन्तन (Reflection) का कुछ 'अन्तर्विषय' (Content) होता है, तथा उसमें उस अन्तर्विषय की चेतना (Consciousness) रहती है। चिन्तन में ये दोनों अनिवार्यतः सम्बद्ध हैं—वह भी इस प्रकार की 'चेतना' तथा उसका 'अन्तर्विषय' एक दूसरे को 'आपदित' (Imply) करते हैं। चिन्तन् की इस मौलिकता को—चेतना (Consciousness) तथा 'चेतना के अन्तर्विषय' के (Content) पारस्परिक आपदित सम्बन्ध को—कृष्ण चन्द्र 'आपदन-रूप द्वैत' (Implicational Dualism) कहते हैं।

'चेतना' तथा 'चेतना के अन्तर्विषय' के बीच जो 'आपदन' का सम्बन्ध है, वह साधारण 'आपदन' (Implication) से भिन्न है। साधारण आपदन के उदाहरण में, जैसे 'क से ख आपदित हैं' (क implies ख) के उदाहरण में जो सम्बन्ध है, उसमें एक पद निश्चित है और दूसरा पद उससे आपदित है। अर्थात् इस सम्बन्ध में जब तक कोई एक निश्चित 'पद' न हो, आपदन का सम्बन्ध हो ही नहीं सकता। इस उदाहरण में 'क' निश्चित-पद है—और 'ख' उससे आपदित है। यदि 'क' निश्चित पद नहीं होता तो यह आपदन-सम्बन्ध सम्भव ही नहीं होता। किन्तु वैचारिक चिन्तन में जो 'आपदित द्वैत' की बात हो रही है, उसका कोई पद निश्चित पद नहीं है। कहा गया है कि यहां 'चेतना' तथा 'उसके अन्तर्विषय' (Consciousness and its content) के बीच आपदन सम्बन्ध हैं, किन्तु न तो यहां 'चेतना' में निश्चितता है और न उसके अन्तर्विषय में। अर्थात् इन दोनों का सम्बन्ध अनिश्चित ही है। "We have only an indefinite relation between content and consciousness."*

अब इस 'आपदन-रूप द्वैत' की अनिश्चितता यह तो स्पष्ट ही करती है कि वैचारिक चिन्तन की यह अन्तिम विधा नहीं हो सकती, क्योंकि चिन्तन निश्चितता की मांग करता है। तो चिन्तन इस अनिश्चतता से भी ऊपर उठना चाहेगा। 'आपदन-रूप द्वैत' का स्वरूप ही चिन्तन को चिन्तन के इस स्तर से ऊपर उठने के लिये विवश करता है। किन्तु इसके लिये तो इस स्तर की चेतना से उच्चतर चेतना की आवश्यकता होगी—क्योंकि जब 'चिन्तन' पर ही चिन्तन करना है, जब चिन्तन के मूल रूप 'आपदन-रूप द्वैत' में निहित अनिश्चितता पर विचार करना है तो यह चिन्तन तो सामान्य चिन्तन से उच्चतर (Supra-reflective) चिन्तन होगा। किन्तु इसका तो यह अर्थ हुआ कि वह स्तर 'वैचारिक चिन्तन' से परे होगा। और यदि वह 'वैचारिक चिन्तन' से परे है, तो वह इस 'आपदन-रूप द्वैत' से भी मुक्त है। कुछ इस प्रकार की 'अतिवैचारिक चेतना' की ही सम्भावना जाग्रत होती है। कृष्ण चन्द्र कहते हैं कि कुछ वैसी ही चेतना शायद 'निरपेक्ष सत्' के स्वरूप की कुछ झांकी दे दे। किन्तु उस स्वरूप का वैचारिक चित्र भी नहीं खींचा जा सकता, क्योंकि वह विचार के अनिवार्य 'आपदन-रूप द्वैत' (Implicational Dualism) से मुक्त है। इसी कारण कृष्ण चन्द्र कहते हैं कि निरपेक्ष सत् (Absolute) है—"What is free from the implicational Dualism of content and consciousness."**

किन्तु इससे यह नहीं समझ लेना चाहिये कि कृष्ण चन्द्र कह रहे हैं कि इस स्तर की चेतना में इन दोनों की 'एकरूपता' की चेतना होती है। कभी-कभी कुछ विचारकों ने ऐसी बात कही है, किन्तु कृष्ण चन्द्र कहते हैं कि ऐसी बातों को उनके यथार्थ अर्थ में नहीं समझना चाहिये। यदि 'चेतना' तथा 'उसके अन्तर्विषय' की एकरूपता की बात भी की जाती है तो वह या तो किसी प्रतीकात्मक अर्थ में, या किसी आलंकारिक अथवा लाक्षणिक अर्थ में।

---

*K.C. Bhattacharya, *The Concept of Absolute and its alternative forms*, *Studies in Philosophy*, Vol. II, p. 121.

**Ibid., p. 128.

वस्तुतः जब यह चेतना सामान्य वैचारिक चिन्तन के स्तर की ऊपर की चेतना है—तो उसके सम्बन्ध में किसी वैचारिक चित्रण को उसका यथार्थ विवरण नहीं कहा जा सकता है।

कृष्ण चन्द्र के अनुसार 'आपदन-रूप द्वैत' (Implicational Dualism) तीन प्रकार के होते हैं। 'तीन' इस कारण कि वैचारिक चेतना, जिसका यह स्वरूप है, ही तीन प्रकार की है—ज्ञानात्मक, भावनात्मक तथा क्रियात्मक (Knowing, Feeling and Willing)। आपदन-रूप द्वैत ज्ञानात्मकता के क्षेत्र में हो सकता है या भावना के क्षेत्र में या क्रियाओं के क्षेत्र में भी हो सकता है। ज्ञान में विषय चेतना से निर्धारित नहीं रहता—क्योंकि वहां 'चेतना' और 'विषय' का द्वैत पूर्णतया स्पष्ट होता है। भावना में चेतना से विषय एक प्रकार से निर्धारित हो जाता है—क्योंकि भावनात्मक चेतना के अनुरूप ही भावना का लक्षण स्पष्ट होता है। संकल्प तथा क्रियाओं में 'चेतना' एवं 'विषय' एक प्रकार से संगठित रहते हैं। इस आलोक में 'चेतना' तथा उसके 'अन्तर्वस्तु' के द्वैत को देखते हुए वे कहते हैं, "the content may be spoken of (*a*) as unconstituted by consciousness or (*b*) as constituted by consciousness and (*c*) as along with consciousness constituting some kind of unity."*

पहले में चेतना से उसका अन्तर्वस्तु मुक्त है, दूसरे में चेतना अपने अर्न्तवस्तु से मुक्त है, तथा तीसरे में दोनों के एक प्रकार से संगठित रूप की चेतना उजागर होती है। तो, आपदन-रूप द्वैत इन तीन प्रकारों का है, निरपेक्ष सत् को इस आपदन-द्वैत से मुक्त माना गया है, अतः निरपेक्ष सत् के सम्बन्ध में 'तीन' प्रकार से सोचा जा सकता है।

(१) पहले प्रकार का विचार ज्ञानात्मकता के क्षेत्र से जुटा है, अतः इसमें 'ज्ञान' के क्षेत्र के निरपेक्ष सत् (Absolute) पर विचार प्रकाश में आता है। इसका यह अर्थ नहीं कि 'निरपेक्ष सत्' ज्ञान का अन्तर्विषय (Content) बन जाता है। जैसा कि ऊपर कहा गया है यहां तो ज्ञान अन्तर्वस्तु से मुक्त है, अतः यह 'ज्ञान' से असम्बन्धित है। अतः यह 'निरपेक्ष सत्' ज्ञान की सीमा के अन्तर्गत नहीं है। कृष्ण चन्द्र इसे ऐसा ज्ञान कहते हैं जिस ज्ञान में कोई अन्तर्वस्तु (Content) नहीं है (Known no-content)। इसका अर्थ है कि जब 'निरपेक्ष सत्' के ज्ञान की बात की जाती है, तो उसका अर्थ है कि यह एक ऐसा ज्ञान है—जिसके विषय-निर्देश का प्रश्न ही नहीं उठता। इसे इस रूप में भी कह सकते हैं कि यह इस प्रकार ज्ञात है जिस प्रकार कोई ज्ञात-विषय ज्ञात नहीं होता।

(२) अब हम क्रियात्मकता अथवा संकल्पनात्मकता के क्षेत्र के निरपेक्ष (Absolute) पर विचार करें। कृष्ण चन्द्र कहते हैं कि पहले उदाहरण में निरपेक्ष उस 'विषयवस्तु' के रूप में स्पष्ट होता है जो ज्ञानात्मक चेतना से स्वतंत्र है, और इस दूसरे उदाहरण में निरपेक्ष उस चेतना के रूप में स्पष्ट होता है जो अपने अन्तर्वस्तु (Content) से पूर्णतया मुक्त है। अतः इस रूप में 'निरपेक्ष' पर विचार करने में 'निरपेक्ष' के किसी अर्न्तविषय का विचार आ ही नहीं सकता—एक दृष्टि से यह निरपेक्ष अन्तर्वस्तु-विहीन है, रिक्त है। वैसे हमारे सामान्य वैचारिक ढंग के लिये यह समझना भी कठिन है कि किस प्रकार संकल्पनात्मकता अतर्न्वस्तु-विहीन स्वतंत्रता (उन्मुक्तता) हो सकती है। इसे इस प्रकार से समझने का

प्रयास करें। संकल्प स्वरूपतः अपनी परिपूर्णता की प्रवृत्ति है, एक ऐसी प्रवृत्ति है जो अपने को पाना चाहती है। लेकिन इसकी परिपूर्णता तो एक प्रकार से इसकी समाप्ति है इसका निषेध है। जब कोई संकल्प पूर्ण होता है, तो वह संकल्प अब रहता नहीं, हम उससे ऊपर उठ जाते हैं, और उस प्रकार मूल संकल्प निषेधित हो जाता है। कृष्ण चन्द्र कहते हैं 'We will be an act in order to get rid of the being of the act.' इस प्रकार संकल्पमूलक निरपेक्ष में कोई अन्तर्वस्तु (Content) नहीं रहता। इस दृष्टि से निरपेक्ष सत् हर सत् का निषेध है।

(३) उसी प्रकार हमारा वैचारिक चिन्तन हर चेतना और उसके अन्तर्विषय—हर अनुभूत अन्तर्वस्तु तथा उसकी अनुभूति—के संगठन या एकत्व की मांग तो करता ही है। इस प्रकार का संगठन, जो चेतना और उसके अन्तर्वस्तु (Content) के द्वैत से ही मुक्त है, भावनामूलक निरपेक्ष (Absolute of feeling) है। इसे स्पष्ट करते हुए कृष्ण चन्द्र कहते हैं, "[It may be understood as] content that is indefinitely other than consciousness or as consciousness that is indefinitely other than content". चेतना तथा उसके अन्तर्वस्तु के आपदितद्वैत से मुक्त होने का अर्थ यही है कि दोनों एक दूसरे से मुक्त प्रतीत हों, और फिर भी इस भिन्नता की 'निश्चित' अवगति भी न हो। यदि दोनों की भिन्नता की निश्चित अवगति हो गयी, तो वह तो वैचारिक चिन्तन के स्तर की बात हो जायगी, उससे स्वतंत्र निरपेक्ष के स्तर की नहीं। इसी कारण ऊपर के वाक्य में दोनों विकल्पों में कृष्ण चन्द्र ने 'Indefinitely' (अनिश्चित रूप में) शब्द का उपयोग किया है। अतः भावनामूलक निरपेक्ष सभी 'ज्ञात' विषयों से ऊपर है, यह सत् तथा असत् दोनों से ऊपर है। यह अनिश्चितता तथा परात्मकता (Transcendent) का निरपेक्ष है।

ध्यान देने की बात है कि ऊपर की गयी विवेचना से बड़ा ही विचित्र निष्कर्ष स्थापित हो रहा है। 'ज्ञान मूलक निरपेक्ष' (Absolute of knowing) ऐसा, है जिसे जाना नहीं जा सकता। 'संकल्पमूलक निरपेक्ष' (Absolute of willing) ऐसा है जो अन्तर्विषय (Content) से रिक्त है। 'भावनामूलक निरपेक्ष' सत् असत् दोनों से परे है। यह विचित्र निष्कर्ष बस उतना ही स्थापित हो रहा है कि 'निरपेक्ष' पूर्णतया अनिश्चितता (Indefinite) है। ज्ञान संकल्प तथा भावना किसी की कोई विधा इस निरपेक्ष को निश्चित ढांचे में नहीं ढाल सकती।

कृष्ण चन्द्र इसी निष्कर्ष पर एक अन्य प्रकार से भी पहुंचते हैं। वे 'निरपेक्ष' (Absolute) के तीन वैकल्पिक रूपों (Alternative forms या alternation) की बात करते हैं। उसका कहना है कि निरपेक्ष का अवबोध तीन रूपों में हो सकता है जिन्हें वे सत्यता, स्वतंत्रता तथा मूल्य (Truth, Freedom and Value) कहते हैं। इन्हें हम कुछ और स्पष्ट करें। निरपेक्ष का अवबोध 'सत्यता' या 'भावात्मक सत्' (Truth or Positive being) के रूप में हो सकता है—जो ज्ञात नहीं होता। 'सत्यता' का स्वरूप है कि वह स्वतः प्रकाश है, और इसी कारण वह किसी सीमित चेतना में सिमट नहीं सकता—उसका विषय नहीं हो सकता। इसी कारण 'सत्यता' के ज्ञात होने का प्रश्न नहीं उठता। 'उसी प्रकार 'निरपेक्ष'

का अवबोध 'स्वतंत्रता' के रूप में हो सकता है। संकल्प तथा स्वतंत्रता एक रूप हैं, क्योंकि स्वतंत्रता तो संकल्प ही है, तो स्वतंत्रता का कोई भावात्मक निर्धारण सम्भव ही नहीं। संकल्प की परिपूर्ति स्वतंत्रता की अभिव्यक्ति है, और (जैसा कि ऊपर बताया गया है) यह संकल्प का निषेध भी है। अतः स्वतंत्रता के रूप में निरपेक्ष का कोई अपना लक्षण विशिष्ट नहीं होता। 'निरपेक्ष' का अवबोध 'मूल्य' के रूप में भी हो सकता है। 'मूल्य' अनिश्चितता का ही क्षेत्र है, क्योंकि मूल्य को न 'सत्' कहा जा सकता है न असत्, न इसे स्वतः सिद्ध कहा जा सकता है और न इसे अज्ञेय कहा जा सकता है। इस अर्थ में मूल्य इन सबों से 'परे' है।

इन तीनों के पारस्परिक सम्बन्ध पर विचार करना कठिन है—मात्र यही कहा जा सकता है कि निरपेक्ष के अवबोध के ये तीन विकल्प हैं, अतः ये तीनों 'निरपेक्ष' के वैकल्पिक रूप हैं—और इनका जो सम्बन्ध है वह वैकल्पिक प्रत्यावर्त्तन (Alternation) है। वस्तुतः इस प्रत्यावर्त्तन के द्वारा ही 'निरपेक्ष' का हम कुछ चित्रण कर पाते हैं। उनका कहना है कि एक प्रकार से देखने पर यह प्रश्न कि ये तीनों विकल्प एकरूप हैं या भिन्न—एक प्रकार से अर्थहीन प्रश्न प्रतीत होता है, किन्तु दूसरे ढंग से देखने पर कहा जा सकता है कि है तो तीनों एकरूप ही, किन्तु उनकी एकरूपता को व्यक्त नहीं किया जा सकता। निरपेक्ष सत्य सत् एवं मूल्य के विकल्प की एकरूपता इस अर्थ में कि एक दृष्टि से सत्य सत् प्रतीत होता है, सत् मूल्य प्रतीत होता है तथा मूल्य सत्यता प्रतीत होता है, और फिर यह भी प्रतीत होता है कि तीनों सर्वथा एकरूप नहीं हैं। इस वैवध्यता निरपेक्ष के सम्बन्ध में इन विभिन्नता के आधार पर ही कृष्ण चन्द्र कहते हैं कि इन तीनों का प्रत्यावर्त्तन (Alternation) निरपेक्ष का स्वरूप है। अतः यह भी कहा जा सकता है कि इनमें से हर निरपेक्ष (Absolute) है, तथा निरपेक्ष इन तीनों विकल्पों में रूप लेता है। 'निरपेक्ष' का इस प्रकार का विवरण भी वस्तुतः यही दिखाता है कि हमारा वैचारिक चिन्तन निरपेक्ष के चित्रण में समर्थ नहीं, और इसी अर्थ में निरपेक्ष अन्ततः अनिश्चित एवं अनिर्दिष्ट ही प्रतीत होता है।

किन्तु, इस स्थल पर एक तर्क सम्मत आपत्ति उठ जाती है। यदि निरपेक्ष पूर्णतया अनिश्चित है, यदि सत्-असत् के भेद से परे है, और यदि वैचारिक चिन्तन के ज्ञात ढंगों में इसके रूप को व्यक्त भी नहीं किया जा सकता तो इसके त्रिविध रूपों तथा उनके प्रत्यावर्त्तन का विवरण किस आधार पर किया जा रहा है। कृष्ण चन्द्र को यह पूर्वानुमान था कि उनके निरपेक्ष विचार पर ऐसी तार्किक आपत्ति उठायी जा सकती है। उनका कहना है कि 'निरपेक्ष' के इन विवरणों का यह अर्थ नहीं निकलता कि निरपेक्ष अनिर्दिष्ट एवं अनिश्चित नहीं है। शंकर ने ब्रह्म को अनिर्वचनीय कहा है, फिर भी उन्होंने ब्रह्म का विवरण किया है। ब्रह्म को 'सच्चिदानन्द' कहना भी इसी प्रकार का विवरण है। किन्तु इस प्रकार के विवरण उसके अनिर्वचनीय स्वरूप को अपने ढंग से समझने का एक प्रयास है।

कृष्ण चन्द्र कहते हैं कि ब्रह्म को सत्, चित् तथा आनन्द कहना कुछ वैसा ही है जैसा निरपेक्ष को सत्य सत् तथा मूल्य कहना। अतः इस प्रकार का विवरण निरपेक्ष के परात्म रूप को खण्डित नहीं करता। कृष्ण चन्द्र यह नहीं कह रहे कि एक निरपेक्ष सत् है जिसके तीन रूप होते हैं। निरपेक्ष तथा उसके प्रत्यावर्त्तन के तीनों रूप मात्र प्रतीक हैं जिनके आधार

पर उस सम्भावना के सम्बन्ध में संगत ढंग से सोच पाते हैं। वे कहते हैं, "It is meaningless therefore, to cognitively assert that there are three Absolutes or one Absolute....What are here understood as *three* are only their verbal symbols."* कृष्ण चन्द्र के अनुसार निरपेक्ष का कोई ज्ञात-अन्तर्स्वरूप नहीं है, अतः निरपेक्ष का कोई विवरण हमारे सामान्य अर्थ में संज्ञानात्मक (Cognitive) नहीं है। इन विवरणों की आवश्यकता दर्शनशास्त्र में उभर आती है, क्योंकि निरपेक्ष के सम्बन्ध में कुछ दार्शनिक सिद्धान्त उभर आये हैं। इन तीनों प्रत्यावर्त्तन के रूपों को प्रकाश में लाने का एक वैचारिक लाभ है—इनके अन्तर्गत सभी प्रकार के विभिन्न सिद्धान्त समाविष्ट हो जाते हैं। किसी एक रूप पर बल देने से एक विशेष प्रकार का सिद्धान्त प्रकाश में आ जाता है।

अब यह स्पष्ट है कि कृष्ण चन्द्र का 'निरपेक्ष-विचार' इसके प्रचलित रूपों से अलग है। निरपेक्ष को हम जानने के साधारण प्रचलित अर्थ में नहीं जा सकते किन्तु इसमें विश्वास किया जा सकता है। इसका हमें आंशिक अवबोध ही हो पाता है—और वह भी अभावात्मक रूप में, निषेधों के माध्यम से। इसके विषय में जो कुछ भी कहा जाता है वह प्रतीकात्मक भाषा में ही। इसी दृष्टि से यह अनिर्दिष्ट एवं अनिश्चित है।

---

*K.C. Bhattacharya, *Studies in Philosophy*, Vol. II, pp. 141-42.

सर्वपल्ली राधाकृष्णन

जीवन

राधाकृष्णन का जन्म मद्रास से चालीस मील दूर उत्तर-पश्चिम की ओर स्थित तीरूत्तनी नामक एक छोटे से कस्बे में ५ सितम्बर १८८८ को हुआ था। उनका प्रारम्भिक जीवन तीरूत्तनी तथा तीरूपटी में व्यतीत हुआ। ये दोनों स्थान तीर्थस्थल के रूप में प्रसिद्ध थे। शायद इसी प्रारम्भिक प्रभाव के फलस्वरूप उनकी अभिरुचि धर्म के प्रति बढ़ी। वे स्वयं स्वीकारते हैं कि उसी समय से उनके मन में अदृश्य जगत की वास्तविकता के प्रति एक दृढ़ विश्वास उत्पन्न हुआ—जो विश्वास सदैव उनकी आस्था का अंग बना रहा। उनकी स्कूल तथा कालेज की शिक्षा ईसाई मिशन की संस्थाओं में हुयी। इस अवधि में वे ईसाई धर्म के प्रमुख सिद्धान्तों से परिचित हो गये, और साथ-साथ उन्हें यह भी जानकारी मिल गयी कि ईसाई मत के समर्थक किन स्थलों पर हिन्दू मत की आलोचना करते हैं। इस प्रभाव में उन्हें हिन्दू दर्शन तथा हिन्दू धर्म ग्रन्थों का विशद एवं गहन अध्ययन किया। अचेतन रूप में उनके मन में हिन्दु मत के विवेकानन्द जैसे प्रबल प्रतिपादकों के लिये बड़ा आदर उत्पन्न हुआ। इस प्रकार उनकी प्रारम्भिक धार्मिक प्रवृत्तियां इन विभिन्न प्रभावों के फलस्वरूप संवरती चली गयीं। इस प्रकृति का अभिव्यक्ति के रूप में उनका लेखन कार्य बीस वर्ष की उम्र से ही प्रारम्भ हो गया। १६०८ में ही उनकी पहली पुस्तक *Ethics of the Vedanta* प्रकाशित हुई। एम.ए. की परीक्षा के लिये उन्होंने इसे शोध-लेख के रूप में लिखा था।

१६०६ में मद्रास प्रेसिडेन्सी कालेज में उनकी बहाली एक शिक्षक के रूप में हुयी, और उसी समय से उनका बौद्धिक कार्य पूर्ण सक्रियता से प्रारम्भ हो गया। १६१८ में उन्हें मैसूर विश्वविद्यालय में दर्शन के प्राचार्य का पद मिला। वहां उन्हें पाश्चात्य दर्शन के भी विशद अध्ययन का अवसर मिला। उस काल में प्रकाशित उनके लेख तुलनात्मक दृष्टि से लिखे गये थे। १६२१ में उनकी नियुक्ति दर्शन के क्षेत्र के देश के सर्वप्रथम पद पर हुयी, वे कलकत्ता विश्वविद्यालय में दर्शन के जार्ज V प्रोफेसर के रूप में नियुक्त हुए। १६२६ में उन्हें हिन्दू जीवन-दर्शन पर भाषण देने के लिये आक्सफोर्ड विश्वविद्यालय का आमंत्रण मिला, और उसके बाद तो विदेशों में भाषण एवं शैक्षणिक पद सम्हालने के अनेकों आमंत्रण मिलते रहे। उसी काल में कुछ अन्य प्रमुख व्यक्तियों के सहयोग से उन्होंने इण्डियन फिलासफिकल कांग्रेस की स्थापना की।

अब भारत के सर्वप्रमुख बुद्धिजीवी के रूप में उनकी ख्याति फैल चुकी थी। भारतीय दर्शन एवं धर्म का उनका गहन ज्ञान, साथ-साथ पाश्चात्य दर्शन और विचारों की व्यापक जानकारी, तथा इन दोनों की तुलना एवं समीक्षा के आधार पर दार्शनिक संरचना का इनका सतत प्रयत्न उन्हें पूर्व तथा पश्चिम के बीच सेतु बनाने वाला एक मात्र चिन्तक के

रूप में प्रतिष्ठित करता गया। साथ-साथ उनकी एक और विशिष्टता भी उनके प्रभाव एवं प्रसिद्धि का एक उपकरण बनी रही। वे बड़े प्रभावशाली वक्ता थे। इन सभी प्रभावों के फलस्वरूप उनकी प्रसिद्धि देश-विदेश में पूर्णतया व्यापक हो गयी और उन्हें आक्सफोर्ड विश्वविद्यालय के स्पालडिंग प्रोफेसर का पद सम्हालने का आमंत्रण मिला।

अब उनका यश दर्शन एवं शिक्षण के क्षेत्र के परे भी फैलता गया, और उन्हें एक के बाद एक प्रतिष्ठित पदों को सम्हालने का आमंत्रण मिलता रहा। वे प्रोफेसर के बाद वाइस-चांसलर बने। उन्होंने भारत के प्रमुख राजदूत के रूप में प्रमुख देशों में कार्य किया। भारत के प्रथम राष्ट्रपति के साथ ये भारत के उपराष्ट्रपति रहे—और अन्त में भारत के सर्वोच्च पद—भारत के राष्ट्रपति के पद पर भी कार्यरत हुए। उनकी विशिष्टता यह थी कि इन पदों पर रहते हुए भी उन्होंने दार्शनिक सर्जनात्मकता एवं लेखन के कार्य को भी आगे बढ़ाया।

उनके दर्शन का स्वरूप

जैसा कि पहले ही कहा जा चुका है, राधाकृष्णन की विलक्षणता इस बात में थी कि उन्हें भारतीय तथा पाश्चात्य-दोनों विचारों की पूरी जानकारी थी। उनकी प्रारम्भिक शिक्षा भारतीय परम्परा के अनुरूप हुयी तथा बाद में अपनी लगन से उन्होंने पाश्चात्य विचारों का विशद अध्ययन किया। अतः उनके लिये बड़ा सरल हो गया कि वे इन दोनों विचारों के समन्वय का प्रयास करें।

फिर भी, यह तो कहा ही जा सकता है कि उनकी बौद्धिक मान्यताओं की जड़ें भारतीय परम्परा में ही पनपी हैं। उनके अपने दार्शनिक विचारों की मूल अवधारणायें सामान्यतः भारतीय दर्शनों से तथा प्रधानतः वेदान्त से ली हुयी हैं। किन्तु उनकी विशेषता यह रही कि भारतीय विचारों को भी स्पष्टरूप में पाश्चात्य विचारों के माडलों एवं भाषीय ढंगों में व्यक्त किया। फलतः भारतीय दर्शन का उनके द्वारा प्रस्तुत इतिहास अपने पारम्परिक बन्धनों से मुक्त हो, नवीन रूप में प्रदत्त हुआ। यह मौलिकता भी उनकी प्रतिष्ठा को बढ़ाने में सहायक सिद्ध हुयी।

जोड ने राधाकृष्णन की दार्शनिक दृष्टि का विवरण करते हुए कहा है कि राधाकृष्णन का एक प्रकार से पूर्व तथा पश्चिम के बीच का 'सम्पर्क अधिकारी' (Liaison Officer) कहा जा सकता है। उन्होंने पूर्व के पारम्परिक ज्ञान तथा पश्चिम के नवीन ज्ञान के मध्य एक सेतु बनाया है।* इस विवरण में तथ्य है क्योंकि राधाकृष्णन का सतत् प्रयत्न रहा है कि वे इन दोनों विचारों के समन्वय के आधार पर दार्शनिक संरचना करें।

अतः कहा जा सकता है कि उनकी मूल दार्शनिक दृष्टि में एक प्रकार से अद्वैत वेदान्त तथा पाश्चात्य निरपेक्ष आध्यात्मवाद (Absolute Idealism) का समन्वय है। वे अद्वैत वेदान्त में प्रतिपादित सत् के मूल अद्वैत ऐक्य को केन्द्र बनाते हैं, किन्तु इसमें निरपेक्ष

---

*C.E.M. Joad, *Counterattacks from the East*, p. 38.

आध्यात्मवाद के कुछ पक्षों को जोड़ देते हैं। वेदान्त के समान वे भी कहते हैं कि सत् एक है। निरपेक्ष आध्यात्मवाद के समान वे यह भी दिखाते हैं कि सब कुछ इस एक के अनिवार्य पक्ष हैं पहलु हैं। उनके विचारों के इस समन्वयात्मक रूप के कारण उनके विचारों पर प्रचलित नामों का कोई लेबल चिपकाना कठिन प्रतीत होता है।

फिर भी, सामान्य रूप में उनके दर्शन को एकवादी आध्यात्मवाद (Monistic Idealism) का नाम दिया जा सकता है। इसे एकवादी तो स्पष्टरूप में कहा ही जा सकता है क्योंकि उनके अनुसार सत् एक है। उनके दर्शन का आध्यात्मवाद का दर्शन कहने का आधार अनेक है। यह तो है ही कि उनका आध्यात्मवाद तात्त्विक (Metaphysical) है, क्योंकि यह सत् के स्वरूप से सम्बन्धित सिद्धान्त है। किन्तु तात्त्विक आध्यात्मवाद 'भाववादी' हो सकता है (*Idea-ism*) या 'आदर्शवादी' हो सकता है (*Ideal-ism*)। पहले का अर्थ है कि सत् का स्वरूप भाव-रूप है—विचार-रूप है, वह या मानसिक हो या आध्यात्मिक। राधाकृष्णन के अनुसार सत् आध्यात्मिक भाव-रूप है, अतः उन्हें आध्यात्मवादी कहा जा सकता है। आदर्शवाद (Ideal-ism) इससे भिन्न है। इसमें कुछ आदर्शों एवं मूल्यों के चरम रूप पर बल दिया जाता है। सच पूछा जाय तो राधाकृष्णन आध्यात्मवाद के इस रूप को अधिक मान्यता देते हैं।

राधाकृष्णन स्वयं स्वीकारते हैं कि उनकी दृष्टि आदर्शवादी है (Idealistic point of view)। यह दृष्टि इतना मान कर अग्रसर होती है कि एक ऐसा आध्यात्मिक आदर्श है जिस ओर ही सम्पूर्ण जगत-प्रक्रिया अग्रसर हो रही है।

वस्तुतः राधाकृष्णन ने 'Idea' शब्द तथा 'Idealism' शब्द के विभिन्न अर्थों का विश्लेषण किया है—और इस आधार पर तय करने का प्रयत्न किया है कि 'Idea' शब्द का मूल अर्थ क्या है? मान लें किसी वस्तु के निर्देश पर या किसी कार्य के सम्बन्ध में हम पूछते हैं कि 'इसमें आपका Idea क्या है?' तो यहां वस्तुतः हम क्या जानना चाहते हैं? राधाकृष्णन कहते हैं कि इस प्रश्न से हमारा साधारण तात्पर्य यही जानना रहता है कि इसके पीछे क्या विचार था क्या सिद्धान्त है या इस भाव की सार्थकता तथा प्रयोजन क्या है?—या यह जानना रहता है कि इसका लक्ष्य या इसका मूल्य है? तो इसका अर्थ है कि जब भी हम किसी 'भाव' या 'विचार' का तात्पर्य जानना चाहते हैं तो मूलतः हम यही समझना चाहते हैं कि वह हमें किस ओर प्रेरित कर रहा है—किस लक्ष्य की प्राप्ति के लिये अग्रसर कर रहा है।

आदर्शवाद (Ideal-ism) भाव या 'Idea' शब्द के इसी अर्थ पर आधृत है। अतः कहा जा सकता है कि यदि हम इस बात पर बल दें कि जगत एक यन्त्रवत् चलने वाली अन्धी प्रक्रिया नहीं है, बल्कि वह किसी लक्ष्य की ओर प्रेरित है, अथवा हम यह मानें कि जगत प्रक्रिया कोई अबौद्धिक प्रक्रिया नहीं, बल्कि इसमें सतत् किसी आदर्श-प्राप्ति की ओर उन्मुखता है, तो हमारा विचार आदर्शवाद का उदाहरण बन जाता है। इस दृष्टि से आदर्शवादी विचारक मानता है कि जगत की अपनी सार्थकता है—उसका अपना कुछ लक्ष्य है—और इसकी सभी प्रक्रियायें उस लक्ष्य उस प्रयोजन (Teleos) की प्राप्ति के मार्ग हैं। इस दृष्टि से आदर्शवादी प्रयोजनवादी (Teleologist) बन जाता है, यन्त्रवाद

(Mechanism) का समर्थक नहीं रहता। अब हम कह सकते हैं कि राधाकृष्णन *Idealist* के दोनों अर्थों में है। वे 'आध्यात्मवादी' भी हैं और 'आदर्शवादी' भी। वे आध्यात्मवादी हैं क्योंकि वे मानते हैं कि सत् का स्वरूप अभौतिक है—आध्यात्मिक है। किन्तु वे पूर्णतया आदर्शवादी हैं, क्योंकि वे इस विचार पर बल देते हैं कि जगत प्रक्रिया से कुछ प्रयोजन सिद्ध होते हैं—यह प्रक्रिया सतत् किसी लक्ष्य की ओर अग्रसर हो रही है।

ऐसा प्रतीत होता है कि राधाकृष्णन को चेतना है कि वैज्ञानिक एवं तकनीकी विकास के फलस्वरूप आधुनिक जीवन यन्त्रवत् जीवन हो गया है, फलतः मानव की आत्म-अनुभूति शक्ति कुण्ठित हो गयी है। इसी कारण आधुनिकता का मानस जगत प्रक्रिया के इस आदर्शरूप की उपेक्षा कर देता है। अतः उन्हें प्रतीत होता है कि अभी सर्वाधिक आवश्यकता आत्म को जगाने की है, आध्यात्मिक आस्था को पुनः प्रतिष्ठित करने की है। अतः उनके दर्शन का लक्ष्य एक ओर विवरणात्मक तथा दूसरी ओर मूल्यात्मक एवं आदर्शमूलक है। विवरणात्मक पक्ष में वे यथाशक्ति यह स्थापित करना चाहते हैं कि जीवन तथा जगत की वास्तुविकता और सार्थकता आध्यात्मिकता में है। अपनी आदर्शमूलक अनुशंसा में वे यह दिखाना चाहते हैं कि जब तक मानव की आध्यात्मिक शक्ति जाग्रत नहीं होती है, तब तक मानव-जीवन दिशाहीन निरर्थक एवं अशुभ ही प्रतीत होगा। इस प्रकार आध्यात्मिक मूल्यों एवं आध्यात्मिकता को चरम बनाने के प्रयत्न में राधाकृष्णन किसी-किसी स्थल पर रहस्यवादी (Mystic) भी प्रतीत होते हैं, किन्तु उनका दर्शन रहस्यवादी नहीं है—रहस्यवाद (Mysticism) का दर्शन नहीं है। रहस्यवाद के अंश का प्रवेश उनके दर्शन में कुछ उसी रूप में हो गया है—जिस रूप में हर आदर्शवादी एकवाद में प्रवेश कर जाता है।

परम सत् का स्वरूप

राधाकृष्णन का कहना है कि दार्शनिक अन्वेषण का मूल लक्ष्य जगत की व्याख्या प्रस्तुत करना है। जिस मूल 'तत्त्व' के आधार पर जगत की व्याख्या होती है, उसे ही 'परम सत्' कहा जाता है, क्योंकि हर वास्तविक सत् तत्त्वों की व्याख्या का आधार वही है। इस प्रकार 'परमसत्' का विचार इस ढंग से रूप लेता है कि उस विचार में जगत-सम्बन्धी क्यों तथा कैसे प्रश्नों का समुचित समाधान मिल जाय।

अपने परमसत्-विचार को राधाकृष्णन वेदान्त के विचारों का समुचित उपयोग करते हैं। वेदान्त दर्शन के अनुसार ब्रह्म ही परमसत् है जो जगत का पूर्ण ब्रह्माण्ड का तार्किक आधार है। वस्तुतः वेदान्त की मान्यता है कि ब्रह्म को सिद्ध करने का अथवा ब्रह्म की सत्ता स्थापित करने का प्रश्न ही नहीं उठता। यह तो हर विचार की पूर्वमान्यता है, क्योंकि यदि इसे नहीं स्वीकारा जाय तो विचार ही सम्भव नहीं होगा। राधाकृष्णन भी कुछ वेदान्त के समान परमसत् को ब्रह्म अथवा निरपेक्ष सत् (Absolute) कहते हैं और हर वास्तविक एवं अस्तित्वान तत्त्व का तार्किक आधार मानते हैं।

इस स्थल पर ही प्रकृतिवादी विचारक कह सकते हैं कि विश्व की व्याख्या के लिये

किसी अनुभवातीत तत्त्व की कल्पना करने की आवश्यकता ही नहीं क्योंकि प्रकृति की व्याख्या तो प्राकृतिक तत्त्वों के आधार पर हो सकती है। किन्तु राधाकृष्णन का प्रकृतिवाद के इस विचार का स्पष्ट उत्तर है कि प्राकृतिक व्याख्यायें 'काल' की वास्तविकता के पूर्वाग्रह पर आधृत होती हैं, अतः यह व्याख्या काल-स्थित तत्त्वों तक ही सीमित हो जाती है। इस व्याख्या से यह सूझता ही नहीं कि 'काल' के परे भी जाया जा सकता है। यह तो जगत को एक स्वचालित मशीन बना देता है, जो यन्त्रवत्, बिना दिशाज्ञान के चलता रहे। यह कालिक जगत का आधार अचेतन तत्त्वों को बना देता है, तथा चेतना को भी उन्हीं तत्त्वों का उपोत्पाद या उपफल मान लेता है। इसी कारण यह मान लेता है कि जगत-मशीन की जानकारी इसके विभिन्न अंशों एवं भागों की जानकारी पर आधृत है।* राधाकृष्णन का कहना है कि इस प्रकार से दी गयी व्याख्या न व्याख्या हो सकती है, और न यह 'परम सत्' का विचार ही स्थापित कर पाता है। इसका दावा है कि वह विश्व की व्यवस्था की व्याख्या प्रस्तुत कर रहा है, किन्तु व्याख्या अन्धी नहीं हो सकती, जहां विश्व-प्रक्रिया का कोई दिशा-निर्देश नहीं है, वहां व्याख्या दी ही नहीं गयी है। राधाकृष्णन के अनुसार प्राकृतिक व्याख्याओं में यह मूल दोष है।

अतः प्राकृतिक व्याख्याओं की स्पष्ट अयथेष्टता को समझने के कारण राधाकृष्णन व्याख्या की सूक्ष्मताओं में प्रवेश करते हैं, तथा परम सत् विचार तक पहुंच जाते हैं। उनका कहना है कि 'परमसत्'—विचार में व्याख्या की दो मांगों पर ध्यान देना आवश्यक है—प्रथमतः तो जगत की समुचित व्याख्या प्रस्तुत हो, तथा यह भी कि जिस के द्वारा व्याख्या की जा रही है उसकी व्याख्या की आवश्यकता न रहे। अर्थात परमसत् वही हो सकता है जो विश्व की समर्थ व्याख्या कर सके और अपने में स्वतः स्पष्ट हो। राधाकृष्णन का कहना है कि भौतिक जगत में ऐसा कुछ नहीं है जो दूसरी शर्त को पूरा कर पाये, कुछ ऐसा नहीं है जो अपनी व्याख्या भी अपने आप ही कर दे। भौतिक जगत में तो एक भौतिक तत्त्व की व्याख्या दूसरे भौतिक तत्त्व से होती है, सम्पूर्ण भौतिक जगत की व्याख्या का कोई साधन भौतिक जगत में उपलब्ध नहीं। इसी कारण परमसत् के विचार के लिये भौतिक जगत के परे जाना अनिवार्य हो जाता है। और साथ-साथ यह भी आवश्यक हो जाता है कि परमसत् के स्वरूप को ही भौतिक तत्त्वों के स्वरूप से भिन्न समझा जाय। इसी आधार पर राधाकृष्णन कहते हैं कि परमसत् अभौतिक है—आध्यात्मिक है।

इस मूल अवधारणा—आध्यात्मिक—का पूर्ण स्पष्टीकरण तो अभी सम्भव नहीं है, वह शनैः-शनैः स्पष्ट होता जायगा। किन्तु अभी हम इसके विषय में एक प्रारम्भिक भाव बना सकते हैं—वह भी अभावात्मक ढंग से। कहा जा सकता है कि 'आध्यात्मिक' भौतिक से भिन्न तथा उच्चतर तो अवश्य है। अद्वैत वेदान्त के समान राधाकृष्णन स्वीकारते हैं कि परमसत् का पूर्ण निश्चित विवरण देना तो सम्भव ही नहीं। इसके लिये हमारी भाषा असमर्थ है, किन्तु कुछ निकट के विवरणों के द्वारा हम कुछ प्रारम्भिक भाव बना सकते हैं।

---

*Radhakrishnan, *An Idealist view of Life*, p. 311.

अब हम वैसा ही कुछ प्रयास कर रहे हैं। इतना तो स्पष्ट ही हो गया कि राधाकृष्णन के परमसत् विचार की विवेचना का अर्थ है उनके निरपेक्ष सत् (Absolute) या ब्रह्म के विचार का स्पष्टीकरण।

निरपेक्ष सत या ब्रह्म

राधाकृष्णन इस परमसत् को सूचित करने के लिये दोनों 'नामों' का उपयोग करते हैं; पाश्चात्य परम्परा के अनुरूप वे इसे 'निरपेक्ष सत्' (Absolute) कहते हैं, तथा भारतीय परम्परा के अनुरूप इसे ब्रह्म कहते हैं। किन्तु 'नामों' का उपयोग आकस्मिक नहीं है। उनके इस ब्रह्म-विचार में कुछ अंश तो अद्वैत वेदान्त के हैं, तथा कुछ अंश हेगेल तथा हेगेल-परम्परा से भी लिये हुए हैं। अद्वैत वेदान्त के समान वे भी ब्रह्म को पूर्ण अद्वैत 'एक' मानते हैं, और हेगेल के समान वे यह भी मानते हैं कि यह एक पूर्ण अमूर्त भाव नहीं है, और न अमूर्तिकरण की प्रक्रिया से प्राप्त भाव है बल्कि सब कुछ का वास्तविक आधार है।

राधाकृष्णन ने परमसत् के एकरूप का विचार बड़े ही विशिष्ट ढंग से किया है। उनकी मान्यता है कि विश्व की जो समुचित एवं अन्तिम व्याख्या हो सकती है वह एकवादी व्याख्या ही हो सकती है। अतः निरपेक्ष सत् तो एक है ही। अद्वैत वेदान्त के समान राधाकृष्णन भी कहते हैं कि निरपेक्ष में एक कोई आन्तरिक भेद—कोई स्वगत भेद—भी नहीं है। उसमें जो अनेक रूपता प्रतीत होती है, वह तभी प्रतीत होती है जब हम सृष्टि की ओर से, सृष्टि के परिप्रेक्ष्य में उसे देखते हैं। यह ठीक है कि एक प्रकार से सृष्टि में भी जो व्यक्त है वह निरपेक्ष सत् की ही अभिव्यक्ति है, किन्तु इन अभिव्यक्तियों से उसका मूल एकत्त्व-रूप प्रभावित या खण्डित नहीं होता। राधाकृष्णन स्वीकारते हैं कि—"The same Absolute reveals itself in all these but differently in each. The ultimate reality sleeps in the stone, breathes in the plants, feels in the animals, and awakens to self-consciousness in man."* फिर भी वे इस बात पर बल देते हैं कि अपने में सत् पूर्ण अद्वैत ब्रह्म है—जो इन अभिव्यक्तियों से प्रभावित नहीं होता।

वस्तुतः ब्रह्म की इस एकरूपता का प्रमाण इसी की अभिव्यक्तियों में भी—जगत में भी उपलब्ध है। जगत-प्रक्रिया को ध्यान से देखने पर स्पष्ट हो जाता है कि उस प्रक्रिया में भी एक व्यवस्था है—संगठन है, तथा उसके विभिन्न अंश एक संगठन में बंधे हैं। जगत प्रक्रिया अनर्गल अथवा अव्यवस्थित ढंग से कार्यरत नहीं रहती, उनमें एक संगठन रहता है। इस संगठन की व्याख्या तभी हो सकती है जब वह जिसकी ये प्रक्रियायें अभिव्यक्ति हैं अपने में संगठित हों, एकरूप हों। उसे अनेक मानने से प्रक्रियाओं में भी विभिन्नता ही रहेगी, संगठन नहीं रहेगा। इस प्रकार हम देखते हैं कि विश्व की प्रयोजनात्मकता (Teleology) भी परमसत् की एकरूपता के पक्ष में एक साक्ष्य है।

---

*Radhakrishnan, *The Reign of Religion in Contemporary Philosophy*, p. 143.

राधाकृष्णन 'निरपेक्ष सत्' को 'शुद्ध चेतना' (Pure Consciousness), 'शुद्ध स्वतंत्रता' (Pure Freedom) तथा 'अनन्त सम्भावना' (Infinite Possibility) कहते हैं।* इनमें प्रथम दो लक्षणों का विवरण अद्वैत वेदान्त के समान है, तथा तीसरे लक्षण के विवरण में राधाकृष्णन हेगेल के समान विवरण प्रस्तुत करते हैं। निरपेक्ष को 'शुद्ध चेतना' कहा गया है क्योंकि चेतना ही ऐसा तत्त्व है जो अमिट है, जिसका पूर्ण निषेध सम्भव नहीं। हम अस्तित्व के किसी ऐसे आयाम की कल्पना भी नहीं कर सकते जहां चेतना न रहे। निरपेक्ष को 'अनन्त सम्भावना' इस आधार पर कहा गया है कि इसकी अभिव्यक्ति अनन्त जगतों में हो सकती है। यह जगत अनन्त सम्भावनाओं में एक है। इसे 'शुद्ध स्वतंत्रता' कहा गया है क्योंकि जब भी इसकी कोई सम्भावना रूप लेती है—व्यक्त होती है तो वह निर्धारक तत्त्व से निर्धारित होकर नहीं, बल्कि वह एक स्वतंत्र क्रिया है। यह भी कोई मजबूरी नहीं कि यही जगत व्यक्त हो। किसी विशेष सम्भावना की अभिव्यक्ति हो, या अन्य किसी सम्भावनाओं की अभिव्यक्ति न हो—यह सब निरपेक्ष की स्वतंत्रता के रूप हैं, उनके सम्बन्ध में निर्धारक तत्त्वों की खोज का प्रश्न ही नहीं उठता।

वस्तुतः राधाकृष्णन को लगता है कि विश्व में जो अस्तित्व की विधायें हैं, जो व्यवस्था, प्रयोजन विकास के ढंग आदि हैं, उनकी व्याख्या के लिये उन सबों के पीछे कोई मूल 'तात्त्विक आधार' का होना अनिवार्य है, अन्यथा इनकी व्यापकता की कोई सार्वभौम व्याख्या सम्भव ही नहीं होगी, और यह तात्त्विक आधार 'निरपेक्ष' के अतिरिक्त और कुछ हो ही नहीं सकता। यह प्रश्न तो उठता ही है कि आखिर अस्तित्व है ही कैसे। यदि सब कुछ लुप्त हो जाय—समाप्त हो जाय, तो शून्यता के अतिरिक्त कुछ बचता नहीं। तो अस्तित्व का आरम्भ कैसे हुआ, जब कुछ नहीं था तो मात्र शून्यता थी, तो शून्यता से अस्तित्व का विकास कैसे हुआ। इसका अर्थ है कि उस स्थिति में भी—शून्यता की स्थिति में ही अस्तित्व के उद्भव का कुछ आधार निहित है। शायद यही कारण है कि अस्तित्व के हर रूप अपूर्ण हैं, अस्थायी हैं। जो अस्तित्ववान है उसकी अस्तित्वहीनता भी सम्भव है, और जो अस्थायी है, कालिक है वह अपने में, बिना किसी सहारे के रह नहीं सकता। और इस प्रकार भी यह स्पष्ट होता है कि अस्तित्व के हर रूप, तथा हर ढंग पर विचार करने पर हमें 'अस्तित्व' से परे जाना ही पड़ता है—इनके पीछे परमसत् की प्राथमिकता को स्वीकारना ही पड़ता है।

"Why is there existence? Why is there anything at all? If everything disappeared there would be utter nothingness. If that nothingness did not provide or was not itself the possibility of being, there could not have been anything at all. The existences of the world are imperfect and impermanent and nothing that is imperfect can subsist of itself or by itself, for in so far as it is imperfect it is not. The Upanishads lead us from the imperfect existences in the world to the Supreme and

---

*Radhakrishnan, *An Idealist View of Life*, p. 313.

Absolute Being.... the existence of the world means the primacy of Being."* इस प्रकार स्पष्ट है कि जगत का अस्तित्व भी उस परमसत् के पक्ष में एक साक्ष्य है। परम सत् हर अस्तित्व का मूलाधार है, और इसी कारण राधाकृष्णन इस निरपेक्ष परम सत् को जगत का तार्किक आधार—इसकी तार्किक मान्यता (Logical Prius) कहते हैं।

परमसत् के विवरण में बार-बार राधाकृष्णन इसे शुद्ध 'आध्यात्म-रूप' (Spiritual) कहते हैं। इसका कारण मात्र यही है कि जगत के सभी ज्ञात तत्त्व इसकी सम्पूर्णता की व्याख्या में सर्वथा असमर्थ हैं। यदि कोई प्राकृतिक व्याख्या प्रस्तुत भी होती है तो वह अनिवार्यतः किसी एक दृष्टिकोण से की गयी व्याख्या होती है। उस व्याख्या की अयथेष्टता एवं सीमितता इस बात से स्पष्ट है कि वह इस सम्भावना से आंख मूंदे है कि उसकी व्याख्या के अनेकों भिन्न—अनन्त सम्भावनायें हैं। फलतः जगत की सम्पूर्णता की व्याख्या के लिये हमें 'ज्ञात' के क्षेत्र से ऊपर उठना पड़ता है—इनके परे जाना पड़ता है। आध्यात्मिक दृष्टि की यह विशिष्टता है कि यह सदैव जो प्रस्तुत है, समक्ष है उसके 'परे' का संकेत देती है। इसी आधार पर कहा जाता है कि विश्व की सम्पूर्णता की व्याख्या जिससे भी हो, वह आध्यात्मरूप है, तथा इसी दृष्टि से निरपेक्ष को आध्यात्मरूप कहा जा रहा है।

निरपेक्ष को 'स्वतंत्र' सत् कहा गया है। यह स्वतंत्र है क्योंकि इसे सीमित करने वाले तत्त्व हैं ही नहीं। इससे परे का भी प्रश्न नहीं उठता। अतः इसका सत् रूप अबाधित है, और इसी अर्थ में इसे स्वतंत्र कहा गया है।

इसे 'असीम' भी कहा गया है। यह असीम है क्योंकि यह सीमित हो ही नहीं सकता। जो ससीम है वह सीमित इसी कारण है कि वह अन्य पर निर्भर है। परमसत् पर तो सब कुछ निर्भर है, और उससे पृथक कुछ है नहीं। अतः वह पूर्णतया आत्म-आधृत है, और इस अर्थ में स्वतंत्र है।

यह असीम है, अतः 'अपरिवर्तनशील' है। यह आत्म-आधृत है, अपने में सर्वथा पूर्ण है। परिवर्तन का अर्थ है कि जो परिवर्तित हो रहा है वह कुछ ऐसा बनने जा रहा है जो वह पहले से नहीं था। इससे यह भी आपदित है कि जो परिवर्तित होता है उसमें कुछ 'कमी' है, जिसे दूर करने के लिये परिवर्तन होता है। किन्तु निरपेक्ष सत् में कोई कमी नहीं है, और इसलिये उसके परिवर्तन का प्रश्न ही नहीं उठता।

इसे 'शाश्वत' तथा 'नित्य' कहा गया है। यह विशेषता 'आत्म-आधृत एवं अपरिवर्तनशील' के लक्षण से ही निकल आती है। किन्तु जब निरपेक्ष को शाश्वत या नित्य कहा जा रहा है तो इनके कालिक अर्थ में नहीं। इसे नित्य कहने का यह अर्थ नहीं कि निरपेक्ष हर काल में 'है'। यह नित्य इस अर्थ में है कि काल का प्रश्न ही इसके लिये अप्रासंगिक है। यह काल के 'परे' है।

राधाकृष्णन के अनुसार निरपेक्ष 'सर्वरूपेण पूर्ण' है। पूर्णता में मात्रा का अन्तर सम्भव है, कुछ तत्त्व कुछ अन्य तत्त्व से अधिक पूर्ण कहे जाते हैं। किन्तु इस क्रम-विचार में भी यह

*Radhakrishnan, *The Recovery of Faith*, p. 79.

विचार तो आता ही है कि पूर्णता की परिणति के रूप में एक सर्वरूप में पूर्णता है। निरपेक्ष उस अन्तिम अर्थ में पूर्ण है।

निरपेक्ष के इसी प्रकार के विचार के आधार पर राधाकृष्णन कहते हैं कि निरपेक्ष अपनी अभिव्यक्तियों से परे है। जगत उसी की अभिव्यक्ति है, किन्तु इससे यह तात्पर्य नहीं निकलता कि वह जगत से एकरूप है। उसकी अभिव्यक्तियां उसके मूलरूप को नहीं छूतीं। इस दृष्टि से कहा जा सकता है कि राधाकृष्णन का निरपेक्ष-विचार सर्वेश्वरवाद (Pantheism) का उदाहरण नहीं है, यह एक प्रकार से आंतरित ईश्वरवाद (Panentheism) तथा ईश्वरवाद (Theism) के मध्य की स्थिति है।

किन्तु राधाकृष्णन के अनुसार हमें यह सदा स्मरण रखना है कि इस प्रकार के सभी विवरण निरपेक्ष के चित्रण के हमारे अयथेष्ट प्रयास मात्र हैं। हमारी अवबोध-शक्ति अभी इतनी समर्थ नहीं है कि वह निरपेक्ष का यथार्थ चित्रण कर सकें। वे कहते हैं, "Pure Being which is the Absolute can only be indicated. It can be alluded to but not described."

निरपेक्ष सत् और ईश्वर

अपने दर्शन में राधाकृष्णन निरपेक्ष के साथ-साथ ईश्वर का भी उल्लेख करते हैं। इस प्रकार का उल्लेख शंकर के विचार में भी आता है, शंकर भी ब्रह्म एवं ईश्वर दोनों की चर्चा करते हैं। शंकर के दर्शन में मूलतः 'ईश्वर' के लिये ब्रह्म के परमार्थ-रूप में कोई स्थान नहीं। उन्होंने 'पारमार्थिक' एवं 'व्यवहारिक' दृष्टियों में भेद किया है, तथा ब्रह्म तथा ईश्वर का अन्तर इन दोनों दृष्टियों के कारण है। ईश्वर का अस्तित्व मात्र व्यवहारिक स्तर पर है, पारमार्थिक दृष्टि से बस ब्रह्म है।

राधाकृष्णन भी 'ब्रह्म' तथा 'ईश्वर' में भेद करते हैं, किन्तु उनके विचार में इस भेद का आधार दो दृष्टियों का अन्तर नहीं है। उनकी दार्शनिक संरचना में 'ईश्वर' के लिये एक विशिष्ट स्थान है। उनकी मान्यता है कि जगत की व्याख्या के लिये यह आवश्यक है कि जगत में जो व्यवस्था, प्रयोजन आदि दिखाई देते हैं, उसकी व्याख्या का एक स्पष्ट आधार हो। व्हाइट हेड के समान राधाकृष्णन भी मानते हैं कि इनकी व्याख्या के लिये यह मानना आवश्यक हो जाता है कि इनके पीछे एक स्पष्ट सर्जनात्मक शक्ति है। उनका विचार है कि इस सर्जनात्मक शक्ति को जगत के स्रष्टा के रूप में सोचना आवश्यक है। वह स्रष्टा इस कारण है कि इसी रूप में उस मूल प्रश्न का समाधान मिल जाता है कि कैसे अनिर्विष्ट तत्त्व एक निश्चित विश्व के रूप में व्यक्त हो जाता है। इसी के लिये सर्जनात्मक स्रष्टा के रूप में 'ईश्वर' का विचार आवश्यक हो जाता है। 'इस दृष्टि से स्रष्टा-रूप ईश्वर निरपेक्ष सत् तथा जगत-प्रक्रिया के बीच की कड़ी है।'

इसी रूप में राधाकृष्णन ने अपनी दार्शनिक संरचना में ईश्वर के लिये स्थान बनाया है। कहा जा सकता है कि परम सत् का विचार दो रूपों में स्पष्ट होता है—'निरपेक्ष' तथा 'ईश्वर'। कार्यरत निरपेक्ष ईश्वर है, वह सृष्टिकर्त्ता है। अपने में परमसत्—सृष्टि-क्रिया

से परे का सत् रूप ही निरपेक्ष है—ब्रह्म है। राधाकृष्णन कहते हैं कि दार्शनिक चिन्तन के लिये बौद्धिकता का मांगों तथा सामान्य अनुभव की मांगों—दोनों को सन्तुष्ट करना आवश्यक है। तात्त्विक वृत्ति तथा धार्मिक भावना—दोनों को सन्तुष्ट करना आवश्यक हो जाता है। वही दार्शनिक चिन्तन संगत प्रतीत होता है जिसमें इन दोनों मांगों की पूर्ति इस प्रकार हो कि दोनों में कोई विरोध न रहे—दोनों पूर्णतया समन्वयित रहें। तो राधाकृष्णन का कहना है कि तात्विक वृत्ति का आदर्श निरपेक्ष है तथा धार्मिक भावना का लक्ष्य ईश्वर है।

इस स्थल पर राधाकृष्णन के विचारों को शंकर के विचारों के आलोक में देखना उपयोगी है। शंकर के दर्शन में अन्ततः ईश्वर भी सत् नहीं है, माया तथा अज्ञान के साथ ही 'ईश्वर' का भी उल्लेख होता है। उनके तिरोहित होने के साथ ईश्वर-चेतना का प्रश्न भी समाप्त हो जायगा। किन्तु राधाकृष्णन के विचार में 'ईश्वर' को सत् ही माना गया है क्योंकि राधाकृष्णन सृष्टि को भी भ्रामक या असत् नहीं मानते। निरपेक्ष की अभिव्यक्ति भी असत् नहीं हो सकती, और उसी प्रकार उस अभिव्यक्ति का कारक भी असत् नहीं हो सकता। ईश्वर सत् का ही रूप है—निरपेक्ष का ही रूप है। निरपेक्ष 'अनन्त सम्भावना' है, इनमें एक सम्भावना रूप लेती है जो सृष्टि है। निरपेक्ष की ही सम्भावना होने के कारण वह भी सत् है। अब इस व्यक्त सम्भावना के संदर्भ में निरपेक्ष का जो रूप स्पष्ट होता है वह ईश्वर है। इस सृष्टि के संदर्भ में निरपेक्ष अनन्त सम्भावना प्रतीत नहीं होता—बल्कि इस सम्भावना का कारक प्रतीत होता है, सृष्टिकर्त्ता प्रतीत होता है। निरपेक्ष का यही रूप ईश्वर है। इसे स्पष्ट करते हुए राधाकृष्णन सरल रूप में कहते हैं "We call the Supreme the Absolute when we view it apart from the cosmos, God in relation to the cosmos. The Absolute is the pre-cosmic nature of God, and God is the Absolute from the cosmic point of view."* इस प्रकार निरपेक्ष और ईश्वर एक रूप ही हैं, ये दोनों पक्ष दो ढंगों से उजागर होते हैं।

जब ईश्वर का इस प्रकार का विचार रूप लेता है, जब ईश्वर सृष्टिकर्त्ता के रूप में प्रतिष्ठित होता है, तो राधाकृष्णन के 'ईश्वर' में भी ईश्वर के उन सभी लक्षणों का आरोपण हो सकता है जो सामान्यतः ईश्वर पर आरोपित होते हैं, तथा साथ-साथ ईश्वर-समर्थक वे सभी युक्तियां सार्थक हो जाती हैं जो सामान्यतः ईश्वर-अस्तित्व के समर्थन में प्रस्तुत की जाती हैं। अब राधाकृष्णन के लिये सुगम हो जाता है कि वे भारतीय तथा पाश्चात्य दर्शनों के इतिहास में प्रवेश कर वे उन सभी ईश्वरीय लक्षणों तथा उन सभी ईश्वर-समर्थक युक्तियों को एकत्रित कर लें जिनकी चर्चा इन दोनों परम्पराओं में होती रही हैं।

वैसे तो राधाकृष्णन ईश्वर-अस्तित्व के पक्ष में दी गयी सभी प्रकार की युक्तियों को महत्त्व देते हैं, किन्तु जिनको वे अपने विचार में प्रमुख स्थान देते हैं वे हैं—'प्रयोजनात्मक युक्ति', 'नैतिक युक्ति' तथा 'अन्तर्दृष्टि पर आधृत युक्ति'।

वैसे कभी-कभी राधाकृष्णन के लेखों में ईश्वर समर्थन के 'कारणता युक्ति' की भी चर्चा हुयी है। इसमें वे डेकार्ट के कारणता युक्ति जैसी युक्ति देते हैं। डेकार्ट के समान

---

*Radhakrishnan, *An Idealist View of Life*, p. 245.

राधाकृष्णन भी कहते हैं कि हमें अपनी व्याख्या के लिये, अपने अस्तित्व की व्याख्या के लिये एक ऐसे कारण का विचार करना पड़ता है जो हमारे जैसे आत्म-रूप जीवों का कारक हो सके। वह कारण स्पष्टतः साधारण कारणों के समान नहीं हो सकता, क्योंकि सभी साधारण कारण अपने ही किसी अन्य कारण पर निर्भर रहते हैं। ऐसी निर्भरता उस कारण में नहीं हो सकती जो हमारे जैसे आत्म-रूप जीवों का कारण है। अतः वह कारण ईश्वरीय कारण है।

राधाकृष्णन ने ईश्वर-अस्तित्व के समर्थन में दी गयी 'प्रयोजनात्मक युक्ति' को सर्वाधिक महत्त्व देते हैं। उनकी मान्यता है कि जगत-प्रक्रियायें अनर्गल अथवा अव्यवस्थित तथा दिशाहीन नहीं हैं। वे सतत् किसी लक्ष्य की ओर प्रेरित हैं, उनसे कुछ प्रयोजन सिद्धि होती है। जगत के इस प्रयोजनात्मक रूप की व्याख्या तब तक नहीं हो सकती जब तक इसके कारक के रूप में, इसके पीछे एक ईश्वरीय बुद्धि को न स्वीकारा जाय। प्रयोजन की व्याख्या के लिये एक ऐसे मन को मानना आवश्यक है जो इस प्रयोजन को रूप देता है, और वही प्रयोजन कारक मन ईश्वर है।

राधाकृष्णन की नैतिक युक्ति कुछ इस प्रकार चर्चित हुयी है। उनका कहना है कि हमारे नैतिक जीवन की यह पूर्वमान्यता है कि इस जगत के पीछे एक नैतिक अधिष्ठाता है——एक नैतिक नियामक है। हमारे नैतिक प्रयत्नों का महत्त्व तथा हमारी नैतिकता की भावना की यथार्थता इसी विश्वास पर आधृत है। कि शुभ-अशुभ के अन्ततः परिणाम भी शुभ-अशुभ ही होंगे। किन्तु इस विश्वास का आधार भी यही मान्यता है कि इस विश्व के पीछे एक नैतिक नियामक है——जो हर शुभ-अशुभ कृत्यों पर दृष्टि रखता है। वही नैतिक नियामक ईश्वर है।

किन्तु, राधाकृष्णन के अनुसार ईश्वर-अस्तित्व के पक्ष में सबसे प्रमाणिक तथा सबसे महत्त्वपूर्ण साक्ष्य ईश्वर रूप की अन्तर्दृष्टि की सम्भावना है। उनका कहना है कि हर व्यक्ति में आध्यात्मिक अनुभूति की क्षमता निहित है। हममें यह क्षमता है कि हम अपने सामान्य एवं साधारण अनुभवों एवं शक्तियों से ऊपर उठ सकें। यही तो आध्यात्मिक अनुभूति की क्षमता का प्रमाण है। इन्हीं अनुभूतियों के माध्यम से हमें प्रतीत होता है कि विश्व में अनर्गलता नहीं है, यह सतत् किसी लक्ष्य की ओर प्रेरित है। अब राधाकृष्णन कहते हैं कि यह सम्भव है कि कुछ लोग इस विशिष्ट क्षमता को अधिक प्रखर बनाते जायें। ऐसे उदाहरण हैं, और उन लोगों के लिये यह भी सम्भव हो जाता है कि वे ईश्वरीय-रूप की झांकी ले सकें, उसे अनुभूत कर सकें। इन विशिष्ट अन्तर्दृष्टि-आधृत अनुभूतियों के साक्ष्य पर ईश्वर की स्थापना हो जाती है। राधाकृष्णन इस अन्तर्दृष्टि तथा इन विशिष्ट अनुभूतियों की यथार्थता को इतना महत्त्व देते हैं कि वे कहते हैं कि ईश्वर-अस्तित्व अन्ततः इन्हीं साक्ष्यों पर आधृत है। उनकी तो मान्यता है कि सच पूछा जाय तो ईश्वर-समर्थन में युक्ति देने की आवश्यकता ही नहीं, वह तो इन्हीं अनुभूतियों के साक्ष्य से स्पष्टतः प्रमाणित है।

अब हम ईश्वर के कुछ लक्षणों का उल्लेख करेंगे। राधाकृष्णन ने कुछ मूल ईश्वरीय लक्षणों की चर्चा की है। ईश्वर को 'परम मन' (Supreme Mind) कहा गया है।

परम मन-रूप होने से ही ईश्वरीय बुद्धि सृष्टि को रूप दे पाती है। राधाकृष्णन ईश्वर को 'प्रेम रूप' तथा 'परम शुभ' (Love and goodness) भी कहते हैं। हिन्दू विचार के त्रिविध-रूप ईश्वर में निहित ब्रह्मा, विष्णु, तथा शिव के भावों का उपयोग करते हुए राधाकृष्णन कहते हैं कि ईश्वर सृष्टिकर्त्ता है, संरक्षक एवं पालक है, तथा अन्तिम निर्णायक है। यह है तो एक ही, किन्तु इन तीन रूपों में यह सृष्टि में प्रतिष्ठित होता है। इसका स्पष्ट विवरण देते हुए वे कहते हैं, "The one God creates as Brahma, redeems as Vishnu and judges as Siva. These represent the three stages of the plan, the process and the perfection. The source from which all things come, the springs by which they are sustained and the good into which they enter are one. God loves us, creates us and rules us. Creation, redemption and judgment are different names for the fact of God."*

ईश्वर तथा सृष्टि के सम्बन्ध में राधाकृष्णन के विचार व्हाइटहेड के ईश्वर-विचार के अनुरूप प्रतीत होते हैं। व्हाइटहेड के समान वे भी दोनों का आंगिक सम्बन्ध मानते हैं—इन दोनों को एक दूसरे से पृथक करना असम्भव है। वे ऐसा नहीं मानते कि ईश्वर प्रारम्भ में कुछ शक्तियों को स्थापित कर देता है—जो सृष्टि के द्वितीयस्तरीय कारण के रूप में सृष्टि का संचालन करती रहती हैं। राधाकृष्णन के अनुसार ऐसा ईश्वर जो केवल प्रारम्भ में सृष्टि कर सृष्टि से अलग बैठा हो, वह ईश्वर नहीं है। ईश्वर की सक्रियता एवं सर्जनात्मकता उसका स्वरूप है, अतः ईश्वर सतत् क्रियाशील है—सृष्टि से सम्बन्ध है। एक दृष्टि से कहा जा सकता है, जैसा व्हाइटहेड ने स्पष्ट कहा है, कि सृष्टि के विकास के साथ ईश्वर भी विकसित हो रहा है, क्योंकि सृष्टि का हर विकास भी तो ईश्वर की ही सृष्टि है। यह ठीक है कि 'ईश्वर' तथा 'सृष्टि' को एक रूप भी नहीं कह सकते, क्योंकि इस सृष्टि की सम्भावनायें हर क्षण विकसित हो रही हैं, सृष्टि हर क्षण अपनी अपूर्णता से पूर्णता की ओर अग्रसर हो रही है, और ईश्वर इन सभी सम्भावनाओं का रूप है। सृष्टि-विकास के हर पग में कुछ सम्भावनायें व्यक्त होती हैं, किन्तु अव्यक्त सम्भावनायें तो रह ही जाती हैं—इसी अर्थ में ईश्वर सृष्टि से 'परे' है, वह पूर्णरूपेण सृष्टि में परिवर्तन नहीं हो सकता।

किन्तु, तब यह प्रश्न उठता है कि जब इस सृष्टि की सम्पूर्ण सम्भावनायें सृष्टि में व्यक्त हो जायेंगी तो क्या वह 'सृष्टि का अन्तिम रूप' ईश्वर में परिणत हो जायगा। राधाकृष्णन कहते हैं कि उस अवस्था में तो इस सृष्टि का प्रयोजन ही पूर्ण हो जयगा, और तब ईश्वर का इस सृष्टि के संदर्भ में जो ईश्वरीय रूप था वह भी पूर्ण हो जायगा, और ईश्वर पुनः अपने ब्रह्म-रूप में लीन हो जायगा। राधाकृष्णन कहते हैं कि इस दृष्टि से 'निरपेक्ष सत् या ब्रह्म' तथा 'सृष्टि' की सम्पूर्ण सम्भावनाओं की अभिव्यक्ति की स्थिति दो छोर हैं, और ईश्वर की सृष्टि का खेल इन दोनों छोरों के बीच तक ही सीमित है। बड़े स्पष्टरूप में

*Radhakrishnan, *An Idealist View*.

वे कहते हैं, "The beginning and the end are limiting conceptions, and the great interest of the world centres in the intermediate process from the beginning to the end."*

जगत

जब अपनी दार्शनिक व्यवस्था में राधाकृष्णन सृष्टिकर्त्ता के रूप में ईश्वर के लिये स्थान बना लेते हैं तो उनके लिये यह सरल हो जाता है कि वे सृष्टि अथवा जगत का चित्रण भी अपनी आध्यात्मिक मान्यताओं के अनुरूप करें। उनके जगत-विचार के वास्तविक अंशों के विवरण के पहले उनके इस विचार के सम्बन्ध में कुछ सामान्य टिप्पणी कर लेना उपयोगी सिद्ध हो सकता है। प्रथमतः उनके इस विचार का एक रोचक पक्ष यह है कि वे सदा अपने जगत-विवरण में जगत-सम्बन्धी वैज्ञानिक स्थापनाओं को, यहां तक कि सामान्य भौतिकवादी मान्यताओं को भी समाविष्ट करने का प्रयास करते रहते हैं, तथा इसके साथ-साथ अपने विवरण में जगत के मूल आध्यात्मिकता के अंशों पर भी सर्वाधिक बल देते हैं। उनके अनुसार इस प्रयास में कोई विरोध नहीं है, क्योंकि वे बार-बार इस बात को भी स्पष्ट करते हैं कि जगत के आध्यात्मिक विवरण में जगत का वैज्ञानिक तथा भौतिकवादी विवरण भी समाविष्ट है।

उनके जगत-विवरण की दूसरी विशेषता यह है कि यह यन्त्रवादी व्याख्या के सर्वथा विरुद्ध है। उनकी मान्यता है कि यन्त्रवादी व्याख्यायें व्याख्या प्रस्तुत कर ही नहीं पातीं, क्योंकि उनमें सदा कुछ अपूर्णता रह जाती है, कुछ छूट जाता है। उनकी जगत-व्याख्या प्रयोजनात्मक व्याख्या है, और इस बात पर सदा बल देती है कि जगत-प्रक्रिया से कुछ उद्देश्यों की प्राप्ति हो रही है, यह सतत् किसी लक्ष्य की ओर अग्रसर है।

राधाकृष्णन के जगत-विवरण की तीसरी विशेषता यह है कि यह सदा जगत की वेदान्ती व्याख्या तथा जगत की हेगेलवादी व्याख्या के बीच समन्वय का प्रयास करता रहता है। फलतः उनके जगत-विवरण में दोनों दर्शनों के कुछ अंश विद्यमान प्रतीत होते हैं।

राधाकृष्णन के जगत-विवरण के सम्बन्ध में एक सामान्य टिप्पणी यह भी हो सकती है कि वे जगत की यन्त्रवादी व्याख्या के विरुद्ध इस कारण हैं कि इस प्रकार की व्याख्यायें मूलतः एक मान्यता पर आधृत हैं। वह मान्यता है कि ये सभी किसी न किसी रूप में 'काल' की सत्ता को स्वीकार कर ही अग्रसर होती है। फलतः ऐसी व्याख्यायें इस विश्वास पर अग्रसर होती हैं कि जगत-प्रक्रिया अनिवार्यतः एक कालिक प्रक्रिया है, अतः इसकी व्याख्या के आधार भी काल-स्थित हैं। राधाकृष्णन की मूल आपत्ति इसी अन्तिम मान्यता पर है। व्याख्या के आधारों को काल-स्थित बना देने के कारण ही यह व्याख्या यन्त्रवादी हो जाती है, तथा जगत को एक स्वचालित मशीन के रूप में कल्पित-कर लेती है, जो मशीन अन्धे नियमों से संचालित है—तथा दिशाहीनता की स्थिति में क्रियाशील है। ऐसी व्याख्या स्पष्टतः

*Radhakrishnan, *An Idealist View of Life*, p. 340.

व्याख्या नहीं हो सकती। इसी कारण राधाकृष्णन का जगत-विवरण एक आदर्शवादी विवरण हो जाता है।

अब हम इस विवरण के मुख्य अंशों पर प्रकाश देने का प्रयास करें। प्रारम्भ में ही यह तो कहा ही जा सकता है कि राधाकृष्णन के अनुसार सृष्टि किसी ईश्वरीय योजना की अभिव्यक्ति है। यह ईश्वर की सृष्टि है, और इस दृष्टि से सृष्टि का आदि भी हो और अन्त भी सम्भव है। किन्तु ईश्वर अपनी सृष्टि से पृथक नहीं रहता, वह ही सृष्टि का आदि है, उसका भूत है, वर्तमान है और भविष्य है। वैसे वह सृष्टि से भिन्न है। ईश्वर तथा सृष्टि की भिन्नता सृष्टिकर्त्ता एवं सृष्टि की भिन्नता है। निरपेक्ष की अनन्त सम्भावनाओं में एक सम्भावना की अभिव्यक्ति सृष्टि है। राधाकृष्णन कहते हैं कि सृष्टि का अर्थ है ईश्वरीय-सम्भावनाओं को रूप देने के लिये जगत के रूप में व्यक्त हो जाना।

और इसी कारण सृष्टि को ईश्वर की स्वतंत्रता की भी अभिव्यक्ति कहा गया है। ऐसा नहीं है कि ईश्वर के लिये अनिवार्य है कि यही सृष्टि हो या सृष्टि हो ही। यह ईश्वरीय खेल है, और यह ईश्वरीय स्वतंत्रता है कि अनन्त सम्भावनाओं में किस सम्भावना को रूप दिया जाय। इस विचार के आधार पर राधाकृष्णन एक महत्त्वपूर्ण निष्कर्ष निकालते हैं। यदि किसी एक सम्भावना के व्यक्त होने में कोई पूर्व निश्चय या पूर्वनिर्धारण नहीं है, तो इसका अर्थ है कि इस सम्भावना का व्यक्त होना 'आकस्मिकता' मात्र है। इसी आधार पर राधाकृष्णन कहते हैं कि जगत निरपेक्ष की 'आकस्मिकता' (Accident) है।

जगत को 'आकस्मिक अभिव्यक्ति' (Accident) कह कर राधाकृष्णन को बड़ा वैचारिक लाभ होता है, तथा यही उनके वेदान्ती विचार तथा हेगेलवादी विचार के समन्वय का आधार भी बन जाता है। एक लाभ तो यही है कि यदि जगत का अविर्भाव आकस्मिक है तो सत् का एक रूप किसी प्रकार भी प्रभावित या खण्डित नहीं होता। और साथ-साथ यह भी इससे आपदित है सृष्टि निरपेक्ष के लिये अनिवार्य नहीं है। शंकराचार्य ने ब्रह्म के अद्वैत एकत्व को सुरक्षित रखते हुए कहते हैं कि सृष्टि-ब्रह्म की अनिवार्यता नहीं है—उसका स्वतंत्र खेल है—'लीला' है। राधाकृष्णन ने शंकर के इस विचार को अपने दर्शन में विशिष्ट स्थान दिया है।

किन्तु इसके साथ हेगेल की परम्परा में विकसित पाश्चात्य निरपेक्ष आध्यात्मवाद (Absolute Idealism) के भी एक अंश को अपनी दार्शनिक व्यवस्था में स्थान देते हैं। राधाकृष्णन उस परम्परा के अनुरूप कहते हैं कि जगत आकस्मिक होते हुए भी वास्तविक है। शंकर के विचार में जगत अन्ततः भ्रामक ही है, किन्तु राधाकृष्णन कहते हैं जगत भ्रामक नहीं वास्तविक है। शंकर के चिन्तन में ब्रह्म के अतिरिक्त कुछ अन्य सत्‌रूप हो ही नहीं सकता, अतः जगत, ईश्वर सभी अन्ततः माया के पात्र सिद्ध होते हैं। किन्तु राधाकृष्णन कहते हैं कि इस विचार में कोई तार्किक अनिवार्यता नहीं है। जगत ब्रह्म के लिये अनिवार्य नहीं, आकस्मिक है, और फिर भी वह वास्तविक है, अपने ढंग से सत्‌रूप है। राधाकृष्णन को ऐसा मानने में कोई विरोध नहीं दिखाई देता। 'आकस्मिकता' तथा 'वास्तविकता' परस्पर असंगत भाव नहीं है। जगत एक साथ दोनों लक्षणों से युक्त है। बड़े

सुन्दर ढंग से राधाकृष्णन कहते हैं कि जगत आकस्मिक है क्योंकि निरपेक्ष की अनन्त सम्भावनाओं में एक सम्भावना की यह आकस्मिक अभिव्यक्ति है। यह वास्तविक है क्योंकि यह 'निरपेक्ष की आकस्मिकता' (Absolute accident) है। किसी तत्त्व में यदि कोई लक्षण आकस्मिक रूप में भी निकल आता है तो वह लक्षण भी उतना ही वास्तविक है जितना उस तत्त्व के अनिवार्य लक्षण हैं। जगत की सृष्टि हुयी है किन्तु सत्रूप ईश्वर की सृष्टि भी असत् या भ्रामक नहीं हो सकती। अधिक से अधिक इस संदर्भ में 'ईश्वरीय सत्' तथा 'सर्जित सत्' (Created reality) का भेद कर सकते हैं। एक अपने में सत् है, तथा दूसरा जगत का सत् है। किन्तु दोनों सतरूप ही हैं।

जगत के इस मूल लक्षण की विवेचना के पश्चात् राधाकृष्णन के द्वारा वर्णित जगत के कुछ विशिष्ट लक्षणों का उल्लेख उपयोगी होगा। प्रथमतः राधाकृष्णन कहते हैं कि जगत एक 'व्यवस्थित सम्पूर्णता' (Ordered whole) है। इसका अर्थ है कि जगत का हर पक्ष एक दूसरे से व्यवस्थित ढंग से सम्बद्ध है। 'पुनः' राधाकृष्णन कहते हैं कि इस पारस्परिक सम्बन्ध में और अधिक गहन होने की प्रवृत्ति निहित है। जगत के सूक्ष्म अवयव हैं—तथा अत्यन्त ही विशद पक्ष हैं। कोई पृथक तत्त्व नहीं है, और हर तत्त्व—अणु, परमाणु, इलैक्ट्रोन आदि जैसे तत्त्व भी जगत में सक्रिय हैं, तो मात्र अपने-अपने ढंग से नहीं। उनकी सक्रियता की सार्थकता सम्पूर्ण जगत से सम्बन्धित होने ही में है। 'पुनः' राधाकृष्णन कहते हैं कि जगत में सत् की अभिव्यक्ति 'जड़', 'प्राण' तथा 'मन' के रूप में हुयी है। इन्हें वे अनुभव के विभिन्न स्तर कहते हैं। वे सभी सत् को ही व्यक्त करते हैं, किन्तु अपने अपने ढंग से व्यक्त करते हैं। जड़तत्त्वों में भी हर भौतिक अणु अन्य अणुओं के साथ ही क्रियाशील रहता है। इस प्रकार का आन्तरिक सम्बन्ध प्राणतत्त्वों तथा मन में और अधिक है। 'पुनः' जगत का एक लक्षण यह भी है कि यह पूर्णतया गयात्मक तथा क्रियाशील है। राधाकृष्णन के अनुसार जगत का यह एक प्रमुख लक्षण है। प्रकृति सतत सक्रिय है, इसकी कोई अवस्था इसकी अंतिम अवस्था नहीं है। "...never satisfied with the levels it has reached, it always aspires to other levels."*

इस अन्तिम लक्षण से कुछ अन्य बातें भी ध्यान में आ ही जाती हैं। (क) इस प्रकार के विचार से उन्नमजी विकासवाद (Emergent Evolution) जैसा सिद्धान्त निकल आता है। यदि जगत की प्रक्रिया ही ऐसी है कि वह हर क्षण सक्रिय है, उसमें सतत् परिवर्तन होता रहता है, तो इसका अर्थ है कि हर क्षण कुछ नये लक्षणों का आविर्भाव हो रहा है। राधाकृष्णन कुछ इसी प्रकार का विचार प्रस्तुत करते हुए कहते हैं कि जगत-प्रक्रिया हर क्षण कुछ ऐसे नवीन रूपों को व्यक्त करती रहती है जिनका पहले से अनुमान नहीं किया हुआ होता (Unpredictable novelties occur)। (ख) इस विचार में राधाकृष्णन को एक सर्वथा नवीन विचार दिखाई देता है। उनका कहना है कि यदि जगत-प्रक्रिया का स्वरूप इस प्रकार का है तो जगत को उसके अंगों या भागों में विभक्त नहीं किया जा सकता

---

*Radhakrishnan, *An Idealist View of Life*, p. 313.

बल्कि प्रावस्थाओं (Phases) में ही बांधा जा सकता है। इससे यह भी आपदित है कि प्रकृति के कोई भी अंश पूर्णतया निष्क्रिय नहीं हैं। वे कहते हैं, "We do not have realism or spheres of being, but only modes or phases of activity. The process of nature is one, supple and continuous, and not a constructive series of static entities with fixed attributes."*

किन्तु, जगत-प्रक्रिया को सतत सक्रिय कहने का यह तात्पर्य नहीं कि यह प्रक्रिया यन्त्रवादी प्रक्रिया है। इस सक्रियता का, इस सतत परिवर्तन का कुछ लक्ष्य है। यह जड़तत्त्वों का निरर्थक एवं आकस्मिक सहयोग नहीं है—यह शनैः-शनैः किसी लक्ष्य की ओर अग्रसर हो रहा है। राधाकृष्णन के अनुसार यह प्रवृत्ति जगत-प्रक्रिया के हर पक्ष में निहित है। राधाकृष्णन जगत-प्रक्रिया की प्रयोजनात्मकता पर इतना बल देते हैं कि वे जगत-प्रक्रिया के चरम लक्ष्य के स्वरूप के सम्बन्ध में भी परिकल्पनात्मक चिन्तन करते हैं। सम्भवतः यह प्रयोजनात्मक प्रवृत्ति अन्ततः ऐसे लक्ष्य को पा लेगी जहां सम्पूर्ण जगत-प्रक्रिया ही आध्यात्म-रूप हो जाय। वह इस प्रक्रिया की परिणति होगी—चरम लक्ष्य होगा।

जगत-प्रक्रिया के इस विवरण के बाद भी दो मूल प्रश्नों पर विचार आवश्यक है। राधाकृष्णन समझते हैं कि इन मूल प्रश्नों के समुचित उत्तर के बिना जगत-प्रक्रिया का हर विवरण अधूरा ही रह जाता है। ये प्रश्न मूलतः दो हैं—(क) पहला प्रश्न 'क्यों' है—क्यों यह प्रक्रिया इस ढंग से रूप लेती है। (ख) दूसरा प्रश्न इस प्रक्रिया के संचालक से सम्बन्धित है—सृष्टिकर्त्ता से सम्बन्धित है। राधाकृष्णन ने पहले प्रश्न का उत्तर तो सरल एवं संक्षेप में ही दे दिया है, किन्तु दूसरे प्रश्न के समाधान में उनका विचार एक विशेष ढंग से सर्जित होता है। दूसरा प्रश्न उनके लिये प्रासंगिक ही नहीं, बड़ा महत्त्वपूर्ण भी है क्योंकि निरपेक्ष सत् तो अवैयक्तिक है—तो उस जगत-प्रक्रिया का संचालक कैसे स्वीकारा जा सकता है।

वस्तुतः इसी दूसरे प्रश्न के समाधान हेतु राधाकृष्णन ने अपने दर्शन में ईश्वर-विचार प्रतिपादित किया है। इसी संदर्भ में वे वेदान्त के 'माया-विचार' का भी उपयोग करते हैं। वह सर्वव्यापी शक्ति जिससे जगत-प्रक्रिया संचालित है 'माया-शक्ति' है। राधाकृष्णन ने माया को ईश्वर की सर्जनात्मक शक्ति माना है। हमने देखा है कि राधाकृष्णन के अनुसार ईश्वर निरपेक्ष से 'भिन्न' नहीं है, वह तो जगत की दृष्टि से देखा हुआ निरपेक्ष रूप ही है। तो, जगत की दृष्टि से जब हम निरपेक्ष की ओर देखते हैं तो निरपेक्ष ईश्वर-रूप प्रतीत होता है, और तब वह शक्ति, ज्ञान तथा प्रेममय प्रतीत होता है। हमें वही सृष्टिकर्त्ता, सृष्टि का रक्षक तथा सृष्टि का अन्तिम निर्णायक प्रतीत होता है। इस रूप में ईश्वर ही जगत-प्रक्रिया का संचालक है।

तो, दूसरे प्रश्न का समाधान पहले हो गया, अब हम पहले प्रश्न पर विचार करें। राधाकृष्णन समझते हैं कि 'क्यों सृष्टि' का प्रश्न सरल प्रश्न नहीं, इस प्रश्न के समक्ष

---

*Radhakrishnan, *An Idealist View of Life*, p. 225.

ईश्वरवादी दर्शन लड़खड़ाने लगते हैं। किन्तु इस प्रश्न के संगत समाधान का प्रयत्न उपनिषद-दर्शन, में हुआ है। वहां सृष्टि को ब्रह्म की 'लीला' कहा गया है। 'लीला' का तात्पर्य आनन्दपूर्ण खेल है जहां आनन्द के लिये अपने पर कुछ बन्धन लाद लिये जाते हैं। यदि किसी खेल में नियम के बन्धन न रहे तो खेल का सारा आनन्द ही समाप्त हो जाता है। सृष्टि को 'खेल' की इसी उपमा के आधार पर समझने का प्रयत्न हुआ है, और इसी कारण इसे लीला कहा गया है। उपनिषदों पर आधृत कुछ विचारों में 'लीला' का विवरण कुछ इस प्रकार दिया गया है कि यह एक खेल मात्र है जिसकी अन्ततः कोई वास्तविकता नहीं है। अर्थात् उन विचारकों के अनुसार सृष्टि होती ही नहीं, सृष्टि की प्रतीति होती है, सृष्टि भ्रामक है—और यही लीला का तात्पर्य है।

राधाकृष्णन को इन समाधानों की अवगति है, इन्हें ध्यान में रखते हुए वे ऐसा समाधान प्रस्तुत करना चाहते हैं जो उनके मूल तात्त्विक दृष्टिकोण के अनुरूप हो। वे सृष्टि को, जगत को वास्तविक मानते हैं, तो उनके लिये 'क्यों सृष्टि होती है'—प्रश्न का समाधान और आवश्यक है। वे भी कहते हैं कि सृष्टि 'लीला' है, किन्तु 'लीला' का अर्थ अनिवार्यतः भ्रामक होना नहीं है। किन्तु इस प्रकार के उत्तर से तो एक तार्किक कठिनाई उत्पन्न होती है। यदि लीला-रूपी सृष्टि वास्तविक है, तो उसका अर्थ हो जाता है कि निरपेक्ष के लिये सृष्टि अनिवार्य है, और तब तो परमसत् का स्वतंत्र-रूप खण्डित हो जाता है।

राधाकृष्णन इस कठिनाई के समाधान का एक मार्ग निकाल लेते हैं। वैसे वे कहते हैं कि इस संदर्भ में अभी यह समझना बड़ा कठिन है कि निरपेक्ष के लिये क्या अनिवार्य है या क्या आकस्मिक। किन्तु ऐसा कहा जा सकता है कि निरपेक्ष स्वरूपतः सृष्टिकारक है, उसके स्वरूप में ही है कि वह सृष्टि का खेल खेले। शायद इसी कारण निरपेक्ष के लिये सृष्टि को अनिवार्य कहा गया है। किन्तु जो स्वरूप ही है, उसमें अनिवार्यता का प्रश्न नहीं उठता क्योंकि वैसे तो निरपेक्ष का निरपेक्ष होना भी अनिवार्य कहा जायगा। अनिवार्यता का प्रश्न वहां उठता है जहां एक तत्त्व दूसरे से पृथक होते हुए भी उसके साथ अनिवार्यतः जुटा हो। यह बात एक अन्य प्रकार से भी स्पष्ट है। सृष्टि निरपेक्ष का स्वरूप है, लेकिन निरपेक्ष अनन्त सम्भावना है। अतः सृष्टि की अनन्त सम्भावनायें उसका स्वरूप हैं। उसके लिये यह अनिवार्य नहीं कि यही सृष्टि हो। यहां प्रश्न इस सृष्टि से सम्बन्धित है। इस सृष्टि का होना 'आकस्मिकता' ही है क्योंकि निरपेक्ष के लिये ऐसी कोई अनिवार्यता नहीं कि यही सम्भावना व्यक्त हो। तो सृष्टि आकस्मिक ही है, किन्तु है तो यह निरपेक्ष की ही एक सम्भावना की अभिव्यक्ति, अतः यह असत् या भ्रामक नहीं हो सकती। सृष्टि ऐसी लीला है जो वास्तविक है। 'ब्रह्म' शब्द की उत्पत्ति ही 'बृह' से है, जिसका अर्थ है विकसित होना। तो ब्रह्म जिस जगत में विकसित हो वह असत् नहीं हो सकता। राधाकृष्णन इसे यों कहते हैं,

"The question as to why the Absolute limited itself ... is irrelevent. For there is no such thing as the Infinite which first was an Infinite and then transformed itself in the finite."* "...we do not have the infinite and the finite, God and the world, but only infinite as and in the finite, God as and in the world."**

आत्म का स्वरूप

राधाकृष्णन के आत्म के स्वरूप-सम्बन्धी विचार को समझने के लिये प्रारम्भ में ही दो बातों पर ध्यान देना आवश्यक है। प्रथमतः तो यह स्पष्ट ही है कि उनका आत्म-विचार भारतीय विचार परम्परा के अनुरूप ही है, अतः आत्म का केन्द्रीय रूप आध्यात्म-रूप है, अभौतिक है—जिसे 'आत्म-रूप' ही कहा गया है। किन्तु इस विश्वास के साथ उन्हें मानव की वर्त्तमान स्थिति—मानव-अस्तित्व विधाओं की भी स्पष्ट अवगति है। अतः उनके आत्म-विचार की दूसरी विशेषता है कि वे यह भी समझते हैं कि आध्यात्मिकता पर बल देने का यह अर्थ नहीं है कि मानव की भौतिक, जैविक, तथा मानसिक वृत्तियों की सर्वथा उपेक्षा हो जाय। उनकी यह धारणा मानव की आधुनिक अस्तित्वमूलक विधाओं की स्पष्ट अनुभूति के कारण और दृढ़ हो जाती है। सामान्यतः मानव मनोवैज्ञानिक—भौतिक मानव होता है, जिसके जीवन में सहज प्रवृत्तियां, इच्छायें, प्रयोजन आदि का प्रबल महत्त्व रहता है। यदि मानव-सम्बन्धी कोई विचार इनकी ओर ध्यान नहीं देता तो वह विचार ही वास्तविकता से हटा प्रतीत होता है। इस प्रकार राधाकृष्णन को लगता है कि मानव एक विचित्र मिश्रण है—भौतिक तथा अभौतिक तत्त्वों का स्वार्थमूलकता तथा आत्मोत्सर्गता की प्रवृत्तियों का, स्वार्थ और सार्वभौम प्रेम का। मानव-सम्बन्धी हर विचार को, और इसलिये राधाकृष्णन के आत्म-विचार को भी मानव के इस विचित्र स्वरूप पर ध्यान रखते हुए रूप लेना आवश्यक हो जाता है।

वैसे उनके लिये भी बड़ा सुगम था कि वे मानव के इस जैविक-भौतिक पक्ष को वास्तविक नहीं मानते, उसे असत् कह देते। कुछ प्राचीन भारतीय विचारकों ने ऐसा किया भी है। किन्तु राधाकृष्णन जैसे आधुनिक काल के विचारक को इस प्रकार का निषेध ही यथार्थता से हटा हुआ प्रतीत होता है। अतः उन्होंने अपना एक मार्ग चयन किया है। वे स्वीकारते हैं कि मानव अन्ततः आत्म-रूप ही है, आध्यात्मिकता उसका स्वरूप है, किन्तु वे यह भी कहते हैं कि मानव का जैविक-भौतिक पक्ष भी अवास्तविक नहीं हैं, इनकी अपनी सत्ता, अपना महत्त्व एवं मूल्य हैं। और वे यह भी कहते हैं कि इन दोनों विचारों को एक साथ स्वीकारने में कोई तार्किक असंगति भी नहीं है। उनका कहना है कि मानव के भौतिक पक्ष की अपनी सत्ता है, और इस विचार को स्वीकारने से मानव का मूल आत्म-रूप खण्डित भी नहीं होता। यह राधाकृष्णन के आत्म-विचार की मूल दृष्टि है, और इसी दृष्टि के अनुरूप उनका आत्म-विचार सर्जित हुआ है।

---

*Radhakrishnan, *The Reign of Religion in Contemporary Philosophy*, p. 443.

**Ibid., p. 442.

पहले हम यह देखें कि राधाकृष्णन मानव की आधुनिकता की अवस्था को किस रूप में देखते हैं, क्योंकि उस पृष्ठभूमि में उनका विचार आगे बढ़ता है। उनका कहना है कि वैसे ऊपर से देखने पर, बाह्यरूप में आज का मानव अपने पूर्वजों की अपेक्षा अधिक सम्पन्न प्रतीत होता है, उसे सुख, सुविधा के ऐसे साधन उपलब्ध हैं जिनकी पहले कल्पना भी नहीं की जा सकती थी। वैज्ञानिक उपलब्धियों ने आवश्यकता ही की नहीं, बल्कि आराम तथा ऐश्वर्य के साधन भी उसके निकट रख दिया है। किन्तु ध्यान से देखने पर प्रतीत होता है कि समृद्धि, आराम आदि के होते हुए भी आज का मानव 'अशान्त' प्रतीत होता है। जीवन का उत्साह, जीने की उत्कंठा को वह खो रहा है, वह अनमयस्क ढंग से कार्यरत है तथा उसका जीवन एक प्रकार से 'ऊब' का जीवन हो गया है। अब कोई कार्य ऐसा नहीं है जो उसे बांध सके, वह हर कार्य से शीघ्र ही ऊब जाता है। 'मन नहीं लगता' यह आज के मानव का आम रोग हो गया है। राधाकृष्णन कहते हैं कि इन बातों को प्रमाणित करने की आवश्यकता नहीं, क्योंकि ऐसे उदाहरण तो हर समय ही दिखाई देते रहते हैं। उनका कहना है कि इस स्थिति का एक कारण तो यह भी है कि मशीनी उपलब्धियों के साथ जीते-जीते हमारा जीवन भी मशीनी हो गया है, और मानव के इस मशीनीकरण के फलस्वरूप हम अपनी भावना-अपनी मानवीयता को ही खोते जा रहे हैं। राधाकृष्णन के लिये यह एक प्रश्न है—मानवीयता का इस प्रकार का हनन क्यों हो रहा है?

उन्हें प्रतीत होता है कि इसका एक प्रमुख कारण यह भी है कि हम 'वैज्ञानिकता' पर आवश्यकता से अधिक बल दे रहे हैं। विज्ञान की प्रवृत्ति है कि वह मानव का चित्रण भी यन्त्रवादी ढंग से ही करता है, इसका दावा है कि मानव के हर पक्ष को वैज्ञानिक ढंग से जाना जा सकता है, यह मानव शरीर के हर अवयवों की क्रियाओं को जानने का दावा करता है। किन्तु, राधाकृष्णन का कहना है कि विज्ञान यही नहीं समझ पाता कि, उसका सारा ज्ञान बाह्यता का ज्ञान है, और वह 'मानव' का ज्ञान नहीं है। शरीर के अंगों-अवयवों की क्रियाओं को जानना 'मानव' को जानना नहीं है। अतः उनका कहना है कि मानव का जो चित्र विज्ञान प्रस्तुत करता है, वह मानव का वास्तविक चित्र नहीं है। यह एक संकीर्ण तथा अपूर्ण चित्र है। विज्ञान मानव का भी अध्ययन कुछ उसी ढंग से करता है जैसे वह भौतिक तत्त्वों का अध्ययन करता है। किन्तु वह नहीं समझ पाता कि मानव की वास्तविकता को उस प्रकार समझा ही नहीं जा सकता। फिर भी आधुनिक मानव विज्ञान के प्रभाव में विज्ञान के द्वारा चित्रित मानव को ही अपना यथार्थ स्वरूप समझ लेता है और अपने को छोड़ देता है मशीनीकरण के लिये। फलतः वह वैज्ञानिक प्रयोगों का विषयमात्र बन जाता है। यह वस्तुतः उसके लिये अपनी मानवीय विशिष्टता का विस्मरण है, और यही विस्मरण उसके अमानवीकरण का कारण है।

किन्तु इस विवेचना से यह निष्कर्ष नहीं निकालना चाहिये कि मानव का यह वैज्ञानिक चित्र सर्वथा अयथार्थ एवं असत् है। राधाकृष्णन कहते हैं कि यह मानव के मात्र एक पक्ष का चित्र है—भौतिक पक्ष है। उसकी भूल यही है कि इस आंशिक चित्र को ही वह मानव का पूर्ण चित्रण मानता है। वह समझ ही नहीं पाता कि मानव के ऐसे पक्ष भी हैं जिन्हें

इन्द्रियां, मस्तिष्क तथा वैज्ञानिक प्रयोग पकड़ ही नहीं सकते । राधाकृष्णन विज्ञान के विरुद्ध नहीं, किन्तु अतिवैज्ञानिकता में जो अतिशयता है, उसका स्पष्ट निर्देश कर देते हैं ।

अब यह स्पष्ट हो गया कि राधाकृष्णन के अनुसार मानव-आत्म के दो पक्ष हैं---एक तो वह पक्ष जिस पर ध्यान केन्द्रित कर विज्ञान मानव का चित्र उतारता है, तथा दूसरा वह पक्ष जो विज्ञान की अन्वेष्य दृष्टि से परे है । राधाकृष्णन को इन दोनों पक्षों को 'शरीर' और 'आत्मा' के नामों से विभूषित करना उपयुक्त प्रतीत नहीं होता, क्योंकि ऐसा कहने से धारणा बनती है कि 'आत्म' में वैसे ही गुण हैं जो 'शरीर' में सर्वथा अनुपस्थित हैं । अतः राधाकृष्णन इन दोनों पक्षों का निर्देश अपने ढंग से करते हैं । पहले को वे मानव-आत्म का 'ससीम पक्ष' (Finite aspect of Man) कहते हैं, तथा दूसरे को 'असीम पक्ष' (Infinite aspect of Man) कहते हैं । यह ठीक है कि ससीम पक्ष में अधिकतर प्रवृत्तियां ऐसी हैं जो शारीरिक हैं, किन्तु शारीरिक प्रवृत्तियों में भी आध्यात्मिकता का साक्ष्य उपलब्ध रहता है । राधाकृष्णन ने 'आत्म' शब्द का प्रयोग बहुत ही विस्तृत अर्थ में किया है, यहां तक कि ऐसी शारीरिक क्रियायें जिनमें 'स्व' से ऊपर उठने की प्रवृत्ति दिखाई देती है---वैसी क्रियाओं को भी वे आत्म-क्रियायें ही कहते हैं। अतः उनके 'आत्म' शब्द के इस विस्तृत अर्थ को समझने के लिये मानव आत्म के दोनों पक्षों का विश्लेषण आवश्यक हो जाता है ।

किन्तु इसके पहले मानव-आत्म की उन विशिष्टताओं को प्रकाश में लाना आवश्यक है जिनके कारण ही वह अन्य जीवों या अन्य तत्त्वों से सर्वथा भिन्न है ।

मानव-आत्म की एक विशिष्टता, जो किसी अन्य जीव या पदार्थ में नहीं है, यह है कि मानव को उसके जाति-गुणों के आधार पर नहीं जाना जा सकता । प्रकृति हर अन्य पक्ष में जाति-गुण की प्रधानता रहती है । यदि कोई किसी स्फटिक या किसी पौधा या किसी निम्नतर जीव के जाति-गुण को जान लेते हैं तो उसका अर्थ हो जाता है कि हमने उसे पूरी तरह जान लिया, क्योंकि इन सबों में जो एक उदाहरण के लिये सत्य है, वह उस जाति के सभी सदस्यों के लिये सत्य है । एक चूहे पर किये गये प्रयोग के आधार पर स्थापित निष्कर्ष सभी चूहों पर लग जाता है । किन्तु मानव के साथ ऐसा नहीं हो सकता, मानव के सामान्य लक्षणों की जानकारी के आधार पर हम नहीं कह सकते कि हमने सभी व्यक्तियों को जान लिया । एक ही परिस्थिति में भिन्न-भिन्न व्यक्तियों की प्रतिक्रियायें भी भिन्न-भिन्न होती हैं । मानव-आत्म के संदर्भ में वैयक्तिक गुणों की प्रधानता रहती है---जाति-गुणों की नहीं । इसी कारण राधाकृष्णन प्रायः टैगोर के समान ही कहते हैं कि मानव के विवरण में 'वैयक्तिक विशिष्टता' को प्रधानता देना आवश्यक है । इसकी उपेक्षा से मानव-आत्म का विवरण अयथार्थ हो जायगा ।

आत्म के कार्यों में एक अन्य विशिष्टता भी दिखाई देती है जिस पर भी हर मानव-आत्म-विवरण को पूर्ण ध्यान देना अनिवार्य है । मानव-जीवन के विश्लेषण से यह बात स्पष्ट होती है । मनुष्य अन्य जीवों से इस प्रकार भी भिन्न है कि वह कार्य-योजना बना सकता है, कोई पग उठाने के पहले अच्छी तरह सोच-विचार एवं चिन्तन कर ले सकता है । वह यदि चाहे तो पहले ही से अपना लक्ष्य निर्धारित कर ले सकता है, और उसकी प्राप्ति के

लिये योजनाबद्ध एवं व्यवस्थित प्रयत्न कर सकता है। दार्शनिक भाषा में इस बात को इस रूप में व्यक्त किया जा सकता है कि मनुष्य में आगे आगे जीने (Living ahead) की क्षमता है। राधाकृष्णन इस विशिष्टता को इस क्षमता को 'आत्म-अनुभवातीतता' (Self-transcendence) की क्षमता कहते हैं। इसका अर्थ है कि मानव में यह शक्ति है कि अपनी सामान्य क्षमताओं से ऊपर उठ सके। उसकी सामान्य क्षमतायें उसकी शक्ति की सीमा निर्धारित नहीं करती। वह किस दिशा में आत्म को ऊपर उठ सकता है यह पूर्व निर्धारित नहीं, किन्तु इसकी शक्ति उसमें है। राधाकृष्णन के अनुसार आत्म की सक्रियता का यह बड़ा ही महत्त्वपूर्ण पहलु है।

इन विशिष्टताओं को ध्यान में रखते हुए अब हम मानव-आत्म के ससीम तथा असीम पक्षों का विश्लेषण करेंगे।

(क) मानव-आत्म का ससीम पक्ष

राधाकृष्णन के अनुसार मानव-आत्म के ससीम पक्ष के अन्तर्गत मानव की वे प्रवृत्तियां आती हैं जिनका निर्धारण आनुभविक तथा वातावरण-सम्बन्धी उपकरणों से सम्भव है। वैसे मोटे तौर पर कहा जा सकता है कि शारीरिक पहलु मानव के ससीम पक्ष का उदाहरण है। इसे 'ससीम' कहा गया है क्योंकि ज्ञात तत्त्वों के आधार पर इनका निर्धारण-प्रतिरूपण सम्भव है। उदाहरणतः हम मानव के उस पक्ष पर विचार करें जिनका निर्धारण जीव-विज्ञान में किया जाता है, या मनोविज्ञान अथवा शरीर विज्ञान में किया जाता है। इन पक्षों की प्राकृतिक व्याख्यायें सम्भव हैं—इन विज्ञानों में उपलब्ध हैं।

मानव के इस पक्ष की विशेषता है कि यह सदा 'वातावरण-स्थित मानव' के स्वरूप को स्पष्ट करता है, अर्थात् इस पक्ष में जो भी लक्षण प्रकाश में आते हैं वे सभी इस मान्यता पर आश्रित हैं कि मानव सदैव एक वातावरण में ही अस्तित्त्ववान है। वातावरण से विभिन्न उद्दीपन उस पर क्रियाशील हैं, और वह सदा उन उद्दीपनों के प्रति प्रतिक्रियायें करता है। उसके व्यवहार तथा उसका व्यक्तित्व उसके उन्हीं प्रतिक्रियाओं से निरूपित होता है। अतः कहा जा सकता है कि उसकी सभी शारीरिक प्रतिक्रियायें वातावरण से आती उद्दीपनों से पूर्णतया निर्धारित हैं। राधाकृष्णन इस रूप में निर्धारित मानव को विभिन्न नाम देते हैं—शारीरिक मानव, भौतिक मानव, मनोवैज्ञानिक मानव, प्राकृतिक मानव, आनुभविक मानव, अथवा मात्र शरीररूप मानव।

इस पक्ष के विश्लेषण से कुछ विशेष बिन्दु प्रकाश में आते हैं। प्रथमतः तो यह कहा ही जा सकता है कि यह पक्ष मानव की यथार्थता का ही विवरण है। वैसे पश्चिम में भी और भारत में भी ऐसे अनेकों धार्मिक विचारक तथा दार्शनिक हुए हैं जो इस पक्ष के पूर्ण उन्मूलन को ही आत्म की वास्तविकता की अनुभूति का मार्ग मानते हैं। भारत में कुछ विचारकों ने भौतिक आत्म को भ्रम-रूप कहा है, भ्रामक माना है। राधाकृष्ण का इन विचारकों से मतैक्य नहीं। उनकी मान्यता है कि यह भौतिक पक्ष भी आत्म का एक वास्तविक पक्ष है। उनका कहना है कि यदि इस पक्ष को आत्म से सर्वथा भिन्न मान लिया जाय तो आत्म का

आत्म-संगठन खण्डित हो जाता है, मानव जीवन ही विभक्त हो जाता है। वे स्पष्ट कहते हैं, "The realm of spirit is not cut off from the realm of life. To divide man into outer desire and inner quality is to violate the integrity of human life ... the two orders of reality—the transcendent and the empirical are closely related."* राधाकृष्णन बल देकर कहते हैं कि भौतिक-आत्म के उन्मूलन का प्रयत्न या इसके निषेध का प्रयास आत्म की परिपूर्णता के मार्ग का बाधक है। उनकी अनुशंसा है कि इसका निषेध नहीं करना है——इसे ऊपर उठाना है, पूर्णता की ओर ले चलना है।

किन्तु वे स्वीकारते हैं कि यदि हम अपनी चेतना इसी स्तर तक सीमित रखें तो यह भी अपूर्णता ही होगी क्योंकि मानव के स्वरूप को समझने के लिये इस स्तर को जानना आवश्यक तो है, किन्तु इस पर चिपके रहना अपूर्णता का ही द्योतक है। राधाकृष्णन कहते हैं कि मानव को यह ससीम पक्ष उसका वास्तविक पक्ष तो है, किन्तु मानव-आत्म की अनुभूति केवल उसी पक्ष की अनुभूति नहीं है, बल्कि वह तो निम्नतर स्तर की अनुभूति है। अतः जब तक हम इस पक्ष तक अपने को सीमित रखते हैं, तब तक हम अपनी मानव की वास्तविकता को नहीं जान सकते।

इस स्थल पर एक आपत्ति उठायी जा सकती है। कहा जा सकता है कि यदि अन्ततः ससीम पक्ष से ऊपर ही उठना है तो इसका अर्थ है कि ससीम पक्ष अन्ततः निषेधित ही होता है, अतः उसे वास्तविक नहीं माना जा सकता। किन्तु, राधाकृष्णन का उत्तर होगा कि इस प्रकार की आपत्ति इस विचार को पूरी तरह पकड़ नहीं पा रही है। ससीम पक्ष वास्तविक हैं, और वे वास्तविक उसी अर्थ में है जिस अर्थ में किसी विकास-प्रक्रिया के विभिन्न क्रमिक स्तर वास्तविक होते हैं। किसी विकास-क्रम में किसी आगे चलमे में जब तक उसके विभिन्न स्तरों को पार करते हुए नहीं चला जाय, तब तक लक्ष्य की प्राप्ति नहीं हो सकती। उदाहरणतः मान लें हम किसी सड़क पर जा रहे हैं, हमें एक निश्चित स्थान पर पहुंचना है। हम क्रमशः हर 'मील' को पार करते जा रहे हैं। एक मील से आगे निकल जाने का यह अर्थ नहीं कि वह पहला मील निषेधित हो गया, अयथार्थ हो गया। यह ठीक है कि हमारी मंजिल इस मील से आगे है किन्तु मार्ग का हर मील उतना ही वास्तविक है जितनी मंजिल। तब यह सम्भव है कि हम पहले मील पर——या कुछ मील आगे बढ़ कर ठहरे रह जायें। उस अवस्था में भी हमें मंजिल की प्राप्ति नहीं होगी। अतः ससीम पक्ष इस कारण अवास्तविक नहीं हो जाता कि वह पूर्ण आध्यात्मिकता के लक्ष्य तक पहुंचने का एक स्तर है। उससे आगे अवश्य बढ़ना है, किन्तु यह उसका निषेध नहीं। तब यह है कि यदि कोई इसी पक्ष से चिपका बैठा रहे, तो उसे अन्तिम लक्ष्य की प्राप्ति नहीं हो पायेगी। वह लक्ष्य नहीं है, लक्ष्य प्राप्ति के मार्ग की एक कड़ी है——उसका एक स्तर है।

1. Radhakrishnan, *The Bhagavad Gita*, p. 12.

इस बात को राधाकृष्णन अनेकों ढंग से प्रमाणित करते हैं। प्रथमतः तो वे कहते हैं कि इस ससीम पक्ष के स्तर में भी हमें संगठन, व्यवस्था, एकता आदि के साक्ष्य मिलते हैं। शारीरिक स्तर में भी संगठन तथा व्यवस्था का स्पष्ट चित्रण दिखाई देता है। ऐसा नहीं है कि शारीरिक क्रिया अनिवार्यतः अव्यवस्थित हो। शारीरिक क्रियाओं में भी एक ढंग होता है, स्पष्ट व्यवस्था रहती है। यदि ऐसी बात नहीं होती तो औषधि-शास्त्र तो सर्वथा विफल ही सिद्ध होते। जीव-विज्ञान, शरीर-विज्ञान आदि जो शारीरिक अवयवों के क्रिया व्यवहारों का निश्चित निरूपण कर पाते हैं—वह भी मात्र इसी आधार पर कि उनका एक निश्चित व्यवस्थित ढंग होता है। और यह व्यवस्था यह ढंग यान्त्रिक ढंग नहीं होता, इनसे कुछ प्रयोजनों की सिद्धि होती है। इससे भी यह संकेत तो मिल ही जाता है कि इन शारीरिक क्रियाओं का भी लक्ष्य 'इनसे' कहीं आगे है। साथ-साथ राधाकृष्णन यह भी कहते हैं कि शरीरधारी व्यक्ति को यह भी आभास रहता है कि शरीर उसकी परिणति नहीं है। उसे यह समझ है कि वह शारीरिक स्तर से ऊपर उठ सकता है। उसे अपने भौतिक पक्ष की सीमाओं की स्पष्ट चेतना है, साथ-साथ यह भी अनुभूति है कि वह उन सीमाओं को तोड़ उनसे आगे बढ़ सकता है। उसे इस प्रकार का 'ज्ञान' नहीं, इस शक्ति का स्पष्ट अवबोध भी नहीं है, किन्तु अस्पष्ट रूप में ही उसे सदा यह प्रतीत होता है कि यदि यह सीमा उसका चिर-बन्धन नहीं है, उसे अपने अन्तर में एक 'परे' की चेतना रहती ही है। इसे राधाकृष्णन इस रूप में स्पष्ट करते हैं, "Man's awareness of his finiteness and temporality means his consciousness of eternity."* "Man's inability to achieve perfect contentment in the finite, his unquenchable longing for consummate happiness may be taken as indicative of his supernatural destiny."**

(ख) मानव-स्वरूप का असीम पक्ष : आत्म का वास्तविक स्वरूप

जैसा कि हमने देखा है मानव-आत्म के ससीम पक्ष के अन्तर्गत मानव के भौतिक, जैविक आदि पहलु आते हैं। हमने यह भी देखा कि इस स्तर में भी मानव को 'परे' की चेतना रहती है। राधाकृष्णन कहते हैं कि यह चेतना ही उसे प्रेरित करती है कि वह आगे बढ़े और शरीरिक स्तर से ऊपर उठे। अतः मानव में जो 'अपने से ऊपर उठने की शक्ति' (Self-transcendnce) छिपी है, उसमें शक्ति के विश्लेषण से आत्म का वास्तविक स्वरूप प्रकाश में आ जायेगा। वैसे शारीरिक स्तर की प्रवृत्तियों का प्राकृतिक आधारों पर निर्धारण हो सकता है, किन्तु इस 'अपने से ऊपर उठने की शक्ति' का इस प्रकार की प्राकृतिक व्याख्या सम्भव नहीं है, और उसका प्राकृतिक निर्धारण भी नहीं हो सकता। इसका अर्थ है कि यह शक्ति आनुभविक, भौतिक, शारीरिक, शक्ति से उच्चतर शक्ति है। राधाकृष्णन इसे मानव का 'आत्म' (Spirit in Man) कहते हैं। यह अशरीरी आत्म है—उसका 'आध्यात्म रूप' है और यही मानव-आत्म का वास्तविक स्वरूप है।

---

*P.A. Schilpp, *The Philosophy of Sarvapalli Radhakrishnan*, p. 17.
**Ibid., p. 142.

किन्तु अभी तो केवल नामकरण हुआ है—ऐसा तो अनेक विचारकों ने कहा है। किन्तु जब भी इस 'आत्म', मानव के इस 'आध्यात्म-रूप' के स्वरूप के स्पष्टीकरण की बात आती है, तो सदैव कठिनाई उत्पन्न हो जाती है, क्योंकि 'आत्म' (Spirit) शब्द का या 'आध्यात्म' (Spiritual) का निश्चित अर्थ देना सम्भव नहीं है। किन्तु राधाकृष्णन का कहना है कि मानव के संदर्भ में इस शब्द को स्थित करने से इस शब्द के अर्थ के अवबोध में उतनी कठिनाई नहीं रह जाती जैसा ऊपर से प्रतीत होता है। उनका कहना है कि इसके अर्थ के अवबोध का सबसे सरल ढंग है मानव-जीवन से ऐसे उदाहरणों को लेना जो आध्यात्मिक कहे जाते हैं या आध्यात्मिक क्रियाओं के उदाहरण माने जाते हैं।

इतना तो स्पष्ट ही है 'आत्म-रूप' या 'आध्यात्मिक' से जो बोध होता है वह आनुभविक स्तर में उच्चतर कुछ है। यह 'उच्चतर लेने' का ढंग क्या हो सकता है? एक ढंग तो स्पष्ट है। आनुभविक क्षेत्र में अनिवार्यतः ज्ञाता तथा ज्ञेय अथवा विषयी और विषय का अन्तर किया जाता है। तो इससे उच्चतर क्षेत्र यह हो सकता है जहां यह भेद मिट जाय। जीवन में कम से कम एक ऐसा उदाहरण है, जहां यह भेद मिट जाता है। वह उदाहरण है 'आत्म-चेतना' (Self-consciousness) को आत्म-चेतना में आत्म को स्वयं 'अपनी' मानव-चेतना है, विषयी स्वार्थ अपनी चेतना का विषय है, ज्ञाता ही ज्ञेय है। तो राधाकृष्णन को 'आध्यात्मिकता' के अवबोध के लिये 'आत्म-चेतना' के उदाहरण में स्पष्ट संकेत मिलता है। उनका कहना है कि आध्यात्मिकता का स्वरूप आत्म-चेतना के स्वरूप के अनुरूप स्पष्ट हो सकता है।

आत्म-चेतना के सम्बन्ध में ही एक अन्य महत्त्वपूर्ण तथ्य विचार में आता है। राधाकृष्णन कहते हैं कि मनुष्य के संदर्भ में तो यह कहा ही जा सकता है कि 'आत्म-चेतना' ही वह 'डोर' है—धागा है जो व्यक्ति के जीवन के विभिन्न क्षणों को तथा उसकी विभिन्न अनुभूतियों को एक सूत्र में बांध कर रख पाता है। व्यक्ति को हर क्षण विभिन्न अनुभूतियां होती रहती हैं, वह हर क्षण परिवर्तित होता रहता है किन्तु उसे सदा यह चेतना भी रहती है कि इन परिवर्त्तनों के बाद भी वह वही व्यक्ति है। उसकी आत्म-चेतना उसके जीवन के इन विभिन्न क्षणों को एक सूत्र में बांधे रहता है। इसका अर्थ है कि व्यक्ति की वैयक्तिकता, उसकी विशिष्टता का मूलाधार उसकी आत्म-चेतना ही है। अतः अब कहा जा सकता है कि मानव-आत्म के स्वरूप को आध्यात्मिक कहने का एक अर्थ तो यह है ही कि आत्म में यह क्षमता है कि वह सदैव आत्म-चेतन है, तथा उसके द्वारा वह अपनी सभी अनुभूतियों एवं मूल परिवर्त्तनों को एक सूत्र में बांध कर रखने की क्षमता रखता है। इसी क्षमता के आधार पर वह भविष्य के लिये भी सोच समझ कर योजना बना सकता है। इसी शक्ति के द्वारा वह अपने व्यक्तित्व को संगठित एवं व्यवस्थित रख पाता है। अतः उसे 'आध्यात्मिक' (Spiritual) कहने का अर्थ है कि वह भौतिक एवं जैविक के समान मात्र उद्दीपन निर्धारित प्रतिक्रियाओं का समूह नहीं है, बल्कि उसे अपने पर नियंत्रण रखने की शक्ति है, अपनी प्रतिक्रियाओं को अपने अनुसार दिशा देने की शक्ति है। यह मानव के आत्म-रूप की वास्तविकता है।

राधाकृष्णन मानव के इस पक्ष का विवरण करते हुए इसे 'ईश्वरीय' कहते हैं। उनका कहना है कि हममें जो सदैव उच्चतर जाने की प्रेरणा है, वह एक प्रकार से हममें स्थित ईश्वरीय-रूप है, जो शारीरिक, भौतिक, अथवा इन्द्रिय-आश्रित उपलब्धियों से सन्तुष्ट रह ही नहीं सकता। "There is, in the self of man, at the very centre of his being, something deeper than the instellect, which is akin to the Supreme."* राधाकृष्णन का कहना है कि ईश्वर-रूप से इस समानता को हम अपने अन्तर में अनुभूत कर सकते हैं। उनके अनुसार हमारा आध्यात्मिक क्रियाओं का हर उदाहरण---चाहे सौन्दर्यबोध हो, या नैतिक अथवा धार्मिक प्रेरणा हो---इन सबों में मानव-स्वरूप तथा ईश्वर-रूप की एकता का संकेत मिलता है। अतः कहा जा सकता है कि मानव-आत्म का असीम पक्ष उसके उस स्वरूप का द्योतक है जिसमें उसे अपने में निहित ईश्वरीय सम्भावनाओं को व्यक्त करने की क्षमता रहती है। इसी क्षमता के चलते वह चुनाव कर सकता है, निर्णय ले सकता है, और स्वतंत्र क्रिया कर सकता है। इसी क्षमता के द्वारा वह आध्यात्मिक ऊंचाइयों को छू सकता है, तथा आध्यात्मिक अनुभूति प्राप्त कर सकता है।

राधाकृष्णन अपने इस मत को उदाहरणों के द्वारा पुष्ट करते हैं, इन उदाहरणों में ऐसी मानव-क्रियाओं के उदाहरण लिये गये हैं जिनमें उन्हें मानव में ईश्वरत्व के विद्यमान होने का स्पष्ट संकेत मिलता है।

उदाहरणतः हम ऐसी क्रियाओं को देखें जिन्हें नैतिक, सामाजिक एवं धार्मिक दृष्टि से 'उत्कृष्ट' समझा जाता है। हम भीषण कष्ट में पड़े किसी व्यक्ति की सहायता करते हैं हम स्वयं कष्ट झेल कर भी संकट में पड़े लोगों की मदद करते हैं। ऐसी क्रियाओं की क्या व्याख्या हो सकती है? भौतिकवादी कारणों के आधार पर, या व्यक्ति के स्वार्थमूलक प्रवृत्ति के आधार पर तो इसकी व्याख्या नहीं ही हो सकती। इसकी एक ही व्याख्या सम्भव है: कष्ट या संकट में पड़े व्यक्ति के प्रति हमें कुछ 'अपनापन' का बोध होता है, हमें प्रतीत होता है कि वह हमसे भिन्न नहीं है, अर्थात् उस व्यक्ति में हम अपने आप को देखते हैं---उसके साथ एक 'एकत्व' की अनुभूति होती है। अन्य के साथ अपने एकत्व की अनुभूति ही तो ईश्वरत्व की अनुभूति है।

इसी प्रकार सौन्दर्यबोध का उदाहरण लें, वैज्ञानिक के अपनी खोज के प्रति निष्ठापूर्ण समर्पण का उदाहरण लें, अथवा धार्मिक आदर्श के प्रति अपनी प्रतिबद्धता का उदाहरण लें। एक मधुर संगीत के रसास्वादन में हमें अपने भौतिक वातावरण को भूल एक उच्चतर जगत में खो जाते हैं, वैज्ञानिक सभी अन्य संसारिक कार्यों से विरक्त हो अपने अनुसन्धान के प्रति सर्मापित हो जाता है, धार्मिक आदर्श इस जगत के सामान्य लक्ष्यों से बहुत ही उच्च प्रतीत होता है। इन सभी उदाहरणों में हमारी परात्मकता की शक्ति व्यक्त होती है।

राधाकृष्णन तो यहां तक कहते हैं कि असाधारण एवं विलक्षण क्षणों में ईश्वरत्व की साक्षात अनुभूति भी सम्भव हो जाती है। वे बार-बार ईसा मसीह, बुद्ध, जोरास्टर, हजरत

---

*Radhakrishnan, *An Idealist View of Life*, p. 103.

मुहम्मद आदि के अनुभवों का उल्लेख करते हैं, और कहते हैं कि ये ईश्वरत्त्व की साक्षात अनुभूति के उदाहरण हैं।

उसी प्रकार वेदान्त के समान वे यह भी कहते हैं कि 'मुमुक्षत्त्व' तो हममें ईश्वरत्त्व के विद्यमान होने का स्पष्ट प्रमाण है। हम वैसे तो सीमित व्यक्ति हैं, तो हममें 'मोक्ष' की आकांक्षा कैसे उत्पन्न हो गयी? जिसके विचार का हममें कोई आधार न हो उसका विचार तो हम कर नहीं सकते, तो मोक्ष के लिये यह तत्परता कैसे आ गयी। मोक्षावस्था तो ईश्वरत्त्व की अवस्था है, उस अवस्था की ऐसी स्पष्ट आकांक्षा ही इस बात का प्रमाण है कि हममें ईश्वरत्त्व का अंश—उस ओर प्रेरित करने का अंश विद्यमान है।

राधाकृष्णन मानव में ईश्वरत्त्व के होने का एक परोक्ष प्रमाण भी प्रस्तुत करते हैं। उनका कहना है कि यह तो सर्वविदित है कि निकृष्ट, दुराचारी व्यक्ति को भी सुधारा जा सकता है। यह सम्भव इसी कारण हो पाता है कि उसमें भी ईश्वत्त्व का अंश है, सुधार का अर्थ है उसके उस अंश को जगा देना। इसे प्रमाणित करने के लिये राधाकृष्णन विकास-क्रम एवं इतिहास से साक्ष्य प्रस्तुत करते हैं। उनका कहना है कि यदि हम आदि मानव तथा आधुनिक मानव के शारीरिक आकृति, गठन, बनावट आदि को मिलायें, अथवा उनकी भौतिक प्रवृत्तियों को देखें, तो कोई विशेष अन्तर नहीं दिखाई देता है। अन्तर हो जाता है उनकी दृष्टियों में, जीवन को देखने तथा जीने के उनके ढंगों में, और यह अन्तर भौतिकता से आन्तरिकता की ओर बढ़ने का अन्तर है। विकास का इतिहास आध्यात्मिक शक्तियों के क्रमशः विकसित होने का इतिहास है। साथ ही साथ विकास के इतिहास में मानव के आविर्भाव के साथ एक अन्य अन्तर भी प्रकाश में आ जाता है। मानव के आविर्भाव के पहले विकास-प्रक्रिया कुछ यन्त्रवत् ही चलती रही है, किन्तु मानव के आविर्भाव के बाद मानव की क्रियाओं, योजनाओं आदि का प्रभाव विकास-प्रक्रिया पर भी पड़ने लगा। यह स्पष्ट संकेत देता है कि विकास-प्रक्रिया को प्रभावित करने की शक्ति मानव में ईश्वरत्त्व के होने का प्रमाण है।

निष्कर्षतः कहा जा सकता है कि राधाकृष्णन के अनुसार मानव-स्वरूप का असीम पक्ष उसका आध्यात्मिक रूप है जो ईश्वरत्त्व का रूप है।

(ग) मानव-आत्म के कुछ अन्य लक्षण

आत्म के स्वरूप के विवरण में राधाकृष्णन भारतीय पारम्परिक विचार को बड़ा महत्त्व देते हैं, फलतः उनके अपने आत्म-स्वरूप-विवरण में भी कर्म, पुनर्जन्म, स्वतंत्रता आदि को समुचित स्थान दिया गया है।

कर्म एवं स्वतंत्रता—पहले भी कहा गया है कि आध्यात्म-रूप आत्म का एक मूल लक्षण स्वतंत्रता है। राधाकृष्णन के अनुसार स्वतंत्रता मानव-आत्म का सारगुण है। सामान्यतः स्वतंत्रता का अर्थ निर्णय की स्वतंत्रता या चुनाव की स्वतंत्रता समझा जाता है, किन्तु राधाकृष्णन इस शब्द को अधिक व्यापक अर्थ देते हैं। उनके स्वतंत्रताभाव में इसका ऊपर बताया सामान्य अर्थ तो निहित है ही, उसके अतिरिक्त उसके अन्तर्गत कुछ और

बातें आती हैं। उनके अनुसार स्वतंत्रता मानव की एक विशिष्ट तात्विक स्थिति है। तत्त्वतः आत्म स्वतंत्र है—इसका अर्थ है कि स्वरूपतः आत्म किसी बाह्य उपादानों से निर्धारित, निरूपित नहीं है। वातावरण के उपकरणों से इसकी क्रिया-प्रतिक्रिया निरूपित नहीं होती। यह अपने पर आत्म-नियंत्रण रखता है, और यह आत्म-नियंत्रण अपने आत्म-विकास को प्रभावित करता है। इसका एक बड़ा सरल उदाहरण मानव की सृजनात्मक शक्ति है। वह मौलिक कलाकृतियों की रचना कर सकता है, नयी संरचनायें स्थापित कर सकता है। उसकी सृजनात्मक शक्ति की अभिव्यक्ति कला, विज्ञान, संगीत आदि में होती है। स्वतंत्रता का यह भी अर्थ है कि मानव अपने जीवन तथा क्रियाओं को दिशा दे सकता है। अतः इसका अर्थ है कि मानव का भविष्य बहुत दूर तक अपने आप पर ही निर्भर है।

राधाकृष्णन के आत्म-सम्बन्धी विचार की विचित्रता इस बात में है कि एक ओर तो वे स्वतंत्रता को आत्म का साररूप मानते हैं, तथा दूसरी ओर वे कर्म-सिद्धान्त में भी विश्वास करते हैं। वे प्राचीन भारतीय विचारक के समान मानते हैं कि आत्म को विभिन्न शरीरों में जन्म लेना पड़ता है, और हर जन्म का शरीर पहले के किये गये कर्मों से जनित प्रवृत्तियों एवं संस्कारों के अनुरूप निर्मित होता है। इस आधार पर यह भी कहा जाता है कि इस जन्म में किये गये कर्मों से भविष्य निर्धारित होता है। अब यह आपत्ति उठ जाती है कि इस प्रकार से तो हर जीवन—हर जीवन का शरीर एवं उसकी क्रियायें कर्मों से निरूपित निर्धारित हैं तो मानव की स्वतंत्रता के लिये स्थान कहां रह जाता है। 'स्वतंत्रता' के साथ कर्म-निर्धारण में विश्वास तो संगत प्रतीत नहीं होता। किन्तु, राधाकृष्णन के लिये यह कोई समस्या ही नहीं है, क्योंकि इसका निदान स्पष्ट और सरल है। प्रथमतः तो वे कहते हैं कि 'स्वतंत्रता' तथा 'कर्म' के एक दूसरे के साथ असंगत होने का प्रश्न ही नहीं उठता क्योंकि कर्म तो आत्म के द्वारा ही किये गये कर्म हैं। स्वतंत्रता का अर्थ यह नहीं कि आत्म की क्रियायें पूर्णतया अनिर्धारित हैं—वह तो अनर्गलता होगी, पूर्ण दिशाहीनता होगी। स्वतंत्रता का अर्थ है कि आत्म की क्रियाओं को निर्धारित या निरूपित करने वाले उपकरण बाह्य न हों। स्वतंत्रता का अर्थ निर्धारण शून्यता नहीं बल्कि आत्म-निर्धारण है। तो यदि अपने किये गये कर्मों से हमारी क्रियायें तथा हमारा भविष्य निर्धारित होता है, तो यह आत्म-निर्धारण ही है, अतः स्वतंत्रता का ही रूप है।

पुनः कर्म तथा स्वतंत्रता के पारस्परिक संगति का निर्देश वे बड़े सरल ढंग से करते हैं। उनका कहना है कि कर्म दो प्रकार के होते हैं—भूतलक्षी कर्म (Retrospective karma) तथा अग्रगामी या भविष्योन्मुख कर्म (Progressive karma)। भूतलक्षी कर्मों का सम्बन्ध वैसे कर्मों से है जो सम्पादित भूत में ही हो चुका है, और अग्रगामी कर्म वैसे कर्म हैं जिनका प्रभाव भविष्य में भोगना है। मानव की प्रवृत्तियां, उसका स्वरूप आदि उसके भूतलक्षी कर्मों से निर्धारित है, किन्तु उसे यह स्वतंत्रता है कि वह ऐसे अग्रगामी कर्म सम्पादित करे जिसका भविष्य में शुभ प्रभाव हो। राधाकृष्णन इस विचार को बड़े मार्मिक ढंग से प्रस्तुत करते हुए कहते हैं कि हमारे सामने यह विकल्प है कि हम अनिवार्यता पर (जो कर्म से संचालित है) अपनी स्वतंत्रता को लाद कर उस अनिवार्यता को अपने अनुरूप

बना लें। अर्थात् यदि हम अपने स्वतंत्र चुनाव से ऐसे कर्म करें जिससे शुभ प्रवृत्ति ही जागे तो हमने कर्म-नियम में निहित अनिवार्यता को अपने अनुरूप बना लेंगे, और इस प्रकार अन्ततः इस अनिवार्यता से ही—अर्थात् कर्मों के प्रभाव से ही अपने को मुक्त कर लेंगे। इस पूरे विचार को उपमा की भाषा से स्पष्ट करते हुए वे कहते हैं, "The cards in the game of life are given to us, we do not select them. They are all traced to our past karma; but we can call as we please, lead what suit we will, and as we play, we gain or lose—and that is freedom."*

आत्मा एक है या अनेक?—इस विवादास्पद प्रश्न का राधाकृष्णन बड़ा ही रोचक समाधान प्रस्तुत करते हैं? सत् तो 'एक' है तो अनेक आत्म के होने का प्रश्न ही नहीं उठना चाहिये, किन्तु यह प्रश्न उठता क्यों है? स्पष्ट है कि इस प्रश्न का आधार है हमारी सामान्य साधारण अनुभूति जहां हमें अनेक जीवों की अनुभूति होती है। तो पुनः मूल प्रश्न यहां भी यही है कि 'वास्तविकता' तथा सामान्य अनुभव का समन्वय कैसे हो? शंकराचार्य के समक्ष भी वही प्रश्न था—जिसके लिये उन्होंने 'पारमार्थिक दृष्टि' तथा 'व्यवहारिक दृष्टि' का भेद किया। राधाकृष्णन भी कुछ इसी प्रकार का भेद करते हैं किन्तु, जैसा कि ऊपर की विवेचना में स्पष्ट हुआ है, व्यवहार जगत को असत् नहीं मानते। वे सृष्टि-पूर्व दृष्टि (Pre-comsic point of view) तथा सृष्टिमूलक दृष्टि में भेद करते हैं। दोनों अपने-अपने ढंग से सत् है। पहली दृष्टि में सत् ही 'एक' है, तथा अनेक आत्म का प्रश्न ही नहीं उठता। किन्तु हमारा सम्बन्ध तो अस्तित्व से है, सृष्टि से है, तो सृष्टिमूलक दृष्टि से अनेक आत्म को स्वीकारा जाता है। राधाकृष्णन का कहना है कि ये विभिन्न आत्म क्रियात्मकता के विभिन्न केन्द्र हैं। राधाकृष्णन यह भी कहते हैं कि उनकी सत्ता सृष्टि से जुटी है, अतः जब तक ब्रह्माण्ड-प्रक्रिया चलती रहे, तब तक उनकी वैयक्तिकता बनी रहती है। वैसे इस विचार का पूर्ण स्पष्टीकरण राधाकृष्णन के 'मानव के चरम भाग्य' की विवेचना के अन्तर्गत होता है।

पुनर्जन्म-सिद्धान्त

अनेक आत्म का विचार तथा मृत्यु की वास्तविकता को देखते हुए राधाकृष्णन अपने दर्शन पुनर्जन्म-सिद्धान्त के लिये भी स्थान बना लेते हैं। यदि विभिन्न आत्माओं को सृष्टि के अन्त तक अस्तित्ववान रहना है तो इससे यह भी आपदित है कि उस समय तक उन्हें किसी न किसी रूप में जीवित रहना है—मृत्यु उनका अन्त नहीं है। अतः पुनर्जन्म-सिद्धान्त की प्राथमिक कड़ी है यह विचार कि मृत्यु अन्त नहीं है—आत्म मृत्यु के बाद भी 'है'। और तब प्रश्न उठता है कि मृत्यु के उपरान्त वह जीवित किस रूप में रहता है? राधाकृष्णन इसी के उत्तर में कहते हैं कि वह पुनः जन्म लेता है। इस पुनर्जन्म की प्रक्रिया

*Radhakrishnan, *The Hindu View of Life*, p. 75.

का चित्रण सरल नहीं है। किन्तु इसकी सम्भावना का विचार निराधार नहीं है, अटकल नहीं है, बल्कि साक्ष्यों पर आधृत अनुमान है। यह सामान्य अनुभव है कि व्यक्ति की मृत्यु तक भी उसकी अनेकों इच्छायें, कार्य-प्रेरणायें, स्वचालित प्रवृत्तियां अतृप्त रह जाती हैं। तो यह मानना पड़ता है कि उनसे जो शक्ति जनित हुयी है, वह कार्यरत होगी ही; उन अतृप्त इच्छाओं की पूर्ति के लिये पुनः अवसर मिलेगा। कोई स्पष्टरूप मिलेगा। आत्म में निहित सम्भावनायें एक जीवन में व्यक्त नहीं हो पातीं, तो पुनः जीवन प्राप्त होने का विचार अनर्गल नहीं है।

पुनर्जन्म को अस्वीकारने का सबसे प्रबल आधार यही है, इसका किसी रूप में स्पष्ट साक्ष्य प्रस्तुत नहीं किया जाता। न किसी को विगत जीवन की स्मृति है, न आगे की कोई सूझ। किन्तु राधाकृष्णन को इस प्रकार के तर्क के आधार पर पुनर्जन्म को अस्वीकार करना उपयुक्त प्रतीत नहीं होता। मां के गर्भ में कोई कैसे पहुंचा—इसकी भी किसी को कोई स्मृति नहीं, किन्तु मात्र इतने ही से इसे अस्वीकारा नहीं जाता, क्योंकि अन्य साक्ष्यों पर—गर्भाधान की प्रक्रिया—गर्भ में विकास आदि के आधार पर उसका अनुमान स्वीकार्य है। स्मृति तो शरीर-आश्रित क्षमता है, अतः शरीर के अन्त के साथ उस क्षमता का भी अन्त हो जाता है। तो विगत जीवन की स्मृति तो नहीं ही रह सकती। किन्तु जीवन में ऐसी प्रवृत्तियों के यथेष्ट साक्ष्य उपलब्ध हैं जिनके आधार पर विगत के जीवन की सम्भावना को स्वीकारा जा सकता है। नवजात शिशु की प्राथमिक क्रियायें, व्यक्ति के व्यवहारों से कुछ विचित्रतायें, या आकस्मिकतायें आदि ऐसे तथ्य हैं जिनकी कोई व्याख्या नहीं हो पाती। उनके आधार पर विगत जीवन की सम्भावना को स्वीकारना तर्कसम्मत अनुमान है। और तब पुनर्जन्म विचार को युक्तिसंगत आधार मिल जाता है।

मानव का चरम भाग्य
(Human Destiny)

हमने मानव-स्वरूप की विवेचना के सन्दर्भ में ही कहा है कि राधाकृष्णन के अनुसार मानव-आत्म सतत् पूर्ण आध्यात्मिकता की ओर अग्रसर है। उसका स्वरूप ससीम-असीम है। अपनी ससीमता में भी वह उच्चतर रूपों की ओर उठने की प्रवृत्ति व्यक्त करता है—यही प्रवृत्ति उसकी विशिष्टता है। इस उच्चतर उठने की प्रवृत्ति का कुछ आदर्श है—लक्ष्य है जिस ओर यह प्रवृत्ति उन्मुख है। आत्म को पुनर्जन्म के चक्कर में, विभिन्न रूपों से होते हुए आगे बढ़ना है। उसका पुनर्जन्म, उसका ऐसा हर रूप-मात्र एक पड़ाव है, जिन पड़ावों को पार करता हुआ वह अपनी मंजिल की ओर बढ़ रहा है। हर जन्म उसे एक अवसर देता है कि वह आत्म-निहित सम्भावनाओं को व्यक्त करता जाय—अपनी वास्तविकता को मुखरित करता जाय—तथा अपने लक्ष्य को पा ले। तो यह लक्ष्य ही उसकी अन्तिम मंजिल है—उसका चरम भाग्य है।

प्राचीन भारतीय दर्शन में इस चरम लक्ष्य को मोक्ष कहा गया है। कहा गया है कि मोक्षावस्था ऐसी अवस्था है, जिसमें दुख नहीं है तथा जहां आत्म अपने पूर्ण स्वरूप को

अनुभूत कर लेता है। वैसे राधाकृष्णन का भी विचार इस विचार से मिलता जुलता है उसके अनुरूप ही है। फिर भी उनके अपने तत्त्व-दर्शन की विशिष्टता के अनुरूप संरचित होने के कारण इसमें कुछ सर्वथा नवीन तथा मौलिक विचार भी जुट जाते हैं।

उनके 'चरम भाग्य-विचार' की एक विशिष्टता तो यह है कि उन्होंने इसे बड़े ही तर्क-संगत ढंग से प्रतिपादित किया है। फलतः यदि उनके सत्-जगत तथा मानव विचारों पर व्यापक रूप से सोचें तो स्पष्टतः उनका 'चरम भाग्य-विचार' उससे निकल आयेगा। सत् पूर्णतया 'एक' है, मानव मानव सृष्टि में ही है—तो स्पष्ट है 'मानव' की सत्ता की परिणति सत् की एकरूपता को पा लेना है। राधाकृष्णन इस विचार को बड़े संगत ढंग से स्थापित करते हैं।

उनके इस विचार की विशद विवेचना के पहले प्रारम्भ में ही इस विचार के कुछ मूल बिन्दुओं को रख देना स्पष्टीकरण के लिये उपयोगी सिद्ध हो सकता है। दो बातें प्रकाश में आयी हैं—एक कि आत्म का चरम भाग्य उसकी शारीरिक सत्ता से परे है, तथा दूसरा कि चरम भाग्य की स्थिति की परिणति इस सृष्टि के अन्त के साथ जुड़ी है। अतः राधाकृष्णन के चरम भाग्य की प्राप्ति का एक पक्ष है भौतिकता शारीरिकता के स्तर को पार करते हुए इससे ऊपर उठना। तथा इस विचार का एक विशिष्ट पक्ष है कि चरम भाग्य की अनुभूति की अन्तिम अवस्था ब्रह्माण्ड प्रक्रिया की समाप्ति के साथ ही रूप लेगी। हम देखेंगे कि व्यक्ति का मोक्ष ही मानव के चरम भाग्य का अन्तिम रूप नहीं है बल्कि वह स्थिति है जिसे राधाकृष्णन सर्वमुक्ति कहते हैं।

अब हम इन मूल बिन्दुओं को ध्यान में रखते हुए उनके इस विचार का कुछ विस्तार से विवेचना करें।

वैसे सामान्य ढंग से कहा जा सकता है कि राधाकृष्णन के अनुसार भी आत्म का चरम भाग्य मोक्ष है। किन्तु उनका मोक्ष-विचार अपने ढंग से विशिष्ट है। हम इस विचार के विशिष्ट रूपों की व्याख्या क्रमिक ढंग से करने का प्रयास कर रहे हैं। प्रथमतः तो कहा जा सकता है कि मानव-आत्म का शारीरिक-भौतिक पक्ष वास्तविक तो है, किन्तु इसकी विशिष्टता तो इसके आध्यात्मिक रूप में है। तो मोक्ष-प्राप्ति का अर्थ हो जाता है इस विशिष्ट आध्यात्मिक रूप की पूर्ण अभिव्यक्ति। पूर्ण आध्यात्मिकता की प्राप्ति ईश्वरत्त्व की प्राप्ति है। इसी कारण राधाकृष्णन कहते हैं कि "The destiny of the human soul is to realise its oneness with the Supreme."* जीवन का लक्ष्य ईश्वरत्त्व की प्राप्ति है, पूर्ण एकत्त्व की अनुभूति है। इसे 'आत्म-ज्ञान' भी कहा जा सकता है, क्योंकि यह आत्म की सम्पूर्ण सम्भावनाओं की पूर्ण अभिव्यक्ति है। आत्म का असीम पक्ष ईश्वरत्त्व की पहचान है और वही पक्ष उसे उस ओर प्रेरित करता रहता है। अतः उस पक्ष का पूर्णतया विकसित रूप मोक्ष है।

इस स्थिति की प्राप्ति एक नवीन अनुभूति की सम्भावना व्यक्त करती है। वह अनुभूति

*Radhakrishnan, *Eastern Religions and Western Thought*, p. 96.

सार्वभौमता की होगी अनुभूति—उस 'एक' की अनुभूति होगी जिसकी ही अभिव्यक्ति सब कुछ है। राधाकृष्णन का कहना है कि इस प्रकार की अनुभूति का धीमा रूप सौन्दर्यानुभूति, तथा नैतिक एवं धार्मिक प्रतिबद्धता की अनुभूति में स्पष्ट होती है। इसका एक स्पष्ट उदाहरण द्रष्टाओं के उन अनुभवों में है जिन्हें 'रहस्यवादी अनुभव' कहा जाता है। इसे स्पष्ट करते हुए वे सौन्दर्यानुभूति की व्याख्या करते हैं। उनका कहना है कि आध्यात्मिक अनुभूति की झांकी सौन्दर्यानुभूति में मिलती है। सौन्दर्यानुभूति में हम 'मैं' 'तुम' आदि के अन्तर से ऊपर उठ जाते हैं—जिस 'विषय' को देख रहे हैं, उसके भी वस्तुरूप से ऊपर उठ जाते हैं, तथा 'हम' और वह वस्तु एक सार्वभौमता की अनुभूति में एकरूप हो जाते हैं। उदाहरणतः किसी सुन्दर कलाकृति के सौन्दर्यबोध में हम रंग-आकार आदि से ऊपर उठ जाते हैं, और एक सार्वभौम अनुभव 'उसे' आत्मसात कर लेते हैं। इसी कारण यह अवस्था शुद्ध आनन्द की अवस्था हो जाती है—विशेषों का विकर्षण उस क्षण हमें प्रभावित नहीं कर पाता। राधाकृष्णन कहते हैं कि जिस प्रकार का अनुभव सौन्दर्यानुभूति में एक क्षण के लिये होता है, वही मोक्षावस्था का शाश्वत अनुभव है।

इसी कारण मोक्षावस्था एक सर्वथा नवीन अवस्था है। भौतिक-शारीरिक अवस्था के सभी कष्ट, दुख इस अवस्था में समाप्त हो जाते हैं। अब व्यक्ति पूर्ण आन्तरिक संगठन के साथ बाह्य जगत के साथ भी पूर्ण अभियोजन स्थापित कर पाता है। अब वह सब कुछ में 'एक' को ही देख पाता है, और इस प्रकार उसका जीवन सार्वभौमता का जीवन हो जाता है।

राधाकृष्णन कहते हैं कि ऐसा जीवन शरीर में रहते हुए भी प्राप्त हो सकता है। भारतीय परम्परा में जीवनमुक्त की अवधारणा इसी प्रकार की अवधारणा है। राधाकृष्णन के 'जीवनमुक्त' के विवरण में पारम्परिक जीवनमुक्त विचार के अंश विद्यमान हैं, फिर भी एक विशेष रूप में उनका विचार पारम्परिक विचार से भिन्न है। पारम्परिक विचार के अनुरूप वे भी स्वीकारते हैं कि जीवनमुक्त जगत के ढंगों से प्रभावित नहीं होता, उसके सभी कार्य 'स्व' से ऊपर उठे हुए होते हैं, वह अन्य को शुभमार्ग निर्देश के लिये कार्यरत रहता है, अब जन्म-मरण के बन्धन में डालने वाले कार्य उसे छू नहीं पाते। अभी तक का विवरण पारम्परिक जीवनमुक्त-विचार के अनुरूप है। किन्तु पारम्परिक विचार में यह कहा गया है कि यह अवस्था इस कारण उपस्थित हो जाती है कि आत्म को मोक्षानुभूति हो गयी, किन्तु उसका 'शरीर' अभी अपने संस्कारों से पूर्णतया मुक्त नहीं हो पाया। अब और आगे 'संस्कार' नहीं बन रहे क्योंकि जीवनमुक्त की क्रियायें अज्ञानमूलक नहीं हैं। किन्तु जब तक पहले के संस्कार पूर्णतया समाप्त न हो जायें, तब तक शरीर चलता है। जब वे संस्कार समाप्त हो जायेंगे, तो शरीर समाप्त हो जायगा, और तब मोक्ष की अन्तिम अवस्था आयेगी—जो विदेहमुक्ति की अवस्था है। राधाकृष्णन पारम्परिक जीवनमुक्ति-विचार के इस पक्ष को महत्त्व नहीं देते। वे व्यक्ति के 'विदेहमुक्ति' को मोक्ष की अन्तिम अवस्था नहीं मानते। उनका कहना है कि 'वैयक्तिक मोक्ष' मोक्ष की अन्तिम अवस्था नहीं हो सकती क्योंकि वह पूर्ण सार्वभौमता का रूप नहीं है। अतः उनका कहना है कि मोक्षानु-

भूति के बाद भी व्यक्ति का कार्य समाप्त नहीं होता, क्योंकि वस्तुतः उसका मोक्ष भी अन्ततः तभी होता है जब सभी मुक्त हो जायें। वैयक्तिक मोक्ष व्यक्ति का भी 'चरम' भाग्य नहीं है, क्योंकि उसे 'अन्य' के मोक्ष में अभी सहायता का कार्य करना है।

अतः राधाकृष्णन के अनुसार वैयक्तिक आत्म के लिये यह अनिवार्य नहीं है कि 'मोक्ष' की अनुभूति के बाद उसे अनिवार्यतः शरीरमुक्त होना ही है। जब उसे 'सर्वमुक्ति' के मार्ग में क्रियाशील होना है, और यदि इस कार्य के लिये उसका शरीरधारण आवश्यक प्रतीत हो, तो वह शरीरधारण भी कर सकता है। अन्तर यही है कि अब उसका शरीर-धारण कर्मनियम के अनुरूप संस्कार-निर्धारित नहीं। अब तो वह मुक्त आत्म है—अतः यदि वह शरीर धारण भी करता है तो वह उसकी उन्मुक्तता की अभिव्यक्ति है, स्वतंत्रता का निर्णय है। इसी कारण शरीरधारण के बाद भी उसकी क्रियायें शरीर-आश्रित क्रियायें नहीं रहेंगी। अब उसे जीवन के प्रति मोह, मृत्यु का भय आदि प्रभावित नहीं कर पायेंगे। वह अब शारीरिक स्तर के 'स्व' से ऊपर उठ चुका है, अब वह अज्ञान में नहीं, सत् की अनु-भूति के अनुरूप कार्य करता है अतः जीवन के साधारण संस्कार उसे छू भी नहीं पाते। यह एक 'अन्य' प्रकार का उन्मुक्तता का शरीर धारण है जो संस्कारों के बन्धन से पूर्णतया मुक्त है। राधाकृष्णन का यह विचार मौलिक इस अर्थ में है कि यह 'चरम भाग्य' विचार को आपदित है। यदि आत्म का चरम 'भाग्य' वैयक्तिक मोक्ष है—तो पूर्ण विदेहमुक्ति की अवस्था अन्तिम अवस्था है। किन्तु यदि आत्म का 'चरम भाग्य' 'सर्वमुक्ति' है, तो वैयक्तिक मोक्ष अन्तिम अवस्था नहीं रह जाता। तब तर्कतः 'वैयक्तिक मोक्ष' और 'सर्वमुक्ति' के मध्य की अवस्था के लिये कुछ विचार आवश्यक हो जाता है। इस अवस्था में 'मोक्ष' की अनुभूति हो चुकी है—अतः यह उन्मुक्तता की स्थिति है, और इस कारण इसे हम 'कर्म-नियम' जैसे किसी नियम से निर्धारित नहीं कर सकते। तो, राधाकृष्णन यह 'आत्म' की स्वतंत्रता पर छोड़ देते हैं कि इस मध्य की स्थिति में वह शरीरधारण करे या न करे।

किन्तु, पुनः यहां पर एक प्रश्न उठ जाता है। राधाकृष्णन को इस प्रश्न की अपेक्षा है। यदि ऊपर दिये गये विवरण को मान्यता दी जाय तो यह भी मानना ही पड़ता है कि वैयक्तिक मोक्ष की प्राप्ति के बाद भी 'पूर्ण एकत्त्व' नहीं स्थापित हो पाया है क्योंकि व्यक्ति अभी भी अपनी वैयक्तिकता के साथ क्रियाशील है। तो क्या राधाकृष्णन यह मानते हैं कि मोक्ष-प्राप्ति के बाद भी वैयक्तिकता समाप्त नहीं होती? वस्तुतः यह एक ऐसी समस्या है जो मोक्ष-सिद्धान्त को स्वीकारने वाले सभी विचारकों को उलझा देता है। मूल प्रश्न जिसमें सभी विचारक उलझ जाते हैं—वह यही है कि मोक्षावस्था 'एकत्त्व' में लीन हो जाना है—या मोक्षावस्था में भी व्यक्ति की वैयक्तिकता बची रहती है? विभिन्न धर्मों एवं विचारधाराओं में विभिन्न उत्तर दिये गये हैं, और इन दोनों विकल्पों के समर्थन में मत प्रकाश में आये हैं। किन्तु राधाकृष्णन इस प्रश्न का उत्तर स्पष्ट 'हां' या 'ना' में नहीं देते हैं, फिर भी उनका उत्तर बड़ा विचारोत्पादक है।

उनके अनुसार एक दृष्टि से यह तो कहा ही जा सकता है कि मोक्षावस्था 'वैयक्तिकता'

का निषेध नहीं, बल्कि उसकी परिपूर्णता है। 'मोक्षावस्था' आत्म-स्वरूप के अनुरूप है, उसके विपरीत नहीं, अतः उस अवस्था में 'व्यक्ति' के निषेधित होने का प्रश्न नहीं उठता। "There is no question in my scheme of the individual being included in and absorbed by the Divine."* मोक्षानुभूति का अर्थ है अपने स्वरूप की अनुभूति, अतः वह आत्म की विशिष्टता की परिपूर्णता है। राधाकृष्णन की वैचारिक व्यवस्था में यह सम्भावना तो है ही कि व्यक्ति मोक्ष प्राप्ति के बाद भी इस जीवन में रह कर अन्य के मोक्ष का सहायक बन कर कार्यरत रहे। इससे भी इतना तो स्पष्ट हो ही जाता है कि मोक्षावस्था अनिवार्यतः व्यक्ति के वैयक्तिक अस्तित्त्व का निषेध नहीं है। उपनिषदों में दिये गये 'सागर तथा नदी' की उपमा का सहारा लेते हुए राधाकृष्णन कहते हैं कि वैसे तो नदी सागर में मिल कर लुप्त हुयी सी प्रतीत होती है, किन्तु इस आधार पर यह नहीं कहा जाता कि नदी तथा सागर पूर्णतया एकरूप हो जाते हैं।

इस प्रकार के विवरणों के आधार पर कहा जा सकता है कि राधाकृष्णन के अनुसार मोक्षप्राप्ति के बाद भी व्यक्ति का व्यक्तिरूप यह रह सकता है। मोक्षावस्था में व्यक्ति तो ईश्वरत्त्व पा लेता है—लेकिन यह नहीं कहा जा सकता कि ईश्वर उस व्यक्ति में परिणत हो गया। दूसरे शब्दों में, ऐसा नहीं कहा जा सकता कि व्यक्ति तथा ईश्वर 'पूर्णरूपेण' एक हो गये।

किन्तु ऊपर दिये गये विवरण राधाकृष्णन के विचार के एक ही पक्ष का विवरण है, उनके अनुसार मानव के चरम भाग्य की समस्या का यह अन्तिम समाधान नहीं है, क्योंकि उनके अनुसार 'वैयक्तिक मोक्ष' मानव का 'चरम भाग्य' नहीं है। उनका कहना है कि व्यक्ति जब मोक्ष पा भी लेता है, तो वह पूर्णतया मुक्त नहीं हो पाता क्योंकि वह जगत-प्रक्रिया से पूर्णतया मुक्त नहीं हो पाया है। वह उससे तब तक पूर्णतया मुक्त नहीं हो सकता जब तक 'सभी' मुक्त न हो जायें। उनका कहना है कि जगत-प्रक्रिया के अन्तिम लक्ष्य की प्राप्ति तभी हो सकती है जब जगत के सभी आत्म 'मुक्त' हो जाये—सभी ईश्वरत्त्व पा लें। अतः उनके अनुसार मानव का चरम भाग्य 'वैयक्तिक मोक्ष' नहीं, बल्कि 'सर्वमुक्ति' है। राधाकृष्णन ने इस शब्द 'सर्वमुक्ति' का उपयोग ही नहीं किया है इसे ही आत्म तथा जगत की परिणति माना है।

इस स्थल पर उनसे एक प्रश्न पूछा जा सकता है—क्या इस अवस्था में भी व्यक्ति अपनी वैयक्तिकता को बचाये रख सकता है? राधाकृष्णन का उत्तर होगा कि यह प्रश्न ही अप्रासंगिक है। मानव तथा उसके चरम भाग्य का प्रश्न की प्रासंगिकता 'सृष्टि' के साथ जुड़ी है—जगत-प्रक्रिया के साथ जुड़ी है। जगत परमसत् में निहित अनन्त सम्भावनाओं में किसी एक सम्भावना की अभिव्यक्ति है। इस अभिव्यक्ति के लक्ष्य की परिपूर्णता सर्व-मुक्ति के साथ समाप्त हो जाती है—उस जगत प्रक्रिया का अन्त हो जाता है। सर्वमुक्ति

---

*Radhakrishnan, *Reply to Critics*, in Schilpp Ed., The Phil. of RK, p. 799.

में जगत-निहित काल-प्रक्रिया समाप्त हो जाती है। उस दृष्टि से सर्वमुक्ति अथवा मानव का चरम भाग्य 'काल का अन्त' (End of time) है। जब जगत-प्रक्रिया का अन्त हो जाता है—तो काल रुक जाता है और तब शायद किसी दूसरे 'खेल' का पुनः प्रारम्भ हो—कोई दूसरी सम्भावना व्यक्त हो जाये। राधाकृष्णन कहते हैं, "We need not assume that the cosmic process is an end-in-itself. When its end is reached, when its drama is played, the curtain is drawn and possibly some other plot may commence."*

मोक्षानुभूति के मार्ग—धर्म, इसका स्वरूप

प्रश्न है कि मनुष्य के लिये अपने चरम भाग्य की प्राप्ति का मार्ग क्या है? राधाकृष्णन ने 'सर्वमुक्ति' को मानव का चरम भाग्य कहा है, तथा यह भी कहा है कि जब तक सर्वमुक्ति नहीं होती तब तक एक प्रकार से कोई मुक्त नहीं हो पाता। इससे एक उलझन उत्पन्न होती है। इसका अर्थ है कि व्यक्ति अपने अन्तर में स्थित ईश्वरत्त्व को जाग्रत करने के बाद भी तब तक दायित्वमुक्त नहीं होता जब तक सर्वमुक्ति न हो जाय। तो क्या अब उसे धैर्यपूर्वक प्रतीक्षा करनी है? और यदि उसे अभी भी कुछ करना है—अपना योगदान देना है, तो 'सर्वमुक्ति' को अनिवार्य कहना उपयुक्त प्रतीत नहीं होता। राधाकृष्णन इस उलझन का समाधान बड़े सरल रूप में करते हैं। उनका कहना है कि यदि व्यक्ति पूर्णतया अकर्मण्य हो जाय तथा बिना कुछ किये मात्र प्रतिक्षा करता रहे तो इससे एक ओर तो अनिश्चयता बढ़ेगी तथा दूसरी ओर सर्वमुक्ति में भी विलम्ब होगा।

राधाकृष्णन का कहना है कि सर्वमुक्ति में विलम्ब मानव के लिये हितकर नहीं है। विश्व में ऐसी प्रवृत्तियां भी सजग हैं जिन्हें यदि निरंकुश छोड़ दिया जाय तो मानव-कल्याण बड़ा कठिन हो जायगा। उनका कहना है कि वर्त्तमान मानव के जीवन के ढंगों में मौलिक परिवर्त्तन की आवश्यकता है। वह हर सम्पदा के बीच भी थका तथा एकाकी हो गया है। वह अपने अस्तित्व में निहित एक विचित्र क्लेश-भाव से ग्रसित है। वह पूर्णतया अशान्त है। इससे छुटकारा पाने के लिये भी यह अनिवार्य हो जाता है कि वह मुक्ति-मार्ग को प्रशस्त करे।

सभी धर्मों के द्रष्टाओं तथा पैगम्बरों को इस तथ्य की स्पष्ट अनुभूति रही है। शायद इसी कारण सबों ने अपने-अपने ढंग से आह्वान किया है कि मानव इस सांसारिकता, इस प्रकार के मानसिक प्रत्ययों तथा प्रतिमाओं के जगत से ऊपर उठे, तथा उस सत्य को जानने की चेष्टा करे जो किसी अवधारणा से बंधा हुआ नहीं है, जिसे पूर्णतया नहीं जानने पर भी अनुभूत किया जा सकता है, जो मानव-आत्म की वास्तविकता है, जो सर्वोच्च ईश्वरत्त्व, का भाव है। राधाकृष्णन के अनुसार इसी अनुभूति को जाग्रत करना, सर्वोच्च धर्म है। वे इसे 'ईश्वर की स्पष्ट अनुभूति का प्रयत्न' (Practice of the presence

---

*Radhakrishnan, *An Idealist View of Life*, p. 310.

of God) कहते हैं, और इसे ही वास्तविक धर्म मानते हैं। किन्तु अब यह प्रश्न उठ जाता है कि यह प्रयत्न कैसे, किया जाय? इस प्रश्न की विवेचना राधाकृष्णन 'धार्मिक अनुभूति' (Religious experience) की विवेचना के अन्तर्गत करते हैं।

धार्मिक अनुभूति

राधाकृष्णन का कहना है कि प्रारम्भ में ही एक विश्वास जगाना—एक आस्था उत्पन्न करना आवश्यक है। इसे वे 'धार्मिक अनुभूति में आस्था' कहते हैं। उनका अपना विश्वास है कि धार्मिक अनुभूति ही मानव को पूर्ण आध्यात्मिक जीवन को अपने में आत्मसात करने में सहायक सिद्ध हो सकती है। इसी कारण वे धार्मिक अनुभूति के स्वरूप तथा उसके विशिष्ट लक्षणों की विशद व्याख्या करते हैं।

उनका कहना है कि यह अनुभव तो है, किन्तु यह साधारण अनुभवों जैसा नहीं है। इसमें साधारण अनुभव के सारे लक्षण विद्यमान हैं, फिर भी इसमें कुछ ऐसी विशिष्टता है—जिसके फलस्वरूप यह उनसे भिन्न भी है। साधारण अनुभवों के समान इसमें भी किसी 'विषय' की विषयनिष्ठ अवगति होती है, और सभी अनुभवों के समान यहां भी एक तृप्ति मिलती है—एक प्रकार की सन्तुष्टि प्राप्त होती है। किन्तु यह 'धार्मिक' अनुभव है, अतः इसमें कुछ अपनी विशिष्टता भी है। इसकी विशिष्टता यही है कि यह उस विशेष स्थिति तक ही सीमित नहीं रहता, बल्कि उन विशेष स्थिति से ऊपर उठ कुछ आध्यात्मिक एवं शाश्वत सत्यों की ओर उन्मुख हो जाता है। यह साधारण अनुभवों से भिन्न इसी कारण है कि यह तो मानव-अस्तित्व में निहित सम्भावनाओं को भी देखने की चेष्टा करता है। यह मानव-अस्तित्व की सीमितता से ऊपर उठ कर उसे देखता है। यही ऊपर उठना तो आध्यात्मिकता है।

राधाकृष्णन का कहना है कि इस प्रकार के अनुभव की सम्भावना में विश्वास इस मार्ग पर अग्रसर होने के लिये अनिवार्य है। इन दिनों कुछ ऐसा प्रचलन है कि इस प्रकार की बातों को लोग अनसुनी कर देते हैं तथा उस पर ध्यान नहीं देते। किन्तु राधाकृष्णन स्पष्ट कहते हैं कि हम इन अनुभवों में निहित सत्यों के विषय में चाहे जितने भी विवाद उत्पन्न कर लें, इनकी वास्तविकता पर संशय नहीं किया जा सकता।* वे स्वीकारते हैं कि इस प्रकार के उच्चतम अनुभूति तो दुर्लभ हैं, किन्तु इसके मृदुतर रूपों के उदाहरण साधारण जीवन में भी उपलब्ध है। उदाहरणतः सौन्दर्यानुभूति इसका एक उदाहरण है इस प्रकार के अनुभवों की वास्तविकता का प्रमाण केवल द्रष्टाओं का अनुभव ही नहीं है, बल्कि इसके कुछ रूपों के साक्षी तो साधारण मनुष्य भी हैं। कोई

---

*राधाकृष्णन कहते हैं, "However much we may quarrel about the implications of this kind of experience, we cannot question the actuality of this experience itself." —*An Idealist View of Life*, p. 93.

नये ज्ञान की उपलब्धि, किसी विशिष्ट कविता का रसपान, अथवा किसी महान कार्य के समक्ष आत्मोत्सर्ग—ये सभी उसी रहस्यात्मक अनुभूति के साक्ष्य हैं।*

इस बात को 'गहन प्रेम' के विश्लेषण के आधार पर समझने का प्रयत्न किया जा सकता है। हम इस प्रकार के प्रेमानुभूति में अपने से या अपने वातावरण से ऊपर उठ जाते हैं, और उसमें एक प्रकार से खो जाते हैं। जब भी मनुष्य कोई श्रेष्ठ कार्य करता है, उसे कुछ इस प्रकार की अनुभूति होती है। राधाकृष्णन अपनी पुस्तक 'Religion and Society' में इसका स्पष्ट उदाहरण देते हैं। उनका कहना है कि किसी प्रकार की अभिव्यक्ति या किसी प्रकार की प्रतिबद्धता, या किसी प्रकार का सत्कर्म आदि का स्रोत इसी प्रकार के आन्तरिक धर्म में है। सत्य, शिव, सुन्दर की आकांक्षा इसी अनुभूति की अभिव्यक्ति है। ईश्वर के प्रति आस्था भी इसी का रूप है। मां के वक्षस्थल से लगे शिशु, अनपढ़ देहाती का सितारों का देखना, अपने माइक्रोस्कोप पर स्थित वैज्ञानिक, एकान्त की शान्ति या विश्व के सौन्दर्य पर कवि की विह्वलता—इन सबों में किसी न किसी अंश में यही शाश्वत रहस्यात्मक अनुभूति परिलक्षित है। यही कारण है कि इन अनुभवों में व्यक्ति जीवन के कष्ट तथा क्लेश से ऊपर उठ जाता है।

अतः इस विवरण के आधार पर राधाकृष्णन के द्वारा चर्चित धार्मिक अनुभूति के लक्षणों का उल्लेख किया जा सकता है।

(१) यह अनुभूति है, इसका अर्थ है कि यह कोई असाधारण या अतिप्राकृतिक बात नहीं है, बल्कि इससे यह बोध होता है, कि यह सर्वसाधारण के लिये सम्भव है। इसे 'अनुभूति' कहने का यह भी तात्पर्य है कि इससे एक विषयनिष्ठ अवगति प्राप्त होती है।

(२) इसे पूर्णतया एकरूप एवं अखण्डित चेतना कहा गया है। यही इस अनुभूति की विशिष्टता है जिसके कारण यह अन्य साधारण अनुभवों से भिन्न प्रतीत होता है। साधारण अनुभवों में विषयी एवं विषय का द्वैत सदा वर्त्तमान रहता है। किन्तु धार्मिक

---

*"The witness to this spiritual life is borne not only by the great religious teachers and leaders of mankind, but by the ordinary man in the street in whose inmost being the well of the spirit is set asleep. In our normal experience events occur which imply the existence of a spiritual world". —*Eastern Religion and Western Thought*, p. 61.

"When we experience the illumination of a new knowledge, the ecstasy of poetry, the subordination of self to some thing greater, family or nation, the self-abandonment of falling in love, we have glimpses of the mystic mood."

—*An Idealist View of Life*, p. 93.

अनुभूति में इस प्रकार का द्वैत तथा भेद समाप्त हो जाता है। राधाकृष्णन का कहना है कि इस अनुभूति में विषयी तथा विषय पूर्णतया एकरूप हो जाते हैं।*

(३) एक दृष्टि से इस अनुभूति को स्व-निर्धारित भी कहा जा सकता है क्योंकि यह मन की स्वतंत्र वृत्ति है। किसी बाह्य उपकरण के द्वारा यह निर्धारित नहीं होता। इसका अन्तर में उद्‌भव प्रायः स्वतः एवं अनायास होता है।

(४) इसके आधार पर इसे आन्तरिक एवं वैयक्तिक भी कहा जा सकता है। व्हाइटहेड के समान राधाकृष्णन भी धार्मिक अनुभूति में आन्तरिकता पर महत्त्व देते हैं। धार्मिक जीवन मूलतः आन्तरिकता का जीवन ही है।

(५) इस अनुभूति की विशिष्टता यह भी है कि इसमें एक प्रकार से सांसारिकता के प्रति एक प्रकार की विरक्ति का बोध होता है। जिस प्रकार का लगाव या मोह हमें साधारण जीवन में वस्तुओं के प्रति होता है उससे हम इस अनुभूति में उदासीन प्रतीत होते हैं। यह 'क्षणिकता' तथा 'सीमितता' से तटस्थ होने की प्रवृत्ति का सूचक है।

(६) राधाकृष्णन कहते हैं कि धार्मिक अनुभूति आत्म का सत् के प्रति पूर्ण उन्मुखता है। 'पूर्ण' शब्द के व्यवहार का एक विशेष तात्पर्य है। यह किसी रूप में आंशिक नहीं, इसमें विषयी भी पूर्णरुपेण उन्मुख हो जाता है, और 'विषय' भी कोई विशेष तत्त्व नहीं, बल्कि 'सत्' ही है। इसे स्पष्ट करते हुए राधाकृष्णन ने कहा है कि यह सर्वपक्षी** शब्द अर्थपूर्ण है। इसका अर्थ है कि यह मात्र संज्ञानात्मक अथवा मात्र भावनात्मक अनुभूति नहीं है। इसमें मानव का हर पक्ष क्रियाशील हो जाता है--यह एक साथ ज्ञानात्मक, भावनात्मक तथा क्रियात्मक सभी है।

(७) राधाकृष्णन का कहना है कि इस अनुभूति के फलस्वरूप अन्तर में एक प्रकार की शान्ति का अनुभव होता है। 'शान्ति' की परिभाषा देते हुए राधाकृष्णन बड़े सुन्दर

---

*राधाकृष्णन कहते हैं, "It is a condition of consciousness in which feelings are fused, ideas melt into one another, boundaries are broken and ordinary distinctions transcended. Past and present fade away in a sense of timeless being. Consciousness and being are not there different from each other. All being is consciousness and consciousness being. Thought and reality coalesce and a creative merging of subject and object results. Life grows conscious of its incredible depths. In this fullness of felt life and freedom the distinction of the knower and the known disappears." —*An Idealist View of Life*, pp. 91-92.

**"The privacy of the individual self is broken into and invaded by the universal self which the individual feels as his own."
—*An Idealist View cf Life* p. 92.

"...is the 'previous possession of the soul coming out in life *on every side*.'—*Reign of Religion in Contemporary Phil.*, p. 305 (Ital. mine)

शब्दों में कहते हैं, "[it is] a positive feeling of calm and confidence, joy and strength in the midst of outward pain and defeat".* उनका कहना है कि ऐसी अनुभूति की अवस्था जीवन को अशान्त बनाने वाले उपकरण निष्क्रिय हो जाते हैं, और व्यक्ति एक प्रकार की सन्तुष्टि, आनन्द तथा शान्ति का अनुभव करता है।

(८) आनन्द के साथ-साथ इस अनुभूति उन्मुक्तता का भी भास होता है। अशान्ति तथा क्लेश-भावना जीवन की परेशानी तथा चिन्ता के कारण उत्पन्न होती है, और इसका मुख्य कारण है कि हम एक ओर तो 'अहं' भाव से ग्रसित रहते हैं, तथा दूसरी ओर सांसारिक उपलब्धियों के प्रति आसक्त हो जाते हैं। धार्मिक अनुभूति में हम इससे ऊपर उठ जाते हैं। और इस ऊपर उठने में हमें बोझ-मुक्त और उस अर्थ में उन्मुक्त होने की चेतना हो जाती है।

(९) राधाकृष्णन का कहना है कि इस अनुभव में यह चेतना भी रहती है कि यह चेतना पूर्णतया वास्तविक है—तथा सत् की चेतना भी है। इस प्रकार की अनुभूति की विशिष्टता यह भी है कि यदि यह कुछ क्षणों के लिये भी उपलब्ध हो, तब भी इसका प्रभाव व्यापक तथा जीवन पर्यन्त रहता है।

(१०) इसी कारण राधाकृष्णन इस प्रकार के अनुभव के विवरण के प्रयत्न में 'स्व-स्थापित' (Self-established), 'स्व-प्रमाणित' (Self-evidenced), 'स्व-प्रकाशित' (Self-luminous), आदि शब्दों का उपयोग करते हैं। इस प्रकार का अनुभव अपनी प्रमाणिकता के लिये साक्ष्यों का मोहताज नहीं होता। इसे प्रमाणित करने के लिये तर्कों की आवश्यकता भी नहीं। यह इस रूप में प्राप्त होता है कि इसे नकारना सम्भव ही प्रतीत नहीं होता। राधाकृष्णन इसे पूर्ण अवबोध, पूर्ण अर्थपूर्णता, पूर्णतया प्रमाणित कहते हैं। "[it is] pure comprehension, entire significance, complete validity. It comes with a constraint that brooks no denial".**

(११) ऊपर दिये गये विवरणों के विरुद्ध यह आपत्ति उठायी जा सकती है कि ये सभी तो रिक्त शब्द मात्र हैं जिनसे कुछ सूचित नहीं हो पाता। राधाकृष्णन का कहना है कि हमारी भाषा की भी सीमा है, उन्हें प्रतीत होता है कि हमारे भाषीय ढंग इस अनुभूति के पूर्ण चित्रण में समर्थ प्रतीत नहीं होते। उनके अनुसार तो इन शब्दों के माध्यम

---

*Radhakrishnan, *An Idealist View of Life*, pp. 92-93.

**राधाकृष्णन ने इस प्रकार व्यक्त किया है, "Conceptual substitution for ineffable experience are not inadequate...any attempt to describe this experience falsifies it to some extent."

—*An Idealist View of Life*, p. 96.

"Deep Intuition is utterly silent. Through science we 'confess without confession' that the glory of spiritual life is inexplicable and beyond the reach of speech and mind. It is the great unfathomable mystery and words are treacherous. "—Ibid., p. 101.

से हम ऐसे अनुभव के स्वरूप को व्यक्त करने का प्रयत्न करते हैं जो वस्तुतः इस रूप में व्यक्त हो भी नहीं सकता। हमारी भाषा इस अनुभव का यथार्थ चित्र खींच नहीं सकती। हमारी भाषा के सामान्य ढंग, भाषीय अभिव्यक्ति की विधायें 'विषयी' तथा 'विषय' के द्वैत को स्वीकार कर ही अग्रसर होती हैं। अतः यह अनुभव, जो पूर्णतया एकरूप एवं अखण्डित है, इस प्रकार के खण्डित भाषीय ढंगों में उतारा ही नहीं जा सकता। वस्तुतः इस अनुभव को भाषा में व्यक्त करने का हर प्रयत्न कुछ हद तक उस अनुभव को विकृत कर देता है अनिवर्चनीय अनुभूति के लिये भाषीय प्रतीक यथेष्ट नहीं। प्रतीक ऐतिहासिक एवं स्थानीय परम्पराओं के अनुरूप बनते हैं, किन्तु उनकी अपनी सीमा है वे प्रतीक ही है, उस अनुभूति के यथार्थ चित्र नहीं।

धर्म का सार-रूप

तो अब यह स्पष्ट हो गया कि जो जीवन धार्मिक अनुभूति की चरमता तथा परम महत्त्व पर बल दे वही धार्मिक जीवन है। अतः धार्मिक अनुभूति से ही धर्म का वास्तविक स्वरूप निर्धारित होता है।

धर्मों के इतिहास में हर प्रकार के उदाहरण उपलब्ध हैं, कहीं धर्म को भावना, संवेगात्मक भाव तथा भावनात्मक अभिवृत्ति के साथ जोड़ा जाता है, तो कहीं इसे मूल प्रवृत्ति, या धार्मिक प्रथाओं या पारम्परिक रीतिरिवाजों में उतारने की चेष्टा होती रही है। राधाकृष्णन का कहना है कि ऐसे सभी विचारों में कुछ सच्चाई तो है ही किन्तु जिस प्रकार वे अपनी बात पर बल देते हुए अन्य तथ्यों को नकार देते हैं, वह यथार्थ नहीं है। वे जिन 'तत्त्वों' का उल्लेख करते हैं, वे सभी कुछ न कुछ अंश में धर्मों में विद्यमान हैं, किन्तु उनका यह कहना कि धर्म में मात्र उतना ही है स्पष्टतः गलत है। धर्म इन सभी तत्त्वों का समन्वयित रूप है। इसमें ज्ञानात्मक, भावनात्मक तथा क्रियात्मक सभी अंश हैं, इनमें धार्मिक प्रथा, रीतिरिवाज आदि के लिये भी स्थान है।

राधाकृष्णन कहते हैं कि वस्तुतः सभी धार्मिक मतभेदों या विवादों के पीछे मूलतः यही बात रहती है कि हर पक्ष धर्म के किसी एक पहलु पर पूरा बल दे देता है तथा अन्य पहलुओं की उपेक्षा करता है जिन अन्य पहलुओं पर दूसरे बल देते हैं। यदि हम सभी धर्मों के मूल में जाकर देखें, तो स्पष्ट हो जायगा कि सभी धर्मों में एक ऐसी मूल एकरूपता है जो इनकी विभिन्नताओं से ऊपर उठी हुयी है। विवाद या मतभेद तब उत्पन्न होता है जब कोई धार्मिक पक्ष धर्म के किसी एक लक्षण पर बल देता हुआ उसे ही धर्म का सार-रूप मान लेता है।

अतः राधाकृष्णन का कहना है कि इस प्रकार के धार्मिक विवाद धर्म के सार-रूप से सम्बन्धित विवाद नहीं हैं। बल्कि वे तो धर्म के सार-रूप को नहीं समझ पाने के कारण उत्पन्न होते हैं। हम सभी किसी विशेष धार्मिक समुदाय के अन्तर्गत ही जन्म लेते हैं, तथा उसी समुदाय की धार्मिक परम्परा के अनुरूप हमारा लालन, पालन, शिक्षण आदि होता है। फलतः काल-क्रम में हम उसी रूप में सीखे हुए प्रतीकों के द्वारा 'परम सत्' को समझने की

चेष्टा करते हैं। हमारे सभी ढंग या प्रतीक इसी प्रकार की परम्परा से सर्जित हैं। फलतः हम भूल जाते हैं कि जिसे हम इन सीखे हुए माध्यमों के द्वारा समझने की चेष्टा कर रहे हैं, वह वस्तुतः इन सबों से परे है। हमारे ढंग तो आकारिक प्रतीक हैं, जिनकी हमें जीवन में आवश्यकता है, किन्तु हमारे लिये 'प्रतीक' तथा 'उससे जो सूचित हो रहा है' इसके भेद का विस्मरण वांछनीय नहीं है। प्रतीक विभिन्न हो सकते हैं, किन्तु उन सबों से सूचित होने वाला 'सत्' एक है। प्रतीकों के भेद के कारण ही विभिन्न प्रकार के धर्मों का उद्भव हो जाता है, किन्तु यह स्मरण रखना है कि उनका सार-रूप एक है, क्योंकि वे सभी एक सत् को व्यक्त करने के प्रयत्न हैं।

धर्मों का यह सार-रूप क्या है? वह मूल सार्वभौम भाव क्या है जो सभी धर्मों में निहित है। राधाकृष्णन कहते हैं कि वस्तुतः धर्म कोई सिद्धान्त या निर्देश नहीं है, यह तो 'सत् की अन्तर्दृष्टि' है। वे कहते हैं, "Religion is not a creed or a code, but an insight into reality."* इस अन्तर्दृष्टि को समझने से एक सार्वभौम तथ्य स्पष्ट होता है कि मानव के ही अन्तर में 'कुछ' है, जो मानव के दृश्यरूप से उच्चतर है। वही 'कुछ' सत्-रूप है जो मानव-आत्म में स्थित है, तथा वही मानव के सीमित तथा असीम रूपों के मध्य सेतु-रूप है। इसी बात की समझ धर्म के सार-रूप की समझ है। अतः राधाकृष्णन कहते हैं कि धर्म की वास्तविकता धर्म का सार-रूप जीवन के उस ढंग में व्यक्त होता है जिस ढंग से मानव अपने सामान्य स्वभाव को इस प्रकार परिणत कर ले कि उसके जीवन में 'ईश्वरत्व' व्यक्त हो सके, आत्म में निहित उस 'सत्त-रूप-कुछ' की अभिव्यक्ति हो सके। "[a way of life which enables man to] make a change in his own nature to let the Divine in him manifest himself."** धर्म का अर्थ है परम आध्यात्मिक मूल्यों तथा उन्हें प्राप्त करने के ढंगों में आस्था। इस आस्था में परात्म के प्रति उन्मुखता निहित है, अतः यह विश्वास निहित है कि परात्मकता की अनुभूति सम्भव है। यही कारण है कि श्रेष्ठ धर्मों के आधार वे ही 'सत्य' बने हुए हैं जिन्हें पैगम्बरों, द्रष्टाओं ने देखा तथा समझा था। अतः कहा जा सकता है कि 'धार्मिक अनुभूति की भावात्मक वास्तविकता में आस्था' ही धर्म का वास्तविक स्वरूप है—उसका सार-रूप है। वे कहते हैं, 'Religion is the affirmation of the ultimacy of religious experience.'

धर्म मार्ग

अब इतना तो स्पष्ट हो गया है कि राधाकृष्णन के अनुसार धार्मिक अनुभूति के द्वारा ही मोक्षमार्ग पर अग्रसर होना सम्भव है। किन्तु ऐसी अनुभूति का प्राप्त होना सरल

*Schilpp Ed., *The Philosophy of S. Radhakrishnan*, p. 59.

**Radhakrishnan, *Occasional Speeches and Writings*, (1952-59), pp. 361-62.

नहीं है। इसमें एक बड़े ही कड़े आत्म-संघर्ष की आवश्यकता है। राधाकृष्णन कहते हैं कि मानव से भिन्न शक्तियों से जूझना उतना कठिन नहीं है, हम भयानक जन्तुओं से, प्राकृतिक विभिषिकाओं, जैसे प्रलयकारी बाढ़, भूकम्प आदि से जूझ ले सकते हैं, किन्तु अपने अन्तर से जूझना, अपने अन्तर में घर किये भावनाओं एवं भ्रान्तियों से जूझना बड़ा ही कठिन है। कारण है कि इस प्रकार की भावनायें एवं भ्रान्तियां अपने वैयक्तिक 'अहं' पर आवश्यकता से अधिक बल देने के कारण उत्पन्न होती हैं। अतः मोक्षमार्ग में अग्रसर होने के लिये अपने संकल्पात्मक 'अहं' से जूझना पड़ता है, और इसी कारण यह कार्य कठिन है।

राधाकृष्णन कहते हैं कि इस प्रकार की अपने आपसे लड़ाई दो स्तरों पर छेड़ी जा सकती है—एक तो तैयारी का स्तर है, तथा दूसरा इस संघर्ष का विशिष्ट भावात्मक रूप। तैयारी के स्तर में कुछ अनुशासनों के द्वारा मानसिक, नैतिक एवं भावनात्मक वृत्तियों में कुछ परिवर्तन लाया जा सकता है, और उन परिवर्तनों की तैयारी के बाद हम विशिष्ट अनुशासनों का अनुशीलन कर सकते हैं। प्रथम स्तर के विवरण को राधाकृष्णन की भाषा में, सैद्धान्तिक अवगति, भावनात्मक भक्ति तथा तथा पूजा-प्रार्थना की क्रियात्मकता का स्तर कहा जा सकता है। (उनके शब्द हैं—Doctrine, Devotion and Worship)। दूसरा स्तर एकाग्रता, ध्यान तथा प्रेम का स्तर है। (उनके शब्द हैं—Meditation, Contemplation, Love)। 'आत्म-ज्ञान' को लक्ष्य मानते हुए राधाकृष्णन इस लक्ष्य प्राप्ति के मार्ग का विवरण इस प्रकार करते हैं, यह एक ऐसी 'पूर्ण आन्तरिक शुद्धता' का मार्ग है जिस की मांग है आत्म-नियंत्रण तथा आत्मोत्सर्ग (An absolute inward purity demanding self-mastery and self-renunciation is demanded)* इस कथन में 'आत्म-नियंत्रण' (Self-mastery) तथा 'आत्मोत्सर्ग' (Self-renunciation) मोक्षमार्ग के प्रथम स्तर के सूचक हैं, तथा 'पूर्ण आन्तरिक शुद्धता' (Absolute inward purity) मोक्ष मार्ग के दूसरे स्तर का सूचक है।

पहला स्तर 'अनुशासन' का स्तर है। राधाकृष्णन की मान्यता है कि इस लक्ष्य की प्राप्ति के लिये मानवीय स्वभाव को अनुशासित करना अनिवार्य है, मन तथा शरीर का नियंत्रित करना पूर्णता के लिये आवश्यक है। 'मानव स्वभाव को अनुशासित करने' का अर्थ है मन, इन्द्रियां तथा भावना पर नियंत्रण रखना। शारीरिक शुद्धता का तात्पर्य नैतिक अनुशासन से है, तथा मानसिक शुद्धता वैचारिक एकाग्रता के लिये आवश्यक है।

राधाकृष्णन यह समझते हैं कि भावनायें मनुष्य को कुमार्ग पर ले जा सकती हैं, भ्रान्ति में डाल सकती हैं। अतः उन्हें नियंत्रित रखना तो अत्यावश्यक है। सामान्य मनुष्य भावनाओं का दास होता है, इन्हीं भावनाओं के कारण वह सांसारिक बन्धनों में पड़ जाता है, तथा वस्तु तथा व्यक्तियों के प्रति मोहजाल में फंस जाता है। उनके अनुसार भावना उत्तेजनामूलक है—यह इन्द्रिय-आधृत है, अतः यह मोह, निराशा, द्वेष, घृणा, ईर्ष्या, विद्वेष जैसी स्थितियों का कारक है। इस प्रकार की भावना पर नियंत्रण आवश्यक है। वैसे, राधाकृष्णन इस प्रकार की भावना तथा धार्मिक भावना में भेद करते हैं। बल्कि

*Radhakrishnan, *An Idealist View of Life*, p. 111.

वे तो समझते हैं कि भावनाओं के नियंत्रण का अर्थ उनका उन्मूलन नहीं बल्कि भावनाओं के दिशा परिवर्त्तन के द्वारा उन्हें धार्मिक भावना में परिणत करना है। भावनाओं की परिणति धार्मिक भावना है क्योंकि धार्मिक भावना का अर्थ 'परमात्म' से प्रेममय भावनामय सम्बन्ध है।

वासनात्मक भावना, मोह आदि 'अहं' पर बल देने के कारण प्रभावशाली हो जाते हैं, यही तो हमारा अज्ञान है। इसे ही तो हमें परिवर्तित करना है। इस भावना, मोह के दासत्व से छुटकारा पाने के लिये 'अहं' को सर्वोपरि मान के अज्ञान से मुक्त होना हमारा लक्ष्य है, क्योंकि इसी अज्ञान के कारण हम वास्तविकता को सत् को नहीं समझ पाते। इसके लिये यह आवश्यक है कि मन, शरीर, इन्द्रियों के घेरे से हम बाहर निकलें। इस बाहर निकलने को राधाकृष्णन 'विवेकी विकास' (Intellectual Progress) कहते हैं। इस विकास के प्रयत्न से विवेक इन भ्रान्तियों, गलत विश्वासों, असत्यों एवं अज्ञान-मूलक तत्त्वों से भ्रान्ति रूप को समझने लगता है। यह कार्य—इस प्रकार का ज्ञानात्मक विकास सरल नहीं है। इसके लिये सतत एवं कड़े प्रयत्न की आवश्यकता है, निष्ठापूर्ण संघर्ष की आवश्यकता है, तथा इस प्रयत्न में कष्ट, दुख संघर्ष निहित है। इसी कारण राधाकृष्णन कहते हैं कि इसकी उपलब्धि के लिये ऐसे कठोर अनुशासन की आवश्यकता है जिसमें कड़ा प्रयत्न तथा स्व का बलिदान दोनों निहित हैं।

इस प्रकार के विवरण से यह स्पष्ट हो जाता है कि इस स्तर के लिये राधाकृष्णन कुछ नैतिक अनुशासनों की अनुशंसा कर रहे हैं। नैतिक अनुशासन भी कठोर प्रयत्नों का मार्ग है, जिसमें कर्त्तव्य-बोध तथा कर्त्तव्य पालन दोनों निहित हैं। 'कर्त्तव्य' को परिभाषित करते हुए राधाकृष्णन कहते हैं कि यह एक ऐसा बोध है जिसके फलस्वरूप मनुष्य को अपने 'स्व' से ऊपर उठ 'जगत' में विकसित होने का अवसर मिलता है। "[Duties are] opportunities afforded to man to sink is separate self and to grow out into the World."* अतः नैतिक दृष्टि से अनुशासित जीवन का अर्थ है कि मनुष्य अपनी इन्द्रियों पर रोक रखे, अहंकार के स्थान पर विनम्रता अपनाये, प्रतिरोध के स्थान पर क्षमाशीलता को अपनाये, और संकीर्ण घेरों से ऊपर उठ सार्वभौम दया एवं करुणा को अपनाने का चेष्टा करे। "Every individual must subdue his senses which make for self-assertion, pride must give place to humility, resentment to forgiveness, narrow attachment to family to universal benevolence."** ऐसे कड़े अनुशासन का अर्थ है 'स्वार्थरहित तथा त्याग के भाव के साथ सार्वभौन प्रेम' उत्पन्न करने का प्रयत्न।

इस वैचारिक मन्त्र को जीवन के उदाहरणों में बिठाने की चेष्टा की गयी है। उदाहरणतः इस नैतिक निर्देश को लें, 'पड़ोसी से प्रेम करो' (Love thy neighbour)

---

*Radhakrishnan, *Indian Philosophy*, Vol. II, p. 614.

**Ibid.

यह एक मात्र सैद्धान्तिक नैतिक निर्देश नहीं है, बल्कि यह 'स्व' से ऊपर उठने का आग्रह भी है और उसका मार्ग भी। यह प्रेम तथा त्याग के मार्ग पर अग्रसर होने का ढंग है। 'पड़ोसी' से प्रेम' एकाएक उत्पन्न नहीं हो सकता, उसके लिये एक अनिवार्य आवश्यकता है कि व्यक्ति अपने अन्तर में एक प्रकार की तटस्थता (Detachment) उत्पन्न करे। इस तटस्थता का भावात्मक तथा निषेधात्मक—दोनों पक्ष हैं। निषेधात्मक दृष्टि से तटस्थ होने का अर्थ है अपने लिये कुछ नहीं चाहना, तथा भावात्मक पक्ष में 'तटस्थता' का अर्थ है स्वेच्छा से खुशी-खुशी अपना सब कुछ दान दे पाने की तत्परता। इसे राधाकृष्णन एक उपमा के द्वारा स्पष्ट करते हैं।* यदि हम किसी सुन्दर फूल को देख, उसके सौन्दर्य से तब तक सन्तुष्ट नहीं होते जब तक हमें उसे तोड़ कर अपने कोट में न सजा लें, तो इसका अर्थ है कि हम अपने अन्तर में सदा अशान्त ही रहेंगे। यह वृत्ति इस बात का द्योतक है कि हमें हर वस्तु को 'अपने लिये' चाहते हैं। यह प्राप्त करते रहने की इच्छा अशान्ति उत्पन्न करने वाली है। जब तक इसका त्याग न हो, हम शान्ति की ओर अग्रसर हो ही नहीं सकते। अपने अन्तर में शान्ति की अनुभूति के लिये यह आवश्यक है कि हम स्वार्थमूलक संकीर्णता का त्याग करें, 'स्व' से इतने तटस्थ हो सके कि 'व्यापकता' की ओर बढ़ सकें। इसमें शारीरिक कष्ट एवं मानसिक क्लेश हो सकता है, किन्तु नैतिक अनुशासन का अर्थ ही है—इन कष्टों से ऊपर उठना, तथा त्याग तथा प्रेम के जीवन को अपनाना।

यह प्रथम स्तर है। इस प्रकार के नैतिक अनुशासन के फलस्वरूप वह तैयारी हो जाती है जो हमें दूसरे स्तर के ढंगों को अपनाने के लिये तत्पर कर देती है। राधाकृष्णन कहते हैं कि प्रथम स्तर की तैयारी के उपरान्त हमें यह प्रयत्न करना है कि हम 'परमात्म में लीन होने का जीवन' जी सकें (Peristent endeavour to dwell in the Divine)। इसके लिये 'शान्त एकाग्रता' तथा 'अविचलित ध्यान' (Silent meditation तथा Quiet contemplation) आवश्यक है। नैतिक अनुशासन के फलस्वरूप आत्म इस प्रकार के प्रयत्न के लिये तत्पर हो जाता है। अब आवश्यकता है कि आत्म अपनी पूरी शक्ति को हर ओर से खींच एकाग्र हो सत्-रूप पर पूर्ण ध्यान केन्द्रित करें। इस प्रकाग्र ध्यान में मन, इन्द्रियों आदि में क्षय होती हुयी सारी शक्तियां एकत्रित हो एक रूप में ध्यानस्थ होती हैं। इसका विवरण देते हुए कहा गया है, "It is gathering up of all dispensed energies, the intellectual powers, the heart's emotions, the vital desires, nay, the very physical being itself, and concentrating them all on the Supreme goal."** और तब उसे एक ऐसी अद्भुत अनुभूति होगी, जिससे उसका पूरा स्वरूप आच्छादित हो जायगा, जो आत्म के मूलरूप के रूप में व्यक्त होगा।

राधाकृष्णन कहते हैं इस धर्म-मार्ग में प्रार्थना, पूजा के ढंग, धार्मिक रीति-रिवाज, धार्मिक पर्व, मूर्तिपूजा सब कुछ के लिये स्थान हो सकता है। अलग-अलग व्यक्तियों के लिये

---

*Radhakrishnan, *Eastern Religion and Western Thought*, p. 131.

**Radhakrishnan, *An Idealist View of Life*, p. 113.

ये भिन्न-भिन्न ढंग सार्थक हो सकते हैं—लेकिन मूल बात है 'एकाग्र ध्यान'। इसके लिये राधाकृष्णन ने योग, चरम अनुभूति (Realisation), ध्यान अन्तर्दृष्टि आदि शब्दों का प्रयोग किया है। विवरण के प्रयत्नों से इतना तो स्पष्ट हो ही जाता है कि राधाकृष्णन के लिये धर्म-मार्ग या मोक्ष-मार्ग की चरमावस्था यही 'एकाग्र ध्यान' की अवस्था है। इससे हमारे अन्तर में एक मौलिक परिवर्त्तन उत्पन्न होता है, जो हमारे 'अहं' के स्थान पर हमें 'सार्वभौमता' की अनुभूति देता है। यही कारण है कि धर्म के विवरण में धर्म-मार्ग के सम्बन्ध में कहा जाता है कि यह हमारे विचार को केन्द्रित करता है, भावनाओं को शुद्ध करता है, और इस प्रकार आध्यात्मिक आत्म (The Spirit), के मुखरित होने का अवसर उपस्थित कर देता है।

जिन व्यक्तियों में इस प्रकार की वृत्ति-उत्पन्न हो जाती है, वे जगत तथा अन्य व्यक्तियों के प्रति एक भिन्न प्रकार की दृष्टि पा लेते हैं। वे जगत में रहते हैं, किन्तु अब वे जगत के होकर नहीं रहते। वे जगत के कार्यों को अब भी करते हैं, किन्तु अब इन कार्यों से उनका अन्तर प्रभावित नहीं होता। अब उनका जीवन प्रेममय हो जाता है, जिसमें वे जगत से तटस्थ रहते हुए अपने इस जीवन को सार्वभौमरूप में 'स्व' से सर्वथा ऊपर उठ कर, जगत में लगाये रखते हैं।

इस विचार में रहस्यवाद का अंश

कहा जा सकता है कि राधाकृष्णन के धर्म-विचार तथा धर्म-मार्ग के स्वरूप के विवरण में रहस्यवाद के अंश दिखाई देते हैं। वैसे उनका दावा है कि उनका विचार अवैज्ञानिक या विज्ञान के विपरीत नहीं है क्योंकि यह मानव की आकांक्षाओं तथा प्रवृत्तियों के विश्लेषण पर आधृत है। किन्तु, तब उनसे कहा जा सकता है कि वैज्ञानिक विचार में रहस्यवादी अंश कैसे आ जाता है? उनका कहना है कि धर्म में रहस्यवादी अंश की उपस्थिति है, किन्तु इससे वह विज्ञान के विपरीत नहीं हो जाता। बल्कि उनका तो कहना है कि इस प्रकार का रहस्यवाद विज्ञान से सर्वथा संगत है।

किसी विचार को रहस्यवादी कब कहा जाता है? राधाकृष्णन कहते हैं कि जब किसी भाव या विचार को हम अपने साधारण ऐन्द्रिक ढंगों से नहीं पकड़ पाते, तथा उसे अपने बौद्धिक ढांचों में ढाल नहीं पाते, तो उसे हम रहस्यवादी कहते हैं। उनका कहना है कि इस प्रकार की समझ से रहस्यवाद निषेधात्मक रूप में उजागर होता है, तथा इसी निषेधात्मकता पर बल देने के कारण इसमें वैचारकी अयथेष्टता तथा दोष दिखाई देने लगता है। राधाकृष्णन का कहना है कि रहस्यवाद को इस निषेधात्मक रूप में समझना उसके स्वरूप को नहीं समझना है, वस्तुतः यह बौद्धिक ढंगों का निषेध नहीं, उनकी परिपूर्णता है। यह बौद्धिकता के उच्चतर पक्ष में उजागर होता है। किन्तु इसके लिये यह भी आवश्यक है कि हम सामान्य बौद्धिकता की सीमा को समझें। साधारणतः हम मान लेते हैं कि बौद्धिकता हर प्रकार के 'तत्त्वों' को पकड़ सकती है, तथा जिसे यह नहीं पकड़ पाती वह वास्तविक ही नहीं है। यह मानना ही भ्रान्ति है। हमें समझना है कि बौद्धिकता की अपनी उपयोगिता है, किन्तु उसकी सीमा भी है। बौद्धिकता को यह अवगति होनी चाहिये कि कुछ ऐसे क्षेत्र

भी हैं जो उसकी सीमा के 'परे' हैं। यदि बौद्धिकता इस 'सीमा' की समझ के साथ धर्म के स्वरूप पर विचार करे तो उसे प्रतीत होगा कि धर्म का क्षेत्र भी उसी 'परे' के क्षेत्र में है—और यही तो धर्म में रहस्यवाद का अंश है।

हमें यह स्वीकारना ही है कि हमारे अवगति तथा ज्ञान के सामान्य-साधारण ढंगों का क्षेत्र सीमित है। ऐसे भी क्षेत्र हैं जो उनकी पकड़ के परे हैं। किन्तु इस 'सीमा' की अवगति होनी चाहिये, क्योंकि इसी अवगति से 'परे' की ओर उन्मुख होने का आधार है। यही प्रवृत्ति तो वैज्ञानिक प्रगति का भी आधार है। कोई वैज्ञानिक सिद्धान्त अन्तिम सिद्धान्त नहीं है। हर सिद्धान्त के प्रतिपादन में ही उसकी सीमा की अवगति भी रहती है, और इसी कारण तो उस सिद्धान्त के 'परे' नये सिद्धान्त की ओर विज्ञान अग्रसर होता है। वस्तुतः यह बात सभी मानवीय प्रयत्नों तथा योजनाओं पर लागू होती है।

इसका अर्थ है कि मानव में 'परे जाने' की प्रवृत्ति निहित है। राधाकृष्णन कहते हैं कि यदि इस 'परे जाने' की प्रवृत्ति को विकसित किया जाय तो मानव सार्वभौमता की ओर उठ सकता है। धर्म में भी इसी प्रवृत्ति का विकास निहित है, स्व से ऊपर उठना इसी 'परे जाने' की प्रवृत्ति का रूप है। यह कोई अस्वाभाविक प्रवृत्ति या दैविक, असाधारण शक्ति नहीं है, इसका साक्ष्य तो जीवन के हर पक्ष में—सभी मानवीय योजनाओं में उपलब्ध है। इसी 'परे उठने' की शक्ति को तो रहस्यवाद का अंश कहा जा रहा है। इसे रहस्यवादी कहने का अर्थ यह है कि यह मानव जीवन का एक अनिवार्य पक्ष होते हुए भी कुछ ऐसा है कि हमारी साधारण बौद्धिकता इसका पूर्ण चित्रण नहीं कर पाती। धर्म इसी प्रवृत्ति का स्पष्ट तथा विकसित रूप है। अतः इसी विशिष्ट अर्थ में राधाकृष्णन के धर्म विचार को रहस्यवादी कहा जा सकता है।

ज्ञानोपार्जन के विभिन्न ढंग

राधाकृष्णन के दर्शन का एक अंश उनकी ज्ञानमीमांसा भी है। अपनी ज्ञानमीमांसा में राधाकृष्णन मूलतः एक ही ज्ञानमीमांसीय समस्या पर प्रकाश देते हैं, और वह समस्या है 'ज्ञान-प्राप्ति के विभिन्न ढंगों' की समस्या; उनके लिये यह समस्या केन्द्रीय है, तथा बड़ा महत्त्वपूर्ण। इसके महत्त्वपूर्ण बन जाने का एक कारण तो यह है कि दार्शनिक चिन्तन के इतिहास में ही यह समस्या महत्त्वपूर्ण रही है। किन्तु यह उनके अपने चिन्तन के लिये भी महत्त्वपूर्ण है। उसके भी दो कारण हैं—एक तो यह कि राधाकृष्णन का तात्विक विचार एक दृष्टि से उनके इस प्रकार के प्रमाण-विचार पर आधारित है, तथा दूसरा यह कि उनका मूल तात्विक विचार ज्ञानोपार्जन के एक विशिष्ट ढंग की वास्तविकता पर आधृत है, और तब उनके लिये यह अनिवार्य हो जाता है कि वे उस विशिष्ट ज्ञान-स्रोत, उस विशिष्ट प्रमाण के स्वरूप तथा उसकी विशिष्टता को स्पष्ट करें। उसकी विशिष्टता को स्पष्ट करना इसलिये भी आवश्यक हो जाता है कि सभी विचारक—पाश्चात्य परम्परा के अधिकांश विचारक—उसे विशिष्टता नहीं देते। पाश्चात्य परम्परा में 'समीक्षात्मक विवेकशक्ति' (Critical intelligence) को सर्वोपरि माना जा रहा है, किन्तु राधाकृष्णन

भारतीय परम्परा के अनुरूप 'सर्जनात्मक अन्तर्दृष्टि' (Creative Intuitive) को विशिष्ट मानते हैं। तो उनके लिये आवश्यक हो जाता है कि अपनी ज्ञानमीमांसा में इन समस्याओं पर विचार करें।

उनके अनुसार ज्ञानोपार्जन के तीन ढंग सम्भव हैं—

(क) इन्द्रिय-अनुभव (Sense experience)

(ख) बौद्धिक अवगति (Intellectual Cognition)

(ग) अन्तर्दृष्टि (Intuitive Apprehension)

इन्द्रिय-अनुभवों के द्वारा हम वस्तुओं के उन गुणों या लक्षणों को पकड़ते हैं जिन्हें पकड़ने की क्षमता उनमें है। राधाकृष्णन का इन्द्रिय-अनुभव विवरण प्रायः उसी प्रकार का है जैसा कि इसके सम्बन्ध में सामान्य मनोविज्ञान में उपलब्ध है। इसका कार्य भौतिक वस्तुओं के बाह्य लक्षणों को तथा मानव के शारीरिक दृष्टि लक्षणों को पकड़ना है। इस प्रकार यह ऐसी 'सामग्री' एकत्रित कर लेता है, जिस पर हमारी बौद्धिकता विचार कर सकती सकती है।

बौद्धिक विचार मन का व्यापार है। यह 'विश्लेषण' एवं 'संश्लेषण' के द्वारा अपना कार्य करता है। इन्द्रियों से प्राप्त 'सामग्री' का यह विश्लेषण करता है, तथा उन विश्लेषित तत्त्वों में नये-नये सम्बन्ध देखता है, उनमें नये ढंग का संश्लेषण करता है। फलतः इसके द्वारा उपलब्ध ज्ञान परोक्ष एवं प्रतीकात्मक हो जाता है। यह परोक्ष इस कारण है कि इसका सम्पर्क विषय-वस्तुओं से साक्षात-सम्पर्क नहीं है, बल्कि इन्द्रियों से प्राप्त सामग्रियों के माध्यम से है। इन्द्रियों से जो इसे प्राप्त होता है वह भी 'वस्तु' नहीं है बल्कि वस्तु का 'प्रतिरूपण' है, उसके कुछ बाह्य रूपों की पकड़ है। इन्हीं का 'भाव' 'चिह्न' या 'संकेत' के रूप में उपयोग कर बौद्धिकता अपना कार्य करती है, इसी कारण बौद्धिक अवगति को प्रतीकात्मक (Symbolic) कहा गया है।

राधाकृष्णन का विचार है कि इन्द्रिय-अनुभव तथा बौद्धिक अवगति के माध्यम से 'सत्' का ज्ञान नहीं प्राप्त हो सकता। वे व्यवहारिक जीवन में बड़े उपयोगी है, उन्हीं से हमारा साधारण जीवन संचालित होता है, किन्तु वे 'यथार्थ ज्ञान', 'सत् के ज्ञान' के माध्यम नहीं हो सकते। ये दोनों माध्यम अनिवार्यतः सीमित है, और ऐसा भी नहीं है कि उनके द्वारा प्राप्त ज्ञान सदा निश्चितता ही हो। सत् का ज्ञान ऐसे माध्यम से सम्भव नहीं जिसमें स्वरूपतः अयथेष्टता एवं सीमितता हो।

इन्द्रिय-अनुभव की अयथेष्टता

राधाकृष्णन 'सत्त-ज्ञान' को ही वास्तविक ज्ञान मानते हैं, और उसके लिये इन्द्रिय-अनुभव तथा बौद्धिकता को यथेष्ट नहीं मानते। अतः वे इन दोनों ढंगों की अयथेष्टता का निर्देश भी करते हैं।

वे कहते हैं कि इन्द्रिय-अनुभव से तो मात्र वस्तुओं के बाह्य-पक्ष की जानकारी मिलती

है। उदाहरणतः हम यदि एक गुलाब देखते हैं, तो इन्द्रियां इसके रंग, इसके आकार, इसके गन्ध आदि को तो पकड़ पाती है, किन्तु गुलाब के सार-रूप को नहीं जान पाती। ये सभी लक्षण वस्तु के बाह्य-धरातली लक्षण हैं उसकी वास्तविकता नहीं। तो इन्द्रियों की स्पष्ट अयथेष्टता इस तथ्य में है कि वे विषय के सार-रूप को पकड़ने में असमर्थ हैं।

इन्द्रियों में यह भी कमी है कि उन पर सदा विश्वास भी नहीं किया जा सकता। वे अक्सर धोखा दे देती हैं। भ्रम या भ्रान्ति तो इसी कारण उत्पन्न होते हैं कि हम इन्द्रियों पर विश्वास कर अग्रसर होते हैं, जबकि वास्तविकता वैसी नहीं है जैसा इन्द्रियों से ज्ञात होता है। तो इससे इतना तो सिद्ध ही हो जाता है कि उन पर पूर्ण विश्वास नहीं किया जा सकता, और यह भी इनकी अयथेष्टता है।

ऐसा भी होता है कि विभिन्न इन्द्रिय-अनुभवों में ही विरोध हो जाय। एक ही वस्तु विभिन्न द्रष्टाओं को भिन्न-भिन्न दिखाई दे या एक ही देखने वाले को भिन्न-भिन्न समयों में भिन्न-भिन्न दिखाई दे। उदाहरणतः एक सिक्का एक दूरी पर गोलाकार दिखाई देता है, तो दूसरी दूरी से अंडाकार तभी तीसरी दूरी से बिन्दु-रूप। एक ही वस्तु के दो इन्द्रिय-अनुभव सर्वथा एक समान नहीं होते। तो इस प्रकार के माध्यम से सत् का ज्ञान कैसे सम्भव हो सकता है?

अतः राधाकृष्णन का कहना है कि इन्द्रिय-अनुभव उपयोगी तो है, सामान्य जीवन के लिये आवश्यक भी है, किन्तु सत्-ज्ञान के लिये वह उपयुक्त नहीं।

बौद्धिक अवगति की अयथेष्टता

राधाकृष्णन के अनुसार बौद्धिक अवगति सत्-ज्ञान के लिये अयथेष्ट निम्नलिखित कारणों के आधार पर सिद्ध होता है। (क) बौद्धिक अवगति ज्ञाता तथा ज्ञेय विषयी एवं विषय आदि के द्वैत की पूर्वमान्यता पर आधृत रहती है। अतः जो अद्वैत है, पूर्णरूपेण 'एक' है—उसका ज्ञान इस माध्यम से सम्भव नहीं हो सकता। बौद्धिकता पृथकता के विश्लेषण कर उसे फिर से जोड़ने का प्रयास करती है सत्-ज्ञान का यह ढंग नहीं हो सकता। (ख) बौद्धिकता सम्बन्धों के विश्लेषण के द्वारा अपना कार्य करती है। सम्बन्ध अनेकता के आधार पर ही मान्य होता है, सम्बन्धों को देखने का अर्थ है कि अनेकता को मान कर चलना। किन्तु, परम सत् तो 'एक' है—अनेकता से परे है। तो जो ढंग सम्बन्धों के विश्लेषण पर एवं अनेकता की मान्यता पर आधृत है—वह उस एक सत् के ज्ञान के लिये समर्थ नहीं हो सकता। (ग) बौद्धिकता प्रतीकों के माध्यम से कार्य करती हैं—अतः वह प्रतीक-जगत तक ही सीमित है। किन्तु, सत् के ज्ञान के लिये तो प्रतीक-जगत से ऊपर उठ 'उस' तक पहुंचना जिसे प्रतीक सूचित करने का प्रयास करते हैं। (घ) बुद्धि अपने कार्य में पहले इन्द्रियों से, प्राप्त भाव 'अस्तित्त्वमूलक तत्त्व' एवं 'विषयवस्तु-मूलक, तत्त्व में भेद करता है—उसके 'होने' (the that) तथा 'उसमें क्या है' (the what) में भेद करता है, और तब एक प्रकार के बौद्धिक संश्लेषण के द्वारा उन्हें पुनः संयोजित करने की चेष्टा करता है। किन्तु यह तो मानना ही पड़ता है कि यह बौद्धिक संश्लेषण चाहे

जितना भी पूर्ण होने का प्रयास करे, सत् के मौलिक एकरूपता को पकड़ने में समर्थ नहीं हो सकती ठीक उसी प्रकार जिस प्रकार गहराई से कटे हुए घाव के जुड़ने पर भी त्वचा की मौलिक चिकनाई कभी नहीं उभर सकती। (ङ) बुद्धि तो परोक्ष ज्ञान देती है—क्योंकि यह इन्द्रियों के माध्यम से प्राप्त सामग्री पर काम करती है। अतः इसके द्वारा प्राप्त ज्ञान अन्ततः वैसी सामग्री पर निर्भर है जिनकी प्राप्ति इन्द्रिय जैसे स्रोतों पर निर्भर है। इस प्रकार के माध्यम से सत्-ज्ञान सम्भव नहीं। (च) बौद्धिकता की यथेष्टता इस तथ्य से भी झलकती है कि हमारा मानस-जगत बौद्धिकता तक ही सीमित नहीं है। हमारी मानसिकता के अंग बौद्धिकता के अतिरिक्त भावनात्मकता, संकल्पनात्मकता आदि भी हैं। सत् का ज्ञान तो तभी सम्भव है जब सम्पूर्ण मानसिकता उस ओर पूरी शक्ति से उन्मुख हो—मानसिकता का एक आंशिक पक्ष उस ज्ञान के लिये अयथेष्ट है ही।

अन्तर्दृष्टि

अब यदि इन्द्रिय-अनुभव तथा बौद्धिकता अवगति सत्-ज्ञान के लिये अयथेष्ट है, तो आवश्यकता है उस ज्ञान के स्रोत के स्वरूप की समझ की जिसके द्वारा सत्-ज्ञान सम्भव हो सके। ज्ञान के इस मार्ग को राधाकृष्णन 'अन्तर्दृष्टि' (Intuitive Apprehension) कहते हैं।

राधाकृष्णन कहते हैं कि अन्तर्दृष्टि अपने विषय को साक्षात ढंग से, बिना किसी माध्यम के जानती है। यह 'चिन्हों' या 'प्रतीकों' के द्वारा अपने विषय को पकड़ने की चेष्टा नहीं करती। इसी कारण इस के द्वारा प्राप्त ज्ञान तात्कालिक होता है। इस ज्ञान में ज्ञाता तथा ज्ञेय, अथवा विषयी एवं विषय का द्वैत पूर्णतया समाप्त हो जाता है। इस प्रकार का जानना एक प्रकार से 'आत्मसात' करना है 'विषयी' तथा 'विषय' का एकरूप हो जाना है (Knowing by becoming)। इस प्रकार के ज्ञान को समझने के लिये भावनात्मक अनुभूति का विश्लेषण उपयोगी सिद्ध हो सकता है। उदाहरण 'क्रोध की भावना' कैसी होती है—यह जानने के लिये हम चाहे जितना भी सोचें, विचार करें, हम कुछ नही जान पायेंगे। किन्तु यदि हम 'क्रोधित' हो जाते हैं, तो तत्काल उसकी जानकारी हो जाती है—क्योंकि 'हम' तथा 'क्रोध' के बीच एक तादात्म स्थापित हो जाता है। तो इसी प्रकार की तादात्मतता स्थापित कर जो ज्ञान मिलता है वही अन्तर्दृष्टि का ज्ञान है, यहां ज्ञाता तथा ज्ञेय का भेद समाप्त हो जाता है। यहां जिस 'विषय' को ज्ञान होता है वह हमसे पृथक कोई तत्त्व नहीं रह जाता, बल्कि ज्ञाता उस विषय का आत्मसात कर लेता है अब वह विषय विषयी का एक अंग बन जाता है।

अन्तर्दृष्टि तथा इन्द्रिय-अनुभव

यदि हम अन्तर्दृष्टि तथा इन्द्रिय-अनुभव की तुलना करें, तो स्पष्ट हो जायगा कि अन्तर्दृष्टि में कुछ ऐसी विशिष्टतायें हैं जो इन्द्रिय-अनुभव में नहीं हैं। इन्द्रिय-अनुभव वस्तुओं के बाह्य लक्षणों को ही पकड़ पाते हैं—जबकि अन्तर्दृष्टि उनके साररूप को

समझने का प्रयास करता है। इन्द्रिय-अनुभवों से अयथार्थ ज्ञान भी मिल सकता है—उनसे कभी-कभी भ्रम, भ्रान्ति, ख्याति आदि भी उत्पन्न हो जाते हैं, किन्तु अन्तर्दृष्टि में भ्रान्ति का प्रश्न ही नहीं उठता। बल्कि, राधाकृष्णन का कहना है कि अन्तर्दृष्टि की तो यह विशेषता है कि उसे प्रमाण या साक्ष्य की आवश्यकता भी नहीं है, वह अपना साक्ष्य अपने आप है। साक्ष्यों या प्रमाणीकरण की आवश्यकता तब उत्पन्न होती है, जब हम किसी भाव या विचार को वस्तु के साथ जोड़ते हैं, जैसा कि इन्द्रिय-अनुभव में होता है। यहां दो पृथक तत्त्वों को जोड़ा जाता है, अतः प्रश्न उठ जाता है कि उस जोड़ने का आधार क्या है? यहां 'जानना' तथा 'होना' एक नहीं है, किन्तु अन्तर्दृष्टि जहां 'जानने' तथा 'होने' का अन्तर ही समाप्त हो जाता है, जहां ज्ञान 'वस्तु को आत्मसात' करना है, वहां प्रमाण की आवश्यकता ही नहीं है।

फिर भी राधाकृष्णन कहते हैं कि अन्तर्दृष्टि की एक विशेषता है जिसमें इसकी इन्द्रिय-अनुभव में सादृश्यता है। दोनों में यह विशेषता है कि वे दोनों अपने विषय को 'तत्काल' तथा 'बिना किसी माध्यम के साक्षात' पकड़ लेती हैं। अन्तर्दृष्टि में भी कोई ज्ञान का माध्यम नहीं होता—यह साक्षात् ज्ञान है। यह 'साक्षातता' (Directness) एक ऐसा गुण है जिसके आधार पर कहा जाता है कि इन दोनों में पूर्णतया मौलिक भेद नहीं है। दोनों दृष्टि हैं, किन्तु अन्तर्दृष्टि उन क्षेत्रों में प्रवेश कर लेती है जहां इन्द्रियां नहीं पहुंच पातीं।

अन्तर्दृष्टि तथा बुद्धि

बौद्धिक अवगति की अपनी उपयोगिता है, किन्तु ऐसा नहीं है कि इसमें भूल-गलती के लिये स्थान न हो। इस पर संशय भी किया जा सकता है। इनके द्वारा रचित तार्किक युक्तियों को काटा भी जा सकता है, नकारा भी जा सकता है एक ही स्थापना के पक्ष तथा विपक्ष दोनों में बुद्धि समान ढंग के तर्क प्रस्तुत कर सकती है, अतः बौद्धिक ढंगों में पूर्ण निश्चिता की बात नहीं की जा सकती।

बौद्धिक उपकरणों के द्वारा वस्तुओं के बाह्य तथा आन्तरिक दोनों पक्षों पर विचार किया जा सकता है, किन्तु ये दोनों विचार परोक्ष एवं प्रतीकात्मक होते हैं। बुद्धि का मुख्य उपकरण 'विश्लेषण' है, और इस उपकरण से यह अपने विषयवस्तु को उसकी सम्पूर्णता में नहीं पकड़ पाती और यह इसकी कमी है।

किन्तु, राधाकृष्णन का कहना है कि इन बातों का यह अर्थ नहीं कि अन्तर्दृष्टि तथा बुद्धि विपरीत कोटि के हैं। उनका कहना है कि दोनों में पारस्परिक सहयोग है। अन्तर्दृष्टि को कम से कम कुछ कार्यों के लिये तो बुद्धि का सहारा लेना ही पड़ता है। अपने अनुभूत सत्यों को व्यक्त करने के लिये, उन्हें दूसरों के लिये बोधगम्य बनाने के लिये, तथा आवश्यकता पड़ने पर उसका प्रमाण्य प्रस्तुत करने के लिये तो अन्तर्दृष्टि बुद्धि पर झुकती ही है। इसके द्वारा जो सत्य उपलब्ध होते हैं, वे बहुधा इस रूप में नहीं होते कि अन्य भी उसे समझ सकें। अतः आवश्यकता होती है कि उन सत्यों को इस रूप में प्रस्तुत किया जाय जो अन्य के लिये भी सरल हो, और यह कार्य तो बुद्धि ही कर सकती है।

इसके विपरीत, बुद्धि तो एक रूप से अन्तर्दृष्टि की पूर्वमान्यता पर आधृत होती है।

बौद्धिक वृत्ति एक प्रकार से अन्तर्दृष्टि के बिना अपना कार्य सम्पादित ही नहीं कर सकती। बौद्धिकता 'विश्लेषण' की विधि है, विश्लेषण के लिये यह अवबोध आवश्यक है कि जिसका विश्लेषण हो रहा है, वह अपने में एक सम्पूर्णता है---एक पूर्ण इकाई है। यह समझ अन्तर्दृष्टि ही दे सकती है। इसी आधार पर तो अन्तर्दृष्टि को प्राथमिक माना जाता है।

अन्तर्दृष्टि का स्वरूप

ऊपर के विवेचन से ऐसा प्रतीत होता है कि राधाकृष्णन अन्तर्दृष्टि को कुछ उसी रूप में कल्पित करते हैं, जिस रूप में बर्गसां ने अन्तर्दृष्टि को समझा है। संक्षेप में कहा जा सकता है कि अन्तर्दृष्टि में एक ओर 'सहज प्रवृत्ति' (Instinct) के समान साक्षातता, सहजता एवं अपने विषय को सम्पूर्णता में पकड़ने की क्षमता निहित है, तो दूसरी ओर, इसमें बुद्धि के समान 'चेतना' भी निहित है।

यह 'साक्षात' एवं 'तात्कालिक' ज्ञान देता है, क्योंकि इसका सम्पर्क विषय से साक्षात रूप में होता है, चिन्हों तथा प्रतीकों के द्वारा नहीं। यह किसी माध्यम के द्वारा कार्य नहीं करती। अन्तर्दृष्टि का एक प्रमुख लक्षण यह है कि इससे प्राप्त ज्ञान 'स्वतः सिद्ध' होता है। इसे स्वतः सिद्ध इस कारण कहा गया है क्योंकि इसे अपने प्रमाण्य के लिये किसी अन्य साधन के सहारे की आवश्यकता नहीं होती। यह अपना प्रमाण्य स्वतः प्रस्तुत करता है, अन्तर्दृष्टि की विशिष्टता है कि इससे प्राप्त अवगति में यह भी निहित है कि यह यथार्थ है---सत्य है।

इसे तात्कालिक ज्ञान कहा गया है क्योंकि यह ज्ञान हर भेद, हर द्वैत को मिटा देता है। इस प्रकार का जानना विषय को आत्मसात करना है। ऐसा नहीं है कि यह मात्र सैद्धान्ति एवं अव्यवहारिक है, वस्तुतः इस प्रकार की अवगति तो मनुष्य के लिये सर्वथा स्वाभाविक है। हर व्यक्ति में अन्तर्दृष्टि की क्षमता रहती ही है, इसे साधारण उदाहरणों के द्वारा सिद्ध कर दिखाया जा सकता है।

राधाकृष्णन कहते हैं कि इस प्रकार अन्तर्दृष्टि उन सभी कार्यों को कर लेती है, जो इन्द्रिय, सहज प्रवृत्ति एवं बुद्धि से सम्पादित होते हैं, तथा उनके अतिरिक्त कुछ ऐसे कार्य भी सम्पादित करती है जो उन तीनों से सम्भव नहीं है। इसकी यही विशिष्टता एवं व्यापकता इसे सब ज्ञान के लिये समर्थ बना देती है।

इसकी इस विशिष्टता का एक स्पष्ट साक्ष्य यह है कि जीवन के कुछ ऐसे पक्ष हैं जिनकी अवगति केवल अन्तर्दृष्टि से ही सम्भव होती है। उदाहरणतः भावनात्मक अनुभूति का ही उदाहरण लें। इसे जानने में बौद्धिकता का कोई रूप सक्षम नहीं है, इसे वही समझ सकता है जो अपने अन्तर में ऐसी भावना को अनुभूत कर सकता है। 'प्रेम' की हर परिभाषा प्रेम के स्वरूप को समझने में अक्षम है, प्रेम की आन्तरिक अनुभूति 'प्रेम' के रहस्य को समझा देती है।

उसी प्रकार मूल्यात्मक निर्णय भी अन्तर्दृष्टि पर ही आधृत होते हैं। जीवन का रहस्य

एवं मूल्य, सर्वोच्च शुभ का विचार, जगत के नैतिक स्वरूप में आस्था---सभी अन्तर्दृष्टि पर ही आश्रित हैं। सौन्दर्यानुभूति, मानव आचरण में नैतिकता को परखने की क्षमता जैसे सौन्दर्यबोध तथा नैतिक संवेदनशीलता के उदाहरणों में भी हम देखते हैं कि हम ठहर कर, सोच-विचार कर इस बोध को नहीं पाते, बल्कि इस प्रकार की अवगति एकाएक---एक प्रकार से कौंध जाती है। अन्तर्दृष्टि एकाएक प्राप्त होती है, उसमें तात्कालिता रहती है।

राधाकृष्णन का दावा है कि जीवन-सम्बन्धी तथा तर्क-सम्बन्धी सामान्य सिद्धान्त, और उसके साथ-साथ सभी सामान्य वैज्ञानिक मान्यतायें भी किसी न किसी रूप में इसी प्रकार की 'सूझ' पर आश्रित रहते हैं। उदाहरणतः 'एकरूपता' या 'संगठन' (Unity) के ही विषय में सोचें। स्पष्ट हो जायगा कि 'एक-रूपता' वैचारिक ढंग से स्थापित नहीं होती, बल्कि 'सूझ' जाती है। उसी प्रकार हम जीवन के उन मूल आस्था के बिन्दुओं के विषय में सोचें, तथा अपनी प्रतिबद्धताओं के विषय में सोचें---इनकी स्थापना विचार के द्वारा नहीं होती, ये एकाएक 'सूझ' जाती हैं---पकड़ी जाती हैं। चरम सत्य द्रष्टाओं को दिखाई देते हैं, तर्कों से स्थापित नहीं किये जाते।

उसी प्रकार 'आत्म' का ज्ञान भी अन्तर्दृष्टि से ही सम्भव है। हर संज्ञानात्मक, भावनात्मक अथवा संकल्पनात्मक क्रिया में एक यह बोध भी निहित है कि 'मैं' यह क्रिया कर रहा हूं। हर अवगति में यह भी निहित है कि मुझे यह अवगति हो रही है। राधाकृष्णन की भाषा में अन्तर्दृष्टि का विवरण कुछ इस ढंग से दिया गया है---

"Intuition is only the the higher stage of intelligence, intelligence rid of separative and discursive tendencies. While it liberates from the prejudices of the understanding, it carries our intellectual conclusions to a deeper synthesis. Instead of being an unnatural and mysterious process, it is a deeper experience which by supplementing our narrow intellectual visions, amplifies it. Intuition is not an appeal to the subjective whims of the individual, or a dogmatic faculty of conscience, or the uncritical morbid view of the psychopath. It is most complete experience we can possibly have. It is the experience which devout souls have in moments of spiritual exaltration or religious devotion."*

**Reign of Religion in Contemporary Philosophy*, p. 439.

मुहम्मद इकबाल

जीवन

बीसवीं शताब्दी के भारतीय विचारधारा में सर मुहम्मद इकबाल का विशिष्ट स्थान है। इस काल के वे शायद अकेले दार्शनिक चिन्तक हैं जिन्होंने शास्त्रीय दर्शन के मापदण्डों को इस्लाम के विचारों पर लगाने का प्रयास किया तथा इस्लाम-विचार के दर्शनशास्त्र की भाषा में--उसके ढांचे में ढालने का प्रयास किया। इस काल के अधिकांश भारतीय चिन्तक हिन्दू विचार की परम्परा में अपनी दार्शनिक संरचना करते रहे, इकबाल की भी दार्शनिक दृष्टि तथा उनका दार्शनिक अध्ययन अन्य विचारकों के समान ही है, किन्तु उन्होंने अपनी दार्शनिक संरचना इस्लाम की परम्परा में की। बहुत से विचारों में उनकी सूझ भी अन्य समकालीन भारतीय चिन्तकों जैसी ही है, केवल पृष्ठभूमि दूसरी है।

इकबाल का जन्म सियालकोट में सन् १८७६ में हुआ था। उनकी प्रारम्भिक शिक्षा सियालकोट तथा लाहौर में हुयी। वे सदा बड़े मेधावी तथा श्रेष्ठ छात्र रहे। उन्होंने दर्शन शास्त्र में एम. ए. किया, और उसके बाद ओरियन्टल कालेज में प्राध्यापक नियुक्त हुए। उसी काल से उनका यश फैलने लगा। १६०५ में वे कैम्ब्रिज गये, जहां उन्होंने मैक्टेगर्ट के अध्यापन में अध्ययन किया तथा 'ट्राइपौस' किया। कुछ काल तक जर्मनी के म्यूनिक में उन्होंने शोधकार्य भी किया। १६०८ में वे लाहौर वापस आये, और बैरिस्टर के रूप में वकालत के पेशे में लग गये। किन्तु वकालत के पेशे में उनकी आन्तरिक अभिरुचि कभी नहीं रही, और वे सदा अपनी कविताओं में सक्रिय रूप से लगे रहे। उनकी कविताओं में भी उनके दार्शनिक अध्ययन तथा दार्शनिक सूझ की स्पष्ट छाप दिखाई देती है। कवि के रूप में उन्हें बड़ी प्रसिद्धि मिली। साहित्य के क्षेत्र में तो वे अमर बन गये, किन्तु, उन्होंने कभी भी अपने दार्शनिक अनुशीलन को छोड़ा नहीं। साहित्यिक तथा कवि इकबाल इतने प्रसिद्ध हो गये कि उनकी दार्शनिक संरचनायें पृष्ठभूमि में रही, किन्तु, उनकी समझ से उनकी कविताओं का एक नया अर्थ प्रकाश में आता है। वृद्धावस्था में उन्होंने भोपाल के राजा के द्वारा दिया गया पेंशन स्वीकार कर लिया, तथा मृत्यु तक वह पेंशन उन्हें मिलता रहा। उनकी मृत्यु लाहौर में सन् १६३८ में हुयी।

सामान्य भूमिका

इकबाल स्वयं कहते हैं कि उनके दार्शनिक चिन्तन का लक्ष्य इस्लाम के सत्यों की अर्थ-संरचना दार्शनिक रूप में करना है। इससे इतना तो स्पष्ट हो ही जाता है कि उनके तत्त्वमीमांसीय विचार की प्राथमिक भाव-कोटियां इस्लाम से ही ली गयीं हैं। वैसे, उनके दार्शनिक चिन्तन पर कुछ अन्य विचारों का भी स्पष्ट प्रभाव है। उनका फारसी दर्शन का अध्ययन मूलतः उसमें निहित इस्लाम के विचारों का विवेचन उनके अपने चिन्तन का

आधार बना, क्योंकि उसी के अनुरूप उन्होंने इस्लाम के कुछ मूल विचारों के अपने चिन्तन का केन्द्र बनाया। फिर उनके विचार पर इस्लामी रहस्यवाद, मूलतः सूफीमत का भी स्पष्ट प्रभाव है। इसके अतिरिक्त अपने अध्ययन काल में उन्होंने प्रमुख पाश्चात्य दर्शनों का—मूलतः आध्यात्मवादी दर्शनों का अध्ययन किया। मैक्टेगर्ट जैसे प्रमुख विचारक से तो उनका व्यक्तिगत सम्पर्क हुआ। इस साक्षात सम्पर्क का उनके अपने विचार पर भावात्मक तथा निषेधात्मक दोनों प्रकार का प्रभाव पड़ा। इसके अतिरिक्त जिन पाश्चात्य विचारकों के दार्शनिक विचार का उन्होंने उपयोग किया है उनमें प्रमुख हैं बर्गसां, नित्से तथा ब्रिटिश आध्यात्मवादी विचारधारा।

इकबाल के दर्शन का शोध-क्षात्र प्रारम्भ में ही एक प्रश्न उठा सकता है—क्या इकबाल इस्लामी विचार के भाष्यकार हैं या वे एक मौलिक चिन्तक हैं? मेरी समझ से इस प्रश्न का निर्विवाद ढंग से उत्तर दिया जा सकता है कि वे दोनों हैं। उनका तात्विक विचार मौलिक है, इसकी मौलिकता केवल उनके वैचारिक ढंग में ही नहीं है, बल्कि कुछ अंश तक विषय-वस्तु में भी है। फिर भी, वे स्वयं सदा यह निर्देश भी देते रहते हैं—बल्कि इसके लिये आकुल रहते हैं—कि उनके विचार उनकी सारी संरचनायें इस्लामी विचार से असंगत नहीं हैं।

इस बात को स्पष्ट करने के लिये उनके दार्शनिक विचार की एक केन्द्रीय समस्या का उदाहरण लें, वस्तुतः यह उदाहरण उनकी दार्शनिक योजना का केन्द्र है। इस्लाम के सम्बन्ध में सामान्य धारणा के अनुरूप दर्शन की भाषा में कहा जाता है कि यह अपने विषय-विवेचन में ईश्वरवादी है, तथा दृष्टिकोण में सर्वेश्वरवादी। ध्यान देना है कि यहां ईश्वरवाद (Theism) तथा सर्वेश्वरवादी (Pantheism) शब्दों का प्रयोग उनके दर्शन भाषीय प्रयोगों के अनुरूप किया जा रहा है। यह ईश्वरवादी है क्योंकि इस्लाम का ईश्वर सगुण है, सलक्षण है—सर्वथा ईश्वरवाद के ईश्वर जैसा है। फिर भी, इसका दृष्टिकोण सर्वेश्वरवादी है क्योंकि ईश्वरीय अन्तिम नियतता पर पूरा बल दिया गया है। ईश्वर के समक्ष सब कुछ नगण्य हो जाता है। ईश्वर के सर्वशक्ति-रूप, ईश्वरीय संकल्प-शक्ति सर्वोपरि है तथा मोक्ष मार्ग का अर्थ ही है ईश्वर के प्रति निष्ठापूर्ण समर्पण। इस प्रकार के विवरण के आधार पर इस्लाम के कुछ भाष्यकार कभी-कभी टिप्पणी करते हैं, विशेषतः ईसाई मत के आलोक में ऐसी टिप्पणी होती है—कि इस्लाम में ईश्वर तथा मनुष्य के बीच का फासला अत्यधिक गहरा तथा विस्तृत है। वे कहते हैं कि पारम्परिक इस्लाम में ईश्वर इतना ऊंचा है कि उसके समक्ष मनुष्य नगण्य है।

इकबाल का कहना है कि इस्लाम में भी मनुष्य वैसा नगण्य नहीं है जैसा इन भाष्यकारों ने समझा है। इकबाल की दार्शनिक योजना यही है कि वह मनुष्य की विशिष्टता को भी बनाये रखे तथा ईश्वर के श्रेष्ठतम रूप को भी। इसके लिये उन्होंने एक अनूठा वैचारिक ढंग अपनाया है। उनका कहना है कि जगत तथा मनुष्य भी तो ईश्वरीय है, तो ये ईश्वर के विपरीत, या किसी रूप में ईश्वर से असंगत नहीं हो सकते। इकबाल का तो कहना है कि पूरी सृष्टि एक दृष्टि से ईश्वर-रूप के ही ढांचे में है। उनका कहना है कि यदि

ध्यान से देखा जाय तो पूरी सृष्टि और ईश्वर भी 'अहं-रूप' (Ego-nature) है। इस स्वरूप का विवेचन आगे होगा, किन्तु इससे यह स्पष्ट तो हो ही जाता है कि मनुष्य तथा ईश्वर में स्वरूप-सादृश्यता है। इकबाल यह भी स्थापित करते हैं कि इस प्रकार का विचार इस्लाम के अनुरूप है। अतः इकबाल की दार्शनिक योजना का एक लक्ष्य तो यह है कि पाश्चात्य टीकाकारों में जो इस्लाम के सम्बन्ध में भ्रान्ति है—कि वह ईश्वर तथा मनुष्य में बड़ी दूरी रखता है—समाप्त हो जाय। इसी कारण उन्होंने अपने दार्शनिक विचार को 'इस्लामी सत्यों का पुनर्संरचना' (Reconstruction of Islamic Truth) कहा है। इस योजना की एक विशिष्टता तो यह है कि इकबाल बिना किसी वैचारिक बाधा के इस्लामी विचार तथा अपने चिन्तन के बीच विचरण करते हैं।

इसी बात को एक दूसरे रूप में भी स्पष्ट किया जा सकता है। इस्लाम एक ईश्वरवादी धर्म है, किन्तु ईश्वर की एकरूपता पर इतना बल दिया गया है कि कुछ लोग इसे सर्वेश्वरवादी कह देते हैं। इस्लाम के कुछ टीकाकार इसे ईश्वरवाद तथा सर्वेश्वरवाद के मध्य रखते हैं। इकबाल स्पष्टरूप में दिखाते हैं कि इस्लाम किसी दृष्टि से सर्वेश्वरवादी नहीं है, इसमें जो एकवाद पर बल दिया गया है वह उसी ढंग का है जिस ढंग से ईश्वरवाद ईश्वर को एक मानता है। इस दृष्टि से इकबाल के दर्शन को 'ईश्वरवाद' (Theism) का उदाहरण कहा जा सकता है, और साथ-साथ यह टिप्पणी भी की जा सकती है कि वे ईश्वरवाद के उन पक्षों का प्रकाश में लाते हैं जिन पर सामान्य ईश्वरवाद में उतना ध्यान नहीं दिया जाता है।

इकबाल के दार्शनिक विचारों के अध्ययन के लिये हमें ऐसे अध्ययनों के प्रचलित ढंगों से कुछ हट कर अग्रसर होना होगा। सामान्यतः किसी तात्विक विचार के प्रस्तुतीकरण में सर्वप्रथम परमसत् या ईश्वर का विवेचन होता है। यहां हम वैसा नहीं करेंगे। उसका विशेष कारण है। इकबाल ने कहा है कि पूरी सृष्टि अहंरूप है—तथा ईश्वर का स्वरूप भी अहंरूप ही है। अतः यहां आवश्यक हो जाता है कि हम पहले यही समझने का प्रयत्न करें कि इकबाल के अनुसार यह 'अहंरूप' क्या है। किन्तु उसके पहले यह भी जान लेना आवश्यक है कि इस 'अहंरूप' की जानकारी कैसे मिलती है। इकबाल का कहना है कि यह ज्ञान एक प्रकार की अन्तर्दृष्टि से प्राप्त होता है। अतः इकबाल के तत्त्व-दर्शन की विवेचना के पहले हम यही देखें कि इकबाल ने 'अन्तर्दृष्टि' के स्वरूप पर किस प्रकार विचार किया है।

अन्तर्दृष्टि का स्वरूप

इकबाल का कहना है कि धार्मिक अथवा तात्विक सत्यों की जानकारी साधारण सामान्य ढंगों से नहीं प्राप्त हो सकती। हमारे ज्ञानोपार्जन के साधारण ढंग—अनुभव का ढंग है। यह आनुभविक ज्ञानोपार्जन का ढंग ज्ञान का सर्वथा गलत या अनुपयुक्त ढंग नहीं है। इकबाल यह नहीं कहते कि अनुभव ज्ञान नहीं दे सकता। वे स्वीकारते हैं कि ज्ञान के लिये अनुभव, बौद्धिक विचार का अपना महत्त्व तथा अपना स्थान है। केवल वे इतना ही कहते हैं कि इनकी उपयोगिता साधार[illegible]ान के सामान्य ढंगों के लिये है। इस

सामान्य स्तर में जो कुछ भी ज्ञात होता है, वह स्थान तथा काल के आयाम में ही ज्ञात होता है। उस दृष्टि से ऐसा ज्ञान व्यवहारिक तथा आनुभविक क्षेत्र में उपयोगी है। किन्तु, इकबाल का यह कहना है कि सत् के वास्तविक रूप का ज्ञान इन माध्यमों से सम्भव नहीं। अनुभव या बौद्धिक विचार परोक्षरूप में, प्रतीकों एवं प्रतिमाओं के माध्यम से ज्ञान देते हैं। सत् का ज्ञान वैसे ही ढंग से सम्भव हो सकता है जो 'सत्' से साक्षात ढंग से सम्पर्क कर सके—और इकबाल के अनुसार इस प्रकार का ढंग सम्भव है। वे कहते हैं कि कुरानशरीफ में इस प्रकार के मार्ग की चर्चा है। इकबाल कुरान की बातों को एकत्रित करते हैं तथा उन्हें अपनी सूक्ष्म तथा अध्ययन के अनुरूप विकसित करते हैं।

कुरानशरीफ में सत् से साक्षात सम्पर्क कर सकने वाले इस ढंग को 'फौद' या 'कल्ब' कहा गया है जिसका अंग्रेजी अनुवाद (Heart) शब्द में किया गया है। इकबाल के अनुसार यह 'हार्ट' एक प्रकार की आन्तरिक अन्तर्दृष्टि है, जिसका विवरण रूमी ने यह कहते हुए किया है कि यह सूर्य के आलोक की किरण के रूप में जो सत् को ऐसे पक्षों को प्रकाशित करता है जिन्हें इन्द्रियां पकड़ नहीं सकती। इकबाल के अनुसार कुरान में कहा गया है कि इस दृष्टि से प्राप्त अवगति अयथार्थ नहीं हो सकती। फिर भी यह कोई छिपी हुयी रहस्यात्मक शक्ति नहीं है। यह सत् के सम्पर्क में आ सकने वाली ऐसी क्षमता है जिसकी कार्यविधि में इन्द्रियों का कोई योगदान नहीं, फिर भी इसके द्वारा अनुभव के जो क्षेत्र प्रकाश में आते हैं, वे उतने ही वास्तविक तथा स्पष्ट हैं जितने अन्य कोई क्षेत्र।* 'हार्ट' का इस प्रकार का विवरण स्पष्ट संकेत देता है कि यह 'कल्ब' वस्तुतः अन्तर्दृष्टि ही है। इकबाल बल देकर कहते हैं कि यह कोई रहस्यात्मक शक्ति नहीं है। उनके अनुसार मानव इतिहास में इसका सदा महत्त्वपूर्ण स्थान रहा है, हर काल तथा हर स्थान के जीवन तथा समाज पर इस प्रकार की अन्तर्दृष्टि से ज्ञात सत्यों का प्रभाव रहा है। इकबाल इसके महत्त्व को समझते हैं, और स्वीकारते हैं कि सत् के स्वरूप की जानकारी तो बस इसी से सम्भव है।

अन्तर्दृष्टि के स्वरूप को समझने के लिये, इकबाल के द्वारा बताये गये अन्तर्दृष्टि के लक्षणों को जानना आवश्यक है। इसके निम्नलिखित लक्षण हैं:—

(१) इसका एक प्रमुख लक्षण साक्षातता एवं तात्कालिकता (Immediacy) है। इसे सत् या ईश्वरत्व का तात्कालिक ज्ञान कहा जाता है क्योंकि यह किसी माध्यम से कार्य नहीं करता। इकबाल कहते हैं कि अन्तर्दृष्टि में इन्द्रिय-अनुभव की साक्षातता है। इस दृष्टि से यह बौद्धिक विचार से भिन्न है क्योंकि बौद्धिक विचार में, भाव, अवधारणा, अनुमान आदि के माध्यम से निष्कर्ष स्थापित होते हैं। फिर भी यह पूर्णतया इन्द्रिय-अनुभव जैसा भी नहीं है, क्योंकि इसके लिये इन्द्रियों पर आश्रित रहने की आवश्यकता नहीं। इसके साथ-साथ यह इन्द्रिय अनुभव से भिन्न इस रूप में भी है कि यह अपने इन्द्रियों के समान विषय के भिन्न-भिन्न लक्षणों को नहीं पकड़ती, बल्कि 'विषय' को उसकी 'सम्पूर्णता' में पकड़ती है।

---

*Iqbal, *Six Lectures on the Reconstruction of Religious Thought in Islam*, p. 42.

(२) इस अन्तिम विचार के आधार पर अन्तर्दृष्टि का एक अन्य लक्षण प्रकाश में आता है। इसका विषय सदा एक इकाई है—एक अविश्लेषित सम्पूर्णता है। इसकी एकरूपता को खण्डित नहीं किया जा सकता, वस्तुतः अन्तर्दृष्टि में विषयी एवं विषय का अन्तर समाप्त हो जाता है। इसमें विषयी या ज्ञाता अपने विषय से एकरूप होकर उसे आत्मसात कर लेता है।

(३) इकबाल का कहना है कि इस प्रकार की अनुभूति के क्षण ईश्वरत्त्व से समीपता का क्षण होता है। उनके अनुसार, एक प्रकार से इस अनुभूति में ईश्वरीय उपस्थिति का भान होता है। इकबाल को यह भी ज्ञात है कि अन्तर्दृष्टि के इस प्रकार के विवरण के विरुद्ध कटु आलोचनायें उठायी जाती हैं। कहा जाता है कि ईश्वरीय उपस्थिति के साक्षात-अनुभव के पक्ष में कोई प्रमाण या साक्ष्य प्रस्तुत नहीं किया जा सकता। इन आपत्तियों के आलोक में इकबाल से भी पूछा जा सकता है कि उनके पास इसके लिये क्या प्रमाण है? यह हम कैसे जान लेते हैं कि जिसका हमें साक्षात अनुभव हो रहा है वह ईश्वरीय उपस्थिति है?

इकबाल का उत्तर है कि इस जानकारी की प्रक्रिया कुछ वैसी ही है जिनसे हम 'अन्य मन' की उपस्थिति को जान लेते हैं। 'अन्य मन' की जानकारी के लिये हमारे पास कोई विशिष्ट शक्ति या क्षमता नहीं होती। इस जानकारी का हमारे पास एक ही आधार है। हमें कुछ ऐसी भौतिक हरकतों तथा प्रतिक्रियाओं की अवगति होती है जो हमारे द्वारा सम्पादित नहीं हैं, तो हमें यह सूझ जाता है कि उन्हें सम्पादित करने वाले मेरे समान ही 'अन्य मन' अवश्य हैं? वस्तुतः यह अनुमान भी नहीं है, क्योंकि यहां हम किसी अनुमान-प्रक्रिया का सहारा नहीं लेते। यहां हमें कुछ क्रिया-प्रतिक्रिया की चेतना होती है, और तब एक विश्वास होता है कि 'अन्य मन' भी हैं। यह एक प्रकार की आन्तरिक सूझ है। उसी कारण कुछ विशिष्ट प्रक्रिया-प्रतिक्रिया की चेतना में हमें ईश्वरीय उपस्थिति का भान भी हो सकता है।

(४) इकबाल का कहना है कि अन्तर्दृष्टि व्यक्ति की कोई ऐसी वैयक्तिक तथा आत्मगत स्थिति नहीं है, जिनमें सभी बाह्यता से पृथक होकर अपने अन्तर में उन्मुख होना है। इकबाल के अनुसार इस अनुभूति में एक प्रकार की विषयपरकता होती है। इस अनुभूति का विषय किसी व्यक्ति की कल्पना की कृति नहीं होती। यह व्यक्ति से ऊपर उठ जाती है, तथा यह चेतना भी जाग्रत करती है कि जिसकी अनुभूति हो रही है —वह 'है'—व्यक्ति से परे है। इसी चेतना में तो ईश्वरोन्मुखता है।

(५) इकबाल के अनुसार अन्तर्दृष्टि मन या बुद्धि की कृति या क्षमता नहीं है। यह 'हार्ट' में—'कल्ब' में हृदय में—उत्पन्न होती है। बुद्धि तो ज्ञाता एवं ज्ञेय के द्वैत के माध्यम से ज्ञान प्राप्त करती है, हृदय ज्ञेय से एकात्म स्थापित कर लेता है, उसके साथ एकरूप हो जाता है।

(६) इकबाल कहते हैं कि अन्तर्दृष्टि की अनुभूति में एक क्षण में शाश्वतता की—नित्य की अनुभूति हो जाती है। ऐसी अनुभूति के क्षणों के काल एक प्रकार से रुक जाता

है, हम काल से 'परे' हो जाते हैं। इस क्षण में व्यक्ति जीवन के क्लेश, दुख आदि भूल जाता है, तथा एक प्रकार से एक भिन्न संसार में प्रवेश कर जाता है। इकबाल इस प्रकार के क्षण के अनुभव का विवरण करते हुए कहते हैं कि इसमें व्यक्ति को काल-क्रम (Serial-time) अवास्तविक प्रतीत होने लगता है। यह ठीक है कि इस प्रकार का रहस्यमूलक अनुभव शीघ्र ही लुप्त हो जाता है और व्यक्ति पुनः काल-क्रम में वापस आ जाता है। किन्तु, उसके बाद भी उस क्षण का उसका अनुभव उसका प्रेरणा-स्रोत बन जाता है। अब उसे यह स्पष्ट रूप में प्रतीत हो जाता है कि काल-क्रम के घेरे से ऊपर उठा जा सकता है तथा किसी विशेष क्षण में नित्यता (Eternity) की अनुभूति हो सकती है।

(७) इकबाल स्पष्ट रूप में कहते हैं कि इस प्रकार की अनुभूति में संप्रेषणीयता नहीं होती, इसे दूसरों तक पहुंचाना सम्भव नहीं। सामान्यतः जिन लोगों को अन्तर्दृष्टि विचार से सहानुभूति नहीं है, वे इस अनुभूति की असंप्रेषणीयता को इसका एक स्पष्ट दोष मानते हैं। उनकी आपत्तियों के उत्तर के प्रयास में इसके बहुत से समर्थक भी कह पड़ते हैं कि नहीं, इस अनुभूति में भी संप्रेषणीयता है, और इसे भी साधारण भाषीय ढंगों में व्यक्त किया जा सकता है। किन्तु इकबाल इस प्रकार की आपत्तियों से विचलित नहीं होते। वे स्पष्ट रूप में मानते हैं कि इस अनुभूति में संप्रेषणीयता नहीं है इसे साधारण भाषा में सर्वथा यथार्थ रूप में व्यक्त नहीं किया जा सकता। उनके अनुसार इसके इस विशिष्ट लक्षण का कारण भी स्पष्ट है। यह अनुभूति बुद्धि की वृत्ति नहीं, हृदय की वृत्ति है, वह भी हृदय की ऐसी वृत्ति है जिस पर बौद्धिक विश्लेषण की कोई आंच नहीं पड़ती। किन्तु इकबाल के अनुसार इसका यह भी अर्थ नहीं कि जिसे ऐसी अनुभूति होती है उसके पास इस सम्बन्ध में 'मौन' रखने के अतिरिक्त कोई मार्ग नहीं है। यह ठीक है कि इस अनुभूति के 'तथ्य' को 'विषयवस्तु' का हूबहू उसी रूप में दूसरों तक पहुंचाया नहीं जा सकता। किन्तु, इस अनुभूति का द्रष्टा अर्थ-निरूपण कर सकता है, उन्हें भाषीय अभिव्यक्ति दे सकता है जिसके द्वारा अन्य इस अनुभूति के सम्बन्ध में कुछ धारणा बना सकें। उस अर्थ-निरूपण से अनुभूति का मूल विषय अपने यथार्थ रूप में ज्ञात नहीं हो सकता, किन्तु उससे 'कुछ' जानकारी तो मिल ही जाती है। इकबाल कहते हैं कि साधारण जीवन में हम ऐसा करते भी हैं। हमारी 'भावनायें' अपने में असंप्रेषणीय होती हैं, हम अपनी 'भावना' को दूसरों तक यथार्थ रूप में नहीं पहुंचा सकते। किन्तु, 'भावना' का ढंग ही है, वह शनैः-शनैः 'भाव' में विकसित हो जाती है—तथा उस 'भाव' में संज्ञानात्मकता आ जाती है, उसे दूसरों के लिये व्यक्त भी किया जा सकता है। इसी रूप में भावना-सम्बन्धी अनेकों विचार होते रहे हैं। तो इकबाल का कहना है कि हृदय की वृत्ति में प्राप्त अनुभूति जब 'भाव' में विकसित हो जाय तो वह 'भाव', विचार के क्षेत्र में प्रवेश कर जाता है, और तब द्रष्टा इस 'भाव' को भाषीय ढंगों में व्यक्त कर सकता है, तथा इन्हीं भाषीय अभिव्यक्तियों से अन्य को इनके विषय में 'कुछ' जानकारी मिल जा सकती है।

अन्तर्दृष्टि के विरुद्ध उठायी गयी आपत्तियों की समीक्षा

तो, इकबाल के अनुसार अन्तर्दृष्टि सत् की साक्षात अनुभूति है। इसके स्वरूप को और स्पष्ट करने के लिये इकबाल स्वयं इसके विरुद्ध उठायी जाने वाली कुछ आपत्तियों का उल्लेख करते हैं, तथा उनकी समीक्षा करते हैं। इसके अन्तर्गत वे कुछ ऐसी आपत्तियों की भी चर्चा करते हैं जो वस्तुतः अन्तर्दृष्टि के विरुद्ध उठायी जा चुकी हैं। हम देखें इकबाल इन आपत्तियों का समाधान किस प्रकार करते हैं।

(क) अन्तर्दृष्टि के विरुद्ध एक प्रमुख तथा प्रचलित आपत्ति यह है कि ऐसा मानने का कोई आधार नहीं है कि इसके द्वारा ईश्वरीय उपस्थिति का भान होता है। इस आपत्ति में इस बात पर बल दिया गया है कि किसी वस्तु के 'ज्ञान की सम्भावना' का प्रश्न तभी उठता है जबकि वह वस्तु या तो 'है' या उसे तर्कसम्मत ढंग से मान्यता के रूप में स्वीकारना आवश्यक हो। उदाहरणतः हम 'भौतिक वस्तुओं के ज्ञान' के ढंगों पर विचार करते हैं, किन्तु हम इसी कारण ऐसा करते हैं कि भौतिक वस्तुयें 'हैं'। यहां 'भौतिक वस्तु' है या नहीं इस पर सन्देह नहीं है, और इसी कारण उसके ज्ञान की सम्भावना की बात सार्थक है। किन्तु उस रूप में ईश्वर के अस्तित्त्व की बात तो नहीं की जा सकती—वहां प्रश्न तो ईश्वर के अस्तित्त्व का ही है, तो इस प्रकार उसके ज्ञान की सम्भावना की बात का कोई अर्थ नहीं—यह अप्रासंगिक है।

इकबाल का उत्तर है कि इस प्रकार की आपत्ति एक भ्रान्तिपूर्ण पूर्वमान्यता पर आधृत है। यह आपत्ति इस मान्यता पर आधृत है कि इन्द्रिय-अनुभव ही ज्ञान का एकमात्र एवं प्रमाणिक आधार है, इसी कारण कहा जा रहा है कि जो इन्द्रिय से परे है उनके ज्ञान की सम्भावना का प्रश्न ही नहीं उठता। किन्तु इकबाल के अनुसार ये लोग एक भ्रान्तिपूर्ण धारणा से ग्रस्त हैं। वे यह भी नहीं देख पाते कि यदि उनकी पूर्वमान्यता को स्वीकार लिया जाय तो ज्ञान का क्षेत्र अत्यधिक सीमित एवं संकुचित हो जायगा। वे यह भी नहीं देख पाते कि ऐसे अनेकों तथ्य हैं जिनका हमें ज्ञान है, और जो इन्द्रियों की सीमा से परे हैं। ऐसे तत्त्वों की हमें जानकारी है जो सर्वथा अदृश्य हैं। इसके अतिरिक्त ये लोग उन द्रष्टाओं तथा मनीषियों की प्रमाणिकता की भी उपेक्षा करते हैं जिन्हें इस प्रकार की अनुभूति हो चुकी है।

(ख) अन्तर्दृष्टि के विरुद्ध यह भी आपत्ति उठायी जाती है कि इसके समर्थकों ने इसे 'अतिविशिष्ट' बना दिया है, जब कि इसमें कोई ऐसी असाधारण बात नहीं है। इस आपत्ति में कहा जाता है कि यदि हम इन अनुभूतियों का विश्लेषण करें तो स्पष्टतः उसकी पूर्ण व्याख्या शारीरिक, मानसिक, मनोवैज्ञानिक तथ्यों के द्वारा हो जायगी। व्यक्ति जिस प्रकार की शिक्षा-दीक्षा पाता है, जिस प्रकार के वातावरण या समाज में उसका विकास होता है, जिस प्रकार के साहचर्य या सम्बन्ध के मध्य वह जीता है, तथा जिस प्रकार की मानसिकता तथा अभिवृत्ति उसमें रूप लेती है—उन्हीं समाज शास्त्रीय उपकरणों के द्वारा अन्तर्दृष्टि की पूर्ण व्याख्या सम्भव है। तो इस अनुभूति को एक विशिष्ट एवं महत्त्वपूर्ण स्थान देने का कोई कारण नहीं।

इकबाल का उत्तर है कि वस्तुतः यह कोई आपत्ति ही नहीं है। वे कहते हैं कि यह तो निर्विवाद है कि हमारे सभी प्रकार के अनुभवों की संरचना में ऊपर बताये गये उपकरणों का योगदान है। यह कहना भी ठीक है कि अन्तर्दृष्टि के लिये एक विशेष प्रकार की मनः-स्थिति आवश्यक है। किन्तु इससे यह कैसे सिद्ध हो जाता है कि अन्तर्दृष्टि से प्राप्त ज्ञान की अपनी विशिष्ट आप्तता का कोई आधार नहीं है। इन सारे उपकरणों, सारी स्थितियों की सार्थकता इस बात के लिये है कि इनका अन्तर्दृष्टि की मनःस्थिति के उत्पन्न होने में योगदान है, किन्तु जो इस दृष्टि से उपलब्ध होता है वह इस 'दृष्टि' की विशिष्टता है, उस मनःस्थिति की नहीं। यदि वह इस प्रकार की मनःस्थिति पर पूर्णतया आधृत होता, तो जब भी ऐसी मनःस्थिति आती तब उस प्रकार का ज्ञान भी उसके साथ उत्पन्न हो जाता। किन्तु ऐसा होता नहीं। इसका अर्थ है कि मनःस्थिति उस ज्ञान का निर्धारक नहीं है, केवल एक व्यवस्था है जिसमें वह ज्ञान प्राप्त होता है।

(ग) अन्तर्दृष्टि के विरुद्ध एक प्रचलित आपत्ति यह उठायी जाती है कि यह सामान्य प्रक्रिया जैसी कोई प्रक्रिया नहीं है। अतः कहा जा सकता है कि यह असामान्य अनुभव किसी मानसिक असामान्यता या विकार के कारण उत्पन्न होता है। अतः आपत्तिकारक कहते हैं कि जिन व्यक्तियों में ऐसी अनुभूति के उदाहरण मिलते हैं—उनकी मानसिकता सामान्यता पर संशय किया जा सकता है।

इकबाल इस आपत्ति का उत्तर बड़े सबल ढंग से देते हैं। प्रथमतः उनका कहना है कि यह आपत्ति मानसिक संतुलन एवं सामान्यता के एक काल्पनिक मापदण्ड पर आधृत है। इन लोगों से पूछा जा सकता है कि उनके अनुसार सामान्य मानसिक संतुलन तथा असामान्य मानसिक स्थिति की विभाजन-रेखा क्या है? उन्हें यह समझना चाहिये कि ऐसा हर अनुभव जिस पर हमारा जीवन या कार्य आधृत हो सकता है सामान्य अनुभव ही है। उसी प्रकार हर अनुभव जिससे कुछ अर्थपूर्ण अवगति प्राप्त होती है सामान्य अनुभव है। अन्तर्दृष्टि के अनुभव में ये दोनों मांगें पूरी होती हैं। इसमें अवगति मिलती है, सत् का ज्ञान मिलता है, तथा साथ-साथ इस अनुभूति के फलस्वरूप व्यक्ति के जीवन तथा उसके आचरण-व्यवहार आदि में अर्थपूर्ण परिवर्तन होता है। पुनः इस आपत्ति के उत्तर में इकबाल इतिहास का हवाला देते हुए कहते हैं कि इतिहास इस बात का साक्षी है कि हर युग में मनुष्य का जीवन तथा उसके क्रियाकलाप, द्रष्टाओं एवं पैगम्बरों की अन्तर्दृष्टि से प्राप्त सत्यों पर आधृत रहे हैं। पुनः, इकबाल यह भी कहते हैं कि यदि इस प्रकार की आपत्ति को महत्त्व दिया जाय तो हर विलक्षण प्रतिभा वाले व्यक्ति को पागल या मानसिक रूप में असंतुलित कहना पड़ेगा। ऐसे व्यक्तियों के ढंग एवं व्यवहार भी साधारण मनुष्यों के ढंगों से भिन्न होते हैं। किन्तु, इसका यह अर्थ नहीं कि वे पागल हैं। वस्तुतः हर प्रकार के क्षेत्र में वैचारिक प्रगति एवं विकास के स्रोत ऐसे ही प्रतिभावान व्यक्ति रहे हैं।

इकबाल ने इस आपत्ति का उत्तर एक दूसरे ढंग से भी दिया है। वे कहते हैं कि जो लोग इस प्रकार की आपत्ति उठाते हैं वे यह मान कर चलते हैं कि उनकी मानवीय मनोविज्ञान की पकड़ बड़ी गहरी है। वे यह नहीं देख पाते कि उनका अपने ढंग का मनोवैज्ञानिक

विश्लेषण मात्र ऐसे लोगों को देख कर अग्रसर होता है जिन्हें वह पहले से ही 'सामान्य' माने हुए हैं। वे कभी भी किसी प्रतिभावान व्यक्ति या द्रष्टा की मानसिकता को समझने का प्रयास नहीं करते। अतः उनके दृष्टिकोण में ही एक तार्किक दोष है, वे एक प्रकार की मानसिकता के विश्लेषण के आधार पर उससे भिन्न मानसिकता के सम्बन्ध में कोई निष्कर्ष कैसे दे सकते हैं?

अतः इकबाल का कहना है कि इस आपत्ति की कुछ भ्रान्तिपूर्ण पूर्वमान्यतायें हैं, अतः यह आपत्ति भी भ्रान्ति पर ही आधृत है।

(घ) कुछ लोग कह सकते हैं कि इस प्रकार के रहस्यमूलक अनुभव वस्तुतः पलायनवादी हैं। उन लोगों के अनुसार अन्तर्दृष्टि के मूल्य पर बल देने का अर्थ है, हमारे सामान्य, साधारण जीवन को गौंण बना देना, उसके महत्व को नकार देना तथा एक काल्पनिक जगत को महत्वपूर्ण बना देना। इन लोगों का कहना है कि इस प्रकार का काल्पनिक चित्र प्रारम्भ में भले ही आकर्षक लगे, लेकिन अन्ततः इनके प्रति मोह भंग होना ही है।

इकबाल यह तो स्वीकारते हैं कि इस प्रकार की अनुभूति पर बल देने वाले कुछ धर्म पलायनवादी हैं, किन्तु उनका कहना है कि इस प्रकार की पलायनवादी वृत्ति इस प्रकार की अनुभूति का सार लक्षण नहीं है। सभी धर्मों में ऐसा नहीं है। तो रहस्यानुभूति के महत्त्व पर बल देते हुए भी पलायनवादी नहीं हो जाने की सम्भावना ही सिद्ध करती है कि अन्तर्दृष्टि पर बल देने का जीवन से पलायन नहीं है।

(ङ) इस संदर्भ में इकबाल धर्म के विरुद्ध उठायी गयी 'फ्रायड' की आपत्तियों का उल्लेख करते हैं और उनकी परीक्षा करते हैं। फ्रायड का कहना है कि जिन अनुभूतियों को धार्मिक अनुभूति कहा जाता है तथा जिस पर इतना बल दिया जाता है, वे सभी वस्तुतः दबी हुयी अतृप्त इच्छाओं की अभिव्यक्ति मात्र हैं। ऐसी इच्छायें अनेक कारणों से अतृप्त रह जाती हैं तथा अचेतन में वास करती हैं, और भेष परिवर्तित कर समय-समय पर प्रकट होने का प्रयास करती हैं। ऐसे ही प्रयास का एक फल वे अनुभूतियां हैं जिन्हें अन्तर्दृष्टि की अनुभूति कहा जाता है। अतः इस मतानुसार धार्मिक विश्वास एवं सिद्धान्त उन्हीं आद्य प्राथमिक जगत-सम्बन्धी काल्पनिक विश्वासों के अनुरूप हैं जिनके आधार पर आदि गिरोहों का मानव जीता था। इन धर्म-सिद्धान्तों में भी वही मूल प्रयत्न है कि सत् को उसकी विभत्स नग्नता से बचाते हुए इस रूप में प्रस्तुत किया जाय कि हृदय तृप्त हो। किन्तु वातविकता तो रह ही जाती है कि यह प्रस्तुतीकरण वास्तविकता का प्रस्तुतीकरण नहीं है। इकबाल कहते हैं कि आपत्तिकारकों के अनुसार "Religious beliefs and dogmas ...are no more than merely primitive theories of nature, whereby mankind have tried to redeem reality from its elemental ugliness and to show it off as something nearer to heart's desire than the facts of life would warrant."*

---

*Iqbal, *Six Lectures on the Reconstruction of Religious Thought in Islam*, p. 32.

इकबाल का कहना है कि फ्रायड तथा उस परम्परा के विचारक अन्तर्दृष्टि तथा धार्मिक अनुभूति जैसे वास्तविक अनुभवों को समझ नहीं पाते, तथा इसी कारण उन्हें अचेतन की कृति मान लेते हैं। उनके अनुसार धार्मिक अनुभूति हमें तथ्यों के जगत से दूर किसी काल्पनिक जगत में ले जाती है—और यह अचेतन का प्रभाव है। इकबाल पूछते हैं कि यह अचेतन क्या है ? क्या यह किसी पूर्णतया अज्ञान को मात्र नाम देकर 'ज्ञात' समझ लेने की भूल नहीं है ? वस्तुतः बात यह है कि वैज्ञानिक व्याख्यायें 'कारण' के द्वारा व्याख्या प्रस्तुत करती हैं, तो उसी प्रभाव में ये लोग भी धार्मिक अनुभूति के कारण ढूंढने के लिये व्यग्र हो जाते हैं—तथा 'अचेतन' नाम देकर उसी में इसका कारण बता संतुष्ट हो लेते हैं। वे यह समझ ही नहीं पाते कि धर्म की व्याख्या, धार्मिक अनुभूति की व्याख्या, वैज्ञानिक व्याख्या से स्वरूपतः भिन्न होगी। धर्म भौतिकी या रसायन शास्त्र नहीं। यह एक ऐसी अनुभूति पर आश्रित है जिसके तथ्य पूर्णतया वैज्ञानिक ढंगों पर उतारे नहीं जा सकते। और फिर उस फ्रायडियन व्याख्या में तो वैज्ञानिकता भी नहीं, क्योंकि इस व्याख्या का मूल बिन्दु—अचेतन-वस्तुतः पूर्णतया अज्ञात है।

(च) धर्म के इस प्रकार के मनोविश्लेषण पर आधृत विवरण की इकबाल और परीक्षा करते हैं। फ्रायड के विश्लेषण के अनुसार जिस प्रकार की इच्छाओं तथा आकांक्षाओं की तृप्ति धर्म से होती है, वे भी मूलतः यौनवृत्ति की ही इच्छायें हैं। 'यूंग' ऐसा नहीं कहते, किन्तु वे भी मानते हैं कि धार्मिक प्रवृत्तियां भी अन्ततः आद्य-प्रवृत्तियां हैं जिनका स्वरूप मूलतः जैविक है, और जो सहज वृत्तियों को नियंत्रित रखने के प्रयास में जन्म लेती हैं। अतः उनके अनुसार भी धार्मिक प्रवृत्तियों की जड़ें 'सामूहिक अचेतन' में हैं—जहां आद्य प्रवृत्तियां संयोजित रहती हैं।

फ्रायड का कहना है कि धर्म की व्याख्या न तो फ्रायड के 'लिबिडो' से सम्भव है और न यूंग के 'सामूहिक अचेतन' से। इसका एक स्पष्ट साक्ष्य तो साधारण अनुभव ही प्रस्तुत करता है। साधारण अनुभव से ही यह स्पष्ट हो जाता है कि यौन-प्रवृत्ति तथा धार्मिक प्रवृत्ति तो सर्वथा विपरीत ही नहीं विरोधी भी हैं। उसी प्रकार सामान्य अनुभव से इतना तो स्पष्ट ही हो जाता है कि धर्म का कार्य किसी रूप में वैसा कुछ नहीं है जिसकी ओर इन विचारकों का संकेत है, बल्कि इसका लक्ष्य उच्चतर उठना है, परात्म की ओर बढ़ना है। और इस धार्मिक लक्ष्य की प्राप्ति में वैयक्तिक अचेतन या सामूहिक अचेतन—दोनों में कोई सहायक नहीं, बल्कि अन्तर्दृष्टि सहायक है, धार्मिक अनुभूति सहायक है।

अतः इकबाल के अनुसार सत् ज्ञान का एकमात्र साधन अन्तर्दृष्टि ही है। यह अनुभव पूर्णतया वैयक्तिक है, और इसे इसके मौलिक यथार्थ रूप में अन्य तक पहुंचाया भी नहीं जा सकता। फिर भी द्रष्टा तथा चिन्तक अन्य के लिये इनका अर्थ-निरूपण करते हैं, इन्हें सामान्य भाषीय ढंगों में व्यक्त करते हैं, तथा उसी से हम इसके स्वरूप के सम्बन्ध में कुछ धारणा बना पाते हैं।

आत्म का स्वरूप

इकबाल आत्म के स्वरूप विवेचन में एक विशेष पद्धति अपनाते हैं। वे पहले मनुष्य के आंगिक स्वरूप का उल्लेख करते हैं, और तब कुछ इस्लामी विचारकों के द्वारा इस मत के विभिन्न अर्थ-निरूपणों का निवरण प्रस्तुत करते हैं। विशेषतः वे सूफी सम्प्रदाय के मत की चर्चा करते हैं, तथा उसमें प्रसिद्ध सूफी उक्ति 'अनल हक' (मैं ही सर्जनात्मक सत्य हूं) की चर्चा करते हैं। वे तब इन सभी मतों की विशिष्टताओं का संकलन करते हैं, और तब उसी आधार पर अपने आत्म-विचार की संरचना करते हैं। ऐसा प्रतीत होता है कि इकबाल को 'अनल-हक'—विचार में अपने आत्म-विचार के मूल तत्त्व मिल जाते हैं।

इसके विवरण के पहले यह जान लेना उपयोगी होगा कि इकबाल 'Self' शब्द का प्रयोग किस अर्थ में करते हैं। साधारण जीवन के समान्य प्रयोगों में 'Self' (आत्म) शब्द का प्रयोग एक विशेष भाव सूचित करता है। हम देखेंगे कि इकबाल का प्रयोग उससे भिन्न नहीं है, लेकिन उस साधारण प्रयोग के कुछ अंशों पर इकबाल अधिक बल देते हैं—वह भी ऐसे अंशों पर जिनमें सामान्य प्रयोगों में उतना बल नहीं दिया जाता। सामान्यतः हम देखते हैं कि हमारा जीवन अनेक प्रकार के अनुभवों से गुंथा हुआ रहता है, तथा 'Self' (आत्म) शब्द का प्रयोग एक ऐसे तत्त्व के लिये किया जाता है जो इन सभी अनुभवों को एक सूत्र में पिरो कर एक इकाई में बांध लेता है। इस शब्द से एक ऐसे आन्तरिक आधार का बोध होता है जो शरीर से भिन्न है, किन्तु सभी प्रकार के अनुभव तथा आनुभविक क्रियाओं में अर्थपूर्ण ढंग से संगठित रखने का कार्य करता है। इसी कारण 'आत्म' से 'शरीर से भिन्न कुछ' का बोध होता है। इकबाल यह तो स्वीकारते ही हैं कि 'आत्म' सभी मानवीय क्रियाओं को संगठित रखने का आन्तरिक रूप है, किन्तु वे यह नहीं मानते कि 'आत्म' शारीरिक से सर्वथा भिन्न है। उनके अनुसार आत्म शारीरिक क्रियाओं को संगठित रखने का भी आधार है।

इस बात को और स्पष्ट करने के लिये इकबाल पहले कुरान के आत्म-विचार का उल्लेख करते हैं, और तब उसी आधार पर अपने आत्म-विचार को अपने विश्वासों के आलोक में विकसित करते हैं। वैसे इसी स्थल पर एक बात को ध्यान में रखना आवश्यक है। अपने अंग्रेजी लेखन में इकबाल ने 'Ego' शब्द तथा 'Self' शब्द का प्रयोग प्रायः पर्याय-वाची ढंग से किया है। अपने सामान्य अर्थ बोध में ये दोनों शब्द प्रायः एक जैसे ही प्रयोग में आते हैं, अन्तर यही है कि 'Self' शब्द से यह धारणा बनती है कि इस शब्द से जो सूचित होता है वह 'शरीर' से भिन्न है, जब कि 'Ego' शब्द से 'शरीरधारी अहं' का बोध होता है जिसमें मनुष्य के शारीरिक, आध्यात्मिक, भावनात्मक सभी प्रवृत्तियों का बोध होता है। इकबाल के प्रयोग में मूल अर्थ वही है जो 'Ego' शब्द से सूचित होता है, तथा इकबाल ने 'Self' शब्द का प्रयोग उसी अर्थ में किया है। तो यहां हम 'आत्म' तथा 'अहं' शब्द का प्रयोग अंग्रेजी के Ego अथवा Self शब्द के इन प्रयोगों के हिन्दी रूप में कर रहे हैं। अतः अब हम कह सकते हैं कि इकबाल के अनुसार 'आत्म' के स्वरूप के विवेचन का अर्थ है व्यक्ति के 'पूर्ण मनुष्य' रूप को स्पष्ट करना।

इसे स्पष्ट करते हुए इकबाल कहते हैं कि कुरान में मनुष्य की 'वैयक्तिकता' (Individuality) तथा उसकी 'विशिष्टता' (Uniqueness) पर बल दिया गया है। उनका कहना है कि कुरान मनुष्य के तीन विशिष्ट लक्षणों पर बल देता है—(क) मनुष्य खुदा के द्वारा चुना हुआ विशिष्ट प्राणी है। (ख) मनुष्य, अपनी कमियों तथा खामियों के बावजूद धरती पर ईश्वर का प्रतिनिधि है। (ग) मनुष्य को खुदा ने धरोहर के रूप में एक 'व्यक्तित्व'—एक 'शख्सियत' बख्शी है, जिसके साथ जबरदस्त दायित्व जुटा हुआ है। इकबाल के विचार में कुरान शरीफ में इन बातों का उल्लेख इस स्वतः स्पष्ट ढंग से हुआ है कि इस्लाम के विभिन्न सम्प्रदाय भी इन बातों के महत्त्व को नहीं समझ पाते। वे यह भी नहीं देख पाते कि इन विचारों में मनुष्य की केन्द्रियता पर बल दिया गया है। अतः इस्लाम के अनुयायी, इस केन्द्रीय विचार पर बल देने के स्थान पर अन्य तात्त्विक विचारों को विकसित करने में उलझ गये हैं। फलतः यह केन्द्रीय तथ्य अपने आप पृष्ठभूमि में दब गया है। इकबाल का कहना है कि इसी कारण मानव-आत्म के स्वरूप के सम्बन्ध में स्पष्ट विचार नहीं उपलब्ध होते।

इकबाल का कहना है कि इसी कारण इस्लामी विचारकों ने भी 'मानव-आत्म' का चित्र उपयुक्त ढंग से नहीं प्रस्तुत किया है। उदाहरणतः 'गजली' के अनुसार आत्म एक सरल, अविभाज्य तत्त्व है, जो मानसिकता से परे है, और जो हर परिवर्तन के बाद भी अपरिवर्तित रह जाता है। इकबाल इस विचार को स्वीकार नहीं करते, क्योंकि उनके अनुसार इस प्रकार के विचार को मान्यता देने का कोई आधार नहीं है। वे पूछते हैं कि आत्म की सरलता या अपरिवर्तनशीलता के समर्थन में क्या साक्ष्य प्रस्तुत किया जा सकता है ? वे यह भी कहते हैं कि यदि मानव-आत्म को 'सरल' मान लिया जाय तो मानव जीवन की अनेक जटिलताओं (जैसे दुहरा व्यक्तित्व, टूटन, विक्षिप्तावस्था आदि) की व्याख्या सम्भव ही नहीं होगी।

उसी प्रकार इकबाल आत्म के उस प्रकार के विचार को भी नहीं स्वीकारते जैसा कि सर्वेश्वरवाद (Pantheism) के दर्शन में प्रस्तुत किया गया है। आत्म का सर्वेश्वरवादी विवरण आत्म को ही असत् बना देता है। वस्तुतः जगत या आत्म को असत् अथवा अवास्तविक कहने का कोई आधार है ही नहीं। इस्लाम के कुछ टीकाकार अपने आत्म-स्वरूप-विवेचन में सर्वेश्वरवाद तथा ईश्वरवाद के विचारों का ऐसा विचित्र मिश्रण प्रस्तुत करते हैं जिसे स्वीकारने का तर्कसंम्मत आधार नहीं मिलता। वे एक ओर तो ईश्वर की एक रूपता पर स्पष्टतः बल देते हैं, और दूसरी ओर मानव-आत्म को भी विशिष्ट मानते हैं, किन्तु इन दोनों विचारों का समुचित समन्वय नहीं कर पाते। फलतः उन विचारों में भी आत्म की वास्तविकता खण्डित ही रह जाती है।

इकबाल के अनुसार 'मानव-आत्म' को वास्तविक मानना है ही, और यह विचार ईश्वर-रूप अथवा इस्लामी विचार से विपरीत नहीं है—उससे असंगत नहीं है। इस तथ्य की स्थापना उनके आत्म-स्वरूप-विवेचन का एक मूल लक्ष्य है। और इस विवेचन की पहली कड़ी है—मानव-आत्म की वास्तविकता को स्वीकार कर अग्रसर होना। उनका कहना है

कि इसकी वास्तविकता का निषेध सम्भव नहीं, सर्वेश्वरवाद भी इसका निषेध नहीं कर सकता। इसका निषेध आत्म-व्याघातक है, क्योंकि मानव-आत्म के निषेध के लिये भी निषेधकर्त्ता को स्वीकारना आवश्यक है।

अतः इन उलझनों को सुलझा पाने के लिये आवश्यकता है कि हम 'अहं-आत्म' (Ego) के स्वरूप में झांकें। मनोवैज्ञानिक इसकी समुचित व्याख्या नहीं कर पाता, क्योंकि मनोविज्ञान अहं के क्रियाकलापों के धरातली पक्ष पर ही ध्यान देता है। मनोविज्ञान में 'अहं' को अनेकों प्रवाहित क्रियाओं, जैसे संवेदनशीलता, क्रियात्मकता, भावना-प्रवाह, विचार आदि में परिणत कर देता है। इकबाल का कहना है कि 'अहंरूप आत्म' (Ego) की वास्तविकता समझने के लिये इन प्रवाहों के पीछे जाना आवश्यक है। और वह भी सामान्य वैचारिक ढंगों से उपलब्ध नहीं हो सकता—उसके लिये इन प्रवाहों के पीछे के तत्त्व को समझ पाने की 'सूझ' आवश्यक है। इकबाल का विचार है कि एक उपयुक्त 'अन्तर्दृष्टि' (Intuition) ही इसके स्वरूप को स्पष्ट कर सकती है।

इस प्रकार की अन्तर्दृष्टि से एक बात तो सरल ढंग से प्रकाश में आ जाती है। यह तो सूझता ही है कि इन मानसिक प्रवाहों के पीछे कोई एक रूपता है—कोई संगठन है। यह भी प्रायः स्पष्ट ही हो जाता है—वह संगठन उस ढंग का नहीं है जैसा कि हम भौतिक वस्तुओं में पाते हैं। भौतिक वस्तुओं में भी विभिन्न खण्डों एवं भागों का संगठन दिखाई देता है, किन्तु उनमें वे खण्ड या भाग इकाई से पृथक होकर भी रह सकते हैं, भौतिक वस्तु के रूप में अलग प्रस्तुत हो सकते हैं। मानसिक स्थितियों एवं उनके संगठन के साथ वैसी बात नहीं है। मानसिक स्थितियों का व्यवस्था से पृथक अस्तित्व का प्रश्न ही नहीं उठता। इसके अतिरिक्त मानसिक स्थितियां एक दूसरे के साथ अटूट ढंग से सम्बन्धित हैं, हर स्थिति का प्रभाव हर अन्य स्थिति पर पड़ता है; भावना का प्रभाव विचार पर, विचार का प्रभाव भावना पर, दोनों का प्रभाव हर संज्ञान पर पड़ता ही है। सब एक दूसरे से सम्बद्ध हैं। इकबाल कहते हैं कि यह आन्तरिक सम्बद्धता एवं संगठन बड़ा अर्थपूर्ण है, तथा इस संगठन का आधार ही 'अहंरूप आत्म' (Ego) है। इसी आत्म के द्वारा यह संगठन संगठन है।

यह संगठन विशिष्ट इस अर्थ में है कि केवल इसी 'अहं-आत्म' में इस प्रकार का संगठन है। इसकी विशिष्टता इसकी वैयक्तिकता में भी है। इस अहं-आत्म की क्रियायें पूर्णतया वैयक्तिक हैं। उदाहरणतः किसी वस्तु को प्राप्त करने की इच्छा किसी व्यक्ति की वैयक्तिक इच्छा ही हो सकती है। यदि वह वस्तु किसी अन्य को प्राप्त हो जाय तो इस इच्छा की तृप्ति नहीं हो सकती। दांत के डाक्टर को मेरे दांत-दर्द के प्रति सहानुभूति हो सकती है, वह इसका इलाज कर सकता है, किन्तु वह 'मेरे' दांत-दर्द को अनुभव नहीं कर सकता। उसी प्रकार मेरे सुख-दुख, मेरी प्रसन्नतायें, मेरे कष्ट एवं दर्द, मेरे विचार—सभी 'मेरे' ही हैं।

इसी आधार पर इकबाल कहते हैं कि अहं-आत्म अपनी अनुभूतियों, भावनाओं तथा सभी मानसिक प्रक्रियों को सहेजे हुए उन्हें एक दिशा देता है। कुरान शरीफ के एक उदाहरण का हवाला देते हुए तथा 'खल्क' एवं 'अम्र' शब्दों का अर्थ निर्देश करते हुए इकबाल इस विचार को स्पष्ट करते हैं। 'खल्क' का अर्थ सृष्टि से है—सर्जनात्मकता से है—और 'अम्र'

का अर्थ 'दिशा-निर्देश' है। तो इकबाल का कहना है कि अहं आत्म का यह स्वरूप है कि वह अपनी सर्जनात्मकता में अपनी वैयक्तिक प्रक्रियाओं को दिशा दे। 'यह होता है'—इतना स्पष्ट है, 'कैसे होता है'—यह हम नहीं जान पाते। वे कहते हैं, "...means that the essential nature of the soul is directive, as it proceeds from the directive energy of God, though we do not know how divine 'Amr' functions as 'ego-units'.*

इस विचार से यह भी सिद्ध होता है कि 'शरीर' तथा 'आत्म' के बीच पूर्ण विभाजन-रेखा नहीं खींची जा सकती। इकबाल शरीर और आत्म के समानान्तरवाद सिद्धान्त (Parallelism) तथा पारस्परिक अर्थक्रियावाद (Inter-actionism)—दोनों को अस्वीकार करते हैं। उनके अनुसार ये दोनों सिद्धान्त आत्म एवं शरीर के सम्बन्ध की व्याख्या में सक्षम नहीं हैं। समानान्तरवाद दोनों को एक दूसरे की क्रियाओं का निष्क्रिय द्रष्टा मात्र बना कर छोड़ देता है। इसके विपरीत अर्थक्रियावाद तो कहता है कि दोनों एक दूसरे को प्रभावित करते हैं, किन्तु वह उस पारस्परिक प्रभाव के केन्द्र को ढूंढने में ही उलझा रह जाता है। अतः इकबाल 'अहं-आत्म' तथा शरीर के सम्बन्ध की व्याख्या भिन्न रूप में करते हैं।

उनका कहना है कि आत्म तथा शरीर दोनों 'क्रिया-व्यवस्था' (System of acts) है, और इनकी क्रियारूपता इन्हें एक दूसरे से सम्बद्ध रखता है। शरीर की क्रियायें यन्त्रवत् चलती हैं, और उनमें एक ही क्रिया को दुहराते रहने की प्रवृत्ति रहती है। आत्म की क्रियायें पूर्वनिर्धारित नहीं होतीं, उनमें पुनरावृत्ति की अनिवार्यता भी नहीं रहती, वे सहज एवं उन्मुक्त होती हैं। इन दोनों क्रियात्मकता का यही भेद दोनों को एक दूसरे से बांध देता है। यन्त्रवत् चलने वाली क्रियाओं के लिये प्रारम्भिक गति आवश्यक है, और वह गति अन्ततः ऐसी क्रिया से ही सम्भव है जो अपनी क्रिया के लिये अन्य से निर्धारित न हो। अतः आत्म जो अपनी क्रिया के लिये उन्मुक्त है, शारीरिक क्रियाओं का श्रोत बन जाता है। इसीलिये इकबाल स्पष्ट कहते हैं, "the body is accumulated action or habit of the soul, and as such undetachable from it."**

आत्म तथा शरीर के इस विवरण से आत्म के स्वरूप के एक अन्य पक्ष पर भी प्रकाश पड़ता है। आत्म क्रियाओं का क्रम है। क्रियायें किसी वातावरण में सम्पादित होती हैं जिसके सम्बन्ध में आत्म क्रिया-प्रतिक्रिया करता है। अपनी इन क्रिया-प्रतिक्रियाओं में आत्म शरीर का भी उपयोग करता है। 'आत्म' सर्वथा पृथक तो रह नहीं सकता, उसे 'जगत' की अपेक्षा रहती है। इकबाल कहते हैं कि 'आत्म' तथा 'अनात्म' जगत के मध्य ही आत्म का रहना है, अतः इसी अनात्म-जगत के अनुभवों, उसके साथ क्रिया-प्रतिक्रियाओं से आत्म का जीवन

---

*Iqbal, *Six Lectures on the Reconstruction of Religious Thought in Isalm*, p. 142.

**Ibid., p. 143.

संरचित होता है और इसी प्रकार का जीवन 'अहंआत्म' की वास्तविकता है, 'अहं आत्म-जीवन' (Ego-life) है।

ऊपर दिये गये विवरण के आधार पर इकबाल 'अहं-आत्म' के दो अन्य लक्षणों को स्थापित करते हैं। (क) प्रथमतः यह तो स्पष्ट हो जाता है कि आत्म का जीवन यन्त्रवत् जीना नहीं है। तो, इकबाल के अनुसार इसका अर्थ है कि आत्म का जीवन किसी उद्देश्य—किसी लक्ष्य की ओर प्रेरित है। (ख) दूसरा लक्षण है कि अहंआत्म के जीवन की संरचना के विषय-वस्तु है—आत्म की अनुभूतियां, भावनायें, क्रियात्मकता आदि। अब इन लक्षणों का कुछ विस्तार करें—स्पष्ट करें।

पहला लक्षण इकबाल के दार्शनिक चिन्तन के प्रयोजनवादी स्वरूप पर प्रकाश देता है। यह प्रयोजनवादी दृष्टिकोण उनके आत्म-विचार में भी झलकता है। उनका कहना है कि 'अहंआत्म' तथा वातावरण के बीच जो क्रिया-प्रतिक्रिया होती रहती है, उन्हीं की अनुभूति से अहं-आत्म का जीवन (Ego-life) संरचित होता है। इससे यह सिद्ध होता है कि अहं-आत्म का जीवन यन्त्रवत् नहीं चलता, वह वातावरण से निर्धारित नहीं होता, बल्कि उसके प्रति उन्मुक्त रूप में क्रियावान रहता है, तथा अपनी इन्हीं स्वतंत्र क्रियाओं के अनुरूप उसका जीवन विकसित होता है। यही कारण है कि हर वैयक्तिक आत्म का जीवन अपने-अपने ढंग से रूप लेता है। पुनः इकबाल कहते हैं कि वातावरण से प्राप्त मांगे एवं चुनौतियों का सामना आत्म अपने उन्मुक्त ढंग से करता रहता है—तो इससे एक बात और स्पष्ट होती है कि उसकी उन्मुक्तता की अभिव्यक्ति उसकी संकल्पनात्मक क्रियाओं में होती है। इसी कारण इकबाल संकल्पनात्मकता तथा क्रियात्मकता (Volition) पर बड़ा बल देते हैं। उनके अनुसार एक दृष्टि में संज्ञान, अवगति, यहां तक कि भावना भी एक प्रकार से क्रियात्मकता ही है। इसी कारण इकबाल क्रियात्मकता को अहं-आत्म का विशिष्ट लक्षण मानते हैं। यह बात इस बात से भी स्पष्ट है कि अहं-आत्म विभिन्न क्रियाओं से संरचित होता है। इकबाल 'इच्छाओं' एवं 'आकांक्षाओं' (Desires) को बड़ा महत्त्व देते हैं, उनका कहना है कि 'अहं-आत्म' के रूप तथा विकास में 'इच्छा' 'आकांक्षाओं' का बड़ा महत्त्वपूर्ण योगदान है। इच्छाओं, आकांक्षाओं (Desires) में परिलक्षित सर्जनात्मक शक्ति (Creative capacity) को इकबाल 'सोज' कहते हैं। इच्छाओं से 'सोज' जाग्रत होता है, और यह सोज 'अहंआत्म' के जीवन की केन्द्रीय शक्ति है। इकबाल 'इश्क' (Intense love) का उदाहरण लेते हुए इसे स्पष्ट करते हैं। 'इश्क' एक बड़ा ही शक्तिशाली इच्छा-शक्ति है। यदि 'इश्क' के स्वरूप पर ध्यान दें तो स्पष्ट हो जायगा कि कैसे इस तीव्र इच्छा से उत्पन्न सोज (सर्जनात्मक शक्ति) अहं-आत्म के जीवन को सर्जित करने में योगदान करती है। जिसके फलस्वरूप आत्म का जीवन एक नये रूप में अर्थवान होता है।

अब हम आत्म के एक बड़े ही प्रमुख लक्षण का विवेचन करेंगे—'स्वतंत्रता'। हमने देखा है कि अहं-आत्म के विकास के दो उपकरण हैं—एक तो उसकी अपनी क्रियात्मकता तथा अनुभूतियां, तथा वातावरण तथा उसके बीच की क्रिया-प्रतिक्रिया। अब प्रश्न उठता है कि यदि उसका जीवन इन उपकरणों से निर्धारित है, तो क्या आत्म का निर्धारक उसकी

अपनी क्रियायें हैं, या वह अन्य उपकरणों से निर्धारित है? बहुत से आधुनिक भौतिक सिद्धान्तों का कहना है कि मनुष्य पूर्णरूपेण अपनी भौतिक आवश्यकताओं तथा वातावरण-आधृत भौतिक उपादानों से संचालित-निर्धारित है। उनमें से कुछ तो भौतिक व्यवहारवादी सिद्धान्त की स्थापना करते हैं और दावा करते हैं कि चेतना, विचार जैसी प्रक्रियायें भी भौतिक शारीरिक प्रक्रियाओं के ही रूप हैं। किन्तु, इकबाल का कहना है कि इन सिद्धान्तों से भी यह स्थापित नहीं होता कि आत्म अपनी क्रियाओं में स्वतंत्र नहीं है। उनका कहना है कि भौतिक तथा शारीरिक प्रक्रियाओं से 'आत्म' का स्वरूप निर्धारित नहीं होता, बल्कि वे तो ऐसे माध्यम हैं, ऐसे ढंग हैं जिनके द्वारा आत्म अपनी क्रियाओं को सम्पादित करता है। आत्म में निहित यह शक्ति है कि वह अपने कार्यों की दिशा का चुनाव कर सके, उसका सब कुछ उसके अपने निर्णय तथा चुनाव पर ही निर्भर करता है। अपने निर्णय एवं चयन-शक्ति के द्वारा उसके भौतिक-शारीरिक व्यवहार भी संचालित होते हैं, उनके द्वारा वह अपने शरीर पर भी नियंत्रण रख सकता है। इसी से सिद्ध होता है कि अहं-आत्म 'स्वरूपतः' स्वतंत्र है।

'यन्त्रवादी कारणता' इकबाल के अनुसार अन्तिम सत्य नहीं है। यह तो इसी से सिद्ध है कि वह अपनी आवश्यकता तथा प्रयोजनों के अनुरूप अपने वातावरण को भी परिवर्तित कर ले सकता है। वातावरण से या किसी भी प्रकार के अनात्म तत्त्व से यदि व्यवधान या रुकावट उत्पन्न होता है, तो यह आत्म की स्वतंत्रता का निषेध नहीं, बल्कि उसकी स्वतंत्रता को चुनौती है। उसकी समझ उसकी शक्ति, उसकी सूझ और पैनी हो जाती है, तथा वह उस व्यवधान से जूझने का मार्ग ढूंढ लेता है। बल्कि, इकबाल का तो कहना है कि ऐसी चुनौती में अहं-आत्म की शक्ति और अधिक मुखरित होती है।

इकबाल का कहना है कि अहं-आत्म में अनन्त, सीमाहीन स्वतंत्रता की क्षमता छिपी है। अपने जीवन के सीमित क्षेत्र में स्वतंत्रता भी सीमित रहती है। उसमें छिपी असीम शक्ति तब व्यक्त होती है जब उसकी स्वतंत्रता पर आघात पड़ता है, उसके मार्ग में व्यवधान उपस्थित होते हैं। जिस अनुपात में व्यवधान की भीषणता होती है, उसी अनुपात में स्वतंत्रता की अभिव्यक्ति भी प्रबल होती है। इसी कारण कहा जाता है कि मानव हर व्यवधान को हटा सकता है, उस पर विजय प्राप्त कर सकता है।

आत्म के स्वरूप का विवरण अपूर्ण ही रहेगा, यदि एक अन्य लक्षण का उल्लेख न किया जाय। वह लक्षण है—'अमरता'। इकबाल वैयक्तिक अमरता में विश्वास करते हैं, तथा अपने इस विश्वास के पक्ष में कुरान का साक्ष्य भी प्रस्तुत करते हैं। उनके अनुसार 'अमरता' आत्म का 'स्वरूप' भी है, और उसका 'चरम भाग्य' भी। मृत्यु तथ्य है—फिर भी आत्म अमर है। मृत्यु आत्म की नहीं होती। आत्म तो स्वरूपतः अमर है।

वैसे पूछा जा सकता है कि यदि आत्म 'अमर' है ही तो 'अमरता' को आत्म का 'चरम-भाग्य' कहने का तो कोई अर्थ नहीं रह जाता। इकबाल कहते हैं कि इन दोनों विवरणों में कोई असंगति नहीं है। वस्तुतः कोई ऐसा कुछ बन ही नहीं सकता जिसका कोई अंश उसमें पहले से विद्यमान नहीं है। आत्म स्वरूपतः अमर है, किन्तु जीवन में उसकी अमरता शारीरिक

उपकरणों से घिरी रहती है, अब वह शरीर में सीमित हो अपनी अमरता का भी विस्मरण कर लेता है। मृत्यु—इसी सीमा, इसी घेरे का अन्त है, आत्म का नहीं। अमरता की अनुभूति उसका चरम भाग्य है—जिसके विषय में चर्चा आगे होगी।

जगत का स्वरूप

इस युग के भारतीय चिन्तक इस बात को भलीभांति समझते हैं कि कोई बौद्धिक, दार्शनिक विचार, इन दिनों वैज्ञानिक स्थापनाओं के सर्वथा विपरीत नहीं जा सकता। इकबाल भी यह समझते हैं, वे भी यह जानते हैं कि विज्ञान ने भौतिक जगत के सम्बन्ध में कुछ स्थापनायें सिद्ध की हैं। अतः, अन्य समकालीन भारतीय चिन्तकों के समान वे भी जगत की वास्तविकता पर बल देते हैं। वैसे, इस बात के समर्थन के लिये उनके पास अपने आधार हैं। किन्तु जगत की वास्तविकता में उनका विश्वास पूर्णतया अनौपाधिक एवं स्पष्ट है। वे इस अर्थ में स्पष्टतः वास्तववादी (Realist) हैं, क्योंकि वे मानते हैं कि बाह्य जगत 'है', और वास्तविक है।

इकबाल का कहना है कि एक विशेष ढंग की अन्तर्दृष्टि से यह स्पष्ट हो सकता है कि एक वास्तविक जगत है। एक प्रकार की अन्तर्दृष्टि से आत्म-बोध होता है—यह अवगति आती है कि अपनी क्रियाओं को रूप देने वाला कोई 'अहं-आत्म' है। एक दूसरे प्रकार की अन्तर्दृष्टि यह अवगति देती है कि हम एक अनात्म जगत के समक्ष अस्तित्ववान हैं। हमें अपनी हर क्रियाओं में यह भान भी होता है कि हमसे बाहर की शक्तियां हमारी क्रियाओं के मार्ग में आती रहती हैं, और रुकावट भी उत्पन्न करती हैं। अतः उसी दृष्टि से हमें उन रुकावटों तथा उन रुकावटों को उत्पन्न करने वाले वातावरण की वास्तविकता को स्वीकारना पड़ता है। इकबाल का कहना है कि बिना जगत की वास्तविकता को स्वीकारे हम अहं-आत्म की क्रियाओं की भी व्याख्या नहीं कर सकते।

तो अब प्रश्न होता है कि इस बाह्य जगत का स्वरूप क्या है ? सामान्यतः ऐसा माना जाता है कि बाह्य जगत स्थान तथा काल में फैला हुआ भौतिक जगत है। कहा जाता है कि कुछ भौतिक तत्त्व हैं जो स्थान तथा काल में छितराये हुए हैं, तथा उन्हीं के संयोग-वियोग से भौतिक जगत निर्मित होता है। इकबाल को भौतिक जगत का यह विवरण स्वीकार नहीं। उनका कहना है कि इस प्रकार के मत का समर्थन न तो विज्ञान से मिलता है और न दार्शनिक चिन्तन से। इस प्रकार का मत स्थान और काल (Space and time) के एक विशेष अवधारणा पर आश्रित है, जो आवधारणा ही मान्य नहीं है। अतः यह आवश्यक है कि इकबाल के जगत-विचार के विवरण के पहले उनके 'स्थान तथा काल' के विचार की विवेचना कर लें।

(क) स्थान तथा काल (Space and Time)

वैसे स्थान तथा काल के स्वरूप के सम्बन्ध में तो अनेकों विचार दिये गये हैं, किन्तु, उन सबों को दो भागों के अन्तर्गत रखा जा सकता है—स्थान तथा काल के स्वरूप का 'विषयनिष्ठ' विचार, तथा इनका 'सापेक्षतामूलक' विचार।

इनकी विषयनिष्ठ अवधारणा का सबसे प्रचलित रूप है कि स्थान तथा काल वस्तुनिष्ठ ढांचे जैसे हैं, जिसके अन्तर्गत वस्तुएं स्थित रहती हैं। इस दृष्टि से स्थान का 'सह-अस्तित्व की व्यवस्था' (Order of co-existence) तथा काल को 'काल-क्रम की व्यवस्था' (Order of succession) कहा जाता है। 'स्थान' ऐसा ढांचा है जिसमें वस्तुयें एक साथ स्थित रहती हैं। 'काल' ऐसा ढांचा है जिसमें वस्तुयें एक के बाद दूसरे के क्रम में घटित होती रहती हैं। जगत का भौतिकवादी विचार स्थान तथा काल के इसी अवधारणा पर आधृत है।

इकबाल का कहना है कि कान्ट प्रथम दार्शनिक था जिसने स्थान तथा काल के इस विचार के दोष को देखा। इसी आधार पर कांट ने स्थान तथा काल का 'प्रत्यक्षीकरण के आत्मगत रूपों' के रूप में विचार किया। इकबाल का भी कहना है कि स्थान तथा काल का वस्तुनिष्ठ विचार मान्य नहीं हो सकता क्योंकि यह विचार ही असंगत है। कहा गया है कि स्थान तथा काल वस्तुनिष्ठ ढांचे हैं जिसमें वस्तुयें रहती हैं; किन्तु ध्यान से देखा जाय तो स्पष्ट प्रतीत होगा कि वस्तुतः स्थान तथा काल का ही होना एक प्रकार से वस्तुओं पर आश्रित हैं। यदि हम स्थान तथा काल से उसमें स्थित सभी वस्तुओं को विचार में बाहर निकाल लें, तो स्थान तथा काल भी समाप्त हो जायेंगे। काल-क्रम जो काल की पहचान बिना वस्तुओं के सार्थक ही नहीं हो सकता, क्योंकि वस्तुयें क्रम से घटित होती हैं। 'सह-अस्तित्व' जो स्थान की पहचान है––वस्तुओं के साथ रहने से ही सार्थक है। अतः इस प्रकार का विचार जो कहता है उसी के साथ असंगत है। कान्ट ने इस विचार में निहित इस दोष को समझा था।

किन्तु इकबाल के अनुसार कान्ट ने भी एक दूसरी भूल की। कान्ट ने स्थान तथा काल के विषयी निष्ठता (Subjective character) पर बल दिया, जबकि उसे इनकी सापेक्षता (Relativity) के लक्षण पर बल देना था। उनका कहना है कि कांट यह देख ही नहीं पाया कि 'सापेक्षता' का भाव 'विषयी निष्ठता' के भाव से कहीं अधिक व्यापक है, और सम्भवतः दूसरे को अपने में समाविष्ट भी कर सकता है। कांट के इसी भूल का परिणाम था कि कांट को विवश होकर स्थान तथा काल को 'दृश्य जगत' की सीमा तक ही सीमित कर देना पड़ा।

इस संदर्भ में इकबाल इराकी के 'स्थान' के स्वरूप-सम्बन्धी मत का विशेष उल्लेख करते हैं। इराकी के अनुसार 'स्थान' या 'दिक्' (Space) 'तीन' प्रकार के होते हैं––भौतिक वस्तुओं का स्थान, अभौतिक सत्ताओं का स्थान, तथा ईश्वर का स्थान। उसी प्रकार उनके अनुसार काल भी 'तीन' प्रकार का है। तो तीन प्रकार के स्थान तथा काल की बात कर इसकी उस गलत धारणा को तो खण्डित करते ही हैं––जो एक स्थान तथा एक काल की बात करता है। इराकी के मत का यह गुण तो है, किन्तु इकबाल के अनुसार उनके मत में यह दोष है कि वे स्थान तथा काल को वस्तुनिष्ठ ही मानते हैं––और उसमें अनम्यता तथा परिवर्तनशीलता नहीं रह जाती।

इकबाल के अनुसार इन सभी दोषों से मुक्त होने का एक ढंग यह है कि 'स्थान' तथा

'काल' को सापेक्ष माना जाय। अर्थात् स्थान को उस अनुभव से सापेक्ष मानना चाहिये जिसमें उसकी अवगति होती है। यदि जगत का अनुभव एक ही इन्द्रिय से हो, तो 'स्थान' का भाव एक रूप में बनेगा, किन्तु यदि जगत का अनुभव एक से अधिक इन्द्रियों से हो, तो उस पर आश्रित जो स्थान का भाव उभरेगा वह पहले से सर्वथा भिन्न होगा। एकेन्द्रिय छोटे जीवों के लिये स्थान एक-आयामी (One-dimensional) ही है, किन्तु मानव जो जगत का अनुभव विभिन्न इन्द्रियों से करता है, उसके लिये स्थान में मात्र 'फैलाव ही' नहीं, बल्कि लम्बाई, चौड़ाई और मोटाई भी है——स्थान तीन-आयामी है।

अतः इकबाल का कहना है कि स्थान तथा काल 'सापेक्ष' हैं। इनकी यह सापेक्षता केवल सत्ता के विभिन्न स्तरों के अनुरूप नहीं है, किन्तु एक ही वस्तु के विभिन्न अनुभवों के अनुरूप भी है। अर्थात्, स्थान, काल की जो प्रतीति होती है, तथा अन्य जीवों को जो प्रतीति होती है——वे दोनों एक जैसे नहीं हैं, साथ-साथ यह भी सही है कि हमारे स्तर में भी किसी व्यक्ति के स्थान तथा काल की प्रतीति उसके अनुभवों की विभिन्नता के अनुरूप भिन्न-भिन्न होगी। उदाहरणतः 'काल' का ही उदाहरण लें, एक तो यह है ही कि एक ही 'काल' अपने अनुभव के अनुरूप लम्बा या छोटा प्रतीत हो सकता है। परीक्षार्थी के लिये परीक्षा भवन में 'चार घंटे' भी कम प्रतीत होते हैं, और उसी व्यक्ति के लिये स्टेशन पर ट्रेन के आधे घण्टे की प्रतीक्षा भी लम्बी प्रतीत होती है। यह तो सामान्य अनुभव की बात है, यदि काल के स्वरूप के सम्बन्ध में सोचें तो कहा जा सकता है कि साधारण दृष्टि से काल क्षणों का क्रम है, किन्तु वैचारिक ढंग से सोचने पर काल ऐसा प्रतीत नहीं होता। ऐसे अनेकों अनुभव हैं जहां काल क्रमिक प्रतीत ही नहीं होता, बल्कि एक 'अवधि' प्रतीत होता है। इकबाल बर्गसां की बात करते हुए कहते हैं कि विचार करने पर काल सभी क्षणों को अपने में समेटे हुए अवधि प्रतीत होता है। इसी आधार पर इकबाल कहते हैं कि इस प्रकार के उदाहरणों से स्पष्ट हो जाता है कि काल तथा स्थान में कोई निश्चित तत्त्व मानना उपयुक्त नहीं, वे आत्म के अनुभवों से पूर्णतया सापेक्ष हैं, उन्हीं अनुभवों के अनुरूप उनकी भिन्न-भिन्न प्रतीति होती है।

(ख) अहं-आत्म के रूप में जगत (The World as an Ego)

अब यदि स्थान तथा काल का स्वरूप ही सापेक्ष है, तो यह कहना तर्क सम्मत नहीं है कि जगत स्थिर स्थान और काल के ढांचे में स्थित तत्त्वों का संग्रह है। हमें भौतिक जगत की प्रचलित धारणा स्थान पर जगत के स्वरूप के सम्बन्ध में स्थान-काल के सापेक्ष स्वरूप के अनुरूप विचार करना होगा।

इकबाल का कहना है कि जगत के स्वरूप को समझने के लिये हमें इस प्रचलित धारणा को भी त्यागना पड़ेगा कि इन्द्रिय-अनुभवों तथा बौद्धिक अन्वेषण से हम जगत के वास्तविक स्वरूप को समझ सकते हैं। इन दोनों अवगतियों की एक पूर्वमान्यता है——कि जिस जगत को हम इन्द्रियों से देख रहे हैं——वह वहां पूर्णतया निश्चित तथा स्पष्टरूप में स्थापित है। उदाहरणतः जब इन्द्रियां जब किसी वस्तु को देख कर उसकी कोई अवगति प्रदान करती है, तो वह इस पूर्व विश्वास पर कार्य करती हैं कि वह वस्तु इन्द्रियों से सम्पर्क होने के पहले भी

वहीं थी, तथा सम्पर्क के बाद भी वहीं है—और ठीक वैसी ही हैं जैसी पहले थीं। यह समझ स्थान तथा काल के पारस्परिक धारणा पर आधृत है, और इस समझ में इस तथ्य की अवहेलना है कि हर वस्तु में भी गयात्मकता है, वह भी सदा विकसित होते रहने की प्रक्रिया में है।

इसी कारण इकबाल कहते हैं कि जगत की वास्तविकता की अवगति भी एक आन्तरिक सूझ—एक अन्तर्दृष्टि से ही सम्भव है। शायद इस विचार में इकबाल बर्गसां से प्रभावित हैं जिनका कहना है कि अन्तर्दृष्टि यह अवगति देती है कि सत् सतत प्रवाहशील एवं विकसित होते रहने वाली प्रक्रिया है—शक्ति है। बर्गसां का कुछ प्रभाव इकबाल के मानस पर हो सकता है, किन्तु इकबाल का मत बर्गसां के मत से भिन्न है क्योंकि बर्गसां की व्यवस्था में 'आत्म' के लिये स्थान नहीं हैं, जबकि इकबाल के लिये जगत-विचार में भी 'अहं-आत्म का भाव' (Ego-concept) केन्द्रीय है। इकबाल का कहना है कि बाद में शायद बर्गसां को भी अपनी व्याख्या में इस कमी का आभास हुआ होगा, क्योंकि उन्होंने 'चेतना' की व्याख्या में इस कमी को दूर करने की चेष्टा की है।

तो अब इकबाल के अपने मत पर पुनः विचार करें ? उनसे पूछा जा सकता है कि अन्तर्दृष्टि भौतिक जगत के स्वरूप के सम्बन्ध में क्या निर्देश देती है ? इकबाल कहते हैं कि हमारी अन्तर्दृष्टि हमें 'आत्म' के स्वरूप की अवगति देती है। पुनः अन्तर्दृष्टि से ही यह भी ज्ञात होता है कि इसी 'आत्म के स्वरूप' की सादृश्यता के अनुरूप जगत के स्वरूप के सम्बन्ध में भी अवगति मिल सकती है। अर्थात् इकबाल के अनुसार 'जगत के स्वरूप पर आत्म के स्वरूप के अनुरूप ही विचार किया जा सकता है'।

इस स्थल पर पुनः बर्गसां को स्मरण किया जा सकता है। बर्गसां ने आन्तरिक अनुभूति, गहन प्रेम, तीव्र भावनात्मक विह्वलता आदि के उदाहरणों से सत् के गयात्मक स्वरूप को समझने की चेष्टा की है। उनका कहना है कि गयात्मकता की जो स्पष्टता तथा सघनता जो इन अनुभूतियों में है—वह भौतिक शक्ति के प्रवाह में नहीं। भौतिक शक्ति के प्रवाह को तो मापा जा सकता है, इन अनुभूतियों की सघनता को मापा नहीं जा सकता, क्योंकि इनमें जीवन-शक्ति (Elan Vital) एक बारगी उमड़ पड़ती है, इसमें कोई आदि नहीं है कोई अन्त नहीं। यहां सतत प्रवाह तो है, संज्ञानात्मकता, भावनात्मकता, संकल्प, क्रियात्मकता—सभी गतिशील हैं, किन्तु यह नहीं कहा जा सकता कि कहां एक का प्रारम्भ है तथा कहां अन्त। बर्गसां के अनुसार सत् की अभिव्यक्ति इसी प्रकार की गतिशील प्रक्रिया है। इकबाल बर्गसां के इस 'भाव' को तो उनसे लेते हैं, किन्तु उसमें यह भी जोड़ते हैं कि इस प्रकार की क्रियात्मकता 'अहं-आत्म-क्रियात्मकता' (Ego-activity) है। आत्म की हर प्रक्रिया का स्वरूप यही है—यह नहीं बताया जा सकता कि आत्म कब, किस रेखा पर संज्ञानात्मक क्रिया से भावनात्मकता में प्रवेश कर जाता है—या किसी स्थिति से किसी अन्य स्थिति में प्रवेश कर जाता है। सब एक दूसरे से गुथे हुए हैं—और इसी गतिशील प्रक्रिया में आत्म-जीवन रूप लेता है, तथा विकसित होता है।

अब इकबाल का कहना है जगत के स्वरूप को आत्म की इसी गयात्मक क्रियाशीलता

की सादृश्यता में समझने का प्रयत्न करना आवश्यक है, तभी जगत का वास्तविक स्वरूप स्पष्ट होगा। इसी उपमा के आधार पर इकबाल कहते हैं कि भौतिक जगत को सतत्, गतिशील प्रवाह के रूप में ही चित्रित किया जा सकता है। कहा जा सकता है कि अपने जगत-विचार में इकबाल कुछ-कुछ अंश बर्गसां, नित्से एवं शोपेनहावर के विचारों से लेते हैं, तथा अपने को इस्लाम के विचार पर खड़ा कर इन सभी भावों का समन्वय करते हुए अपने जगत-विचार को रूप देते हैं। बर्गसां के समान वे कहते हैं कि जगत जीवन है, परिवर्तन है, गति है। शोपेनहावर के अनुरूप वे भौतिक जगत में संकल्प-शक्ति एवं क्रियात्मकता की केन्द्रीयता पर बल देते हैं। नित्से के समान जगत की क्रियात्मकता की व्याख्या करते हुए वे कहते हैं यह क्रियात्मकता कुछ 'मूल प्रवृत्तियों' (Impulses) की अभिव्यक्ति है। इन सबों के साथ वे मूल इस्लामी विचार को प्राथमिक बनाये रखते हैं कि जगत वास्तविक है—एक प्रकार का क्रिया-स्थल है।

इन सभी विचारों को संयोजित करते हुए इकबाल जगत के स्वरूप का विवरण प्रस्तुत करते हैं। इसी आधार पर वे अपनी केन्द्रीय उक्ति देते हैं—कि जगत का स्वरूप है कि वह सतत् गतिशील-क्रियाशील रहे—तथा क्रियाशीलता की प्रवृत्ति 'अहं-आत्म की क्रियात्मकता को पा लेने की है' (Tendency to Egohood) अर्थात् ध्यान से देखने पर यह 'सूझ' जाता है कि जगत की क्रियात्मकता की मूल प्रवृत्ति 'आत्म' के रूप में विकसित होने की ओर है। आत्म एक सम्पूर्ण व्यक्ति है, तथा व्यक्ति विभिन्न अंगों तथा अनुभूतियों की व्यवस्थित इकाई है। इस व्यक्ति तथा उसके अंगों का सम्बन्ध 'आंगिक' है, अर्थात्, किसी अंग की सार्थकता व्यक्ति से पृथक नहीं, उस दृष्टि से व्यक्ति अपने हर अंगों में है। यही तो उसका व्यक्तित्व है—उसके वैयक्तिक रूप की विशिष्टता है। इकबाल का कहना है कि जगत में भी इसी प्रकार की प्रवृत्ति व्यक्त होती है। वैसे, ऊपर से देखने पर लगता है कि जगत के विभिन्न आयाम हैं—विभिन्न क्षेत्र हैं, किन्तु ध्यान से देखने पर स्पष्ट हो जाता है कि इन सभी विभिन्नताओं के पीछे मूल एक रूपता है—एक व्यवस्थित संगठन है।

इस संदर्भ में इकबाल एक और सूक्ष्म विश्लेषण प्रस्तुत करते हैं। उनका कहना है कि एक दृष्टि से एक 'व्यक्ति' अनेक 'व्यक्तियों' का संगठन है। हम किसी व्यक्ति की क्रियात्मकता पर विचार करें, हम देखेंगे कि उसमें व्यक्ति के विभिन्न अंग, भाग, अवयव अलग-अलग क्रियाशील हैं। ये सभी अंग भी एक व्यक्ति के रूप में ही क्रियाशील रहते हैं। इससे इकबाल एक बड़ा ही रोचक निष्कर्ष निकाल लेते हैं। वे कहते हैं कि एक दृष्टि से सम्पूर्ण जगत एक व्यक्ति-रूप है, तथा इसके साथ-साथ जगत का हर पक्ष भी अपने में एक व्यक्ति-रूप ही है। इस बात को पुष्ट करते हुए इकबाल कहते हैं कि जगत का हर पक्ष एक आत्म-रूप (Ego) है, तथा सम्पूर्ण जगत भी एक आत्म-रूप (Ego) है। वह सम्पूर्णता आत्म-रूपों का आत्म-रूप है।

इससे यह भी स्पष्टतः सिद्ध होता है कि जगत की क्रियात्मकता किसी लक्ष्य की ओर प्रेरित है—किसी प्रयोजन-सिद्धि में लगा है। इकबाल जगत की प्रयोजनवादी व्याख्या प्रस्तुत करते हैं। हमने देखा है कि अहं-आत्म (Ego) स्वरूपतः विकसित होता रहता है,

उच्चतर सम्भावनाओं को व्यक्त करता रहता है। विकसित होने का अर्थ ही है---कुछ उद्देश्य नियत करना तथा उसे प्राप्त करने का प्रयत्न करना। तो विश्व भी जब आत्म-रूप है, तो उससे यह भी आपदित है कि विश्व की क्रियाशीलता भी किसी लक्ष्य-प्राप्ति की ओर उन्मुख है।

इस प्रकार जगत स्वरूपतः जीवन है, क्रियाशीलता है। यह स्वरूपतः सर्जनात्मक भी है, और इसी प्रक्रिया में यह सतत् विकसित होता रहता है। इकबाल का कहना है कि ये क्रियायें स्वतः या यन्त्रवत् नहीं चलतीं, इनका 'बौद्धिक आधार' (Reason) है, इनका कुछ 'प्रयोजन' (Purpose) है, तथा इसकी क्रियायें 'योजनाबद्ध' (Plan) है। इकबाल स्वीकारते हैं कि अपनी मानसिक क्षमता की वर्तमान स्थिति में जगत के बौद्धिक आधार तथा जगत-योजना को ठीक-ठीक समझ लेना सम्भव नहीं है। किन्तु जगत-प्रक्रिया यह तो स्पष्टरूपेण दिखाती है कि उसका कुछ लक्ष्य-प्रयोजन है।

किन्तु 'लक्ष्य' की बात पर यह नहीं सोचना है कि उस लक्ष्य की प्राप्ति जगत-प्रक्रिया का अन्त है। जगत-प्रक्रिया के अन्त के विषय में हम कल्पना भी नहीं कर सकते। यह 'सतत्' क्रियाशील है, क्रियाशीलता इसका स्वरूप है, हर क्रियाशीलता किसी लक्ष्य की ओर प्रेरित है, किन्तु अन्तिम लक्ष्य का प्रश्न नहीं उठता। बात यह है कि सम्भावनायें 'अनन्त' हैं, अतः जगत इन्हें व्यक्त करता हुआ सतत् क्रियाशील रह सकता है। इस सतत् क्रियाशीलता एवं विकास की प्रक्रिया किसी स्थल पर रुक नहीं सकती---जगत-प्रक्रिया की समाप्ति का प्रश्न नहीं उठता।

ईश्वर

अपने ईश्वर-विचार में इकबाल पूर्णतया इस्लाम के ईश्वर-विचार पर आश्रित हैं, केवल उनकी विशिष्टता यही है कि वे इस विचार को पारम्परिक धर्म-दर्शन के परिधान में प्रस्तुत करते हैं। इस्लाम का ईश्वर-विचार एकेश्वरवादी (Mono-theistic) है। इस्लाम का ईश्वर एक है, सर्वशक्तिमान, सर्वज्ञानी तथा परम शुभ है। वह सृष्टिकर्ता है तथा सृष्टि के कार्यविधि का निर्णायक भी। इस्लाम ईश्वर को व्यक्तित्वपूर्ण तथा सगुण कहता है। वैसे, इस्लाम के लिये सगुण तथा निर्गुण का अथवा ईश्वर तथा परम सत् (Absolute) का भेद अप्रासंगिक है। इकबाल इसी प्रकार के ईश्वर-विचार को अपने ढंग से प्रस्तुत करते हैं और संदर्भ में दर्शन-शास्त्रीय उलझन का भी निराकरण करते हुए कहते हैं कि इस प्रकार का ईश्वर धार्मिक भावना को भी सन्तुष्ट करता है, तथा तात्विक अन्वेषण को भी शान्त करता है। इकबाल ने ईश्वर तथा उसके गुणों का विवरण इसी दृष्टिकोण से किया है। पहले हम यह देखें कि वे ईश्वर-अस्तित्व के सम्बन्ध में क्या कहते हैं, क्या दर्शनशास्त्र में प्रचलित ईश्वर-अस्तित्व-समर्थन की युक्तियां इकबाल की दृष्टि में भी महत्वपूर्ण हैं?

(i) ईश्वर-अस्तित्व समर्थक पारंम्परिक युक्तियों पर इकबाल का विचार

प्रारम्भ में ही यह कह देना उचित है कि इकबाल ईश्वर-अस्तित्व के समर्थन में दी गयी दर्शनशास्त्रीय युक्तियों को बहुत महत्व नहीं देते । उनका मत है कि इस प्रकार की युक्तियों के द्वारा हमारी सीमित वैचारिक शक्ति ईश्वर-अस्तित्व को समझने का प्रयास करती है । उनके मत में प्रमाण के रूप में इन युक्तियों को सर्वथा अयथेष्ट ही कहा जा सकता है । उनके अनुसार इस अयथेष्टता का मूल कारण है कि युक्तियां धरातली अनुभवों पर आधृत हैं, अन्तर्दृष्टि पर नहीं ।

कारणता-युक्ति की आलोचना करते हुए इकबाल कहते हैं कि यह युक्ति कारणता-नियम से ही असंगत है । यह युक्ति जगत को एक कार्य के रूप में मान कर, उसके कारणों की खोज करती है, और कारणों की शृंखला में बढ़ते हुए, अनावस्था दोष से बचने के प्रयत्न में एक अन्तिम ऐसे कारण को मान लेती है, जो किसी अन्य कारण से उत्पन्न नहीं, बल्कि अपने ही में अपना कारण हैं । इकबाल का कहना है कि इस प्रकार का तर्क दोषपूर्ण है । पहले तो वे कहते हैं कि इस तर्क के समर्थक यह नहीं देख पाते कि कारणता स्वरूपतः कारण कार्य की शृखला में ही सार्थक है, हर कार्य का कारण है और यह एक अनन्त शृंखला (Infinite series) है । पुनः इकबाल कहते हैं कि एकाएक किसी कारण पर रुक कर उसे अन्तिम कारण मान लेना न कारणता से संगत है--और न बुद्धि-संगत है । 'अनावस्था दोष' तो मात्र एक नाम-मात्र है, वास्तविकता नहीं, इसका नामलेकर कारणता के स्वरूप को विकृत करना तर्क नहीं है । अनावस्था दोष का भय ही एक अन्धविश्वास पर आधृत है । पुनः इकबाल कहते हैं कि यदि इस प्रकार किसी प्रथम कारण की स्थापना भी हो जाय, तो उस कारण की अनिवार्यता सिद्ध नहीं हो सकती । इस प्रथम कारण को अनिवार्य कारण नहीं कहा जा सकता, क्योंकि 'कारण' एक सापेक्ष शब्द है--उसे सदा 'कार्य' की अपेक्षा रहती है । इस प्रकार इकबाल यह दिखाने का प्रयास करते हैं कि इस युक्ति से स्थापित कारण 'अनन्त' हो ही नहीं सकता ।

उसी प्रकार इकबाल का कहना है कि ईश्वर के पक्ष में दी गयी प्रयोजनात्मक युक्ति भी वह सिद्ध नहीं कर पाती जो वह सिद्ध करने का प्रयत्न करती है । इस युक्ति में जगत में व्यवस्था, प्रयोजन सामञ्जस्य आदि के साक्ष्य एकत्रित कर, उनके आधार पर जगत के पीछे एक सर्वज्ञानी, परमबुद्धि वाली शक्ति को सिद्ध करने का प्रयत्न किया जाता है । इकबाल कांट के समान कहते हैं कि इस प्रकार के तर्क से सृष्टि के 'स्रष्टा' को सिद्ध नहीं किया जा सकता, अधिक से अधिक सृष्टि के एक 'रूपदाता' की बात की जा सकती है । रूपदाता सामग्रियों को मात्र सहेजता है, वह उनकी सृष्टि नहीं करता । किन्तु इस तर्क के विरुद्ध इकबाल का वह तर्क बड़ा तीक्ष्ण है जिसमें वे इस तर्क के मूलाधार पर ही प्रश्न चिह्न खड़ा कर देते हैं । उनका कहना है कि इस प्रकार का तर्क मानव-कृतियों की सादृश्यता पर आधृत है, यह सादृश्यता ही अपूर्ण एवं अयथेष्ट है--उस पर सादृश्यता-तर्क बड़ी ही निर्बल तर्क होगा । मानव कृतियों की सादृश्यता पर ईश्वरीय सृष्टि को आधारित नहीं किया जा सकता । मानव-कृतियों में 'सामग्रियां' रहती हैं, उन सामग्रियों को पहले छांटा जाता है, आवश्यकता-

नुसार अलग-अलग किया जाता है, और तब पुनः अपनी योजना के अनुरूप नये रूपों में जोड़ा जाता है। 'सृष्टि' के सम्बन्ध में न अलग से सामग्री का प्रश्न उठता है—और न उन्हें छांटने, अलग करने तथा पुनः जोड़ने का प्रश्न उठता है। अतः यह उपमा ही गलत है, मानव-कृति तथा सृष्टि में सादृश्यता नहीं है। अतः इकबाल के अनुसार ऐसी सादृश्यता पर आधृत तर्क स्पष्टतः गलत है।

इकबाल कहते हैं कि ईश्वर-समर्थन में दी गयी तात्विक युक्ति, अपने वैचारिक प्रभाव के रहते हुए भी, दोषपूर्ण है। इस युक्ति में ईश्वर-भाव के विश्लेषण के आधार पर ईश्वर-अस्तित्त्व की स्थापना की जाती है। किन्तु इकबाल का कहना है कि इस तर्क से ईश्वर-अस्तित्त्व सिद्ध नहीं होता। इससे अधिक से अधिक इतना ही स्थापित किया जा सकता है कि ईश्वर-भाव में ईश्वर-अस्तित्त्व का भाव भी निहित है। वे स्पष्ट कहते हैं कि ईश्वर-भाव तथा ईश्वर-अस्तित्त्व के बीच जो खाई है, उसे किसी वैचारिक प्रयास से भर लेना सम्भव नहीं है। "Between the idea of a perfect Being in my mind and the objective reality of that Being there is a gulf which cannot be bridged over by a transcendental act of thought."* पुनः इकबाल कहते हैं कि वस्तुतः इस प्रकार की तात्विक युक्ति पुनरावृत्ति दोष से ग्रसित है क्योंकि जिस बात को सिद्ध करना है उसे पहले ही से मान लिया गया है। इस तर्क के देने में पहले यही तय कर लेना है कि क्या विचार में यह क्षमता है कि वह मात्र किसी भाव के विश्लेषण के आधार पर उसके अस्तित्त्व को स्थापित कर सकता है। बिना इस प्रश्न के समाधान के तात्विक युक्ति अग्रसर हो ही नहीं सकती, किन्तु यहां यह पहले से मान लिया गया है कि ऐसा हो सकता है।

इस प्रकार हम देखते हैं कि इकबाल के अनुसार ईश्वर-समर्थन में दिये गये बौद्धिक प्रमाणों के द्वारा ईश्वर की स्थापना नहीं हो सकती। इसके लिये इकबाल अन्तर्दृष्टि (Intuition) का ही सहारा लेते हैं। जिस प्रकार अन्तर्दृष्टि आत्म के स्वरूप को प्रकाशित करती है, उसी प्रकार अन्तर्दृष्टि ईश्वर-स्वरूप पर भी प्रकाश दे सकती है। इकबाल का विश्वास है कि ईश्वर-ज्ञान का एकमात्र साधन यही हो सकता है। अन्तर्दृष्टि से प्राप्त सत्यों का बौद्धिक विचार स्पष्टीकरण, अर्थनिरूपण, विशदीकरण आदि कर सकता है, किन्तु उन सत्यों को प्राप्त नहीं कर सकता।

(ii) परम्-आत्म के रूप में ईश्वर (God as the Supreme Ego)

हमने इकबाल के जगत-विचार का विवरण किया है। इकबाल के अनुसार सृष्टि भी सतत् क्रियाशील एक सर्जनात्मक-शक्ति रूप है। जगत-प्रक्रिया अन्धी नहीं है बल्कि किसी लक्ष्य की ओर प्रेरित है। इसके प्रयोजनवादी स्वरूप से यह संकेत मिलता है कि

---

*Iqbal, *Six Lectures on the Reconstruction of Religious Thought in Islam*, p. 143.

इसका दिशा-निर्देश हो रहा है। हमने यह भी देखा है कि इस प्रकार की क्षमता आत्म में होती है, और जगत भी वस्तुतः आत्म-रूप ही है।

अतः कहा जा सकता है कि कोई एक ऐसा आत्म भी है जो अपनी सर्जनात्मकता में जगत का भी दिशा-निर्देश कर रहा है। वह सत्ता जगत से पूर्णतया बाहर नहीं हो सकती क्योंकि, तब तो जगत का लक्ष्य बाह्य हो जायगा, जगत से बाहर हो जायगा। अतः इकबाल के अनुसार ईश्वर एक परम-आत्म है जो अपनी सर्जनात्मकता में सृष्टि का दिशा-निर्देश करता है।

इकबाल का कहना है कि 'व्यक्तित्त्व' में मात्रा-भेद होता है। सृष्टि में इस दृष्टि से आत्म-व्यक्तित्त्व का एक क्रम है कुछ तत्वों में व्यक्तित्त्व कम मुखरित है, कुछ में अधिक। मानव-व्यक्तित्त्व में भी यह पूर्णतया मुखरित नहीं। इस व्यक्तित्त्व-क्रम की परिणति उसका आदर्श ईश्वर है। इकबाल इसी दृष्टिकोण से कुरान में ईश्वर को प्रकाश-रूप कहे जाने का अर्थ बताते हैं। वस्तुतः केवल इस्लाम में ही नहीं, बल्कि यहूदी धर्म, पारसी धर्म, ईसाई धर्म आदि में भी ईश्वर को प्रकाश-रूप कहा गया है। इकबाल अपने समय के भौतिक शास्त्र का हवाला देते हुए कहते हैं कि प्रकाश की गति से तीव्र और कोई गति नहीं है, और इसकी यह भी विशिष्टता है कि यह दृष्टिकोण पर आश्रित नहीं, बल्कि हर ओर से एक सा ही दिखाई देता है। तो इकबाल कहते हैं कि प्रकाश की उपमा से सतत गतिशीलता पूर्ण गयात्मकता का बोध होता है। इकबाल का कहना है कि 'प्रकाश' की उपमा उस परम-आत्म के स्वरूप को समझने के लिये निकटतम उपमा है, क्योंकि गयात्मकता तथा सर्जनात्मकता की पूर्णता की कल्पना परम-आत्म की कल्पना है।

इस स्थल पर एक संशय किया जा सकता है—वैयक्तिकता तो सीमितता सूचित करती है। यदि ईश्वर भी आत्म है—तो वैयक्तिक है, और तब क्या ईश्वर को असीम कहा जा सकता है? इकबाल का उत्तर है कि यह एक समस्या के रूप में तब प्रस्तुत होती है जब हम ससीम-असीम का विचार स्थान तथा काल की परिधि में करते हैं। किन्तु इकबाल का कहना है, जैसा हमने पहले ही देखा है, स्थान तथा काल ऐसे पूर्ण आयाम नहीं हैं जिसमें 'आत्म' को बांधा जा सकता है। परम-आत्म (God) असीम है—स्थान तथा काल के अर्थ में नहीं, बल्कि इस अर्थ में कि वह अनन्त क्रियाशीलता-अनन्त सम्भावनाओं का आधार है। स्थान तथा काल भी उसकी सम्भावनाओं की ही अभिव्यक्ति है।

(iii) ईश्वर के गुण

अब ईश्वर-भाव की एक समझ के पश्चात् ईश्वरीय गुणों का विवरण किया जा सकता है। इकबाल ने इन गुणों का उल्लेख किया है। वे सभी सामान्यतः इस्लाम के ईश्वर-विचार पर आधृत हैं, उनके विशदीकरण में इकबाल के अपने अध्ययन तथा उनकी सूझ उपयोगी है।

वैसे इकबाल ने ईश्वरीय गुणों को 'दो' कोटि में रखा है—एक वे गुण जिनकी जानकारी अन्तर्दृष्टि से प्राप्त होती है, तथा दूसरे वे गुण जो बौद्धिक विचार से प्रकाश में आते हैं। वस्तुतः एक दृष्टि से कहा जा सकता है कि जो अन्तर्दृष्टि से स्पष्ट होता है

वह गुण नहीं है क्योंकि वह तो ईश्वर के साररूप का अंश है। एकत्व, आत्मरूपता आदि इस कोटि के गुण हैं। इनके पृथक विवरण की आवश्यकता भी नहीं। अतः इकबाल दूसरी कोटि के गुणों को ही वस्तुतः 'गुण' कहते हैं, तथा इन वैचारिक लक्षणों का विशद विवरण करते हैं। इसके अन्तर्गत इस प्रकार के गुण आते हैं जैसे सर्जनात्मकता, ज्ञान, सर्वशक्तिमत्ता, नित्यता, अन्तर्वर्तित (Immanence), लोकातीतता (Transcendence) आदि। अब हम इनका पृथक-पृथक विवेचन करें।

सर्जनात्मकता (Creativeness)—ईश्वर को आत्म-रूप मानने से इस गुण को ईश्वर का एक लक्षण मानना अनिवार्य हो जाता है। आत्म का जीवन अनिवार्यतः सर्जनात्मक होता है। परम-आत्म भी आत्म है, अतः उसमें भी सर्जनात्मकता है। फिर भी इकबाल इस निष्कर्ष को स्थापित करने में एक कठिनाई का अनुभव करते हैं। यदि सर्जनात्मकता ईश्वर का लक्षण है तो प्रश्न है कि यह सर्जनात्मकता सृष्टि-प्रक्रिया किस प्रकार से प्रस्फुटित होती है। इकबाल कहते हैं कि पारम्परिक इस्लामी ईश्वर-विचार, विशेषतः अशराइट लोगों का विचार है कि ईश्वरीय शक्ति का प्रस्फुटन सृष्टि में 'अणुरूप' में होता है। इन लोगों के अनुसार जगत कुछ अणुतत्त्वों—जवाहिर—से बना है, तथा वे यह भी कहते हैं कि ईश्वरीय नित्य नवीन जवाहिर की सृष्टि करता है। इन लोगों के अनुसार दिक् (Space) भी इन्हीं अणुतत्त्वों का मिश्रण है। इस प्रकार के अणुवादी विचार को आधुनिक काल में भी मान्यता मिलती रही है, किन्तु इकबाल इसे नहीं स्वीकारते। ईश्वरीय सर्जनात्मकता को उन्होंने भिन्न ढंग से समझा है। उनका कहना है कि ईश्वरीय सर्जनात्मकता आन्तरिक सर्जनात्मकता है। इसका अर्थ है कि वह अपने अन्तर में सृष्टि करता है। सीमित क्षेत्रों में हम जब किसी वस्तु का निर्माण करते हैं, तो वहां हमसे 'बाहर' भी कुछ रहता है। ईश्वर से पृथक उससे बाहर कुछ नहीं है। अतः ईश्वरीय सृष्टि का अर्थ है, उसकी आन्तरिक सम्भावनाओं का खुलना-प्रकट होना। और यह सर्जनात्मकता अनन्त है क्योंकि सम्भावनायें अनन्त हैं।

ज्ञान (Knowledge)—इकबाल ईश्वरीय ज्ञान की विवेचना भी कुछ इसी प्रकार करते हैं। सीमित आत्म का ज्ञान बौद्धिक तथा विवेचनात्मक होता है। इस प्रकार का ज्ञान 'ज्ञाता' तथा 'ज्ञेय' के भेद पर टिका होता है। इसका अर्थ है कि इसमें ज्ञाता जो जानता है, वह उससे बाहर है। किन्तु ईश्वर से बाहर तो कुछ नहीं, जगत भी ईश्वर से पृथक नहीं है। अतः ईश्वरीय ज्ञान बौद्धिक ज्ञान जैसा ज्ञान नहीं। इकबाल कहते हैं कि ईश्वरीय ज्ञान सर्जनात्मक है—ईश्वरीय ज्ञान का विषय ईश्वर स्वयं है। इसका अर्थ है कि वहां ज्ञान तथा क्रिया का भेद भी नहीं, सृष्टि का ज्ञान ही सृष्टि की क्रिया है। "In Him thought and deed, the act of knowing and the act of creating are identical."* ईश्वर का ज्ञान-प्रक्रिया तथा सृष्टि-प्रक्रिया एक ही हैं। इकबाल ने ईश्वरीय ज्ञान को एक सजीव तथा सर्जनात्मक क्रियाशीलता के रूप में समझा है।

*Iqbal, *Six Lectures on the Reconstruction of Religious Thought in Isalm*, p. 107.

सर्वशक्तिमत्ता (Omnipotence)---इकबाल कहते हैं कि सर्वशक्तिमत्ता के अर्थ को समझने का सामान्य ढंग उपयुक्त नहीं, क्योंकि इसे एक अन्धी शक्ति के रूप में समझा जाता है---जिस शक्ति की कोई सीमा ही नहीं है। उनका कहना है कि कुरान में 'सर्वशक्तिमत्ता' इस रूप में चित्रित नहीं है। कुरान में ईश्वरीय 'सर्वशक्तिमत्ता' का विचार ईश्वरीय 'ज्ञान' के विचार के साथ जुटा है। यही कारण है कि कुरान में जब भी ईश्वरीय शक्तिमत्ता का प्रसंग आता है तो वहां व्यवस्था, प्रयोजन आदि के उदाहरण प्रस्तुत किये जाते हैं। अर्थात् 'शक्तिमत्ता' की सार्थकता, संगठन, व्यवस्था, प्रयोजन आदि स्थापित करने में है।

इसी संदर्भ में ईश्वरी शक्तिमत्ता के प्रश्न के साथ एक दूसरा प्रश्न भी जुट जाता है। जगत में 'अशुभ' है, कष्ट, दर्द आदि की अनुभूति इतनी तीव्र है कि इनकी उपेक्षा नहीं की जा सकती। प्रश्न उठता है कि यदि ईश्वर सर्वशक्तिमान है, तो उसकी सृष्टि में 'अशुभ' कैसे प्रवेश कर गये? इकबाल इस प्रश्न के महत्त्व को समझते हैं तथा ईश्वरीय शक्तिमत्ता के साथ जगत में अशुभ के होने का समन्वय करने का प्रयास करते हैं। वे मिथकों में कही गयी मानव के आदि पाप की कहानी का उल्लेख करते हैं, और उसका अपने ढंग से तात्पर्य स्पष्ट करते हैं। 'ओल्ड टेस्टामेन्ट' में, तथा कुरान की कुछ टीकाओं में आदम तथा हौवा के 'सेब' की कहानी का उल्लेख आता है। ओल्ड टेस्टामेन्ट में इसे प्रथम पाप (Initial sin) तथा मानव की प्रथम गिरावट (Fall of man) कहा गया है। उन लोगों के अनुसार कष्ट, क्लेश, अशुभ---सभी एक प्रकार से उस प्रथम पाप के ही परिणाम है। इकबाल इस मिथक-गाथा को अन्य प्रकार से देखते हैं। उनका कहना है कि वर्जित सेब को खा लेना ईश्वरीय आज्ञा का उल्लंघन माना गया, तथा इसलिये इसे 'पाप' कहा गया। किन्तु दूसरी दृष्टि से कहा जा सकता है कि मानव में वह स्वतंत्रता का प्रथम विस्फोटन था। पहली बार आदम ने अपनी स्वेच्छा से कार्य किया था।

इकबाल कहते हैं कि 'शुभ' की एक उपाधि स्वतंत्रता भी है। यदि ईश्वर ही हर कार्य 'शुभ' रूप में करा दे---तो वह 'शुभ' रहा ही नहीं। शुभ-अशुभ का प्रश्न स्वेच्छा से, स्वतंत्र निर्णय से किये कार्यों के लिये ही सार्थक है। स्वतंत्र निर्णयों के साथ संकट की सम्भावना जुटी है, क्योंकि यदि मनुष्य स्वेच्छा से कार्य करता है तो दोनों सम्भावनायें हो सकती हैं---या तो वह सही ढंग से अपने निर्णय ले, या यह भी हो सकता है कि उसका चुनाव गलत हो जाय। अतः इकबाल कहते हैं कि ईश्वर ने जब मानव को स्वतंत्रता दी है, तो उसके गलत निर्णय के फल भोगने की सम्भावना तो रह ही जाती है। इन्हीं गलत निर्णयों के फलस्वरूप अशुभ उत्पन्न होते हैं। ईश्वर ने इस सम्भावना की अवगति के साथ मानव को स्वतंत्रता दी, क्योंकि स्वतंत्र अभिव्यक्ति में ही मानव-आत्म में छिपी सभी सम्भावनायें व्यक्त हो सकती हैं। इस प्रकार दुःख तथा कष्ट स्वतंत्रता के सहचर हैं। इस दृष्टि से शुभ-अशुभ दोनों विपरीत होते हुए भी एक ही व्यवस्था के दो पक्ष हैं। वे कहते हैं, 'Good and evil.........though opposites, must fall within the same whole."* अतः इकबाल का कहना है जगत में अशुभ के रहने से ईश्वर की

*Iqbal, *Six Lectures on the Reconstruction of Religious Thought in Islam* p. 118.

सर्वशक्तिमत्ता खण्डित नहीं होती। सर्वशक्तिमत्ता का अर्थ सनकी जैसा सब कुछ कर सकने की सीमाहीन शक्ति नहीं है। इस भाव को भी बुद्धिसंगत भाव के रूप में ही चित्रित करना है। ऐसा विचार जिसकी कल्पना भी न हो सके न तो बौद्धिक सन्तुष्टि दे सकता है और न भावनात्मक तृप्ति। अतः इकबाल के अनुसार ईश्वर से सर्वशक्तिमत्ता के गुण का आरोपण इस विशेष अर्थ में होता है।

नित्यता (Eternity)—इकबाल 'नित्यता' का विचार काल के परिवेश में नहीं करते। नित्यता का अर्थ कालिक नित्यता नहीं—काल के अनन्त होने का विचार नहीं। हमने देखा है कि इकबाल के अनुसार भी काल क्षणों का क्रम नहीं, बल्कि 'अवधि' है जिसके अन्तर्गत कुछ पीछे छूटता नहीं, बल्कि सब कुछ सिमटा हुआ एक साथ प्रवाह में है। ईश्वर नित्य है—क्योंकि वह सब कुछ सम्भावना के रूप में अपने में समेटे है—प्रवाह में कुछ व्यक्त होता है और फिर वहीं और अनन्त सम्भावनायें हैं। काल-क्रम भी उसी सम्भावनाओं की अभिव्यक्ति है। ईश्वर नित्य है इसलिये नहीं कि वह ऐसे काल में है जो अनादि और अनन्त है, बल्कि वह नित्य है इसलिये कि वह इस प्रकार के काल से परे है।

अन्तर्वर्तितता तथा लोकातीतता (Immanence and Transcendence)—सामान्यतः ईश्वरवादी सिद्धान्तों में केवल 'निमित्तेश्वरवाद' (Deism) ईश्वर को 'लोकातीत' मानता है, तथा 'सर्वेश्वरवाद' (Pantheism) 'अन्तर्वत्ती' (Immanent) मानता है। इकबाल सर्वेश्वरवाद का समर्थन नहीं करते क्योंकि इसमें जगत एक प्रकार से असत् बन जाता है। इकबाल केवल निमित्तेश्वरवाद के भी समर्थक नहीं, फिर भी वे ईश्वर की 'लोकातीतता' पर बल देते हैं। वैसे, वे अन्तर्वर्तितता का भी निषेध नहीं करते। सामान्य ढंग से कहा जा सकता है कि ईश्वर दोनों हैं—विश्व में भी है और जगत से परे भी है। किन्तु ईश्वर जगत में अन्तर्वती उस रूप में नहीं है जिस रूप में सर्वेश्वरवाद को अन्तर्वती कहना है। वह जगत में है क्योंकि यह उसी की सृष्टि की है—उसी के अन्तर की सम्भावनाओं की अभिव्यक्ति है। यही कारण है कि जगत में भी इसके सृष्टिकर्त्ता का आत्म-रूप (Ego-nature) प्रतिबिम्बित होता है।

ईश्वर 'लोकातीत' भी है क्योंकि इसकी सभी सम्भावनायें जगत में व्यक्त नहीं हैं। जगत में स्थित आत्म ईश्वर-रूप को उसकी पूर्ण सम्भावनाओं सहित चित्रित भी नहीं कर पाते। अनन्त सम्भावनायें हैं जो जगत से परे हैं, और इस अर्थ में ईश्वर लोकातीत है।

इस प्रकार इकबाल का कहना है कि इस प्रकार का ईश्वर-विचार धार्मिक भावना को भी तृप्त करता है तथा तात्विक अन्वेषण को भी सन्तुष्ट करता है। 'ईश्वर को 'अनन्त सम्भावनाओं का संगठन' कहना तात्विक गहनता का द्योतक है, तथा उसे व्यक्तित्त्वपूर्ण एवं परम-आत्म कहना मानव-आत्म तथा परम-आत्म के बीच सेतु का कार्य करता है, और इस प्रकार धार्मिक भावना को सन्तुष्ट करता है।

मानव का चरम भाग्य

इकबाल का 'मानव के चरम भाग्य' के विषय पर विचार कुरान पर आधृत तो है

ही, साथ-साथ उनके अपने आत्म-विचार के अनुरूप संरचित हुआ है । प्रारम्भ में यह कह दिया जा सकता है कि उनके अनुसार मानव का चरम भाग्य 'अमरता की प्राप्ति' है ।

'अमरता' के स्वरूप के सम्बन्ध में कहा गया है कि यह मानव का स्वरूप भी है और उसका चरम भाग्य भी । इकबाल के अनुसार ये दोनों विवरण एक दूसरे से असंगत नहीं हैं । फिर भी इन दोनों विवरणों को समझने में सावधानी रखनी है । इन्हें वेदान्त दर्शन के अनुरूप नहीं समझना है, तथा इन विवरणों के साथ कुछ विशिष्ट अर्थ जुटे हैं जिन्हें भी ध्यान में रखना है । 'अमरता' का अर्थ 'अ-मर' है, मृत्युहीनता है । इसी अर्थ में यह आत्म का स्वरूप है । आत्म स्वरूपतः अमर है---इसका अर्थ है कि मृत्यु आत्म का अन्त नहीं है, मृत्यु के उपरान्त भी आत्म है । वह किस रूप में मृत्यु के उपरान्त रहता है---इसका निर्धारण शायद नहीं भी हो सके, किन्तु इतना निर्धारित है कि आत्म का मृत्यु के साथ अन्त नहीं होता । उसका 'अ-मर' होना उसका स्वरूप है ।

किन्तु इतना ही कह देना मानव के चरम भाग्य का विवरण नहीं है । आत्म अहं-रूप है, व्यक्तिरूप है, तथा अपने इस रूप में वह कुछ सम्भावनाओं तथा क्रियाओं की व्यवस्था है । वह पूर्णतया अमरता प्राप्त कर लेगा---सही अर्थ में अमरत्व की प्राप्ति कर लेगा जब उसमें निहित सभी सम्भावनायें पूर्णतया व्यक्त हो जायेंगी । वही उसका चरम भाग्य है, क्योंकि वही अहं-आत्म का पूर्ण विकसित रूप होगा । इकबाल का कहना है कि सतत् अर्थपूर्ण कर्मों के द्वारा आत्म अपनी सम्भावनाओं को व्यक्त करता हुआ अग्रसर हो सकता है---और पूर्ण आत्म-रूप को प्राप्त कर सकता है---वही उसका चरम भाग्य होगा ।

इस विचार को स्पष्ट करने के लिये इकबाल इस्लाम के 'अमरता विचार' पर केन्द्रित हो विभिन्न स्रोतों के आलोक में अमरता पर विचार करते हैं । इस संदर्भ में वे ईश्वर-सम्बन्धी विभिन्न इस्लामी सिद्धान्तों, मानव के मनोवैज्ञानिक तथा वैज्ञानिक चित्रण, तथा कांट, बर्गसां, नित्से जैसे पाश्चात्य विचारकों के मतों से सहारा लेते हैं। ऐसा प्रतीत होता है कि वे नित्से के 'शाश्वत पुनरावृत्ति सिद्धान्त' (Doctrine of Eternal Recurrence) से प्रभावित हैं। इकबाल कहते हैं कि नित्से का यह सिद्धान्त इस पूर्वमान्यता पर आधृत है कि विश्व में शक्ति का परिमाण सदा 'समान' है, अतः सीमित भी । इस पूर्वमान्यता के आधार पर यह माना जा सकता है कि (१) शक्ति-केन्द्रों की संख्या अनन्त नहीं है, तथा (२) कि शक्ति के ह्रास का प्रश्न नहीं उठता । इन दो विचारों से इकबाल को अपने निष्कर्ष की स्थापना में सहायता मिलती है ।

इकबाल का कहना है कि कुरान में जो मानव के चरम भाग्य के विषय में मत प्रतिपादित है---वह अंशतः नैतिक है तथा अंशतः जैविक । इसे जैविक इस कारण कहा जा रहा है कि कुरान की अमरता-सम्बन्धी कुछ उक्तियां जैविक आयामों को ध्यान में रख कर दी गयी हैं । उदाहरणतः कुरान में 'बरज़ख' की स्थिति की बात की गयी है---यह स्थिति मृत्यु तथा पुनरोद्धार के बीच की स्थिति है । उसी प्रकार कुरान के मत को नैतिक कहने का तात्पर्य है कि कुरान में 'अमरत्व' को एक 'लक्ष्य' के रूप में माना गया है---एक

विशिष्ट उपलब्धि के रूप में सजाया गया है, जिसे प्राप्त करने के लिये कुछ नैतिक अनुशासनों का पालन अनिवार्य है।

कुरान के इस मत पर टीका करते हुए इकबाल कहते हैं कि कुरान का मत कम से कम तीन बातों में पूर्णतया स्पष्ट है, (क) सीमित आत्म के जीवन का प्रारम्भ किसी काल में होता है, (ख) मृत्यु के बाद आत्म के धरती पर लौट आने की सम्भावना नहीं है, तथा (ग) सीमितता दुर्भाग्य नहीं है। यदि इन विचारों को स्पष्ट एवं विशद कर लिया जाय, तो इकबाल के विचार को समझ लेना सरल होगा, क्योंकि उनके अनुसार उनका अपना विचार इन स्थापनाओं से असंगत नहीं है।

प्रथम उक्ति मानव-आत्म की सीमितता तथा मानवीय रूप पर बल देती है। मानव की सृष्टि हुयी है अतः जगत के अस्तित्व के पहले मानव के होने का प्रश्न नहीं उठता। अतः 'अमरता' के स्वरूप को समझने के लिये इस बात पर ध्यान देना आवश्यक है कि 'अमरता' इसी सीमित मनुष्य का चरम भाग्य है। अतः अमरता का अर्थ 'ईश्वरत्त्व की प्राप्ति' 'नहीं' है। अमरत्व की प्राप्ति के बाद भी व्यक्ति के वैयक्तिकता की समाप्ति नहीं होती।

इकबाल के अनुसार 'व्यक्तित्त्व' की समाप्ति नहीं है। वैसे कुरान में कहा गया है कि कयामत के दिन मानव का हश्र तय होगा—यह ईश्वरीय फैसला होगा कि किस व्यक्ति का क्या हश्र है। इकबाल कहते हैं कि व्यक्ति का भाग्य चाहे जो भी हो इतना तो स्पष्ट है कि उसमें भी उसकी वैयक्तिकता जीवित रहती है। अतः अमरता भी वैयक्तिक अमरता है—क्योंकि उसमें भी व्यक्ति की विशिष्टता रह जाती है।

ऊपर दी गयी दूसरी उक्ति का तात्पर्य है कि अमरता में अनिवार्यतः पुनर्जन्म का भाव निहित नहीं है। अमरता का यह अर्थ नहीं कि मृत्यु के उपरान्त आत्म दूसरे शरीर में पुनः जन्म ले ले। एक बार जब आत्म शरीर के बन्धन से मुक्त हो जाता है, तो वह जन्म, पुनर्जन्म के बन्धन से भी मुक्त हो जाता है, और अपने आत्म-जीवन की क्रियाशीलता के अनुरूप अपने भाग्य की प्रतीक्षा करता है।

तीसरी उक्ति बहुत ही अर्थपूर्ण है। एक तो यह प्रथम उक्ति का एक प्रकार का प्रमाण प्रस्तुत करती है, तथा दूसरे वह सीमित मानव-आत्म को एक गरिमा प्रदान करता है। कहा गया है कि सीमितता को दुर्भाग्य नहीं समझना है। हम सीमितता को दुर्भाग्य समझते हैं, अशुभ समझते हैं, और इसी कारण इस सीमितता के अन्त को चरम भाग्य मान लेते हैं। किन्तु ऐसा मानने वाले यह समझ ही नहीं पाते कि जिसे हम सीमितता कहते हैं वह सृजनात्मकता का एक अनिवार्य अंश है। इसकी विशिष्टता तथा गरिमा इस बात में है कि यह व्यक्ति की वैयक्तिक निधि है। सीमितता का अर्थ इतना ही है कि हर मानव-आत्म अपने में एक पृथक केन्द्र है—वह सीमित इसी अर्थ में है कि वह परम-आत्म के समान क्रियाशीलता का केन्द्र नहीं, बल्कि अपनी 'वैयक्तिक' सम्भावनाओं का आधार है। अपनी इस वैयक्तिकता के साथ ही वह अपने चरम भाग्य को पाता है। इस्लाम में अन्तिम निर्णायक दिन का विचार महत्वपूर्ण इसलिये है कि वह एक ईश्वरीय अवसर है जब हर

वैयक्तिक आत्म यह देख जाता है कि उसकी अपनी क्रियाशीलता का परिणाम क्या है। बहिश्त तथा दोजख में आत्म भेजे जाते हैं, किन्तु वस्तुतः ईश्वर उन्हें वहां नहीं भेजता, वे तो अपने किये के अनुरूप अपने चरम भाग्य को पाते हैं, ईश्वर तो उनके लिये एक आईना है, जिससे वे देख लेते कि उनकी क्रियाशीलता की परिणति किस रूप में हुयी है।

अतः कहा जा सकता है कि मानव का चरम भाग्य कोई ऐसी स्थिति नहीं है जहां उसकी वैयक्तिकता समाप्त हो जाय। यह किसी परम आत्म में वैयक्तिक आत्म का मिलन नहीं है, यह वेदान्त के विचार जैसा नदी का सागर में मिल कर खो जाना नहीं है। यह एक स्थिति है जिसमें व्यक्ति अपनी वैयक्तिक सम्भावनाओं की पूर्ण अभिव्यक्ति देखता है। इकबाल इस स्थिति को 'पूर्ण आत्मत्व' (Perfect egohood) कहते हैं। यही वैयक्तिक मानव-आत्म का लक्ष्य या चरम भाग्य है। "The unceasing reward of man consists in his gradual growth, in self-possession, in uniqueness and intensity of his activity as an ego....And the climax of this development is reached when the ego is able to retain full self-possession, even in the case of a direct contact with the all-embracing ego."

इस स्थल पर इकबाल एक सम्भव आपत्ति का उल्लेख करते हैं। इस प्रकार की आपत्ति सर्वेश्वरवादी दृष्टिकोण रखने वाले कुछ सूफी विचारकों की ओर से उठायी जाती है। उनका कहना है कि यदि यह मान लिया जाय की अमरता की प्राप्ति के बाद भी आत्म की वैयक्तिकता बची रहती है, तब परम आत्म की 'एकरूपता' बनी नहीं रह सकती। उस अवस्था में 'परम आत्म' तथा 'विभिन्न वैयक्तिक आत्म' में क्या भेद या सम्बन्ध रहेगा। क्या इससे 'परम आत्म' का शुद्ध एकरूप खण्डित नहीं होता? इकबाल इस आपत्ति का उत्तर देते हुए कहते हैं कि यह आपत्ति 'असीम' के स्वरूप की एक भ्रान्तिपूर्ण धारणा पर आधृत है। इस आपत्ति के पीछे जो 'असीम' की अवधारणा है वह 'विस्तारमूलक असीम' की अवधारणा है। इस आपत्ति में यह स्वीकार लिया गया है कि 'असीम' वह है जो सब कुछ को सभी सीमित रूपों को अपने में समेटे है। किन्तु इकबाल का कहना है कि 'असीम' की अवधारणा विस्तारमूलक (In extensity) नहीं है बल्कि उसकी आन्तरिकता की गहनता (Intensity) में है। आत्म-क्रियाशीलता का परम गहन अभिव्यक्ति 'परम आत्म' में है, किन्तु इसका यह अर्थ नहीं कि 'परम आत्म' सभी 'आत्मों' को अपने में समेटे है। सभी आत्म की क्रियाशीलता में गहनता है—किन्तु इस गहनता का असीम रूप 'परम आत्म' की क्रियाशीलता में है। जो परम आत्म की असीमता को 'विस्तार' के माडल में ढालते हैं, वे सोच लेते हैं कि उसके असीम फैलाव में सभी वैयक्तिक आत्म भी समाविष्ट है। इस दृष्टि से सभी वैयक्तिक आत्म स्थान-काल-व्यवस्था में स्थित हो जाते हैं। किन्तु आत्म का आत्म-रूप उसमें निहित सम्भावनाओं में है, जिसे दृष्टि से उसमें शक्ति गहन रूप में केन्द्रित है। शक्ति की गहनता उसकी पहचान है, वह एक दूसरे से सम्बन्धित है, किन्तु यह सम्बन्ध वस्तुतः कालिक सह-अस्तित्व का नहीं है,

बल्कि क्रियाशीलता का है इस प्रकार की आन्तरिक गहनता की पहचान तीव्र भावनात्मक अनुभूति में होती है, जब आत्म की शक्तियां एक दिशा में सघन होकर रूप लेती हैं। यह शक्ति परम आत्म में असीम रूप में सघन हो जाती है, किन्तु उसके साथ शक्ति के छोटे-छोटे केन्द्र भी रह सकते हैं। वे 'परम आत्म' नहीं होंगे, किन्तु आत्म की क्रियाशीलता के शक्ति-पुञ्ज तो रहेंगे ही।

इस स्थल पर एक अन्य संशय का बिन्दु उभर आता है। पूछा जा सकता है कि क्या इस प्रकार का विचार इस्लामी विचारधारा से संगत है। इस्लाम में ईश्वरीय निर्णायकता (God's decree) पर पूर्ण बल दिया गया है, और कहा गया है कि ईश्वरीय आदेशों के प्रति पूर्ण समर्पण ही धर्म है। इसी कारण कुछ इस्लामी टीकाकार यहां तक कह देते हैं कि इस्लाम में एक प्रकार का 'भाग्यवाद' अनुशंसित है। अब इकबाल से पूछा जा सकता है कि यदि ईश्वर ही परम निर्णायक है, और यदि उसी के द्वारा हमारे चरम भाग्य का निर्णय होना है, तब वैयक्तिक आत्म की उन्मुक्तता—उसकी स्वतंत्र क्रियाशीलता आदि का तो महत्त्व नही रह जाता, और यदि इसका महत्त्व है, तो क्या इस प्रकार का विचार इस्लाम के साथ असंगत नहीं है ?

इकबाल इस संशय का निराकरण बड़े वैचारिक ढंग से करते हैं। वे स्वीकारते हैं कि इस्लाम के प्रचलित ढंगों में शताब्दियों से एक प्रकार का 'भाग्यवाद' प्रवेश किया हुआ है। 'किस्मत' के महत्व पर बल दिया गया है। इस पर बल देने के कारण मात्र धार्मिक नहीं थे, बल्कि यह भी था कि इस पर बल देकर समाज के शक्तिशाली लोग आम जनता को निर्बल बनाये रखते थे। किन्तु इस समाजशास्त्रीय विवेचन से इस बात पर कोई प्रभाव नहीं पड़ता कि इस्लामी परम्परा में 'किस्मत' की बात होती रही है। अतः इकबाल इस संशय के निराकरण में 'दो' प्रकार के विचारों पर प्रकाश देते हैं—एक तो वे यह दिखाते हैं कि कैसे उनका 'वैयक्तिक-आत्म-विचार' इस्लामी विचार से असंगत नहीं है, तथा, दूसरा वे यह भी दिखाते हैं कि 'किस्मत' पर बल देने का वास्तविक तात्पर्य क्या है ?

इकबाल कहते हैं कि 'वैयक्तिक अमरता' का विचार 'ईश्वर की निर्णायकता' से असंगत नहीं है। इस प्रकार के संशय करने वाले इस बात को गौण बना देते हैं कि अन्तिम दिन, जिस दिन हर आत्म के सम्बन्ध में ईश्वरीय निर्णायकता निर्णय लेती है वह 'न्याय' का दिन है। उस दिन 'अन्तिम न्याय' होता है। ईश्वर निर्णायक है—इसका यह अर्थ नहीं कि वह जिसे चाहे जो दे दे, उसने मानव को स्वतंत्रता दी, स्वतंत्रता का अर्थ ही है कि मानव अपनी इच्छानुसार कार्य करेगा। 'न्याय' का अर्थ है उसके अपने किये कर्मों के अनुरूप उसकी परिणति। ईश्वर इसी के अनुरूप निर्णय देता है। ईश्वर के चरम निर्णायकता में विश्वास आवश्यक है, क्योंकि इस विश्वास का अर्थ है कि जगत में अराजकता नहीं है, हर आत्म के हर कर्म का लेखा-जोखा होता है, और परम निर्णायक उसी के अनुरूप चरम भाग्य निपटारा करता है। अतः 'वैयक्तिक आत्म और उसकी स्वतंत्र क्रियाशीलता' के विचार तथा 'ईश्वर की अन्तिम निर्णायकता' के बीच कोई असंगति नहीं है।

इकबाल यह भी कहते हैं कि इस्लामी परम्परा में जो 'किस्मत' की बात हुयी है, उसका

भी एक विशेष तात्पर्य है। 'किस्मत' की बात कहने से आत्म की आन्तरिक गहनता के जीवन पर बल पड़ता है। एक तो इससे यह स्पष्ट होता है कि हम जो क्रिया करते हैं—उसका फल अंकित हो जाता है, और हमारे सम्बन्ध में निर्णय में उसका स्थान रहता ही है। यदि कुछ गलत कार्य हो गया तो वह भी मेरे हिसाब में अंकित हो गया। तब यह है कि आत्म यदि इस गलती को पहचान ले, तो अपनी आन्तरिक क्रियाशीलता में ऐसी सम्भावनाओं को व्यक्त करे जो उसका 'शुभ रूप' व्यक्त करे। इसी संदर्भ में 'प्रार्थना' (Prayer) का महत्व है। 'प्रार्थना' भाग्यवाद नहीं है, यह अकर्मण्यता नहीं है, बल्कि यह सम्पूर्ण आत्म को 'शुभ' की ओर उन्मुख करने की क्रियाशीलता है। 'प्रार्थना' के स्वरूप पर विचार करने से स्पष्ट हो जाता है कि 'किस्मत' की बात इस कारण की गयी है कि आत्म यदि चाहे तो अपने को 'शुभ' की ओर लगा सकता है, अन्यथा उसके गलत कार्य ही उसके 'चरम भाग्य' के उपकरण बन जायेंगे। वह उसकी 'किस्मत' होगी। यही कारण है कि जब बुरे दिन आते हैं तभी मुख्यतः हम किस्मत की बात करते हैं।

प्रार्थना का महत्व

अभी 'प्रार्थना' का उल्लेख हुआ। इकबाल भी इसे बड़ा महत्व देते हैं, तथा इसकी विशद चर्चा करते हैं। उनके अनुसार 'मानव के चरम भाग्य' के सम्बन्ध में यह बात तो है ही कि हर व्यक्ति की परिणति उसके कार्यों के अनुरूप होगी। तो यह प्रश्न उठ ही जाता है कि अपने में निहित सम्भावनाओं को आत्म कैसे सही दिशा-निर्देश दे सके––कैसे आत्म अपने में निहित सम्भावनाओं को पूर्णतया व्यक्त कर सके? प्रार्थना इसका एक सफल एवं सबल ढंग है।

इकबाल का विश्वास है कि जगत आत्म की क्रियाशीलता का कार्य-स्थल है, यह आत्म को एक अवसर प्रदान करता है कि वह अपने में निहित सम्भावनाओं को व्यक्त कर सके। एक प्रकार से कहा जा सकता है कि जगत में जो कुछ भी होता है वे सभी आत्म के पोषण तथा आत्म को विकसित करने वाली क्रियायें हैं। जिन क्रियाओं से सुख, सन्तुष्टि मिलती है तथा जिनसे कष्ट, निराशा मिलती है––वे सभी आत्म की क्षमता को समृद्ध करते हैं।

यह सब इसी कारण है कि आत्म व्यक्ति रूप है, तथा अपनी क्रियाओं में स्वतंत्र है। स्वतंत्रता एक प्रकार से जोखिम तथा संकट को आमंत्रित करती है, क्योंकि इसकी गलत दिशा में व्यक्त हो जाने की सम्भावना स्पष्ट है। तो प्रश्न है कि वह इस स्वतंत्रता के वरदान का सही उपयोग कैसे करे? यह कैसे तय हो कि स्वतंत्रता की अभिव्यक्ति की सही दिशा क्या है?

इकबाल कहते हैं कि इसके लिये यह तो प्राथमिक आवश्यकता है कि हमें 'आत्म' तथा 'आत्म की क्षमता' पर एक आन्तरिक विश्वास हो। यह विश्वास 'अहंकार' नहीं है, यह एक समझ है। इस समझ के लिये अनिवार्य उपादान है 'धैर्य'––हर परिस्थिति में धैर्य, कष्ट, दुख, परेशानी में भी धैर्य। धैर्य हर प्रकार के 'अशुभ'––हर प्रकार की विपरीत

परिस्थिति में भी मनुष्य को विह्वलता से बचाता है, तथा शान्तिपूर्वक उससे जूझने का मार्ग ढूंढ लेता है। धैर्य से, धैर्य में आत्म की शक्ति केन्द्रित होती है—और इस प्रकार के धैर्य का एक घनीभूत रूप 'प्रार्थना' (Prayer) है।

इकबाल के विचार में प्रार्थना ही पूजा है। 'प्रार्थना' विपरीत परिस्थिति में भी आत्म की केन्द्रीयता को सुरक्षित रखने का आग्रह है। संकट का प्रयत्न 'आत्म' को तोड़ने का होता है, प्रार्थना उसके विरुद्ध सुरक्षा है। इकबाल का कहना है कि प्रार्थना ही आत्म को मुखरित होने का बल देता है।

इसकी विशिष्टताओं को स्पष्ट करते हुए इकबाल इसकी निम्नलिखित विशेषताओं का उल्लेख करते हैं—(१) प्रार्थना से भावना सघन होती है तथा संकल्प-शक्ति बलवान होती है। (२) यह मानव के लिये स्वाभाविक है क्योंकि यह हृदय की सहज एवं स्वाभाविक विधा है। (३) यह असीम धैर्य तथा शक्तियों के घनीभूत होने की स्थिति है। (४) इकबाल कहते हैं कि प्रार्थना आध्यात्मिक प्रकाश का माध्यम है। 'आध्यात्मिक प्रकाश' का तात्पर्य है कि प्रार्थना व्यक्ति को उसकी सीमितता से ऊपर उठा—व्यापकता में उसे बिठा देती है। "Prayer as a means of spiritual illumination is a normal vital act by which the little island of our personality suddenly discovers its situation in a larger whole of life."* (५) यह एक ऐसा माध्यम है जिससे 'आत्म' का जगत में महत्त्व एवं मूल्य प्रतिष्ठित होता है। (६) इकबाल का कहना है कि प्रार्थना व्यक्ति की बौद्धिक क्रियाओं का अनिवार्य 'अनुपूरक' (Supplement) है। हमारे बौद्धिक तथा वैज्ञानिक ढंग सत् का स्पष्ट चित्रण नहीं कर पाते। 'प्रार्थना' सत् की एक गहरी दृष्टि उत्पन्न करती है। (७) यही कारण है कि इकबाल प्रार्थना को 'शक्ति' (Power) तथा 'दृष्टि' (Vision) का समन्वय कहते हैं। यह सत् की एक विशिष्ट दृष्टि प्रदान करता है, जिसके फलस्वरूप आत्म में एक नयी शक्ति का उदय होता है। (८) अतः प्रार्थना एक नवीन अनुभव तथा एक नयी शक्ति के लिये उत्कट आकांक्षा की अभिव्यक्ति है। (९) वैसे इकबाल यह भी कहते हैं कि प्रार्थना के लक्ष्य की प्राप्ति अधिक सबल ढंग से होती है जब प्रार्थना सामूहिक है। इकबाल का कहना है कि प्रार्थना सामाजिकता का एक केन्द्र है। सामूहिक प्रार्थना से एक 'वातावरण' उत्पन्न होता है, जिसमें हर आत्म हर दूसरे आत्म के लिये एक आदर उत्पन्न कर लेता है। इकबाल का कहना है कि आत्म के विकास के लिये अन्य के प्रति इस आदर भाव का होना भी आवश्यक है। सामूहिक प्रार्थना में बल इस कारण भी है कि इसमें हर आत्म को यह भी एहसास होता है कि अन्य भी उसी लक्ष्य की ओर प्रेरित हैं जिसकी ओर वह स्वयं प्रेरित है। इस एहसास से आत्म में एक नयी शक्ति तथा नवीन आत्मविश्वास उत्पन्न होता है।

इस प्रकार, इकबाल के अनुसार प्रार्थना आत्म की एक ऐसी विधा है जो उसके आत्म-विश्वास तथा अमरता की ओर उसके आत्मविश्वास में सहायक है।

---

*Iqbal, *Six Lectures on the Reconstruction of Religious Thought in Islam*, p. 124.

अमरता इस रूप में हमारा अधिकार नहीं कि वह अपने आप उपलब्ध हो जायेगी। न ही, हर आत्म को अमरता को 'जीतना है—प्राप्त करना है'। उसे आत्म-शक्तियों को केन्द्रित कर इस संघर्ष में रत रहना है। प्रार्थना भी इस संघर्ष का एक ढंग है। यदि आत्म में निहित सभी प्रक्रियायें पूर्णतया प्रस्फुटित हो जायें, तो वही अमरता है। इकबाल के अनुसार अमरता आत्म के जीवन में निहित सभी शक्तियों की परिणति है (The consummation of the life-process within the ego).

BIBLIOGRAPHY

(*of Books in English*)

I Swami Vivekananda

Vivekananda, Swami, —*Complete Wórks of Swami Vivekananda*, Vol I-VIII. Mayavati, Almora, Birth Centenary Edition, 1963.

—*What Religion is* ? Ed. John Yale, Int. by C. Isherwood. Advaita Ashram, 1962.

—*Jnana Yoga*. Advaita Ashram, Mayavati, Alamora, 1930.

—*Karma Yoga*. Advaita Ashram, Mayavati, Almora, 1930.

—*Selections from Swami Vivekananda*. comp. Swami Pavitrananda. Advaita Ashram, Almora, 1946.

Nikhilananda, Swami, *Vivekananda, A Biography*. Ramkrishna Vivekananda Centre, New York, 1953.

Rolland, Roman, *The Life of Vivekananda and the Universal Gospel*. Tr. Malcolm Smith. Advaita Ashram, Almora, 1965.

Sharma, D. S., *The Master and the Disciple*. Sri Ramkrishna Math, Madras, 1947.

Tejasananda, Swami, *Swami Vivekananda and his Message*. Ramkrishna Mission. Belur Math, Calcutta, 1965.

Yogeshwaranand, Swami, *Teachings of Swami Vivekananda*. Advait Ashram, Mayavati, Almora, 1953.

II Rabindranath Tagore

Chakrabarti, Amiya, and others, Ed. *Rabindranath*. Calcutta, Book Exchange; 1944.

Estborn, Sigfrid, *The Religion of Tagore in the Light of the Gospel*. Wesley Press and Publishing House, Mysore, 1949.

Narvane, V. S., *Rabindranath Tagore, a Philosophical Study*. Allahabad Central Book Depot, 1947.

Radhakrishnan, S. *The Philosophy of Rabindranath Tagore*. Macmillan and Co. Ltd, London, 1919.

Ray, B. G., *The Philosophy of Rabindranath Tagore*. Hind Kitab, Bombay, 1949.

Sykes, Majorie, *Rabindranath Tagore*. Longman's. Calcutta, 1943.
Tagore, Rabindranath,
—*Creative Unity*. Macmillan and Co. Ltd., (Indian Edition) 1950.
—*Crisis in Civilization*. Shantiniketan, 1941.
—*The Diary of a Western Voyage*. Tr. Indu Datta. Asia Publishing House, Bombay, 1962.
—*Fire Flies*. The Macmillan and Co., New York, 1928.
—*Fruit Gathering*. Macmillan and Co. London, (Indian Edition) 1927.
—*The Gardener*. Macmillan and Co. London, (Indian Edition) 1919.
—*Gitanjali*. Macmillan and Co., London. (Indian Edition) 1924.
—*Lectures and Addresses*—Ed. Anthony Soares. Macmillan and Co., London, 1928.
—*Lover's gift and Crossing*. The Macmillan and Co., London, (Indian Edition) 1927.
—*Man*. Andhra University, Series No. 16. Waltair, 1937.
—*My Reminiscenses*. Macmillan and Co. (Indian Edition) 1923.
—*Personality*. Macmillan and Co., (Indian Edition) 1948.
—*The Religion of Man*. 3rd Impression. George Allen and Unwin. London, 1949.
—*Sadhana*. Macmillan and Co., London. 1947.
—*Stray Birds*. Macmillan and Co., London, (Indian Edition), 1923.
—*A Tagore Reader*. Ed. Amiya Chakrabarti. The Macmillan Co., New York, 1961.
—*A Tagore Testament*. Ed. Indu Datta, Meridian Books, London, 1953.
—*Thought Relics*, Macmillan Co., New York, 1921.
—*Towards Universal Man*. Tr. Various Hands. Asia Publishing House, Bombay, 1961.
Tagore, Saummendranath., *Rabindranath Tagore and Universal Humanism*. St. Vaccum Co., Bombay, 1961.

III Mahatma Gandhi

Ashe Geoffrey, *Gandhi, a Study in Revolution*. Asia Publishing House, Bombay, 1968.

Bose, N. K., *Studies in Gandhism.* Second Edition. Indian Association Publishing Co., Calcutta, 1947.

Datta, D. M., *The Philosophy of Mahatma Gandhi.* University of Calcutta, 1968.

Dhawan, G. R., *The Political Philosophy of Mahatma Gandhi.* Navajiwan Publishing House, Ahmedabad.

Fisher, Louis, *The Life of Mahatma Gandhi.* Jonathan Cape., Thirty Bedford Square, London, 1952.

Gandhi, M. K., — *An Autobiography or the Story of my Experiments with Truth.* Navajiwan Publishing House, Ahmedabad, 1948.

—*The Art of Living* —Bharatiya Vidya Bhavan, Bombay, 1961.

—*Non-Violence in Peace and War.* 2nd Edition, Navajiwan Publishing House, Ahmedabad, 1944.

—*Satyagrah, Non-Violent Resistance.* Navajiwan Publishing House. Ahmedabad, 1951.

—*Selections from Gandhi*, Ed. N. K. Bose. Navajiwan Publishing House, Ahmedabad, 1948.

—*The Law of Love.* Ed. T. Hingorani. Bhartiya Vidya Bhawan, Bombay, 1962.

—*The Mind of Mahatma Gandhi.* Ed and Comp. R. K. Prabhu and U. R. Rao. Navajiwan Publishing House, 1967.

—*My Non-Violence.* Navajiwan Publishing House, Ahmedabad, 1960.

—*Hind Swaraj or Indian Home Rule.* Navajiwan Publishing House, Ahmedabad, 1958.

—*My Religion.* Navajiwan Publishing House, Ahmedabad, 1958.

—*Sarvodaya.* Navajiwan Publishing House, Ahmedabad, 1958.

Gregg, Richard B., *The Power of Non-Violence.* Navajiwan Publishing House, Ahmedabad, 1949.

Jones, Stanley, *Mahatma Gandhi, an Interpretation.* Holder and Stoughton, St. Paul's House, London, 1948.

Kripalani, J. B., *The Gandhian Way.* Bera and Co., Bombay, 1945.

Mahadevan, T.M.P. Ed., *Truth and Non-Violence*. Unesco Publication, Gandhi Peace Foundation., 1970.

Mukherji, Hiren, *Gandhi, a Study*. National Book Agency, Calcutra, 1958.

Prasad, Mahadeva, *Social Philosophy of Mahatma Gandhi*. Vishvavidyalaya Prakashan, Gorakhpur, 1958.

Radhakrishnan, S. Ed., *Mahatma Gandhi*. Essays and Reflections, George Allen and Unwin Ltd., London, 1949

IV Krishnachandra Bhattacharya

Bhattacharya, K. C., *Studies in Philosophy*, Vol. I, Ed. Gopinath Bhattacharya. Progressive Publishers, Calcutta, 1956.

—*Studies in Philosophy*. Vol II. Gopinath Bhattacharya. Progressive Publishers, Calcutta, 1958.

—*Studies in Vedantism*. Calcutta University Studies No. 3. Calcutta, 1909.

—*The Subject as Freedom*. Indian Institute of Philosophy, Amalner, 1930.

Maitra, S. K. and others, Ed. *Krishnachandra Bhattacharya Memorial Volume*. Indian Institute of Philosophy, Amalner, 1958.

Also in — George Burch, *Contemporary Vedanta Philosophy*, Review of Metaphysics, March 1956. pp. 485-96. Ras Bihari Das, *Krishna Chandra Bhattacharya*, The Modern Review, April, 1934, pp. 435-39. Basant Kumar Lal, *Existentialism and the Philosophy of K. C. Bhattacharya*. The Philosophical Quarterly, April, 1959, pp. 31-42. G. R. Malkani, *Existence*, The Philosophical Quarterly, October 1937 (pp. 163-73 and January 1938 (pp. 231-55). G. R. Malkani, *Some Points in K. C. Bhattacharya's Concept of Philosophy*, The Philosophical Quarterly, July 1950, pp. 41-60.

V Sri Aurobindo

Aurobindo, Sri — *The Life Divine*. Pondichery, 1955

—*Savitri, a Legend and a Symbol*. Pondichery 1951.

—*The Human Cycle*. Pondichery, 1949.

—*Foundation of Indian Culture*. The Sri Aurobindo Library, New York, 1953.

—*Lights on Yoga*, Arya Publishing House, Calcutta, 1948.
—*More Lights on Yoga*, Pondichery, 1948.
—*The Riddle of this World.* Arya Publishing House, Calcutta, 1946.
—*The Ideal of Human Unity.* Pondichery, 1950.
—*Bases of Yoga.* Arya Publishing House, Calcutta, 1947.
—*Future Evolution of Man: The Divine Life upon Earth.* George Allen and Unwin Ltd., London, 1963.
—*Synthesis of Yoga.* Pondichery, 1948.
—*The Supramental Manifestation upon Earth.* Pondichery, 1952.
—*Sri Aurobindo on Himself and on the Mother.* Pondichery, 1953.
—*Lights on Life-Problems.* Ed. and Comp. Kishor Gandhi. Sri Aurobindo Circle, Bombay., 1961.

Choudhary, Haridas, Ed., *The Integral Philosophy of Sri Aurobindo.* George Allen and Unwin Ltd., London, 1960.
—*Sri Aurobindo, the Prophet of Life Divine.* Sri Aurobindo Path Mandir, Calcutta, 1951.

Das, Adhar Chandra, *Sri Aurobindo and the Future of Mankind.* Calcutta University, 1934.

Langlay, G. H., *Sri Aurobindo, Indian Poet, Philosopher and Mystic.* David Marlow Ltd., 1949.

Purani, A. B., *Sri Aurobindo, Some Aspects of his Vision.* Bharatiya Vidya Bhavan, Bombay, 1966.

Roy, Anil Baran, *The World Crisis* (Sri Aurobindo's vision of the future). George Allen and Unwin Ltd., London, 1947.

VI S. Radhakrishnan

Joad, C.E.M., *Counterattacks from the East.* George Allen and Unwin Ltd., London, 1933.

Marlow, A. N., Ed., *Radhakrishnan, an Anthology.* George Allen and Unwin Ltd., London, 1952.

Radhakrishnan, S.,—*An Idealist View of Life.* George Allen and Unwin Ltd., London, 1947.
—*East and West.* George Allen and Unwin Ltd., London, 1955.

—*Eastern Religions and Western Thought*. Clarendon Press, Oxford, 1939.
—*East and West in Religion*. George Allen and Unwin Ltd., London, 1954.
—*The Hindu View of Life*. George Allen and Unwin Ltd., London. 1954.
—*The Reign of Religion in Contemporary Philosophy*. Macmillan and Co., London, 1920.
—*Religion and Society*. George Allen and Unwin Ltd., London, 1947.
—*The Recovery of Faith*. George Allen and Unwin Ltd., London, 1956.
Raju, P. T. and others, Ed., *Contemporary Studies in Philosophy*. George Allen and Unwin Ltd., London, 1951.
Schilpp, P. A. Ed., *The Philosophy of Sarvepalli Radhakrishnan*. Tudor Publishing Company, New York, 1952.
Singh, Jagannath, Ed., *S. Radhakrishnan* (Commemoration Volume) Leader Press, Allahabad, 1953.

VII Sir Mohammad Iqbal

Dar, Bashir Ahmad, — *A Study in Iqbal's Philosophy*. Shaikh Mohammad Ashraf. Kashmiri Bazar, Lahore, 1948.
Fyzee, Asaf. A. A., *Modern Approach to Islam*. Asia Publishing House, Bombay, 1963.
Hassan, Ishrat, — *The Metaphysics of Iqbal*. Lahore.
Iqbal, Mohammad, *Six Lectures on the Reconstruction of Religious Thought in Islam*. Kanpur Art Printing Works, Lahore, 1930.
—*Reconstruction of Religious Thought in Islam*. Oxford University Press, London, 1934.
—*Speeches and Statements*. Comp. Shamloo. Al-Mahar Academy, Lahore.
—*The Secrets of the Self* (Asrar-i-Khudi). Tr. Reynold A. Nicholson. Macmillan and Co. Ltd., London, 1920.
—*The Complaint and the Answer* (Shikwah and Jawab-i-Shikwah) Tr. Altaf Hussain, Lahore, 1943.
Sinha, Sachchidananda., — *Iqbal, the Poet and his Message*. Ram Narain Lal Publishers, Allahabad, 1947.

Vahid, Syed Abdul, — *Iqbal, His Art and Thought.* Shaikh Mohammad Ashraf, Kashmiri Bazar, Lahore, 1948.

General

Behari, Bankey, *Sufies, Mystics and Yogies of India.* Bharatiya Vidya Bhavan, Bombay, 1962.

Farquhar, J. N., *Modern Religious Movements in India.* Macmillan and Co., New York, 1918.

Frazer, R. W., *Indian Thought, Past and Present* T. Fisher Unwin Ltd., London, 1915.

Macmunn, Sir George, *The Religions and Hidden Cult of India.* Sampson Low, Marston and Co., London.

Morrison, John, *New Ideas in India.* Macmillan and Co. Ltd., London, 1907.

Narvane, V. S., *Modern Indian Thought.* Asia Publishing House, Bombay, 1964.

Radhakrishnan, S. and Muirhead, J. H. Ed., *Contemporary Indian Philosophy.* The Muirhead Library of Philosophy. George Allen and Unwin Ltd., London, 1952.

Radhakrishnan, S. and Raju, P. T. Ed., — *Concept of Man.* A Study in Comparative Philosophy. George Allen and Unwin Ltd., London, 1960.

Radhakrishnan, S. and Moore, Charles A. Ed., *A Source Book in Indian Philosophy.* Princeton University Press. 1957.

Raju. P.T., *The Idealistic Thought of India.* George Allen and Unwin Ltd., London, 1953.

Ray, Benay Gopal, *Contemporary Indian Philosophers.* Kitabistan, Allahabad, 1957.

Schweitzer, A., *Indian Thought and its Development.* Tr. Mrs. Charles B. Russell. Henry Colt and Co., New York, 1936.

Sirkar, M. N., *Hindu Mysticism.* Kegan Paul, London, 1934.

Underwood. A. C., *Contemporary Thought of India.* Williams and Norgate Ltd., London, 1930.